第八卷

评注者：（按编写顺序排列）

欧明俊　崔小春　陈庆元　姚晓黎

韩秋白　周笃文　潘　慎　任德魁

冯巧英　乔亚民　李　扬　曹济平

王以宪　王　澍

目　录

吴千能

吴千能,生卒不详,新郑(今属河南)人。理宗绍定二年(1229)知永州(治所在今湖南零陵)。绍定三年清明,游永州名胜澹岩,赋《水调歌头》刻于石上。

水调歌头[①]

澹氏人安在[②],缥缈九霄间。我来唯有石屋,周览百寻宽。一曲中分夷险,两牖空光平布,满洞贮清寒。高歌自堪仰,何必论金丹[③]。　周贤士,知此意,薄秦官。一床一枕,依然犹伴白云闲。门外俗尘如海,门里道心如水,谈笑足回澜。此事无今古,不信叩嵛山[④]。

(《金石萃编》卷一百五十三)

[注释]

①唐氏按:此首别误作张仲仁词,见《词综》卷三十八。　注者按:今之传本《词综》仅三十六卷,亦无张仲仁之名,唐氏误。　作者自注:“伊维吴千能守潇湘八阅月,乃得游澹岩,真天下奇观也。赋水调刻诸石。弟千兕、子奕侍。客蒋泾、曹昌佑偕行。绍定庚寅清明日。”　②澹氏:今湖南零陵市南约二十五里有澹岩,盘伏两江之间,周回二里,中有岩窦,可容万人。昔有澹姓者家居于此,因名。　③金丹:古代道士用黄金炼成的玉液,或用铅汞等烧炼成的黄色药金,谓服之可以长生。　④嵛山:在今湖南零陵市南。山势挺立如笔,高跃众山,故名。嵛,同“崳”。

史隽之

史隽之，生卒不详，字子声，一字石隐，鄞县（今浙江宁波）人，史浩之孙。以祖泽为太府寺簿。绍定初，知江阴军。洪咨夔《平斋文集》卷二十二有《史隽之除直宝谟阁致仕制》。今仅存词一首。

望海潮

浮远堂①

危岑孤秀，飞轩爽豁，空江泱漭黄流。吴札故邱②，春申旧国③，西风吹换清秋。沧海浪初收。共登高临眺，尊俎绸缪。凤集高冈④，驹留空谷接英游⑤。　八窗尽控琼钩。送帆樯杳杳，潮汐悠悠。千古兴怀，关河极目，愁边灭没轻鸥。淮岸隔重洲。认澹霞天末，一缕青浮。未许英雄老去，西北是神州。　　（《词综》卷十八）

［注释］

①浮远堂：在江阴之君山上。取东坡"江远欲浮天"诗意。　②吴札：即吴季札，春秋时吴王寿梦之季子。时以多闻著称。　③春申：指战国时楚人黄歇。考烈王时，以歇为相，封春申君，赐淮北地十二县，后改封江东。　④凤集高冈：语出《诗经·大雅·卷阿》"凤皇鸣矣，于彼高冈"。谓凤凰鸣于山脊之上，居高视下，观可集止，喻贤者待礼乃行。此处赞美吴地人物荟萃，贤人辈出。　⑤驹留空谷：语出《诗经·小雅·白驹》"皎皎白驹，在彼空谷。生刍一束，其人如玉"。谓德行高洁的贤人在野。此处借以称颂浮远堂主人。

存目词

《四明近体乐府》卷四有史隽之《柳梢青》"萼绿华身"一首，乃罗椅作，见《阳春白雪》卷七。

张友仁

张友仁,生卒不详,字仲父,晋陵(今江苏常州)人。官永州郡丞。

水调歌[1]

石屋势平旷[2],峭壁几巉岩。妙哉天造地设,谁复谓神剜[3]。畴昔涪翁题品[4],曾说人寰稀有,岂特冠湘南。趁取脚轻健,相与上高寒。　避秦者[5],君莫问,意其间。祖龙文密[6],至今草木尚愁颜。赢得功成丹鼎[7],久矣乘风而去,跨鹤与骖鸾[8]。犹有白云在,镇日绕禅关[9]。

(《金石萃编》卷一百三十五)

[注释]

①《金石萃编》云:"郡丞晋陵张友仁仲父,以绍定庚寅二月十六日游澹岩,赋《水调歌》。"　唐氏按:此首别误作张仲仁词,见《词综》卷三十八。　注者按:传本《词综》仅有三十六卷,亦无张仲仁之名,唐氏误。②石屋:澹岩其时有石门精舍。　③神剜(wān):意谓天神刻削。　④涪翁题品:黄庭坚自号涪翁,曾游澹岩,题诗石上,岩遂闻名于天下。今涧中有一石载其诗与书。　⑤避秦者:指遁世隐居之人。　⑥祖龙:秦始皇。⑦丹鼎:道士炼丹的一种器具。　⑧"跨鹤"句:指得道成仙。周灵王太子王子乔曾驾鹤升天,见《列仙传》。　⑨镇日:唐宋时俗语。尽日,长日。

王　柏

王柏(1197—1274),字会之。初号长啸,更号鲁斋。金华(今属浙江)人。生于庆元三年。工诗善画,后从何基游,质实苦学。著述甚富。有《读易记》、《书疑》、《诗 》、《鲁斋集》、《研几图》等。四方从学者众。咸淳十年卒,年七十八。卒赐谥文献。

酹江月

题泽翁梅轴后①

今岁腊前,苦无多寒色、梅花先白。可惜横斜清浅处,谁访孤山仙客②。玉勒寻芳③,金尊护冷,定与心期隔。夜阑人悄,可无一段春月。　　怕它香已飘零,罗浮梦断④,不与东君接⑤。买得鹅湖千幅绢⑥,留取天然标格。树老梢癯,蕊圆须健,不放风骚歇⑦。花光何处,儿孙声价方彻。（《永乐大典》二千八百十三“梅”字韵引《王鲁斋甲寅稿》）

[注释]

①泽翁:疑指吕凝之,凝之号泽父。　②孤山仙客:指北宋林逋,他隐居杭州孤山,种梅养鹤,人称“梅妻鹤子”。　③玉勒:镶玉的马衔,此处指马。　④罗浮梦:喻指梅花。隋开皇中,赵师雄过罗浮,日暮于松林酒肆旁,见一美女,淡妆素服出迎,与语,芳香袭人,因与扣酒家共饮。师雄醉寝,比醒,起视乃在梅花树下,上有翠羽啾嘈相顾,月落参横,但惆怅而已。见旧题柳宗元《龙城录》。　⑤东君:司春之神。　⑥“买得鹅湖”句:唐宋时四川仁寿郡(今四川仁寿县)鹅溪以产绢著名,称鹅溪绢或鹅湖绢。⑦风骚:本为《诗经》和《楚辞》的并称。此处泛指诗文。

刘震孙

刘震孙(1197—1269),字长卿,号朔斋,蜀人。尝为宛陵(治所在今安徽宣城)令。嘉熙元年(1237)守湖州,二年除兵部郎官,又任右司谏,谏正朝政缺失。官终礼部侍郎、中书舍人。与吴潜、吴文英游处唱和,作有《满江红》、《青玉案》等词,今佚。仅存《贺新郎》断句。

贺新郎

怕绿野堂边,刘郎去后,谁伴老裴度。

(《齐东野语》卷二十)

周　晋

周晋，生卒不详，字明叔，号啸斋，又作萧斋。祖籍济南，寓居湖州。周密之父。绍定四年(1231)九月出宰富春(今浙江富阳)。清廉恤民，民称周佛子。端平元年(1234)春离任。嘉熙四年(1240)为闽漕干官。旋监衢州、知汀州。嗜书籍金石，至鬻负郭之田以供笔札之用。冥搜极讨，凡有书四万二千馀卷，及三代以来金石之刻一千五百馀种，特置书种、志雅二堂。善书，体兼欧、柳。工词，《绝妙好词》卷三收词三首，清丽雅致，时有警句。

点绛唇

访牟存叟南漪钓隐①

午梦初回，卷帘尽放春愁去。昼长无侣，自对黄鹂语。　絮影蘋香，春在无人处。移舟去，未成新句，一砚梨花雨。

[注释]

①牟存叟：即牟子才，字存斋，眉州井研(今属四川)人，寓居湖州。淳祐六年(1246)前后通判衢州。　南漪钓隐：为其别墅名，在州治南端。时词人监衢州，政余与存斋诸人宴饮赏景，唱和无虚日，此词为纪实之作。

[集评]

陆辅之云："(一砚梨花雨)警句。"(《词旨》)

王闿运云："真景、清供。"(《湘绮楼评词》)

清平乐

图书一室①，香暖垂帘密。花满翠壶熏研席②，睡觉满窗晴日。　手寒不了残棋，篝香细勘唐碑[3]。无酒无诗情绪，欲梅欲雪天时。

[注释]

①图书一室：词人嗜书籍，家藏凡四万二千馀卷，特置书种堂贮之。见《齐东野语》卷十二。　②研席：砚和坐席。指学习之所。　研：通“砚”。　③细勘唐碑：作者爱金石碑刻，冥搜极讨，日事校雠，自得其乐。

[集评]

《珊瑚网》：“郭畀手书此词，跋云：‘大德十一年岁丁未十月初十日，客寓燕山，奔走暮归，黄尘满面，挑灯读此词一过，想像江南，如梦中也。”（《词苑萃编》卷十四引）

况周颐云：“倚声家为金石学，是鱼与熊掌也。”（《蕙风词话续编》卷二）

柳梢青

杨　花[1]

似雾中花，似风前雪，似雨馀云。本自无情，点萍成绿，却又多情。　西湖南陌东城，甚管定、年年送春。薄幸东风[2]，薄情游子，薄命佳人。

（以上三首见《绝妙好词》卷三）

[注释]

①唐氏按：此三首俱误入周密《草窗词》卷一。　②薄幸：犹言薄情、负心。

[集评]

陆辅之云：“（薄幸东风，薄情游子，薄命佳人）警句。”（《词旨》）

曾原一

曾原一，生卒不详，字子寔，号苍山，赣州宁都（今属江西）人。七岁能诗，绍定四年（1231）解试，与从弟原郕俱博学工诗，从戴复古等结江湖吟社。元兵至，偕叔益之倾资产募丁壮，筑城垣为保障，令敌不敢犯，民多德之。淳祐十一年（1251）十二月十六日，曾与赵希囿同游桂林独秀峰，次年初游雉山、隐山、水月洞诸名胜。

菩萨蛮

淡黄斜日留汀草，檐低半露遥岑小[①]。病眼不禁愁，阑干无数秋。　雁声何处落，旧梦还惊觉。风重葛衣单[②]，深山吹笛寒。

（《阳春白雪》卷五）

[注释]

①遥岑：远处小山。　②葛衣：葛布做成的单衣。

小重山[①]

薄雪初消银月单，疏疏浮竹影、矮红阑。梅花梦事落孤山[②]。禁人处，霜重鼓声寒。　留取晓来看，斑帘低小阁、烛花残[③]。一帆明月去沧湾。空相忆，雪浪月痕翻。

[注释]

①唐氏按：此首又见《翰墨大全》后甲集卷十，题作“冬夜”，署曾实轩作。本书（今按，指《全宋词》）初版卷二百八十一，误作曾寓轩词。实轩：当为曾原一之别号。　②“梅花”句：北宋诗人林逋，隐居杭州西湖孤山，种梅养鹤自娱，自称梅妻鹤子。见宋沈括《梦溪笔谈·人事》。

此句写对隐居生活的向往。 ③斑帘:彩色窗帘。

谒金门

梅粉褪,点点雨声春恨。半吐桃花芳意嫩,草痕青寸寸。 把酒花边低问,莫解寒深红损。等待春风晴得稳[1],琵琶重整顿[2]。 (以上二首见《阳春白雪》卷六)

[注释]

①晴得稳:天完全放晴。 ②整顿:调拨、弹弄。

[集评]

况周颐云:"《梅硐诗话》云:苍山年七岁,赋杨妃袜云……'谁知一掬香罗小,踏转开元宇宙来。'盖颖慧绝人者。其词如《谒金门》云:……'等待春风晴得稳,琵琶重整顿。'亦以天事胜也。"(《蕙风词话续编》卷一)

赵希囿

赵希囿，生卒不详，汴（今河南开封）人。端平二年（1235）进士。淳祐十一年（1251）十二月十六日与曾原一同游桂林独秀峰，赋《临江仙》词，书于崖壁。

临江仙

天宇泬寥山气肃[①]，云寒树立无声。读书岩下石纵横[②]。红尘飞不到[③]，溪水自澄清。　　疏影暗香沙路古[④]，何妨曳杖闲行[⑤]。巢林冻雀不曾惊。晚钟穿翠霭，来共话平生。[⑥]

（《历代词人考略》引石刻拓本）

[注释]

①泬（xuē）寥：形容天空旷荡虚静、萧条无云。宋玉《九辩》："泬寥兮天高而气清。"　②读书岩：在桂林独秀峰下。南朝宋颜延之曾在此岩中读书，故名。　③红尘：指世间俗氛。　④疏影暗香：形容梅花的姿态和幽香。　⑤"何妨"句：用苏轼《定风波》"莫听穿林打叶声，何妨吟啸且徐行。竹杖芒鞋轻胜马，谁怕？一蓑烟雨任平生"词意。　⑥词后原注："淳祐辛亥，岁嘉平月既望，赣曾原一、汴赵希囿同游独秀峰之阴，循山而东，径益幽窅，徘徊久之。希囿赋此，书于崖壁。"

江万里

江万里（1198—1275），字子远，宋南康军都昌（今属江西）人。太学上舍出身。度宗朝，同知枢密院事，进参知政事。忤贾似道，予祠。复拜左丞相兼枢密使，乞祠。先后创建白鹭洲书院和宗濂书院。咸淳十年（1274），元兵至，他隐匿草野间，为游骑所执，既而脱身。次年，元军破饶州（今江西波阳），其弟万顷被肢解，他率子镐投水死，赠太师益国公，谥文忠。

水调歌头

寿二亲

生日重重见，馀闰有新春①。为吾母寿，富贵外物总休论。且说家怀旧话，教学也曾菽水，亲意尽欣欣②。只此是真乐，乐岂在邦君③。　　吾二老，常说与，要廉勤，庐陵几千万户④，休戚属儿身。三瑞堂中绿醑⑤，酿就满城和气，端又属人伦。吾亦老吾老⑥，谁不敬其亲。

（《截江网》卷六）

［注释］

①馀闰：岁月之馀为闰，又称闰馀。　②“教学”二句：极言生活清贫，以孝养父母为乐。子路曰：“伤哉贫也，生无以为养，死无以为礼也。”孔子曰：“啜菽饮水，尽其欢，斯之为孝。”见《礼记·檀弓下》。　③邦君：指地方长官。　④庐陵：今江西吉安。　⑤绿醑：酒的美称，指黄绿色的酒。⑥吾亦老吾老：语出《孟子·梁惠王上》“老吾老，以及人之老；幼吾幼，以及人之幼”。

萧廷之

萧廷之,生卒不详,本名挺之,字天来,号了真子,福州人。从彭耜游,耜授以金丹秘要,专习内丹。著有《金丹大成集》。其词皆咏道家练丹修身事。

西江月

两手辟开混沌①,坦然直露丹宗。日魂月魄自西东②,牢捉莫轻放纵。　　外道邪魔缩项③,相将结宝中宫④。九还七返片时功⑤,皆赖黄婆相送⑥。

[注释]

①混沌:天地未开辟以前之元气状态。　②日魂月魄:道教丹法术语。　日魂:即阳神,以喻心火中阴液,即离卦中阴爻,指寓寄着肝木之魂。　月魄:即阴神,指肾水中阳气,坎卦中阳爻,指寓寄着肺金之魄。日月升降沉浮,魂魄进退消息,合而为一,久而不离,所以天地能长久,人身若能适应自然界生长规律,亦能求得长生。　③外道:道教对自身以外的宗教或学说的通称。　④中宫:道教内丹术语。指中丹田,或指绛宫,真气汇聚之处。　⑤九还:天地五行生成数,地四生金,天九成之。金生水,水性下沉,还归于下,称九还。　又炼丹时由寅时至戌时,经过九个时辰,亦称九还。　七返:火生土,天七成之,木火上炎,逢下而返上,故称。又炼丹时自寅时至申时经七个时辰,亦称七返。道教以为人体经气之升降与天地阴阳之气的升降相呼应,所以真气在体内还行,自上而下谓之还,自下而上谓之返。　⑥黄婆:黄为中土之色,道教内丹法,以喻脾土,又喻真意,婆指媒婆,比喻从中媒合真铅真汞成为大丹。

西江月

默运乾坤否泰①,抽添妙在屯蒙②。起于复卦剥于终[3],温养两般作用。　　沐浴要防危险[4],吹嘘全藉离风[5]。工夫还返入坤宫,火足不宜轻弄。

[注释]

①否泰:卦名,道教借用于内丹修炼。否、泰两卦阴阳相半,象征上、下弦月,有利于万物长养,此时进退火候,温养成丹。　②抽添:原指天地阴阳、四时寒暑的变化。道教内丹派引申为丹功进退阳火法。又衍为去杂念、存神气、平秘阴阳的内炼法。　屯蒙:卦名,道教借用于内丹修炼。《周易·序卦》:"屯者,物之始也;蒙者,物之稚也。"王道渊《崔公〈入药镜〉》注:"朝屯一阳生于下,暮蒙一阴生于上,一阳一阴,人身运化,与天地同也。达此理者,可以长生久视。"　③复卦:六十四卦之一,表示阳气回复。　剥:卦名,坤下艮上为剥,谓剥落,艰难。　④沐浴:指修炼丹功时,注意调节意念活动,平秘阴阳,保持稳定的协调状态。《金丹真传·温养》疏曰:"沐浴者住火停工,洗心涤虑而防危虑险也。"　⑤吹嘘:呼吸,吐纳。　离:卦名,指火。

西江月

要识真铅真汞[1],都来只一根源。烹煎火候妙中玄[2],不是知者难辨。　　采取莫差时日,仍分弦后弦前[3]。玉炉一霎火烧天,无位真人出现。

[注释]

①铅、汞:铅代表水,汞代表火,统指人体内的精气。内丹中常以汞喻心,属阳火,称为正阳之精。铅喻肾,属阴水,藏元阳真气,皆为炼内丹的大药。　②妙中玄:即玄妙,幽深微妙。　③弦后弦前:弦前即前弦,上弦,指农历每月前八日;弦后即后弦,下弦,农历每月后八日。道教内丹法很重视把握采取、温养大药的时机,经常用月亮的盈亏作譬喻。每当月上下弦时,月亮的明亮的部分(阳)与晦暗部分(阴)相等,因此比喻炼丹中阳大进至夹脊时,阴符退至膻中穴,达到温养目的。

西江月

莫问九三二八[①]，无过阴偶阳奇。大都离坎结夫妻[②]，要识屯蒙既未。　若遇一阳起复[③]，便堪进火无迟。只因差失在毫厘，野战更宜仔细[④]。

[注释]

①九三：八卦中爻位。从下向上数，第三爻为阳爻，称作九三。亦称阳数，奇数。　二八：指阴爻，一指上弦月八日，下弦月八日。亦指阴数，偶数。　②离坎：离，即离卦，指火；坎，即坎卦，指水。上坎下离，取坎填离，水火交济，终成丹头，以夫妻交媾喻之。　③一阳起复：《周易》以坤卦为阴，阴历十月为坤卦，纯阴无阳。至十一月冬至为复卦，则阳气初动，一阳生于下，称一阳生，又称一阳起复。　④野战：道教内丹术语，指武火。内炼时特别强调火候的运用，温养时用文火，进火退符时用武火，方可炼气成丹。若失之毫厘，便会产生严重后果。

西江月

鼎器法天象地[①]，坎离连用无差。夫妻相会入黄家，共说无生妙话。　雨意云情了当[②]，领头驾动河车[③]。搬归顶上结三花[④]，牢闭玉关金锁[⑤]。

[注释]

①鼎器：道教丹法名词。乾鼎指泥丸宫或心神所居之绛宫。坤器指丹田或肾精所蓄之命门。　法天象地：即效法天地。《易经·系辞上》："是故示象莫大乎天地，变通莫大乎四时。"　②雨意云情：本指男女欢会，此处比喻水火相济。　③河车：原指小儿的胎胞衣。道教丹鼎派借指人体内正气、肾气。又指内炼过程，小河车即小周天，在立基百日运行；大河车即大周天，在坎离交媾后运行。　④三花：道教内丹法指精、气、神三者。炼精化气，炼气为神，炼神还虚，三者合而为一，上聚于脑顶泥丸宫，

称为三花聚顶。又称三华、三元。 ⑤闭关:道教内丹法,指修行者独居一室,不与外界接触,潜心修炼。闭关一次约十天左右。“锁”字出韵,当是以方言相押。

西江月

拨动顶门关捩,自然虎啸龙吟①。九还七返义幽深,出入不离玄牝②。 运用玉炉火候③,鼎中炼就真金。强兵战胜便收心,妙在无伤无损。

[注释]

①虎啸龙吟:道教内丹派以青龙比喻心中真汞。“吟”,喻真汞发动。又以白虎喻肾中真铅。“啸”,喻真铅产生。形容炼丹过程中药物产生时身体内发出的某些变化及反应。 ②玄牝:指中宫脾脏。《养生秘录》:“中宫即黄庭,即玄牝,即先天一气,即玄关一窍。药物三气,五神火候,呼吸尽在见关。” ③火候:指炼丹的功夫。

西江月

一二复临养火,兔鸡沐浴潜藏①。分明变化在中央,结就玄珠片饷②。 还返归根脱体,守城抱一堤防③。黄庭来往是寻常④,恍惚之中纵放。

[注释]

①兔:即木兔,神鸟名。 鸡:即金鸡,传说中的神鸡。 ②玄珠:道教中指内丹。精气在人体内混合组成的黄表白里,圆润如珠的特殊物质。又指外药,是先天真气,真阳火。 ③守城:道教内丹术语。“城”,喻身体犹如城池。意谓内丹已惯时要注意火候的运用,此时心不外驰,气不乱行,精神高度集中。 ④黄庭:又称绛宫,为三关(上关泥丸,中关黄庭,下关水晶宫)之一。指黄中正位之窍。见《玄微心印》。

西江月

夹脊双关透顶[①]，此为大道玄门[②]，金丹只是此宗根[③]，大要知时搬运。　　温养守城野战，华池玉液频吞[④]。玉炉常使火温温，采药审他老嫩。

[注释]

①夹脊：道教丹法有前三关，后三关。后三关指：脑后曰玉枕关，夹脊曰辘轳关（一作夹脊关），水火之际曰尾闾关。指丹道必经之处。　②玄门：道教谓高深的境界。　③金丹：道士用黄金炼成的玉液，或用铅汞等八石烧成的黄色药金（还丹）。认为服食后可长生不老。　④华池：指气海穴、下丹田，为藏肾精之所。《黄庭外景经》："下有华池生肾精。"

西江月

调燮火工非小，差殊只在毫厘，鼎炉汞走黑铅飞[①]，从此恐君丧志。　　须共真师细论，无令妄动轻为。幽微玄妙最深机，言语仍须避忌。

[注释]

①黑铅：又称黑虎、黑龟、神龟、坤鼎，道教内丹比喻坎水真精。

西江月

九曲江头逆浪，霎时冲过天心。昆仑顶上水澄澄[①]，酝就琼浆自饮。　　便向此时采取，河车搬运无停。阳阴一炁自浮沉[②]，锁闭玉关牢稳。

[注释]

①昆仑:道教内丹法指头顶泥丸穴,又指脑海,为人身百骸之巅,脑足则髓满,诸脏腑精气无不足。 ②炁:同“气”。

西江月

药产西南坤地[①],金丹只此根宗。学人著意细推穷,妙绝无过真种。 了一万般皆毕,休分南北西东。执文泥象岂能通[②],恰似哑人谈梦[③]。

[注释]

①“药产”句:坤卦于自然为地,于方位为西南。 ②执文泥象:过多执著于外在的表象。 ③哑人谈梦:指有话说不出。

西江月

金液还丹大道,古人万劫一传[①]。倾心剖腹露诸篇[②],接引直超道岸[③]。 莫怪天机泄尽,此玄玄外无玄[④],留传后代与名贤,有目分明觑见。[⑤]

[注释]

①万劫:形容时间很长。 ②倾心剖腹:本《老子》“圣人之治也,虚其心,实其腹,弱其志,强其骨”。谓心虚则恬淡无为,精神饱满;腹实则气海充盈,元精不泄。 ③接引:佛教谓佛引渡众生进入西方极乐世界为接引,此处为借用。 ④玄:深奥,神妙。指道家之“道”。 ⑤唐氏按:以上十二首又见《鸣鹤馀音》卷八,无撰人姓名。 注者按:据词作内容,当为萧廷之所作。

南乡子

西南乃产药之地，因此故为名

真汞与真铅，产在先天与后天。大要知时勤采取，玄玄。得穴何愁不作仙。　　进火要精专，审究前弦与后弦。屯卦抽添蒙卦止[①]，难传。毫髮差殊不结丹。

[注释]

①屯卦：六十四卦之一，震下坎上为屯，谓艰难。　蒙卦：坎下艮上为蒙，谓蒙昧。喻蹇滞，晦暗。

南乡子

两手擘鸿濛[①]，慧剑飞来第一峰[②]。外道修罗惊缩项[③]，神通。造化元来在掌中。　　煅炼玉炉红，橐籥吹嘘藉巽风[④]。十月脱胎吞入腹[⑤]，坤宫。立见三清太上翁[⑥]。

[注释]

①鸿濛：宇宙形成前的混沌状态。　②慧剑：本佛家语，谓智慧能断破烦恼及一切魔障，此处为借用。　③修罗：梵文 Asura（阿修罗）音译的略称，意谓“不端正”或“非天”，古印度神话中的一种鬼神。　外道修罗：为佛教对其他宗教的贬称，道教借用。　④橐籥（tuó yuè）：古代冶炼用以鼓风吹火的装备，即今之风箱，道家用以炼丹。　巽：八卦之一，代表风，称巽风。　⑤十月脱胎：道教内丹法以婴儿喻指丹熟后阳神出现。《金丹真传·脱胎》疏：“十月胎完，霹雳一声，顶门迸裂，婴儿出现。”　⑥三清：指三清境、三清天，道教神仙所居的最高天界。　三清太上翁：指居于三清天的三位天尊。居清微天玉清境的元始天尊、居禹余天上清境的灵宝天尊、居大赤天太清境的道德天尊。

南乡子

温养象周天[①]，须要微微火力全。爱护婴儿惟藉母，三年。运用抽添象缺圆。　牛斗会河边[②]，拾取玄珠种玉田[③]。定意如如行火候，精专。剖腹分明说与贤[④]。

［注释］

①周天：道教内丹法凡二十八宿及诸星，皆循天左行，一日一夜为一周天。由此将人体精气从任脉到督脉，又回归任脉称为一小周天，把精气从手太阴肺经循行至足厥阴肝经的往复循环称为大周天，形成了内丹通大小周天的周天火候理论。　②牛斗：指牛宿和斗宿二星。　③玄珠：比喻道的本体。　④贤：对人的尊称。此指对谈者。

南乡子

生甲更生庚[①]，此是丹头切要明[②]。药嫩采来归土釜，煎烹。文武刚柔次第行[③]。　片饷结丹成，沐浴防危更守城。到此不须行火候，持盈。火若加临必定倾。

［注释］

①生甲更生庚：《周易》以甲庚代表天干日子的变更。　②丹头：道教内丹法指先天一气，又指阴精阳气交感后结成的丹原，经过不断的温养，丹原日渐长大成为内丹。　③文武：即文武火。小而缓者称文火，道教内丹法指在意念的作用下，控制呼吸节奏，使内呼吸平缓绵延不断。武火即急火，猛火，大而有力之火。呼吸之气急重吹逼。

南乡子

木兔与金鸡，刑德临门有偶奇。炉内丹砂宜沐浴，防危。神水溶溶满玉池[①]。　年月日并时，刻里工夫一例推。著意研穷丹造次，毫厘。十月殷勤自保持。

[注释]

①神水：道教内丹法指心中真阴，又称木液。

南乡子

鼎器法乾坤，上是天元下地元。若也更能颠倒运，交番。阖辟循环在八门[①]。　搬运上昆仑，龟与蛇儿自吐吞[②]。百尺竿头牢把线[③]，掀援。从此元神命永存[④]。

[注释]

①阖辟：开闭，启合。　②龟蛇、吐吞：道教内丹法把龟比喻为北方坎水，肾中真精；蛇比喻南方离火，心中真液。龟蛇二气相资运转交会，混而为一。　③百尺竿头：比喻修道达到很高的境界。　④元神：指人的灵魂。

南乡子

关锁自周天，升降循环三寸田[①]。不在嘘呵并数息[②]，天然。九转无亏火力全[③]。　胎息漫流传[④]，要在阴阳不可偏。呼吸吹嘘皆赖巽，绵绵。妙在前弦与后弦。

[注释]

①三寸田：即三田，指三丹田。三田之间相隔一寸，分别位于上、中、下，故称三寸田。　②嘘呵：呼吸，吐纳。　息：指呼吸，喘息。　③九转：道教丹法经过九次火炼的仙丹，服之三日即可成仙，称"九转金丹"。见葛洪《抱朴子·金丹》。　④胎息：服气的一种，谓气功达到如此程度，即如胎儿在母腹中鼻无呼吸。道教以为胎息之功已达到服气的最佳境界，但不可刻意追求。

南乡子

复卦起潜龙[①],戊己微调未可攻[②]。九二见龙临卦主[③],神通。从此炉中次第红[④]。　泰卦恰相逢[⑤],猛火烧乾藉巽风。炼就黄芽并白雪[⑥],奇功。还返归坤道始穷。

[注释]

①复卦:六十四卦之一,震下坤上,表示冬至日阳气回复,潜于地下之龙亦起现而动。　②戊己:分别为天干的第五、第六位。　③九二见龙:本《周易·乾第一》"九二,见龙在田,利见大人"。谓龙将乘云腾升,道教比喻炼丹到一定的境界。　④次第:纷纷,频频,一个接着一个。　⑤泰卦:六十四卦之一。乾下坤上,为上下交通之象。表示顺畅、安宁。此处比喻炼丹时炉火红旺,进展顺利。　⑥黄芽并白雪:道教内丹法白雪指汞,以喻初生一阴;黄芽指铅,以喻初生一阳。两者均为内丹的基本物质。

南乡子

识得水中金,煅炼烹煎理更深。进退抽添须九转,浮沉。温养潜龙复与临。　妙运自天心,托仗黄婆配丙壬[①]。酝就醍醐山顶降[②],频斟。慢拨无弦一曲琴[③]。

[注释]

①丙壬:指水火。　②醍醐山顶降:比喻以智慧灌输于人,使人得到启发。　醍醐:酥酪上凝聚的油。　③无弦一曲琴:陶渊明不解音律,而蓄无弦琴一张,每酒适,辄抚弄以寄其意。见萧统《昭明太子集·陶靖节传》。

南乡子

长子到西方[①],少女归乾变六阳[②]。便好下功修二八,堤防。至九方知道自昌。　　牛斗共商量，巧夺天工妙莫量。离坎夫妻交媾后，难忘。始觉壶中日月长[③]。

[注释]

①长子：八卦中震卦。于人间为长男（长子），于身体为足，于方位为东。　②“少女”句：八卦中兑卦。于人间为少女，于身体为口，于方位为西。乾卦于身体为首。中医经络学有手三阳和足三阳六脉，称为六阳。六阳脉皆会于头部，称六阳为会首。　③壶中日月长：比喻长生不老。壶中：仙人所居，道家的仙境。

南乡子

白雪与黄芽，两味精华共一家。采择辨时衰与旺，堪夸。火候毫厘不可差。　　顶上结三花，驾动羊车与鹿车[①]。乌兔往来南北面，交加。从此天河稳泛槎[②]。

[注释]

①“驾动”句：道教内丹法通常把运载火药的工具称为河车。在意识的指导下，河车搬运大药，由尾闾穴上到泥丸再回旋下来，完成周天运转。由尾闾穴到夹脊关，行车缓慢，比喻为羊车；由夹脊关到玉枕关，行车较速，喻为鹿车。　②天河稳泛槎：指炼丹成仙后，乘灵槎（木筏）于天河中自由往来。语出张华《博物志》。

南乡子

尽净露天机，只恐时人自执迷。颔下藏珠当猛取，休迟。道在身中更问谁。　　尘网忽抛离，百岁年华七十稀。莫待老来铅汞少，堪悲。业报前途难自欺。

（以上二十四首见《道藏·金丹大成集》）

朱 涣

朱涣，生卒不详，字行父，号约山，庐陵(今江西吉安)人。嘉定十六年(1223)进士。官大理寺丞、衢州守。寿八十馀。

百岁令

寿丁大监

濂溪先生曰：莲，花之君子者也。我判府都运大监，则人之君子者也。以君子之生值君子花之时，静植清香，二美辉映。某也辄假斯意，作为乐府，以祝千岁寿云

瑞芳楼下，有花中君子[①]，群然相聚。笑把筒㓷露浥□[②]，来庆黄堂初度[③]。净植无尘，清香近远，人与花名伍。六郎那得，这般潇洒襟宇[④]。 运了多少兵筹，依红泛绿，向俭池容与[⑤]。歌袴方腾持节去[⑥]，未许制衣湘楚。紫禁荷囊，玉堂莲炬，遍历清华处。归寻太乙[⑦]，轻舟一叶江渚。

(《截江网》卷四)

[注释]

①花中君子：指莲花，见周敦颐《爱莲说》。 ②筒(tǒng)：竹筒。㓷(jū)：酌，挹。 □：据唐氏按“此句缺一字”补。 ③黄堂：原指州郡长官办事的厅堂，因涂以雌黄而得名，也指州郡长官，此处指丁大监。④“六郎”二句：唐张昌宗以姿貌为武则天所宠幸，因排行第六，人称六郎。杨再思谀之曰：“人言六郎面似莲花，再思以为莲花似六郎，非六郎似莲花也。”后遂以六郎作莲花的美称，称“貌比六郎”、“莲花似六郎”。 ⑤容与：徘徊不进的样子。 ⑥“歌袴”句：借“歌襦袴”典故歌颂丁大监的政绩。 ⑦太乙：星官名，传说中的天神。亦作太一、泰一。

齐天乐

游洞岩记①

白云封断仙岩路，重重洞门深窈。翠竹笼烟，苍崖溅瀑，古木阴森回抱。坛空不老。锁一片莓苔，几丛莎草。试把桃源，较量風景是谁好。　乘鸾人去已久，只今惟有，鹤飞猿啸。树拥香幢，泉敲玉佩，疑是群仙重到。尘氛可笑。久志慕丹台，梦思蓬岛②。愿挹英游，细参梨与枣。

（见元王礼《麟原文集》卷一）

［注释］

①洞岩：指广西柳州真仙岩，又名老君洞。见明桑悦《仙岩记》。
②蓬岛：仙境，蓬莱仙岛。

周　弼

周弼(1194—?),字伯弜,汶阳(今属山东)人,文璞之子。嘉定间进士,曾任江夏令。工诗,善墨竹。有《汶阳端平诗隽》、《三体唐诗》。

二郎神

西施浣纱碛[1]

浪花皱石,飐夜月、欲移还定。想白苎烘晴,黄蕉摊雨,人整斜巾照领。剪断鲛绡何人续[2],黯梦想、秋江风冷。空露渍藻铺,云根苔甃,指痕环影。　　重省。五湖万里,谁问烟艇[3]。料宝像尘侵,玉瓢珠锁,羞对菱花故镜。领略鸦黄,破除螺黛,都付渚蘋汀荇。春醉醒,暮雨朝云何处,柳蹊花径。

[注释]

①浣沙碛(qì):即浣沙石。　②鲛绡:传说中鲛人所织的绢,见任昉《述异记》卷上。此处指西施所浣之纱。　③"五湖"二句:范蠡助越王灭吴后,即携西施泛舟五湖(今太湖)而去。见《史记·越王勾践世家》。

浣溪沙

朴朴精神的的香[1],荼蘼一朵晓来妆。雏莺叶底学宫商[2]。　　著意劝人须尽醉,扶头中酒又何妨[3]。绿窗花影日偏长。

(以上二首《阳春白雪》卷六)

[注释]

①朴朴:生气勃勃。　的的:明亮的样子。此处赞美女主人公的香甜美丽。　②宫商:五音中的两种,此处指歌曲、音乐。　③扶头:浓烈易醉之酒。

黄时龙

黄时龙，生卒不详，字同甫，号野桥。周弼《汶阳端平诗隽》卷二有“送黄同甫”诗。今存词三首。

浣溪沙

雨歇花梢月正明，映帘人静绣灯昏。鸳鸯成字便停针[1]。　笑启玉奁明酒晕，缓寻金叶熨香心[2]。一春情绪此时深。

（《阳春白雪》卷六）

[注释]

①“鸳鸯”句：化用欧阳修《南歌子》“等闲妨了绣工夫，笑问双鸳鸯字怎生书”句意。　②金叶：即金蕉叶，一种用黄金铸成的蕉叶状的酒杯。

夜行船

十四弦声犹未断，星月上、西墙一半。却手休弹，含情微妒，报道春宵短。　银烛纱笼须早办，不住地、金蕉催劝[1]。别院人归，小窗灯静，自把花枝看。

[注释]

①金蕉：又称金蕉叶、金叶、焦叶，一种酒杯。

虞美人

卷帘人出身如燕，烛底粉妆明艳。羯鼓初催按六么[1]，无限春娇都上、舞裙腰。　画堂深窈亲曾见，宛转楚波如怨[②]。小立花心曲未终。一把柳丝无力、倚东风。

（以上二首见《阳春白雪》卷七）

［注释］

①羯鼓初催：唐玄宗于雨过天晴、景色明丽时，看到小殿内庭柳、杏将吐，遂令人取羯鼓临轩击一曲《春光好》，以催花开。见唐南卓《羯鼓录》。六么：唐宋燕乐中流行的一种乐曲。　②楚波：犹秋波，指眼神动人。

陈云厓

陈云厓，生卒不详。陶梁《词综补遗》以为陈云厓即陈芸崖（陈璧），未知所据。周弼《汶阳端平诗隽》卷三有“送陈云厓三衢”诗。

玉楼春

琼奴家与章台并[①]，路远可怜归梦近。波头浪语脸红潮，镜面频思眉翠晕。　　年年花月年年病，花月无情人有恨。欲将此恨寄湘流[②]，又恐湘流流不尽。

（《阳春白雪》卷五）

［注释］

①琼奴：犹玉奴，此处为女主人公自称。　章台：指游冶处、妓馆。章台即章台路，又称章台街，本长安中街道名，街多妓馆。　②湘流：指湘江。

谒金门

春昼永[①]，接叶鸣禽相应。风定落红香一径，疏疏窗竹影。　　寂寞年时酒病[②]，远笛悠悠吹醒。闲上层楼天又暝，云山青不尽。

（《阳春白雪》卷七）

［注释］

①永：长，久。　②酒病：即病酒，因饮酒而成病的样子。

陈东甫

陈东甫，生卒不详。《阳春白雪》卷六，有谭宣子《摸鱼儿》“怀云崖陈乘车东甫时游湘潭”词。乐雷发《雪矶丛稿》有“陈东甫酒间举以归心只有杜鹃知之句，犹未成篇，因为续之”、“赠别陈东甫呈尚书钟公”二诗。陶梁《词综补遗》据谭宣子词，以陈云匡、陈东甫为昆季，疑非。（据词题似是一人）

谒金门[①]

西风竹，风入翠烟□矗。红小阑干知几曲，声声敲碧玉。　窗下凤台银烛，断梦已惊难续。曾伴去年庭下菊，夜阑听雨宿。　（《全芳备祖》后集卷十六“竹门”）

［注释］

①唐氏按：此首别误作陈汝义词，见《花草粹编》卷三。别又误作陈亮词，见《广群芳谱》卷八十五“竹门”。

长相思

花深深，柳阴阴。度柳穿花觅信音，君心负妾心。
怨鸣琴，恨孤衾。钿誓钗盟何处寻[①]，当初谁料今。

（《阳春白雪》卷五）

［注释］

①钿誓钗盟：形容爱情生死不渝的盟誓。杨贵妃与唐明皇曾以钗钿作定情之物。见白居易《长恨歌》。

望江南

芳思远，南苑惜春时。翠柳枝柔金笛怨，碧桃花老玉笙悲。风日正迟迟①。　（《阳春白雪》卷六）

[注释]

①迟迟：和舒的样子。"春日迟迟"，见《诗经·豳风·七月》。

黄 中

黄中,生卒不详,字仲庸,号澹翁,婺州(今浙江金华)人。

瑞鹤仙

用陆淞韵

睡馀抛倦枕,忆篆鼎香销,起来慵整。晴光破清冷。正柳黄梅淡,染金匀粉。茶瓯隽永。试经行、桐花旧井。记前回、未绿鸥波,近日燕芹青尽。　因省。春风如旧,人面何归[①],对时伤景。楼高望迥。潮有信,雁无准。任相如多病[②],沈郎全瘦[③],都没音尘寄问。便做无、阿鹊频频[④],可能睡稳。

(《阳春白雪》卷五)

[注释]

①“春风”二句:写对所爱女子的怀念。唐崔护曾于清明日游长安城南,见一村庄,有女子独倚桃枝,而意属殊厚。来岁清明,崔又往寻之,则门闭无人。因题诗于左扉曰:“去年今日此门中,人面桃花相映红。人面不知何处去,桃花依旧笑春风。”见孟棨《本事诗·情感》。　②相如多病:形容因相思而成病。西汉文学家司马相如患有消渴病(今之糖尿病)。见《史记·司马相如传》。　③沈郎全瘦:形容因相思而消瘦。梁诗人沈约说自己百日数旬,革带常应移孔,以手握臂,率计月小半分。极言消瘦之状。见《梁书·沈约传》。　④阿鹊:喷嚏声。民间传说打喷嚏是有人在想念自己。

李曾伯

李曾伯(1198—?),字长孺,号可斋,覃怀(今河南武陟)人,寓居嘉兴,宝祐中进士,历知扬州、江陵、静江、庆元等府。留心军事,主张抗金。词多长调,以酬赠祝寿为主。词境较窄,但不作绮艳语,写景抒怀,时有可观。著有《可斋杂稿》。

水龙吟

甲申潼川玩月[①]

西风吹上牛头,天涯慰此人情耳。斜阳任晚,青山全似,故人知己。遮遁归来,须臾懒去,桂华犹未。待冰轮推上[②],梧桐树了,更儿是、点儿几。　满眼碧天如洗。便分明、水晶宫里。区区玩事,一觞一咏[③],一灯而已。欲待无眠,争如且恁,有无穷意。怕嫦娥,隔窗偷看,须下却、帐儿睡。

[注释]

①甲申:宋宁宗嘉定十七年(1224)。　潼川:北宋重和元年(1118)以梓州为潼川府。治所在今四川三台,辖境相当于今四川盐亭、中江、三台、射洪等县。　②冰轮:指月亮。唐朱庆馀集《十六夜月》:"昨夜忽已过,冰轮始觉亏。"　③一觞一咏:本王羲之《兰亭集序》"一觞一咏,亦足以畅叙幽情"。

[集评]

笃文云:"多用口语,生峭多姿致,非凡手所能拟议。"

水龙吟

甲午寿尤制使①

几年野渡孤舟，萧然袖此经纶手②。归来廊庙，从容进退，祖风犹有。小队环花③，轻艘漕玉，暂临金斗。把诗书帷幄，期年坐啸④，尘不动，依依柳。　好是公堂称寿。正元戎、阃垣开后⑤。旌旗才举，胡雏马上⑥，闻风西走。一点阳春，无边德泽⑦，淮山长久。待官军，定了长安，貂蝉侍、未央酒。

[注释]

①甲午：宋理宗端平元年(1234)。　尤制使：尤焴，无锡人，尤袤孙。本年焴以京湖安抚使知江陵。据《南宋制抚年表》。　②经纶手：谓治理国家的雄才、巨手。　③小队环花："元戎小队出郊垧(jiōng)，问柳寻花到野亭。川合东西瞻使节，地分南北任流萍。"见杜甫《严中丞枉驾见过》。　④期年：一周年。　坐啸：犹吟啸，从容自得之貌。　⑤阃垣：指军门，营幕。尤时任京湖安抚使，有军权在握。　⑥胡雏：本指石勒，此处泛言边患祸首。《晋书·石勒载记》："(石勒)年十四，随邑人行贩洛阳，倚啸上东门。王衍见而异之，顾谓左右曰：'向者胡雏，吾观其声视有奇志，想将为天下之患。'驰遣收之，会勒已去。"后永嘉五年(311)，石勒入寇洛川，破京师。晋怀帝逃亡，公卿士庶死者三万人，史称永嘉之乱。⑦一点阳春，无边德泽：本汉乐府《短歌行》"阳春布德泽，万物生光辉"。此言尤德政在民。

水龙吟

己亥寿史督相①

明堂一柱擎天②，眼看黄阁空诸老③。平生方寸，班班四字④，诚心公道。玉帐云旗，金城露布⑤，尚勤征讨。向淮头蜀口，一时做就，安石传[⑥]，孔明表[⑦]。　谈笑妖氛如扫。看整齐、乾坤都了。衮衣赤舄[⑧]，归来廊庙，雍容师保。三相一门，双亲千岁，人间蓬岛。举黄封[⑨]，细唱调羹[⑩]，官梅上、正春早。

［注释］

①己亥：宋理宗嘉熙三年（1239）。　史督相：史嵩之字子由。庆元鄞县（今浙江宁波）人。史弥远之侄。嘉定进士。该年任右丞相兼枢密使，都督江淮京湖四川军马，故称督相。　②明堂：天子举行祭祀，宣明教化的地方。《礼记·月令》："天子居明堂太庙。"　一柱擎天："卿五山镇地，一柱擎天，气压乾坤，量含宇宙。"见宋敏求《唐大诏令集》卷六十四《赐陈敬瑄铁券文》。　③黄阁："三公黄阁……夫朱门洞启，当阳之正色也。三公之与天子，礼秩相亚，故黄其阁，以示谦不敢斥天子，盖是汉来制也。"见《宋书》卷十五《礼志二》。　④班班：明貌。　⑤露布：即捷报。　⑥安石：晋谢安字安石，阳夏（今河南太康）人。少有重名，累辟不起，隐居东山。桓温请为司马。后为尚书仆射，领吏部，加后将军，威怀中外，时人比之王导。太元八年（383），苻坚攻晋，加安征讨大都督。安遣侄谢玄、弟谢石等大破苻坚于淝水，以功授太保，卒赠太傅。　⑦孔明表：指诸葛亮前后《出师表》。　⑧衮衣赤舄：公侯所着之礼服礼鞋。　⑨黄封：宫中酿酒以黄罗帕封，故名。亦泛指美酒。　⑩调羹："若作和羹，尔惟盐梅。"见《尚书·说命下》。

水龙吟

庚子寿史丞相[①]

东南一气当春，便从黄钺登台斗[②]。紫皇举此[③]，亨屯济泰[④]，属之公手。淮浦烽销，未央觞献，捷传清昼。庆太平朝野，骎骎重见，昔淳化[⑤]，今嘉祐[⑥]。　史观年编新就。看勋庸、光前垂后。三槐鼎盛[⑦]，双椿盘固[⑧]，古今希有。宴侍龙颜，欢承鹤髪，相期长久。问前朝，相业谁同，八九十，迈文富⑨。

［注释］

①庚子：宋理宗嘉熙四年（1240）。 史丞相：即史嵩之，见前首《水龙吟·己亥寿史督相》“史督相”注。 ②台斗：台星与斗星，比喻登相。③紫皇：道教地位最尊的神仙，此指皇帝。 ④亨屯济泰：屯，泰，均卦名，屯喻艰危，泰喻平安。 亨：通达。 济：成功。这里都是使动用法。⑤淳化：北宋太宗年号。 ⑥嘉祐：北宋仁宗年号。 ⑦三槐：本《周礼·秋官》“朝士，面三槐，三公位焉”。此处喻三公一类的高位。 ⑧双椿：用《庄子·逍遥游》“上古有大椿者，以八千岁为春，八千岁为秋”之典，此处颂美史嵩之父母康健。 ⑨文富：指文彦博和富弼。 作者自注：“文潞公九十，富郑公八十。”文彦博（1006—1097），字宽夫。汾州介休（今属山西）人。历仕四朝，任将相五十年，封潞国公。活到九十岁。富弼（1004—1083），字彦国，洛阳人。晏殊婿。仁宗时与韩琦同主中书省。至和二年（1055），与文彦博同任宰相。出判亳州、汝州，封郑国公，谥文忠。活到八十岁。

水龙吟

寿游参政

岷峨寿佛东来，手移斗柄春寰宇①。经纶事业，诗书流出，时为膏雨。载采三阶②，炳丹一念③，雍容枢辅。望岩廊风范④，扬休山立⑤，真汉相、殆天与⑥。 国步时当如许。赖明堂、倚空一柱。苍生引领，整齐中夏，奠安西土。多士相期⑦，直须无愧，范韩文富⑧。且梅边一笑，春风祝公，寿介东鲁。

［注释］

①斗柄：即北斗柄。北斗七星，四星象斗，三星象柄。《鹖冠子》：“斗柄东指，天下皆春；斗柄南指，天下皆夏；斗柄西指，天下皆秋；斗柄北指，

天下皆冬。” ②载：充满。 采：文采。 三阶：天上星名。上阶为天子，中阶为诸侯公卿大大，下阶为士庶人。 ③炳丹：彪炳丹青。 ④岩廊：即庙堂。语出《汉书·董仲舒传》“盖闻尧舜之时，游于岩廊之上，垂拱无为，而天下太平”。 ⑤扬休：称颂美德。《诗经·大雅·江汉》：“虎拜稽首，对扬王休。” ⑥汉相：指西汉宣帝朝的长寿丞相韦贤。 ⑦多士：语出《尚书·多士》，原指商之旧臣，这里泛指朝廷百官。 ⑧范韩文富：指范仲淹、韩琦、文彦博和富弼。皆北宋名臣。

水龙吟

丁未约诸叔父玩月①，期而不至，时适台论②

举杯长揖常娥，高情怜我霜髯白。婆娑树底，老蟾何物，千秋一色。一镜高悬，肺肝洞烛，了无尘隔。任亿千万里，同然玉界，都不管、天南北。 老子萍蓬踪迹。对西风、几番行役③。平生玩事，从头细数，山川历历。明月明年④，知它何处，能如今夕。惜无人共我，登楼酹古，一笑横笛。

[注释]

①丁未：宋理宗淳祐七年（1247）。 ②时适台论：“淳祐六年（1246）闰四月辛卯，李曾伯以台谏论，诏落职予祠，寻罢祠归。”见《宋史·理宗纪三》。 ③行役：语出陶渊明《归去来兮辞》“归去来兮，田园将芜胡不归。既自以心为形役，奚惆怅而独悲”。 ④明月明年：本苏轼《中秋月》“暮云收尽溢清寒，银汉无声转玉盘。此日此夜不长好，明月明年何处看”。

水龙吟

和 韵

少年管领良宵，直须醉待东方白。而今老去，何忧何乐，不空不色。桐影横斜，桂香摇落，仙凡奚隔。怅银桥梦断，玉箫声杳,人如在,楚天北。　　冷眼乾坤陈迹。笑英雄、等为形役。庾楼袁舫[①],浩歌长啸,壮游曾历。万里瑶台,乘风归去,不知何夕。对冰轮孤负,欠千钟酒,与三弄笛。

[注释]

①庾楼:用庾亮典。《世说新语·容止》:“庾太尉在武昌,秋夜气佳景清,使吏殷浩、王胡之之徒登南楼理咏。音调始遒,闻函道中有屐声甚厉,定是庾公。俄而率左右十许人步来,诸贤欲起避之。公徐曰:‘诸君少住,老子于此处兴复不浅。’因便据胡床,与诸人咏谑,竟坐甚得任乐。”袁舫:用袁虎典。《世说新语·文学》:“袁虎少贫,尝为人佣载运租。”刘孝标注引《续晋阳秋》:“镇西谢尚,时镇牛渚,乘秋佳风月,率尔与左右微服泛江。会虎在运租船中讽咏,声既清会,辞文藻拔。非尚所曾闻,遂往听之,乃遣问讯。答曰:‘是袁临汝郎诵诗,即其《咏史》之作也。’尚佳其率有胜致,即遣要迎,谈话申旦。自此名誉日茂。”

水龙吟

和　韵

归来袖手江湖,不妨左右持螯白[①]。凉宵幸对,一轮端正,娟娟秋色。万宇冰清,千林霜缟,更无云隔。对金茎露冷[②],铜壶漏静,梧阴转,画桥北。　　堪叹平生辙迹。算纷纷、为谁驱役。兔蟾应笑,蝇蜗累我,中年虚历。抖擞吟情,徘徊舞影,可怜佳夕。怅力微心在,梦中一曲,似黄楼笛[③]。

[注释]

①螯白:螯即蟹螯;白即大白,酒杯名。　②金茎:《文选·班固〈西都赋〉》“抗仙掌以承露,擢双立之金茎”,李善注:“金茎,铜柱也。”　③黄楼笛:本李白《与史郎中钦听黄鹤楼上吹笛》“黄鹤楼中吹玉笛,江城五月落梅花”。

水龙吟

戊申寿八窗叔[①]

归来三见梅花[②]，年年借此花为寿。八窗轩槛，月边竹畔，数枝开又。姑射肌肤[③]，广平风度[④]，对人依旧。把离骚读遍，椒兰荃蕙，奚敢及、众芳首。　幸与岁寒为友。任天公、雪僝霜僽。香名一点，西湖东阁，逊逋曾有[⑤]。金鼎家毡[⑥]，玉堂椽笔[⑦]，倘来斯受。且巡檐、管领先春，林外事、付卮酒。

[注释]

①戊申：宋理宗淳祐八年（1248）。　②归来三见梅花：李曾伯1246年以台谏去职。至此已三年。　③姑射肌肤："藐姑射之山，有神人居焉，肌肤若冰雪，绰约若处子。不食五谷，吸风饮露。乘云气，御飞龙，而游乎四海之外。"见《庄子·逍遥游》。　④广平风度：广平，宋璟字。唐皮日休《桃花赋序》："余尝慕宋广平之为相，贞姿劲质，刚态毅状。疑其铁肠石心，不解吐婉媚辞。然睹其文而有《梅花赋》，清便富艳。"此喻梅花。⑤逊逋：指何逊和林逋。　⑥家毡：用王献之典。《晋书·王羲之传附王献之》："夜卧斋中，而有人入其室，盗物都尽。献之徐曰：'偷儿，青毡我家故物，可特置之。'群偷惊走。"此以家毡为世家旧物之代称。　⑦椽笔：用王珣典。《晋书·王导传附王珣》："珣梦人以大笔如椽与之。既觉，语人云：'此当有大手笔事。'俄而帝崩，哀册谥议，皆珣所草。"

水龙吟

己酉寿广西丰宪[①]

几番南极星边[②]，樽前常借南枝寿[③]。今年好处，冰清汉节[④]，与梅为友。老桧苍榕，婆娑环拱，影横香瘦。把草庭生意，蛮烟尽洗，都付与、风霜手。　岭首小春时候[5]。看明宵、桂轮圆又。此人此地,此花此月,宜诗宜酒。把绣归来[6],调羹金鼎,西湖春后。愿玉奴、岁与素娥不老,共人长久。

[注释]

①己酉:宋理宗淳祐九年(1249)。 丰宪:丰茝,时任广西提刑。②南极星:“老人一星在弧南,一曰南极。常以秋分之旦见于丙,春分之夕而没于丁。见则治平,主寿昌,常以秋分候之南郊。”见《晋书·天文志上》。 ③南枝:“大庾岭上梅花,南枝落,北枝开。”见《白孔六帖》卷九十九《梅南枝》。 ④汉节:汉苏武厄匈奴十九年,不辱汉节。 ⑤小春:“十月天气和暖似春,故曰小春。”见南朝宋宗懔《荆楚岁时记》。 ⑥把绣:指把守绣州(广西桂平)。 把:任职。

水龙吟

和丰宪题林路铃梅轴韵

小窗香雾茏葱[1],砚寒金井频呵冻。老坡仙去,新声犹寄,绿毛么凤[2]。瘦脸盈盈,不禁僝僽,雪浓霜重。赖墨池佳致[3],草成玄白[4],聊以此、当清供。 长记月明曾共。捻虬髯、几番孤耸。春风一点,著公翠袖,撩人清梦。逋尔何如[5],西湖惯见,影斜芗动[6]。要岁寒得友,岂容无竹,倩谁添种。

[注释]

①茏:《全宋词》作“笼”。 ②绿毛么凤:本苏轼《西江月·玉骨那愁瘴雾》“海仙时遣探花丛,倒挂绿毛么凤”。 ③墨池:东晋王羲之有洗墨池。 ④玄白:黑白。 ⑤逋:林逋。 ⑥影斜芗动:本宋林逋《山园小梅》“疏影横斜水清浅,暗香浮动月黄昏”。

水龙吟

辛亥和吴制参赋雪韵①

元英燕罢瑶台，玉妃满地花钿委②。山川幻出，剡溪梁苑③，齐宫郢里④。半点瑕无，一团和就，珠圆琼碎。任谢家儿女，庭前争诧，盐空撒、絮风起⑤。　夜入蔡州城里⑥。问官军、果谁堪比。饮羔烹凤⑦，众宾一笑，直聊尔耳。寒耸玉楼，冻呵金井，属公诗史。更须持大白，浩歌黄竹⑧，为丰年喜。

［注释］

①辛亥：宋理宗淳祐十一年(1251)。李曾伯时任京湖安置使知江陵。　②玉妃："白帝盛羽卫，倖傲振裳衣。白霓先启途，从以万玉妃。"见韩愈《辛卯年雪》。　③剡(shàn)溪："王子猷居山阴，夜大雪，眠觉，开室，命酌酒。四望皎然，因起彷徨，咏左思《招隐士》。忽忆戴安道，时戴在剡，即便夜乘小船就之。经宿方至，造门不前而返。人问其故。王曰：'吾本乘兴而行，兴尽而返，何必见戴？'"见《世说新语·任诞》。　梁苑："岁将暮，时既昏；寒风积，愁云繁。梁王不悦，游于兔园。乃置旨酒，命宾友，召邹生，延枚叟。相如末至，居客之右。俄而微霰零，密雪下。王乃歌《北风》于卫诗，咏《南山》于周雅。授简于司马大夫，曰：'抽子秘思，骋子妍辞，侔色揣称，为寡人赋之。'"见《文选·谢惠连〈雪赋〉》。　④齐宫："齐宣王见孟子于雪宫。王曰：'贤者亦有此乐乎？'"东汉赵岐注："雪宫，离宫之名也。"见《孟子·梁惠王下》。　郢里：郢中歌者歌《阳春白雪》，国中能应和者仅数十人。　⑤"谢家儿女"三句："谢太傅寒雪日内集，与儿女讲论文义。俄而雪骤。公欣然曰：'白雪纷纷何所似？'兄子胡儿曰：'撒盐空中差可拟。'兄女曰：'未若柳絮因风起。'公大笑乐。即公大兄无奕女，大将军王凝之妻也。"见《世说新语·言语》。王凝之妻谢道韫，世称为咏絮才。　⑥夜入蔡州城里：用唐李愬雪夜入蔡州平定藩镇之典故。⑦羔：羊羔美酒。　烹凤：喻指烹调名贵菜肴。　⑧黄竹：诗篇名。《穆天子传》卷五："日中大寒，北风雨雪，有冻人。天子作诗三章以哀民，曰：我

徂黄竹。”

水龙吟

乘雪登仲宣楼[①],和前韵

玉龙飞下残鳞,千岩万壑皆填委。乾坤一色,不知身隔,蓬莱几里。疑是瑶英,盛开元圃[②],被风敲碎。倚危楼极目,长江渺处,浑错认、沙鸥起。 依约青帘遥指。记山家、酒香无比。访梅江路,何时归唤,小苍长耳[③]。孙案袁门[④],不妨高卧,足娱书史。且摩挲霜鬓,嘲吟冰箸[⑤],共荆人喜[⑥]。

[注释]

①仲宣楼:当阳县城楼。王仲宣登之而作赋。《魏志》云:“王粲(字仲宣)山阳高平人。……时董卓作乱,仲宣避难荆州,依刘表,遂登江陵城楼,因怀归而有此作,述其进退危惧之状。” ②元圃:即县圃,一作悬圃、玄圃,屈原《离骚》:“朝发轫于苍梧兮,夕余至乎县圃。”东汉王逸注:“县圃,神山,在昆仑之上。” ③小苍长耳:典出任昉《述异记》中载陆机有一黄耳犬,能长途为主人传递书信。这里用此典,表明对远方书信的盼望。 ④孙案:《孙氏世录》曰,“孙康家贫,常映雪读书,清介,交游不杂。” 袁门:《后汉书·袁安传》,“袁安字邵公,汝南汝阳人也。……初为县功曹……后选孝廉。”唐李贤注引《汝南先贤传》:“时大雪积地丈余,洛阳令身出案行,见人家皆除雪出,有乞食者。至袁安门,无有行路。谓安已死,令人除雪入户,见安僵卧。问何以不出,安曰:‘大雪人皆饿,不宜干人。’令以为贤,选为孝廉。” ⑤冰箸:“冬至日大雪,至午雪霁,有晴色,因寒,所结檐之溜,皆为冰条。妃子使侍儿敲下两条看玩。帝……问妃子曰:‘所玩何物耶?’妃子笑而答曰:‘妾所玩者,冰箸也。’”见王仁裕《开元天宝遗事》卷下《冰箸》。本诗在此用典正切合咏冰雪景色。 ⑥荆人:内人,妻子。

水龙吟

席间诸公有赋，再和

琅琅环佩三千，一楼玉立中端委。瑶琚碾就，襄王故国，屈平遗里[1]。多少铅华，飞琼涂抹[2]，一时挼碎。记少年驰逐，银杯缟带，几番被、鸡呼起。　　冷入重貂如水。鬓丝丝、叹非前比。羔儿满泛[3]，狮儿低唱[4]，飘风过耳[5]。冰释边忧，春生民乐，欢形佐史。倩何人辈奏，五云天上[6]，助吾君喜。

[注释]

①“襄王”二句：点明地望。　襄王：楚顷襄王。　②飞琼：姓许，传说为西王母的侍女。　③羔儿：即羊羔酒。《事物绀珠》：“羊羔酒出汾州，色莹白，饶风味。”　④狮儿：歌曲名。　⑤飘风过耳：“子卿在镇，营造服饰，多违制度。上敕之……又曰：‘汝比在都，年转成长。吾日冀汝美，勿得敕如风过耳，使吾失气。’”见《南齐书·武十七王传·庐陵王子卿》。此处谓富贵如风过耳，全不放在心上。　⑥五云天：即五色祥云之天，语出李白《侍从宜春苑奉诏赋龙池柳色初青听新莺百啭歌》“是时君王在镐京，五云垂晖耀紫清”。

醉蓬莱

丁酉春题江州琵琶亭，时自兵间还幕，有焚舟之惊[1]

倚栏杆一笑，旧日琵琶，何处寻觅。独立东风，吹未醒狂客。沙外青归，柳边黄浅，依旧自春色。极目长淮，晴烟一抹，不堪重忆。　　老子平生，萍流蓬转，昔去今来，鸥鹭都识。拍拍轻舟，烟浪暗天北。自有乾坤，江山如此，多少等陈迹。世事从来，付之杯酒，青衫休湿[2]。

[注释]

①丁酉:宋理宗嘉熙元年(1237)。前时元兵南下,连下数城。故曰有焚舟之惊。 ②"青衫"句:本白居易《琵琶行》"座中泣下谁最多,江州司马青衫湿"。

醉蓬莱

戊子为亲庭寿,时方出蜀[1]

是人生好处,仕宦归来,享清闲福。屈指吾翁,恰八年荆蜀。星火丛中,风涛局上[2],转青天刍粟。轺传欣还[3],里闾相庆,双鬓犹绿。 为报中朝,如今老子,肯把貂蝉,换取松菊。西舍东邻,正新筜初熟[4]。屋仅一椽,田姑二顷,剩种花莳竹。缓引金钗,细斟琼斝,唱长生曲。

[注释]

①戊子:宋理宗绍定元年(1228)。 ②局:棋局。 ③轺(yáo)传:使者所乘车。 ④筜(chōu):用篾编成的漉酒用具。

醉蓬莱

乙酉寿蜀帅[1]

把东南温厚,天遣西来,试薰风手[2]。一佛人间,与峨眉长久。玉帐旌旗,金城鼓吹,笑乌奴歌酒。狐兔烟清,貔貅月淡,凯音新奏。 元祐明时[3],中朝司马,记得边人,岁问安否。勋业如今,□□□□□。公衮沙堤,归来无恙,有西湖花柳。更借当年,一龟一鹤[4],伴千秋寿。

[注释]

①乙酉:宋理宗淳祐九年,公元1249年。 蜀帅:即郑损,开封人。

②薰风手：指政治清风、造福百姓的好官。 ③元祐：宋哲宗年号（1086—1094）。 ④一龟一鹤：喻为官清廉俭朴。宋叶梦得《石林诗话》卷上："赵清献公以清德服一世，平生畜雷氏琴一张，鹤与白龟各一，所向与之俱。始除帅成都，蜀风素侈，公单马就道，以琴、鹤、龟自随，蜀人安其政，治声藉甚。"赵清献公即宋赵忭，曾任殿中侍御使，时称"铁面御使"。两知成都，一郡晏然。谥清献。有《赵清献集》。

醉蓬莱

丁亥寿蜀帅①

有擎天一柱，殿角西头，手扶宗祏②。万里鱼凫③，倚金城山立。亭障惊沙，毡裘卷地，倏度黄龙碛④。玉帐从容，招摇才指⑤，顿清边色。 见说中天，翠华南渡⑥，一捷金平，胆寒西贼⑦。帝锡公侯，更高逾前绩。箕尾辉腾⑧，昴街芒敛⑨，看清平天日。周衮归来⑩，凤池麟阁⑪，双鬓犹黑。

[注释]

①丁亥：宋理宗宝庆三年（1227）。 ②宗祏（shí）：宗庙中藏神主的石室，代指国家。 ③鱼凫：古蜀之国王名。 ④黄龙碛（qì）：地方，指边疆地区。 ⑤招摇：山名，在今湖南郴州地区。 ⑥翠华：以翠鸟羽毛为旗饰，属天子仪仗，因代指天子。 ⑦胆寒西贼：北宋范仲淹威名远播，令西夏不敢进犯，时有"军中有一范，西贼惊破胆"之语。 ⑧箕尾辉腾："傅说得之，以相武丁，奄有天下，乘东维，骑箕尾，而比于列星。"见《庄子·大宗师》。此喻蜀帅有辅弼君主治理天下之大才。 ⑨昴街：昴星主胡运，昴星至毕星为天街，为胡与汉之分界。 芒敛：意指胡运衰败，边患不起。 ⑩周衮："补衮周官贵，能名汉主慈。"见唐清江《酬姚补阙南仲云溪馆中戏题随书见寄》。 ⑪凤池：即凤凰池。本禁苑中池沼。六朝时设中书省于禁中，掌管机要，唐后多指宰相之职。 麟阁：即麒麟阁。汉宣帝为表彰功臣，于甘露年间将霍光等十一人绘像于麒麟阁中。后以画

图麒麟阁,喻因有功于国而得到的殊誉。

醉蓬莱

代寿昌州守叔祖

记石湖佳句[1],为海棠花,合来西蜀。不道东州,更香霏情淑。汉竹光中,召棠阴里[2],想清欢未足。少驻旌麾,姑留樽俎,待春风曲。　　见说吾家,丹溪老子,万籍名堂,孙枝犹馥。南极星边,正魁星明烛[3]。五马归来[4],一龟无恙,访旧松新菊。从今长伴,西山一佛,镇岷江绿。

[注释]

①石湖佳句:宋诗人范成大,别墅名石湖,自号石湖居士。有《锦然亭烛观海棠》诗"从今胜绝西园夜,压尽锦官城里花"。　②召棠:"召公之治西方,甚得兆民和。召公巡行乡邑,有棠树,决狱政事其下,自侯伯至庶人各得其所,无失职者。召伯卒,而民人思召公之政,怀棠树不敢伐,哥(歌)咏之,作《甘棠》之诗。"见《史记·燕召公世家》。后以此为颂扬官吏政绩之典。　③魁星:星名。旧指主宰文运之神。　④五马:本汉乐府《陌上桑》"使君从南来,五马立踟蹰"。后多以"五马"为太守的代称。

醉蓬莱

寿别制垣[1]

问江东父老,十数年来,谁为安石[2]。万里鲸波,一柱独山立。汉橐班高[3],郢斤名重[4],喜动旌旗色。虎踞龙盘,有人于此,千载犹昔。　　好是元戎,护寒旧手,到处人传,争道公别。办取风樯,指顾定南北。只恐为霖[5],玉麟堂小,留不住台席。一片仁心,寿身寿国[6],与同箕翼[7]。

[注释]

①别制垣：别之杰，嘉定进士。历知德安、江陵、建康等府，淳祐间至参知政事。　②安石：东晋名臣谢安石。　③汉橐："张晏曰：'橐，契囊也。近臣负橐簪笔，以备顾问，或有所纪也。'师古曰：'橐，所以盛书也。有底曰囊，无底曰橐。'"见《汉书》唐颜师古注。此处意指位列朝班，官高位尊。　④郢斤：斤即斧，匠石能一斧削掉郢人鼻端的白土。《庄子·徐无鬼》："庄子送葬，过惠子之墓，顾谓从者曰：'郢人垩慢其鼻端若蝇翼，使匠石运斤成风，听而斫之。尽垩而鼻不伤，郢人立不失容。'"此喻非凡的才能。　⑤为霖：本出商高宗任命傅说为相时的命辞，意指高宗倚傅说如大旱之望霖雨。《尚书·说命上》："若岁大旱，用汝作霖雨。"此处意指别之杰有宰辅之才，将得到更重要的任用。　⑥寿国："夫一言而寿国，不听而国亡，若此者，大圣之言也。"见《管子·霸言》。　⑦箕翼："傅说得之，以相武丁，奄有天下，乘东维，骑箕尾，而比于列星。"见《庄子·大宗师》。此喻蜀帅有辅弼君主治理天下之大才。

醉蓬莱

丙午寿八窗叔[1]

自陇头垂谱[2]，调鼎传家，典刑犹有[3]。岁岁芳期，报小春时候。仙骨非凡，生香不断，标格蕙兰右[4]。江路孤山，水边雪际，为渠诗瘦。　　白玉堂前，青毡席上，孰谓无人，有如此酒。得意春风，且占万花首。会看常娥，移栽月殿，肯向桂华后。应笑家林，枯松厌蹇[5]，岁寒堪友。

[注释]

①丙午：宋理宗淳祐六年(1246)。　②陇头垂谱：李氏郡望在陇右。③典刑：典范、榜样。　④右：古代以右为上。　⑤厌蹇(jiǎn)：通"偃蹇"，盘屈貌。

醉蓬莱

庚戌寿章仓[①]

正阳生一脉[②],绣日添长[③],台云书瑞[④]。劲节昂霄,仁意雪霜里。粟庾红陈[⑤],草扉绿茂,襦袴蔼千里[⑥]。马熟车轻[⑦],铃斋曾到[⑧],从容游戏。　　好是邦人,能言世美,犹爱其棠[⑨],而况其子。洞里桃花,岁月任渠记。一点梅梢,为传消息,有东皇知己[⑩]。倚看明年,相逢贡袜[⑪],曳星辰履。

[注释]

①庚戌:宋理宗淳祐十年(1250)。　②阳生一脉:"冬至一阳生,是阳动用而阴复于静也。夏至一阴生,是阴动用而阳复于静也。"见《周易·复卦》唐孔颖达疏。　③绣日添长:"魏晋间,宫中以红线量日影,冬至后日影添长一线。"见《岁时记》。　④云台书瑞:即登台观云而书以纪之。宋人多以云指冬至。　⑤粟庾红陈:"至孝武皇帝元狩六年,太仓之粟红腐而不可食。"见《汉书·贾捐之传》。唐颜师古注:"粟久腐坏,则色红赤也。"　⑥襦袴:"廉范字叔度,京兆杜陵人,赵将廉颇之后也。建初中,迁蜀郡太守……成都民物丰盛,乃歌之曰:'廉叔度,来何暮?不禁火,民安作。平生无襦今五袴。'"见《后汉书·廉范传》。　⑦马熟车轻:"与之语道理、辨古今事当否、论人高下、事后当成败,若决河下流而东注,若驷马驾车轻就熟路。"见韩愈《送石处士序》。　⑧铃斋:即铃阁。本将帅所居,代指府衙。　⑨犹爱其棠:"召公之治西方,甚得兆民和。召公巡行乡邑,有棠树,决狱政事其下,自侯伯至庶人各得其所,无失职者。召伯卒,而民人思召公之政,怀棠树不敢伐,哥(歌)咏之,作《甘棠》之诗。"见《史记·燕召公世家》。后以此为颂扬官吏政绩之典。　⑩东皇:神名。屈原《楚辞·九歌·东皇太一》王逸注:"太一,星名,天之尊神。祠在楚东,以配东帝,故云东皇。"太一亦作太乙。　⑪贡袜:古制冬至日,贡履袜以迎福祥。

六州歌头

和陈次贾韵饯其行[①]

桂香深处,倾盖岭之西。云南外,曾指点,是挛鞮[②]。酌玻璃。篸带江山里[③],挥银笔,摛绮句,湖海气[④],羞蓬弱,吐虹霓。回首烟尘碌碌,公家事、自笑痴儿[⑤]。盍田园归去,耕钓侣黔黎。月夕花时,恣吟题。　怅荆州路,同北望,剡溪兴,又东驰。雄边上,夸前躅,壮新基。灿宸奎。客问西陲事,公莫惜,语教知。秋城梦,笳却骑[⑥],舞闻鸡[⑦]。休作中年离恨,聊拚取、一醉如泥。梅边佳致,逸兴与逋齐。人在苏堤。

[注释]

①陈次贾:陈策字次贾,号南墅,上虞人。时为曾伯幕宾。　②挛鞮:匈奴单于之复姓。　③篸:同“簪”。　④湖海气:许汜与刘备、刘表共论天下人,许曰:“陈元龙湖海之士,豪气不除。”后借指有文武胆略之豪气者。　⑤痴儿:“(杨)骏弟与咸善,与咸书曰:‘江海之流混混,故能成其深广也。天下大器,非可稍了,而相观每事欲了。生子痴,了官事,官事未易了也。了事正作痴,复为快耳。’”见《晋书·傅咸传》。　⑥笳却骑:“拜琨为司空、都督并冀幽三州诸军事。琨上表让司空,受都督。……在晋阳,尝为胡骑所围数重,城中窘迫无计,琨乃乘月登楼清啸,贼闻之,皆凄然长叹。中夜奏胡笳,贼又流涕觑欷,有怀土之切。向晓复吹之,贼并弃围而走。”见《晋书·刘琨传》。　⑦舞闻鸡:“与司空刘琨俱为司州主簿,情好绸缪,共被同寝。中夜闻荒鸡鸣,蹴琨觉曰:‘此非恶声也!’因起舞。”见《晋书·祖逖传》。

摸鱼儿

和陈次贾仲宣楼韵

对楼头、欠招欢伯[①]，和风吹老芳讯。凭阑面面蒲萄绿，依约碧岑才寸。无尽兴。纵燃竹烹泉，亦自清肠吻。凭谁与问。旧城郭何如，英雄安在，何说解孤愤。　铜鞮路[②]，极目长安甚近。当时宾主相信。翩翩公子登高赋[③]，局面还思著紧。乘暇整。谩课柳评花，援镜搔蓬鬓。江平浪稳。怅我有兰舟，何人共楫，毋作孔明恨[④]。

[注释]

①欢伯：指酒。汉焦延寿《易林》卷二："酒为欢伯，除忧来乐。"　②铜鞮：即白铜鞮，歌曲名。　③翩翩公子登高赋：即指王粲和他的《登楼赋》。当阳县城楼。王仲宣登之而作赋。《魏志》云："王粲（字仲宣）山阳高平人。……时董卓作乱，仲宣避难荆州，依刘表，遂登江陵城楼，因怀归而有此作，述其进退危惧之状。"　④孔明恨：指大业未成而病故之恨。

八声甘州

庚戌重九约诸友登龙山[①]，阻雨

拟龙山、把酒酹西风，西风苦无情。似秋容不受，骚人登眺，特地悭晴。依稀两三过雁，何处是方城[②]。目断危楼外，山远烟轻。　且对黄花一笑，叹浮生易老，乐事难并。唤遏云低唱，檐溜任霏铃。问何如、乌纱折角[③]，把芳名、盖取晋参军[④]。东篱下，阴晴不管，输与渊明。

[注释]

①庚戌：宋理宗淳祐十年（1250）。　龙山：在今湖北江陵县西北。②方城：在今河南叶县南。　③乌纱折角：用郭泰典。《后汉书·郭泰

传》:"郭泰字林宗,太原介休人也。……性明知人,好奖训士类。身高八尺,容貌魁伟,褒衣博带,周游郡国。尝于陈梁间行遇雨,巾一角垫,时人乃故折巾一角,以为'林宗巾'。其见慕皆如此。"郭泰为东汉名士,不求仕进,而为时人景仰。 ④晋参军:即孟嘉。《世说新语·识鉴》刘孝标注引《孟嘉别传》:"后为征西桓温参军,九月九日,温游龙山,参僚毕集,时佐史并著戎服,风吹嘉帽堕落。温戒左右勿言,以观其举止。嘉初不觉,良久如厕,命取还之。令孙盛作文嘲之,成,箸嘉坐。嘉还即答,四坐嗟叹。"

八声甘州

庚戌寿郑丞相①

有厖眉、扶杖岘山来②,举觞寿南山。道天怜赤子,相逢钧播,久望毡还。幸际君王神武,上宰是甘盘③。少运风霆手,整顿何难。 好个霜天时候,听雁门新雁,眺远凭阑。想经纶心上,一点炳如丹。抚舆图、真儒事了,把勋庸、留在鼎彝看。八千岁,四明洞府,一佛人间。

（以上双照楼本《可斋杂稿》卷三十一）

[注释]

①庚戌:宋理宗淳祐十年(1250)。 郑丞相:郑清之,嘉定进士。参与史弥远拥立理宗,累迁参知政事兼同知枢密院事,进左相,拜太傅,封齐国公致仕。 ②厖眉:眉毛花白。 岘山:在今湖北襄阳南,也称岘首山。③甘盘:人名。辅佐殷高宗武丁的贤臣。此处以甘盘来颂美郑丞相。

沁园春

丁酉春陪制垣齐安郡圃曲水之集①

形胜风流,乐事良辰,一时四并②。正榆更新火③,觞浮曲水④,那堪上巳⑤,又是清明。赤壁功名,东坡文字,俯仰人间无古今。诗书帅[⑥],对烽烟静昼,俎豆添春。水边天气催人。便须认杨花雪样生。慨英风满席,思旌绵上[⑦],清谈束阁[⑧],肯记兰亭。安得长绳[⑨],高悬碧落,系住画檐红日阴。柔桑外,听鸣鸠唤雨[⑩],全胜流莺。

[注释]

①丁酉:宋理宗嘉熙元年(1237)。 齐安郡:在今湖北黄冈西北。 ②四并:本南朝宋谢灵运《拟魏太子邺中集诗序》“天下良辰、美景、赏心、乐事,四者难并”。 ③榆更新火:古代寒食禁火,而清明另生新火。取火的方法则是钻榆取火。 ④觞浮曲水:古代风俗农历三月上旬巳日在水边宴祓除不祥。因引水环曲成渠,引觞取饮,称为曲水。 ⑤上巳:农历每月上旬的巳日。三月上巳是古代节日,汉魏以后多以三月三日为上巳,不拘巳日。 ⑥诗书帅:原指春秋时晋元帅郤谷,后泛指儒将。见《左传·僖公二十七年》。 ⑦绵上:“晋侯赏从亡者,介之推不言禄,禄亦弗及。……遂隐而死。晋侯求之不获,以绵上为之田,曰:‘以志吾过,且旌善人。’”见《左传·僖公二十四年》。 ⑧束阁:即束之高阁,喻弃置不用。典出《晋书·庾翼传》。 ⑨安得长绳:“岁暮景迈时光绝,安得长绳系白日。”见晋傅玄《九曲歌》。 ⑩鸣鸠唤雨:“鹁鸠,灰色,无绣项。阴则屏逐其匹,晴则呼之。语曰:‘天将雨,鸠逐妇。’是也。”见唐陆玑《毛诗草木鸟兽虫鱼疏》卷下“宛彼鸣鸠”条。

沁园春

庚寅为亲庭寿[①]

鸿禧主人,一闲半年,未尝厌闲。谓有溪可钓,有田可秫[②],有兰堪佩,有菊堪餐。羽檄秋风,胡笳夜月,多少勋名留汉关。如今且,效樽罍北海[③],歌舞东山[④]。 门前。咫尺长安。但只恐纶音催禁班。把鹭鬓数茎,更因民白,鸥心一片,犹为君丹。蓝绶儿痴,彩衣家庆[⑤],倦羽伶俜江汉还。春光小,看庭闱岁岁,一笑梅间。

[注释]

①庚寅：宋理宗绍定三年(1230)。　亲庭：父母。　②有田可秣：喂养，有饭吃。注者按：秣当为“秫”。　③樽罍北海：孔融字方举，曾为北海相，人称孔北海。《后汉书·孔融传》：“融性宽容少忌，好士，喜诱益后进。及退闲职，宾客日盈其门。常叹曰：‘坐上客恒满，尊中酒不空，吾无忧矣。’”　④歌舞东山：用谢安典。《世说新语·识鉴》：“谢公在东山畜妓。简文曰：‘安石必出。既与人同乐，亦不得不与人同忧。’”南朝梁刘孝标注：“宋明帝《文章志》曰：‘安纵心事外，疏略常节，每畜女妓，携持游肆也。’”　⑤彩衣：楚人老莱子至孝，年七十，仍穿彩衣以娱双亲。

沁园春

代为亲庭寿

轩冕倘来，功名杯水，行藏倚楼[①]。把方略评梅，工夫课柳，精神伴鹤，谈笑盟鸥。草檄寻樵，移文问钓，任江上东南风未休。君知否，问如今绿野[②]，胜似青油[③]。　从伊万户封留[④]。算得似团栾歌笑不。怕魏阙兴思[⑤]，高车驷马[⑥]，江湖难著，缓带轻裘。雪意何如，新醪熟未，乐事良辰聊献酬。从今去，更八千椿算，才一春秋。

[注释]

①行藏倚楼：“勋业频看镜，行藏独倚楼。”见杜甫《江上》。　②绿野：指绿野堂。唐宪宗时丞相裴度之别墅。此谓致仕后的闲适生活。③青油：晋代高官所乘车的车帘。此喻高贵的爵位。　④万户封留：用张良典。《史记·留侯世家》：“汉六年正月，封功臣。……(张)良曰：‘始臣起下邳，与上会留。此天以臣授陛下，陛下用臣计，幸而时中，臣愿封留足矣，不敢当三万户。’乃封张良为留侯。”　⑤魏阙兴思：“中山公子牟谓瞻子曰：‘身在江海之上，心居乎魏阙之下，奈何？’”见《庄子·让王》。唐成玄英疏：公子有嘉遁之情而无高蹈之德，故身在江海上而隐遁，心思魏阙下之荣华。既见贤人，借问其术也。”　⑥高车驷马：用司马相如典。《太

平御览》卷七十三引晋常璩《华阳国志》:“吊仙桥在成都县北十里,即司马相如题桥柱曰:‘不乘驷马高车,不复过此桥。’”

沁园春

代寿直院陈文昌

今代清流,北斗以南[①],文昌一星[②]。对露门进读[③],銮坡演翰[④],琐闱批敕,宝牍成文。笔下权衡,胸中律度,礼乐人才俱讨论。鸳行里[⑤],羡才高片玉[⑥],辉映条冰[⑦]。

几年简在吾君。便须把诗书开太平。笑诸公炙手,昔成何事,一贤冷眼,今独修名。花底退朝,槐边听制,一武商岩霖雨新[⑧]。金罍举,对春风九十,岁岁平分。

[**注释**]

①北斗以南:“狄公之贤,北斗以南,一人而已。”见《新唐书·狄仁杰传》。 ②文昌一星:即文曲星,古人以为主文运。 ③露门:即路门,宫室最内的正门。 ④銮坡:翰林院的别称。唐德宗时,曾移学士院于金銮坡上。 ⑤鸳行:即朝班。杜甫《秦州》:“为报鸳行旧,鷦鷯在一枝。” ⑥片玉:用郤诜典。《晋书·郤诜传》:“(诜)累迁雍州刺史。武帝于东堂会之,问诜曰:‘卿自以为何如?’诜对曰:‘臣举贤良对策,为天下第一,犹桂林之一枝,昆山之片玉。’” ⑦条冰:“陈彭年在翰林,所兼十余职,皆文翰清秘之目,时人谓其署衔为‘一条冰’。”见宋晁载之《续谈助》引《圣宋掇遗》。 ⑧“一武”句:言希望陈文昌如商岩傅说一样,能作霖雨济民的贤相。 武:通“舞”。舞拜于廷,任职之意。

沁园春

乙未代寿尤制帅[①]

天下中庸,千载一灯,传之自公。有涵洪雅量,陂澄千顷[②]，坚凝定力，壁立孤峰。佐鼎调梅，参帷借箸[③]，略试斯文经济功。听淮鹤，暂素丝揽辔[④]，玉帐分弓。　朝来鼓角声雄。庆元帅新除初度逢[⑤]。任西风局面，人皆澒洞[⑥]，福星堂上，我独从容。草檄传燕[⑦]，开门释蔡[⑧]，了却中原公衮东，归廊庙，把格天勋业，与宋无穷。

[注释]

①乙未：宋理宗端平二年，公元1235年。　尤制帅：即尤焴。时任淮西制置使。　②涵洪雅量，陂澄千顷："（郭）林宗曰：'叔度（黄宪字叔度）汪汪如万顷之陂，澄之不清，扰之不浊，其器深广，难测量也。'"见《世说新语·德行》。　③参帷借箸："良从外来谒汉王。汉王方食，曰：'客有为我计桡楚权者。'具以（郦）生计告良曰：'于子房何如？'……良曰：'臣请借前箸以筹之……'"见《汉书·张良传》。意为借其筷子以指画当时形势。后用指代人筹划。　④揽辔："陈仲举（陈蕃字仲举）言为士则，行为世范，登车揽辔，有澄清天下之志。"见《世说新语·德行》。　⑤初度：即生日。语出屈原《离骚》"皇览揆余初度兮，肇锡余以嘉名"。　⑥澒洞：相连不断。《古文苑·汉贾谊〈旱云赋〉》："运混浊之澒洞兮，正重沓而并起。"　⑦草檄传燕：用鲁仲连典。《史记·鲁仲连邹阳列传》："燕将攻下聊城，聊城人或谗之燕，燕将惧诛，因保守聊城，不敢归。齐田单攻聊城岁馀，士卒多死而聊城不下。鲁连乃为书，约之矢以射城中，遗燕将。燕将见鲁连书，泣三日，犹豫不能自决……乃自杀。"　⑧开门释蔡：即李愬雪夜入蔡州，平定藩镇之役。

沁园春

壬寅饯余宣谕入蜀[①]

画舸呼风，长剑倚天，壮哉此行。指洞庭彭蠡，遍观吴楚，瞿塘滟　，直上峨岷。帝语春温，军声秋肃，手济时屯开泰平。天应是、念蚕丛父老[②]，公为更生。　眼看四海无人。今天下英雄惟使君。想驰情忠武，将兴王业，抚膺司马，忍咎吾民。净洗甲兵，归来鼎辅，定使八荒同一云[③]。经营事，比京河形势，更近函秦[④]。

[注释]

①壬寅：宋理宗淳祐二年（1242）。　余宣谕：即余玠。　②蚕丛：古蜀王。《太平御览》卷一百六十六引汉扬雄《蜀王本纪》云："蜀之先称王者，有蚕丛、折权、鱼易、俾明。是时惟椎髻左衽，不晓文字，未有礼义。从开明已上至蚕丛，凡四千岁。"此处代指蜀地。　③八荒同一云："阑风长雨秋纷纷，四海八荒同一云。"见杜甫《秋雨叹三首》。　④函秦：函谷关，秦地的东门户。

沁园春

庚子登凤凰台[①]，和壁间韵

漫浪江头，三听秋砧，一登故台。望烟芜莽苍，令人目断，风樯掀舞，何日眉开。把酒新亭[③]，围棋别墅[④]，老气当时何壮哉。江东事，百年无恙，全是时才。　纷然竞付轻埃。还水绕赏心东向淮[⑤]。叹阿奴侪辈，因人碌碌，乃翁材略，馀地恢恢。凤阙天高，鹭洲潮落，约取白鸥归去来。阑干外，英雄陈迹，一酥琼杯[⑥]。

[注释]

①庚子：宋理宗嘉熙四年（1240）。　凤凰台：在今江苏南京。　②把酒新亭："过江诸人，每至美日，辄相邀新亭，藉卉饮宴。周侯中坐而叹曰：'风景不殊，正自有山河之异。'皆相视流泪。唯王丞相愀然变色曰：'当共戮力王室，克复神州，何至作楚囚相对？'"见《世说新语·言语》。　④围棋别墅："（苻）坚后率众，号百万，次于淮淝，京师震恐。加安征讨大都督。玄入问计。安夷然无惧色，答曰：'已别有旨。'既而寂然。玄不敢复言，乃令张玄重请。安遂命驾出山墅，亲朋毕集，方与玄围棋赌别墅。安常棋劣于玄，是日玄惧，便为敌手而又不胜。安顾谓其甥羊昙曰：'以墅乞汝。'安

遂游涉，至夜乃还，指授将帅，各当其任。”见《晋书·谢安传》。 ⑤赏心：即赏心亭，赏心亭在南京下水门之城上，下临秦淮，尽观览之胜。⑥醁：醽醁（líng lù），美酒。

沁园春

再 和

绮阁香销，玉砌梦残，凄凉旧台。对御沟红叶[1]，一番木落，宫墙黄菊，几度花开。水溯岷源，山联吴会[2]，目送征鸿安往哉。都休问，六朝人物，谁拙谁才。 平生衮衮烟埃。记匹马当年荆蜀淮。叹凋零殆尽，词源已竭，消磨未去，酒量犹恢。八跪蟹肥[3]，四腮鲈美[4]，客有可人招不来。油幢暇[5]，凭栏一笑，相与传杯。

[注释]

①御沟红叶：唐宣宗时，卢渥赴京应举，偶临御沟，拾得红叶，叶上有女子怀思之诗。后宣宗释部分宫女，许嫁百官司吏，渥得一女，即题诗红叶者。 ②山联吴会：此指会稽山。 ③跪：蟹足。 ④四腮鲈：鱼名，似鳜而色白，有黑点，巨口细鳞，有四腮，也叫松江鲈鱼。陆游《剑南诗稿》卷九《记梦诗》：“团脐霜蟹四腮鲈，樽俎芳鲜十载无。” ⑤油幢：油幕，张挂在舟车上的帷幕。

沁园春

和广文叔有季秋既望之约不及赴

目断长空，手拍危栏，高兴酒浓。拟招呼短艇，追陪飞盖[1]，一餐湘菊，共赋芙蓉。雁字沉秋，鸦林噪晚，几阵萧萧雨更风。空凝伫，不如一鹤，随意西东。 堪嗟乐事难逢。愧元伯、巨卿千里从[2]。望文星聚彩，交辉吴分[③],天飙吹翅,独隔昆蓬[④]。野墅荒烟,败荷衰草,人在可怜憔悴中。还相念,愿持觥薄罚,别许从容。

[注释]

①追陪飞盖:"公子敬爱客,终宴不知疲。清夜游西园,飞盖相追随。"见曹植《公宴》。 ②元伯、巨卿:"范式字巨卿,山阳金乡人也,一名氾。少游太学,为诸生,与汝南张劭友。劭字元伯。二人并告归乡里。式谓元伯曰:'后二年当还,将过拜尊亲,见孺子焉。'乃共剋期日。后期方至,元伯具以白母,请设馔以候之。母曰:'二年之别,千里结言,尔何相信之审邪?'对曰:'巨卿信士,必不乖违。'母曰:'若然,当为尔酝酒。'至其日,巨卿果到,升堂拜饮,尽欢而别。……后元伯寝疾笃……寻而卒……式便曳朋友之服,投其葬日,驰往赴之。式未及到,而丧已发引。既至圹,将窆,而柩不肯进。其母抚之曰:'元伯,岂有望邪?'遂停柩移时,乃见有素车白马,号哭而来。其母望之曰:'是必范巨卿也。'巨卿既至,叩丧言曰:'行矣元伯!死生路异,永从此辞。'会葬者千人,咸为挥涕。式因执绋而引,柩于是乃前。"见《后汉书·范式传》。 ③吴分:吴地。 ④昆蓬:昆仑与蓬莱。

沁园春

自和即事

雨抹晴妆,修眉镜清,寸碧翠浓。对蒹葭尽处,丛丛烟树,池塘侧畔,面面芙蓉[①]。千百栖乌,两三过雁,时有婆娑一笛风。斜阳里,更青帘半卷,在小桥东。 佳人何日重逢。问还肯扁舟载酒从。笑平生劲概,寸心如铁,中年老态,两鬓成蓬。荷锸栽蔬[②],腰镰刈稻,且寄西郊图画中。空回首,望五湖鸥鹭,心事容容。

[注释]

①面面芙蓉:"归来池苑皆依旧,太液芙蓉未央柳。芙蓉如面柳如眉,

对此如何不泪垂。”见白居易《长恨歌》。　芙蓉：荷花。　②锸（chā）：锹。挖土的工具。

沁园春

再　和

秋岂悲人，人不悲秋，比春更浓。有蕙兰丰度，尚存芳菊，牡丹文献，犹在芙蓉。举蟹持醪[1]，得鲈作鲙，晋宋间人有此风。休轻笑，彼柴桑傲吏[2]，龌龊篱东。　携壶与客还逢[3]。愿时许先生杖屦从。叹尘踪如寄，鸥凫江海，性真聊适，蜩鷃蒿蓬。刮眼青天，惊心黄叶，立尽梧桐月正中。凄然久，看物情终竟，不似春容。

［注释］

①举蟹持醪：持螯蟹，饮美酒。　②柴桑傲吏：即陶渊明。柴桑为其故里，在今江西九江西南。　③携壶与客：“江涵秋影雁初飞，与客携壶上翠微。”见杜牧《九日齐山登高》。

沁园春

甲辰饯尤木石赴九江帅[1]

大江之西，康庐之阴[2]，壮哉此州。有舳舻千里，旌旗百万，襟喉上国，屏翰中流[3]。弹压鲸波，指麾虎渡，著此商川万斛舟。青毡旧，看崇诗说礼，缓带轻裘。　十年泉石优游。久高卧元龙百尺楼。正九重侧席，相期岩弼，一贤砥柱，聊试边筹。了却分弓，归来调鼎，得见茂洪何复忧[4]。谈兵暇，问琵琶歌曲，无恙还不。

[注释]

①甲辰:宋理宗淳祐四年(1244)。 尤木石:尤焴,字木石。 九江帅:江州制置使。尤焴时以秘阁修撰知江州。 ②康庐:即匡庐,因避宋太祖讳而改名康庐。 ③屏翰:屏障。 ④茂洪:王导字。《世说新语·言语》:"温峤初为刘琨使。于时,江左营建始尔,纲纪未举。温新至,深有诸虑。既诣王丞相,陈主上幽越、社稷焚灭、山陵夷毁之酷,有《黍离》之痛。温忠慨深烈,言与泗俱。丞相亦与之对泣。叙情既毕,便深自陈结。丞相亦厚相酬纳。既出,欢然言曰:'江左自有管夷吾,此复何忧!'"

沁园春

甲辰寿王总侍[①]

北固台端,南渡后来,无此伟人。自从容佐鼎,光华揽辔,几年中外,属目经纶。万灶炊烟[②],千艘漕雪[③],手整江淮如掌平。诗书效,看马腾士饱,酒好兵精。 平生。馀事功名。岂管葛诸人能拟伦[④]。暂牙筹游戏,小淹惟月[⑤],金瓯注想,便合为霖。沆瀣一襟,风流八咏[⑥],秋入诗坛如许清。为公寿,有黄花不老,长伴香名。

[注释]

①甲辰:宋理宗淳祐四年(1244)。 王总侍:不详。 ②万灶:貔貅万灶,言兵马强盛。 ③千艘漕雪:言粮秣丰盈。 ④管葛:即管仲、诸葛亮。《世说新语·赏誉》:"殷渊源(浩)在墓所几十年,于时朝野以拟管葛,起不起,以卜江左兴亡。"刘孝标注引《续晋阳秋》:"陈郡殷浩,素有盛名,时论比之管葛。" ⑤小淹:淹留短暂,故曰"惟月"。 ⑥八咏:沈约《八咏·登台望秋月》,清吴兆宜注引《金华地》:"《八咏》诗,南齐隆昌元年太守沈约所作,题元畅楼,时号绝唱。后人因更元畅为八咏楼云。"

沁园春

饯邓季谦赴班

揽秀岷峨，著鞭江淮，诸公所奇。对塞垣烟淡，相随弓剑，城楼月落，几共灯棋。驿柳摇黄，溪桃涨绿，稳趁春风度玉墀。亨衢去，看紫微红药[①]，太乙青藜[②]。　孤山若放梅时。莫忘却扬州曾有诗。怅英游难驻，堪怜只影，中年易感，祗付双眉。珍重交情，勉旃时用[③]，回首岫云从此归。能相忆，有好音遗我，在水之湄[④]。

［注释］

①紫微：中书省代称。唐开元元年改中书省为紫微省，中书令为紫微令，取天文紫微垣为义，寻于省中植紫薇花，故又称为紫薇省。　②太乙青藜："刘向于成帝之末，校书天禄阁，专精覃思。夜有老人，着黄衣，拄青藜杖，登阁而进，见向暗中独坐诵书，老父乃吹杖端，烟然，因以见向，说开辟已前。向因受《洪范》五行之文，恐辞说繁广忘之，乃裂裳及绅，以记其言。至曙而去。向请问姓名。云：'我是太乙之精，天帝闻金卯之子有博学者，下而视焉。'乃出怀中竹牒，有天文地图之书，'余略授子焉。'"见晋王嘉《拾遗记》卷六。　③勉旃：努力。　④在水之湄："蒹葭凄凄，白露未晞。所谓伊人，在水之湄。"见《诗经·秦风·蒹葭》。水边曰湄。

沁园春

饯税巽甫

唐人以处士辟幕府如石温辈甚多[①]。税君巽甫以命士来淮幕三年矣，略不能挽之以寸[②]。巽甫虽安之，如某歉何。临别，赋《沁园春》以饯

水北洛南，未尝无人，不同者时。赖交情兰臭[③]，绸缪相好，宦情云薄，得失何知。夜观论兵，春原吊古，慷慨事功千载期。萧如也，料行囊如水，只有新诗。　归兮。

归去来兮。我亦办征帆非晚归。正姑苏台畔，米廉酒好，吴松江上，莼嫩鱼肥。我住孤村，相连一水，载月不妨时过之。长亭路，又何须回首，折柳依依。

［注释］

①石：石洪，字濬川，洛阳人。 温：温造，字简舆，洛阳人。参韩愈《送石处士序》和《送温处士赴河阳军序》。 ②挽之：提携他。 ③交情兰臭："同心之言，其臭如兰。"见《周易·系辞》。 臭：气味。

沁园春

丙午登多景楼和吴履斋韵①

天下奇观，江浮两山，地雄一州。对晴烟抹翠，怒涛翻雪，离离塞草，拍拍风舟。春去春来，潮生潮落，几度斜阳人倚楼。堪怜处，怅英雄白发，空敝貂裘②。 淮头。虏尚虔刘③。谁为把中原一战收。问只今人物，岂无安石，且容老子，还访浮丘④。鸥鹭眠沙，渔樵唱晚，不管人间半点愁。危栏外，渺沧波无极，去去归休。

［注释］

①丙午：宋理宗淳祐六年(1246)。 多景楼：在江苏镇江北固山甘露寺内，宋郡守陈天麟在唐人临江亭故址修建。 吴履斋：吴潜，字毅夫，号履斋。宣州宁国(今安徽宁国)人。嘉定十年(1217)进士第一，历官江东安抚留守、淮东总领、兵部尚书、浙东安抚使，两度入相，为贾似道所陷，卒于贬所。 ②空敝貂裘："(苏秦)说秦王书十上而说不行，黑貂裘弊，黄金百斤尽，资用乏绝，去秦而归。"见《战国策·秦策》。 ③虔刘：抢劫、杀人。 ④浮丘："王子乔者，周灵王太子晋也，好吹笙，作凤凰鸣，游伊洛之间。道士浮丘公接以上嵩高山。"见《列仙传》。

沁园春

丙午和淮安朱赞府韵，以同在丙寅安陆围中[①]，朱八十馀矣

紫金山前，铁骑围中，惟公尚知。怅当时丱角[②]，鱼犹同队，如今缟鬓，鸥已忘机。故垒荒榛，群贤拱木[③]，畴记官军夜战时。不图见，独岁寒不改，老气犹奇。　嗟哉月驶舟移。四十载光阴昨梦非。叹荷薪弗克，只惭弓冶[④]，扃柴却扫，绝望簪圭。菌短椿长[⑤]，鹞微鹏巨[⑥]，天分当然何足疑。闻公里，有磻溪堪钓[⑦]，盍亦云归。

[注释]

①丙寅：宋开禧二年（1206）。　安陆围中：金兵包围。　②丱（guàn）角：头髮梳成两角的少年髮型。　③拱木：婉指死亡。《左传·僖公三十三年》："蹇叔哭之：'孟子，吾见师之出而不见其入也。'公使谓之曰：'尔何知，中寿，尔墓之木拱矣。'"　④弓冶：即子承父业之意。见《礼记·学记》："良冶之子，必学为裘；良弓之子，必学为箕。"　⑤菌短椿长：以短命的朝菌和长寿的大椿喻寿命长短各有其分。《庄子·逍遥游》："小知不及大知，小年不及大年。奚以知其然也？朝菌不知晦朔，蟪蛄不知春秋，此小年也。楚之南有冥灵者，以五百岁为春，五百岁为秋；上古有大椿者，以八千岁为春，八千岁为秋。而彭祖乃今以久特闻，众人匹之，不亦悲乎？"　⑥鹞微鹏巨：喻差异巨大。《庄子·逍遥游》："北冥有鱼，其名为鲲。鲲之大，不知其几千里也，化而为鹏。鹏之背，不知其几千里也。怒而飞，其翼若垂天之云。是鸟也，海运将徙于南冥，南冥者，天池也。蜩与学鸠笑之曰：'我决起而飞，抢榆枋，时则不至，而控于地而已。奚以之九万里而南为？'"　⑦磻溪：在今陕西宝鸡。北魏郦道元《水经注》卷十七"渭水"条："渭之右，磻溪水注之。水出南山兹谷，乘高激流，注于溪中。溪中有泉，谓之兹泉。泉水潭积，自成渊渚，即《吕氏春秋》所谓太公钓兹泉也。"此谓朱氏可以归隐。

沁园春

丙午寿常丞叔

大疏归来[①],小阮适闲[②],喜同此时。问垂弧历载[③],几番遥祝,举觞华旦,相会良希。颂以松椿,酌之椒柏,预卜明年百事宜。春犹浅,趁雪晴梅放,且和新诗。　公虽厌直兰闱。如正色朝端当宁知[④]。看大廷诸老,争推前席,吾家五祖,自有传衣。暖律初回,要津立上,卿相时来皆可为。祈公寿,与东君不老,南极齐辉。

[注释]

①大疏:即疏广。汉宣帝时,疏广为太傅,侄疏受为少傅,后二人同时上疏请辞还乡。宣帝皆许之,加赐黄金二十斤,皇太子赠以五十斤。公卿大夫故人邑子设祖道,供帐东都门外,送者车数百辆,辞决而去。及道路观者皆曰:"贤哉二大夫。"见《汉书·疏广传》。　②小阮:即阮咸。《晋书》卷四十九《阮籍传附阮咸传》:"咸字仲容。父熙,武都太守。咸任达不拘,与叔父阮籍为竹林之游,当世礼法者讥其所为。"阮籍、阮咸合称"二阮",阮咸为侄,故称"小阮"。　③垂弧:代指生日。　④当宁(zhù):帝王视朝所居之位。

沁园春

庚午初度自赋[①]

弧矢四方,江汉一萍,少年壮游。叹而今老矣,只宜野服,欲何为者,还著轻裘。匹马萧萧,孤鸾杳杳,城郭重来空白头。西风里,对一番新月,又荻花秋。　依然千古荆州。问刘表诸人还在不[②]。向亭前举酒,不堪北顾,船头击楫,忍负中流。远水长天,淡烟衰草,还是当时王粲楼[③]。何如且,倩吴歌楚舞,一洗新愁。

[注释]

①庚午：宋理宗淳祐十年（1250）。　②刘表："刘表字景升，山阳高平人也。少知名，号八俊。"见《三国志·魏书·刘表传》。　③王粲楼：王粲年十七到荆州依附刘表，表因其貌瘦体弱，不甚重视。粲登当阳城楼眺望，作《登楼赋》以明志。

沁园春

月夜自和

嗟矍铄翁[①]，对婵娟月，怀汗漫游。怅江湖幸有，季鹰鲈鲙[②]，田园忍负，晏子狐裘[③]。丹桂开时，青蘋渺处，家在三吴天尽头。庭皋静，又一番叶落，天下皆秋。　少年弓剑边州，惊转首黄粱还梦不[④]。叹悠悠千载，关山无恙，滔滔一水，岁月俱流。镜老菱花，笳悲芦叶，新雁数行人倚楼。君知否，把眉峰蹙破，岂为身愁。

[注释]

①矍铄翁：本指马援。《后汉书·马援传》："时年六十二，帝悯其老，未许之。援自请曰：'臣尚能被甲上马。'帝令试之。援据鞍顾眄，以示可用。帝笑曰：'矍铄哉，是翁也。'"唐李贤等注："矍铄，勇貌也。"　②季鹰鲈鲙：用张翰典。《晋书·张翰传》："翰（字季鹰）因见秋风起，乃思吴中菰菜、莼羹、鲈鱼鲙。曰：'人生贵得适志，何能羁宦数千里以要名爵乎？'遂命驾而归。"　③晏子狐裘：《礼记·檀弓下》载"有若曰：'晏子一狐裘三十年。'"言其太简逼。此指破旧狐裘。　④黄粱：唐沈既济《枕中记》载，卢生于邯郸客舍中遇道者吕翁。生自叹穷困，翁乃授之一仙枕，使入梦。卢生于梦中历尽荣华富贵。一梦醒来，"主人蒸黍犹未熟"。后用以喻富贵终归虚幻或欲望破灭。

沁园春

中秋约僚佐观击圆,登怀远[1],用前韵

唤麹生来[2],与常娥约,从太守游。把玉箫声寄,萧关短笛[3],霓裳曲换,清塞重裘。桂影飘摇,桐阴立尽,多少征人霜满头。油幢暇,不掀髯一笑,辜负中秋。　斗杓矗处中州[4]。还有解闻鸡起舞不。看鸣弦中鹄,穿杨电激[5],飞球戏马,策箠星流。绣帽归军,玳簪环客,薄晚同登庾亮楼。浮生事,是几番玩月,何苦多愁。

[注释]

①击圆:击球。　怀远:楼名。　②麹生:酒的代称。　③萧关:一名郸关,在今甘肃固原县东南。　④斗杓:即斗柄。北斗七星,四星象斗,三星象杓,杓即柄。　⑤穿杨:百步穿杨。《史记·周本纪》:"楚有养由基者,善射者也。去柳叶百步而射之。百发而百中之。"

沁园春

以雨不克登楼,用前韵

麹生来言,素娥寄声,偶阆苑游[1]。问去年今夕,逢余桂岭[2],前年今夕,见子莵裘[3]。何事尘劳,启人厌倦,痴兔老蟾因缩头[4]。宜珍重,要相期后会,直待来秋。　休休。莫舞凉州[5]。岂巫女风姨相妒不[6]。枉停歌准拟[7],冰轮东上,持杯顾恋,银汉西流。一笑天悭,四并时少[8],应负珠帘十二楼[9]。呼蕉叶,且与生酹古,排遣牢愁。

[注释]

①阆苑:阆风之苑,仙人所居之地。　②桂岭:词似作于宋理宗淳祐九年(1249),此前一年,曾伯以台谏落职在乡,本年起复知静江(桂林)。　③莵

裘:退隐之地。《左传·隐公十一年》:“羽父请杀桓公,将以求太宰。公曰:‘为其少故也,吾将授之矣。使营菟裘,吾将老焉。’” ④痴兔老蟾:传说月宫中有玉兔、蟾蜍。此以代月。 ⑤凉州:大曲名。 ⑥巫女风姨:指云雨和风。 ⑦准拟:打算。 ⑧四并:良辰、美景、赏心、乐事。 ⑨十二楼:“(昆仑山)其一角有积金为天墉城,而方千里。城上安金台五所,玉楼十二所。”见汉东方朔《海内十洲记》。此处代指美景佳境。

沁园春

钱总干陈公储

百尺楼头,奇哉此翁,元龙后身①。当壮年襟度,百川鲸吸②,平生出处,一片鸥轻。冷淡逋梅,淋漓旭草③,但见风雷笔下生。荆州幕,觉坐间小异,乃有斯人。　牙樯喜色津津。正江影涵秋无点尘④。对白蘋黄苇,且供诗卷,紫薇红药,却演丝纶。举酒延蟾,倚栏闻雁,应念征人归尚春。君王问,尽不妨细说,万里戎情。

（以上双照楼本《可斋杂稿》卷三十二）

［注释］

①元龙:许汜与刘备、刘表共论天下人,许曰:“陈元龙湖海之士,豪气不除。”后借指有文武胆略之豪气者。 ②百川鲸吸:喻豪饮。杜甫《饮中八仙歌》:“左相日兴费万钱,饮如长鲸吸百川。” ③旭草:指唐草书大家张旭。《旧唐书·贺知章传》:“时有吴郡张旭,亦与知章相善。旭善草书,而好酒,每醉后号呼狂走,索笔挥洒,变化无穷,若有神助,时人号为‘张颠’。” ④江影涵秋:本杜牧《九日齐山登高》“江涵秋影雁初飞,与客携壶上翠微”。

水调歌头

甲申春利州漕廨玩月闻琴和周晒仲韵①

一段太清境,谁幻出阶坳。不知身住何处,爽气逼霜袍。但见人间一样,似夜又还非夜,栖鸟不安巢。认得在尘世,禁鼓二更敲。　　最忺看③,来竹底,上梅梢。几家朱户,不如儿女醉蓬茅。谁把琴声三弄,不管骚人幽趣,似向曲中嘲。长啸赋赤壁,有酒更无肴④。

［注释］

①甲申:宋宁宗嘉定十七年(1224)。　②利州:今四川广元。③忺(xiān):高兴,适意。　④有酒更无肴:“二客从予过黄泥之坂,木叶尽脱,人影在地,仰见明月,顾而乐,行歌互答。已而叹曰:‘有客无酒,有酒无肴,月白风清,如此良夜何?’”见苏轼《后赤壁赋》。

水调歌头

再　和

夜永厌银烛,移步下堂坳。秋风昨梦少年①,高兴鹄成袍②。世上痴儿睡去,历历江山细数,孤鹘啸危巢③。地静未容去,门掩不妨敲。　　转巍阑,低画桷(桶),落寒梢。南楼老子争似,短笛一椽茅。无色界间长啸④,不夜城中高卧⑤,随意弄诗嘲。洗斝要更酌,为我问佳肴。

［注释］

①少年:于律当作“年少”。　②鹄(hú)成袍:鹄,天鹅。鹄袍即白袍,宋代举子应试所穿衣。　③孤鹘啸危巢:本苏轼《后赤壁赋》“攀栖鹘之危巢,俯冯夷之幽宫”。　④无色界:佛教所谓三界包括欲界、色界、无色界。　⑤不夜城:“不夜故城,在县东北八十五里。属东莱郡。春秋时

莱子所置，初筑此城，有日夜出，故名之。”见唐李吉甫《元和郡县图志》卷十一“河南道登州文登县”条。此当指灯烛通明如昼。

水调歌头

丙戌寿蜀阃[1]

千一载英杰，百二国山河[2]。提封几半宇宙，万里仗天戈。十乘晋军旗鼓[3]，三岁秦关扃锁，地利属人和。位次功第一，未数酂侯何[4]。　建青油[5]，持紫荷[6]，听黄麻[7]。乾坤整顿都了[8]，玉殿侍羲娥[9]。且醉东湖花柳，却泛西湖舟楫，留不住岷峨。谁为语儒馆，浓墨被诗歌。

［注释］

①丙戌：宋理宗宝庆二年（1226）。　蜀阃：指郑损。时任四川制置使。　②“百二”句：指山河险固。以二人可敌百人。　③十乘：语出《诗经·小雅·六月》“织文鸟章，白旆央央。元戎十乘，以启先行”。　④酂侯：萧何，以功封酂侯。此处寓示郑损的功业将超过萧何。　⑤青油：此处指高层。原指高官所乘车之帘幕。　⑥紫荷：朝服肩上有紫生袷囊，缀之朝服外，俗呼曰紫荷。持紫荷为在朝高官。此言蜀阃曾为高官。　⑦黄麻：用黄麻纸誊写的诏书。唐李肇《翰林志》：“凡赐与征召宣索处分曰诏，用白藤纸；凡慰军旅，用黄麻。”　⑧乾坤整顿都了：“成王功大心转小，郭相谋深古来少。司徒清鉴悬明镜。尚书气与秋天杳。二三豪俊为时出，整顿乾坤济时了。”见杜甫《洗兵马》。　⑨羲娥：羲和、嫦娥指代日、月。此处代指皇帝。

水调歌头

代寿昌州守叔祖

三蜀最佳处，昌是海棠州。清香燕寝闲暇[1]，人与地风流。十万人家寿域，六七十翁儿状，眉寿祝公侯[2]。谁为语廊庙，且许寇恂留[3]。　过书云[4]，才几日，纪千秋。祖孙卮酒相贺，庆事衮箕裘。自有诗书万卷，安用田园千顷，松菊足优游。持以寿公者，梅萼伴清修。

[注释]

①清香燕寝："兵卫森画戟，宴寝凝清香。海上风雨至，逍遥池馆凉。"见韦应物《郡斋雨中与诸文士燕集》。　②眉寿：语出《诗经・豳风・七月》"为此春酒，以介眉寿"。朱熹注："介眉寿者，颂祷之辞也。"　③寇恂留："七年，代朱浮为执金吾。明年，从车驾击隗嚣，而颍川盗贼群起，帝乃引军还，谓恂曰：'颍川迫近京师，当以时定。惟念独卿能平之耳。从九卿复出，以忧国可知也。'恂对曰：'……'即日车驾南征，恂从至颍川，盗贼悉降，而竟不拜郡。百姓遮道曰：'愿从陛下复借寇君一年。'"见《后汉书・寇恂传》。后以"借寇"作为挽留地方长官之典。　④书云：冬至日。

水调歌头

丁亥重阳登益昌二郎庙楼[1]

老子世北客，家本住吴头[2]。登临聊复尔耳，佳节懒为酬。刚被西风断送，又为黄花牵帅，草创作斯游。目力眇无际，更上一层楼。　对长江，流不尽，古今愁。凭栏正拟一笑，襟抱怯于秋。高处令人心悸，放旷舒怀何暇，好趁醒时休，留取江湖量，归去醉中州。

[注释]

①丁亥：宋理宗宝庆三年(1227)。　②吴头：此指江西。宋祝穆《方舆胜览》卷十九"江西路"条："(豫章)地接衡庐，上控百粤，吴头楚尾。"

水调歌头

丁亥送方子南出蜀

行客送行客，况又值新秋。莼乡此去万里[①]，先我上扁舟。三载乌奴聚首[②]，异县乡情对语，乘月几登楼。去去远蜀口，日日望吴头。　丹青手，描不就，此离愁。半生萍梗江汉，别恨最绸缪。远水长空一色，风顺波平如掌，雁序际天游。故旧有相问，犹滞剑南州。

[注释]

①莼乡：用莼羹鲈鲙典，此指吴地。　②乌奴：乌舅金奴的简称。乌舅，即乌臼子，油可燃灯。金奴指捧灯的金戴人，是灯台。这里指夜里挑灯相对。

水调歌头

丁未沿檄过颍寿[①]

骤雨送行色，把剑渡长淮。西风咄咄怪事[②]，吹不散烟霾。才是橙黄时候，早似梅边天气，寒意已相催。老子尚顽耐，仆马苦虺隤[③]。　叹平生，身客路，半天涯。飞鸢跕跕曾见[④]，底事又重来。回首白云何处，目送孤鸿千里，去影为徘徊。篱菊渐秋色，杜瓮有新醅[⑤]。

[注释]

①丁未：宋理宗淳祐七年(1247)。　②咄咄怪事：晋人殷浩因北伐失败，被解职。他对此感到不满，整天以指书空“咄咄怪事”，以排遣心中的愤懑和郁闷。　③仆马苦虺隤：本《诗经·周南·卷耳》“陟彼崔嵬，我马虺隤”。　虺隤(huī tuí)：马病貌。此处指疲乏劳累的样子。　④跕跕(dié dié)：坠落的样子。　⑤杜瓮：杜康造酒，故酒又称杜瓮。

水调歌头

和吴鹤林舍人送杨帅韵①

万里长淮北，青是汉时山。几年壁垒相望，高枕度春闲。不道草庐豪杰，手袖伊吾长剑，驰志在楼兰②。钟鼓令秋肃，毡罽胆冰寒③。　诗书帅，金横带，玉为鞍。天生如结数辈，虏岂易江南④。京索成皋此际⑤，东郭韩卢俱困⑥，故老正争看。琳檄未能草⑦，冯铗直空弹⑧。

[注释]

①吴鹤林：吴泳，字叔泳官至起居舍人，权刑部尚书。　②伊吾：郡名，汉伊吾卢地。邻近楼兰。　楼兰：汉西域城国之一，唐诗中常以喻指外患。③毡罽(jì)：毛织的衣服。此指北方少数民族。　④易：轻视。　⑤京索：地名，秦末楚汉决战处。　成皋：地名，楚汉两军曾相持于此，这里指古战场。　⑥东郭韩庐："淳于髡谓齐王曰：'韩子卢者，天下之疾犬也。东郭逡者，海内之狡兔也。韩子卢逐东郭逡，环山者三，腾山者五，兔极于前，犬废于后，犬兔俱罢，各死其处，田父见之，无劳倦之苦，而擅其功。'"见《战国策·齐策三》。　⑦琳檄：即陈琳檄。《三国志·魏书·王卫二刘傅传》裴松之注引《典略》："(陈)琳作诸书及檄，草成呈太祖(曹操)。太祖先苦头风，是日疾发，卧读琳所作，翕然而起曰：'此愈我病。'数加厚赐。"　⑧冯铗："齐人有冯谖者，贫乏不能自存，使人属孟尝君，愿寄食门下。……后有顷，复弹其剑铗，歌曰：'长铗归来乎！无以为家。'左右皆恶之，以为贪而不知足。孟尝君问：'冯公有亲乎？'对曰：'有老母。'孟尝君使人给其食用，无使乏。于是冯谖不复歌。"见《战国策·齐策四》。

水调歌头

庚子寿制阃别尚书①

岘山羊叔子②，江左管夷吾③。勋名掀揭宇宙，金匮侈丹书④。两载风寒卧护，一柱狂澜屹立，形势壮陪都。功业笑儿辈，别有大规模。　看东归，游凤沼，转鸿枢。不应廊庙人物，犹佩玉麟符。好是茅峰仙客，更与钟山佛子，同日庆垂弧。一饮共千岁，永永辅皇图。

[注释]

①庚子：宋理宗嘉熙四年（1240）。　别尚书：即别之杰。　②岘山羊叔子：用羊祜登岘山慨叹故事。《太平御览》卷五百八十九引《荆州图记》："羊叔子与邹润甫尝登岘山，泣曰：'自有宇宙，便有此山。由来贤达登此望，如我与卿者多矣，皆湮灭无闻，念此使人悲伤。'润甫曰：'公德冠四海，道嗣前哲。令闻令望，当与此山俱传。若润甫辈，乃当如公语耳。'"　③江左管夷吾：典出《世说新语·言语》。"温峤初为刘琨使。于时，江左营建始尔，纲纪未举。温新至，深有诸虑。既诣王丞相，陈主上幽越、社稷焚灭、山陵夷毁之酷，有《黍离》之痛。温忠慨深烈，言与泗俱。丞相亦与之对泣。叙情既毕，便深自陈结。丞相亦厚相酬纳。既出，欢然言曰：'江左自有管夷吾，此复何忧！'"茂洪：即王导字。　④金匮侈丹书："又与功臣剖符作誓，丹书铁契，金匮石室，藏之宗庙。"见《汉书·高帝纪下》。

水调歌头

庚子送周晒仲赴江东幕

簪履盛元幕，领袖属英游。登车揽辔馀事，何止客诸侯。看尽巫云岷雪，却访庐峰湓浦，砥柱赞中流。百叠青山路，一片白蘋洲。　今日事，风涛上，一虚舟。长江万顷寒碧，犹谓马能浮①。况是眼前局面，心腹忧如边角，胜著赖帷筹。谈笑济时了，勋业迈前修。

[注释]

①"长江"二句："太安中，童谣曰：'五马浮渡江，一马化为龙。'"见《晋书·五行志中》。当时两晋宗室六人渡江，其中一人即成为后来的晋元帝。这两句意思是宋室南渡后国运衰颓，竟还空说什么马能浮江。

水调歌头

辛丑送胡子安赴远安①

风卷江湖浪，举足是羊肠。峡山知在何处，榛莽更凄凉。不为渊明五斗，直为班超万里②，雅志未能忘。耿耿富襟抱，行计有诗囊③。　　溯吴头，逾楚尾，界瞿塘。从它昵昵燕语，留不住征樯④。芳草天涯弥望，著我飞凫来去⑤，在在可徜徉。持此见刘表，抵掌与谈王⑥。

［注释］

①辛丑：宋理宗淳祐元年(1241)。　②班超万里：班超投笔从戎平定西域，封定远侯。　③诗囊：用李贺典。李商隐《樊南文集》卷八《李贺小传》："恒从小奚奴骑蹇驴，背一古破锦囊，遇有所得，即书投囊中。及暮归，太夫人使婢受囊出之，见所书多，辄曰：'是儿要当呕出心始已耳。'上灯与食，长吉从婢取书，研墨叠纸足成之，投他囊中。非大醉及吊丧日，率如此，过亦不复省。"　④留不住征樯："夜醉长沙酒，晓行湘水春。岸花飞送客，樯燕语留人。"见杜甫《发潭州》。　⑤飞凫：用王乔典。《后汉书·方术传·王乔》："王乔者，河东人也。显宗世，为叶令。乔有神术，每月朔望，常自县诣台朝。帝怪其来数，而不见车骑，密令太史伺望之。言其临至，辄有双凫从东南飞来，于是候凫至，举罗张之，但得一支舄焉。"　⑥抵掌：语出《战国策·秦策》"(苏秦)见说赵王于华屋之下，抵掌而谈。赵王大悦，封为武安君"。

水调歌头

甲辰中秋和傅山父韵①

幻出广寒境，罗袜净无尘②。素娥风格分明，玉骨水为神。手揽清光盈掬，眼看山河一色，阅尽古今人。对影且长啸，一酌瓮头春③。　　千万顷，琉璃色，楚天清。庚楼袁舫何事④，汩汩主和宾。但见老蟾无恙，不管镜圆钩阙，寒暑任相更。此夕幸无雨，何惜放颜醺。

[注释]

①甲辰：宋理宗淳祐四年(1244)。　②罗袜净无尘：本曹植《洛神赋》“体迅飞凫，飘忽若神。凌波微步，罗袜生尘”。　③瓮头春：酒名。初熟之酒。　④庾楼：“庾太尉在武昌，秋夜气佳景清，使吏殷浩、王胡之之徒登南楼理咏。音调始遒，闻函道中有屐声甚厉，定是庾公。俄而率左右十许人步来，诸贤欲起避之。公徐曰：‘诸君少住，老子于此处兴复不浅。’因便据胡床，与诸人咏谑，竟坐甚得任乐。”见《世说新语·容止》。袁舫：“袁虎少贫，尝为人佣载运租。”见《世说新语·文学》。刘孝标注引《续晋阳秋》：“镇西谢尚，时镇牛渚，乘秋佳风月，率尔与左右微服泛江。会虎在运租船中讽咏，声既清会，辞文藻拔。非尚所曾闻，遂往听之，乃遣问讯。答曰：‘是袁临汝郎诵诗，即其《咏史》之作也。’尚佳其率有胜致，即遣要迎，谈话申旦。自此名誉日茂。”

水调歌头

幕府有和，再用韵

碾就一轮玉，扫尽四边尘。白乎不涅不磷①，千古此丰神。领略常娥体态，寂寞谪仙材调，四海岂无人。安得金丹诀，长驻玉颜春。　　镜圆明，冰样洁，水来清。良宵难值如许，何惜且留宾。拟唤桓伊三弄②，影转画檐西畔，钟鼓趣残更。肺腑尽霜雪，麹蘖不能醺。

[注释]

①涅：黑色染料，此指黑色。　磷：色泽鲜明貌。　白乎不涅不磷：谓坚不受损、白不受污之意。　②桓伊三弄：桓伊，字叔夏。晋谯国铚人，官至江州刺史，护军将军，善吹笛。《晋书·桓宣传附桓伊》：“善音乐，尽一时之妙，为江左第一。有蔡邕柯亭笛，常自吹之。王徽之赴召京师，泊舟

青溪侧。素不与徽之相识。伊于岸上过,船中客称伊小字曰:‘此桓野王也。’徽之便令人谓伊曰:‘闻君善吹笛,试为我一奏。’伊是时已贵显,素闻徽之名,便下车,踞胡床,为作三调,弄毕,便上车去,客主不交一言。”

水调歌头

再　和

久欲乘槎去[①],间阔几仙尘。乾坤炯炯不夜,造化抑何神。谁道二分无赖[②],到处一轮都满,天未始私人。今夕果何夕,非夏亦非春。　　风露下,明作哲[③],圣之清[④]。纷纷浮世代谢,燕客与鸿宾。欢恨离愁尽扫,谢赋鲍诗高束[⑤],一枕听严更。尔自屋梁落[⑥],吾已醉醺醺。

[注释]

①乘槎:“旧说云天河与海通。近世有人居海渚者,年年八月有浮槎去来,不失期。后至蜀,问君平。曰:‘某年月日有客星犯牵牛宿。’计年月,正是此人到天河时也。”见晋张华《博物志》卷十。　②二分无赖:“萧娘脸薄难胜泪,桃叶眉长易觉愁。天下三分明月夜,二分无赖是扬州。”见唐徐凝《忆扬州》。　③明作哲:“明作哲,聪作谋。”语出《尚书·洪范》。智者不惑之意。　④圣之清:本《孟子·万章》“伯夷圣之清者也”,言人品极高。　⑤谢赋鲍诗:指南朝宋谢庄《月赋》和南朝宋鲍照《玩月城西门廨中》。　⑥尔自屋梁落:本杜甫《梦李白二首》“落月满屋梁,犹疑照颜色”。

水调歌头

送制参向君玉归里

薄酒长亭别,饱饭故园归。两年婉婉席上[①],甘苦每同之。騄骥群中独步[②],麋鹿兴前不瞬[③],孰可与争驰。力挽不能寸[④],健翮遽斜飞。　　经营事,艰难状,老天知。

区区塞马得失,一笑付观棋。用则风云万里,不用烟霞一壑,两鬓未应丝。回首乌樯外,鸥鸟自忘机。

[注释]

①婉婉:和顺安详。 ②騄:騄(lù)耳,良马名,周穆王八骏之一。③麋鹿兴:山林隐逸之兴。 ④"力挽"句:力挽而不寸移,喻意志坚定。

水调歌头

乙巳九月寿城获捷[①],和傅山父凯歌韵

壁垒壮西塞,形势古州来[②]。九重庙算经远,边隙肯轻开。整顿金城千仞,遮护风寒数处,蛇豕敢当哉[③]。惆怅倚长剑,扫未尽烟埃。　骑连营,桥列栅,木成排。老酋鱼釜视我,孰与障吾淮。横槊冲围四出,北府牢之何勇[④],新进喜多才。老子可归矣,击壤乐春台[⑤]。

[注释]

①乙巳:宋理宗淳祐五年(1245)。 寿城:今安徽寿县。 ②州来:在寿县北。古曰州南,属楚国。 ③蛇豕:封豕长蛇,喻贪残害人之物,指敌人。《左传·定公四年》:"申包胥如秦乞帅:'吴为封豕长蛇,以荐食上国,虐始于楚。" ④北府牢之:"刘牢之字道坚,彭城人也。……(谢)玄以牢之为参军。领精锐为前锋,百战百胜,号为'北府兵',敌人畏之。及(苻)坚将句难南侵,玄率何谦等距之,牢之破难辎重于盱眙,获其运船,迁鹰扬将军、广陵相。"见《晋书·刘牢之传》。 ⑤击壤:"天下大和,百姓无事,有八十老人击壤于道。观者曰:'大哉帝之德也。'老人曰:'吾日出而作,日入而息,凿井而饮,耕田而食。帝力何有于我哉?'"见晋皇甫谧《帝王世纪》。 春台:本《道德经》"众人熙熙,如享太牢,如春登台"。

水调歌头

幕府有和,再用韵

枣颊上秋色,朔漠寇南来。斧螗锋猬棼集[1],腥雾扫难开。细看眼前局面,惊落人间匕箸[2],砥柱者谁哉。熊虎贾馀勇,狐兔等轻埃。　炮雷轰,戈日耀[3],阵云排。不图风定波息,谈笑静长淮。休诧穿杨妙手[4],乘早闹篮抽脚[5],谁拙又谁才。束起楼兰剑[6],归钓子陵台[7]。

[注释]

①斧螗锋猬:斧螗,即螳螂。锋猬,即刺猬。柳宗元《平淮夷雅·皇武》:"良凶鞠顽,锋猬斧螗。赤子匍匐,厥父是亢。" ②"惊落"句:曹操谓刘备:"今天下英雄,唯使君与操耳,本初(袁绍)之徒不足数也。"刘备为之震惊,失手将匕箸(餐具)掉下。 ③戈日:"鲁阳公与韩构难,战酣,日暮,援戈而挥之,日为之返三舍。"见《淮南子·览冥训》。 ④穿杨妙手:"楚有养由基者,善射者也。去柳叶百步而射之。百发而百中之。"见《史记·周本纪》。 ⑤闹篮:犹闹竿,戏场。 抽脚:抽身回家。 ⑥楼兰剑:"介子与士卒俱赍金币,扬言以赐外国为名,至楼兰。……王贪汉物,来见使者。介子与坐饮,陈物示之。饮酒皆醉,介子谓王曰:'天子使我私报王。'王起随介子入帐中,屏语。壮士二人从后刺之,刃交胸,立死。其贵人左右皆散走,介子告谕以'王负汉罪,天子遣我来诛王,当更立前太子质在汉者。汉兵方至,毋敢动,动,灭国矣。'遂持王首还诣阙,公卿将军咸嘉其功。"见《汉书·傅介子传》。 ⑦子陵台:严光字子陵,东汉初隐居富春江,后人名其钓处为子陵台,在今浙江桐乡富春山。

水调歌头

戊申和八窗叔为寿韵[1]

壮志小鹏背,万里欲乘风[2]。马瘏裘敝[3],老来无复旧游重。楚尾吴头蜀口,三十载间陈迹,衮衮水之东。休说射雕手[④]，且学钓鱼翁。　　奚为者，聊尔耳，此山中。壶觞自引，不妨换羽与移宫。蓬矢桑弧何事[⑤]，朝菌大椿皆分[⑥]，识破色俱空。掬润弄明月，长啸倚青松。

[注释]

①戊申：宋理宗淳祐八年（1248）。　②万里欲乘风：用宗悫典。《宋书·宗悫（què）传》："宗悫字元干，南阳人也。……悫年少时，炳问其志。悫曰：'愿乘长风破万里浪。'"　③马瘏（tú）：马病。　④射雕手："光字明月，少工骑射，以武艺知名。……尝从世宗于洹桥校猎，见一大鸟，云表飞（飏），光引弓射之，正中其颈。此鸟形如车轮，旋转而下，至地乃大雕也。世宗取而观之，深壮异焉。丞相属邢子高见而叹曰：'此射雕手也。'当时传号落雕都督。"见《北齐书·斛律金传附斛律光》。　⑤蓬矢桑弧：古俗生男子以蓬为矢以桑为弧射天地四方。　⑥朝菌大椿：以短命的朝菌和长寿的大椿喻寿命长短各有其分。《庄子·逍遥游》："小知不及大知，小年不及大年。奚以知其然也？朝菌不知晦朔，蟪蛄不知春秋，此小年也。楚之南有冥灵者，以五百岁为春，五百岁为秋；上古有大椿者，以八千岁为春，八千岁为秋。而彭祖乃今以久特闻，众人匹之，不亦悲乎？"

水调歌头

再　和

鸿雁未应到，可怪此番风。木犀天气[①]，何事爽逼夹衣重。长记呼韩塞下[②]，每向飞廉声里[③]，占见马蹄东。今且闭门睡，都不管山翁。　　李北平[④]，班定远[⑤]，魏云中[⑥]。纷纷成败，任取勋业纪南宫[⑦]。幸得明朝无雨，定是中宵有月，莫放酒尊空。起舞弄庭叶，清影伴岩松。

[注释]

①木犀天气：即秋天。　木犀：桂花。　②呼韩：南匈奴单于王号，娶王昭君为阏氏（妃）者。　③飞廉：风伯。屈原《离骚》："前望舒使先驱

兮，后飞廉使奔属。”东汉王逸注：“飞廉，风伯也。” ④李北平：李广。《史记·李将军列传》：“匈奴入杀辽西太守，败韩将军。后韩将军徙右北平。于是天子乃召拜广为右北平太守。……广居右北平，匈奴闻之，号曰‘汉之飞将军’，避之数岁，不敢入右北平。” ⑤班定远：即班超。 ⑥魏云中：即魏尚。守云中，匈奴不敢近。 ⑦南宫：尚书省。纪南宫言功勋为中央政府而纪录。

水调歌头

招八窗叔托疾再和

一番蓼花雨，几阵桂枝风。杖藜多暇，准拟同醉小山重。底事阮郎清致①，苦托休文瘦损②，咫尺阻西东。秋色浩如许，岂可欠诗翁。　　门前事，都莫问，付杯中。纷纷蛮触等耳③，富贵大槐宫④。何惜振衣而起，相与凭栏一笑，抵掌共谈空。佳客倘不至，推枕卧云松。

［注释］

①阮郎：即阮籍，字嗣宗，陈留尉氏人。竹林七贤之一。与侄阮咸齐名，称大小阮。 ②休文：沈约，字休文，南朝吴兴武康人。沈约以瘦弱著称。 ③蛮触：喻无谓之争。《庄子·则阳》：“惠子闻之而见戴晋人。戴晋人曰：‘有所谓蜗者，君知之乎？’曰：‘然。’‘有国于蜗之左角者曰触氏，有国于蜗之右角者曰蛮氏，时相与争地而战，伏尸数万，逐北，旬有五日而后返。’” ④大槐宫：唐李公佐《南柯太守传》载，唐代淳于棼所居宅南有大古槐一株。一日醉卧堂下，梦里有使者驾车迎入其中。至槐安国，即被纳为驸马，授任南柯太守，历尽荣华。其后妻死遣归，醒来“斜日未隐于西垣，余樽尚湛于东牖”。与友人掘槐发穴。见一大蚁巢，即槐安国都，南边一枝，即南柯郡。

水调歌头

戊申送厉守赴濡须漕①

缔好恨不早，觌面雅相知。瓊星楼上，一见天产此英奇。功在淮梁砥柱，政蔼汉扶襦袴②，仅借寇恂期③。懊恼剑花冷，手欲鲙鲸鲵。　濡须坞，咽喉地，腹心谁。公其揽辔凭轼，勋业笑谈为。贯索旄头息焰④，斗极泰阶动色⑤，归佐太平基。客有问仆者，只说在渔矶。

[注释]

①戊申：宋理宗淳祐八年（1248）。　濡须：水名，今称运漕河或裕溪河。源出安徽巢湖，经芜湖裕溪口入长江。孙权曾于此设坞以备曹操，下文濡须坞指此。　②襦袴：后汉廉范宽政富民。民歌曰"平生无襦今五绔"。　③寇恂："七年，代朱浮为执金吾。明年，从车驾击隗嚣，而颍川盗贼群起，帝乃引军还，谓恂曰：'颍川迫近京师，当以时定。惟念独卿能平之耳。从九卿复出，以忧国可知也。'恂对曰：'……'即日车驾南征，恂从至颍川，盗贼悉降，而竟不拜郡。百姓遮道曰：'愿从陛下复借寇君一年。'"见《后汉书·寇恂传》。后以"借寇"作为挽留地方长官之典。④旄头：胡星，现则胡人犯境。　贯索旄头：将胡星俘虏（贯索）则烽火息灭，天下太平。　⑤斗极：北斗、北极二星。　泰阶：即三台星，两两斜上如梯。三阶平则天下太平。

水调歌头

己酉宿樟原驿得雨①

之子问行役，火伞正当天②。酷哉几可炙手，流汗满襟沾。仆仆长亭古道，人在竹舆何似，甑釜受蒸煎。帝悯苍生熟，敕下九龙渊。　命丰隆③，驱屏翳④，起蜚廉⑤。神工一炊黍顷⑥，爽气遍垓埏。洗涤山河尘土，转作清凉境界,物类举醒然。稽首谢天赐,伸脚快宵眠。

[注释]

①己酉:宋理宗淳祐九年(1249)。 ②火伞:语出唐韩愈《游青龙寺赠崔大补阙》"光华闪壁见神鬼,赫赫炎官张火伞"。此处以喻似火骄阳。③丰隆:云师。屈原《离骚》:"吾令丰隆乘云兮,求宓妃之所在。"东汉王逸注:"丰隆,云师,一曰雷师。" ④屏翳:雨师。屈原《天问》:"蓱号起雨,何以兴之?"东汉王逸注:"蓱,蓱翳,雨师名也。"宋洪兴祖补注:"《山海经》,屏翳在海东,时人谓之雨师。" ⑤蜚廉:即飞廉。屈原《离骚》:"前望舒使先驱兮,后飞廉使奔属。"东汉王逸注:"飞廉,风伯也。" ⑥一炊黍顷:烧一锅饭的时间,意指时间很短。

水调歌头

题临江驿和徐意一韵

君莫厌行役,易尔此非难。人情无已、久阴忧潦霁忧乾。借得庭轩一榻,忘却征涂炎暑,小驻瀹龙团[①]。世路任渠险,襟抱五湖宽。 叹平生,环辙迹,已苍颜。梅花雪片万里、奚又絷南冠[②]。应是江山好处,犹待推排老眼,天未许休官。莫忆故园竹,日日报平安[③]。

[注释]

①龙团:以龙形图案作包装的茶饼,属贡品,极贵重。 瀹(yuè):烹。 ②南冠:"晋侯观于军府,见钟仪,问之曰:'南冠而絷者,谁也?'有司对曰:'郑人之献楚囚也。'"见《左传·成公九年》。此指为官职所缚,如囚徒一样,不得自由。 ③报平安:典出唐段成式《酉阳杂俎》,文曰:"童子寺竹:卫公言北都惟童子寺有竹一窠,才长数尺,相传其寺纲维,每日报竹平安。"

水调歌头

庚戌寿静斋叔[1]

乔木老盘谷，仙李盛峨岷[2]。参横井转，月边犹赖有长庚。传得丹溪正派，更是平庵宅相[3]，夷路早蜚英[4]。十载星沙幕[5]，一片玉壶冰[6]。　题舆了[7]，千万里，尽云津。渚宫小驻[8]，不妨谈笑对秋城。西去凭熊驾驷[9]，东下握兰持橐[10]，衮衮看峥嵘。愿借鹫峰桂，岁以寿金觥。

[注释]

①庚戌：宋理宗淳祐十年（1250）。　②仙李：语出杜甫《冬日洛城北谒玄元皇帝庙》“仙李蟠根大，猗兰奕时光”。老子姓李，唐皇帝遂认他为祖先，尊为玄元皇帝。此处用仙李来表示李氏源于老子，既切合静斋姓氏，又寓含祝寿之意。　③宅相：“魏舒字伯元，任城樊人也。少孤，为外家宁氏所养。宁氏起宅，相宅者云：‘当出贵甥。’外祖母以魏氏甥汪而慧，意谓应之。舒曰：‘当为外氏成此宅相。’……及山涛薨，以舒领司徒，有顷即真。”见《晋书·魏舒传》。　④夷：平。　蜚英：蜚英腾茂的省称，形容人的声名事业日盛。　⑤星沙：长沙别称。　⑥玉壶冰：本南朝宋鲍照《代白头吟》“直如朱丝绳，清如玉壶冰”。　⑦题舆：东汉周景为豫仲刺史，辟汝南陈蕃为别驾。蕃不肯就见，景题别驾舆曰：“陈仲举坐也。”不复更辟，后即以题舆代别驾。　⑧渚宫：春秋时楚的别宫。　⑨“西去”句：汉代公侯车仗的车前横轼作伏熊形，后以指公卿及地方长官。　⑩握兰：手执兵器。　兰：兰盾，兵器。　持橐：此处意指位列朝班，官高位尊。《汉书》唐颜师古注：“张晏曰：‘橐，契囊也。近臣负橐簪笔，以备顾问，或有所纪也。’师古曰：‘橐，所以盛书也。有底曰囊，无底曰橐。’”此处意在祝愿静斋能回朝任职，位列近臣。

水调歌头

辛亥中秋和陈次贾①,用坡仙韵②

万里净无翳,一镜独当天。老蟾痴兔顽甚,阅世几何年。任尔炎凉千变,不改山河一色,爽气逼人寒。何必乘槎去②,直到斗牛间。　　叹常娥,元不嫁,只孤眠。古今遗恨,不能长似此宵圆。我有竹溪茅舍,办取金风玉露,一笑四并全③。细和坡仙句,低唱教婵娟。

(以上双照楼本《可斋杂稿》卷三十三)

[注释]

①辛亥:宋理宗淳祐十一年(1251)。　②坡仙:苏轼号东坡。　②乘槎:"旧说云天河与海通。近世有人居海渚者,年年八月有浮槎去来,不失期。后至蜀,问君平。曰:'某年月日有客星犯牵牛宿。'计年月,正是此人到天河时也。"见晋张华《博物志》卷十。　③四并:良辰,美景,赏心,乐事。

满江红

丁丑登均州武当山①

镇日山行,人倦也、马还无力。游历处,总堪图画,足供吟笔。涧水绿中声漱玉,岭云白外光浮碧。信野花、啼鸟一般春,今方识。　　真可羡,林泉客。真可叹,尘埃役。想希夷冷笑②,我曹踪迹。七十二峰神物境,几千万壑仙人室。待身名、办了却归来,相寻觅。

[注释]

①丁丑:宋宁宗嘉定十年(1217)。　②希夷:陈抟,字图南,自号扶摇子。亳州真源(今属安徽)人。隐居华山,为宋太宗所重,赐号希夷先生。

著有《无极图》、《先天图》、《心相篇》、《正易心法》等。

满江红

甲申春侍亲来利州道间[①]

衮衮青春，都只恁、堂堂过了。才解得，一分春思，一分春恼。儿态尚眠庭院柳，梦魂已入池溏草。问不知、春意到花梢，深多少。　花正似，人人小。人应似，年年好。奈吴帆望断，秦关声杳。不恨碧云遮雁绝，只愁红雨催莺老。最苦是、茅店月明时[②]，鸡声晓。

[注释]

①甲申：宋宁宗嘉定十七年（1224）。　利州：今四川广元。　②茅店月：本温庭筠《商山早行》"鸡声茅店月，人迹板桥霜"。

满江红

甲申寿蜀阃[①]

天顾坤维[②]，烦紫气、来从南斗。鞭才定，匆匆塞上，咏薇吟柳[③]。少借日边霖雨望，教知天下风云手。听吾民，争说近年无，前朝有。　平安夜，舒长昼。笳鼓静，笙歌奏。记西湖五月，藕花时候。待把雁门冠带了，归来麟阁丹青旧。放蜀山、万点入樽罍，为君寿。

[注释]

①蜀阃：成都地方官长。　②坤维：大地。　③咏薇吟柳："采薇采薇，薇亦作止；曰归曰归，岁亦莫止。……昔我往矣，杨柳依依；今我来思，雨雪霏霏。"见《诗经·小雅·采薇》。

满江红

甲午宜兴赋僧舍墨梅[①]

姑射山人[②],仙去后、唯存标格。犹赖有、墨池老手,草玄能白。留得岁寒风骨在,岂烦造化栽培力。有世间、肉眼莫教看,非渠识。　　元不夜,枝何月。元未腊,花何雪。最孤高不受,多情轻折。只有暗香天靳予,黄金作指难为术。更若将、解语付真真[③],空成色。

[注释]

①甲午:宋理宗端平元年(1234)。　②姑射山人:“藐姑射之山,有神人居焉,肌肤若冰雪,淖约若处子。不食五谷,吸风饮露。乘云气,御飞龙,而游乎四海之外。”见《庄子·逍遥游》。　③解语:“明皇秋八月,太液池有千叶白莲数枝盛开。帝与贵戚宴赏焉,左右皆叹羡久之。帝指贵妃示于左右曰:‘争如我解语花?’”见五代王仁裕《开元天宝遗事》卷下“解语花”条。　真真:“进士赵颜得一软障绘美人甚丽,画工自称神画,并谓此女名真真,呼其名百日必应,应后以百家彩灰酒灌之则活。颜知其言,女果下障,言谈饮食如常,终岁生一子。后颜疑女为妖,真真即携其子复上软障而没,惟画上多添一小儿。”见唐杜荀鹤《松窗杂记》。

满江红

丁未初度自赋[①]

老去生涯,都付与、一丘一壑[②]。功名事,惭非好手,几逢危著。走马鬥鸡年少趣,椎牛釃酒军中乐[③]。到而今、浑似梦中看,休休莫。　　江湖路,西风恶。霄汉志,秋云薄。更那堪州铁,铸成重错[④]。当贵买臣毋足羡[⑤],知非伯玉真能觉[⑥]。问心期、应有海翁鸥,山人鹤。

[注释]

①丁未：宋理宗淳祐七年(1247)。 ②一丘一壑：谓游赏山林。《世说新语·品藻》："明帝问谢鲲：'君自谓何如庾亮？'答曰：'端委庙堂，使百僚准则，臣不如亮。一丘一壑，自谓过之。'" ③椎牛酾酒：杀牛滤酒。《后汉书·马援传》："援乃击牛酾酒，劳飨军士。" ④"更那堪"二句：唐昭宣帝时，天雄节度使罗绍威误请朱全忠借兵，朱杀其牙兵，遂无战力。叹曰："合六州，四十三县铁，不能为此错也。" ⑤当贵买臣："朱买臣字翁子，吴人也。家贫，好读书，不治产业。常艾薪樵，卖以给食。担束薪，行且诵书。其妻亦负戴相随，数止买臣毋歌讴道中。买臣愈益疾歌。妻羞之，求去。买臣笑曰：'我年五十当贵，今已四十余矣。女苦日久，待我富贵报女功。'"见《汉书·朱买臣传》。后严助荐卖臣于武帝，拜为中大夫，成为初贱后贵的典型人物。 ⑥知非伯玉："故蘧伯玉年五十，而有四十九年非。"见《淮南子·原道训》。春秋时，卫大夫蘧瑗字伯玉，年五十知四十九年所行之非。

满江红

八窗叔和，再用韵

竹马同游，平生志、相期霄壑。今老矣，儒冠宁误，戎装徒著。卷起鲸鲵江海事，放教禽鸟山林乐。问尚堪、舞剑渡河无，公应莫。　栗可饭，衣从恶。秫可酒，茶胜薄。但此身长健，老天不错。竹院昼闲参内景，蒲团夜坐披圆觉[①]。愿此生、无愧北山猿，西湖鹤[②]。

[注释]

①圆觉：指参悟佛理。 ②"原此生"二句：北山猿用《北山移文》典，西湖鹤以林逋隐孤山，梅妻鹤子，故云。

满江红

再　和

小小池亭，仿佛似、洛川岩壑。天付与、老身游戏，馀生吃著。剩喜酒能消世虑，翻疑书解妨人乐。听两翁、白雪寄新词，愁言莫。　毋自叹，蒿莱恶。甘自味，齑盐薄。对乱花丛竹，翠红交错。元亮悦闻亲友话[1]，羲之常恐儿曹觉[2]。望碧云、休忆女乘鸾[3]，人骑鹤。

[注释]

①元亮悦闻亲友话：陶渊明字元亮。其《归去来辞》有句“悦亲戚之情话，乐琴书以消忧”。　②羲之常恐儿曹觉：“谢太傅语王右军曰：‘中年伤于哀乐，与亲友别，辄作数日恶。’王曰：‘年在桑榆，自然至此，正赖丝竹陶写。恒恐儿辈觉，损欣乐之趣。’”《世说新语·言语》。　③女乘鸾：“萧史者，秦穆公时人也。善吹箫，能致孔雀、白鹤于庭。穆公有女字弄玉，好之，公遂以女妻焉。日教弄玉作凤鸣，居数年，吹似凤声，凤凰来止其屋。公为作凤台，夫妇止其上，不下数年，一旦皆随凤凰飞去。故秦人为作凤女祠于雍宫中，时有箫声而已。”见汉刘向《列仙传》。

满江红

再　和

既作闲人，便应付、此身沟壑。不应更，将愁半点，寸心中著。责子渊明徒自苦[1]，忧君范老何时乐[2]。纵一嘲、一咏欲奚为，何如莫。　不自鄙，葵蔬恶。还肯荐，茅柴薄。任侯门海陆，杂陈珍错。有暇盍联车骑过，相忘勿遣诗情觉。怕家僮、无处买莼鲈，烹琴鹤。

[注释]

①责子渊明:陶渊明有《责子》诗,曰“白髮被两鬓,肌肤不复实。虽有五男儿,总不好纸笔。阿舒已二八,懒惰故无匹。阿宣行志学,而不爱文术。雍端年十三,不识六与七。通子垂九龄,但觅梨与栗。天运苟如此,且进杯中物”。 ②忧君范老:范仲淹《岳阳楼记》有“居庙堂之高,则忧其民;处江湖之远,则忧其君”句。

贺新郎

甲申代亲庭送崔菊坡出蜀[①]

万里归朝去。倚江亭、绿波碧色,一川晴絮。赢得威名留草木[②],玉垒雪山高处[③]。未应减、平淮裴度[④]。见说金瓯书字久,待公来、便作商岩雨[⑤]。休忘却,蜀都赋[⑥]。

旌旗回首春城暮。听樯头、飞燕似把,人情低诉。两两三三鸥鹭里,拍拍船儿一羽。算惟有、清芬载取。百万人家儿样恋,恨柳风、不为留连住。离梦绕,沙堤路。

[注释]

①崔菊坡:即崔与之,官至参知政事。 ②威名留草木:“张万福,魏州元城人。……德宗以万福为濠州刺史,召见曰:‘先帝改卿名“正”者,所以褒卿也。朕以为江淮草木亦知卿威名,若从先帝所改,恐贼不知是卿也。’复赐名万福。”见《旧唐书·张万福传》。 ③玉垒:山名,在今四川灌县西。 ④平淮裴度:裴度贞元初进士第。唐宪宗时,淮蔡吴元济据淮叛乱。诸军进讨数败,朝臣争请罢兵。度力请讨伐,合帝意,即授门下侍郎平章事,督诸军进兵,擒吴元济。以功封晋国公,参知政事。 ⑤商岩雨:本出商高宗任命傅说为相时的命辞,意指高宗倚傅说如大旱之望霖雨。《尚书·说命上》:“若岁大旱,用汝作霖雨。”此处意指别之杰有宰辅之才,将得到更重要的任用。 ⑥蜀都赋:西晋左思著,与《吴都赋》、《魏都赋》合称《三都赋》,十年乃成。“司空张华见而叹曰:‘班张之流也。使读之者尽而有馀,久而更新。’于是豪贵之家竞相传写,洛阳为之纸贵。”见

《晋书·文苑传·左思》。

贺新郎

己丑为亲庭寿[1]

满酌荆州酒。望莱庭、斑衣拜祝[2],俾吾亲寿。玉水雪楼游宦地,近访甘棠依旧[3]。逢父老、颂声盈口。争道蜀边劳数载,也真宜、略伴云横岫。小儿辈,任成否。
东皋十月梅开后。想亲朋、团栾一笑,从容觞豆。塞上弓刀成底事,不过腰金如斗[4]。算不直、渊明株柳[5]。只恐鲸鲵无计取,更须烦、绿野持竿手。看勋业,国长久。

[注释]

①己丑:宋理宗绍定二年(1229)。 ②斑衣:用老莱子娱双亲典。③甘棠:"召公之治西方,甚得兆民和。召公巡行乡邑,有棠树,决狱政事其下,自侯伯至庶人各得其所,无失职者。召伯卒,而民人思召公之政,怀棠树不敢伐,哥(歌)咏之,作《甘棠》之诗。"见《史记·燕召公世家》。后以此为颂扬官吏政绩之典。 ④腰金如斗:此谓高官厚禄、荣华富贵。不过:表轻视之意。 ⑤渊明株柳:"先生不知何许人也,亦不详其姓字。宅边有五柳树,因以为号焉。"见陶渊明《五柳先生传》。

贺新郎

庚戌和薛制参赋雪韵[1]

将谓霏微雨。恍朝来、虚檐生白,寒侵冒絮[2]。拟和盐花凌谢韫[3],巧思翻成金注。谁寄我、雪车冰柱[4]。酿熟羊羔炉拥兽,羡画楼、金帐调宫羽。人应共,回风舞。
围场校猎淮云暮。记当时、银杯缟带[5],网禽罝兔[6]。老去不禁鞍马力,独对愁吟似甫[7]。问一棹、剡溪何处。愿与铁衣春解戍，把梁园、旧话供儿语。孤梅外，梦魂度。

[注释]

①庚戌：宋理宗淳祐十年（1250）。　②冒絮：覆额的头巾。　③谢韫：即谢道韫，《世说新语·言语》："谢太傅寒雪日内集，与儿女讲论文义，俄而雪骤。公欣然曰：'白雪纷纷何所似？'兄子胡儿曰：'撒盐空中差可拟。'兄女曰：'未若柳絮因风起。'公大笑乐。即公大兄无奕女，大将军王凝之妻也。"王凝之妻谢道韫，世称为咏絮才。　④雪车冰柱："刘叉者，亦一节士。少放肆为侠行，因酒杀人亡命。会赦，出，更折节读书，能为歌诗。然恃故时所负，不能俯仰贵人。常穿屐、破衣。闻韩愈接天下士，步归之，作《冰柱》、《雪车》二诗，出卢仝、孟郊右。"见《新唐书·韩愈传附刘叉传》。　⑤银杯缟带：本韩愈《咏雪赠张籍》"随车翻缟带，逐马散银杯"。　⑥罝（jū）：捕兔网。　⑦独对愁吟似甫：本杜甫《对雪》"战哭多新鬼，愁吟独老翁"。

贺新郎

再　和

才过黄花雨，问长堤、依依万柳，未春何絮。一目河山银幻出，惊诧夜光流注。巍观矗、玉为云柱。风卷寒芦迷过雁，渺沧波、莫认沙鸥羽。千万蝶，空中舞。　霸桥寂寞前溪暮[①]。耸诗肩、霜裘拥駱，月毫挥兔。记得梅奴曾索笑，解佩如逢交甫[②]。今孤垒、寒烟深处。休说鹅池平蔡事[③]，庆新年、一稔欢相语。持大白，勿虚度。

[注释]

①霸桥：又作"灞桥"。在陕西长安东。宋孙光宪《北梦琐言》卷七："唐相国郑棨虽有诗名……或曰：'相国近有新诗否？'对曰：'诗思在灞桥风雪中驴子上，此处何以得之？'盖言平生苦心也。"此处用为咏雪典。霸桥又为长安人迎来送往之地、诗人行吟之处。此谓大雪纷飞，路无人迹。

②交甫:郑交甫。汉刘向《列仙传》卷上“江妃二女”条:“江妃二女者,不知何所人也。出游于江汉之滨,逢郑交甫。见而悦之,不知其神人也。……交甫曰:‘……愿请子之佩。’……遂手解佩与交甫。交甫悦受而怀之。趋去数十步,视佩,空怀无佩。顾二女,忽然不见。” ③鹅池平蔡:即李愬破蔡之役,是役夜大雪。 鹅池:在今河南汝南城南。击鹅池为雪夜偷袭蔡州之一计。

贺新郎

辛亥初度自赋①

幸得闲中趣。问何为、倏逾桂岭,重来荆渚。唤醒门前弧矢梦,钩月相辉初度。谩羞听、军中鼙鼓。马上弓刀成底事,仅平明、旆入襄州去。能不愧,古羊杜②。 此生何以酬明主。怅新来、鬓毛添白,衰容如许。三万貔貅齐贾勇,好为一清狐兔。看柳色、大堤如故③。世事付之杯酒外,那棋边、得失都休语④。来共看,雁儿舞。

[注释]

①辛亥:宋理宗淳祐十一年(1251)。 ②羊杜:晋羊祜和杜预。杜预代羊祜为镇南大将军,都督荆州诸军事,统兵伐吴。吴平,以功封当阳县侯。因二人皆有政绩,后并称羊杜。参《晋书》本传。 ③大堤:“朝发襄阳城,暮至大堤宿。大堤诸女儿,花艳惊郎目。”见《玉台新咏》卷十《襄阳乐》。 ④棋边得失:指谢安于下棋时得到淝水之战大捷的消息平静如故之事。

念奴娇

壬午徽州道间①

黄梅过雨,望隔林、一缕长烟浮碧。亟拥征鞍寻午梦，卧看青山排闼[②]。扫户风清，拂檐云淡，爽气生萧髪。黄粱惊觉，子规枝上啼彻。　堪羡麦熟蚕成，酒香鸡嫩，风味农家别。幸有住山供活计，何苦江湖南北。菊老陶园[③]，瓜荒邵圃[④]，空负干时策。洛阳三顷[⑤]，胜如金印六国。

[注释]

①壬午：宋宁宗嘉定十五年（1222）。　徽州：今安徽歙县。　②青山排闼：用王安石“一水护田将绿绕，两山排闼送青来”句意。　排闼：开门。③菊老陶园：本陶渊明《归去来兮辞》“僮仆欢迎，稚子候门。三径就荒，松菊犹存”。　④瓜荒邵圃：“召平者，故秦东陵侯。秦破为布衣，贫，种瓜于长安城东。瓜美，故世俗谓之‘东陵瓜’，从召平以为名也。”见《史记·萧相国世家》。　⑤洛阳三顷：“苏秦喟然叹曰：‘此一人之身，富贵则亲戚畏惧之；贫贱则轻易之。况众人乎？且使我有雒（洛）阳负郭田二顷，吾岂能佩六国相印乎。’”见《史记·苏秦列传》。

念奴娇

见郑文昌于上柏

平生宦海，是几番风雨，几番霜雪。绿野来归身强健，镜里微添华髪。剑束床头，书寻架上，富贵轻于叶。南坡石竹，年来尤更清绝。　好是梅坞松关，对湘溪一曲，翠屏千叠。柱杖篮舆诗卷里[①]，尚小东山勋业[②]。只恐鸥盟，难忘鹤怨，未是闲时节。片云收却，照人依旧明月。

[注释]

①篮舆：“江州刺史王弘欲识之，不能致也。潜尝往庐山，弘令潜故人庞通之赍酒具于半道栗里要之。潜有脚疾，使一门生二儿篮舆举。既至，欣然便共酌。俄顷弘至，亦无忤也。”用陶潜事典。《宋书·隐逸传·陶潜》。　②东山：指谢安，出仕前曾隐居东山。

念奴娇

丙午和朱希真老来可喜韵①

云胡不喜②。得抽脚篮中③，安身局外。世路风涛都历遍，几度眉攒心碎。八尺藤床，二升粟饭，方寸恢馀地。翻云覆雨，从伊造物见戏。　不见刻木牵丝④，鸡皮鹤发，弄罢寂无事。随分风光堪领略，聊放疏狂些子。刘项雌雄，跖颜修短⑤，无彼亦无此。茅檐高卧，不知春到花底。

[注释]

①丙午：宋理宗淳祐六年(1246)。　②云胡不喜：为何不喜。《诗经·郑风·风雨》："风雨如晦，鸡鸣不已。既见君子，云胡不喜。"　③篮：篮舆，竹轿。　④刻木牵丝：弄木偶之戏。　⑤跖颜：柳下跖为恶而寿长，颜渊好善而寿夭。

念奴娇

己酉振莺驿和黄茶坡韵①

浮生如寄，叹征尘驱我，担簦西去②。烟嶂云屏相迎送，几幅鹅溪缣素③。挥汗流金④，饮冰漱玉，桃叶呼前渡。若将有意，道傍一鹭延伫⑤。　细读壁上龙蛇⑥，太丘笔在，更著茶坡句。樽酒十年今白发，不改江流东注。胜概难逢，旅怀易动，信美非吾土⑦。恨无六翮⑧，长风万里高举。

[注释]

①己酉：宋理宗淳祐九年(1249)。　②簦(dēng)：有柄之笠近乎今之伞。　③鹅溪：在今四川盐亭县西北，以产绢著名，唐时以为贡品。

④流金：指酷暑。《庄子·逍遥游》："之人也，物莫之伤。大浸稽天而不溺；大旱金石流，土山焦而不热。" ⑤一鹭：指振鹭驿。 ⑥壁上龙蛇：本李白《草书歌行》"起来向壁不停手，恍恍如闻神鬼惊，时时只见龙蛇走"。⑦信美非吾土：本《文选·王粲〈登楼赋〉》"虽信美而非吾土兮，曾何足以少留"。 ⑧六翮：本《战国策·楚策四》"奋其六翮而凌清风，飘摇乎高翔"。

满庭芳

丙午登多景楼和王总侍韵①

浪拍金鳌，春浮铁瓮②，气清天朗如秋。江皋无事，飞盖强追游。万顷蒲萄光里，风樯共、塔影悠悠。人间事，年华似掷，一水与俱流。　绸缪。千古恨，纷纷离合，晋宋曹刘。望长安何处，落照西头。往事苍苔陈迹，夷吾在、吾属何愁③。清樽畔，谁能为我，一曲舞梁州④。

[注释]

①丙午：宋理宗淳祐六年（1246）。 多景楼：在江苏镇江北固山甘露寺内，宋郡守陈天麟在唐人临江亭故址修建。 ②铁瓮：古城名，即镇江。③夷吾在、吾属何愁：夷吾是管仲的字，这里指的是东晋王导，《世说新语·言语》："温峤初为刘琨使。于时，江左营建始尔，纲纪未举。温新至，深有诸虑。既诣王丞相，陈主上幽越、社稷焚灭、山陵夷毁之酷，有《黍离》之痛。温忠慨深烈，言与泗俱。丞相亦与之对泣。叙情既毕，便深自陈结。丞相亦厚相酬纳。既出，欢然言曰：'江左自有管夷吾，此复何忧！'"茂洪：即王导字。 ④梁州：曲名。

满庭芳

丙午宜兴山间

山接平芜，烟横远墅，修眉淡抹晴妆。菊梅交际，天未十分霜。几许无穷秋思，空凝伫、衰柳斜阳。溪头路，黄芦一片，凫雁两三行。　　平章。风景似，画图一幅，著我徜徉。山中无事，聊尔适吾狂。不用登临感慨，青帘外、新酒堪尝。何为者，东家宋玉①，千古叹凄凉。

［注释］

①东家宋玉："天下之佳人，莫若楚国。楚国之丽者，莫若臣里。臣里之美者，莫若臣东家之子。东家之子，增之一分则太长，减之一分则太短……然此女登墙窥臣三年，至今未许也。"见《文选·宋玉〈登徒子好色赋〉》。

瑞鹤仙

戊申初度自韵①

百年过半也。怅壮心零落，鬓星星也。风儿渐凉也。近中秋月儿，又初生也。田园暇也。矍铄哉、是翁也。记当时，弧矢垂门，孤负四方志也。　　休也。牙签插架②，玉帐持麾，总成非也。浮生梦也。皇皇欲、奚为也。趁身闲、随分粗衣淡饭，一笑又何妨也。问神仙，底处蓬莱，醉乡是也。

［注释］

①戊申：宋理宗淳祐八年(1248)。　②牙签：牙骨制的图书插签。韩愈《送诸葛觉往隋州读书》："邺侯家多书，插架三万轴。一一悬牙签，新若手未触。"

喜迁莺

乙未中秋同诸北客玩月于颍州之南楼①

轻云暮卷，望澄空如水，千里一碧。菱镜冰悬，桂轮玉碾，喜见中原秋色。老蟾炯炯无翳，阅尽尘寰今昔。堪恨处，度霓裳曾到，长生宫阙。　坐客，休叹息。看此清光，天岂限南北。便好乘风，为持玉斧②，修取山河如一。西湖旧时花草③，会遣孀娥重识。从今去，举太平玩事，长如今夕。

［注释］

①乙未：宋理宗端平二年（1235）。　②玉斧：神话中的伐月斧。唐笔记小说中，传说月亮由七宝合成，凸起部分为日光所烁，常有八万二千户修之。　③西湖：赵葵请复三京，以兵入洛。在端平元年（1234）时李曾伯在淮西军幕，随至颍州。西湖指颍州西湖也。

声声慢

赋红梅

红绡剪就，绛蜡镕成，天然一种仙姿。竹外家风，凄凉俭薄为宜。东君苦怜消瘦，强教伊、傅粉匀脂。较量尽，胜夭桃轻俗①，繁杏粗肥。　好是新妆雅态，对疏蟾淡淡，薄雾霏霏。迥出红尘，轻盈玉骨冰肌。犹嫌污人颜色，谁云似、虢国娥眉②。香韵别，怕满园、蜂蝶未知。

［注释］

①夭桃："桃之夭夭，灼灼其华。之子于归，宜其室家。"见《诗经·周南·桃夭》。　②虢国娥眉："虢国夫人承主恩，平明骑马入宫门。却嫌脂粉污颜色，淡扫娥眉朝至尊。"见张祜《集灵台二首》。此喻梅花淡雅之美。

声声慢

和韵赋红梅

修洁孤高，凌霜傲雪，潇然尘外丰姿。一白无暇，玉堂茅舍俱宜。飘飘羽衣缟袂，都不染、富贵膏脂。调羹事，看水边清瘦，雨后红肥。　　偏爱春工尚浅，向南枝信透[①]，东阁香霏。翠袖犹寒，不禁弱质柔肌。浑如故人邂逅[②]，聊相与、一笑开眉。归去晚，任帘栊、深闭未知。

[注释]

①信透：透信，传递春天信息。　②邂逅：不期而遇。

青玉案

癸未道间[①]

栖鸦啼破烟林暝，把旅梦、俄惊醒。猛拍征鞍登小岭。峰回路转，月明人静，幻出清凉境。　　马蹄踏碎琼瑶影。任露压巾纱未忺整[②]。贪看前山云隐隐。翠微深处，有人家否，试击柴扃问。

[注释]

①癸未：宋宁宗嘉定十六年(1223)。　②未忺(xiān)整：不端正。忺：愿，欲。

青玉案

丁未寿八窗叔[①]

去年曾借梅为寿，转眼垂弧小春又。一笑巡檐清影瘦[2]。雪边聊且，收香藏白，少俟融和透。　　新来东阁高吟就，金鼎家声自依旧。唤取玉妃重举酒[3]。百花头上，一枝芳信，终属东君手。

[注释]

①丁未：宋理宗淳祐七年（1247）。　②一笑巡檐清影瘦：本杜甫《舍弟观赴蓝田取妻子到江陵喜寄三首》“巡檐共索梅花笑，冷蕊疏枝半不禁”。　③玉妃：仙女，此为梅花的拟人化。

好事近

甲申春益昌作[1]

春在粉墙西，墙里不知春色。惟有桃花一树，似故园曾识。　　晚来携客上南楼[2]，山外又山隔。准拟清明何处，问东风知得。

[注释]

①甲申：宋宁宗嘉定十七年（1224）。　②南楼：泛指好友欢聚之处。

柳梢青

丙戌送陈仁父赴班[1]

万里青天，西来后我，先我东归。夜月鞭筹，春风幕府，鹗荐争推[2]。　　杯行到手休辞。道秋菊、春兰有时。若到松江，莫惊鸥鹭，记取坡词[3]。

[注释]

①丙戌：宋理宗宝庆二年（1226）。　②鹗荐：用孔融荐祢衡典。《后汉书·文苑传·祢衡》：“衡始弱冠，而（孔）融年四十，遂与为交友，上疏

荐之曰:'……鸷鸟累百,不如一鹗。使衡立朝,必有可观。'"此处用为荐贤举才之意。 ③坡词:指苏轼《青玉案·和贺方回韵,送伯固还吴中》,词曰:"若到松江呼小渡,莫惊鸥鹭,四桥尽是,老子经行处。"

虞美人

己亥春[1]

韶华只隔窗儿外,病起昏于醉。花开花落总相忘。惟有梦随蝴蝶、趁春忙。 故园芳草应如旧,只恨人消瘦。拟凭飞燕语归期,拚却牡丹开了、有酴醾[2]。

[注释]

①己亥:宋理宗嘉熙三年(1239)。 ②酴醾(tú mí):花名,又叫木香。

减字木兰花

丙午和朱希真韵[1]

无可不可[2],还你天公还我我。味触声香,尽付庄周蝶满床。 谩天不过[3],留取心机休用破。净几明窗,乐取闲中日月长[4]。

[注释]

①丙午:宋理宗淳祐六年(1246)。 ②无可不可:"我则异于是,无可无不可。"见《论语·微子》。 ③谩:欺瞒。 ④日月:光阴。

减字木兰花

再　和

如何则可,我亦不知其谓我。隐几焚香,对酒一壶书一床。　　知仁观过，浑沌翻怜谁凿破[①]。寄傲南窗[②]，堪羡渊明滋味长。

［注释］

①浑沌："南海之帝为儵，北海之帝为忽，中央之帝为浑沌。儵与忽相与遇于浑沌之地，浑沌待之甚善。儵与忽谋报浑沌之德，曰：'人皆有七窍以视听食息，此独无有。尝试凿。'日凿一窍，七日而浑沌死。"见《庄子·应帝王》。本指违反自然，致成祸害。后用为开通耳目，增人知识之意。②寄傲南窗："引壶觞以自酌，眄庭柯以怡颜。倚南窗以寄傲，审容膝之易安。"见陶渊明《归去来兮辞》。

西江月

宜兴山间即事

不暖不寒天气，无思无虑山人。竹窗时听野禽鸣，更有松风成韵。　　竟日蒲团打坐，有时藜杖闲行。呼童开酒荐杯羹，欲睡携书就枕。

西江月

排遣新寒有酒，追寻旧隐无人。四山朔吹又冬鸣，吹送午钟馀韵。　　过眼霜高木落，寄心月驶云行。归欤闭户饱藜羹[①]，世事华胥一枕[②]。

［注释］

①藜羹：用嫩藜叶煮的羹，指粗劣的食物。　②华胥：《列子·黄帝》载：黄帝昼寝而梦，游于华胥之国，后用为梦境的代称。此指粗茶淡饭，过隐居生活，把世事看成一梦。

糖多令

庚戌六月赴荆阃[1],宿江亭

枫荻响飕飕,长江六月秋。二十年、重到沙头。城郭人民那似旧[3],曾识面、两三鸥。　　落日且登楼,英雄休涕流。望黄旗、王气东浮。借问烟芜苍莽处,还莫是、古襄州。

[注释]

①庚戌:宋理宗淳祐十年(1250)。　荆阃:本年曾伯以徽猷阁学士、京湖安抚制置使,代贾似道知江陵。参《宋史》本传。　②城郭人民:晋陶渊明《搜神后记》卷一载,"丁令威,本辽东人,学道于灵虚山。后化鹤归辽,集城门华表柱。时有少年,举弓欲射之。鹤乃飞,徘徊空中而言曰:'有鸟有鸟丁令威,去家千年今始归。城郭如故人民非,何不学仙冢累累。'遂高上冲天。今辽东诸丁云其先世有升仙者,但不知名字耳。"

点绛唇

辛亥饯陈次贾归[1]

懒上巍楼,楚江一望天无际。漫游萍寄,莫挽东流水。　　一片秋光,直到山阴里。人还记,戍边归未。更忆鲈鱼美。

[注释]

①辛亥:宋理宗淳祐十一年(1251)。　陈次贾:名策,上虞人。以功授武阶。　注者按:《词苑萃编·纪事》卷十四"李曾伯词"条引李曾伯《可斋杂稿》,"江陵仲宣楼名,昉于祥符,复于绍兴。淳祐十年(1250),贾公似道为制置使,重新是楼。夏六月易镇全淮,覃怀李某继之如前画,半期告成。蜡月二十有五日,爰集宾僚,置酒而落之。又有《点绛唇》饯陈次贾云:(略)"

摸鱼儿

送窦制幹赴漕趁班

趁西风、且登黄鹤，挥毫先奏秋赋。燕山桂种清芬在，人物翩翩如许①。堪羡处。长安近、蟾宫相继金闺步②。佳哉盛举。看精淬龙泉，厚培鹏背，自此要津去③。

荆州事，多幸乡情相予。几番灯析棋墅。转头江阔轻帆速，梦入吴松鸥鹭。君记取。旧王粲、曾言信美非吾土④。故人相语。为细数艰难，满头雪白，无奈戍边苦。

［注释］

①"燕山"二句：宋蓟州渔阳人窦禹钧有子五人相继登科，人赠诗以"灵椿一株老，丹桂五枝芳"。　②金闺：汉金马门，后以指官署。　③要津：重要的官位。古诗："何不骋高足，高踞要路津。"　④"旧王粲"句：后汉王粲避乱依刘表，作《登楼赋》，中有"虽信美而非吾土兮"的句子，言此地虽好，非吾家乡。

摸鱼儿

壬子初度①

对垂弧、引觞一笑，凄凉薄分天赋。丁年驰骛弓刀后②，报国孤忠自许。堪叹处。今老矣，强颜犹踵邯郸步③。安能远举。谩目送征鸿，梦劳蝴蝶，无计便归去。

清闲禄，旧说天公靳予。何时松菊村墅。生非燕颔鸢肩相④，岂是觚棱鹓鹭。收拾取。休直似、文渊定远空怀土⑤。阿戎可语⑥。待乞得身还，屏伊世累，甘受作诗苦。

[注释]

①壬子:宋理宗淳祐十二年(1252)。　②丁年:丁壮之年。　③“强颜”句:用邯郸学步的典故,见《庄子·秋水》。这里用以表示跟人学样。　④燕颔:汉班超问相者其状,相者指曰:“生燕颔虎项,飞而食肉,此万里侯相也。”　鸢肩:见《旧唐书·马周传》,“中书侍郎岑文本谓所亲曰:‘吾见马君论事多矣,援引事类,扬榷古今,举要删繁,会文切理,一字不可加,一言不可减,听之靡靡,令人亡倦。昔苏、张、终、贾,正应此耳。然鸢肩火色,腾上必速,恐不能久耳。’”　鸢肩:两肩上耸。　⑤文渊:即马援。　定远:即班超。　⑥阿戎:王戎。《世说新语·简傲》:“王戎弱冠诣阮籍。”刘孝标注引《竹林七贤论》:“初,籍与戎父浑俱为尚书郎,每造浑,坐未安,辄曰:‘与卿语,不如与阿戎语。’就戎,必日夕而返。籍长戎二十岁,相得如时辈。”

朝中措

送管顺甫赴漕

少年随分赋鹦洲[1],得意桂花秋。今日送君行色,梦和月到南楼。　材名仲父,辞华季子,香满南州。勉力中流击楫,直须连钓鳌头[2]。

[注释]

①赋鹦洲:汉祢衡有《鹦鹉赋》。《后汉书·祢衡传》:“射时大会宾客,人有献鹦鹉者,射举卮于衡曰:‘愿先生赋之,以娱嘉宾。’衡揽笔而作,文无加点,辞采甚丽。”此喻管顺甫有文采。　②连钓鳌头:据《列子·汤问》记载,渤海之东有五座仙山,五山之根无所连著,随波上下。帝恐五山流失,乃命巨鳌十五头更番顶戴。五山始峙而不动。而龙伯之国有巨人,举足不数步而至其所,一钓而连钩六鳌,合负而归。此言其科第高中。

齐天乐

壬子和陈次贾为寿韵

少年塞上秋来早，昴街尚馀芒曜[①]。举目关河，惊心弧矢，顾我岂堪戎纛。几番凤诰。愧保障何功，恩隆旒藻[②]。笑指呼鹰[③]，露花烟草忆刘表。　头颅如许相与，岁寒犹赖有，白髮公道。对月怀人，临风访古，往事凄凉难考。何时是了。莫驰志伊吾[④]，贪名清庙。松菊归来，稽山招此老。

[注释]

①昴街：昴宿，昴星。俗传萧何为昴精，相星也。此以比次贾。②琉藻：皇冠上的饰物。即玉串与丝绳。此处代指皇帝。　③呼鹰：用刘表登台歌鹰事。北魏郦道元《水经注》卷二十八"沔水中"："（沔）水南有层台，号曰'景升台'。盖刘表镇襄阳之所筑也。言表性好鹰，尝登此台，歌《野鹰来》曲。"　④驰志伊吾：伊吾在今新疆哈密。《后汉书·臧宫传》："臧宫、马武之徒，抚鸣剑而抵掌，志驰于伊吾之北矣。"此处则表示不再追求功名。

八声甘州

壬子饯帅机沈好问[①]

正莼鲈佳梦绕吴乡，牙樯忍轻离。向仲宣楼上，凭高举酒，几共灯棋。曾记少陵留咏[②]，出幕合持麾。飞盖长安去，华贯平跻。　好是倚门迎笑，恰野堂云壑，菊后梅时。庆凤雏新长，携手奉莱衣。抚孤松、绝胜细柳，念征人、徒老玉关西。归来也，幅巾藜杖，办取追随。

[注释]

①帅机：指参预机务的僚佐。 ②少陵：唐杜甫自号少陵野老。 少陵留咏："十年出幕府，自可持旌麾。"见杜甫《送高三十五书记》。

八声甘州

壬子九日约诸幕客游龙山

领青油车骑出郊坰[①]，来游晋龙山[②]。喜水天澄霁，稻畦镰净，榆塞戈闲。登高谩酬佳节，一笑破苍颜。剩泛茱萸菊，杯莫留残。 休说参军往事，意当时凝眺，不到长安。赖座间小异，豪气眇尘寰[③]。到如今、只成佳话，记封姨、曾荐众宾欢[④]。吾曹事，有如此酒，要共弹冠。

[注释]

①郊洞：郊野。 ②晋龙山：即孟嘉。《世说新语·识鉴》刘孝标注引《孟嘉别传》："后为征西桓温参军，九月九日，温游龙山，参僚毕集，时佐史并著戎服，风吹嘉帽堕落。温戒左右勿言，以观其举止。嘉初不觉，良久如厕，命取还之。令孙盛作文嘲之，成，箸嘉坐。嘉还即答，四坐嗟叹。" ③眇尘寰：小视。 ④封姨：即风神，见唐段成式《酉阳杂俎》。

八声甘州

自 和

怅浮生、俯仰迹成空[①]，依然此江山。对秋容如画，天长雁度，水阔鸥闲。追游未甘老态，凭酒借红颜。归骑斜阳外，柳老荷残。 幸对黄花时节，喜宾朋晤语，烽火平安。仅风巾一笑[②]，名尚满人寰。要流芳、相期千载，肯区区、徒恋片时欢。姑聊尔，招呼楚调，慰藉南冠。

[注释]

①俯仰迹成空："及其所之既倦，情随事迁，感慨系之矣。向之所欣，俯仰之间，已为陈迹。"见王羲之《兰亭集序》。　②风巾：衣巾在风中飘动。

满庭芳

壬子谢吕马帅送蟹①

八足横戈，一身束甲②，将军致尔来前。呼僮解缚，亟荐泽虞鲜③。族类横行草地，今骈首、鼎镬连连④。荆江上，不图霜后，风味似吴天。　　晴川。千里外，分甘遗远，多谢勤拳。对香枨新酒⑤，一洗腥膻。慰我吟情归思，都忘却、张孟鲈鳊⑥。持螯了，老饕作赋，佳话楚乡传。

（以上双照楼本《可斋杂稿》卷三十四）

[注释]

①吕马帅：吕文德，寿州安丰（今安徽寿县）人。有才勇。历官京西湖北安抚制置使、知鄂州兼侍卫马军都指挥使、太尉、夔路策应使、兼四川宣抚使。进开府仪同三司。　②束甲：披着铠甲，指蟹壳。　③泽虞：管理沼泽的官员。　鲜：指蟹。　④骈首：头挨着头。　⑤枨（chéng）：即橙。⑥张孟鲈鳊：张指张翰，因思家乡莼鲈而辞官。孟指孟浩然，他有诗咏钓食槎头鳊，并赞其滋味超过莼羹。

哨　遍

和陈次贾为寿韵

大块赋形①，皇览揆予②，俾尔昌而寿。嗟壮游，岁月老征裘。向秋来、顿如蒲柳③。桂开又。鲈莼蟹橙正美，故人应忆传杯手。想薜荔岩峦④，梧桐庭院，当时风景依旧。对斜阳、极目倚危楼。问一舸、何时过吴头。乘下泽车[⑤],戴华阳巾[⑥],锦衣游昼[⑦]。　犹。客有名流。交情金石襟期厚。双湖烟艇里,剑锋紫气冲斗。剩妙墨淋漓,清歌发越,未应独步诗千首[⑧]。待挂了衣冠[⑨],来寻杖屦,陪君此乐须有。到如今、不愿酒泉侯。愿生入、玉门早归休[⑩]。任远人、从问安否。梁园宾客虽富,谁出相如右。相逢身健,时平无事,是处溪山明秀。与君举斝若为酬。有年年、人月长久。

[注释]

①大块赋形:“夫大块载我以形,劳我以生,佚我以老,息我以死。”见《庄子·大宗师》。成玄英疏:“大块者,自然也。”　②皇览揆予:即生日。语出屈原《离骚》:“皇览揆余初度兮,肇锡余以嘉名。”　③蒲柳:“顾悦与简文同年,而发蚤白。简文曰:‘卿何以先白?’对曰:‘蒲柳之姿,望秋而落;松柏之质,经霜弥茂。’”见《世说新语·言语》。　④薜荔岩峦:“若有人兮山之阿,被薜荔兮戴女萝。”见《楚辞·山鬼》。　⑤下泽车:便于在沼泽地行走的短毂车。《后汉书·马援传》:“乘下泽车,御款段马,为郡掾吏,守坟墓,乡里称善人,斯可也。”后用为甘居下位,不求闻达的典故。⑥华阳巾:道家所服之头巾。　⑦锦衣游昼:项羽曾说,“富贵不归故乡,如衣锦夜行,谁知之者。”三国魏时,张既返乡任雍州刺史,曹操对他说:“还君本州,可谓衣锦昼行矣。”参《三国志·魏书·张既传》。　⑧“未应”句:本李白诗“敏捷诗千首”。　⑨挂了衣冠:挂冠,指辞官。　⑩愿生入、玉门早归休:“超自以久在绝域,年老思土。”上疏请归,其词有“臣不敢望到酒泉郡,但愿生入玉门关”。其妹班昭也上书为其陈情,“书奏,帝感其言,乃征超还”。见《后汉书·班超传》。

水龙吟

癸丑二月襄阳得捷[①],和刘制参韵

黄旗吉语飞来,胡儿已落将军手。吾皇神武,一新城郭，断谟天授。铁骑才临，雕戈竞逐，击蛇先首。快风驱雨洗，江空谷静，淮淝上、似之否[2]。　此事老臣何有。想捷传、延英方昼[3]。玉颜应笑，金瓯堪保，贺声交口。吾责免夫，吾归可矣，萧然一叟。把功名，分付诸公，聊自赏酒盈斗。

［注释］

①癸丑：宋理宗宝祐元年（1253）。该年正月二十四日，元兵攻襄阳城，宋将高达以三千破三万之敌。　②淮淝：指晋太元八年（383年）淝水之战，晋军以少击多，大败秦兵。　③延英：唐延英殿在宣政殿内，肃宗因宰相苗晋卿年老艰于步，于延英殿召对。这里即指皇帝召见。

水龙吟

和　韵

荆州咫尺神州，几番得失孙刘手。山河天险，东南牖户，钺何轻授。泪落碑存[1]，鹤归城是[2]，不堪回首。喜大堤草色，镇长春在，羊与陆、孰能否[3]。　风景依然吾有。柳营深、铁衣闲昼[4]。摩云胜气，追戎马足，走蜚狐口。往事纷纷，付之蛮触，相忘庄叟[5]。有人焉，中夜闻鸡，剑光正烛牛斗[6]。

［注释］

①泪落碑：“祜乐山水，每风景，必造岘山……襄阳百姓于岘山祜平生游憩之所建碑立庙，岁时飨祭焉。望其碑莫不流涕，杜预因名为‘堕泪碑’。”见《晋书·羊祜传》。　②鹤归城：“丁令威，本辽东人，学道于灵虚山。后化鹤归辽，集城门华表柱。时有少年，举弓欲射之。鹤乃飞，徘徊空中而言曰：‘有鸟有鸟丁令威，去家千年今始归。城郭如故人民非，何不学仙冢累累。’遂高上冲天。今辽东诸丁云其先世有升仙者，但不知名字

耳。”见晋陶渊明《搜神后记》卷一。 ③羊与陆:即羊祜与陆抗。二人分别为西晋和东吴方面镇守主帅,身处敌对双方而相互信任,“各保分界而已”。《晋书·羊祜传》:“祜与陆抗相对,使命交通,抗称祜之德量,虽乐毅、诸葛孔明不能过也。抗尝病,祜馈之药,抗服之无疑心。人多谏抗。抗曰:‘羊祜岂鸩人者。’” ④柳营:即细柳营。周亚夫屯军细柳,以严著称。 ⑤相忘庄叟:“泉涸,鱼相处于陆,相呴以湿,相濡以沫,不如相忘于江湖。”见《庄子·大宗师》。 ⑥剑光正烛牛斗:“初,吴之未灭也,斗牛之间常有紫气,道术者皆以吴方强盛,未可图也。惟华以为不然。及吴平之后,紫气愈明。华闻豫章人雷焕妙达纬象,乃要焕宿,屏人曰:‘可共寻天文,知将来吉凶。’因登楼仰观。焕曰:‘仆察之久矣,惟斗牛之间颇有异气。’华曰:‘是何祥也?’焕曰:‘宝剑之精,上彻于天耳。’……焕到县,掘狱屋基,入地四丈余,得一石函,光气非常,中有双剑,并刻题,一曰龙泉,一曰太阿。其夕,斗牛间气不复见焉。”见《晋书·张华传》。此言有杀敌的壮志凌云。

水龙吟

和幕府贺策应

吾皇神武中兴,直须整顿舆图旧。岂惟天顾,岷峨一角,但西其首①。遮护咽喉,扶持气脉,宁无医手②。有庙谟先定,傍观何待,留侯蹑、魏侯肘③。　天眷我家仁厚。盛英才、载量车斗。中流孤艇,千钧一发,老夫何有。休对秋风,移宫换羽,吟无绝口。看福星④,太乙临梁,此虏自不能久。

[注释]

①西其首:以西部(蜀地)为头。 ②医手:“文子曰:‘医及国家乎?’对曰:‘上医医国,其次疾人,固医官也。’”见《国语·晋语》。三国吴韦昭注:“止其淫惑,是为医国。” ③留侯蹑:“汉四年,遂皆降平齐。使人言汉王曰:‘齐伪诈多变,反复之国也,南边楚,不为假王以镇之,其势不定。

愿为假王便。'当是时，楚方围汉王于荥阳。韩信使者至，发书，汉王大怒，骂曰：'吾困于此，旦暮望若来佐我，乃欲自立为王。'张良、陈平蹑汉王足，因附耳曰：'汉方不利，宁能禁信之王乎？不如因而立，善遇之，使自为守。不然，变生。'汉王亦悟，因复骂曰：'大丈夫定诸侯，即为真王耳，何以假为？'乃遣张良往信为齐王，征其兵击楚。"见《史记·淮阴侯列传》。 魏侯肘：知伯以水淹晋阳，曰："乃今知汾水可以灌安邑，绛水可以灌平阳。魏桓子肘韩康子。韩康子履魏桓子。肘足接于车上，而知氏地分矣。"讲述了一段兴亡史。见《史记·魏世家》。 ④福星：即岁星（木星）。唐张守节《史记正义》："《天官占》云：'岁星者，东方木之精，苍帝之象也。……其所居国，人主有福，不可以摇动。'"即下文太乙星。

水龙吟

送馆人管顺甫父子赴省

梅边连辔偕来，柳边先我观光去[①]。一门椿桂，尊君孙盛[②]，小儿文举[③]。黄鹤联登，横翔雕鹗，健凌鹦鹉。趁霜晴春小，南宫问讯，又同奏、明光赋[④]。 从此青云阔步。看龙门、锦标双取，荆州时事，不妨大对，细陈当宁。久要论交，中年语别，不堪离绪[⑤]。约杏园，得意归时，吾已在浙江浒。

[注释]

①观光：此指去京城应试。 ②孙盛：字安国，太原中都人。历官著作佐郎，秘书监，加给事中。子孙潜、孙放皆有令名。其中孙放尤"幼称令慧"。此处以称美管顺甫有佳儿。参《晋书·孙盛传》。 ③小儿文举："孔融字文举，鲁国人。孔子二十世孙也。年四岁时，每与诸兄共食梨，融辄引小者。大人问其故，答曰：'我小儿，法当取小者。'由是宗族奇之。"见《后汉书·孔融传》。此处以称美管顺甫之子。 ④明光赋：本杜甫《壮游》"曳裾置醴地，奏赋入明光"。 明光：宫殿名。此处谓父子同登朝廷。 ⑤中年语别，不堪离绪："谢太傅语王右军曰：'中年伤于哀乐，与

亲友别，辄作数日恶。’王曰：‘年在桑榆，自然至此，正赖丝竹陶写。恒恐儿辈觉，损欣乐之趣。’”见《世说新语 · 言语》。

满江红

得襄阳捷[①]

千古襄阳，天岂肯、付之荆棘。宸算定[②]、图回三载，一新坚壁。狼吻不甘春哨衄[③]，马蹄又踏寒滩入。向下洲、一鼓扫群胡，三军力。　　连帅是[④]，并州勣[⑤]。宾佐有，雍丘逖[⑥]。赖因人成事，同心却敌。见说陈尸三十里，投鞍委甲如山积。待老臣、为作岘樊铭，劖诸石[⑦]。

[注释]

①襄阳捷：此指淳祐十一年高达收复襄阳。事在癸丑退敌前三年。见《宋史》本纪。　②宸算：天子定策。　③狼吻：指敌人。　衄(nǜ)：挫败。　④连帅：古十国诸侯之长。唐代指观察使，按察使。　⑤并州勣：即李勣，曹州离狐人。原名徐世勣，以犯唐太宗讳，又以赐姓李，故改今名。　⑥雍丘逖：即祖逖。　⑦劖(chán)：削、凿、铲。

满江红

和刘仓咏雪

推枕闻鸡，正怪得、乾坤都白。元是有、福星临照，至和薰出[①]。缘饰夜城疑不夜，弥漫色界成无色。更摛词、巧欲夺天葩，尤殊特。　　貂帽拥，寒何力。羔酿举[②]，情何极。欠开樽细挹，梅花标格。十万铁衣冰到骨，祈天只愿王师息。想家童、日办剡中舟[③]，溪头立。

［注释］

①“至和”句：谓太和之气薰薰出丰年瑞雪。 ②羔酿：即羔儿酒。③剡中舟：“王子猷居山阴，夜大雪，眠觉，开室，命酌酒。四望皎然，因起彷徨，咏左思《招隐士》。忽忆戴安道，时戴在剡，即便夜乘小船就之。经宿方至，造门不前而返。人问其故。王曰：‘吾本乘兴而行，兴尽而返，何必见戴？’”见《世说新语·任诞》。

满江红

用前韵送刘仓

荡节将行[1]，原隰尽、花毡铺白[2]。人羡道、青丝辔整，红蕖幕出。宇宙中间无点翳，水天上下俱同色。向个中、著此玉为人，真英特。 元自得，融和力。浑不管，凝寒极。看福星临照，政敷民格[3]。且访桃源仙世界，伫传梅驿春消息。定明年、拜表贺端闱，螭坳立[4]。

［注释］

①荡节：旌旗飘荡。 ②原隰（xí）尽：原野。 铺白：下雪。 ③政敷民格：政通人和。 ④螭坳：宫殿螭首前坳处，朝会时为史官侍立之地。司马光《奉和始平公喜闻昌言修注》诗：“晓提麟笔依华盖，日就螭坳记圣言。”

八声甘州

送□制参分司□□，兼摄守漕[1]

自当年、种柳向西门，古今号名州。对风声策策，浪涛衮衮，又是新秋。暂为江山弹压[2]，谁得似贤侯。夜观灯里，几共边筹。 休效季鹰高兴，为莼羹鲈鲙，遽念吴头。且安排维楫[3]，相与济中流。看邦人、尽歌襦袴。愿紫皇、乞与福星留。令人忆，数行过雁，月在南楼。

[注释]

①□制:据下词,知即史制参。名嵩之。 ②弹压:指穷形极相地描绘出江山异彩。 ③维楫:船缆与船桨,指船。

八声甘州

用前韵答和史制参

续仲宣、一赋小呼鹰[①],声名满荆州。向宾筵游戏,毫端月露,皮里阳秋[②]。遍历文书刁斗[③],何患不封侯。横槊风烟表[④],独占诗筹。 见说眉攒心事,在岷峨乡国,落日西头。怅英豪遗恨,都付大江流。伟平生、经纶雅志,把重弓、聊为汉关留。中秋近,何如载酒,一笑登楼。

[注释]

①呼鹰:“(沔)水南有层台,号曰‘景升台’。盖刘表镇襄阳之所筑也。言表性好鹰,尝登此台,歌《野鹰来》曲。”见北魏郦道元《水经注》卷二十八“沔水中”。 ②皮里阳秋:指不公开议论别人而内里自有褒贬。《世说新语·赏誉》:“桓茂伦云:‘褚季野皮里阳秋。’谓其裁中也。” ③刁斗:古代行军用具。 ④“横槊”句:槊为长矛。史载曹操父子鞍马间往往横槊赋诗,尤极千古。

八声甘州

和刘仓贺蜀捷

自六朝、用武诧荆州[①],襟喉重疆陲。更西风似箭,峡江如线,事势夔夔[②]。须仗中流砥柱,天付治平谁。甚矣吾衰矣,将老东篱。 休说纷纷往梦,任阴平邓艾[③],骆谷姜维[④]。向棋边聊且,官事了痴儿[⑤]。雨未阴、毋忘户牖,挂长绳、系不住铜仪[⑥]。空遐想,桃源春媚,安得追随。

［注释］

①诧：诧耀。 ②夔夔：戒惧敬慎貌。 ③阴平邓艾：邓艾字士载，三国魏大将。率部入川破蜀，阴平在今甘肃文县，即其进军所经之道。④骆谷姜维：姜维字伯约，三国蜀将。历任征西将军、卫将军、大将军。诸葛亮卒后，维统帅蜀军多次伐魏。骆谷在今陕西周至县西南，谷长四百余里，为出蜀入陕之通道。 ⑤官事了痴儿：本黄庭坚诗“痴儿了却官家事”。 ⑥铜仪：此指日头。“树头初日挂铜钲”，苏轼《新城道中》诗句。

八声甘州

癸丑生朝[①]

对西风、先自念莼鲈，又还月生西。叹平生霜露，而今都在，两鬓丝丝。当年门垂蓬矢，壮岁竟奚为。磊落中心事，只有天知。 多谢君恩深厚，费丁宁温诏，犹寘驱驰。看弓刀何事，终是愧毛锥[②]。愿今年、四郊无警，向酒边、多作数篇诗。山林下，相将见一，舍我其谁[③]。

［注释］

①癸丑：宋理宗宝祐元年（1253）。时年五十六岁。 ②毛锥：即毛笔。 ③舍我其谁：除了我还有谁。《孟子·公孙丑下》：“如欲治平天下，当今之世，舍我其谁。”

八声甘州

和 韵

问秋光、乞得一宵闲，满引玉东西[①]。喜亲朋咸集，宴酣真乐，非竹非丝。坎止流行付分，岂尽是人为。试向君平卜[②]，还可前知。 自笑头颅如此，奈乌轮难系[③]，驹隙如驰。慨壮图已矣，指地不须锥[④]。任从渠、翻云覆雨，愿老于耕钓乐于诗。三军事，天家自有⑤，大将为谁。

[注释]

①玉东西：玉酒杯。 ②君平：严君平，精于卜筮。《汉书·王吉传》："君平卜筮于成都市，以为'卜筮者贱业，而可以惠众人。有邪恶非正之问，则依蓍龟为言利害。与人子言依于孝，与人弟言依于顺，与人臣言依于忠，各因势导之以善。从吾言者，已过半矣。'" ③乌轮：日轮。传说日中有乌。 ④指地：即指天画地，喻直言指陈，毫无顾忌之态。 ⑤天家：帝王之家。

八声甘州

借八窗叔韵寿之

仿离骚、览揆度新讴①，空云霱乌丝②。把长庚才调③，小施筹笔，独处囊锥④。鸾枳鹓滩发轫⑤，指日问朝衣。雪片梅花外，已露南枝。 休羡汉疏晋阮⑥，记当年楚产⑦，同是家儿。怅岁华如许，同官复同时。引宫商、细赓郢唱⑧，向樽前、谁为一歌之。蓬壶侣，长春不老，有美人兮。

[注释]

①览揆度新讴：即生日。语出屈原《离骚》："皇览揆余初度兮，肇锡余以嘉名。" ②乌丝：乌丝栏，笺纸上的黑色行格。 ③长庚才调：李白的文采。相传李白母梦长庚星而生李白。 ④独处囊锥：将锥放入囊中，自然脱颖而出。比喻才能毕露。 ⑤"鸾枳"句：枳树多刺，不可以栖鸾。语出东汉王涣之口"枳棘非鸾凤所栖"，比喻贤才不得其所。 ⑥汉疏：即疏广。汉宣帝时，疏广为太傅，侄疏受为少傅，后二人同时上疏请辞还乡。宣帝皆许之，加赐黄金二十斤，皇太子赠以五十斤。公卿大夫故人邑子设祖道，供帐东都门外，送者车数百辆，辞决而去。及道路观者皆曰："贤哉二大夫。"见《汉书·疏广传》。 晋阮：即阮咸。《晋书》卷四十九《阮籍

传附阮咸》："咸字仲容。父熙，武都太守。咸任达不拘，与叔父阮籍为竹林之游，当世礼法者讥其所为。"阮籍、阮咸合称"二阮"，阮咸为侄，故称"小阮"。此言叔侄均为朝官。 ⑦楚产：即楚人。语出《孟子·滕文公上》，"孟子曰：'陈良，楚产也，悦周公、仲尼之道而学焉。'" ⑧郢唱："客有歌于郢中者，其始曰《下里》《巴人》，国中属而和者数千人。其为《阳阿》《薤露》，国中属而和者数百人。其为《阳春》《白雪》，国中属而和者不过数十人而已。引商刻羽，杂以流徵，国中属而和者，不过数人而已。是其曲弥高，其和弥寡。"见《文选·宋玉〈对楚王问〉》。

八声甘州

寿刘舍人

记当年、虏压顺昌城[①]，直欲付靴尖。赖君家乃祖，笑麾白羽，净洗腥膻。荆州甘棠蔼蔼，浓墨字犹鲜。少出拿云手[②]，整顿青毡。 好个嫩凉天气，想闻鸡听雁，意气犹忺。看相将喜事，眉色已黄占[③]。祝君龄、有如此酒，举金罍、须放十分添。还知否，封侯事业，正在华颠。

[注释]

①顺昌城：在今安徽阜阳。宋高宗绍兴十年（1140），完颜宗弼（兀朮）等毁约南下。宋东京留守刘锜率八千军北上，行近顺昌。金宗弼十馀万齐至，刘（锜）军不满二万，以少击多，大败金军。是役后金人为之夺气，宋军开始反攻。 ②拿云手：言志向高远。李贺《致酒行》："少年心事当拿云，谁念幽寒坐呜呃。" ③"眉色"句：古代术士认为，眉间有黄气是回朝的预兆。

八声甘州

中秋小集无月

问嫦娥、孱僽厌看人，唯复厌人看。正凉宵准拟，招延素魄，慰藉苍颜。廉纤梧桐细雨，吹彻玉箫寒。仿佛山河影[①]，只在云端。　　又似去年今夕，枉教人惆怅，立尽阑干。想菱花尘匣，憔悴女乘鸾[②]。恨无从、一登天柱[③]，约宾朋、随分荐清欢。持杯祝，老蟾无恙，留待明年。

[注释]

①山河影："释氏书言，须弥山南面有阎扶树，月过，树影入月中。或言月中蟾桂，地影也；空处，水影也；此语差近也。"见唐段成式《酉阳杂俎》卷一。　②女乘鸾：用秦女弄玉，乘鸾仙去之典。此指女仙。　③天柱：星名。

朝中措

用八窗叔韵送教忠制机省亲之行

灯棋三载客边头，江汉等萍浮。一片白云关念[①]，对床夜雨难留。　　堂堂事会，相期烝楫[②]，共济泾舟。今岁雁来应早，著鞭莫待深秋。

[注释]

①一片白云关念："（阎立本）特荐（狄）为并州法曹。其亲在河阳别业，（狄）仁杰赴任，于并州登太行，南望白云孤飞，谓左右曰：'吾亲所居，在此云下。'悲泣，伫立久之，候云移乃得去。"见唐刘肃《大唐新语》。　②烝楫：众人划浆渡河。

朝中措

就酌菖酒饯教忠，再用韵

南风吹棹过吴头，聚散付云浮。且共一杯怀楚，须期万户封留[①]。　　藕花时候，五湖烟雨，西子扁舟[②]。转首梦回残角，征人塞上新秋。

［注释］

①封留：张良以佐刘邦功封留侯，食邑万户。 ②西子扁舟：本杜牧《杜秋娘诗》“西子下姑苏，一舸逐鸱夷。”

朝中措

癸丑寿安观使[1]

夜来南极十分明，申月应生申[2]。小范龙图老子[3]，大苏玉局仙人[4]。 擎天健手，家传方略，功在峨岷。看取芝封夜下，归来尽展经纶。

［注释］

①癸丑：宋理宗宝祐元年（1253）。 ②生申：“崧高维岳，峻极于天。维岳降神，生甫及申。”见《诗经·大雅·崧高》。意即甫侯与申伯乃是钟山岳灵气而生。此处以颂美安观使出生不凡。 ③小范龙图老子：“公领延安，阅兵选将，日夕训练。又请戒诸路养兵蓄锐，毋得轻动。夏人闻之，相戒曰：‘无以延州为意，今小范老子腹中有数万甲兵，不比大范老子可欺也。’戎人呼知州为老子，大范为雍也。”见朱熹《参政范文正公仲淹》。又范仲淹曾任龙图阁学士。 ④大苏玉局仙人：指苏轼。黄庭坚《豫章集》卷九《次韵宋楙宗三月十四日到西池都人盛观翰林公出游》：“还作遨头惊俗眼，风流文物属苏仙。”苏轼曾提举玉局观，故称为玉局仙人。

贺新凉

巧夕雨[1]，不饮，啜茶而散

可恨经年别。正安排、剖瓜植竹，拟酬佳节。应为犁锄机杼懒，天遣阿香磨折[2]。翻一晌、廉纤凄切。寂寞金针红线女，枉玉箫、吹断秦楼月。清漏静，楚天阔。

东皋且愿三农悦[③]。任从渠、鹊桥蛛网，一番虚设。挽取天河聊为我，尽洗西风残热。休懊恼、云生巫峡。底用乞灵求太巧，看世人、弄巧多成拙。姑止酒，命茶啜。

[注释]

①巧夕："七月七日，为牵牛织女聚会之夜。……是夕，妇人结彩缕，穿七孔针，或以金、银、鍮石为针，陈瓜果于庭中以乞巧。有喜子网于瓜上，则以为符应。"见南朝梁宗懔《荆楚岁时记》。 ②阿香：传说中的雷车女神。此以其指代雷雨。 ③东皋："登东皋以舒啸，临清流而赋诗。"见陶渊明《归去来辞》。 三农：即耕种于三种不同地区的三类农民。语出《周礼·天官》："一曰三农，生九谷。"

贺新凉

甲寅春闻襄寇退[①]

晓听平安报。信荆州、古今形胜，金汤天造。落日岘山陈迹在，依旧大堤芳草。叹紫塞、黄尘未扫[②]。水合水生来又去，赖胡雏、犹畏熊当道[③]。薇柳戍[④]，甚时了。
乞身屡上笺天表。感恩深、丁宁帝语，许同方召[⑤]。自愧黔驴无伎俩，桑土绸缪盍早[⑥]。空手袖、剑锋懊恼。要绘鲸鲵封京观[⑦]，愿汉廷用壮臣年老[⑧]。毋更取，仲华笑[⑨]。

[注释]

①甲寅：宋理宗宝祐二年(1254)。 ②紫塞：晋崔豹《古今注·都邑》："秦筑长城，土色皆紫。汉塞亦然，故称紫塞焉。" ③胡雏：即胡儿。是说侵略者还是害怕我们的兵力的。 熊当道：即老羆当道，无人敢过。见《北史·王羆传》。 ④薇柳戍：关塞名。"薇柳诸关成底事，菊松三径犹堪主。"见曾伯《满江红》词。 ⑤方召：方叔、召虎，均为辅佐周宣王中兴的大臣。 ⑥桑土绸缪：防患未然，语见《诗经·豳风·鸱鸮》。 ⑦京观：古代战胜者收集敌人尸首，封土成的高冢。 ⑧"愿汉廷"句：汉飞将

军李广，当景帝时好用老，而身尚少，当武帝好用少壮，而身已老，此反其意用之。　⑨仲华笑：邓禹字仲华，少有大志，辅光武取天下，年二十四，拜大司徒，封酂侯。《南齐书·王融传》：“融自恃人地，三十内望为公辅。直中书省，夜叹曰：‘邓禹笑人。’”

贺新凉

自和酬书院诸丈

梦觉闻鸡报。问岘边、晋家城郭，旧邦新造。谁遣平明旌旆入，人说当年草草[①]。犹幸把、腥埃俱扫。对越老苍方寸在[②]，任酋渠、远度龙堆道[③]。还又过，一春了。
少年意气轻三表[④]。到如今、名惭小范，功卑前召[⑤]。赖有把茅归去是，乘此抽身须早。何苦受、天来烦恼。报国丹忠虽未泯，奈长卿已病文渊老[⑥]。聊把酒，仰天笑。

（以上双照楼本《可斋续稿》卷七）

[注释]

①当年草草：“元嘉草草，封狼居胥，赢得仓皇北顾”，辛稼轩《永遇乐》词中语。指元嘉二十七年（450）王玄谟伐北魏，为佛貍大败事。　②对越：面君奏对。　老苍：老年人。　方寸：丹心也。　③龙堆：沙漠名，即白龙堆，在新疆以东，天山南路。　④三表：“施五饵三表以系单于。”见《汉书·贾谊传》赞。指以立信义、爱仁之状、好人之技为驾驭胡族之术。　⑤“到如今”二句：小范指范仲淹，前召指召伯，相对后召召虎而言。　⑥长卿：汉司马相如，字长卿。蜀郡成都人。　文渊：即马援。

醉蓬莱

癸丑寿吕马帅[①]

问金城方略，数十年来，谁堪称许。万福威名，草木识淮浦。西顾天长，中流地重，著此巨鳌柱。见说棋边，风声鹤唳，胆落胡虏。　老子家声[2]，六韬亲授[3]，渭水归来，非熊非虎[4]。江汉滔滔，建大将旗鼓。弧矢开祥，节旄迎渥[5]，勋业纪盟府。好对芳天，莺花未老，金樽频举。

［注释］

①癸丑：宋理宗宝祐元年(1253)。　②老子家声：姜太公又名吕尚，与吕文德同姓，故谓。　③六韬："《太公六韬》五卷。"见《隋书·经籍志三》。传为姜太公所撰，包括文、武、虎、豹、龙、犬六种韬略。　④非熊非虎："西伯将猎，卜之，曰：'将大获，非龙非彨，非虎非罴。所获霸王之辅。'于是西伯猎，果遇太公于渭之阳。"见《史记·齐太公世家》。　⑤渥：脸色红润如涂丹。《诗经·秦风·终南》："颜如渥丹，其君也哉。"

醉蓬莱

书院延桂有集，不及与

自鹫峰曾见[1]，金粟如来[2]，犹有英烈。碧玉琅玕，点缀碎琼屑。不御纷华，独餐沆瀣[3]，比众芳殊别。好向凉宵，无风无雨，宜露宜月。　身在山中，名香天下，全似幽人，一种修洁。解使多愁，对此亦纾悦。绿绮窗前，乌云鬓侧，休为玉人折。剩赋新词，满倾佳酹，为成三绝。

［注释］

①鹫峰：即灵鹫山，在中印度，为佛说法之地，山顶似鹫，又鹫群常集于山顶，王舍城人因名曰灵鹫山。　②金粟如来："《发迹经》曰：'净名大士是往古金粟如来。'"见唐李善注。又桂花如粟，色金黄，故此处以之喻桂花。　③餐沆瀣(hàng xiè)："餐六气而饮沆瀣兮，漱正阳而含朝霞。"见屈原《远游》。东汉王逸注引《陵阳子·明经》："冬饮沆瀣。沆瀣者，北方夜半气也。"

醉蓬莱

灯前想像胜集，和韵

问前身应在，香醉山中[①]，今存风烈。佳夕招延，清论度飞屑。玉斝盈盈，金英点点，标格侬家别。好个凉天，更无滴雨，只欠些月。　菊客兰兄，纷纷侪辈，纵尔芬芳，输我高洁。鼻观先知，羞取俗颜悦。邂逅成欢[②]，从容挹爽，何羡广寒折。我有高吟，为君纪此，一段奇绝。

[注释]

①香醉山：佛经记载的香山，在雪山之北。　②邂逅：别本为“解后”，偶然相遇。

醉蓬莱

和　韵

大不逾粟许，飘散人间，直恁清烈。管领芳樽，底事不渠屑。中夜庭前，小山丛畔[①]，韵度从来别。那更今年，留连秋色，将傍菊月。　堪羡纱窗，胆瓶斜浸，浅酌低讴，人花双洁。恼杀多情，一见一回悦。生怕朝来，梧桐过雨，把花神摧折。倩取骚人，黄香作传[②]，笔未宜绝。

[注释]

①小山丛畔：化用汉淮南小山《招隐士》“桂树丛生兮山之幽，偃蹇连蜷兮枝相缭”。　②黄香：“黄香字文强，江夏安陆人也。年九岁，失母，思慕憔悴，殆不免丧。乡人称其至孝。年十二，太守刘护闻而如之，署门下弟子，甚见爱敬。香家贫，内无仆妾，躬执苦勤，尽心奉养。遂博通经典，究精道术，能文章。京师号曰‘天下无双，江夏黄香。’”见《后汉书·文苑传上》。历官郎中、左丞、尚书令，有政声。

醉蓬莱

寿八窗叔

指梅花雪片，问讯八窗，南枝开未。一点春风，消息岭头寄。太白精神，广平韵度[①]，是岂众芳拟。东阁吟边，水清月淡，不妨游戏。　犹记双湖，几番初度，持酒相期，以花为比。鼎味家传，须向玉堂里。吏隐南昌[②]，未应高兴，香在岁寒际。倩取瑶姬，花前一唱，寿吾仙李。

［注释］

①广平韵度：用唐宋璟（字广平）典。唐皮日休《桃花赋序》："余尝慕宋广平之为相，贞姿劲质，刚态毅状。疑其铁肠石心，不解吐婉媚辞。然睹其文而有《梅花赋》，清便富艳。"此喻梅花。　②吏隐南昌："梅福字子真，九江寿春人也。少学长安，明《尚书》、《谷梁春秋》。为郡文学，补南昌尉。……至元始中，王莽专政，福一朝弃妻子，去九江。至今传以为仙。"见《汉书·梅福传》。

沁园春

饯余蜀帅[①]

天顾坤维，持橐秉旄，屈公此行。正地雷观象[②]，一阳将复，天星验数，五福初临。汉指才宣，蜀民相贺，百万耄倪犹更生[③]。先声布，便胆寒西贼[④]，关塞无尘。　休嗟往事营营。要清献、乖崖相拟伦[⑤]。看作新精彩，叶符气运，转旋机括，元在人心。奖率三军，扫清万里，从此西南开太平。功成后，却归来廊庙，细展经纶。

［注释］

①余蜀帅：余玠字义夫。淳祐间为蜀帅，城钓鱼山，功业赫赫。　②"地

雷”句：雷二月出地，以生万物。 ③耄倪：年老者与弱小者。 ④胆寒西贼：用范仲淹统兵，军中有谣“军中有一范，西贼闻之警破胆”典故。 ⑤清献：即赵忭。喻为官清廉俭朴。宋叶梦得《石林诗话》卷上：“赵清献公以清德服一世，平生畜雷氏琴一张，鹤与白龟各一，所向与之俱。始除帅成都，蜀风素侈，公单马就道，以琴、鹤、龟自随，蜀人安其政，治声藉甚。”赵清献公即宋赵忭，曾任殿中侍御使，时称“铁面御使”。两知成都，一郡晏然。谥清献。有《赵清献集》。 乖崖：即宋张泳，字复之。自号乖崖子。鄄城（今山东鄄城）人。历官枢密直学士，知益州，吏部尚书。谥忠定。为人刚方自任，为治尚严猛。有《乖崖集》十卷。

沁园春

和邓季谦通判为寿韵

老子家山，近古苏州，有监本呆[①]。叹长途荷担，斯宜已矣，急湍鼓枻，岂不危哉。我爱陶潜，休官彭泽，为三径荒芜归去来。君恩重，奈边戈未偃，阃毂犹推[②]。 东南休运将回[③]。幸天日清明公道开。把孤忠自许，我心匪石[④]，一真难灭[⑤]，人口如碑[⑥]。青眼旧交[⑦]，黑头新贵[⑧]。快九万里风鹏背培。诗筒寄[⑨]，正多情未已，聊解君颐。

[注释]

①监：监州，即通判的别称。 呆（dāi）：老实，质朴。 ②阃毂犹推：“上古王者之遣将也，跪而推毂，曰：‘阃以内者，寡人制之；阃以外者，将军制之。’”见《史记·冯唐列传》。毂：车轮。 ③休运：好运。 ④我心匪石：言坚定不变。《诗经·邶风·柏舟》：“我心匪石，不可转也。我心匪席，不可卷也。” ⑤一真：佛教用语，指永恒不灭的实体。语出《楞严经》卷八“清净无漏，一真无为，性本然”。 ⑥人口如碑：“劝君不要镌顽石，路上行人口似碑。”见宋释普济《五灯会元》卷十七《南岳下十三世上·太平安禅师》。 ⑦青眼：正视，器重。 ⑧黑头新贵：“诸葛道明初过江左，自名道明，名亚王（导）、庾（亮）之下。先为临沂令，丞相谓曰：‘明府当为

黑头公。'"见《世说新语·识鉴》。 ⑨诗筒:"为向两川邮吏道,莫辞来去递诗筒。"见白居易《醉封诗筒寄微之》。

沁园春

赋静斋叔溪堂

我爱临川,簪绂丛林[1],有宅一区[2]。记谢墩名字[3],百年犹在,平泉孙子[4],三世重居。皂盖新营[5],青毡旧识,此复古春秋宜大书。奇哉事,信当时种子,下到工夫。笑渠。驷马门闾。是几往过之凡几墟。喜尚存遗爱[6],甘棠在在,无穷生意,茂草如如。载酒寻盟,论诗结社,想田可秫兮园可蔬。应须念,古郯亭乔木,无恙还无。

[注释]

①簪绂:簪为冠簪,绂为丝制缨带,皆古礼服之制,以喻显贵。晋陆机《陆士衡集》卷十《晋平西将军孝侯周处碑》:"簪绂扬名,台阁标著。" ②有宅一区:西汉文学家扬雄有宅一区,能够安贫乐道。此处以喻静斋叔溪堂。参《汉书·扬雄传》。 ③谢墩:"我名公字偶相同,我屋公墩在眼中。公去我来墩属我,不应墩姓尚随公。"见王安石《谢公墩》。(韩愈有《郓州溪堂诗》,恰与静斋溪堂同名,用"谢墩"似喻同名之意。) ④平泉:平泉别墅为唐李德裕所筑。 ⑤皂盖:汉太守用青色车盖,因代称太守。杜甫《陪李北海宴历下亭》:"东藩驻皂盖,北渚凌清流。" ⑥遗爱:"及子产卒,仲尼闻之,出涕曰:'古之遗爱也。'"见《左传·昭公二十年》。晋杜注:"子产见爱,有古人之遗风。"

兰陵王

甚天色,苦问桃红李白。伊祈氏[1],沙际才归,依约春回晓烟湿。老寒犹煞忒。景物,中年惯识。天应遣,雨洗风梳,柳睡花眠尚无力。 名园谩他适。任黄四栽培[②]，殷七奇特[③]。一年好处须寒食。待花畔携酒，酒边索句，春馀太半未须急。记旧隐幽寂。　我亦，几时得。归检点苔封，评品梅格。教看林下休官一。与莺花分界，渔樵争席[④]。抚松长啸，芳菲事，尽渠惜。

[注释]

①伊祈氏：即春神。唐皮日休《皮子文薮》："伊祈氏之作春也，有艳外之艳，华中之华。众木不得，融为桃花。"此处意指春回大地。　②黄四："黄四娘家花满溪，千朵万朵压枝低。"见杜甫《江畔独步寻花》。后以黄四指善养花的人。　③殷七：《续仙传》载，殷七，唐道士，名天祥，能随时令时花开放。传说曾于浙西鹤林寺，秋日使杜鹃花开。　④争席：谓争座位，表示亲密无间。

江神子

白妃卷絮逐风颠。透朱帘，向空漫。剪出冰花，偏爱腊前看。能费化工多少力[①]，千万里，尽同天。　歌楼清赏记当年，玉人占，绣衾寒。老去孤高，世虑肯咨煎。争似小窗梅影下[②]，聊一笑，付无言。

[注释]

①化工：意指大自然神奇的创造力。语出汉贾谊《鹏鸟赋》"且夫天地为炉兮，造化为工"。　②小窗梅影："美人兮美人，不知为暮雨兮为朝云？相思一夜梅花发，忽到窗前疑是君。"见唐卢仝《有所思》。

浪淘沙

昨夜雨兼风，断送残红。老寒犹自著帘栊。为问香篝人语道，翠被还重。　何处有疏钟，惊起匆匆。惜春休放酒杯空。芳草天涯寒食又，归兴尤浓[①]。

[注释]

①浓:别本作“醲”。

哨遍

天限长江,云扰中原,一局持棋势。汉将谁,盍为扫清之。彼伎犹、黔驴而止。客亦知,何材不生斯世。丁宁屡费君王旨。向马首论诗,灯前观剑,岂无差强人意[①]。幸崆峒麦熟且休师。又焉用陈琳檄书飞[②]。一笛楼头,万柳营间,从容麾帜。 噫。代有戎夷[③]。时贤患乏经纶志。紫岩公一出[④],敌当惊见花字[⑤]。谩被髮忧邻[⑥],汗颜笑斫[⑦],客邪终岂婴元气[⑧]。待拜表笺天,移文问隐[⑨],老夫行且归矣。怕胡雏穴隙尚相窥,有淝水儿曹举兵麾[⑩]。看中兴、隽烈堪继。随世样多能底。卿自为卿计。不妨老子,婆娑矍铄[⑪],从渠屡盈户外[⑫]。何须岘万勒丰碑[⑬]。有天知、方寸馀地。 (以上双照楼本《可斋续稿》卷八)

[注释]

①差强人意:令人满意。《后汉书·吴汉传》:“帝时遣人观大司马(吴汉)何为,还言方修战攻之具,乃叹曰:‘吴公差强人意,隐若一敌国矣。’” ②“幸崆峒”二句:崆峒在古人的观念中为大地之中,此指洛阳。曹操伐袁绍,其记室陈琳作檄讨之。 ③戎夷:异族侵略者。 ④紫崖公:宋张浚,字德远,别号紫崖,汉川绵竹(今四川绵竹)人。政和进士,建炎三年(1129),苗刘之变,勤王有功,升知枢密院事,力主抗金。任川陕宣抚处置使,保障全蜀。隆兴元年(1163)督师北伐,败于符离。著有《中兴备览》。 ⑤花字:即花押。文书末尾草体签字。 ⑥被髮忧邻:“今有同室之人鬥之,虽被髮缨冠而救之,可也。乡邻有鬥者,被髮缨冠而往救之,则惑也,虽闭户可也。”见《孟子·离娄下》。 ⑦汗颜笑斫:“富贵无能,磨灭谁记?子之自著,表表愈伟。不善为斫,血指汗颜。巧匠旁观,缩手袖间。子之文章,而不世用。乃令吾徒,掌帝之制。”见韩愈《祭柳子厚

文》。 ⑧"客邪"句：客邪，病邪之气，与元气相对。 婴：缠绕。意谓邪气毕竟不能损伤正气。 ⑨移文问隐：用孔稚圭作《北山移文》典。⑩淝水儿曹："谢公与人围棋，俄而谢玄淮上信至。看书竟，默然无言，徐向局。客问淮上利害。答曰：'小儿辈大破贼。'意色举止，不异于常。"见《世说新语·雅量》。晋太元八年，前秦苻坚入侵。谢安命子侄辈谢石、谢玄迎战，取得淝水大捷。 ⑪老子婆娑：婆娑犹盘桓。陶侃意欲辞官，部下苦留，叹道："老子婆娑，正坐诸君辈。" ⑫屦盈户外："伯昏瞀人曰：'善哉观乎。女处已，人将保女矣。'无几何而往，则户外之屦满矣。"见《庄子·列御寇》。意谓求托者盈门。 ⑬"何须"句：杜预好身后名，常自言百年后必高岸为谷，深谷为陵，作二碑叙其平吴勋，一沉万山下，一沉岘山下。

兰陵王

甲寅初度和次贾韵①

问梁益，天设金城铁壁。西风外，依约雁来，还报关山旧秋色。三秦听汉檄。远恨绵绵脉脉。频年事，虚掷桑阴，祎允诸人竟何策②。 彤弓误殊锡③。怅活国难医④，救世须佛。平生本藉毛锥力。对弧矢初度，满头白髪，何堪兵卫叠画戟⑤。咄青史陈迹。 酒石，羡王绩⑥。任击缶呼天⑦，此乐何极。奚须太息惊前席。望天阍休待，梦如陶翼⑧。柳边春后，放定远⑨，出西域。

[**注释**]

①甲寅：宋理宗宝祐二年(1254)。 ②祎允：费祎，字文伟，三国蜀江夏人。董允，字休昭，三国蜀南郡人。诸葛亮《前出师表》："侍中、侍郎郭攸之、费祎、董允等，此皆良实，志虑忠纯，是经先帝简拔以遗陛下。" ③彤弓："彤弓弨兮，受言藏之。"见《诗经·小雅·彤弓》。天子赐诸侯彤弓之计，此处以喻皇帝对自己的殊遇。 殊锡：殊遇恩赐。 ④活国难医："文子曰：'医及国家乎？'对曰：'上医医国，其次疾人，固医官也。'"见《国语·晋语》。三国吴韦昭注："止其淫惑，是为医国。" ⑤兵

卫叠画戟："兵卫森画戟，宴寝凝清香。海上风雨至，逍遥池馆凉。"见韦应物《郡斋雨中与诸文士燕集》。 ⑥王绩："王绩字无功，绛州龙门人。性简放，不喜拜揖。……（唐）高祖武德初，以前官待诏门下省。故事，官给酒日三升。或问：'待诏何乐邪？'答曰：'良酝可恋耳。'侍中陈叔达闻之，日给酒一斗。时称'斗酒学士'。"见《新唐书·隐逸传·王绩》。此处表达倦于宦游，向往闲逸的心情。 ⑦击缶呼天："家本秦也，能为秦声。妇，赵女也，雅善鼓瑟。奴婢歌者数人。酒后耳热，仰天拊缶而呼乌乌。"见西汉杨恽《报孙会宗书》。 ⑧陶翼："陶侃梦生八翼，飞翔冲天，见天门九重，已入其八，惟五门，阍者以杖击之，因堕地，折其左翼。惊悟，左腋犹痛。其后都督八州，威果振主，潜有窥拟之志，每忆折翼之祥，抑心而止。"见南朝宋刘敬叔《异苑》卷七。 ⑨定远：班超，字定远。

八声甘州

送吴峡州

问西陵、治比汉河南[1]，若为遽东归。正峡江衮衮，中流我共，一楫杭之。倏听攀辕告语，公去袴襦谁。赖有甘棠在，人口如碑。 百尺楼头徙倚，记绸缪桑土，几对灯棋。指鹭洲何处，心事想鸥知。向江湖、毋忘魏阙，正吾皇、当馈急贤时。经纶事，更须玩易[2]，勿但言诗。

［注释］

①汉河南：汉汲黯治河南郡，史称能治。 ②易：周易。

水调歌头

甲寅寿刘舍人

序正象占琥[1]，吉叶梦维熊[2]。身随金粟出世[3]，香满小山丛[4]。铁券丹书家世[5]，朱阁青毡步武，名字在尧聪。雕鹗健云翮，聊尔待西风。 功名事，书剑里，笑谈中。

江涛衮衮如此，天岂老英雄。先我甲庚三日，伴子春秋千岁，何幸举樽同。歌以寿南涧[⑥]，愿学稼轩翁。

[注释]

①“序正”句：时序宜人，谓之序正。　占琥：以玉琥占祭天地四方。此喟刘舍人生日好。　②梦维熊：梦熊是生男孩的吉兆。　③“身随”句：谓生日正当桂花开时。　④小山丛：汉淮南小山《招隐士》，中有“桂树丛生兮山之幽，偃蹇连蜷兮枝相缭”句。　⑤铁券丹书：“又与功臣剖符作誓，丹书铁契，金匮石室，藏之宗庙。”见《汉书·高帝纪下》。　⑥南涧：韩元吉之号，辛弃疾有寿韩元吉《水龙吟》词。

临江仙

甲寅中秋和刘舍人赏月

同此三秋端正月，地高先得光辉。分明身世玉琉璃。不妨人未老，长与月相期。　　我有芳樽供玩事，从渠魏鹊无枝[①]。直须饮到五更时。大家眠玉界，莫羡宴瑶池。

[注释]

①魏鹊无枝：本曹操《短歌行》“月明星稀，乌鹊南飞。绕树三匝，何枝可依”。

水龙吟

甲寅中秋

楚乡三载中秋，倚楼辄值萧萧雨。澄空向午，廉纤数点，又疑虚度。卷起云鬟，制开妆鉴，喜瞻眉宇。问常娥丰貌，间何阔矣，元不老、只如故。　　见了悄然无语。但令人、不堪怀古。老蟾应记，旧时人物，孙刘陶庾[①]。俯仰皆空，阴晴何恨，芳樽频举。问他年，忆取今宵，人如许、月如许。

[注释]

①孙刘陶庾：即孙权、刘备、陶侃、庾亮。皆荆州历史上的名人。本年曾伯以资政殿学士、京湖安抚制置大使、知江陵，故所咏皆切荆州。

水调歌头

再　赋

可爱十分月，都无一点云。清光是处皆有，浑不许人分。独是大江深处，一片水晶世界，仿佛有微痕。坐到夜深际，万籁寂无闻。　与诸君，同一笑，举芳樽。素娥自有佳约，何必命红裙。顷刻参横斗转，归去华胥一觉[①]，玩事任纷纷。我袖有玉斧[②]，当为整乾坤。

[注释]

①华胥一觉：做梦。《列子·黄帝》载，黄帝昼寝而梦，游于华胥之国，后用为梦境的代称。此指粗茶淡饭，过隐居生活，把世事看成一梦。　②玉斧：传说中修月工匠所用斧凿之美称。

眼儿媚

和八窗叔韵送之

公归东里我西州，枫荻楚天秋。乌樯转首，暮云江树，落日沙头。　瞿唐此去风涛恶，宁愿贾胡留[①]。明年春晚，松江笠泽，归约追游。

［注释］

①贾胡：即胡贾，西域商人。东汉耿舒致兄书云："马援类似西城贾胡，到一处辄止。"

大　酺

和陈次贾赠行韵

对剑花凝，笳叶卷，天宇尘清声肃。楼船催解处，正日戈夕照[1]，风旗西矗。虎战龙争，人非地是，形势昔雄三国。景升今何在[2]，怅婆娑老子，奚堪荆牧[3]。岂自古常言，力宁鬥智，智宁如福。　　西征非太速。奈臣职、难负君王嘱。嗟往事、祁山抗表[4]，剑阁刊铭[5]，祗成坠甑并空轴[6]。喜听平安信，岂止为、区区一竹[7]。蚊蝨类、笑谈逐。玉关归老，不愿封侯食肉。愿还太平旧蜀。

［注释］

①日戈：鲁阳挥戈退日，《淮南子·览冥训》："鲁阳公与韩构难，战酣，日暮，援戈而挥之，日为之返三舍。"　②景升：东汉刘表，字景升，献帝初年任荆州刺史，成为割据势力。　③荆牧：荆州知府。　④祁山抗表：祁山在今甘肃西和县西北，三国时诸葛亮上《出师表》，从此进兵伐魏。　⑤剑阁刊铭：《文选·张载〈剑阁铭〉》唐李善注引臧荣绪《晋书》，"张载父收，为蜀郡太守，作《剑阁铭》。益州刺史张敏见而奇之，乃表上其文。世祖遣使镌石记焉。"　⑥坠甑："孟敏字叔达，钜鹿人也。客居太原。荷甑堕地，不顾而去。林宗见而问其意。对曰：'甑已破矣，视之何益？'林宗以此异之，因劝令游学。十年知名，三公俱辟，并不屈云。"见《后汉书·郭太传附孟敏》。　⑦区区一竹："童子寺竹：卫公言北都惟童子寺有竹一窠，才长数尺，相传其寺纲维，每日报竹平安。"见唐段成式《酉阳杂俎》。

浪淘沙

舟泊李家步

斜日挂汀洲，帆影悠悠。碧云合处是吴头。几片寒芦三两雁，人立清秋。　　柳外莫停舟，休问闲愁。人生江海一萍浮。世路相期如此水，万里安流。

八声甘州

登经济楼

上巍楼、指顾剑东西，依然旧江山。怅谁为荆棘，委渠天险，薄我风寒。金瓯经营几载，鸿雁尚漂残。一片迷棋局，著手良难。　　犹幸红旗破贼[1]，有竹边新报，喜听平安。问纷纷遗事，一笑付凭栏。愿天驱、五丁壮士[2]，挽岷峨、生意与春还。斜阳外，梦回芳草，人老萧关[3]。

［注释］

①红旗破贼："红旗破贼非吾事，黄纸除书无我名。"见白居易《刘十九同宿》。自注曰："时淮寇初破。"此处用为破敌报捷之意。　②五丁壮士："周显王三十二年，蜀使使朝秦。秦惠王数以美女进，蜀王感之，故朝焉。惠王知蜀王好色，许嫁五女于蜀。蜀遣五丁迎之。还到梓潼，见一大蛇入穴中。一人揽其尾掣之，不禁。至五人相助，大呼（抴）蛇。山崩，时压杀五人及秦五女并将从。而山分为五岭。"见晋常璩《华阳国志·蜀志》。　③萧关：一名郿关，在今宁夏固原县东南。

满江红

乙卯咏海棠[1]

才过新正，能几日、海棠开了。将谓是、睡犹未足[2]，嫣然何笑。一片殷红新锦样，天机知费春多少。更芳期、不待燕黄昏，莺清晓。　　花旧说，南昌好。花宜占，东风早。想香霏地近，融和偏巧。佳句流传千古在，石湖不见坡翁老[3]。倩何人、寄驿报家山，教知道。

[注释]

①乙卯：宋理宗宝祐三年（1255）。　②睡犹未足："上皇登沉香亭，诏妃子。时卯酒未醒，命侍儿扶掖而至。妃子醉韵残妆，鬓乱钗横，不能再拜。上皇曰：'是岂妃子醉，直海棠睡未足耳。'"见宋《海录碎事》引《太真外传》。　③石湖不见坡翁老：曾经有咏海棠诗流传的范成大与苏轼，都已不在人世了。　石湖：范成大。　坡翁：苏轼。　老：死。

满江红

自　和

自入春来，花信费、几番风了[1]。先付与、红妆万点，苍颜一笑。旧说沉香亭北似，今虽濯锦江头少[2]。最可人、枝上月笼春，烟含晓。　　亨会称[3]，花王好[4]。嘉聘惜，梅兄早。对芳容细玩，天然新巧。羯鼓不须催太甚，霓裳易散梨园老。任杜鹃、犹自殿韶华，呼殷道[5]。

[注释]

①花信：即花信风，每候应花期而来的风。　②濯锦江头："锦江，织绵濯其中则鲜明，濯他江则不好，故命曰'锦里'也。"见晋常璩《华阳国志·蜀志》。　③亨会：良辰吉日。《周易·文言》："亨者，嘉之会也。"　④花王："洛中花极多，他必曰某花，至牡丹直曰花，俚语云'花王'耳。"见《下黄私记》。　⑤呼殷道：呼叫道士殷七七来赏花。

谒金门

风又雨，芳事匆匆如旅。借问甚时才百五[1]，东君浑弗顾。　　红紫园林几许，横笛数声何处。桃涨连天归未去[2]，客和春且驻。

[注释]

①百五：此处代指寒食节。南朝梁宗懔《荆楚岁时记》："去冬至节一百五日，即有疾风甚雨，谓之寒食。禁火三日，造饧大麦粥。"注曰："据历：合在清明前二日，亦有去冬至一百六日者。"　②桃涨："来春桃花水盛，必羡溢，有填淤反壤之害。"见《汉书·沟洫志》。唐颜师古注："《月令》'仲春之月，桃始花。'盖桃方华时，既有雨水，川谷冰泮，众流猥集，波澜盛长，故谓之桃华水耳。"

谒金门

春且驻，休惜残红无主。柳色青青还未絮，牡丹犹待雨。　　金鸭沉烟一缕[1]，人在纱窗觅句。仿佛家山三月暮，隔帘闻燕语。

[注释]

①金鸭：铜制鸭形香炉。

水调歌头

暑中得雨

今岁渝州热[1]，过似岭南州。火流石铄如镦[2]，尤更炽于秋。竟日襟常沾汗，中夕箑无停手[3]，几至欲焦头。世岂乏凉境，老向此山囚。　　赖苍灵，怜赤子，起龙湫。刹那顷耳，天瓢倾下足西畴。荡涤两间炎酷，苏醒一番枯槁，民瘼庶其瘳。清入诗脾里，一笑解吾忧。

[注释]

①渝州：今重庆市。 ②鏊（ào）：平底烙饼锅。 ③箑（shà）：扇子。

水调歌头

蒲制帅以喜雨韵为寿①，和以谢之

两岁是六秩，万里客他州。一眉新月西挂，又报桂花秋。想见吴中稚子，已办秫田数顷，更种橘千头②。堪笑新亭酒，空效楚人囚。 饭甘粗，衣任恶，屋从湫。世缘道眼看破，闻早问先畴。这服清凉散子，多在病坊弗悟③，美疢甚时瘳④。膏秣归盘去⑤，无乐亦无忧。

[注释]

①蒲制帅：蒲泽之，一作择之。宋理宗宝祐二年（1254）权四川制置司事，四年（1256）兼知重庆府。 ②橘千头："（李）衡每欲治家，妻辄不听。后密遣客十人于武陵龙阳洲上作宅，种甘橘千株。临死，敕儿曰：'汝母恶我治家，故穷如是。然吾洲里有千头木奴，不责汝衣食，岁上一匹绢，亦可足用耳。'"见《三国志·吴书·孙休传》南朝宋裴松之注引《襄阳记》。 ③病坊：唐宋时公家所设收养贫病平民的慈善机关。 ④美疢（chèn）：明知有害而一味容忍。 疢：病。 ⑤膏秣归盘：韩愈《韩昌黎文集·送李愿归盘谷序》中，为之作歌，有"膏吾车兮秣吾马，从子于盘兮，终吾生以徜徉"。诗人在此用韩愈语，抒写归隐家园的思绪。

沁园春

乙卯初度和程都大韵①

雪山有缘，白首重来，信不偶然。怅怆凄未洗，平戎何策，英灵不绝，赖蜀多贤。耆旧二三，甲兵百万，力障狂澜回巨川。秋声静，共巍楼把酒，自足筹边②。 何人为我笺天。焉用此客星留井躔[3]。正柴桑栗里[4]，稻肥蟹健，松江笠泽，莼美鲈鲜。百计求闲，一归未得，便得归闲能几年。持公赋，待后堂新唱，夸语彭宣[5]。

［注释］

①乙卯：宋理宗宝祐三年（1255）。 ②筹边：楼名，在四川成都西郊，唐李德裕建。 ③客星：用严子陵与光武帝同榻，加足于帝腹，次日太史奏客星犯御座典。 井：星宿名。 躔：星辰运行，这里喻指在朝为官。④柴桑：陶渊明故里，在今江西九江西南。 栗里：陶渊明经行地，在今江西九江南陶村西。 ⑤彭宣："禹成就弟子尤著者，淮阳彭宣至大司空，沛郡戴崇至少府九卿。宣为人恭俭有法度，而崇恺弟多智，二人异行。……崇每候禹，常责师宜置酒设乐与弟子相娱。禹将崇入后堂饮食，妇女相对，优人管弦铿锵极乐，昏夜乃罢。而宣之来也，禹见之于便坐，讲论经义，日晏赐食，不过一肉卮酒相对。宣未尝得至后堂。及两人皆闻之，各自得也。"见《汉书·张禹传》。

一剪梅

乙卯中秋

人生能有几中秋，人自多愁，月又何愁。老娥今夜为谁羞。云意悠悠，雨意悠悠。　　自怜纵迹等萍浮，去岁荆州，今岁渝州[1]。可人谁与共斯楼，归去休休，睡去休休。

［注释］

①今岁渝州：本年曾伯以资政殿学士、京湖安抚制置大使、知江陵，兼四川宣抚使节制四川。

沁园春

乙卯咏桂

晚出千林，中立三秋，清哉此花。自鹫峰移下，碎成玉屑，蟾宫分到，缀作金葩。粟许来微，薰天声价，较楚蕙庾梅还韵些①。真奇处，但餐沆瀣，不染繁华。　酒边一笑婆娑。疑香醉山中尊者家。怅尘埃俗状，强颜羞对，风骚墨客，乐事堪夸。月照才清，露浓尤馥，饮待夜深应更佳。姑容我，胆瓶斜插，卧看窗纱。

[注释]

①楚蕙：因屈原《离骚》每以蕙兰为香草，故称楚蕙。　庾梅：即大庾岭上的梅花。

沁园春

自　和

一种孤荄①，四出清芬，半秋始花。只些儿肌骨，才逾一芥，许多韵度，迥压群葩。得雨相催，随风所到，较七里山樊尤远些②。纷纷辈，笑渠侬桃李，徒竞春华。　试容老子婆娑。恍身在广寒仙子家。任殷勤唤酒，恣从君赏，徘徊待月，剩向人夸。我有家林，旧栽岩壑，得归去相延方是佳。姑先约，拚共横船玉③，教堕巾纱。

[注释]

①荄（gāi）：草根。　②七里山樊：作者自注，“湖南名桂九里香。”宋陈景沂《全芳备祖》前集卷二十一《山礬花·碎录》：“《杂志》：‘山礬一名郑花，一名七里香。’”　③船玉：即玉船，玉制船形酒器。

水龙吟

送吴季申赴省

江头雨过黄花，片帆催向春闱去。两年共我，风舟问峡，霜砧闻楚。定远从军[①]，慈恩策第[②]，岂堪同语。谩咨嗟人事，分明天意，广寒阙、待平步。　　健笔凌云如许[③]。看新年、榜登龙虎[④]。转头却笑，弓刀塞上，粗官何取[⑤]。海阔鹏抟，途穷马老，不胜离绪。过旧游、人问征夫，烦为说、戍边苦。

［注释］

①定远从军：用班超投笔从戎事。定远即班超。　②五代王定保《唐摭言》卷三《慈恩寺题名游赏赋咏杂记》："进士题名，自神龙后，杏园宴后，率皆期集于慈恩塔下题名。"　③健笔凌云："相如既奏《大人之颂》，天子大悦，飘飘有凌云，似游天地之间意。"见《史记·司马相如列传》。④榜登龙虎："欧阳詹字行周，泉州晋江人。……举进士，与韩愈、李观、李绛、崔群、王涯、冯宿、庾承宣联第，皆天下选，时称'龙虎榜'。"见《新唐书·文艺传·欧阳詹》。后因称一时名士同登一榜为"龙虎榜"。　⑤粗官：唐代不经台省而出为节镇者称为粗官。

水龙吟

再　和

天涯舍我先归，还知我以何时去。浮生萍梗，南辕北旆，之吴之楚，岂偶然哉，只堪一笑，无庸多语。向临岐赋别，丁宁祝望，竿百尺，进一步。　　其奈头颅如许。更藩篱、穴犹据虎。良机一失，付之谁手，探囊堪取[①]。君对天庭，上咨西事，历陈条绪。问相如、汉指来宣[②]，果何益、亦何苦。

[注释]

①探囊堪取：言事易办。杜牧《郡斋独酌》："谓言大义小不义，取易卷席如探囊。" ②问相如、汉指来宣：汉司马相如奉武帝命作《喻巴蜀父老檄》。后多指草拟安边文告。

沁园春

送乔宾王

二十年前，黄州竹楼，共酬好春。记淮堧江表[①]，群贤毕集[②]，清明上巳，二美相并。一枕黄粱，满头白髮，屈指旧游能几人。堪嗟处，怅光阴易老，犹困西尘。　今朝又值良辰。空想像、长安天气新[③]。问兰亭癸丑[④]，雪堂壬戌[⑤]，倏成畴昔，将似来今。觞泛流泉，茗烹新火，领略韶华聊啸吟。鹦洲去，有故人相问，为语归音。

[注释]

①堧(ruán)：河边空地。 ②群贤毕集："群贤毕至，少长咸集。"见王羲之《兰亭集序》。 ③长安天气新："三月三日天气新，长安水边多丽人。"见杜甫《丽人行》。 ④兰亭癸丑：兰亭在今浙江绍兴。晋王羲之《兰亭集序》："永和九年，岁在癸丑，暮春之初，会于会稽山阴之兰亭，修禊事也。" ⑤雪堂壬戌：雪堂为东坡谪居黄州所筑，苏轼《前赤壁赋》："壬戌之秋，七月既望，苏子与客泛舟，游于赤壁之下。"

沁园春

乔宾王有和，再用韵

咄咄衰翁，向羽书中[①]，又过一春。正老怀梦想，扁舟访剡[②]，壮图惭负，万里城并。溟翼上之[③]，冀群空矣[④]，自此阳关无故人。岷江路，忆一番风浪，三月烟尘。　美哉乐事良辰。正好趁东门官柳新。且舒晴慷慨，何须感旧，转头邂逅，未必犹今。问讯南楼，劳还西戍，君为楚歌侬越吟[5]。眉黄近[6]，怕洛涯催出，便有佳音。

[注释]

①羽书：军情急报。 ②扁舟访剡："王子猷居山阴，夜大雪，眠觉，开室，命酌酒。四望皎然，因起彷徨，咏左思《招隐士》。忽忆戴安道，时戴在剡，即便夜乘小船就之。经宿方至，造门不前而返。人问其故。王曰：'吾本乘兴而行，兴尽而返，何必见戴？'"见《世说新语·任诞》。 ③溟翼上之："北冥有鱼，其名为鲲。鲲之大，不知其几千里也，化而为鹏。鹏之背，不知其几千里也。怒而飞，其翼若垂天之云。是鸟也，海运将徙于南冥，南冥者，天池也。蜩与学鸠笑之曰：'我决起而飞，抢榆枋，时则不至，而控于地而已。奚以之九万里而南为？'"见《庄子·逍遥游》。 ④冀群空矣："伯乐一过冀北之野，而马群遂空。……'吾所谓空，非无马也，无良马也。伯乐知马，遇其良，辄取之，群无留良焉。苟无良，虽谓无马，不为虚语矣。'东都固士大夫之冀北也。"见唐韩愈《送温处士赴河阳军序》。 ⑤越吟："越人庄舄仕楚执圭。有顷而病，楚王曰：'舄故越之鄙细人也。今仕楚，持圭，贵富矣。亦思越不？'中谢对曰：'凡人之思故，在其病也。彼思越则越声，不思越则楚声。'使人往听之，犹尚越声也。"见《史记·张仪列传附陈轸》。 ⑥眉黄：指归期近。韩愈《郾城晚饮奉赠副使马侍郎及冯李二员外》："城上赤云呈胜气，眉间黄色见归期。"

沁园春

丙辰归里和八窗叔韵[1]

万里戍边，八载去家，始遂一归。帐中年早历，虎头兵幕，平生屡建，豹尾神旗[2]。乞得闲身，毋庸多议，感荷九重渊听知。当时事，似狂澜欲倒，孰障东之。 天教狂虏灰飞。更莫问儿郎存血衣。把雪裘霜帽，绝交楚徼，雨蓑风笠，投老吴矶[3]。径与松荒，人同鹤在，交友晓天星样稀。从今去，共麴生相约，愿乐清时。

[注释]

①丙辰：宋理宗宝祐四年（1256）。 归里：回故乡。 ②豹尾：贵官出行之旗帜。《世说新语·规箴》："苏峻东征沈充。"刘孝标注引《晋阳秋》："明帝伐王敦，充率众就王含，谓其妻曰：'男儿不建豹尾，不复归矣。'" ③作者自注："江上有吴王矶，借用。"

沁园春

送章漕赴诏

极目江涛，不有人焉，其能国乎[①]。伟故家风烈，激扬手段，平生践履，精密工夫。冰漕功成，月卿召入[②]，小却犹当登从涂[③]。斯行也，非纪纲省闼，定尹京都。 猗欤。愿疾其驱。弹指顷暑收秋又初。向玉阶方寸，亲承温问[④]，金城十二，细述嘉谟。茗雪船边，藕花香里，念人在洞庭青草湖。它年事，约携东老酒，附洛英图[⑤]。

[注释]

①其所国乎：指有治国栋梁之才具。 ②月卿："王省唯岁，卿士唯月，师尹唯日。"见《尚书·洪范》。孔安国传曰："卿士各有所掌，如日月之有别。"指入朝为卿相之职。 ③从涂：顺途。指仕途顺利。 ④温问：皇上亲切慰勉。 ⑤洛英图：指文彦博等十三老退休洛阳，诗酒唱和之乐。

沁园春

送洪漕使宪闽

天目山房，洪崖老仙[①]，亲授一灯[②]。自檄草参筹，宾筵领袖，鼎梅助味，省闼权衡。华国文章，立朝风力，犹有老成人典刑[③]。如公样，盍夜趋宣室[④]，昼对延英[⑤]。乘轺惠我湘民。作翼轸中间一福星[⑥]。正千艘漕玉，张颐西峤[⑦]，单车把绣[⑧]，将指南闽。过阙留中，历阶而上，方值汉朝更化新。南中事，若君王问及，老弗能胜。

[注释]

①洪崖老仙："洪崖先生，或曰黄帝之臣伶伦也，得道仙去，姓张氏。或曰尧时已三千岁矣。汉仙人卫叔卿在终南绝顶与数人博。其子度臣问卿曰：'同与博者为谁？'叔卿曰：'洪崖先生辈也。'"见《列仙全传》卷一。②亲授一灯："有法门名无尽灯，汝等当学。无尽灯者，譬如一灯然百千灯，冥者皆明，明终不尽。"见《维摩诘所说经·菩萨品》。传灯本谓佛法传承，此处喻洪漕得到真传。 ③老成人典刑：《诗经·大雅·荡》："虽无老成人，尚有典型。"年高有德，泛指有声望。 ④宣室：汉宫名。《史记·屈原贾生列传》："后岁馀，贾生征见。孝文帝方受厘，坐宣室。上因感鬼神事，而问鬼神之本。至夜半，文帝前席。既罢，曰：'吾久不见贾生，自以为过之。今不及也。'" ⑤延英：唐内殿名，喻指皇帝眷爱老臣。 ⑥翼轸：均星宿名。 ⑦张颐：张嘴示意。颐指气使之意。 ⑧把绣：穿着绣衣，表示为皇帝亲派执法官吏，见《汉书·武帝纪》

满江红

丙辰生初自赋

明日生初，还知否、明年六十。嗟老矣、满头都缟，寸心犹赤。三十载间尘土债，几千里外风涛役。赖君天、许放故山归，恩无极。　　出而作，入而息。美可茹，鲜可食。任浩书空咄[①]，禹笑人寂[②]。断国谋王非我事，抱孙弄子聊吾适。且从今、时复一中之，杯中物。

[注释]

①浩书：殷浩被废，以手书空曰咄咄怪事。见《世说新语》。 ②禹：

邓禹。东汉名将，二十四岁封侯。南齐王融自恃才高，急于为卿。叹曰："为尔寂寂，邓禹笑人。"见《南齐书·王融传》。

满江红

赋腊前三白[①]

今岁潇湘，真个见、嘉平三白[②]。阛阓里、无非和气[③]，不知寒色。宇宙幻成清净境，了无一点红尘入。问太空、此瑞自何来，君王德。　歌笑是，兔园客[④]。辛苦是，鹅池役[⑤]。任谢家儿女，赋嘲纷出。洗尽腥膻空万里，屏除螟蟘深千尺[⑥]。向此时、何以对梅花，呼欢伯[⑦]。

［注释］

①三白：指三场雪，有利家事，预兆丰年。语出苏轼《次韵王觌正言喜雪》"行当见三白，拜舞欢万岁"。　②嘉平：腊月的别称。《史记·秦始皇本纪》："三十一年十二月，更名腊曰嘉平。"　③阛阓（huán huì）：阛，市区的围墙；阓，市区的门。此处借指城市。　④兔园：即梁园。《世说新语·任诞》："王子猷居山阴，夜大雪，眠觉，开室，命酌酒。四望皎然，因起彷徨，咏左思《招隐士》。忽忆戴安道，时戴在剡，即便夜乘小船就之。经宿方至，造门不前而返。人问其故。王曰：'吾本乘兴而行，兴尽而返，何必见戴？'"《文选·谢惠连〈雪赋〉》："岁将暮，时既昏；寒风积，愁云繁。梁王不悦，游于兔园。乃置旨酒，命宾友，召邹生，延枚叟。相如末至，居客之右。俄而微霰零，密雪下。王乃歌《北风》于卫诗，咏《南山》于周雅。授简于司马大夫，曰：'抽子秘思，骋子妍辞，侔色揣称，为寡人赋之。'"　⑤鹅池役：用唐李愬雪夜入蔡州平定藩镇之典故。　⑥螟蟘（tè）："去其螟蟘，及其蟊贼，无害我田稺。"见《诗经·小雅·大田》。毛结："食心曰螟，食叶曰蟘，食根曰蟊，食节曰贼。"　⑦欢伯：酒的别名。

满江红

洪云岩、刘朔斋用韵

蝶梦惊残，仿佛似、东方才白。人报道、城疑不夜，界几无色。敲瓦微听冰线响，开窗倏放风花入。拥重貂、曾不觉寒侵，将何德。　　呼剡棹，行为客。平蔡垒，何能役。算争如、穷檐高卧，闭门毋出。安得松江江上去，一蓑独钓丝千尺。要不持、寸铁和前修[①]，文章伯[②]。

[注释]

①不持寸铁：谓顺手拈来，不须任何器械，皆能取胜。宋苏轼《聚星堂雪》："汝南前贤有故事，醉翁诗话谁续说。当时号令君听取，白战不教持寸铁。"此处用为咏雪典故。　②文章伯：即文学宗师之意，见杜甫《暮春陪李尚书李中丞过郑监湖亭泛舟》："海内文章伯，湖边意绪多。"

满江红

再　和

立雪寒窗，照肝胆、了然明白。浑似得、齐宫气象，郢楼颜色。天籁无声随物应，阳春有脚从中入[①]。与邦人、稽首谢天工，元冥德。　　人正作，潇湘客。谁谓有，蓝关役[②]。对江天暮景，鹅溪描出。银浪卷飞鸥一片，玉枝擎重龙千尺。羡联镳、曾作岳峰游[③]，前方伯[④]。

[注释]

①阳春有脚：指宋璟。五代王仁裕《开元天宝遗事》卷下："宋璟爱民恤物，朝野归美，时人咸呼璟为有脚阳春，言其所至之处，如阳春煦物也。"②蓝关役：韩愈因上《谏佛骨表》被贬潮州，行至蓝关（在今陕西商县）遇雪，作《左迁至蓝关示侄孙湘》诗云："云横秦岭家何在，雪拥蓝关马不

前。” ③联镳(biāo)：马衔相联而行。 ④方伯：地方官。

满江红

用韵饯朔斋

把绣成吟，真压倒、古之元白[①]。佳句有、雪车冰柱[②]，曾无矜色。一点不留烟火气，诗脾时有清风入。更岭边、多少活人恩，于公德[③]。 公自是，朝天客。应笑我，为人役。看时犹多事，公须一出。琅腹细披忠抱寸[④]，龙颜密侍天威尺。借笔端、从此润皇猷，翰林伯。

[注释]

①真压倒、古之元白：宝历年中，杨嗣复相公大宴于新昌里第，仆射与所执坐于正寝，公领诸生翼坐于两序。时元、白俱在。皆赋诗于席上。唯刑部杨汝士侍郎诗后成。元、白览之失色。诗曰：‘隔坐应须赐御屏，尽将仙翰入高冥。文章旧价留鸾掖，桃李新阴在鲤庭。再岁生徒陈贺宴，一时良吏尽传馨。当年疏傅虽云盛，讵有兹筵醉醁醽。’汝士其日大醉，归谓子弟曰：‘我今日压倒元白。’”见五代王定保《唐摭言》卷三《慈恩寺题名游赏赋咏杂记》。 元白：元稹和白居易。 ②雪车冰柱：“刘叉者，亦一节士。少放肆为侠行，因酒杀人亡命。会赦，出，更折节读书，能为歌诗。然恃故时所负，不能俯仰贵人。常穿屐、破衣。闻韩愈接天下士，步归之，作《冰柱》、《雪车》二诗，出卢仝、孟郊右。”见《新唐书·韩愈传附刘叉》。 ③于公德：“于定国字曼倩。东海郯人也。其父于公为县狱吏，郡决曹，决狱平，罗文法者于公所决皆不恨。郡中人为之生立祠，号曰于公祠。东海有孝妇……于公以为此妇养姑十余年，以孝闻，必不杀也。太守不听。于公争之，弗能得，乃抱其具狱，哭于府上，固辞疾去。太守竟论杀孝妇。郡中枯旱三年。后太守至，卜筮其故。于公曰：‘孝妇不当死，而太守强断之，咎其在是乎？’于是太守杀牛自祭孝妇冢，因表其墓。天立大雨，岁熟。郡中以此大敬重于公。”见《汉书·于定国传》。 ④琅腹：满腹学问才华。韩愈《龃龉》：“排云叫阊阖，披腹呈琅玕。”

满江红

京递至，亲旧皆无书，再用韵简云岩、朔斋

听彻惊乌，起览镜、顿添头白。曾不见、江南人寄，一枝春色。风卷龙鳞残甲下，山无虎迹新蹄入。罄冰天、桂海使同风[①]，修文德。　三十载，江湖客。千万里，关山役。且付之杯酒，何愁西出。天女花边浑似剪[②]，志公杖上平如尺[③]。把富贵、都作一般看，何什伯[④]。

[注释]

①冰天：北方。　桂海：南方。　②天女花："时维摩诘室有一天女，见诸大人闻所说法，便现其身，即以天华散诸菩萨大弟子上。"见《维摩诘所说经·观众生品》。　③志公杖："时有沙门释宝志者，不知何许人。有于宋泰始中见之，出入钟山，往来都邑，年已五、六十矣。齐宋之交，稍显灵迹……蔡仲熊尝问仕何所至。了自不答，直解杖头左索绳掷与之，莫之解。仲熊至尚书左丞，方知言验。"见《南史·隐逸传·释宝志传》。　④何什伯：什伯即十百，即有什么分别的意思。

满江红

立春招云岩，再和以谢之

草草春盘[①]，那敢赋、丝青玉白。湘波动、雁怀归思，柳催行色。冻逐寒梢残雪解，暖随野烧轻烟入。举人间、无物不光辉，东皇德。　莺燕报，朱门客。乌兔老[②]，红尘役。羡翠轺多暇，彩花新出[③]。捧日东城行应制[④]，去天只隔城南尺[⑤]。趁五更、桦烛向端闱[⑥]，班常伯[⑦]。

[注释]

①春盘：古俗于立春日取生菜果品糖饼等置盘中食之，谓之春盘。

②乌兔："笼乌兔于日月，穷飞走之栖宿。"见晋左思《吴都赋》。此处代指日月。　③彩花：立春日制彩花彩胜，也是古代风俗。　④捧日：《三国志·魏书·程昱传》裴松之注引《魏书》曰，"昱少时常梦上泰山，两手捧日。昱私异之，以语荀彧。及兖州反，赖昱得完三城。于是彧以昱梦白太祖。太祖曰：'卿当终为吾腹心。'昱本名立，太祖乃加其上'日'，更名昱也。"　⑤去天只隔城南尺："城南韦杜，去天尺五。"见《辛氏三秦记》。唐时韦氏、杜氏世代显贵，所居之地在长安城南。此处喻门庭显赫，亲近帝王。　⑥桦烛："每岁正旦，晓漏已前，宰相、三司使、大金吾，皆以桦烛百炬拥马，方布象城，谓之火城。"见宋钱易《南部新书》。此处谓居官显贵。　⑦班常伯：位居于侍中、宰相之间。　常伯：执政高官。

满江红

和立春韵简云岩

春自何来，深雪里、南枝先白。伊祁氏、一番陶冶，千林香色。弱柳眼回青尚浅，小桃腮晕红将入。笑渠侬、剪彩与裁花，夸闺德。　　九十日，春还客。数千里，官为役。看时来、雁随云去，鱼从冰出。一脉流通天造化，三杯扶植身关尺。对东皇、太乙续离骚[1]，需词伯。

［注释］

①东皇太乙：也作东皇太一。楚民族观念中的最高神，见屈原《九歌·东皇太一》。

满江红

招云岩、朔斋于雷园，二公用前雪韵赋梅

万紫千红，都不似、玉奴一白[1]。三数萼、有冰霜操，无脂粉色。长共竹君松友伴，岂容蝶使蜂媒入。似惠和、伊任与夷清[2]，兼三德。　　能洁己，能娱客。成子后，调羹役。更岁寒风味，时然后出。春浅吹回羌管寸，夜阑吟费花笺尺。炯使星、两两月黄昏③，真诗伯④。

[注释]

①玉奴：南朝齐东昏侯潘妃小字。此喻梅花。 ②惠和、伊任与夷清："孟子曰：'伯夷，圣之清者也；伊尹，圣之任者也；柳下惠，圣之和者也；孔子，圣之时者也。'"见《孟子·万章下》。 ③使星：李郃字孟节，汉中南郑人。……善河洛风星……和帝既位，分遣使者，皆微服单行，各至州县，观采风谣。使者二人当到益部，投郃候舍。时夏夕露坐，郃因仰观，问曰：'二君发京师时，宁知朝廷遣二使邪？'二人默然，惊相视曰：'不闻也。'问何以知之。郃指星示云：'有二使星向益州分野，故知之耳。'"见《后汉书·方术传》。 ④诗伯："才大今诗伯，家贫苦宦卑。"见杜甫《赠毕四耀》。

贺新郎

送静斋堂召，和朔斋韵

岭蜀天涯路。忆前年、担簦西上，旌麾南去。谁谓潇湘还解后①，重对灯前笑语。挺乔木、森森犹故。梅外柳边官事了，记牢之、曾著元戎府②。聊访问，旧游处。

酒边不用伤南浦，为郏亭、百年门户③，正烦宗主。见说君王方旰食，借箸哺应为吐④。这官职、二郎须做⑤。若见时贤询小阮，愿早携、袯襫耕春雨⑥。嗟矍铄，恐迟暮。

[注释]

①解后：同"邂逅"，不期而遇也。 ②牢之：即刘牢之。《晋书·刘牢之传》："刘牢之字道坚，彭城人也。……（谢）玄以牢之为参军。领精锐为前锋，百战百胜，号为'北府兵'，敌人畏之。及（苻）坚将句难南侵，玄率何谦等距之，牢之破难辎重于盱眙，获其运船，迁鹰扬将军、广陵相。" ③郏亭：春秋时郏邑，在今河南武陟县。本周邑。晋郤至与周争之。以武力从

宗主手之强夺。 ④借箸:"良从外来谒汉王。汉王方食,曰:'客有为我计桡楚权者。'具以(郦)生计告良曰:'于子房何如?'……良曰:'臣请借前箸以筹之……'"意为借其筷子以指画当时形势。后用指代人筹划。见《汉书·张良传》 哺应为吐:"成王封伯禽于鲁,周公诫之曰:'往矣。子其无以鲁国骄。吾,文王之子,武王之弟,成王之叔父也,又相天子。吾于天下亦不轻矣。然一沐三握髮,一饭三吐哺,犹恐失天下之贤人。'"见《韩诗外传》卷三。 ⑤二郎须做:"初,祐赴贬时,亲宾送于都门外,谓祐曰:'意公作王溥官职矣。'祐笑曰:'某不做,儿子二郎必做。'二郎者,文正公旦也。祐素知其必贵,手植三槐于庭曰:'吾子孙必有为三公者。'已而果然,天下谓之三槐王氏。"见宋邵伯温《邵氏闻见录》卷六。 ⑥袯襫(bó shì):蓑衣类。

贺新郎

再用韵助静斋之入告

日近长安路[1]。喜骖鸾、带簪游戏,弓旌招去[2]。闻道汉朝帷幄里,要问娵隅蛮语[3]。嗟时事、尚兹多故。办取忠谋宜入告,见石洪、曾在乌公府[4]。须细访,风寒处。

左荆右岭中湘浦。愿扶持、东南温厚,老天张主。翘馆钦贤人共说[5],一饭每勤三吐。公此去、好官须做。从臾泾舟同共济,更绸缪、桑土先阴雨。灭此虏,直朝暮。

[注释]

①日近长安路:"岳阳城下水漫漫,独上危楼倚曲栏。春岸绿时连梦泽,夕阳红处近长安。"见白居易《题岳阳楼》 ②弓旌招去:古代召唤官员、征聘士人,分别采用弓、旌等物。后遂以之表示征召官员。此谓李静斋被召入京。 ③娵(jū)隅蛮语:"郝隆为桓公南蛮参军,三月三日,作诗。不能者,罚酒三升。隆初以不能受罚。既饮,揽笔便作一句云:'娵隅跃清池。'桓问:'娵隅是何物?'答曰:'蛮名鱼为娵隅。'桓公曰:'作诗何以作蛮语?'隆曰:'千里投公,始得蛮府参军,那得不作蛮语也。'"见《世

说新语·排调》。 ④石洪:字濬川,洛阳人。《新唐书·乌重胤传》:“(乌)待官属有礼,当时名士如温造、石洪皆在幕府。既殁,士二十馀人刲股以祭。”参韩愈《送石处士序》。 乌公:即乌重胤,字保君。任河阳节度使,预裴度平蔡之役,授司空,进司徒。参《新唐书》本传。 ⑤翘馆钦贤:“平津侯自以布衣为宰相,乃开东阁,营客馆,以招天下之士。其一曰饮贤馆,以待大贤;次曰翘材馆,以待大才;次曰接士馆,以待国士。”见晋葛洪《西京杂记》卷四。

贺新郎

丁巳初度自赋[1]

老作星沙守。问今年、平头六十,翁还知否。暑葛霜砧都历遍,还著回旋舞袖。奚所用、皤然一叟。欲觅金丹驻颜色,纵铁鞋、踏破终无有。空自诧,不龟手[2]。 西风又近中秋候。记相将、桂华开未,月儿圆又。弧矢四方男子事,争奈灰心也久。何以报、国恩深厚。了却官痴归去好[3],有竹窗、蓬户生涯旧。姑一笑,付杯酒。

[注释]

①丁巳:宋理宗宝祐五年(1257),此年曾伯任荆湖南路安抚使兼知潭州。 ②不龟(jūn)手:“庄子曰:‘夫子固拙于用大矣。宋人有善为不龟手之药者,世世以洴澼絖为事。客闻之,请买其方百金。聚族而谋曰:我世世为洴澼蠡,不过数金。今一朝而鬻技百金,请与之。客得之,以说吴王。越有难,吴王使之将。冬,与越人水战,大败越人,裂地而封之。能不龟手一也,或以封,或不免于洴澼蠡,则所用之异也。’”见《庄子·逍遥游》。 ③了却官痴:“(杨)骏弟与咸善,与咸书曰:‘江海之流混混,故能成其深广也。天下大器,非可稍了,而相观每事欲了。生子痴,了官事,官事未易了也。了事正作痴,复为快耳。’”见《晋书·傅咸传》。

贺新郎

自和前韵

问讯南州守。怅吾生，今非昔比，后犹今否。涉尽风涛凭个甚，一瓣心香在袖[①]。人竞说、顽哉此叟。识破荣途皆幻境，只形骸、已累它何有。姑勉尔，应之手。
休烦太卜勤占候。怕漂零、江湖易老，光阴难又。兔魄初生人初度，期共婵娟长久。赖此月、于人犹厚，燕颔封侯非我事[②]，早携书、归卧吾庐旧。渝此约，有如酒。

[注释]

①一瓣心香："向来一瓣香，敬为曾南丰。"见宋陈师道《观兖国文忠公家六一堂书图》。佛教禅宗开堂讲道，焚香致敬本师，有谓"此一瓣香，敬为某人"之语。　②燕颔封侯：汉班超问相者其状，相者指曰："生燕颔虎项，飞而食肉，此万里侯相也。"

水调歌头

送印德远经略入广[①]

宵旰轸先虑，岭海屈真儒。金城素有奇略，不待至才图。春满洲鹦楼鹤[②]，天付簪山带水，驷马驾轻车[③]。六月正炎热，吾肯缓吾驱。　越蓬婆[④]，逾邛笮，彼穹庐[⑤]。其能涉我烟瘴，载籍以来无。联络五溪百粤，托柱南方半壁，中外保无虞。了此经营事，归去位钧枢。

[注释]

①印德远：印应飞，字德远。通州人，寓常熟。淳祐进士。由永嘉尉历迁户部侍郎，淮东总领知镇江府。元兵围鄂，帅师往救。景定中卒，赠朝议大夫。　②洲鹦楼鹤：即鹦鹉洲与黄鹤楼。　③驷马驾轻车：韩愈

《送石处士序》:“与之语道理、辨古今事当否、论人高下、事后当成败,若决河下流而东注,若驷马驾车轻就熟路。” ④蓬婆:山名,亦称蓬婆岭,即今之大雪山。 ⑤穹庐:毡帐,此指蒙古侵略军。

水调歌头

长沙中秋约客赏月

洞庭千古月,湘水一天秋。凉宵将傍三五,玩事若为酬。人立梧桐影下,身在桂花香里,疑是玉为州。宇宙大圆镜,沆瀣际空浮。 傍谯城,瞻岳麓,有巍楼。不妨举酒,相与一笑作遨头[①]。人已星星华髮,月只团团素魄,几对老蟾羞。回首海天阔,心与水东流。

[注释]

①遨头:本苏轼《次韵刘景文周次元寒食同游西湖》“蓝尾忽惊新火后,遨头要及浣花前”。自注:“成都太守,自正月二日出游,谓之遨头,至四月十九日浣花乃止。”

水调歌头

自 和

佳月四时有,举世重中秋。金明水秀竞爽,亘古景难酬。爝火繁星退敛,桂海冰天洞照,清影遍神州。万象自妍丑,一鉴碧虚浮。 昔苏张[①],夸玉界,赋琼楼。素娥阅人多矣,不怕雪添头。只恐参横斗转,还又酒阑歌散,醉态醒堪羞。安得真仙术,兔魄驻西流。

[注释]

①苏张:指苏轼、张孝祥。各有中秋名篇《水调歌头·明月几时有》和

《念奴娇·洞庭青草》。

水调歌头

幕府诸公有和，再用韵谢之

敢问辽天月，历几亿春秋。老娥盍相刮目[①]，无一语相酬。似讶经年间阔，类笑衰翁潦倒，岁岁客他州。清照五湖阔，倦影一萍浮。　任渠侬，琴当户，酒当楼。人生适意，封君何似橘千头[②]。月正圆时固好，人欲闲时须早，毋作陇西羞[③]。多谢锦囊句，椽笔富清流。

［注释］

①老娥：此指月中常娥。　②封君：地方官。《韩非子》卷四《和氏》："昔者吴起教楚悼王以楚国之俗曰：'大臣太重，封君太众。若此，则上逼主而下虐民。此贫国弱兵之道也。'"　橘千头：《三国志·吴书·孙休传》南朝宋裴松之注引《襄阳记》，"（李）衡每欲治家，妻辄不听。后密遣客十人于武陵龙阳洲上作宅，种甘橘千株。临死，敕儿曰：'汝母恶我治家，故穷如是。然吾洲里有千头木奴，不责汝衣食，岁上一匹绢，亦可足用耳。'"　③陇西羞：《史记·李将军列传附李陵》载，"单于既得陵素闻其家声，及战又壮，乃以其女妻陵而贵之。汉闻，族陵妻子。自是之后，李氏名败，而陇西之士居门下者皆用为耻焉。"

水调歌头

戊午初度自寿[①]

问讯中秋月，瞥见一眉弯。婆娑桂影、今年又向桂林看[②]。蓬矢桑弧初度，罗带玉簪旧识，俯仰十年间。记得老坡语，颓景薄西山。　碧虚人，应笑我，已苍颜。岁寒耿耿，不改惟有寸心丹。目断风涛万里，梦绕烟霞一壑,老矣甚时闲。不愿酒泉郡,愿入玉门关。

［注释］

①戊午:宋理宗宝祐六年(1258)。 ②桂林:本年曾伯罢广西经略,以广南制置大使兼知静江(即今广西桂林)。

木兰花慢

送朱子木叔归池阳

渐吾乡秋近,正莼美、更鲈肥。顾安得相从,征帆衔尾,飞盖追随[①]。南中眼前事势,正相持、边腹一枰棋[②]。将谓灯明月暗,笑谈共和韩诗[③]。 谁知。催上王畿。无计可,挽留之。想翠微深处,倚楼日望,天际人归。中流江涛衮衮,藉烝徒、共楫属之谁。回首西风过雁,料君为我兴思。

［注释］

①飞盖:急驶之车。盖指车盖。此处指代车。 ②边腹:“边韶字孝先,陈留浚仪人也。以文章知名,教授数百人。韶口辩,曾昼日假卧,弟子私嘲之曰:‘边孝先,腹便便。懒读书,但欲眠。’韶潜闻之,应时对曰:‘边为姓,孝为字。腹便便。《五经》笥。但欲眠,思经事。寐与周公通梦,静与孔子同意。师而可嘲,出何典记?’嘲者大惭,韶之才捷皆此类也。”见《后汉书·文苑传·边韶》。 ③韩诗:韩愈、李正封《晚秋郾城夜会联句》“从军古云乐,谈笑青油幕。灯明夜观棋,月暗秋城柝”。

沁园春

己未初度[①]

六十衰翁,更加二龄,此何等时。不退寻岩壑,相安耕钓，重来岭峤，犹事驱驰。绝类文渊，当年矍铄，上马据鞍奚所为[2]。偏怜处，是难堪潦雾，水际鸢飞。　　云台铜柱空题[3]。奈床下伊人心素疑。自古来如此，只须付酒，风光纵好，勿复言诗。莼菜美时，桂花香里，所愿少须臾乐之。西风外，喜羽书夜静，即是归期。

[注释]

①己未：宋理宗开庆元年(1259)。　②“绝类”三句：马援年六十二请为率军击五溪蛮，帝以年老不许，援据鞍顾眄，帝笑曰：“矍铄哉是翁也。”　③铜柱：见《后汉书·马援传》“峤岭悉平”唐李贤注引《广州记》，“援到交趾，立铜柱，为汉之极界也”。

满江红

庚申初度[1]

今岁垂弧，欲自寿、一辞莫措。何可拟、翁头如雪，香山白傅[2]。首夏一番罹重病，去秋数月撄狂虏。赖天公、肯为保馀生，逢初度。　　今幸释，千钧负。尤可喜，归田去。但蹒跚勃窣[3]，龙钟如许。薇柳诸关成底事，菊松三径犹堪主。办篮舆、尚可檄渔樵，盟鸥鹭。

[注释]

①庚申：宋理宗景定元年(1260)。　②香山白傅：“会昌中，请罢太子少傅，以吏部尚书致仕。与香山僧如满结香火社，每肩舆往来，白衣鸠杖，自称香山居士。”见《旧唐书·白居易传》。　③蹒跚勃窣：“于是乃群相与游于蕙圃，蹒跚勃窣。上金堤。”见司马相如《子虚赋》。　勃窣(sù)：跛行貌。

水龙吟

兴安道间[①]

西风涤尽炎歊[②]，连朝更值天无雨。笋舆轧轧[③]，经行三日，碧篸无数。胜绝江山，余行天下，无如此处。任今来昔往，迎新送旧，风景在、只如许。　　谁谓阴山骄虏。去年冬、敢侵吾土。哀哀鸿雁，一番荡析，幸逢多黍[④]。拜表出师，安南定北，岂无忠武。嗟病夫、老矣无能，促归棹，舣江渚。

[注释]

①兴安：广西县名。湘江漓江发源地，临近桂林，风景幽美。　②歊（xiāo）：炽热。　③轧轧：象声词。竹轿发出的声音。　④多黍：粮食丰收。

水调歌头

庚申十六夜月简陈次贾[①]

昨夜虽三五，宝鉴未纯全。今宵既望[②]，兔魄才是十分圆。又得平滩系缆，冷浸玻璃千顷[③]，表里一壶天[④]。扶惫蓬窗下，拚却夜深眠。　　想嫦娥，应笑我，鬓苍然。平生修玩，犹记历历旧山川。安得乘槎访斗[⑤]，问讯广寒宫殿，怅未了尘缘。愿赐长生药[⑥]，换我骨为仙。

[注释]

①庚申：宋理宗景定元年（1260）。　②既望：农历每月十六日。③玻璃千顷："岑参兄弟皆好奇。携我远来游渼陂。天地黤惨忽异色，波涛万顷堆琉璃。"见杜甫《渼陂行》。　④壶天：道家所谓仙境。　⑤乘槎访斗："旧说云天河与海通。近世有人居海渚者，年年八月有浮槎去来，不失期。后至蜀，问君平。曰：'某年月日有客星犯牵牛宿。'计年月，正是此

人到天河时也。”见晋张华《博物志》卷十。 ⑥长生药：“譬若羿请不死之药于西王母，姮娥窃以奔月。”东汉高诱注：“姮娥，羿妻。羿请不死之药于西王母，未及服之。姮娥盗食之，得仙，奔于月中，为月精也。”见《淮南子·览冥训》。

八声甘州

辛酉自寿①

数年来、揆度在南州，今年在家山。叹平生踪迹，荆淮岭蜀，多少间关。幸对园林花竹，一笑且团栾。莫忆西风梦，驰志楼兰。 赢得维摩多病②，奈鬓毛剥落，步武蹒跚。神仙何处，遗我以金丹。愿明时、清平无事，放老翁、长伴白鸥闲。聊相与，桂花香里，满酌开颜。

[注释]

①辛酉：宋理宗景定二年（1261）。时在嘉兴故里。 ②维摩多病：《维摩诘所说经·方便品》载，“尔时毗耶离大城中有长者名维摩诘……以如是无量方便，饶益众生。其以方便，现身有疾。以其疾故，国王、大臣、长者、居士、婆罗门等，及诸王子并官属无数千人，皆往问疾。其往者，维摩诘因以身疾，广为说法。”

水龙吟

长沙后圃荷开之久，无人领略，赋此词，具一杯招管顺甫诸公

此花迥绝他花，湘中不减吴中盛。疑从太华，分来岳麓，根荄玉井。炬列千红，盖擎万绿，织成云锦。向壶天清暑，风梳露洗，尘不染、香成阵。 好是一番雨过，似轻鬟、晚临妆镜。阿环浴罢①，珠横翠乱，芳肌犹润。载月

同游，隔花共语，酒边清兴。问六郎、凝伫多时②，公不饮，俗几甚。（以上双照楼本《可斋续稿后》卷十一）

［注释］

①阿环浴罢："（玄宗）诏高力士潜搜外宫，得农家杨玄琰之女，寿邸既笄矣。鬒髮腻理，纤（秾）中度，举止闲冶，如汉武帝李夫人。别疏汤泉，诏赐藻莹。既出水，体弱力微，若不任罗绮。光彩焕发，转动照人。"见唐陈鸿《长恨歌传》。　②六郎："再思又见易之弟昌宗以貌美被宠，因谀之曰：'人言六郎似莲花，再思以为不然，只是莲花似六郎耳。'有识咸笑之。"见唐刘肃《大唐新语·谀佞》。

［集评］

《四库总目》云："诗词才气纵横，颇不入格，要亦戛戛异人，不屑拾彗牙后。"（《可斋杂稿提要》）

饶宗颐云："今观其词，差可肩随于湖，每次奏捷，悉推功后进，殊有休休风度。"其《瑞鹤仙》全押"也"字，又为蒋竹山游戏先路。"（《词籍考》卷六）

郑熏初

郑熏初，生卒不详，字幼霞，号小山。与李曾伯同时人。

八六子

忆南洲。绀波萦绕[1]，垂杨翠拂朱楼。念十载风流梦觉[2]，满身花影人扶，旧曾暗游。　无言空怆离忧。醉袖裛将红泪[3]，吟笺写许清愁[4]。试与问、杨琼解怜郎否[5]。也应还是，旧家声价，而今艳质不来眼底，柔情终在心头。黯凝眸。黄昏月沉半钩。

[注释]

①绀波：谓蓝天碧云。　绀：天青色，或深青透红色。　②“念十载”句：谓繁华风流生活转瞬如梦。“十年一觉扬州梦。”见杜牧《遣怀》。③裛（yì）：沾湿。　红泪：指女子之泪。魏文帝曹丕爱美人薛灵芸。灵芸别父母，登车就道之时，以玉唾壶承泪，壶中则泪凝如血。事见晋王嘉《拾遗记·魏》。　④吟笺：即诗稿。　⑤杨琼：唐歌伎名。“就中犹有杨琼在，堪上东山伴谢公。”见白居易诗。

乌夜啼

题月海星天观，即宋武所居故地[1]

春江一望微茫，辨桅樯。无限青青麦里、菜花黄。
今古恨，登临泪，几斜阳。不是寄奴住处、也凄凉[2]。

（以上二首见《阳春白雪》卷六）

[注释]

①宋武：即南朝宋开国皇帝刘裕。　②寄奴：南朝宋武帝刘裕乳名。

氐州第一

开遍来禽[①],春事过也,江南倦客心苦[②]。料理花愁[③],销磨酒病,还是年时意绪。寒浅香轻,早一霎、朝来微雨。柳曲闻莺,河桥信马[④],旋题新句。　　漫道而今无贺铸[⑤]。尽肠断、满帘飞絮。说似风流,除非小杜[⑥],妙绝夸能赋。黯相逢,俱有恨,空流落、江山好处。猛拍阑干,诉天知、声声杜宇。

［注释］

①来禽:果名,即林禽。其味甘,熟则来禽,故名。　②倦客:谓倦于游宦旅居他乡的人。　③料理:原意为照顾、安排,此引申为排遣。“睡魔正仰茶料理,急遣溪童碾玉尘。”见黄庭坚《催公静碾茶》诗。　④信马:任马走去。“有时水畔看云立,每日楼前信马行。”见元稹《过襄阳楼呈上府主严司空》诗。　⑤贺铸:北宋词人,字方回,著有《东山词》。《青玉案》词有名句:“试问闲愁都几许?一川烟草,满城风絮,梅子黄时雨。”　⑥小杜:指唐诗人杜牧,为别于杜甫,故称。

一萼红[①]

忆燕台[②]。正倚帘吹絮,小立望郎来。扨管调丝[③],涂妆绾髻,密意曾托蜂媒。空恁误、湔裙暗约[④],最无奈、好梦易惊回。想见而今,浅颦双翠[⑤],沁破妆梅[⑥]。　　沈带悄然宽尽[⑦],恨年时行处,红糁苍苔[⑧]。前事重寻,幽欢难偶,钿合空委鸾钗[⑨]。这一点、相思清泪,做心下、烦恼几时灰。数叠蛮笺怨歌[⑩],忍对花裁。

（以上二首见《阳春白雪》卷八）

[注释]

①唐氏按:词学丛书本及清吟阁本《阳春白雪》,此首无撰人姓氏。此从宛委别藏本。 ②燕台:指情深意远之诗句。李商隐有《燕台》诗,为洛中妓柳枝所倾倒。此指所思者之身份。 ③擫管调丝:谓弹乐器。 擫(yè):以手指按捺。"吹叶嚼蕊,调丝擫管。"见李商隐《柳枝序》。 ④湔(jiàn)裙暗约:用李商隐《柳枝序》妓女柳枝与其相约事,谓男女约会。"'后三日,邻当去湔裙水上,以博山香待,与郎俱过。'余诺之。" 湔裙:古习俗。元日至晦日,士女酹酒洗衣于水边,以祓除不祥。见隋杜台卿《玉烛宝典》。 ⑤浅颦双翠:谓微皱双眉。 ⑥妆梅:即梅花妆。相传南朝宋武帝女寿阳公主人日卧于含章檐下,梅花落额上,成五色之花,拂之不去。日后遂有梅花妆。见唐韩鄂《岁华纪丽·人日梅妆》。 ⑦沈带:即沈郎衣带,又称"沈腰"。"百日数旬,革带常应移孔,以手握臂,率计月小半分。以此推算,岂能支久?"见《梁书·沈约传》。此谓因相思而腰瘦,衣带变长。 ⑧红糁:指落花。 糁(sǎn):泛指散粒状之物。 ⑨钿合:金饰之盒。盒,古作"合"。古之诗文,常用以指定情之物。"定情之夕,授金钗钿合以固之。"见唐陈鸿《长恨歌传》。 ⑩蛮笺:又称蜀笺,唐时指蜀地所造彩色花纸。

余　玠

余玠(1198—1253),字义夫,号樵隐。分宁(今江西修水)人,侨寓蕲州(今湖北蕲春)。少为白鹿洞诸生,家贫落魄,曾隶赵葵幕府,屡抗蒙军。任四川安抚制置使,治蜀御敌有名。理宗宝祐元年(1253)召拜资政殿学士,未行卒。

瑞鹤仙

怪新来瘦损[①]。对镜台、霜华零乱鬓影[②]。胸中恨谁省。正关山寂寞,暮天风景。貂裘渐冷[③]。听梧桐、声敲露井[④]。可无人、为向楼头,试问塞鸿音信[⑤]。　　争忍。勾引愁绪,半掩金铺[⑥],雨欺灯晕[⑦]。家僮困卧[⑧],呼不应,自高枕。待催他、天际银蟾飞上,唤取嫦娥细问。要乾坤,表里光辉,照予醉饮。　　(《阳春白雪》卷七)

[注释]

①新来:近来。　②霜华:花白头髮。　③貂裘:貂皮裘衣。“高风下木叶,永夜揽貂裘。”见杜甫诗。　④露井:无盖之井。　⑤塞鸿:边塞之雁。　⑥金铺:门上兽面形制环钮,用以衔环。此处代指门。　⑦欺:胜过。　灯晕:灯暗。“梦觉灯生晕,宵残雨送凉。”见韩愈诗。　⑧困卧:唐氏按:“困卧”疑应作“卧困”方叶韵。

赵崇嶓

赵崇嶓(1198年—1256?)，字汉宗，号白云，南丰人。商王元份八世孙。嘉定十六年(1223年)进士。授石城令，改淳安。尝上疏极论储嗣未定及中人专横。官至朝散大夫。有奏议曰《白云稿》。

如梦令

日日酒围花阵[①]，画阁红楼相近。残月醉归来，长是雨羞云困[②]。低问，低问，独自绣帏睡稳。

［注释］

①酒围花阵：谓挟妓饮酒。　②雨羞云困：反用“云雨”典，谓男女未谐欢会。“云雨”典见宋玉《高唐赋序》。

如梦令

窗外燕娇莺妒，窗下梦魂无据[①]。梦好却频惊，不到彩云深处[②]。无绪，无绪，红重一帘花雨[③]。

［注释］

①无据：无所依托。　②彩云：喻自己所怀念之人。“只愁歌舞散，化作彩云归。”见李白《宫中行乐词》八首之一。　③花雨：喻落花。

更漏子

玉搔头[①]，金约臂[②]，娇重不胜残醉。留粉黛，晕胭脂，浅寒生玉肌。　待归来，浑未准，疑杀那回书信。春又好,思无穷,卷帘花露浓。

[注释]

①玉搔头:即玉簪。“(汉)武帝过李夫人,就取玉簪搔头。自此后宫人搔头皆用玉,玉价倍贵焉。”见《西京杂记》卷二。 ②金约臂:即金钏。

谒金门

春尚浅,江上柳梢风软。销尽玉梅春不管,冷香和梦远[①]。 脉脉绿窗新怨,花胜无心重剪[②]。帘押护香闲不卷[③],卷帘芳事遍。

[注释]

①冷香:梅花之清香。 ②花胜:古时妇女的花形首饰,剪彩为之。 ③帘押:镇帘之具。“影随帘押转,光信簟文流。”见李商隐《灯》诗。

谒金门

春意泄,香重一枝梅雪[①]。寒透玉壶冰暗结[②],玉奴情更劣[③]。 似语还羞奇绝,妒白怜红时节。酒力未醒双眼缬[④],一帘风弄月。

[注释]

①梅雪:状梅花之盛。“岁晚不负君,梅雪三百顷。”见刘诜《送文儒教赴南安》诗。 ②玉壶:玉制之壶。“直如朱丝绳,清如玉壶冰。”见鲍照诗。 ③玉奴:南朝齐昏侯潘妃小字,此处泛指女子。 ④缬(xié):眼发花。“花鬟醉眼缬,龙子细文红。”见庾信《夜听捣衣》诗。

谒金门

晴意早,帘外数声啼鸟。有约不来春梦杳,琐窗微弄晓[①]。　江上残梅未扫，叶底芳桃红小。天远断云尘不到，过春还草草[②]。

［注释］

①琐窗：镂刻有连琐图案之窗棂。“娥眉蔽珠栊，玉钩隔琐窗。”见鲍照《玩月城西门解中》诗。　②草草：忧虑，劳神貌。

谒金门

春意薄，江上晚来风恶。帘外海棠花半落，睡深浑未觉。　梦想当年行乐，新恨暗添金鹊[①]。写就金笺无处托[②]，去鸿天一角。

［注释］

①金鹊：鹊形金制香炉。“金鹊香销月上迟，玉人扶醉写新词。”见郑韶诗。　②写就金笺：用金花笺写好新词。金笺，即金花笺，一种绘有金花的书笺。“开元中，禁中初重木芍药，即今牡丹也。……上曰：‘赏名花，对妃子，何用旧乐辞。’遽命（李）龟年持金花笺赐翰林供奉李白，立进《清平乐词》三章。白欣然承诏，援笔赋之。”见宋乐史《李翰林别集序》。

清平乐

怀　人

莺歌蝶舞，池馆春多处。满架花云留不住[①]，散作一川香雨[②]。　相思夜夜情悰[③]，青衫泪满啼红。料想故园桃李，也应怨月愁风。

［注释］

①花云：喻花盛多，如云之聚集。　②香雨：喻落花。　③情悰（cóng）：犹情绪，指缠绵的情意。

清平乐

妒红欺绿，轻浪潮温玉。鸾袖卷香金罣罳[①]，娇怯未消寒粟[②]。　锦衾初罢承欢，宿妆微褪香弯。醉眼乍松还困，断云犹绕巫山[③]。

[注释]

①鸾袖：即彩袖，绣有彩鸾舞衣之袖。　罣罳（lù sù）：下垂貌。“挼丝团金悬罣罳，神光欲截兰田玉。”见李贺《春坊正字剑子歌》。　②寒粟：因受冷皮肤上生的小疙瘩。　③“断云”句：用“云雨”典，指男女欢会之事。见宋玉《高唐赋序》。

南柯子

小　姝

丝鬓风轻掠，酥胸冷不侵。背人小立卸瑶簪[①]。一缕柔情系得、几人心。　曲槛花方蓓[②]，河桥柳未阴。红羞绿困不能禁。恼乱东风无计、等春深。

[注释]

①瑶簪：即玉簪。“遮须施锦帐，戴好上瑶簪。”见王禹偁《牡丹》诗。②蓓（bèi）：花苞。此处用作动词。

南柯子

掩笑轻抬袖，慵妆浅画眉。嫩晴帘箔玉梅飞[①]。门外寒轻疏柳、趁黄时。　绾带香罗结[②]，交钗绿玉枝[③]。看看又误踏青期。倚遍栏杆心事、只春知。

[注释]

①嫩晴:初晴。“诸峰知我厌泥行,卷尽痴云放嫩晴。”见杨万里《宿小沙溪》诗。　帘箔:用竹或芦苇编成之方帘。“明月高高刻漏长,真珠帘箔掩兰堂。”见李白《捣衣篇》。　②绾带香罗结:谓罗带绾为同心结。香罗:丝罗之美称。　③交钗绿玉枝:即“绿玉交枝钗”,钗为两股,故称交枝。

望海潮

泛　舟

轻云过雨,炎晖初减,楼台片片馀霞。曲径通幽①,小阑斜护,水天薄暮人家。暝色趣归鸦②,竹风交立玉③,清透窗纱。断岸涟漪④,乱萍芳苇绕烟沙。　依稀画艇莲娃⑤。掩鲛绡微沁⑥,急桨咿哑。香雾霏微⑦,冷光摇曳,娅红深映低花⑧。天际玉钩斜⑨。矶边菱唱答⑩,惊断鸣蛙。满棹白蘋归去⑪,幽兴绕天涯⑫。

[注释]

①曲径通幽:“曲径通幽处,禅房花木深。”见常建《题破山寺后院》诗。　②趣(cù):催促。　暝色趣归鸦:“江近夕阳迎宿鹭,林昏残角促归鸦。”见陆游诗。　暝:别本作“瞑”。　③竹风:“荷露滴,竹风凉。”见周邦彦词。　④断岸:如断壁般的陡峭江岸。“横峰时碍水,断岸或通川。”见梁简文帝《经琵琶峡》诗。　⑤莲娃:采莲少女。“嬉嬉钓叟莲娃。”见柳永《望海潮》词。　⑥鲛绡:手帕。　⑦霏微:犹朦胧。“江澄霁色雾霏微。”见徐铉诗。　⑧娅(yā):娅姹,明媚、美丽貌。“娅姹最怜无语处,风流全在半开时。”见陈基白《芙蓉》诗。　⑨玉钩:弯月。“天上分金镜,人间望玉钩。”见李贺《七夕》诗。　⑩菱唱答:菱歌唱答。“日晚菱歌唱,风烟归夕阳。”见卢照邻《七夕泛舟》一。　⑪白蘋:一种水中浮草。“汀洲采白蘋,日暖江南春。”见柳恽《江南曲》。　满棹:满船。　棹:划船工具,为船之代称。　⑫幽兴:幽雅之兴致。“平生为幽兴,未惜马蹄

遥。”见杜甫《游何将军山林》诗。

沁园春

紫陌芳尘[①],烟缕收寒,雨丝过云。美交阴桃叶[②],窗前曲槛[③],认巢燕子,柳底朱门。回首年时,雾鬟风袖[④],袅袅娉娉娇上春[⑤]。逢迎处,尽芳华缱绻,玉佩殷勤[⑥]。
谁知此际销魂。漫隐约人前笑语温。记掌中纤细,真成一梦[⑦],花时怨忆,应为双文[⑧]。载酒心情[⑨],教眉诗句,空悔风流曾误人。凭谁去,待寄将恨事,两处平分。

[注释]

①紫陌:指京都郊野之道路。“紫陌红尘拂面来,无人不道看花回。”见刘禹锡《元和十年自朗州承诏至京戏赠看花诸君子》诗。 ②交阴:花木枝叶,交错成阴。“丹白自分齐破蕾,青黄相向欲交阴。”见王安石《次韵春日即事》诗。 ③曲槛:曲折的阑干。“高窗曲槛仙侯府,卧苇荒芹白鸟家。”见陆龟蒙诗。 ④雾鬟:即“雾鬓风鬟”,指妇女鬓发之盛美。 ⑤袅袅(niǎo)娉娉:姿态轻盈柔美貌。 娇:柔嫩美好可爱。 ⑥玉佩殷勤:赠以宝佩,指男女相互爱慕。“江妃二女游于江滨,逢郑交甫,遂解佩与之。”见《列仙传》。 ⑦“寄掌中纤细”二句:“落魄江湖载酒行,楚腰纤细掌中轻。十年一觉扬州梦,赢得青楼薄幸名。”见杜牧《遗怀》诗。 ⑧应为双文:即元稹《会真记》中之崔莺莺,其名为“双文”。后代指美女。 ⑨载酒:参注⑦。仍用杜牧典。

摸鱼儿

卷珠帘、几番花信[①],轻寒犹自成阵。一年芳事如朝梦,容易绿深红褪[②]。寒食近。惟自有、断肠垂柳禁春困。琐窗深静[③]。悄叠损缕衣[④],凝尘暗掩,金斗熨清润[⑤]。
章台恨[⑥],准拟芳期未稳[⑦]。旧游细把重忖。鉴鸾钗凤平分久[8]，留取年时心印。谁与问。待试写花笺[9]，密寄教郎认。妒香怜粉。欲写却还羞，轻颦浅叹，字字搅方寸[10]。

（以上十四首见《江湖》后集）

［注释］

①花信：即花信风，应花期而来之风。"始梅花终楝花，凡二十四番花信风。"见《岁时记》。 ②绿深红褪：绿叶茂密，红花凋落，指春已逝。 ③琐窗：镂刻有连琐图案之窗棂。此处指室屋。 ④叠：摺。 缕衣：即金缕衣，饰以金缕之舞衣。 ⑤金斗：熨斗。"广裁衫袖长制裙，金斗熨波刀剪纹。"见白居易《缭绫》诗。 ⑥章台：长安章台街多妓馆，因以章台喻妓院。 ⑦准拟：说定了。"长门事，准拟佳期又误。"见辛弃疾《摸鱼儿》词。 ⑧鉴鸾：即鸾镜，孤鸾照影之镜。昔罽宾王获一鸾鸟，三年不鸣。后悬镜映之，鸾睹形慨然悲鸣，一奋而绝。见范泰《鸾鸟诗序》。 ⑨花笺：精致华美之信笺。 ⑩方寸：指心。

过秦楼

和美成韵[1]

隐枕轻潮[2]，拂尘疏雨[3]，幽梦似真还断。莺雏燕婉，依约年时，花下试翻歌扇[4]。憔悴鬓怯春寒，慢掠轻丝，柳风如箭。甚阳台渺邈[5]，行云无准[6]，楚天空远。 应唤觉、当日琴心[7]，只今诗思[8]，惆怅客衣尘染[9]。钗留股玉[10]，袜袅钩罗，荏苒腻寒香变。问讯多情，别后笑巧颦娇[11]，对谁长倩。但晚来江上，眼迷心想，越山两点。

（《阳春白雪》卷五）

［注释］

①美成：北宋词人周邦彦之字。 ②隐（yìn）枕：倚枕。 ③拂尘：挥拂去尘埃。 ④歌扇：歌舞时所用之扇。"倡女掩歌扇，小妇开帘织。"见何逊《轻薄篇》乐府。 ⑤阳台：为巫山神女所在之处，喻男女幽会之地。

见宋玉《高唐赋序》。 ⑥行云:喻所思念之人。用“云雨”典。见宋玉《高唐赋序》。 ⑦琴心:以琴声表达心意。“是时卓王孙有女文君,新寡,好音。故相如缪与令相重,而以琴心挑之。”见《史记·司马相如列传》。 ⑧诗思:作诗之情思。思读去声。“自说又寻南岳去,无端诗思忽然生。”见贾岛《酬慈恩寺文郁上人》诗。 ⑨客衣尘染:“辞家远行游,悠悠三万里。京洛多风尘,素衣化为缁。”见晋陆机《为顾彦先赠妇二首》。 ⑩钗留股玉:即“钗分一股”,喻夫妻生离死别。“唯将旧物表深情,钿合金钗寄将去。钗留一股合一扇,钗擘黄金合分钿。但教心似金钿坚,天上人间会相见。”见白居易《长恨歌》诗。 ⑪笑巧:即巧笑,美好之容貌。“巧笑倩兮,美目盼兮。”见《诗经·卫风·硕人》。 娇:即娇颦。“小妇最容冶,映镜学娇颦。”见梁简文帝《长安有狭邪行》。

归朝欢

翠羽低飞帘半揭[①],宝簟牙床凉似雪[②]。窗虚云母澹无风[③],隔墙花动黄昏月。玉钗鸾坠髮[④],盈盈白露侵罗袜[⑤]。记逢迎,鸿惊燕婉[⑥],灯影弄明灭。 蜀雨巫云愁断绝,罗带同心留绾结[⑦]。交枝红豆雨中看,为君滴尽相思血。染衣香未歇,夜阑天净魂飞越。正销凝,一庭秋意,烟水浸空阔。

[注释]

①翠羽:翠色之鸟羽。此代指鸟。 ②宝簟:珍贵的竹席。 ③澹:恬静。 ④玉钗鸾:即凤钗,钗头作凤形。 ⑤盈盈:风姿美好貌。“盈盈楼上女,皎皎当窗牖。”见乐府《日出东南隅行》。 白露侵罗袜:“玉阶生白露,夜久侵罗袜。”见李白《玉阶怨》。 ⑥鸿惊:即惊鸿,惊飞的鸿雁。形容女性体态轻盈。“翩若惊鸿,婉若游龙。”见曹植《洛神赋》。 燕婉:温和貌。 ⑦罗带同心:“腰间双绮带,梦为同心结。”见梁武帝《有所思》诗。

恋绣衾

梅

江烟如雾水满汀。早梅花、偏占浅清①。倚翠竹、寒无力②，想潇湘、斜日暮云。　几回梦断阳春面，问百花、犹隔几尘③。趁月夜、霜风峭，约彩鸾、同载玉笙④。

（以上二首见《阳春白雪》卷六）

[注释]

①浅清：即清浅。“疏影横斜水清浅。”见林逋《山园小梅》诗。　②倚翠竹：“天寒翠袖薄，日暮倚修竹。”见杜甫《佳人》诗。　③几尘：几世。尘：宗教用语。道家称一世为一生。　④彩鸾：吴彩鸾，仙女名。因钟情文箫而被削仙籍。后多以此喻美貌仙女。见唐裴铏《传奇》。　同载玉笙：即同登仙籍。用王乔典。“王子乔，周灵王太子晋也，好吹笙作凤鸣。游伊洛间，道士浮丘公接上嵩山。”见《后汉书·方术传·王乔》。

[集评]

笃文云：“‘汀’、‘清’、‘笙’与‘云’、‘尘’相押，韵乱。当是以方言相叶也。”

蝶恋花

一剪微寒禁翠袂①。花下重开，旧燕添新垒。风旋落红香匝地②，海棠枝上莺飞起。　薄雾笼春天欲醉。碧草澄波，的的情如水③。料想红楼挑锦字④，轻云淡月人憔悴。

[注释]

①翠袂：翠袖。　②匝：周，遍。　③的的：明丽。“白鹭烟分光的的。”见杜牧《怀钟陵旧游》四首之一。　④锦字：织在锦上之字，指回文

诗。窦滔妻苏蕙以回文诗作信,故又代指书信。见《晋书·列女列传·窦滔妻苏氏》。

菩萨蛮

桃花相向东风笑,桃花忍放东风老[①]。细草碧如烟,薄寒轻暖天。　　折钗鸾作股[②],镜里参差舞[③]。破碎玉连环[④],卷帘春睡残。　　(以上二首见《绝妙好词》卷三)

[注释]

①放:教,使。　②折钗鸾作股:即“钗分一股”,喻夫妻生离死别。③镜里参差舞:即鸾镜,孤鸾照影之镜。昔罽宾王获一鸾鸟,三年不鸣。后悬镜映之,鸾睹形慨然悲鸣,一奋而绝。见范泰《鸾鸟诗序》。　④玉连环:玉制之玩饰,连串而不可解之玉环。常以喻紧密相连之事物。“结子同心香佩带,帕儿双字玉连环,酒醒灯暗忍重看。”见朱敦儒《浣溪纱》词。

金明池

素　馨[①]

桂海云蒸[②],瘴山雾暖[③],片雪何曾到地。羡长日、岛仙清暑[④],自学得、剪冰裁□。把岁寒、五出工夫[⑤],别妆点薰风[⑥],尽成清致。尽虹雨翻晴,暮霞焦土,一种凄凉如洗。　　酝藉丰标浑无比[⑦]。应似惜、潇湘蕙疏兰弃。纵未入、众芳题品[⑧],终自倚、一涯风味。待等闲、留取遗芬,伴薝蔔芳菲[⑨],蔷薇清泚[⑩]。看佩贯胡绳[⑪],心灰宝燎[⑫],到了未输兰蕙[⑬]。

(《永乐大典》卷七千九百六十“馨”字韵引赵汉宗《白云小稿》)

(以上赵崇嶓词二十首,用《彊村丛书》本《白云小稿》,另增补)

[注释]

①素馨:植物名。又名耶悉茗,春季开花,花白色,香气芳冽,叶纤花瘦,妩态媚人。 ②桂海:即南海。“文轸薄桂海,声教烛冰天。”见江淹《袁太尉》诗。《文选·注》:“南海有桂,故曰桂海。” ③瘴山:泛指岭南有瘴雾之山。 ④清暑:犹避暑,辟除暑热。“其远则有九嵕甘泉,涸阴沍寒,日北至而含冻,此焉清暑。”见张衡《西京赋》。三国吴薛综《注》:“帝或避暑于甘泉宫,故云清暑。” ⑤五出:草木之花,花瓣多五片,称五出。“柳三眠而盘地,花五出以照人。”见韩鄂《岁华纪丽》一《春》。 ⑥妆点:布置点缀。“展开风月添诗料,妆点江山归画图。”见华岳《登楼晚望》诗。薰风:和风。指初夏时之东南风。 ⑦丰标:风度,仪态。 ⑧题品:犹品评。 ⑨薝蔔(zhān pú):花名。梵语。又译作旃簸茄、赡博迦。义释为郁金花。 ⑩清泚:清澈,明净。 ⑪胡绳:香草名。“矫菌桂以纫蕙兮,索胡绳之纚纚。”见《离骚》。 ⑫宝燎:大烛。 ⑬到了:到底,毕竟。“贪生莫作千年计,到了都成一梦间。”见吴融《武关》诗。

方　岳

方岳(1199—1262)字巨山,自号秋崖,祁门人。绍定五年(1232)进士。累官至吏部侍郎,历知饶、抚、袁三州,加朝散大夫。是南宋著名的“江湖派”诗人,与刘克庄齐名。所著有《秋崖先生小稿》。

满江红

乙巳生日[1]

说与梅花,且莫道、今年无雪。君不见、秋崖鬓底,茎茎骚屑[2]。笔砚只催人老大,湖山不了诗愁绝。问笭箵、何事下矶来[3],抛云月。　重省起,西山笏[4]。终负却,东山屐[5]。把草堂借与,鹭眠鸥歇。乌帽久闲苍藓石[6],青衫今作枯荷叶[7]。笑人间、万事竟何如,从吾拙[8]。

[注释]

①乙巳:宋理宗淳祐五年(1245)。　②骚屑:纷扰貌。　③笭箵(líng xǐng):装鱼的竹笼。　④西山笏:王徽之为桓冲参军,冲谓王曰:“卿在府日久,比当相料理。”徽之初不答,直高视,以手板拄颊云:“西山朝来致有爽气。”见《世说新语》。　⑤东山屐:谢灵运隐居时登山所著之屐。东山,在今浙江上虞西南。　⑥乌帽:闲居时常服。　⑦青衫:唐八九品官服。白居易《琵琶行》:“坐中泪下谁最多,江州司马青衫湿。”　⑧拙:粗劣。

满江红

九日冶城楼[1]

且问黄花,陶令后、几番重九。应解笑、秋崖人老,不堪诗酒。宇宙一舟吾倦矣，山河两戒天知否[②]。倚西风、无奈剑花寒，虬龙吼。　江欲醮[③]，谈天口[④]。秋何负，持螯手[⑤]。尽石麟芜没[⑥]，断烟衰柳。故国山围青玉案[⑦]，何人印佩黄金斗[⑧]。倘只消、江左管夷吾[⑨]，终须有。

[注释]

①冶城：故址在今江苏南京。　②两戒：原为国家疆土的南北界限。此指分成不相统属的两个部分。指中原被敌人侵占。　③醮（jiào）：饮酒尽也，即干杯。　④谈天口：放言空谈。"故齐人颂曰：谈天衍，雕龙奭。"见《史记·孟子荀卿列传》。　⑤持螯：食蟹。　⑥石麟：陵墓前的石刻之兽。　⑦故国：旧都、故乡。　青玉案：古时贵重石器，此处指豪奢的宴会。　⑧印佩黄金斗：苏秦佩六国相印，散千金以赐人事。见《史记·苏秦列传》。　⑨江左管夷吾：晋温峤称王导为江左夷吾（管仲）。

[集评]

陈廷焯云："'且问'二字，于题前陡跌作一缓笔。议论在后，松一步正是紧一步。"又："大言炎炎。"（《放歌集》卷二）

满江红

和程学谕

苍石横筇[①]，松风外、自调龟息[②]。浑不记、东皋秋事，西湖春色。底处未嫌吾辈在[③]，此心说与何人得。向海棠，烂醉过清明，酬佳节。　君莫道，江鲈忆。吾自爱，山泉激。尽月明夜半，杜鹃声急。人事略如春梦过，年光不啻惊弦发[④]。怕醒来、失口问诸公，今何日[⑤]。

[注释]

①横筇（qióng）：横斜的竹子。　②龟息：道家语。谓呼吸调息如龟，不饮不食而能长生。　③底处：何处。　④不啻（chì）：无异于。　⑤"怕

醒来”二句：比喻睡的时间长久，用陈抟大睡多年的典故。　失口：不检点突然说出不该说的话。

水调歌头

九日醉中

左手紫螯蟹，右手绿螺杯[①]。古今多少遗恨，俯仰已尘埃。不共青山一笑，不与黄花一醉，怀抱向谁开。举酒属吾子，此兴正崔嵬[②]。　夜何其[③]，秋老矣，盍归来[④]。试问先生归否，茅屋欲生苔。穷则箪瓢陋巷[⑤]，达则鼎彝清庙[⑥]，吾意两悠哉。寄语雪溪外[⑦]，鸥鹭莫惊猜。

[注释]

①“左手”二句：毕茂世云，“一手持蟹螯，一手持酒杯，拍浮酒池中，便足了此生。”见南朝宋刘义庆《世说新语》。　②崔嵬：山高耸貌。此处喻指兴趣高昂。　③夜何其：夜多么（深）。《诗经·小雅·庭燎》：“夜如何其，夜未央。”　④盍（hé）：何不。　⑤箪瓢陋巷：用颜回处穷事。孔子赞颜回安贫乐道，“一箪食，一瓢饮，在陋巷，人不堪其忧，回也不改其乐”。⑥鼎彝清庙：显贵高雅。　⑦雪溪：指王徽之雪夜至剡溪访戴逵事。详见《世说新语·任诞》。

水调歌头

平山堂用东坡韵[①]

秋雨一何碧[②]，山色倚晴空[③]。江南江北愁思，分付酒螺红[④]。芦叶蓬舟千重[⑤]，菰菜莼羹一梦，无语寄归鸿。醉眼渺河洛[⑥]，遗恨夕阳中。　蘋洲外，山欲暝，敛眉峰。人间俯仰陈迹[⑦]，叹息两仙翁[⑧]。不见当时杨柳[⑨]，只是从前烟雨，磨灭几英雄。天地一孤啸，匹马又西风。

[注释]

①平山堂：在今江苏扬州西北瘦西湖北蜀岗上。欧阳修所建，因登堂可以望见江南诸山，故以平山为名。 ②一何：多么。 ③“山色”句：化用欧阳修《朝中措》“平山栏槛倚晴空，山色有无中”之句。 ④分付：寄于。 酒螺红：用红螺壳做的酒杯喝酒。 ⑤千重：当为“千里”之讹。⑥渺河洛：即“河洛渺”。 渺：远隔难以看见。 ⑦俯仰：即俯观仰察。⑧两仙翁：似指欧阳修和苏轼。 ⑨当时杨柳：平山堂前，欧阳修曾植柳一株，谓“欧公柳”。

水调歌头

九日多景楼用吴侍郎韵①

醉我一壶玉②，了此十分秋。江涛还此，当日击楫渡中流③。问讯重阳烟雨，俯仰人间今古，此意渺沧洲④。天地几今夕，举白与君浮。 旧黄花，新白发，笑重游。满船明月犹在，何日大刀头⑤。谁跨扬州鹤去⑥，已怨故山猿老⑦，借箸欲前筹⑧。莫倚阑干北，天际是神州。

[注释]

①多景楼：在今江苏省镇江北固山甘露寺内，宋郡守陈天麟建。②壶玉：酒。 ③“当日”句：用祖逖渡江事。《晋书·祖逖传》：“（祖）中流击楫而誓曰：‘祖逖不能清中原而复济者，有如大江。’” ④沧洲：水滨，代隐居地。 ⑤大刀头：刀头有环。环，还也。大刀头即还乡。事见《汉书·李陵传》。 ⑥“谁跨”句：“腰缠十万贯，骑鹤上扬州。”见殷芸《小说》。 ⑦故山猿老：故乡的猿猴老了，即离家日久。“应被故山猿鹤笑，我偏无计渡汾南。”见林景坚《寄十眉》。 ⑧借箸欲前筹：代人谋划。“……张良对曰：‘臣请藉前箸为大王筹之。’” 藉：借。 箸：筷子。

[集评]

陈廷焯云：跌宕生姿。（《放歌集》卷二）

水调歌头

寿丘提刑[1]

甓社有明月，夜半吐光寒。淮南草木飞动，秀出斗牛间[2]。自有秦沙以后[3]，试问少游而下[4]，谁卷入毫端。补衮仲山甫[5]，冰雪照云裳[6]。　霄汉近[7]，绣衣去[8]，锦衣还[9]。江南且为梅醉[10]，莫道岁将阑。三百六旬欲换[11]，五百岁终才始，日月两循环。酌彼金错落[12]，浇此碧琅玕[13]。

[**注释**]

①提刑：官名。此指丘崈，江阴人。曾任浙江提点刑狱。　②"甓(pì)社"四句：语出黄庭坚诗《呈外舅孙莘老》诗"甓社湖中有明月，淮南草木借光辉"。　甓社：湖名，在江苏高邮县西北。　斗牛间：指二十八星宿之牛宿、斗宿。其分野在吴地(江苏、浙江一带)。此喻丘提刑为吴地杰出人才。　③秦沙：地名。似在江阴一带。　④少游：秦观字，高邮人。⑤"补衮"句：帝王服衮龙之衣，故称补救规谏帝王的过失为补衮。《诗经·大雅·烝民》："衮职有缺，唯仲山甫补之。"　仲山甫：周樊侯，鲁献公次子，周宣王时为卿士。　⑥冰雪：喻胸怀高洁。　⑦霄汉：喻朝廷。　⑧绣衣：指绣衣直指。汉武帝时，民间起事者众，御史中丞督捕犹不能止，因使光禄大夫范昆诸辅都尉及故九卿张德等衣绣衣，持斧仗节，兴兵镇压，号直指使者。提刑事与之近，故称。　⑨锦衣：显贵者之服。喻丘将于提刑任上升迁。　⑩梅醉：对腊梅醉饮。　⑪三百六旬：一年。　⑫金错落：以镌镂金银为饰的酒盏。　⑬碧琅玕：竹子的美称。

水调歌头

寿吴尚书

明日又重午，挽借玉蒲香。劝君且尽杯酒，听我试平章[1]。时事艰难甚矣，人物眇然如此[2]，骚意满潇湘[3]。醉问屈原子，烟水正微茫。　溯层峦，浮叠嶂，碧云乡。

眼中犹有公在，吾意亦差强。胸次甲兵百万[4]，笔底天人三策[5]，堪补舜衣裳[6]。要及黑头耳[7]，霖雨趁梅黄。

[注释]

①平章：品评。 ②眇然：衰敝。 ③骚意：忧愁。 ④胸次：胸怀。 ⑤天人三策：汉武帝时，董仲舒以贤良对策。对策的要旨是"天人感应说"，所对凡三，世称"天人三策"。 ⑥"堪补"句：见上篇注⑤"补衮"句。 ⑦黑头耳：黑头公。指少年而身居高位。

水调歌头

寿赵文昌

剡曲一篷月[1]，乘兴到人间。蓬莱山在何处[2]，鹤骨不禁寒[3]。胸有云门禹穴[4]，笔有褉亭晋帖[5]，风露洗脾肝。秋入紫宸殿[6]，磨玉写琅玕。 问何如，趋琐闼[7]，系狨鞍[8]。江涛今已如此，可奈寸心丹。我宋与天无极，公寿如春难老，王气自龙蟠[9]。勋业付浯石[10]，留与世人看。

[注释]

①剡曲：指剡溪。"湖月照我影，送我至剡溪。"见李白《梦游天姥吟留别》。 ②蓬莱山：仙山名。古代方士传说为仙人所居。 ③鹤骨：形容骨格清奇或身体消瘦。 ④"胸有"句：用司马迁壮游事。见《史记·太史公自序》。 云门：黄帝乐名。 禹穴：即禹陵，在绍兴。 ⑤"笔有"句：用王羲之兰亭故事。此指王羲之所书《兰亭序》。 ⑥紫宸殿：殿名。唐宋为皇帝接见群臣、外国使者朝见庆贺的内朝正殿。 ⑦琐闼：宫门。 ⑧狨(rōng)鞍：狨皮制成的鞍垫。 狨：金丝猴。 ⑨龙蟠：喻隐伏待时。 ⑩浯石：即浯溪磨崖碑。碑文名《大唐中兴颂》，元结撰，颜真卿书。碑在祁阳浯溪石崖上。后人称其为刊布不朽功业的碑刻。

水调歌头

别庐山题龙湖阁

宇宙一杯酒，瞑色倚重湖[①]。青山杳杳何处，烟水渴愁予[②]。别岸风涛喷薄[③]，半夜鱼龙悲啸，能撼我诗无[④]。李白醉不醒，唤起问何如。　　是耶非，天莽苍，雪模糊。苍颜白髮如此，空复笑今吾。寄语鹭朋鸥侣，好在风飧水宿[⑤]，底处不烟芜[⑥]。吾亦从此逝，从我者谁欤[⑦]。

[注释]

①重(chóng)湖：深湖。　②愁予：即予愁。"目眇眇兮愁予。"见《楚辞·九歌·湘夫人》。　③别岸：对岸，另岸。　④撼我诗：打动我诗心。　⑤飧(sūn)：水浇饭。指以鱼虾为饭。　⑥底处：何处。　⑦"从我者"句：孔子尝说自己道不行浮槎于海，"从我者，其由乎？"

沁园春

赋子规

尽为春愁，尽劝春归，直恁恨深[①]。况雨急黄昏，寒欺客路，月明夜半，人梦家林。店舍无烟，楚乡寒食，一片花飞哪可禁。小凝伫，黯红蔫翠老[②]，江树阴阴。　　汀洲杜若谁寻[③]。想朝鹤怨兮猿夜吟[④]。甚连天芳草，凄迷离恨，拂帘香絮，撩乱深心。汝亦知乎，吾今倦矣，瓮有馀春可共斟[⑤]。归来也，问渊明而后，谁是知音。

[注释]

①直恁：竟然这样。　②黯：为……沮丧。　③杜若：香草名。④"朝鹤"句：化用孔稚圭《北山移文》"蕙帐空兮夜鹤怨，山人去兮晓猿惊"句。　⑤瓮有馀春：瓮头春，酒名。

沁园春

隐括兰亭序[①] 汪彊仲大卿禊饮水西[②]，令妓歌兰亭，皆不能，乃为以平仄度此曲[③]，俾歌之[④]

岁在永和[⑤]，癸丑暮春，修禊兰亭[⑥]。有崇山峻岭，茂林修竹，清流湍激，映带山阴。曲水流觞[⑦]，群贤毕至，是日风和天气清。亦足以，供一觞一咏，畅叙幽情。 悲夫一世之人。或放浪形骸遇所欣。虽快然自足，终期于尽，老之将至，后视犹今。随事情迁，所之既倦，俯仰之间迹已陈。兴怀也，将后之览者，有感斯文。

［注释］

①隐括：就原有文章的内容或情节加以剪裁或修改。 ②汪彊仲：名立中，官太府少卿。 ③度：度曲，协调音律。 ④俾（bǐ）：使。 ⑤永和：东晋司马聃（穆帝）年号（345—356）。 ⑥修禊（xì）：即禊饮。古代民俗，于三月上旬巳日于水滨洗濯，祓除不祥，洗去宿垢，称为禊。携饮食在野饮宴，称禊饮。 ⑦曲水流觞（shāng）：上巳日在环曲的水渠旁宴集，在水上放置酒杯，杯流行停其前，当即取饮，称流觞曲水。

沁园春

用梁权郡韵饯春

莺带春来，鹃唤春归，春总不知。恨杨花多事，杏花无赖，半随残梦，半惹晴丝。立尽碧云，寒江欲暮，怕过清明燕子时。春且住，待新篘熟了[①]，却问行期。 问春春竟何之。看紫态红情难语离。想芳韶犹剩，牡丹知处，也须些个，付与荼蘼。唤取娉婷[②]，劝教春醉，不道五更花漏迟。愁一饷[③]，笑车轮生角[④]，早已天涯。

［注释］

①新篘(chōu)：新酒。　篘：用篾编成的漉酒具。　②娉婷：姿态美好。此处指美女。　③饷(shǎng)：通"晌"。　④车轮生角：让车轮生出四角，则车轮就行动不得了。寓挽留行人之意。唐陆龟蒙《古意诗》："愿得双车轮，一夜生四角。"

沁园春

寿赵尚书

蠢彼鼪鼯[①]，嗟尔何为，敢瞰长淮[②]。遣诗书元帅，又劳指画，神仙寿日，不放襟怀。略已三年，可曾一笑，天岂悭吾老子哉[③]。诸人者，且携将雅颂，留待磨崖[④]。　我姑酌彼金罍[⑤]。便小醉，宁辞鹦鹉杯[⑥]。问今何时也，子其休矣，有如此酒，奚取吾侪[⑦]。帝曰不然，政须卿辈，作我长城惟汝谐[⑧]。凝望处，见红尘飞骑，捷羽东来。

［注释］

①鼪(shēng)：鼬，俗称黄鼠狼。　鼯(wú)：俗称飞鼠。此处指代金人。　②瞰(kàn)：俯视。　③悭(qiān)：省俭，吝啬。　吾老子：同"吾子"，相亲爱之称。　④磨崖：即磨崖碑。唐碑名，碑文名《大唐中兴颂》，元结撰，颜真卿书。碑在祁阳浯溪石崖上。　⑤金罍(léi)：盛酒器。　⑥鹦鹉杯：用鹦鹉螺制成的杯子。　⑦吾侪(chái)：吾辈。　⑧长城：可倚重之人。"道济见收，脱帻投地曰：'乃复坏汝万里之长城！'"见《宋书·檀道济传》。

沁园春

和宋知县致苔梅

有美人兮[①]，铁石心肠[②]，寄春一枝。喜藓生龙甲[③]，那因雪瘦，月横鹤膝[④]，不受寒欺。云卧空山，梦回孤驿，生怕渠嗔未敢诗[⑤]。江头路，问销魂几许，索笑何时[⑥]。赋成字字明珠。君莫倚、家风旧解题[⑦]。叹水曹安在[⑧]，飘然欲去，逋仙已矣[⑨]，其与谁归。烟雨愁予，江山老我，毕竟岁寒然后知[⑩]。微酸在[⑪]，尽危谯斜倚[⑫]，残角孤吹[⑬]。

[注释]

①唐氏按：上四字原作“为羡□兮”，改从明嘉靖刻本《秋崖先生小稿》卷三十五。　②铁石心肠：“（晁）无咎叹曰：人疑宋开府铁石心肠，及为《梅花赋》，清艳殆不类其为人。”见宋张邦基《墨庄漫录》卷三。　③龙甲：此处喻指梅干皮枯皴。　④那因雪瘦，月：唐氏按，上五字原误作“那目□□□”，改从四印斋本《秋崖词》。　鹤膝：此处喻指梅枝柯细瘦。⑤渠：他。　⑥索笑：求笑，取笑。陆游《剑南诗稿》十一《梅花》：“不愁索笑无多子，惟恨相思太瘦生。”　⑦家风：语见《庾子山集·哀江南赋·序》“潘岳之文采，始述家风；陆机之词赋，先陈世德”。　⑧水曹：官名。南朝梁王国属官有水曹，天监中何逊为建安王水曹行参军兼记室，后因称逊为何水曹。　⑨逋仙：即宋诗人林逋。不娶，种梅养鹤以自娱，因有“梅妻鹤子”之称。　⑩“毕竟”句：“岁寒，而后知松柏后凋也。”见《论语·子罕》。　⑪微酸：双关，既指梅有酸味，也指些微痛楚。　⑫危谯：建有望楼的高耸的城门。　⑬残角：最后的角声。

沁园春

和赵司户红药[①]

把酒问花，茧栗梢头[②]，春今几何。笑身居近侍，阶翻万玉，面匀菩萨[③]，髻拥千螺[④]。一一牙签[⑤]，英英碧字[⑥]，占定花间甲乙科。归来也，傍紫薇吟处，揉作阳和[⑦]。
只今花事无多。看几许风烟付与他。待围将翡翠，怕蜂粘粉，织成云锦，遣凤衔梭。谁剪并刀[⑧]，赠之燕玉[⑨]，莫负双娥娇溜波[⑩]。花应道，尽花强人面，底用能歌。

[注释]

①司户:官名,主管民户。　红药:花名,芍药。　②茧栗:喻芍药花的蓓蕾。“红药梢头初茧栗”,见黄山谷《寄王定国》诗。　③“阶翻万玉”二句:“红药当阶翻,苍苔依砌上。”见南朝齐谢朓《直中书》。　匃(gài):同“丐”,乞求。　④千螺:像螺纹样层次很繁多的髮髻。　⑤牙签:牙制筹码。　⑥英英碧字:意谓瓣瓣鲜花若锦绣文章。　⑦阳和:春天的暖气。　⑧并刀:并州(太原)出产的利剪。　⑨燕玉:即玉燕,指钗。　⑩双娥:女子双眉。

沁园春

和林教授

子盍观夫①,商丘之木,有樗不才②。纵斧斤睥睨③,何妨雪立,风烟傲兀,怎问春回。老子似之④,倦游久矣,归晒渔蓑羹芋魁⑤。村钼外⑥,闻韭今有子,芥已生苔。天于我辈悠哉⑦。纵作赋问天天亦猜。且醉无何有⑧,酒徒陶陆⑨,与二三子,诗友陈雷⑩。正尔眠云⑪,阿谁敲月⑫,不是我曹不肯来。君且住,怕口生荆棘,胸有尘埃。

[注释]

①盍(hé):何不。　②樗(chū):臭椿。无用之材,不合世用,用以自谦。　③睥睨(pì nì):占察,窥伺。　④老子:自称。　⑤芋魁:芋根,芋头。　⑥钼(chú):锄,农具。　⑦悠:远。　⑧无何有:即“无何有之乡”。见《庄子·逍遥游》。　⑨陶陆:陶渊明、陆修静,曾同访慧远,过庐山虎溪,有三笑亭遗址。　⑩陈雷:陈重与雷义。喻友谊深厚。见《后汉书·雷义传》。　⑪眠云:山居。　⑫敲月:用贾岛“鸟宿池边树,僧敲月下门”诗意。

望江南

乙未生日，时赴官淮东，以是日次南徐[1]，泊舟普照寺下，侍亲具汤饼[2]。寺中门有扁曰寿丘山[3]，亲意欣然，盖以丘山为岳字云

梅欲老，撑月过南徐。家口纵多难减鹤[4]，路程不远易携书。只是废春锄。　霜满袖，茶灶借僧庐。湖海甚豪今倦矣，丘山虽寿竟何如。一笑荐冰蔬[5]。

[注释]

①乙未：宋理宗端平二年（1235），三十七岁生日。　次南徐：在南徐止息。　南徐：州名。东晋南渡，侨置徐州于京口（今江苏镇江）。　②侍亲：父母亲。　汤饼：汤煮的面食。　③扁：同"匾"。　④减鹤：减少微薄的开支。鹤俸，指工资。　⑤荐：进。　冰蔬：进献微薄的菜蔬。

蝶恋花

用韵秋怀[1]

雁落寒沙秋恻恻[2]。明月芦花，共是江南客。骑鹤楼高边羽急[3]，柔情不尽淮山碧。　世路只催双鬓白[4]。菰菜莼羹，正自令人忆。归梦不知江水隔，烟帆飞过平如席。

[注释]

①用韵秋怀：即怀秋之词。　②恻恻：伤痛。　③骑鹤：归隐。　④世路：世事人间的经历。

蝶恋花

山抹修眉横绿净[1]。浦溆生寒[2]，立尽梧桐影。香灺

未消帘幕净[3],醉红如洗风吹醒[4]。 一夜秋声连玉井[5]。梦落孤篷,已尽山阴兴[6]。戍角凄凉清漏永,江南烟雨何堪省。

[注释]

①横绿:秋水。 ②浦溆:水滨。 ③香灺(xiè):蜡烛的灰烬。 ④醉红:红叶。 ⑤玉井:星名。《晋书·天文志上》:"玉井四星,在参左足下,主水浆以给厨。"后为酒坊美称。 ⑥"已尽"句:用王子猷雪夜访戴安道事。见《世说新语·任诞》。

蝶恋花

秋水涵空如镜净。满镜清寒,倒碧摇山影。药户谁抨圆玉静[1]。碧纱人怯黄昏醒。 丛桂小山寒井井[2]。唤起江南,一叶莼鲈兴。先自新愁愁夜永,不堪宋□重提省[3]。

[注释]

①药户:传说月中有玉兔捣药。 圆玉:指月。 ②井井:有条理。此处指鲜明貌。 ③唐氏按:原缺一字,无空格。 注者按:此字当是"玉"字。宋玉悲秋,是极有名的典故。

木兰花慢

吴尚书宴客涟沧观,即席用韵

慨晴江渺渺[1],乘风下、倚沧浪[2]。问许大乾坤[3],金焦两点[4],曾几兴亡。平章古人安在,但青山、烟水共微茫。不道鹭嘲鸥笑,归来鬓已苍苍。 垂杨,舞尽斜阳。双燕语、尽渠忙。黯柔情不管,花深传漏,羽急飞觞[⑤]。思量人间如梦，放半分、佯醉半佯狂。明日海棠犹旧，春风未老秋娘[⑥]。

[注释]

①渺渺:远貌。　唐氏按:“晴”原作“情”,从《永乐大典》卷二万零三百五十三“席”字韵改。　②沧浪:青苍的江水。因乘船,故云“倚沧浪”。　③许:如此。　④金焦:金山和焦山,原都在长江中,金山今已与南岸联接。　⑤羽急飞觞:即“急飞羽觞”。　羽觞:酒器。作鸟雀状,左右形如两翼。“飞羽觞而醉月。”见李白《春夜宴桃李园序》。　⑥秋娘:人名。代指美人。

如梦令

春　思

知是谁家燕子，直恁惺忪言语[①]。深入绣帘来，无奈落花飞絮。春去，春去。且道干卿何事[②]。

[注释]

①直恁:竟然这样。　惺忪:轻快、灵活。　忪:别本作“松。”　②干卿何事:谓事不关己而爱管闲事。南唐中主因冯延巳有词“风乍起,吹皱一池春水”,戏问“干卿何事”。语见《南唐书·冯延巳传》。

如梦令

海　棠

雨洗海棠如雪，又是清明时节。燕子几时来，只了为花愁绝[①]。愁绝，愁绝。枉与春风分说[②]。

（以上陶氏涉园景元本《秋崖先生小稿》卷三十五）

[注释]

①只了:只明白。 ②分说:辩白。

贺新凉

别吴侍郎 吴时闲居,数夕前梦枯梅成林,一枝独秀

霜月寒如洗。问梅花、经年何事,尚迷烟水。梦著翠霞寻好句,新雪阑干独倚。见竹外、一枝横蕊。已占百花头上了,料诗情、不但江山耳。春已逗[1],有佳思。 一香吹动人间世。奈何地、丛篁低碧,巧相亏蔽[2]。尽让春风凡草木,便做云根石底。但留取、微酸滋味[3]。除却林逋无人识,算岁寒、只是天知己。休弄玉[4],怨迟暮。

[注释]

①逗:到,至。 ②亏蔽:减损、遮蔽。 ③微酸滋味:梅果味酸。喻愁伤之感。 ④弄玉:疑为吹玉笛。

贺新凉

戊戌生日用郑省仓韵[1]

问讯江南客。怕秋崖、苔荒诗屋,云侵山屐。留得钓竿西日手[2],梦落鸥傍鹭侧。倩传语、溪翁将息[3]。四十飞腾斜暮景[4],笑双篷[5],一懒无他画。惟饱饭,散轻策[6]。

世间万事知何极。问乾坤、待谁整顿,岂无豪杰。水驿山村还要我,料理松风竹雪。也不学、草颠诗白[7]。自有春蓑黄犊在[8],尽诸公、宝马摇金勒[9]。容我辈,醉云液[10]。

[注释]

①戊戌:宋理宗嘉熙二年(1238)。 ②钓竿西日手:钓鱼人。指休官隐居者。“惆怅江湖钓竿手,却遮西日向长安。”见唐杜牧《途中一绝》。③倩:借助。 将息:休息,调养。 ④“四十”句:戊戌年词人正好四十岁。 ⑤双篷:船。 ⑥散轻策:即“散策”。扶杖散步。 ⑦草颠诗白:张颠(旭)草书,李白诗歌。 ⑧春蓑黄犊:隐者之物。 ⑨宝马金勒:富贵者之具。 ⑩云液:酒。

贺新凉

寄两吴尚书[①]

雁向愁边落。渺汀洲、孤云细雨,暮天寒角。有美人兮山翠外,谁共霜桥月壑。想朋友、春猿秋鹤[②]。竹屋一灯棋未了,问人间、局面如何著。风雨夜,更商略[③]。

六州铁铸从头错[④]。笑归来、冰鲈堪鲙,雪螯堪嚼。莫遣孤舟横浦溆,也怕浪狂风恶。且容把、钓纶收却[⑤]。云外空山知何似,料清寒、只与梅花约。逋老句[⑥],底须作[⑦]。

[注释]

①两吴尚书:吴潜,吴泳。 ②春猿秋鹤:隐逸生活中蓄养之物事。③商略:商量。 ④“六州”句:唐天雄节度使罗绍威误借朱全忠军,诛灭悍卒。嗣后大悔,曰:“合六州四十三县铁,不能为此错也!”这句是说自己出仕,一开始就错了。 ⑤钓纶:钓丝。 ⑥逋老句:林逋《梅花》诗“疏影横斜”句。 ⑦底须:何须。

贺新凉

戊申生日[①]

一笑君知否。笑当年、山阴道士[②],行歌樵叟[③]。五十到头公老矣，只可鹭朋鸥友。便富贵、何如杯酒。好在归来苍崖底，想月明、不负携锄手。谁共酌，剪霜韭。

乾坤许大山河旧。几多人、剑倚西风，笔惊南斗。俛仰之间成陈迹，亡是子虚乌有[4]。渺烟草、不堪回首。隔坞筑亭开野径，尽一筇、两屦山前后[5]。春且为，催花柳。

[注释]

①戊申生日：宋理宗淳祐八年(1248)，方岳五十岁。 ②山阴道士：处士周颙，曾隐于钟山，后奉诏出仕。 ③行歌樵叟：汉末朱买臣家贫，采樵行歌，后为会稽太守。 ④“亡是”句：即亡是公、子虚、乌有先生，皆司马相如《子虚赋》中虚拟之人。 ⑤筇(qióng)：竹杖。 屦(jù)：鞋子。

贺新凉

己酉生日[1]，用戊申韵。时自康庐归[2]，犹在道也

天意然乎否。待相携、风烟五亩，招邀迂叟[3]。屋上青山花木野，尽可两朋三友。笑老子、只堪棋酒。似恁疏顽何为者[4]，向人前，不解高叉手[5]。宁学圃，种菘韭。

春猿秋鹤皆依旧。怪吾今，鬓已成丝，胆还如斗。谁与庐山麾之去[6]，尔辈何留之有。黯离绪、暮江搔首。非我督邮犹束带[7]，这一归、更落渊明后[8]。君试问，长亭柳。

[注释]

①己酉：宋理宗淳祐九年(1249)，方岳五十一岁。 ②康庐：即匡庐，庐山。因避宋太祖赵匡胤讳，宋代称康庐。 ③ 迂叟：迂阔的老头。 ④疏顽：愚钝而无拘束。 ⑤高叉手：温庭筠文思敏捷，成文凡八叉手，时称“温八叉”。 ⑥麾之去：一麾离去。麾，通“挥”。 ⑦督邮束带：用陶潜事。“郡遣督邮至县，吏白：‘应束带见之。’潜叹曰：‘我不能为五斗米折腰向乡里小人！’即解印绶去职，赋《归去来》。” ⑧更落渊明后：陶潜

去职四十岁。

西江月

以两鹤寿老人

茅屋何堪翠袖①，芝田自有霓裳②。一双雪舞碧云乡③，富贵人家以上。　竹外山童敲臼④，梅边溪友传觞。青霞道服石炉香，便是寿星模样。

[注释]

①翠袖：代指佳人。　②芝田：谓仙人种芝草的地方。　③碧云乡：天空。　④敲臼：捣药之类。

西江月

和郑省仓韵，因以为寿

燕子催将初度①，梨花指定清明。春风可是太多情，乐事良辰一并。　绛老从头甲子②。楚骚几度庚寅③。晴光不隔凤凰城④，花底举头天近。

[注释]

①初度：生日。　②绛老：绛县老人。时年七十三岁。事见《左传·襄公三十年》。　③楚骚：屈原，代指诗人。　庚寅：指代生日。见《离骚》。　④凤凰城：即“凤阙”。指代朝廷。

西江月

蔬甲初肥雨润①，茶枪小摘春明②。野篱是处可诗情③，打过下湖船并。　捷报秋来旁午，贤关早晚同寅[4]。绿杨连骑带春城[5],不问南山远近[6]。

[注释]

①蔬甲:蔬果。　甲:植物果实的硬质外壳。　②茶枪:茶芽。　春明:春分、清明。　③是处:到处。　④贤关:进入仕途之门径。　同寅:同僚。　⑤"绿杨"句:意谓中进士之时,车骑往来不断。　⑥不问:不管。南山:终南山。此处指未得功名前的隐居地。

一落索

九　日

瘦得黄花能小[1],一帘香杳。东篱云冷正愁予,犹幸是、西风少。　　叶下亭皋渺渺[2],秋何为者。无钱持蟹对黄花,又孤负、重阳也[3]。

[注释]

①得:得宜。　②亭皋:水边平地。　③孤负:即辜负。

汉宫春

寿王尉

云涧之癯[1],有诗盟未了,鸥泛江湖。一官直为仙耳,不受尘驱。高情逸韵,自兰亭、已后都无。准拟画、剡舟夜雪[2],与君相对成图。　　半竹苔寒如此[3],问谁欤来者,鹤伴熏炉。何如贮之天上,风露冰壶。江南春早,想梅花、不肯欺吾。疑便是,孤山之北,水香月影林逋。

[注释]

①癯:体瘦之人,此指王尉。　②剡舟夜雪:用王子猷雪夜访戴安道

事。因王尉姓王，这里用王氏名人来恭维他。 ③半（pàn）竹：大片竹林。

汉宫春

探梅用潇洒江梅韵[①]

问讯何郎，怎春风未到，却月横枝[②]。当年东阁诗兴[③]，夫岂吾欺。云寒岁晚，便相逢、已负深期[④]。烦说与、秋崖归也，留香更待何时。 家住江南烟雨，想疏花开遍，野竹巴篱[⑤]。遥怜水边石上，煞欠渠诗[⑥]。月壶雪瓮[⑦]，肯相从、舍我其谁。应自笑，生来孤峭，此心却有天知。

［注释］

①潇洒江梅韵：此即李邴《汉宫春》之首句。邴南宋初仕至参知政事。 ②却月：半月形。 ③东阁：用杜甫诗《和裴迪登蜀州东亭》“东阁官梅动诗兴，还如何逊在扬州”句意。 ④深期：久待。 ⑤巴篱：挨近篱笆。或曰巴篱即“篱笆”。 ⑥煞：极、很。 ⑦月壶雪瓮：月下雪中饮酒。

酹江月[①]

梦　雪

问天何事，雪垂垂欲下，又还晴却[②]。春到梅梢香逗也[③]，尽有心情行乐。剡曲舟回，灞桥诗在[④]，一笑人如昨。此情分付，暮天寒月残角。 谁道飞梦江南，群山如画，一一琼瑶琢。中有玉田三万顷[⑤]，云是幼舆丘壑[⑥]。招我归来，和春醉去，休跨扬州鹤。万花曾约，酒醒当有新作。

［注释］

①酹江月:《念奴娇》的别名。　②晴却:晴了。　③逗:到,至。　④灞桥诗在:即所谓"诗思在灞桥风雪中驴子上"云云。事见宋孙光宪《北梦琐言》。　⑤玉田:生玉之地。事见晋干宝《搜神记》。此指雪景。⑥幼舆:晋谢鲲字。明帝问他何如庾亮,他答道:"端委庙堂,使百官准则,臣不如亮;一丘一壑,自谓过之。"

酹江月

八月十四,小集郑子重帅参先月楼。是夕无月,和朱希真插天翠柳词韵[①]

绿尊翠勺,约秋风、一醉小楼先月。谁取宝奁奔帝所[②],深琐玉华宫阙。老桂香寒,疏桐云重,生怕金蛇掣[③]。那知天柱[④],一峰别与天接。　我欲飞珮重游[⑤],寘之衣袖,照我襟怀雪[⑥]。玉斧难藏修月手[⑦],待做明宵清绝。天地无尘,山河有影,了不遗毫髪[⑧]。举杯相属[⑨],唤谁笺与天说[⑩]。

［注释］

①朱希真:朱敦儒。"插天翠柳"词,见朱词。　②宝奁(lián):奁,镜匣。此处指月亮。　帝所:天帝之所。　③金蛇掣:谓有雷电。金蛇,喻闪电之光。　④天柱:山名。此处指位于安徽潜山县西北,皖山的最高峰。　⑤飞珮:飞霞珮,以飞霞为珮。语出唐韩愈《调张籍》"乞君飞霞珮,与我高颉颃"。　⑥"照我"句:意谓置月怀袖,照衣如雪。　⑦玉斧:神话中的伐月斧。见宋曾几诗"明时谅费银河洗,缺处应须玉斧修。"　⑧了:清楚。　⑨相属:互相劝酒,向人敬酒。　⑩"唤谁"句:谓修书于天,乞放明月重光。

酹江月

寿老父[①]

幅巾云麓[②]。笑人生瓮等[③]，何时是足。莫道年来无好处，第一秫田新熟[④]。孙息乘鸾，大儿荐鹗[⑤]，翁已恩袍绿[⑥]。笑谭戎幕，尽教岳也碌碌[⑦]。　是则江南江北，月明飞梦，认得溪桥屋。多少睡乡闲日月，不老柯山棋局[⑧]。唱个曲儿，吃些酒子，检点茅檐竹。问梅开未，一枝初破寒玉。

［注释］

①老父：父亲。　②幅巾云麓：用绢巾束髮，徜徉云山间。　③瓮等：即等同于瓮。瓮容甚大，以拟人欲。　④秫（shú）田新熟：高粱丰收。秫：粘高粱，用以酿酒。用陶潜种秫事。　⑤“孙息”二句：两句互文，谓后代皆有出息。　孙息：子孙后代。　乘鸾：为官。　荐鹗：荐贤，此处指为官卓异。　⑥恩袍绿：唐人官六七品服绿。此谓父因子贵，得到朝廷恩赐穿绿袍。　⑦岳：方岳，自指。　⑧柯山棋局：指仙人下棋，形容人世的时间过得快。晋代的王质上山伐木，见几个小孩下棋，就放下斧子看下棋，过了一会，孩子叫他回去，一看斧子的柄已烂掉了。见南朝梁任昉《述异记》。

酹江月

戊戌寿老父，是年六十四，属有末疾，而生日适冬至也[①]

且拌春醉。问人间，谁是十分如意。道不好来人又道，也有一分好处。管甚长贫，只消长健，切莫眉头聚[②]。尽教江路，梅花依旧留住。　儿辈虽不如人，有何不可，怎敢嫌迟暮。但喜吾翁躔度转[③]，唤起烟霞深痼[④]。否极而亨，剥馀而复[⑤]，长至迎初度。龟图羲画[⑥]，直从今日重数。

[注释]

①“是年”三句:原为词后作者自注。　末疾:四肢疾病。　②眉头聚:谓愁。　③躔(chún)度:用以标志日月星辰在天空运行的度数。此谓又年长一岁。　④烟霞深痼:爱山水烟霞成疾,语出《新唐书·田游岩传》。　⑤“否(pǐ)极”二句:否、剥、复,皆《易》卦名。此处谓祸福消长之意。　⑥龟图羲画:洛书和八卦。尧时,有大龟负图来投尧。伏羲画八卦。

酹江月

万花园用朱行父韵呈制帅赵端明[①]

花风初逗[②],喜边亭依旧,春闲营柳。烟草隋宫歌舞地[③],谁遣万红围绣。结酒因缘,装春富贵,也要经纶手[④]。笙箫声里,一江晴绿吹绉。　　是处羽箭如飞,那知鹤府[⑤],花压阑干昼。油幕文书谈笑了[⑥],馀事尽堪茶酒。报答东风,流连西日,绿外沉吟久。与春无负,醉归香满襟袖。

[注释]

①朱行父:朱涣。《全宋词》四卷仅收朱词二首,用韵不同,用“宥”韵词未见。　赵端明:即赵葵。　万花园:盖即蔡京“万花会”。以万千芍药花装点园林以为宴集之所。　制帅:即“制置使”,官员。南宋时为节制一方军事的长官。　②花风:应花期而来的风。即“花信风”。　③隋宫:园名,即“隋苑”。故址在今扬州市西北,为隋炀帝所建。泛指帝王宫殿。④经纶手:谓经营天下事的大手笔。　⑤鹤府:白鹤性警,因以为门卫。此处喻赵府乃国家哨卫。　⑥油幕:青油涂抹的帐幕,行军居所。

酹江月

和君用

槎牙诗骨[1]，想生来无分，史闱经幄[2]。呵护九关多虎豹[3]，谁道去天一握。奏赋两都[4]，闻韶三月[5]，雁远书难托。一寒如许，蟾枝莫倚高擢[6]。　空使满壑风烟，半村雪月，孤负梅花约。渺渺愁予初度也[7]，山沍同云垂幕[8]。鹤帐何如[9]，牛衣无恙[10]，麦陇占优渥[11]。不如归去，檐花深夜春酌。

[注释]

①槎(chá)牙：错杂不齐貌。　②史闱经幄：研究历史和经典的场所。即从事文字工作。　③"呵护"句：用宋玉《招魂》"虎豹九关，啄害下人些"句意。此喻通向朝廷的仕途上，障碍重重。　九关：天门九重。④奏赋两都：指班固献《两京赋》。　⑤闻韶三月：孔子闻韶乐，三月不知肉味。　⑥蟾枝莫倚高擢(zhuó)：谓月寒难登，桂高难折。叹难登仕也。擢：攀折。　⑦渺渺愁予：惆怅貌。见《楚辞·九歌·湘夫人》。　⑧沍(hù)：冻结。　⑨鹤帐：隐逸者的床帐。"鹤帐梅花屋。"见李珏《击梧桐·别西湖社友》。　⑩牛衣：耕牛御寒所披的草编物。代贫困生活。典出汉王章落魄京师，和妻子牛衣对泣事。　⑪优渥(wò)：雨水充足。

酹江月

送吴丞入幕

祁山底处[1]，为二松千竹，肯题崖壁。雪洒谈犀麈雁鹜[2]，尔辈何烦涉笔。使者知乎，民其劳止，且莫闲耕织[3]。片言金石，唤回春意无极[4]。　虽则王谢人家[5]，一癯仙泽，面作苍烟色。茶灶笔床将雨屐[6]，吟到梅花消息。贱子何为[7]，老仙如问，莫道头今白。寒蓑几梦[8]，研朱看点周易[9]。

[注释]

①祁山:山名。在安徽祁门东北。 ②犀麈:拂尘,因用犀角饰柄,谈玄理时常用,故名。 雁鹜:指一般的人。 ③"民其劳止"二句:谓人民生活劳苦,应当安定。见《诗经·大雅·民劳》。 ④"片言"二句:劝勉吴丞为民献策。 ⑤王谢:六朝时王、谢世为望族,故常并称。后以王谢为高门望族的代称。 ⑥笔床:横放毛笔的器具。 ⑦贱子:自谦之称。 ⑧几梦:隐几而入梦。 ⑨研朱:研磨朱砂作墨。

水龙吟

和朱行甫帅机瑞香[1]

当年睡里闻香,阿谁唤做花间瑞。巾飘沉水,笼熏古锦,拥青绫被[2]。初日酣晴,柔风逗暖,十分情致。掩窗绡,待得香融酒醒,尽消受,这春思。 从把万红排比[3]。想较伊、更争些子[4]。诗仙老手,春风妙笔,要题教似。十里扬州,三生杜牧[5],可曾知此。趁紫唇微绽,芳心半透,与骚人醉。

[注释]

①朱行甫:即朱涣朱行父。 甫:同"父"。此为咏瑞香花之作。 ②"巾飘"三句:写瑞香花情态。首句言其香,次句言其花色,末句言其翠叶。 沉水:沉香的别名。 笼熏:瑞香花又名锦熏笼。 青绫被:喻花叶柔渥。 ③排比:依次排列,使相比。 ④些子:一点儿。 ⑤十里扬州,三生杜牧:唐杜牧去官后,曾落拓扬州。"十里扬州,三生杜牧,前事休说。"见姜夔《琵琶仙》。

水龙吟

和朱行父海棠

昼长庭院深深，春柔一枕流霞醉[①]。朦松欲醒，娇羞还困，锦屏围翠[②]。豆蔻初肥，樱桃微绽，玉阑同倚。记华清浴起[③]，渭流波暖，红涨腻、弃脂水[④]。　燕子来时天气，尽韶风、与诗为地[⑤]。芳丛雨歇[⑥]，露痕日酽[⑦]，英英仙意[⑧]。莫恨无香，最怜有韵，天然情致。待问春能几，五更犹是，拌今宵睡。

[注释]

①"春柔"句：写春光与海棠幻化为一片流霞。　②"朦松"三句：以美人喻海棠情态。　③记华清浴起：用杨玉环华清池赐浴事。　④"渭流"二句：用杜牧《阿房宫赋》"渭流涨腻，弃脂水也"之典。　⑤韶风：春风。　⑥唐氏按："雨"原作"丙"，改从四印斋本。　⑦日酽：光浓。　⑧英：花片。

满庭芳

擘蟹醉题

半壳含黄，双螯擘紫，风流浑是芦花。江头秋老，谁了酒生涯。玉质金相如许[①]，怎消受、明月寒沙。橙香也[②]，不闲左手，除是付诗家。　草泥，行郭索[③]，横戈曾怒[④]，张翰浮夸[⑤]。笑鲈鱼虽好，风味争些[⑥]。醉嚼霜前松雪[⑦]，江湖梦、不枉归槎[⑧]。停杯问，余其负腹[⑨]，是腹负余耶。

[注释]

①相：外形。　②橙香：用橙汁蒸熟之蟹。见宋林洪《山家清供·蟹

酿橙》。　③郭索:蟹行貌。　④横戈:蟹举螯貌。　⑤张翰:晋吴郡吴人。字季鹰。因思故乡鲈鱼、莼羹,辞官归吴。　⑥争些:差些。　⑦松雪:谓蟹肉洁白如雪。　⑧归槎:归隐。　槎(chá):木筏。　⑨负:对不起。

喜迁莺

和余义夫行边闻捷①

淮山秋晓。问西风几度,雁云蛩草。铁色骢骄②,金花袍窄,未觉塞垣寒早。笳鼓声中晴色,一羽不飞边报。君莫道,怎乾坤许大,英雄能少。　谈笑。鸣镝处③,生缚胡雏,烽火传音耗④。漠漠寒沙,荒荒残照,正恐不劳深讨。但喜欢迎马首,犹是中原遗老。关何事⑤,待归来细话,一樽倾倒。

[注释]

①余义夫:余玠,字义夫,蕲州人,少为白鹿洞诸生,后官至兵部侍郎,理宗嘉熙三年(1239),与元兵战于汴城、河阴有功。　②骢(cōng):青白色马。　③鸣镝(dí):响箭。　④音耗:消息。　⑤关何:疑当作关河。

浣溪沙

赵阁学饷蝤蛑酒春螺①

半壳含潮带靥香②,双螯嚼雪迸脐黄。芦花洲渚夜来霜。　短棹秋江清到底,长头春瓮醉为乡③。风流不枉与诗尝。

[注释]

①饷(xiǎng):馈赠。蝤蛑(yóu móu):梭子蟹。　②带靥香:染得脸

也香。 ③长头春瓮：瓮头春，初熟之酒，长头春瓮则为写盛酒器皿的形制。

浣溪沙

寿潘宰

夜醉渊明把菊图，宿酲扶晓又冰壶[①]。秋香留得伴双凫[②]。 并日满浮金凿落[③]，明年初赐玉茱萸[④]。更书欲上有除书[⑤]。

（以上陶氏涉园景元本《秋崖先生小稿》卷三十六）

［注释］

①"宿酲"句：谓夜醉晓酲。 酲（chéng）：病酒。 扶晓：拂晓。 冰壶：盛玉之壶，喻清明。 ②秋香：秋天开放的花，多指桂花、菊花。 双凫：《后汉书·王乔传》载，其（王乔）有神术，能令双舄（鞋）为凫，往来神速。 ③并日：竟日。 金凿落：金制酒具。 ④玉茱萸：谓茱萸锦衣。"朝衣茱萸锦，夜覆葡萄卮。"见吴均《赠柳真阳诗》。 ⑤更书：请求调动的报告。 除书：授官之诏令。

齐天乐

和楚客赋芦

孤篷夜傍低丛宿[①]，萧萧雨声悲切。一岸霜痕，半江烟色，愁到沙头枯叶。澹云没灭。黯西风吹老，满汀新雪[②]。天岂无情，离骚点点送归客[③]。 归去来兮怎得。尽鹭翘鸥倚[④]，乍寒时节。秋晚山川，夕阳浦溆，赢得别肠千结。涛翻浪叠。那得似西来，一筇横绝。搔首江南，雁衔千里月。

［注释］

①低丛:指芦苇丛。 ②新雪:喻芦花。 ③离骚:离愁。 ④鹭翘鸥倚:鹭鸟单腿而立,鸥鸟彼此相依。

花心动

和楚客忆梅

雪带边寒,渺愁予、雪中谁抱奇节。逊在扬州[1],逋老孤山[2],芳信顿成消歇[3]。江南茅屋今安在,疏影瘦、只堪叹息。归来未,沙头立尽,暮天云碧。 自笑梁园赋客[4]。倚旧日鞍鞯,春风巾帻。问讯横枝,暖热新花,无处访寻诗阁。几年不见冰霜面,知谁共、批风支月[5]。归来也,鸥盟不妨再结。

［注释］

①逊:何逊。 ②逋:林逋,与何逊均以爱梅咏梅著称。 ③芳信:春天的讯息。 ④梁园赋客:梁园,即梁苑。在今河南开封东南。汉梁孝王筑。为游赏延宾之所,当时名士司马相如、枚乘、邹阳皆为座上客。 ⑤批风支月:犹吟风弄月。

风流子

和楚客维扬灯夕[1]

小楼帘不卷,花正闹、灯火竞春宵。想旧日何郎[2],飞金巨罗[3],三生杜牧,醉董娇饶[4]。香尘路,云松鸾髻鬌[5],月衬马蹄骄。仿佛神仙,刘安鸡犬[6],分明富贵,子晋笙箫[7]。 人生行乐耳,君不见、迷楼春绿迢迢[8]。二十四、经行处,旧月今桥[9]。但索笑梅花[10],酒消新雪,纵情诗草,笔卷春潮。俯仰人间陈迹,莫惜金貂[11]。

［注释］

①灯夕：元宵节。 ②何郎：何逊。他曾官扬州。后调他处，因思扬州梅花，请重官扬州，至后延当地名士大设宴，宾主尽欢。 ③叵（pǒ）罗：古代酒器。 ④董娇饶：原为汉《杂曲歌辞》的歌曲名。 ⑤鸾髻髻（duǒ）：指妇女头髮松弛髮髻下垂。 ⑥刘安鸡犬：刘安得道，鸡犬食其所服药渣，亦得以升天。事见汉王充《论衡·道虚》。 ⑦子晋笙箫：王子乔，字子晋，神话中人物，相传为周灵王太子，喜爱以笙作凤凰鸣，后成仙。 ⑧迷楼：楼名。隋炀帝于扬州建造。极尽工巧弘丽之能事，人误入终日不能出。 ⑨"二十四"二句："二十四桥明月夜，玉人何处教吹箫。"见杜牧《寄扬州韩绰判官》。 ⑩索：尽，都。 ⑪金貂：晋阮孚终日酣饮，常以所服金貂换酒。

瑞鹤仙

寿丘提刑 岁十二月二十有九日，实维绣衣使者焕章公绂麟盛旦也①，岳敢拜手而言曰②：月穷于纪，星回于天，盖三百有六旬有六日于是焉极，而岁功成矣。惟天之运，循环无穷，一气推移，不可限量，其殆极而无极欤。分岁而颂椒③，守岁而爆竹，人知其为岁之极耳。洪钧转而万象春④，瑶历新而三阳泰⑤，不知自吾极而始也。始而又极，极而又始，元功宁有穷已哉⑥。天之生申于此时⑦，意或然也⑧。岳既不能测识，而又旧为场屋士⑨，不能歌词，辄以时文体，按谱而腔之，以致其意

一年寒尽也。问秦沙、梅放未也。幽寻者谁也。有何郎佳约，岁云除也。南枝暖也。正同云、商量雪也。喜东皇⑩，一转洪钧，依旧春风中也。 香也。骚情酿就，书味熏成，这些情也。玉棠深也。莫道年华归也。是循环、三百六旬六日，生意无穷已也。但丁宁⑪，留取微酸，调商鼎也⑫。

[注释]

①"实维"句:丘提刑即丘崈,曾进焕章阁直学士,又提刑职司同于汉代绣衣使者。　绂麟:生下聪明有为的孩子。　盛旦:对对方生日的敬称。　②拜手:跪拜礼的一种。跪后两手相拱至地,俯首至手。　③颂椒:古代农历正月初一日用椒柏酒祭祖或献给家长,表示祝寿拜贺。　④洪钧:万物皆由天所化育而成,因称天为洪钧。　钧:制作陶器的转轮。⑤三阳泰:春天开始。十一月冬至日,昼最短,此后,昼渐长,古人以为阴气渐去而阳气渐生,称冬至一阳生,十二月二阳生,正月三阳开泰。⑥元功:大功绩。　⑦生申:申伯(周贤臣)诞生之日。"生申及甫"见《诗经·大雅·崧高》。　⑧或然:也许这样。　⑨场屋士:科举出身。　场屋:科场。　⑩东皇:东皇太乙,上帝。　⑪丁宁:同"叮咛"。　⑫调商鼎:殷高宗用傅说为相,有"若作和羹,尔惟盐梅"之语。这里恭维丘定有拜相之日。此词用独木桥体。"也"字一韵到底。

瑞鹤仙

寿宋倅　七月二十三日

中元才过节①。正宇宙澄清,一天寒碧。凉飙动秋色②。算佳辰恰是,下弦当日。天生俊杰。富文才、瑰奇挺特。看葱葱,和气薰城,共庆武夷仙伯。　难得。钓鳌连六③,虎榜登名④,新题淡墨⑤。从容莲幕⑥。游花县⑦,无邀隔。纵风流别驾⑧,难淹紫诏⑨,行对天颜咫尺。更堪夸,萱草长春⑩,红衣交列⑪。

[注释]

①中元:农历七月十五日为中元节。旧时道观在这一天作斋醮,僧寺作盂兰盆斋。　②凉飙(biāo):凉风。　③钓鳌连六:用《列子·汤问》事。喻抱负远大或举止豪迈。　④虎榜:进士榜称龙虎榜,简称虎榜。⑤淡墨:即"淡墨榜"。唐宋礼部录取进士,放榜时用淡墨书。　⑥莲幕:幕府。　⑦花县:县治的美称。晋潘岳为河阳令,满县种桃李,有"河阳一

县花"之称。 ⑧别驾：官名，是州刺史的佐吏。 ⑨紫诏：皇帝诏令。 ⑩萱草：一名忘忧草。常指代母亲。 ⑪红衣：唐制，五品以上服红衣。这里指宋母的孩子都做官。

哨　遍

问　月

月亦老乎，劝尔一杯，听说平生事。吾问汝，开辟自何时。有乾坤更应有尔。年几许。鸿荒邈哉遐已[①]。吾今断自唐虞起。繄帝曰放勋[②]，甲辰践祚[③]，数至今、宋嘉熙[④]。凡三千五百二十年馀。嗟雨僽风僝几盈亏[⑤]。老兔奔驰，痴蟆吞吐，定应衰矣。　　噫。月岂无悲。吾观人寿几期颐[⑥]。炯炯双眸子，明清无过婴儿。但才到中年，昏然欲眊[⑦]，那堪老矣知何似。试以此推之。吾言有理，不能不自疑耳。恐古时月与今时异。恨则恨今人不千岁。但见今、冰轮如洗。阿谁曾自前古，看到隋唐世。几时明洁，几时昏暗，毕竟少晴多雨。须臾月落夜何其。曰先生、寘之姑醉。

[注释]

①邈哉遐已：远啊远啊。 ②繄（yī）：助词，表语气。 放勋：尧名。见《尚书·尧典》。 ③践祚（zuò）：皇帝登位。 ④嘉熙：南宋理宗年号（1237—1240）。 ⑤僽僝：即僝僽。折磨、摧残。 ⑥期颐：百岁之人。 ⑦眊（mào）：目不明。

哨　遍

用韵作月对和程申父国录[①]

月曰不然，君亦怎知，天上从前事。吾语汝，月岂有弦时。奈人间井观乃尔[②]。休浪许。历家缪悠而已[③]。谁云魄死生明起[④]。又明死魄生，循环晦朔，有老兔、自熙熙[⑤]。妄相传、月溯日光馀[⑥]。嗟万古谁知了无亏。玉斧修成，银蟾奔去，此言荒矣。　噫。世已堪悲。听君歌复解人颐[⑦]。桂魄何曾死，寒光不减些儿。但与日相望，对如两镜，山河大地无疑似。待既望观之。冰轮渐侧，转斜才一钩耳。论本来不与中秋异。恐天问灵均未知此[⑧]。又底用、咸池重洗[⑨]。乾坤一点英气。宁老人间世。飞上天来，摩挲月去，才信有晴无雨。人生圆缺几何其。且徘徊、与君同醉。

［注释］

①程申父：程元凤，淳祐年为国子录。　②乃尔：语词。罢了。　③历家：天文学家，推算日历的专家。　缪悠（miù yōu）：谬妄无稽。　④魄：月初出或将没时的微光。　⑤熙熙：温和欢乐貌。　⑥溯：面对、反射。⑦解颐：开颜。　⑧天问灵均：做《天问》诗的屈原。　⑨咸池：东方的大泽。神话中谓日浴处。

［集评］

笃文云："此言月本无弦，光从日得。盈亏乃月转所致。皆与理合。可谓颇具科学意识。较稼轩送月词，尤更肯定。真奇才也。"

眼儿媚

泊松洲

雁带新霜几多愁，和月落沧洲。桂花如许，菊花如许，怎不悲秋。　江山例合闲人管[①]，也白几分头。去年曾此，今年曾此，烟雨孤舟。

[注释]

①合:该。

鹊桥仙

七夕送荷花

银河无浪,琼楼不暑,一点柔情如水。肯捐兰珮了渠愁[1],尽闲却、纤纤机杼。　　波心沁雪,鸥边分雨,剪得荷花能楚[2]。天公煞自解风流,看得我、如何销汝。

[注释]

①“肯捐兰珮”句:互赠兰花玉佩,以了思乡之苦。　②楚:鲜美。

鹊桥仙

辛丑生日小尽月[1]

今朝廿九,明朝初一,怎欠秋崖个生日[2]。客中情绪老天知,道这月,不消三十。　　春盘缕翠[3],春缸摇碧[4]。便泥做、梅花消息[5]。雪边试问是耶非,笑今夕、不知何夕。

[注释]

①小尽月:农历三十日为大尽,二十九日为小尽。　②“今朝”三句,知方岳生日当在农历腊月三十,即除夕日。　③春盘:古俗于立春日,取生菜、果品、饼、糖,置于盘中为食,取迎新之意,称为春盘。　④春缸:酒缸。　⑤泥(nì):缠着,软缠曰泥。

玉楼春

秋 思

木犀过了诗憔悴[①],只有黄花开又未。秋风也不管人愁,到处相寻吹短袂。　　露滴碧觞谁共醉[②],肠断向来携手地。夜寒笺与月明看,未必月明知此意。

[注释]

①木犀:桂花的名称。　②露:此指酒。

虞美人

见 梅

鸥清眠碎晴溪月[①],几梦寒蓑雪。断桥篱落带人家[②],枝北枝南初著、两三花。　　曾于春底横孤艇[③],香似诗能冷。娟娟立玉载归壶,渺渺愁予肯入、楚骚无[④]。

（以上陶氏涉园景宋本《秋崖先生小稿》卷三十七）

[注释]

①“鸥清”句:即“鸥眠碎清溪晴月”。　②带:连着。　③春底:春头。　④楚骚:指《离骚》。

一剪梅

客中新雪

谁剪轻琼做物华[①]。春绕天涯,水绕天涯。园林晓树恁横斜。道是梅花,不是梅花。　　宿鹭联拳倚断槎[②]。昨夜寒些,今夜寒些。孤舟蓑笠钓烟沙。待不思家,怎不思家。

［注释］

①物华:指美好的景物。　②联拳:一个接一个并排而立。

烛影摇红

立春日柬高内翰[①]

辇路融晴[②],宫云逗晓青旂报[③]。梅边香沁彩鞭寒[④],初信花风到。笑语谁家帘幕,镂冰丝、红纷绿闹[⑤]。髻横玉燕[⑥],鬓颤琼幡[⑦],不能知掉。　看见春来,麴尘微涨催兰棹[⑧]。娇黄拂略上柔条[⑨],等得莺眠觉。引出千花万草。喜攙先、椒盘竹爆[⑩]。问谁天上,瑶帖初供[⑪],玉堂归儤[⑫]。

［注释］

①高内翰:高炳如,字文虎。任内翰多年。　②辇路:天子车驾常经之路。　③"宫云"句:谓清晨日出,阳光照在宫殿云上。　逗:招引。青旂(qí):上书龙形、竿头系铃的旗。　报:映。　④彩鞭:即"彩胜"。古代立春日用有色绢、纸剪成小幡或其他饰物,插于髮上或系于花枝,表示迎春,并互相馈赠。　⑤镂冰丝:谓制作彩胜。　冰丝:素绢。　绿闹:绿色的闹蛾儿。　⑥玉燕:头上玉钗。　⑦琼幡:头上饰物。　⑧麴(qū)尘:黄绿色(春水)。麴上所生菌,色淡黄如尘。因以称淡黄色。　兰棹(zhào):木兰木做的桨。　⑨拂略:掠过。　⑩攙先:抢先。　椒盘:古时正月初一日用盘进椒,饮酒则取椒置酒中,称椒盘。　⑪瑶帖:给上帝的帖子。　⑫归儤(bào):值宿归来。　儤:儤直,官吏连日值宿。

最高楼

壬寅生日

溪南北,本自一渔舟。烟雨几盟鸥。白鱼不负鸬鹚杓[①],青蓑不减鹔鹴裘[②]。怎无端,贪射策[③],觅封侯。

既不似、古人能识字。又不似、今人能识事。空老去，自宜休。帝乡五十六朝暮[④]，人间四十四春秋[⑤]。问何如，茅一把[⑥]，橘千头[⑦]。

［注释］

①鸬鹚杓：刻成鸬鹚形的酒具。　②鹔鹴裘：鹔鹴羽所制之裘。原为司马相如所服。　③射策：汉代取士法。主试者提问题，书之于策，射策者随意取答，按其难易分优劣。此句指谋取功名。　④帝乡：指京城。⑤四十四春秋：词作于理宗淳祐二年（1242）四十四岁生日。　⑥茅一把：谓茅屋一所。　⑦橘千头：汉丹阳太守李衡于武陵汜洲上，种橘千株，临终，谓其子曰："吾州里有千头木奴，不责汝衣食，岁上一匹绢，亦可足用。"

最高楼

寿黄宰　七月十六日

朝元了[①]，万鹤放班回。携月下天来，初平家看青羊石[②]，滕王阁醉绿螺杯。试鸣琴，花荡漾[③]，玉崔嵬。
前十日、鹊桥飞宝镫[④]。后一月、兔奁开玉镜[⑤]。秋色净，夜徘徊。申从五岳三光出[⑥]，亥将二首六身排[⑦]。问何其，餐沆瀣[⑧]，燕蓬莱。

［注释］

①朝元：道教徒礼拜神仙。　②初平家：用《神仙传》载黄初平事。初平年十五牧羊，有道士引入金华石室中。四十馀年后其兄寻见，羊化为石。此谓黄宰有仙家风度。　③荡漾：飘荡起伏貌。　④"前十日"句：黄宰的生日是七月十六日，前十日为初七，七夕鹊桥相会。　⑤"后一月"句：指八月十五中秋节。　⑥"申从"句：守庚申为道家修炼术，指在庚申日通宵静坐，不令三尸神外出为害。三光：日、月、星。　⑦"亥将"句：守亥白为道家修炼术，在白日进行，存想三气、调御周身。见《真诰口协昌期》。　⑧沆瀣（hàng xiè）：东方夜半气也。

最高楼

和人投赠

秋崖底[1]，云卧欲生苔。无梦到公台[2]。有月锄、晓带乌犍去[3]，与烟蓑、夜钓白鱼来。问谁能，供酒料，办诗材。　君莫笑、闲忙棋得势。也莫笑、浮湛鱼得计。胸次老，雪崔嵬。付老夫、小小鸬鹚杓，尽诸公、衮衮凤凰台[4]。且容侬，多种竹，剩栽梅[5]。

[注释]

①底：何。　②公台：公卿台阁，指宰辅官职。　③乌犍：水牛。　④凤凰台：即凤凰池，中书省。换"池"为"台"，为叶韵故。　⑤剩：馀下的。

行香子

癸卯生日

说与樵青[1]，紧闭柴门。道先生检校东屯[2]。阿戎安在[3]，未扫愁痕。且免歌词，休载妓，莫携尊。　梅自生春，雪立前村。道此杯、酒也须温。无穷身外，付与乾坤。谁共耕山，闲钓水，饱窥园。

[注释]

①樵青：唐张志和自亲亡，不复仕，自号烟波钓徒。肃宗尝赐奴婢各一，志和配为夫妻，夫名曰渔童，妻曰樵青。后来诗文中常以樵青为女婢的通名。　②检校东屯：用贺邵为吴郡大守时驯服诸强豪事。　检校：纠弹。事见《世说新语·政事》。　③阿戎：王戎。阮籍与王浑是朋友，却更愿与其子王戎谈论，云："共卿也，不如共阿戎谈。"见《晋书·王戎传》。

江神子

牡　丹

窗绡深隐护芳尘[①]。翠眉颦[②],越精神。几雨几晴,做得这些春。切莫近前轻著语,题品错[③],怕渠嗔。　碧壶谁贮玉粼粼。醉香茵,晚风频。吹得酒痕,如洗一番新。只恨谪仙浑懒却,辜负那,依阑人[④]。

[注释]

①芳尘:美姿容。　②翠眉颦:盖谓花叶梢卷皱。　③题品:品评。　④“只恨”三句:用李白赋《清平乐》故事。

江神子

发金陵

梅花吹梦过溪桥。路迢迢,雪初消。似恁天寒,诗瘦想无聊[①]。听得草堂人有语[②],能几日,是生朝[③]。　乱云深处洗山瓢[④]。鬓萧萧,酒红潮[⑤]。回首六朝,南北黯魂销[⑥]。纵使钟山青眼在[⑦],终不似,侣渔樵。

[注释]

①“似恁”二句:谓天寒梅不开,诗兴因此不浓。　②草堂:南齐周颙隐居于钟山时,仿蜀草堂寺筑室,名为草堂。　③生朝:生日。　④山瓢:朴陋的酒壶。　⑤酒红潮:饮酒而面色潮红。　潮:别本作“朝”。　⑥“回首”二句:谓宋与六朝一样未曾山河一统。　⑦青眼:重视。

水调歌头

庆平交[1] 七月十七

世不乏季子[2]，藉甚有休声[3]。芝兰挺秀庭砌[4]，广厦万间新[5]。胸次金天爽豁[6]，风骨玉堂清彻[7]，才器更轮囷[8]。劲节九秋干，和气万家春。 过中元，才两日，是生辰。瓣香西上[9]，都向此夕颂殷勤。自有阴功天佑，合享人间长寿，不独我知君。从此见今日，丹桂伴灵椿[10]。

[注释]

①平交：平辈友好之交。 ②季子：吴季札一类杰出人才。 ③休声：美名。 ④庭：堂前。 砌：台阶。 ⑤“广厦”句：反用杜甫诗句“安得广厦千万间，大庇天下寒士俱欢颜”。 ⑥金天：秋空。 ⑦玉堂：仙人所居之地。 ⑧轮囷（qūn）：屈曲貌。 ⑨瓣香：古以拈香一瓣，表示对他人敬仰，称瓣香。 ⑩灵椿：长寿之木。

瑞鹧鸪

中元过后恰三朝[1]，因甚庭闱喜气飘。李谪若非当此夕，申生应是在今宵[2]。 满斟绿醑歌檀口[3]，慢拍红牙舞柳腰[4]。富贵容华谁得似，祝公千岁乐逍遥。

[注释]

①“中元”句：七月十五为中元。 过后三朝：七月十八日。 ②申生：祝人生辰之词。“维崧降神，生甫及申。”见《诗经·大雅·崧高》。” ③绿醑（xǔ）：美酒。 檀口：浅红的嘴唇。 ④红牙：乐器名，即檀木拍板。

酹江月

寿松山主人　七月十九日

楚天秋早，过中元捻指[①]，蓂飞四荚[②]。怪得千门佳气满，恰值生申时节。蓬矢当年[③]，椒盘今夕，瑞木金炉爇[④]。主人情重，酒红潮上双颊。　　且看戏彩□□[⑤]，鼎分丹桂，兰玉同班列。更喜萱庭南极老，亲授长生秘诀。养浩颐然[⑥]，后昌青紫[⑦]，天报公阴德。年年盛会，祝延椿算千百。

［注释］

①捻指：弹指，喻时间短暂。　②蓂（míng）飞四荚：蓂荚，古代传说仙草名。其草每月朔日生一荚，至月半则生十五荚。十六日后，日落一荚，至月晦而尽。飞四荚，即十九日。　③蓬矢：以蓬蒿制成的矢。古礼，国君世子生，以桑弧蓬矢射天地四方。　④爇（ruò）：烧。　⑤注者按：原无空格，按律补。据其辞意，空格处当为“斑衣”或“莱衣”。此句形容子孙孝顺。　⑥养浩：养气。《孟子·公孙丑》：“我善养吾浩然之气。”　颐然：保养良善貌。　⑦后昌青紫：子孙为官为宦。　青紫：官衣。

满庭芳

寿刘参议　七月二十日

秋入西郊，律调夷则[①]，韩堂风露清凉[②]。洞天昨夜[③]，响动玉玎珰。朱户银镮放钥，长庚梦、应诞星郎[④]。垂弧旦[⑤]，蓂飞五荚，簪履共称觞[⑥]。　　未施经济手[⑦]，暂参雄府，公论声扬。便好趁昌辰[⑧]，入辅吾皇。况是中兴启运，正当宁、梦想循良[⑨]。从兹去，万年佐主，福寿总无疆。

[注释]

①“秋入”二句:秋,于方位为西方,所对应的乐律为夷则。夷则,言阴气之贼万物也。见宋欧阳修《秋声赋》。　②韩堂:指韩琦之“昼锦堂”。③洞天:仙人居处。　④“长庚”句:用李白母梦长庚星入怀而生白之典。⑤垂弧旦:挂弧的日子,即生日。　⑥称觞:举杯祝福。　⑦经济:经纶国事。　⑧昌辰:昌盛兴隆的时期。　⑨循良:循良之吏。

满庭芳

寿通判　七月二十二日

星昴呈祥[①],山川钟秀[②],果然生此真贤。精神莹澈,秋水共长天。况值西风初起,中元过、七日凉先[③]。庭院爽,称觞贺客,车马看骈阗[④]。　开筵。称寿处,红袖歌舞,脆管繁弦。愿公与椿松,对阅天年[⑤]。纵使平分风月,不容暂、吟醉苕川[⑥]。龙光近[⑦],行看凤诏[⑧],促入秉钧权[⑨]。

[注释]

①星昴:相传萧何为昴星精,后以“昴”为称颂显贵之词。　②钟秀:汇集灵秀之气。　③唐氏按:上七字原作“中元七日凉生”,改从四印斋本。　④骈阗(tián):连属。　⑤阅:历。　⑥苕(tiáo)川:苕溪,出浙江天目山,入太湖。唐张志和隐居处,后即以为致仕隐居的代称。　⑦龙光:恩宠荣光。　⑧行看:且看。　凤诏:皇帝的诏书。　⑨秉钧权:掌握国政。　钧:国政。

百字谣

寿丘郎　七月二十四日

河南灵地,信从生俊杰,皆由天佑。见说簪缨称世袭[①],复是青毡还旧[②]。学海渊源,笔端锋镝[③],未逊谁居右[4]。使台暂赞[5],直须黄阁环召[6]。 欣遇初度良辰,中元节过,九日方称寿。好看莱衣□舞处[7],尽羡一门三秀。名过河东,迭居宰职[8],复见韦平胄[9]。祝君遐算[10],南山松柏长茂。

(以上陶氏涉园景元本《秋崖先生小稿》卷三十八)

[注释]

①见说:犹闻说。 簪缨:古代冠吏的冠饰,因以喻富贵。 世袭:一代一代继承下去。 ②“复是”句:即“青毡还复是旧(物)”。 ③锋:兵刃。 镝:箭镞。 锋镝:泛指兵器。此处指文风犀利。 ④居右:古以右为尊,左为卑。 ⑤“使台”句:意谓郎官之职不过暂居。 赞:辅佐。⑥“直须”句:谓将被朝廷提拔。 黄阁:中书省之称。 ⑦注者按:原无空格,据律补。 ⑧“名过”二句:意谓家族声名显赫,世任重臣,超过河东裴氏。 ⑨韦平:西汉时韦贤、韦玄成与平当、平晏父子,都相继为相,世所推重。 ⑩遐算:长寿。

八六子

子寿父

喜椿庭。近来强健,团栾雁序欢声[1]。正柳絮帘栊清昼,牡丹栏槛新晴,缓飞翠觥。 阿戎碌碌功名。但要无灾无难,何曾著公卿[2]。且抖擞斑衣[3],笑供儿戏,共将乐事,细酬佳景,须知翠袖全盛绿黛[4],金章不扌蓑青[5]。松亭。中间顿个寿星[6]。

(《截江网》卷六)

[注释]

①团栾(luán):团聚。 雁序:喻兄弟。 ②著:标举。 ③斑衣:彩衣。相传老莱子着彩衣为儿戏以娱亲。后以斑衣为老养父母的典故。④翠袖,绿黛:指代美女。 全盛:青春盛年。 ⑤金章:古代高级官服。《全宋词》注:“扌”疑是“换”字。 ⑥顿:安置。

【补　辑】[①]

满江红[②]

壬子生日[③]

晓傍苍崖，滴寒露、研朱点易[④]。五十四卦为归妹[⑤]，惟幽人吉[⑥]。彼美人兮春上下，如吾徒者山南北。辨一生、坚壁卧烟霞，诗无敌。　人间世，胶中漆。功名事，刀头蜜[⑦]。放乾坤醉眼，看朱成碧。曾共梅花相尔汝，尽教雪后无消息。莫怕寒、容易嫁东风，春狼藉。

[注释]

①陈庆元按：唐圭璋先生《全宋词》收方岳词七十五首。今据《四库》本《秋崖集》相校，多出十六首。孔凡礼先生从《诗渊》中辑出方岳词4首，亦见于《四库》本。现将失收于《全宋词》的16首移录于下，并加注释，以飨读者（已刊于1994年《中华诗词》二期《史料钩沉》）。　②孔凡礼按：此词原脱去调名，今补。　③壬子：理宗淳祐十二年（1252）。作者五十四岁。　④点易：以硃笔点读易经，示庄重也。　⑤归妹：易卦名。震上兑下。于卦序为五十四，故以归妹论吉凶。　⑥幽人吉：归妹"象"词曰：利幽人之贞，故以归返山利为吉也。　⑦刀头蜜：谓与征伐功名无缘。

水调歌头[①]

癸丑生日[②]

老子兴不浅，归矣复言归。不知归又何处，知我者何希。幸有青山一片，付与白云千载，便可乐渔矶。且尽一杯酒，春瓮晓生肥[③]。　倩梅花，邀涧叟，醉林扉。吾今年已如此[④]，莫倚健于飞。日月笼中双鸟，今古人间一马[⑤]，五十五年非。归去不归去，未了北山薇[⑥]。

[注释]

①孔凡礼按:此词原脱去调名,今补。　②癸丑:理宗宝祐元年(1253)。作者五十五岁自寿词。　③晓生肥:谓春酒使人体健丰硕。④《诗渊》本作“吾年今已如此”,今从《四库全书》本改。　⑤今古人间一马:犹言流光快如奔马。　⑥北山薇:登北山而采薇,指归隐山林。

满庭芳[①]

甲寅生日[②]

雨带苍烟,鬓粘残雪,几年今日秋崖。梅花篱落,不减旧情怀。更觉神仙有分,一条冰、羽客官阶[③]。朝真外,研朱点易,风露滴松钗。　蓬莱。清浅未,吾将游戏,月坞云斋。已相期汗漫[④],鹤蜕青鞋[⑤]。一念人间尘土,为雏孙、留醉茅柴。今而后,村书杂字,尽有老生涯。

[注释]

①孔凡礼按:此词原脱去调名,今补。　②甲寅:理宗宝祐二年(1254)。词人五十六岁自寿之作。　③一条冰:指任文翰清闲之职。陈彭年在翰林院,兼差甚多,皆清秘之职,人称一条冰。见《续谈助》。　羽客:道士。　④相期汗漫:神仙漫游。卢敖曰:“吾与汗漫(仙人名)期于九垓之外。”见《淮南子·道应训》。　⑤鹤蜕青鞋:驾鹤仙游之意。具体不详。

江城子

丙辰生日[①]

几年诗骨雪槎牙[②]。痼烟霞。老生涯。五十八翁[③],堪喜亦堪嗟。忽忆香山居士语,还失笑,较争些。　荒寒梅坞月横斜。短篱遮。野人家。枝北枝南,须有两三花。紧闭竹门传语客,那得暇,尽由他。

(以上四首见《诗渊》第二十五册,引自孔凡礼《全宋词补辑》)

[注释]

①孔凡礼按:"此词原脱去调名,今补。" 《诗渊》本无词题,从《四库全书》本加。 ②诗骨槎牙:言诗风瘦硬。 ③词作于宋理宗宝祐四年(1256),词人五十八岁生日。

哨遍

隐括《盘谷序》①

盘谷者何,环以两山,隐者盘旋,吾友人、惟李愿居之。曰人生我知之矣。大丈夫,名声昭于时世。庙朝归佐吾天子。其在外、旗旄呵前,弓矢塞途,供给如许。更争妍列屋自闲居②,有长袖飘风翳轻裾,便体轻声,丰颊曲眉③,取怜得意。 噫。吾岂逃之,是皆有命非吾事。吾退而野处,濯清泉坐嘉树。幸钓水有鲜,采山可茹,起居惟适之安耳。尽车服不维④,谁加刀锯,孰如无誉无毁。彼公卿奔走口嗫嚅⑤,贤不肖于人又何如。乃为歌、与之姑醉。歌云:盘谷幽只⑥,缭曲深而窈。其泉可濯可湘,清泚盘乐⑦,乐无央只。膏我车只秣我驹⑧,将于盘从子游只。

[注释]

①隐括盘谷序:将韩愈的《盘谷序》剪裁改写成词体。 盘谷:位于今河南济源市北。 ②争妍列屋:指美女列屋而争宠。 ③丰:别本作"半",题形近而误。 ④车服不维:不套车出行。 服:驾车。 维:握辔之意。 ⑤嗫嚅:说话吞吞吐吐。 ⑥只:语气词,啊。 ⑦泚:水清。 ⑧膏:为车轴注油脂。

水调歌头

和罗足赠示

醉石午阴合[①],高枕听松声。人间俯仰今古,一笑几亏盈。检校牛衣无恙[②],问讯鸥盟故在,身后底须名。甚矣吾衰矣,老气不能英。　酒犹堪、寻逸少,对公荣[③]。帝乡知在何处,烟水老吟情。屋后屋前青嶂,村北村南黄犊,付与短歌行。留得荷锄手,未觉负平生。

[**注释**]

①醉石:醉卧石上。　午阴:垂直的树阴。　②牛衣:穷人所穿之麻编粗服。　③逸少:王羲之。　公荣:刘公荣,魏晋名士,与王戎、阮籍交好。饮酒不择贤鄙,泛交无别。

浣溪沙

饯 腊

太乙东皇欲转钧[①],玄冥连夜碾归轮[②]。冰痕不动玉粼粼。　酒气力消寒气力,梅精神是雪精神。相将好去转头春[③]。

[**注释**]

①转钧:使洪钧运转,此指转冬入春。　②玄冥:司冬之神。　③头春:春之开始。

浣溪沙

迎 春

看见娇黄拂柳芽,银幡谁鞚髻蟠鸦[①]。一帘晴色满天涯。　冰缕未醒连夜酒，雪篱留得去年花。东风也肯过吾家。

［注释］

①银幡：银色的小头饰，立春日妇人插于头上，以应节候。

浣溪沙

守　岁

暖入屏炉一笑融，灯花成穟缀钗虫[①]，醉微微莫睡匆匆。　宝炷烧残银鸭暖[②]，雪花飞起玉麟红[③]。春风不等五更钟。

［注释］

①灯花：灯捻烧结成的花烬，形如穗（穟）状，似玉钗之花饰。　②银鸭：银质鸭形熏炉。　③玉麟：即玉鳞，梅花。此指红梅花。

浣溪沙

贺　正[①]

晓色才分笑语喧，诏鸦飞下九重天，琼幡雪柳拜花前[②]。　最后屠苏人老大[③]，搀先菡萏玉婵娟[④]。一年年胜一年年。

［注释］

①贺正：拜年。　正：正月初一。　②琼幡、雪柳：即彩胜，女子头上饰物。　③"最后"句：饮屠苏酒，先幼后老为序。　④"搀先"句：女郎先向老人拜年。

沁园春

和赵尉重九

渺渺西风，独立空山，吾亦快哉。尽两蓬霜雪[①]，竹深藏径，半畦烟水，菘晚生台[②]。看作么生，管他谁子，紧闭柴门不要开。且容卧，夕阳袯襫[③]，秋雨蒿莱。　一筇两屦徘徊，也不问白衣来不来[④]。莫向黄花，谈身外事，已将白日，付掌中杯。金屑琵琶，银衔叱拔[⑤]，毕竟面横三尺埃。之人者，断无诗向柳，有暇寻梅。

[注释]

①两蓬霜雪：蓬鬓如雪。　②菘晚：晚菘，白菜。　生台：即生苔。菜苔，为美食之蔬菜。　③袯襫（bó shì）：防雨之蓑衣。　④白衣：白衣送酒。指王宏派人于重阳送酒予渊明。　⑤叱拔：马名。　银衔叱拔：别本作"银衔叱拨"，疑形近而误。

沁园春

再和韵

客有谓予，野眺何如，予曰可哉。乃携酒与鱼，共寻秋径，乘风化鹤[①]，感慨荒台。能几重阳，已无老子，人世何妨笑口开。苍崖下，有二犁膏雨[②]，十亩污莱[③]。　掉头只么低回，彼轩冕时来自傥来[④]。夜半饭牛，无心扣角[⑤]，霜前擘蟹，有手持杯。野屋云深，帝城书断，坚卧三年一砚埃。赢得底，是唐诗晋帖，潜菊逋梅。

[注释]

①化鹤：驾鹤西归，指逝世。　②膏雨：滋润土壤的雨水。此指肥沃之田。　③污莱：莱草茂盛，此喻荒废生满杂草之田。　污：别本作"汙"，

疑误。 ④轩冕：古卿大夫乘轩服冕，后多为高官厚禄之代称。 ⑤“夜半”二句：《淮南子·道应训》载，宁越欲干齐桓公，困穷无以自达，于是行商于齐，暮宿郭门之外。桓公郊迎客，夜开门，宁越饭牛车下，望见桓公，击牛角而疾商歌。此指无心仕进。

沁园春

和赵尉

冰雪之崖，云日之溪，有黄冠师[①]。问北里南邻，谁家有酒，东冈西崦，何处无诗[②]。骨相猿猱[③]，心情鸥鹭[④]，着在空山亦不辞。君知不，那贫犹易忍，懒最难医。 谓予何许人斯，也自恐梅花未必知。笑白日贯虹[⑤]，于今老矣，青山骑犊，何相如之。许大乾坤，亡无今古，不奈人生七十稀。谁与者，具天台种秫[⑥]，地脉耘芝[⑦]。

［注释］

①黄冠师：道士，修道人。 ②北里：唐代长安平康里亦称北里，系妓女聚居地，文人喜狎游，常光顾此地。此“北里南邻”、“东冈西崦”泛指乡居各处。 崦：山。 ③“骨相”句：言骨相刚健，有建功立业之资质。《汉书·李广传》称李广猿臂通肩，天性善射。 ④“心情”句：指心系鸥鹭，情归山隐。 ⑤白日贯虹：典出《战国策·魏策》“聂政之刺韩傀也，白虹贯日”。旧指社会上发生的壮举，在天象上有所反映。此指少年报国之壮志。 ⑥天台：相传汉刘晨入天台山采药，于山之桃源洞口遇二仙女。此当泛指山地。 种秫：南朝梁萧统《陶渊明传》载，陶令吏公田种秫以酿酒。 ⑦耘芝：种芝草。

沁园春

再　和

五字其城，百斛其兵，吾能进师[①]。笑半世虚名，虚逃乎酒，一双闲手，聊寄于诗。老去离支[2]，兴来硉兀[3]，犹解高歌与楚辞[4]。终未肯，放陶巾入务，阮屐寻医[5]。　问君何取于斯，语鸥鹭莫令儿辈知，尽空谷烟寒，适堪高卧[6]。前村雨暗，子欲何之。休上青冥[7]，且烹黄犊，此味人间知者稀。吾与汝，是方干后叶，赵子灵芝[8]。

[注释]

①"五字"三句：《新唐书·秦系传》载，"（系）与刘长卿善，以诗相赠答。权德舆曰：'长卿自以为五言长城，系用偏师攻之，虽老益壮。'"此言文才武功都可建树。　②离支：犹支离，庄子寓言中有支离怪人，形体残缺，此指年老而体多病残。　③硉（lù）兀：任意、随心。　④高歌：《庄子》载，曾子于穷困中高歌《商颂》，不肯向诸侯俯首低眉。　⑤陶巾：葛巾。《宋书·陶潜传》载，陶曾取头上葛巾滤酒。　入务：入仕。　阮屐：《世说新语·雅量》载，晋阮孚好木屐，自己常给木屐上蜡，后称木屐亦为阮屐。此"陶巾"、"阮屐"皆隐者之物。　⑥空谷：深山空谷，贤德者所居也。　高卧：指隐居不仕。　⑦青冥：青色的天空。　⑧方干后叶：方干，唐诗人，举进士不第，隐会稽镜湖，诗多吟归隐之事。　后叶：后代。　趙子：似指趙公明，道教神明。此切赵尉之家世。　灵芝：喻指杰出的子弟。

沁园春

春　感

花汝知乎，风雨一春，岛瘦郊寒[1]。笑红杏村庄[2]，久孤山屐[3]，绿杨溪寺，未识吟鞍。才有相携，径须醉去，何必年时素所欢。且住待，荼蘼芍药，并与题看。　癯仙露吸风餐，尽雪白髭鬚颜渥丹。方唤觳觫[4]，耕云半岛，号沉冥子[5]，卧月三间。衮衮诸人，悠悠千古，老眼观之匹似闲。苍崖外，但留些诗，付与方干。

[注释]

①岛瘦郊寒：本苏轼《祭柳子玉文》"元轻白俗，郊寒岛瘦"。原指中唐诗人孟郊和贾岛诗的风格孤峭瘦硬，此喻春花凋零。　②红杏村庄：北宋宋祁《玉楼春·春景》词中有"红杏枝头春意闹"句，此用其意。　③山屐：登山木屐。此指隐者行踪。　④觳觫(hú sù)：语出《孟子·梁惠王上》"吾不忍其觳觫若无罪而就死地"。喻牛之恐惧状，此代指牛。　⑤沉冥子：庄遵号沉冥子。西汉蜀人，隐居卖卜。

最高楼

寿王贰卿[①]

秋好处，晚节一篱香，几日又重阳，有老人[②]，星现羲皇上，指癯仙、家近斗牛傍[③]。久无心，青玉案，紫荷囊[④]。

更五岁，伏生书始授[⑤]，又五岁，武公诗始就[⑥]。浑未觉，鬓眉苍。便宣麻文德谁云老[⑦]，问挂冠神武一何忙[⑧]。要人知、霜髓换，碧瞳方。

（以上十二首俱见影印《四库全书》文渊阁本《秋崖集》，引自孔凡礼《全宋词补辑》）

[注释]

①王贰卿：生平事迹不详。　贰卿：侍郎。　②有老人：老人星。《晋书·天文志》："老人一星，在弧南，一曰南极……见则治平，主寿昌。"后多用祝太平，并祝人高寿。　③斗牛：斗、牛二星，分野在吴地。《晋书·张华传》载，斗牛之间，有紫气。后华遣人掘地四丈馀得宝剑一双。此喻王贰卿生于灵秀之地，有仙者风骨。　④紫荷囊：古时高级官吏朝服外负于左肩上的紫色荷囊。　⑤"伏生"句：《史记·儒林列传》载，伏生，济南人，年九十，授人以《今文尚书》。此喻王高寿，再过五年就九十岁。⑥"武公"句：本《国语·楚语》"昔卫武公年数九十有五矣，犹箴儆于国"。此祝王高寿且诗才出众。　⑦宣麻：即宣诏。唐代以黄麻纸写诏，故称。此言王贰卿老当益壮，若皇上宣诏重用，文才德行仍不减当年。　⑧挂冠神武：《南史·隐逸传》载，陶弘景曾脱朝服挂神武门，辞官归里。

楼　槃

楼槃,生卒不详,字考甫,号曲涧,鄞县(今浙江宁波)人。宝庆初(1225),官庆元府学教谕。

霜天晓角

梅

月淡风轻,黄昏未是清。吟到十分清处,也不啻、二三更。　晓钟天未明,晓霜人未行。只有城头残角,说得尽、我平生。　(《阳春白雪》卷七)

[集评]

丁绍仪云:"《词综补遗》未经校正处……楼槃《霜天晓角》云:'晓钟天未明','明'作'相'。"(《听秋声馆词话》)

白屋闲人云:"淡、轻、清以舒雅怀,晓钟鸣、晓霜白、残角咽以述平生。真个凄清!"

霜天晓角

剪雪裁冰,有人嫌太清。又有人嫌太瘦,都不是、我知音。　谁是我知音。孤山人姓林①。一自西湖别后,辜负我、到如今。②　(《绝妙好词》卷三)

[注释]

①孤山人姓林:指北宋人林逋,逋字君复,钱塘(今浙江杭州)人。少孤力学,恬淡好古,结庐西湖之孤山,二十年不至城市。不娶无子,所居植梅畜鹤,人因谓"梅妻鹤子"。死谥和靖先生。　②唐氏按:此首别误作林逋词,见《古今图书集成·草木典》卷二百十一梅部。别又误作元虞集词,

见《诗馀图谱补遗》卷七。

［集评］

张德瀛云：“南宋人咏梅词，谱《霜天晓角》者，仿自林君复。然未若楼考甫‘剪雪裁冰’一作，为得悠然之趣也。”（《词徵》卷五）

陈廷焯云：“考甫《咏梅》两章，朴直简老，颇有别致。”（《放歌集》卷二）

况周颐引仪墨庄云：“楼考甫词，读去似率直，正是白描高手。”（《历代词人考略》）

徐宝之

徐宝之,生卒不详,字鼎夫,号西麓,庐陵(今江西吉安)人。宋理宗宝庆元年(1225)解试(中乡榜)。

桂枝香

人间秋至。对暮雨满城,沉思如水。桐叶惊风,似语怨蛩齐起。南楼月冷曾多恨,怕而今、夜深横吹。那堪更听,萧萧槭槭,透窗摇睡。　　问楚梦、闲云何地。但手约轻绡,省人深意。红树池塘,谁见宿妆凝睇。旧时裘马行歌事,合都归、汀蘋烟芷。思王渐老[1],休为明珰,沉吟洛涘[2]。

(《阳春白雪》卷六)

[注释]

①思王:指曹植(子建),植为曹操第三子,善属文,性简易,才华高旷,辞采绚丽,有“天下共有才十斗,子建独占八斗”之誉。兄曹丕即位后,几欲加害。封于陈,悒郁而卒,谥思王。　②休为明珰,沉吟洛涘:此二句暗写曹子建撰《洛神赋》事。　明珰:用珠玉串成的耳饰。赋中有“无微情以效爱兮,献江南之明珰”之句。　洛涘:洛水之滨。

沁园春

春　寒

水榭春寒,梅雪漫阶,竹云堕墙。数花时近也,采芳香径,旧情著处,看月西窗。十二楼中[1],玉妃卧冷[2],懒掬胭脂放海棠。层堤外,渺归鸿无数,江树苍苍。　　席蔓夜礼东皇[3]。剪蕙叶为笺当绿章[4]。道杏晴三月,等莺啼晓,草烟万里,待鸩鸣芳。九十日春,三千丈鬓,如此愁来白更长[⑤]。江南岸，正柳边无路，沙雨微茫。

[注释]

①十二楼：传说中神仙居处。十二，言其多。因十二为地支之数，故古人多爱用。　②玉妃：史载蜀先主之甘后，玉质柔肌、态媚容冶，其体如月下聚雪，称玉人。此处喻指美丽的司花仙女。　③席：在此作凭依、依仗解。　藑（qiǒng）：藑茅，灵草，可作卜筮之用。　东皇：此处似指司春之神。　④绿章：又称“青词”，指道士祈天时用青藤纸朱书写给天神的奏文。　⑤“三千丈”二句：化用李白《秋浦歌》“白髪三千丈，缘愁似个长”。

莺啼序

荼蘼一番过雨[①]，洒残花似雪。向清晓、步入东风，细拾苔砌馀屧。有数片、飞沾翠柳，萦回半著双归蝶。悄无人、共立幽禽，呢呢能说[②]。　　因念年华，最苦易失，对春愁暗结。叹自古、曾有佳人，长门深闭修洁[③]。寄么弦、千言万语，闷满眼、欲弹难彻。靠珠栊，风雨微收，落花时节。　　春工渐老，绿草连天，别浦共一色。但暮霭、朝烟无际，尽日目极，江北江南，杜鹃叫裂。此时此意，危魂黯黯，渭城客舍青青树，问何人、把酒来看别。思量怎向，迟回独掩青扉，夕阳犹照南陌。　　春应记得，旧日疏狂，等受今磨折。便永谢、五湖烟艇，只有吟诗，曲坞煎茶，小窗眠月。春还自省，把融和事，长留芳昼人间世，与羁臣、恨妾销离恻[④]。自题蕙叶回春，坐听蓬壶[⑤]，漏声细咽。　　　　（以上二首见《阳春白雪》卷八）

[注释]

①荼蘼：花名。因其色似酴醾重酿，故又写作“酴醾”。此花不与百花争春，开放于残春时节。　②呢呢：通“昵昵”，亲密。　③“叹自古”二句：

系指汉武帝陈后阿娇故事。本令汉武怜爱欲以"金屋藏娇"的陈后,一朝失宠便遭废退,幽居长门宫里。后即以为后妃失宠于君的典故。 ④羁臣:旅居为官之人。 恨妾:失去丈夫宠爱的少妇。 ⑤蓬壶:即蓬莱仙岛。

水调歌

湘阴簿新居

了却意中事,卜筑快幽情。雨帘云栋深窈,歌笑霭春生。青嶂碧溪门户,暖翠浮岚衿席①,前日展湘屏。种竹看霜节,栽菊待秋英。 九世图②,闲居赋③,丽人行④。名碑古画,贴遍东阁与西亭。庭下森兰洁玉,天外骧龙舞凤⑤,心迹喜双清⑥。频瀹炊茶鼎,听我扣门声。

(《翰墨大全》后丁集卷六)

[注释]

①衿(jìn):衣衿。 席:古人坐卧铺垫之用具。此言岚翠风光掬手可得。 ②九世图:应是下句所云"古画"之列。 ③闲居赋:西晋潘岳作。《闲居赋》《丽人行》当是下句"名碑"内容之属。 ④丽人行:唐杜甫诗作。 ⑤骧龙:腾飞之龙。 ⑥"心迹"句:本杜甫《屏迹》诗之二"杖藜从白首,心迹喜双清"。

祖吴

祖吴,生卒不详,建安(今福建建瓯)人。南宋理宗宝庆二年(1226)进士。

水龙吟

寿郑尉,集郑姓事

紫貂南北分荣[①],有人瑞凤池疏秀[②]。月斧云斤,斫成三绝,辉华星斗[③]。早岁从军,乌戎口伐,奇功立就[④]。更题衡忠义,传家清白,人道外甥似舅[⑤]。　好看五经说后[⑥]。步蟾宫、桂香盈袖。紫橐持荷,清班布武,履声依旧[⑦]。回忆刊山[⑧],当年垂棒[⑨],月明烟袖。隐岩清秀[⑩],露玉风金,岁岁祝千秋寿。（《截江网》卷五）

[注释]

①句下原注:"南郑相、北郑相。" 注者按:荥阳人郑絪,字文明,唐宪宗时拜同中书门下平章事;其从子郑馀庆,字居业,贞元(唐德宗年号)中由翰林学士累进中书侍郎,同中书门下平章事。絪家昭国坊南,馀庆第在坊北,世称南郑相、北郑相。 ②句下原注:"郑仁表"。 注者按:唐人郑仁表,其祖郑肃,曾为唐武宗之检校尚书右仆射同平章事。仁表豪爽有文,曾以门阀文章自矜曰:"天瑞有五色云,人瑞有郑仁表。" ③句下原注:"郑虔三绝"。 注者按:郑虔,子弱斋,唐玄宗时为广文馆博士。虔善画山水又好书,家贫无纸,遂于慈恩寺贮柿叶数屋以备作画。尝自写其诗并画以献,玄宗大署其尾曰:"郑虔三绝"。 ④句下原注:"郑元琦口伐可汗"。 注者按:郑元琦字德芳,隋炀帝时为文城郡守,归唐后,官拜太常卿。会突厥寇汾晋,受诏谕罢可汗兵,被囚数年始还,朝廷誉为不辱于虏,可与汉之苏武、张骞媲美。元琦干敏察慧,曾五聘绝域皆临危不屈。后突厥攻荆州,元琦于外交谈判中机敏巧辩,历数突厥背约之事,可汗引还。太宗诏曰:"知公口伐,可汗如约,遂使边火息燧。" ⑤句下原注:

"郑乃陈光州之甥"。 ⑥句下原注:"郑钦"。 注者按:应为郑钦说。唐人郑钦说开元初由新津丞请试五经擢第,后授集贤院校理,历右补阙,内供奉。通晓历术,以博物名著于时。 ⑦句下原注:"郑尚书"。 注者按:郑尚书指汉高密人郑崇,字子游,少为郡文学史。哀帝时拜尚书仆射。每曳革履进见,帝辄曰:"我识郑尚书履声。"后以直谏见疏。 ⑧刊山:伐木开山。 ⑨垂棒:携杖。 ⑩句下原注:"郑太师退处隐岩"。 注者按:郑太师指唐懿宗时之郑薰,字子溥,博学多才,能荐举贤人。官至太子少师。致仕后,号所居之宅为隐岩,植松于庭,自号七松处士。

水调歌头

寿建阳刘宰

佳丽东阳境[①],瑞炁晓笼晴[②]。中元逾了十日[③],上相喜重生。四海文章宗匠,百里弦歌德化,官与水双清。恳切劝分意,赈恤活饥甿。　幸依刘[④],空颂鲁[⑤],阻称觥[⑥]。遥瞻快倚楼上,一点寿星明。闻道玺书将下[⑦],看取蓬瀛直造[⑧],指日秉钧衡[⑨]。大展平戎略,谈笑复神京。[⑩]

(《翰墨大全》丙集卷十三)

[注释]

①东阳:郡名,三国吴时分会稽郡置,治所在长山(今浙江金华)。②瑞炁:瑞气也,古附会自然界出现的某种现象以为吉祥之兆。 炁:"气"之古字。 ③中元:时节名。道家以农历七月十五为中元节,朝谒上清,道观作斋醮,僧寺作盂兰盆斋。 逾:超过。 ④依刘:指王粲依刘表。 ⑤颂鲁:因鲁为周同姓之国,所以《诗经》中有《鲁颂》。 ⑥称觥:举盏(觥)祝寿。 ⑦玺书:指用印章封记的文书。 ⑧蓬瀛:即蓬莱、瀛洲二仙山。此处喻指升官晋爵。 ⑨秉钧衡:谓执掌国柄,为国之柱石。因钧、衡皆有量物之用。 ⑩唐氏按:此首原题祖兵作,疑是祖吴之讹,今编此。

周申

周申，生卒不详，建安（今福建建瓯）人。南宋理宗宝庆二年（1226）进士。

沁园春

寿楚阳赵宰　四月初二

瑞应柯山，昴宿储祥[①]，嵩岳降神。羡堂堂玉莹，汪汪陂量，一襟风月，满腹经纶。试问丹砂，聊乘凫舄[②]，来种锦江桃李春[③]。弦歌地，看吏能绰著[④]，荐墨争新。　从兹大振家声。待京国来归专秉钧。想宸恩初拜，北门学士[⑤]，都人尽道，东阁郎君[⑥]。雨细丝轻，梅黄金重，两荚宝阶呈瑞蓂。称觞庆，愿莱衣衮衮[⑦]，长照庄椿[⑧]。

（《翰墨大全》丁集卷二）

［注释］

①昴：二十八星宿之一，西方白虎七宿之中星曰昴。《初学记》引《春秋佐助期》谓："汉相萧何长七尺八寸，昴星精"，后因以昴降为颂扬显贵之辞。　②凫舄：用王子乔舄化双凫之典。　舄（xì）：鞋。　③"来种"句："潘岳为河阳令，遍植桃李。"见《白帖》，即以为县令之典。　④绰著：才干突出。　⑤北门学士：唐宋翰林院通禁廷之门为北门，北门学士即翰林学士。语见《旧唐书·刘祎之传》。　⑥东阁郎君：贤士的代称。语出《汉书·公孙弘传》。　⑦莱衣：用老莱子戏彩娱亲之故事。　⑧庄椿：祝人长寿之词，典出《庄子·逍遥游》"上古有大椿者，以八千岁为春，八千岁为秋"。

壶中天

寿妇人又良人登科　七月初二

秋来两日，因个甚、乌鹊侵晨传喜。却是常娥亲姊妹，降作人间佳丽。黛柳长青，官梅稳衬[①]，镜里春明媚。花颜难老，寿杯频劝浮蚁[②]。　闻道潇洒才郎，天庭试罢，名挂登科记。昨夜凉风新过雁，还有音书来寄。千万楼台，三千粉黛，今在谁家醉。归来欢笑，一床真个双美。

（《翰墨大全》丁集卷三）

［注释］

①官梅：此处指梅花。典出吕祖谦《诗律武库》卷十四《官梅诗兴》，云：梁人何逊，初为扬州法曹，廨舍有梅花盛开，逊吟咏其下。其后去任，思梅花，再求旧任返抵扬州，适逢梅花正盛，逊又得终日彷徨花下。后用作咏梅的代称。　②浮蚁：浮在酒面上的泡沫。用作酒的代称。

赵汝腾

赵汝腾（？—1260），字茂实，号庸斋，福州人。太宗七世孙。生年不详，卒于宋理宗景定二年。宝庆二年（1226）第进士。历迁籍田令，召试职馆，授秘书省正字，累官礼部尚书，兼给事中。尝入奏言前后奸谀兴利之臣，言甚切直。后官终端明殿学士兼翰林学士承旨。著有《庸斋集》六卷传于世。

沁园春

寿高运使[①]

人道耻堂，直声劲气，胜如鹤山[②]。记殿庭叱禹[③]，风生九陛，都亭劾冀[④]，影摄群奸。海内英豪，如公有几，此地相逢同左官[⑤]。丹青阁[⑥]，望烟云缥缈，曾共凭栏。
忧时空见眉端。叹西事何由圣虑宽[⑦]。使蜀居诸葛，兵屯自肃[⑧]，朝留一范，贼胆须寒[⑨]。天欲兴唐，昴应相汉[⑩]，立取勋名久远看。秋香耐，笑菊潭胡广，污简何颜[⑪]。

（《翰墨大全》丙集卷十三）

[注释]

①高运使：高斯得，字不妄，号耻堂，宋邛州蒲江人，曾任福建路计度转运副使。宝祐元年，赵以逐徐霖事外贬。高力争之而不得。词即作于此时。　②鹤山：南宋政治家、道学家魏了翁。　③殿庭叱禹：汉成帝时朱云在朝廷斥责张禹等大臣尸位素餐，误君误民。张禹为当时丞相。④都亭劾冀：东汉安帝时侍御史张纲埋车轮于洛阳都亭，以示抗拒安帝分遣官吏行州县监察地方官的旨意，劾奏梁冀兄弟"无君之心十五事"。梁冀是东汉权倾一时的外戚。　⑤左官：贬谪之官。　⑥丹青阁：朝廷褒奖勋臣，画其像于阁中。亦称凌霄阁。　⑦西事：指蒙古对四川、湖北、安徽一带的进犯。　⑧诸葛：指蜀汉丞相诸葛亮，曾有效地在军中推行屯田制

度。 ⑨范:指北宋政治家范仲淹。仁宗朝,他与韩琦同任陕西经略副使,率兵同拒西夏。夏人相戒言“小范老子胸中有数万甲兵”,营中将士亦称“军中有一范,西贼闻之惊破胆;军中有一韩,西贼闻之心胆寒。” ⑩昴应相汉:指萧何当为汉相,萧何为昴星精。见《史记索隐》引《春秋纬》。⑪“菊潭胡广”二句:指隐者无益于世,徒污青史。东汉胡广,曾因饮荆州菊潭水得长寿。见《后汉书·胡广传》注引盛弘之《荆州记》。

赵孟坚

赵孟坚(1199—1295)，字子固，自号彝斋。太祖十世孙，南渡为海盐(一作嘉兴)人。生于宁宗庆元五年，卒于元成宗元贞元年，享年九十七岁。登宝庆二年(1226)进士。为湖州掾，入转运使幕，知诸暨县，以御史言罢归。景定初(1260)累迁翰林学士承旨，后终提辖左帑。宋亡，不仕，隐居秀州(今嘉兴)。孟坚修雅博识，工诗文，善书画。著有《彝斋文编》四卷、又有《梅谱》，并传于世。

沁园春

过天下第一江山呈何守①

许大江山，镇临弹压，岂小任哉。从嶓冢导漾②，东倾注海，截然限止，南北天开。试向中流，回观铁瓮③，万石层棱攒剑堆。金焦峙，号紫金浮玉，卷雪轰雷。　君侯文武兼才。天有为生才南国来。□历二十年④，筹边给饷，上流襟要⑤，几为安排。今此雄藩，精明笳鼓，又唤金汤气象回。长淮北，望中原非远，更展恢规。

[注释]

①天下第一江山：梁武帝过北固山，于甘露寺题“天下第一江山”。何守：何元寿，淳祐初为郡守。　②嶓(bō)冢：山名，在今陕西宁强县北。漾：古水名，为汉水之源。《尚书·禹贡》：“嶓冢导漾，东流为汉。”　③铁瓮：指江苏镇江县子城。相传此城为吴大帝孙权所建，内外皆砌以甓，坚固如金城，故号铁瓮城。　④唐氏按：原无空格，据《彊村丛书》本《彝斋诗馀》补。　⑤襟要：险要之地。

[集评]

白屋闲人云:“写景而其志不在留连景物。语势磅礴,旨意弘远;忠愤之忱,厓海之思,蕴乎其中矣!”

鹊桥仙

岩桂和韵

明金点染,枝头初见,四出如将刀剪。芳心才露一些儿,早已被、西风传遍。　　归来醉也,香凝襟袖,疑向广寒宫殿。便须著个胆瓶儿[①],夜深在、枕屏根畔。

[注释]

①胆瓶:长颈大腹状之花瓶。以形如悬胆得名。

沁园春

赏　春

晓上画楼,望里笑惊,春到那家。便从臾闲情[①],安排醉事,寻芳唤友,行过平沙。最是堪怜,花枝清瘦,欲笑还羞寒尚遮。浓欢赏,待繁英春透,后会犹赊[②]。　　归时月挂檐牙。见花影重重浸宝阶。□铜壶催箭,兽环横钉[③],浓斟玉醑[④],芳漱琼芽[⑤]。步绕曲廊,倦回芳帐,梦遍江南山水涯。谁知我,有墙头桂影,窗上梅花。

[注释]

①从臾:怂恿。从旁劝说鼓动之意。　②赊:长、久。　③唐氏按:“钉”原作“斜”,据《彝斋诗馀》改。　④玉醑(xǔ):美酒。唐李白《送别》诗有“惜别倾壶醑,临分赠马鞭”之句。　⑤琼芽:茶的美称。

朝中措

客中感春

担头看尽百花春。春事只三分。不似莺莺燕燕，相将红杏芳园。　名缰易绊，征尘难浣，极目销魂。明日清明到也，柳条插向谁门[①]。

[注释]

①“明日”二句：南宋吴自牧《梦粱录》记临安清明风俗，“家家以柳条插于门上，名曰‘明眼’。”

[集评]

白屋闲人云：“春事只得三分，那七分尽付予名缰征尘。此古今梦醒之句也。”

好事近

前　题

春早峭寒天，客里倦怀尤恶。待起冷清清地，又孤眠不著。　重温卯酒整瓶花[①]，总待自霍索[②]。忽听海棠初卖，买一枝添却。

[注释]

①卯酒：晨饮之酒曰卯酒。　卯：地支之第四位，卯时指清晨五至七时。　②霍索：开解、排遣。

感皇恩

初任官所为慈闱寿①

官小宦游初，清贫如旧。小簇杯盘旋篘酒②。虽然微禄，不比他们丰厚。也知惭愧是，皇恩受。　　富贵千般，享之惟寿。心地平时到头有。摩挲铜狄③，祝望比他长久。鼎来荣贵待④，通闺后⑤。

[注释]

①慈闱：母亲。　②篘（chōu）酒：竹篾编成的漉酒器曰篘，以篘滤过的酒曰篘酒。　③铜狄：即铜人，铜铸之人；又称金人。古多铸以置于宫殿间，或铭文其上以志纪念。　④鼎来：方来，正来。　⑤通闺：通籍，中进士。

[集评]

白屋闲人云："富贵千般，享之惟寿；摩挲铜人，为慈母祝。真孝子之心声，喜词语之天成。"

感皇恩

次任为慈闱寿，是年慈闱六十二岁本命后一年也

一百二十年，两番甲子①。前番风霜饱谙矣。今番甲子，一似腊尽春至。程程有好在，应惭愧。　　莫道官贫，胜如无底。随分杯筵称家计。从今数去，尚有五十八生朝里②。待儿官大，做奢遮会③。

[注释]

①甲子：六十年为一甲子。　②生朝：生日。　③奢遮：好，出色。当时俗语。

风流子

清涵万象阁

望极思悠悠。江如练、籁息浪纹收。看帆卷帆舒，往来征艇，鹭飞鹭立，远近芳洲。逝波不舍山常好，只白少年头。杜若满汀[①]，离骚幽怨，鸱夷去国[②]，烟浪遨游。　江南知何许，青林晚，山断处、白云浮。怀古慨今，谁人似我闲愁。叹醉生浪迹，鲈乡蟹舍，殢红怨粉[③]，莲棹菱舟。敲遍阑干，默然竟日凝眸。

[注释]

①杜若：香草名，又名杜衡。屈原《离骚》有"杂杜衡与芳芷……哀众芳之芜秽"句。　②鸱夷：鸱夷子皮之省。春秋时越国大夫范蠡，佐越王勾践灭吴雪耻之后，功成身退，浮海自去。号鸱夷子皮。唐李白《古风》有"何如鸱夷子，散髮棹扁舟"之句。　③殢(tì)红：衰病之红花。

花心动

外祖中司常公《春日》词曰[①]："庭院深深春日迟。百花落尽蜂蝶稀。柳絮随风不拘管，飞入洞房人不知。画堂绣幕垂朱户，玉炉销尽沉香炷。半褰斗帐曲屏山，尽日梁间双燕语。美人睡起敛翠眉，强临鸾鉴不胜衣。门外秋千一笑发，马上行人肠断归。"近日风雅遗音多谱前贤名作，因效颦云

庭院深深，正花飞零乱，蝶懒蜂稀。柳絮狂踪，轻入房栊，悄悄可有人知。画堂镇日闲晴昼，金炉冷、绣幕低垂。梁间燕，双双并翅，对舞高低。　兰幌玉人睡起，情脉脉、无言暗敛双眉。斗帐半褰[②]，六曲屏山，憔悴似不胜衣。一声笑语谁家女，秋千映、红粉墙西。断肠处，行人马上醉归。

[注释]

①中司:御史中丞之别称。　常公:指作者的曾外祖父常同,曾为御史中丞。　②褰(qiān):用手提起、撩起。

[集评]

况周颐云:“此词熨贴浑成,如自己出。盖原诗既工丽,词笔亦掉运灵活,非他人浪费楮墨者比。”(《珠花簃词话》)

蓦山溪

初改官为慈闱寿

几年修绩,总待荣亲老。每羡院南豪[①],向寿席、花花草草。如今惭愧,微胜十年前,聊尔办,杯盘了,一对慈颜笑。　愿亲强健,绿鬓长长好。来岁在琴堂[②],想凡事、应微热闹。契天交道,只办好心肠,官尽大,尽荣亲,待受金花诰[③]。

[注释]

①院南:即阮南。阮籍与侄阮咸居道南,虽贫而豪气不减。　②琴堂:县令的官署。语出《吕氏春秋·察贤》。　③诰:古代帝王晓示下臣,或任命、封赠之文书曰诰。秦废古制称诏、称制。宋代沿用古制,凡追赠大臣、赠封其祖父妻室,不宣于廷者,皆用诰。　金花诰:贴以金花的封诰。

蓦山溪

怨　别

桃花雨动,测测轻寒小[①]。曲槛面危阑,对东风、伤春怀抱。酒边心事,花下旧闲情,流年度,芳尘杳,懊恼人空老。　粉红题字,寄与分明道。消息燕归时,辗柔茵、

连天芳草。琐窗孤影[2]，夜卜烛花明，清漏断[3]，月朦胧，挂在梅梢袅。（以上《彝斋文编》卷二）

[注释]

①测测:瑟瑟,寒貌。 ②琐窗:镂刻有连环琐形图案的窗棂。 ③漏:古代计时器漏壶,壶内有部件上刻符号,随水浮沉,画百刻以计时。 清漏断:清脆的漏壶滴水声停断,指夜已尽,天已明。

赵崇霄

赵崇霄，生卒不详，字有得，号莲嶅(ào)。商王元份八世孙。《福建通志》云：剑浦(今福建南平)人。南宋理宗宝庆二年(1226)进士。

东风第一枝

妒雪梅苏，迷烟柳醒，游丝轻飏新霁[①]。卷帘看燕初归，步屟为花早起[②]。春来犹浅，便做出、十分春意。喜风钗、才卸珠幡[③]，早换巧梳描翠。　著数点、催花雨腻。更一番、递香风细。小莺忺暖调声[④]，嫩蝶试晴舞翅。清欢易失，怕轻负、年芳流水。好趁闲、共整吟鞯[⑤]，日日访桃寻李。

(《绝妙好词》卷六)

［注释］

①新霁(jì)：初晴。　②步屟(xiè)：散步。　屟：木板拖鞋或木屐。③珠幡：珠制的头饰。　④忺(xiān)：喜。　⑤吟鞯：骑马寻诗。

马光祖

马光祖，生卒不详，字华父，号裕斋，又号桂山，金华人。南宋理宗宝庆二年（1226）进士。仕至宝章阁直学士，沿江制置使，江东安抚使，知建康府，为治清明，减租税，养鳏寡孤疾，辟召僚属，皆极一时之选。度宗咸淳中（1269）前后拜知枢密院事，后以金紫光禄大夫致仕，卒谥庄敏。

减字木兰花

多情多爱，还了平生花柳债，好个檀郎①，室女为妻也不妨②，　杰才高作，聊赠青蚨三百索③。烛影摇红，记取媒人是马公④。

（《三朝野史》）

[注释]

①檀郎：晋潘安小字檀奴，姿容秀美，仪态风流。后人因以檀郎代指美男子。　②室女：处女，此指未嫁之女。　③青蚨：指铜钱。　索：贯。④“烛影”二句：在你们洞房花烛的喜庆日子里，要记得我马公是你们的媒人。　注者按：此词作于宝祐二年（1254）至宝祐三年（1255）间任漳州府尹时，是给一桩婚姻案所作的判词。有士人逾墙偷人室女，事觉到官，勒令当庭面试，光祖出《逾墙搂处子诗》，士人秉笔云：“花柳平生债，风流一段愁。逾墙乘兴下，处子有心搂。谢砌应潜越，韩香许暗偷。有情还爱欲，无语强娇羞。不负秦楼约，安知漳狱囚。玉颜丽如此，何用读书求。”光祖为判此词云：“多情可爱”。见吴莱《三朝野史》。

李南金

李南金，生平不详，字晋卿，自号三溪冰雪翁，乐平（今属江西）人。南宋理宗宝庆二年（1226）进士。

贺新郎

感　怀

流落今如许。我亦三生杜牧，为秋娘著句[①]。先自多愁多感慨，更值江南春暮。君看取、落花飞絮。也有吹来穿绣幌，有因风、飘坠随尘土。[②]人世事，总无据。　　佳人命薄君休诉。若说与、英雄心事，一生更苦。且尽樽前今日意，休记绿窗眉妩。但春到、儿家庭户。幽恨一帘烟月晓，恐明年、雁亦无寻处。浑欲倩，莺留住。

（《鹤林玉露》卷一）

[注释]

①秋娘：唐人杜秋娘，金陵女也，年十五为李锜妾。后锜叛灭，秋娘籍入宫中，有宠于宪宗。穆宗即位，命秋娘为皇子傅姆。皇子壮，封漳王。后王被罪废削，秋娘因赐归故里。杜牧遇金陵，感秋娘穷且老，为之赋《杜秋娘诗》。　②“也有”二句：“人生如树花同发，随风而堕，自有拂帘幌堕于茵席之上，自有关篱墙落于粪溷之中。”见《南史·范缜传》。

[集评]

许昂霄云：“李南金《贺新郎》词，罗大经谓其‘凄婉顿挫，不减古作者’。”（《词综偶评》）

叶申芗云：“有良家女流落可叹者，李为感赋《贺新郎》云……悲凉感叹，想南金亦自写其流落之意欤！”（《本事词》卷下）

笃文云：“二三句拗，读来有倒喉棘嗓之病，是一疵也。”

萧𠟗

萧𠟗(zè)，生卒不详，字则山，号大山，临江(今江西新余)人。南宋理宗绍定五年(1232)进士。以太府丞奉祠。《全宋词》云：各书又载其名为山则，未知孰是，俟考。

朝中措

半山社雨欲黄昏[①]，燕子不过门。杨柳染深绿意，海棠啼损红痕。　　绮寮妆束[②]，宝钗歌舞，玉枕温存。一段旧情有味，十分新恨无言。　　（《阳春白雪》卷三）

[注释]

①半山：在南京。　社雨：社日落雨。社日，古代祀社神之日，立春后第五个戊日为春社，立秋后第五个戊日为秋社。此处指春社。　②绮寮：装饰精美的窗户。

恋绣衾

倚阑闲看燕定巢。旧弹筝、因病久抛。画不尽、残眉黛，被东风、吹在柳梢。　　晓来暗理伤春曲，把金钗、枕畔细敲。书寄与、天涯去，并相思、红泪一包。

（《阳春白雪》卷六）

[集评]

白屋闲人云："用俗俚语，吐相思情。细节处生动。"

满江红

和陈漕使仙湖韵①

莫是西湖，分一派、残波剩碧。闲问著、莺仙丹事②，老榕知得。荇水带长鸥踏损，柳风絮暖鱼吞入。只前山、依旧汉时青，晴还湿。　亭疏好，何消密。花少好，无多植。听黄鹂三请，要诗翁出。消渴泉斟寒玉液，留题石剥苍苔色。叹而今、翻羡□南春，乾坤窄。

（《阳春白雪外集》）

［注释］

①仙湖：名仙湖者甚多。据“老榕”句，当指在闽、粤之仙湖。据乐雷发《怀萧二诗》：“未曾相见已相知，楚粤江仙棣萼诗。”则其确曾官粤。

②莺仙丹事：不详。

萧泰来

萧泰来（约公元1240年前后在世），字则阳（《江西通志》云字阳山），号小山，临江人。萧㫤之弟。南宋理宗绍定二年（1229）进士。宝祐元年（1253），自起居郎出守隆兴府，官至御史。因附谢丞相（方叔），为右司李伯玉所劾。泰来工诗词，有《小山集》。

霜天晓月

梅

千霜万雪，受尽寒磨折。赖是生来瘦硬，浑不怕、角吹彻。　　清绝，影也别。知心惟有月①。原没春风情性，如何共、海棠说。　　（《绝妙好词》卷三）

[注释]

①“清绝”下三句：被陆辅之《词旨》录为警句。

[集评]

查礼云：“小山尝有《霜天晓角》咏梅……命意措词，自觉不凡。而于乐章风格，亦见雅俊，较之徒事艳冶绮语者，其身分高若干等第。”（《铜鼓书堂词话》）

李佳云：“不乏警句，摘而出之，遂觉片羽可珍。”（《左庵词话》卷下）

陈廷焯云：“词贵浑涵。刻挚不能浑涵，终属下乘。……萧泰来《霜天晓角》一阕，亦犯此病。”（《白雨斋词话》卷六）

满江红

寿大山兄

七十人稀，尝记得、少陵旧语[①]。谁知道、五园庵主，寿今如许。书底青瞳如月样，镜中黑鬓无双处。与人间、世味不相投，神仙侣。　　文汉史，诗唐句。字晋帖，碑周鼓[②]。这千年勋业，一年一部。晔晔紫芝商隐皓[③]，猗猗绿竹淇瞻武[④]。问先生、何处更高歌，凭椿树[⑤]。[⑥]

（《翰墨大全》丙集卷十四）

［注释］

①"七十人稀"二句：用唐杜甫（自称少陵野老）《曲江二首》之一"酒债寻常行处有，人生七十古来稀"诗句之意。　②"文汉史"四句：谓大山文如汉史（司马迁《史记》和班固《汉书》），诗如唐人，字如晋人，碑刻手段如周代之石鼓文。　③紫芝：灵芝草，可生千年。为延年益寿之药。　商隐皓：指汉初商山四隐士，四人鬚眉皆白，德高望重，因以"商山四皓"称之。　④"猗猗"句：暗用《诗经·卫风·淇奥》"瞻彼淇奥，绿竹猗猗"句意，用流水不断、绿竹常青为兄长祝寿。　⑤椿树：用《庄子·逍遥游》"上古有大椿者，以八千岁为春，八千岁为秋"。　⑥唐氏按：《历代诗馀》卷五十五误作晏几道词。

马天骥

马天骥，生卒不详，字德夫，号方山，衢州（今属浙江）人。理宗绍定二年（1229）登进士第。初为著作郎，假司马光五规之名，条上时弊，词旨切直。淳祐七年（1247），自考功郎官除秘书少监。宝祐四年（1256），自试尚书礼部侍郎除同签书枢密院事；五年（1257），端明殿学士提举临安洞霄宫。终庆元府沿海制置使。后褫职居于信州。

城头月

赠梁弥仙①

城头月色明如昼，总是青霞有②。酒醉茶醒，饥餐困睡，不把双眉皱。　坎离龙虎勤交媾③，炼得丹将就。借问罗浮鹤侣④，还似先生否。（《花草粹编》卷四）

［注释］

①梁弥仙：广州斗南楼道士。　②青霞：弥仙号。　③坎离龙虎：道家语，指水火及阴阳二气。宋朱熹《考异》云："坎离、水火、龙虎、铅汞之属，只是互换其名，其实只是精气二者而已。精，水也，坎也，龙也，汞也。气，火也，离也，虎也，铅也。"　交媾：交结，结合也。　④罗浮：山名，在广东增城、博罗一带。长达百馀里，峰峦四百馀，风景秀丽。相传罗山之西有浮山，本为蓬莱之一阜，浮海而来与罗山连体而成罗浮山。人称晋之葛洪修炼于此，得道飞升。山上有洞，为道教之第七洞天。

黎道静

黎道静，道士。住持广州之斗南楼。其生卒年及事迹不详。

城头月

阳光子夜开清昼，照了无何有。弱水蓬莱[1]，河车忽动[2]，万顷金波皱。　　红铅墨汞相交媾，片饷丹成就。把握阴阳，一钟造化，此诀人知否。

（清刻《李忠简公文溪集》附录《忠简先公事文考》）

［注释］

①弱水：与蓬莱仙岛一般，皆指神仙去处，古籍所载弱水甚多，均在西方绝远之处。如旧题东方朔《十洲记》云："凤麟洲在西海之中央……洲四面有弱水绕之，鸿毛不浮，不可逾也。"　②河车：道教炼丹人称北方正气为河车，认为铅汞与河车相合，始能炼成仙丹。

黄判院

黄判院，名号、生平、事绩均不详。

满庭芳

寿黄状元　三月初八[①]

桃浪翻花，柳风飘絮，翠蓂八叶呈芳[②]。奎星初度[③]，箕宿耀祥光[④]。元是降神崧岳，生英杰、奇伟非常。文章士，青春未老，一鹗快飞黄[⑤]。　　登瀛，平步上，鳌头独占，头角轩昂。主琼林宴席，荣冠绿衣郎。归侍彩俱庆[⑥]，逢生旦、品上椒觞[⑦]。从今去，公侯谈笑，福寿等天长。

（《翰墨大全》丁集卷二）

[注释]

①黄状元：黄朴，福州人。绍定二年（1229）状元。　②翠蓂：蓂荚，古代传说中的瑞草。　③奎星：本为二十八宿之一白虎七宿之首宿，因奎星屈曲相钩似文字之画，故后人称文运为“奎”。此处喻指黄状元。　④箕宿：二十八宿之一，即东方苍龙七宿中之末宿。　⑤鹗：水上猛禽，鹰。江东人呼为鹗。　飞黄：传说中的神马。《淮南子·览冥训》：“青龙时驾，飞黄伏早。”注曰：“飞黄，乘黄也。出西方，状如狐，背上有角，寿千岁。”　⑥唐氏按：此句缺一字，疑“彩”下夺“衣”字。　⑦“逢生旦”句：古俗，节日时子孙向家长进献用椒实浸过的酒。

薛　泳

薛泳，生卒年及事迹均不详。字沂叔，号野鹤，天台人。尝师事赵师秀。

青玉案

守　岁

一盘消夜江南果①，吃果看书只清坐。罪过梅花料理我。一年心事，半生牢落②，尽向今宵过。　　此身本是山中个，才出山来便希差。手种青松应是大。缚茅深处③，抱琴归去，又是明年话。　　（《深雪偶谈》）

［注释］

①一盘消夜江南果：据《词苑萃编》引《词苑》云，“此薛泳沂叔客中守岁词也。沂叔久客江湖，濒老怀归，遂赋此词”。　②牢落：寥落、孤寂。③缚茅：筑茅屋。

［集评］

丁绍仪云：“语虽俚俗，意致颇佳，垂老他乡，读之凄悒。”（《听秋声馆词话》）

徐元杰

徐元杰（？—1245），字仁伯，信州上饶（今属江西）人。幼颖悟，日读数千言，从朱熹门人陈文蔚为师，又师事真德秀。理宗绍定五年（1232）进士第一。嘉熙二年（1238）召为秘书省正字，差知南剑州，以理化民，民多感悦。累官国子祭酒，权中书舍人，授侍左郎官兼崇正殿说书，后拜工部侍郎转一官致仕。淳祐五年（1245），以反对史嵩之丧中起复，得暴疾卒。谥号忠愍。元杰著有《梅埜集》十二卷传于世。

满江红

以梅花柬铅山宰

似玉仙人，三载相见，西湖清客。　不碎、一团和气，只伊消得。雪里水中霜态度，腊前冬后春消息。看帘垂、清昼一张琴，中间著。　寒谷里，轻回脚。魁手段，堪描摸。唤东风吹上，兰台芸阁。只怕傅岩香不断①，摩挲商鼎羹频作②。管一番滋味一番新，今如昨。

（《梅埜集》卷十二）

［注释］

①傅岩：古地名，传为殷高宗（武丁）得贤臣傅说处。《尚书·说命》注云“说筑傅岩之野”。此处似比喻贤士之在野，下句亦如此意。　②商鼎：对照前句，此处似用商汤之贤相伊尹的典故。史称伊尹本是汤妻陪嫁之媵奴，善烹调。《鲁连子》说他“负鼎佩刀以干汤”，后终助汤兴商。

国学生

沁园春

挽徐元杰

三学上书[①],冤乎天哉,哲人已萎。自纲常一疏,为时太息,典刑诸老,尽力扶持。方哭南床[②],继伤右揆[③],死到先生事可知。伤心处,笑寒梅冷落,血泪淋漓。　人心公论难欺。愿君父、明明悟此机。昔九龄疏谏,禄山必叛[④],更生累奏,王氏为危[⑤]。变起范阳[⑥],祸成新室[⑦],说著当年人噬脐[⑧]。君知否,但皇天祚宋,此事无之。

(《湖海新闻夷坚续志》后集卷二)

[注释]

①三学:唐有三学。一曰国子学,三品以上官员子弟习学处;二曰太学,五品以上官吏子弟习学处;三为四门学,七品以上官吏及平民之子弟俊异者就学处。　②南床:据《通典·职官》载,“侍御史食坐之南设横榻,谓之南床。”后遂以南床为侍御史之代称。　③右揆(kuí):右丞相的代称。　揆:本作筹度、管理解,因宰相管理百事,故亦称其职位为揆或揆席。　④“九龄疏谏”二句:指唐玄宗开元年间的宰相张九龄曾上疏预言安禄山必反的故事。　⑤“更生累奏”二句:更生,即西汉经学家刘向,本名更生,曾仕宣帝、元帝、成帝朝,向因为汉室宗亲,直言敢谏,曾屡次向成帝上书言王莽之必篡。　⑥变起范阳:指唐玄宗天宝十四年(755),安禄山(平卢、范阳、河东三镇节度使)以诛杨国忠为名,在范阳(今北京)起兵叛乱事。　⑦祸成新室:指西汉孺子婴初始元年(公元8年)王莽代汉称帝改国号曰新。　⑧噬脐:喻后悔已晚。

陆　叡

陆叡（？—1266），字景思，号云西，会稽（今浙江绍兴）人。陆佃五世孙。理宗绍定五年（1232）进士。淳祐中沿江制置使参议。宝祐五年（1257），自礼部员外郎除秘书少监，又除起居舍人。景定五年（1264）任中大夫，集英殿修撰，江南东路计度转运副使兼淮西总领。度宗咸淳二年卒。

瑞鹤仙

梅

湿云黏雁影。望征路愁迷，离绪难整。千金买光景。但疏钟催晓，乱鸦啼暝。花悰暗省。许多情、相逢梦境。便行云、都不归来，也合寄将音信[①]。　孤迥。盟鸾心在[②]，跨鹤程高，后期无准。情丝待剪。翻惹得，旧时恨。怕天教何处，参差双燕，还染残朱剩粉。对菱花、与说相思，看谁瘦损。（《全芳备祖》前集卷一“梅花门”）

［注释］

①合：该。　②盟鸾：当作“盟鸥”。与鸥为友、言无机心而不猜。

八声甘州

送翁时可如宛陵[①]

问缠腰跨鹤、事如何，人生最风流。怕江边潮汐，世间歧路，只是离愁。白马青衫往事，赢得鬓先秋。目送红桥晚，几番行舟。　兰珮空馀依黯[②]，便南风吹水，人也难留。但从今别后，我亦似浮沤[③]。敬亭上[④]、半床琴月，记弹将、寒影落南州。秋声里,塞鸿来后,为尔登楼。

（《阳春白雪》卷六）

［注释］

①翁时可:即翁元龙。　宛陵:今安徽宣城。　②依黯:离怀凄黯貌。　③浮沤:水面上的泡沫。　④敬亭:亭名,在宣城北敬亭山上。

甘　州[1]

寿贾师宪[2]

满清平世界庆秋成[3],看看斗三钱。论从来活国,论功第一,无过丰年。办得闲民一饱,馀事笑谈间。若问平戎策,微妙难传。　　玉帝要留公住,把西湖一曲,分入林园。有茶炉丹灶,更有钓鱼船。觉秋风、未曾吹著,但砌兰、长倚北堂萱[4]。千千岁,上天将相,平地神仙。

（《齐东野语》卷十二）

［注释］

①甘州:即《八声甘州》,词牌名。　②贾师宪:贾似道,宋末权相。③秋成:谷物成熟。　④砌:台阶。　砌兰:阶前兰花。　萱:萱草,又名忘忧、宜男草,即今之金针花。　北堂:北屋正房,古为母亲所居处,故北堂萱或萱堂多用来代指母亲。

史可堂

史可堂，陆叡同时人。生卒年及事迹无所考。

声声慢

和陆景思黄木香①

羞朱妒粉，染雾裁云，淡然苍佩仙裳。半额蜂妆，莫道梳洗家常。碧罗乱萦小带，翠虬寒、一架清香②。春思苦，倚晴娇无力，如待韩郎③。　　密幄笼芳吟夜，任露沾轻袖，月轻空梁。弱骨柔姿，偏解勾引诗狂。遗钿碎金满地，恨无情、风送韶光。闲昼永，看青青、垂蔓过墙。

（《全芳备祖》前集卷十五"荼蘼门"）

[注释]

①注者按：题从《阳春白雪》卷七补。　唐氏按：此首别误作刘之才词，见《词综补遗》卷九。词学丛书本《阳春白雪》此首无撰人姓名。　黄木香：又名荼蘼。　②虬（qiú）：传说中的无角龙。　翠虬：指盘曲苍劲的绿树枝。　③韩郎：指晋人韩寿，寿姿容秀美。被权臣贾充辟为司空掾，充少女贾午见而悦之，以西域贡来之奇香赠寿。贾充察知后，终以女妻寿。

蓦山溪

危阑看月，番做听秋雨。一滴一声愁，似相伴、离人悲苦。笼香袖冷，独立倚西风，红叶落，菊花残，都是关情处。　　如何排遣，赖有高阳侣①。长啸酒垆边，且同赋、秋娘词句②。山翁醉矣③，一笛小楼空，思往事，看孤云，目断征鸿去。

（《阳春白雪》卷七）

[注释]

①高阳侣:此处指酒中的伙伴。 高阳:城邑名,故址在今河南杞县西。汉刘邦兵过高阳,谋士郦食其入谒,自称为高阳酒徒。 ②秋娘:唐人杜秋娘,金陵女也,年十五为李锜妾。后锜叛灭,秋娘籍入宫中,有宠于宪宗。穆宗即位,命秋娘为皇子傅姆。皇子壮,封漳王。后王被罪废削,秋娘因赐归故里。杜牧遇金陵,感秋娘穷且老,为之赋《杜秋娘诗》。③山翁醉矣:《晋书 · 山简传》记,“山简每出嬉游,多之池上,置酒辄醉,名之曰高阳池”。

陈　诜

陈诜,生卒不详,湘(今湖南)人。登进士第,授岳阳教官。与陆叡同时且有交游。

眼儿媚

饯　别①

鬓边一点似飞鸦,休把翠钿遮。二年三载,千拦百就②,今日天涯。　　杨花又逐东风去,随分入人家。要不思量,除非酒醒,休照菱花。③　　(《山房随笔》)

[注释]

①唐氏按:《贵耳集》卷下以此首为与杨万里同时之某教授作,与陈诜时代不同而同为教授,盖传闻异辞,未知孰是。此首别又误入赵长卿《惜香乐府》卷八。　②千拦百就:千方百计挽留,遮挡,不放归。　③注者按:据清人叶申芗《本事词》载,此词系岳州教职陈诜与所恋之营妓江柳别离时,陈私赠江柳之作。

余桂英

余桂英,生卒不详,字子发,号野云。《绝妙好词》与《浩然斋雅谈》俱周密作,但一作余桂英,一作俞桂英,未知孰是。

小桃红

芳草连天暮,斜日明汀渚。懊恨东风,恍如春梦,匆匆又去。早知人、酒病更诗愁,镇轻随飞絮。 宝镜空留恨[①],筝雁浑无据。门外当时,薄情流水,如今何处。正相思、望断碧山云,又莺啼晚雨。 (《绝妙好词》卷六)

[注释]

①“宝镜”句:用南朝徐德言乐昌公主破镜之典。

[集评]

王闿运云:“余桂英《小桃红》‘芳草连天暮’比桃花依旧者更深悲感。”(《湘绮楼评词》)

曾原郕

曾原郕，生卒不详，字子周，号楚山。宁都（今属江西）人，曾原一之从弟。东湖书院山长。

八声甘州

东阳岩

问岩云朵朵为谁飞，向来读何书。道江南名宦，掉头勿顾，彩服归与[①]。无限山中风物，今古属潜夫[②]。渺渺辽天鹤[③]，应费招呼。　漫说缁巾缟带[④]，与豸冠犀剑[⑤]，忧乐如何[⑥]。渐桥横采石[⑦]，国步已趦趄[⑧]。想归来、顿成憔悴，叹季鹰、闻早忆莼鲈[⑨]。丹泉冷，崖钟绝响，夕照啼乌。（《永乐大典》卷九千七百六十三“岩”字韵引曾楚山词）

[注释]

①归与：该回去了吧？“与”通“欤”。　②潜夫：隐者。　③辽天鹤：用辽东丁令威化鹤归辽典。　④缁巾：黑色包髪巾。　缟带：白色生绢制的带，指平民装束。　⑤豸（zhì）冠：古代执法官吏所戴之冠，又名獬豸冠。《晋书·舆服志》谓：獬豸，神羊，能触邪佞，所以用其形制成刑官所戴之冠。　⑥如何：“何”字失韵。疑为“如何”之倒置。　⑦采石：采石矶，地名，在安徽当涂西北，为牛渚山突入江中之矶，长江最狭处，历来是南北战争必争之地。　⑧国步：时运，国家的命运。　趦趄（zī jū）：欲进不前。⑨季鹰：晋人张翰，字季鹰。　莼鲈：《晋书·张翰传》载，张季鹰被齐王冏辟为大司马东曹掾，因见秋风起，乃思念家乡吴郡之莼羹、鲈脍，曰：“人生贵得适志，何能羁宦数千里以要名爵乎”，遂命驾而返。此处用作辞官归乡之典。　莼（chún）：一名水葵，生于水面。

木兰花

甘泉岩[①]

断崖抛雪瀑，又潜溜、入山跟。听暗壁潺湲，山中紫雾，山下红云。当年七僧甚处，但空馀、老刹靠嶙峋。底事神粮不幻[②]，翠窝剩积香尘。　纷纷。结社种莲人[③]。名氏已无闻。看银书般若[④]，金陵故国，斜敕空存[⑤]。争得十虚销殒[⑥]，为让皇、冤魄脱沉沦[⑦]。往事犹堪一笑，岩花乱点乌巾。

（《永乐大典》卷九千七百六十四"岩"字韵引曾楚山词）

[注释]

①甘泉岩：在江西宁都，岩上有七佛寺。　②"底事"句：《嘉靖赣州府志》载，东阳岩上有石窦。"幻米给僧众，后有穿凿求赢者，其米遂绝，只出糠粃。"　③"结社"句：晋释慧远等十八人于庐山东林寺结社修行，于池中种白莲，因称白莲社。　④银书：指碑铭文字。　般(bō)若：梵语，犹言智慧，或曰脱离妄想，归于清静。　⑤"金陵"二句：指南唐小朝廷的敕命空自保留下来。　⑥十虚：未详。疑为十业消尽之意。　⑦让皇：南唐先主李昇于吴天祚三年受吴禅，尊吴睿帝杨溥为让皇帝。迁之于润洲丹阳宫。年馀以幽死。

许 棐

许棐（？—1249年），字忱父（一作忱夫），海盐（今属浙江）人。约生于南宋宁宗（赵扩）朝，嘉熙中（1239年左右）隐于秦溪，植梅于屋之四檐，自号曰“梅屋”，四壁储书数千卷，中悬白居易、苏轼画像。棐诗文颇丰，有《献丑集》、《梅屋诗稿》、《梅屋诗馀》传于世。

三台春曲

昨夜微风细雨，今朝薄霁轻寒①。檐外一声啼鸟，报知花柳平安。

[注释]

①薄霁：微晴。　霁：雨止。

三台春曲①

春是人间过客，花随春不多时。人比花尤易老，那堪终日相思。　　（以上二首见《梅屋四稿》）

[注释]

①唐氏按：三台乃唐曲，收入《尊前集》。此二首虽见于许棐诗集中，未入词集，而其调名及字数句法，与唐曲无异。

[集评]

白屋闲人云：“平浅清新两备，悲春伤老并全。”

谒金门

微雨后，染得杏腮红透。春色好时人却瘦，镜寒妆不就。　　柳外一莺啼昼,约略情怀中酒。困起半弯眉印袖,髻松簪玉溜。

鹧鸪天

翠凤金鸾绣欲成,沉香亭下款新晴。绿随杨柳阴边去,红踏桃花片上行。　　莺意绪,蝶心情。一时分付小银筝[①]。归来玉醉花柔困,月滤窗纱约半更。

[注释]

①分付:付与。

柳　枝

冷迫春宵一半床,懒熏香。不如屏里画鸳鸯,永成双。　　重叠衾罗犹未暖,红烛短。明朝春雨足池塘,落花忙。

小重山

正是拈芳采艳时。连朝风雨里,掩朱扉。强排春恨剪新词。词未就,莺唱缕金衣[①]。　　云薄弄晴晖。试穿花径去,拣双枝。紫香红腻著罗衣。簪不尽,瓶里顿将归[②]。

[注释]

①缕金衣:曲调名。即《金缕衣》。　②顿:上下颠动使取齐。　将归:疑为“将离”之误。指芍药。

满宫花[1]

懒抟香，慵弄粉。犹带浅酲微困[2]。金鞍何处掠新欢，偷倩燕寻莺问。　　柳供愁，花献恨。衮絮猎红成阵[3]。碧楼能有几番春，又是一番春尽。

[注释]

①唐氏按："花"原作"春"，参据《词律》、《词谱》改。　满宫花：调见《花间集》，尹鹗《赋宫怨词》有"满地禁花慵归"句，取以为名。　②酲：病酒。　③猎：猎猎，随风飘拂貌。　红：落花。

浣溪沙

欲把香缯暖缬裁[1]，玉箱金锁又慵开。一杯茶罢上春台。　　方向柳边揉碧缕，又从花畔并红腮。不知凝待阿谁来。

[注释]

①缬（xié）：印染花纹的丝织品。

更漏子

泪淹红，腮褪粉。等得玉销花损。羞阮凤[1]，怯筝鸾。指寒无好弹。　　一庭雪，半窗月。又是独眠时节。孤枕怨，小屏愁。天涯梦里游。

[注释]

①阮：古琵琶的一种，形如月琴。　凤：阮琴上文饰。

荷叶杯

鹊踏画檐双噪，书到。和笑折封看。归程能隔几重山，远约数宵间。　　准备绣轮雕辔，游戏。说与百花知。莫教枝上一红飞。留伴玉东西[①]。

［注释］

①玉东西：酒杯。玉是形容酒色。语出黄庭坚诗句“佳人斗南北，美酒玉东西”。

夜行船

一辔东风留不住。离歌断、日斜春暮。多事啼莺，妒情飞燕，一路送人归去。　　文君自被琴心误[①]。却惆怅、落花飞絮。锦字机寒[②]，玉炉烟冷，门外乱山无数。

［注释］

①“文君”句：指卓王孙之女文君新寡，司马相如以琴心挑之，文君夜奔相如的典故。见《史记·司马相如列传》。　②“锦字”句：用前秦窦滔妻苏蕙织锦回文以寄的典故。见《晋书·列女列传》。

应天长

溅紫飘红风又雨，一刻韶芳留不住。燕吞声，莺谇语[①]。待得晴来人已去。　　怯新歌，怜旧舞。冷落艳腔芳谱。要识此时情绪，豆梅酸更苦[②]。

［注释］

①谇（suì）语：责让、埋怨之语。　②豆梅：如豆大的梅子。

喜迁莺

鸠雨细[①]，燕风斜，春悄谢娘家[②]。一重帘外即天涯，何必暮云遮。　钏金寒，钗玉冷，薄醉欲成还醒。一春梳洗不簪花，孤负几韶华。

[注释]

①鸠雨：古谓鸠鸣唤雨。　②谢娘：泛指妓女。典出《世说新语·识鉴》中“谢公（安）在东山畜妓”条。

虞美人

杏花窗底人中酒，花与人相守。帘衣不肯护春寒，一声娇嚏两眉攒[①]。拥衾眠。　明朝又有秋千约，恐未忺梳掠。倩谁传语画楼风。略吹丝雨湿春红，绊游踪。

[注释]

①一声娇嚏：古代传说人打喷嚏是因为有人思念。

清平乐

凤双鸾偶，天上人间有。檐玉无声花影瘦，夜浅春深时候。　别来几度寒宵，六桥风月迢迢[①]。灯下有谁相伴，一方红湿鲛绡。

[注释]

①六桥：浙江杭州市西湖上，有六桥曰映波、锁澜、望山、压堤、东浦、跨虹。

山花子

挼柳揉花旋染衣，丝丝红翠扑春辉。罗绮丛中无此艳，小西施。　　腰细最便围舞帊[①]，袖寒时复罩香匜[②]。误点一痕残泪粉，怕人知。

[注释]

①舞帊：舞巾。　②匜（yí）：又名虎头彝。古代洗手盛水用具，或亦作燃香取暖用。

琴调相思引

组绣盈箱锦满机[①]，倩谁缝作护花衣。恐花飞去，无复上芳枝。　　已恨远山迷望眼，不须更画远山眉[②]。正无聊赖，雨外一鸠啼。

[注释]

①组绣：丝带。　②远山眉：画作远山长的弯眉。汉刘歆《西京杂记》卷二有“（卓）文君姣好，眉色如望远山”之句。

画堂春

一绡香暖看灯衣，领珠襟翠争辉。金球斜亸雪梅枝[①]，著带都宜。　　桃艳妆成醉脸，柳娇移上歌眉。一轮蟾玉堕花西[②]，携手同归。

[注释]

①亸（duǒ）：下垂的样子。　②蟾玉：玉色之蟾蜍，古代神话谓月中有蟾蜍，因以“蟾蜍”或“蟾”代指月亮。

相见欢

绣围春水锦笼山，冶游天[①]。可惜连朝中酒、怯秋千。

妆楼暖，朱帘卷，燕斜穿。冲落两三花片、镜台边。

[注释]

①冶游：野游，唐宋时亦多指狎妓为冶游。

后庭花

一春不识西湖面，翠羞红倦。雨窗和泪摇湘管[①]，意长笺短。　　知心惟有雕梁燕，自来相伴。东风不管琵琶怨，落花吹遍。（以上双照楼本《梅屋诗馀》）

[注释]

①湘管：毛笔，以湘竹为杆者，故称湘管。

[集评]

谢章铤云："然唐宋人长短句数百家，……以诗馀名者不过廖省斋、许梅屋、吴履斋数人……故诗馀指声音则可，指体制则未可。"（《赌棋山庄词话》卷十二）

况周颐云："《后庭花》云：'东风不管琵琶怨，落花吹遍。'亦复吹嚼花蕊，雕锼琼莹，非香径红楼中人，不能道其只字。"（《历代词人考略》）

唐圭璋云："（《梅屋诗馀》）共十八阕，皆小令，饶有宋初气息。南宋人词，多长短杂陈，幽愤满纸。惟此则异。盖心在江湖，早忘朝市之风尘矣。十八阕，阕阕皆佳……写情写景，刻画入微，宛然花间遗韵。"（《读词札记》）。

白屋闲人云："许梅屋善作词家语。几篇篇跃出纤柔清丽、千回百转之句，蕴聚着不尽春光、无限风情。"

陈　策

陈策(1200—1274),字次贾,号南墅,上虞(今属浙江)人。曾入马申幕,主机宜文字。积阶至训武郎。生平事迹不详。咸淳十年卒,年七十五。

摸鱼儿

仲宣楼赋[①]

倚危梯、酹春怀古[②],轻寒才转花信[③]。江城望极多愁思,前事恼人方寸。湖海兴。算合付元龙,举白浇谈吻[④]。凭高试问。问旧日王郎,依刘有地,何事赋幽愤[⑤]。
沙头路,休记家山远近。宾鸿一去无信[⑥]。沧波渺渺空归梦,门外北风凄紧。乌帽整。便做得功名,难绿星星鬓。敲吟未稳。又白鹭飞来,垂杨自舞,谁与寄离恨。

[注释]

①仲宣楼:宋淳祐十年(1250),贾似道为制置使,重修是楼。夏六月贾迁任去,后任者继之,腊月二十五日告成。此词当作于落成时。　仲宣楼:据《文选·王粲〈登楼赋〉》李善注,“盛弘之《荆州记》曰‘当阳城楼,王仲宣登之而作赋’。”刘良注:“董卓作乱,仲宣避荆州依刘表,遂登江陵城楼,因怀旧而有此作。”二说不同,此处似指江陵城楼为仲宣楼。　②酹春:以酒洒地表示祭奠曰酹,此处据上句“轻寒才转”意,似是以酒洒地迎春之方至。　③花信:古人认为从梅花到楝花,共有二十四番花信随候。花信谓花信风。　④白:酒杯或罚酒之杯。　浇谈吻:谓喝酒畅论。　⑤“问旧日王郎”三句:指王粲(字仲宣)在荆州依刘表时,登楼作赋事。　⑥宾鸿:鸿雁。应节来去,有如宾客,故名。

满江红

杨花

倦绣人闲，恨春去、浅颦轻掠。章台路[1]，雪黏飞燕，带芹穿幕[2]。委地身如游子倦，随风命似佳人薄。叹此花、飞后更无花，情怀恶。　心下事，谁堪托。怜老大，伤飘泊。把前回离恨，暗中描摸[3]。又趁扁舟低欲去，可怜世事今非昨。看等闲、飞过女墙来[4]，秋千索。

（以上二首见《绝妙好词》卷三）

［注释］

①章台路：章台，秦汉时宫名，因宫中有章台而得名。在今陕西长安县故城西南。台下有街名章台街，汉时大臣朝会罢后，往往经过此处。多歌馆妓楼为风流渊薮。　②芹：芹泥。燕子用以筑窝的泥。　③描摸：捉摸。　④女墙：原指内城墙，此处指顶端呈曲线形的矮墙。

李昴英

李昴英(1201—1257),字俊明,番禺(今属广州)人。宋理宗宝庆二年(1226)进士。绍定间,任临汀推官。嘉熙初,历秘书郎、宗正丞、著作郎。嘉熙三年(1239),直秘阁福建提举。淳祐初,官吏部郎,累擢龙图阁待制,吏部侍郎。在职不畏强暴,史嵩之、贾似道等俱为所劾。理宗尝谓其"南人无党"。后归隐文溪。因自号文溪。享年五十七岁。卒谥忠简。昴英有《文溪存稿》二十卷、《文溪词》一卷传于世。

兰陵王

燕穿幕,春在深深院落。单衣试,龙沫旋薰[①],又怕东风晓寒薄。别来情绪恶。瘦得腰围柳弱。清明近,正似海棠,怯雨芳踪任飘泊。　钗留去年约。恨易老娇莺,多误灵鹊[②]。碧云杳渺天涯各。望不断芳草,更迷香絮,回文强写字屡错[③]。泪欲注还阁。　孤酌。住春脚。便彩局谁忺[④],宝轸慵学[⑤]。阶除拾取飞花嚼。是多少春恨,等闲吞却。阑干猛拍,叹命薄,悔旧诺。

[注释]

①龙沫:珍贵香料。又名龙涎、龙泄。和以其他香料,其香浓烈久不散。用作熏香可以消暑毒。　②灵鹊:即喜鹊。五代后周王仁裕《开元天宝遗事》有"时人之家,闻鹊声皆为喜兆,故谓灵鹊报喜"。　③回文:迴文。指诗词字句回旋往返都能成诵者。《晋书·列女列传》载:苏蕙(字若兰),丈夫窦滔远徙流沙,苏蕙思念,因织锦作回文旋玑图诗赠滔。　④彩局:局指棋盘,彩局指下围棋。　忺(xiān):欢欣。　⑤轸:本为转动琴弦的木柱,作调声用。此处喻指琴瑟乐器。

[集评]

杨慎云："绝妙！可并秦、周。"（《词品》卷五）

李调元云："升庵独称《兰陵王》一阕，最为有眼。如'阶除拾取飞花嚼，是多少春恨，等闲吞却'句，前人所未经道。"（《雨村词话》卷三）

摸鱼儿

晓风痴、绣帘低舞。霏霏香碎红雨。燕忙莺懒春无赖[1]，懒为好花遮护。浑不顾。费多少工夫，做得芳菲聚。休颦百五[2]。却自恨新年，游疏醉少，光景恁虚度。

猊烟瘦[3]，困起庭阴正午。游丝飞絮无据。千林湿翠须臾遍，难绿鬓根霜缕。愁绝处。怎忍听，声声杜宇深深树。东君寄语[4]。道去也还来，后期长在，紫陌岁相遇[5]。

[注释]

①无赖：无奈、无可奈何。 ②休颦：不要皱眉发愁。 百五：一百五日，谓寒食日。自冬至到寒食恰一百零五日。寒食节多有疾风骤雨。 ③猊：狻猊，狮子。此指狮形香炉。 ④东君：此处指司春之神。 ⑤紫陌：帝都郊野之路。

[集评]

潘飞声云："缠绵丽密，置之《清真集》中不能辨。"（《粤词雅》）

摸鱼儿

用古"买陂塘旋栽杨柳"韵[1]

敞茅堂、茂林环翠，苔矶低蘸烟浦。青蓑混入渔家社[2]，斜日断桥船聚。真乐处。坐芳草，瓦樽满酒频频注。皋禽自舞[3]。惯松径穿云，梅村踏雪，朗笑自来去。

车乘坠，争似修筇稳步。前尘回首俱误。安闲得在中年好，抱瓮尚堪蔬圃。高眼觑。算不识、人间宠辱除巢许[4]。风篁解语。应共笑群狙，无端喜怒，三四计朝暮[5]。

[注释]

①即北宋晁补之《摸鱼儿》词。 ②注者按："社"原误作"杜"，从陆贻典、毛扆校汲古阁本《文溪词》。 ③皋禽：鹤。"鹤鸣九皋，声闻于野。"见《诗经·小雅·鹤鸣》。 皋：泽畔。 ④巢许：上古高士巢父与许由。相传尧闻许由贤，欲让天下予许由，由不欲闻之，洗耳于颍水之滨，巢父正饮牛颍水，闻之惧污牛口而牵牛上流饮之。后人以此二人为隐居不仕的典范。 ⑤"应共笑群狙"三句：该典出自《庄子·齐物论》，"狙公赋芧，曰'朝三而暮四'，众狙怒。曰'然则朝四而暮三'，众狙皆悦。" 狙(jū)：猿猴之属。

摸鱼儿

五羊郡圃筑壮猷堂落成

绕西园、粉笼千雉[1]，镜池屏石天造。主人意匠工收拾，华屋落成闻早。轮奂巧[2]。望缥缈、五云深处移蓬岛。油幢羽葆[3]。指貔虎长驱[4]，鲸鲲网取，电走捷旗报。
铙吹发，回庑连屯饮犒。海山波静烟扫。纶巾萧散环珠履[5]，春满绿杨芳草。人境好。是握穗五翁[6]，福地无尘到。芝书在道。便整顿乾坤，经营万宇，栋国要元老。

[注释]

①雉：城墙丈量单位，长三丈高一丈为一雉。 ②轮奂巧：言堂宇之壮丽。《礼记·檀弓下》："晋献文子成室，晋大夫发焉。张老曰：'美哉轮焉，美哉奂焉。'"注：轮，言高大。奂，言众多。 ③油幢：油彩画饰的车帷。 羽葆：仪仗名。以鸟羽注于柄端如盖，谓之羽葆。隋、唐时，诸王、大臣有功者加羽葆。 ④貔(pí)：猛兽名，似虎，或曰似熊。 貔虎：用以

喻猛士。 ⑤纶巾：古时用青丝带编的头巾，又名诸葛巾。 ⑥握穗五翁：典出《太平寰宇记》，据载：古时有五仙翁乘五色羊、执六穗秬(jǔ)抵南粤之地。其后这里便成了福地，州厅梁上也开始绘画五仙人及五羊像。这便是广州别名五羊城或羊城的因由。

摸鱼儿

送王子文知太平州①

怪朝来、片红初瘦，半分春事风雨。丹山碧水含离恨，有脚阳春难驻。芳草渡。似叫住东君，满树黄鹂语。无端杜宇。报采石矶头，惊涛屋大，寒色要春护。 阳关唱②，画鹢徘徊东渚③。相逢知又何处。摩挲老剑雄心在，对酒细评今古。君此去。几万里东南④，隻手擎天柱。长生寿母。更稳步安舆⑤，三槐堂上⑥，好看彩衣舞。

［注释］

①王子文：王埜字子文，金华人。官至江东安抚使。 ②阳关：地名，在今甘肃敦煌县西南，以居玉门关之南而名，为古代通西域要隘。 阳关唱：则指送别之曲调《阳关三叠》。 ③画鹢：船。 鹢：大鸟。《晋书·王濬传》："画鹢首怪兽于船首，以惧江神。"后因称船为画鹢。 ④几万里东南：当指太平州，该词为送王子文知太平州。宋之太平州，治所在今安徽当涂。 ⑤安舆：老年人和妇女乘坐的车。 ⑥三槐堂：相传周代宫廷外有三槐树，朝见天子时，三公面槐而立。因三槐为三公之位，故后世以三槐比喻三公一类的高级官位。宋王旦之父祐在其庭中种槐树三棵，说："吾之后世，必有三公者。"所以王氏堂号三槐堂。

［集评］

沈雄云："其送郡守'有脚阳春难驻'知名于时。"（《古今词话·词评上卷》）

李调元云："（李昴英）因《摸鱼儿》词送太平州太守王子文词得名。

叔暘亦止选此一调,称为'词家射雕手'。今按其词有'长生寿母……好看彩衣舞'句,乃献寿俗套谀词,不知当日何以得名。"(《雨村词话》卷三)

白屋闲人云:"不以一眚掩大德,岂因一瑕遮其瑜,况前有"隻手擎天柱"句,已寄国事于词心矣!"

贺新郎

陪广帅方右史登越台[①]

绣谷流明帜。稳飞舆、茵柔草碧,盖攲松翠。遨首意行穷绝顶,彩榭千年胜地。远峰断、莽苍烟水。护日晴云收午暑,飒长风、振叶生秋思。笼雾炷,飘霞袂[②]。　清明官府歌棠芾[③]。且萧闲事外,下看玉城珠市。山色骄人逢此客,麈尾霏霏露碎。一笑又、羊衔新穗。田野欢声和气合,唤觥船、猛为鱼占喜。谁会得,醉翁意。

[注释]

①方右史:方大琮,字铁庵,淳祐二年为广帅。　越台:越王台,在广州越秀山。　②注者按:"飘"字原作"影",从校本。　③歌棠芾(fú):歌颂升平。　棠:棠梨树。　芾:茂盛貌。典出《诗经·召南·甘棠》"蔽芾甘棠,勿翦勿伐,召伯所茇"。

贺新郎

饯广帅马方山赴召[①]

世羡官高大。又谁知、几多卿相,身荣名坏。我辈相逢无愧色,彼此苍颜健在。又容易、分携越海。写出阳关离别恨,看一行、雁字斜飞界。天下宝,愿自爱。　白衣苍狗须臾改[②]。久冥心、鸡虫得失[③],鹍鹏迟快[④]。君带貂蝉头上立[⑤],老我荷衣草带。肯此膝、向人雅拜。远饯元非趋炎者，二十年、相与形骸外。义金石，更坚耐。

[注释]

①马方山：马天骥，号方山，衢州人。　②白衣苍狗：即“白云苍狗”，比喻世事变幻无常。唐杜甫《可叹》诗：“天上浮云如白衣，斯须改变如苍狗”。　③鸡虫得失：谓事物有得即有失，难以尽如人意。此处比喻得失皆极细微。典出杜甫《缚鸡行》“家中厌鸡食虫蚁，不知鸡卖还遭烹。虫鸡于人何厚薄，吾叱奴人解其缚。鸡虫得失无了时，注目寒江倚山阁”。④鷃鹏迟快：鷃，又作鴳(yàn)，即斥鴳，小雀也。　鹏：鲲鹏，《庄子·逍遥游》中之大鸟。前者只能腾跃数仞而下，后者则能腾空直上九万里，其迟快可知。此处反映鷃迟鹏快均表示看透名利的思想。　⑤貂蝉：古代王公显宦头冠上之饰物，始于汉代武官。《后汉书·舆服志下》：“武冠，一曰武弁大冠……侍中、中常侍加黄金铛，附蝉为文，貂尾为饰……”。此处用以喻达官显贵。

贺新郎

同年顾君景冲云翼经属官舍白莲盛开，招饮水亭

谁种蓝田玉[①]。碧云深、亭亭月上，水明溪曲。羞作时妆儿女态，冷淡冰餐露沐。出尘外、风标幽独。除了留侯无此貌[②]，便何郎、傅粉终粗俗[③]。意凝远，韵清淑。
凉台向晚微风馥。讶银杯羽化[④]，折取戏浮醽醁[⑤]。安得梅花如许大，天遣辟除暑溽。浑不觉、鹭翘鸥浴。可恨妖妃污太液[⑥]，只东林、社友追游熟[⑦]。宜夜看，灿瑶烛。

[注释]

①蓝田：县名，今属陕西。古之美玉称球，次美者称蓝，因此处盛产美玉，故名蓝田。蓝田又因此而指美玉。　②留侯：汉代开国功臣留侯张良，张良面目姣好。《史记·留侯世家》：“太史公曰：‘余以为其人计魁梧奇伟，至见其图，状貌如妇人好女。’”　③何郎：指魏晋人何晏（字平叔）。

《世说新语·容止》:"何平叔,美姿仪而至白。魏明帝疑其傅粉。"刘孝标注引《魏略》曰:"(晏)动静粉帛不去手,行步顾影。" ④银杯羽化:将池中盛开的白莲比作银杯仙化变成。 ⑤醽醁(líng lù):美酒名。 ⑥妖妃:指武则天。因其私眷张易之,有莲花似六郡之称,故言及之。 太液:汉唐宫中水池名。 ⑦东林:指东林寺,在今江西庐山。东晋慧远所建,创净土宗,结社于此。

贺新郎

赋 菊

细与黄花说。是天教、开遇重阳[①],玉裁金屑。老行要寻松竹伴,雅爱山翁鬓雪。任满插、追陪节物。惟有渊明吾臭味,傍东篱、盘薄芳丛撷。便无酒,也清绝[②]。
芒寒色正孤标洁[③]。惯平生、餐霜饮露,倚风迎月。不比芙蓉偏妩媚,不比茱萸太烈。似隐者、萧闲岩穴。至老枝头犹健在,笑纷纷、红紫尘沙汩[④]。香耐久,看晚节。

[注释]

①重阳:农历九月九日为重阳节,正是菊花盛开之时。 ②"惟有渊明"四句:渊明,指东晋大诗人陶潜(渊明),酷爱菊花。萧统《陶渊明传》有"(渊明)尝九月九日出宅边菊丛中坐,久之,满手把菊……"之句,言即便无酒,能对菊坐也自清绝。 盘薄:徘徊。 ③孤标:清峻特出。 ④笑纷纷红紫尘沙汩(gǔ):红紫,指菊花之外的它花。汩,在此作沉没讲,与尘土细沙一齐沉没即尘沙汩。

贺新郎

饯广东吴宪燧时持节宪江西

元日除书湿。到而今、西风老矣,驾轺初入[①]。自是龙颜深注想,孤凤翔而后集。久父老、攀留原隰。庾岭经行梅亦喜，小奚奴、背底惟诗笈。冰雪操，又谁及。

昨来容易风云翕[②]。便三台两地[③]，也只等闲如拾。天马不鸣凡马喑[④]，百步何如五十。况汹汹、波涛方急。此去一言回天力，著高高、百尺竿头立[⑤]。浇磊块[⑥]，快鲸吸[⑦]。

[注释]

①轺（yáo）：使者之车。 ②翕（xī）：合聚貌。 ③三台：星台，象征三公之位。《晋书·天文志上》："三台六星，两两而居，起文昌，列抵太微。……在人曰三公，在天曰三台。" 两地：又称两府，宋代指中书省，枢密院。 ④天马不鸣凡马喑（yīn）：天马，指不平凡的骏马，《史记·大宛列传》名大宛之汗血马为天马。 喑：哑默不鸣。 ⑤注者按："著高高"原作"著著高"，从校本。《宋六十名家词》本作"看著高"。 ⑥磊块：又作块磊，喻胸中不平之气。 ⑦快鲸吸：喻豪饮如长鲸吸百川之状。

贺新郎

再用韵饯吴宪

过雨璇空湿。浩秋香、光浮桂菊，晓风吹入。柳系牙樯应小驻[①]，草草还成胜集。又追趁、牡车原隰。照座玉人风骨耸，想胸蟠、蕊阙琳琅笈[②]。真作者，世难及。

远山云雾工开翕。共朱阑徙倚，总好锦囊收拾[③]。老我只今才思涩，知二争如知十。戛金缕、檀敲休急[④]。访古夷犹行八境[⑤]，忆朝阳、鸣凤台端立[⑥]。笔也醉，砚池吸。

[注释]

①牙樯：饰以象牙的桅杆。 小驻：稍留。 ②蕊阙琳琅笈：天上的珍刊密籍。 ③"总好"句：唐李贺常携锦囊外出行吟，得句即投囊中。 ④戛（jiá）：打击，敲击。 金缕：曲名《金缕曲》，即《贺新郎》，因宋叶梦得词中有"唱金缕"而得名。 檀：檀板，用以节制乐曲疾徐的檀木拍板。 ⑤注者按："八"字原作"短"，从校本。 夷犹：从容不迫貌。 ⑥"忆朝

阳”句:“凤凰鸣矣,于彼高岗。梧桐生矣,于彼朝阳。”见《诗经·大雅·卷阿》。

贺新郎

丙辰自寿、游景泰小隐作

天地中间大。纵遨游、登山临水,散人一个。学易已来秋又六①,肯趁名缰利锁②。得日日、安闲笑过。金马玉堂也曾到,尽不妨、拍手溪头坐。风蒻笠③,月兰舸④。
今朝记是初生我。近小春、黄菊犹葩⑤,早梅将朵。拔宅危巅穷胜践,指点尘寰蚁磨⑥。看涧底、飞泉珠颗。松柏苍苍俱寿相,更千年、雪鹤鸣相和。安期老⑦,举杯贺。

[注释]

①易:《周易》。 秋又六:六易春秋,六年过去。 ②肯:在此解作宁肯、怎肯。 趁:追逐。 ③风蒻笠:风吹头上的蒻笠。 ④月兰舸:月照香木制作的小船。 ⑤小春:农历十月,又称小阳春。 ⑥尘寰:红尘人间。 蚁磨:蚁旋磨,借指沉迷世故,毕生劳碌。譬如蚁行磨石之上,磨左转而蚁右行,磨疾而蚁迟。典出《晋书·天文志》。 ⑦安期:安期生,古代传说中的海上神仙。见《史记·封禅书》。

水龙吟

癸丑江西持宪自寿

唱恭初意如何①,竭来五十三年矣②。犁锄颇熟,诗书粗解,簪绅聊耳。自信柴愚③,真成汲戆④,却无刘腻⑤。向高秋初度⑥,同时有菊,淡相对、风霜里。 最癖登山临水。又何心、蜗名蝇利。俗缘未了,强教肉食,何曾知味。无事微吟,会心微笑,逢场微醉。把日生、只凭安排,领取百十二岁。

[注释]

①唱恭：未详，疑为作者别名。 ②朅（qiè）来：尔来，至今。 五十三年：作者五十三岁，即宝祐元年（1253）。时任江西提刑。 ③柴愚：柴，高柴，孔子弟子。《史记·仲尼弟子列传》云，"柴也愚"。此处以高柴的愚直自比。 ④汲戆：汉武帝时大臣汲黯。《史记·汲黯列传》云，"黯为人性倨，面折，不能容人之过"，"然好学，游侠，任气节，内行修絜，好直谏，数犯主之颜色"，一次，汉武帝因黯直谏，怒，变色而罢朝后"谓左右曰：'甚矣，汲黯之戆也。'"《史记索隐》曰："戆，愚也"。今戆多解作直。 ⑤刘腻：腻，污垢。刘腻，非人名，疑指晋人刘舆。《晋书·刘琨传》："刘舆，舆犹腻也。近则污人。" ⑥高秋：秋高气爽之时。 初度：始生的年时，指生日。《离骚》："皇览揆余初度兮，肇赐余以嘉名。"该词为自祝寿辰之作。

水龙吟

和吴宪韵，且坚郁孤同游之约[1]

驿飞稳驾高秋，迎人满目清新景。秋还有色，芙蓉照水，晨妆对镜。雪卷寒芦，字横过雁，渡浮孤艇。是骚人行处，腔风调月，香满袖、过梅岭。 断岸烟收人静。雨声乾、桐疏枫冷。掀髯独笑，仙翁起舞，卧龙呼醒。近小阳春，为梅也合，迟迟鞭影[2]。更郁孤、一笑追欢，料得坡翁首肯。

[注释]

①郁孤：台名，在江西赣州西北。 ②鞭影：指策马徐行。

水龙吟

观竞渡[1]

碧潭新涨浮花，柳阴稠绿波痕腻。一声雷鼓，半空雪浪，双龙惊起。气压鲸猊，怒掀鳞鬣，擘开烟水。算战争蛮触，雌雄汉楚，总皆一场如此。　　点额许教借一[2]，得头筹、欢呼震地。翻嗤浮世，要津搀进，奔波逐利。鬥了还休，倩渠衔寄，三闾角黍[3]。会风云、快出为霖，可但颔明珠睡[4]。　　（以上明刊本《文溪存稿》卷十六）

［注释］

①竞渡：赛船。　②点额：此处指竞渡中之不胜者。据《水经注·河水》："三月上则渡龙门，（鲤鱼）得渡为龙矣，否则点额而还。"后因指仕途失意、科场落第为点额。　③三闾：指战国时楚三闾大夫屈原。　角黍：指米粽。屈原投汨罗而死后，百姓为纪念他，做米粽投入江中以祀之。　④颔明珠：颔下明珠。《庄子·列御寇》："夫千金之珠，必在九重之渊，而骊龙颔下。"此处似指江水深处。

水调歌头

题舫斋

郭外足幽胜，潮入涨溪流。舫斋小小一叶，老子日遨游。管领白蘋红蓼，披戴绿蓑青箬，直钓任沉浮。玉缕饱鲈鲙[1]，雪阵狎沙鸥[2]。　　个中眠，个中坐，个中讴。个中收拾诗料，觞客个中留。休羡乘槎博望[3]，且听洞箫赤壁[4]，乐处是瀛洲[5]。日月荡双桨，天地一虚舟。

［注释］

①玉缕饱鲈鲙：饱食如玉般晶莹的鲈鱼肉。　②雪阵狎沙鸥：与阵雪

般的洁白沙鸥群相嬉戏。 ③槎：木筏。 博望：西汉张骞封博望侯。传说他曾乘槎到达天河。 ④洞箫赤壁：用苏轼《前赤壁赋》典故。 ⑤瀛洲：此处指传说中的仙山福地。

［集评］

潘飞声云："宋人词多纵笔，而格调仍严。"（《粤词雅》）

白屋闲人云："开头实写，收尾虚拟；开头以小见大，收尾以轻化重。个中五色斑烂，豪气蒸腾。"

水调歌头

题斗南楼和刘朔斋韵①

万顷黄湾口，千仞白云头。一亭收拾，便觉炎海豁清秋。潮候朝昏来去，山色雨晴浓淡，天末送双眸。绝域远烟外，高浪舞连艘。 风景别，胜滕阁②，压黄楼③。胡床老子④，醉挥珠玉落南州。稳驾大鹏八极⑤，叱起仙羊五石，飞佩过丹丘⑥。一笑人间世，机动早惊鸥⑦。

［注释］

①斗南楼：在广州府治后城上。 刘朔斋：名震孙，官至礼部侍郎，中书舍人。刘作已佚。 ②滕阁：滕王阁。旧址在今江西南昌西章江门上，西临大江。为唐代滕王李元婴为洪州都督时所建，因王勃作《滕王阁序》而扬名。 ③黄楼：黄鹤楼。旧址在今湖北武汉市蛇山的黄鹄矶，临长江。 ④胡床：可以折叠的轻便坐具，又名交椅。因由胡地传入而名。 ⑤八极：八方极远之处。 ⑥丹丘：神话中之仙地，昼夜长明之处。《楚辞》屈原《远游》中有"仍羽人于丹丘兮，留不死之旧乡"。 ⑦"机动"句：《列子》里记一个小孩与海鸥游戏，其父让他下次捉取，结果他再去的时候，鸥在空中盘旋不下。

水调歌头

寿参政徐意一[①]

地位到公辅[②]，耆艾过稀年[③]。几人兼此二美，而况是名贤。松柏苍然长健，姜桂老来愈辣，劲气九秋天。鲠鲠撄鳞语[④]，不改铁心坚。　　说武夷，同此月，瑞三仙。公虽居后，环奇伟特却光前。续得紫阳脉络[⑤]，了却西山事业，舟楫济商川。饮对黄花榭，一酌岁三千。

［注释］

①徐意一：作者友人，官至参政，曾由桂林来作广东帅。昴英有《迎广帅徐意一》大参诗。　②公辅：三公辅相之位。　③耆艾：年寿长久也。稀年：古人谓七十岁为古稀之年。　④鲠鲠："鲠"通"骾"，正直也。　撄鳞：敢触犯君王之意。见《韩非子·说难》"夫龙……喉下有逆鳞径尺，人有撄之者，则必杀人。人主亦有逆鳞……"　⑤紫阳：山名，在安徽歙县城南，宋朱松读书于此，其子朱熹居福建崇安县时，题厅事曰"紫阳书院"，此处指读书、讲学之处。下句"西山事业"亦同此，名西山者甚多，而福建建阳县之西山，为朱熹之门人蔡元定就读之处。

水调歌头

题登春台

野趣在城市，崛起此台高。谁移蓬岛[①]，冯夷夜半策灵鳌[②]。十万人家甃碧，四面峰峦涌翠，远岫拍银涛[③]。插汉笔双塔，簸两叶轻舠[④]。　　我乘风，时一到，共嬉遨。江山无复偃蹇[⑤]，弹压有诗豪。宝剑孤横星动，铁笛一声云裂，寒月冰宫袍[⑥]。沧海一杯酒，世界眇鸿毛。

［注释］

①注者按:“移”原误作“侈”,从校本。　②冯夷:河神名。　③《全宋词》注:“岫”原作“峙”,从校本。　④舠:刀形小船。　⑤偃蹇:高耸之貌。　⑥冰:当作“冷”,据《六十名家词》改。

念奴娇

寿王守母

瑶池高会,见云香凤背,风柔鹤膝。天遣月卿来拜舞,新拜玺书增秩[①]。有母能贤,生儿如此,总是前身佛。孙曾戏彩[②],慈颜一笑闲逸。　　曾向浑尺轩中,共评今古,手写王言绋[③]。个里乃翁棠荫在,映得梅仙山碧。人爱黄堂[④],祝萱堂寿[⑤],拍拍欢声溢。明年宣劝,蟠桃火枣庭实[⑥]。

［注释］

①增秩:增加官俸,即提升职位。　②孙曾:孙辈及曾孙辈。　③绋(fú):皇帝诏书曰绋、绋纶。　④黄堂:本指天子便殿,犹黄门为宫中之侧门,正僚则以贡堂为正厅。其后乃以之专称太守。　⑤萱堂:指代做母亲的人。　⑥火枣:《粤十三家》作“大枣”。

念奴娇

宝祐丁巳闰四月[①],偕十友避暑白云寺

麦秋时候,薄阴罩炎日,山行乘兴。笻屐追随多胜侣[②],青佩黄冠方领。坐石谈玄,听泉濯暑,直上千山顶。倚风长啸,籁鸣林谷相应。　　忽涌云气漫空,海吹急雨,觉冰绿微冷[③]。洗尽人间名利障,便是蓬莱仙境。半日偷闲,一生清福,岂在荣钟鼎。青灯深夜,陶然独妙清圣[④]。

［注释］

①宝祐:宋理宗年号。丁巳(1257)。 ②筇屐:筇杖与木屐。 ③注者按:“练”原作“練”,从校本。 练(shū):粗丝织成的布。 ④清圣:清酒。曹操时禁酒令甚严,有饮之者称之以圣。

瑞鹤仙

甲辰灯夕[①]

玉城春不夜。映月壁寒流,烛蕖光射。鳌山海云驾。拥遨头箫鼓,锦旗红亚[②]。东风近也。趁乐岁、良辰多暇。想阳和、早遍南州,暖得柳娇桃冶。 堪画。纱笼夹道,露重花珠,尘吹兰麝。歌朋舞社。玉梅转,闹蛾耍。且茧占先探[③],芋郎戏巧[④],又卜紫姑灯下[⑤]。听欢声、犹自未归,钿车宝马。

［注释］

①甲辰:理宗淳祐四年(1244)。 ②红亚:红旗相掩映。 ③茧占:即茧卜。古代民俗,于正月十五夜抟粉若茧,称茧团,事前于团中先置书语,用以占卜一岁之福祸。 ④芋郎:以芋做成的人形的食物,旧题唐冯贽《云仙杂记》四《上元影灯》云:“洛阳人家上元以影灯多者为上,其相胜之辞曰千影万影;又各家造芋郎君,食之宜男女。” ⑤紫姑:传说中可解答人祸福的神,乃唐以来风俗。

沁园春

监司元宵招饮不赴

才到中年,节物浑闲,赏心顿轻。据随分东风,瓶簪柳雪，应时灯夜，棚缀莲星。自一家春，也三杯酒，巧萤堆香笑语声。又何须，听那西楼弦管，南陌箫笙。　平生。黄卷青灯。肯珠翠奢华八尺檠[①]。欲趁队闲嬉，雕鞍宝马，回头猛忆，破案囊萤[②]。邻曲渔歌，庭除鹤舞，尘外冰轮彻骨清。人闲处，这炯然方寸[③]，一点长明。

［注释］

①檠：灯架，借指灯。　②破案囊萤：指寒窗苦读。　囊萤：用晋车胤因家贫无灯，夏日用练囊盛数千萤虫，以夜继日读书的典故。见《晋书》本传。　③炯然：明亮貌。　方寸：指心。

满江红

江西持宪节、登高作

薄冷催霜，碧空豁、飞鸿斜度。□九日、御风绝顶，下看尘宇。滕阁芳筵笺笔妙[①]，龙山胜践旌旗驻[②]。料山灵、也要可人游，成佳趣。　吹帽堕[③]，羞千古。题饧字[④]，非吾侣。却坐间著得，煮茶桑苎。万里寒云迷北斗，望远峰夕照频西顾。且满浮、大白送黄花[⑤]，剑休舞。[⑥]

［注释］

①“滕阁芳筵”句：指唐咸亨二年重阳节，洪州都督阎伯屿大宴朋僚于滕王阁上，王勃适过南昌，欣逢此会，作《滕王阁序》名篇之故事。滕王阁，旧址在今江西南昌西章江门上，西临大江。为唐代滕王李元婴为洪州都督时所建，因王勃作《滕王阁序》而扬名。　②龙山：在今湖北江陵西北。胜践：指晋征西大将军桓温，带属吏来此登高览胜事。　③吹帽堕：晋孟嘉为桓温之参军，九月九日孟与众宾僚皆着戎服陪征西大将军桓温登龙山，风起吹落孟嘉之帽，桓温令孙盛作文以嘲之，嘉即时作答，四座嗟服。④注者按：原无“饧”字，从校本。　⑤浮：罚酒曰浮。　大白：盛满酒的酒杯，或专指罚酒杯。　⑥唐氏按：此首别误作杨观词，见《清远县志》卷十五。

满江红

和刘朔斋节亭韵

人似梅花，峭玉立、岁寒风节。新圃辟、种梅千树，幻成南雪。池碎瀑声荷捧雨，径涵秋影篁筛月。唤石君、错落坐庭前，红尘绝。　嫌聒耳，筝筝戛[1]。慵著眼，俳优狎。但一觞一咏，放怀开阔。涌地池亭工掩映，擎天柱石觇施设[2]。待枝头、金颗可调羹[3]，休轻折。

[注释]

①戛：在此作戛然而止之意。　②觇：窥视。　③枝头金颗：梅子，古代用作调味料。

菩萨蛮

别刘朔斋后寄词，时朔斋抵峡山拾遗词至

云山叠叠双眸短，梦魂夜趁行人远。千里共襟期[1]，吟风饮月时。　碧溪穿翠峡，雪意蓬萧飒。安得翅飞来，冲寒同访梅。

[注释]

①襟期：情怀，抱负。

渔家傲

重著夹罗犹怯冷，隔帘拜祝团圆镜。取片龙涎安古鼎[1]。香阁静，横窗写出梅花影。　寒鹊颤枝飞不定，回纹刺就更筹永[2]。小玉欣眠呼不醒。霜气紧，丽谯吹动梅花引[3]。

[注释]

①龙涎：一种珍贵的香料。　②回纹：即回文。指诗词字句回旋往返都能成诵者。《晋书·列女列传》载：苏蕙（字若兰），丈夫窦滔远徙流沙，苏蕙思念，因织锦作回文旋玑图诗赠滔。　就：成也。　更筹：古代夜间报更的牌，也泛指夜里的时间。　永：长也。　③丽谯：壮丽的城楼。　梅花引：词牌名。

西江月

小鹢载池心月[①]，长虹夸水中天[②]。主人情重客留连，便欲乘风寒殿，　　霜竹且传秋信，镜蕖不作春妍。夜凉正好倒金船[③]，朔饮而今再见[④]。

[注释]

①小鹢：小舟。　鹢：船。　鹢：大鸟。《晋书·王濬传》："画鹢首怪兽于船首，以惧江神。"后因称船为画鹢。　②夸：于意当作"跨"，形近而讹。　③金船：酒器中之大者。　④朔饮：古代自帝王以下每月初一日所进膳食较平时为丰盛，称朔食。此处"朔饮"应与"朔食"同义。

浣溪沙

笋玉纤纤拍扇纨，戏拈荷叶起文鸳。水亭初试小龙团[①]。　　拜月深深频祝愿，花枝低压髻云偏。倩人解梦语喧喧[②]。

[注释]

①小龙团：宋代贡茶之一。宋真宗咸平中，丁谓为福建漕，监御茶，进龙凤团。后又别择茶之精者为小龙团，遂名冠天下。　②倩人：请人。

[集评]

潘飞声云:“《文溪集》慢体多而短调殊少,《浣溪沙》……似五代之作。”(《粤词雅》)

白屋闲人云:“景意绮丽,柔若无骨。俊明短调,殊异慢体。”

城头月

和广帅马方山韵赠斗南楼道士青霞梁弥仙

工夫作用中宵昼①,点化无中有。真气长存,童颜不改,底用呵磨皱②。　　一身二五之精媾③,积得婴儿就。试问霞翁,三田熟未④,还解飞冲否⑤。

(以上《文溪存稿》卷十七)

[注释]

①中宵昼:中宵如昼之意。　中宵:半夜。　昼:白天。下句“无中有”之义为无中包含着有。皆道家思想。　②底用:何用。　③二五:二为双数,双数为阴;五为单数,单数为阳。　媾:阴阳交合为媾。　④三田:指三丹田。《云笈七签》十二《黄庭外景经上》云“丹田之中精气微”。道家称人身上在脐下者为下丹田,在心下者为中丹田,在两眉间者为上丹田。　⑤飞冲:飞而直上天宫。

吴文英

吴文英（约1200—1260左右），字君特，自号梦窗，晚号觉翁，四明（浙江宁波府之别称）人。与翁逢龙、翁元龙为亲伯仲，当是入继于吴姓者。尝佐苏州仓幕，为嗣荣王赵与芮客，从大臣名宦吴潜、史宅之、尹焕诸人游。终身布衣。工于词，精音律，有自度曲等十数阕。别创密丽秾挚一派，影响深巨。时人比其词为周邦彦。因与周密齐名，密号草窗，故世称“二窗”。为南宋词坛大家之一。有《梦窗稿》甲、乙、丙、丁四卷传世。

琐窗寒

无射商，俗名越调，犯中吕宫，又犯正宫　玉兰

绀缕堆云①，清腮润玉，汜人初见②。蛮腥未洗，海客一怀凄惋③。渺征槎、去乘阆风④，占香上国幽心展。□遗芳掩色，真姿凝澹，返魂骚畹。　一盼。千金换。又笑伴鸱夷⑤，共归吴苑。离烟恨水，梦杳南天秋晚。比来时、瘦肌更销，冷薰沁骨悲乡远。最伤情、送客咸阳，佩结西风怨。

［注释］

①绀（gàn）：天青色，淡青透红。　绀缕：女子秀髮。　②汜人：指丽人。典出唐沈亚之《湘中怨解》，郑生月夜渡洛桥，救一美女归，称“汜人”，自云是“蛟宫之娣”遭贬下凡。此喻指去妾，为梦窗晚年情结。后之咏燕词，多类此。　③海客：“海客”一词与下句之“征槎”，均指代游仙、远航。典出晋张华《博物志·杂说》，“旧说云，天河与海通。近世有人居海渚者，年年八月有浮槎去来，不失期。”　④阆风：神话中山名。张衡《思玄赋》李善注引《淮南子》：“昆仑虚有三山：阆风、版桐、玄圃。”　⑤鸱夷：

即鸱夷子皮。春秋越大夫范蠡辅越王勾践雪会稽之耻后，遁隐江湖，变易名姓，自号鸱夷子皮。见《史记·货殖列传》。

[集评]

陈锐云："词中四声句，最为着眼。""如'冷薰沁骨'……用上平去入，乃词中之玉律金科。今人随手乱填，又何也？"（《褒碧斋词话》）

蔡嵩云云："咏物词，贵有寓意……须具'手挥五弦目送飞鸿'之妙方合。梦窗《琐窗寒》，咏玉兰而怀去姬……双管齐下，手写此而目注彼，信为当行名作。"（《柯亭词论》）

陆辅之云："词不用雕刻，刻则伤气，务在自然。周清真之典丽，姜白石之骚雅，史梅溪之句法，吴梦窗之字面。取四家之所长，去四家之所短，此翁之要诀。"（《词旨》上）

尉迟杯

夹钟商，俗名双调　赋杨公小蓬莱①

垂杨径。洞钥启，时见流莺迎②。涓涓暗谷流红，应有缃桃千顷③。临池笑靥，春色满、铜华弄妆影。记年时、试酒湖阴，褪花曾采新杏。　蛛窗绣网玄经，才石砚开奁，雨润云凝。小小蓬莱香一掬，愁不到、朱娇翠靓。清尊伴、人闲永日，断琴和、棋声竹露冷。笑从前、醉卧红尘，不知仙在人境。

[注释]

①杨公：杨彦瞻，字伯嵒，号泳斋。时为衢州守。后圃有小蓬莱。②迎（yìng）：往迎，去声。　③"涓涓暗谷"二句：喻入桃花仙源。

[集评]

张炎云："句法中有字面，盖词中一个生硬字用不得。须是深加锻炼，字字敲打得响，歌诵妥溜，方为本色语。如贺方回、吴梦窗皆善于炼字面，

多于温庭筠、李长吉诗中来。字面亦词中起眼处，不可不留意也。”（《词源》卷下）

渡江云三犯

中吕商，俗名小石调　西湖清明

羞红颦浅恨，晚风未落，片绣点重茵。旧堤分燕尾，桂棹轻鸥，宝勒倚残云[①]。千丝怨碧，渐路入、仙坞迷津。肠漫回，隔花时见，背面楚腰身[②]。　逡巡。题门惆怅[③]，堕履牵萦[④]。数幽期难准，还始觉、留情缘眼，宽带因春。明朝事与孤烟冷，做满湖、风雨愁人。山黛暝，尘波澹绿无痕。

[注释]

①宝勒：金玉镶嵌的马笼头，在此代指骏马。　②楚腰身：苗条纤细的腰身。典出《韩非子》。　③题门：晋吕安与嵇康相善，访之值其不在。见其兄喜，不入。于门上题凤字而去。凤（鳯），凡鸟也。喻访友不得其人之憾。见《世说新语·简傲》。　④堕履：不忘旧情。《北史·韦夐传》：“孝宽以乘马及辔勒与夐，夐以其华饰，心弗欲之。笑谓孝宽曰：‘昔人不弃遗簪坠履者，恶与之同出，不与同归。’”

[集评]

陈锐云：“词中四声最为着眼，如《渡江云》之第二句……无不用上平去入，乃词中之玉律金科。”（《袌碧斋词话》）

陈洵云：“此词与《莺啼序》第二段参看。‘渐路入仙坞迷津’，即‘溯红渐招入仙溪’。‘题门’、‘堕履’与‘锦儿偷寄幽素’，是一时事，盖相遇之始矣。‘明朝’以下，天地变色，于词为奇幻，于事为不祥，宜其不终也。”（《海绡说词》）

三部乐

黄钟商,俗名大石调　赋姜石帚渔隐[①]

江鸥初飞[②],荡万里素云,际空如沐。咏情吟思,不在秦筝金屋。夜潮上、明月芦花,傍钓蓑梦远,句清敲玉。翠罂汲晓,欸乃一声秋曲[③]。　越装片篷障雨,瘦半竿渭水,鹭汀幽宿。那知暖袍挟锦[④],低帘笼烛。鼓春波、载花万斛。帆鬣转、银河可掬[⑤]。风定浪息,苍茫外、天浸寒绿。

[注释]

①姜石帚:作者词友,与姜白石非一人。　渔隐:小舟名。　②鸥:又作“鹢”,水鸟,形如鹭而大,善翔。　③“欸乃”:象声词,行船摇橹声。柳宗元《渔翁诗》有“烟销日出不见人,欸乃一声山水绿”名句。　④暖袍挟锦:本《旧唐书 · 李白传》“尝乘舟自采石至金陵,着宫锦袍坐舟中,旁若无人”。　⑤鬣(liè):马颈上的长毛。　帆鬣:形容帆船劈风破浪。

[集评]

张炎云:“(吴梦窗词)格调不凡,句法挺异,俱能特立清新之意,删削靡曼之词,自成一家。”(《词源》卷下)

杨慎云:“尹君焕序《梦窗词》云:‘求词于吾宋,前有清真,后有梦窗,此非焕之言,四海之公言也。’”(《词品》卷四)

霜叶飞

黄钟商　重九

断烟离绪。关心事,斜阳红隐霜树。半壶秋水荐黄花,香噀西风雨[①]。纵玉勒[②]、轻飞迅羽。凄凉谁吊荒台古。记醉蹋南屏[③],彩扇咽、寒蝉倦梦,不知蛮素[④]。

聊对旧节传杯，尘笺蠹管，断阕经岁慵赋。小蟾斜影转东篱，夜冷残蛩语。早白发、缘愁万缕。惊飙从卷乌纱去[5]。漫细将、茱萸看，但约明年，翠微高处[6]。

[注释]

①噀(xùn)：喷也。②玉勒：金玉镶嵌的马笼头。代指骏马。③南屏：山名，在杭州西南。④蛮素：本指白居易所宠二家伎小蛮、樊素。见《本事诗·事感》。在此泛指美丽的歌姬。⑤"惊飙"句：用龙山会孟嘉落帽典。⑥"漫细将"三句：重九登高插茱萸是古时风俗，玩其词意，当为怀念兄弟之作，而微喻心忧国事之情。

[集评]

陈洵云："极感怆，却极闲冷，想见觉翁胸次。"(《海绡说词》)

陈匪石云："八、九字以上者，由加和声。然实有不能臆为句读者。……'彩扇咽凉蝉倦梦不知樊素'……能断为必五字、六字，或七字、四字乎？……愚以为词以韵定拍……作词者只求节拍不误，而行气遣词，自有挥洒自如之地，非必拘拘于句读。"(《声执》卷上)

瑞鹤仙

林钟羽，俗名高平调

泪荷抛碎璧。正漏云筛雨，斜掐窗隙。林声怨秋色。对小山不迭[1]，寸眉愁碧。凉欺岸帻[2]。暮砧催、银屏剪尺[3]。最无聊、燕去堂空[4]，旧幕暗尘罗额。　行客。西园有分，断柳凄花，似曾相识。西风破屐。林下路，水边石。念寒蛩残梦，归鸿心事，那听江村夜笛。看雪飞、蘋底芦梢，未如鬓白。

[注释]

①小山：屏山。不迭：不断。②岸帻：推起包头布，露出前额谓之

岸帻。 ③银屏剪尺:在小屏风下做衣。 ④燕去堂空:喻去妾。

[集评]

陈洵云:“此词最惊心动魄是‘暮砧催、银屏剪尺’一句,盖因闻砧而思裁剪人也。……上文写风雨,层联而下,字字凄咽……结句情景双融,神完气足。”(《海绡说词》)

陈廷焯云:“梦窗精于造句,超逸处则仙骨珊珊,洗脱凡艳。幽索处,则孤怀耿耿,别缔古欢。”(《白雨斋词话》)

瑞鹤仙

晴丝牵绪乱。对沧江斜日[1],花飞人远。垂杨暗吴苑。正旗亭烟冷[2],河桥风暖。兰情蕙盼。惹相思、春根酒畔[3]。又争知、吟骨萦销,渐把旧衫重剪[4]。 凄断。流红千浪,缺月孤楼,总难留燕。歌尘凝扇。待凭信,拌分钿[5]。试挑灯欲写,还依不忍,笺幅偷和泪卷。寄残云、剩雨蓬莱,也应梦见。

[注释]

①江:泛称江水。 ②旗亭:此处指酒楼。 ③春根:暮春。 ④旧衫重剪:人瘦衫肥,只得重做。 ⑤分钿:拆开钿盒。《长恨歌》有“钗擘黄金盒分钿”句。

[集评]

朱祖谋云:“评‘晴丝牵乱绪’下半阕‘待凭信……笺幅偷和泪卷’一段云力破馀地。”(《彊村老人评词》)

陈洵云:“‘吴苑’是其人所在,此时觉翁不在吴也,故曰‘花飞人远’……‘旗亭’二句,当年邂逅,正是此时。‘兰情’二句,对面反击,跌落下二句,思力沉透极矣。……‘笺幅’复‘挑灯’,疑往而复,欲断还连,是深得清真之妙者。‘应梦见’,尚不曾梦见也。含思凄婉,低徊无尽。”(《海绡说词》)

瑞鹤仙

赠丝鞋庄生

藕心抽莹茧[①]。引翠针行处，冰花成片[②]。金门从回辇。两玉凫飞上，绣绒尘软。丝絇侍宴[③]。曳天香、春风宛转。傍星辰、直上无声，缓蹑素云归晚。　奇践[④]。平康得意[⑤]，醉踏香泥，润红沾线。良工诧见。吴蚕唾，海沉楦[⑥]。任真珠装缀，春申客屦[⑦]，今日风流雾散。待宣供、禹步宸游[⑧]，退朝燕殿。

[注释]

①藕心：鞋底之藕孔形花样。　莹茧：光洁如玉的丝线。此丝鞋，乃专供御用的丝鞋局。　②冰花：六角形花纹。　③丝絇(qú)：古时鞋头上的装饰曰絇，官宦显贵者着之。　④奇践：奇遇，艳遇。　⑤平康：因唐代长安丹凤街有平康坊，是妓女聚居之处，故平康泛指妓女居所。　⑥海沉楦：即沉香木鞋楦。　⑦春申客屦：指极尽豪华。典出《史记·春申君列传》"春申君客三千馀人，其上客皆蹑珠履"。　⑧禹步：相传大禹治水辛苦，足行艰难，其行曰禹步。　宸游：帝王巡游曰宸游。

瑞鹤仙

丙午重九[①]

乱云生古峤[②]。记旧游惟怕，秋光不早。人生断肠草。叹如今摇落，暗惊怀抱。谁临晚眺。吹台高、霜歌缥缈[③]。想西风、此处留情，肯著故人衰帽。　闻道。萸香西市，酒熟东邻，浣花人老。金鞭騕褭[④]。追吟赋，倩年少。想重来新雁，伤心湖上，销减红深翠窈。小楼寒、睡起无聊，半帘晚照。

[注释]

①丙午:指淳祐六年(1246)。作者四十七岁。说见夏承焘《吴梦窗系年》(下简作《系年》) ②峤:山锐而高曰峤。 ③吹台(chuì tái):今称古吹台,在今河南开封禹王台公园内。相传为春秋时师旷吹乐之台。 ④騕褭(yǎo niǎo):良马名。

[集评]

王士祯云:"宋南渡后,梅溪……梦窗诸子,极妍尽态,反有秦、李未到者。虽神韵天然处或减,要自令人有观止之叹。"(《花草蒙拾》)

瑞鹤仙

寿史云麓[①]

记年时茂苑[②]。正画堂凝香,璇奎初焕[③]。天边岁华转。向九重春近,仙桃传宴。银罂翠管。宝香飞、蓬莱小殿。荷玉皇、恩重千秋,翠麓峻齐云汉。　　须看。鸿飞高处,地阔天宽,弋人空羡[④]。梅清水暖。苕溪上[⑤],几吟卷。算金门听漏[⑥],玉墀班早[⑦],赢得风霜满面。总不如、绿野身安[⑧],镜中未晚。

[注释]

①史云麓:史宅之,字子仁,号云麓,史弥远之子。曾知平江府,仕至宰相。 ②茂苑:苏州古苑名。 ③奎:奎宿,白虎七星之首宿。后人因其形屈曲相钩,似文字之画,故用以象征文运、文章。 ④弋人:以绳系箭而射飞禽之人。 ⑤苕溪:水名。源出浙江天目山,是东苕与西溪二水合流之溪水,流入太湖。因两岸多苕花而得名。 ⑥金门:金马门。 ⑦玉墀:特指朝堂上的玉石台阶。 ⑧绿野:唐相裴度晚年退居洛阳在午桥所营别墅。

瑞鹤仙

癸卯岁寿方蕙岩寺簿①

辘轳春又转。记旋草新词，江头凭雁。乘槎上银汉。想车尘才踏，东华红软。何时赐见。漏声移、深宫夜半。问莼鲈、今几西风，未觉岁华迟晚。　　一片。丹心白发，露滴研朱，雅陪清宴。班回柳院②。蒲团底，小禅观③。望罘罳明月④，初圆此夕，应共婵娟茂苑。愿年年、玉兔长生，耸秋井幹⑤。

[注释]

①癸卯岁：指淳祐三年（1243）。该词为作者在杭时作，时年四十四岁。说见《系年》。　方蕙岩：方万里，字鹏飞，号蕙岩，时任部曹。　②柳院：本杜甫《晚出左掖》"退朝花底散，归院柳边迷"。　③小禅观：指参禅习静。④罘罳（fú sī）：在此应指交疏透孔的窗棂。镂木为之，因其疏通透明，其状扶疏，故曰罘罳。　⑤井幹：井栏。

瑞鹤仙

饯郎纠曹之严陵

夜寒吴馆窄。渐酒阑烛暗，犹分香泽。轻帆展为翮。送高鸿飞过，长安南陌。渔矶旧迹①。有陈蕃、虚床挂壁②。掩庭扉，蛛网黏花，细草静摇春碧。　　还忆。洛阳年少③，风露秋檠，岁华如昔。长吟堕帻。暮潮送，富春客④。算玉堂不染，梅花清梦，宫漏声中夜直。正逋仙、清瘦黄昏，几时觅得⑤。

[注释]

①渔矶：水边石滩或巨石旁之垂钓处。水边突出之巨石曰矶。　②陈

蕃:人名。《后汉书·徐稚传》:豫章太守陈蕃,闻徐稚贤,特设一榻,稚来则下之,稚去则悬之。在此用作礼贤下士的典故。 ③洛阳年少:指贾谊。《汉书·贾谊传》:"贾谊洛阳人也,年十八……文帝召为博士,是时,谊年二十馀,最为少,每诏令议下,诸老先生未能言,谊尽为之对。" ④富春客:富春,山名。在今浙江境,一名严陵山。相传汉之高士严光(子陵)曾耕钓于此。见《后汉书·严光传》。 ⑤"正逋仙"二句:逋仙指林逋,有"暗香浮动月黄昏"之语,故云。

瑞鹤仙

赠道女陈华山内夫人[①]

彩云栖翡翠。听风笙吹下,飞軿天际[②]。晴霞剪轻袂。澹春姿雪态,寒梅清泚[③]。东皇有意。旋安排、阑干十二。早不知、为雨为云,尽日建章门闭[④]。 堪比。红绡纤素,紫燕轻盈,内家标致。游仙旧事。星斗下,夜香里。□华峰□□,纸屏横幅,春色长供午睡。更醉乘、玉井秋风[⑤],采花弄水。

[注释]

①内夫人:疑为宫人入道者。 ②軿(píng):妇女所乘四周有帷障的轻车。 ③清泚(cǐ):清澈明净。 ④建章门:建章,汉代宫名。此泛指宫阙。⑤玉井:华山顶峰有玉井。

满江红

夷则宫、俗名仙吕宫 淀山湖

云气楼台,分一派、沧浪翠蓬。开小景、玉盆寒浸,巧石盘松。风送流花时过岸,浪摇晴练欲飞空。算鲛宫、只隔一红尘[①],无路通。 神女驾,凌晓风。明月佩,响丁东。对两蛾犹锁，怨绿烟中。秋色未教飞尽雁，夕阳长是坠疏钟。又一声、欸乃过前岩[2]，移钓篷。

[注释]

①鲛宫：鲛人所居之处。神话传说：南海水底有女怪曰鲛人，水居如鱼，不废织绩，眼能泣珠。见张华《博物志》。 ②欸乃：象声词，摇橹声。柳宗元《渔翁诗》有“欸乃一声山水绿”名句。

[集评]

周济云：“意甚感慨，寄情闲散，使人不易测其中之所有。”（《介存斋论词杂著》）

白屋闲人云：“爱其意趣天成，无斧凿刀工。”

满江红

甲辰岁盘门外寓居过重午[1]

结束萧仙[2]，啸梁鬼[3]、依还未灭。荒城外、无聊闲看，野烟一抹。梅子未黄愁夜雨，榴花不见簪秋雪。又重罗、红字写香词，年时节。　　帘底事，凭燕说。合欢缕[4]，双条脱[5]。自香消红臂[6]，旧情都别。湘水离魂菰叶怨[7]，扬州无梦铜华阙[8]。倩卧箫、吹裂晚天云，看新月。

[注释]

①甲辰：指淳祐四年（1244）。该词作于苏州，作者时年四十五岁。盘门：苏州城门。 ②萧仙：端午时佩的人形萧艾。 ③啸梁鬼：本韩愈《原鬼》“有啸于梁，从而烛之，无见也。斯鬼乎”。 ④合欢缕：端午时妇女臂上所系之彩线。 ⑤条脱：即手镯。 ⑥香消红臂：手臂上的红丝颜色消褪了。此言久别。 ⑦“湘水”句：旧俗端午时以菰叶裹米缠以彩线，投入水中以祭屈原。 ⑧扬州无梦：用“扬州梦”典故，以追思感旧，抒发繁华如梦的感慨。典见杜牧《遣怀》诗“十年一觉扬州梦，赢得青楼薄

幸名”。

［集评］

孙麟趾云：“词中之有梦窗，如诗中之有长吉。”（《词径》）

江顺诒云：“君特久辨煞尾之字。”（《词学集成》卷三）

解连环

夷则商，俗名商调

暮檐凉薄。疑清风动竹，故人来邈。渐夜久、闲引流萤，弄微照素怀，暗呈纤白。梦远双成[1]，凤笙杳、玉绳西落[2]。掩练帷倦入，又惹旧愁，汗香阑角。　　银瓶恨沉断索。叹梧桐未秋，露井先觉。抱素影、明月空闲[3]，早尘损丹青[4]，楚山依约[5]。翠冷红衰，怕惊起、西池鱼跃。记湘娥、绛绡暗解，褪花坠萼。

［注释］

①双成：女仙名。姓董。传说为西王母侍女，炼丹宅中，丹成得道，自吹玉笙，驾鹤升仙。见《汉武帝内传》。　②玉绳：星名。亦泛指星光。　③明月：此指团扇。　④“早尘损”句：指团扇因久弃不用而蒙尘，所绘的美人图已不分明。　⑤依约：依稀隐约。

［集评］

陈洵云：“起三句与《新雁过妆楼》‘风檐近、浑疑玉佩丁东’同意，盖亦思去妾而作也。……笔笔断，笔笔续，须看其往复脱换处。换头六字，一篇命意所注。……一气镕铸，觉翁长技。”（《海绡说词》）

陈锐云：“词中四声句，最为着眼……如《解连环》之收句是也。”（《褒碧斋词话》）

解连环

留别姜石帚

思和云结。断江楼望睫，雁飞无极。正岸柳、衰不堪攀，忍持赠故人，送秋行色。岁晚来时，暗香乱、石桥南北。又长亭暮雪，点点泪痕，总成相忆。　　杯前寸阴似掷。几酬花唱月，连夜浮白[①]。省听风、听雨笙箫，向别枕倦醒，絮飏空碧。片叶愁红，趁一舸、西风潮汐。叹沧波、路长梦短，甚时到得。

[注释]

①浮白：浮以大白，谓满引杯中酒也。

[集评]

陈洵云："云起梦结，游思缥缈，空际传神。中间'来时'，逆挽。'相忆'，倒提。全章机杼，定此数处。其馀设情布景，皆随手点缀，不甚著力。"（《海绡说词》）

夜飞鹊

黄钟商　蔡司户席上南花[①]

金规印遥汉[②]，庭浪无纹。清雪冷沁花薰。天街曾醉美人畔，凉枝移插乌巾。西风骤惊散，念梭悬愁结，蒂剪离痕。中郎旧恨[③]，寄横竹、吹裂哀云。　　空剩露华烟彩，人影断幽坊，深闭千门。浑似飞仙入梦[④]，袜罗微步[⑤]，流水青蘋。轻冰润□，怅今朝、不共清尊。怕云槎来晚[⑥]，流红信杳[⑦]，萦断秋魂。

[注释]

①南花:岭南梅花。此处喻指席上歌女。 ②金规:月轮。 遥汉:银河。 ③中郎:官名,秦置,汉沿用,为出入皇宫在皇帝身边的护卫、侍从。此处指蔡邕。《后汉书·蔡邕传》:“初平元年,拜左中郎将。” ④飞仙入梦:用诗人许浑梦中遇女仙许飞琼事,见孟棨《本事诗·事感》。 ⑤袜罗微步:本曹植《洛神赋》“凌波微步,罗袜生尘”。 ⑥云槎:晋张华《博物志》载海边有人乘槎至天,不失其期。 ⑦流红:用御沟流红叶的典故。

[集评]

严复云:“窃谓梦窗词旨,实用玉溪诗法。咽抑凝回,辞不尽意,而使人自遇于深至。”(《严几道先生与朱彊村书》)

一寸金

中吕商 赠笔工刘衍

秋入中山[①],臂隼牵卢纵长猎[②]。见骇毛飞雪,章台献颖,臞腰束缟,汤沐疏邑[③]。箆管刊琼牒[④]。苍梧恨、帝娥暗泣[⑤]。陶郎老、憔悴玄香[⑥],禁苑犹催夜俱入。 自叹江湖,雕龙心尽[⑦],相携蠹鱼箧。念醉魂悠飏,折钗锦字,黠髯掀舞,流觞春帖。还倚荆溪楫[⑧]。金刀氏、尚传旧业[⑨]。劳君为、脱帽篷窗,寓情题水叶。

[注释]

①中山:地名,在今河北定县,以产兔毫著名。 ②隼(sǔn):凶猛善飞之禽,即猎鹰。 卢:良犬。此用韩愈《毛颖传》典故,“秦始皇时,蒙将军恬南伐楚,次中山,将大猎以惧楚。” ③“见骇毛”四句:“遂猎,围毛氏之族,拔其毫,载颖而归,献俘于章台宫,聚其族而束缚焉。”又“秦始皇使恬赐之汤沐,而封诸管城,号曰管城子”。见《毛颖传》。 ④箆管:笔杆。 ⑤苍梧:山名,又名九嶷。在今湖南。相传帝舜南巡,病死,葬于苍梧之野。 帝娥:舜之二妃娥皇与女英。 ⑥“陶郎”句:陶郎指砚,玄香指墨。 ⑦雕

龙：战国齐人驺奭博学、巧言、善属文，人称"雕龙奭"。故后以"雕龙"喻文章才思。 ⑧荆溪：在浙江吴兴，为世代制笔中心。 ⑨金刀氏：卯金刀之省，指刘（劉）姓。见《汉书·王莽传》。

[集评]

陈匪石云："词之随地取音，求适歌者口吻，正与此曲之入附三声同一因素。……梦窗《一寸金》之猎、邑、泣、入、箧、帖、楫、业、叶所用韵，皆不得资为口实，而转相仿效。"（《声执》卷一）

陈洵云："以涩求梦窗，不如以留求梦窗。以涩求梦窗，即免于晦，亦不过极意研炼丽密止矣。以留求梦窗，则穷高极深，一步一境。"（《海绡说词·通论》）

一寸金

秋压更长，看见姮娥瘦如束。正古花摇落，寒蛩满地，参梅吹老[①]，玉龙横竹[②]。霜被芙蓉宿。红绵透、尚欺暗烛。年年记、一种凄凉，绣幌金圆挂香玉。 顽老情怀，都无欢事，良宵爱幽独。叹画图难仿，橘村砧思，笠蓑有约，莼洲渔屋。心景凭谁语，商弦重[③]、袖寒转轴。疏篱下、试觅重阳，醉擘青露菊。

[注释]

①参梅：参星横斜时分之梅花。见赵师雄梅下遇美人典。 ②玉龙：笛之别名。 ③商弦：五音中商音以配秋之肃杀。

绕佛阁

黄钟商 与沈野逸东皋天街卢楼追凉小饮[①]

夜空似水，横汉静立，银浪声杳。瑶镜奁小。素娥乍起、楼心弄孤照。絮云未巧。梧韵露井，偏借秋早。晴暗多少。怕教彻胆[2],蟾光见怀抱。　　浪迹尚为客,恨满长安千古道。还记暗萤、穿帘街语悄。叹步影归来,人鬓花老。紫箫天渺。又露饮风前[3],凉堕轻帽。酒杯空、数星横晓。

[注释]

①沈野逸:名中行。疑即卢楼主人。　②彻胆:肝胆照得通通透透。光明磊落之意。　③露饮:在露天饮酒。

[集评]

俞陛云云:"上阕'晴暗'三句笔意深透……结句尤有远神。"(《唐五代两宋词选释》)

绕佛阁

赠郭季隐

茜霞艳锦[1],星媛夜织,河汉鸣杼。红翠万缕。送幽梦、与人闲绣芳句。怨宫恨羽[2]。孤剑漫倚,无限凄楚。□□□□。赋情缥缈、东风飏花絮。　　镜里半髯雪,向老春深莺晓处。长闭翠阴、幽坊杨柳户。看故苑离离,城外禾黍[3]。短藜青屦。笑寄隐闲追,鸡社歌舞。最风流、垫巾沾雨[4]。[5]

[注释]

①茜:茜草,可以染绛红色,故引申为绛红颜色。　②宫:五音之一。羽:五音之一。　③"故苑离离"二句:用《诗经·王风·黍离》"彼黍离离,彼稷之苗"句意,形容禾黍之繁茂,以见出故宫之荒芜。　④垫巾:又叫林宗巾。《后汉书·郭太传》载,郭太(泰)负盛名,尝出行遇雨,巾之一角垫起。时人因竞相仿效,谓之垫巾。　⑤唐氏按:是调原有周邦彦"暗

尘四敛”一阕误入，已由朱祖谋删去。

拜星月慢

林钟羽　姜石帚以盆莲数十置中庭，宴客其中

绛雪生凉[①]，碧霞笼夜，小立中庭芜地。昨梦西湖，老扁舟身世。叹游荡，暂赏、吟花酌露尊俎，冷玉红香罍洗[②]。眼眩魂迷，古陶洲十里[③]。　翠参差、澹月平芳砌。砖花滉、小浪鱼鳞起。雾盎浅障青罗[④]，洗湘娥春腻。荡兰烟、麝馥浓侵醉。吹不散、绣屋重门闭。又怕便、绿减西风，泣秋檠烛外。

[注释]

①绛雪：红中带白的莲花。　②罍洗：酒具。　③古陶州：地名，在今山东定陶县境，为春秋越大夫范蠡归老江湖处。　④“雾盎”句：指荷叶上聚集露珠。

[集评]

陈洵云：“‘昨梦’九字，脱开以取远神。以下即事感叹。‘身世、游荡’四字是骨。后阕复起。三句作层层跌宕，回视昨梦，真如海上三神山矣。”（《海绡说词》）

水龙吟

无射商　惠山酌泉[①]

艳阳不到青山，古阴冷翠成秋苑。吴娃点黛，江妃拥髻，空濛遮断。树密藏溪，草深迷市，峭云一片。二十年旧梦，轻鸥素约，霜丝乱、朱颜变。　龙吻春霏玉溅[②]。煮银瓶、羊肠车转[③]。临泉照影，清寒沁骨，客尘都浣。鸿

渐重来[④],夜深华表[⑤],露零鹤怨。把闲愁换与,楼前晚色,棹沧波远。

[注释]

①惠山:亦名慧山、九龙山。在今江苏无锡县境。有惠山泉。 ②龙吻:泉水从石龙口喷出。 ③银瓶:银壶。 羊肠车转:形容水沸声如车轮转动之音。 ④鸿渐:陆羽,字鸿渐,著有《茶经》。 ⑤夜深华表:用丁令威化鹤归来典。辽东城门华表柱,忽有白鹤来集,人或欲射之,于空中歌曰:“有鸟有鸟丁令威,去家千年今来归。城郭犹是人民非,何不学仙冢累累。”

[集评]

陈廷焯云:“超逸处则仙骨珊珊,洗脱凡艳。幽索处则孤怀耿耿,别缔古欢。”(《白雨斋词话》) 又云:“点染处不留滞于物。”(《大雅集》)

俞陛云云:“以闲淡作结,通首无一懈句。”(《唐五代两宋词选释》)

水龙吟

用见山韵饯别

夜分溪馆渔灯,巷声乍寂西风定。河桥径远,玉箫吹断,霜丝舞影。薄絮秋云,澹蛾山色,宦情归兴。怕烟江渡后,桃花又泛,宫沟上、春流紧。 新句欲题还省。透香煤、重牒误隐[①]。西园已负[②],林亭移酒,松泉荐茗。携手同归处,玉奴唤、绿窗春近[③]。想骄骢、又踏西湖[④],二十四番花信。

[注释]

①香煤:墨之别名。 牒:彊村丛书作“笺”,是。 误隐:隐去误字,涂改之意。 ②西园:魏都文昌殿西之园林,名西园。亦即铜雀园。曹丕《芙蓉池作》有“乘辇夜行游,消摇步西园”。此处泛指园林。 ③玉奴:美

人。东昏侯之潘妃小字玉奴。　④骢:青白杂毛马曰骢马。

［集评］

陈匪石云:“词之随地取音,求适歌者口吻,正与北曲之入附三声同一因素。《水龙吟》之定、影、兴、紧、隐、茗、近、信所用韵,皆不得资为口实,而转相仿效。”(《声执》卷上)

水龙吟

赋张斗墅家古松五粒[1]

有人独立空山,翠髯未觉霜颜老。新春秀粒,浓光绿浸,千年春小。布影参旗,障空云盖,沉沉秋晓。驷苍虬万里[2],笙吹凤女,骖飞乘、天风袅。　般巧[3]。霜斤不到[4]。汉游仙、相从最早[5]。皴鳞细雨,层阴藏月,朱弦古调。问讯东桥,故人南岭,倚天长啸。待凌霄谢了[6],山深岁晚,素心才表。

［注释］

①张斗墅:名蕴。邗人。斗墅亭在江都邵伯镇。　五粒:松名,即五鬣松。因每簇五针,故名。见段成式《酉阳杂俎》。　②虬:传说中的独角龙。　③般:指鲁般,即鲁班。　④霜斤:闪着白色的利斧。　斤:斧也。⑤汉游仙:指张良,传说他功成后从赤松子游。　⑥凌霄:花名。

水龙吟

寿嗣荣王[1]

望中璇海波新,泛槎又匝银河转。金风细袅,龙枝声奏[2],钧箫秋远。南极飞仙,夜来催驾,祥光重见。紫霄承露掌,瑶池荫密,蟠桃秀、螽莲绽[3]。　新栋晴翚凌汉[4]。

半凉生、兰檠书卷。游裳五色，昆台十二[⑤]，香深帘卷。花萼楼高处[⑥]，连清晓、千秋传宴。赐长生玉字，鸾回凤舞，下蓬莱殿。

[注释]

①该词作于景定元年(1260)秋后。　嗣荣王：赵与芮。　②龙枝：笛的美称。　③螽(zhōng)莲绽：螽斯(一种昆虫)与莲子，皆多产，喻子孙繁衍。　④"新栋晴翚"句：光鲜的栋宇，檐角凌空飞起之势。　翚(huī)：大飞也。　⑤昆台：汉宫室名，本名甘泉，武帝太初元年更名。　⑥花萼楼：唐玄宗筑"花萼相辉之楼"以居兄弟。嗣荣王为理宗兄弟，故比之。

水龙吟

寿尹梅津[①]

望春楼外沧波[②]，旧年照眼青铜镜。炼成宝月，飞来天上，银河流影。绀玉钩帘处，横犀麈、天香分鼎[③]。记殷云殿锁，裁花剪露，曲江畔、春风劲。　槐省[④]。红尘昼静。午朝回、吟生晚兴。春霖绣笔，莺边清晓，金狨旋整[⑤]。阆苑芝仙貌[⑥]，生绡对、绿窗深景。弄琼英数点，宫梅信早，占年光永。

[注释]

①尹梅津：尹焕，字惟晓，号梅津，山阴人，作者友人。　②望春楼：唐代宫楼名。　③犀麈：用犀角制成的麈尾。麈尾，驼鹿之尾，古人以之拂尘。　天香：妙香也。　④槐省：槐省棘署之省称，指三公宰辅的官署。　⑤金狨：金丝狨，金丝猿之别名，其皮毛极贵重。宋代禁从随驾皆跨狨座。黄山谷有诗曰"金狨系马晓莺边，不比春江上水船"。　⑥阆苑：阆风之苑，仙人所居处。　阆风：神山名。

水龙吟

送万信州[①]

几番时事重论，座中共惜斜阳下。今朝剪柳，东风送客，功名近也。约住飞花，暂听留燕，更攀情话。问千牙过阙[②]，一封入奏，忠孝事、都应写。　闻道兰台清暇。载鸱夷、烟江一舸[③]。贞元旧曲，如今谁听，惟公和寡[④]。儿骑空迎[⑤]，舜瞳回盼[⑥]，玉阶前借。便急回暖律[⑦]，天边海上，正春寒夜。

[注释]

①万信州：万益之，南昌人。时任信州守。　②牙：以象牙为饰的牙旗，大将所建。　千牙：谓牙旗之多，喻功业大。　③鸱夷：指春秋时越大夫范蠡。即鸱夷子皮。春秋越大夫范蠡辅越王勾践雪会稽之耻后，遁隐江湖，变易名姓，自号鸱夷子皮。见《史记·货殖列传》。　④“贞元”三句：本刘禹锡《听旧宫中乐人穆氏唱歌》“休唱贞元供奉曲，当时朝士已无多”。　⑤儿骑空迎：东汉郭伋，至西河，有童儿数百，各骑竹马迎拜。见《后汉书·郭伋传》。　⑥舜瞳回盼：指皇帝重视，传说舜目生重瞳。　⑦暖律：古人以季节时令合乐律，暖律即指温暖的季候。

水龙吟

过秋壑湖上旧居寄赠[①]

外湖北岭云多，小园暗碧莺啼处。朝回胜赏，墨池香润，吟船系雨。霓节千妃[②]，锦帆一箭，携将春去。算归期未卜，青烟散后，春城咏、飞花句[③]。　黄鹤楼头月午。奏玉龙、江梅解舞[④]。薰风紫禁，严更清梦，思怀几许。秋水生时，赋情还在，南屏别墅。看章台走马[⑤]，长堤种取，柔丝千树。

［注释］

①秋壑:南宋末权相贾似道。此词当作于淳祐九年(1249),贾出任京湖制置大使后。 ②霓节:霓旌也。一种仪仗。旗头施五采羽,如虹霓之气。故称霓节。 妃:在此作匹、对、偶解。千妃:千对也。 ③“青烟”二句:“春城无处不飞花,寒食东风御柳斜。日暮汉宫传蜡烛,轻烟散入五侯家。”见唐韩翃《寒食》。 ④“奏玉龙”句:“黄鹤楼中吹玉笛,江城五月落梅花。”见李白《与史郎中钦听黄鹤楼上吹笛》。 玉龙:笛。 ⑤章台走马:汉张敞故事。《汉书·张敞传》载,京兆尹张敞罢朝会,走马过章台街,令御吏驱马,已则以扇障面。喻名士之风流倜傥。

水龙吟

癸卯元夕①

澹云笼月微黄,柳丝浅色东风紧。夜寒旧事,春期新恨,眉山碧远。尘陌飘香,绣帘垂户,趁时妆面。钿车催去急②,珠囊袖冷,愁如海、情一线。 犹记初来吴苑。未清霜、飞惊双鬓。嬉游是处,风光无际,舞葱歌茜。陈迹征衫,老容华镜,欢悰都尽。向残灯梦短,梅花晓角,为谁吟怨。

［注释］

①该词作于淳祐三年(1243)。 ②钿车:饰以金花之车。

水龙吟

寿梅津

杜陵折柳狂吟,砚波尚湿红衣露。仙桃宴早,江梅春近,还催客句。宫漏传鸡①,禁门嘶骑,宦情熟处。正黄编夜展②,天香字暖,春葱剪、红蜜炬③。 宫帽鸾枝醉舞。

思飘飏、臞仙风举[④]。星罗万卷，云驱千阵，飞毫海雨。长寿杯深，探春腔稳，江湖同赋。又看看、便系金狨莺晓，傍西湖路。

[注释]

①宫漏传鸣：宫漏报晓时，宫卫之鸡人（头带红巾）高呼报晓，以警百官。见《周礼·春官》。 ②黄编：黄卷，指书籍。古时用黄蘖染纸以防书蠹，故名。 ③春葱：女子纤指。 蜜炬：蜡烛。 ④臞仙：清臞之仙人。此指寿翁梅津。

玉烛新

夹钟商

花穿帘隙透。向梦里销春，酒中延昼。嫩篁细掐，相思字、堕粉轻黏练袖[①]。章台别后[②]，展绣络、红蔫香旧[③]。□□□，应数归舟，愁凝画阑眉柳。 移灯夜语西窗，逗晓帐迷香，问何时又。素纨乍试，还忆是、绣懒思酸时候[④]。兰清蕙秀。总未比、蛾眉螓首[⑤]。谁诉与，惟有金笼，春簧细奏[⑥]。

[注释]

①练（shū）：粗丝织成的布。 ②章台别后：指与所眷之章台歌女分别。 ③绣络：刺绣的饰品。 ④绣懒思酸：妇人妊娠反映。 ⑤蛾眉螓首：眉秀额广，指美女。 ⑥春簧：指金笼中的黄莺。

解语花

林钟羽　梅花

门横皱碧[①]，路入苍烟，春近江南岸。暮寒如剪。临溪影、一一半斜清浅。飞霙弄晚。荡千里、暗香平远。端正看，琼树三枝，总似兰昌见[②]。　　酥莹云容夜暖。伴兰翘清瘦，箫凤柔婉。冷云荒翠，幽栖久、无语暗申春怨。东风半面[③]。料准拟、何郎词卷[④]。欢未阑，烟雨青黄，宜昼阴庭馆。

[注释]

①皱碧：水面涟漪状。此指池塘。　②兰昌：唐元和中，薛昭过兰昌宫，见三美女宴饮，长曰张云容，次曰萧凤台，末曰刘兰翘。见《太平广记》卷六十九《张云容》。　③东风半面：梁元帝妃徐氏因帝眇目，必为半面妆以俟。见《南史·后妃传下·梁元帝徐妃》。　④何郎：此处用何逊咏梅之典。见宋吕祖谦《诗律武库》云，梁何逊字仲言，有诗名。为扬州法曹。廨舍梅花盛开，逊吟咏其下云……其后居洛，思梅花，再求其任。

解语花

立春风雨中饯处静[①]

檐花旧滴，帐烛新啼，香润残冬被。澹烟疏绮。凌波步、暗阻傍墙挑荠。梅痕似洗。空点点、年华别泪。花鬓愁，钗股笼寒，彩燕沾云腻。　　还鬥辛盘葱翠[②]。念青丝牵恨，曾试纤指。雁回潮尾。征帆去、似与东风相避。泥云万里[③]。应剪断、红情绿意。年少时，偏爱轻怜，和酒香宜睡。

[注释]

①处静：翁元龙，字时可，号处静，作者的弟弟。　②鬥：竞赛。　辛盘：旧时元旦迎春，以葱、韭、蒜等辛辣之菜置盘中作食品，谓可发五脏之气。叫做辛盘。　③泥云：天壤之间的距离。

[集评]

陈洵云:"'旧滴',逆入。'新啼',平出。复以'残冬'钩转。三句极伸缩之妙。……'泥云万里',重将风雨一提,然后跌落。'剪断'、'轻怜'、'宜睡',复拗转作收。笔力之大,无坚不破。"(《海绡说词》)

庆春宫

无射商　越中钱得闲园

春屋围花,秋池沿草,旧家锦藉川原[①]。莲尾分津,桃边迷路,片红不到人间。乱篁苍暗,料惜把、行题共删。小晴帘卷,独占西墙,一镜清寒。　风光未老吟潘[②]。嘶骑征尘,只付凭阑。鸣瑟传杯,辟邪翻烬[③],系船香斗春宽[④]。晚林青外,乱鸦著、斜阳几山。粉消莫染,犹是秦宫,绿扰云鬟[⑤]。

[注释]

①"春屋"三句:《新五代史·钱镠世家》载,"加镠检校太师……镠素所居营为衣锦营"。后"升衣锦营为衣锦城"。"山林皆覆以锦"。　旧家:祖先家,指钱镠。　②潘:指潘岳。此句用潘岳《秋兴赋序》"余春秋三十有二,始见二毛"之义,叹时光之消磨。　③辟邪:香名。出波斯国。④香斗:香酒。　斗:酒器。　⑤"犹是秦宫"二句:用杜牧《阿房宫赋》"妃嫔媵嫱,王子皇孙,辞楼下殿,辇来于秦。……绿云扰扰,梳晓鬟也"之意。

庆春宫[①]

残叶翻浓,馀香栖苦,障风怨动秋声。云影摇寒,波尘销腻,翠房人去深扃[②]。昼成凄黯,雁飞过、垂杨转青。阑干横暮,酥印痕香,玉腕谁凭。　菱花乍失娉婷。别岸围红,千艳倾城。重洗清杯,同追深夜,豆花寒落愁灯。

近欢成梦，断云隔、巫山几层。偷相怜处，熏尽金篝[3]，销瘦云英[4]。

[注释]

①唐氏按:是调原有周邦彦“云接平岗”一阕，亦已删。原注云附清真，非误入也。今未入存目。 ②扃:闭锁。 ③金篝:熏香炉外的竹笼曰篝。此处指熏炉。 ④云英:美女名，本指唐代钟陵名妓。罗隐《偶题》诗有“钟陵醉别十馀春，重见云英掌上身”之句。

塞垣春

丙午岁旦[1]

漏瑟侵琼管[2]。润鼓借、烘炉暖[3]。藏钩怯冷[4]，画鸡临晓[5]，邻语莺啭。殢绿窗、细咒浮梅盏[6]。换蜜炬、花心短[7]。梦惊回，林鸦起，曲屏春事天远。 迎路柳丝裙，看争拜东风，盈灞桥岸。髻落宝钗寒，恨花胜迟燕[8]。渐街帘影转。还似新年，过邮亭、一相见。南陌又灯火，绣囊尘香浅。

[注释]

①该词作于淳祐六年(1246)。 ②漏瑟:更漏的嘀嗒声。 琼管:玉笛。 ③鼓:更鼓。 ④藏钩:古代一种游戏。 ⑤画鸡:古俗正月初一，画鸡于门。 ⑥咒:祷告。 ⑦蜜炬:即蜡炬。 ⑧花胜:女子头上的花饰。 迟燕:等候燕之归来。

[集评]

陈洵云:“题是元旦，自起句至‘花心短’却全写除夕。至‘梦回’‘春远’，乃点出春字。……章法入神，勿徒赏其研炼。”(《海绡说词》)

刘永济云:“皆以妇女元日春事著笔。‘渐街帘’三句疑有本事，今不可考。”(《微睇室说词》)

宴清都

夹钟羽，俗名中吕调　饯荣王仲亨还京[①]

翠羽飞梁苑[②]。连催发，暮樯留话江燕。尘街堕珥，瑶扉乍钥，彩绳双罥[③]。新烟暗叶成阴，效翠妩、西陵送远。又趁得、蕊露天香，春留建章花晚。　归来笑折仙桃，琼楼宴萼，金漏催箭[④]。兰亭秀语，乌丝润墨，汉宫传玩。红敧醉玉天上，倩凤尾、时题画扇。问几时、重驾巫云，蓬莱路浅[⑤]。

［注释］

①该词作于景定元年（1260）。作者六十一岁。说见《系年》。　仲亨：嗣荣王赵与芮字。　②梁苑：又名梁园、兔园。为汉梁孝王（刘武）所筑，供游赏延宾之所。当时名士司马相如、枚乘、邹阳皆曾为座上客。③罥（juàn）：挂、缠绕。　④漏：又名铜漏或漏壶，古代计时之器。　箭：指漏壶中之部件，上刻节文，随水浮沉以计时刻。　⑤蓬莱：传说中的海上三仙山之一。

宴清都

连理海棠

绣幄鸳鸯柱。红情密，腻云低护秦树。芳根兼倚，花梢钿合，锦屏人妒。东风睡足交枝，正梦枕、瑶钗燕股。障滟蜡、满照欢丛，嫠蟾冷落羞度[①]。　人间万感幽单，华清惯浴，春盎风露[②]。连鬟并暖，同心共结，向承恩处[③]。凭谁为歌长恨[④]，暗殿锁、秋灯夜语。叙旧期、不负春盟，红朝翠暮。

[注释]

①嫠(lí)蟾:寡居之蟾。神话云月宫中有蟾蜍,故蟾代指月。此处当指月中之嫦娥。 ②“华清惯浴”二句:华清指华清池,在骊山脚下,唐玄宗之宠妃杨玉环洗浴处。因贵妃醉酒,玄宗云:“海棠睡未足耳。”以下多写贵妃典实。 ③并暖、同心、承恩:并指唐玄宗、杨贵妃之间欢恋之情。④长恨:指白居易《长恨歌》。

[集评]

陈洵云:“只运化一篇长恨歌,乃放出如许异采,见事多,识理透故也。得力尤在换头一句,‘人间万感’,天上嫠蟾,横风忽断,夹叙夹议,将全篇精神振起。”(《海绡说词》)

朱祖谋云:“障滟蜡满照欢丛,嫠蟾冷落羞度,‘揺染大笔何淋漓。’”(《彊村老人评词》)

刘永济云:“此咏物词之工整者,因咏物亦托物言情……既以杨妃比花,以明皇与杨妃离合之事贯穿其中。实则又以杨妃比去妾以抒写自己离情。作者心细如髮,而用笔灵活,绝不沾滞。是卷中咏物最工之作。”(《微睇室说词》)

宴清都

寿荣王夫人①

万壑蓬莱路。非烟霁,五云城阙深处②。璇源媲凤③,瑶池种玉,炼颜金姥④。长虹梦入仙怀,便洗日、铜华翠渚。向瑞世、独占长春,蟠桃正饱风露。　殷勤汉殿传卮,隔江云起,暗飞青羽。南山寿石,东周宝鼎,千秋巩固。何时地拂龙衣,待迎入、玉京阆圃⑤。看□□、剩拥湖船,三千彩御⑥。

[注释]

①该词作于景定元年(1260)秋后。说见《系年》。 荣王夫人:荣王

赵希瓐妻全氏，为理宗之母。 ②五云：五彩云气，古人以为祥瑞之兆。 ③璇源媲凤：此指全氏为理宗生母。 璇源：喻产珠之水。 ④金姥：又作金母，即西王母。 ⑤玉京：天上宫阙。 阆：阆风。 圃：玄圃。 玉京阆圃：均仙山名。 ⑥彩御：彩女，即宫女。

宴清都

寿秋壑①

翠匝西门柳。荆州昔，未来时正春瘦②。如今剩舞，西风旧色，胜东风秀。黄粱露湿秋江，转万里、云樯蔽昼。正虎落、马静晨嘶③，连营夜沉刁斗④。 含章换几桐阴⑤，千官邃幄，韶凤还奏⑥。席前夜久，天低宴密，御香盈袖。星槎信约长在，醉兴渺、银河赋就。对小弦、月挂南楼，凉浮桂酒。

[注释]

①秋壑：贾似道。 ②"翠匝"三句：用陶侃于武昌课诸营种柳事恭维贾似道。贾曾知江陵。 ③虎落：遮护城堡或营寨之篱笆，以竹篾相连遮落而成。 ④刁斗：古代行军用具，可敲击以警夜。 ⑤含章：汉宫名。换几桐阴：换了几任宰相。 宋韩仁、韩维以下数世为相，门种桐树，号桐阴世家。 ⑥韶：传为舜时乐曲名，十分美妙。 韶凤：典出《尚书·益稷》"箫韶九成，凤皇来仪"。

宴清都

送马林屋赴南宫①，分韵得动字

柳色春阴重。东风力，快将云雁高送。书檠细雨，吟窗乱雪，井寒笔冻。家林秀橘霜老，笑分得、蟾边桂种②。应茂苑、斗转苍龙③，唯潮献奇吴凤④。 玉眉暗隐华年,凌云气压,千载云梦。名笺淡墨[⑤],恩袍翠草[⑥],紫骝青鞚。飞香杏园新句,眩醉眼、春游乍纵。弄喜音、鹊绕庭花,红帘影动。

[注释]

①赴南宫:参加礼部的考试。 ②蟾边桂种:即蟾宫折桂,谓科举得中。 ③斗:南斗六星,谓之斗宿。此泛指星斗。 苍龙:东方星宿名。④“唯潮”句:平江俗谚“潮过唯亭出状元”。 吴凤:吴中凤凰。 ⑤淡墨:唐代进士名榜,以淡墨书写。 ⑥恩袍:进士着青袍。“恩袍草色动”,宋仁宗赐进士及第诗。

宴清都

万里关河眼。愁凝处,渺渺残照红敛。天低远树,潮分断港,路回淮甸[①]。吟鞭又指孤店。对玉露金风送晚。恨自古、才子佳人,此景此情多感。 吴王故苑[②]。别来良朋雅集,空叹蓬转。挥毫记烛,飞觞赶月,梦销香断。区区去程何限。倩片纸、丁宁过雁。寄相思,寒雨灯窗,芙蓉旧院。

[注释]

①淮甸:淮水流经的远方。 甸:郊外之地,远方也。 ②吴王故苑:春秋吴地(今之苏州),素有宫阙苑囿之胜。

齐天乐

黄钟宫,俗名正宫 与冯深居登禹陵[①]

三千年事残鸦外,无言倦凭秋树。逝水移川,高陵变谷[②],那识当时神禹。幽云怪雨。翠萍湿空梁,夜深飞去[3]。雁起青天，数行书似旧藏处。　寂寥西窗久坐，故人悭会遇，同剪灯语。积藓残碑，零圭断壁，重拂人间尘土。霜红罢舞。漫山色青青，雾朝烟暮。岸锁春船，画旗喧赛鼓。

［注释］

①该词作于淳祐元年（1241）。作者四十二岁。说见《系年》。　冯去非：号深居，淳祐元年进士。　禹陵：大禹的陵墓，在今浙江绍兴。　②高陵变谷：叹人世变迁，沧海桑田。　③"翠苹"二句：传说禹庙的正梁每当雷雨时就不见，等雨停后又回来，上面沾满水草。

［集评］

杨慎云："《乐府指迷》云'词要清空，不要质实'，清空则灵，质实则滞。"（《词品》卷四）

陈廷焯云："梦窗才情超逸，何尝沉晦。梦窗长处，正在超逸之中，见沉郁之意。"（《白雨斋词话》卷二）

郑文焯："万古精灵，空荡幽默，怀古之作，至此乃神。"（《手批梦窗词》）

齐天乐

白酒自酌有感

芙蓉心上三更露[1]，茸香漱泉玉井[2]。自洗银舟[3]，徐开素酌，月落空杯无影。庭阴未暝。度一曲新蝉，韵秋堪听。瘦骨侵冰，怕惊纹簟夜深冷。　当时湖上载酒，翠云开处共，雪面波镜。万感琼浆，千茎鬓雪，烟锁蓝桥花径。留连暮景。但偷觅孤欢，强宽秋兴。醉倚修篁，晚风吹半醒。

[注释]

①芙蓉:酒杯美称。 ②茸香:幽香。 ③银舟:银制酒盏。

[集评]

陆辅之云:"'月落空杯无影',警句! 饮白醪感少年事。"(《词旨》下)

丁绍仪云:"词至南宋而极工,然如白石、梦窗、草窗、玉田,皆胥疏江湖,故语多婉笃,去北宋疏越之音远矣。"(《听秋声馆词话》卷六)

齐天乐

齐云楼[①]

凌朝一片阳台影[②],飞来太空不去。栋与参横,帘钩斗曲,西北城高几许。天声似语。便阊阖轻排[③],虹河平湖。问几阴晴,霸吴平地漫今古。 西山横黛瞰碧,眼明应不到,烟际沉鹭。卧笛长吟,层霾乍裂,寒月溟濛千里。凭虚醉舞。梦凝白阑干,化为飞雾。净洗青红,骤飞沧海雨。

[注释]

①该词或作于嘉熙二年戊戌(1238),作者三十岁。说见《系年》。②阳台:传说中的高台名,见宋玉《高唐赋序》。在此喻指齐云楼。据朱孝臧《梦窗词集小笺》引卢熊《苏州府志》,"齐云楼在郡治后子城上。"③阊阖:天门。

[集评]

陈廷焯云:"状难状之景,极烟云变幻之奇。"(《大雅集》)

陈匪石云:"梦窗《齐天乐》之'里'字叶鱼部。"(《声执》卷上)

刘永济云:"此词首尾皆奇幻空灵,富于想象。总因楼耸入云,使人生凌空缥渺之幻想。笔姿极其矫健。张炎病梦窗不能清空,观此与'灵岩','禹陵'等作,知张氏之说,不足尽梦窗。"(《微睇室说词》)

齐天乐

新烟初试花如梦，疑收楚峰残雨[1]。茂苑人归，秦楼燕宿，同惜天涯为旅。游情最苦。早柔绿迷津，乱莎荒圃。数树梨花，晚风吹堕半汀鹭。　　流红江上去远，翠尊曾共醉，云外别墅。澹月秋千，幽香巷陌，愁结伤春深处。听歌看舞。驻不得当时，柳蛮樱素[2]。睡起恹恹，洞箫谁院宇。

[注释]

①楚峰残雨：即巫山云雨。因巫山在昔之楚地故称楚峰。　②柳蛮樱素：唐白居易有家伎二，曰小蛮，善舞；曰樊素，善歌。白居易尝为诗曰"樱桃樊素口，杨柳小蛮腰"。

[集评]

俞陛云云："起二句写春暮风景，秀丽若奇花初胎。"（《唐五代两宋词选释》）

齐天乐

毗陵两别驾招饮丁园索赋

竹深不放斜阳度，横披澹墨林沼。断莽平烟，残莎剩水，宜得秋深才好。荒亭旋扫。正著酒寒轻，弄花春小。障锦西风，半围歌袖半吟草。　　独游清兴易懒，景饶人未胜，乐事长少。柳下交车，尊前岸帻[1]，同抚云根一笑。秋香未老。渐风雨西城，暗敧客帽[2]。背月移舟，乱鸦溪树晓[3]。

[注释]

①岸帻：推起头巾，露出前额。 ②攲：斜。 ③晓：据刘永济《微睇室说词》当作“杪”。

[集评]

陈廷焯云：“梦窗才情横逸，斟酌于周、秦、姜、史之外，自树一帜。”(《白雨斋词话》卷八)

齐天乐

会江湖诸友泛湖

麹尘犹沁伤心水，歌蝉暗惊春换。露藻清啼，烟萝澹碧，先结湖山秋怨。波帘翠卷。叹霞薄轻绡，汜人重见[1]。傍柳追凉，暂疏怀袖负纨扇。 南花清鬥素靥。画船应不载，坡静诗卷[2]。泛酒芳筒[3]，题名蠹壁，重集湘鸿江燕。平芜未剪。怕一夕西风，镜心红变[4]。望极愁生，暮天菱唱远。

[注释]

①汜人：指美女。典出唐沈亚之《湘中怨解》，郑生月夜渡洛桥，救一美女归，称“汜人”，自云是“蛟宫之娣”谴贬下凡。此喻指去妾，为梦窗晚年情结。后之咏燕词，多类此。 ②坡静：苏轼和林逋。逋私谥和靖先生，“靖”“静”通。 ③芳筒：截取竹节，以盛香酒。 ④镜心：如镜的湖心。

[集评]

陈洵云：“此夏日泛湖作也。‘春换’，逆入。‘秋怨’，倒提。‘平芜未剪’，钩勒。‘一夕西风’，空际转身，极离合脱换之妙。”(《海绡说词》)

齐天乐

烟波桃叶西陵路[①]，十年断魂潮尾。古柳重攀，轻鸥聚别，陈迹危亭独倚。凉飔乍起[②]。渺烟碛飞帆，暮山横翠。但有江花，共临秋镜照憔悴。　华堂烛暗送客，眼波回盼处，芳艳流水。素骨凝冰，柔葱蘸雪，犹忆分瓜深意[③]。清尊未洗。梦不湿行云，漫沾残泪。可惜秋宵，乱蛩疏雨里。

[注释]

①烟波桃叶：当是用“桃叶渡”典故。桃叶渡，在南京秦淮河畔。相传晋王献之于此迎其妾桃叶，故以桃叶名此渡口。　②飔：凉风也。　③分瓜：少女十六岁。“瓜”字拆开，作“二八”形，故云。

[集评]

谭献云：“虽亦是平起，而结响颇遒。”（《复堂词话》）

陈洵云：“中间送客一事，留作换头点睛三句，相为起伏，最是局势精奇处。谭复堂乃谓为平起，不知此中曲折也。……梦窗运典隐僻，如诗家之玉溪。”（《海绡说词》）

齐天乐

寿荣王夫人[①]

玉皇重赐瑶池宴，琼筵第二十四。万象澄秋，群裾曳玉，清澈冰壶人世。鳌峰对起[②]。许分得钧天[③]，凤丝龙吹。翠羽飞来，舞鸾曾赋曼桃字。　鹤胎曾梦电绕[④]，桂根看骤长，玉干金蕊。少海波新[⑤]，芳茅露滴，凉入堂阶彩戏。香霖乍洗。拥莲媛三千[⑥]，羽裳风佩。圣姥朝元[⑦]，炼颜银汉水。

[注释]

①该词作于景定元年(1260)秋后。说见《系年》。 ②鳌峰:旧以鳌山为神仙所居。 ③钧天:此指天上仙乐,所谓钧天广乐是也。 ④“鹤胎”句:形容孕育奇胎。此言荣王夫人为嗣太子(度宗)生母。 ⑤少海:天子比大海,太子比少海。见《海录碎事·帝王部》。 ⑥莲媛:此指侍女如仙界女郎。 ⑦圣姥(mǔ):因荣王为南宋理宗之同母弟,理宗以荣王之子为太子(即后之度宗),则荣王夫人之尊荣可知,故以圣姥称之。

齐天乐

赠姜石帚

馀香才润鸾绡汗[①],秋风夜来先起。雾锁林深,蓝浮野阔,一笛渔蓑鸥外。红尘万里。就中决银河,冷涵空翠。岸觜沙平,水杨阴下晚初舣[②]。 桃溪人住最久。浪吟谁得到,兰蕙疏绮。砚色寒云,签声乱叶[③],蕲竹纱纹如水[④]。笙歌醉里。步明月丁东,静传环佩。更展芳塘,种花招燕子。

[注释]

①鸾绡汗:拭汗之绡巾。 ②舣:船泊岸边曰舣舟。 ③签声:翻动书签之声。 ④蕲竹:湖北蕲州所产之竹席,自古有盛名。 纱纹:指簟纹。

[集评]

周济云:“稼轩由北开南,梦窗由南追北,是词家转境。”(《宋四家词选目录序论》)

丹凤吟

无射商 赋陈宗之芸居楼[①]

丽景长安人海,避影繁华,结庐深寂。灯窗雪户,光映夜寒东壁。心凋鬓改，镂冰刻水，缥简离离[②]，风签索索[③]。怕遣花虫蠹粉，自采秋芸熏架，香泛纤碧。　更上新梯窈窕，暮山澹著城外色。旧雨江湖远[④]，问桐阴门巷，燕曾相识。吟壶天小，不觉翠蓬云隔。桂斧月宫三万手[⑤]，计元和通籍[⑥]。软红满路，谁聘幽素客。

［注释］

①陈宗之：陈起，字宗之，南宋末年书商，也是《江湖集》的彙刻者。②缥简：淡青色的书卷。　离离：众多、杂陈貌。　③风签：在此指书签。书写标题的标识谓之签。　索索：瑟瑟，风声。　④江湖：据朱孝臧《梦窗词集小笺》云，"按《江湖前后集》，皆陈起（宗之）所编宋季高逸之士诗篇，刻以传世。词中所云'旧雨江湖远'盖指此。"　⑤"桂斧"句：指折桂蟾宫的进士甚多。　⑥元和：唐宪宗年号。以人物盛多著称。　通籍：指中进士，踏入仕途。

扫花游

夹钟商　西湖寒食

冷空澹碧，带翳柳轻云，护花深雾。艳晨易午[①]。正笙箫竞渡，绮罗争路。骤卷风埃，半掩长蛾翠妩。散红缕。渐红湿杏泥，愁燕无语。　乘盖争避处。就解佩旗亭[②]，故人相遇。恨春太妒。溅行裙更惜，凤钩尘污[③]。酹入梅根，万点啼痕暗树。峭寒暮。更萧萧、陇头人去。

［注释］

①艳晨易午：从早晨玩到中午。　②旗亭：酒楼。　③凤钩：弓鞋。

［集评］

陈锐云："词中四声句，最为着眼，如《扫花游》之起句……无不用上平去入，乃词中之玉律金科。"（《褎碧斋词话》）

陈洵云："'艳晨易午'，'恨春太妒'，是通篇眼目。天气既变，人情亦乖，奈此良辰美景何，极浓厚深挚。"（《海绡说词》）

扫花游

春　雪

水云共色，渐断岸飞花，雨声初峭。步帐素袅。想玉人误惜，章台春老。岫敛愁蛾，半洗铅华未晓。舣轻棹。似山阴夜晴，乘兴初到[①]。　　心事春缥缈。记遍地梨花，弄月斜照。旧时鬬草。恨凌波路钥[②]，小庭深窈。冻涩琼箫，渐入东风郢调。暖回早。醉西园、乱红休扫。

［注释］

①"似山阴夜雪"二句：用王徽之（子猷）居山阴时雪夜访戴逵事。见《世说新语·任诞》。　②路钥：犹路断。　钥：锁也。

［集评］

陈洵云："'水云共色'，正面空处起步。'章台春老'，侧面实处转步。'山阴夜晴'，对面宽处歇步。'遍地梨花'，复侧面空处回步。以下步步转，步步歇，往复盘旋，一步一境。换头五字，贯彻上下，通体浑融矣。"（《海绡说词》）

扫花游

赠芸隐[①]

草生梦碧，正燕子帘帏，影迟春午。倦茶荐乳。看风签乱叶，老沙昏雨。古简蟫篇[②]，种得云根疗蠹。最清楚。

带明月自锄，花外幽圃。　　醒眼看醉舞。到应事无心，与闲同趣。小山有语。恨逋仙占却，暗香吟赋。暖通书床，带草春摇翠露。未归去。正长安、软红如雾。

[注释]

①该词作于端平三年（1236），在苏州，作者三十七岁。　芸隐：施枢之号。说见《系年》。　②蟫（yín）：虫名，蠹鱼也。　蟫篇：虫蛀了的书篇曰蟫篇，言其古老。

[集评]

况周颐云："芬菲铿丽之作，中间隽句艳字，莫不有沉挚之思，灏瀚之气，挟之以流转，令人玩索而不能尽，则其中之所存者厚。"（《蕙风词话》卷二）

扫花游

送春古江村[①]

水园沁碧，骤夜雨飘红，竟空林岛。艳春过了。有尘香坠钿，尚遗芳草。步绕新阴，渐觉交枝径小。醉深窈。爱绿叶翠圆，胜看花好。　　芳架雪未扫。怪翠被佳人，困迷清晓。柳丝系棹。问阊门自古[②]，送春多少。倦蝶慵飞，故扑簪花破帽。酹残照。掩重城、暮钟不到。

[注释]

①古江村：在苏州阊门西，赵思别业。张孝祥书匾曰"古江村"。②阊门：城门名。苏州城西门，象天门之有阊阖，故名。

[集评]

程洪云："梦窗云'问阊门自古，送春多少'，妙语独立，各不相假借。正不必举全词，即此数语，可长留数公天地间。"（《词洁辑评》卷五）

扫花游

赋瑶圃万象皆春堂[①]

暖波印日，倒秀影秦山[②]，晓鬟梳洗。步帷艳绮。正梁园未雪，海棠犹睡。藉绿盛红，怕委天香到地[③]。画船系。舞西湖暗黄，虹卧新霁。　　天梦春枕被。和凤筑东风[④]，宴歌曲水。海宫对起。灿骊光乍湿[⑤]，杏梁云气。夜色瑶台，禁蜡初传翡翠。唤春醉。问人间、几番桃李。

[注释]

①该词作于景定元年(1260)。作者六十一岁。说见《系年》。瑶圃：为赵与芮的私人花园，在绍兴。　②秦山：秦望山，在绍兴城南。③怕委：怕飘零。　④凤筑：乐器，犹凤管。　⑤骊光：骊珠之光，与下句“杏梁”，极写瑶圃之华美。

[集评]

王又华云：“丽情密藻，尽态极妍。要其瑰琢处，无不有蛇灰蚓线之妙，则所谓一气流贯也。”(《古今词论》)

应天长

夷则商　吴门元夕

丽花鬥靥，清麝溅尘，春声遍满芳陌。竟路障空云幕[①]，冰壶浸霞色。芙蓉镜，词赋客。竞绣笔、醉嫌天窄。素娥下，小驻轻镳[②]，眼乱红碧。　　前事顿非昔。故苑年光，浑与世相隔。向暮巷空人绝，残灯耿尘壁。凌波恨，帘户寂。听怨写、堕梅哀笛。伫立久，雨暗河桥，谯漏疏滴[③]。

［注释］

①竟路:满路。 障空云幕:帷幕遮天蔽日。 ②轻镳:轻车。 镳:马勒。 ③谯:谯楼,城门上的望楼,俗称鼓楼。

［集评］

陈洵云:“上阕全写盛时节物,极力为换头三句追逼。至‘巷空人绝,残灯尘壁’,则几不知为元夕矣。此与《六丑》‘吴门元夕风雨’立意自异。此见盛极必衰,彼则今昔之感。”(《海绡说词》)

风流子

黄钟商 芍药

金谷已空尘[①]。薰风转、国色返春魂。半敧雪醉霜,舞低鸾翅,绛笼蜜炬,绿映龙盆。窈窕绣窗人睡起,临砌脉无言[②]。慵整堕鬟,怨时迟暮,可怜憔悴,啼雨黄昏。 轻桡移花市,秋娘渡、飞浪溅湿行裙。二十四桥南北[③],罗荐香分[④]。念碎劈芳心,萦思千缕,赠将幽素,偷剪重云。终待风池归去,催咏红翻。

［注释］

①金谷:园名。晋石崇金谷园,在洛阳。 ②脉无言:含情脉脉,无语相视。此指赏花人之情态。 ③二十四桥:在扬州。一名芍药桥。 ④罗荐:罗裳与枕席。

风流子

前 题

温柔酣紫曲,扬州路、梦绕翠盘龙[①]。似日长傍枕,堕妆偏髻,露浓如酒,微醉敧红。自别楚娇天正远,倾国见吴宫。银烛夜阑,暗闻香泽,翠阴秋寂,重返春风。芳期嗟轻误,花君去、肠断妾若为容[2]。惆怅舞衣叠损,露绮千重。料绣窗曲理,红牙拍碎,禁阶敲遍,白玉盂空[3]。犹记弄花相谑,十二阑东。

[注释]

①翠盘龙:本韩愈《芍药》"浩态狂香惜未逢,红灯烁烁绿盘龙"。绿,指叶。 ②花君:司春之神。 ③白玉盂:白芍药花。周密《江城子》云"赋玉盘盂芍药寄意"。

过秦楼

黄钟商 芙蓉

藻国凄迷,麹澜澄映,怨入粉烟蓝雾[1]。香笼麝水,腻涨红波,一镜万妆争妒。湘女归魂,佩环玉冷无声,凝情谁愬[2]。又江空月堕,凌波尘起,彩鸳愁舞。 还暗忆、钿合兰桡,丝牵琼腕,见的更怜心苦[3]。玲珑翠屋,轻薄冰绡,稳称锦云留住。生怕哀蝉,暗惊秋被红衰,啼珠零露。能西风老尽[4],羞趁东风嫁与。

[注释]

①粉烟蓝雾:写花叶上的雾气,表现荷塘烟水迷濛景象。 ②愬:同"诉",诉、说。 ③的:同"菂",莲子。 ④能:原注,"去声"。意为宁愿,宁可。

[集评]

陈洵云:"人情物理,双管齐下。……'能西风老尽,羞趁东风嫁与',是在守道君子。此不肯攀援藩邸,而老于韦布之大本领,勿以齐梁小赋读之。"(《海绡说词》)

俞陛云云:“上阕自‘香笼’句以下,后阕自‘翠幄’句以下,咏芙蓉正喻夹写,陆离弥目,而有性情写寓乎其中。‘万妆争妒’句及结处尤为生色。”(《唐五代两宋词选释》)

法曲献仙音

黄钟商　秋晚红白莲

风拍波惊,露零秋觉,断绿衰红江上。艳拂潮妆[①],澹凝冰靥[②],别翻翠池花浪。过数点、斜阳雨,啼绡粉痕冷。

宛相向。指汀洲、素云飞过,清麝洗、玉井晓霞佩响。寸藕折长丝,笑何郎、心似春荡[③]。半掬微凉,听娇蝉、声度菱唱。伴鸳鸯秋梦,酒醒月斜轻帐。

[注释]

①潮妆:红潮,红妆,指红莲。　②冰靥:指白莲。　③何郎:因魏何晏美姿容,后人因以“何郎”称誉美男子或情郎。

[集评]

杜文澜云:“此词首句第二字,次句第四字,四句第二字,五句第四字,皆用入声方是。”(《憩园词话》卷三)

李佳云:“宋人词有以方音为叶者。如吴文英《法曲献仙音》‘冷’、‘向’同押。皆以土音叶韵,不可为法。”(《左庵词话》卷上)

陈锐云:“吴音‘冷’读如‘朗’。”(《袌碧斋词话》)

法曲献仙音

放琴客,和宏庵韵[①]

落叶霞翻,败窗风咽,暮色凄凉深院。瘦不关秋,泪缘轻别,情消鬓霜千点。怅翠冷搔头燕[②],那能语恩怨。

紫箫远。记桃根、向随春渡[③],愁未洗、铅水又将恨染。粉缟涩离箱，忍重拈、灯夜裁剪。望极蓝桥[4]，彩云飞、罗扇歌断。料莺笼玉锁，梦里隔花时见。

［注释］

①放琴客：出妾。 琴客，柳浑侍妾，后以称人妾。 宏庵：丁宥，字基仲，号宏庵，作者友人。 ②搔头：簪之别称。妇女的头饰。 ③桃根：人名。晋王献之之妾桃叶有妹名桃根。在此喻美女歌伎。 ④蓝桥：引用裴航蓝桥求浆，遇仙女云英结为夫妻的典故。见唐裴铏《传奇》。

［集评］

陈匪石云："词之随地取音，求适歌者口吻，正与北曲之入附三声同一因素。《法曲献仙音》之点、染所用韵，皆不得资为口实，而转相仿效。"（《声执》卷上）

杜文澜云："《法曲献仙音》首句第二字，次句第四字，四句第二字，五句第四字，总用入声方是。梦窗'落叶霞翻'四句，均与之同。"（《憩园词话》卷三）

还京乐

黄钟商 友人泛湖，命乐工以筝、笙、琵琶、方响迭奏[1]

宴兰溆[2]，促奏丝萦管裂飞繁响。似汉宫人去[3]，夜深独语，胡沙凄哽。对雁斜玫柱，琼琼弄月临秋影[4]。凤吹远[5]，河汉去杳，天风飘冷。 泛清商竟。转铜壶敲漏，瑶床二八青娥，环佩再整。菱歌四碧无声，变须臾、翠翳红暝。叹梨园、今调绝音希，愁深未醒。桂楫轻如翼，归霞时点清镜。

［注释］

①方响：古代打击乐器。南朝梁时首造，盛行于南宋。用长方钢片十六枚，分两排悬于一架，用小铜锤击以发声。见《通典·乐四》。 ②兰

溆:长有兰花的水边。 ③汉宫人去:指细君公主。相传汉武帝与乌孙和亲,以江都王刘建之女细君为公主,嫁乌孙王。令人于马上弹琵琶来解除她途中的思乡之情。 ④琼琼:据《青楼小名录》"薛琼琼本狭斜,以善筝入供奉"。 ⑤凤吹:指笙。笙,又称凤笙,因笙有十三簧,形似凤,故称。

塞翁吟

黄钟商 赠宏庵

草色新宫绶[①],还跨紫陌骄骢[②]。好花是,晚开红。冷菊最香浓。黄帘绿幕萧萧梦,灯外换几秋风。叙往约,桂花宫。为别剪珍丛。 雕栊。行人去、秦腰褪玉,心事称、吴妆晕浓。向春夜、闺情赋就,想初寄、上国书时[③],唱入眉峰。归来共酒,窈窕纹窗,莲卸新蓬。

[注释]

①绶:丝带,用以结系官印。 ②紫陌:指帝京郊野的道路。 ③上国:指帝京。

[集评]

陆辅之云:"'黄帘绿幕萧萧梦,灯前几换秋风。'警句!"(《词旨》)

况周颐云:"'心事称吴妆晕红'七字兼情意、妆束、容色。"(《蕙风词话》卷二)

塞翁吟

饯梅津除郎赴阙[①]

有约西湖去,移棹晚折芙蓉。算才是,称心红。染不尽薰风。千桃过眼春如梦,还认锦叠云重。弄晚色,旧香中。旋撑入深丛。 从容。情犹赋、冰车健笔,人未老、南屏翠峰。转河影、浮槎信早，素妃叫、海月归来[②]，太液池东。红衣卸了，结子成莲[③]，天劲秋浓。

[注释]

①该词作于淳祐七年丁未岁(1247)，作者时为四十八岁。说见《系年》。 ②素妃：此处同“素娥”。传说中之月宫神女。因月色银白，故云素妃。 ③“结子”句：此祝其生子。梅津无子，故有是言。见《癸辛杂识》。

丁香结

夷则商　秋日海棠

香袅红霏，影高银烛，曾纵夜游浓醉。正锦温琼腻。被燕踏、暖雪惊翻庭砌。马嘶人散后，秋风换、故园梦里。吴霜融晓，陡觉暗动偷春花意。　还似。海雾冷仙山，唤觉环儿半睡[①]。浅薄朱唇，娇羞艳色，自伤时背。帘外寒挂澹月，向日秋千地。怀春情不断，犹带相思旧子。

[注释]

①“海雾冷仙山”二句：暗用《长恨歌》“忽闻海上有仙山，山在虚无缥缈间”，“闻道汉家天子使，九华帐里梦魂惊”之意。 环儿：指杨贵妃，小字玉环。《长恨歌》中女主角。 半睡：即指杨玉环醉如海棠睡未足。

[集评]

陈洵云：“咏物题却似纪游，又似怀旧，俯仰陈迹，无限低徊。置身空际，大起大落，独往独来。浓挚中有雄杰意态，读吴词者所当辨也。”(《海绡说词》)

六么令

夷则宫　七夕

露蛩初响，机杼还催织。婺星为情慵懒[1]，伫立明河侧[2]。不见津头艇子，望绝南飞翼。云梁千尺[3]。尘缘一点，回首西风又陈迹。　那知天上计拙，乞巧楼南北。瓜果几度凄凉，寂寞罗池客[4]。人事回廊缥缈，谁见金钗擘[5]。今夕何夕。杯残月堕，但耿银河漫天碧。

［注释］

①婺(wù)星：星名，即女宿，又名须女。二十八宿之一。　②明河：银河。　③云梁：指天上双星相会的鹊桥。　④罗池客：指柳宗元。韩愈著有《柳州罗池庙碑》，记述柳宗元在柳州的政绩。柳死后，当地百姓立庙纪念他。柳宗元还有《乞巧文》传世。　⑤擘：分开。　金钗擘：用《长恨歌》"钗留一股合一扇，钗擘黄金合分钿"句意，应七夕之情怀。

［集评］

陈洵云："此事偏要实叙，不怕惊死谈清空一流，却全是世间痴儿女幻境。极力逼出换头二句。'那知'二字，劈空提出。……前段运思奇幻，后段寄情闲散，点化处在数虚字。"(《海绡说词》)

蕙兰芳引

林钟商，俗名歇指调　赋藏一家吴郡王画兰[1]

空翠染云，楚山迥、故人南北。秀骨冷盈盈，清洗九秋涧绿。奉车旧畹，料未许、千金轻债[2]。浅笑还不语，蔓草罗裙一幅。　素女情多[3]，阿真娇重[4]，唤起空谷。弄野色烟姿，宜扫怨蛾澹墨。光风入户，媚香倾国。湘佩寒、幽梦小窗春足。

[注释]

①藏一：即陈郁。字仲文，号藏一，临川人。　吴郡王：据《宋史·外戚传》，吴益字叔谦，盖字叔平，俱宪圣皇后弟也，以恩补官。帝与后皆喜翰墨，故益、盖兄弟师法，亦有书名。益封太宁郡王，盖封新兴郡王。《书法会要》：吴居父，太宁郡王益之子，世称吴七郡王。性寡嗜好，日临古帖以自娱。字画类米芾，以词翰被遇孝宗。　②儥(yù)：卖也。　③素女：白衣素女，亦即天河神女。见陶潜《搜神后记》。　④阿真：唐玄宗贵妃杨玉环道号太真。

隔浦莲近

黄钟商　泊长桥过重午[①]

榴花依旧照眼，愁褪红丝腕。梦绕烟江路，汀菰绿，薰风晚。年少惊送远。吴蚕老、恨绪萦抽茧。　旅情懒。扁舟系处，青帘浊酒须换。一番重午，旋买香蒲浮盏。新月湖光荡素练。人散，红衣香在南岸[②]。

[注释]

①长桥："利往桥，即吴江长桥也。庆历八年(1048)县尉王廷坚所建。有亭曰垂虹，后人因以名桥。"见《吴郡志》。　②红衣：荷花。

[集评]

陈洵云："'依旧'，逆入。'梦绕'，平出。'年少'，逆入。'恨绪'，平出。笔笔断，笔笔续。'旅情懒'三字，缩入上段看。以下言长桥重午，只如此过，无复他情。词极萧散，意极含蓄。"(《海绡说词》)

白屋闲人云："诚所谓'铅汞炼而丹成，情景交而词成'也。"

垂丝钓近

夷则商　云麓先生以画舫载洛花宴客[①]

听风听雨，春残花落门掩。乍倚玉阑，旋剪天艳。携醉靨[2]，放溯溪游缆。波光撼，映烛花黯澹。　碎霞澄水，吴宫初试菱鉴。旧情顿减，孤负深杯滟。衣露天香染[3]。通夜饮，问漏移几点。

[注释]

①云麓：史宅之，字子仁，号云麓。两朝宰相史弥远之子。　洛花：洛阳花。牡丹花的别称。　②醉靨：牡丹品种中有称“醉杨妃”者，又称“杨妃醉酒”，为洛花之最老品种，至今尚存。见《洛阳县志》。　③“天香”句：意即“天香夜染衣”。据《摭异记》，太和中京邑传唱牡丹诗以李正封“国色朝酣酒，天香夜染衣”为最佳。后以“国色天香”为牡丹花美称。

荔枝香近

黄钟商　送人游南徐[1]

锦带吴钩[2]，征思横雁水[3]。夜吟敲落霜红，船傍枫桥系[4]。相思不管年华，唤酒吴娃市。因话、驻马新堤步秋绮。　淮楚尾。暮云送、人千里。细雨南楼，香密锦温曾醉。花谷依然，秀靨偷春小桃李。为语梦窗憔悴[5]。

[注释]

①南徐：镇江，东晋于镇江侨置南徐郡。　②吴钩：兵器，形似剑而曲。相传为吴王阖闾时制。因以为利剑之代称。见《吴越春秋·阖闾内传》。　③雁水：在陕西阳平关。此指远方。　④枫桥：桥名，在江苏吴县阊门西，本名封桥，后因张继《枫桥夜泊》而易“封”为“枫”。　⑤梦窗：词人自呼己号。

荔枝香近

七夕

睡轻时闻，晚鹊噪庭树。又说今夕天津[①]，西畔重欢遇。蛛丝暗锁红楼，燕子穿帘处。天上、未比人间更情苦。　　秋鬓改，妒月姊、长眉妩。过雨西风，数叶井梧愁舞。梦入蓝桥[②]，几点疏星映朱户。泪湿沙边凝伫。

[注释]

①天津：即天河、银汉。银河的别称。　②蓝桥：地名，在今陕西蓝田县东南蓝溪上。传说此地有仙窟，即裴航遇仙女云英处。

西　河

中吕商　陪鹤林登袁园[①]

春乍霁，清涟画舫融泄[②]。螺云万叠暗凝愁，黛蛾照水。漫将西子比西湖，溪边人更多丽。　　步危径、攀艳蕊。掬霞到手红碎。青蛇细折小回廊，去天半咫。画阑日暮起东风，棋声吹下人世。　　海棠藉雨半绣地[③]。正残寒、初御罗绮。除酒销春何计。向沙头更续，残阳一醉。双玉杯和流花洗。

[注释]

①鹤林：吴泳。朱《笺》：“《宋诗纪事》：吴泳，字叔永，号鹤林，潼川人，嘉定元年（1208）进士。”　袁园：据杨《笺》，“《絜斋集》：袁正献公有是亦楼，楼侧有水，有山，有花竹，与词中所言，恍惚略同，疑即此词之袁园”。　②融泄：轻快貌。　③绣地：落花满地。

[集评]

冯煦云:“梦窗之词,丽而则,幽邃而绵密,脉络井井,而卒焉不能得其端倪。”(《蒿庵论词》)

浪淘沙慢

夷则商　赋李尚书山园

梦仙到、吹笙路杳[1],度巘云滑[2]。溪谷冰绡未裂。金铺昼锁乍掣。见竹静、梅深春海阔。有新燕、帘底低说。念汉履无声跨鲸远[3],年年谢桥月。　曲折。画阑尽日凭热。半蜃起玲珑[4],楼阁畔、缥缈鸿去绝。飞絮飏东风,天外歌阕。睡红醉缬[5]。还是催、寒食看花时节。　花下苍苔盛罗袜。银烛短、漏壶易竭。料池柳、不攀春送别。倩玉兔、别捣秋香,更醉蹋、千山冷翠飞晴雪。

[注释]

①“梦仙到”句:用仙人王子乔故事。《列仙传》:“王子乔者,周灵王太子也。好吹笙作凤凰鸣,游伊、洛之间。”　②巘(yǎn):山尖。　③汉履:《汉书·郑崇传》载,“喜大司马荐崇,哀帝擢为尚书仆射。数求见谏争,上初纳用之。每见曳革履,上笑曰:‘我识郑尚书履声。’”　④半蜃:指如海市蜃楼,高耸空中。　⑤醉缬(xié):形容醉态可掬。　缬:眼发花。

西平乐慢

中吕商　过西湖先贤堂[1],伤今感昔,泫然出涕

岸压邮亭,路欹华表,堤树旧色依依。红索新晴[2],翠阴寒食,天涯倦客重归。叹废绿平烟带苑,幽渚尘香荡晚,当时燕子,无言对立斜晖。追念吟风赏月,十载事,梦

惹绿杨丝。 画船为市，夭妆艳水，日落云沉，人换春移。谁更与、苔根洗石，菊井招魂，漫省连车载酒，立马临花，犹认蔫红傍路枝。歌断宴阑，荣华露草，冷落山丘，到此徘徊，细雨西城，羊昙醉后花飞③。

[注释]

①先贤堂：在西湖，亦名仰高，祀许由等四十人。 ②红索：秋千。 ③羊昙：晋人，谢安之甥，多才艺，为安所爱重。安死，昙辍乐终年，行路不经安所经之西州路。一日醉中忘情，路经西州门，悲吟悼诗，恸哭而去。以此喻真挚情意。

[集评]

杨铁夫云："词以羊昙之于谢太傅自比，知所谓'感昔'者。必感恩知己之人……与此最近者，惟一吴潜。"（《吴梦窗词笺释》）

瑞龙吟

黄钟商，俗名大石调，犯正平调 蓬莱阁①

堕虹际。层观翠冷玲珑，五云飞起。玉虬萦结城根，澹烟半野，斜阳半市。 瞰危睇。门巷去来车马，梦游宫蚁②。秦鬟古色凝愁，镜中暗换，明眸皓齿。 东海青桑生处③，劲风吹浅，瀛洲清沘。山影泛出琼壶④，碧树人世。枪芽焙绿⑤，曾试云根味。岩流溅、涎香惯搅，娇龙春睡。露草啼清泪。酒香断到，文丘废隧⑥。今古秋声里。情漫黯、寒鸦孤村流水。半空画角，落梅花地。

[注释]

①蓬莱阁：在今浙江绍兴。《舆地纪胜》："绍兴郡治在卧龙山上，蓬莱阁在郡治厅后，取元微之'谪居犹得近蓬莱'句也。" ②梦游宫蚁：此

处用唐李公佐《南柯太守传》中所述淳于棼梦入大槐安国，享尽荣华富贵的寓义。 ③东海青桑：沧海桑田之意。 ④琼壶：方壶，传说中的海上三仙山之一。又名方丈。 ⑤枪芽：茶叶之尖尖嫩芽。 焙：微火烘烤。⑥文丘废隧：文人之墓曰文丘。亡国之社曰废隧。

瑞龙吟

送梅津

黯分袖。肠断去水流萍，住船系柳。吴宫娇月娆花，醉题恨倚，蛮江豆蔻[1]。 吐春绣。笔底丽情多少，眼波眉岫。新园锁却愁阴，露黄漫委，寒香半亩。 还背垂虹秋去，四桥烟雨[2]，一宵歌酒。犹忆翠微携壶，乌帽风骤。西湖到日，重见梅钿皱。谁家听、琵琶未了，朝骢嘶漏[3]。印剖黄金籀[4]。待来共凭，齐云话旧[5]。莫唱朱樱口。生怕遣、楼前行云知后。泪鸿怨角，空教人瘦。

[注释]

①蛮江：泛指南方江河。 豆蔻：植物名，南人呼其花尚未开放者为含胎花。诗人用以喻年少而美之未嫁女。 ②四桥烟雨：苏州甘泉桥，泉水甜美，名列第四，故称。 ③"谁家听"二句：宋孙洙为翰苑，在李太尉家作乐。会奉诏宣召。寻得于李太尉家。爱听其新妾弹琵琶，不肯即去，入院，已二鼓。草三制，罢。复作长短句以示太尉。 ④籀：古代字体之一种，即秦大篆。此处指印玺文字。 ⑤齐云：楼名，在苏州。

[集评]

陈洵云："题是梦窗送梅津，词则惟说梅津伤别。所伤又是他人，置身题外，作旁观感叹，用意透过数层。……吴词之奇幻，真是急索解人不得。"（《海绡说词》）

瑞龙吟

德清清明竞渡[①]

大溪面。遥望绣羽冲烟[②]，锦梭飞练[③]。桃花三十六陂，鲛宫睡起[④]，娇雷乍转。　去如箭。催趁戏旗游鼓，素澜雪溅。东风冷湿蛟腥，澹阴送昼，轻霏弄晚。　洲上青蘋生处，鬥春不管，怀沙人远。残日半开，一川花影零乱。山屏醉缬[⑤]，连棹东西岸。阑干倒、千红妆靥，铅香不断。傍暝疏帘卷。翠涟皱净，笙歌未散。簪柳门归懒。犹自有、玉龙黄昏吹怨。重云暗阁，春霖一片。

[注释]

①该词作于嘉定十七年甲申岁(1224)，作者时年二十五岁。说见《系年》。　德清：浙江县名。　②绣羽：有鸟形的旗帜。　③锦梭：彩舟。　④鲛宫睡起：鲛人从水底鲛宫中惊起，言竞渡人之矫健与众多。　⑤醉缬(xié)：醉眼昏花。

[集评]

周济云："梦窗每于空际转身，非真大神力不能。"(《介存斋论词杂著》)

陈洵云："天祚斯文，钟美君特，水楼赋笔，年少承平，使北宋之绪，微而复振。"(《海绡说词》)

大　酺

无射商，　荷塘小隐

峭石帆收[①]，归期差，林沼年销红碧。渔箬樵笠畔，买佳邻翻盖，浣花新宅。地凿桃阴，天澄藻镜[②]，聊与渔郎分席。沧波耕不碎，似蓝田初种，翠烟生壁。料情属新莲，梦惊春草，断桥相识。　平生江海客。秀怀抱、云锦当秋织。任岁晚、陶篱菊暗[③]，逋冢梅荒[④]，总输玉井尝甘液。忍弃红香叶。集楚裳、西风催著。正明月、秋无极。归隐何处，门外垂杨天窄。放船五湖夜色。

[注释]

①石帆：山名。《大明一统志》："石帆山在绍兴府城东十五里，遥望如张帆临水。"　②藻镜：生长水草的池塘。　③陶篱：陶潜种菊之东篱。　④逋冢：以梅为妻，以鹤为子的林逋的墓旁。

[集评]

陈锐云："清真词《大酺》云'墙头青玉旆'，玉字以入代平，下文云'邮亭无人处'，皆四平一仄。梦窗此句第四字，亦用入声，守律之严如此。今人则胡乱用之矣。"（《褒碧斋词话》）

解蹀躞

夷则商

醉云又兼醒雨，楚梦时来往。倦蜂刚著梨花、惹游荡。还作一段相思，冷波叶舞愁红，送人双桨。　暗凝想。情共天涯秋黯，朱桥锁深巷[①]。会稀投得轻分、顿惆怅。此去幽曲谁来，可怜残照西风，半妆楼上。

[注释]

①朱桥：指朱雀桥。在建康（今江苏南京）正南朱雀门外，横跨于秦淮河上。　深巷：指乌衣巷，是东晋名臣王导、谢安等豪门聚居处。

[集评]

陆辅之云："'醉云醒雨'，词眼！"（《词旨》）

陈洵云："此盖其人去后，过其旧居而作也。……'残照西风'，梦境

依稀，通体浑化。欲学清真，当先识此种。”(《海绡说词》)

倒犯

夹钟商 赠黄复庵

茂苑、共莺花醉吟，岁华如许。江湖夜雨。传书问、雁多幽阻。清溪上，惯来往扁舟、轻如羽。到兴懒归来，玉冷耕云圃。按琼箫，赋金缕[①]。　　回首词场，动地声名，春雷初启户。枕水卧漱石[②]，数间屋，梅一坞。待共结、良朋侣。载清尊、随花追野步。要未若城南，分取溪隈住。昼长看柳舞。

［注释］

①金缕：曲牌名，《金缕曲》亦名《金缕衣》、《金缕歌》或《贺新郎》。②枕水卧漱石：归隐山林的生活。《世说新语·排调》：“孙子荆年少时欲隐，谓王武子‘当枕石漱流’，误曰‘漱石枕流’。王曰：‘流可枕，石可漱乎？’孙曰：‘所以枕流，欲洗其耳；所以漱石，欲砺其齿。’”

［集评］

郑文焯云：“是词下阕瘦硬，如涌少陵东川诗，有偃蹇空山之概。”(《手批梦窗词》)

花犯

中吕商 谢黄复庵除夜寄古梅枝

剪横枝，清溪分影，翛然镜空晓[①]。小窗春到。怜夜冷孀娥，相伴孤照。古苔泪锁霜千点，苍华人共老。料浅雪、黄昏驿路，飞香遗冻草。　　行云梦中认琼娘[②]，冰肌瘦，窈窕风前纤缟。残醉醒，屏山外、翠禽声小。寒泉贮、绀壶渐暖，年事对、青灯惊换了。但恐舞、一帘胡蝶，玉龙吹又杳。

[注释]

①翛然：超然出尘貌。 ②琼娘：许飞琼，传说中的仙女。《汉武帝内传》：王母"命侍女许飞琼鼓震灵之簧"。

[集评]

俞陛云云："'苍华'及'青灯'句，当除夕咏梅，雅切而有情致。'冻草'句兼及送梅。通首丽而有则。"（《唐五代两宋词选释》）

花 犯

郭希道送水仙索赋

小娉婷，清铅素靥，蜂黄暗偷晕[①]。翠翘攲鬓。昨夜冷中庭，月下相认。睡浓更苦凄风紧。惊回心未稳。送晓色、一壶葱茜[②]，才知花梦准。　湘娥化作此幽芳，凌波路，古岸云沙遗恨。临砌影，寒香乱、冻梅藏韵。熏炉畔、旋移傍枕，还又见、玉人垂绀鬒[③]。料唤赏、清华池馆，台杯须满引[④]。

[注释]

①蜂黄：黄如蜂蜜之膏脂，古人用以涂额。 ②葱茜：苍翠的水仙叶子。 ③鬒(zhěn)：头发浓密。 ④台杯：杯盏，指酒盏。

[集评]

陈洵云："自起句至'相认'，全是梦境。……复以'花梦准'三字钩转作结。后片是梦非梦，纯是写神。……眉目清醒，度人金针。全从赵师雄梦梅花化出，须看其离合顺逆处。"（《海绡说词》）

陈匪石云："意既层出而不穷，笔亦回环宛转，学者苟深味之，当识梦

窗之真面矣。……朱孝臧极称此词潜气内转之妙。”(《宋词举》)

蝶恋花

题华山道女扇[1]

北斗秋横云髻影，莺羽衣轻，腰减青丝剩。一曲游仙闻玉磬，月华深院人初定[2]。　十二阑干和笑凭。风露生寒，人在莲花顶。睡重不知残酒醒，红帘几度啼鸦暝。

［注释］

①华山道女：即陈华山，为内宫夫人之失宠者。　②人初定：即人定之初。古人将一昼夜分为十二个时间段，人定是指黄昏之后、夜半之前那段时间。

蝶恋花

九日和吴见山韵

明月枝头香满路，几日西风，落尽花如雨。倒照秦眉天镜古[1]，秋明白鹭双飞处。　自摘霜葱宜荐俎，可惜重阳，不把黄花与。帽堕笑凭纤手取，清歌莫送秋声去。[2]

［注释］

①“倒照”句：言山色如眉黛倒影湖中。　天镜：平湖。　②唐氏按：此下《浣溪沙》调有欧阳修“青杏园林”、李璟“手卷珠帘”、晏殊“一曲新词”、苏轼“簌簌衣巾”、李清照“小院闲窗”各首，已删。

浣溪沙

仲冬望后，出迓履翁，舟中即兴[①]

新梦游仙驾紫鸿，数家灯火灞桥东。吹箫楼外冻云重[②]。　石瘦溪根船宿处，月斜梅影晓寒中。玉人无力倚东风。

[注释]

①该词或作于淳祐九年己酉岁（1249）。说见《系年》。　履翁：吴潜，字毅夫，号履斋，德清人。　②冻云：下雪前凝聚之阴云。

浣溪沙

题李中斋舟中梅屏

冰骨清寒瘦一枝，玉人初上木兰时[①]。懒妆斜立澹春姿。　月落溪穷清影在，日长春去画帘垂。五湖水色掩西施[②]。

[注释]

①木兰：木兰舟，对船的美称，任昉《述异记》云："木兰洲在当阳江中，多木兰树……有鲁班刻木兰为舟，舟至今在洲。"　②五湖：太湖。相传灭吴后，范蠡携西施泛五湖而去。

浣溪沙

观吴人岁旦游承天[①]

千盖笼花鬥胜春[②]，东风无力扫香尘。尽沿高阁步红云。　闲里暗牵经岁恨，街头多认旧年人。晚钟催散又黄昏。

［注释］

①承天：即能仁寺，在苏州。 ②千盖：言车盖之多。 胜春：即春胜。女子元旦之头饰，剪彩为之。

浣溪沙

琴川慧日寺蜡梅[①]

蝶粉蜂黄大小乔[②]，中庭寒尽雪微销。一般清瘦各无聊。 窗下和香封远讯[③]，墙头飞玉怨邻箫。夜来风雨洗春娇。

［注释］

①琴川：在今江苏常熟，寺在常熟县北。 ②大小乔：二美女名。三国吴乔公之二女大乔与小乔，均为国色天香，分别嫁孙策、周瑜为妻。此处以美女喻梅花。 ③封远讯：折梅寄远。用陆凯驿寄梅花之典。

浣溪沙

门隔花深梦旧游，夕阳无语燕归愁。玉纤香动小帘钩。 落絮无声春堕泪，行云有影月含羞。东风临夜冷于秋。

［集评］

陈廷焯云：“结句贵情馀言外，含蓄不尽。”（《白雨斋词话》）

陈洵云：“是真是幻，传神阿堵，门隔花深故也。……此篇全从张子澄‘别梦依依到谢家’一诗化出，须看其游思缥缈、缠绵往复处。”（《海绡说词》）

浣溪沙

波面铜花冷不收，玉人垂钓理纤钩。月明池阁夜来秋。　　江燕话归成晓别，水花红减似春休。西风梧井叶先愁。

[集评]

陈洵云："'玉人垂钓理纤钩'，是下句倒影，非谓真有一玉人垂钓也。'纤钩'是月，'玉人'言风景之佳耳。'月明池阁'，下句醒出。……比兴常例，浅人不察，则谓觉翁晦耳。"（《海绡说词》）

浣溪沙

题史菊屏扇

门巷深深小画楼，阑干曾识凭春愁。新蓬遮却绣鸳游。　　桃观日斜香掩户，蘋溪风起水东流[1]。紫萸玉腕又逢秋。

[注释]

①蘋风：蘋草之叶极轻，容易摇动，古人以为是起风之地方。宋玉《风赋》："夫风生于地，起于青蘋之末。"故风又称"蘋末"。

[集评]

白屋闲人云："意飞动而语灵秀，有玉溪生之气度。"

浣溪沙

桂

曲角深帘隐洞房，正嫌玉骨易愁黄[1]，好花偏占一秋香。　　夜气清时初傍枕，晓光分处未开窗。可怜人似月中孀[2]。[3]

［注释］

①易愁黄：黄色桂花易引人愁思。倒装句。 ②月中霜：指嫦娥。③唐氏按：此下《玉楼春》调有晏殊“绿杨芳草”一首，已删。

玉楼春

京市舞女

茸茸狸帽遮梅额[1]，金蝉罗剪胡衫窄[2]。乘肩争看小腰身[3]，倦态强随闲鼓笛。 问称家住城东陌，欲买千金应不惜。归来困顿殢春眠[4]，犹梦婆娑斜趁拍[5]。

［注释］

①茸茸：兽毛柔密貌。 ②金蝉罗：其薄如蝉翼之丝罗。 ③乘肩：立于艺人肩头（之舞女）。 ④殢（tì）春眠：贪恋春睡。 ⑤趁拍：趁着（乐曲的）节拍。

［集评］

杨慎云：“吴梦窗《玉楼春》云‘茸茸狸帽遮梅额……犹梦婆娑斜趁拍’，深具意态者也。”（《词品》卷四）

叶申芗云：“临安京市有舞女，梦窗为赋《玉楼春》云……”（《本事词》卷下）

玉楼春

为故人母寿

华堂夜宴连清晓，醉里笙歌云窈袅。酿来千日酒初尝[1]，过却重阳秋更好。 阿儿早晚成名了，玉树阶前春满抱。天边金镜不须磨，长与妆楼悬晚照。

[注释]

①千日酒:典出《太平广记》卷二百三十三引《博物志》,“昔有人名刘玄石,从中山酒家沽酒。酒家与千日酒,忘语其节。至家醉卧,不醒数日。家人不知,以为死也。具棺殓葬之。酒家至千日,乃忆玄石前来沽酒,醉当醒矣,遂往玄石家而问之。云:‘石亡已三年,今服阕矣。’于是与家人至玄石墓,掘冢开视。玄石醒,起于棺中。”

点绛唇

推枕南窗,楝花寒入单纱浅。雨帘不卷,空碍调雏燕。　一握柔葱,香染榴巾汗。音尘断。画罗闲扇,山色天涯远。

[集评]

白屋闲人云:“写景由近及远,景中融情。抒情因小见大,情自景出。”

点绛唇

时霎清明,载花不过西园路。嫩阴绿树,正是春留处。　燕子重来,往事东流去。征衫贮。旧寒一缕,泪湿风帘絮。

[集评]

陈洵云:“此亦思去姬而作。‘西园’,故居。‘清明’,邂逅之始。‘春留’,正见人去。却只言往事,只言旧寒。既云‘不过’,则绿阴燕子,皆是想像之词,当前惟有征衫之泪耳。”(《海绡说词》)

点绛唇

试灯夜初晴[1]

卷尽愁云，素娥临夜新梳洗。暗尘不起，酥润凌波地。　　辇路重来，仿佛灯前事。情如水。小楼熏被，春梦笙歌里。

［注释］

①试灯：正月十四日。农历正月十五称上元，元夕节，古人张灯以祈丰稔。前一日为试灯，后一日为残灯。

［集评］

陈廷焯云："'情如水。小楼熏被。春梦笙歌里'超妙入神。"（《白雨斋词话》卷二）

秋蕊香

和吴见山落桂

宝月惊尘堕晓[1]，愁锁空枝斜照。古苔几点露萤小，销减秋光旋少。　　佩丸尚忆春酥袅[2]，故人老。断香忍和泪痕扫，魂返东篱梦窅[1]。

［注释］

①宝月：因月中有桂，放以落月形容落桂，是深层的比喻。　②佩丸：指以桂子为佩囊。　③窅（yǎo）：深远。

秋蕊香

七　夕

懒浴新凉睡早，雪醅酒红微笑。倚楼起把绣针小，月冷波光梦觉。　　怕闻井叶西风到，恨多少。粉河不语堕秋晓[1]，云雨人间未了。

[注释]

①粉河：银河。

[集评]

白屋闲人云："'新凉'、'月冷'、'西风'、'秋晓'均烘托凄凉离别之苦；'懒浴'、'睡早'、'倚楼'、'梦觉'，泻染'恨多少'，情'未了'。"

诉衷情

阴阴绿润暗啼鸦，陌上断香车。红云深处春在，飞出建章花[1]。春此去，那天涯。几烟沙。忍教芳草，狼藉斜阳，人未归家。

[注释]

①建章：西汉长安宫殿名。此指临安宫花。

诉衷情

柳腰空舞翠裙烟[1]，尽日不成眠。花尘浪卷清昼，渐变晚阴天。　　吴社水[2]，系游船。又经年。东风不管，燕子初来，一夜春寒。

[注释]

①翠裙烟:此言拖烟之柳条与翠裙同色。　②吴社水:吴地之水域。社:指春社。立春后第五个戊日为春社。

诉衷情

片云载雨过江鸥,水色澹汀洲。小莲玉惨红怨,翠被又经秋。　　凉意思,到南楼。小帘钩。半窗灯晕,几叶芭蕉,客梦床头。

[集评]

白屋闲人云:"景为情之宾,情为景之主。托小巧玲珑之物什,喻爱怜之人;借动态之景色,写深蕴之情。清纯优美,似梦实醒。"

诉衷情

七　夕

西风吹鹤到人间,凉月满缑山[①]。银河万里秋浪,重载客槎还。　　河汉女,巧云鬟。夜阑干。钗头新约,针眼娇颦,楼上秋寒。

[注释]

①缑(gōu)山:山名,又名缑氏山。在今河南偃师东南。传说仙人王子乔约桓良七月七日相见之处即在此山。

夜游宫

竹窗听雨,坐久隐几就睡,既觉,见水仙娟娟于灯影中

窗外捎溪雨响[①]。映窗里、嚼花灯冷。浑似潇湘系孤

艇。见幽仙，步凌波，月边影。　　香苦欺寒劲。牵梦绕、沧涛千顷。梦觉新愁旧风景。绀云敧[2]，玉搔斜，酒初醒。

[注释]

①捎溪雨响：风吹疾雨，掠过溪上。“急雨捎溪足，斜晖转树腰。”见杜甫《绝句六首》。　②绀云：深青而带红色的云。

[集评]

陈洵云：“通章只做‘梦觉新愁旧风景’一句。‘见幽仙，步凌波，月边影’，是觉。‘绀云敧，玉搔斜，酒初醒’，又复入梦矣。”（《海绡说词》）

刘永济云：“‘嚼花’之花，即灯花也。灯唇有花如嚼。……‘月’者灯光之幻影也。此二句盖梦境从实境幻出，写梦境俨如实境，用笔用思皆奇幻，吴词之特色也。”（《微睇室说词》）

夜游宫

春语莺迷翠柳。烟隔断、晴波远岫。寒压重帘幔拕绣[1]。袖炉香，倩东风，与吹透。　　花讯催时候。旧相思、偏供闲昼。春澹情浓半中酒。玉痕销，似梅花，更清瘦。

[注释]

①拕：拖也，下垂之意。绣幔下垂貌。

醉桃源

荷塘小隐赋烛影[1]

金丸一树带霜华[2]，银台摇艳霞。烛阴树影两交加，秋纱机上花。　飞醉笔，驻吟车。香深小隐家。明朝新梦付啼鸦，歌阑月未斜。

［注释］

①荷塘：作者友人毛荷塘。　小隐：当为毛氏庐名。　②“金丸”句：指带霜的红橘。

醉桃源

赠卢长笛[1]

沙河塘上旧游嬉，卢郎年少时。一声长笛月中吹，和云和雁飞。　惊物换，叹星移。相看两鬓丝。断肠吴苑草凄凄，倚楼人未归[2]。

［注释］

①卢长笛：朱《笺》以为，疑即《绕佛阁》之“沈野逸卢楼追凉”之主人。　②倚楼人未归：杨铁夫以为“人未归，明指去姬。”见《吴梦窗词笺释》。

［集评］

白屋闲人云：“实处着眼，虚处落笔。表现卢长笛之高超技艺，歌颂少年友情之纯真，感叹人生之短促凄清。”

醉桃源

芙　蓉

青春花姊不同时，凄凉生较迟。艳妆临水最相宜，风来吹绣漪。　惊旧事，问长眉[1]。月明仙梦回。凭阑人但觉秋肥，花愁人不知。

[注释]

①长眉：魏宫人好画长眉。此指荷花。

[集评]

陈洵云："梦窗神力独运，飞沉起伏，实处皆空。"（《海绡说词·通论》）

醉桃源

会饮丰乐楼①

翠阴浓合晓莺堤，春如日坠西。画图新展远山齐，花深十二梯。　风絮晚，醉魂迷。隔城闻马嘶。落红微沁绣鸳泥，秋千教放低。②

[注释]

①丰乐楼：在杭州丰豫门外。　②唐氏按：此下原抄有曹组《如梦令》"门外绿阴"一首，删。

[集评]

蒋兆兰云："梦窗佳处，正在丽密。"（《词说》）

如梦令

春在绿窗杨柳，人与流莺俱瘦。眉底暮寒生，帘额时翻波皱。风骤，风骤。花径啼红满袖。

[集评]

白屋闲人云："'风骤'二字，实乃词眼，既是自然之风，又可指社会风气。由它揭示自然、人生之哲理，便令全词生辉。"

如梦令

秋千争闹粉墙，闲看燕紫莺黄。啼到绿阴处，唤回浪子闲忙。春光，春光。正是拾翠寻芳。

[集评]

白屋闲人云："粉、紫、黄、绿色彩缤纷，春色可掬；'拾翠寻芳'，乐何如哉！写尽了春光的珍贵，反衬出人生之奇短。"

望江南

赋画灵照女[①]

衣白苎[②]，雪面堕愁鬟。不识朝云行雨处，空随春梦到人间。留向画图看。　慵临镜，流水洗花颜。自织苍烟湘泪冷，谁捞明月海波寒[③]。天澹雾漫漫。

[注释]

①灵照女：朱《笺》载，"《传灯录》：襄州居士庞蕴，一女名灵照。居士将入灭，令女出视日早晚，及午以报。女遽报曰：'日已中矣，而有蚀也。'居士出户观次，灵照即登父座，合掌坐亡。居士笑曰：'我女锋捷矣。'"　②衣白苎：白色苎麻的衣衫。　③捞明月："李白着宫锦袍游采石江中，傲然自得，旁若无人，因醉入水中捉月而死。"见《唐摭言》。

望江南

茶

松风远，莺燕静幽坊。妆褪宫梅人倦绣，梦回春草日初长。瓷碗试新汤。　笙歌断，情与絮悠飏。石乳飞时离凤怨[①]，玉纤分处露花香。人去月侵廊。

[注释]

①石乳：茶名。宋时茶分片茶与散茶两类，片茶中又分龙、凤、石乳、白乳等十二种，皆上品。

定风波

密约偷香□踏青[①]，小车随马过南屏。回首东风销鬓影。重省，十年心事夜船灯。　离骨渐尘桥下水[②]，到头难灭景中情。两岸落花残酒醒，烟冷。人家垂柳未清明。

[注释]

①踏青：即春日郊游。　②“离骨”句：言离魂已化尘土随水流逝。

月中行

和黄复庵

疏桐翠井早惊秋，叶叶雨声愁。灯前倦客老貂裘[①]，燕去柳边楼。　吴宫寂寞空烟水，浑不认、旧采菱洲。秋花旋结小盘虬[②]，蝶怨夜香留。

[注释]

①倦客貂裘：用苏秦说秦困顿失意事。《战国策·秦策一》载，苏秦“说秦王书十上而不行，黑貂之裘敝，黄金百斤尽”。　②秋花：指秋夜灯花。　盘虬：灯花盘结如龙虬。

虞美人

背庭缘恐花羞坠[①]，心事遥山里[②]。小帘愁卷月笼明，一寸秋怀、禁得几蛩声。　　井梧不放西风起，供与离人睡。梦和新月未圆时，起看檐蛛结网、又寻思。

［注释］

①背庭：背对庭院。　缘：因。　花羞坠：言美人能使花羞。　②遥山：指眉如远山。

菩萨蛮

落花夜雨辞寒食[1]，尘香明日城南陌。玉蹙湿斜红，泪痕千万重。　　伤春头竟白，来去春如客。人瘦绿阴浓，日长帘影中。

［注释］

①寒食：节令名。清明前一或二日，禁火三日，只吃冷食，故名寒食。

菩萨蛮

绿波碧草长堤色，东风不管春狼藉[1]。鱼沫细痕圆，燕泥花唾乾。　　无情牵怨抑，画舸红楼侧。斜日起凭阑，垂杨舞晓寒。

［注释］

①“东风不管”句：言东风大，将春吹乱。　狼藉：花蕊散落貌。

贺新郎

湖上有所赠

湖上芙蓉早。向北山、山深雾冷，更看花好。流水茫茫城下梦[①]，空指游仙路杳。笑萝障、云屏亲到。雪玉肌肤春温夜，饮湖光、山渌成花貌[②]。临涧水，弄清照。

著愁不尽宫眉小。听一声、相思曲里，赋情多少。红日阑干鸳鸯枕，那枉裙腰褪了。算谁识、垂杨秋袅。不是秦楼无缘分[③]，点吴霜、羞带簪花帽。但殢酒[④]，任天晓。

[注释]

①城下梦：城，指芙蓉城王迥遇仙女事，见胡微《芙蓉城传》。苏轼《芙蓉城并序》："世传王迥子高与仙人周瑶英游芙蓉城。元丰元年三月，余始识子高，问之，信然。乃作此诗，极其情而归之正，亦变风止乎礼义之意也。"　②渌（lù）：绿水。　③秦楼：秦楼、楚馆指城市中游乐歌舞场所。　④殢（tì）酒：病酒，饮酒过量谓殢酒。

贺新郎

为德清赵令君赋小垂虹[①]

浪影龟纹皱[②]。蘸平烟、青红半湿，枕溪窗牖。千尺晴霞慵卧水，万叠罗屏拥绣。漫几度、吴船回首。归雁五湖应不到，问苍茫、钓雪人知否[③]。樵唱杳，度深秀[④]。

重来趁得花时候。记留连、空山夜雨，短亭春酒。桃李新栽成蹊处，尽是行人去后。但东阁、官梅清瘦[⑤]。欸乃一声山水绿，燕无言、风定垂帘昼。寒正悄，亸吟袖[⑥]。

[注释]

①该词作于嘉定十七年(1224)，作者二十五岁。说见《系年》。　赵令君：指赵善春。　小垂虹：桥名，即小虹桥。　②龟纹：龟背裂纹，形容水面皱纹很细。　③钓雪人：指唐诗人柳宗元。柳宗元《江雪》有"孤舟蓑笠翁，独钓寒江雪"名句。　④深秀：山深水秀，隐者所宜。　⑤官梅：官府中的梅花。用南朝梁何逊爱梅思梅的典故。　⑥亸（duǒ）吟袖：袖

下垂而吟。　亸:下垂的样子。

江城梅花引

赠倪梅村

江头何处带春归。玉川迷[1],路东西。一雁不飞、雪压冻云低。十里黄昏成晓色,竹根篱。分流水、过翠微。

带书傍月自锄畦[2]。苦吟诗,生鬓丝。半黄烟雨,翠禽语、似说相思。惆怅孤山、花尽草离离。半幅寒香家住远,小帘垂。玉人误、听马嘶。

[注释]

①玉川:河川的美称。又为井名。一名玉泉。　②“带书”句:用倪宽故事。《汉书·倪宽传》:“倪宽,千乘人也。治尚书,事欧阳生。以郡国选诣博士,受业孔安国。贫无资用,尝为弟子都养。时行赁作,带经而钼,休息则读诵,其精如此。”

婆罗门引

无射羽,俗名羽调　为怀宁赵仇香赋[1]

香霏泛酒,瘴花初洗玉壶冰。西风乍入吴城。吹彻玉笙何处,曾说董双成[2]。奈司空经惯[3],未畅高情。

瑶台几层。但梦绕、曲阑行。空忆双蝉□翠,寂寂秋声。堂空露凉,倩谁唤、行云来洞庭[4]。团扇月、只隔烟屏。

[注释]

①怀宁:南宋属淮南西路安庆府,为五辖县之一。　②董双成:西王母之侍女董双成。《汉武帝内传》载,董双成炼丹宅中,丹成得道,自吹玉笙,驾鹤升仙。　③司空经惯:“司空见惯浑闲事,断尽苏州刺史肠。”刘禹

锡于司空李绅席上赠歌伎诗，此为赞美席上歌女之意。 ④行云：响遏行云。 洞庭：即张乐洞庭，极言音乐之美。见《庄子·天运》。

婆罗门引

郭清华席上为放琴客而新有所盼[1]，赋以见喜

风涟乱翠[2]，酒霏飘汗洗新妆。幽情暗寄莲房。弄雪调冰重会，临水暮追凉。正碧云不破，素月微行。 双成夜笙，断旧曲、解明珰。别有红娇粉润，初试霓裳。分莲调郎[3]。又拈惹、花茸碧唾香[4]。波晕切、一盼秋光。

[注释]

①郭清华：似即郭希道。 放琴客：遣妾离去。 新有所盼：另有新欢。 ②风涟：风吹动水波。 ③分莲：分开莲蓬，以莲子调戏情郎。 ④“花茸”句：指嚼烂线头（茸）唾向情郎。

[集评]

沈曾植云：“吴梦窗史邦卿影响江湖，别成绚丽，特宜于酒楼歌馆，竹坐持杯，追拟周、秦，以缵东都盛事。”（《菌阁琐谈》）

祝英台近

悼得趣，赠宏庵[1]

黯春阴，收灯后，寂寞几帘户。一片花飞，人驾彩云去。应是蛛网金徽[2]，拍天寒水，恨声断、孤鸿洛浦。 对君诉。团扇轻委桃花，流红为谁赋。□□□□，从今醉何处。可怜憔悴文园[3]，曲屏春到，断肠句、落梅愁雨。

［注释］

①得趣：得趣居士，周氏，丁宥之侧室。《全宋词》存其《瑞鹤仙 · 和丁基仲》词一首。丁宥（字基仲号宏庵）有悼周氏《水龙吟》一首。可参看。　②金徽：金色琴键。　③文园：司马相如曾为文园令，此指丁宥。

祝英台近

饯陈少逸被仓台檄行部①

问流花，寻梦草②，云暖翠微路。锦雁峰前，浅约昼行处。不教嘶马飞春，一奁越镜③，那销尽、红吟绿赋。

送人去。长丝初染柔黄，晴和晓烟舞。心事偷占，莺漏汉宫语。趁得罗盖天香④，归来时候，共留取、玉阑春住。

［注释］

①该词作于绍定五年（1232），作者三十三岁。时在苏州仓台幕僚任上。说见《系年》。　②梦草：用谢灵运梦族弟惠连即得名句“池塘生春草”事，见《南史 · 谢惠连传》。　③奁（liǎn）：妇女梳妆用之镜匣。　镜：别本作“境”。　④罗盖：华盖，高车大马。　天香：皇恩诏令。指衣锦归来。

［集评］

周济云：“梦窗奇思壮采，腾天潜渊。返南宋之清泚，为北宋之浓挚。故能领袖一代。”（《宋四家词选目录序论》）

祝英台近

春日客龟溪游废园①

采幽香，巡古苑，竹冷翠微路。斗草溪根②，沙印小莲步。自怜两鬓清霜，一年寒食，又身在、云山深处。

昼闲度。因甚天也悭春，轻阴便成雨。绿暗长亭，归梦趁风絮。有情花影阑干，莺声门径，解留我，霎时凝伫。

[注释]

①龟溪：在今浙江德清县。②鬥草：古代民俗有三月初三踏百草之戏，唐人称为鬥百草。

[集评]

陈廷焯云："婉转中自有笔力。"（《白雨斋词话》）

俞陛云云："'花影'三句，为废圃顿添情致，到底不懈。"（《唐五代两宋词选释》）

唐圭璋云："此首游园之感，文字极疏隽，而沉痛异常。"（《唐宋词简释》）

祝英台近

上　元

晚云开，朝雪霁，时节又灯市。夜约遗香，南陌少年事。笙箫一片红云，飞来海上，绣帘卷、缃桃春起[1]。

旧游地。素蛾城阙年年，新妆趁罗绮。玉练冰轮，无尘涴流水[2]。晓霞红处啼鸦，良宵一梦，画堂正、日长人睡。

[注释]

①缃桃：结浅红色果实的桃树。②涴（wò）：污染。

祝英台近

除夜立春

剪红情，裁绿意，花信上钗股[1]。残日东风，不放岁华去。有人添烛西窗，不眠侵晓[2]，笑声转、新年莺语。

旧尊俎。玉纤曾擘黄柑，柔香系幽素[3]。归梦湖边，还迷镜中路。可怜千点吴霜，寒销不尽，又相对、落梅如雨。

[注释]

①花信：开花的消息，犹花期。此指裁剪的纸花戴在头上。 ②侵晓：破晓。 ③幽素：幽深的情愫。

[集评]

彭孙遹云：“余独爱其‘除夕立春’一阕，兼有天人之巧。”（《金粟词话》）。

陈廷焯云：“梦窗精于造句，超逸处则仙骨珊珊，洗脱凡艳。《祝英台近》‘剪红情，裁绿意……不放岁华去’，俱能超妙入神。”（《白雨斋词话》卷二）

陈洵云：“前阕极写人家守岁之乐，全为换头三句追摄远神。与‘新腔一唱双金斗’一首，同一机杼。彼之‘何时’，此之‘旧’字，皆一篇精神所注。”（《海绡说词》）

西子妆慢[①]

湖上清明薄游[②]

流水麹尘，艳阳醅酒[③]，画舸游情如雾。笑拈芳草不知名，乍凌波、断桥西堍[④]。垂杨漫舞。总不解、将春系住。燕归来，问彩绳纤手，如今何许。　欢盟误。一箭流光，又趁寒食去。不堪衰鬓著飞花，傍绿阴、冷烟深树。玄都秀句。记前度、刘郎曾赋[⑤]。最伤心、一片孤山细雨。

[注释]

①此为作者自度曲。说见张炎《梦窗词·词序》。 ②薄游：小游。 ③醅酒：未滤之酒。 注者按：上海中华书局据汲古阁本校刊《宋六十名家词》该句作“艳阳酷酒”，宋翔凤《乐府馀论》谓“酷酒，谓酒味酷烈也”。白香山《咏家酝》云“瓮揭开时香酷烈”，此“酷”字所本。万氏《词律》疑

“酷”字之讹。然但言醅酒，便索然无味。　④垝(tù)：桥畔两端向平地倾斜处。　⑤“玄都秀句”二句：用唐刘禹锡(词中“刘郎”)典故。　玄都：道观名，在长安县崇宁坊。刘禹锡曾两次游访均留有佳诗秀句。刘禹锡《再游玄都观》：“百亩庭中半是苔，桃花净尽菜花开。种桃道士归何处，前度刘郎今又来。”

江南春

中吕商　赋张药翁杜衡山庄

风响牙签[①]，云寒古砚，芳铭犹在棠笏[②]。秋床听雨，妙谢庭、春草吟笔[③]。城市喧鸣辙。清溪上、小山秀洁。便向此、搜松访石，葺屋营花，红尘远避风月。　瞿塘路，随汉节。记羽扇纶巾，气凌诸葛。青天万里，料漫忆、莼丝鲈雪。车马从休歇。荣华事、醉歌耳热。天与此翁，芳芷嘉名，纫兰佩兮琼玦。

［注释］

①牙签：象牙制成的书签。　②芳铭：指刻于器物上的发人深省的教诲之语。　棠笏(hù)：“俄为起居舍人，帝(文宗)问：‘卿家书诏颇有存者乎？’謩(mó同谟，魏征之五世孙)对曰：‘惟故笏在。’诏令上送。郑覃曰：‘在人不在笏。’帝曰：‘覃不识朕意，此笏乃今之甘棠。’帝因敕謩曰：‘事有不当，毋嫌论奏。’”见《新唐书·魏謩传》。　③谢庭春草：即谢灵运梦惠连而得“池塘生春草”句事。

梦芙蓉[①]

赵昌芙蓉图，梅津所藏[②]

西风摇步绮。记长堤骤过，紫骝十里。断桥南岸，人在晚霞外。锦温花共醉，当时曾共秋被。自别霓裳，应红销翠冷，霜枕正慵起。　惨澹西湖柳底。摇荡秋魂，夜月归环佩。画图重展，惊认旧梳洗。去来双翡翠，难传眼恨眉意。梦断琼娘[3]，仙云深路杳，城影蘸流水。

[注释]

①此为作者自度之曲。 ②赵昌：北宋画家。性傲兀，善画花木。③琼娘：仙女许飞琼。

[集评]

陈洵云："前阕全写真花。后阕以'秋魂'起、'环佩'落，千回百折以出。……'梦断琼娘'，复回顾前阕，又真有榻上庭前屹相向之意。写神固不待言，难得如此笔力。"（《海绡说词》）

高山流水[1]

黄钟商　丁基仲侧室善丝桐赋咏，晓达音吕，备歌舞之妙[2]

素弦一一起秋风。写柔情、都在春葱。徽外断肠声[3]，霜宵暗落惊鸿。低颦处、剪绿裁红。仙郎伴、新制还赓旧曲[4]，映月帘栊。似名花并蒂，日日醉春浓。　吴中。空传有西子，应不解、换徵移宫[5]。兰蕙满襟怀，唾碧总喷花茸。后堂深、想费春工。客愁重、时听蕉寒雨碎，泪湿琼钟。恁风流也称，金屋贮娇慵。

[注释]

①此为作者自度曲名。 ②丁基仲侧室：叶申芗《本事词》云，"丁宥基仲之侧室，解吟咏，善丝桐。梦窗为制《高山流水》赠之"。 ③徽：琴徽，系弦之丝索也。美好的乐声亦可称徽音。 ④赓：继续，唱和。 ⑤徵（zhì）：五音之一。 宫：五音之一。

霜花腴[1]

无射商　重阳前一日泛石湖

翠微路窄，醉晚风、凭谁为整欹冠[2]。霜饱花腴，烛消人瘦，秋光作也都难。病怀强宽。恨雁声、偏落歌前。记年时、旧宿凄凉，暮烟秋雨野桥寒。　妆靥鬓英争艳，度清商一曲，暗坠金蝉[3]。芳节多阴，兰情稀会，晴晖称拂吟笺。更移画船。引佩环、邀下婵娟。算明朝、未了重阳，紫萸应耐看。

[注释]

①此为作者自度之曲名。　②此句乃翻杜甫《宴蓝田庄》诗之意，言若翠微路窄，则谁为整冠乎？　③金蝉：妇女的头饰，其状如蝉。

[集评]

陈洵云："起句如神龙夭矫，奇采盘空。……于空际作奇重之笔，此诣让觉翁独步。"（《海绡说词》）

俞陛云云："起三句有英俊气……张玉田'题霜花腴卷后'谓'独怜水楼赋笔'，'润墨空题'殊有'曲终人远'之思。《梦窗四稿》首录此二词者，为公谨、玉田所推重也"（《唐五代两宋词选释》）

澡兰香[1]

林钟羽　淮安重午

盘丝系腕[2]，巧篆垂簪[3]，玉隐绀纱睡觉。银瓶露井，彩箑云窗[4]，往事少年依约。为当时、曾写榴裙，伤心红绡褪萼。黍梦光阴渐老[5]，汀洲烟蒻[6]。　莫唱江南古调，怨抑难招，楚江沈魄。薰风燕乳，暗雨梅黄，午镜澡兰帘幕。念秦楼、也拟人归，应剪菖蒲自酌。但怅望、一缕新蟾，随人天角。

[注释]

①此为作者自度之曲名。 ②“盘丝”句：古代端午节有以五色丝盘绕于腕上之俗。 ③巧篆垂簪：指端午节佩带的钗符香袋等。 ④彩箑(shà)：彩扇。 ⑤黍梦：即黄粱梦。 ⑥烟蒻(ruò)：新生的蒲叶。

[集评]

程洪、先著云：“(盘丝系腕)是午日应有情事，但笔端幽艳，如古锦烂然。”(《词洁辑评》卷五)

张德瀛云：“词有与风诗意义相近者，自唐迄宋前人钜制，多寓微旨。如吴梦窗‘盘丝系腕’，桃夭感候也。”(《词徵》卷一)

陈洵云：“此怀归之赋也。后片纯是空中设景，主意在‘念秦楼也拟人归’一句。……击首则尾应，击尾则首应，击中间则首尾皆应，阵势奇变极矣。”(《海绡说词》)

玉京谣[①]

陈仲文自号藏一，盖取坡诗中“万人如海一身藏”语。为度夷则商犯无射宫腔，制此赠之

蝶梦迷清晓，万里无家，岁晚貂裘敝。载取琴书，长安闲看桃李。烂绣锦、人海花场，任客燕、飘零谁计。春风里。香泥九陌[②]，文梁孤垒[③]。　微吟怕有诗声翳。镜慵看、但小楼独倚。金屋千娇，从他鸳暖秋被。蕙帐移、烟雨孤山，待对影、落梅清泚。终不似，江上翠微流水。

[注释]

①此为作者自度曲之名。 ②九陌：长安城中有八街九陌。泛指街道。 ③文梁孤垒：指垒于杏梁上的燕巢。

[集评]

俞陛云云："观其'锦绣'三句以'客燕'为喻，遂句意并列，而有'飘零谁计'句，则其栖栖不得已之怀，自在言外。结句有高远之致"。（《唐五代宋词选释》）

探芳新

林钟羽　吴中元日承天寺游人[①]

九街头，正软尘润酥，雪销残溜。禊赏祇园[②]，花艳云阴笼昼。层梯峭空麝散，拥凌波、萦翠袖。叹年端、连环转，烂漫游人如绣。　肠断回廊伫久。便写意溅波，传愁蹙岫。渐没飘鸿，空惹闲情春瘦。椒杯香乾醉醒，怕西窗、人散后。暮寒深，迟回处、自攀庭柳。

[注释]

①该词或作于淳祐三年（1243），在苏州时。说见《系年》。　②禊：古民俗，于三月上旬，水滨洗濯，以除不祥谓之禊。　祇园：祇树给孤独园之简称，为梵语译音词。传说是释迦牟尼去舍卫国说法时与僧徒停居之处。

[集评]

陈锐云："词中偶句有双声字，必用叠韵字对者，近人均未讲求及此。上阕收二句云'叹年端、连环转，烂漫游人如绣'，'叹'至'漫'八字连叠，则创见也。"（《褒碧斋词话》）

凤池吟[①]

庆梅津自畿漕除右司郎官

万丈巍台，碧罘罳外[②]，衮衮野马游尘[③]。旧文书几阁，昏朝醉暮，覆雨翻云。忽变清明，紫垣敕使下星辰[④]。

经年事静,公门如水,帝甸阳春[5]。　长安父老相语,几百年见此,独驾冰轮。又凤鸣黄幕,玉霄平湖,鹊锦新恩。画省中书[6],半红梅子荐盐新[7]。归来晚,待赓吟、殿阁南薰。

[注释]

①该词作于淳祐七年(1247)。作者时年四十八。说见《系年》。　②罘罳:在此指楼台上的画屏。　③野马游尘:浮在空中的尘埃。见《庄子·逍遥游》。　④紫垣:星座名,紫微垣。在此指皇帝。　⑤帝甸:帝京之郊野。　⑥画省:汉尚书省衙以胡粉涂壁,紫素界之,画古烈士像,故别称画省亦称粉署。　⑦荐盐新:用新熟之谷物食品以祭祀曰荐新。

暗　香

夷则宫　送魏句滨宰吴县解组[1],分韵得阖字

县花谁葺[2]。记满庭燕麦[3],朱扉斜阖。妙手作新,公馆青红晓云湿。天际疏星趁马[4],帘昼隙、冰弦三叠。尽换却、吴水吴烟,桃李靓春靥。　风急,送帆叶。正雁水夜清,卧虹平帖。软红路接,涂粉闱深早催入。怀暖天香宴果,花队簇、轻轩银蜡。更问讯、湖上柳,两堤翠匝。

[注释]

①魏句滨:名庭玉。宛陵人,嘉熙四年任吴县令。　解组:解去官印,辞去官职。与解绶、解印同。　②县花:本指栽桃种李,庾信《春赋》:"河阳一县并是花,金谷从来满园树。"倪璠注:"《晋书》曰:潘岳为河阳令,满县皆栽桃花。"在此指修葺县门。　③满庭燕麦:形容庭苑荒芜。刘禹锡《再游玄都观·引》曰:"道士手植仙桃满观,如红霞,遂有前篇,以志一时之事。旋又出牧。今十有四年,复为主客郎中,重游玄都观。荡然无复一树,唯兔葵燕麦动摇于春风耳。"　④疏星趁马:谓驿马星夜奔驰。

[集评]

陈锐云:“词中四声句,最为着眼。如……《暗香》之收句是也。君特无不用上平去入,乃词中之玉律金科。今人随手乱填,又何也。”(《海绡说词》)

暗香疏影

夹钟宫　赋墨梅

占春压一[1]。卷峭寒万里,平沙飞雪。数点酥钿[2],凌晓东风□吹裂。独曳横梢瘦影,入广平、裁冰词笔[3]。记五湖、清夜推篷,临水一痕月。　何逊扬州旧事[4],五更梦半醒,胡调吹彻。若把南枝,图入凌烟,香满玉楼琼阙。相将初试红盐味[5],到烟雨、青黄时节。想雁空、北落冬深,澹墨晚天云阔。

[注释]

①占:独占。　压一:压倒或超过一切,第一。　②酥钿:形容墨梅形同酥钿之美态。　③广平:广平郡公,宋璟封号。所作《梅花赋》名著一时。　④“何逊”句:南朝梁何逊有诗《咏早梅》。何逊任职杨州时廨舍有梅花一株,花盛开,逊吟咏其下。后居洛,思梅花,再请其往。抵扬州,花方盛,逊对花彷徨,终日不能去。　⑤红盐:红色食盐。“纷纷青子落红盐”,见东坡诗。

念奴娇

赋德清县圃明秀亭[1]

思生晚眺,岸乌纱平步[2],春云层绿。罨画屏风开四面[3],各样莺花结束。寒欲残时,香无著处,千树风前玉。游蜂飞过,隔墙疑是金谷[4]。　偏称晚色横烟,愁凝峨髻，澹生绡裙幅。缥缈孤山南畔路，相对花房竹屋。溪足沙明，岩阴石秀，梦冷吟亭宿。松风古涧，高调月夜清曲。

[注释]

①该词作于嘉定十七年(1224)，作者二十五岁重游德清时。 明秀亭：在县治后圃。 ②岸乌纱：露出额头曰岸。 乌纱：官帽。 ③罨(yǎn)画：杂色彩画。 ④金谷：金谷园，山水名园。晋石崇所筑。

惜红衣

余从姜石帚游苕霅间三十五年矣[①]，重来伤今感昔，聊以咏怀

鹭老秋丝，蘋愁暮雪，鬓那不白。倒柳移栽，如今暗溪碧。乌衣细语[②]，伤绊惹、茸红曾约[③]。南陌。前度刘郎[④]，寻流花踪迹。 朱楼水侧。雪面波光，汀莲沁颜色。当时醉近绣箔。夜吟寂。三十六矶重到，清梦冷云南北。买钓舟溪上，应有烟蓑相识。

[注释]

①苕霅(tiáo zhà)：二溪水名。《浙江志》："苕水有二源：一曰东苕，出浙江天目山之阳，东经临安、馀杭、杭县；又东北经德清为馀不溪，至吴兴为霅溪。"霅溪又名霅川，流入西苕溪，入太湖。 ②乌衣细语："王榭，金陵人，航海遇风，抵一州。其王以女妻之。女曰：'此乌衣国也。'后榭思归，王命取飞云车送之。至家，见梁上双燕呢喃。"见刘斧《青琐高议·别集》。乌衣，指燕。 ③绊惹茸红："霸城王整之姊嫁为卫敬瑜妻，年十六而敬瑜亡，父母姑舅咸欲嫁之，誓而不许。所在户有燕巢，常双飞来去，后忽孤飞。女感其偏栖，乃以缕系脚为志。后岁此燕果复更来，犹带前缕。女复为诗曰：'昔年无偶去，今春犹独归。故人恩既重，不忍复双飞。'"见《南史·孝义下》。 ④前度刘郎：用刘晨、阮肇入天台山遇仙女故事。见《幽冥录》。

[集评]

先著、程洪云："看他用鬓白、溪碧、乌衣、茸红，虽小小设色字，亦必成章法，词其可轻言乎？"（《词洁辑评》）

李佳云："抚今伤昔，以之写情，哀艳易工。"（《左庵词话》卷上）

张德瀛云："前人词多喜用三十六字。'三十六矶重到'……用算博士语皆有致。"（《词徵》卷一）

江南好

友人还中吴，密围坐客，杯深情浃，不觉沾醉。越翼日，吾侪载酒问奇字，时斋示江南好词[①]，纪前夕之事，辄次韵

行锦归来[②]，画眉添妩，暗尘重拂雕栊。稳瓶泉暖，花隘閂春容。围密笼香晻霭，烦纤手、亲点团龙[③]。温柔处，垂杨辫髻，□暗豆花红。　行藏，多是客，莺边话别，橘下相逢[④]。算江湖幽梦，频绕残钟。好结梅兄矾弟[⑤]，莫轻侣、西燕南鸿。偏宜醉，寒欺酒力，帘外冻云重。

[注释]

①时斋：沈义父，字伯时，著《乐府指迷》。　②"行锦"句：衣锦还乡之意。　③团龙：茶名，即龙凤团茶。将茶制成圆饼状，其上再印龙凤图纹，宋时专供御饮。　④橘下相逢：即"橘中乐"、"橘中趣"或称"橘中戏"。牛僧儒《幽怪录·橘中之乐不减商山》："巴邛橘园中，霜后，见橘如缶，剖开，是有三老叟象戏。一叟曰：'橘中之乐不减商山，但不得深根固蒂耳。'一叟取龙脯食之，食讫，馀脯化为龙，众乘之而去。"　⑤梅兄矾弟：本黄庭坚《王充道送水仙花五十枝欣然会心，为之作咏》"含香体素欲倾城，山矾是弟梅是兄"。　山矾：花白而香，洁而逸，可供清赏。

双双燕

小桃谢后，双双燕，飞来几家庭户。轻烟晓暝，湘水

暮云遥度。帘外馀寒未卷,共斜入、红楼深处。相将占得雕梁[①],似约韶光留住。　　堪举[②]。翩翩翠羽。杨柳岸,泥香半和梅雨。落花风软,戏促乱红飞舞。多少呢喃意绪。尽日向、流莺分诉。还过短墙,谁会万千言语。

[注释]

①相将:相伴,结伴。　②举:振翅而起飞。

无　闷

催　雪

霓节飞琼[①],鸾驾弄玉,杳隔平云弱水。倩皓鹤传书[②],卫姨呼起[③]。莫待粉河凝晓。趁夜月、瑶笙飞环佩。正蹇驴吟影[④]。茶烟灶冷,酒亭门闭。　　歌丽。泛碧蚁[⑤]。放绣帘半钩,宝台临砌。要须借东君,灞陵春意。晓梦先迷楚蝶。早风戾、重寒侵罗被。还怕掩、深院梨花,又作故人清泪。

[注释]

①霓节:仪仗之一种,旗头有五彩羽毛似虹霓曰霓节。　②鹤书:书体名。多用为征召贤士的诏书,也称鹤头书。　③卫姨:晋书法家,名铄,字茂猗,卫恒(书法家)侄女,汝阴太守李矩之妻。工书法,尤擅长隶书,师学钟繇。钟评其书如碎玉壶之冰,烂瑶台之月,婉然芳树,穆若清风。　④蹇(jiǎn)驴:跛脚的驴子。　吟影:指风雪中骑驴吟咏的诗人。孙光宪《北梦琐言》卷七"郑綮相诗"条:"或曰,'相国近有新诗否?'对曰:'诗思在灞桥风雪中驴子上,此处何以得之?'盖言平生苦心也。"　⑤蚁:酒的泡沫浮渣,状如蚁。

[集评]

李佳云："《词林正韵》有云：入声作三声，词家多承用。有作三声而在句中者，如……吴文英《无闷》'鸾驾弄玉'玉字同。"（《左庵词话》卷上）

水调歌头

赋魏方泉望湖楼[①]

屋下半流水，屋上几青山。当心千顷明镜，入座玉光寒。云起南峰未雨，云敛北峰初霁，健笔写青天。俯瞰古城堞，不碍小阑干。　绣鞍马，软红路，乍回班[②]。层梯影转亭午[③]，信手展缃编。残照游船收尽，新月画帘才卷[④]，人在翠壶间。天际笛声起，尘世夜漫漫。

[注释]

①该词作于淳祐六年丙午（1246），作者时为四十七岁。说见《系年》。　魏方泉：魏峻，号方泉，时官刑部侍郎。取赵氏，乃理宗亲姊四郡主，位望甚隆。　望湖楼：在西湖。　②班：载人离去之马曰班。　③亭午：正午，谓日正当午。　④唐氏按："画"原作"书"，从朱居易校《梦窗四稿》。

[集评]

杨铁夫云："'鞍马'、'回班'，见郡王身分。"（《吴梦窗词笺释》）

洞仙歌

方庵春日花胜宴客，为得雏庆。花翁赋词，俾属韵末[①]

芳辰良宴，人日春朝并[②]。细缕青丝裹银饼。更玉犀金彩，沾座分簪，歌围暖，梅靥桃唇鬥胜。　露房花曲折，莺入新年，添个宜男小山枕。待枝上，饱东风，结子成阴,蓝桥去、还觅琼浆一饮[③]。料别馆、西湖最情浓,烂画舫月明,醉宫袍锦。[④]

[注释]

①方庵:姓李,曾官吴中。 得雏:添子。 花翁:孙惟信,词人。 俾属韵末:让我次韵于后。 ②人日:农历正月初七日。见梁宗懔《荆楚岁时记》。 ③"蓝桥去"句:用裴航蓝桥求浆遇仙女云英的典故。见唐裴铏《传奇》。 ④唐氏按:此下原钞有辛弃疾《洞仙歌》"花中惯识"一首,已删。

[集评]

陈匪石云:"词之随地取音,求适歌者口吻,正与北曲之入附三声同一因素。……《洞仙歌》之并、饼、胜、枕、饮、锦所用韵,皆不得资为口实,而转相仿效。"(《声执》卷上)

秋 思[①]

夹钟商 荷塘为括苍名姝求赋其听雨小阁

堆枕香鬟侧。骤夜声、偏称画屏秋色。风碎串珠,润侵歌板,愁压眉窄。动罗箑清商,寸心低诉叙怨抑。映梦窗,零乱碧。待涨绿春深,落花香泛,料有断红流处,暗题相忆[②]。 欢酌。檐花细滴。送故人、粉黛重饰。漏侵琼瑟。丁东敲断,弄晴月白。怕一曲、霓裳未终,催去骖凤翼。叹谢客、犹未识[③]。漫瘦却东阳[④],灯前无梦到得。路隔重云雁北。

[注释]

①词牌名,见白居易《池上篇序》。《梦窗词》毛本作《秋思耗》。陈锐《褒碧斋词话》云:"《秋思耗》自来无第二首,意者为梦窗自度腔,而'耗'字殊费解。观明万历二十六年太原张氏手钞本,曲名只'秋思'二字。至

‘秏’字之衍，则题下荷塘上应有‘毛’字，而隔行第三字为‘香’字，以‘香’字之‘禾’配以‘毛’字，遂成大错。”　②“料有断红流处”二句：用“红叶题诗”典故，见唐范摅《云溪友议》。　③谢客：谢灵运，小字“客儿”，时人称“谢客”。　④东阳：沈约。《南史·沈约传》：“沈约，字休文，吴兴武康人。”多病，以瘦称。

［集评］

王国维云：“梦窗之词，吾取其词中之一语以评之，曰‘映梦窗，零乱碧’。”（《人间词话》）

江神子

赋碧沼小庵

长安门外小林丘。碧壶秋，浴轻鸥。不放啼红，流水通宫沟[①]。时有晴空云过影，华镜里，翳鱼游。　绮罗尘满九衢头。晚香楼，夕阳收。波面琴高[②]，仙子驾黄虬。清磬数声人定了，池上月，照虚舟。

［注释］

①通：原注，去声。　“流水”句：用“红叶题诗”之典。　②琴高：战国时赵人，能鼓琴，为宋康王舍人，学神仙长生之术。相传与弟子期约，入涿水取龙子，某日当返。期至，弟子于涿水旁等候，果见琴高乘鲤鱼出水。见《列仙传》。

江神子

喜雨上麓翁[①]

一声玉磬下星坛。步虚阑，露华寒。平晓阿香[②]，油壁碾青鸾。应是老鳞眠不得，云炮落[③]，雨瓢翻。　身闲犹耿寸心丹。炷炉烟，暗祈年。随处蛙声，鼓吹稻花田。秋水一池莲叶晚,吟喜雨,拍阑干。

[注释]

①麓翁:史宅之,号云麓。宰相史弥远之子。 ②阿香:推雷车的神女。 ③云炮:指雷声。

[集评]

白屋闲人云:"如璞石一块,妙在自然,无矫饰,无遮掩。"

江神子

李别驾招饮海棠花下

翠纱笼袖映红霏。冷香飞,洗凝脂。睡足娇多,还是夜深宜[1]。翻怕回廊花有影,移烛暗,放帘垂。 尊前不按驻云词。料花枝,妒蛾眉。丁属东风[2],莫送片红飞。春重锦堂人尽醉,和晓月,带花归。

[注释]

①睡足娇多,还是夜深宜:用苏轼《海棠》"只恐夜深花睡去,故烧高烛照红妆"之意。 ②丁属:叮嘱。

江神子

送桂花吴宪,时已有检详之命,未赴阙[1]

天街如水翠尘空。建章宫,月明中。人未归来,玉树起秋风。宝粟万钉花露重[2],催赐带,过垂虹。 夜凉沉水绣帘栊。酒香浓,雾濛濛。钗列吴娃,腰褭带金虫。三十六宫蟾观冷[3],留不住,佩丁东。

[注释]

①该词作于淳祐九年己酉(1249),作者时当五十岁。说见《系年》。 吴宪:吴潜。 检详:即检详枢密院诸房文字,礼遇视中书检正官,宋神宗置。 ②"宝粟"句:写桂花兼及玉带。《周书·达奚武传》:"武性贪吝,其为大司寇也,在库有万钉之带,当时宝之。" ③三十六宫,据《三辅黄图》,汉长安上林有建章、承光等十一宫,平乐蚕馆二十五,凡三十六所。

江神子

十日荷塘小隐赏桂呈朔翁[1]

西风来晚桂开迟。月宫移,到东篱。簌簌惊尘,吹下半冰规[2]。拟唤阿娇来小隐[3],金屋底,乱香飞。 重阳还是隔年期。蝶相思,客情知。吴水吴烟,愁里更多诗。一夜看承应未别,秋好处,雁来时。

[注释]

①朔翁:刘震孙,字长卿,号朔齐。 ②半冰规:如冰的半圆秋月。③阿娇:汉武帝后陈阿娇。

江神子

送翁五峰自鹤江还都[1]

西风一叶送行舟。浅迟留[2],舣汀洲。新浴红衣,绿水带香流。应是离宫城外晚,人伫立,小帘钩。 新归重省别来愁。黛眉头,半痕秋。天上人间,斜月绣针楼。湘浪莫迷花蝶梦,江上约,负轻鸥。

[注释]

①翁五峰:翁孟寅,字宾旸,号五峰,翁彦国中丞之孙。钱塘人。 鹤

江:水名。朱《笺》引卢熊《苏州府志》:“白鹤江本松江之别派,在嘉定界与今上海合界。”疑即鹤江。 ②浅迟留:稍作停留。

沁园春

冰漕凿方泉[1],宾客请以名斋,邀赋

澄碧西湖,软红南陌,银河地穿。见华星影里,仙棋局静,清风行处,瑞玉圭寒。斜谷山深[2],望春楼远[3],无此峥嵘小渭川[4]。一泓地,解新波不涸,独障狂澜。 老苏而后坡仙[5]。继菊井嘉名相与传[6]。试摩挲劲石,无令角折,丁宁明月,莫涴规圆。漫结鸥盟,那知鱼乐,心止中流别有天。无尘夜,听吾伊正在[7],秋水阑干。

[注释]

①冰漕:运河之美称。宋之漕运署亦称冰漕。 凿方泉:引泉水入衙署,并为书斋取名方泉。 ②斜谷:山谷名,在陕褒斜谷北口,是古代陕、蜀之间重要通道,关名斜谷关。 ③望春楼:即隋代的望春宫楼。宫为南北二宫。南望春宫临浐水西岸,北望春宫东有广运潭,故址在今长安县东。 ④小渭川:渭河。汉代曾从长安凿渠通渭河,运关东粮。见《汉书·沟洫志》。 ⑤老苏:苏洵号老泉。 坡仙:东坡。 ⑥菊井:即菊水,在河南内乡县西北,古称鞠水,也称菊潭,相传谷中有大菊,水从山上流下,得其滋液,味道甘甜,饮之可长命百岁。见盛弘之《荆州记》。 ⑦吾伊:读书声。

沁园春

送翁宾旸游鄂渚[1]

情如之何,暮涂为客,忍堪送君。便江湖天远,中宵同月,关河秋近,何日清尘。玉麈生风,貂裘明雪,幕府英雄今几人。行须早，料刚肠肯殢，泪眼离颦。　　平生秀句清尊。到帐动风开自有神[②]。听夜鸣黄鹤，楼高百尺，朝驰白马，笔扫千军。贾傅才高[③]，岳家军在[④]，好勒燕然石上文[⑤]。松江上，念故人老矣，甘卧闲云。

[注释]

①该词作于开庆元年己未(1259)，作者时年六十岁。说见《系年》。　鄂渚：本长江中小岛名。相传在今湖北武昌西长江中，故用以代指武昌。贾似道开府鄂渚，宾旸曾入其幕。见周密《癸辛杂识》。此行当是入幕。　②帐动风开："谢安与王坦之尝诣(桓)温论事，温令超帐中卧听之，风动帐开，安笑曰：'郗生可谓入幕之宾矣。'"见《晋书·郗超传》。③贾傅：指西汉贾谊。　④岳家军：南宋名将岳飞部下兵士。　⑤燕然：山名。在今蒙古人民共和国境内，又名杭爱山。后汉永元元年，窦宪大破北单于之后，曾登此山。班固撰《封燕然山铭》。见《后汉书·窦宪传》。

[集评]

陈匪石云："词之用笔以曲为主，曲而幽，方有尺幅千里之观，玩索无尽之味。一段之中，四句、五句、六句一气赶下，称为大开大阖者，此类体格，梦窗最擅胜场。亦妙于直者也。"(《声执》卷上)

珍珠帘

春日客龟溪[①]，过贵人家，隔墙闻箫鼓声，疑是按舞，伫立久之

蜜沉烬暖萸烟袅[②]。层帘卷、伫立行人官道。麟带压愁香[③]，听舞箫云渺。恨缕情丝春絮远，怅梦隔、银屏难到。寒峭。有东风嫩柳，学得腰小。　　还近绿水清明，叹孤身如燕，将花频绕。细雨湿黄昏，半醉归怀抱。蠹损歌纨人去久，漫泪沾、香兰如笑。书杳。念客枕幽单，看看春老。

[注释]

①龟溪:德清溪水名。 ②密沉:沉香之一种。 萸烟:茱萸香。此指室内炉烟之状。 ③麟带:麒麟宝带,贵官之服饰。

[集评]

先著、程洪云:“用笔拗折,不使一犹人字,虽极琱嵌,复有灵气行乎其间。”(《词洁辑评》)

陈洵云:“此因闻箫鼓,而思旧人也,亦为其去姬而作。起七字千锤百炼而出之。‘密沉’伏‘愁香’,‘烟袅’伏‘云渺’。‘麟带’,旧意。‘舞箫’,今情。作两边钩勒。……‘绿水清明’是其最难忘处,当年邂逅,正此时也。……‘香兰如笑’按舞之乐。而己则歌沉人去,惟有落泪。一篇神理,注此二句,题目是借他人酒杯。”(《海绡说词》)

风入松

为友人放琴客赋[①]

春风吴柳几番黄,欢事小蛮窗。梅花正结双头梦,被玉龙、吹散幽香。昨夜灯前歌黛,今朝陌上啼妆。 最怜无侣伴雏莺[②],桃叶已春江。曲屏先暖鸳衾惯,夜寒深、都是思量。莫道蓝桥路远,行云只隔幽坊。

[注释]

①琴客:古侍儿名,此代称人妾。 放:遣散。 ②雏莺:此指幼子。“莺”字当韵,此处押方音。

[集评]

白屋闲人云:“昨夜欢笑,今朝离别,蓝桥路远,空留惆怅。情借景抒,景因情设,曲笔密意,悱恻徘徊。”

风入松

听风听雨过清明。愁草瘗花铭[①]。楼前绿暗分携路，一丝柳、一寸柔情。料峭春寒中酒，交加晓梦啼莺。

西园日日扫林亭[②]。依旧赏新晴。黄蜂频扑秋千索，有当时、纤手香凝。惆怅双鸳不到，幽阶一夜苔生[③]。

[注释]

①瘗(yì)：埋，葬之意。　瘗花铭：即葬花辞。　②西园：指吴文英在杭所居之处。　③双鸳：美人的鞋子，代指足迹。“惆怅”二句：用庾肩吾《咏长信宫中草》“全由履迹少，并与上阶生”。

[集评]

谭献云：“‘听风听雨过清明’起句，是梦窗极经意词，有五季遗响。”(《谭评词辨》)

陈洵云：“思去妾也。此意集中屡见。此则别后第一个清明也。……当味其词意酝酿处，不徒声容之美。”(《海绡说词》)

风入松

桂

兰舟高荡涨波凉，愁被矮桥妨。暮烟疏雨西园路，误秋娘、浅约宫黄[①]。还泊邮亭唤酒，旧曾送客斜阳。

蝉声空曳别枝长，似曲不成商[②]。御罗屏底翻歌扇，忆西湖、临水开窗。和醉重寻幽梦，残衾已断熏香。

[注释]

①秋娘：喻年虽长风韵犹存的风尘女子。　②不成商：谓不成调也。　商：五音之一。

［集评］

陈洵云："此非赋桂，乃借桂怀人也。西园送客，是一篇之眼。客者，妾也。西园，故居，邮亭，别地。……和醉应唤酒，脉络字字可寻。"（《海绡说词》）

风入松

麓翁园堂宴客

一番疏雨洗芙蓉，玉冷佩丁东。辘轳听带秋声转，早凉生、傍井梧桐。欢宴良宵好月，佳人修竹清风。　　临池飞阁乍青红，移酒小垂虹。贞元供奉梨园曲[①]，称十香、深蘸琼钟[②]。醉梦孤云晓色，笙歌一派秋空。

［注释］

①贞元：唐德宗（李适）年号。白居易诗："休唱贞元供奉曲，当时朝士已无多。"　②十香：指女郎十指。　古俗，斟酒必蘸指甲。见《猗觉寮杂记》。　琼钟：酒杯。

风入松

邻舟妙香

画船帘密不藏香，飞作楚云狂[①]。傍怀半卷金炉烬，怕暖销、春日朝阳。清馥晴熏残醉，断烟无限思量。
凭阑心事隔垂杨，楼燕锁幽妆。梅花偏恼多情月，慰溪桥、流水昏黄。哀曲霜鸿凄断，梦魂寒蝶幽飏。

［注释］

①楚云狂：形容泄出的妙香，如楚云一样令人狂想无尽。

［集评］

陈洵云："是香是梦，游思缥缈，吴词之极费寻索者。……'晴熏'则日暖未消，'断烟'则馀香尚袅，断续反正，脉络井井，不得其旨，则谓为晦耳。'思量'起下阕，楼隔垂杨，燕锁幽妆，人已去也。……盖亦为其去姬而作也。"（《海绡说词》）

莺啼序

丰乐楼节斋新建[①]

天吴驾云阆海[②]，凝春空灿绮。倒银海、蘸影西城，四碧天镜无际。彩翼曳、扶摇宛转，雩龙降尾交新霁[③]。近玉虚高处，天风笑语吹坠。　清濯缁尘，快展旷眼，傍危阑醉倚。面屏障、一一莺花，薜萝浮动金翠。惯朝昏、晴光雨色，燕泥动、红香流水。步新梯，藐视年华，顿非尘世。　麟翁衮舄[④]，领客登临，座有诵鱼美[⑤]。翁笑起、离席而语，敢诧京兆，以役为功，落成奇事。明良庆会[⑥]，赓歌熙载，隆都观国多闲暇[⑦]，遣丹青、雅饰繁华地。平瞻太极，天街润纳璇题[⑧]，露床夜沉秋纬。　清风观阙，丽日罘罳，正午长漏迟。为洗尽、脂痕茸唾，净卷麹尘，永昼低垂，绣帘十二。高轩驷马，峨冠鸣佩，班回花底修禊饮，御炉香、分惹朝衣袂。碧桃数点飞花，涌出宫沟，溯春万里。

［注释］

①该词作于淳祐十一年辛亥（1251），五十二岁。"在杭州，二月甲子，作《莺啼序》书丰乐楼壁。"说见《系年》。　节斋：赵与簋。太祖十世孙，曾知临安府。　②天吴：水神。见《山海经·海外东经》："朝阳之谷，神曰天吴，是为水伯。"　阆海：大海。　③雩龙：降雨之龙。　降尾：龙尾翘则兴雨，尾降则晴。　霁：雨止。　④麟翁：此指赵与簋。　衮舄：王侯之

服饰。 ⑤诵鱼美:“南有嘉鱼,蒸然罩罩。”见《诗经 · 小雅 · 南有嘉鱼》。为颂美安居乐业之典。 ⑥明良:明君良臣。 ⑦隆都观国:喻太平盛世。“隆上都而观万国。”见班固《西都赋》。 ⑧天街:在此指星名。《史记 · 天官书》:“昴、毕间为天街。” 璇:指北斗七星中的天璇星。

[集评]

田同之云:“《莺啼序》创自梦窗,平仄字句,一定难移,当遵之。首句定是六字起,次段第二句必用四仄,乃为定体。首段第五、第六,二七字句,断不可对。”(《西圃词说》)

杜文澜云:“《莺啼序》为词中第一长调。……凡倚声稍多,必作《莺啼序》,以光全集。”(《憩园词话》卷六)

蔡嵩云云:“梦窗《莺啼序》三首中四声虽大致相同,亦间有不同处。”“《莺啼序》为序子之一体,全章二百四十字,乃词调中最长者。……此调自梦窗后,佳构绝鲜。”(《柯亭词论》)

王又华云:“朱承爵《存馀堂诗话》云:‘……长篇须曲折三致意,而气自流贯乃得’,南宋诸家,凡偏师取胜者,莫不以此见长。”(《古今词论》)

邹祗谟云:“长调惟南宋诸家,才情蹀躞,尽态极妍。”(《远志斋词衷》)

莺啼序

残寒正欺病酒,掩沉香绣户。燕来晚、飞入西城,似说春事迟暮。画船载、清明过却,晴烟冉冉吴宫树。念羁情游荡,随风化为轻絮。 十载西湖[①],傍柳系马,趁娇尘软雾。溯红渐、招入仙溪,锦儿偷寄幽素[②]。倚银屏、春宽梦窄,断红湿、歌纨金缕。暝堤空,轻把斜阳,总还鸥鹭。 幽兰旋老,杜若还生,水乡尚寄旅。别后访、六桥无信,事往花委,瘗玉埋香,几番风雨。长波妒盼,遥山羞黛,渔灯分影春江宿,记当时、短楫桃根渡[③]。青楼仿佛,临分败壁题诗,泪墨惨澹尘土。 危亭望极,草色天涯，叹鬓侵半苎[④]。暗点检、离痕欢唾，尚染鲛绡，亸凤迷归，破鸾慵舞[⑤]。殷勤待写，书中长恨，蓝霞辽海沉过雁，漫相思、弹入哀筝柱。伤心千里江南，怨曲重招，断魂在否[⑥]。

［注释］

①十载西湖："梦窗此后无杭州行迹"，"居杭先后约十馀年"。说见《系年》。 ②锦儿：钱塘名妓杨爱爱之侍婢名。爱爱为情死，锦儿将其念物珍存。 ③短楫桃根渡：指送别所爱之人。桃根，为晋王献之爱妾桃叶之妹。 ④苎：白色苎麻。喻鬓。 ⑤"亸凤"二句：写丧失伴侣之苦。 亸凤：孤独无归之凤。 破鸾：破旧不圆之鸾镜。 ⑥"伤心千里江南"三句：暗用《楚辞·招魂》中"目极千里兮伤春心，魂兮归来哀江南"句意。

［集评］

陈廷焯云："'暝堤空，轻把斜阳，总还鸥鹭'……俱能超妙入神。"又云："全章精粹，空绝千古。"（《白雨斋词话》卷二）

陈锐云："柳词《夜半乐》云'怒涛渐息……'此种长调不能不有此大开大阖之笔。梦窗《莺啼序》云'长波妒盼，遥山羞黛……'三、四段均用此法。"（《袌碧斋词话》）

蔡嵩云云："三、四两遍用大开大阖之笔，纯自屯田、清真二家脱化而出。大力包举，一气舒卷，尤为仅见。"（《柯亭词论》）

陈洵云："通体离合变幻，一片凄迷，细绎之，正字字有脉络，然得其门者寡矣。"（《海绡说词》）

莺啼序

荷，和赵修全韵

横塘棹穿艳锦，引鸳鸯弄水。断霞晚、笑折花归，绀纱低护灯蕊。润玉瘦、冰轻倦浴，斜拕凤股盘云坠[①]。听银床声细，梧桐渐搅凉思。　　窗隙流光，冉冉迅羽，诉空梁燕子。误惊起、风竹敲门，故人还又不至。记琅玕、新诗细掐[2]，早陈迹、香痕纤指。怕因循，罗扇恩疏，又生秋意。　　西湖旧日，画舸频移，叹几萦梦寐。霞佩冷，叠澜不定，麝霭飞雨，乍湿鲛绡，暗盛红泪。练单夜共[3]，波心宿处，琼箫吹月霓裳舞。向明朝、未觉花容悴。嫣香易落，回头澹碧销烟，镜空画罗屏里。　　残蝉度曲，唱彻西园，也感红怨翠。念省惯、吴宫幽憩。暗柳追凉，晓岸参斜[4]，露零沤起。丝萦寸藕，留连欢事。桃笙平展湘浪影，有昭华、秾李冰相倚[5]。如今鬓点凄霜，半箧秋词，恨盈蠹纸。

［注释］

①拕：拖，牵引。　盘云：指妇女髪髻。乌髪盘起其柔媚如云故名。　②琅玕：一种美石。此处指光洁如美石的竹子。　③练：粗丝织成之布。　④参斜：参星西斜，天将破晓。　⑤昭华：古乐器名，即一种玉制的笛，俗名玉管。传秦咸阳宫有玉管二尺三寸，二十六孔，铭为“昭华之琯”。见《西京杂记》三。

［集评］

卓人月云：“尤物贵多则不能精，贵精则不能多。词至梦窗，其齿牙余唾，皆作粲花。爪中清尘，无非香屑。调二、三百余字，愈多愈精。虽有波斯胡人，撑珍珠船以入中国，岂足相当耶？”（《古今词统》卷十六）

陈洵云：“‘横塘’，吴地，伏结段之‘吴宫’。‘西园’，杭居，承第三段之‘西湖’。第二段闭门思旧，空际盘旋，是全篇精神血脉贯注处。花归而人不至。旧愁新恨，掩抑怨断，当为其去姬作。”（《海绡说词》）

天　香

熏衣香

珠络玲珑，罗囊闲門，酥怀暖麝相倚。百和花鬚，十分风韵，半袭凤箱重绮。茜垂四角[1]，慵未揭、流苏春睡。熏度红薇院落，烟销画屏沉水。　　温泉绛绡乍试。露华侵、透肌兰沘。漫省浅溪月夜，暗浮花气。荀令如今老矣[2]。但未减、韩郎旧风味[3]。远寄相思，馀熏梦里。

［注释］

①茜垂四角：形容香囊以茜染色，四角下垂。　②荀令：即后汉荀彧，官至尚书令，人称荀令君或荀令。《艺文类聚》引晋习凿齿《襄阳记》："荀令君至人家，坐处三日香。"今借此典突出熏衣"香"字。　③韩郎：用"韩寿偷香"典故。韩郎指韩寿，得贾充之女所赠奇香，着身则历月不散。亦突出熏衣香之"香"字。见《世说新语·惑溺》。

天　香

蜡　梅

蟫叶黏霜[1]，蝇苞缀冻，生香远带风峭。岭上寒多，溪头月冷，北枝瘦、南枝小。玉奴有姊[2]，先占立、墙阴春早。初试宫黄澹薄，偷分寿阳纤巧。　　银烛泪深未晓。酒钟悭、贮愁多少。记得短亭归马，暮衙蜂闹。豆蔻钗梁恨袅。但怅望、天涯岁华老。远信难封，吴云雁杳。[3]

［注释］

①蟫（yín）：蟫虫色白。蟫叶，指白色的花蕊。　蝇苞：花苞如蝇。②玉奴：本指齐东昏侯妃潘氏。潘妃小字玉儿，也称玉奴。另唐玄宗贵妃杨太真，小字玉环，也称玉奴。牛僧孺《周秦行纪》："玉奴，太真名

也。”在此用作代指一般梅花。　姊：指蜡梅。因蜡梅比梅花先开，故称姊。　③唐氏按：此下原钞有《玉漏迟》赵闻礼“絮花寒食路”一首，无名氏“杏花飘禁苑”一首，并删。

［集评］

许昂霄云：“《天香》后段，俱从蜡字生发。”（《词综偶评》）

杨铁夫云：“古人密信，每以蜡丸封裹之。曰‘难封’，曰‘雁杳’，反用妙。”（《吴梦窗词笺释》）

玉漏迟

夷则商　瓜泾度中秋夕赋①

雁边风讯小，飞琼望杳，碧云先晚。露冷阑干，定怯藕丝冰腕。净洗浮空片玉②，胜花影、春灯相乱。秦镜满③。素娥未肯，分秋一半。　　每圆处即良宵，甚此夕偏饶，对歌临怨。万里婵娟，几许雾屏云幔。孤兔凄凉照水，晓风起、银河西转。摩泪眼。瑶台梦回人远。

［注释］

①该词作于淳祐三年癸卯（1243），四十四岁。说见《系年》。　瓜泾渡：地名。朱《笺》：“《苏州府冯志》：‘瓜泾港在吴江县北九里，分太湖支流，东北出夹浦，会吴淞江。’”　②片玉：月亮。　③秦镜满：喻中秋满月。

［集评］

谭献云：“（‘秦镜满’三句）奇弄间发。（‘每圆处即良宵’句）直白处不当学。”（《谭评词辨》）

金盏子

夹钟商，赋秋壑西湖小筑

卜筑西湖，种翠萝犹傍，软红尘里。来往载清吟，为偏爱吾庐，画船频系①。笑携雨色晴光，入春明朝市。石桥锁，烟霞五百名仙，第一人是。　临酒论深意。流光转、莺花任乱委。冷然九秋肺腑，应多梦、岩扃冷云空翠。漱流枕石幽情②，写猗兰绿绮③。专城处④，他山小队登临，待西风起。

[注释]

①系：别本作“繄”，此据《四库》本改。　②漱流枕石：山林隐居生活。见《三国志·蜀书·彭漾传》。　③猗兰：《猗兰操》，琴曲名。相传为孔子见幽兰后，自伤不逢时而作。《琴操·猗兰操》：“猗兰操者，孔子所作也。孔子历聘诸侯，诸侯莫能任。自卫返鲁，过隐谷之中，见芗兰独茂。喟然叹曰：‘夫兰当为王者香，今乃独茂与众草为伍，譬犹贤者不逢时，与鄙夫为伦也。’乃止车，援琴鼓之。”　绿绮：古琴名。　④专城：一城之主。古代多用以称呼州牧、太守等地方官员，此指秋壑（贾似道）。

金盏子

吴城连日赏桂，一夕风雨，悉已零落。独寓窗晚花方作小蕾，未及见开，有新邑之役①。竭来西馆，篱落间嫣然一枝可爱，见似人而喜，为赋此解

赏月梧园，恨广寒宫树，晓风摇落。莓砌扫珠尘，空肠断、熏炉烬销残萼。殿秋尚有馀花②，锁烟窗云幄。新雁又、无端送人江上，短亭初泊。　篱角，梦依约。人一笑、惺忪翠袖薄。悠然醉魂唤醒，幽丛畔、凄香雾雨漠漠。晚吹乍颤秋声，早屏空金雀③。明朝想，犹有数点蜂

黄[④],伴我斟酌。

[注释]

①新邑之役:到新邑公干。 ②殿秋:晚秋。 ③金雀:金钗。 ④蜂黄:此指黄色桂花。

[集评]

焦循云:"'新雁又无端送人江上,短亭初泊'上九字句,余所谓缓调,字字可停顿也。"(《雕菰楼词话》)

永遇乐

林钟商 过李氏晚妆阁,见壁间旧所题词,遂再赋

春酌沉沉,晚妆的的[①],仙梦游惯。锦溆维舟,青门倚盖[②],还被笼莺唤[③]。裴郎归后[④],崔娘沉恨[⑤],漫客请传芳卷。联题在,频经翠袖[⑥],胜隔绀纱尘幔[⑦]。 桃根杏叶,胶黏缃缥[⑧],几回凭阑人换。峨髻愁云,兰香腻粉,都为多情褪。离巾拭泪,征袍染醉,强作酒朋花伴。留连怕,风姨浪妒[⑨],又吹雨断。

[注释]

①的的:鲜明貌。 ②青门:汉长安城东南门,召平种瓜于此。泛指京城城门。 ③笼莺:此当喻指老鸨。 ④裴郎:裴敬中。 ⑤崔娘:唐乐伎崔徽。元稹《崔徽歌序》记裴、崔二人爱情悲剧。"崔徽,河中府娼也。裴敬中以兴元幕使蒲州,与徽相从累月。敬中便还,崔以不得从为恨,因而成疾。有丘夏善写人形。徽托写真寄敬中曰:'崔徽一旦不及画中人,且为郎死。'" ⑥翠袖:以袖拂诗。吴处厚《青箱杂记》:"魏野尝从寇莱公同游陕府僧舍,各有留题。后复同游,莱公诗已用碧纱笼护,而野诗尘昏满壁。时有从游官妓,颇慧黠,即以袂就拂之。野徐曰:'若得常将红袖拂,也应胜似碧纱笼。'莱公大笑。" ⑦绀纱尘幔:唐王播少孤贫,流

落不遇。客扬州惠昭寺木兰院，随僧斋饮。寺院僧侣进斋，向以鸣钟为号。王播在寺久，寺僧厌倦，餐毕方鸣钟。播鸣钟而往，已不得食矣。后二十馀年，王播已显达，出镇此邦。因访旧游之处，见往日题在寺中之诗皆已有碧纱笼护其上，不胜感慨。题诗曰："二十年来尘扑面，如今始得碧纱笼。"见《唐摭言》。　⑧缃缥：指裳颜色。　缃：浅黄色绢。　缥：青白色绢。　⑨风姨：崔元徽月夜遇数美人，曰杨氏、李氏、陶氏，又绯衣少女曰石措措。又有封家十八姨来。石措措曰：诸女伴偕住苑中，每被恶风所挠，常求十八姨相庇。处士每岁旦与作一朱幡，图日月五星则免矣。崔许之。其日立幡，东风乱地，折木飞花，而苑中花不动，方悟众花之精。封家姨，乃风神也。见《合璧遗事》。

永遇乐

乙巳中秋风雨①

风拂尘徽②，雨侵凉榻，才动秋思。缓酒销更③，移灯傍影，净洗芭蕉耳。铜华沧海④，愁霾重嶂，燕北雁南天外。算阴晴，浑似几番，渭城故人离会。　　青楼旧日，高歌取醉，唤出玉人梳洗。红叶流光，蘋花两鬓，心事成秋水。白凝虚晓，香吹轻烬，倚窗小瓶疏桂。问深宫，姮娥正在，妒云第几。

[注释]

①乙巳：指淳祐五年（1245），作者四十六岁时作该词。说见《系年》。　②尘徽：被尘封之琴弦。　徽：本指系琴弦之绳。　③销更：消磨更漏（时间）。　④铜华沧海：意同"铜驼荆棘"。形容战乱后，宫殿残破，一片荒芜。

[集评]

杨铁夫云："芭蕉耳，兼风雨声。末句言月中之桂不可见。可见者止倚窗瓶桂耳。'妒云'二字妙。大有'铜雀春深'之感。"（《吴梦窗词笺释》）。

永遇乐

探梅,次时斋韵

阁雪云低,卷沙风急,惊雁失序。户掩寒宵,屏闲冷梦,灯飐唇似语[①]。堪怜窗景,都闲刺绣,但续旧愁一缕。邻歌散,罗襟印粉,袖湿茜桃红露[②]。　西湖旧日,留连清夜,爱酒几将花误。遗袜尘销[③],题裙墨黯,天远吹笙路。吴台直下,缃梅无限[④],未放野桥香度。重谋醉,揉香弄影,水清浅处。[⑤]

[注释]

①飐(zhān):风吹物动曰飐。　唇似语:灯花闪动,如与人对语。②茜桃:宋寇准妾名。　③遗袜:"妃子死之日,马嵬村妪得锦袎袜一只。每过客来一玩,得百钱。"见《太真外传》。　④缃梅:俗称黄香梅,花形小,心瓣微黄。　⑤唐氏按:此下原钞有史达祖《玉胡蝶》"晚雨未摧宫树"一首,已由朱孝臧删去。

玉胡蝶

夷则商

角断签鸣疏点,倦萤透隙[①],低弄书光。一寸悲秋,生动万种凄凉。旧衫染、唾凝花碧[②],别泪想、妆洗蜂黄。楚魂伤。雁汀沙冷,来信微茫。　都忘。孤山旧赏,水沉熨露,岸锦宜霜。败叶题诗,御沟应不到流湘。数客路、又随淮月,羡故人、还买吴航。两凝望。满城风雨,催送重阳[③]。[④]

[注释]

①倦萤:囊萤。《晋书·车胤传》:"胤恭勤不倦,博学多通。家贫不

常得油,夏月则练囊盛数十萤火以照书,以夜继日焉。” 透隙:即凿壁偷光。《西京杂记》卷二:“匡衡字稚圭,勤学而无烛,邻舍有烛而不逮,衡乃穿壁引其光,以书映光而读之。” ②唾凝花碧:赵飞燕与婕妤坐,误唾其袖。婕妤曰:“姊唾人绀袖,正如石上花。” ③“满城”二句:“黄州潘大临工诗,有佳句,然贫甚。……临川谢无逸以书问:‘近新作诗否?’潘答曰:‘秋来景物,件件是佳句,恨为俗气所蔽翳。昨日清卧,闻搅林风雨声,遂起题壁曰:“满城风雨近重阳”。忽催税人至,遂败意。只此一句奉寄。’”见惠洪《冷斋夜话》卷四。 ④唐氏按:此下原钞有丁仙现《绛都春》(融和又报)一首,已删。

[集评]

陈洵云:“此篇脉络颇不易寻……当先认定‘书光’,‘书’字,谓得其去姬书札也。……‘雁汀’、‘来信’收束‘书’字。以虚结实。‘都忘’,反接,最奇幻,得此二字,超然遐举矣。……语语徵实,笔笔凌空,两结尤极缥缈之致。”(《海绡说词》)

绛都春[1]

夷则羽,俗名仙吕调　为郭清华内子寿

香深雾暖。正人在、锦瑟华年深院。旧日汉宫,分得红兰滋吴苑。临池羞落梅花片。弄水月、初匀妆面。紫烟笼处,双鸾共跨,洞箫低按。　歌管。红围翠袖,冻云外,似觉东风先转。绣畔昼迟,花底天宽春无限。仙郎骄马琼林宴。待卷上、珠帘教看。更传莺入新年,宝钗梦燕[2]。

[注释]

①此调有平仄两体,仄韵为作者自度体。该词即是。 ②“更传”二句:祝新年添子意。

[集评]

况周颐云:《乐府指迷》云“古曲亦有拗者,盖被句法中字面所拘牵。今歌者亦以为碍。如《绛都春》梦窗别作‘更传莺入新年’、‘并禽飞上金沙’、‘更愁花变梨霙’、‘便教移取熏笼’、‘便教宴接莺花’,上一字并用去声”。(《蕙风词话续编》卷一)

绛都春

饯李太博赴括苍别驾[①]

羁云旅雁。敛倦羽、寄栖墙阴年晚。问字翠尊[②],刻烛红笺悭曾展[③]。冰滩鸣佩舟如箭。笑乌帻、临风重岸[④]。傍邻垂柳,清霜万缕,送将人远。　　吴苑。千金未惜,买新赋、共赏文园词翰[⑤]。流水翠微,明月清风平分半[⑥]。梅深驿路香不断。万玉舞、罘罳东畔。料应花底春多,软红雾暖。

[注释]

①该词作于淳祐六年丙午(1246),四十七岁。说见《系年》。　李太博:太学博士李伯玉。　括苍:括苍山在临海县西南,接仙居界,即今台州。　②翠尊:绿色酒杯。　③刻烛:刻痕烛上,以记时间。　④乌帻:黑色包头巾。　岸:露额,推巾露额谓之岸。　⑤文园:司马相如曾为文园(汉文帝陵园)令,故以“文园”称之。　⑥分半:“别驾,旧与刺史别乘,同流宣王化于万里者。其任居刺史之半,安可任非其人乎?”见《庾亮集·答郭豫书》。

绛都春

题蓬莱阁灯屏,履翁帅越[①]

螺屏暖翠[②]。正雾卷暮色,星河浮霁。路幕递香[③],街马冲尘东风细。梅槎凌海横鳌背[4]。倩稳载、蓬莱云气。宝阶斜转[5]，冰娥素影，夜清如水。　应记。千秋化鹤，旧华表、认得山川犹是。暗解绣囊，争掷金钱游人醉。笙歌晓度晴霞外。又上苑、春生一苇。便教接宴莺花，万红镜里[6]。

［注释］

①该词作于淳祐十年庚戌(1250)，五十一岁。为吴潜知绍兴，浙东安抚使作。说见《系年》。　②螺屏：螺钿镶嵌的屏风。　③路幕：帘幕下垂的车子。　路：通"辂"，车。　④梅槎：梅木之排筏。横越海上仙山。⑤宝阶：泰阶。即三台星。　⑥镜里：镜湖之中。

绛都春

为李篔房量珠贺[1]

情黏舞线[2]。怅驻马灞桥，天寒人远。旋剪露痕，移得春娇栽琼苑。流莺常语烟中怨。恨三月、飞花零乱。艳阳归后，红藏翠掩，小坊幽院。　谁见。新腔按彻[3]，背灯暗、共倚篔屏葱茜。绣被梦轻，金屋妆深沉香换。梅花重洗春风面。正溪上、参横月转[4]。并禽飞上金沙，瑞香雾暖。

［注释］

①李篔房：李彭老，字商隐，有《篔房词》。　量珠：据《岭表录异》载，梁氏之女美容貌，石季伦为交趾采访使，以三斛圆珠买之。后人称买妾为"量珠"。　②舞线：风中摆动的柳条，亦借指舞女。　③按彻：奏完。④参横：参星横转，形容夜深。

[集评]

陈洵云:“词中不外人事风景,镕人事入风景,则实处皆空。镕风景入人事,则空处皆实。此篇人事风景交炼,表里相宜,才情并美。应酬之作,难得如许精粹。”(《海绡说词》)

绛都春

燕亡久矣,京口适见似人[①],怅怨有感

南楼坠燕[②]。又灯晕夜凉,疏帘空卷。叶吹暮喧,花露晨晞秋光短。当时明月娉婷伴。怅客路、幽扃俱远。雾鬟依约,除非照影,镜空不见。　别馆。秋娘乍识,似人处、最在双波凝盼。旧色旧香,闲雨闲云情终浅。丹青谁画真真面[③]。便只作、梅花频看。更愁花变梨霙,又随梦散。

[注释]

①京口:镇江。《四库》本作“京□”。　似人:即汜人,指去姬。　②坠燕:用绿珠坠楼典。《晋书·石崇传》:“崇有妓曰绿珠,美而艳,善吹笛。孙秀使人求之。……介士到门。崇谓绿珠曰:‘我今为尔得罪。’绿珠泣曰:‘当效死于官前。’因自投于楼下而死。”　③真真:唐进士赵颜得一软障,图一妇人甚丽。颜曰:“如何令生?某愿纳为妾。”工曰:“余神画也。此亦有名,曰真真。呼其名百日,昼夜不歇,即必应。应则以百家彩灰酒灌之,必活。”颜如其言。遂下步言语,语言如常,终岁,生一儿。友人曰:“此妖也,必与君为患。”真真乃泣曰:“妾南岳地仙也。君今疑妾,妾不可住。”言讫,携其子却上软障,呕出先所食百家彩灰酒,惟障上添一孩儿。见杜荀鹤《松窗杂记》、《闲寄集》。

[集评]

陈洵云:“‘坠燕’,去妾也。已成往事,故曰‘又’。……‘别馆’正对‘南楼’……经层层脱换,然后以‘真真’难画,‘只作梅花频看’收住。复

转一步作结，笔力直破馀地。”（《海绡说词》）

绛都春

余往来清华池馆六年，赋咏屡矣，感昔伤今，益不堪怀，乃复作此解

春来雁渚。弄艳冶、又入垂杨如许。困舞瘦腰，啼湿宫黄池塘雨[①]。碧沿苍藓云根路。尚追想、凌波微步。小楼重上，凭谁为唱，旧时金缕。　凝伫。烟萝翠竹，欠罗袖、为倚天寒日暮[②]。强醉梅边，招得花奴来尊俎[③]。东风须惹春云住。□莫把、飞琼吹去。便教移取熏笼，夜温绣户。

[注释]

①宫黄：古代仕女额上涂饰的黄色。　②“烟萝翠竹”二句：用杜甫《佳人》诗“绝代有佳人，幽居在空谷……天寒翠袖薄，日暮倚修竹”之意境。　③花奴：唐玄宗弟李琎小名，花奴善击鼓，能催春助饮。

惜秋华[①]

夹钟商　重九

细响残蛩，傍灯前、似说深秋怀抱。怕上翠微，伤心乱烟残照。西湖镜掩尘沙，翳晓影、秦鬟云扰[②]。新鸿，唤凄凉、渐入红萸乌帽。　江上故人老。视东篱秀色[③]，依然娟好。晚梦趁、邻杵断，乍将愁到。秋娘泪湿黄昏，又满城、雨轻风小。闲了。看芙蓉、画船多少。

[注释]

①此为作者自度曲之名。　②秦鬟：形容秦望山如美女照影。　③东

篱:指东篱之菊。陶潜有“采菊东篱下”之诗句。

[集评]

陈洵云:“因物起兴,‘风’诗之遗。……案亦思去姬而作。其人以秋去,故曰‘深秋怀抱’。‘秀色’、‘秋娘’,义兼比兴。……将此词与清真《丹凤吟》并读,宜有悟入处,则周、吴之秘亦传矣。”(《海绡说词》)

惜秋华

八日飞翼楼登高[①]

思渺西风,怅行踪、浪逐南飞高雁。怯上翠微,危楼更堪凭晚。蓬莱对起幽云[②],澹野色、山容愁卷。清浅。瞰沧波、静衔秋痕一线。　十载寄吴苑。惯东篱深把,露黄偷剪[③]。移暮影、照越镜,意销香断。秋娥赋得闲情,倚翠尊、小眉初展。深劝。待明朝、醉巾重岸。

[注释]

①飞翼楼:在绍兴。范蠡所建,用以压强吴者。见《明一统志》。　②蓬莱:即绍兴卧龙山上蓬莱阁。此喻飞翼楼。　③露黄:黄菊。

惜秋华

七　夕

露罥蛛丝[①],小楼阴堕月,秋惊华鬓。宫漏未央[②],当时钿钗遗恨[③]。人间梦隔西风,算天上、年华一瞬。相逢,纵相疏、胜却巫阳无准[④]。　何处动凉讯。听露井梧桐,楚骚成韵。彩云断、翠羽散,此情难问。银河万古秋声,但望中、婺星清润[⑤]。轻俊。度金针、漫牵方寸[⑥]。

[注释]

①罥(juàn)：挂、缠绕。　②未央：未尽。　③钿钗：妇女头饰。　钿钗遗恨：用白居易《长恨歌》中故事。　④巫、阳：巫山、阳台，喻男女欢情。宋玉《高唐赋序》："去而辞曰：'妾在巫山之阳……朝朝暮暮，阳台之下'。"⑤婺(wù)星：星名，即婺女，二十八宿之一。俗称织女星。　⑥金针：神针。七夕女子有乞巧针之俗。

[集评]

陈洵云："触景生情，复缘情感事。以下夹叙夹议。至于此情难问，则人间天上，可哀正多，又不独钿钗一事矣。殆未忘北狩帝后之痛乎？"(《海绡说词》)

惜秋华

七夕前一日送人归盐官

数日西风，打秋林枣熟，还催人去。瓜果夜深，斜河拟看星度。匆匆便倒离尊，怅遇合、云销萍聚。留连，有残蝉韵晚，时歌金缕。　绿水暂如许。奈南墙冷落，竹烟槐雨。此去杜曲，已近紫霄尺五[①]。扁舟夜宿吴江，正水佩霓裳无数[②]。眉妩。问别来、解相思否。

[注释]

①"此去杜曲"二句：杜曲，地名，在长安南。唐时为大姓杜氏聚居处。其西为韦曲，为韦氏聚居处，因世为贵官又近帝阙，故时语曰"城南韦杜，去天尺五"。参《新唐书·杜正伦传》。　②水佩霓裳：荷花。"水佩风裳无数"为姜白石《念奴娇》咏荷花名句。

惜秋华

木芙蓉

路远仙城[1]，自王郎去后[2]，芳卿憔悴。锦段镜空，重铺步障新绮。凡花瘦不禁秋，幻腻玉、腴红鲜丽。相携。试新妆乍毕，交扶轻醉。　　长记断桥外。骤玉骢过处，千娇凝睇。昨梦顿醒，依约旧时眉翠。愁边暮合碧云，倩唱入、六幺声里[3]。风起。舞斜阳、阑干十二。

[注释]

①仙城：指芙蓉城，因此词赋木芙蓉。　②王郎：王子高也。苏轼《芙蓉城诗序》："世传王迥子高，遇仙人周瑶英游芙蓉城。"　③六幺：原注，"大曲《六幺》，王子高芙蓉城事，有楼名'碧云'。"

[集评]

陈廷焯云："梦窗逸品也。然不离于正。"（《白雨斋词话》卷六）

惜黄花慢

夷则羽　菊

粉靥金裳。映绣屏认得，旧日萧娘[1]。翠微高处，故人帽底，一年最好，偏是重阳。避春衹怕春不远，望幽径、偷理秋妆。殢醉乡。寸心似剪，飘荡愁觞。　　潮腮笑入清霜。鬥万花样巧，深染蜂黄。露痕千点，自怜旧色，寒泉半掬，百感幽香。雁声不到东篱畔，满城但、风雨凄凉。最断肠。夜深怨蝶飞狂。

[注释]

①萧娘：见唐杨巨源《崔娘》诗"风流才子多春思，肠断萧娘一纸书"，

特指旧日曾爱恋之女子。

[集评]

白屋闲人云:"咏菊不露菊字,而全篇皆菊也。非觉翁妙手,谁能绘秋色、秋情如许,谁能独葆花之隐逸者的清誉如许。"

惜黄花慢

次吴江小泊,夜饮僧窗惜别,邦人赵簿携小妓侑尊,连歌数阕,皆清真词。酒尽,已四鼓,赋此词饯尹梅津

送客吴皋①。正试霜夜冷,枫落长桥②。望天不尽,背城渐杳,离亭黯黯,恨水迢迢。翠香零落红衣老,暮愁锁、残柳眉梢。念瘦腰。沈郎旧日,曾系兰桡。　仙人凤咽琼箫。怅断魂送远,九辩难招。醉鬟留盼,小窗剪烛,歌云载恨,飞上银霄。素秋不解随船去,败红趁、一叶寒涛。梦翠翘。怨鸿料过南谯③。

[注释]

①吴皋:吴江边高地。　②枫落:"扬州录事参军郑世翼者,亦傲倨,数恌轻忤物,遇信明江中,谓曰:'闻公有"枫落吴江冷",愿见其馀。'信明欣然多出众篇,世翼览未终,曰:'所见不逮所闻!'投诸水,引舟去。"见《新唐书·文艺结上·崔信明》。　长桥:吴江的利往桥。　③南谯:地名,在滁县西南。

[集评]

陈洵云:"题外有事,当与《瑞龙吟》'黯分袖'参看。……含思凄婉,实处皆空矣。"(《海绡说词》)

十二郎

垂虹桥　上有垂虹亭,属吴江

素天际水,浪拍碎、冻云不凝。记晓叶题霜,秋灯吟雨,曾系长桥过艇。又是宾鸿重来后[1],猛赋得、归期才定。嗟绣鸭解言[2],香鲈堪钓,尚庐人境[3]。　　幽兴。争如共载,越娥妆镜。念倦客依前,貂裘茸帽,重向淞江照影。酹酒苍茫,倚歌平远,亭上玉虹腰冷。迎醉面,暮雪飞花,几点黛愁山暝。

[注释]

①宾鸿:按时飞来的鸿雁。　②绣鸭:花羽如绣之美鸭。　解言:陆龟蒙有鬥鸭。陆曰:"此鸭善人言……能自呼名"。见《中吴纪闻》。③尚庐人境:还筑屋在人们群聚的地方。用陶潜《饮酒诗》"结庐在人境,而无车马喧"之意。

醉蓬莱

夷则商　七夕和方南山

望碧天书断,宝枕香留,泪痕盈袖。谁识秋娘,比行云纤瘦。象尺熏炉,翠针金缕,记倚床同绣。月亸琼梳[1],冰销粉汗,南花熏透。　　尽是当时,少年清梦,臂约痕深[2],帕绡红皱。凭鹊传音,恨语多轻漏。润玉留情,沈郎无奈,向柳阴期候。数曲催阑,双铺深掩,风镮鸣兽[3]。

[注释]

①亸(duǒ):在此作躲避解。　②臂约痕深:金钏在臂上留下深印。　③风镮鸣兽:风吹响了门兽衔着的圆镮。

烛影摇红

黄钟商　毛荷塘生日，留京不归，赋以寄意

西子西湖，赋情合载鸱夷棹[1]。断桥直去是孤山，应为梅花到。几度吟昏醉晓。背东风、偷闲鬥草。乱鸦啼后，解佩归来，春怀多少。　千里婵娟，茂园今夜同清照。樱脂茸唾听吟诗[2]，争似还家好。昵昵西窗语笑。凤云深、琼箫缥缈。愿春如旧，柳带同心，花枝压帽。

[注释]

①“西子西湖”二句：首句将西湖比做西子。西子，西施也。次句沿杜牧《杜秋娘诗》“西子下姑苏，一舸逐鸱夷”之讹，附会西施在吴亡后，与范蠡相伴隐居江湖的故事。　②樱脂：红如樱桃的口脂。　茸唾：女子唾出的丝线头，乃闺中调笑之举。

烛影摇红

麓翁夜宴园堂

新月侵阶，彩云林外笙箫透。银台双引绕花行[1]，红坠香沾袖。不管签声转漏[2]。更明朝、棋消永昼。静中闲看，倦羽飞还，游云出岫。　随处春光，翠阴那只西湖柳。去年溪上牡丹时，还试长安酒。都把愁怀抖擞。笑流莺、啼春漫瘦。晓风恶尽，妒雪寒销，青梅如豆。

[注释]

①银台：银质烛台。　②签声：指漏壶上计时的签片。

[集评]

白屋闲人云：“前人谓梦窗雕琢字面，藻饰太盛。但看此篇句丽词艳而不妖冶，意气灵动而不晦涩，时有放浪通脱之意跃乎其间，渊渊乎文有其质焉。”

烛影摇红

饯冯深居，翼日，其初度[①]

飞盖西园，晚秋却胜春天气。霜花开尽锦屏空，红叶新装缀。时放清杯泛水。暗凄凉、东风旧事。夜吟不绝，松影阑干，月笼寒翠。　　莫唱阳关[②]，但凭彩袖歌千岁。秋星入梦隔明朝，十载吴宫会[③]。一棹回潮度苇[④]。正西窗、灯花报喜。柳蛮樱素，试酒争怜，不教不醉。

[注释]

①该词作于淳祐元年(1241)，四十二岁。说见《系年》。　翼日：明日。　②阳关：歌曲名，又名《渭城》。　③十载吴宫会：“梦窗此后无杭州行迹”，“居杭先后约十馀年”。说见《系年》。　④度苇：即渡苇。小舟如苇渡江河。

烛影摇红

元夕雨

碧澹山姿，暮寒愁沁歌眉浅。障泥南陌润轻酥[①]，灯火深深院。入夜笙歌渐暖。彩旗翻、宜男舞遍[②]。恣游不怕，素袜尘生，行裙红溅。　　银烛笼纱，翠屏不照残梅怨。洗妆清靥湿春风，宜带啼痕看。楚梦留情未散。素娥愁、天深信远。晓窗移枕，酒困香残，春阴帘卷。

[注释]

①障泥：垂于马腹两侧用以遮挡尘土之物。此处指走马。　②宜男

舞遍:指旧时祈多子之歌舞。

[集评]

陈洵云:"湖山起,坊陌承'渐暖',则忘却暮寒矣。'恣游不怕',并且无愁,湖山奈何,残梅自怨,翠屏自不照,哀乐不同也。'楚梦',衰世君臣,'留情未散',彼昏不知。'天长信远',犹望明时。'春阴帘卷',仍复无望,如此看去,有多少忠爱。"(《海绡说词》)

烛影摇红

寿嗣荣王[1]

天桂飞香,御花簇座千秋宴。笑从王母摘仙桃,琼醴双金盏。掌上龙珠照眼。映萝图、星晖海润[2]。浮槎远到,水浅蓬莱,秋明河汉。　宝月将弦,晚钩斜挂西帘卷。未须十日便中秋,争看清光满。净洗红尘障面。贺朝霖、催班正殿。喜回天上,紫府开筵,瑶池宣劝[3]。

[注释]

①该词作于景定元年(1260)秋,或次年秋。说见《系年》。　②萝图:即瑞席萝图,祝多子之喜也。　③宣劝:帝王劝酒。

烛影摇红

赋德清县圃古红梅

莓锁虹梁[1],稽山祠下当时见。横斜无分照溪光,珠网空凝遍。姑射青春对面[2]。驾飞虬、罗浮路远[3]。千年春在,新月苔池,黄昏山馆。　花满河阳,为君羞褪晨妆茜。云根直下是银河,客老秋槎变。雨外红铅洗断。又晴霞、惊飞暮管。倚阑只怕,弄水鳞生,乘东风便。

[集评]

俞陛云云:“起笔及‘鸣籁’三句,锤炼入细,下阕写临江风景,笔轻而意远。‘歌管’二句,人海沉酣,辜负佳景者,不知凡几。以‘醉花春梦’讽之,雅人无浅语也。”(同上)

木兰花慢

虎丘陪仓幕游。时魏益斋已被亲擢,陈芬窟、李方庵皆将满秩[①]

紫骝嘶冻草,晓云锁、岫眉颦。正蕙雪初销,松腰玉瘦,憔悴真真[②]。轻藜渐穿险磴,步荒苔、犹认瘗花痕[③]。千古兴亡旧恨,半丘残日孤云。 开尊。重吊吴魂。岚翠冷、洗微醺。问几曾夜宿,月明起看,剑水星纹[④]。登临总成去客,更软红、先有探芳人。回首沧波故苑,落梅烟雨黄昏。

[注释]

①该词作于绍定五年壬辰(1232),三十三岁。说见《系年》。 满秩:任满将去职。 ②真真:画中美女,自云南岳仙子者。见杜荀鹤《松窗杂记》。此指吴妓真娘,葬于虎丘剑池之西。 ③瘗花痕:葬花处。 ④剑水:指虎丘著名景点剑池。《吴地记》:“秦始皇东巡至虎丘,求吴王宝剑,其虎当坟而踞。始皇以剑击之不及,误中于石,遗迹尚存。剑无复获。乃陷城池。” 星纹:七星纹。李峤《宝剑篇》:“吴山开,越溪涸,三金合冶成宝锷。淬渌水,鉴红云,五彩焰起光氛氲。背上铭为万年字,胸前点作七星纹。”

[集评]

陈廷焯云:“景中带情,诗意两胜。”(《别调集》)

俞陛云云:“‘轻藜’二句,赋山景极幽峭……结句‘回首沧波故苑’仍归到本题。梦窗学清真,此等处颇似之。”(《唐五代两宋词选释》)

木兰花慢

重游虎丘

步层丘翠莽，□□处、更春寒①。渐晚色催阴，风花弄雨，愁起阑干。惊翰。带云去杳，任红尘、一片落人间。青冢麒麟有恨，卧听箫鼓游山。　　年年。叶外花前。腰艳楚、鬓成潘②。叹宝奁瘗久，青萍共化③，裂石空磐。尘缘。酒沾粉污，问何人、从此濯清泉。一笑掀髯付与，寒松瘦倚苍峦。

[注释]

①□□处：按《四库》本作"翠莽处"，当从。　②腰艳楚：腰比楚腰柔细。说见《韩非子·二柄》："楚灵王好细腰，而国中多饿人"，故以"楚腰"代指细腰。　鬓成潘：像潘岳一样两鬓早白。潘岳《秋兴赋序》："余春秋三十有二，始见二毛。"后以潘鬓为年未衰而鬓早白的代称。　③青萍：宝剑名。

木兰花慢

送翁五峰游江陵

送秋云万里，算舒卷、总何心。叹路转羊肠，人营燕垒，霜满蓬簪。愁侵。庾尘满袖①，便封侯、那羡汉淮阴②。一醉莼丝脍玉，忍教菊老松深。　　离音。又听西风，金井树、动秋吟。向暮江目断，鸿飞渺渺，天色沉沉。沾襟。四弦夜语，问杨琼、往事到寒砧③。争似湖山岁晚，静梅香底同斟。

[注释]

①庾尘：庾，庾亮，字元规。《晋书·王导传》："时(庾)亮虽居外镇，

而执朝庭之权。既据上流,拥强兵,趋向者多归之。(王)导内不能平,常遇西风尘起,举扇自蔽,徐曰:‘元规尘污人。’” ②汉淮阴:汉淮阴侯韩信。 ③杨琼:中唐著名酒妓。元稹《和乐天示杨琼》自注:“杨琼,本名播,少为江陵酒妓。”

木兰花慢

重泊垂虹

酹清杯问水,惯曾见、几逢迎。自越棹轻飞[①],秋莼归后[②],杞菊荒荆。孤鸣。舞鸥惯下,又渔歌、忽断晚烟生。雪浪闲销钓石,冷枫频落江汀。 长亭。春恨何穷,目易尽、酒微醒。怅断魂西子,凌波去杳,环佩无声。阴晴。最无定处,被浮云、多翳镜华明。向晓东风霁色,绿杨楼外山青。

[注释]

①“越棹”句:指范蠡平吴乘舟归去。 ②秋莼:指张翰莼鲈归隐。

[集评]

周济云:“天光云影,摇荡绿波,抚玩无斁,追寻已远。”(《介存斋论词杂著》)

木兰花慢

饯韩似斋赴江东鹾幕[①]

润寒梅细雨,卷灯火、暗尘香。正万里胥涛[②],流花涨腻,春共东江。云樯。未传燕语,过罘罳、垂柳舞鹅黄。留取行人系马,软红深处闻莺。 悠飏。霁月清风,凝望久、鄮山苍[③]。又紫箫一曲,还吹别调,楚际吴旁。仙方。袖中秘宝，遣蓬莱、弱水变飞霜[④]。寒食春城秀句，趁花飞入宫墙。

［注释］

①鹾幕：盐幕。掌管盐务的幕僚。 ②胥涛：胥，指春秋伍子胥。子胥被吴王夫差所杀后，尸投浙江，成为涛神，因指汹涌波涛为胥涛。 ③鄮山：鄮（mào）山，在浙江鄞县东。 ④弱水：传说弱水在西海佛地处，此水力不负芥、鸿毛不浮，故名弱水。说见东方朔《十洲记》。

［集评］

笃文云："吴梦窗多以方音叶韵。如'莺'叶'黄'，'飏'即是。盖其精于藻饰而宽于韵律也。"

木兰花慢

饯赵山台[①]

指罘罳晓月，动凉信、又催归。正玉涨松波，花穿画舫，无限红衣[②]。青丝。傍桥浅系，问笛中、谁奏鹤南飞[③]。西子冰绡冷处，素娥宝镜圆时。 清奇。好借秋光，临水色、写瑶卮。向醉中织就，天孙云锦，一杼新诗。依稀。数声禁漏，又东华、尘染帽檐缁。争似西风小队，便乘鲈脍秋肥。

［注释］

①赵山台：赵汝绩，字庶可，太宗八世孙。 ②红衣：红莲。 ③问笛中、谁奏鹤南飞：谁吹奏笛曲《鹤南飞》。"山头鸣鹤向南飞"为东坡诗句。

木兰花慢

施芸隐随绣节过浙东,作词留别,用其韵以饯[1]

几临流送远,渐荒落、旧邮亭[2]。念西子初来,当时望眼,啼雨难晴。娉婷。素红共载,到越吟、翻调倚吴声[3]。得意东风去棹,怎怜会重离轻。　　云零。梦绕浮觞,流水畔、叙幽情。恨赋笔分携,江山委秀[4],桃李荒荆。经行。问春在否,过汀洲、暗忆百花名。莺缕争堪细折,御黄堤上重盟[5]。

[注释]

①该词作于嘉熙二年戊戌(1238)秋日。三十九岁。说见《系年》。　施芸隐:施枢号芸隐,丹徒人。为文英同僚。　②邮亭:驿馆。　③越吟、吴声:均指南地乐音。吴、越,春秋古国名,在今浙江、江苏一带。　④委秀:委弃秀色,即江山变色。　⑤"莺缕"二句:莺缕,御黄,皆指浅黄色柳条。

喜迁莺

太蔟宫,俗名中管高宫　同丁基仲过希道家看牡丹[1]

凡尘流水。正春在、绛阙瑶阶十二。暖日明霞,天香盘锦,低映晓光梳洗。故苑浣花沉恨,化作妖红斜紫。困无力,倚阑干,还倩东风扶起。　　公子。留意处,罗盖牙签[2],一一花名字。小扇翻歌,密围留客,云叶翠温罗绮。艳波紫金杯重[3],人倚妆台微醉。夜和露,剪残枝,点点花心清泪。

[注释]

①丁基仲:丁宥,字基仲。　希道:郭希道。　②罗盖牙签:花上张罗

幕遮日，花下以牙签标名。见《武林旧事》卷七。 ③紫金杯重：“上见李正封‘国色朝酣酒’句，指贵妃曰：‘妆台前，饮一紫金盏酒，则见矣。’”见《南部新书》。

[集评]

许昂霄云：“《喜迁莺》‘牙签’书名，用之牡丹，便为惬当。近乃施之于菊花，正恐东篱处士，不耐此标榜耳！”（《词综偶评》）

喜迁莺

吴江与闲堂王臞庵家[①]

烟空白鹭。乍飞下、似呼行人相语。细縠春波[②]，微痕秋月，曾认片帆来去。万顷素云遮断，十二红帘钩处。黯愁远，向虹腰，时送斜阳凝伫。 轻许。孤梦到，海上玑宫[③]，玉冷深窗户。遥指人间，隔江烟火，漠漠水葓摇暮[④]。看茸断矶残钓，替却珠歌雪舞。吟未了，去匆匆，清晓一阑烟雨。

[注释]

①与闲堂：朱《笺》，“《吴郡志》：‘臞庵在松江之滨，邑人王份营此以居，围江湖以入圃。有与闲、平远、种德、及山四堂，烟雨观、横秋阁、凌风台，郁峨城、钓雪滩、琉璃沼、臞翁涧等处，而浮天阁为第一，总谓之臞庵。’份字文孺，以特恩补官，尝为大冶令，归休老焉。” ②细縠（hú）：细小的縠纹。 縠：带有皱褶的纱。用以形容水波。 ③玑宫：同珠宫、珠殿。玑：小珠或不圆的珠。 ④水葓：葓也作荭，即红蓼，红草。

[集评]

《古今词统》卷十四云：“‘玻璃魂濯濯，琥珀骨珊珊’可似此君。”

喜迁莺

福山萧寺岁除①

江亭年暮。趁飞雁、又听数声柔橹。蓝尾杯单②，胶牙饧澹③，重省旧时羁旅。雪舞野梅篱落，寒拥渔家门户。晚风峭，作初番花讯，春还知否。　何处。围艳冶、红烛画堂，博簺良宵午④。谁念行人，愁先芳草，轻送年华如羽。自剔短檠不睡，空索彩桃新句。便归好，料鹅黄，已染西池千缕。

[注释]

①福山：在江苏常熟西。一名覆釜山。　萧寺：佛寺。　②蓝尾杯：唐代宴饮，酒巡至末座谓之蓝尾酒，也作婪尾酒。　③饧（xíng）：饴糖类食物名。　④博簺：古代棋戏之一种。又称六博、格五。详见清翟灏《通俗编》中《俳优·格五》。

[集评]

陈洵云："'趁飞雁'二句，已动归兴。'蓝尾'二句，人家节物，归兴愈浓。至此咽住，却翻身转出旧时羁旅……读者得诀，在辨承转。读六朝文如是，读吴词亦如是。"（《海绡说词》）

喜迁莺

甲辰冬至寓越，儿辈尚留瓜泾萧寺①

冬分人别。渡倦客晚潮，伤头俱雪。雁影秋空，蝶情春荡，几处路穷车绝。把酒共温寒夜，倚绣添慵时节。又底事，对愁云江国，离心还折。　吴越。重会面，点检旧吟，同看灯花结。儿女相思，年华轻送，邻户断箫声噎。待移杖藜雪后，犹怯蓬莱寒阔。最起晚，任鸦林催晓，梅窗沉月。

[注释]

①该词作于淳祐四年甲辰(1244),四十五岁。词中有怀人语,新遣其妾故也。说见《系年》。　瓜泾:地名。王鏊《姑苏志》:长洲县,村一百四,瓜泾在三十一都。《苏州冯志》:瓜泾港在吴江县北九里,分太湖支流东北出夹浦,会淞江。

探芳信

夹钟羽　与李方庵联舟入杭,时方庵至嘉兴,索旧燕同载①。是夕,雪大作,林麓洲渚皆琼瑶。方庵驰小序求词,且约访蔡公甫

夜寒重。见羽葆将迎②,飞琼入梦。整素妆归处,中宵按瑶凤。舞春歌夜棠梨岸,月冷和云冻。画船中、太白仙人,锦袍初拥。　　应过语溪否,试笑挹中郎,还叩清弄。粉黛湖山,欠携酒、共飞鞚③。洗杯时换铜瓶水,待作梅花供。问何时、带雨锄烟自种。

[注释]

①旧燕:旧情人,当指歌伎。　②羽葆:仪仗名。以鸟羽注于柄头,如盖,谓之羽葆。　③飞鞚:驾驭快马。

探芳信

丙申岁,吴灯市盛常年①。余借宅幽坊,一时名胜遇合,置杯酒,接殷勤之欢,甚盛事也。分镜字韵

暖风定。正卖花吟春,去年曾听。旋自洗幽兰,银瓶钓金井。斗窗香暖悭留客,街鼓还催暝②。调雏莺、试遣

深杯,唤将愁醒。　灯市又重整。待醉勒游缰,缓穿斜径。暗忆芳盟,绡帕泪犹凝。吴宫十里吹笙路,桃李都羞靓。诱帘人、怕惹飞梅翳镜[3]。

[注释]

①丙申岁:指端平三年(1236),三十七岁。说见《系年》。　灯市:元宵灯火。　②街鼓:城坊警夜之鼓。　③飞梅翳镜:梅花落英遮住妆镜。犹言好景不长也。

探芳信

为春瘦。更瘦如梅花,花应知否。任枕函云坠[1],离怀半中酒。雨声楼阁春寒里,寂寞收灯后。甚年年、鬥草心期,探花时候。　娇懒强拈绣。暗背里相思,闲供晴昼。玉合罗囊[2],兰膏渍红豆[3]。舞衣叠损金泥凤,妒折阑干柳。几多愁、两点天涯远岫。

[注释]

①枕函:枕头。　②玉合:玉匣。　③"兰膏"句:以兰膏浸养红豆,表示珍爱与思念。"中有兰膏渍红豆,每回拈着长相忆。"见韩偓《玉合》诗。

[集评]

陈洵云:"本是伤离,却说'为春'。鬥草探花,佳时易过,雨声如此,晴昼奈何。曰'年年',则离非一日。曰'半中酒',则此怀何堪。用两层逼出换头一句。以下全写相思,相思是骨。外面只见'娇懒',传神阿堵,须理会此两句。"(《海绡说词》)

探芳信

麓翁小园早饮,客供棋事琴事

转芳径。见雾卷晴漪,鱼弄游影。旋解缨濯翠[①],临流抚菱镜。半林竹色花香处,意足多新咏。试衣单、雁欲来时,旧寒才定。　　门巷对深静。但酒敌春浓,棋消日永。旧曲猗兰[②],待留向、月中听。藻池不通宫沟水[③],任泛流红冷。小阑干、笑拍东风醉醒。

[注释]

①"解缨"句:解下官帽,濯于碧水,表示摆落官场的高尚情致。　②猗兰:琴曲名,《猗兰操》。　③通:原注,"去声"。

探芳信

贺麓翁秘阁满月[①]

探春到。见彩花钗头,玉燕来早[②]。正紫龙眠重[③],明月弄清晓。夜尘不浸银河水,金盎供新澡。镇帷犀、护紧东风[④],秀藏芝草。　　星斗粲怀抱。问雾暖蓝田,玉长多少。禁苑传香,柳边语、听莺报。片云飞趁春潮去,红软长安道。试回头、一点蓬莱翠小。[⑤]

[注释]

①满月:新生儿满月相贺。　②玉燕:暗喻得子。据《开元天宝遗事》,张说母梦玉燕,自东飞投怀中。已而有孕,生说,后为相。　③紫龙:喻骊龙酣睡。《庄子·列御寇》:"河上有家贫恃纬萧而食者,其子没于渊,得千金之珠。其父谓其子曰:'取石来锻之!夫千金之珠,必在九重之渊,而骊龙颔下。子能得珠者,必遭其睡也。使骊龙而寤,子尚奚为之有哉。'"　④镇帷犀:以犀角压住帷幕,不使风掀动。　⑤唐氏按:此下原钞

有无名氏《声声慢》“梅黄金重”一首，删。

声声慢

咏桂花

蓝云笼晓，玉树悬秋，交加金钏霞枝[①]。人起昭阳[②]，禁寒粉粟生肌。浓香最无著处，渐冷香、风露成霏。绣茵展，怕空阶惊坠，化作萤飞。　　三十六宫愁重，问谁持金锸，和月都移[③]。掣锁西厢，清尊素手重携。秋来鬓华多少，任乌纱、醉压花低。正摇落，叹淹留、客又未归。

[注释]

①金钏霞枝：形容桂花金黄闪光，美好云霞。　②昭阳：汉宫名。赵飞燕所居。　③“问谁”二句：言用金锸移走月宫桂树。　锸（chā）：挖土工具，锹属。

声声慢

友人以梅、兰、瑞香、水仙供客，曰四香，分韵得风字

云深山坞，烟冷江皋，人生未易相逢。一笑灯前，钗行两两春容。清芳夜争真态，引生香、撩乱东风。探花手，与安排金屋，懊恼司空[①]。　　憔悴敧翘委佩，恨玉奴销瘦[②]，飞趁轻鸿[③]。试问知心，尊前谁最情浓。连呼紫云伴醉[④]，小丁香、才吐微红。还解语，待携归、行雨梦中。

[注释]

①司空：即“司空见惯”。　②玉奴：指杨玉环。　③“飞趁”句：指赵飞燕。鸿雁与燕谐音。　④紫云：歌伎名。《唐诗纪事》：杜牧为御史分司洛阳时，李愿罢镇闲居，声妓豪侈，高会朝客。牧瞪目注视，问李云：“闻有

紫云者，孰是？”李指示之。杜凝睇良久，曰：“名不虚传，宜以见惠。”

［集评］

刘熙载云：“以词喻诸诗……梦窗，义山也。”（《艺概》）

冯煦云：“《提要》云：‘词家之有文英，如诗家之有李商隐’，予则谓商隐之学老杜，亦如文英之学清真也。”（《蒿庵论词》）

声声慢

陪幕中饯孙无怀于郭希道池亭，闰重九前一日①

檀栾金碧②，婀娜蓬莱③，游云不蘸芳洲。露柳霜莲，十分点缀成秋。新弯画眉未稳，似含羞、低护墙头。愁送远，驻西台车马④，共惜临流。　知道池亭多宴，掩庭花、长是惊落秦讴⑤。腻粉阑干，犹闻凭袖香留。输他翠涟拍甃，瞰新妆、时浸明眸。帘半卷，带黄花、人在小楼。

［注释］

①该词作于绍定五年壬辰（1232），闰九月。在苏州。作者三十三岁。说见《系年》。　②檀栾：联绵词，秀美貌。多形容修竹。　③婀娜：美好貌。　蓬莱：此指园中洲渚。　④西台：此指苏州仓幕。　⑤秦讴：指秦青绝妙的歌唱。

［集评］

张炎云：“词要清空，不要质实。清空则古雅峭拔，质实则凝涩晦昧。姜白石词如野云孤飞，去留无迹。吴梦窗词如七宝楼台，眩人眼目，碎拆下来，不成片段。此清空质实之说。‘檀栾金碧，婀娜蓬莱，游云不蘸芳洲’前八字恐亦太涩。”（《词源》）

陈廷焯云：“若梦窗词，合观通篇，固多警策，即分摘数语，亦自入妙，何尝不成片段耶？”（《白雨斋词话》卷二）

陈洵云：“飞卿严妆，梦窗亦严妆。惟其国色，所以为美。若不观其倩

盼之质，而徒眩其珠翠，则飞卿且讥，何止梦窗！玉田所谓‘碎拆不成片段’者，眩其珠翠耳！”（《海绡说词·通论》）

夏敬观云：“清真造句整，梦窗以碎锦拼合。整者元气浑仑，碎拼者古锦斑斓。”（《蕙风词话附录·诠评》）

李佳云：“‘帘半卷，带黄花、人在小楼’，片羽可珍。”

声声慢

饮时贵家，即席三姬求词①

春星当户②，眉月分心③，罗屏绣幕围香。歌缓□□④，轻尘暗簌文梁。秋桐泛商丝雨，恨未回、飘雪垂杨。连宝镜，更一家姊妹，曾入昭阳。　莺燕堂深谁到，为殷勤、须放醉客疏狂。量减离怀，孤负蘸甲清觞。曲中倚娇佯误，算只图、一顾周郎。花镇好，驻年华、长在琐窗。

［注释］

①时贵家：当朝贵戚之家。　②春星：春夜之明星。　③眉月：眉样弯月。　④歌缓□□：按《四库》本作“歌缓轻尘”。当从。

声声慢

宏庵宴席，客有持桐子侑俎者①，自云其姬亲剥之

寒筲惊坠②，香豆初收，银床一夜霜深。乱泻明珠，金盘来荐清斟。绿窗细剥檀皱，料水晶、微损春簪。风韵处，惹手香酥润，樱口脂侵。　重省追凉前事，正风吟莎井，月碎苔阴。颗颗相思，无情漫搅秋心。银台剪花杯散，梦阿娇、金屋沉沉。甚时见，露十香、钗燕坠金③。

[注释]

①桐子：梧桐子。 ②筲（shāo）：竹编器皿。 ③十香：香香的十指。

声声慢

畿漕廨建新楼，上尹梅津[①]

清漪衔苑，御水分流，阿阶西北青红。朱栱浮云[②]，碧窗宿雾濛濛。璇题净横秋影[③]，笑南飞、不过新鸿。延桂影，见素娥梳洗，微步琼空。 城外湖山十里，想无时长敞，卷画帘栊。暗柳回堤，何须系马金狨[④]。莺花翰林千首，彩毫飞、海雨天风。凤池上，又相思、春夜梦中。

[注释]

①新楼：朱笺云，"两浙转运使东厅福星楼，淳祐间尹运判焕建"。②栱：立柱与横梁间成弓形的承重结构。 ③璇题：榱椽之头装饰华美。④金狨：金丝猴皮之椅垫，三衙贵官始可使用。

声声慢

赠藕花洲尼[①]

六铢衣细[②]，一叶舟轻，黄芦堪笑浮槎。何处汀洲，云澜锦浪无涯。秋姿澹凝水色，艳真香、不染春华。笑归去，傍金波开户，翠屋为家。 回施红妆青镜，与一川平绿，五月晴霞。赪玉杯中[③]，西风不到窗纱。端的旧莲深薏[④]，料采菱、新曲羞夸。秋潋滟，对年年、人胜似花。

[注释]

①藕花洲：即仁和县之鼎湖。 ②六铢衣：佛教中称忉利天衣重六

铢。言其极轻极薄。见《长阿含经》二十《世纪经忉利天品》。此处指极薄极轻之衣裳。 ③赪(chēng):浅赤色。 ④旧莲深薏:莲,怜;薏,意,谐音。喻心有旧情。

声声慢

寿魏方泉[①]

莺团橙径[②],鲈跃莼波,重来两过中秋。酒市渔乡,西风胜似春柔。宿舂去年村墅[③],看黄云、还委西畴[④]。凤池去,信吴人有分[⑤],借与迟留。 应是香山续梦[⑥],又凝香追咏,重到苏州。青鬓江山,足成千岁风流。围腰御仙花底[⑦],衬月中、金粟香浮。夜宴久,揽秋云、平倚画楼。

[注释]

①该词作于淳祐五年乙巳(1245),四十六岁。说见《系年》。 魏方泉:朱《笺》,"《吴郡志》:魏峻知平江府。淳祐四年四月到任,六年三月除刑部侍郎。" ②莺团橙径:形容橙子如莺之蹲立枝头。 ③宿舂:陈粮,隔夜准备干粮,"适百里者,宿舂粮"。见《庄子·逍遥游》。 ④黄云:黄熟之稻谷。 ⑤吴人有分:谓方泉官于吴地,是吴人的福分。 ⑥香山:白居易晚号香山居士,曾任苏州刺史。 ⑦"围腰"句:写获赐围腰宝带,出入花径之中。

声声慢

饯魏绣使泊吴江[①],为友人赋

旋移轻鹢[②],浅傍垂虹,还因送客迟留。泪雨横波,遥山眉上新愁。行人倚阑心事,问谁知、只有沙鸥。念聚散,几枫丹霜渚,莼绿春洲。 渐近香菰炊黍,想红丝织字,未远青楼[③]。寂寞渔乡,争如连醉温柔。西窗夜深剪烛，梦频生、不放云收。共怅望，认孤烟、起处是州。

[注释]

①魏绣使：即魏方泉。 ②轻鹢：轻舟。 鹢：水鸟，形如鹭而大，因古代在船首多画鹢头，象征顺风，故指代船。 ③“想红丝”二句：言青楼歌女正以红线绣字以表怀念。

高阳台

丰乐楼分韵得如字①

修竹凝妆，垂杨驻马，凭阑浅画成图。山色谁题，楼前有雁斜书②。东风紧送斜阳下，弄旧寒、晚酒醒馀。自销凝，能几花前，顿老相如③。 伤春不在高楼上，在灯前攲枕，雨外熏炉。怕舣游船④，临流可奈清臞。飞红若到西湖底，搅翠澜、总是愁鱼。莫重来，吹尽香绵，泪满平芜⑤。

[注释]

①丰乐楼：在杭州涌金门北。背山面湖，为登临胜地。 分韵：限定以某字为韵。 ②斜书：雁飞天上，如斜书文字于天上。 ③相如：汉词赋家司马相如。 ④舣：移舟傍岸曰舣。 ⑤平芜：杂草繁茂的原野。

[集评]

梁启超云：“‘修竹凝妆’，麦丈云：‘浓丽极矣，仍自清空。如此等词，安能以七宝楼台诮之。’”（《饮冰室评词》）

陈洵云：“‘浅画成图’，半壁偏安也。‘山色谁题’，无与托国者。‘东风紧送’，则危急极矣。‘凝妆’、‘驻马’，依然欢会。酒醒人老，偏念旧寒，灯前雨外，不禁伤春矣。‘愁鱼’，殃及池鱼之意。‘泪满平芜’，则城邑丘墟，高楼何有焉。故曰‘伤春不在高楼上’，是吴词之极沉痛者。”（《海绡说词》）

张伯驹云:"'伤春不在高楼上,在灯前攲枕,雨外熏楼。'清嘉道后词人,最善学此句法。"(《丛碧词话》)

高阳台

落梅

宫粉雕痕,仙云堕影,无人野水荒湾。古石埋香,金沙锁骨连环①。南楼不恨吹横笛,恨晓风、千里关山。半飘零,庭上黄昏,月冷阑干。　　寿阳空理愁鸾。问谁调玉髓,暗补香瘢②。细雨归鸿,孤山无限春寒。离魂难倩招清些③,梦缟衣、解佩溪边。最愁人,啼鸟晴明,叶底青圆。

[注释]

①锁骨连环:"昔延州有妇女,白皙颇有姿貌,年可二十四五,孤行城市,年少之子悉与之游,狎昵荐枕,一无所却,数年而殁。……众人即开墓。视遍身之骨,钩结皆如锁状。"乃知其为锁骨菩萨之化身。见《续玄怪录》。　②"问谁"二句:"孙和悦邓夫人,常置膝上。和于月下舞水晶如意,误伤夫人颊,血流污袴,娇姹弥苦。自舐其疮,命太医合药。医曰:'得白獭髓,杂玉与琥珀屑,可灭此痕。'"见《拾遗记》卷八。　③些(suò):清些,指楚辞《招魂》一篇,因常于句尾用"些"助音,故称楚些,这里"些"是"凄清"之意。

[集评]

陆辅之云:"'南楼不恨吹横笛,恨晓风、千里关山',警句!"(《词旨》)

查礼云:"宋人落梅词,名句甚夥。如吴梦窗'宫粉雕痕,仙云堕影'、'南楼不恨吹横笛……月冷阑干',写落梅之情景魂魄,雅正澹远,柔婉深长之处,令人可思可咏。"(《铜鼓书堂词话》)

陈洵云:"'南楼'七字,空际转身,是觉翁神力独运处。'细雨'二句,空中渲染,传神阿堵。解此二处,读吴词方有入处。"(《海绡说词》)

高阳台

送王历阳以右曹赴阙[①]

淝水秋寒，淮堤柳色[②]，别来几换年光。紫马行迟，才生梦草池塘。便乘丹凤天边去，禁漏催、春殿称觞。过松江，雪弄飞花，冰解鸣珰。　芳洲酒社词场。赋高台陈迹，曾醉吴王。重上逋山，诗清月瘦昏黄。春风侍女衣篝畔，早鹊袍、已暖天香[③]。到东园[④]，应费新题，千树苔苍。

[注释]

①王历阳：当是任知县于历阳者。地今属安徽和县。　②淮堤：淮水堤岸。淝水北流后分出一支东流入巢湖；另一西北流至寿阳后又经八公山南入淮河。　③鹊袍：宋时四五品官服。　④东园：园林名，在杭州。

高阳台

寿毛荷塘

风袅垂杨，雪销蕙草，何如清润潘郎[①]。风月襟怀，挥毫倚马成章[②]。仙都观里桃千树[③]，映麹尘、十里荷塘。未归来，应恋花洲，醉玉吟香。　东风晴昼浓如酒，正十分皓月，一半春光。燕子重来，明朝传梦西窗。朝寒几暖金炉烬，料洞天、日月偏长。杏园诗[④]，应待先题，嘶马平康[⑤]。

[注释]

①潘郎：指晋人潘岳，美姿仪，工词赋。　②倚马成章：喻才思敏捷，倚马可待。典出《世说新语·文学》，袁宏倚马前为桓温北征草拟文告，顷刻写成七纸。　③仙都观：即玄都观。刘禹锡咏桃之所。　④杏园：园名。在长安曲江池西南，为唐代新进士游宴之地。后人用以喻进士及第。

⑤平康：平康坊，又称平康里。因唐代长安城的妓院青楼集中此地，故以平康代指妓女聚居处。

高阳台

过种山，即越文种墓①

帆落回潮，人归故国，山椒感慨重游②。弓折霜寒，机心已堕沙鸥。灯前宝剑清风断，正五湖、雨笠扁舟。最无情，岩上闲花，腥染春愁。　　当时白石苍松路，解勒回玉辇，雾掩山羞。木客歌阑③，青春一梦荒丘。年年古苑西风到，雁怨啼、绿水葓秋④。莫登临，几树残烟，西北高楼。

[注释]

①种山：即绍兴卧龙山，越大夫文种葬处。　②山椒：山顶。　③木客：歌辞名《木客吟》。吴王好宫室，越王勾践命木工三千入山伐木以献吴。木工久不归，忧思而作《木客吟》。　阑：残，尽。　④葓：水葓，即红蓼花，秋日开放。

[集评]

郑文焯云："此类题断非庸手所能著墨，此作'是何意态雄且杰'。其妙处亦在化质实为清空。故无凝滞之迹。咏古岂易言哉。"(《手批梦窗词》)

倦寻芳

林钟羽　花翁遇旧欢吴门老妓李怜①，邀分韵同赋此词

坠瓶恨井，分镜迷楼②，空闭孤燕。寄别崔徽③，清瘦画图春面。不约舟移杨柳系④，有缘人映桃花见。叙分

携，悔香瘢漫爇[5]，绿鬟轻剪。　听细语、琵琶幽怨。客鬓苍华，衫袖湿遍。渐老芙蓉，犹自带霜宜看。一缕情深朱户掩，两痕愁起青山远。被西风，又惊吹、梦云分散。

[注释]

①花翁：孙惟信，号花翁，工诗词，名重江湖。　②分镜：破镜，喻夫妻离散。　迷楼：隋炀帝所建楼名，故址在原江苏江都西北七里。《迷楼记》："帝幸之，大喜，顾左右曰：'使真仙游其中，亦当自迷也，可目之曰迷楼。'"　③崔徽：河中府歌女名，爱裴敬之，以不得相从，抢恨而卒。见元稹《崔徽歌》诗序。　④约：系、拴。　⑤香瘢：以香灼体，为女子示爱的一种方式。　爇：烧。

[集评]

陆辅之云："'不约舟移杨柳系，有缘人映桃花见'、'渐老芙蓉，犹自带霜宜看'，皆警句！"（《词旨》下）

许昂霄云："古诗'莫作瓶落井，一去无消息'，'坠瓶恨井'五句，别后。'不约舟移'五句，重遇。"（《词综偶评》）

冯金伯云："《词源》谓'不约舟移'二句，最为疏快不质实。"（《词苑萃编》卷五）

陈洵云："起从题前盘旋，结从题后摇曳。中间叙遇旧，真是俯仰陈迹。"（《海绡说词》）

倦寻芳

上　元

海霞倒影，空雾飞香，天市催晚[1]。暮靥宫梅，相对画楼帘卷。罗袜轻尘花笑语，宝钗争艳春心眼。乱箫声，正风柔柳弱，舞肩交燕[2]。　念窈窕、东邻深巷[3]，灯外歌沉，月上花浅。梦雨离云，点点漏壶清怨。珠络香销空念往，纱窗人老羞相见。渐铜壶，闭春阴、晓寒人倦。

[注释]

①天市：星名。三垣之一，即天市垣。《史记·天官书》："房心东北曲十二星日旗，旗中四星曰天市，中六星曰市楼。"《正义》："天市垣二十二星，在房心东北，主国市聚交易之所，一曰天旗。" ②舞肩交燕：言舞姿轻盈如燕。 ③东邻：即窥宋玉之东邻美女，此指旧欢。

[集评]

孙麟趾云："七字对贵流走，如梦窗《倦寻芳》云'珠络香销空念往，纱窗人老羞相见'令人读去，忘其为对乃妙。"(《词径》)

倦寻芳

饯周纠定夫

暮帆挂雨，冰岸飞梅，春思零乱。送客将归，偏是故宫离苑。醉酒曾同凉月舞，寻芳还隔红尘面。去难留，怅芙蓉路窄，绿杨天远。　　便系马、莺边清晓，烟草晴花，沙润香软。烂锦年华，谁念故人游倦。寒食相思堤上路，行云应在孤山畔。寄新吟，莫空回、五湖春雁。

[集评]

陈廷焯云："('寒食'二句)神味宛然，自然流出。有行云流水之乐。词境到此，真非易易。"(《大雅集》卷三)

三姝媚

夷则商

吹笙池上道。为王孙重来，旋生芳草[①]。水石清寒，过半春犹自，燕沉莺悄。稚柳阑干，晴荡漾、禁烟残照[②]。往事依然，争忍重听，怨红凄调。　　曲榭方亭初扫。印藓迹双鸳[3]，记穿林窈。顿隔年华，似梦回花上，露晞平晓[4]。恨逐孤鸿，客又去、清明还到。便鞚墙头归骑[5]，青梅已老。

[注释]

①王孙、芳草："王孙游兮不归，芳草生兮萋萋。""王孙兮归来，山中兮不可以久留。"见淮南小山《招隐士》。 ②禁烟：清明前一二日为寒食，古有禁烟之习俗。俗传因晋文公哀悼介之推而起。见《后汉书·周举传》。 ③双鸳：此指女郎之脚印。 ④露晞："薤上露，何易晞，露晞明朝更复落，人死一去何时归？"见《乐府诗·薤露》。 ⑤鞚：勒韁控马。

[集评]

陈洵云："客游初归，则别非一日矣。'旋生芳草'，倒钩。'燕沉莺悄'，杳无消息。'怨红凄调'，再跌进一步作歇。态浓意远，顾望怀愁。'顿隔年华'，起步，'似梦回花上，露晞平晓'，复留步，真有回眸一笑之态。……所谓'顿隔年华'、'青梅已老'，比怨红更悲，却是眼前景物。"（《海绡说词》）

三姝媚

过都城旧居有感

湖山经醉惯。渍春衫、啼痕酒痕无限。又客长安，叹断襟零袂，涴尘谁浣。紫曲门荒，沿败井、风摇青蔓。对语东邻，犹是曾巢，谢堂双燕[1]。　　春梦人间须断。但怪得、当年梦缘能短[2]。绣屋秦筝，傍海棠偏爱，夜深开宴。舞歇歌沉，花未减、红颜先变。伫久河桥欲去，斜阳泪满。

[注释]

①谢堂双燕：感慨人世沧桑。引用刘禹锡《乌衣巷》"旧时王谢堂前

燕,飞入寻常百姓家"寓义。　②能短:这样短促。

[集评]

陈洵云:"过旧居,思故国也。读起句,可见'啼痕酒痕',悲欢离合之迹。以下缘情布景,凭吊兴亡,盖非仅兴怀陈迹矣。'春梦'须断,往来常理,'人间'二字,不可忽过。正见天上可哀,'梦缘能短',治日少也。此盖觉翁晚年之作。"(《海绡说词》)

周尔墉云:"伤心哉此言。读一'须'字、一'能'字,入破之音。"(《绝妙好词笺》)

三姝媚

姜石帚馆水磨方氏,会饮总宜堂,即事寄毛荷塘[①]

酣春青镜里。照晴波明眸,暮云愁髻。半绿垂丝,正楚腰纤瘦,舞衣初试。燕客飘零,烟树冷、青骢曾系。画馆朱楼,还把清尊,慰春憔悴。　离苑幽芳深闭。恨浅薄东风,褪花销腻。彩箑翻歌[②],最赋情、偏在笑红颦翠。暗拍阑干,看散尽、斜阳船市。付与金衣清晓[③],花深未起。

[注释]

①水磨:"水磨头在葛岭路。总宜园,本张太尉,后归赵平远淇。其名出于东坡'淡妆浓抹总相宜'诗句。"见《武林旧事》。　②箑(shà):扇也。翻:按旧曲谱制作新词曰翻。　③金衣:黄莺。

昼锦堂

中吕商

舞影灯前,箫声酒外,独鹤华表重归[①]。旧雨残云仍在，门巷都非。愁结春情迷醉眼，老怜秋鬓倚蛾眉。难忘处，犹恨绣笼，无端误放莺飞。　　当时。征路远，欢事差，十年轻负心期。楚梦秦楼相遇，共叹相违。泪香沾湿孤山雨，瘦腰折损六桥丝[②]。何时向，窗下剪残红烛，夜杪参移[③]。

[注释]

①"独鹤华表重归"及下二句：用丁令威别家千年化鹤归来，立于华表，作人言悲歌的典故，喻人世变迁。见陶潜《搜神后记》。　②六桥：在杭州西湖。　③夜杪：夜将尽。　参移：参星亦移落，天将晓。

汉宫春

夹钟商　追和尹梅津赋俞园牡丹

花姥来时[①]，带天香国艳，羞掩名姝。日长半娇半困，宿酒微苏[②]。沉香槛北[③]，比人间、风异烟殊。春恨重，盘云坠髻，碧花翻吐琼盂。　　洛苑旧移仙谱，向吴娃深馆，曾奉君娱。猩唇露红未洗[④]，客鬓霜铺。兰词沁壁[⑤]，过西园、重载双壶。休漫道，花扶人醉，醉花却要人扶。

[注释]

①花姥：花神，管理百花之神妪。　②宿酒：隔夜犹存的酒意。此指李白咏《清平调》三章前之神态。　③沉香槛北：自李白《清平调》之三"解识春风无限恨，沉香亭北倚阑干"名句中化来。　④猩唇：言牡丹红如猩唇。　⑤兰词沁壁：指佳句题壁。

[集评]

俞陛云云："'猩唇'四句，绵丽有致，是梦窗本色。结束二句，人花交咏，词必灵妙，且花要人扶，于牡丹尤肖。"（《唐五代两宋词选释》）

汉宫春

寿梅津

名压年芳[1],倚竹根新影,独照清漪。千年禹梁藓碧,重发南枝。冰凝素质,遣凡桃、羞濯尘姿。寒正峭,东风似海,香浮夜雪春霏。　　练鹊锦袍仙使[2],有青娥传梦,月转参移。逋山傍莺系马[3],玉剪新辞。宫妆镜里,笑人间、花信都迟。春未了,红盐荐鼎,江南烟雨黄时。

[注释]

①名压年芳:此从其名梅津立言。梅花早开,故云。下之禹梁(梅梁)亦同。　②练鹊锦袍:宋制转运使副著练鹊锦袍。　③逋山:孤山,林逋隐此,故名。

汉宫春

寿王虔州[1]

怀得银符[2],卷朝衣归袖,犹惹天香。星移太微几度,飞出西江。吴城驻马,趁鲈肥、腊蚁初尝[3]。红雾底,金门候晓,争如小队春行。　　何用倚楼看镜,算橘中深趣,日月偏长。江山待吟秀句,梅蘤催妆。东风水暖,弄烟娇、语燕飞樯。来岁醉,鹊楼胜处,红围舞袖歌裳。

[注释]

①王虔州:其人不详。　虔州:今江西赣州。　②银符:银兔符,银制兔形兵符。《朝野佥载·补辑》:"汉发兵用铜虎符。及唐初,为银兔符,以兔子为符瑞故也。"　③腊蚁:腊月酿成的美酒。　蚁:酒上浮沫。

秋　霁

云麓园长桥

一水盈盈，汉影隔游尘，净洗寒绿。秋沐平烟，日回西照，乍惊饮虹天北[①]。彩阑翠馥。锦云直下花成屋。试纵目。空际、醉乘风露跨黄鹄。　追想缥缈，钓雪松江，恍然烟蓑[②]，秋梦重续。问何如、临池脍玉[③]，扁舟空舣洞庭宿。也胜饮湘然楚竹[④]。夜久人悄，玉妃唤月归来，桂笙声里，水宫六六[⑤]。

[注释]

①饮虹：言桥之高且华丽，如虹下饮。　②“钓雪松江”二句：用柳宗元《江雪》“孤舟蓑笠翁，独钓寒江雪”意境。　③脍玉：在此作细切白嫩的鱼肉解。　④“饮湘然楚竹”：用柳宗元《渔翁》“渔翁夜傍西岩宿，晓汲清湘燃楚竹”意境。　然：即“燃”本字。　⑤六六：即三十六。三十六水宫，极言宫之多。

花心动

郭清华新轩

入眼青红，小玲珑、飞檐度云微湿。绣槛展春，金屋宽花，谁管采菱波狭。翠深知是深多少，不都放、夕阳红入。待装缀，新漪涨翠，小圜荷叶。　此去春风满箧。应时锁蛛丝，浅虚尘榻。夜雨试灯，晴雪吹梅，趁取玳簪重盍[①]。卷帘不解招新燕，春须笑、酒悭歌涩[②]。半窗掩，日长困生翠睫。

[注释]

①玳簪：用玳瑁做成的髮簪。　盍：合。　②悭：少。　涩：停滞。

花心动

柳

十里东风，袅垂杨、长似舞时腰瘦。翠馆朱楼，紫陌青门，处处燕莺晴昼。乍看摇曳金丝细，春浅映、鹅黄如酒。嫩阴里，烟滋露染，翠娇红溜。　此际雕鞍去久。空追念邮亭，短枝盈首[①]。海角天涯，寒食清明，泪点絮花沾袖。去年折赠行人远，今年恨、依然纤手。断肠也，羞眉画应未就[②]。

［注释］

①短枝盈首：满头插上柳枝。　②羞眉：柳叶形的美眉。

［集评］

刘永济云："此词题系咏柳，意却寄情……但写其人之伤离，不写己之惜别。却已表明己对其人之情感深厚。故于其伤离之情，念之如此也。"（《微睇室说词》）

龙山会

夷则商　陪毗陵幕府诸名胜载酒双清赏芙蓉[①]

石径幽云冷，步障深深，艳锦青红亚[②]。小桥和梦过，仙佩杳、烟水茫茫城下。何处不秋阴，问谁借、东风艳冶。最娇娆，愁侵醉颊，泪绡红洒。　摇落翠莽平沙，竞挽斜阳，驻短亭车马。晓妆羞未堕。沉恨起、金谷魂飞深夜[③]。惊雁落清歌，酹花倩、觥船快泻[④]。去未舍。待月向井梧梢上挂。

[注释]

①毗陵：常州之古称。　双清：楼名，在钱塘门外。　②亚：相衬托。　③金谷：晋石崇金谷园。　④酹：以酒浇地表祭奠。　倩：借助之义。　觥船：船形酒盏。

八声甘州

陪庾幕诸公游灵岩①

渺空烟四远，是何年、青天坠长星。幻苍厓云树，名娃金屋②，残霸宫城。箭径酸风射眼③，腻水染花腥。时靸双鸳响④，廊叶秋声⑤。　宫里吴王沉醉，倩五湖倦客⑥，独钓醒醒。问苍波无语，华发奈山青。水涵空、阑干高处，送乱鸦、斜日落渔汀。连呼酒，上琴台去⑦，秋与云平。

[注释]

①该词作于绍定五年壬辰(1232)，三十三岁。说见《系年》。　②名娃金屋：指春秋时吴王夫差为美女西施所建之馆娃宫。在今江苏吴县西南灵岩山上。该词是"游灵岩"作。　③箭径：采香径也，在吴馆娃宫侧。因泛舟沿径行时其直如矢，故又名箭径。　酸风射眼：用李贺《金铜仙人辞汉歌》中"东关酸风射眸子"句义。　④靸(sǎ)：无后跟之拖鞋。　双鸳：妇女所著鸳鸯履。　⑤廊：响屧廊。范成大《吴郡志》："响屧廊在灵岩山寺，相传吴王令西施辇步屧，廊虚而响，故名。"　⑥五湖倦客：指范蠡。　⑦琴台：灵岩山上吴国遗迹。

[集评]

张炎云："词中句法，要平妥精粹。读之使人击节可也。如'连呼酒，上琴台去，秋与云平'，平易中有句法。"(《词源》卷下)

陆辅之云："'连呼酒，上琴台去，秋与云平'，警句！"(《词旨》下)

陈廷焯云："梦窗精于造句，超逸处则仙骨珊珊，洗脱凡艳。幽索处，则孤怀耿耿，别缔古欢。《八声甘州 · 游灵岩》云‘箭径酸风射眼，腻水染花腥’，又云‘连呼酒，上琴台去，秋与云平’，俱能超妙入神。”（《白雨斋词话》卷二）

梁启超云：“《八声甘州》‘渺空烟四远’，麦丈云：‘奇情壮采’。”（《饮冰室评词》）

陈洵云：“换头三句，不过言山容水态，如吴王、范蠡之醉醒耳。‘苍波’承‘五湖’，‘山青’承‘宫里’，独醒无语，沉醉奈何，是此词最沉痛处。北宋已矣，南渡宴安，又将岌岌，五湖倦客，今复何人。一‘倩’字有众人皆醉意，不知当时庾幕诸公，何以对此。”（《海绡说词》）

八声甘州

姑苏台和施芸隐韵①

步晴霞倒影，洗闲愁、深杯滟风漪。望越来清浅②，吴歈杳霭③，江雁初飞。辇路凌空九险，粉冷濯妆池。歌舞烟霄顶，乐景沉晖。　　别是青红阑槛，对女墙山色，碧澹宫眉。问当时游鹿，应笑古台非④。有谁招、扁舟渔隐，但寄情、西子却题诗。闲风月，暗销磨尽，浪打鸥矶。

［注释］

①该词作于嘉熙二年戊戌（1238），三十九岁。说见《系年》。　施芸隐：即施枢，为庾幕同僚。　②越来：溪名，在吴县西南。越兵由此入吴。　③吴歈：吴地的歌曲。　④古台：此指姑苏台，在今江苏吴县西南姑苏山上，相传为春秋吴王所建，是当年吴王夫差与西施游乐之地。

［集评］

俞陛云云：“其精湛处皆在下阕。转头三句笔意便超拔。其下游鹿台非，游湖人远，虽皆本地风光，在能手出之，有一种高朗之气。结句闲鸥风月，霸业消沉，尤为抚叹。”（《唐五代两宋词选释》）

八声甘州

和梅津

记行云梦影，步凌波、仙衣剪芙蓉。念杯前烛下，十香揾袖，玉暖屏风。分种寒花旧盎，藓土蚀吴蛩。人远云槎渺，烟海沉蓬[①]。　重访樊姬邻里[②]，怕等闲易别，那忍相逢。试潜行幽曲，心荡□匆匆。井梧彫、铜铺低亚，映小眉、瞥见立惊鸿[③]。空惆怅，醉秋香畔，往事朦胧。

[注释]

①沉蓬：如转蓬之消逝。　②樊姬：本指白居易之家伎樊素，善歌。在此代指旧日相识的风尘女子。　③惊鸿：惊飞的鸿雁。形容女子体态轻盈。

新雁过妆楼

夹钟羽

梦醒芙蓉。风檐近、浑疑佩玉丁东。翠微流水，都是惜别行踪。宋玉秋花相比瘦，赋情更苦似秋浓。小黄昏，绀云暮合，不见征鸿。　宜城当时放客[①]，认燕泥旧迹，返照楼空。夜阑心事，灯外败壁哀蛩。江寒夜枫怨落，怕流作题情肠断红。行云远，料澹蛾人在[②]，秋香月中。

[注释]

①"宜城"句：用顾况事。顾况有《宜城放琴客歌》。琴客，柳浑侍儿。此指遣妾回家。　②澹蛾：淡扫长眉，指美女。

[集评]

陈洵云："'翠微'西湖上山，'流水'则西湖也。其人以春来以秋去，故曰‘苦似春浓’。‘绀云未合’，佳人未来之意。‘不见征鸿’，则音讯全无。‘宜城放客’，分明点出江枫夜落，其人在吴。下句谓其思我题叶相寄，亦如我之赋情也。结与起应，神光离合。”(《海绡说词》)

新雁过妆楼

中秋后一夕，李方庵月庭延客，命小妓过新水令，坐间赋词[1]

阆苑高寒。金枢动、冰宫桂树年年[2]。剪秋一半，难破万户连环。织锦相思楼影下，钿钗暗约小帘间。共无眠。素娥惯得，西坠阑干。　谁知壶中自乐，正醉围夜玉，浅斗婵娟。雁风自劲[3]，云气不上凉天。红牙润沾素手[4]，听一曲清歌双雾鬟。徐郎老，恨断肠声在，离镜孤鸾[5]。[6]

[注释]

①新水：歌名，咏唱乐昌公主与徐德昌破镜重圆事。详见《猗觉寮杂记》。　②金枢：西方月没之处。此指月。　③雁风：秋风。　④红牙：调节乐曲节拍的拍板，多用檀木做成，色红，故名。　⑤“徐郎老”三句：徐郎，指陈太子舍人徐德言。　离镜：徐德言之妻为陈后主叔宝之妹乐昌公主，陈亡后，二人各执半破镜以求重圆。离镜，即指此典。见孟棨《本事诗·情感》。　⑥唐氏按：此下原钞有姜夔《凄凉犯》“绿杨巷陌”一首，删。

凄凉犯

夷则羽，俗名仙吕调，犯双调　重台水仙[1]

空江浪阔。清尘凝、层层刻碎冰叶。水边照影，华裾曳翠，露搔泪湿。湘烟暮合。□尘袜、凌波半涉。怕临风、□欺瘦骨，护冷素衣叠。　樊姊玉奴恨[2]，小钿疏唇，洗妆轻怯。汜人最苦[3]，粉痕深、几重愁靥。花隘香浓，猛熏透、霜绡细折。倚瑶台十二[4]，金钱晕半掐[5]。[6]

[注释]

①重台水仙：花心为双层者曰重台。 ②樊姊：山矾花。黄山谷《水仙》诗“山矾是弟梅是兄”为其所本。 玉奴：指梅花。 ③汜人：蛟宫之娣罪谪人间，化为美女，自称“汜人”。见沈亚之《湘中怨解》。 ④瑶台：美玉雕成神女所居之高台。晋王嘉《拾遗记》中云，昆仑山者，西方曰须弥……傍有瑶台十二，各广千步，皆五色玉为台基。 ⑤晕半掐：形容重台水仙，上黄下白之色，如以手指掐出。 ⑥唐氏按：此下原钞有柳永《尾犯》“夜雨滴空阶”一首，删。

尾　犯

黄钟宫　赠陈浪翁重客吴门

翠被落红妆，流水腻香，犹共吴越。十载江枫，冷霜波成缬[1]。灯院静、凉花乍剪，桂园深、幽香旋折。醉云吹散，晚树细蝉，时替离歌咽。　长亭曾送客，为偷赋、锦雁留别。泪接孤城，渺平芜烟阔。半菱镜、青门重售，采香堤、秋兰共结。故人憔悴，远梦越来溪畔月。

[注释]

①缬（xié）：印染在丝织品上的花纹。

[集评]

卓人月云：“别调氤氲，自成馨逸。”（《古今词统》卷十二）

陈洵云：“此因浪翁客吴，而思在吴之人也。在吴之人，即其去姬。‘流水腻香，犹共吴越’，托此起兴，言外见人之不如。……半镜犹冀重逢，故人但有梦见。茫茫此恨，不知陈浪翁能代传否。篇中忽吴忽越，极神光离合之妙。”（《海绡说词》）

尾 犯

甲辰中秋[1]

绀海掣微云,金井暮凉,梧韵风急。何处楼高,想清光先得。江妃冷、冰绡乍洗[2],素娥慵,菱花再拭。影留人去,忍向夜深,帘户照陈迹。　　竹房苔径小,对日暮、数尽烟碧。露蓼香泾,记年时相识。二十五、声声秋点[3],梦不认、屏山路窄。醉魂幽飏,满地桂阴无人惜。

[注释]

①甲辰:指淳祐四年(1244),作者当年四十五岁。说见《系年》。　②妃:别本作"汜"。　③二十五:打更之声。

[集评]

卓人月云:"数更筹,如数脚踪。"(《古今词统》卷十二)。

陈廷焯云:"亦绮丽,亦超脱,此梦窗本色。"(《别调集》)

东风第一枝

黄钟商

倾国倾城,非花非雾,春风十里独步。胜如西子妖娆,更比太真澹泞[1]。铅华不御。漫道有、巫山洛浦[2]。似恁地、标格无双[3],镇锁画楼深处。　　曾被风、容易送去。曾被月、等闲留住。似花翻使花羞,似柳任从柳妒。不教歌舞。恐化作、彩云轻举。信下蔡、阳城俱迷[4],看取宋玉词赋[5]。

[注释]

①太真:仙女名,传说为王母之幼女。此处指唐玄宗宠妃杨玉环,因

她初见玄宗时，衣道士服，故称太真。 澹泞：素雅。 ②巫山：巫山神女。 洛浦：洛水女神。 ③标格：风度。 ④下蔡、阳城：二县名。本为楚之贵介公子之封地。故用以喻王孙公子。 ⑤宋玉词赋：指宋玉的《神女赋》与曹植的《洛神赋》。前赋主要写巫山神女，后赋主要写洛水女神。

[集评]

白屋闲人云："此诚矜新显异之丽语，尽态极妍，令人一唱三叹矣。"

夜合花

黄钟商 自鹤江入京泊葑门外有感①

柳暝河桥，莺晴台苑，短策频惹春香。当时夜泊，温柔便入深乡。词韵窄，酒杯长。剪蜡花、壶箭催忙。共追游处，凌波翠陌，连棹横塘。 十年一梦凄凉②。似西湖燕去，吴馆巢荒。重来万感，依前唤酒银罂③。溪雨急，岸花狂。趁残鸦、飞过苍茫。故人楼上，凭谁指与，芳草斜阳。

[注释]

①鹤江：即白鹤江，松江支流。苏州东门之古称。 ②十年一梦凄凉：词人自叹其居杭先后十年光景，"梦窗此后无杭州行迹"，"居杭先后约十余年"。说见《系年》。 ③罂（yīng）：大腹小口的器皿。

[集评]

俞陛云云："'溪雨'三句，写景真而句复警动。'故人'三句，'芳草斜阳'，一片苍凉之感。惜故人不见，谁与诉愁。客子之幽怀，亦词家之妙笔也。"（《唐五代两宋词选释》）。

探春慢

亀翁下世后登研意①

径苔深，念断无故人，轻敲幽户。细草春回，目送流光一羽②。重云冷，哀雁断，翠微空，愁蝶舞。荡鸣澌，游蓬小，梦枕残云惊寤。　还识西湖醉路。向柳下并鞍，银袍吹絮。事影难追，那负灯床闻雨③。冰溪凭谁照影，有明月、乘兴去。暗相思，梅孤瘦、共江亭暮。

（以上彊村四校本《梦窗词》）

［注释］

①亀翁：翁逢龙，号石亀，四明人。嘉熙中，平江通判。作者的哥哥。　研意：台名。词题《彊村丛书》本作"忆兄翁石亀"。　②羽：箭翎。流光一羽：即"一箭流光"。　③灯床闻雨：即对床夜雨，指兄弟团聚。苏轼《怀子由》："对床老兄弟，夜雨鸣竹屋。"

［集评］

白屋闲人云："追忆故人，情深意真。触目神伤，引发'事影难追'之浩叹。'苔深'、'云冷'、'哀雁'、'愁蝶'、'梅孤瘦'等苍凉景物，无一不是为悼友之情所牵也。"

柳梢青

与亀翁登研意观雪，怀癸卯岁腊朝断桥并马之游①

断梦游轮。孤山路杳，越树阴新。流水凝酥，征衫沾泪，都是离痕。　玉屏风冷愁人。醉烂漫、梅花翠云。傍夜船回，惜春门掩，一镜香尘。

[注释]

①该词作于淳祐三年癸卯(1243)冬,作者四十四岁。说见《系年》。 腊朝:即腊日,俗称腊八,即腊月初八。

生查子

稽山对雪有感

暮云千万重,寒梦家乡远。愁见越溪娘①,镜里梅花面。　　醉情啼枕冰,往事分钗燕。三月灞陵桥,心剪东风乱。

[注释]

①越溪娘:王维《西施咏》诗中称西施为"朝为越溪女,暮作吴宫妃"。此处泛指越溪边之美女。

一剪梅

赠友人

远目伤心楼上山。愁里长眉,别后峨鬟。暮云低压小阑干。教问孤鸿,因甚先还。　　瘦倚溪桥梅夜寒。雪欲消时,泪不禁弹。剪成钗胜待归看①。春在西窗,灯火更阑。

[注释]

①胜:妇女首饰。《山海经·西山经》:"西王母蓬髮戴胜。"

点绛唇

越山见梅

春未来时，酒携不到千岩路。瘦还如许，晚色天寒处。　　无限新愁，难对风前语。行人去。暗消春素①，横笛空山暮。

[注释]

①春素：此指初春的白梅。

[集评]

白屋闲人云："一个'瘦'字将梅写活，拟人笔法。山野之梅，孤芳自赏，恰如人之过于高洁，和者鲜寡。"

西江月

赋瑶圃青梅枝上晚花

枝袅一痕雪在，叶藏几豆春浓。玉奴最晚嫁东风①，来结梨花幽梦。　　香力添熏罗被，瘦肌犹怯冰绡。绿阴青子老溪桥，羞见东邻娇小。

[注释]

①玉奴：本指潘妃。此指晚梅。

[集评]

陆辅之云："'玉奴最晚嫁东风，来结梨花幽梦'、'绿阴青子满溪桥，羞见东邻娇小'，警句！"（《词旨》下）

俞陛云云："词借晚花为喻……乃隐寓士不遇之感。老去冯唐，鬓丝看镜，遇娇小邻姬，能无羞见耶？"（《唐五代两宋词选释》）

桃源忆故人

越山青断西陵浦[1]，一片密阴疏雨。潮带旧愁生暮，曾折垂杨处。　　桃根桃叶当时渡[2]，呜咽风前柔橹。燕子不留春住，空寄离檣语。

[注释]

①西陵：渡口名。在今浙江萧山西，相传春秋时越范蠡筑城于此。五代吴越时改名为西兴。　②桃根、桃叶：二美女名。桃叶是晋王献之妾，桃根，是其妹。相传王献之送其妾之处因名桃叶渡，渡口在江苏南京秦淮河畔。

木兰花慢

寿秋壑

记琼林宴起[1]，软红路、几西风。想汉影千年，荆江万顷，槎信长通。金狨。锦韉赐马，又霜横、汉节枣仍红。细柳春阴喜色，四郊秋事年丰。　　从容。岁晚玉关，长不闭、静边鸿。访武昌旧垒，山川相缪[2]，日费诗筒[3]。兰宫。系书翠羽[4]，带天香、飞下玉芙蓉。明月瑶笙奏彻，倚楼黄鹤声中。

[注释]

①琼林宴：皇帝赐新科进士的宴会。　②“访武昌旧垒”二句：叙说三国赤壁事。用苏轼《念奴娇》“故垒西边，人道是三国周郎赤壁”，及《前赤壁赋》“西望夏口，东望武昌，山川相缪，郁乎苍苍”中之成句。　③诗筒：盛放诗作的竹筒。《唐语林》卷二：“白居易长庆二年以中书舍人为杭州刺史，……时吴兴守钱徽、吴郡守李穰皆文学士，悉生平旧友，日以诗酒寄兴。官妓商玲珑、谢好好巧于应对，善歌舞。从元稹镇会稽，参其酬唱。每以竹筒盛诗往来。”白居易《醉封诗筒寄微之》：“为何两州邮吏道，莫辞

来去递诗筒。” ④翠羽:青鸟,传书的使者。

夜行船

赠赵梅壑

碧甃清漪方镜小。绮疏净、半尘不到[①]。古鬲香深[②],宫壶花换,留取四时春好。 楼上眉山云窈窕。香衾梦、镇疏清晓[③]。并蒂莲开,合欢屏暖,玉漏又催朝早。

［注释］

①绮疏:绮窗。 疏:疏棂。 ②古鬲:古花瓶。 ③镇疏清晓:正辜负了晓梦。

［集评］

白屋闲人云:“‘留取四时春好’,是期望青春常驻;‘并蒂莲开’、‘合欢屏暖’、怕‘玉漏’催时,生动表现对美好生活的追求。”

朝中措

赠赵梅壑

吴山相对越山青,湘水一春平。粉字情深题叶[①],红波香染浮萍。 朝云暮雨,玉壶尘世,金屋瑶京。晚雨西陵潮讯[②],沙鸥不似身轻。

［注释］

①粉字:带有脂粉气的女郎字迹。 ②西陵:即萧山之西兴。观潮之佳处。

［集评］

白屋闲人云:“琱缋满眼,情致盈篇,看似一盘散珠玉,实则蛇灰蚓线,气自流贯。”

风入松

寿梅壑

一帆江上暮潮平，骑鹤过瑶京。湘波山色青天外，红香荡、玉佩东丁。西圃仍圆夜月，南风微弄秋声。　阿咸才俊玉壶冰[①]，王母最怜生。万年枝上千年叶，垂杨鬓、春共青青。连唤碧筒传酒，云回一曲双成[②]。

［注释］

①阿咸：称侄。　阮咸：阮籍之侄。　②双成：董双成，西王母侍女。

西江月

登蓬莱阁看桂[①]

清梦重游天上，古香吹下云头。箫声三十六宫愁，高处花惊风骤。　客路羁情不断，阑干晚色先收。千山浓绿未成秋，谁见月中人瘦。

［注释］

①蓬莱阁：在绍兴卧龙山上。

［集评］

白屋闲人云：“赏桂不重桂之形，而重桂之神。巧妙地将桂与月自然融合，实化为虚，静化为动，天上人间，气势开阔。”

朝中措

题陆桂山诗集

殷云凋叶晚晴初[1],篱落认奚奴[2]。才近西窗灯火,旋收残夜琴书。　　秋深露重,天空海阔,玉界香浮[3]。木落秦山清瘦,西风几许工夫。

[注释]

①殷云:红云。　②奚奴:男女奴仆。　③玉界:天帝所在之处。云霄之上。

声声慢

和沈时斋八日登高韵[1]

凭高入梦,摇落关情,寒香吹尽空岩。坠叶消红,欲题秋讯难缄。重阳正隔残照,趁西风、不响云尖。乘半暝、看残山濯翠,剩水开奁[2]。　　暗省长安年少,几传杯吊甫,把菊招潜[3]。身老江湖,心随飞雁天南。乌纱倩谁重整,映风林、钩玉纤纤。漏声起,乱星河、入影画檐。

[注释]

①沈时斋:即沈义父,字伯时,著有《乐府指迷》。　②残山、剩水:均用以描绘荒寂之山川景物。　奁:镜匣。　③吊甫:凭吊杜甫。　招潜:请来陶潜。

点绛唇

和吴见山韵[1]

金井空阴,枕痕历尽秋声闹。梦长难晓,月树愁鸦悄。　　梅压檐梢，寒蝶寻香到。窗黏了。翠池春小，波冷鸳鸯觉。

［注释］

①唐氏按：此首误入洪正治本《白石诗词集》。

点绛唇

有怀苏州

明月茫茫，夜来应照南桥路。梦游熟处，一枕啼秋雨。　　可惜人生，不向吴城住。心期误。雁将秋去，天远青山暮。

［集评］

陈洵云："词中句句是怀人，且至于梦，至于啼。又曰'可惜人生'、'曰'心期误'，凄咽如此，决非徒为吴吟可知。当与杨柳阊门参看。"（《海绡说词》）

玉楼春

和吴见山韵

阑干独倚天涯客，心影暗凋风叶寂。千山秋入雨中青，一雁暮随云去急。　　霜花强弄春颜色，相吊年光浇大白①。海烟沉处倒残霞，一杼鲛绡和泪织②。

［注释］

①大白：大杯酒。　②鲛绡：传说为海中鲛人所织之绡。

[集评]

卓人月云:"'心影'二字,亦有所本。骊山母谓李筌心影不偏。"(《古今词统》卷七)

柳梢青

题钱得闲四时图画

翠嶂围屏。留连迅景,花外油亭[①]。澹色烟昏,浓光清晓,一幅闲情。　　辋川落日渔罾[②]。写不尽、人间四并[③]。亭上秋声,莺笼春语,难入丹青。

[注释]

①油亭:用油幕搭起的亭子。　②辋川:水名,在陕西蓝田县南,川口有两山夹峙,深处风景幽美,王维辋川别业于此。　罾(zēng):网也。③四并:即四难并之省。南朝宋谢灵运《拟邺中集诗序》中有"天下良辰、美景、赏心、乐事,四者难并"之语。

浣溪沙

陈少逸席上用联句韵有赠

秦黛横愁送暮云[①],越波秋浅暗啼昏[②]。空庭春草绿如裙。　　彩扇不歌原上酒,青门频返月中魂[③]。花开空忆倚阑人。

[注释]

①秦黛:指美女之眉。　黛:青色画眉石。　②越波:指美女之眼波。　③青门:曲名。

浣溪沙

一曲莺箫别彩云,燕钗尘涩镜华昏。灞桥舞色褪蓝裙。　湖上醉迷西子梦，江头春断倩离魂[①]。旋缄红泪寄行人。

[注释]

①倩离魂：引用唐陈玄祐《离魂记》故事。倩，指倩娘；离魂，指倩娘因与王宙相爱，而离魂随王远去。

一剪梅

赋处静以梅花枝见赠[①]

老色频生玉镜尘。雪澹春姿，越看精神。溪桥人去几黄昏。流水泠泠，都是啼痕。　烟雨轻寒暮掩门。萼绿灯前[②]，酒带香温。风情谁道不因春。春到一分，花瘦一分。

[注释]

①处静：翁元龙之号，文英之弟也。　②萼绿：绿色萼片的梅花。

[集评]

白屋闲人云："赠人以梅，显见重在梅的耐寒迎雪、冬放春残、不恋春光之傲性。此即全篇主旨。'雪澹春姿，越看精神'是直写，结尾句'春到一分，花瘦一分'是曲笔，途虽殊而同归。"

燕归梁

对雪醒坐，上云麓先生

一片游尘拂镜湾[①]，素影护梅残。行人无语看春山。背东风、两苍颜。　梦飞不到梨花外，孤馆闭、五更寒。谁怜消渴老文园[②]。听溪声、泻冰泉。

[注释]

①镜湾:如镜的湖畔。 ②文园:指汉司马相如。因司马相如曾为汉文帝陵园令,故以文园称之。

乌夜啼

题赵三畏舍馆海棠

醉痕深晕潮红,睡初浓。寒食来时池馆,旧东风。
银烛换,月西转,梦魂中。明日春和人去,绣屏空。

浪淘沙

有得越中故人赠杨梅者,为赋赠

绿树越溪湾,过雨云殷。西陵人去暮潮还。铅泪结成红粟颗[①],封寄长安[②]。 别味带生酸,愁忆眉山。小楼灯外楝花寒[③]。衫袖醉痕花唾在,犹染微丹。

[注释]

①铅泪:泪下如铅水倾流。李贺《金铜仙人辞汉歌》:“空将汉月出宫门,忆君清泪如铅水。” 红粟:状杨梅外皮小点如粟突起,并以铅泪形容。 ②封寄:即封寄红泪。据《丽情集》,锦官城官妓灼灼,曾以软红绡多聚泪,密寄河东人裴质。 ③楝花:二十四番花信风中,梅花最早楝花风最后,开到楝花,寒气退尽。

[集评]

陈廷焯云:“哀怨沉着,其有感于南渡耶?”(《别调集》卷二)

踏莎行

润玉笼绡[①],檀樱倚扇[②]。绣圈犹带脂香浅。榴心空叠舞裙红，艾枝应压愁鬟乱。　午梦千山，窗阴一箭。香瘢新褪红丝腕[3]。隔江人在雨声中，晚风菰叶生秋怨。

［注释］

①润玉：指美女如玉之皓腕。　②檀樱：指美女浅红之香唇。　③香瘢：用香灼腕留下的灼痕。

［集评］

王国维云："介存谓梦窗词之佳者，如'水光云影，摇荡绿波，抚玩无斁，追寻已远'。余览梦窗甲乙丙丁稿中，实无足当此者。有之，其'隔江人在雨声中，晚风菰叶生秋怨'二语乎？"（《人间词话》）

陈洵云："读上阕，几疑真见其人矣。换头点睛，却只一梦。惟有雨声菰叶，伴人凄凉耳。'生秋怨'，则时节风物，一切皆空。"（《海绡说词》）

浪淘沙

九日从吴见山觅酒

山远翠眉长，高处凄凉。菊花清瘦杜秋娘[1]。净洗绿杯牵露井，聊荐幽香。　乌帽压吴霜[2]，风力偏狂。一年佳节过西厢。秋色雁声愁几许，都在斜阳。

［注释］

①杜秋娘：唐金陵女子，即杜秋。善歌《金缕衣曲》，初为镇海节度使李锜妾。锜叛唐被杀，秋娘没籍入宫。老归金陵，穷病而终。　②乌帽：略用晋桓温九月九日集宴龙山，席间参军孟嘉帽子被风吹落而不觉的故事。借写秋日好友宴集。

思佳客

赋半面女髑髅[①]

钗燕拢云睡起时，隔墙折得杏花枝。青春半面妆如画，细雨三更花又飞。　轻爱别，旧相知。断肠青冢几斜晖。断红一任风吹起，结习空时不点衣[②]。

[注释]

①半面女髑髅(dú lóu)：叶申芗《本事词》云，“有画半面女髑髅者，梦窗戏题小词。” 半面妆：用梁元帝徐妃因帝眇一目，扮半面妆事。

②“结习”句：天女以鲜花散诸菩萨，即皆坠落，大弟子便著不坠。天女曰：“结习未尽，故花着身，结习尽者，不著身。”见《维摩诘经》。

[集评]

陈廷焯云：“此类命题，皆不大雅。然用意造句，仙思鬼境，两穷其妙。”(《白雨斋词话》卷二)

吴世昌云：“文理情感，真不知所云，……故出伪题以自炫其能……联用佛经故事，尤与词题及内容无涉。”(《词林新话》)

满江红

饯方蕙岩赴阙

竹下门敲，又呼起、胡蝶梦清[①]。闲里看、邻墙梅子，几度仁生。灯外江湖多夜雨，月边河汉独晨星。向草堂、清晓卷琴书，猿鹤惊。　宫漏静，朝马鸣。西风起，已关情[②]。料希音不在[③]，女瑟娲笙[④]。莲荡折花香未晚，野舟横渡水初晴。看高鸿、飞上碧云中，秋一声。

[注释]

①胡蝶梦：《庄子·齐物论》记庄周梦为胡蝶事。后因称梦为胡蝶梦。 ②西风起，已关情：用李白《子夜吴歌》“秋风吹不尽，总是玉关情”句意。 ③希音：即希声，奇妙的声音。“大音希声”，见《老子》。 ④女瑟娲笙：即女娲之笙簧，天乐也。

极相思

题陈藏一水月梅扇①

玉纤风透秋痕，凉与素怀分。乘鸾归后，生绡净剪，一片冰云。 心事孤山春梦在，到思量、犹断诗魂。水清月冷，香消影瘦，人立黄昏。 （以上《梦窗丙稿》）

[注释]

①陈藏一：陈郁号藏一，有《藏一话腴》，工画。

[集评]

白屋闲人云：“此题画扇之作也。‘水月梅扇’上自然有水、有月、有梅，然此处有梅、有月、有水之外，更有‘人立黄昏’，又有‘春梦’、‘诗魂’。我谓此词之美秀更胜于画矣。”

思佳客

闰中秋①

丹桂花开第二番②，东篱展却宴期宽。人间宝镜离仍合，海上仙槎去复还。 分不尽，半凉天。可怜闲剩此婵娟。素娥未隔三秋梦，赢得今宵又倚阑。

[注释]

①该词作于淳祐三年癸卯(1243)，该年闰八月。作者四十四岁。说

见《系年》。 闰中秋:闰八月,一年中接连有两个中秋。 ②花开第二番:指两次中秋使月桂树两次开花。

醉落魄

题藕花洲尼扇

春温红玉,纤衣学剪娇鸦绿。夜香烧短银屏烛。偷掷金钱,重把寸心卜。 翠深不碍鸳鸯宿,采菱谁记当时曲。青山南畔红云北。一叶波心,明灭澹妆束。

[集评]

叶申芗云:"《女冠子》小令,唐人多咏本意。南渡后,女冠尤以风流自赏,而题赠者亦复不少。吴梦窗《醉落魄》'春温红玉……明灭澹妆束'……皆艳词也。"(《本事词》卷下)

朝中措

题兰室道女扇

楚皋相遇笑盈盈,江碧远山青。露重寒香有恨,月明秋佩无声。 银灯炙了①,金炉烬暖,真色罗屏。病起十分清瘦,梦阑一寸春情。

[注释]

①炙了:犹点燃银灯。

[集评]

俞陛云云:"此调有'一寸春情'句,殆当时黄冠入道者,有托而逃禅,虽梵贝香灯,而未能寂灭。否则春情闲恨,安能上镜里眉痕而飞诸词笔耶!词中'露重'、'月明'二语殊隽,神光在离合之间,丽句而未乖贞则也。"(《唐五代两宋词选释》)

杏花天

咏 汤①

蛮姜豆蔻相思味。算却在、春风舌底。江清爱与消残醉，悴憔文园病起②。 停嘶骑、歌眉送意。记晓色、东城梦里。紫檀晕浅香波细③，肠断垂杨小市。

［注释］

①咏汤：宋人咏汤，皆指烹茶。 ②悴憔：按《四库》本作“憔悴”，当从。 ③紫檀：此指歌女红唇。 香波：指茶汤。

满江红

刘朔斋赋菊和韵

露浥初英①，早遗恨、参差九日。还却笑、萸随节过②，桂凋无色。杯面寒香蜂共泛，篱根秋讯蛩催织。爱玲珑、筛月水屏风，千枝结。 芳井韵，寒泉咽。霜著处，微红湿。共评花索句，看谁先得。好漉乌巾连夜醉，莫愁金钿无人拾③。算遗踪、犹有枕囊留，相思物④。

［注释］

①露浥：露湿。 初英：刚开的菊花。 ②萸：茱萸。古俗于阴历九月九日重阳节佩茱萸，以祛邪避灾。 ③金钿：此指黄色菊花。 ④相思：指宓妃留枕。《文选·曹植〈洛神赋〉》注：“魏东阿王（曹植）汉末求甄逸女既不遂，太祖（曹操）回与五官中郎将（曹丕），植殊不平。昼思夜想，废寝与食。黄中初入朝，帝示植甄后玉镂金带枕，植见之，不觉泣。”

朝中措

闻桂香

海东明月锁云阴，花在月中心。天外幽香轻漏，人间仙影难寻。　　并刀剪叶[①]，一枝晓露，绿鬓曾簪。惟有别时难忘，冷烟疏雨秋深。

［注释］

①并刀：并州剪刀之省。古代并州所产剪刀以锋利著称。

［集评］

陈洵云："思去姬也。'只别时难忘'一句耳，却写得香色皆空，使人作天际真人想。"（《海绡说词》）

梦行云[①]

和赵修全韵

簟波皱纤縠[②]。朝炊熟。眠未足。青奴细腻[③]，未拌真珠斛。素莲幽怨风前影，搔头斜坠玉。　　画阑枕水，垂杨梳雨，青丝乱、如乍沐。娇笙微韵，晚蝉理秋曲。翠阴明月胜花夜，那愁春去速。

［注释］

①原注："即'六幺花十八'。"曲调名。　②簟（diàn）：竹席。　縠（hú）：绉纱。　③青奴：竹夫人的别名，夏天床席间取凉的用具，用青竹篾编成。

天　香

寿筠塘内子[①]

碧藕藏丝，红莲并蒂，荷塘水暖香闩。窈窕文窗，深沉书幔，锦瑟岁华依旧。洞箫韵里，同跨鹤、青田碧岫。菱镜妆台挂玉，芙蓉艳褥铺绣。　西邻障蓬澡手。共华朝、梦兰分秀[②]。未冷绮帘犹卷，浅冬时候。秋到霜黄半亩。便准拟、携花就君酒。花酒年华，天长地久。

[注释]

①筠塘：朱祖谋以为乃“荷塘”之讹。　筠塘内子：即毛荷塘夫人。②梦兰：称妇人怀孕生子曰梦兰。典出《左传·宣公三年》。

谒金门

和勿斋韵[①]

鸡唱晚，斜照西窗白暖。一枕午酲幽梦远，素衾春絮软。　紫燕红楼歌断，锦瑟华年一箭。偷果风流输曼倩[②]，昼际生绣线。

[注释]

①勿斋：道士杨至质，字休文，号勿斋。敕赐高士，主管教门公事。　②“偷果”句：写汉东方朔故事。古神话云，西王母种桃，三千年一结子。东方朔（字曼倩）曾三次偷食，失王母意，被谪人间。

点绛唇

香泛罗屏，夜寒著酒宜偎倚。翠偏红坠，唤起芙蓉睡。　一曲伊州[①]，秋色芭蕉里。娇和醉。眼情心事，愁隔湘江水。

[注释]

①伊州:曲调名。商调大曲。

夜游宫

人去西楼雁杳。叙别梦、扬州一觉[1]。云澹星疏楚山晓。听啼乌,立河桥,话未了。　　雨外蛩声早。细织就、霜丝多少。说与萧娘未知道。向长安,对秋灯,几人老。

[注释]

①叙别梦、扬州一觉:借杜牧《遣怀》诗“十年一觉扬州梦”句,抒发繁华如梦之情。

[集评]

陈洵云:“‘楚山’梦境,‘长安’京师,是运典。‘扬州’则旧游之地,是赋事。此时觉翁身在临安也。词则沉朴浑厚,直是清真后身。”(《海绡说词》)

瑶　华

分韵得作字,戏虞宜兴[1]

秋风采石[2],羽扇挥兵,认紫骝飞跃。江蓠塞草,应笑春、空锁凌烟高阁。胡歌秦陇,问铙鼓、新词谁作。有秀荪、来染吴香[3],瘦马青刍南陌。　　冰澌细响长桥,荡波底蛟腥,不涴霜锷[4]。乌丝醉墨[5],红袖暖、十里湖山行乐。老仙何处,算洞府、光阴如昨。想地宽、多种桃花,艳锦东风成幄。

[注释]

①虞宜兴：此当为败金兵于采石的虞允文之孙辈。名未详。 ②采石：采石矶，地名。在安徽当涂县西北，牛渚山北突入江中之矶，为长江最狭处。历代南北间发生战争时必争之地。 ③秀荪：此指出色的后人。 荪：香草。 ④霜锷：锋利的刀刃。 ⑤乌丝：即乌丝栏，一种有黑色行格的笺纸。

思佳客

癸卯除夜[1]

自唱新词送岁华，鬓丝添得老生涯。十年旧梦无寻处，几度新春不在家。 衣懒换，酒难赊。可怜此夕看梅花。隔年昨夜青灯在，无限妆楼尽醉哗。

[注释]

①该词作于淳祐三年癸卯（1243），四十四岁。说见《系年》。

[集评]

刘永济云："此词'十年旧梦'二句，足证梦窗居苏十馀年中，曾因事离去。'十年'举成数也。"（《微睇室说词》）

六　丑

壬寅岁吴门元夕风雨[1]

渐新鹅映柳，茂苑锁、东风初掣[2]。馆娃旧游[3]，罗襦香未灭。玉夜花节。记向留连处，看街临晚，放小帘低揭。星河潋艳春云热。笑靥敧梅，仙衣舞缬。澄澄素娥宫阙。醉西楼十二,铜漏催彻。　红消翠歇。叹霜簪练髪[④]。过眼年光,旧情尽别。泥深厌听啼鸠。恨愁霏润沁,陌头尘袜。青鸾杳、钿车音绝[⑤]。却因甚、不把欢期,付与少年华月。残梅瘦、飞趁风雪。向夜永,更说长安梦,灯花正结。

[注释]

①该词作于淳祐二年壬寅(1242),四十三岁。已有迟暮之感矣。说见《系年》。　②茂苑:花木繁茂之苑囿。　③馆娃:春秋吴宫名。吴王夫差作宫于砚石山以馆西施,吴人称美女为娃,故曰馆娃宫。　④练髪:白髪。　⑤青鸾:在此作銮铃解。　钿车:饰以金花之车。

[集评]

陈洵云:“题是‘吴门元夕风雨’。上阕乃全写昔之无风雨,却以‘年光旧情尽别’作钩勒。下文风雨只闲闲带出。‘少年花月’,回首承平。‘长安梦’,望京华也。天时人事之感,故国平居之思,复谁领得。”(《海绡说词》)

青玉案

重游溪葵园[①]

东风客雁溪边道。带春去,随春到。认得踏青香径小。伤高怀远,乱云深处,目断湖山杳。　梅花似惜行人老。不忍轻飞送残照。一曲秦娥春态少。幽香谁采,旧寒犹在,归梦啼莺晓。

[注释]

①重游:《四库》本作“重到”。王鹏运校改为“重游龟溪废园”,似误。

采桑子

瑞　香

茜罗结就丁香颗[①]。颗颗相思，犹记年时，一曲春风酒一卮。　彩鸾依旧乘云到。不负心期，清睡浓时，香趁银屏胡蝶飞。

［注释］

①茜罗：绛红色。瑞香冬春之交开花成蔟，如丁香状有黄、白、紫三色。

水龙吟

云麓新葺北墅园池

好山都在西湖，斗城转北多流水[①]。屋边五亩，桥通双沼，平烟蘸翠。旋叠云根，半开竹径，鸥来须避。四时长把酒，临花傍月，无一日、不春意。　独乐当时高致。醉吟篇、如今还继。举头见日，葵心倾□，□□归计[②]。浮碧亭□[③]，泛红波迴，桃源人世。待天香□□，开时又胜，翠阴青子。

［注释］

①斗城：小邑、小城。　②“葵心倾”二句：《四库》本作“葵心倾，须早图归计”异。　③浮碧亭□：《四库》本作“浮碧亭”，无空格。

望江南

三月暮，花落更情浓。人去秋千闲挂月，马停杨柳倦嘶风。堤畔画船空。　恹恹醉，长日小帘栊。宿燕夜归银烛外，啼莺声在绿阴中。无处觅残红。

[集评]

卓人月云："甘而不饴，酸而不酢，滋味超胜。"(《古今词统》卷七)

白屋闲人云："春逝人去，'花落情更浓'。'秋千闲'、'马嘶风'、'画船空'，皆为怀人语。'绿阴'、'啼莺'、寻'觅残红'，实是恋春句。情人景里，景缘情生，梦窗一枝生花笔，调得情景交融。"

采桑子

水亭花上三更月。扇与人闲，弄影阑干，玉燕重抽拢坠簪[①]。　心期偷卜新莲子。秋入眉山，翠破红残，半簟湘波生晓寒[②]。

[注释]

①玉燕：钗名。　②簟：竹席。　簟波，竹席上的花纹。

清平乐

书栀子扇

柔柯剪翠，胡蝶双飞起。谁堕玉钿花径里，香带薰风临水。　露红滴□秋枝[①]，金泥不染禅衣[②]。结得同心成了，任教春去多时。

[注释]

①滴□：《四库》本作"滴沥"，当补。　②金泥：饰物之金粉。　禅衣：清心寡欲者所着之服。栀子花色白而香清，一曰禅客。见《三柳轩杂识》。

燕归梁

书水仙扇

白玉搔头坠髻松[①]，怯冷翠裙重。当时离佩解丁东。澹云低、暮江空。　　青丝结带鸳鸯琖[②]，岁华晚、又相逢。绿尘湘水避春风[③]。步归来、月宫中。

［注释］

①玉搔头：玉簪。　②琖：盏也。　③绿尘：犹绿波。

西江月

江上桃花流水，天涯芳草青山。楼台春锁碧云湾，都入行人望眼。　　一镜波平鸥去，千林日落鸦还。天风袅袅送轻帆[①]，蓦过星槎银汉[②]。

［注释］

①袅袅：轻貌。　②槎：竹木编成之筏。晋张华《博物志》："年年八月，有浮槎去来不失期。"　银汉：天河。

满江红

翠幕深庭，露红晚、闲花自发。春不断、亭台成趣，翠阴蒙密。紫燕雏飞帘额静，金鳞影转池心阔。有花香、竹色赋闲情，供吟笔。　　闲问字，评风月。时载酒，调冰雪。似初秋入夜，浅凉欺葛[①]。人境不教车马近，醉乡莫放笙歌歇。倩双成、一曲紫云回[②]，红莲折。

[注释]

①浅凉欺葛：微凉侵入薄葛衣衫而生寒意。　②双成：王母身边侍女。　紫云：又作紫云曲。《宣室志》："唐玄宗尝梦仙子十馀辈，御卿云而下，立于庭，各执乐器而奏之。其度曲清越，真仙府之音也。及乐阕，有一仙人揖而言曰：'陛下知此乐乎？此"神仙紫云曲"也。'"《杨太真外传》作"神仙紫云回"。

夜行船

寓化度寺①

鸦带斜阳归远树。无人听、数声钟暮。日与愁长，心灰香断，月冷竹房扃户。　　画扇青山吴苑路。傍怀袖、梦飞不去。忆别西池，红绡盛泪，肠断粉莲啼露。

[注释]

①化度寺：在杭州仁和县北。

[集评]

陈洵云："此与《鹧鸪天》皆寓化度寺作。彼之池上，化度寺中之池。此言'西池'，西园中之池，当时别地也。两首合看，意乃大明。"（《海绡说词》）

好事近

僧房听琴

翠冷石床云，海上偷传新曲①。弹作一檐风雨，碎芭蕉寒绿。　　冰泉轻泻翠筒香，林果荐红玉。早是一分秋意，到临窗修竹。

[注释]

①"海上"句：杨《笺》，"《乐府解题》：成连引伯牙至东海上，但闻海水

洞汩，援琴而歌，因成《水仙操》。”

［集评］

陈洵云：“上阕已了，下阕加以烘托，始觉万籁皆寂。”（《海绡说词》）

鹧鸪天

化度寺作

池上红衣伴倚阑，栖鸦常带夕阳还。殷云度雨疏桐落，明月生凉宝扇闲。　　乡梦窄，水天宽。小窗愁黛澹秋山。吴鸿好为传归信，杨柳阊门屋数间。

［集评］

陈洵云：“‘杨柳阊门’，其去姬所居也。全神注定，是此一句。‘吴鸿’、‘归信’，言己亦将去此间矣，眼前风景何有焉。”（《海绡说词》）

虞美人影

咏香橙

黄包先著风霜劲，独占一年佳景。点点吴盐雪凝，玉脍和齑冷①。　　洋园谁识黄金径②，一棹洞庭秋兴。香荐兰皋汤鼎，残酒西窗醒。

［注释］

①玉脍：鲈鱼脍。　齑：调味品、腌菜细末。　②洋园：陕西洋州园的省称。东坡《和文同与可洋州园池金橙径》诗：“金橙纵复里人知，不见鲈鱼价自低。”

花上月令①

文园消渴爱江清。酒肠怯，怕深觥。玉舟曾洗芙蓉水,泻清冰。秋梦浅,醉云轻。　　庭竹不收帘影去,人睡起,月空明。瓦瓶汲井和秋叶,荐吟醒。夜深重,怨遥更。

[注释]

①此为作者自度曲之名。

卜算子

凉挂晓云轻,声度西风小。井上梧桐应未知,一叶云鬟袅。　　来雁带书迟,别燕归程早。频探秋香开未开,恰似春来了。

[集评]

白屋闲人云:“轻巧秀美,不温不火,如细声俏语,怕惊走那飘忽将至的司花之神。‘来雁带书迟,别燕归程早’二句,一反大自然秋来雁归燕去的定型模式,突出了对秋香——桂子的期盼。此标新立异之境也。”

凤栖梧

甲辰七夕①

开过南枝花满院。新月西楼,相约同针线②。高树数声蝉送晚,归家梦向斜阳断。　　夜色银河情一片。轻帐偷欢,银烛罗屏怨。陈迹晓风吹雾散,帘钩空带蛛丝卷。

[注释]

①该词作于淳祐四年甲辰(1244),四十五岁。说见《系年》。　②“相约”句:指妇女相约于七夕晚月下穿针引线,因天上织女正与牛郎相会,故

可向织女乞巧。

霜天晓角

题胭脂岭陶氏门

烟林褪叶，红藉游人屧[①]。十里秋声松路，岚云重、翠涛涉。　伫立，闲素箑。画屏萝嶂叠。明月双成归去，天风里、凤笙浃[②]。

[注释]

①屧(xiè)：鞋，木屐。　②浃：透、彻。

乌夜啼

桂　花

西风先到岩扃，月笼明。金露啼珠滴翠，小银屏。

一颗颗，一星星，是秋情。香裂碧窗烟破，醉魂醒。

[集评]

刘永济云："起句点明时地。'金露'六字，描绘桂花极工丽……歇拍以桂花香气酷烈，破人醉眠作结。"（《微睇室说词》）

夜行船

逗晓阑干沾露水。归期杳、画檐鹊喜。粉汗馀香，伤秋中酒，月落桂花影里。　屏曲巫山和梦倚。行云重、梦飞不起。红叶中庭，绿尘斜□[①]，应是宝筝慵理。

[注释]

①斜□:《四库》本作“斜曳”,当据补。

[集评]

白屋闲人云:“‘行云重、梦飞不起’最为传神,压抑之心态可见。”

凤栖梧

化度寺池莲一花最晚有感

湘水烟中相见早。罗盖低笼,红拂犹娇小[1]。妆镜明星争晚照,西风日送凌波杳。　惆怅来迟羞窈窕。一霎留连,相伴阑干悄。今夜西池明月到,馀香翠被空秋晓。

[注释]

①红拂:指红拂女。在此喻迟开之红莲。

[集评]

俞陛云云:“咏花而兼怀人,花与人合与。结句言闹红已过,只馀翠盖田田,虽仍咏晚莲,而翠被秋寒,隐有人在,有手挥目送之妙。”(《唐五代两宋词选释》)

生查子

秋　社

当楼月半奁,曾买菱花处。愁影背阑干,素髮残风露。
神前鸡酒盟,歌断秋香户。泥落画梁空,梦想青春语。

[集评]

白屋闲人云:“粗线条勾画民俗,少修饰而重写实,用词朴实,不事奢华。展现了词人笔下的另一种风格。”

霜天晓角

香莓幽径滑[①]，萦绕秋曲折。帘额红摇波影，鱼惊坠、暗吹沫。　　浪阔，轻棹拨。武陵曾话别[②]。一点烟红春小，桃花梦、半林月。

［注释］

①“香莓”句：香径上的莓苔。　②“武陵”句：用晋陶渊明《桃花源记》，写晋太元中武陵郡渔人，入桃花源流连数日后与源中人别之典，写与友人之话别。

西江月

丙午冬至[①]

添线绣床人倦[②]，翻香罗幕烟斜。五更箫鼓贵人家，门外晓寒嘶马。　　帽压半檐朝雪，镜开千靥春霞。小帘沽酒看梅花，梦到林逋山下。

［注释］

①该词作于淳祐六年丙午（1246），四十七岁。在杭。说见《系年》。　②添线：魏晋时宫中以红线测日影，冬至后每日添长一线。唐时宫中宫女亦以女工计日之长短，冬至后比常日增一线之功。后因称白日渐长为添线。

恋绣衾

频摩书眼怯细文[①]。小窗阴、天气似昏。兽炉暖、慵添困、带茶烟、微润宝薰。　　少年娇马西风冷，旧春衫、犹涴酒痕。梦不到、梨花路，断长桥、无限暮云[②]。

［注释］

①怯细文：视力不佳，以看小字为怯。 ②断长桥：即暮云遮断长桥之意。

［集评］

白屋闲人云："此词以'阴'、'昏'、'困'、'冷'、'暮'等冷基调与淡色彩处理，泻染心情的哀愁与迷茫。"

杏花天

鬓棱初剪玉纤弱。早春入、屏山四角。少年买困成欢谑，人在浓香绣幄。 霜丝换，梅残梦觉。夜寒重，长安紫陌[①]。东风入户先情薄，吹老灯花半萼。

［注释］

①长安紫陌：指京城的大道。

［集评］

卓人月云："（'东风'二句）所以毛滂咏灯花云：'犹把绣帘遮定，不教风雨浸凌。'"（《古今词统》卷七）

醉桃源

元　日

五更枥马静无声[①]，邻鸡犹怕惊。日华平晓弄春明，暮寒愁翳生。 新岁梦，去年情。残宵半酒醒。春风无定落梅轻，断鸿长短亭。 （以上见汲古阁本《梦窗丁稿》）

[注释]

①枥:马槽,在此作动词"喂马"解。

唐多令

惜　别

何处合成愁,离人心上秋[1]。纵芭蕉、不雨也飕飕。都道晚凉天气好,有明月、怕登楼。　年事梦中休,花空烟水流。燕辞归、客尚淹留[2]。垂柳不萦裙带住,漫长是、系行舟。[3]

[注释]

①心上秋:是"愁"字也。　②"燕辞归"句:用曹丕《燕歌行》"群燕辞归鹄南翔……君何淹留寄他方"句意。　客:作者自指。　③唐氏按:此首别误作姜夔词,见《草堂诗馀别集》卷二此词注。

[集评]

张炎云:"《唐多令》'何处合成愁。离人心上秋……漫长是系行舟。'此词疏快,却不质实。如是者集中尚有,惜不多耳。"(《词源》卷下)

江顺诒云:"词体之多,芜杂实甚,其始误于传写,其继误于妄作。其一调,而同时或增减一二字,别为一体者,大约皆增字。后人误以旁行列正,因群相仿效。如梦窗《唐多令》'纵芭蕉不雨也飕飕','纵'字非如曲之旁行增字乎?此词误多一字,多得如此好,即不误矣。"(《词学集成》卷二)

陈廷焯云:"《唐多令》一篇,几于油腔滑调,在梦窗集中,最属下乘。"(《白雨斋词话》卷一)

陈洵云:"玉田不知梦窗,乃欲拈出此阕,牵彼就我。无识者群聚而和之,遂使四明绝调,沉没几六百年,可叹!"(《海绡说词》)

好事近

秋 饮[①]

雁外雨丝丝，将恨和愁都织。玉骨西风添瘦，减尊前歌力。 袖香曾枕醉红腮，依约唾痕碧。花下凌波入梦，引春雏双鹣[②]。

［注释］

①唐氏按：此阕汲古阁刻《蒲江词》有之，今考明钞足本《蒲江词》不载。 ②鹣（chì）：鸂鹣，水鸟名。形大于鸳鸯而色紫。人谓之紫鸳鸯。

［集评］

卓人月云："'添'，'减'甚妙，不嫌其巧。"（《古今词统》卷五）

忆旧游

别黄澹翁[①]

送人犹未苦，苦送春、随人去天涯。片红都飞尽，正阴阴润绿，暗里啼鸦。赋情顿雪双鬓，飞梦逐尘沙。叹病渴凄凉[②]，分香瘦减，两地看花。 西湖断桥路，想系马垂杨，依旧攲斜。葵麦迷烟处，问离巢孤燕，飞过谁家。故人为写深怨，空壁扫秋蛇[③]。但醉上吴台，残阳草色归思赊。

［注释］

①黄澹翁：即黄中，作者友人。见朱祖谋《梦窗词集小笺》。 ②病渴：词人自叹患消渴症。 ③秋蛇：此处指代写在墙上的诗句。

［集评］

谭献云："《忆旧游》'送人犹未苦'，正面已足。深湛之思，最是善学

清真处。”(《复堂词话》)

陈洵云:“言是伤春,意是忆别,此恨有触即发,全不注在澹翁也。‘片红’、‘润绿’,比兴之义。跌起赋情,笔力奇重。……写怨正与赋情对看,言我方在此赋情,故人则到彼,为我写怨矣。澹翁此行,当是由吴入杭。”(《海绡说词》)

宴清都

病渴文园久。梨花月,梦残春故人旧。愁弹枕雨,衰翻帽雪,为情僝僽[①]。千金醉跃骄骢,试问取、朱桥翠柳。痛恨不、买断斜阳,西湖酝入春酒。　　吴宫乱水斜烟,留连倦客,慵更回首。幽蛩韵苦,哀鸿叫绝,断音难偶。题红泛叶零乱[②],想夜冷、江枫暗瘦。付与谁、一半悲秋,行云在否。

[注释]

①僝僽(chán chóu):折磨,烦恼。　②题红:用“红叶题诗”典故。参唐范摅《云溪友议》卷下《题红怨》。

[集评]

潘游龙云:“‘痛恨不买’二句,雄快之极。”(《古今诗馀醉》卷十一)

金缕歌

陪履斋先生沧浪看梅[①]

乔木生云气。访中兴、英雄陈迹,暗追前事。战舰东风悭借便[②],梦断神州故里。旋小筑、吴宫闲地。华表月明归夜鹤,叹当时、花竹今如此[③]。枝上露,溅清泪。　　遨头小簇行春队。步苍苔、寻幽别坞,问梅开未。重唱梅边新度曲，催发寒梢冻蕊。此心与、东君同意。后不如今今非昔[④]，两无言、相对沧浪水。怀此恨，寄残醉。

（以上五阕见花庵《中兴以来绝妙词选》卷十）

［注释］

①该词作于嘉熙三年己亥（1239），四十岁。说见《系年》。　履斋：吴潜。　沧浪：沧浪亭。本苏舜钦宅，后为抗金名将韩世忠别墅。　②战舰东风悭借便：用三国时吴蜀联合与魏大战于赤壁，诸葛亮借东风烧魏战舰的故事。　③“华表”二句：用丁令威离家千年，化鹤归来。叹人世沧桑典。　④后不如今今非昔：从辛弃疾《水调歌头》“而今已不如昔，后定不如今”句中化出。

［集评］

陈廷焯云：“感慨身世，激烈语偏说得温婉，境地最高。”（《白雨斋词话》卷二）

陈洵云：“‘此心与、东君同意’，能将履斋忠款道出。是时边事日亟，将无韩、岳，国脉微弱，又非昔时。……言外寄慨，学者须理会此旨。前阕沧浪起，看梅结。后阕看梅起，沧浪结。章法一丝不走。”（《海绡说词》）

醉落魄

院姬□主出为戍妇[①]

柔怀难托，老天如水人情薄。烛痕犹刻西窗约。歌断梨云，留梦绕罗幕。　　寒更唱遍吹梅角，香消臂趁弓弰削[②]。主家衣在羞重著。独掩营门，春尽柳花落。

（《阳春白雪》卷四）

［注释］

①院姬：乐院中的歌姬。　出为戍妇：从良做军人妻。　②弓弰（shāo）：弓的末梢，此指弓。　削：消瘦。

朝中措

晚妆慵理瑞云盘，针线傍灯前。燕子不归帘卷，海棠一夜孤眠。　　踏青人散，遗钿满路，雨打秋千。尚有落花寒在，绿杨未褪春绵。（《阳春白雪》卷五）

[集评]

俞陛云云："两段皆后二句见本意，燕去空劳帘卷，有'锦衾独旦'之悲。春绵尚有余寒，有'翠袖佳人'之感。作者长于怨悱矣。"（《唐五代两宋词选释》）

青玉案

短亭芳草长亭柳。记桃叶，烟江口。今日江村重载酒。残杯不到，乱红青冢，满地闲春绣。　　翠阴曾摘梅枝嗅，还忆秋千玉葱手。红索倦将春去后。蔷薇花落，故园胡蝶，粉薄残香瘦。

[集评]

陈洵云："词极凄艳，却具大起大落之势，大家之异人如此。"（《海绡说词》）

青玉案

新腔一唱双金斗[①]。正霜落、分甘手[②]。已是红窗人倦绣。春词裁烛，夜香温被，怕减银壶漏。　　吴天雁晓云飞后，百感情怀顿疏酒[③]。彩扇何时翻翠袖。歌边拌取，醉魂和梦，化作梅边瘦。

[注释]

①金斗:金质酒器,杯盏之属。 ②分甘:分切柑子。甘,通“柑”。③疏酒:远离饮酒。

[集评]

陈洵云:“‘疏酒’,因无翠袖故也。却用上阕人家度岁之乐,层层对照,为‘何时’二字,十二分出力。”(《海绡说词》)

好事近

飞露洒银床,叶叶怨梧啼碧。蕲竹粉莲香汗,是秋来陈迹。 藕丝空缆宿湖船,梦阔水云窄。还系鸳鸯不住,老红香月白。

[集评]

沈义父云:“梦窗深得清真之妙。其失在用事下语太晦处,人不可晓。”(《乐府指迷》)

俞陛云云:“‘飞露’二句,寻常露滴梧桐,以字字矜炼出之,固经意之句,亦南宋名家之异于北宋处。”(《唐五代两宋词选释》)

杏花天

重 午

幽欢一梦成炊黍[1]。知绿暗、汀菰几度。竹西歌断芳尘去,宽尽经年臂缕。 梅黄后、林梢更雨。小池面、啼红怨暮。当时明月重生处,楼上宫眉在否[2]。

[注释]

①炊:烧火煮饭。 黍:在此指黍米、黄粱。 “幽欢”句:用“黄粱梦醒”的典故,叹富贵荣华如梦。 ②宫眉:宫样修眉。指所恋女子。

[集评]

陈洵云："'幽欢一梦成炊黍'，以下三句缴足，'楼上宫眉在否'，以上三句逼取，顺逆往来，无不如意。"（《海绡说词》）

浪淘沙

灯火雨中船，客思绵绵，离亭春草又秋烟。似与轻鸥盟未了，来去年年。　　往事一潸然，莫过西园[①]。凌波香断绿苔钱。燕子不知春事改，时立秋千。

[注释]

①西园：汉末曹操所建，在邺都。亦即铜雀园。曹丕、曹植皆有游览咏唱西园诗句。此指梦窗苏州旧居。

[集评]

陈洵云："'春草'，邂逅之始。'秋烟'，别时。'来去年年'，遂成往事。'西园'，故居。'春事改'，人事迁，也不承上阕'秋'字。"（《海绡说词》）

刘永济云："此舟行感旧之词。起五字述舟中景色。……换头句，感旧事而伤情也。"（《微睇室说词》）

思佳客

迷蝶无踪晓梦沉[①]，寒香深闭小庭心。欲知湖上春多少，但看楼前柳浅深。　　愁自遣，酒孤斟。一帘芳景燕同吟。杏花宜带斜阳看，几阵东风晚又阴。

[注释]

①"迷蝶"句：用"庄周梦蝶"之典，见《庄子·齐物论》。该句亦从李商隐《锦瑟》"庄生晓梦迷蝴蝶"句化来。

[集评]

俞陛云云:“首二句不过事矜炼,遂觉深婉有味。下阕‘燕同吟’三字颇新……题为《思佳客》,其咏花而有人在耶?”

采桑子慢

九 日

桐敲露井,残照西窗人起。怅玉手、曾携乌纱,笑整风攲①。水叶沉红,翠微云冷雁慵飞。楼高莫上,魂消正在,摇落江蓠。 走马断桥,玉台妆榭,罗帕香遗。叹人老、长安灯外,愁换秋衣。醉把茱萸,细看清泪湿芳枝。重阳重处,寒花怨蝶,新月东篱。

(以上七阕见《绝妙好词》卷四)

[注释]

①攲(qī):倾斜。

[集评]

白屋闲人云:“该词为重阳登高日之作。开句、结句处均或隐或显言及明月,一为‘西窗’、‘残照”,一为‘东篱’、‘新月’,一写暮、降,一写朝、升,函盖了重九一日。词中‘楼高莫上’、‘走马断桥’言人生险景,‘愁换秋衣’、‘清泪湿’乃晚年坎坷潦倒之写照。词境凄清。”

古香慢

自度腔 夷则商犯无射宫 赋沧浪看桂

怨娥坠柳①,离佩摇葓②,霜讯南圃。漫忆桥扉,倚竹袖寒日暮。还问月中游,梦飞过、金风翠羽。把残云、剩水万顷,暗熏冷麝凄苦。 渐浩渺、凌山高处。秋澹无光，残照谁主。露粟侵肌[3]，夜约羽林轻误[4]。剪碎惜秋心，更肠断、珠尘藓路。怕重阳，又催近、满城细雨。

（《铁网珊瑚书品》卷七）

[注释]

①怨娥：蝉。蝉名齐女。　②离佩：荷花。“水佩风裳无数”，白石咏荷名句。　③露粟：带露的桂花。花小如粟，故云。　④夜约羽林：用飞燕与羽林郎私约，受凉而不起痧粟，被惊为仙体之典。以形容桂花之状。参见《飞燕外传》。

[集评]

陈洵云：“此亦伤宋室之衰也。沧浪韩王别业，故家乔木，触目生哀。故后阕遂纵怀故国，‘残照谁主’，不禁说出。……词则如五云楼阁，缥缈空际，不可企矣。豪宕感激，真气弥满。”（《海绡说词》）

郑文焯云：“《中吴纪闻》：沧浪亭，旧为孙承祐家园，后归韩蕲王。梦窗词中屡赋沧浪名胜，皆寓中兴之感。似因孙、韩故迹，托寄遥深。”（《手批梦窗词》）

踏莎行

敬赋草窗绝妙词[1]

杨柳风流，蕙花清润。蘋□未数张三影[2]。沉香倚醉调清平[3]，新辞□□□□□。　鲛室裁绡，□□□□。□□白雪争歌郢。西湖同结杏花盟，东风休赋丁香恨。

（《蘋洲渔笛谱》附录）

（以上彊村遗书本《梦窗词补》[4]）

[注释]

①草窗：周密。周密，字公谨，号草窗，济南人，流寓湖州（今浙江吴兴）。曾为义乌县令。宋亡不仕。著有《齐东野语》。存《草窗词》（又名《蘋洲渔笛谱》），有词选《绝妙好词》行世。　②张三影：北宋词人张先。

有“云破月来花弄影”,“帘压卷花影”及“堕风絮无影”传世。人称张三影。 ③沉香:用李白《清平调》“解释春风无限恨,沉香亭北倚栏干”意。 ④《全宋词》注:原未注所出各书之卷,今补。

失调名

霜杵敲寒,风灯摇梦。 (见《词旨属对》)

存目词

调名	首句	出处	附注
绕佛阁	暗尘四敛	《梦窗词集》	周邦彦词,见《片玉集》卷九
浣溪沙	青杏园林煮酒香	同上	晏殊或欧阳修词,见《珠玉词》或《近体乐府》卷三
浣溪沙	手卷珠帘上玉钩	同上	李璟词,见《南唐二主词》
浣溪沙	一曲新词酒一杯	同上	晏珠词,见《珠玉词》
浣溪沙	蔌蔌衣巾落枣花	同上	苏轼词,见《东坡词》卷下
浣溪沙	小院闲窗春色深	同上	李清照词,见《乐府雅词》卷下
玉楼春	绿杨芳草长亭路	同上	晏殊词,见《唐宋诸贤绝妙词选》卷三

调名	首句	出处	附注
如梦令	门外绿阴千顷	《梦窗词集》	曹组词，见《乐府雅词》卷下
洞仙歌	花中曾识	同上	姜夔词，见《白石道人歌曲别集》
玉漏迟	絮花寒食路	同上	赵闻礼词，见《阳春白雪》卷五
玉漏迟	杏花飘禁苑	同上	韩嘉彦词，见《花草粹编》卷九
玉蝴蝶	晚雨未摧宫树	同上	史达祖词，见《梅溪词》
绛都春	融和又报	同上	丁仙现词，见《草堂诗馀后集》卷上
声声慢	梅黄金重	同上	无名氏词，见《草堂诗馀前集》卷下
凄凉犯	绿杨巷陌	同上	姜夔词，见《白石道人歌曲》卷三
尾犯	夜雨滴空阶	同上	柳永词，见《乐章集》卷上
玲珑四犯	波暖尘香	《词律》卷十五	周密作，见《蘋洲渔笛谱》卷一

翁元龙

翁元龙(约 1237 年前后在世),字时可,号处静,四明(今浙江宁波)人。生卒年及生平事迹均不可考。与南宋大词家吴文英为亲伯仲,为淳祐间右丞相杜范的座上宾。元龙工诗词,杜范称誉其词"如絮浮水,如荷湿露,萦旋流转,似沾非著。"有赵万里辑本《处静词》一卷。

烛影摇红[①]

蜀锦华堂,宝筝频送花前酒。妖娆全在半开时,人试单衣后。花面围春竞秀。如红潮、玉腮微透。欲苏还坠,浅醉扶头[②],朦胧晴昼。　　金屋名姝,眼情空伫闲眉岫[③]。世间还有此娉婷,拚尽珠量斗。真艳可令消受。倩莺催、天香共袖。冷烟庭院,淡月梨花,空教春瘦。

(《全芳备祖》前集卷七"海棠门")

[注释]

①唐氏按:此首别误作刘克庄词,见《翰墨大全》后戊集卷六。　②唐氏按:"醉"字,《全芳备祖》原作"酒",从《阳春白雪》卷八改。　扶头:酒名,易醉之酒。　③眉岫:眉峰。　岫:峰峦。

[集评]

冯金伯云:"(杜成之谓)时可之作,如絮浮水,如荷湿露,萦旋流转,似黏非著。"(《词苑萃编 · 品藻》)

周密云:"(时可)与吴君特为亲伯仲,作词各有所长。世多知君特,而知时可者甚少,予尝得一编,类多佳话……真花间语也。"(《浩然斋雅谈》)

齐天乐

游胡园书感

曲廊连苑吹笙道，重来暗尘都满。种石生云，移花带月，犹欠藏春庭院。年华过眼。便梅谢兰销，舞沉歌断。露井寒蛩，为谁清夜诉幽怨。　人生乐事最少，有时得意处，光阴偏短。树色凝红，山眉弄碧，不与朱颜相恋。临风念远。叹蝶梦难追，鹭盟重换[①]。一片斜阳，送人归骑晚。

[注释]

①鹭盟：谓与鸥鹭订盟为友，指退隐。

[集评]

李佳云："词中属对，亦有求工者。如……'种石生云，移花带月'……皆经锻炼而出，然亦不可十分吃力。"（《左庵词话》卷下）

菩萨蛮

春心莫共花争发，花开不管连环缺[①]。梦断小楼空，杜鹃啼晓红。　眼看连理树[②]，纤手移筝柱。调遍错成声，无人知此情。

[注释]

①连环：连结成串而不可解之玉环。常用比喻紧密相连事物。
②连理树：异根树木，枝干连生。旧时看作吉祥的征兆。

菩萨蛮

玉纤闲捻花间集[①]，赤阑干对芭蕉立。薤叶晚生凉，

竹阴移小床。　拗莲牵藕线，藕断丝难断。弹水没鸳鸯[2]，教寻波底香。（以上三首见《阳春白雪》卷四）

［注释］

①玉纤：美人纤手。　②“弹水”句：以莲子击水，令鸳鸯汲水觅食。

倦寻芳

燕帘挂晚。莺槛迷晴，花思零乱。试觅娉婷，日日傍湖亭苑。掷果墙阴窥驻马[1]，采香深径抛春扇。醉归来，任钗云半落，绣帘慵卷。　念灿锦、年华如旧，飞絮游丝，萦恨难剪。蜀羽无情[2]，早带怨红啼断，厚约轻辞寒食夜，行云空梦梨花院。莫凭阑，正斜阳、淡烟平远。

（《阳春白雪》卷五）

［注释］

①“掷果”句：形容美男子为妇女所爱慕。掷果，典出《世说新语·容止》“晋潘岳美姿容，每出门，老妪以果掷之满车”。　墙阴窥驻马，表示女子倾心于所喜的男子。此句为两事混合而用。　②蜀羽：指杜鹃鸟。据传古时蜀王杜宇自以为德薄，便让位于臣子，遂自隐逝，化为子规鸟，夜夜悲啼，见血方止。子规鸟又名杜宇、杜鹃。

瑞龙吟

清明近。还是递趱东风[1]，做成花讯。芳时一刻千金，半晴半雨、酬春未准。　雁归尽。离字向人欲写，暗云难认。西园猛忆逢迎，翠纨障面，花间笑隐。　曲径池莲平砌，绛裙曾与，濯香湔粉[2]。无奈燕幕莺帘，轻负娇俊。青榆巷陌，踏马红成寸。十年梦、秋千吊影[3]，袜罗尘褪。事往凭谁问。昼长病酒添新恨。烟冷斜阳紧。山黛远、曲曲阑干凭损。柳丝万尺，不如轻鬓。

[注释]

①递趱（zǎn）：顺次更迭交替地催促快行。　②湔（jiān）：洗濯。③十年梦：暗用唐杜牧《遣怀》诗“十年一觉扬州梦，赢得青楼薄幸名”之寓意，抒发繁华如梦之伤感。

隔浦莲近

街檐插缀翠柳，憔悴清明后。泪蜡堆香径，一夜海棠中酒。枝上酸似豆。莺声骤，恨软弹筝手。　揾眉袖[1]。嘶骢过尽平芜[2]，绿衬飞绣。沉红入水，渐做小莲离藕。亭冷沉香梦似旧。花瘦，欲留春住时候。

[注释]

①揾（wèn）：拂拭。　②骢：青白色的骏马。　平芜：杂草繁茂的原野。

玲珑四犯

窗外啼莺，报数日西园，花事都空。绣屋专房，姚魏渐邀新宠[1]。葱翠试剪春畦，羞对酒、夜寒犹重。误暗期、绿架香洞。月黯小阶云冻。　算春将揽邮亭鞚[2]。柳成圈、记人迎送。蜀魂怨染岩花色，泥径红成陇。楼上半揭画帘，料看雨、玉笙寒拥。怕骤晴，无事消遣，日长清梦。

[注释]

①姚魏：姚黄、魏紫，两种名贵的牡丹花。宋姚氏家培育的千叶牡丹呈

黄色,称姚黄;五代时魏仁溥家培育的千叶肉红色牡丹,称魏紫。 ②邮亭:古之驿馆,递送文书投止之所。 鞚(kòng):马笼头,此代指奔马。

风流子

闻桂花怀西湖[①]

天阔玉屏空。轻阴弄、淡墨画秋容。正凉挂半蟾,酒醒窗下,露催新雁,人在山中。又一片,好秋花占了,香换却西风[②]。箫女夜归[③],帐栖青凤,镜娥妆冷,钗坠金虫[④]。

西湖花深窈,闲庭砌、曾占席地歌钟。载取断云归去,几处房栊。恨小帘灯暗,粟肌消瘦[⑤],薰炉烟减,珠袖玲珑。三十六宫清梦,还与谁同。

[注释]

①注者按:题原作"木樨",从《绝妙好词》卷四改。 ②注者按:"香"原作"重",据《绝妙好词》改。 ③箫女:疑指春秋时善吹箫的萧史与秦穆公女弄玉的故事,穆公为之筑凤台使居,一夕萧史吹箫引凤偕弄玉共升天仙去。 ④钗坠金虫:此指桂花金粟落于钗上。 ⑤粟肌:皮肤因怯冷而起颗粒。形容女子肌肤娇嫩。

西江月

山色低衔小苑,春云暗宿空庭。秋千无月冷双绳,闲却画栏人静。 一夜海棠如梦,半窗银烛多情。好花留不到清明,日日阴晴无定。

忆秦娥

三月时,杨花飞尽无花飞。无花飞。不教春去,争得春归。　　高楼望断黄金羁[①]，绿窗眉黛伤新离。伤新离。好将别后，长做归时。

[注释]

①羁：本指马笼头，此处指骑马离去之人。

恋绣衾

兽炉烟重火半焦。卷帘时、雪意又销。过数点、残鸦外，想梅花、寒在灞桥[①]。　　谢娘春恨深如柳[②]，未东风、先遣絮飘。且莫把、冰丝剪，有灯球、红绣未描[③]。

（以上七首见《阳春白雪》卷八）

[注释]

①灞桥：即霸桥。在陕西长安县东。为古人送别折柳之处。唐人因之称为“销魂桥”。　②谢娘：据下句词义，此处应指谢安之女侄谢道韫，道韫因有“未若柳絮因风起”之应对名句，被誉有“咏絮才”。　③灯球：扎成球状的灯。

水龙吟

雪霁登吴山见沧阁，闻城中箫鼓声

画楼红湿斜阳，素妆褪出山眉翠。街声暮起，尘侵灯户，月来舞地。宫柳招莺，水荭飘雁[①]，隔年春意。黯梨云，散作人间好梦，琼箫在、锦屏底。　　乐事轻随流水。暗兰消、作花心计。情丝万轴，因春织就，愁罗恨绮。昵枕迷香，占帘看夜，旧游经醉。任孤山、剩雪残梅[②]，渐懒跨、东风骑[③]。

[注释]

①水荭:水中荭草,蓼类植物,花赤或白色。又写作“葓”。 ②孤山:山名。此处当指杭州西湖里外二湖之间的孤山。 ③东风骑:春日骑马出游。

[集评]

厉鹗云:“按吴山石龟巷内宝奎寺,宋相乔行简故第。后舍为寺,有理宗书‘见沧’二字,勒之崖石……翁词全首佳绝。”(《南宋杂事诗》)

醉桃源

柳

千丝风雨万丝晴[①],年年长短亭[②]。暗黄看到绿成阴,春由他送迎。 莺思重,燕愁轻。如人离别情。绕湖烟冷罩波明,画船移玉笙。

[注释]

①晴:在此作同音字“情”解。 ②长短亭:所谓长亭送别,古代城郊处多设亭,十里一长亭,五里一短亭,为送行人设宴送别处。

谒金门

莺树暖,弱絮欲成芳茧。流水惜花流不远,小桥红欲满。 原上草迷离苑[①],金勒晚风嘶断[②]。等得日长春又短,愁深山翠浅。

[注释]

①离苑:离宫之苑囿。离宫是古代帝王在正式宫殿之外别筑的宫室,供随时游乐之处。 ②金勒:黄金勒。勒,指马络头,有嚼口的叫勒,无嚼口的叫羁,此处指饰有黄金勒的坐骑。

绛都春

秋晚，海棠与黄菊盛开

花娇半面。记蜜烛夜阑[①]，同醉深院。衣袖粉香，犹未经年如年远。玉颜不趁秋容换。但换却、春游同伴。梦回前度，邮亭倦客，又拈笺管。　慵按[②]。梁州旧曲[③]，怕离柱断弦，惊破金雁。霜被睡浓，不比花前良宵短。秋娘羞占东篱畔[④]。待说与、深宫幽怨。恨他情淡陶郎[⑤]，旧缘较浅。

[注释]

①蜜烛：据《莲子居词话》卷一引《西京杂记》，南越王献高帝蜜烛二百枚。即蜡烛也。　②慵按：懒得抚按（瑟弦）。　③梁州旧曲：《梁州令》，词调名。　④秋娘：指唐宪宗时的美人杜秋，后常用作歌伎的代称。此处喻指海棠。　⑤陶郎：东晋大诗人陶渊明。此谓渊明爱菊，而对海棠情薄。

[集评]

吴衡照云："适阅'恨他情淡陶郎，旧缘较浅'为之捧腹。……陶公素望巍巍，忽被江淹、沈约之呼，其何以称？"（《莲子居词话》卷一）

江城子

一年箫鼓又疏钟。爱东风，恨东风，吹落灯花，移在杏梢红。玉靥翠钿无半点[①]，空湿透，绣罗弓[②]。　燕魂莺梦渐惺松。月帘栊，影迷濛。催趁年华，都在艳歌中。明日柳边春意思，便不与，夜来同。

（以上四首见《绝妙好词》卷四）

[注释]

①玉靥(yè):面颊上的微涡。也指妇女颊上所涂点的妆饰物。翠钿:绿玉制的妇女头饰。 ②罗弓:绣花小鞋。 弓:弓足。

西江月

立 春

画阁换黏春帖[①],宝筝抛学银钩[②]。东风轻滑玉钗流,织就燕纹莺绣。 隔帐灯花微笑,倚窗云叶低收。双鸳刺罢底尖头,剔雪闲寻荳蔻[③]。

[注释]

①春帖:类似后之春联,但以立春之日剪帖于门帐。上写春词,文字工丽,体近宫词,多用绝句。始于宋,亦称“春帖子”、“春端帖”。 ②银钩:指小字。以银钩形容笔姿之遒劲有力。 ③荳蔻:植物名,亦写作“豆蔻”,多年生常绿草木,花开甚美。

朝中措

赋茉莉

花情偏与夜相投,心事鬓边羞。薰醒半床凉梦,能消几个开头。 风轮慢卷[①],冰壶低架[②],香雾飕飕。更著月华相恼,木犀淡了中秋[③]。

[注释]

①风轮:消暑热之器,用以生风消暑。 ②冰壶:盛冰于玉壶之中,亦用以消暑坐凉。 ③木犀:一作“木樨”,即桂花。

鹊桥仙

巧 夕

天长地久，风流云散，惟有离情无算。从分金镜不成圆[①]，到此夜、年年一半。　　轻罗暗网，蛛丝得意[②]，多似妆楼针线。晓看玉砌淡无痕，但吹落、梧桐几片。

（以上三首见《浩然斋雅谈》卷下）

（以上翁元龙词二十首，用赵万里辑《处静词》）

[注释]

①金镜：指月亮。　②蛛丝：典出五代王仁裕《开元天宝遗事》卷下，“帝与贵妃，每至七月七日夜，在华清宫游宴，时宫女……又各捉蜘蛛，闭于小盒中，至晓，开视蛛网稀密，以为得巧之候。密者言巧多，稀者言巧少，民间亦效之。”此处即指该风俗。

[集评]

沈义父云：“（余）壬寅秋，始识静翁于泽滨……因讲论作词之法……盖音律欲其协，不协则成长短之诗；下字欲其雅，不雅则近乎缠令之体；用字不可太露，露则直突而无深长之味；发意不可太高，高则狂怪而失柔婉之意。”（《乐府指迷》）

白屋闲人云：“处静翁之论词语，自律亦自诩也。观其词作，音协、字雅、意深蕴不露，情柔婉如水，直追五代花间矣！”

翁孟寅

翁孟寅(约1241年前后在世),字宾旸,号五峰。其先本崇安(今属福建)人,后徙钱塘(今杭州)。首登临安乡书,曾为当时权臣贾似道座上客。工词,与吴文英相唱和,尝自鹤江还都,吴文英作《江神子》词以送之。有刘毓盘辑本《五峰词》一卷,赵万里辑本《五峰词》一卷。

烛影摇红

楼倚春城,锁窗曾共巢春燕。人生好梦比春风,不似杨花健。旧事如天渐远。奈情缘、素丝未断。镜尘埋恨,带粉栖香,曲屏寒浅。　　环佩空归,故园羞见桃花面。轻烟残照下阑干,独自疏帘卷。一信狂风又晚[①]。海棠花、随风满院。乱鸦归后,杜宇啼时,一声声怨。

(《阳春白雪》卷二)

[注释]

①信:再宿为"信"。

[集评]

王闿运云:"健字险妙。无限伤心,却不作态。"(《湘绮楼评词》)

阮郎归

月高楼外柳花明,单衣怯露零。小桥灯影落残星,寒烟蘸水萍。　　歌袖窄,舞鬟轻。梨花梦满城。落红啼鸟两无情,春愁添晓酲[①]。

(《阳春白雪》卷四)

[注释]

①酲:病酒,即酒醒后感觉到的困惫如病的状态。

齐天乐

幽香不受春料理，青青尚馀秋鬓。硐曲岩隈[1]，烟梳露浴，甘与菰蒲共隐[2]。芳标瘦迥[3]。看缨结丁香，带萦晴荇。恨水东流，楚江憔悴乱云暝。　　凄凉梦游故苑，纵妒花风暴，吹梦难醒。艳李妖桃，纡青佩紫[4]，争似广文官冷[5]。尘波万顷。算谁是同心，自怜孤影。收敛风流，素弦清夜永。

[注释]

①硐：同"涧"。　隈：山水弯曲处、角落。　②菰蒲：用张翰典。刘义庆《世说新语·识鉴》载，张季鹰辟齐王东曹椽，在洛。见秋风起，因思吴中菰菜，莼羹、鲈鱼脍，曰："人生贵得适意尔，何能羁宦数千里以要名爵！"遂命驾便归。此处以"菰蒲"喻指家乡风物，表达思念故乡、欲辞官归隐故里之意。　③芳标：树梢的秀美枝条。　④纡青佩紫：系佩印的青紫丝带。汉制为公侯紫色绶带，九卿青色绶带。　⑤广文官：广文馆内设的博士、助教等官。唐天宝九年国子监增开广文馆，郑虔曾任广文博士，时人视为冷官。杜甫《醉时歌赠广文馆学士郑虔》有"诸公衮衮登台省，广文先生官独冷"。

齐天乐

元　夕

红香十里铜驼梦[1]，如今旧游重省。节序飘零，欢娱老大，慵立灯光蟾影。伤心对景。怕回首东风，雨晴难准。曲巷幽坊，管弦一片笑声近。　　飞棚浮动翠葆[2]，看金钗半溜，春妒红粉。凤辇鳌山[3]，云收雾敛，迤逦铜壶漏迥[4]。霜风渐紧。展一幅青绡，净悬孤镜。带醉扶归，晓酲春梦稳。

（以上二首见《阳春白雪》卷五）

[注释]

①铜驼:铜铸的骆驼。《晋书·索靖传》:“靖有先识远量,知天下将乱,指洛阳宫门铜驼,叹曰:‘会见汝在荆棘中耳。’”此处指为国之兴亡而悲愁。 ②葆:车盖。 ③凤辇:帝王之车。 鳌山:宋时于元宵节夜,放花灯庆祝,堆叠彩灯为山形,称为鳌山。 ④迤逦:曲折连绵。 铜壶:古计时之刻漏。

摸鱼儿

卷西风、方肥塞草,带钩何事东去。月明万里关河梦,吴楚几番风雨。江上路。二十载头颅,凋落今如许。凉生弄麈[①]。叹江左夷吾[②],隆中诸葛[③],谈笑已尘土。

寒汀外,还见来时鸥鹭。重来应是春暮。轻裘岘首陪登眺[④],马上落花飞絮。拚醉舞。谁解道,断肠贺老江南句[⑤]。沙津少驻。举目送飞鸿,幅巾老子[⑥],楼上正凝伫。

(《浩然斋雅谈》卷下[⑦])

(以上翁孟寅词五首,用赵万里辑《五峰词》)

[注释]

①弄麈:摆弄拂尘。 麈:驼鹿之尾可为拂尘。 ②江左夷吾:夷吾,春秋时齐桓公之相管仲,辅佐桓公成霸业。东晋时,元帝以王导为丞相,温峤入朝见导后,出,谓人曰:“江左自有管夷吾,此复何忧。” ③隆中:山名,在湖北襄阳县西,汉末诸葛亮筑庐隐于此。 诸葛:诸葛亮,字孔明,蜀汉丞相。佐刘备创帝业,与魏、吴成鼎足之势。 ④岘首:山名,在湖北襄阳南。晋羊祜镇襄阳时尝登岘山置酒言咏。 ⑤贺老:即贺方回,北宋词人,名铸。 ⑥幅巾:古代男子以绢一幅束发,称为幅巾。 ⑦据《浩然斋雅谈》作者周密云:“翁孟寅宾旸尝游维扬,时贾师宪(似道)开淮阃,甚前席之。其归,又置酒以饯,宾旸即席赋《摸鱼儿》……师宪大喜,举席间饮器凡数十万,悉以赠之。”

万俟绍之

万俟(mò qí)绍之,字子绍,郢(今湖北钟祥)人。其生卒年及事迹无考。子绍是万俟卨之曾孙。工词,有《郢庄词》一卷。

蝶恋花

春　风

啼䴔一声云榭晚[1]。好梦惊回,蓬岛疑行遍。无绪东风帘自卷,香苞云压荼蘼院[2]。　似有还无烟色展。絮暖鱼肥,时复吹池面。扇影著花蜂蝶见,药栏春静红尘远。

[注释]

①䴔(jué):即伯劳鸟。　②荼蘼:花名,以色似酴醾酒,故又写作"酴醾"。苏轼《杜沂游武昌以酴醾花菩萨泉见饷》诗有"酴醾不争春,寂寞开最晚"之句。

风入松

一春心事与谁同,绿聚眉峰。小楼彻夜听鸣雨,想西园、锦绣成空[1]。栏漾金鱼池水,钩闲紫燕帘风。　年时忺折海棠红,来比芳容。如今玉减香销似,怕轻寒、懒出房栊。尘满谢娘吟卷[2],从教飞絮濛濛。

[注释]

①西园:园名,汉末曹操所建,在邺都。当即是铜雀台,曹丕、曹植及建安诸子常游于此。后泛指高贵园林。　②谢娘:即谢安之女侄谢道韫。

贺新郎

秣陵怀古[①]

决眦入飞鸟[②]。正江南、梅雨初晴，乱山浮晓。凤去台空箫声断，惟有疏林鸦噪。但空锁、吴时花草。指点中原青山外，奈征尘、迷望愁云绕。佳丽地[③]，谩凝眺。
清风助我舒长啸。问其中、虚帘曲槛，阅人多少。风景不殊江山在，况是英雄未老。且拚与、尊前一笑。欲说前朝兴亡事，唤谪仙、来共传清醥[④]。归路晚，月明照。

（以上三首见《江湖后集》卷十一）

[注释]

①秣陵：地名，在今江苏江宁东南。汉末建安十六年，孙权行都于此，改名为建业。晋平吴后，将其分为二邑，淮水以南为秣陵，以北为建业。 ②"决眦"句：用杜甫《望岳》中"荡胸生层云，决眦入飞鸟"之成句。 ③佳丽地：指景物美好之地。 ④谪仙：谪居世间的仙人，用以称誉才华盖世，非人间所有的超人。此处指诗仙李白。 清醥（piǎo）：清酒。

江神子

赠妓寄梦窗

十年心事上眉端。梦惊残，琐窗寒。云絮随风，千里度关山。琴里知音无觅处，妆粉淡，钏金宽[①]。 瑶箱吟卷懒重看。忆前欢，泪偷弹。我已相将，飞棹过长安。为说崔徽憔悴损[②]，须觅取，锦笺还。

（《永乐大典》卷一万四千三百八十一"寄"字韵引《万俟子绍词》）

[注释]

①钏金：金手镯。 ②崔徽：唐歌伎，与裴敬中相恋。既别，徽情不移，因托画家丘夏写肖像寄敬中。不久，郁郁抱病死。

丁宥

丁宥，字基重（《绝妙好词》作仲），号宏斋。钱塘（今浙江杭州）人。其生卒年及事迹无考。

水龙吟

雁风吹裂云痕，小楼一线斜阳影。残蝉抱柳，寒蛩入户，凄音忍听。愁不禁秋，梦还惊客，青灯孤枕。未更深，早是梧桐泫露，那更度、兰宵永。　空叹银屏金井①。醉乡醒、温柔乡冷。征尘倦扑，闲花谩舞，何心管领。葱指冰弦，蕙怀春锦，楚梅风韵。怅芙蓉城杳②，蓝云依黯，锁巫峰暝。

（《阳春白雪》卷四）

[注释]

①银屏金井：本唐白居易《井底引银屏》诗"井底引银屏，银屏欲上丝断绝。……似妾今朝与君别"。喻男女恩爱断绝。　②芙蓉城：成都市的别称。旧传为仙人所居处，宋石延年（曼卿）、丁度、王迥（子高）死后为芙蓉城主。苏轼《芙蓉城》诗："芙蓉城中花冥冥，谁其主者石与丁。"此处喻指仙境。

[集评]

李佳云："词家有作……亦不乏警句，摘而出之，遂觉片羽可珍，如……丁基仲'雁风吹裂云痕，小楼一线斜阳影。'"

法曲献仙音

蝉碧句花，雁红攒月。

失调名

寒　梅

疏绮笼寒，浅云栖月。　（以上《词旨属对》）

六么令

清阴一架，颗颗葡萄醉花碧。　（《词旨》警句）

周　氏

周氏,丁宥侧室,号得趣居士。生平事迹无考。

瑞鹤仙

和丁基仲

画楼帘卷翠。正柳约东风,摇荡春霁。缃桃雨才洗[①]。似妆临宝镜,脂凝铅水,云偏髻子。坠钗梁、羞看燕垒。最堪怜,锦绣香中,早有片红飘砌。　闲记。琴弹古调,曲按清商[②],旧年时事。屏山画里。江南信,梦中寄。感春浓怀抱,午酲初解,浅酌依然又醉。傍阑干、犹怯馀寒,倦和袖倚。　　　(《阳春白雪》卷七)

[注释]

①缃桃:结浅红色果实之桃树。　②清商:商,古五音之一。南北朝时,中原旧曲及江南吴歌、荆楚四声,统称清商。见《魏书·乐志》。

潘 枋

潘枋(fāng)(1204—1246),初名翁[illegible],字庭坚,号紫岩,闽(今福建省)人。南宋理宗端平二年(1235)进士第三。枋语最直,殿中侍御史蒋岘劾其不顺,调镇南军节度推官,历迁太学正,出通判潭州。因日食上书丞相游似,似善其言,将收用之,会枋卒。年四十三。枋工诗词,有《紫岩集》行世。

水龙吟①

(上缺)玉带悬鱼,黄金铸印,侯封万户。待从头,缴纳君王,觅取爱卿归去。

(《后村大全集》卷一百七十六《诗话后集》)

[注释]

①叶申芗《本事词》云:“延平乐籍中,有能墨竹草书者,潘枋庭坚尝眷之,为赋长短句,其末段云‘玉带县鱼……觅取爱卿归去’,其为之心醉可知矣。”

南乡子

题南剑州妓馆①

生怕倚阑干,阁下溪声阁外山。惟有旧时山共水,依然。暮雨朝云去不还。　　应是蹑飞鸾,月下时时整佩环。月又渐低霜又下,更阑。折得梅花独自看。

(《花庵中兴以来绝妙词选》卷九)

[注释]

①叶申芗《本事词》云:“潘(庭坚)后复过延津,再访之(指乐籍中能

墨竹草书令他眷恋之女妓），其人已为豪者挈去久矣，遂复有题壁之作云‘生怕倚阑干……折得梅花独自看。’” 南剑州：福建剑溪一带，属今福建南平及顺昌、沙县等地，宋时改南剑州。 唐氏按：此首别又误作周邦彦词，见《草堂诗馀隽》卷四。

［集评］

黄苏云：“沈际飞曰：‘“阁下溪声阁外山”句，便已婉挚，况复足“山水”一句乎？’又曰：‘结得凄切’。”（《蓼园词评》）

黄苏云：“按‘溪山’句，‘梅花’句，似非忆妓所能当。或亦别有案托，题或误耳。而词致俊雅，故自不同凡艳。”（《蓼园词评》）

况周颐云：“小令中能转折，便有尺幅千里之势。……歇拍尤意境幽瑟。”（《蕙风词话续编》卷一）

乌夜啼

无端小雪廉纤，入平檐。金鸭旋添龙饼[①]，莫开帘。

寻梅约，开还落。可曾忺[②]。合作一年春恨，上眉尖。

（《阳春白雪》卷六）

［注释］

①金鸭：金属制作的鸭形香炉。 龙饼：一种珍贵的薰香。 ②忺：高兴，适意。

满江红

筑室依崖，春风送、一帘山色。沙鸟外，渔樵而已，别无闲客。醉后和友眠犊背，醒来瀹茗寻泉脉[①]。把心情、分付陇头云，溪边石。 身未老，头先白。人不见，山空碧。约钓竿共把，自惭钩直。相蜀吞吴成底事[②]，何如只抱隆中膝[③]。漫长歌、歌罢悄无言，看青壁。

（《阳春白雪外集》）

[注释]

①瀹茗：以汤煮物曰瀹（yuè），瀹茗即烹茶。　②相蜀吞吴：指诸葛亮曾帮助刘备伐吴之事。　底事：何事。　③抱隆中膝：据《魏略》载，“（诸葛）亮在荆州，以建安初与颍川石广元、徐元直、汝南孟公威等俱游学，三人务于精熟，而亮独观其大略。每晨夜从容，常抱膝长啸……”指未出隆中时诸葛亮飘逸潇洒的生活。

洞仙歌

雕檐绮户，倚晴空如画。曾是吴王旧台榭。自浣纱去后[1]，落日平芜，行云断，几见花开花谢。　凄凉阑干外，一簇江山，多少图王共争霸。莫闲愁、金杯潋滟[2]，对酒当歌，欢娱地、梦中兴亡休话。渐倚遍、西风晚潮生，明月里、鹭鹚背人飞下。（《吴中旧事》）

（以上潘昉词五首用赵万里辑《紫岩词》）

[注释]

①浣纱：指浣纱女西施。相传在她入吴宫之前，曾在若耶溪边浣纱。②潋滟：水或酒满溢荡漾之貌。

存目词

调　名	首　句	出　处	附　注
清平乐	凄凄芳草	《历代诗馀》卷十四	刘翰词，见《阳春白雪》卷三
鹊桥仙	青林雨歇	《历代诗馀》卷二十九	黄昇词，见《中兴以来绝妙词选》卷十附录

赵希彰

赵希彰(jīng)(1205—1266)，字清中，号十洲，四明(今浙江宁波)人。燕王德昭八世孙。南宋理宗宝庆二年(1226)进士。曾除南雄守，不赴。

霜天晓角

桂

姮娥戏剧①，手种长生粒②。宝干婆娑千古，飘芳吹、满虚碧③。　韵色，檀露滴。人间秋第一。金粟如来境界④，谁移在、小亭侧。（《阳春白雪》卷七）

[注释]

①姮娥：即嫦娥，神话中的月中女神。　戏剧：儿戏，开玩笑。　②长生粒：这里指桂树，传说月中有桂。　③唐氏按："吹"原作"草"，从《绝妙好词》卷三改。　④金粟如来：本为佛名，桂花的别名也称金粟。

秋蕊香

髻稳冠宜翡翠，压鬓彩丝金蕊。远山碧浅蘸秋水，香暖榴裙衬地。　亭亭二八馀年纪。恼春意。玉云凝重步尘细，独立花阴宝砌①。（《绝妙好词》卷三）

[注释]

①宝砌：玉石台阶。

孙吴会

孙吴会（？—1270），字楚望，淮安（今属江苏）人，居京口。南宋理宗端平二年（1235）进士。宝祐间（1256年前后），沿江制置使参议。景定五年（1264），除朝请郎知常州。自号霁窗，晚年更号牧隋翁。诗文豪健。有《煮石吟稿》若干卷，不传。

摸鱼儿

题甘露寺多景楼

八窗空、展宽秋影，长江流入尊俎[①]。天围绀碧低群岫[②]，斜日去鸿堪数。沉别浦。但目断、烟芜莽苍连平楚[③]。晨钟暮鼓。算触景多愁，关人底事，倚槛听鸣橹。

英雄恨，赢得名存北府[④]。寄奴今寄何所[⑤]。西风依旧潮来去，山海颉颃吞吐[⑥]。霜月古。直耐冷、相随燕我瑶芝圃。掀髯起舞。看羱伏苍苔[⑦]，龙吟翠葆[⑧]，天籁奏韶舞[⑨]。

（《至顺镇江志》卷二十）

［注释］

①尊俎：古代盛酒肉的器皿樽与俎。在此作偏义复词，特指酒杯。②绀：天青之色。　③平楚：远方树梢齐平之处。　④北府：指建康城北，军府所在地。　⑤寄奴：南朝宋武帝刘裕小名寄奴。辛弃疾《永遇乐》有“斜阳草树，寻常巷陌，人道寄奴曾住”。　⑥颉颃（xié háng）：上下不定，变幻莫测。　⑦羱（yuán）：羱羊，大角野羊。《尔雅·释兽》谓“出西方”。⑧葆：草丛生曰葆。　⑨天籁：自然界的声音。　韶舞：韶，舜所作乐曲名。《尚书·益稷》：“箫韶九成，凤皇来仪。”

［集评］

《至顺镇江志》卷二十云：“陆游放翁尝登多景楼，作《水调歌头》……其后孙吴会楚望作《摸鱼儿》题于壁……二词皆杰作也。”

赵　潽

赵潽（1256年前后在世），字元晋，号冰壶。潭州（今湖南长沙）人，赵葵子。先为沿江制置使，度宗咸淳中（1270年前后），知建康府。尝杂记宋时琐事，成《养疴漫笔》一卷。《宋季三朝政要》云："广王登极于福州，改元景炎，以赵潽为江西制置使，进兵邵武。"《山房随笔》云："赵静斋淮被执，死于瓜洲。其兄冰壶潽自京口迁金陵，北兵至，弃家而遁，南徙不返，死葬海旁山上。"

临江仙

西湖春泛

堤曲朱墙近远，山明碧瓦高低。好风二十四花期。骄骢穿柳去，文艋挟春飞[①]。　箫鼓晴雷殷殷，笑歌香雾霏霏，闲情不受酒禁持[②]。断肠无立处，斜日欲归时。

［注释］

①艋：即"鹢"，大鸟也。古常于船首画鹢鸟之形，故"鹢首"又指代船。　②禁持：管束、限制。

吴山青

水　仙

金璞明，玉璞明[①]。小小杯柈翠袖擎[②]，满将春色盛。
仙珮鸣，玉珮鸣。雪月花中过洞庭，此时人独清。

（以上二首见《绝妙好词》卷五）

［注释］

①金璞：未炼之金。　玉璞：未加工之玉。此指玉兰花之黄心白蕊。
②杯柈：即杯盘。　擎：向上托举。

刘 澜

刘澜(?—1276),字养源,号江村,天台(今属浙江)人。尝为道士,还俗后,干谒无所成。学唐诗,有所悟。亦工词。

庆宫春

重登蛾眉亭感旧[①]

春剪绿波,日明金渚,镜光尽浸寒碧。喜溢双蛾,迎风一笑,两情依旧脉脉。那时同醉,锦袍湿、乌纱攲侧[②]。英游何在,满目青山,飞下孤白[③]。　　片帆谁上天门,我亦明朝,是天门客[④]。平生高兴,青莲一叶,从此飘然八极。矶头绿树[⑤],见白马、书生破敌[⑥]。百年前事,欲问东风,酒醒长笛。

[注释]

①蛾眉亭:在当涂采石矶上。远望两山对峙,形如蛾眉。　②锦袍湿:用李白醉舟中着锦袍典。　③孤白:孤月。　④天门:此处所指天门山,应为安徽之博望山,又名梁山。因有二山为立阙,故曰“天门”。⑤矶头:指安徽当涂西北牛渚山下突入江中之采石矶头。为长江极狭处、兵家必争之地。　⑥白马书生破敌:当指宋高宗绍兴三十一年(1161),中书舍人虞允文至采石矶犒师。适主将王权罢职,三军无主,面对金主完颜亮南犯之师,虞允文毅然督战,大破金军之事。

瑞鹤仙

海　棠

向阳看未足。更露立阑干,日高人独。江空佩鸣玉。问烟鬟霞脸,为谁膏沐[①]。情闲景淑。嫁东风、无媒自卜。

凤台高[②]，贪伴吹笙，惊下九天霜鹄。　　红蹙。花开不到，杜老溪庄[③]，已公茅屋[④]。山城水国。欢易断，梦难续。记年时马上，人酣花醉，乐奏开元旧曲。夜归来，驾锦漫天，绛纱万烛。

[注释]

①膏沐：梳妆打扮。　膏：妇女润发的油脂。　②凤台高：用弄玉吹箫，于凤凰台升仙事。　③杜老溪庄：指四川成都西郊的浣花溪畔，有杜甫故居草堂。　④已公：未详。疑作“己公”，谓唐诗僧齐己也。

齐天乐

吴兴郡宴遇旧人

玉钗分向金华后[①]，回头路迷仙苑。落翠惊风，流红逐水，谁信人间重见。花深半面。尚歌得新词，柳家三变[②]。绿叶阴阴，可怜不似那时看。　　刘郎今度更老[③]，雅怀都不到，书带题扇。花信风高[④]，苕溪月冷，明日云帆天远。尘缘较短。怪一梦轻回，酒阑歌散。别鹤惊心，感时花泪溅[⑤]。　　（以上三首见《绝妙好词》卷五）

[注释]

①玉钗分：谓与旧日相交的歌伎离别。　②柳家三变：柳永，字耆卿，初名三变，排行第七，亦称柳七。官至屯田员外郎，亦称柳屯田。工于词，自创新声，为宋词大家之一。　③刘郎：此处当指宋刘义庆《幽明录》中所记，刘晨、阮肇东汉永平年间共入天台山遇仙。至太康年间，两人重到天台，后世称去而复来的人为“前度刘郎”。如李商隐《无题》有“刘郎已恨蓬山远，更隔蓬山一万重”之句。此处亦自指。　④花信风：应花期而来的风。　⑤“别鹤惊心”二句：当是从杜甫《春望》“感时花溅泪，恨别鸟惊心”句化来。

买陂塘

游天台雁荡东湖

御风来、翠乡深处，连天云锦平远。卧游已动蓬舟兴，那在芙蓉城畔[①]。巾懒岸[②]。任压顶嵯峨，满鬓丝零乱。飞吟水殿。载十丈青青，随波弄粉，菰雨泪如霰。

斜阳外，也有新妆半面。无言应对花怨。西湖千顷腥尘暗。更忆鉴湖一片[③]。何日见。试折藕占丝，丝与肠俱断。遐征渐倦。当颍尾湖头[④]，绿波彩笔，相伴老坡健。

（《浩然斋雅谈》卷下[⑤]）

［注释］

①芙蓉城：四川成都之别名。因五代后蜀孟昶于宫苑城上尽植芙蓉故名，又因芙蓉花开如锦，也叫锦城。　②岸：露额。将巾推起露出前额叫岸巾。　③鉴湖：又叫镜湖。　④颍尾：颍水之尾。　湖头：指颍州西湖。东坡曾出知颍州，留有诗词作品。　⑤据周密著《浩然斋词话》云："此刘澜养源游天台雁荡东湖所赋《买陂塘》词绝笔也。哀哉！"

［集评］

况周颐云："刘养源词，清拔处具体白石。见《绝妙好词》凡三阕，皆合作也。"（《历代词人考略》）

又引王定甫云："江村清挺，能作豪俊语，而自不戾格。"（同上）

又云："此等词，浓处见骨干，淡处弥腴韵，置之碧山、玉田集中，未易伯仲。"（同上）

魏庭玉

魏庭玉，字句滨，宛陵（今安徽宣城）人。南宋理宗嘉熙四年（1240）任吴县县令。其生卒年及事迹无考。

水调歌头

饮芜湖雄观亭

璧月挂银汉[①]，冷浸一江秋。天公付我清赏，仙籍桂香浮。极目江山如画，际晚云烟凝紫，秋色豁羁愁[②]。领看上雄观，波影动帘钩。　　雁排空，渔唱晚，楚天幽。湖阴一曲千载，成败倩谁筹[③]。试问谪仙何处，唤起于湖同醉，小为作遨头[④]。老子欲起舞[⑤]，摆脱利名休。

［注释］

①银汉：银河。　②豁羁愁：排遣客居外地的愁苦。　③“成败”句：王敦据芜湖，举兵反，晋明帝微行至此，观其营垒。王敦遣兵追之。明帝留七宝鞭以缓追兵，乃得脱，未几帝亲征，破之。不久，敦卒。时为太宁二年（329），据此时已近千年。　④遨头：宋代成都自正月至四月浣花，太守出游，士女随观，称太守为遨头。　⑤老子：词人自称，犹言“老夫”。

贺新凉

赠送行诸客

暮雨初收霁。凭阑干、一江新绿，远山凝翠。漠漠春阴添客思，怅望天涯无际。又猛省、平生行止。楚尾吴头多少恨[①]，付吟边、醉里消磨矣。浮世事，只如此。　　阳关三叠徒劳耳[②]。也何须、琵琶江上，掩青衫泪[③]。一斗百篇乘逸兴，要借青天为纸。儿辈诧、龙蛇飞起[④]。今夜月明呼酒处,待明朝、酒醒帆千里。且为我,唱新制。

（以上二首见《阳春白雪外集》）

[注释]

①楚尾吴头:今江西省北部,春秋时为吴、楚两国交界之地,因称。②阳关三叠:曲调名,又名《渭城曲》,以唐诗人王维《送元二使安西》名句“渭城朝雨浥轻尘”、“西出阳关无故人”而得名。后人乐府,以为送别曲,反复诵唱,谓之《阳关三叠》。 ③“也何须琵琶江上”二句:用白居易《琵琶行》“江州司马青衫湿”之意。 ④龙蛇飞起:本唐李白《草书歌行》“恍恍如闻鬼神惊,时时只见龙蛇走”。形容书法笔势的蜿蜒盘曲。

李霜涯

李霜涯，南宋理宗嘉熙间书会艺人。《武林旧事》卷六云：书会李霜涯，作赚绝伦。

晴偏好[①]

平湖百顷生芳草[②]，芙蓉不照红颠倒。东坡道，波光潋滟晴偏好。

（《山居新话》）

[注释]

①注者按：原无调名，此据《花草粹编》卷一，疑出杜撰。　②生芳草：理宗嘉熙四年（1240）西湖干涸，茂草丛生。词咏此事。

[集评]

丁绍仪云："功罪不明，遂使英雄气短。宋之亡，不尽由乎此，亦未必不由乎此。李霜涯词……存之亦足征当时时政。"（《听秋声馆词话》卷七）

王　谌

王谌,字子信,阳羡(今江苏宜兴)人。著有《潜泉蛙吹集》。

渔父词

嘉熙戊戌季春一日,画溪吟客王子信为亚愚诗禅上人作渔父词七首

兰芷流来水亦香①,满汀鸥鹭动斜阳。声欸乃②,间鸣榔③。侬家只合岸西旁④。

[注释]

①兰芷:兰草和白芷,皆香草。　②欸乃:行船摇橹声。柳宗元《渔翁》诗有"烟销日出不见人,欸乃一声山水绿"名句。　③榔:船板。李白《送殷淑》诗:"惜别耐取醉,鸣榔且长谣。"　④侬家:吴语称自家之词,犹我家。

渔父词

翁妪齐眉妇亦贤①,小姑颜貌正笄年②。头髮乱,髻鬟偏。爱把花枝立柁前③。

[注释]

①翁妪齐眉:《后汉书·梁鸿传》载,"鸿,为人赁舂,每归,妻为具食,不敢于鸿前仰视,举案齐眉"。喻夫妻相敬如宾。　②笄年:笄(jī),簪也。《礼记·内则》:"女子……十有五年而笄",故女子初加笄之年为笄年,已成年之谓。　③把:持也。　柁:同"舵"。

渔父词

湘妃泪染竹痕斑，风雨连朝下钓难。春浪急，石矾寒。买得茅柴味亦酸。

渔父词

满湖飞雪搅长空，急起呼儿上短篷。蓑笠具，画图同。铁笛声长曲未终。

渔父词

离骚读罢怨声声，曾向江边问屈平。醒还醉，醉还醒[①]。笑指沧浪可濯缨[②]。

[注释]

①"醒还醉"二句：自屈原语中化来。《史记·屈原贾生列传》："屈原至于江滨，被髮行吟泽畔，颜色憔悴……渔父见而问之曰……屈原曰：'举世混浊而我独清，众人皆醉而我独醒，是以见放。'" ②缨：结冠之带。濯缨：本《楚辞》屈原《渔父》"沧浪之水清兮，可以濯吾缨。沧浪之水浊兮，可以濯吾足"。

渔父词

白髮蓬松不记年[①]，扁舟泊在荻花边。天上月，水中天。夜夜烟波得意眠。

[注释]

①蓬松：髮乱貌，此处也含稀疏意。

渔父词

只在青山可卜邻，妻儿笑语意全真。休识字，莫嫌贫。方是安闲第一人。（以上七首见《江湖后集》卷十三[①]）

[注释]

①唐氏按：以上七首别又见薛嵎《云泉诗》。

厉寺正

厉寺正，其名字、生卒年月、事迹无考。据其词“寿乔丞相”，应与乔行简为同时人。

万年欢

寿乔丞相[①]

恭审特进枢使大丞相国公先生，神钟维岳，帝赍肖岩。方蓂开第一叶之初，正椿衍八千岁之始，眷隆神极，福被海隅。某夙荷陶镕，倍增喜抃。效勤一乐阕，寄调万年欢。伏乞钧慈，俯垂电览

卫武期颐[②]，与文公福艾[③]，俱号贤相。今我元台[④]，齿德又居其上[⑤]。玉立擎天一柱，似泰华、气凌秋壮。明良会[⑥]，千载风云，长为龙衮凭仗。　清知孔山叠嶂。有猿吟鹤舞，日俟鸠杖[⑦]。无忝苍生依依[⑧]，未容高尚。待整顿、乾坤了当，与蓬岛、神仙来往。摩铜狄，点检笙歌，菊浮香泛新酿。（《截江网》卷四）

[注释]

①乔丞相：乔行简，字寿朋，南宋高宗时，登绍兴年间进士。官至右丞相。理宗嘉熙间拜平章军国重事，加少师，封鲁国公。年寿已近百岁。史称其为官历练老成，好荐士，知无不言。　②卫武：春秋时卫武公，为周平王卿相，年过九十，犹能深自儆惕，纳人规谏，卫人颂其德。　期：同期，指人生年数之极。　颐：养也，起居待人养护也，称百岁老人曰期颐。　③文公福艾：文公文彦博。北宋名相，寿至九十二岁。　福艾：福寿。　④元台：元，大也，高也。元台尊称高居丞相之位的乔行简。　⑤齿德：年寿与品德。　⑥明良会：比喻君臣相得。　⑦鸠杖：杖头刻有鸠鸟之手杖。《后汉书·礼仪志》：“鸠者，不噎之鸟也。欲老人不噎。”　⑧无忝：无愧也。

施　枢

施枢(约1245年前后在世),字知言,号芸隐,丹徒(今江苏镇江)人,寓居湖州。理宗嘉熙年间,尝为浙东转运使幕僚,又尝为越州幕。淳祐三年(1243),从事郎知溧阳。工诗词,著有《芸隐倦游稿》及《芸隐横舟稿》各一卷,传于世。

摸鱼儿

柳蒙茸、暗凌波路,烟飞惨淡平楚。七香车驻猊环掩①,遥认翠华云母②。芳景暮。鸳甃悄、铢衣来按飞琼舞③。凄凉洛浦。渐玉漏沉沉,清阴满地,乘月步虚去。

销凝处。谁说三生小杜④。翔螭声断箫鼓⑤。情知禁苑酥尘涴⑥,羞与倡红同谱⑦。春几度。想依旧、苔痕长印唐昌土⑧。风流千古。人在小红楼,朱帘半卷,香注玉壶露。

(《全芳备祖》前集卷五“琼花门”)

[注释]

①七香车:用多种香料涂饰之车。　猊环:制成狮子形的环。猊:狮子。　②翠华:用翠羽装饰于旗竿顶上的旗,为皇帝仪仗。诗中多以翠华指皇帝。　云母:矿石名,古人以为此石为云之根,故名,可折为片,薄者透光,可为镜屏。　③鸳甃:鸳鸯瓦砌成的池壁。　铢衣:极言衣之轻。　铢:古衡量单位,一两的二十四分之一。　④小杜:指杜牧。杜牧,美姿容,工诗文,喜歌舞,爱风流。　⑤翔螭:飞龙也。此处以飞龙喻宝马。　⑥涴(wò):污染。　⑦倡红:歌舞艺人。　⑧唐昌:宫观名。唐明皇女唐昌公主建。广植花木,名著一时。

疏 影

催 梅

低枝亚实[①]。望翠阴护晓，幽梦难觅。凄楚霓裳，琼阙瑶台，经年暗锁清逸。春风似怪重门掩，未许入、玉堂吟笔。想寿阳，却厌新妆[②]，倦抹粉花宫额。　还记孤山旧路，未应便负了，波冷蟾白。莫寄相思，惟有寒烟，伴我骚人闲寂。东君须自怜疏影，又何待、山前雪积。好试敲、羯鼓声催[③]，与约鼎羹消息。　（《阳春白雪》卷七）

［注释］

①亚：通“压”。　②“想寿阳”二句：指寿阳公主之梅花妆。《太平御览》引《宋书》云：（刘宋武帝之女）寿阳公主，曾睡含章殿檐下，梅花落额上成五瓣花形，拂之不去。自是宫女效之，人称梅花妆。　③羯（jié）：古代之族名。　羯鼓：羯族所用之乐器，形如漆桶，下以小牙床承之，击时用二杖，音声急促高烈。

柳梢青

飞露初霜。冷侵金井[①]，响到银床[②]。懊恨碧梧，不留一叶，月占纱窗。　雁声做尽凄凉。又陡顿、衾寒夜长。曲曲屏山，重重客梦，无限思量。

（《阳春白雪》卷五）

［注释］

①金井：饰有雕栏之井。　②银床：银饰之井栏，或指银饰辘轳架。

储　泳

储泳,字文卿,号华谷(见《自号录》),云间(今江苏松江)人。工诗词,精阴阳五行。著有《华谷祛疑说》一书。

齐天乐

东风一夜吹寒食,枝头片红犹恋。宿酒初醒,新吟未稳,凭久栏杆留暖。将春买断。恨苔径榆阶,翠钱难贯[①]。陌上秋千,相逢谁认旧时伴。　轻衫粉痕褪了,丝缘馀梦在,良宵偏短。柳线经烟,莺梭织雾,一片旧愁新怨。慵拈象管[②]。待寄与深情,难凭双燕。不似杨花,解随人去远。

(《阳春白雪》卷五)

[注释]

①翠钱:指榆钱,其状扁圆似钱。　贯:穿也。　②象管:指以象牙为饰之笔。

存目词

金绳武本《花草粹编》卷十有储泳《西江月》“壁断何人旧字”一首,乃金宗室文卿作,见元好问《中州乐府》。

刘子实

刘子实，南宋理宗嘉熙二年(1238)进士。其生卒年及事迹无考，著有《翰苑新书》百馀卷。

念奴娇

寿仓使

一门相种，剩河英岳粹①，共扶昌箓②。夹辅正宜资鲁卫③，左右秉持钧轴④。缓驾轻车，任回虎节，何事劳山国。东民欲靖，作新少借康叔⑤。　况是鹫鹭佳辰⑥，雪霜深处，秀孕椿松绿。天意特教荣晚节，挺挺世臣乔木。绣斧功成⑦，衮衣促觐⑧，莫恨公归速。一陶和气，要令天下蒙福。

（《截江网》卷五）

[注释]

①河英岳粹：山河精华。　②昌箓：指帝位。帝王自称其得天赐登基的符箓秘命。　③鲁卫：东周天子之夹辅依鲁与卫二诸侯国。　④钧轴：钧为陶人制圆器所用之转轮。轴，用来转动车轮之重器。喻执掌国政的宰辅大臣为钧轴。　⑤康叔：周武王之少弟，名封，初封于康，称康叔。后周公诛武庚，分殷之遗民，封康叔于卫。周成王时举之为司寇。　⑥鹫鹭(yuè zhuó)：鸟名，凤属。《国语·周语上》："周之兴也，鹫鹭鸣于岐山"。注："鹫鹭，凤之别名。"　⑦绣斧：执法大吏之代称。汉武帝天汉二年遣直指使者暴胜之等衣绣衣、杖斧至各地巡捕群盗。后以"绣斧"代皇帝特遣的执法大臣。　⑧衮衣：衮服，古代帝王及公侯的礼服，卷龙衣也，即画龙于衣，其形卷曲。　觐：朝见。

沁园春

寿太守　十二月十三日

腊后寒收，柳眼青归，梅花笑生。正阳和有脚，日边送暖，洪钧换轴[①]，天上回星。试巧春盘[②]，介眉春酒[③]，生意从头乐意新。须知道，是东风近也，玉燕逢辰。　举头阊阖开明[④]。便稳驾轻车熟路行。向玉堂青琐，从容洒翰，长淮赤壁，谈笑麾兵。周洛犹尘[⑤]，商岩未雨[⑥]，天下苍生望太平。休槃涧[⑦]，任清溪九曲，不放舟横。

（《翰墨大全丙集》卷十三）

［注释］

①洪钧：万物皆由天所化育而成，因称天为洪钧。　钧：制作陶器的转轮。　②春盘：古俗于立春之日，取果、菜、糕饼置盘中食，取迎新之意，称春盘。　③介眉春酒：取《诗经·豳风·七月》“为此春酒，以介眉寿”之义。　介：祝也。　眉：人老眉长，表长寿。　④阊阖：天门。　开明：天宫中门名，指日所出之处。　⑤周洛：同“周渭”，指姜子牙未遇文王时，钓于渭滨。文王出猎与语，贤之，载与同归，立为师。　⑥商岩：当指殷高宗（武丁）梦得贤臣名说，使百官觅之，见说筑于傅岩之野，迎归为武丁相。周洛、商岩比喻贤士之在野。　⑦槃涧：此处引《诗经·卫风·考槃》“考槃在涧，硕人之宽”之意。　考槃：盘桓、留连也。　涧：山野泉涧。

翁　合

翁合，字与可，或云字叔备，号丹山，崇安人。其生卒年不详。南宋理宗嘉熙二年（1238）进士。浙西提刑。度宗咸淳中，知赣州兼江西提刑。又曾官侍郎，兼直学士院。

贺新郎

寿蔡参政

世事今如许。只先生、寿身寿国，尚堪撑拄。一脉宽仁忠厚意，留到如今可数。问谁是、擎天一柱。名节难全官职易，这娥眉、肯效争妍妒。几而作[1]，色斯举[2]。

沧州万顷舟横渡。对和风、桃花流水，一蓑烟雨。亲得紫阳传正印[3]，且作斯文宗主。世望皋夔伊傅[4]。天意须酬平治愿，抚参同、一卷长生谱[5]。平治了，仙为侣。

（《翰墨大全》丙集卷十三）

［注释］

①几（jī）：事的征兆。　作：起、行动。　几而作：本《易·系辞下》"君子见几而作，不俟终日"。　②色斯举：《论语·乡党》中有"色斯举矣，翔而后集"之句。《注》引马融曰："见颜色不善，则去之。"　③紫阳：本为山名，在安徽歙县城南。宋朱松读书于此。朱熹居福建崇安县时，题厅事曰"紫阳书室"，后因以"紫阳"作朱熹别号。　④皋：舜之贤臣皋陶，也称咎繇，掌刑狱事。　夔：舜时乐官，精通音乐之人。　伊傅：商相伊尹和傅说。　⑤参同：即《参同契》，言长生炼丹之术。

卜算子

赠陈五星①

口诵百中经，手运周天数。试问薇垣一小星②，谁知是、韩王普③。　知得客星来④，知得贤人聚。我若乘槎犯斗牛，莫向常人语。　（《翰墨大全》壬集卷十四）

[注释]

①唐氏按：别本此首误作李敬则词。　②薇垣：即紫微，星座名，三垣之一，故称。　③韩王普：赵普以开国功勋，宋真宗咸平初追封韩王。④"知得客星来"四句：用"乘槎"典故。据晋张华《博物志》，传说天河通海，有一海滨之人见每年八月海上有木筏往来，便乘槎至天河，见牛郎织女。次日史官便向帝报告，谓有客星犯斗牛。后来诗文中以"乘槎"指登天。　斗、牛：二十八星宿中斗、牛两宿。

存目词

调　名	首　句	出　处	附　注
满江红	律转鼓钟	《新编事文类要启札青钱别集》卷六	范飞作，见新编通用启札《截江网》卷五

王　庚

王庚，字景长，温陵（今属福建）人。官教授。其生卒年月及事迹无考。据下面词作的年代，可知他理宗宝祐元年（1253）前后在世。

贺新郎

寿蔡久轩参政，癸丑生[1]

满劝黄封酒[2]。是年年、春色长绕，径花宫柳。碧水丹山添清气，岁月兰亭癸丑[3]。看枢极、光腾台斗。细数中书堂壁记，自欧韩、富范题名后[4]，还有似、我公否。

好知天意生贤候，正造化安排，孕出五阳之秀[5]。何物一阴犹踯躅，尽决还公只手。这一著、邦家之寿。宰相时来须教做，算人间、是处鱼羹有。名与节，久轩久[6]。

（《翰墨大全》丙集卷十三）

[注释]

①蔡久轩：蔡抗，号久轩。　癸丑：即理宗宝祐元年（1253）。　②黄封酒：宫廷酿造之酒，因用黄纸或黄罗帕封，故名为黄封。　③兰亭癸丑：东晋穆帝永和九年（1253），是王羲之与众友人聚会豪饮于山阴西南兰亭之时，王羲之《兰亭序》中有“岁在癸丑”之句。　④欧、韩、富、范：即欧阳修、韩琦、富弼、范仲淹。四人皆北宋贤臣。　⑤五阳之秀：谓将蔡抗与欧、韩、富、范合为五人，称五阳之俊秀。　⑥久轩：蔡抗之号。　久：长寿之义。　轩：在此亦有扬眉之义。

黄　铸

黄铸，字亦颜，一作晞颜，号乙山，邵武（今属福建）人。登进士，理宗时官柳州守。其生卒年及事迹无考。《词综补遗》卷十三云：黄敏求《横舟小稿》有《讯黄乙山于寿宁》诗。

小重山

凉入秋檐雨意长。竹深啼络纬[①]，响虚堂。一枝灯影耿昏黄。疏帘外，风度木樨香。　心事易成伤。燕支坡下路，语如簧。定仙螺子玉钗梁。鸳屏梦，应到旧韦郎[②]。

（《阳春白雪》卷六）

［注释］

①络纬：虫名，即莎鸡，俗名纺织娘。　②韦郎：唐人韦皋与玉箫之传奇姻缘。此指女子思念之人。

秋蕊香令

花外数声风定，烟际一痕月净。水晶屏小攲醉枕，院静鸣蛩相应[①]。　香销斜掩青铜镜。背灯影。寒砧夜半和雁阵[②]，秋在刘郎绿鬓。

（《阳春白雪》卷七）

［注释］

①蛩：此处当指蟋蟀。　②寒砧：寒夜的捣衣声。　砧：捣衣石。

李宏模

李宏模，字希膺，号敏轩。其生卒年及事迹无考。据胡仲弓《苇航漫游藁》有《次韵柬李希膺》及《寒食雨中用希膺韵》诗，知李宏模应为理宗淳祐间人。

庆清朝

木芙蓉

碧玉云深，彤绡雾薄，芳丛乱迷秋渚。重城傍水，中有吹箫俦侣[①]。应是琼楼夜冷，月明谁伴乘鸾女。仙游处。翠帟障尘[②]，红绮随步。　别岸玉容伫倚，爱浅抹蜂黄[③]，淡笼纨素。娇羞未语，脉脉悲烟泣露。彩扇何人，妙笔丹青，招得花魂住。歌声暮。梦入锦江[④]，香里归路。

（《阳春白雪》卷六）

[注释]

①吹箫俦侣：指秦穆公女弄玉与萧史吹箫乘鸾飞去之传说。　②翠帟：绿色帐幕。　③蜂黄：始自唐代的一种黄色化妆品。　④锦江：此处指蜀地锦江（在今成都市南），传说蜀人织锦濯其中则色鲜艳，故名。

杨子咸

杨子咸,号学舟。宋末人。其生卒年月及事迹无考。

木兰花慢

雨中荼蘼

紫凋红落后,忽十丈,玉虬横。望众绿帏中,蓝田璞碎[①],鲛室珠倾[②]。柔条系风无力,更不禁、连日峭寒清。空与蝶圆香梦,枉教莺诉春情。　深深。苔径悄无人。栏槛湿香尘。叹宝髻蓬松,粉铅狼藉,谁管飘零。不愁素云易散,恨此花、开后更无春。安得胡床月夜[③],玉醅满蘸瑶英[④]。

(《绝妙好词》卷五)

[注释]

①蓝田璞碎:蓝田,山名,在今陕西蓝田东南,盛产美玉。　②鲛室珠倾:描绘雨中落花如珍珠倾撒。　鲛:神话中居于海底之人。晋张华《博物志》:"南海水有鲛人,水居如鱼,不废织绩,其眼能泣珠。"　③胡床:一种可折叠的轻便坐具,交椅。　④玉醅:玉色的未滤之酒。　瑶英:落花。

太学士人

不知其人姓氏名号。

临江仙

莫怪钱神容易致，钱神尽是愚夫。为何此鬼却相于[①]。只因频展义，长是泣穷途。　　韩氏有文曾饯汝[②]，临行慎莫踌躇。青灯双点照平湖。蕉船从此逝[③]，相共送陶朱[④]。

（《岁时广记》卷十三引《古今词话》）

［注释］

①此鬼：这穷鬼。与前文“钱神”相对。　相于：相亲近。　②韩氏：指韩愈。　有文：指《送穷文》。　③蕉船：小如焦叶之船。　④陶朱：指春秋时越大夫范蠡。范既佐越王勾践灭吴后，功成身退，弃官远去。陶朱称朱公，以经商致富至巨万。后因以陶朱公（范蠡）称呼富者。

李之问

李之问，《绿窗新话》卷下引《古今词话》载有长安伎聂胜琼赠李之问《鹧鸪天》词“玉惨花愁出凤城”，未知是其人否。

失调名

愿得年年，长共我儿解粽。　（《岁时广记》卷二十一）

吴敏德

吴敏德，其事迹无考。

失调名

御符争带，更有天师神咒。　（《岁时广记》卷二十一）

郭子正

郭子正，生平事迹无考。

失调名

清晓开庭，茱萸初佩。　　(《岁时广记》卷三十四)

舜韶新

香满西风，催岁晚东篱，黄花争吐。嫩英细蕊，金艳繁、妆点高秋偏富。寒地花媒少，算自结、我情烟雨。每年年妆面，谢他拒霜相顾。　宝马王孙，休笑孤芳，陶令因谁[①]，便思归去。负春何事，此恨惟、才子登高能赋[②]。千古风流在，占定泛、重阳芳醑[③]。堪吟看醉赏，何须杏园深处[④]。　　(《花草粹编》卷十)

[注释]

①陶令：陶渊明，退隐前曾为彭泽县令，故称。　②才子登高能赋：《韩诗外传》七载，"孔子曰：'君子登高必赋'。"才子指三国曹魏之王粲，其人以才名世，曾作《登楼赋》抒发不得志的抑郁情怀。　③芳醑：芳香的酒。　醑：美酒。　④杏园：唐进士及第后宴饮之地。

【补　辑】

永遇乐

多积阴功，后蒙天报，荣贵长久。一片灵台。丹青要画，画清看人间秀[①]。慈仁雅着，延永松年，内鼎有丹方就。想除非，真的高人，五福自然兼有[②]。　从来义方，今见公辅，量运夔龙居后。承此门风，相传世业，都是经邦手。狂歌将意，知公难老，永助庆堂尊酒。有重重，腰金孙子，继来献寿。

（见《诗渊》第二十五册，引自孔凡礼《全宋词补辑》）

[注释]

①唐氏按："画"字衍。　②五福：本《尚书·洪范》，一曰寿，二曰富，三曰康宁，四曰攸好德，五曰考终命。

鄱阳护戎女

鄱阳护戎女,生平事迹无考。

望海潮

云收飞脚,日祛怒暑,新蝉高柳鸣时。兰佩紫囊,蒲抽碧剑①,吴丝两腕双垂。闻道五陵儿②。蛟龙吼波面,冲碎琉璃。画鼓声中,锦标争处飐红旗③。　　使君冠盖追④。正霞翻酒浪,翠敛歌眉。扇动水⑤,风生玉宇,微凉透入单衣。日暮楚天低。金蛇掣电漾⑥,千顷霜溪。宴罢休燃宝蜡,凭月照人归。

(《岁时广记》卷二十一引《蕙亩拾英集》)

[注释]

①蒲抽碧剑:形容菖蒲的叶子像剑一样。　②五陵儿:指豪门贵家子弟。五陵,本指皇家陵墓。如汉之五陵均在长安附近:长陵、安陵、阳陵、茂陵、平陵。陵墓附近所居人家皆为四方迁来之富家豪门、外戚等。　③飐:风吹物动。　④使君:汉代对刺史的尊称。汉以后仍因袭用以指称州长官。　冠盖:本义指礼帽、车盖。因此二者可以表示官吏的服饰车乘的级别,故借指各级官吏。　唐氏按:"追"字上下缺一字。　⑤唐氏按:此句缺一字。　⑥金蛇掣电漾:比喻雷电轰鸣的样子。

尹词客

尹词客，成都官妓。

西江月[①]

韩愈文章盖世，谢安才貌风流。良辰开宴在西楼，敢劝一卮芳酒。　记得南宫高第[②]，弟兄都占鳌头[③]。金炉玉殿瑞香浮，名在甲科第九。

[注释]

①唐氏按：此首别云苏琼作，见《能改斋漫录》卷十六，盖传闻异辞，或展转傅会。《花草粹编》卷四又载作尹温仪词，题作“席上呈蔡相押排行十九韵”。尹温仪殆即尹词客，兹不另出。　②南宫：古称尚书省后又称礼部为南宫，因礼部主管科举考试，故指考中进士为南宫高第。　③占鳌头：科举时中头名状元为占鳌头。

玉楼春

浣花溪上风光主，燕集瀛洲开幕府[①]。商岩本是作霖人[②]，也使闲花沾雨露。　谁怜氏族传簪组[③]，狂迹偶为风月误。愿教朱户柳藏春，免作飘零堤上絮。

（以上二首见《岁时广记》卷三十五引《蕙亩拾英集》）

[注释]

①瀛洲：仙人所居之海上三山之一。此处指宴游之地。　开幕府：古代将帅在外的营帐称为幕府，后也指称高官的署衙。开幕府，指幕府之宾客纷纷到来。　②商岩：用殷高宗得贤臣傅说于傅岩的典故，在此喻在野之贤相。　作霖人：指贤士。语出《尚书·说命》“若岁大旱，用汝作霖雨”。　③簪组：簪，固定冠之簪；组，系冠之带。在此指官位。

王　　氏

王氏，张熙妻。

菩萨蛮

西湖曲

横湖十顷琉璃碧，画桥百步通南北。沙暖睡鸳鸯，春风花草香。　　闲来撑小艇，划破楼台影。四面望青山，浑如蓬莱间。

（《永乐大典》卷二千二百六十五“湖”字韵引《蕙亩拾英集》）

虞兟

虞兟（zhǎn），字成夫，会稽（今浙江绍兴）人，其先祖为仁寿人。虞刚简之子，虞允文之曾孙。南宋理宗淳祐八年（1248），以通直郎通判建康府。宝祐元年（1253），知永州。累官知连州。以文学知名。

水调歌头

和退翁赋梅为寿韵①

憔悴朔家种②，零落雪边枝。淡妆素艳，无桃笑面柳眉低。懒向深宫点额③，甘与孤山结社④，照影水之湄。不怨风霜虐，我本岁寒姿。　　谢东君⑤，开冷蕊，弄斜晖。强颜红紫同□，皎洁性难移。只好竹篱茅舍，若话玉堂金鼎⑥，老恐负心期。歌罢饮先醉⑦，残月堕深卮。

（《铁网珊瑚书品》卷五）

［注释］

①唐氏按：《词综补遗》卷四、《皖词纪胜》俱误以此首为虞允文作，（今按：指《全宋词》）初版卷一百二十六从之。　②朔家：北方。　③懒向深宫点额：宋武帝女寿阳公主卧殿檐下，有梅花落额上，成五出花，后人效之。　④甘与孤山结社：当指梅与林逋的不解之缘。林逋隐居结庐于西湖之孤山二十年不出，以梅为妻，以鹤为子，人称“梅妻鹤子”。　⑤东君：春神。　⑥玉堂金鼎：指富贵人家。　⑦注者按：“先醉”二字原作“心肠”，平仄不叶，改从《词综补遗》卷四。

洪 瑹

洪瑹(约公元1240年前后在世),字叔玙,自号空同词客。著有《空同词》一卷,传于世。

月华清

春夜对月

花影摇春,虫声吟暮,九霄云幕初卷。谁驾冰蟾,拥出桂轮天半。素魄映、青琐窗前①,皓彩散、画阑干畔。凝眄。见金波滉漾,分辉鹊殿。　　况是风柔夜暖。正燕子新来,海棠微绽。不似秋光,只照离人肠断。恨无奈、利锁名缰,谁为唤、舞裙歌扇。吟玩。怕铜壶催晓,玉绳低转②。

[注释]

①青琐窗:刻镂成青琐图案的窗户。　青琐:先刻成连环图案,再以青颜料涂之。　②玉绳:星名。《春秋元命苞》曰:“玉衡北两星为玉绳。”

[集评]

杨慎云:“(叔玙词)皆不减周美成。”(《词品》卷四)

贺裳云:“要此数家(指秦、柳、周、康),正是王、石厨中物;若求王武子琉璃七宝豚味,吾谓必当求之陆放翁……洪叔玙诸家。”(《皱水轩词筌》)

沈雄云:“其词多赋别情,稔悉人意,可歌也。”(《古今词话·词评》)

水龙吟

追和晁次膺

经年不见书来，后期杳杳从谁问。柳英蜡小[1]，柳枝金嫩，艳阳春近。罗幕风柔，泛红浮绿，连朝花信。念平生多少，情条恨叶，镇长使、芳心困[2]。　可是风流薄命。镜台前、松松蝉鬓[3]。茜桃凝粉[4]，薰兰涨腻[5]，翠愁红损。纵使归来，灯前月下，恐难相认。卷重帘憔悴，残妆泪洗，把罗襟揾。

[注释]

①柳英：柳叶。　蜡：如蜡黄般的颜色。　②镇：长久之义。　镇长：两近义词并列。　③蝉鬓：一种鬓式，蝉身黑而光润故以之形容头鬓。④茜桃：红桃。　⑤薰兰：香草名。

蓦山溪

忆中都

潮平风稳，行色催津鼓。回首望重城，但满眼、红云紫雾。分香解佩，空记小楼东，银烛暗，绣帘垂，昵昵凭肩语。　关山千里，垂柳河桥路。燕子又归来，但惹得、满身花雨。彩笺不寄，兰梦更无凭[1]，灯影下，月明中，魂断金钗股[2]。

[注释]

①兰梦：指梦，此用《左传·宣公三年》郑穆公母梦兰生子之故事。②“魂断”句：古代情人诀别有分钗相赠之俗。

[集评]

李调元云:"'燕子又归来,但惹得、满身花雨',可谓朽腐神奇。"(《雨村词话》卷三)

许昂霄云:"(此词)两叠,一言初别,一言别后。前欢如梦,后会无期,写得淋漓尽致。"(《词综偶评》)

齐天乐

闺 思

辘轳声破银床冻,霜寒又侵鸳被。皓月疏钟,悲风断漏,惊起画楼人睡。银屏十二[①]。叹尘满丝簧,暗消金翠。可恨风流,故人迢递隔千里。　相思情绪最苦,旧欢无续处,魂梦空费。断雁无情,离鸾有恨[②],空想吴山越水。花憔玉悴。但翠黛愁横,红铅泪洗。待剪江梅,倩人传此意[③]。

[注释]

①银屏十二:言室中陈设的屏风华美且多。　②离鸾有恨:鸾鸟成双,失偶则悲鸣。　鸾:凤皇类的神鸟。　③"待剪"二句:南朝陆凯有《赠范晔》诗曰"折梅逢驿使,寄与陇头人。江南无所有,聊赠一枝春"。表以梅传情。

菩萨鬘

宿水口

断虹远饮横江水,万山紫翠斜阳里。系马短亭西,丹枫明酒旗。　浮生长客路,事逐孤鸿去[①]。又是月黄昏,寒灯人闭门。

[注释]

①事逐孤鸿去:语出杜牧《题安州浮云寺楼寄湖州张郎中》“恨如春草多,事与孤鸿去”。

[集评]

杨慎云:“用事用韵皆妙!”(《词品》卷之四)

菩萨鬘

湖　上

吴姬压酒浮红蚁[①],少年未饮心先醉。驻马绿杨阴,酒楼三月春。　　相看成一笑,遗恨知多少。回首欲魂销,长桥连断桥。

[注释]

①吴姬:吴地美女,指歌伎。　浮红蚁:酒滓上泛如浮蚁。张衡《南都赋》注:“酒有泛齐,浮蚁在上。”李白《金陵酒肆留别》:“风吹柳花满店香,吴姬压酒劝客尝。”

踏莎行

别　意

满满金杯,垂垂玉箸[①],离歌不放行人去。醉中扶上木兰船[②],醒来忘却桃源路。　　带绾同心,钗分一股,断魂空草高唐赋[③]。秋山万叠水云深,茫茫无著相思处。

[注释]

①玉箸:指泪。　②木兰船:指精美的船。　③高唐赋:宋玉所作,记楚王梦游巫山,遇神女。神女离去时自称”妾在巫山之阳,高丘之阻。旦为朝云,暮为行雨,朝朝暮暮,阳台之下”。

[**集评**]

贺裳云:"洪叔玙'醉中扶上木兰舟,醒来忘却桃源路'造语尤工,却微著色矣。"(《皱水轩词筌》)

瑞鹤仙

离筵代意

听梅花吹动,凉夜何其[①],明星有烂[②]。相看泪如霰。问而今去也,何时会面。匆匆聚散。恐便作、秋鸿社燕[③]。最伤情、夜来枕上,断云零雨何限。　因念。人生万事,回首悲凉,都成梦幻。芳心缱绻[④]。空惆怅,巫阳馆。况船头一转,三千馀里,隐隐高城不见。恨无情、春水连天,片帆似箭。

[**注释**]

①凉夜何其:语出《诗经·小雅·庭燎》"夜如何其"。　其:句末语气词。　②明星有烂:启明星在东方闪烁。语出《诗经·郑风·女曰鸡鸣》"子与视夜,明星有烂"。　③秋鸿社燕:因燕子春社来,秋社去,故称社燕。鸿雁春来秋去,皆定时而迁飞,故用以比离别。　④缱绻(qiǎn quǎn):情意缠绵。

浪淘沙

别　意

花雾涨冥冥,欲雨还晴。薄罗衫子正宜春。无奈今宵鸳帐里,身是行人。　别酒不须斟,难洗离情。丝鞘如电紫骝鸣。肠断画桥芳草路[①],月晓风清。

[注释]

①芳草路:远行之路。《楚辞》:“芳草生兮萋萋,王孙游兮不归。”

南柯子

新月

柳浪摇晴沼,荷风度晚檐。碧天如水印新蟾。一罅清光斜露、玉纤纤。　宝镜微开匣,金钩半押帘。西楼今夜有人忺。应傍妆台低照、画眉尖。

[集评]

沈雄云:“张炎曰‘词中有生硬字面,用不得,须是深加锻炼,敲打得响,方得诵歌妥溜,始称本色语。……字面亦词中之起眼处也。……如‘尖’,叔玙‘应傍妆台低照,画眉尖。’”(《古今词话·词品》)

永遇乐

送春

歌雪徘徊,梦云溶曳,欲劝春住。薄幸杨花,无端杜宇,抵死催教去。参差烟岫,千回百匝,不解禁春归路。病厌厌,那堪更听,小楼一夜风雨。　金钗鬥草[1],玉盘行菜,往事了无凭据。合数松儿,分香帕子,总是牵情处。小桃朱户[2],题诗在否,尚忆去年崔护。绿阴中,莺莺燕燕,也应解语。

[注释]

①金钗鬥草:“五月五日,四民并踏百草,又有鬥百草之戏。”见《荆楚岁时记》。　②“小桃朱户”三句:用唐孟棨《本事诗》中“博陵崔护……题‘去年今日此门中,人面桃花相映红,人面只今何处去?桃花依旧笑春

风’”之典故,喻钟情之男女相遇又遭别离。

[集评]

杨慎云:“‘合数松儿,分香帕子,总是牵情处’,用唐诗‘楼头击鼓转花枝,席上藏阄握松子’事也。”(《词品》卷四)

潘游龙云:“妙在纯以虚字衬起情景。”(《古今诗馀醉》)

谒金门

春　晓

风共雨,催尽乱红飞絮。百计留春春不住,杜鹃声更苦。　　细柳官河狭路,几被婵娟相误。空忆坠鞭遗扇处,碧窗眉语度[1]。

[注释]

①度:过。此指用眉语传情。

菩萨蛮

春　感

玉琴不疗文园病[1],对花长抱深深恨。恨入鬓霜边,才情输少年。　　蛾眉梳堕马[2],翠袖薰兰麝。醉梦未全醒,绿窗啼晓莺。

[注释]

①文园:本指汉孝文帝陵园。因司马相如曾为文帝陵园令,故后常以文园指相如。　病:司马相如患消渴病。　②堕马:一种髪式。

阮郎归

壬辰邵武试灯夕①

东风吹破藻池冰，晴光开五云②。绿情红意两逢迎，扶春来远林。　花艳艳，玉英英③。罗衣金缕明。闹蛾儿簇小蜻蜓，相呼看试灯。

［注释］

①壬辰：绍定五年(1232)。　②五云：五色祥云。　③英英：俊美的样子。

［集评］

毛奇龄云："（诗韵）真、文、元之相通，而不通于庚、青、蒸，庚、青、蒸之相通，而不能通于侵……若词（韵）则无不通者。……洪叔玙作中云'晴光开五云'、'扶春来远林'、'相呼看试灯'则已该真文元庚青蒸侵有之。"(《西河词话》卷一)

行香子

代　赠

楚楚精神①，杨柳腰身。是风流、天上飞琼。凌波微步，罗袜生尘②。有许多娇，许多韵，许多情。　十年心事，两字眉婚③。问何时、真个行云。秋衾半冷，窗月窥人。想为人愁，为人瘦，为人颦。

［注释］

①楚楚：鲜明貌。《诗经·曹风·蜉蝣》："蜉蝣之羽，衣裳楚楚。"　②"凌波微步"二句：出自曹子建《洛神赋》"凌波微步，罗袜生尘"。凌波，形容女子走路轻盈如微波之起伏。　③眉婚：眉目传情而相许为婚。

鹧鸪天

情　景

意态婵娟画不如，莹然初日照芙蕖。笑捐琼佩遗交甫[①]，肯把文梭掷幼舆[②]。　花上蝶，水中凫。芳心密意两相于。情知不作庭前柳，到得秋来日日疏。

（以上十六首见《中兴以来绝妙词选》卷十）

［注释］

①"笑捐琼佩"句：《文选·郭璞〈江赋〉》有"感交甫之丧佩"句，李善注引《韩诗内传》曰："郑交甫遵彼汉皋台下遇二女，与言曰：'愿请子之佩'，二女与交甫。交甫受而怀之，趋然而去，十步。循探之，即亡矣。回顾二女，亦即亡矣。"　②幼舆：谢幼舆，名鲲，字幼舆，西晋人。少知名。通简有高识，又多才艺，能歌善琴。"邻家高氏女有美色，鲲尝挑之，女投梭折其两齿。"见《晋书·谢鲲传》。

［集评］

毛晋云："先辈称其不减周美成。如'燕子又归来，但惹得满身花雨。'又'花上蝶，水中凫，芳心蜜意两相于'等语，尤艳惊一时，惜不多见。既读《空同词》一卷，真若游金、张之堂，而揽嫱、施之袂，宜花庵全录之。"（《空同词跋》）

存目词

传本《空同词》，载有《清平乐》"阵鸿惊处"一首，乃连久道词，见《中兴以来绝妙词选》卷十。

楼　扶

楼扶（约公元1240年前后在世），字叔茂，号梅麓。鄞县（今浙江宁波）人。南宋理宗端平中（约1235），沿江制置司干官。淳祐间，知泰州军事，尝为四明灵应庙作记。陈允平《西麓诗稿》有《哭楼梅麓》诗。楼约卒于淳祐年间。善文章，尤工乐府，惜不多见。

水龙吟

次清真梨花韵①

素娥洗尽繁妆，夜深步月秋千地。轻腮晕玉，柔肌笼粉，缁尘敛避。霁雪留香，晓云同梦，昭阳宫闭②。怅仙园路杳，曲栏人寂，疏雨湿、盈盈泪。　未放游蜂叶底。怕春归、不禁狂吹。象床困倚，冰魂微醒，莺声唤起。愁对黄昏，恨催寒食，满襟离思。想千红过尽，一枝独冷，把梅花比。

［注释］

①清真：周邦彦号清真，有《片玉词》。　②昭阳宫：汉宫殿名。成帝为赵合德（飞燕之妹）所建。

菩萨蛮

丝丝杨柳莺声近，晚风吹过秋千影。寒色一帘轻，灯残梦不成。　耳边消息在，笑指花梢待。又是不归来，满庭花自开。　（以上二首见《绝妙好词》卷五）

沁园春

登候涛山[1]

开辟以来，便有此山，独当怒涛。正秋空万里，寒催雁信，尘寰一簇，轻等鸿毛。小可诗情[2]，寻常酒量，到此应须分外豪。难为水[3]，算平生未有，此番登高。　飘飘。身踏金鳌。笑终日风波无限劳。看樯乌缥缈，帆归远浦，廛鱼杂沓[4]，网带馀潮。待约诗人，相将月夜，取次携杯持蟹螯。乘桴意[5]，问谁人领解，空立亭皋。

（《延祐四明志》卷七）

[注释]

①候涛山：即招宝山，在定海县东。　②小可：平常。　③难为水：语出《孟子·尽心》“观于海者难为水”。　④廛鱼：市肆上的鱼蟹。　⑤子曰：“道不行，乘桴浮于海。”指隐居。

章谦亨

章谦亨，生卒不详，字牧之，一字牧叔，吴兴（今浙江湖州）人。南宋理宗绍定间，为铅山令，为政宽平，人号为“佛家”。嘉熙二年（1238），除直秘阁，浙东提刑，兼知衢州。

念奴娇

垂杨得地，在楼台侧畔，无人攀折。不似津亭舟系处[①]，只伴客愁离别。丝过摇金，带铺新翠，雅称莺调舌。芳筵相映，最宜斜挂残月。　　却得连日春寒，未教轻滚，一片庭前雪。应恨张郎今老去，难比风流时节[②]。醉眼浑醒，愁眉都展，舞困腰肢怯。有时微笑，把伊绾个双结。

[注释]

①津亭：渡口。　②“应恨”二句：南朝宋人张绪风流典雅。《南史·张绪传》载，齐武帝见柳而叹：“此杨柳风流可爱，似张绪当年时。”后人即以张绪喻杨柳之妩媚。

步蟾宫

守　岁

团圞小酌醺醺醉[①]。厮捱著、没人肯睡。呼卢直到五更头[②]，便铺了妆台梳洗。　　庭前鼓吹喧人耳。蓦忽地、又添一岁。休嫌不足少年时，有多少、老如我底[③]。

[注释]

①团圞：也作“团栾”，团聚的意思。　②呼卢：一种赌博游戏。③底：同“的”。

摸鱼儿

过期思稼轩之居,漕留饮于秋水观,赋一词谢之①

想先生、跨鹤归去②。依然上界官府。胸中丘壑经营巧,留下午桥别墅③。堪爱处。山对起、飞来万马平坡驻。带湖鸥鹭。犹不忍寒盟④,时寻门外,一片芰荷浦。
秋水观,环绕滔滔瀑布。参天林木奇古。云烟只在阑干角,生出晚来微雨。东道主。爱宾客、梅花烂漫开樽俎。满怀尘土。扫荡已无馀,□□时上,玉峤翠瀛语⑤。

[注释]

①期思:在江西铅山,辛弃疾于此地买下瓢泉,筑别墅。 ②跨鹤归去:指丁令威辽鹤归来,后驾鹤而去的典故。 ③午桥:唐裴度别墅绿野堂所在地。 ④"带湖"二句:辛弃疾有《水调歌头·盟鸥》词云"凡我同盟鸥鹭,今日既盟之后,来往莫相猜"。盟鸥,与鸥鸟结盟,喻隐退。典出《列子·黄帝》。 寒盟:背约。 ⑤翠瀛:绿水。

念奴娇

同官相招西湖观梅,用东坡大江东去韵

画楼侧畔,试与君、管领南枝风物。影浸西湖清浅水,旁倚云崖烟壁。艾纳全披①,檀心俱露②,一片前村雪。碧松修竹,岁寒真是三杰③。 长向酒欲冰时④,魁英相放,不待阳和发。一任无情风又雨,毕竟清香难灭。幻玉精神,添酥标致,羞上萧萧髮。脆圆可爱,更看春二三月。

[注释]

①艾纳:指松树皮上的绿衣。在此喻松青。 ②檀心:浅红色花心。喻指梅花开放。 ③岁寒真是三杰:三杰亦作三友,岁寒三友指松、竹、

梅,以其耐寒故。 ④酒欲冰时:形容极冷。

浪淘沙

云藏鹅湖山[1]

台上凭阑干,犹怯春寒。被谁偷了最高山。将谓六丁移取去[2],不在人间。 却是晓云闲,特地遮拦。与天一样白漫漫。喜得东风收卷尽,依旧追还。

[注释]

①唐氏按:此首别又作陈康伯词,见《江西通志》卷一百五十八,未知孰是。 鹅湖山:在铅山。 ②六丁:道教神名。

小重山

同仇香过汭川[1],道间偶成

久雨初晴天气佳。远峰犹□被,乱峰遮。更无一朵路旁花。春归也,光景只桑麻。 山径曲如蛇。□□□□□,□□□。薄醪邀客去程赊[2]。都输与,鹭鹭立平沙。

[注释]

①汭川:江西铅山西有汭川,北入上饶。 ②赊:远也。

石州引

半角庭阴,弓月映眉,珠露侵靸[1]。花棚倒挂风枝,低罥鬓唇匐叶[2]。凭肩笑问,甚日罢织流黄,泥人无语吟虫答[3]。灯近悄分携,溜钗钿犀合。 一霎。莲丝易折。

未稳栖鸳，陡惊弹鸭。几度空阶，宵永笛声孤擫[④]。玉腰烟瘦，□□梨梦香消，醒来凉袖阑干压。不尽度檐云，写闲愁千叠。

（以上七首见《湖州词徵》卷二十六）

[注释]

①靸（sǎ）：草制拖鞋。　②罥（juàn）：挂，缠绕。　匐（è）叶：妇女髻上所戴花叶饰物。　③泥（nì）：软求，软缠。如唐代卢仝《示添丁》诗“不知四体正困惫，泥人啼哭声呀呀”。　④擫（yè）：以手按捺。

水调歌头

同黄主簿登清风峡刘状元读书岩[①]

解变西昆体[②]，一赋冠群英。清风峡畔，至今堂以读书名。富贵轻于尘土，孝义重于山岳，惜不大其成。陵谷纵迁改[③]，草木亦光荣。　与仇香，穿阮屐[④]，试同登。石龛虽窄，可容一几短檠灯。千仞苍崖如削，四面翠屏不断，云雾镇长生。最爱岩前水，犹作诵弦声[⑤]。

[注释]

①唐氏按：此首又见《永乐大典》卷九千七百六十五“岩”字韵引刘克逊《西墅集》，未知孰是。　刘状元：刘辉。嘉祐四年状元。　②西昆体：北宋初，杨亿、刘筠、钱惟演等以所作倡和之诗编为《西昆酬唱集》，诗风追求词藻绮丽，喜用典故，而寓义不深，时称西昆体。　③“陵谷”：化用《诗经·小雅》“高山为谷，深谷为陵”，喻巨变。　④阮屐：《世说新语·雅量》载，“阮遥集（孚）好屐……或有诣阮，见自吹火蜡屐，因叹曰：‘未知一生当着几量屐？’后因称木屐为“阮家屐”。　⑤诵弦：即弦诵，读书学习。古代学校授诗，以琴瑟配乐歌咏为弦歌，不配乐朗读为诵。

画堂春

上县后春登台

连朝檐溜几曾乾，韶华一似衰颜。牡丹开尽木香残。忆家山，愁倚危阑。（以下原阙）

（以上二首见《铅山县志》卷十五）

王同祖

王同祖（1219—?），字与之，号花洲。金华（今属浙江）人。南宋理宗嘉熙元年（1237）任朝散郎，大理寺主簿。淳祐中，任建康府通判，次添差沿江制置司。景定中，为奉议郎。工诗，有《学诗初集》一卷，词亦雅静。

阮郎归

一帘疏雨细于尘，春寒愁杀人。桐花庭院近清明，新烟浮旧城。　寻蝶梦，怯莺声。柳丝如妾情。丙丁帖子画教成[1]，妆台求晚晴。（《阳春白雪》卷五）

［注释］

①丙丁：火日，后以之代火。

［集评］

况周颐云："'新烟浮旧城'，五字未经人道。"（《历代词人考略》）

摸鱼儿

记年时、荔枝香里，深红一片成阵。迎风浴露精神爽，谁似阿娇丰韵[1]。黄昏近。望翠幕玳席[2]，粉面云鬟映。娇波微瞬。向烛影交相，歌声闲绕，私语画阑并。

佳期事，好处天还悭吝。莺啼燕语无定。一轮明月人千里，空梦云温雨润。萧郎病[3]。恨天阔鸿稀，杳杳沉芳讯。日长人静。但时把好山，学他媚妩，偷就眉峰印。

（《阳春白雪》卷六）

[注释]

①阿娇：汉武帝皇后名阿娇，武帝幼时曾说如果能得到阿娇为妻，当以金屋藏之。 ②玳席：以玳帽装饰的宴席，指盛宴。 ③萧郎病：指相思，用唐人诗“侯门一入深如海，从此萧郎是路人”。

西江月

往事星移物换，旧游雨冷云沉。真娘墓草几回青[①]，问著寒潮不应。 何处芙蓉别馆，依前杨柳离亭。东风吹泪入重扃[②]，为唤香魂教醒。 （《阳春白雪》卷八）

[注释]

①真娘：唐有吴妓真娘，时人比之苏小小。死后葬于吴宫之侧，今苏州虎丘山有真娘墓。白居易有《真娘墓》诗：“不识真娘镜中面，唯见真娘墓头草。” ②扃（jiǒng）：门扇。

杨伯嵒

杨伯嵒(?—1254),字彦瞻(一云彦思),号泳斋,杨沂中诸孙,钱塘薛尚功之外孙,弁阳周密之外舅也。代郡人,居临安。南宋理宗淳祐年间,除工部郎,出守衢州。其留世遗作有《六帖补》二十卷,《九经补韵》一卷。

踏莎行

雪中疏寮借阁帖①,更以薇露送之

梅观初花,蕙庭残叶。当时惯听山阴雪②。东风吹梦到清都,今年雪比年前别。　　重酿宫醪,双钩官帖③。伴翁一笑成三绝④。夜深何用对青藜⑤,窗前一片蓬莱月。

(《绝妙好词》卷三)

[注释]

①疏寮:高似孙号。　阁帖:《淳化秘阁法帖》。　②山阴雪:山阴,地名,在今浙江绍兴。《世说新语·任诞》:"王子猷(徽之)居山阴,夜大雪……忽忆戴安道(逵),时戴在剡(shàn),即便夜乘小船就之,经宿方至,造门不前而返。人问其故,曰'吾本乘兴而行,兴尽而返,何必见戴?'"　③双钩:一种书写法,又称"填廓书"。如以法书摹刻石上,先沿其笔墨痕迹两边用细线钩出,使不失其真。　④三绝:三种最出色之事或超绝特出的技能。⑤青藜:指拐杖。此用吹藜燃火以照明事。典出王嘉《拾遗记》中一黄衣老人,植青藜杖……奉天帝命下而观博学者刘向之事。

李彭老

李彭老，字商隐，号筼房。生卒未详。《景定建康志》：李彭老，淳祐中沿江制置司属官。

木兰花慢

正千门系柳[①]，赐宫烛、散青烟[②]。看秀靥芳唇，涂妆晕色，试尽春妍。田田[③]。满阶榆荚，弄轻阴、浅冷似秋天。随处饧香杏暖[④]，燕飞斜鞚秋千。　朱弦。几换华年。扶浅醉、落花前。记旧时游冶，灯楼倚扇，水院移船。吟边。梦云飞远，有题红、都在薛涛笺[⑤]。听绝残箫倦笛，夜堂明月窥帘。

[注释]

①千门：家家户户。“万户千门应觉晓，建章何必听鸡鸣。”见唐王维《听百舌鸟》。也指宫殿的门。“江头宫殿锁千门。”见唐杜甫《哀江头》。　②“赐宫烛”句：指显贵之家。“日暮汉宫传蜡烛，轻烟散入五侯家。”见唐韩翃《寒食》。　③田田：叶子浮满水面时的样子。“江南可采莲，莲叶何田田。”见《相和歌辞·江南》。　④饧：糖稀。　⑤题红：在红叶上写字，表示传递情爱。用“红叶题诗”的典故。　薛涛笺：优质纸名。唐元和初，薛涛在四川，爱写小诗，用松花笺而嫌其太大有剩余，于是命匠人造彩色小笺，当时人称之为薛涛笺。

壶中天

登寄闲吟台[①]

素飙荡碧[②]，喜云飞寥廓，清透凉宇。倦鹊惊翻台榭迥，叶叶秋声归树。珠斗斜河[③]，冰轮辗雾[④]，万里青冥路[5]。香深屏翠，桂边满袖风露。　　烟外冷逼玻璃，渔郎歌渺，击空明归去[6]。怨鹤知更莲漏悄[7]，竹里筛金帘户。短髮吹寒，闲情吟远，弄影花前舞。明年今夜，玉樽知醉何处。

［注释］

①寄闲：张枢，字斗南，号寄闲，张俊五世孙。　②素飙荡碧：指秋风在碧空中吹。　素飙：秋风。　碧：碧空，蓝天。　③珠斗斜河：星斗和银河。　④冰轮：月亮。“昨夜忽已过，冰轮始觉亏。”见唐朱庆馀《十六夜月》。　⑤青冥：天。“据青冥而摅虹兮。”见屈原《九章·悲回风》。⑥击空明：拍击着明净的江水。“击空明兮沂流光。”见宋苏轼《前赤壁赋》。　⑦莲漏：莲花形的滴漏，古代的计时器。

高阳台

落　梅

飘粉杯宽，盛香袖小，青青半掩苔痕。竹里遮寒，谁念灭尽芳云。么凤叫晚吹晴雪[1]，料水空、烟冷西泠[2]。感凋零。残缕遗钿[3]，迤逦成尘。　　东园曾趁花前约，记按筝筹酒，戏挽飞琼[4]。环佩无声，草暗台榭春深。欲倩怨笛传清谱，怕断霞、难返吟魂。转消凝。点点随波，望极江亭。

［注释］

①么凤：鸟名，有五色羽毛，像传说中的凤鸟而体型小，故名。又因为经常在桐花开时来集在桐树上，故又名桐花凤。“家有五亩园，么凤集桐花。”见苏轼《异鹊》。　②西泠：地名，是杭州西湖孤山下的名胜。③遗钿：遗落的金花。　④飞琼：仙女名，姓许，为王母的侍女。“（王母）又命侍女董双成吹云和之笛……许飞琼鼓震灵之簧。”见汉班固《汉武帝内传》。

法曲献仙音

官圃赋梅，继草窗韵

云木槎枒[①]，水荇摇落[②]，瘦影半临清浅。翠羽迷空，粉容羞晓，年华柱弦频换[③]。甚何逊、风流在[④]，相逢共寒晚。　总依黯。念当时、看花游冶[⑤]，曾锦缆移舟[⑥]，宝筝随辇。池苑锁荒凉，嗟事逐、鸿飞天远[⑦]。香径无人，甚苍藓、黄尘自满。听鸦啼春寂，暗雨萧萧吹怨。

[注释]

①槎枒：错杂不齐的样子。一作槎牙。　②水荇摇落：水草凋谢。水荇：水草名。生长在池塘草泽中。　摇落：零落，凋谢。　③"年华"句：一年又一年。"一弦一柱思华年。"见唐李商隐《锦瑟》。　④何逊：字仲言，东海郯人。南朝梁的著名文学家，和刘孝绰齐名，当时称为"何刘"。见《南史·何逊传》。　⑤游冶：游荡娱乐，常指追求声色，寻欢作乐。"玉勒雕鞍游冶处。"见欧阳修《蝶恋花·春晓》。　⑥锦缆移舟：隋炀帝杨广乘龙舟游江都，每船用彩缆十条，每条用殿脚女（在吴越间强征的少女）十人，嫩羊十口，令殿脚女与羊相间拉纤。见《开河记》。　⑦"嗟事逐"句：语出杜牧《题安州浮云寺楼寄湖州张郎中》"恨如春草多，事与孤鸿去"。

一萼红

寄弁阳翁[①]

过蔷薇。正风暄云淡[②]，春去未多时。古岸停桡[③]，单衣试酒，满眼芳草斜晖。故人老、经年赋别，灯晕里、相对夜何其[④]。泛剡清愁[⑤]，买花芳事，一卷新诗。　流水孤帆渐远，想家山猿鹤，喜见重归[⑥]。北阜寻幽，青津问钓，多情杨柳依依[⑦]。最难忘、吟边旧雨，数菖蒲、花老是来期。几夕相思梦蝶[⑧],飞绕蘋溪。

[注释]

①弁阳翁:周密,字公谨,号草窗,又号萧斋,济南人。流寓吴兴,居弁山,自号弁阳啸翁,又号四水潜夫。曾为义乌县令,宋亡后不仕。 ②暄:暖和。 ③桡:船橹。桨直形,橹弯形,一般都作“船桨”解,恐误。 ④何其:怎么样。“夜如何其?夜未央!”见《诗经·小雅·庭燎》。 ⑤泛剡:坐船在剡溪里走。 剡:剡溪,晋代的王子猷雪夜访问戴逵的地方。 ⑥“流水孤帆”三句:“至于还飙入幕,写雾出楹,蕙帐空兮夜鹤怨,山人去兮晓猿惊。”见孔稚圭《北山移文》。原指隐士出山做官,猿鹤生怨,此处反用此典指隐士的归隐。 ⑦杨柳依依:杨柳很茂盛。“昔我往矣,杨柳依依。”见《诗经·小雅·采薇》。 ⑧梦蝶:在梦中变作蝴蝶,即是说梦幻无常。“昔者庄周梦为胡蝶,栩栩然胡蝶也。”见(庄子·齐物论)。

高阳台

寄题荪壁山房[①]

石笋埋云,风篁啸晚,翠微高处幽居[②]。缥简云签[③],人间一点尘无。绿深门户啼鹃外,看堆床、宝晋图书[④]。尽萧闲,浴砚临池[⑤],滴露研朱。 旧时曾写桃花扇,弄霏香秀笔,春满西湖。松菊依然[⑥],柴桑自爱吾庐[⑦]。冰弦玉柱风流在,更秋兰、香染衣裾。照窗明,小字珠玑,重见欧虞[⑧]。

[注释]

①荪壁:金应桂,贾似道客。晚居西湖南山中,筑荪壁山房。 ②翠微:青葱轻淡的山色。晋左思《蜀都赋》注:“翠微,山气之轻缥也。” ③缥简云签:书籍。 缥:淡青色。古代常用淡青色丝织品作书封套。 简:竹片,古代没有纸张,写书用竹简。 签:标志。 ④宝晋图书:宋徽宗初年,米芾得到晋谢安的《八月五日帖》、王羲之的《王略帖》、王献之的《十

二月帖》，及顾恺之、戴逵画两件，因此以宝晋作为自己的书斋名，宝晋图书就是指这些墨迹及画。 ⑤临池：练习书法。东汉的张芝“临池学书，池水尽黑”。见《晋书·卫瓘传附》。 ⑥松菊依然：“三径就荒，松菊犹存。”见晋陶潜《归去来辞》。 ⑦“柴桑”句：“结庐在人境，而无车马喧。”见晋陶潜《饮酒》。陶渊明，字元亮，或云潜字渊明，浔阳柴桑人也。后世以柴桑代指渊明。 ⑧欧虞：唐代的两位大书法家欧阳询和虞世南。

探芳讯

湖上春游，继草窗韵①

对芳昼。甚怕冷添衣，伤春疏酒。正绯桃如火，相看自依旧②。闲帘深掩梨花雨，谁问东阳瘦③。几多时，涨绿莺枝，堕红鸳甃。　　堤上宝鞍骤。记草色薰晴，波光摇岫。苏小门前④，题字尚存否。繁华短梦随流水，空有诗千首。更休言，张绪风流似柳。

［注释］

①草窗：周密，字公谨，号草窗，又号萧斋，济南人。流寓吴兴，居弁山，自号弁阳啸翁，又号四水潜夫。曾为义乌县令，宋亡后不仕。 草窗韵：指周密《探芳讯·西泠春感》词。 ②“正绯桃”二句：用唐崔护《题都城南庄》“桃花依旧笑春风”句意。 ③东阳瘦：《南史·沈约传》记载，沈约曾于隆昌元年出任东阳太守，他曾为退休归隐之事写过“百日数旬，革带常应移孔，以手握臂，率计月小半分”之句。后以东阳瘦代指人的憔悴消瘦。 ④苏小：苏小小，省称苏小，南齐钱塘名伎。

祝英台近

杏花初，梅花过，时节又春半。帘影飞梭①，轻阴小庭院。旧时月底秋千，吟香醉玉，曾细听、歌珠一串。　　忍重见。描金小字题情，生绡合欢扇②。老了刘郎③，天远玉箫伴[4]。几番莺外斜阳,阑干倚遍,恨杨柳、遮愁不断。

[注释]

①帘影飞梭:形容时光过得飞快。 ②合欢扇:团扇。"裁为合欢扇,团团如明月。"见汉班婕好《怨歌行》。 ③刘郎:汉代的刘晨和阮肇到天台山采药迷路,遇二女,邀请还家,留半年,两人要求回去,到家,子孙已经七世了。见南朝宋刘义庆《幽明录》。 ④玉箫:唐代的韦皋,年轻时游江夏,住在姜家,和姜家的侍婢玉箫有情。后来韦皋回去,一别七年,玉箫就绝食而死。后来再次投生,做了韦皋的侍妾。见唐范摅《云溪友议》。

踏莎行

题草窗十拟后[1]

紫曲迷香,绿窗梦月。芳心如对春风说。蛮笺象管写新声[2],几番曾试琼壶觖[3]。 庾信书愁[4],江淹赋别[5]。桃花红雨梨花雪。周郎先自足风流,何须更拟秦箫咽[6]。

[注释]

①十拟:有十首仿效他人之作。如《四字令》拟"花间"等。 ②蛮笺象管写新声:准备纸和笔制作新的曲子。 蛮笺:古代四川地区所出的彩色花纸。 象管:用象牙装饰的或者用象牙做笔竿的笔。 ③琼壶:《晋书·王敦传》记载,王敦酒后爱唱曹操的歌行,以玉如意击壶为节。此处指击壶歌新声。 觖:通"缺"。 ④庾信书愁:庾信书他的愁思。 庾信:字子山,南阳新野人。初仕南朝梁,后仕北朝。仍不忘南朝,在作品中常有乡土之思,其中以《哀江南赋》最为著名。见《北史·周书》。 ⑤江淹赋别:江淹作《别赋》。 江淹:字文通,济阳考城人。出身贫寒。历仕南朝宋、齐、梁三代,官至金紫光禄大夫,封醴陵侯。他是当时的著名文学家,以《恨赋》、《别赋》最有名。晚年才思衰退,写不出好作品,当时人说他"江郎才尽"。见《梁史·江淹传》。 ⑥秦箫咽:秦穆公时的萧史,善

吹箫作鸾凤之响……后升天而去。见《太平广记》卷四。

浪淘沙

泼火雨初晴[①]，草色青青。傍檐垂柳卖春饧。画舫载花花解语，绾燕吟莺。　　箫鼓入西泠，一片轻阴。钿车罗盖竞归城[②]。别有水窗人唤酒，弦月初生[③]。

[注释]

①泼火雨：旧时风俗，寒食节禁火，如果这一天下雨，就叫做泼火雨。“蹴球尘不起，泼火雨新晴。”见唐白居易《洛阳寒日作》。　②钿车：用金花装饰的豪华车子。　罗盖：用轻软有花纹的丝织品做的伞盖。　③弦月：半圆形的月亮，俗称半边月。月亮像一张弓，切面向上的叫上弦月，在农历上旬的初八。向下的叫下弦月，在下旬的廿三。

四字令

兰汤晚凉[①]，鸾钗半妆[②]。红巾腻雪初香，擘莲房赌双[③]。　　罗纨素珰，冰壶露床。月移花影西厢[④]，数流萤过墙。

[注释]

①兰汤：有香味的热水。“浴兰汤兮沐芳。”见屈原《九歌·云中君》。②半妆：淡妆，简单地化妆。　③擘莲房赌双：一种游戏。掰开莲蓬，打赌其中的莲子是双数还是单数。　④月移花影：月亮渐渐地往西边移动。用王安石《春夜》“月移花影上栏杆”句意。

[集评]

阳九逐客云：“赌双，娇态。数流萤，天真。”（《养酒斋词话》）

生查子

罗襦隐绣茸，玉合消红豆①。深院落梅钿，寒峭收灯后。　心事卜金钱②，月上鹅黄柳。拜了夜香休，翠被听春漏。

［注释］

①红豆：相思木所结的子，又名相思子，古代常用来表示爱情或相思。“红豆生南国，春来发几枝，愿君多采撷，此物最相思。”见唐王维《相思子》。　②卜金钱：一种问卜活动。把金钱掷出，视其正、背面排列的卦形以占卜吉凶。“暗掷金钱卜远人。”有暗问归期之意。见唐于鹄《江南曲》。

壶中天①

水西云北②，记前回同载，高阳伴侣③。一色荷花香十里④，偷把秋期频数。脆管排云⑤，轻桡喷雪⑥，不信催诗雨。碧筒呼酒⑦，秀笺题遍新句。　谁念病损文园，岁华摇落，事与孤鸿去。露井邀凉吹短鬓，梦入蘋洲菱浦。暗草飞萤，乔枝翻鹊，看月山中住。一声清唱，醉乡知有仙路。

［注释］

①壶中天：《念奴娇》的别名。　②水西：寺名，在今安徽泾县西。“萧闲水西寺，驻锡莫忘归。”见林逋《送思齐上人之宣城》。　③高阳伴侣：酒徒。刘邦引兵过陈留，高阳人郦食其求见，“……郦生嗔目按剑叱使者曰：‘走！复入言沛公，吾高阳酒徒也，非儒人也。’”见《史记·郦生陆贾列传》。　④荷花香十里：形容荷花的茂盛。“有三秋桂子，十里荷花。”见柳永《望海潮》（东南形胜）。　⑤脆管：清脆响亮的管乐器，常指笛子。　排云：笛声把白云都推开。　⑥轻桡喷雪：轻快的船儿两边激起了白浪。　⑦碧筒：指酒杯。唐段成式《酉阳杂俎·酒食》载，魏正始中，郑公悫三伏之季，率宾僚避暑于使君林，取大莲叶置砚格之上，盛酒三升，

用簪刺叶，令与柄通，屈茎上轮囷如象鼻，传吸之，呼为碧筒杯。

木兰花慢

送客

折秦淮露柳[①]，带明月、倚归船。看佩玉纫兰[②]，囊诗贮锦[③]，江满吴天。吟边。唤回梦蝶[④]，想故山、薇长已多年。草得梅花赋了，棹歌远和离舷。　风弦。尽入吟篇。伤倦客、对秋莲。过旧经行处，渔乡水驿，一路闻蝉。留连。漫听燕语，便江湖、夜语隔灯前。潮返浔阳暗水，雁来好寄瑶笺。

[注释]

①折秦淮露柳：早晨在南京送别客人。　折柳：送别。汉代人送朋友到霸桥，折柳枝赠别。见《三辅黄图·桥》。　②佩玉纫兰：佩挂着玉和香草，表示自己立身的高洁，品德的仁明。"纫秋兰以为佩。"见屈原《离骚》。　③囊诗：把诗藏在口袋里。唐代的李贺有一个古锦囊，每得到好的诗句，就放到锦囊里。见唐李商隐《李贺小传》。　④梦蝶：用庄周梦为蝴蝶的典故。见《庄子·齐物论》。

祝英台近

载轻寒、低鸣橹[①]。十里杏花雨[②]。露草迷烟，萦绿过前浦。青青陌上垂杨，绾丝摇佩，渐遮断、旧曾吟处。　听莺语。吹笙人远天长，谁翻水西谱。浅黛凝愁[③]，远岫带眉妩[④]。画阑闲倚多时，不成春醉，趁几点、白鸥归去[⑤]。

[注释]

①橹：长桨。　②杏花雨：在清明前后杏花盛开时下的雨。"沾衣欲湿

杏花雨,吹面不寒杨柳风。”见《提要录》。 ③浅黛:妇女的淡描眉毛。 ④远岫:即远山眉。“(卓)文君姣好,眉色如望远山。”见汉刘歆《西京杂记》。 眉妩:“敞为京兆……又为妇画眉,长安中传张京兆眉妩。”见《汉书·张敞传》。 ⑤白鸥归去:和白鸥一同回去,即去隐居。

清平乐

合欢扇子①,扑蝶花阴里。半醉海棠扶不起,淡日秋千闲倚。 宝筝弹向谁听,一春能几番晴。帐底柳绵吹满②,不教好梦分明。

[注释]

①合欢扇子:团扇。“裁作合欢扇。”见汉班婕妤《怨歌行》。 ②柳绵:晋代谢安下雪天聚子侄辈讲论文义,雪下得很大,谢安问:“白雪纷纷何所似?”安兄子朗说:“撒盐空中差可拟”。谢安兄女道韫说:“未若柳絮因风起。”后人常以柳绵喻飞雪。典见《晋书·列女列传》和《世说新语》。

章台月

露轻风细,中庭夜色凉如水。荷香柳影成秋意。萤冷无光,凉入树声碎。 玉箫金缕西楼醉①,长吟短舞花阴地。素娥应笑人憔悴②。漏歇帘空③,低照半床睡。

[注释]

①玉箫金缕:玉箫吹着金缕曲。 金缕:《金缕曲》,古代的歌曲名。“劝君莫惜金缕衣,劝君须惜少年时。”见唐杜秋娘《金缕曲》。 ②素娥:月中的女神,名嫦娥,因月亮是白色,故称素,在诗文中常指代月亮。“集素娥于后庭。”见南朝宋谢庄《月赋》。 ③漏歇帘空:滴漏里的水滴完了,窗帘上已没有了月光,形容夜之深。

青玉案

楚峰十二阳台路[1]。算只有、飞红去。玉合香囊曾暗度。榴裙翻酒[2]，杏帘吹粉，不识愁来处。　燕忙莺懒青春暮，蕙带空留断肠句。草色天涯情几许。荼蘼开尽，旧家池馆，门掩风和雨。

[注释]

①“楚峰”句：用楚襄王于阳台会巫山神女的典故。见宋玉《高唐赋序》。　楚峰十二：指巫山十二峰。“巫山十二峰，皆在碧虚中。”见唐李端《巫山高》。　②榴裙翻酒：因嬉闹而泼翻酒污损了石榴红裙。用白居易《琵琶行》“血色罗裙翻酒污”句意。

浣溪沙

题草窗词[1]

玉雪庭心夜色空[2]，移花小槛鬥春红。轻衫短帽醉歌重。　彩扇旧题烟雨外，玉箫新谱燕莺中。阑干到处是春风。

[注释]

①草窗：周密的号。　②玉雪：形容洁白。

天　香

宛委山房拟赋龙涎香[1]

捣麝成尘，薰薇注露，风酣百和花气。品重云头[2]，叶翻蕉样，共说内家新制[3]。波浮海沫，谁唤觉、鲛人春睡[4]。清润俱饶片脑[5]，芬馡半是沉水[6]。　相逢酒边花外。

火初温、翠炉烟细。不似宝珠金缕,领巾红坠。荀令如今憔悴[7]。消未尽、当时爱香意。烬暖灯寒,秋声素被。

[注释]

①委宛山房:陈恕可之山居,在今绍兴。宋亡之后,因胡僧杨琏真伽盗发在会稽的南宋诸帝陵墓之事,激发了词人们的亡国悲痛。唐珏、周密、王沂孙、李彭老等十四人,五次结社吟咏龙涎香、白莲、莼、蝉等,结集为《乐府补题》。李彭老的《天香》与下一首《摸鱼子》便是结社吟咏的产物。 龙涎香:《岭南杂记》载,龙涎在香品中最为贵重,出于大食国西海之中,可以和众香,焚之,则缕缕不散。龙涎香其实是抹香鲸肠内分泌物,并非龙涎。 ②品重云头:写龙涎香的品相。形状以云头样为贵重。 ③内家新制:皇宫中的流行款式。 内家:宫人。 ④鲛人:神话传说中的海底怪人。"南海水有鲛人,水居如鱼,不废耕织,其眼能泣珠。"见晋张华《博物志》。 ⑤片脑:冰片龙脑香。"中贵一人,以大金盒贮片脑,迎前撒之。"见周密《南渡官禁典仪》。 ⑥沉水:沉香的别名。 ⑦荀令:三国时的荀彧,曾为守尚书令,时人称为荀令君,省称荀令。他身上有香气,到人家去,坐处常留香。"桥南荀令过,十里送衣香。"见唐李商隐《韩翃舍人即事》。

摸鱼子[1]

紫云山房拟赋莼[2]

过垂虹、四桥飞雨[3],沙痕初涨春水。腥波十里吴歈远[4],绿蔓半萦船尾[5]。连复碎。爱滑卷青绡,香袅冰丝细。山人隽味[6]。笑杜老无情,香羹碧涧,空只赋芹美[7]。 归期早,谁似季鹰高致[8]。鲈鱼相伴菰米[9]。红尘如海丘园梦[10],一叶又秋风起。湘湖外,看采撷、芳条际晓随鱼市。旧游漫记。但望里江南,秦鬟贺镜[11],渺渺隔烟翠。 (以上《彊村丛书》本《龟溪二隐词》)

[注释]

①摸鱼子:《摸鱼儿》的别名。 ②紫云山房:为吕同老山居。在今浙江绍兴附近。 ③垂虹:桥名,在今江苏吴江县东。本名利往桥,俗名长桥,因上有垂虹亭,故名。桥有七十二孔。 ④腥波:含有鱼腥味的湖水。吴歈(yú):吴地的歌曲。 ⑤萦:缠绕。 ⑥山人:住在山中的人,多指隐士。 隽味:味道肥美。 ⑦芹美:《列子·杨朱》载,有一个人喜欢吃戎菽、甘枲、茎芹、萍子等,推荐给别人吃,却使其他人感到难以下咽。后用此典谦称自己议论的浅薄或礼物的菲薄。 ⑧季鹰:晋代吴人张翰,字季鹰。因当时政局混乱,他为了避祸,就托辞见秋风起,思念家乡的菰菜、莼羹、鲈鱼脍,说:"人生贵得适意尔,何能羁宧数千里以要名爵!"于是就辞官回家。见宋刘义庆《世说新语·识鉴》。 ⑨菰米:也叫雕胡米,是菰菜结的果实,像米,可以做饭。 菰:俗称茭白。 ⑩丘园:指隐士的住处。《周易·贲》:"贲于丘园。"疏:"丘谓丘墟,园谓园圃,唯草木所生,是质素之处,非华美之所。" ⑪秦鬟贺镜:此指绍兴的秦望山及镜湖。

失调名

暗雨敲花,柔风过柳。 (《词旨》属对)

[集评]

周密云:"张直夫尝为词序云:'靡丽不失为国风之正;闲雅不失为骚雅之赋;摹拟玉台不失为齐梁之工。则情为性用,未闻为道之累。'楼茂叔亦云:'裙裾之乐,何待晚悟。笔墨劝淫,咎将谁执。或者假正大之说,而掩其不能,其罪我必矣。'虽然与知我者等耳。"(《浩然斋雅谈》)

沈雄云:"俱是寄和草窗者,篇章亦甚富,但少余蕴耳。"(《古今词话》)

王定甫云:"篔房词秀润蕴藉,不失名士风流。"

存目词

《词综》卷二十三有李彭老《桂枝香》"松江岸侧"一首,据《乐府补题》,乃吕同老作。

李莱老

李莱老，生卒不详，字周隐，号秋崖。李彭老之弟。咸淳六年(1270)任严州知州，后隐居龟溪，与李彭老并称“龟溪二隐”。

惜红衣

寄弁阳翁[①]

笛送西泠，帆过杜曲[②]。昼阴芳绿。门巷清风，还寻故人屋。苍华髮冷，笑瘦影、相看如竹。幽谷。烟树晚莺，诉经年愁独。　　残阳古木。书画归船，匆匆又南北。蘋洲鸥鹭素熟。旧盟续[③]。甚日浩歌招隐[④]，听雨弁阳同宿[⑤]。料重来时候，香荡几湾红玉。

[注释]

①弁阳翁：即周密之号。周密，字公谨，号草窗，又号萧斋，济南人。流寓吴兴，居弁山，自号弁阳啸翁，又号四水潜夫。曾为义乌县令，宋亡后不仕。　②杜曲：地名，在今陕西长安县东少陵原东南，为唐时大姓杜氏聚居处。　③“蘋洲”二句：与鸥鹭结盟，指归隐。　④招隐：指《楚辞·招隐士》或晋代左思、张华和的《招隐》诗。　⑤弁阳：地名，弁阳山，在今浙江吴兴。

青玉案

题草窗词卷

吟情老尽江南句[①]。几千万、垂丝缕。花冷絮飞寒食路。渔烟鸥雨，燕昏莺晓，总入昭华谱[②]。　　红衣妆靓凉生渚，环碧斜阳旧时树。拈叶分题觞咏处[③]。荀香犹在[4]，庾愁何许[5]，云冷西湖赋。

[注释]

①江南句：指贺铸的《青玉案》。“解道江南断肠句，只今惟有贺方回。”为黄庭坚词中语。 ②昭华：乐器名，即玉管。“玉管，长二尺三寸，二十六孔，吹之则见车马山林，隐辚相次。吹息亦不复见，铭曰：‘昭华之琯。’”见汉刘歆《西京杂记》。 ③拈叶分题：诗人聚在一起，像拈阄一般分探诗的题目而作诗。“古人分题，或各赋一物，云送某人分题得某物也，或曰探题。”见宋严羽《沧浪诗话·诗体》。 ④荀香：三国魏荀彧曾为侍中，坐处留香，传为美谈。 ⑤庾愁：庾信身经丧乱，诗赋多愁，有《哀江南赋》、《愁赋》等。

扬州慢

琼花次韵

玉倚风轻，粉凝冰薄，土花祠冷无人[1]。听吹箫月底[2]，传暮草金城[3]。笑红紫、纷纷成雨，溯空如蝶，恐堕珠尘[4]。叹而今、杜郎还见[5]，应赋悲春。 佩环何许，纵无情、莺燕犹惊。怅朱槛香消，绿屏梦渺，肠断瑶琼。九曲迷楼依旧[6]，沉沉夜、想觅行云。但荒烟幽翠，东风吹作秋声。

[注释]

①土花祠冷无人：旧扬州后土祠有琼花一株，相传为唐人所植，天下无二本，是稀有珍异植物。 ②月底：月下。 ③金城：“王母所居，有金城千里，玉楼十二。”见《墉城集仙录》。因王母身边有侍女名飞琼善音乐，故用此典。亦指南京，故址在今江苏句容县北。东晋咸康七年(341)桓温出镇江乘金城。 ④珠尘：轻得像尘埃一样的花粉。“鲜飙时复珠尘。”见林逋《孤山雪中写望》。 ⑤杜郎：指杜牧。杜牧在唐文宗大和七年至九年春在扬州牛僧孺淮南节度使府为幕僚，留下了不少韵事。姜夔

《扬州慢》词:"杜郎俊赏,算而今,重到须惊。" ⑥迷楼:指迷宫。隋炀帝时,浙人项升进献新宫图纸,炀帝命令在扬州依图建造,经年始成。如果有人误入其中,虽终日不得出。炀帝对左右人说"使真仙游其中,亦当自迷也,可目之曰迷楼。"见明陶宗仪《说郛·迷楼记》。

谒金门

春意态,闲却远山横黛[①],香径莓苔嗟粉坏[②],凤靴双鬥彩。 折得花枝懒戴,犹恋鸳鸯飞盖。旧恨新愁都只在,东风吹柳带。

[注释]

①远山横黛:喻美人的眉毛。 ②莓苔:青苔。"践莓苔之滑石。"见晋孙绰《游天台山赋》

浪淘沙

榆火换新烟[①],翠柳朱檐。东风吹得落花颠。帘影翠梭悬绣带,人倚秋千。 犹忆十年前,西子湖边。斜阳吹入画楼船。归醉夜堂歌舞月,拚却春眠[②]。

[注释]

①榆火:钻榆木所取得的火,表示春天到了。"春取榆柳之火。"见《周礼·春官·司爟》郑玄注。 ②拚却:不惜,甘心。晏几道《鹧鸪天》:"彩袖殷勤捧玉钟,当年拚却醉颜红。"

生查子

妾情歌柳枝[①],郎意怜桃叶[②]。罗带绾同心[③],谁信愁千结。 楼上数残更,马上看新月。绣被怨春寒,怕学鸳鸯叠。

[注释]

①柳枝：即《杨柳枝》，本作《折杨柳》。唐白居易家伎樊素，因善歌《杨柳枝》，人以曲名名之。"听取新翻杨柳枝。"见唐白居易《杨柳枝词》。 ②桃叶：晋代王献之妾，献之很爱她，为她作《桃叶歌》。歌词见《乐府诗集》。 ③绾同心：打同心结。古代用锦带打成连环回文呈菱形的结，以表示恩爱。"腰中双绮带，梦为同心结。"见梁武帝《有所思》。

高阳台

落　梅

门掩香残，屏摇梦冷，珠钿糁缀芳尘[1]。临水搴花，流来疑是行云。藓梢空挂凄凉月，想鹤归、犹怨黄昏。黯消凝。人老天涯，雁影沉沉。　断肠不在听横笛[2]，在江皋解佩[3]，翳玉飞琼[4]。烟湿荒村，背春无限愁深[5]。迎风点点飘寒粉，怅秋娘、燕袖啼痕。更关情。青子悬枝，绿树成阴。

[注释]

①糁（sǎn）：碎粒。此指落梅形状。 ②听横笛：听着笛子里吹奏《落梅花》的曲子。"黄鹤楼中吹玉笛，江城五月落梅花。"见唐李白《与史郎中钦听黄鹤楼上吹笛》。 ③江皋解佩：郑交甫在汉皋台下，遇江妃二女，说："愿请子之佩。"二女解佩送给他。郑交甫没走几步手中佩饰不见，二女也杳无踪迹。此以江妃喻落梅风姿。见汉刘向《列仙传·江妃二女》。 ④翳玉飞琼：形容梅花瓣飘落的样子。《汉武内传》："王母乃命侍女许飞琼鼓震灵之簧。"因而人们咏花时常用此典。 ⑤背春：春天逐渐过去。

木兰花慢

寄题苏壁山房[①]

向烟霞堆里，著吟屋、最高层。望海日翻红，林霏散白，猿鸟幽深。双岑[②]。倚天翠湿，看浮云、收尽雨还晴。晓色千松逗冷，照人眼底长青。　闲情。玉麈风生[③]。摹茧字[④]，校鹅经[⑤]。爱静翻缃帙[⑥]，芸台棐几[⑦]，荷制兰缨[⑧]。分明。晋人旧隐，掩岩扉、月午籁沉沉[⑨]。三十六梯树杪[⑩]，溯空遥想登临。

[注释]

①苏壁山房:宋末钱塘人金应桂，字一之，号苏壁，工词章书画，入元不仕。苏壁山房为其书斋名。　②双岑(cén):两座山。　岑:小而高的山。　③玉麈(zhǔ):玉柄拂尘。“谈辩如云玉麈飞。”见苏轼《次韵王巩颜复同泛舟》。　④茧字:用茧纸书写的字。　⑤鹅经:道家《黄庭经》的别称，世传王羲之书写《黄庭经》换白鹅。据南朝陈虞《二王书论》云，笼鹅换字写的是《道德经》两章。　⑥缃帙:包在书本外面的浅黄色封套，指代书本。　⑦芸台:汉时兰台为藏秘书的地方，或称为芸台。　棐几:用榧木做的茶几。“(羲之)尝诣门生家，见棐几滑净，因书之，真草相半。”见《晋书·王羲之传》。　⑧荷制:用荷叶做衣服。“制芰荷以为衣兮，集芙蓉以为裳。”见屈原《离骚》。　兰缨:华美的缨穗。　⑨月午:月亮到了午夜，即半夜。“月午树无影。”见唐李贺《感讽》。　籁:从空穴中发出的声音。　⑩三十六梯:形容高。　树杪:树梢。

清平乐

绿窗初晓，枕上闻啼鸟[①]。不恨王孙归不早[②]，只恨天涯芳草[③]。　锦书红泪千行，一春无限思量。折得垂杨寄与，丝丝都是愁肠。

[注释]

①"绿窗"二句:用唐孟浩然《春晓》"春眠不觉晓,处处闻啼鸟"句意。②王孙:隐士。"王孙游兮不归,春草生兮萋萋。……王孙兮归来,山中兮不可久留。"见《楚辞·招隐士》。王逸注:"隐士避世,在山隅也。" ③芳草:比喻有美德的人。"何昔日之芳草兮,今直为此萧艾也?"见屈原《离骚》。

台城路

寄弁阳翁

半空河影流云碎,亭皋嫩凉收雨[1]。井叶还惊,江莲乱落,弦月初生商素[2]。堂深几许。渐爽入云帱[3],翠绡千缕。纨扇恩疏[4],晚萤光冷照窗户。　文园憔悴顿老,又西风暗换,丝鬓无数。灯外残砧,琴边瘦枕,一一情伤迟暮。故人倦旅。料渭水长安,感时吟苦。正自多愁,砌蛩终夜语。

[注释]

①亭皋:水边平地。 ②弦月:月像弓上了弦,农历的初八夜和廿三夜。 商素:秋季。 ③云帱:像轻云般的床帐。 ④纨扇恩疏:汉代班婕妤失宠,作《怨歌行》,以团扇之被捐弃,比喻自己的失宠。"新裂齐纨素……裁为合欢扇……出入君怀袖……常恐秋节至……弃捐箧笥中,恩情中道绝。"见南朝陈徐陵《玉台新咏》。

浪淘沙

宝押绣帘斜[1],莺燕谁家。银筝初试合琵琶。柳色春罗裁袖小,双戴桃花。　芳草满天涯,流水韶华[2]。晚风杨柳绿交加。闲倚阑干无藉在,数尽归鸦。

[注释]

①宝押:名贵的押帘。押帘是压住帘子不让晃动的用具。 ②韶华:美好的时光,春光。“东皇去后韶华尽。”见唐戴叔伦《暮春感怀》。也指美好的年华,人的青春。“莫道韶华镇常在,髮白面皱专相待。”见唐李贺《嘲少年》。

杏花天

年时中酒风流病[①]。正雨暗、蘼芜深径。人家寒食烟初禁,狼藉梨花雪影。 西湖梦、红沉翠冷。记舞板、歌裙厮趁[②]。斜阳苦与黄昏近,生怕画船归尽。

[注释]

①中(zhòng)酒:原指喝酒在不醉不醒,适中之时,后来则指喝醉了酒。“残春杜陵客,中酒落花前。”见唐杜牧《睦州四韵》。 ②厮趁:相趁,互相追逐。

小重山

画檐簪柳碧如城。一帘风雨里,近清明。吹箫门巷冷无声。梨花月,今夜负中庭。 远岫敛修颦[①]。春愁吟入谱,付莺莺。红尘没马翠埋轮[②]。西泠曲,欢梦絮飘零。

[注释]

①敛修颦:长长的眉毛蹙在一起,表示忧愁。 ②没马:掩没了马匹。翠埋轮:绿草埋没了车轮。

倦寻芳

缭墙黏藓[①],糁径飞梅,春绪无赖[②]。绣压垂帘,骨有许多寒在。宝幄香消龙麝饼[③]，钿车尘冷鸳鸯带。想西园[④]，被一程风雨，群芳都碍[⑤]。　　逗晓色、莺啼人起，倦倚银屏，愁沁眉黛。待拚千金，却恨好晴难买。翠苑从游孤解佩，青门佳约妨挑菜[⑥]。柳初黄，罩池塘、万丝愁霭。

［注释］

①缭：围绕，缠绕。　②春绪无赖：春天的心情烦闷困扰。　无赖：无聊，无可奈何，烦扰。　③宝幄：华美的篷帐。　龙麝饼：用龙麝香制作的香饼，燃烧以取香气。　④西园：汉代上林苑的别称。“岁维仲冬，大阅西园。”见汉张衡《东京赋》。注：“西园，上林苑也。”　⑤碍：妨碍，耽误。⑥青门：汉代长安城的东南门，本名霸城门，门是青色，俗称之为青门。后泛指京都城门。　挑菜：唐代民俗，农历二月初二日到曲江拾菜，士民们在那里游赏，谓之挑菜节。“如暖又逢挑菜日。”见唐郑谷《蜀中春雨》。

点绛唇

绿染春波，袖罗金缕双鸂鶒[①]。小桃匀碧，香衬蝉云湿[②]。　　舞带歌钿，闲傍秋千立。情何极。燕莺尘迹，芳草斜阳笛。

［注释］

①鸂鶒：水鸟名，比鸳鸯大而毛羽多紫色，成双成对在水上游，故又叫紫鸳鸯。　②蝉云：即蝉鬓，古代妇女的一种鬓式。

西江月

海　棠

绿染晓云冉冉，红酣晴雾冥冥。银簪悬烛锦官城[①]，困倚墙头半影。　　雨后遍饶艳冶，燕来同作清明。更深犹唤玉靴笙[2],不管西池露冷。

[注释]

①锦官城:锦官是管理蜀锦的官,用作城名。成都旧分大城、少城。少城在大城西,即锦官城,后作为成都的别名。“晓看红湿处,花重锦官城。”见唐杜甫《春夜喜雨》。 ②玉靴笙:未详。

清平乐

题草窗词

日寒风细,庭馆浮花气。白髮潘郎吟欲醉[1],绿暗蘼芜千里[2]。 西园南浦东城[3],一春多少闲情。日暮采蘋歌远[4],梦回唤得愁生。

(以上《彊村丛书》本《龟溪二隐词》)

[注释]

①潘郎:晋代的潘岳,美丰姿,坐车出游,妇女们都把水果抛进车里,回来果满车子,所谓“掷果盈车”。他作有《秋兴赋》,序云:“余春秩三十有二,始见二毛。”注:“杜预曰:二毛,头白有二色也。” ②蘼芜:香草名,又叫江蓠。 ③南浦:泛指朝南的水边。“送美人兮南浦。”见屈原《九歌·河伯》。 ④采蘋:《诗经·召南》的篇名,内容是说大夫的妻子能够奉祭祀,而《毛诗传》则说教导将要出嫁的女儿。“于以采蘋,南涧之滨。”

[集评]

况周颐云:“李莱老词,一往情深,低回欲绝。所谓回肠荡气,庶几近之。其佳处有如此者。未能凡作皆然耳。”(《历代词人考略》)

又引仪墨庄云:“缠绵往复,称心而言。周隐佳于商隐。”(《历代词人考略》)

黄应武

黄应武，字景行。其他不详。

念奴娇

乾坤开辟[1]，桂林有、元气自来融结[2]。石磴盘空行木杪，天柱屹然中立[3]。窟宅幽深，泉源清远，不是灵神擘。潜通后洞，张刘万古遗迹[4]。　输我长剑凌虚[5]，六尘尽扫[6]，银海秋波碧[7]。志气飘飘游物外[8]，惟有清风知得。唤起白龙，护持飙驭，稽首朝金阙[9]。山灵欣喜，紫云已在诗壁[10]。

（《粤西金石略》卷十二[11]）

[注释]

①乾坤开辟：即开天辟地。　②元气：天地没有分开以前的混一之气。　③天柱：神话中支撑天的柱子。相传共工氏头触不周山，天柱折，地维缺。见唐司马贞补《史记·三皇本纪》。　④张刘：张浚、刘光世，南宋中兴名臣。　⑤凌虚：上升到空间。　⑥六尘：佛经称色、声、香、味、触、法为六尘。“六尘缘影，为自心相。”见《圆觉经》。　⑦银海：眼睛。“光摇银海眩生花。”见苏轼《雪后书北台壁》。　秋波：也指眼睛。　⑧物外：超脱于世事之外，世外。佛家以为人们所居住的国土、世界是“器世间”，“器”就是器物，所以把世外叫做物外。见《楞严经》。　⑨稽首：古代的跪拜礼。　金阙：天帝所居住的地方。　⑩紫云：祥瑞的云气。　⑪唐氏按：金石略云，此刻在临桂元岩。又载其原题云：淳祐换号五月一日，黄应武景行同刘子真、侯时举、廖彦植、吴汉卿、谭谦夫、简衡甫、郭温夫、霍庆昌、霍元善游白龙洞。景行赋词，子真命工刻于石。

如愚居士

如愚居士(？—1250),生平不详。当涂(今属安徽)人。弃儒学佛三纪。居江宁(南京)牛首山十四载。

满庭芳

吾乃当涂,弃儒奉道,遵行圣诲多年[①]。已逾三纪[②],截灭六尘缘[③]。因习业、自营度日,未尝谒见豪贤。般若力[④],掀翻烦恼,坦荡独翛然[⑤]。　来斯,十四载,装銮佛像[⑥],塔宇尽光鲜。造遮旸石道[⑦],直至水磄边[⑧]。都系束修己镪[⑨],舍为助道安禅。知惭愧,了无所得,本觉性明圆[⑩]。

(《江宁金石记》卷八[⑪])

[注释]

①圣诲:圣人的教诲。　②逾:超过。　三纪:一纪是十二年,三纪是三十六年。　③六尘:佛经称色、声、香、味、触、法为六尘。　④般若:古印度语,智慧,或是脱离妄想,归于清静。“般若者,秦(中国)言智慧也。”见《大智度论》。　⑤翛然:自然超脱的样子。　⑥装銮:在梁栋料栱或塑像上画上彩绘。见宋李诫《营造法式·彩画》。　⑦旸(yáng):初出的太阳,此即指太阳。　⑧磄:不见于《康熙字典》《中文大字典》等各类字书,当为“槽”之异体字。　⑨束修:十条干肉条,是古代学生送给老师的学费。“自行束修以上,吾未尝无诲焉。”见《论语·述而》。　己镪:自己的钱。　⑩觉性明圆:从朦胧的本性中醒过来,明净完整地领悟真理。　觉性:佛家语,谓能断离一切,化混沌的本性中觉醒而归依真识。　明圆:即圆明,佛家语,谓完满透彻,即彻底领悟。　⑪唐氏按:严观跋云:右(上)词后题“淳祐四年十月望日,如愚居士书”,殆隐逸之流,惜莫能考其名氏。今在牛首山辟支塔右,字类山谷。又一行云“庚戌年九月初二化”。

林 革

林革，号西皋。其他不详。

满江红

淳祐己酉良月，自淦入桂，舣舟溪浒，有感而作①

十载扁舟，几来往、三吾溪上②。天宝事③，一回看著，一回惆怅。笔画模糊犹雅健，文章褒贬添悲壮。枉教人、字字费沉吟，评轻重。　　西北望④，情无量。东南气⑤，真长王。想忠臣应读，宋中兴颂⑥。主圣自然皆乐土，时平正合储良将。笑此身、老大尚奔驰，知何用。

（《金石粹编》卷一百三十二）

［注释］

①淳祐：宋理宗赵昀年号。　己酉：公元 1249 年。　②三吾溪：地名，在湖南祁阳县西南，即浯溪。唐上元中，元结罢官归道州，爱其山水，因家焉。也叫漫郎宅。元结作《浯溪铭序》。“元公因水以为吾溪，因山以为吾山，作屋以为吾亭，三吾之称，我所自也。制字从水、从山、从户，我所命也。”见宋陈衍《题浯溪图》。　③天宝事：指唐玄宗天宝十四年开始的安史之乱。　④西北望：对西边、北边中原沦陷区的怀念。“西北望，射天狼。”见苏轼《江城子·密州出猎》。　⑤东南气：东南王气，指象征南宋帝王运数的祥瑞之气。　⑥中兴颂：元结卜居浯溪，曾作《中兴颂》，有《中兴颂》摩崖碑遗迹。

曾宏正

曾宏正,临江(今属江西)人。曾三聘之子。尝为大理丞。淳祐中,直秘阁,湖南提刑,广西转运判官,调广西运使。

水调歌头

临桂水月洞

风月无尽藏[①],泉石有膏肓[②]。古今桂岭奇胜,骚客费平章[③]。不假鬼谋神运,自是地藏天作,圆魂镇相望[④]。举首吸空翠[⑤],赤脚踏沧浪。 惊龙卧,攀栖鹘,翳鸾凰。秋爽一天凉露,桂子更飘香。坐我水精宫阙,呼彼神仙伴侣,大杓挹琼浆[⑥]。主醉客起舞,今夕是何乡。[⑦]

(《粤西金石略》卷十二)

[注释]

①无尽藏:无穷无尽。佛教语,是说佛法广大无边,作用于万物,无穷无尽。"德广难穷,名为无尽,无尽之德苞含曰藏。"见《大乘义章·无尽藏义》。 ②膏肓:比喻重病,亦指癖好。膏肓是人体中的部位,古代医学称心脏下部为膏,隔膜为肓。"疾不可为也,在肓之上,膏之下,攻之不可,达之不及,药不至焉,不可为也!"见《左传·成公十年》。 ③骚客:诗人,也作骚人。自从《离骚》以来,作诗的人大多模仿它,故称诗人为骚人。平章:评论。 ④圆魂:圆月。 唐氏按:"魂"字疑"魄"之误。魄是月亮初出或将没时的微光,在诗词中常以之代月亮。 ⑤空翠:同"空碧",指明净蔚蓝的天空。 ⑥挹:舀取。"维北有斗,不可以挹酒浆。"见《诗经·小雅·大东》。 ⑦原注:"临江曾宏正作。同游崇仁吴湜、庐陵杨寿德、三山陈华子、羽士李可道,子公迈、公适侍。淳祐癸卯九月望。"

吴景伯

吴景伯（1207—?），字季甲，号金渊，建康江亭（今江苏南京）人。宝祐四年（1256）进士。

沁园春

登凤凰台①

再上高台，访谪仙兮②，仙何所之。但石城西踞③，潮平白鹭④，浮图南峙⑤，云淡乌衣⑥。凤鸟不来⑦，长安何处，惟有碧梧三数枝⑧。兴亡事，对江山休说，谁是谁非。

庭花飘尽胭脂⑨。算结绮、繁华能几时。问何人重向，新亭挥泪⑩，何人更到，别墅围棋⑪。笑拍阑干，功名未了，宁肯绿蓑寻钓矶⑫。深深饮，任玉山醉倒⑬，明月扶归。

（《景定建康志》卷二十二）

[注释]

①凤凰台：在今江苏南京。“凤凰台上凤凰游，凤去台空江自流。”见唐李白《登金陵凤凰台》。 ②谪仙：指李白。 ③石城：石头城，故址在今南京市西石头山后面。 ④白鹭：白鹭洲，在南京市西南长江中。 ⑤浮图：梵语音译为“卒堵坡”，即宝塔。 ⑥乌衣：乌衣巷，在今南京市东南，三国东吴在此置乌衣营，因士兵都穿乌衣而得名。晋代的望族王家和谢家都住在这里。“乌衣巷口夕阳斜。”见唐刘禹锡《乌衣巷》。 ⑦凤鸟不来：祥瑞的鸟儿不飞来，指气运之衰。“凤鸟不至，河图不出，吾已矣乎！”见《论语·子罕》。 ⑧碧梧：绿色的梧桐树。《诗经·大雅·卷耳》郑玄笺：“凤凰之性，非梧桐不栖，非竹实不食。”“香稻啄余鹦鹉粒，碧梧栖老凤凰枝。”见唐杜甫《秋兴八首》。 ⑨胭脂：胭脂井，即景阳井，在南京市。南朝陈末，隋兵破南京，陈后主叔宝携妃子张丽华、孔贵嫔投于此井，故名。 ⑩新亭挥泪：形容忧国伤时的悲愤心情。东晋初，从中原过江的

人士,在暇日,相邀在新亭宴饮,周颛说:"风景不殊,举目有山河之异!"大家都相对落泪。见宋刘义庆《世说新语·言语》。 ⑪别墅围棋:指东晋谢安和谢玄下围棋赌别墅的事。见《晋书·谢安传》。后人用此典指一种从容破敌的气魄。 ⑫绿蓑寻钓矶:归隐。"青箬笠,绿蓑衣,斜风细雨不须归。"见唐张志和《渔歌子》。 ⑬玉山:形容具有优良的品德和美好仪容的人。山涛赞美嵇康"其醉也,傀俄若玉山之将崩"。见宋刘义庆《世说新语·容止》。

邓有功

邓有功(1210—1279)，字子大，号月巢，南丰(今属江西)人。少举进士，累试礼部不中，以恩补迪功郎，为抚州金溪尉。得年七十以卒。后学尊称之曰“月巢先生”。

点绛唇

卷上珠帘[1]，晚来一阵东风恶[2]。客怀萧索，看尽残花落。　自把银瓶，买酒成孤酌[3]。伤漂泊[4]。知音难托，闷倚阑干角。

[注释]

①珠帘：用珍珠穿起来的帘子，形容帘子的华美。“昭阳殿织珠为帘，风至则鸣，如珩佩之声。”见汉刘歆《西京杂记》。　②东风恶：东风恶劣，使人烦闷。“东风恶，欢情薄。”见陆游《钗头凤》。　③孤酌：孤独地喝酒。　④漂泊：随着水漂流或停泊，比喻没有固定的住所。

过秦楼

燕蹴飞红[1]，莺迁新绿，几阵晚来风急。谢家池馆[2]，金谷园林[3]，还又把春虚掷。年时恨雨愁云，物换星移[4]，有谁曾忆。把一尊试酹[5]，落花芳草，总成尘迹。　频自笑、流浪孤萍，沾泥弱絮，有底困春无力。银屏香暖，宝簟波寒，又负月明今夕。往事梦里，沉思惟有罗襟，泪痕犹湿。奈垂杨万缕，不系西风白日。

（以上二首见《隐居通议》卷九）

[注释]

①燕蹴飞红:燕子跟被风吹落的花瓣一起飞。“古台芳榭,飞燕蹴红英。”见秦观《满庭芳》(晓色云开)。 ②谢家池馆:园池的美称。“池塘生春草,园柳变鸣禽。”见南朝宋谢灵运《登池上楼》。 ③金谷园林:园林的美称。金谷园是晋石崇的庄园,故址在今河南洛阳东北。 ④物换星移:时光的变化,世事景物的变迁。“闲云潭影日悠悠,物换星移几度秋。”见唐王勃《滕王阁诗》。 ⑤一尊:一杯。

李振祖

李振祖(1211—?)，字起翁，号中山。闽县(今福建福州)人。宝祐四年(1256)登第。

浪淘沙

春在画桥西，画舫轻移[①]。粉香何处度涟漪[②]。认得一船杨柳外，帘影垂垂。　　谁倚碧阑低，酒晕双眉。鸳鸯并浴燕交飞。一片闲情春水隔，斜日人归。

(《绝妙好词》卷三)

[注释]

①画舫：装璜华丽的游船。“画舫烟中浅，青杨日际微。”见唐刘希夷《江南曲》。　②涟漪：细小的波纹。“濯明月于涟漪。”见晋左思《吴都赋》。

汤　恢

汤恢,生卒不详,字充之,号西村,眉山(今属四川)人。或作杨恢,疑误。此从汲古阁抄本《绝妙好词》,《花草粹编》卷十一。

二郎神

用徐斡臣韵

琐窗睡起[①],闲伫立、海棠花影。记翠楫银塘[②],红牙金缕[③],杯泛梨花冷。燕子衔来相思字,道玉瘦、不禁春病。应蝶粉半销[④],鸦云斜坠[⑤],暗尘侵镜。　还省。香痕碧唾[⑥],春衫都凝。悄一似荼蘼[⑥],玉肌翠帔[⑦],消得东风唤醒。青杏单衣,杨花小扇,闲却晚春风景。最苦是、蝴蝶盈盈弄晚,一帘风静。

[注释]

①琐窗:有连琐图案的雕花窗。　②翠楫:青绿色的船桨。　③红牙:乐器名,俗名拍板,用以调节乐曲的节奏。因多用檀木做成,红色,故名。　金缕:歌曲名,也作《金缕曲》。　④蝶粉:妇女脸上擦的香粉。　⑤鸦云:美女的乌黑头髮。　⑥碧唾:绿色的茸线头。　唾:用牙咬断吐出。　⑦翠帔:服装名,青绿色的披肩。

[集评]

唐圭璋云:“极有风致。词中‘燕子衔来相思字,道玉瘦、不禁春病。’《词旨》录为警句。他如《倦寻芳》之‘宿粉残香随梦冷,落花流水和天远。’《祝英台近》:‘柳色千里芳心,十年幽梦,分付与、一声啼鴂’……《词旨》亦皆录为警句。”(《唐宋两代蜀词》)

倦寻芳

饧箫吹暖[①]，蜡烛分烟，春思无限。风到楝花[②]，二十四番吹遍[③]。烟湿浓堆杨柳色，昼长闲坠梨花片。悄帘栊，听幽禽对语[④]，分明如剪。　　记旧日、西湖行乐，载酒寻春，十里尘软。背后腰肢，仿佛画图曾见。宿粉残香随梦冷，落花流水和天远[⑤]。但如今，病厌厌、海棠池馆。

[注释]

①饧箫：卖饧糖人所吹的箫管，以招引主顾。　②风到楝花：楝花风，谷雨三信中的第三花。　③二十四番：即二十四番花信风，简称花信风，因风跟着花期而来，很有信用，故名。农历自小寒至谷雨，凡四月、八气、二十四候、一百二十天，每月二气六候，每候五日，以一种花的风相应，起自梅花，终楝花。　④幽禽：树林深处的鸟儿。　⑤落花流水：残春的景象，比喻美好时光的消逝。“流水落花春去也，天上人间。”见五代南唐李煜《浪淘沙》（帘外雨潺潺）。

满江红

小院无人，正梅粉、一阶狼藉[①]。疏雨过，溶溶天气，早如寒食。啼鸟惊回芳草梦，峭风吹浅桃花色。漫玉炉、沉水熨春衫[②]，花痕碧。　　绿縠水[③]，红香陌。紫桂棹[④]，黄金勒[⑤]。怅前欢如梦，后游何日。酒醒香消人自瘦，天空海阔春无极。又一林、新月照黄昏，梨花白。

[注释]

①狼藉：散乱不整齐，乱七八糟。“履舄交错，杯盘狼藉。”见《史记·滑稽列传》。　②沉水：香木名，沉香的别名。　③绿縠水：水纹平静像绿皱纱。　④桂棹：形容舟船的豪华名贵。　⑤黄金勒：用黄金做的马衔

铁,显示马的名贵及马主人的身份高贵。

祝英台近

宿酲苏[①],春梦醒,沉水冷金鸭。落尽桃花,无人扫红雪[②]。渐催煮酒园林[③],单衣庭院,春又到、断肠时节。

恨离别。长忆人立荼蘼,珠帘卷香月。几度黄昏,琼枝为谁折。都将千里芳心,十年幽梦[④],分付与、一声啼鴂。

[注释]

①宿酲:喝醉了酒经过一夜都没有醒。　酲:病酒。"忧思连相属,中心如宿酲。"见三国魏徐幹《情诗》。　②红雪:泛指红色的花或花瓣,此处形容桃花瓣。　③煮酒:烫酒,泛指宴饮。"青梅煮酒斗时新。"晏殊《诉衷情》。　④幽梦:朦朦胧胧的梦境。"重衾幽梦他年断。"见唐李商隐《银河吹笙》。

祝英台近

中　秋

月如冰,天似水,冷浸画阑湿。桂树风前,醲香半狼藉[①]。此翁对此良宵,别无可恨,恨只恨、古人头白。

洞庭窄。谁道临水楼台,清光最先得[②]。万里乾坤,原无片云隔。不妨彩笔云笺[③],翠尊冰酝[④],自管领、一庭秋色。

[注释]

①醲:味道厚的好酒。　②"谁道"二句:化用宋苏麟"近水楼台先得月"之句。　③云笺:名贵的信纸。　④酝:酒。

八声甘州

摘青梅荐酒[①],甚残寒、犹怯苎萝衣。正柳腴花瘦[②],

绿云冉冉，红雪霏霏。隔屋秦筝依约，谁品春词[3]。回首繁华梦，流水斜晖。　寄隐孤山山下[4]，但一瓢饮水[5]，深掩苔扉。羡青山有思，白鹤忘机[6]。怅年华、不禁搔首，又天涯、弹泪送春归。销魂远，千山啼鴂，十里荼蘼。

（以上六首《绝妙好词》卷五）

[注释]

①青梅荐酒：以青梅下酒。　②腴：肥胖，丰满。　③品：欣赏。　④孤山：在杭州西湖，宋初林逋曾隐居于此。　⑤一瓢饮水：生活清苦。“贤哉回也！一箪食，一瓢饮，在陋巷，人不堪其忧，回也不减其乐。”见《论语·雍也》。　⑥忘机：忘掉机巧竞逐之心，与世无争。“陶然共忘机。”见唐李白《终南山过斛斯山人宿置酒》。

失调名

绾燕吟莺。　（《词旨·词眼》）

二郎神

碧崖倒影，浸一片、寒江如练[1]。正岸岸柳花，村村修竹，唤醒春风笔砚。溯水舟轻轻如叶，只消得、溪风一箭。看水部雄文[2]，太师健笔[3]，月寒波卷。　游倦。片云孤鹤，江湖都遍。慨金屋藏妖[4]，绣屏包祸[5]，欲与三郎痛辨[6]。回首前朝，断魂残照，几度山花崖藓。无限都付窊尊[7]，漠漠水天远。　（厉鹗《绝妙好词笺》卷五引《浯溪集》）

[注释]

①江如练：明净的长江水像白练一般。“澄江净如练。”见南朝齐谢朓《晚登三山还望京邑》。　②水部：指何逊。何逊官至尚书水部郎，后人称

之何水部。　③太师健笔:疑指燕(国公张说)许(国公苏颋)大手笔。④金屋藏妖:化用金屋藏娇的典故。“妖”疑指杨贵妃。　⑤绣屏:代指后宫。　包祸:包藏祸心。即怀有野心。“又复包藏祸心,窃窥神器。”见骆宾王《为徐敬业讨武则天檄》。　⑥三郎:指唐玄宗李隆基。玄宗兄弟六人,他排行第三,故称三郎。《唐诗纪事》载郑嵎《津阳门》诗有“三郎紫笛弄烟月”句,自注:“内中皆以上为三郎。”　⑦窊(wā)尊:凹陷可作酒杯用的岩石。“石堪为樽,状类不可名。”见唐元结《窊樽》。

八声甘州

想当年、龙舟凤艒[①],乐宸游、摇曳锦帆斜。伤心是,御香染处,树树栖鸦。

(《词苑粹编》卷十四引《皆山楼馀话》)

[注释]

①艒(mù):小船。

李　演

李演，字广翁，号秋堂，有《盟鸥集》。其他不详。

摸鱼儿

太　湖

又西风、四桥疏柳，惊蝉相对秋语。琼荷万笠花云重[①]，袅袅红衣如舞。鸿北去。渺岸芷汀芳，几点斜阳字[②]。吴亭旧树。又系我扁舟，渔乡钓里，秋色淡归鹭。

长干路[③]。草莽疏烟断墅。商歌如写羁旅[④]。丹溪翠岫登临事，苔屐尚黏苍土。鸥且住。怕月冷吟魂，婉冉空江暮。明灯暗浦。更短笛衔风，长云弄晚，天际画秋句。

[注释]

①琼荷万笠：大片美玉一般的荷叶好像许许多多的斗笠。　②斜阳字：指大雁在天空中所排的字形队伍。“雁字一行书绛霄。”见苏轼《虚飘飘》。　③长干：地名，在今江苏江宁境内，有大长干、小长干。　④商歌：悲戚哀伤的低调乐曲。　羁旅：羁，即“寄”；旅，即“客”。离开家乡，在外地工作或在外寄居作客。

声声慢

轻鞯绣谷[①]。柔屐烟堤，六年遗赏新续。小舫重来[②]，惟有寒沙鸥熟。徘徊旧情易冷，但溶溶、翠波如縠[③]。愁望远，甚云销月老，暮山自绿。　　鞾笑人生悲乐，且听我尊前，渔歌樵曲。旧阁尘封，长得树阴如屋。凄凉五桥归路，载寒秀、一枝疏玉。翠袖薄，晚无言、空倚修竹[④]。

［注释］

①轻鞯(jiān):走得轻快的马儿。　绣谷:锦绣的山林地带。　②舫:有舱室的船。“红窗小舫信风回。”见唐白居易《白莲池泛舟》。　③縠(hú):皱纱。　④“翠袖”二句:用杜甫《佳人》“天寒翠袖薄,日暮倚修竹”诗意。

醉桃源

题小扇

双鸳初放步云轻,香帘蒸未晴[①]。杏腮暗泪结红冰[②],留春蝴蝶情。　寒薄薄,日阴阴。锦鸠花底鸣。春怀一似草无凭,东风吹又生[③]。

［注释］

①蒸:闷热。　②红冰:泪水,形容悲伤之极。“杨贵妃初承恩召,与父母相别,湿涕登车,时天寒,泪结而红冰。”见五代王仁裕《开元天宝遗事·红冰》。　③东风吹又生:用白居易《赋得古原草送别》“野火烧不尽,春风吹又生”句意。

南乡子

夜宴燕子楼[①]

芳水戏桃英,小滴燕支浸绿云[②]。待觅琼觚藏彩信[③],流春。不似题红易得沉[④]。　天上许飞琼[⑤],吹下蓉笙染玉尘[⑥]。可惜素鸾留不得,更深。误剪灯花断了心[⑦]。

［注释］

①燕子楼:楼名,在今江苏徐州。唐张建封镇守徐州时为家伎关盼盼所筑,张死后,盼盼不嫁,居此楼十馀年。　②燕支:草名,产于西域,可作红色颜料,也写作胭脂,是古代妇女用的红色化妆品。“失我燕支山,使我

妇女无颜色。”见《太平御览·西河旧事》。　绿云：妇女的头髮。“绿云扰扰，梳晓鬟也。”见唐杜牧《阿房宫赋》。　③琼觚：美玉制的酒器。彩信：用丝织品做的信物。　④题红：即红叶题诗。这是一个爱情故事，有几种说法，大致主角的姓名不同，所发生的年代有差异，而其主要的情节是相同的。就是有一个书生，到京城应试，在御沟中拾到一张红叶，叶上题有诗句，后来那个宫女得到皇帝的恩典，和那个书生结合。见《云溪友议》、《青琐高议》、《本事诗》等书。　⑤许飞琼：仙女名，西王母的侍儿。　⑥玉尘：白雪，也比喻白花。　⑦灯花：旧以结灯花为吉兆。

八六子

次篔房韵[①]

乍鸥边、一番腴绿，流红又怨蘋花。看晚吹、约晴归路[②]，夕阳分落渔家。轻云半遮。　萦情芳草无涯。还报舞香一曲，玉瓢几许春华。正细柳青烟，旧时芳陌，小桃朱户，去年人面，谁知此日重来系马[③]，东风淡墨攲鸦。黯窗纱。人归绿阴自斜。

［注释］

①篔房：李彭老的号。　次韵：作诗的和韵方式之一，也叫步韵，就是根据原作的原韵及先后次序进行创作。《全宋词》李彭老名下不见有《八六子》一词。　②晚吹：晚风。“笳随晚吹吟边草。”见唐刘长卿《观校猎上淮西相公》。　③“旧时芳陌”四句：用唐崔护《题都城南庄》“人面桃花”的典故。

祝英台近

次篔房韵[①]

采芳蘋，萦去橹。归步翠微雨[②]。柳色如波，萦恨满烟浦。东君若是多情[③]，未应花老，心已在、绿成阴处。

困无语。柔被褰损梨云，间修牡丹谱[4]。妒粉争香，双燕为谁舞。年年红紫如尘，五桥流水，知送了、几番愁去。

（以上六首见《绝妙好词》卷五）

[注释]

①这首词是和李彭老《祝英台近·载轻寒》之作。　②翠微：青葱轻淡的山色。　③东君：司春之神。　④牡丹谱：记述评论牡丹的书籍。似指欧阳修撰写的《洛阳牡丹记》。

贺新凉

多景楼落成[1]

笛叫东风起。弄尊前、杨花小扇，燕毛初紫。万点淮峰孤角外，惊下斜阳似绮。又婉娩、一番春意[2]。歌舞相缪愁白猛，卷长波、一洗空人世。闲热我，醉时耳[3]。

绿芜冷叶瓜州市[4]。最怜予、洞箫声尽，阑干独倚。落落东南墙一角[5]，谁护山河万里。问人在、玉关归未。老矣青山灯火客，抚佳期、漫洒新亭泪[6]。歌哽咽，事如水。

（《浩然斋雅谈》卷下）

[注释]

①多景楼：在今江苏镇江北固山甘露寺内，宋郡守陈天麟于唐临江亭故址兴建。　②婉娩：天气晴和，柔顺的样子。“怀婉娩之柔情。”见晋张华《永怀赋》。　③闲热我，醉时耳：化用“酒酣耳热”意。　④瓜州市：即瓜洲，也叫瓜埠洲，在今江苏邗江南，大运河入长江处，与镇江相对。　⑤落落：孤独的样子。　⑥新亭泪：也作“新亭挥泪”或“新亭对泣”。形容忧国伤时的悲愤心情。东晋初，从中原过江的人士，在暇日，相邀在新亭宴饮，周顗说：“风景不殊，举目有山河之异！”大家都相对落泪。见宋刘义庆《世说新语·言语》。

[集评]

周密云:“淳祐间,丹阳太守重修多景楼。高宴落成,一时席上皆湖海名流。酒馀,主人命妓持红笺征诸客词,秋堂李演广翁词先成。众人惊赏,为之阁笔。”(《浩然斋雅谈》卷下)

卫宗武

卫宗武(？—1289),字淇父,自号九山,华亭(今江苏松江)人。淳祐间,历官尚书郎,出知常州,罢归。入元隐居不仕。至元二十六年,年逾八十卒。有《秋声集》。

水调歌头

自 适

风雨卷春去,绿紫总无馀。窈窕一川芳渚,软草接新蒲。杨柳垂垂飘絮,桑柘阴阴成幄[①],殷绿正蓁敷[②]。迁木莺呼友[③],营垒燕将雏[④]。　金蕉举[⑤],珠樱累[⑥],豆梅腴,寿乡歌舞,樽前暂得皱眉舒。往事南柯印绶[⑦],晚岁北山杖屦[⑧],寂寞笑今吾。幸作耆年侣,写入洛英图[⑨]。

[注释]

①幄:篷帐。“帷幕皆以布为之,四合象宫室,曰幄。”见《周礼·天官·幕人》注。　②殷绿:深绿,或暗红和绿色。　蓁敷:一作敷蓁,茂盛的样子。“五谷垂颖,桑麻敷蓁。”见汉班固《西都赋》。　③迁木莺:莺升高木。“伐木丁丁,鸟鸣嘤嘤。出自幽谷,迁于乔木。”见《诗经·小雅·伐木》。　④营垒:筑巢。指经营家室。　⑤金蕉:酒杯。“听缓敲牙板,满引金蕉。”见扬无咎《望海潮·上梁帅生辰》。　⑥珠樱累:像珍珠一般的樱桃一串一串的。　⑦南柯印绶:在南柯郡当官。用唐李公佐《南柯记》的典故。　⑧北山:指南京市的钟山,由孔稚珪的《北山移文》引申为隐居。　⑨“幸作”二句:指文彦博在留守西京时聚集诸老的洛阳耆英会,后由闽人郑奂画图在妙觉僧舍。见邵伯温《河南邵氏见闻前录》。　耆年:老年,耆指六十岁以上的人。

摸鱼儿

咏小园晚春

小林峦、一年芳事，乱红还又飞雨①。生香冉冉花阴转，云擘满空晴絮。游宴处。看乐意相关，庭下胎仙舞②。歌声缓度。任圆玉敲寒③，飞觞传晓④，未许放春去。
闲中趣。明月清风当户。莘莘容屋陈俎⑤。剪裁妙语频赓唱⑥，巧胜郢斤般斧⑦。心自许。拚凋景颓龄⑧，为莺俦燕侣⑨。同盟会取。共花下小车⑩，竹间三径⑪，长作老宾主。

［注释］

①乱红：零乱的落花。"泪眼问花花不语，乱红飞过秋千去。"见欧阳修《蝶恋花》(庭院深深)。 ②胎仙：鹤的别称。古人认为鹤是仙禽，相传是胎生，故名。 ③圆玉敲寒：晚上下围棋。 ④飞觞传晓：不停地传递酒杯一直到天明。"飞羽觞而醉月。"见唐李白《春夜宴桃李园序》。⑤莘莘容屋陈俎：满屋陈列着许多宴会食品。 莘莘：众多的样子。 ⑥赓唱：赓和酬唱，即互相和诗吟唱。 ⑦郢斤般斧：郢都石姓匠人的斧头和木匠公输般的斧子。此形容技巧的精湛高超。 ⑧凋景颓龄：年老活着的时间不多了。 景：光阴。 颓龄：衰暮之年。 ⑨莺俦燕侣：莺燕都是春天的鸟儿，以物候借指春光，和黄莺燕子做朋友，就是说喜爱春天。⑩花下小车：典出《宋史·道学传·邵雍》"邵雍春秋时出游城中……出则乘小车，一人挽之，惟意所适"。 ⑪竹间三径：本意为三条小路，这里指归隐者的住所。晋赵岐《三辅决录·逃名》："蒋翊(汉衮州刺史)归乡里，荆棘塞门，舍中有三径，不出，唯求仲，羊仲从之游。"

摸鱼儿

叠前韵

见春来、又将春尽，狂风那更痴雨。一番芳径催人老，回首绿杨飘絮。欢会处。有小小池亭，止欠妙歌舞。光阴梭度[①]。对草木幽姿，候禽雅奏[②]，客至未应去。
十年里，冷落翟公庭户[③]。朋来草草樽俎[④]。投闲赢得浮生乐，肯羡油幢绣斧[⑤]。春几许。任洛谱名葩，留宴耆英侣。浮荣竞取。纵带玉围腰，印金系肘，争似莺花主。

[注释]

①光阴梭度：时光像梭子一般飞快地穿过去。 ②候禽：候鸟，随着节候变化而往来的鸟儿。 雅奏：演奏动听的乐曲，即把鸟儿拟人化，说它们的鸣叫是演奏。 ③翟公庭户：言人情的势利。翟公，西汉下邽人，“始惟公为廷尉，宾客盈门；及废，门外可设雀罗。翟公复为廷尉，宾客欲往。翟公乃大署其门曰：‘一死一生，乃知交情。一贫一富，乃知交态。一贵一贱，交情乃见。’”见《史记·汲郑列传》。 ④草草樽俎：简单食具，即家常便饭。 ⑤油幢：高官所乘车的帘，用青色油布制成，后遂以显示高官爵位。 绣斧：出《汉书·王䜣传》，“武帝末，军旅数发，郡国盗贼群起，绣衣御史暴胜之使持斧逐捕盗贼。”后以绣斧指皇帝特遣的执法大臣。

木兰花慢

和野渡赋菊

聚林园芳景，尽输韩圃陶篱[①]。任雨虐风饕，露凝霜压，丛木离披[②]。正色幽香不减，与冬兰、并秀结心知。天赋花中名节，不教桃李同时。 清奇。秋后尤宜。浮卉尽、尚芬菲[③]。称处士庭除[④]，先生简册[⑤]，声续吾伊。便好竹间松下，擅晚芳、长伴岁寒姿[⑥]。懊恨携樽已晚，明年来把花枝。

[注释]

①韩圃陶篱：韩康的药圃和陶潜的东篱。 ②离披：散乱的样子。

③浮卉：普通的花卉。　④处士庭除：陶潜的院子。　处士：隐士，此指陶潜。　⑤先生简册：指陶潜之《咏菊》及《白衣送酒》等故事的记载。　⑥岁寒姿：松与柏。“岁寒，然后知松柏之后凋也。”见《论语·子罕》。

酹江月[①]

山中霜寒有作

露华凝聚，夜更长、寒压一床衾重。局缩龟藏灯幌悄，明灭银釭欲冻[②]。鼻观流珠[③]，肌纹浮粟[④]，攲枕难成梦。明蟾交映[⑤]，一窗清影梅弄。　晓见黄陨丹空[⑥]，但琼华点缀，万梢森耸。橘柚香来分好景，书后尽堪题送。青女呈工[⑦]，玉妃传信[⑧]，渐六霙飞动[⑨]。瑞花盈尽[⑩]，看看叠嶂银涌。

［注释］

①酹江月：《念奴娇》的别名，以苏轼词有“一尊还酹江月”之句而得名。　②银釭：白银制作的灯盏。“斜背银釭半下帷。”见唐白居易《卧听法曲霓裳》。　③鼻观流珠：鼻子里流淌清水鼻涕。　④肌纹浮粟：冷得皮肤上起鸡皮疙瘩。　⑤明蟾：皎洁的月亮。　⑥黄陨：树木凋落。“桑之落矣，其黄而陨。”见《诗经·卫风·氓》。　丹空：即红花落尽。　⑦青女：霜雪之神。“青女，天神，青霄玉女，主霜雪也。”见汉刘安《淮南子·天文训》注。　⑧玉妃：比喻雪花。“白霓先启途，从以万玉妃。”见唐韩愈《辛卯年雪》。　⑨六霙：雪花。雪花六角形，故名。　⑩瑞花：雪花。

酹江月

和友人催雪

暮云凝冻，耸玉楼、捻断冰髯知几[①]。今岁天公悭破白[②]，未放六霙呈瑞。瘞马发祥[③]，妖麋应祷[④]，终解从人意。腊前三白[⑤]，瑶光一瞬千里。　便好剪刻漫空，落花飞絮，滚滚随风起。莫待东皇催整驾，点点消成春水。巧思裁云，新词胜雪，引动眉间喜。欺梅压竹，看看还助吟醉。

[注释]

①玉楼：道家称肩为玉楼。“冻合玉楼寒起粟。”见东坡《雪后书北台壁诗》。 ②悭：吝啬，小气。 破白：下雪。 ③瘗马：埋马。 ④妖麋：麋性黠，能惑人。见《白虎通》。 ⑤三白：雪。“行当见三白，拜舞欢万岁。”见苏轼《次韵王觌正言喜雪》。 腊前三白：腊月前下了三场雪。

满江红

寓古杭和南塘咏欲雪词

屑玉飞霙[①]，正堪称、冯夷展布[②]。空几度、痴云凝聚，狂风掀舞。点点抛扬珠作霰，纤纤断续丝垂雨。借银河、剪刻六花飘[③]，天应许。 水漠漠，斜桥渡。烟淡淡，长亭路。望寒莎衰草，总成愁绪。坡老新堤须好在[④]，逋仙孤屿犹堪去[⑤]。共寻梅、止欠雪双清[⑥]，烦青女[⑦]。

[注释]

①屑玉：形容雪珠像玉的碎末。 飞霙：飘落的雪花。 ②冯(píng)夷：河神名。“冯夷得之，以避大川。”见《庄子·大宗师》。 ③六花：雪花是六角形，故名。 ④坡老新堤：宋元祐年间，苏轼作杭州知府时，在西湖中筑堤，横截湖面，用以蓄水。堤中为六桥九亭，夹道栽柳树，称苏堤，也叫苏公堤。 ⑤逋仙孤屿：林逋隐居于杭州西湖的孤山。 ⑥双清：指人与雪俱清。“风月双清瑶镜秋。”见宋李祁诗。 ⑦青女：霜神。

满江红

寿野渡

弧矢开祥[1]，喜从此、旬兼九日。新岁改、椒盘献颂[2]，齐头七十。渐入唐人诸老画，可追洛社耆英集[3]。有陶潜、三径健吟哦[4]，贫而适。　摘仙桂，探蟾窟。敛洪藻[5]，归麟笔[6]。总古先传记，讥评得失。不朽芬芳垂简册，浮荣土苴轻簪笏[7]。看年如、卫武粲成章[8]，诗传抑。

［注释］

①弧矢：古国君世子降，以桑弧蓬矢射天地四方，期有志于远大。后常以弧矢指生男孩，此处用作祝寿语。　②椒盘：古代在农历正月初一日用盘子进椒，喝酒时把椒放在酒里，叫做椒盘。　③洛社耆英集：指文彦博在留守洛阳时邀诸老集会的事情。见宋邵伯温《邵氏见闻录》。　④陶潜三径：晋陶潜的《归去来辞》有“三径就荒，松菊犹存”之句。此谓归隐之乐。　⑤敛洪藻：收敛起宏伟的文章。　洪藻：大的辞藻，擅长写文章，也作洪笔。“英儒赡闻之士，洪笔丽藻之客。”见晋郭璞《尔雅注·序》。　⑥麟笔：史笔，正直的笔。孔子作《春秋》，写至哀公十四年“西狩获麟”而止，后世称之为“获麟绝笔”。　⑦土苴（jū）：土芥，粪草，最贱之物。　簪笏：做官。古人簪（插）着笔以准备书写，执笏（手板）记要办的事。执笏簪笔，为做官的代称。　⑧卫武粲成章：卫武作《抑》。朱熹《诗集传》：“卫武公作此诗，使人日诵于侧以自警。”

天仙子

前　题

搭宅亭园虽不大，花木成阴难论价。豪端点缀有珠玑[1]，竹一带，梅一派。明月清风何用买。　子子孙孙纡寿彩，家庆成图和蔼蔼。更添三岁古来稀，酒满斝[2]，诗满架，直到耆颐年未艾[3]。

[注释]

①豪端:笔尖。豪,通“毫”。 珠玑:珠子。玑,不圆的珠子。在此比喻好文章。 ②斝:古代的铜制酒器。 ③艾:停止,尽,结束。“夜如何其?夜未艾。”见《诗经·小雅·庭燎》。

水龙吟

和野渡生朝

桑蓬扫尽闲愁[①],未应人比梅花瘦[②]。眉峰顿展,恰如云卷,北山□九。萦锦绣肠,袖丝纶手,骎骎希有[③]。□□□博取,巍科□□[④],儒冠于我何负。 初度年来年去[⑤],喜称觞、腊前还又[⑥]。安时委命,金鱼玉带[⑦],倘来斯受[⑧]。傍屋园林,抚松对竹,共朋三寿[⑨]。且逍遥、安乐窝中[⑩],岁岁进、长生酒。

[注释]

①桑蓬:桑弧蓬矢,指男子出生。见《礼记·郊特牲》。 ②人比梅花瘦:用李清照《醉花阴》“帘卷西风,人比黄花瘦”句意。 ③骎骎:急迫,快速。 ④巍科:高科,高中。古代科举考试,榜上的排名分等次,排在前面的称巍科。 ⑤初度年来年去:生日年年过。 ⑥称觞:举杯祝酒。⑦金鱼玉带:做大官。唐代官制,三品以上穿紫衣,佩挂鱼形金符,系玉饰腰带。“不知官卑高,玉带悬金鱼。”见唐韩愈《示儿》。 ⑧倘来:无意之间得来。 ⑨三寿:祝颂。古时把高寿分上、中、下三等,分别为百二十岁、百岁、八十岁。《诗经·鲁颂·閟宫》:“三寿作朋,如冈如陵。” ⑩安乐窝:宋邵雍自号安乐先生,就称他的住宅为安乐窝,后泛指舒适安静的住处。

金缕曲

寿南塘八月生朝

强半秋澄穆①。半月弦、南极躔高②，寿星明煜③。今岁户庭殊旧岁，洗尽闲愁千斛。沸春夏、欢声相续。兰已种成香满砌④，更蕣华、得偶颜如玉⑤。双捧劝，寿齐祝。

郗枝芳映庄椿绿⑥。觉这番、初度称觞，桂增芬馥。生子生孙从此始，剩有人传祖笏⑦。看八座、青毡须复⑧。两两闺中俱秀质，待子平、婚嫁人人足⑨。碧桃下⑩，跨青鹿。

（以上《秋声集》卷四）

[注释]

①强半：超过一半。　②躔：躔度，标志日月星辰在天空运行的度数，指其行经的轨迹。　③煜(yù)：明亮。　④兰已种成：子女已经培养成人。从前称人家的子女优秀为兰玉。“譬如芝兰玉树，欲使其生于阶庭耳。”见宋刘义庆《世说新语·言语》。　⑤蕣(shùn)华：木槿花，在秋夏开花，朝开暮收。　⑥庄椿：祝人长寿之词。“上古有大椿者，以八千岁为春，八千岁为秋。”见《庄子·逍遥游》。　⑦祖笏：祖上做官，即世代簪缨的意思。　笏：笏板，是高官的象征。　⑧八座：高级官员。各代有所不同，唐代以六尚书、左右仆射及令为八座。　⑨“待子平”句：办完了子女的婚嫁之事。　子平：向长，字子平，后汉朝歌人，隐居不仕，子女婚嫁完毕，就不问家事，后游五岳名山，不知所终。见《后汉书·逸民传》。　⑩碧桃：神话中的仙桃，用作祝寿词。

李敬则

李敬则,字庄翁。淳祐间人。朱继芳静佳乙稿有送李敬则之升扬诗。

沁园春

寿徐知院

南渡盛时,壬寅之秋[①],生此伟人。是皇家柱石,端平君子[②],吾儒宗主,意一先生。自起丹山[③],晋登紫府[④],天下欣然望太平。至夷狄,亦慕吾中国,司马声名[⑤]。
愿君为尧舜之君。举一世民皆尧舜民。羡当年三渐[⑥],直声已著,近来四蜀[⑦],先虑尤深。事验平凉[⑧],眷隆当宁[⑨],指日须还公秉钧[⑩]。愿公寿,以寿吾国脉,以寿斯文。

(《截江网》卷四)

[注释]

①壬寅:南宋孝宗淳熙九年(1182)。 ②端平:端正廉明的大使。③丹山:在今湖北巴东县西。神话中传说的昼夜长明的神仙之地。④紫府:仙人所居住的地方。即紫兰宫,神话中西王母的宫殿名。“及一天上,先过紫府。”见晋葛洪《抱朴子·祛惑》。 ⑤司马声名:指司马光。时有重名,为外邦所敬。 ⑥三渐:即三浙。浙江古称。 ⑦四蜀:四川一带。 ⑧平凉:地名,今甘肃平凉。 ⑨眷隆:皇帝的宠信。 当宁:门外门屏之间叫宁,天子在这里接受诸侯的朝见。“天子当宁而立。”见《礼记·曲礼》。 ⑩秉钧:掌握国政,指宰相的职位。“秉国之钧,四方是维。”见《诗经·小雅·节南山》。

存目词

本书(今按:指《全宋词》)初版卷二百七十九有《卜算子》“口诵百中经”一首,乃翁合作,见《翰墨大全》壬集卷十四。

吴　益

宋人名吴益者甚多，不知此吴益为何人。

玉楼春

寿尊长

玉楼春信梅传早，三八芳辰阳复后[①]。称觞喜对一椿高[②]，莱庭双桂森兰茂[③]。　惭无好语为公寿，富贵荣华公自有，请歌诗雅祝遐龄，永如松柏如山阜[④]。

（《翰墨大全》丁集卷四）

[注释]

①阳复：冬至一阳始复。　②椿高：像八千岁为春，八千岁为秋的大椿那样高寿。　③莱庭：老莱子的厅堂，指孝顺之家。　兰茂：子孙兴旺。　④"请歌"二句：用《诗经·小雅·斯干》"秩秩斯干，幽幽南山。如竹苞矣，如松茂矣"，祝寿意。

利 登

利登,字履道,号碧涧,金川(今属江西)人。以《礼记》擢淳祐元年(1241)进士第。仕至宁都尉。有《骳稿》一卷,词亦清婉可诵。

绿头鸭[1]

晚春天。柳丝初透晴烟。黯离怀、绿房深处,艳游曾记当年。衬龙绡、亭亭玉树[2],步鸳褥、窄窄金莲[3]。烧蜜调蜂,剪花挑蝶,香云微湿绿弯鬟[4]。嬉游困,倚郎私语,还爱抚郎肩。共携手,海棠院左,翡翠帘边。 恨无情、锦笼鹦鹉,等闲轻语花前。昔相怜、关山咫尺,今相望、咫尺关山。是妾心阑[5],是郎意懒,是郎无分妾无缘。都休问、金枝云里,何日跨金鸾。深盟在,香囊暗解,终值双鸳。

[注释]

①绿头鸭:《多丽》的别名。 ②龙绡:有龙纹图案的生丝薄纱。玉树:赞美别人仪容秀美、才干优异。“魏明帝使后弟毛曾与夏侯玄共坐,时人谓蒹葭依玉树。”见宋刘义庆《世说新语·容止》。 ③金莲:称旧时中国妇女的小脚。 ④香云:美女的鬓髮。“香雾云鬟湿。”见杜甫《月夜》。 ⑤阑:衰退,残尽。

菩萨蛮

玉阑干外重帘晚,流云欲度长天远[1]。花草不知名,春来各自春。 绿鞍游冶客[2],何处垂杨陌。不信不归来,海棠花又开。

[注释]

①流云:飘动的云。 ②绿鞍游冶客:骑着马到处寻欢作乐的人。

玉楼春

夹帘不卷重堂暮[①],白骑少年何处去。云根稚藕已胜花[②],烟外子松今作树。 金悌月涩知无与[③],宝瑟风惊犹自语。斜河一道界相思[④],横隔天心寒似雾。

（以上三首见《阳春白雪》卷五）

[注释]

①夹帘:双层帘子。 重堂:楼馆。“其所起庐舍,皆有重堂高阁。”见《后汉书·樊宏传》。 ②云根:深山高远云起的地方。“云根临八极,雨足洒四溟。”见晋张协《杂诗》。此处按文意,作稚藕的定语,似解释不通。 ③金悌:黄色的帷幕。 悌:通“绨”,厚缯。 ④斜河:银河。界:隔开。

水调歌头

日月换飞涧,风雨老孤松。千岩万壑秋重,白气接长空。一笑掀髯徐起,苍珮腰间相照[①],犹自涌晴虹。桑海几番覆[②],人尚醉春风。 横白石,结绿绮[③],送飞鸿。十年梦事消歇[④],长剑吼青龙。却笑人间多事,一壳蜗涎光景[⑤],颠倒死英雄。云日空濛里,玉鹤任西东。

[注释]

①苍珮:翡翠玉佩。 ②桑海:桑田沧海,大海变成农田,农田变成大海,比喻世事变化的巨大。“接侍以来,已见东海三为桑田。”见晋葛洪《神仙传·王远》。 ③绿绮:古琴名。 ④十年梦:用杜牧《遣怀》“十年一觉扬州梦”句意。 ⑤一壳蜗涎光景:贫困日子。一间狭小如蜗牛壳的

居室里布满了蜗牛爬过的痕迹。　光景:日子,情况。

洞仙歌

弄香吹粉,记前回酒困[①]。绿露沉沉转花影。翠帘深,隐隐红雾依人,荷月静,新样双鸾交映。　如今谁念省。短雨长云,曾托琵琶再三问。最苦绿屏孤,夜久星寒,无处顿、风流心性。又莫是偷香寄韩郎[②],到漏泄春风,一枝花信。

[注释]

①酒困:被酒所惑,即喝醉。　②偷香寄韩郎:晋代的韩寿,美姿容,贾充的小女儿贾午爱上了他,贾午偷了父亲的西域奇香送给了他。后来被发觉,贾充就把女儿嫁给了韩寿。见《晋书·贾充传》。

过秦楼

眉黛山分,靥朱星合[①],郁郁夜堂初见[②]。芙蓉寄隐,荳蔻传香,便许翠鬟偷剪。迎夜易羞,欲晨先怯,风流楚楚未惯[③]。正流苏帐掩,绿玉屏深,红香自暖。　谁信道、媚月难留,惊云易散,从此三桥路远[④]。巢燕春归,剪花词在[⑤],难寄红题一片[⑥]。料想伊家,如今羞傍琴窗,慵题花院。但碧桃影下,应对流红自叹[⑦]。

[注释]

①靥朱:脸蛋上擦了胭脂。　②郁郁:散发着香气。“郁郁菲菲,众香发越。”见汉司马相如《上林赋》。　③楚楚:女子娇弱的样子。　④三桥:地名,泛指桥梁。　⑤剪花词:或为作者的词作。　⑥红题:即题红,用“红叶题诗”的典故。　⑦流红:飘落在水中的花瓣。

齐天乐

淡云荒草秋汀暮，归心又寒烟水。论槛移花[①]，量船载酒[②]，寂寞当年情味。孤蓬夜闭[③]。听四壁松声，欲高还细。似近如遥，露鸿声乱楚天外。　蓝桥人断岁久[④]，旧家曾共赏，九华花事[⑤]。艳雪初融，生香自暖，消得金莲贴地[⑥]。相思破睡。谩一点琴心[⑦]，暗关千里。愁怯潮生，晓帆风又起。

[注释]

①论槛移花：花按槛种植。即按一槛一槛种花，极言种花之多。②量船载酒：酒按照船的单位买卖。即一船一船地装载，言酒之多。③蓬：蓬门，柴门。表示贫苦。　④蓝桥：桥名，在今陕西蓝田东南蓝溪之上，即传说中唐代裴航遇仙女云英的地方。见《太平广记·裴航》。　⑤赏九华花事：赏菊花之事。秋季九十天，称九秋。菊花在秋天开放，故称九华。　⑥金莲贴地：齐东昏侯凿金莲花贴地，令潘妃在上面行走，所谓"步步金莲"。见《南史·齐东昏侯纪》。　⑦琴心：借琴声传递爱情。汉司马相如以琴心挑卓文君。见《史记·司马相如列传》。

鹧鸪天

凤尾鬟香再叠梳，藕丝衫嫩蹙双鱼。闲收末利熏藤枕[①]，自插芙蓉绕翠蟵。　新浴后，浅妆初。卫夫人帖学行书[②]。西窗一霎黄昏雨，笑问新凉饮酒无。

（以上五首见《阳春白雪》卷七）

[注释]

①末利：即茉莉花。　②卫夫人：东晋女书法家卫铄，字茂猗，安邑（今山西夏县）人。卫恒的侄女，嫁给汝阴太守李矩，世称卫夫人。精于书法，隶书写得更好，师法钟繇。王羲之少年时曾跟她学书法。传世的《卫

夫人帖》,为初唐李怀琳伪作。见宋黄伯思《东观馀论·法帖刊误》。

风流子

梨园花柳地[1],扶残醉、曾记问妖娆[2]。叹惹住轻烟,柔丝未改,霏零疏雨,腻粉先飘。更低道,花无三日艳,柳有一年娇。卷翠未迟,醉红易失,共偎香影,同赏良宵。　如今知何处,三山远[3],云水一望迢迢。傍砌青鸾好在[4],谁送归飙。但花下红云,尚通夕照,柳边白月,自落寒潮。最是无端,子规啼破寒梢。

[注释]

①梨园:戏班子,剧院。唐玄宗曾挑选乐工三百人,宫女数百人,在梨园教授乐曲,亲自订正声误,号"皇帝梨园子弟"。见《新唐书·礼乐志》。　花柳地:繁华的地方。　②残醉:残留的醉意。"起因残醉醒,坐得晚凉归。"见唐白居易《湖亭晚归》。　妖娆:美女。　③三山:指海外三神山:蓬莱、瀛洲、方丈。　④青鸾:传说中的神鸟。

风入松

断芜幽树际烟平,山外又山青。天南海北知何极,年年是、匹马孤征。看尽好花成子,暗惊新笋抽林。　岁华情事苦相寻,弱雪鬓毛侵[1]。十千斗酒悠悠醉[2],斜河界、白日云心。孤鹤尽边天阔,清猿咽处山深。

（以上二首见《阳春白雪》卷八）

[注释]

①弱雪:微白,花白。　②十千斗酒:十千钱买一斗酒,形容喝高档酒。"我归宴平乐,美酒斗十千。"见魏曹植《名都篇》。

水调歌头

相聚不知好，相别始知愁。笋舆伊轧[①]，穿尽斜照古平州[②]。今夜荒风脱木[③]，明夜山长水远，后夜已他州。转觉家山远，何计去来休。　　酒堪沽，花可买，月能留。相思酒醒[④]，花落五更头。长记疏梅影底，一笛紫云飞动，相对大江流。此别无一月，一月一千秋。

[注释]

①笋舆：竹轿。　伊轧：拟声词，竹轿的声音，吱咯吱咯地响。　②斜照：斜阳，快要下山的太阳。　古平州：今湖北当阳。　③荒风脱木：寒风吹落树叶。　④唐氏按："酒醒"上下缺二字。

失调名

花外潮回，剑边虹去，抚寒江千里。

虞美人

当时养士知何许，总把降幡去。汉家王气塞乾坤。一树盈盈不为、汉家春。　　（下缺）（以上见《隐居通义》卷九）

吴势卿

吴势卿,生卒不详,字安道,号雨岩,建安(今属福建)人。淳祐元年(1241)进士,历官浙西转运副使、朝奉大夫等职。

沁园春

寿董宪使

碧瓦霜融,绣阁寒经[①],春浮寿杯。羡华年七秩[②],人生稀有,新阳七日,天意安排。丹凤门开,黄麾仗立[③],此际应须召促回。人道是,却暂时绣斧[④],索笑盐梅[⑤]。
盱江假守非才[⑥]。犹记得当时传庾台[⑦]。算良机再会,抠衣来久[⑧],归鞭何速[⑨],祝寿方才。应与邦人,传为佳话,只为先生诞日来。明年看,是侬方九曲[⑩],公已三台[⑪]。

(《翰墨大全》丙集卷十三)

[注释]

①注者按:“经”疑为“轻”字误。 ②秩:十年为一秩,七秩,即七十岁。 ③黄麾:黄色的旗帜。 仗:仪仗。 ④绣斧:指绣衣直指官职,相当于现代的公安、法院官员。汉代泰山琅琊群盗徐勃等阻山攻城,朝廷派直指使者暴胜之等穿了绣衣,拿了斧子分部逐捕。见《汉书·武帝纪》。 ⑤盐梅:盐味咸,梅味酸,为调味的必需品,后作为宰相的美称。“若作和羹,尔惟盐梅。”见《尚书·说命》。 ⑥盱江:在今江西境内,现在叫抚河。 假守:代理太守。 ⑦庾台:按词意似用庾亮的庾公楼典故。 ⑧抠衣:提起前面的衣襟以表恭敬。“抠衣趋隅。”见《礼记·曲礼》。 ⑨鞭:借代为马匹。 ⑩九曲:南朝梁昭明太子所开凿的池子,在今江苏江宁东北。昭明泛舟池中,曾说:“何必丝与竹,山水有清音。”此指不做官,流连山水。 ⑪三台:本为星座名,古代用星象征人事,以三台为三公之位。泛指高官。

刘 浩

刘浩，据《浙江通志》作瑞安人。淳祐元年（1241）进士。或即其人。李龏《梅花衲中集》有刘浩诗句。其他不详。

满江红

寿陈侍郎　十一月十五

岳渎储精[①]，冰壶里、精神可掬[②]。三万卷、龙蛇落纸[③]，琅玕撑腹[④]。便合弹冠登要路[⑤]，如何袖手缄空谷[⑥]。又谁知、天独授先生，长生箓。　鹤易怨[⑦]，龟多缩。竹太瘦，梅偏独。算人间何物，可传心曲[⑧]。但愿君如天上月，年年此夜团如玉。更有人、千里共婵娟[⑨]，偷香祝[⑩]。

（《翰墨大全》丁集卷四）

［注释］

①岳渎：五岳和四渎的省称，泛指山河。　②冰壶：比喻清白洁净。“清规日举，湛虚照于冰壶。”见骆宾王《上齐州张司马启》。　③龙蛇：书法的笔势。“大篆龙蛇随笔札。”见曹唐《游仙诗》。　④琅玕：像珠子一样的玉石。此指美文。　⑤弹冠：整洁帽子，表示将要出来做官。“或弹冠而来仕。”见沈约《郊居赋》。　要路：重要的官职地位。“丈夫当先据要路以制人。”见《唐书·崔湜传》。　⑥缄空谷：封闭于深山里。指隐居。　⑦鹤易怨：隐居而又复出做官。“蕙帐空兮夜鹤怨。”见孔稚珪《北山移文》。　⑧心曲：内心深处的思想感情。“在其板屋，乱我心曲。”见《诗经·秦风·小戎》。　⑨“更有”句：用苏轼《水调歌头·怀子由》“但愿人长久，千里共婵娟”现成词句。　⑩作者自注：“时出爱姬。”

赵希汰

赵希汰，生卒不详，燕王德昭八世孙。

沁园春

寿处州吴雨岩

持节浙东[1]，六十年前，紫阳老师[2]，看粟移七郡，功深到处。棠阴一道，民尚思之。心印亲传，雨岩来括，寅岁幸无庚子饥。仁同视，更备存先具，仓积千斯[3]。　青州阴德天知[4]。只此事堪为嵩岳祈。与太夫人寿，相看华髮[5]，转中书令[6]，长著斑衣[7]。岁岁梅花，樽前索笑，霜月先圆两夜规。称觞了，报春风千里，班觐龙墀[8]。

（《翰墨大全》丙集卷十三）

［注释］

①浙东：浙江东路，今浙江东南部。　②紫阳老师：朱熹，人称紫阳先生。　③千斯：即千箱之意。　④阴德：做好事不被人知道。“臣闻有阴德者，必飨其乐以及子孙。”见《汉书·丙吉传》。　⑤华髮：花白头髮。⑥中书令：官职名，宰相级别。参阅《通典》。　⑦斑衣：彩衣。相传春秋时楚国的老莱子，性至孝，年七十，常着斑斓彩衣，作婴儿戏以娱双亲。⑧觐：朝见皇帝。　龙墀：皇帝金銮殿。

徐俨夫

徐俨夫，字公望，号桃渚，平阳人。淳祐元年（1241）进士第一。淳祐十二年（1252），著作郎兼礼部郎官、兼沂靖惠王府教授，除秘书丞。

西江月

曲折迷春院宇，参差近水楼台[1]。吹箫人去燕归来[2]，空有落梅香在。　　花底三更过雨，酒阑一枕惊雷。明朝飞梦隔天涯，肠断流莺声碎。　　（《阳春白雪》卷八）

［注释］

①近水楼台：靠近水边的建筑物。　②吹箫人：指秦穆公时善于吹箫的萧史，他与穆公之女结为夫妇。见《列仙传》。

［集评］

况周颐云："《西江月》调，最不易填。稍不经意，浅俚率滑之失，辄复中之。桃渚词'左'、'碎'二韵，婉丽清新，于北宋人中颇近张子野。'词人之词'，斯为不愧。"（《历代词人考略》）

陈　合

陈合，字惟善，号中山，长乐人。淳祐四年（1244）进士。宝祐五年（1257），著作佐郎。历官礼部侍郎，拜端明殿学士，签书枢密院。卒谥文惠。

宝鼎现

寿贾师宪[①]

神鳌谁断[②]，几千年再，乾坤初造。算当日、枰棋如许，争一著、吾其衽左[③]。谈笑顷、又十年生聚，处处豳风葵枣[④]。江如镜，楚氛馀几，猛听甘泉捷报[⑤]。　天衣细意从头补。烂山龙、华虫黼藻[⑥]。宫漏永、千门鱼钥[⑦]，截断红尘飞不到。街九轨[⑧]，看千貂避路[⑨]，庭院五侯深锁[⑩]。好一部、太平六典[⑪]，一一周公手做[⑫]。　赤舄绣裳[⑬]，消得道、斑斓衣好。尽庞眉鹤发，天上千秋难老。甲子平头才一过，未说汾阳考[⑭]。看金盘，露滴瑶池，龙尾放班回早[⑮]。

（《齐东野语》卷十二）

［注释］

①贾师宪：贾似道。时为太师，权倾一世，时年六十一岁。　②神鳌谁断：古代神话，女娲氏断鳌足以立地之四极。见《列子·汤问》。　③衽左：一作左衽，衣服的前襟向左。我国古代中原人民的衣服前襟向右，少数民族的衣襟则向左。后指被外族统治，即沦为亡国奴。“微管仲，吾其被发左衽矣。”见《论语·宪问》。　④豳风葵枣：发展农业。“七月亨葵及菽，八月剥枣。”见《诗经·豳风·七月》。　⑤甘泉：旧县名，今江苏江都。　⑥山龙：古代官服和旌旗上山和龙的图案。　华虫：古代礼服上画的雉鸡图案。“日、月、星辰、山、龙、华虫作会。”见《尚书·益稷》。　黼（fǔ）藻：黑白相间的图案。此言大臣（贾似道）有补衮之责也。　⑦宫

漏:皇宫里的计时器。　漏:铜壶滴漏。　鱼钥:宫门的锁匙。“故宋宫中用鱼钥。”见《研北杂志》。　⑧街九轨:街道宽阔,有许多车道。　⑨千貂:许多达官贵族。　貂:汉代的帽饰。　⑩五侯:有几种说法,一般指后汉梁冀家的五侯。　⑪六典:古代治理国家的六种律法,即治典、教典、礼典、政典、刑典、事典。“大宰之职,掌建邦制六典,以佐王治邦国。”见《周礼·天官·大宰》。　⑫周公:辅佐周成王的周公旦。　⑬赤舄:红色鞋子。为古代帝王所穿之鞋。“赤舄几几。”见《诗经·豳风·狼跋》。⑭汾阳:中唐名将郭子仪封汾阳王,七子八婿,富贵寿考,显贵一时。见《唐书·郭子仪传》。　⑮龙尾:星宿名,即二十八宿中的尾宿,属东方苍龙七宿。此指宫殿前的甬道。

存目词

调　名	首　句	出　处	附　注
声声慢	澄空初霁	《词谱》卷二十七	陈郁词,见《随隐漫录》卷二
宝鼎现	虞弦清暑	《词谱》卷三十八	同上

李芸子

李芸子，字耘叟，号芳洲，昭武（今福建邵武）人。其他不详。

木兰花慢

秋　意①

占西风早处，一番雨，一番秋。记故国斜阳，去年今日，落叶林幽。悲歌几回激烈，寄疏狂、酒令与诗筹。遗恨清商易改②，多情紫燕难留。　嗟休③。触绪茧丝抽。旧事续何由。奈予怀渺渺④，羁愁郁郁，归梦悠悠。生平不如老杜⑤，便如它、飘泊也风流。寄语庭柯径竹⑥，甚时得棹孤舟。

（《中兴以来绝妙词选》卷十）

［注释］

①秋意：此为词的题目，借写秋色以寄托作者的感情。　唐氏按：此首误入李洪《芸庵类稿》卷五。　②清商：清商曲。古乐府之一。　③嗟休：不要感叹了。　④予怀渺渺："帝子降兮北渚，目眇眇兮愁予。"见屈原《九歌·湘夫人》。　⑤老杜：杜甫。　⑥庭柯：院子里的树。

存目词

调　名	首　句	出　处	附　注
卜算子	蜜叶蜡蜂房	《广群芳谱》卷四十一"腊梅门"	李石词，见《全芳备祖》前集卷四"蜡梅门"

调名	首句	出处	附注
捣练子	红粉里	《广群芳谱》卷六十三“荔枝门”	李石词，见《全芳备祖》后集卷一“龙眼门”
满庭芳	香满千岩	本书（今按：指《全宋词》）初版卷一百四十三	李洪词，见《芸庵类稿》卷五
满江红	梅雨成霖	同上	同上
南乡子	挂席泛安流	同上	同上
鹧鸪天	十月南闽未有霜	同上	同上
西江月	渺渺长汀远壑	同上	同上
菩萨蛮	寒山横抹修眉绿	同上	同上
浣溪沙	天矫翔鸾溪上峰	同上	同上
浣溪沙	碧涧霜崖山四围	同上	同上
浣溪沙	扫地焚香绝点尘	同上	同上

张　辒

张辒,字仁溥,号斗埜,扬州人。嘉熙间沿江制置使属官。宝祐四年(1256),干办行在诸司粮料院。有《斗墅稿》。

洞仙歌

游大涤赋①

花泥絮浪,殢春怀如酒。书卷炉熏梦清昼。唤玉京、稳携手松乔②,飞光里,笑傲白云林岫。　仙人犹狡狯,洒雪吹冰,声落星河翠蛟走。问箬下留丹③,别已千年,华表鹤、亦归来否。有洞口、桃花识刘郎④,共一笑相迎,朱颜如旧。

(《洞霄诗集》卷四)

[注释]

①大涤:山名,在杭州。　②"唤玉京"句:按《词律辞典》所收《洞仙歌》,此句无作八字句者,疑在"隐"字前或后脱去一字。　玉京:仙人。"玉京传相鹤,太乙授飞龟。"见庾信《奉和赵王游仙》。　松乔:赤松子、王子乔,借指隐士。"乘云招松乔,呼吸永矣哉!"见阮籍《咏怀》五十。③箬下:浙江乌程,产美酒。刘禹锡诗"鹦鹉杯中箬下春"。　留丹:未详。或云留葛洪于此炼丹。　④"有洞口"句:用刘晨、阮肇天台遇仙故事。见《太平御览》引宋刘义庆《幽明录》。

游子西

游子西，龙溪人。生平不详。

念奴娇

暑尘收尽，快晚来急雨[1]，一番初过。是处凉飙回爽气[2]，直把残云吹破。星律飞流，银河摇荡，只恐冰轮堕[3]。云梯稳上，琼楼今夜无锁。　　便觉浮世卑沉，回翔偃薄，似蚁空旋磨[4]。想得九天高绝处，不比人间更火。独立乾坤，浩歌春雪[5]，可惜无人和。广寒宫里，有谁潇洒如我。

（《诗人玉屑》卷二十一）

[注释]

①快：感到痛快。　②凉飙：凉风。　③冰轮：月亮。　④蚁空旋磨：比喻随世浮沉，终生劳碌。“譬之于蚁行磨石之上，磨左旋而蚁右去，磨疾而蚁迟，故不得不随磨以左回焉。”见《晋书·天文志》。　⑤春雪：即《阳春》、《白雪》。古代二曲名。“其为《阳春》《白雪》，国中属而和者，不过数十人。”见《文选·宋玉〈对楚王问〉》。

施乘之

施乘之，生平不详。

清平乐

元　夕

风消云缕，一碧无今古。欲坏上元天不许[1]，晴了晚来些雨。　莫言冷落山家。山翁本厌繁华[2]。试问莲灯千炬，何如月上梅花。　（《中兴以来绝妙词选》卷八）

［注释］

①上元：正月十五元宵节。　②山翁：山中老汉。泛指平民老者。

周济川

周济川，号埜舟。生平不详。《诗人玉屑》卷二十一存词一首。

八声甘州[①]

有乾坤、清气入诗脾，随龙散神仙。蘸西湖和墨，长空为纸，几度诗圆。消得宫妃捧砚[②]，夜烛照金莲。试问隔屏坐，谁后谁先。　　长是花香柳色，更风清月白，天入吟笺。自霞觞误覆，谪下玉皇边。笑随归、山中随隐，且醉拚、斗酒写新篇。天应笑，呼来时后，记上襟船[③]。

（《随隐漫录》卷三）

［注释］

①此词是写李白。　②捧砚：传说杨贵妃为李白捧砚。　③“且醉拚”四句：“李白一斗诗百篇，长安市上酒家眠。天子呼来不上船，自称臣是酒中仙。”见杜甫《八仙歌》。

应次蘧

应次蘧,字正之。生平不详。《深雪偶谈》存词一首。

点绛唇

梅

雪意娇春,腊前妆点春风面。粉痕冰片①,一笑重相见。　　倚竹偎松②,谁道罗浮远③。寒更转。楚骚为伴④,韵绕香篝暖⑤。

(《深雪偶谈》)

[注释]

①粉痕冰片:形容梅花。　②倚竹偎松:松竹梅为岁寒三友。　③罗浮:指代梅花。隋代赵师雄到罗浮,傍晚在林间酒店旁的屋子里有一淡妆素服的女子出来迎接,一起饮酒。天明醒来,乃在大梅花树下。后作为咏梅花的典故。见《龙城录·赵师雄醉憩梅花下》。　④楚骚:屈原的《离骚》。　⑤香篝:焚烧着香木的熏笼火炉。

李　璮

李璮，小字松寿，潍州（今山东潍县）人。李全之子。仕元，为益都行省江淮大都督。景定三年（1262）降宋，拜保信宁武军节度使、督视京东河北等路军马。封齐郡王。旋为元兵所获，杀之。《齐东野语》卷九云：璮乃徐希稷之子，与李全为后。

水龙吟

腰刀首帕从军，戍楼独倚闲凝眺。中原气象，狐居兔穴，暮烟残照。投笔书怀[①]，枕戈待旦[②]，陇西年少。叹光阴掣电[③]，易生髀肉[④]，不如易腔改调。　世变沧海成田，奈群生、几番惊扰。干戈烂漫，无时休息，凭谁驱扫。眼底山河，胸中事业，一声长啸。太平时、相将近也[⑤]，稳稳百年燕赵。

（《前闻记》）

［注释］

①投笔：用汉班超投笔从戎的典故，表示胸怀雄心壮志。　②枕戈待旦：枕着兵器等待天亮，形容时刻警惕敌人，准备战斗。刘琨曰：“吾枕戈待旦，志枭逆虏，常恐祖生（逖）先吾著鞭耳！”见晋孙盛《晋阳秋》。　③掣电：闪电，形容迅速。　④易生髀肉：容易生长出大腿肉，表示长久过着舒适的生活，逐渐消磨了雄心壮志，不能有所作为。“备曰：‘吾常身不离鞍，髀肉皆消。今不复骑，髀里肉生。日月若驰，老将至矣，而功业不建，是以悲耳！’”见《三国志·蜀书·先主传》。　⑤相将：马上。

黄 昇

黄昇(1188—1248),字叔旸,号玉林。又号花庵词客。晋江(或谓建阳或闽县,三地均属福建)人。胡德方(字季直)云:“玉林早弃科举,雅意读书,吟咏自适。游受斋(九功)称其诗为晴空冰柱。楼秋房闻其与魏菊庄友善,并以泉石清士目之。”辑有《唐宋诸贤绝妙词选》、《中兴以来绝妙词选》共二十卷,并于《中兴以来绝妙词选》后附自作三十八首,明末毛晋刊为《散花庵词》一卷(按:此非全帙。由冯取洽与黄昇酬赠词可知其词作散佚颇多)。《四库全书总目提要》云:其词“上逼少游,近摹白石,九功赠诗所云‘晴空见冰柱’者,庶几似之”。清末冯煦《蒿庵论词》谓其“专尚细腻”。

贺新郎

题双溪冯熙之交游风月之楼①

倦整摩天翼②。笑归来、点画亭台,按行泉石③。落落元龙湖海气,更著高楼百尺④。收揽尽、水光山色。曾驾飚车蟾宫去,几回批、借月支风敕⑤。斯二者,惯相识。

玲珑窗户青红湿。夜深时、寒光爽气,洗清肝膈。似此交游真洒落,判与升堂入室⑥。有万象、来为宾客。不用笙歌轻点涴⑦,看仙翁、手搦虹霓笔。吟思远,两峰碧⑧。

[注释]

①交游风月楼:冯取洽(字熙之,自号双溪翁)所建。冯有《自题交游风月楼》诗:“平揖双峰俯霁虹……”《诗人玉屑》称为秀杰之句。又有《贺新郎·黄玉林为风月楼作,次韵以谢》(自顾卑栖翼)词和黄昇此词。　②摩天翼:用高飞九万里的大鹏的翅膀比喻奋发有为。　③按行:巡行。旧日官员巡视四处。此处为玩赏泉石的诙谐说法。　④元龙百尺楼:陈登,字

元龙，东汉末年人。许汜见陈登，陈登无客主之意，自上大床卧，使许汜卧下床。后许汜见刘备，言此。刘备说："君有国士之名，今天下大乱，帝主失所，望君忧国忧家，有救世之意。而君求田问舍，言无可采……如小人（刘备自谦语）欲卧百尺楼上，卧君于地，何但上下床之间耶？"则高卧百尺楼上，是刘备的说法。但历来均用作陈登的典故，领会其含意即可。⑤借月支风敕：借用、支使风月的敕文。用"批借月支风敕"来比喻其身具仙骨，有神仙风致。　⑥升堂入室："由也升堂矣！未入于室也！"见《论语·先进》。"由"指孔子弟子子路。谓其学问已具一定水平，但尚未达到最高境界。本词以喻冯取洽学问造诣精深。　⑦点涴（wò）：沾污。⑧两峰碧：作者自注，"楼对两峰甚奇。"

贺新郎

乙巳正月十日，双溪携酒遗蜕亭，桃花方开，主人浩歌酌客，欢甚，即席作此①

风送行春步。渐行行、山回路转，入云深处。问讯花梢春几许，半在诗人杖屦②。点点是、祥烟膏露。中有瑶池千岁种，整严妆、来作巢仙侣③。相妩媚，试凝伫。
风流座上挥谈麈④。更多情、多才多调，缓歌金缕⑤。趁取芳时同宴赏，莫惜清樽缓举。有明月、随人归去。从此一春须一到，愿东君、长与花为主。泉共石，闻斯语。

［注释］

①此词作于淳祐五年（1245）乙巳。　②杖屦：谓扶杖漫步。苏轼《藏春坞》诗："年抛造化甄陶外，春在先生杖屦中。"　③巢仙：传说为唐尧时隐士，在树上筑巢而居，时人号曰巢父。尧以天下让之，不受。此处喻高隐于红尘之外的仙人。　④谈麈：晋人清谈时，每执麈尾挥动，以为谈助。故后人称谈论为谈麈。　⑤金缕：《金缕曲》。唐杜牧《杜秋娘诗》："秋持玉斝醉，与唱《金缕衣》。"自注："'劝君莫惜金缕衣，劝君须惜少年时。花开堪折直须折，莫待无花空折枝。'李锜常唱此辞。"

贺新郎

菊

莫恨黄花瘦。正千林、风霜摇落，暮秋时候。晚节相看元不恶，采采东篱独秀[①]。试揽结、幽香盈手。几劫修来方得到[②]，与渊明、千载为知旧。同冷淡，比兰友[③]。
柴桑心事君知否[④]。把人间、功名富贵，付之尘垢。不肯折腰营口腹[⑤]，一笑归欤五柳[⑥]。怅此意、而今安有。若得风流如此老，也何妨、相对无杯酒。诗自可，了重九。

［**注释**］

①采采：盛貌。《诗经·秦风·蒹葭》："蒹葭采采，白露未已。"注云："采采，犹萋萋也。" 东篱："采菊东篱下，悠然见南山。"见晋代陶渊明《饮酒》诗之五。后因以借指菊花或种菊之处。 ②几劫修来：佛经谓天地经历若干万年毁灭一次，再重新开始，这样一个周期叫做一"劫"。《法苑珠林·劫量述意》："夫劫者，盖是纪时之名，犹年号耳。" ③兰友："二人同心，其利断金；同心之言，其臭如兰。"见《易经·系辞上》。后人称知心朋友为兰友。臭，通"嗅"，指气味。兰指兰花，香草。 ④柴桑：晋代隐士、诗人陶渊明为浔阳柴桑（今江西九江）人。此处即代指渊明。 ⑤折腰：借用晋陶渊明不愿为每月五斗米的俸禄而向小人折腰低头的典故。《晋书·陶潜传》："以（潜）为彭泽令。……郡遣督邮至县，吏白应束带见之，潜叹曰：'吾不能为五斗米折腰，拳拳事乡里小人！'义熙二年，解印去县。" ⑥五柳：陶渊明《五柳先生传》云，"先生不知何许人也，亦不详其姓氏。宅边有五柳树，因以为号焉。"实为自述之辞。陶渊明有《归去来兮辞》。

贺新郎

梅

自扫梅花下。问梢头、冷蕊疏疏[①]，几时开也。间者阔焉今久矣[②]，多少幽怀欲写。有谁是、孤山流亚[③]。香月一联真绝唱，与诗人、千载为嘉话。馀兴味，付来者。
清癯不恋华亭榭。待与君、白髪相亲，竹篱茅舍。喜甚今年无酒禁，溜溜小槽压蔗[④]。已准拟、雪天霜夜。自醉自吟仍自笑，任解冠、落佩从嘲骂。书此意，寄同社[⑤]。

[注释]

①冷蕊："巡檐索共梅花笑，冷蕊疏枝恐不禁。"见杜甫《舍弟观赴蓝田取妻子到江陵喜寄》三首之二。　②间者阔焉：谓久别。《汉书》七十七《诸葛丰传》："元帝擢为司隶校尉，刺举无所避，京师为之语曰：'间何阔，逢诸葛。'"注云："言间者何久阔不相见，以逢诸葛故也。"　③孤山：北宋著名隐士林逋隐居于杭州西湖孤山上，植梅花，有多首梅花诗，最著名者有《山园小梅》诗中"疏影横斜水清浅，暗香浮动月黄昏"一联。　④槽：制酒的槽床。　压蔗：指用蔗汁酿酒。《隋书·赤土国传》："以甘蔗作酒……味亦鲜美。"　⑤同社：古人以共同爱好组成团体，成为社。此处当为诗词之社。

木兰花慢

题冯云月《玉连环》词后[①]

自沉香梦断，风雨外、失馀春。怅袍锦淋漓，金銮论奏，四海无人。蛾眉古来见妒，奈昭阳、飞燕亦成尘。惟有空梁落月[②]，至今能为传神。　神游八表跨长鲸。谁是再来身。爱云月溪头，玉环一曲，笔力千钧。人间不堪著眼，但香名、百世尚如新。乞我九霞蜚珮，梯空共上秋旻。

[注释]

①冯艾子作《玉连环·忆李谪仙》词，追念李白。黄昇为题《木兰花

慢》于其词后。冯后曾和黄词。冯艾子,字伟寿,号云月。延平(今福建南平)人。冯取洽之子。《中兴以来绝妙词选》卷十称其"精于律吕,词多自制腔"。中华书局本《全宋词》误作名伟寿,字艾子。今考:明钞本《诗渊》有《玉簪花》诗一首,署名为"云月冯艾子伟寿",可证"艾子"决非小名,且是名非字。且黄昇《中兴以来绝妙词选》卷十小传亦作:"冯伟寿,名艾子,号云月。"此据陶氏涉园景宋本。　②空梁落月:"死别已吞声,生别常恻恻。……故人入我梦,明我长相忆。……落月满屋梁,犹疑照颜色。"见杜甫《梦李白》二首之一。

木兰花慢

乙巳病中①

问潘郎两鬓②,更禁得、几番秋。怅病骨臞臞③,幽怀渺渺,短鬓飕飕④。云边一声长笛,这风情,多属赵家楼⑤。攲枕困寻药裹,薰衣慵讯香篝。　悠悠。老矣复焉求。何止赋三休⑥。念少日书癖,中年酒病,晚岁诗愁。已攀桂花作证,便从今、把笔一齐勾。只有烟霞痼疾⑦,相陪风月交游。

[注释]

①淳祐五年(1245)为乙巳,此词当作于是年。　②潘郎:指潘岳。潘岳《秋兴赋》云:"余春秋三十有二,始见二毛。"　③臞臞:瘦貌。　④飕飕:清寒貌。　⑤"云边"三句:唐代诗人赵嘏《长安秋夕》诗有"残星几点雁横塞,长笛一声人倚楼"的名句,被称为"赵倚楼"。　⑥三休:唐司空图晚年因足疾退休,在中条山中有别墅,泉石林亭,颇称幽栖之趣。有《休休亭记》云:"休,休也,美也。既休而具美存焉。盖量其才一宜休,揣其分二宜休,耄且聩三宜休。又少而惰,长而率,老而迂,是三者皆非济时之用,又宜休也。"　⑦烟霞痼疾:酷爱山水成癖。唐高宗问田游岩隐居佳否,回答说:"臣所谓泉石膏肓,烟霞痼疾者。"

木兰花慢

怀　旧

问春春不语，谩新绿、满芳洲。记历历前游，看花南陌，命酒西楼。东风翠红围绕，把功名、一笑付糟丘[①]。醉里了忘身世，吟边自负风流。　风流。莫莫复休休。白髮渐盈头。怅十载重来，略无欢意，惟有闲愁。多情向人似旧，但小桃、婀娜柳纤柔。望断残霞落日，水天拍拍飞鸥。

[注释]

①糟丘：酒糟堆积成山，极言酒多。这里指饮酒。

南柯子

丁酉清明[①]

天上传新火[②]，人间试夹衣[③]。定巢新燕觅香泥。不为绣帘朱户、说相思。　侧帽吹飞絮[④]，凭栏送落晖。粉痕销淡锦书稀。怕见山南山北、子规啼[⑤]。

[注释]

①丁酉：宋理宗嘉熙元年（1237）。　②新火：古代钻木取火，四季各用不同的木材。换季时所取的火叫新火。唐宋时期新火往往指春天时新取的榆柳之火。　③夹衣：即双层的衣服。　④侧帽：歪戴帽子。《周书·独孤信传》："信在秦州，尝因猎，日暮，驰马入城，春帽微侧。诘旦，而吏民有戴帽者，咸慕信而侧帽焉。"　⑤子规啼：子规即杜鹃。《禽经》："春夏有鸟若云：'不如归去。'乃子规也。"

[**集评**]

邓小军云:“富于层深变化之致,遂愈增浑厚绵邈之意。”(《唐宋词鉴赏辞典》)

南柯子

丙申重九[①]

兰佩秋风冷[②],茱囊晓露新[③]。多情多感怯芳辰。强折黄花来照、碧粼粼。　　落帽参军醉[④],空樽靖节贫。世间那复有斯人。目送归鸿西去、一伤神[⑤]。

[**注释**]

①丙申为宋理宗端平三年(1236)。　重九:农历九月九日为重阳节,古又称重九。　②兰佩:佩带兰草为饰物,表示立身高洁。屈原《离骚》:“扈江离与辟芷兮,纫秋兰以为佩。”　③茱囊:古人每逢重阳都要登高、赏菊、饮酒、佩带茱萸,以辟邪去恶。　④落帽:孟嘉九月九日龙山会醉后落帽而不觉。辛弃疾《念奴娇·重九席上》:“龙山何处?记当年高会,重阳佳节。谁与老兵供一笑,落帽参军华鬓。”　⑤目送归鸿:本嵇康《送秀才入军》“目送归鸿,手挥五弦。俯仰自得,游心太玄”。本指悠然自得之状,这里反用为欲悠然不得,反为之伤神。

行香子

梅

寒意方浓,暖信才通[①]。是晴阳、暗折花封。冰霜作骨,玉雪为容。看体清癯,香淡伫[②],影朦胧。　　孤城小驿,断角残钟。又无边、散与春风。芳心一点,幽恨千重。任雪霏霏,云漠漠,月溶溶。

[注释]

①暖信：梅花得阳和之气，冲寒冒雪而开。唐僧齐己诗云："万木冻欲折，孤根暖独回。前村深雪里，昨夜一枝开。……"所以称为暖信。 ②淡伫：淡雅之状。王安石《西江月》："梅好惟嫌淡伫，天教薄与胭脂。"

卖花声

己亥三月一日①

莺蝶太匆匆，恼杀衰翁。牡丹开尽状元红②。俯仰之间增感慨，花事成空。 垂柳绿阴中，粉絮濛濛。多情多病转疏慵。不是东风孤负我，我负东风。

[注释]

①此诗作于宋理宗嘉熙三年己亥（1239）。 ②状元红：洛阳牡丹之名品，称为"状元红"，北宋人刘几（字伯寿）赏花时撰《花发状元红慢》一词。参见南宋叶梦得《避暑录话》。

[集评]

潘游龙云："感意气而立节概。"（《古今诗馀醉》）

卖花声

忆 旧

秋色满层霄，剪剪寒飙①。一襟残照两无聊。数尽归鸦人不见，落木萧萧。 往事欲魂消，梦想风标②。春江绿涨水平桥。侧帽停鞭沽酒处③，柳软莺娇。

[注释]

①剪剪：形容风削面。唐代诗人韩偓《玉山樵人集》《寒食夜》诗："测

测轻寒剪剪风,杏花飘雪小桃红。” 飙:本义为暴风,泛指风。 ②风标:风度,仪态。 ③侧帽:歪戴帽子。

长相思

秋 怀

天悠悠,水悠悠。月印金枢晓未收①,笛声人倚楼②。
芦花秋,蓼花秋,催得吴霜点鬓稠③,香笺莫寄愁。

[注释]

①金枢:西方月没处。 ②“笛声”句:唐赵嘏《长安秋夕》:“残星几点雁横塞,长笛一声人倚楼。” ③吴霜:唐代诗人李贺《还自会稽歌》:“吴霜点归鬓,身与塘蒲晚。”指两鬓生白发。

长相思

秋 夜

砧声齐,杵声齐,金井栏边败叶飞①,夜寒乌不栖。
风凄凄,露凄凄。影转梧桐月已西,花冠窗外啼②。

[注释]

①金井:设有雕栏的井。多用以美称宫廷或园林中的井。 ②花冠:鸡冠。这里代指公鸡。

长相思

春 晚

惜春归,爱春归,脱了罗衣著古苎①,绿阴黄鸟啼。
酒醒时,梦醒时,清簟疏帘一局棋,丁东风马儿②。

[注释]

①苎衣：用苎为材料制成的衣服。苎即麻，纤维细长，韧性强，可作衣料。　②风马儿：古人悬在檐前的铁片。因随风作响，故云。《芸窗私志》："元帝时临池观竹，竹即枯，后每思其响，夜不能寐。帝为作薄玉龙数十枚，以缕线悬于檐外。夜中因风相击，听之与竹无异。民间效之，不敢用龙，以什骏代。今之铁马，是其遗制。"

感皇恩

送饶溪台游浙

骑鹤上扬州，腰缠十万[1]。拈起诗人旧公案[2]。看山看水，此去胜游须遍。烦君收拾取，归吟卷。　少日风流，暮年萧散。佳处何妨小留款。沙河塘上，落日绣帘争卷[3]。也须拂拭起，看花眼。

[注释]

①骑鹤："有客相从，各言所志：或愿为扬州刺史，或愿多资财，或愿骑鹤上升。其一人曰：'腰缠十万贯，骑鹤上扬州。'欲兼三者。"见南朝梁殷芸《殷芸小说》。　②公案：佛教禅宗认为用教理来解决疑难，就像官府判案，故亦称之为公案。　③落日绣帘争卷：谓路边楼上女子竞相卷起绣帘。唐代诗人杜牧《赠别二首》之一："娉娉袅袅十三馀，豆蔻梢头二月初。春风十里扬州路，卷上珠帘总不如。"苏轼《水调歌头》："落日绣帘卷，亭下水连空。"

蝶恋花

春　感

百计留春春不住。褪粉吹香，日日催教去。心事欲凭莺语诉，流莺划地无凭据[1]。　绿玉阑干围绮户[2]。一点柔红，应在深深处。想倚翠帘吹柳絮，浅颦惆怅芳期误。

[注释]

①划地:平白地,无端地。辛弃疾《念奴娇》:“野棠花落……划地东风欺客梦,一夜云屏寒怯。” ②绮户:雕饰以花纹图案的门。

月照梨花[1]

闺　怨

昼景,方永。垂帘花影。好梦犹酣,莺声唤醒。门外风絮交飞,送春归。　　修蛾画了无人问[2],几多别恨。泪洗残妆粉。不知郎马何处[3],烟草萋迷。鹧鸪啼。

[注释]

①月照梨花:此调即《河传》。 ②修蛾:蛾指蛾眉,蚕蛾的触鬚弯曲而细长,古人用来比喻女子的眉毛。修蛾即长眉。 ③不知郎马何处:别本作“不知郎马何处嘶”。不合词律。检陶氏涉园影刊宋刻《中兴以来绝妙词选》卷十,并无“嘶”字,今据以校正。参看潘慎《词律辞典》(山西人民出版社)384页。

[集评]

杨慎云:“此首有花间遗意。”(《词品》卷四)

摸鱼儿

为遗蜕山中桃花作,寄冯云月

问山中、小桃开后,曾经多少晴雨。遥知载酒花边去,唱我旧歌金缕。行乐处。正蝶绕蜂围,锦绣迷无路。风光有主。想倚杖西阡,停杯北望,望断碧云暮[1]。

花知道,应倩蜚鸿寄语[2]。年来老子安否。一春一到成虚约，不道树犹如此[③]。烦说与。但岁岁、东风妆点红云坞。刘郎老去。待有日重来，同君一笑，拈起看花句。

［注释］

①碧云暮："日暮碧云合，佳人殊未来。"见江淹《休上人怨别》诗。②蜚鸿：即飞鸿。 ③树犹如此："桓公北征，经金城，见前为琅琊时种柳已皆十围，慨然曰：'木犹如此，人何以堪！'攀枝执条，泫然流泪。"见《世说新语·言语》。《晋书·桓温传》作"树犹如此"。桓公，即桓温。

水龙吟

赠丁南邻

少年有志封侯，弯弓欲挂扶桑外[①]。一朝敛缩，萧然清兴，了无拘碍。袖里阴符[②]，枕中鸿宝[③]，功名蝉蜕。看舌端霹雳，剧谈玄妙，人间世、疑无对。 阆苑醉乡佳处，想当年、绿阴犹在。群仙寄语，不须点勘，鬼神功罪。碧海千寻，赤城万丈，风高浪快[④]。待踞龟食蛤，相期汗漫，与烟霞会[⑤]。

［注释］

①扶桑：神话中的树名。为日出之处。《山海经·海外东经》："汤谷上有扶桑，十日所浴。" ②阴符：即《阴符经》，旧题黄帝撰。所言皆虚无之道，修炼之术。 ③枕中鸿宝：即仙人秘术。唐代沈既济《枕中记》载，卢生在邯郸客店中遇道者吕翁。吕翁给他一个枕头，让他梦中历尽富贵荣华。醒来一看，客店主人炊黄粱尚未熟。 ④赤城：道教传说中山名。《初学记》八《登真隐诀》："赤城山下有丹洞，在三十六洞天数，其山足丹。" ⑤汗漫：本为不着边际之意。后人因《淮南子·道应篇》"吾与汗漫期于九垓之外，吾不可以久驻"之语，转作仙人的别名。

西 河

己亥秋作

天似洗,残秋未有寒意。何人短笛弄西风,数声壮伟。倚栏感慨展双眸,离离烟树如荠[①]。　　少年事,成梦里。客愁付与流水。笔床茶具老空山[②],未妨肆志[③]。世间富贵要时贤,深居宜有馀味。　　大江东去日西坠。想悠悠、千古兴废。此地阅人多矣。且挥弦寄兴,氛埃之外。目送蜚鸿归天际。

[注释]

①烟树如荠:烟雾笼罩着的树林宛如荠菜般矮小。《颜氏家训》卷三《勉学篇》引《罗浮山记》:"望平地树如荠。"辛弃疾《西河》词:"西江水……从今日日倚高楼,伤心烟树如荠。"　②笔床:放毛笔的文具。　③肆志:纵情,快意。《庄子·缮性》:"故不为轩冕肆志,不为穷约趋俗。"

清平乐

宫 怨

珠帘寂寂,愁背银缸泣[①]。记得少年初选入,三十六宫第一。　　当年掌上承恩[②],而今冷落长门[③]。又是羊车过也[④],月明花落黄昏。

[注释]

①银缸:银制的灯。缸,同"釭"。　②掌上承恩:传说汉元帝皇后赵飞燕能在掌上舞蹈。极言其体态轻盈。　③长门:汉武陈皇后失宠,退居于长门宫。后用作失宠的典故。　④羊车:晋代帝王宫内所乘的小车。

清平乐

宫　词

深深禁篽[①]。霁日明莺羽。风动槐龙交翠舞[②]。恰恰花阴亭午[③]。　　一帘暖絮悠飏。金炉旋炷沉香。天子方看谏疏，内人休门新妆。

[注释]

①禁篽：古代帝王的禁苑。折竹以绳绵连禁御，使人不得往来。　②槐龙：老槐枝干形状奇特如龙。　③亭午：正午，中午。李白《古风》："大车扬飞尘，亭午暗阡陌。"

酹江月

戏题玉林

玉林何有，有一湾莲沼，数间茅宇。断堑疏篱聊补葺，那得粉墙朱户。禾黍秋风，鸡豚晓日，活脱田家趣。客来茶罢，自挑野菜同煮。　　多少甲第连云，十眉环座[①]，人醉黄金坞。回首邯郸春梦破，零落珠歌翠舞。得似衰翁，萧然陋巷，长作溪山主。紫芝可采，更寻岩谷深处。

[注释]

①十眉环座：谓美女环座。唐玄宗令画工作《十眉图》，有横云、却月等名称。

酹江月

夜　凉

西风解事，为人间、洗尽三庚烦暑[①]。一枕新凉宜客梦，飞入藕花深处。冰雪襟怀，琉璃世界，夜气清如许。划然长啸，起来秋满庭户。　　应笑楚客才高，兰成愁悴[②]，遗恨传千古。作赋吟诗空自好，不直一杯秋露。淡月阑干，微云河汉，耿耿天催曙。此情谁会，梧桐叶上疏雨[③]。

［注释］

①三庚：即三伏，代指夏天。旧历以夏至后第三庚日为始，名初伏，第四庚日为中伏，故有庚伏之称。　②楚客才高，兰成愁悴：楚客指屈原。兰成为南朝梁代诗人庾信的小字。屈原因谗构被流放沅湘之间，庾信因出使被羁留在北方，均怀去国怀乡之悲，都有感人肺腑的悲愤感怆之作。　③"淡月"五句：化用唐代诗人孟浩然诗句"微云淡河汉，疏雨滴梧桐"。

［集评］

俞陛云云："上阕'梦入藕花'句有清新之思，'冰雪'二句见其雅怀，'长啸'句见其逸气。下阕言哀郢怀沙，非特遗恨难偿，即词赋才名，亦不直一杯秋露，寄慨殊深。结句言会此微旨者，世鲜知音。知者惟梧桐疏雨，其超旷如是，宜楼秋房以'泉石清士'目之。"(《唐五代两宋词选释》)

浣沙溪

醮　坛[①]

钟磬泠泠夜未央[②]，梨花庭院月如霜。步虚声里拜瑶章[③]。　　紫极清都云渺渺[④]，红尘浊世事茫茫。未知谁有返魂香[⑤]。

[注释]

①醮坛:为祭祀或祈祷神祇所设的坛台。 ②泠泠:本指流水声。此处借指清幽的钟磬声。 ③步虚声:道士诵经之声。 ④紫极清都:道教所称天帝、仙人居住的地方。 ⑤返魂香:汉武帝时,西域进贡返魂香三枚。相传燃此香,病者闻之即愈,死未三日者,熏之即活。后多用于悼念心爱的人。

鹧鸪天

暮　春

沉水香销梦半醒[1],斜阳恰照竹间亭。戏临小草书团扇[2],自拣残花插净瓶。　莺宛转,燕丁宁。晴波不动晚山青。玉人只怨春归去,不道槐云绿满庭[3]。

[注释]

①沉水:沉香的别名。沉香,一种香木,可用以加工为香料。 ②"戏临"句:随意在团扇上临写草书,用以表达百无聊赖的情绪。南宋陆游《临安春雨初霁》:"矮纸斜行闲作草,晴窗细乳戏分茶。" ③槐云:槐树绿荫浓密如云。

鹧鸪天

张园作

雨过芙蕖叶叶凉[1],摩挲短鬓照横塘[2]。一行归鹭拖秋色,几树鸣蝉饯夕阳。　花侧畔,柳旁相[3]。微云澹月又昏黄。风流不在谈锋胜,袖手无言味最长。

[注释]

①芙蕖:即荷花。 ②横塘:内河的塘堤。 ③旁相:即旁边。

秦楼月

秋　夕

心如结，西风老尽黄花节[①]。黄花节，塞鸿声断，冷烟凄月。　　汉朝陵庙唐宫阙，兴衰万变从谁说。从谁说，千年青史，几人华发。

［注释］

①黄花节：即九月九日重阳节。黄花指菊花。

重叠金

壬寅立秋[①]

西风半夜惊罗扇，蛩声入梦传幽怨。碧藕试初凉，露痕啼粉香。　　清冰凝簟竹，不许双鸳宿。又是五更钟，鸦啼金井桐[②]。

［注释］

①壬寅：宋理宗淳祐二年(1242)。　②金井：施有雕栏的井。诗词中多用以美称宫廷或园林中的井。

［集评］

惠淇源云："西风蛩声，入梦幽怨，秋已悄然而至。碧藕试凉，清冰凝簟，气候已截然不同于夏夜。何于五更钟响，井桐鸦啼，在在皆是秋声。季节移人之感，为此词造出一种特有的气氛。"(《婉约词》)

重叠金

冬

南山未解松梢雪，西山已挂梅梢月。说似玉林人[1]，人间无此清。　　此身元是客，小住娱今夕。拍手凭阑干，霜风吹鬓寒。

[注释]

①说似：即说向，说与。宋晏几道《长相思》："欲把相思说似谁？浅情人不知。"

重叠金

除日立春[1]

银幡彩胜参差剪[2]，东风吹上钗头燕。一笑绕花身，小桃先报春。　　新春今日是，明日新年至。擘茧莫探官[3]，人间行路难。

[注释]

①除日：即除夕，指一年的最后一天。　②银幡彩胜：唐宋时立春日，用金银箔、罗彩剪成饰物或小幡，戴在头上或系在花下，并互相遗赠，叫作幡胜。　③"擘茧"句：古代官僚家庭，在正月抟粉若茧，称为茧团。事前于团中先置书语，用以卜事。五代后周王仁裕《开元天宝遗事》下"探官"条："都中每至正月十五日，造面燕，以官位帖子，卜官位高下，或赌筵宴，以为戏笑。"　擘：剖开。

谒金门

初 春

花事浅，方费化工匀染[①]。墙角红梅开未遍，小桃才数点。　人在暮寒庭院，闲续茶经香传[②]。酒思如冰诗思懒，雨声帘不卷。[③]

[注释]

①化工：大自然的创造力。汉代贾谊《鹏鸟赋》：“且夫天地为炉，造化为工。”　②茶经：唐陆羽撰有《茶经》三卷。　香传：指《香谱》之类。此处用续写茶经香传喻指清幽闲适的生活。　③唐氏按：《花草粹编》卷三此首误作张辑词。

南乡子

夏 夜

多病带围宽[①]，未到衰年已鲜欢。梦破小楼风马响，珊珊。缺月无情转画栏。　凉入苎衾单[②]，起探灯花夜欲阑。书册满床空伴睡，慵观。拈得渔樵笛谱看[③]。

[注释]

①带围：腰带的长度。　②苎衾：用麻织物作的被子。　③渔樵笛谱：渔夫、樵子所用的笛谱。形容隐居山野，闲逸安适的情怀。

南乡子

冬 夜

万籁寂无声，衾铁棱棱近五更[①]。香断灯昏吟未稳，凄清。只有霜华伴月明。　应是夜寒凝，恼得梅花睡不成[②]。我念梅花花念我，关情。起看清冰满玉瓶。[③]

[注释]

①衾铁：谓被褥冰冷如铁。唐代杜甫《茅屋为秋风所破歌》："布衾多年冷似铁。" ②恼得梅花睡不成：北宋诗人黄庭坚《王充道送水仙花五十枝》："坐对真成被花恼，出门一笑大江横。" ③唐氏按：此首《草堂诗馀隽》卷二误作秦观词。

[集评]

《草堂诗馀隽》卷二此词题解："上写素月深夜高悬之景，下托寒宫孤梅为友之怀。"眉批："霜华伴月，自是静寂。托梅写出相思处，念兹在兹。"评："叙冬夜之景，在胸中流出。以梅花为故人，便见不孤。"

花发沁园春

芍药会上

晓燕传情，午莺喧梦，起来检校芳事。荼蘼褪雪[①]，杨柳吹绵，迤逦麦秋天气。翻阶傍砌[②]。看芍药、新妆娇媚。正凤紫匀染绡裳，猩红轻透罗袂。 昼暖朱阑困倚。是天姿妖娆，不减姚魏[③]。随蜂惹粉，趁蝶栖香，引动少年情味。花浓酒美。人正在、翠红围里。问谁是、第一风流，折花簪向云髻。

[注释]

①荼蘼：花名。即酴醾，一名木香。 ②翻阶傍砌："红药当阶翻，苍苔依砌上。"见《文选·谢朓〈直中书省〉》。红药即芍药。 ③姚魏：牡丹中的名品姚黄和魏紫。

阮郎归

效姜尧章体[①]

粉香吹暖透单衣，金泥双凤飞[②]。闲来花下立多时，春风酒醒迟。　　桃叶曲[③]，柳枝词[④]。芳心空自知。湘皋月冷佩声微[⑤]，雁归人不归。

[注释]

①姜尧章：南宋著名词人姜夔，字尧章。　②金泥双凤：衣服上用泥金装饰的双凤图案。后唐庄宗《阳台梦》："薄罗衫子金泥凤。"　③桃叶曲：桃叶为晋王献之侍妾。秦淮河（在今江苏南京）畔有桃叶渡，相传王献之作此歌送桃叶。　④柳枝词：李商隐有《柳枝》五首，感伤没有结果的爱情。　⑤湘皋：潇湘水边。姜夔《小重山令》："人绕湘皋月坠时。斜横花树小，浸愁漪。"

鹊桥仙

春　情

青林雨歇，珠帘风细，人在绿阴庭院。夜来能有几多寒，已瘦了、梨花一半。　　宝钗无据[①]，玉琴难托，合造一襟幽怨。云窗雾阁事茫茫，试与问、杏梁双燕。[②]

（以上《中兴以来绝妙词选》卷十）

[注释]

①宝钗：古时女子送别，分钗以为信誓。白居易《长恨歌》："惟将旧物表深情，钿合金钗寄将去。钗留一股合一扇，钗擘黄金合分钿。"唐代段成式《剑侠传·虬髯叟》："刘……成诗三首曰：'宝钗分股合无缘，鱼在深渊鹤在天。'"　②唐氏按：《历代诗馀》卷二十九此首误作潘枋词。

[集评]

俞陛云云："'梨花'句不着边际，而自有人同花瘦之意。下阕谓据本难言，心尤难托，况借钗琴寓意，则据托弥难。故结句言虽窗阁分明在眼，而等于云雾茫茫。如此幽怨襟怀，双燕梁间，或可知其仿佛。以幽渺之词寓缠绵之意，乃善赋闲情者。"(《唐五代两宋词选释》)

惠淇源云："本词紧扣'春'字以抒情怀。上片借景抒情。春雨暂歇，珠帘风细，几许夜寒，而人与梨花同瘦矣。下片着意抒情。'宝钗无据，玉琴难托'，一襟幽怨，微露相思。结句'试与问、杏梁双燕'，情思缠绵，馀味无穷。"(《婉约词》)

鹧鸪天

天气清和仅两旬，一旬前是佛生辰①。当年来应徐卿梦②，此夕遥瞻寿宿明。　拚一笑，对诸贤。山翁何以祝龟龄。蟠桃瓜枣皆虚诞③，愿把阴功福后人。

(《翰墨大全》丁集卷二)

[注释]

①佛生辰：佛家指夏历四月初八为佛生日。宋孟元老《东京梦华录》八："四月八日，佛生日，十大禅院各有浴佛斋会，煎香药糖水相遗，名曰'浴佛水'。"　②徐卿梦："君不见徐卿二子生绝奇，感应吉梦相追随。孔子释氏亲抱送，并是天上麒麟儿。……吾知徐公百不忧，积善衮衮生公侯。丈夫生儿有如此二雏者，名位岂肯卑微休！"见唐杜甫《徐卿二子歌》。后用作贺人生子的典故。　③瓜枣：《史记·封禅书》载，方士李少君对汉武帝说，仙人安期生食巨枣，大如瓜。后用"安期枣"以称仙果。李白《寄王屋山人孟大融》："我昔东海上，劳山餐紫霞。亲见安期公，食枣大如瓜。"

存目词

调　名	首　句	出　处	附　注
木兰花慢	莺啼啼不尽	《散花庵词》	戴复古词,见《石屏长短句》
水调歌头	轮奂半天上	同上	同上
满庭芳	三月春光	同上	同上
满庭芳	草木生春	同上	戴复古词,见《石屏词》
清平乐	今朝欲去	同上	戴复古词,见《石屏长短句》
瑞鹧鸪	门前杨柳绿成阴	《草堂诗馀续集》卷下	程垓作,见《书舟词》
长相思	芦花秋	《半韵情词》卷五	明人依托
菩萨蛮	东风约略吹罗幕	《词汇》卷二	张孝祥作,见《于湖居士文集》卷三十四

杨泽民

杨泽民(1182—?),乐安(今属江西)人。据饶宗颐《词籍考》卷五考证,其生平宦迹,不出赣浙湘鄂。有《和清真词》一卷,后人合周邦彦、方千里词刻之,号《三英集》。

瑞龙吟

城南路。凝望映竹摇风,酒旗标树。郊原游子停车,问山崦里,人家甚处。　　去还伫。徐见画桥流水,小窗低户。深沉绿满垂杨,芳阴娅姹[1],娇莺解语。　　多谢佳人情厚,卷帘羞得,庭花飘舞。可谓望风知心,倾盖如故。犹殢香玉,休赋断肠句。堪怜处、生尘罗袜,凌波微步[2]。底事匆匆去。为他系绊,离情万绪。空有愁如缕。忆桃李春风,梧桐秋雨[3]。又还过却,落花飘絮。

[注释]

①娅姹:明媚、美丽的样子。　②"生尘"二句:出自曹植《洛神赋》"凌波微步,罗袜生尘"。　③"忆桃李"二句:见白居易《长恨歌》。"春风桃李花开日,秋雨梧桐叶落时。"

琐窗寒

倦拂鸳衾,羞临鹊鉴[1],懒开窗户。韶华暗度,又过妒花风雨。掩熏炉、怕闻旧香,柳阴只有黄莺语。似向人、欲说离愁,因念未归行旅。　　春暮,知何处。便不念芳年,正当三五[2]。轻衫快马,去逐狂朋怪侣。便罗帷、香阁顿忘,枕边要语曾记否。趁芳时、即早归来,尚可殢清俎[3]。

［注释］

①鹊鉴:背后饰有喜鹊的铜镜。 ②三五:年龄为十五岁。 ③殢清俎:沉浸于饮酒欢乐中。 殢:沉溺。

风流子

咏钱塘

佳胜古钱塘,帝居丽、金屋对昭阳。有风月九衢,凤皇双阙,万年芳树,千雉宫墙。户十万,家家堆锦绣,处处鼓笙簧。三竺胜游[①],两峰奇观[②],涌金仙舸[③],丰乐霞觞[④]。 芙蓉城何似,楼台簇中禁,帘卷东厢。盈望虎貔分列[⑤],鸳鹭成行[⑥]。向玉宇夜深,时闻天乐,绛霄风软,吹下炉香。惟恨小臣资浅,朝觐犹妨。

［注释］

①三竺:浙江杭州灵隐山飞来峰东南有上天竺、中天竺、下天竺三座山,合称三竺。 ②两峰:指西湖边南高峰、北高峰两山。 ③涌金:涌金门。在杭州。 ④丰乐:丰乐楼。在杭州。 ⑤虎貔:虎与貔。喻勇猛的士兵。 ⑥鸳鹭:用以比喻官员上朝的行列。

渡江云

渔乡回落照,晚风势急,鹜鹭集汀沙。解鞍将憩息,细径疏篱,竹隐两三家。山肴野蔌[①],竞素朴、都没浮华。回望时,绕村流水,万点舞寒鸦[②]。 休嗟。明年秋暮,一叶扁舟,望平川北下。应免劳、尘巾乌帽,宵炬红纱。青蓑短棹长江碧,弄几曲、羌管吹葭。人借问,鸣榔便入芦花[③]。

[注释]

①野蔌(sù):野菜。　蔌:蔬菜的总称。　②万点舞寒鸦:本隋炀帝诗“寒鸦飞数点,流水绕孤村”。　③桹:同“榔”。渔人拴在船舷上敲击以驱鱼入网的长木棒。

应天长

夭桃弄粉[1],繁杏透香,依然旧日颜色。奈彼妒花风雨,连阴过寒食。金钗试寻妙客。正昼永、院深人寂。善歌更解舞,传闻触处声藉。　当日俊游时,屡向平康[2],吟咏共题壁。自后纵经回曲,难寻阿姨宅。芳华苑,罗绮陌。怎断得、怪踪狂迹。惯来往,柳外花间,莺燕都识。

[注释]

①夭桃:桃树。《诗经·周南·桃夭》:“桃之夭夭,灼灼其华。”　②平康:唐长安平康坊是妓女聚居的地方。后以平康为妓女居处的泛称。

荔枝香

瞰水自多佳处。春未去。绣桷斗起凌空[1],隐隐笼轻雾。已飞画栋朝云,又卷西山雨[2]。相与。共煮新茶取花乳。　开宴处。俯北榭、临南浦。迤逦扁舟,双桨棹歌齐举。座上嘉宾,妙句无非赋鹦鹉[3]。莫惜高烧蜡炬。

[注释]

①绣桷(jué):雕画精美的椽子。　桷:方形的椽子。　②“已飞”二句:“画栋朝飞南浦云,珠帘暮卷西山雨。”见唐代王勃《滕王阁序》。③赋鹦鹉:东汉末,黄祖为江夏太守,命祢衡作《鹦鹉赋》,文采斐然。后以喻文学才华出众的人。

荔枝香

未论离亭话别，涕先泫。旋涤瑶觯①，深挹芳醪②，凝愁满眼。偎人大白须卷③。歌遍，三劝。记得当时送□远。　素蟾屡明晦，彩云易散④。后约难知，又却似、阳关宴。乌丝写恨⑤，帕子分香为郎剪。愿郎安信频遣。

[注释]

①觯(zhì)：古代青铜制的酒器。《说文·角部》："觯，乡饮酒角也。"　②醪：浊酒。后作酒的总称。　③大白：大酒樽，大酒杯。　④彩云易散："从来好物不坚牢，彩云易散琉璃脆。"见白居易《真娘诗》。　⑤乌丝：古人于缣帛上用乌丝织成栏，中间用朱墨界行，成为乌丝栏。后也用以称呼有墨线格子的卷册。

还京乐

春光至，欲访清歌妙舞重为理。念莺轻燕怯媚容，百斛明珠须费。算枕前盟誓。深诚密约堪凭委。意正美，娇眼又洒，梨花春泪①。　记罗帷底。向鸳鸯、灯畔相偎，共把前回，词语咏味。无端浪迹萍蓬，奈区区、又催行李。忍重看、小岸柳梳风，江梅鉴水。待学鹣鹣翼②，从他名利荣悴。

[注释]

①梨花春泪："玉容寂寞泪阑干，梨花一枝春带雨。"见白居易《长恨歌》。　②鹣鹣：比翼鸟。

扫花游

素秋渐老，正叶落吴江，雁横南楚。暮霞散缕。听寒蝉断续，乱鸦鼓舞。客舍凄清，那更西风送雨。又东去。过野杏小桥，都在元处。　心事天未许。似误出桃源[1]，再寻仙路。去年燕俎[2]。记芳腮妒李，细腰束素。事没双全，自古瓜甜蒂苦。欲停伫。奈江头、早催行鼓。

[注释]

①桃源：南朝宋刘义庆《幽明录》载刘晨、阮肇二人在天台山桃源洞遇仙女事。后二人思念凡间，辞归。　②燕俎：宴饮，亦宴席。燕，通"宴"。俎：祭祀或宴会时用的四脚方形青铜盘或木漆盘，常陈设牛羊肉。

解连环

塞鸿难托。奈云深雾阔，水遥山邈。感两情、浑若连环，念恩爱厚深，利名浮薄。便好归来，怎禁得、许多萧索。免恹恹瘦减，漫滞寝饘[1]，枉费汤药。　伊心料应未若。对香消兽吻[2]，月转楼角。恁便是、铁石心肠，有当日盟言，怎忍辜却。冶叶倡条[3]，尚自得、连枝双萼。不成将、异葩艳卉，便教谢落。

[注释]

①饘（zhān）：稠粥。　②香消兽吻：古人香炉往往作兽形。此句谓香烟从炉中冒出，在炉嘴边渐渐消散。　③冶叶倡条：本谓杨柳枝叶婀娜多姿，后借指歌伎。

玲珑四犯

韵胜江梅，笑杏俗桃粗，空眩妖艳。尽屏铅华，天赋翠眉丹脸。门闭昼永春长，看燕子、并飞撩乱。叹岁华若箭频换。深院有谁能见。　夜来初得同相荐。便门阑、瑞烟葱茜[①]。天然素质真颜色,直是惊人眼。曾向众里较量,似六个、骰儿六点[②]。应自来恨闷,和想忆,都消散。

[注释]

①葱茜:本谓草木青翠而茂盛。此处形容瑞气盈门。 ②骰(tóu)儿:骰子,赌具。

丹凤吟

荏冉秋光虚度,玩月池台,登高楼阁。风传霜信,遍送晓寒侵幕。凄凉细雨,洒窗飘户,漏永更长,枕单衾薄。梦里惊鸿唤起,坐对寒釭,犹听晨漏残角。 先自宿酲似病[①],共愁造合滋味恶。虽有丁宁语,怕旁人多口,还类金铄[②]。如斯情绪,戚戚怎禁牢落。纵欲凭江鱼寄往[③],漫霜毫频握,几时得见,诸事都记著。

[注释]

①宿酲:酒醉后经夜未醒。 ②"怕旁人"二句:用"众口铄金"意。喻谣言很多,足可以混淆是非。 ③江鱼:"客从远方来,遗我双鲤鱼。呼儿烹鲤鱼,中有尺素书。"见汉《饮马长城窟行》。后人用江鱼代指书信。

满江红

袅娜身材,经行处、金莲涉足。晨妆罢,黛眉新晕,素腰如束。丹脸匀红香在臂,秀肌腻滑凉生肉。记那回、同赌选花图,赢全局。 相思病,休殢卜。辜负却,杨枝曲。漫榴花堆火[①],翠阴笼屋。菡萏方池闲艳蕊[②],画堂未许归云宿。任利名、踪迹久尘埃,教谁扑。

[注释]

①榴花堆火:谓石榴开花,满树火红。 ②菡萏:古人称未开的荷花为菡萏,亦指荷花。南唐中宗李璟《浣溪沙》:“菡萏香消翠叶残,西风愁起绿波间。”

瑞鹤仙

忆旧居,呈超然,示儿子及女

依山仍负郭。有松桂扶疏,烟霞渺漠。一年自成落。奈孤踪还系,蝇头蜗角[①]。休嗤句弱。赋郊居、何让沈约[②]。记乡人过我,傩立阼阶[③],酒行先酌。 远映江山奇胜,下瞰重湖,上飞高阁。风帘絮幕。筑新槛,种花药[④]。幸瓜期已近[⑤],秋风归去,免得奔驰味恶。待开池、剩起林亭,共同宴乐。

[注释]

①蝇头蜗角:见宋苏轼《满庭芳》“蜗角虚名,蝇头微利,算来著甚干忙”。蝇头、蜗角,皆以喻其微不足道、没有意义。《庄子·则阳》载,蜗之左角有国曰触氏,蜗之右角有国曰蛮氏,时相与争地而战,伏尸百万。②沈约:字休文,吴兴武康(今浙江德清)人。其诗注重对偶,与谢朓等人共创“永明体”。 ③傩立阼阶:“乡人傩,朝服而立于阼阶。”见《论语·乡党》。 阼(zuò):古指东面的台阶。 傩(nuó):古迎神赛会。 ④花药:即芍药。 ⑤瓜期:《左传·庄公八年》载,齐襄公派连称、管至父二人驻守葵丘,“瓜时而往,曰:‘及瓜而代。’”意指今年瓜熟时赴戍,到来年瓜熟时派人接替。瓜期即谓任期届满。

西平乐

圃韭畦蔬,嫩鸡野腊[①],邻酝稚子能赊[②]。罗幕新裁,画楼高耸,松梧柳竹交遮。应便作归休计去,高揖渊明,下视林逋[3],到此如何,又走风沙。都为啼号累我,思量事、未遂即咨嗟。　　连年奔逐,旁州外邑,舟楫轻扬,鞭□倾斜。仍冒触、烟岚邃险,风雪纵横,每值初寒在路,炎暑登车,空向长途度岁华。消减少年,英豪气宇,潇洒襟怀,似此施为,纵解封侯,宁如便早还家。

[注释]

①野腊(xī):干肉条。　②邻酝:邻家所卖的酒。《说文》:"酝,酿也。"　③林逋:北宋著名隐士林逋,字君复,钱塘人。隐居于西湖孤山,二十年不入城市。种梅养鹤以自娱,人称"梅妻鹤子"。卒谥和靖先生。

浪淘沙慢

禁城外,青青细柳,翠拂高堞[1]。征鼓催人骤发。长亭渐觉宴阕。情绪似丁香千百结[2]。忍重看、手简亲折。听怨举离歌寄深意,新声更清绝。　　心切。暮天塞草烟阔。正乍裛轻尘,新晴后,汩汩清渭咽[3]。闻西度阳关,风致全别。玉杯屡竭。思故人千里,唯同明月[4]。扶上雕鞍还三叠。那堪第四声未歇[5]。念蟾魄、能圆还解缺。况人事、莫苦悲伤悴艳色。归来复见头应雪。

[注释]

①堞(dié):城墙上如齿状的矮墙。　②丁香结:丁香的花蕾。　丁香千百结:唐宋诗人多用以形容人的愁思固结不解。李商隐《代赠》:"芭蕉不展丁香结,同向春风各自愁。"　③"心切"五句:融化王维《送元二使安西》(又题《阳关曲》)"渭城朝雨浥轻尘,客舍青青柳色新。劝君更进一杯酒,西出阳关无故人"诗意。　④"思故人"二句:"美人迈兮音尘阙,隔千里兮共明月。"见南朝谢庄《月赋》。　⑤第四声:王维《送元二使安西》诗谱入乐府,谓之《阳关三叠》。歌法为:首句不叠,其馀三句均再唱一遍,

唱至“劝君更进一杯酒”时恰为第四声。白居易《对酒诗》:“相逢且莫推辞醉,听唱阳关第四声。”注云:“第四声,‘劝君更进一杯酒’。”

忆旧游

念区区远宦,带月侵晨,燃烛中宵。在昔曾游遍,过三湘下浙,二水通潇。小舟暂辍兰棹,羸马复鞭摇。但旧日雄图,平生壮气,往往潜消。　　迢迢。向年事,记艳质平堤,曾共听镳[①]。醉□游沙市,被疏狂伴侣,朝暮相招。怎知后约难再,牛女隔星桥。待远结双成[②],他时去窃千岁桃[③]。

[注释]

①听镳(biāo):听马蹄声。　镳:马嚼子两端露出嘴外的部分。　②双成:即仙女董双成。相传为西王母侍女。　③“他时”句:“东郡送一短人,长七寸……上疑其山精……召东方朔问。……短人……因指朔谓上曰:‘王母种桃,三千年一作子。此儿不良,已三过偷之矣。遂失王母意,故被谪来此。’”见《汉武帝故事》。

蓦山溪

当年苏小[①],家住苕溪尾。一棹采莲归,悄羞得、鸳鸯飞避。蘋洲蓼岸,花脸两难分,崖半倚。风乍起,荡漾烟光里。　　平生强项[②],未肯轻鱼水[③]。溪上偶相逢,这一段、风情怎已。纫兰解佩[④],不负有情人,金尊侧,罗帐底。占尽人间美。

[注释]

①苏小:指南齐钱塘名妓苏小小。《乐府诗集》载《苏小小歌》:“妾乘

油壁车,郎跨青骢马。何处结同心,西陵松柏下。” ②强项:性格刚强,不肯低头于人。 ③鱼水:鱼和水的融洽关系。古人多以指男女之情。 ④纫兰解佩:本屈原《离骚》“扈江离与辟芷兮,纫秋兰以为佩”。比喻操行高洁。 解佩:“江妃二女者,不知何所人也。出游于江汉之湄。逢郑交甫,见而悦之。不知其神人也。谓其仆曰:‘我欲下请其佩。’……遂手解佩与交甫。交甫悦,受而怀之。”见《列仙传》。后用作赠物定情的典故。

少年游

金炉喷兽枕敧山,衾帐不知寒。数片飞花,初临窗外,犹作堕梅看。 明年此际应东去,藤轿逐征鞍。山水屏中,莺花堆里,相与下临安[①]。

[注释]

①临安:南宋都城。即今浙江杭州。

少年游

三分芳髻拢青丝,花下见仙姿。殢雨情怀[①],沾风踪迹,相见恨欢迟。 能言艳色如桃李,曾折最先枝。冶叶丛中,闲花堆里,那有者相知[②]。

[注释]

①殢雨:古人以“殢云尤雨”喻男女之间的缠绵欢爱。 殢:沉溺。 ②者:同“这”。

秋蕊香

向晓银瓶香暖,宿蕊犹残娇面。风尘一缕透窗眼,恨入春山黛浅。 短书封了凭金线,系双燕。良人贪逐利名远，不忆幽花静院。

渔家傲

再过兴国

秾李素华曾缟昼[①]，当年独冠群芳秀。今日再来眉暗円。谁人后。追思恰似章台柳。　先自病来迟唧溜[②]，肌肤瘦减宽襟袖。已是无聊仍断酒。徘徊久，者番枉走长亭候[③]。

[注释]

①缟昼：谓李花开时，照夜如昼。南宋杨万里“诗序”：“桃李岁岁同时并开，而退之（韩愈）有‘花不见桃惟见李’之句，殊不可解。因晚登碧落堂望隔江桃李，桃皆暗而李独明。乃悟其妙。盖炫昼缟夜云。”见南宋陈景沂《全芳备祖·李花门》。　缟：细白的生绢。　②唧溜：机灵。南宋张镃《夜游宫》：“鹊相庞儿谁有？……到老常厮守。不吃饭，也须唧溜。”　③长亭：古时在城外路旁每隔十里设立的亭子，供行人休息或饯别亲友。

渔家傲

戒　酒

未把金杯心已恻，少年病酒还成积。一昨宦游来水国。心知得，陶陶大醉何人识。　日近偶然频燕客，尊前巾帽时攲仄。致得沉疴盟枕席[①]。吾方适，从今更不尝涓滴。

[注释]

①沉疴：重病。

南乡子

宁都登楼

乘月上高楼，一片清光浩莫收。帘卷好风知客意，飕飕。山自纵横水自流。　　却绕古城头，尘事匆匆得少休。遥送征鸿千里外，明眸。消尽人间万种愁。

望江南

寻胜去，驱马上南堤。信脚不知人远近，醉眠犹劝玉东西[①]。归帽任冲泥。　　春雨过，农事在瓜蹊。野卉无名随路满，山禽著意傍人啼。鼓角已悲凄。

[注释]

①玉东西：酒杯。又作酒的代称。南宋赵长卿《别怨》："娇马频嘶……如何见得，明年春事浓时。稳乘金腰裹，来烂醉、玉东西。"

浣溪沙

山　矾[①]

芳蕊鬅鬆夹道垂[②]，珠幢玉节下瑶池。异香团就小花儿。　　应念裴航佳句好[③]，休论白傅送行悲。月娥亲自送仙衣。

[注释]

①山矾："江南野中有一种小白花，木高数尺，春开极香。野人号为郑花。……予请名曰山矾。野人采郑花叶以染黄，不借矾而成色，故名山矾。"见宋黄庭坚《戏咏高节亭边山矾花》诗序。　②鬅鬆：即蓬松。头发松散的样子。　③裴航：唐裴铏《传奇》载裴航出游，遇樊夫人，赠航诗。

后于蓝桥驿遇仙女云英，结为夫妇。樊夫人即云英之姊。

浣溪沙

薝　蔔①

原上芳华已乱飞，林间佛日去晖晖②。一花六叶殿春归。　身外色香空荏苒，鼻端消息正霏微。禅林曲几坐忘时③。

［注释］

①薝蔔：又作薝葡，即郁金香。由西域传入。古人往往以此为栀子花，非。此词所咏据其“一花六叶”来看，亦是栀子花。　②佛日：古人往往用薝葡花供佛。故云佛日。　③曲几：古人席地而坐时有靠背的坐具。　坐忘：道家所追求的物我两忘、淡泊无思虑的精神境界。

浣溪沙

木　樨①

金粟蒙茸翠叶垂②，月宫仙种下天涯。儿曹攀折有云梯③。　枕畔幽芳醒睡思，炉中换骨脱金泥。待持金剪怕儿啼。

［注释］

①木樨：即桂花。传说月宫中有桂树。　②金粟：桂花的别名。以其花蕊如金粟点缀。　③儿曹：孩子们。

迎春乐

池边刺竹初成屋①。拔芳瓮、酒初熟。奈巾车秣马催人速[2]。还又伴、孤云宿。　　蜗角蝇头相窘束[3]。满眼地、水青山绿。要解别来愁，除是再偎香玉。

[注释]

①刺竹:一种带刺而坚硬的竹,即竻竹。　②巾车秣马:意为远行。巾车:有车衣覆盖的车。　秣马:喂饱马匹。　③蜗角蝇头:“蜗角虚名,蝇头微利,算来著甚乾忙。”见宋苏轼《满庭芳》。蝇头、蜗角,皆以喻其微不足道、没有意义。《庄子·则阳》载,蜗之左角有国曰触氏,蜗之右角有国曰蛮氏,时相与争地而战,伏尸百万。

迎春乐

沉吟暗想狂踪迹。亲曾作、燕堂客[1]。赏春风、共醉垂杨陌。云鬓亸、金钗侧。　　对酒何曾辞大白。十年后、音尘俱息。今日走江西,空怅望、荆湖北。

[注释]

①燕堂客:宴会上的客人。燕,通“宴”。

点绛唇

集　句

流水泠泠,闭门时候廉纤雨[1]。菱歌齐举[2],风暖飘香絮。　　一叶扁舟,过尽莺啼处。空凝伫。到头辛苦,暮色闻津鼓[3]。

[注释]

①廉纤:微小,纤细。　②菱歌:采菱之歌。唐卢照邻《七夕泛舟》诗:“日晚菱歌唱,风烟满夕阳。”　③津鼓:渡口的鼓声。

一落索

水与东风俱秀，一池春皱。满庭花卉尽芳菲，只有朵、江梅瘦。　谱里知名自久[①]，真情难有。纵然时下有真情，又还似、章台柳。

[注释]

①谱：群芳花谱。此借指风月场中烟花之谱。

一落索

识尽人间甘苦，不如归去。先来孤馆客愁多，更倾下、连宵雨。　尽日登山绕树，禄非尺素[①]。竹鸡啼了杜鹃啼，甚都在、人愁处。

[注释]

①尺素：书写用的一尺长左右的白色生绢，借指小的画幅，短的书信。

满庭芳

春过园林，雨馀池沼，嫩荷点点青圆。昼长人静，芳树欲生烟。一径幽通邃竹，松风漱、石齿溅溅[①]。平生志，功名未就，先觅五湖船[②]。　不如，归去好，良田二顷，茅舍三椽。任高歌月下，痛饮花前。果解忘情寄意，又何在、频抚无弦[③]。烟波友，扁舟过我，相伴白鸥眠。

[注释]

①“松风漱”句：谓松风吹过，石间水急速流动。　②五湖船：春秋时范蠡助越王勾践平吴之后，身携西子，泛舟五湖。此处谓退隐江湖间。

③无弦:无弦之琴,陶渊明尝抚以寄兴。

隔浦莲近拍

桑阴柔弄羽葆[①],莲渚芳容窈。翠叶浓障屋,绵蛮时啭黄鸟[②]。闲步挼嫩草[③],鱼儿闹,作队游蘋沼。 画屏小,纱厨簟枕,接䍦沉醉犹倒[④]。华胥境界,燕子几声催晓。携手兰房未步到,还觉,衷情知向谁表。

[注释]

①羽葆:以翠羽连缀为饰。古人用为仪仗。 ②绵蛮:鸟声婉转。《诗经·小雅·绵蛮》:"绵蛮黄鸟,止于丘阿。" ③挼(ruó):揉搓。 ④接䍦:帽名。《世说新语·任诞》:"山季伦(简)为荆州,时出酣畅。人为之歌曰:'山公时一醉,径造高阳池,日暮倒载归,酩酊无所知。复能乘骏马,倒着白接䍦。"

法曲献仙音

汀蓼收红[①],井梧凋绿,呖呖征鸿南度。静听寒砧,闷攲孤枕,蟾光夜深窥户。露暗滴、芭蕉重,萧萧本非雨。

砌蛩语。怎知人、漏长无寐,因念游子,路修道又阻。早起懒晨妆,自秋来、眉黛谁妩。净几明窗,但无憀、空对蛮素[②]。早知伊、别后恁久,悔教伊去。

[注释]

①汀蓼:水边平滩上的水蓼。蓼为一年生草本植物,叶披针形,花小,白色或浅红色,生长在水边或水中。茎叶味辛辣。 ②蛮素:小蛮、樊素。白居易之二家伎。

选官子

塞雁呼云，寒蝉噪晚，绕砌夜蛩凄断。迢迢玉宇，耿耿银河，明月又歌团扇。行客暮泊邮亭[①]，孤枕难禁，一窗风箭。念松荒三径[②]，门低五柳[③]，故山犹远。　堪叹处，对敌风光，题评景物，恶句斐然挥染[④]。风埃世路，冷暖人情，一瞬几分更变。唯有芳姿为人，歌意尤深，笑容偏倩。把新词拍段，偎人低唱，凤鞋轻点。

[注释]

①邮亭：古时传递文书的人沿途休息的处所、驿馆。　②三径：西汉末蒋诩隐居乡里，只开三径，唯与求仲、羊仲来往。后以三径指隐者所居。③五柳：东晋诗人陶渊明自号五柳先生。　④斐然：有文彩和韵味，引人注目。

侧　犯

九衢艳质[①]，看来怎比他闲靓。清韵，似照水横斜暮临镜。林间顿画阁[②]，花底藏芳径。幽静，将绛烛、高烧照双影。　琼瑶皓素，未及肌肤莹。伊试省。我从今、还肯再孤另[③]。记取兰房，夜深人迥。窗外月照，一方天井[④]。

[注释]

①九衢："长安城面三门，四面十二门，皆通达九逵，以相经纬。"见《三辅黄图》。九逵，即九衢。　②顿：停留。　③孤另：孤单。　④唐氏按：此首"窗外月照，一方天井"二句，别又误作周邦彦词，见郑元佐《新注断肠诗集》卷八。

塞翁吟

芙　蓉

院宇临池水，桥边绕水胧臆[1]。桥左右，水西东，水木两芙蓉。低疑洛浦凌波步[2]，高如弄玉凌空[3]。叶百叠，蕊千重，更都染轻红。　冲冲，能消尽，忧心似结，看艳色、浑如梦中。为爱惜芳容未尽，好移去，满插家园，特与培封。年年对赏美质，朝朝披玩香风。

［注释］

①胧臆：即臆胧。明亮貌。　②洛浦凌波步：三国曹植有《洛神赋》，描绘洛神云："其形也，翩若惊鸿，婉若游龙。荣曜秋菊，华茂春松。……体迅飞凫，飘忽若神，凌波微步，罗袜生尘。"　③弄玉："萧史者，秦穆公时人也。善吹箫。……穆公有女，字弄玉，好之。公遂以女妻焉。日交弄玉作凤鸣。居数年，凤凰来止其屋。……一旦皆随凤凰飞去。"见旧题汉刘向《列仙传》。

苏幕遮

日烘晴，风却暑。帘幕中间，紫燕呢喃语。嫩竹新荷初沐雨。曲槛幽轩，四面明窗举。　夏初临，春又去。不愿封侯，只怕为羁旅。溪上故人无恙否。欲唱菱歌[1]，发棹归南浦。

［注释］

①菱歌：采菱之歌。唐卢照邻《七夕泛舟》诗："日晚菱歌唱，风烟满夕阳。"

浣溪沙

素馨茉莉[1]

南国幽花比并香，直从初夏到秋凉。素馨茉莉占时光。　梅□正寒方著蕊，芙蓉过暑即空塘，个中春色最难量。

[注释]

①素馨茉莉：素馨古名那悉茗，与茉莉俱南方名花，香味最盛。

浣溪沙

兰

一径栽培九畹成[1]，丛生幽谷免攲倾。异芳止合在林亭。　馥郁国香难可拟，纷纭俗眼不须惊。好风披拂雨初晴。

[注释]

①九畹："余既滋兰之九畹兮，又树蕙之百亩。"见屈原《楚辞》。一畹有十二亩、三十亩两说。

浣溪沙

水　仙

仙子何年下太空，凌波微步笑芙蓉。水风残月助惺忪。　矾弟梅兄都在眼[1]，银台金盏正当胸[2]。为伊一醉酒颜红。

[注释]

①矾弟梅兄:化用黄庭坚《王充道送水仙花五十枝》“含香体素欲倾城,山矾是弟梅是兄”诗句。山矾即七里香。 ②银台金盏:“水仙丛生下湿地,……春初于叶中抽一茎,茎头开花数朵,大如簪头,色白,圆如酒杯,上有五尖,中承黄心,宛如盏样,故有金盏银台之名。”见《洛阳花木记》。

浣溪沙

荼　蘼

风递馀花点素缯[1],日烘芳炷下萝藤。为谁雕琢碎春冰。　玉蕊观中犹得誉[2],木樨岩下尚驰声[3]。何如高架任伊凭。

[注释]

①素缯:意即素帛。《三苍》:“杂帛曰缯。” ②玉蕊:花名。唐长安唐昌观玉蕊花尤著名。康骈《剧谈录》载唐昌观有玉蕊花,每发若琼林瑶树。元和中,春物方妍,有女子年可十七八,容色婉丽,迥出于众。直造花所,伫立良久,令小仆取花数枝而出,举辔百馀步,有轻风拥尘,随之而去。望之已在半天矣。方悟为神仙之游。唐刘禹锡《和严给事闻唐昌观玉蕊花下游仙二绝》之一:“玉女来看玉蕊花,异香先引七香车。” ③木樨:即桂树,因生于岩间,故又称岩桂。汉淮南小山《招隐诗》:“桂树丛生兮山之幽,偃蹇连蜷兮枝相缭。”

点绛唇

集　句

雨歇方塘,清圆一一风荷举[1]。舣舟南浦,忘却来时路。　醉拍春衫,便欲随君去。犹回顾,阿蛮樊素[2]。更有留人处。

[注释]

①清圆一一风荷举：出自北宋词人周邦彦《苏幕遮》“叶上初阳干宿雨，水面清圆，一一风荷举”。 ②阿蛮樊素：“白尚书姬人樊素善歌，小蛮善舞。尝为诗曰‘樱桃樊素口，杨柳小蛮腰’。”见唐孟棨《本事诗》。《全宋词》注：“阿”原本作“小”。

诉衷情

眼前时果漫堆盘[①]，莫是又贪酸。因何近来销减，微褪脸霞丹。 还只为，枕衾闲。泪痕斑。我能医疗，一服收功，只霎时间。

[注释]

①时果：时鲜的果品。

风流子

行乐平生志，方从事、未出已思归。叹欢宴会同，类多睽阻[①]，冶游踪迹、还又参差。年华换，利名虚岁月，交友半云泥[②]。休忆旧游，免成春瘦，莫怀新恨，恐惹秋悲。

惟思行乐处，几思为春困，醉枕罗衣。何事暗辜芳约，偷负佳期。念待月西厢[③]，花阴浅浅，倚楼南陌，云意垂垂。别后顿成消黯，伊又争知。

[注释]

①睽阻：分离，阻隔。 ②云泥：云在天，泥在地，形容地位悬隔。③待月西厢：“待月西厢下，临风户半开。隔墙花影动，疑是玉人来。”见唐元稹《会真记》。后演变为《西厢记》。

华胥引

征车将动，愁不成歌，对颦翠叶[①]。静掩兰房，香铺卧鸭烟罢唼[②]。别后羞看霓裳，更把筝休轧。频数更筹[③]，乍寒孤枕偏怯。　尝为霜髭[④]，弄纤纤、向人轻镊。旧词新句，幽窗时时并阅。药饵衣衾，愁顿放、一番行箧。朝晚归家，又烦春笋重叠。

[注释]

①翠叶：用黛螺画眉，其形如叶，故谓眉为翠叶。　②卧鸭：指卧鸭形的香炉。　唼(shà)：水鸟或鱼类吞食。　③更筹：古时报更用的筹签。这里指报更的筹签声。　④霜髭：白鬓。　髭：嘴唇上边的短鬓。

宴清都

早作听晨鼓。征车动、画桥乘月先度。邻鸡唱晓，人家未起，尚扃柴户[①]。沙边塞雁声遥，料不见、当时伴侣。似怎地、满眼愁悲，秋如宋玉难赋[②]。　休论爱合睽离[③]，微官系缚，期会良苦。封侯万里，金堆北斗，不如归去。欢娱渐入佳趣，算画在、屏帏邃处。仗小词、说与相思，伊还会否。

[注释]

①扃：闭。　②秋如宋玉难赋："悲哉，秋之为气也，萧瑟兮草木摇落而变衰。"见宋玉《九辩》。后成为悲秋的典故。　③睽离：分散，离散。

四园竹

残霞殿雨，皞气入窗扉[①]。井梧堕叶，寒砌叫蛩，秋满屏帏。罗袖匆匆叙别，凄凉客里，异乡谁更相知。　念伊其。当时芍药同心②，谁知又爽佳期。直待金风到后，红叶秋时。细写情辞。何用纸，又却恐、秋深叶渐稀。

[注释]

①皞(hào)气：白色的水气。　②"念伊其"二句：本《诗经·郑风·溱洧》"维士与女，伊其相谑，赠之以芍药"。青年男女游春时赠芍药以表达爱意。　伊：他们。　其：语助。

齐天乐

临江道中①

护霜云澹兰皋暮②，行人怕临昏晚。皓月明楼，梧桐雨叶，一片离愁难剪。殊乡异景，奈频易寒暄，屡更茵簟③。案牍纷纭④，夜深犹看两三卷。　平川回棹未久，简书还授命，又催程限。贡浦南游⑤，桃江西下⑥，还是水行陆转。天寒雁远。但独拥兰衾，枕檀谁荐。再促征车，月华犹未敛。

[注释]

①临江：今江西清江临江镇。秦属九江郡，汉属豫章郡，隋为庐陵郡地，宋淳化三年后属临江军。　②兰皋：长满兰草的堤岸。屈原《离骚》："步余马于兰皋兮，驰椒丘且焉止息。"　③茵：垫毯。　簟：竹席。　④案牍：公事文书。　⑤贡浦：贡水之滨。贡水源于福建，流经瑞金、会昌等西入江西。　⑥桃江：古赣江有支流名桃水。此处代指赣江。

木兰花

奇容压尽群芳秀，枕臂浓香犹在袖。自从草草为传杯,但觉厌厌长病酒。　　堤上路长官柳瘦[1],愁在月明霜落后。须知斗帐夜寒多[2],早趁西风回鹢首[3]。

[注释]

①官柳:古时路边、堤上多由官府栽种柳树。　②斗帐:古人床帐像倒置的斗,故称斗帐。　③鹢首:古代船头上画着鹢鸟,故称船首为鹢首,亦借指船。鹢,指一种像鹭鸶的水鸟,能高飞。

霜叶飞

咏　雪

朔风严紧,长空布、同云低黯天表[1]。更堪中夕振寒威,敧枕风声悄。望皓洁,窗纱向晓。珠帘才上银钩小。听美人都惊□,老尽群山,远近相照。　　深意劝客金尊,皑皑千里,琼台瑶圃重到。绮罗香暖恣欢娱,暂尔宽怀抱。更几朵、梅花开了。巡檐聊与花相调[2]。算瑞气、丰穰兆。来岁强如,旧年多少。

[注释]

①同云:云成一色,天将下雪的迹象。《诗经·小雅·信南山》:"上天同云,雨雪雰雰。"　②巡檐:本杜甫《舍弟观赴蓝田取妻子到江陵喜寄》三首之二"巡檐索共梅花笑,冷蕊疏枝恐不禁"。

蕙兰芳

赣州推厅新创池亭、画桥[1],时宴其中,令小春舞。小春乃吾家小妓也

池亭小,帘幕初下,散飞凫鹭。乍风约云开,遥障几眉横绿。画桥架月,映四岸、垂杨遮屋。绕翠栏满槛,尽

是新栽花竹。　　风送荷香，凉生冰簟，岂畏炎燠。便催唤双成②，看舞相时丽曲③。及瓜虽近④，要娱我目。教后人行乐，亦非吾独。

［注释］

①推厅：宋代各州、府均有推官，为行政长官的下属。推厅即推官的办公处所。　②双成：即董双成。传说为西王母侍女。　③相时丽曲：应时的美妙动听的曲子。　④及瓜：《左传·庄公八年》载，齐襄公派连称、管至父二人驻守葵丘，"瓜时而往，曰：'及瓜而代。'"意指今年瓜熟时赴戍，到来年瓜熟时派人接替。后人用以为任期届满的典故。

塞垣春

绣阁临芳野。向晚把、花枝卸。奇容艳质，世间寻觅，除是图画。这欢娱已系人心也。更翰墨、新挥洒。展蛮笺、明窗底①，把□心事都写。　　谢女与檀郎②，清才对、真态俱雅。凤枕乐春宵，绛帷度秋夜。便同云黯淡③，冰霰纵横，也并眠、鸳衾下。假使过炎暑，共将罗扇把。

［注释］

①蛮笺：即蜀笺。唐时四川所造的彩色花纸，用于书写。　②谢女：本指晋王凝之妻谢道韫，富于才华。后泛称女郎。　檀郎：美貌郎君。原指潘岳。李贺《牡丹种曲》："檀郎谢女眠何处？楼台月明燕夜语。"　③同云：即彤云。特指下雪前密布的阴云。

丁香结

梅雨犹清，冷风乘急，遥送万丝斜陨。听水翻雷迅。冒雾湿，但觉衣裘皆润。乱山烟嶂外，轻寒透、未免强忍。崎岖危石，耸峭峻岭，都齐行尽。　　指引。看负弩旌旗[1],谩卷空、排素阵。向晚收云,黎明见日,渐生红晕。堪叹萍泛浪迹,□事无长寸。但新来纤瘦,谁信非因病损。

[注释]

①负弩:背负弓箭开路先行。

氐州第一

潇潇寒庭,深院绣盖,佳人就中娇小。半额装成[1],纤腰浴罢,初著铢衣缥缈[2]。徐整鸾钗,向凤鉴、低徊斜照。情态方浓,憨痴不管,绿稀红老。　阆苑春回花枝少。漫微步、芳丛频绕。密意难窥,幽欢未讲,时把琵琶抱。但多才强傅粉,何须用、千金买笑。一枕春酲,笑巫阳、朝云易晓[3]。

[注释]

①半额:指画眉之广,长达半额。　②铢衣:极言衣之轻。古制一两为二十四铢。　③“笑巫阳”句:“昔者先王尝游高唐……梦见一妇人……去而辞曰:‘妾在巫山之阳,高丘之阻。旦为朝云,暮为行雨。朝朝暮暮,阳台之下。’”见楚国宋玉《高唐赋序》。此处借喻欢会苦短。

解蹀躞

一掬金莲微步,堪向盘中舞。主人开阁[1],呼来慰行旅。暂时略得舒怀,事如橄榄,馀甘卒难回苦[2]。　惹愁绪。便□偎人低唱,如何当奇遇。怎生真得、欢娱效云雨。有计应不为难。待□押出门时,却教休去。

[注释]

① 阁(gé):小闺谓之阁。 ②“事如橄榄”二句:橄榄初入口极涩,良久之后,回味甘甜。

少年游

鸾胎麟角,金盘玉箸,芳果荐香橙。洛浦佳人[①],缑山仙子[②],高会共吹笙。 挥毫便扫千章曲,一字不须更。绛阙瑶台,星桥云帐,全胜少年行。

[注释]

①洛浦佳人:指宓妃,本伏羲女,溺死洛水,遂为洛水之神。三国曹植有《洛神赋》。 ②缑山仙子:旧题汉刘向《列仙传》载王子乔得仙,七月七日乘白鹤驻缑氏山巅。后用作游仙的典故。

庆春宫

曲渚澜生。遥峰云敛,据鞍又出江城。青子垂枝,翠阴遮道,乍闻一两蝉声。素蟾犹在[①],但惟有、长庚殿星[②]。征夫前路,应怪劳生,尘事相萦。 年来厌逐时迎。千里追寻,两鬓凋零。佳景良辰,无憀虚度,谁怜客里凄清。不如归去,任儿辈、功名遂成。旧欢重理,莫笑渊明,却赋闲情[③]。

[注释]

①素蟾:指明月。传说月宫中有蟾蜍。 ②长庚:黄昏时出现在西方天空的金星,亦称“太白”。 ③闲情:晋代诗人陶渊明作《闲情赋》,文辞优美,抒写爱情,是陶渊明作品中的别调。

醉桃源

十年依旧破衫青，空书制敕绫[①]。但知心似玉壶冰，牛衣休涕零[②]。　　聊蹇傲[③]，莫升腾。毋为附骥蝇[④]。前山可数且徐行，不须催去程。

[注释]

①制敕：诏书政令，书于绫上以颁告天下。　②牛衣：用麻或草织的给牛御寒的护被。《汉书·王章传》："初，章为诸生学长安，独与妻居。章疾病，无被，卧牛衣中，与妻诀，涕泣，其妻呵怒之。"后用作贫穷困窘的典故。　③蹇傲：高傲，傲慢。　④附骥蝇："伯夷、叔齐虽贤，得夫子而名益彰；颜渊虽笃学，附骥尾而行益显。"见《史记·伯夷列传》。《史记索隐》："苍蝇附骥尾而致千里，以譬颜回因孔子而名彰也。"后以喻附于先人或名人之后。

醉桃源

大都修炼似蒸沙[①]，阴阳失两家。正如飞鳖舞长蛇，宁知饮月华。　　回老貌，假群娃。熏蒸成绛霞。但教心地不倾斜，巢中能养鸦。

[注释]

①蒸沙："如蒸沙石，欲其成饭，经百千劫，只名热沙。"见《楞严经》六。喻不可能之事。

点绛唇

岸草离离，暮天雨过添清润。小舟移近，怕得江头信。　　无奈风高，雁字难成阵[①]。思排闷。管弦难趁，怎解心头恨。

[注释]

①雁字:雁飞行时排成的行列如“一”字或“人”字形,故云。

夜游宫

一叶飘然下水[1]。船头转、已行十里。冷落杯盘荐梅子[2]。又经过,岭边村,江上市。　那更轻帆底。一路上、翠飘红坠。深夜方眠五更起。说相思,试挥毫,还满纸。

[注释]

①一叶:指小船。　②荐:铺陈,放置。

夜游宫

泪眼偎人强敛。鲛绡上、尚馀斑点[1]。别后何愁不相见。只愁伊,被旁人,施暗箭。　致得心肠转。教令得、神魂撩乱。那更日疏又日远。恁时节,想难为,看我面。

[注释]

①鲛绡:神话传说中生活在海中的神人,其泪珠能变成珍珠。鲛人所织的绡,极薄,后用以泛指薄纱。此处指手帕。

诉衷情

侵晨呵手怯清霜[1],闲写两三行。都将旧游新恨,收拾入行装。　人乍别,路尤长,漫嗟伤。不如归去,只者温柔,便是仙乡[2]。

[注释]

①侵晨:黎明,早晨初现光亮。 ②“只者温柔”二句:谓美色迷人。旧题汉伶玄《飞燕外传》:“是夜进合德,帝大悦,以辅属体,无所不靡,谓为温柔乡。”

伤情怨

娇痴年纪尚小,试晚妆初了。自戴黄花,开奁还自照。 临岐离思浩渺[1]。道未寒、须管来到。记取叮咛,教人归且早。

[注释]

①临岐:当为临歧之讹。

红林檎近

雪

轻有鹅毛体,白如龙脑香[1]。琼笋缀飞桷,冰壶鉴方塘[2]。浑如瑶台阆苑,更无茅舍蓬窗。画阁自有梅装[3],贪耍罢弹簧[4]。 鼓舞沽酒市,蓑笠钓鱼乡。遐观自乐,吾心何必濠梁。待乔木都冻,千山尽老,更烦玉指劝羽觞。

[注释]

①龙脑香:以龙脑香树膏制成。俗称冰片。 ②“琼笋”二句:以琼笋、冰壶喻白雪覆盖大地,银装素裹。 ③自有梅装:即梅花妆。宋武帝寿阳公主人日坐含章檐下,梅花落额上成五出。 ④簧:笙中发声的薄片,代指笙。 弹簧:即吹笙。

红林檎近

梅信初回暖，风棱犹壮寒。禾稼响圭壁，帘旌隐琅玕[①]。门外群山尚满，窗前数片馀残。冻底潜有鱼翻，东风渐生澜。　杖策扶半醉，燕寝有馀欢。儿童自捧，皑皑调蜜盈盘。兆丰穰和气，来呈美瑞，莫同轻薄飞絮看。

［注释］

①琅玕：美玉，此处以之喻雪。

满路花

双眼滟秋波，两脸凝春雪。尊前初见处，琴心绝。千磨百难，石上琼簪折[①]。人非天样阔。车马难通，奈何没个关节。　深盟密约，啮臂曾流血。须知弦断有，鸾胶接[②]。别离日久，转觉归心切。先把新词说。憔悴相容，怕伊相见难别。

［注释］

①"石上"句："石上磨玉簪，玉簪欲成中心折"。见白居易《井底引银瓶》。　②鸾胶：相传以凤凰嘴和麒麟角煎的胶可粘合弓弩拉断了的弦。此处指别后再聚。

解语花

星桥夜度，火树宵开[①]，灯月光交射。翠檐铜瓦，相辉映、隐隐绛霞飘下。风流艳雅，向柳陌、纤纤共把。筵宴时、频酌香醪，宝鸭喷沉麝[②]。　已是欢娱尽夜，对芳时堪画，条倡叶冶[③]，鸳灯诗帕。嬉游看、到处骤轮驰马。十千换也。惟好事、寸心难谢。听九衢、三市行歌，到晓钟才罢。

［注释］

①火树宵开："火树银花合，星桥铁锁开。"见唐苏味道《正月十五夜》。②宝鸭喷沉麝：鸭形的香炉中喷出麝香烟气。 ③条倡叶冶：即冶叶倡条。本形容杨柳枝叶婀娜多姿，后用以喻歌伎。

六么令

壬寅四月[①]，扶病外邑催租，寄内

道骨仙风，本自无寒燠[②]。谁教勉从人事，风雨充梳沐。酒病从来屡作，汤药宜谙熟。五穷难逐[③]。折腰升斗[④]，辜负当年旧松菊。 今岁重更甲子，已是难题目。那更频陪俎宴，几度山颓玉[⑤]。扶病奔驰外邑，宛转溪山曲。蛛丝应卜。音书频寄，止酒加餐不须嘱。

［注释］

①壬寅：淳祐二年（1242）。杨泽民六十岁。 ②寒燠：冷暖。 燠：温暖。 ③五穷：唐韩愈《送穷文》称穷鬼有五：智穷、学穷、文穷、命穷、交穷。 ④折腰升斗：晋陶渊明不愿为每月五斗米的俸禄而向小人折腰低头。 ⑤山颓玉："嵇叔夜之为人也，岩岩若孤松之独立；其醉也，傀俄若玉山之将崩。"见《世说新语·容止》。

倒　犯

蓝　桥

画舫、并仙舟远窥，黛眉新扫。芳容衬缟。佳人在、翠帘深窈。逡巡遽赠诗语，因询屏帏悄。道自有、蓝桥美质诚堪表[①]。倩纤纤、捧芳醥[②]。　　琴剑度关，望玉京人，迢迢天样窎[③]。下马叩靖宇，见仙女、云英小。算冠绝、人间好。饮刀圭、神丹同得道[④]。感向日，夫人指示相垂照。寿齐天后老。

［注释］

①蓝桥：唐裴铏《传奇》载裴航于蓝桥驿遇仙女云英，后结为夫妇。②醥：清酒。　③窎（diào）：深远。　④刀圭：古时量取药物的用具，后借指药物，此处谓仙药。

大　酺

渐雨回春，风清夏，垂柳凉生芳屋。馀花犹满地，引蜂游蝶戏，慢飞轻触。院宇深沉，帘栊寂静，苍玉时敲疏竹。雕梁新来燕，恣呢喃不住，似曾相熟。但双去并来，漫萦幽恨，枕单衾独。　　仙郎去又速。料今在、何许停双毂。任梦想、频登台榭，遍倚阑干，水云千里空流目。纵遇双鱼客[①]，难尽写、别来心曲。媚容幸倾城国。今日何事，还又难分辫菽[②]。寸心天上可烛。

［注释］

①双鱼："客从远方来，遗我双鲤鱼。呼儿烹鲤鱼，中有尺素书。"见汉《饮马长城窟行》。后人用双鱼代指书信。　②难分辫菽：分辨不出豆子和麦子，形容愚笨无知。　辫（móu）：大麦。　菽：豆类的总称。

玉烛新

梨　花

梨花寒食后。被丽日和风，一时开就。濛濛雨歇，香犹嫩、渐觉芳心彰漏[1]。墙头月下，似旧日莺莺相候[2]。纤手为、攀折翘枝，轻盈露沾红袖。　　风流出浴杨妃[3]，向海上何人，更询安否。百花任鬥。应粉艳、未减杏粗梅瘦。肤丰肉秀。□可与群芳推首。□方待、酣饮花前，轻歌缓奏。

［注释］

①彰漏：暴露，显露。　彰：显，明。　②“墙头”二句：“待月西厢下，临风户半开。隔墙花影动，疑是玉人来。”见唐元稹《会真记》。女主人公即为莺莺。此事后演变为《西厢记》。　③出浴杨妃：指杨贵妃。白居易《长恨歌》：“春寒赐浴华清池，温泉水滑洗凝脂。侍儿扶起娇无力，始是新承恩泽时。”

花　犯

桃　花

百花中，夭桃秀色，堪餐作珍味。武陵溪上[1]，□宋玉墙头[2]，全胜姝丽。去年此日佳人倚[3]。凝情心暗喜。恨未得、合欢鸳帐，归来犹半被。　　寻春记前约因□，题诗算怎耐、相思憔悴。攀玩对、东君道，莫教轻坠。尖纤向、鬓边戴秀，芳艳在、多情云翠里。看媚脸、与花争好，休夸空觅水。

［注释］

①武陵溪上：晋陶渊明《桃花源记》载武陵渔人误入世外桃源，桃源中人皆熙熙而乐，无世间赋税徭役之苦。　②宋玉墙头：楚宋玉《登徒子好色赋》：“天下之佳人，莫如楚国；楚国之丽者，莫如臣里；臣里之美者，莫如臣东家之子。……然此女登墙窥臣三年，至今未许。”　③“去年”句：唐孟棨《本事诗》载崔护清明日独游城南庄，向一少女求饮。翌年崔护再至，

不见其人，题诗于左扉曰："去年今日此门中，人面桃花相映红。人面只今何处去，桃花依旧笑春风。"

丑奴儿

梅　花

冰姿冠绝人间世，傲雪凌霜。蕊点檀黄[①]，更看红唇间素妆。　　清芬不是先桃李，桃李无香。迥出林塘，万木丛中独秉阳。

[注释]

①檀黄：梅花蕊的颜色。檀为浅红色，浅绛色。用于形容女子粉红色的嘴唇。

水龙吟

木　樨

腻金匀点繁英，好风更与花为地。梅魂蕙魄，素馨□长，酴醾请避。拍塞清香[①]，远闻十里，如何藏闭。笑东篱嫩菊，空攒细蕊，只供得、重阳泪。　　争似青青叶底。傍西窗、时复轻吹。玉炉换骨，宝瓶熏梦，幽人睡起。管领秋光，留连佳景，几多新意。怕姮娥、不□蟾宫桂种，□高枝比。

[注释]

①拍塞：满貌。谓清香盈溢。

六　丑

叹浓欢易散，便忍把、恩情抛掷。恁时寸心，惟思生翅翼。别后踪迹。不定如萍泛，暂抛江沔，又留连京国。芳容料见尤光泽。共赏青楼，同游绮陌。皆曾痛怜深惜。纵鳞鸿托意[1]，云水犹隔。　　兰房深寂，映轻红淡碧。翠竹名花底、同燕息。杯盘屡肯留客。见真诚厚爱，意深情极。乌纱剪为新冠帻[2]。谁知道、茬苒尘埃带抹，任他倾侧。朝云信、且候潮汐。但寸心、未改伊人在，应须近得。

［注释］

①鳞鸿：鳞指鱼，鸿指雁。古人传说鱼、雁皆能传书。　②冠帻：帽子与包头巾。

虞美人

层层楼阁薰风暖，花裹香苞短。清芬不逐火云消。看了一重姿媚、一重娇。　　几回池上寻芳径，惊见波中影。似将千叶再苞封，肠断昭阳一笑、付飞鸿[1]。

［注释］

①昭阳：宫殿名。汉成帝时赵飞燕所居。

虞美人

红　莲

小池芳蕊初开遍，恰似新妆面。扁舟一叶过吴门，只向花间高卧、度朝昏。　　浮萍点缀因风絮[1]，更共鸳鸯语。花间有女恰如云，不惜一生常作、采花人。

[注释]

①"浮萍"句：传说柳絮入水一夜之间化为浮萍。

兰陵王

渔 父

翠竿直，一叶扁舟漾碧。澄江上、几度啸日迎风，怡怡钓秋色。渔乡共水国，都属沧浪傲客。烟波外，风笠雨蓑，才掷丝纶便千尺[1]。　飘然去无迹。迯脚扣双船[2]，帆挂轻席。盈钩香饵鱼争食。更拨棹葭岸，放篙菱浦，才过新栅又旧驿。占江南江北。　堪恻，利名积。算纵有豪华，难比清寂。须知此乐天无极。有一斗芳酒，数声横笛。芦花深夜，半醉里、任露滴。

[注释]

①丝纶：钓竿上的丝线。　②双船：即艭船，小舟。

蝶恋花

柳

腊尽江南梅发后，万点黄金，娇眼初窥牖[1]。曾见渭城人劝酒，嫩条轻拂传杯手。　料峭东风寒欲透，暗点轻烟，便觉添疏秀。莫道故人今白首，人虽有故心无旧。

[注释]

①窥牖：窥窗。

蝶恋花

初过元宵三五后，曲槛依依，终日摇金牖。瘦损舞腰非为酒，长条聊赠垂鞭手[①]。几叶小梅春已透，信是风流，占尽人间秀。走马章台还举首[②]，可人标韵强如旧。

[注释]

①“长条”句：古人有折柳赠别的传统。此句意为行人将发，立马垂杨之下，送行的人折长长的柳条相赠。　②章台：唐代韩翃与其姬柳氏在安史之乱中离散，后韩翃寄柳氏诗云：“章台柳，章台柳，往日依依今在否。纵使长条似旧垂，亦应攀折他人手。”

蝶恋花

寂寞春残花谢后。落絮轻盈，点点穿风牖。浓绿阴中人卖酒，凉生午扇都停手。　叶密啼莺飞不透。要咏清姿，除是凭才秀。往日周郎为唱首[①]，今将高韵重翻旧。

[注释]

①周郎：三国时吴国周瑜精通乐理，人言“曲有误，周郎顾”。此处实暗指北宋词人周邦彦。

蝶恋花

百卉千花都绽后。浥露依风，翠影笼芳牖。杏脸桃腮匀著酒，青红相映如携手。　一段帘丝风约透。妆点亭台，表里俱清秀。几度长堤频矫首，青青颜色新如旧。

西　河

岳　阳

形势地，岳阳事见图记。因山峭拔耸孤城，画楼涌起。楚吴巨泽坼东南[①]，惊涛浮动空际。　　半天楼栏翠倚。记人凤舸难系[②]。空馀细草没章华[③]，但存故垒。二妃祠宇隔黄陵[④]，精魂遥接云水。　　蟹鱼橘柚渐上市，是当年、屈宋乡里[⑤]。别有老仙高世，袖青蛇屡入[⑥]，都无人对。唯有枯松城南里。

[注释]

①"楚吴"句：本杜甫《登岳阳楼》"吴楚东南坼，乾坤日夜浮"。　坼：裂开，分裂。　②《全宋词》注："记"原本作"玉"。疑应作"汜"。　③章华：章华台，春秋时期楚灵王建，在今湖北监利西北。《左传·昭公七年》："楚子成章华之台，愿与诸侯落之。"　④黄陵：黄陵庙，在今湖南湘阴北。《水经注·湘水》："湘水西流径二妃庙南，世谓之黄陵庙也。言大舜之陟方也，二妃从征，溺于湘江。……故民为立祠于水侧焉。"　⑤屈宋：战国末期楚国屈原和宋玉。二人皆以辞赋著名。　⑥"别有"二句：吕岩，字洞宾，唐蒲州人。曾有诗云："朝游蓬岛暮苍梧。袖里青蛇胆气粗。三醉岳阳人不识，朗吟飞过洞庭湖。"

三部乐

榴　花

浓绿丛中，露半坼芳苞，自然奇绝。水亭风槛，正是蕤宾之月[①]。固知道、春色无多，但绛英数点，照眼先发。为君的皪[②]。尽是重心千叶。　　红巾又成半蹙[③]。试寻双寄意，向丽人低说。但将一枝，插著翠环丝髮。映秋波、艳云近睫。知厚意、深情更切。赏玩未已，看叶下、珍味还结。

[注释]

①蕤宾：古乐十二律之一。　蕤宾之月：此指农历五月。　②的皪：

即“的历”。光亮，鲜明貌。 ③红巾：喻石榴鲜艳如红巾。苏轼《贺新郎》：“乳燕飞华屋。……石榴半吐红巾蹙。待浮花、浪蕊都尽，伴君幽独。”

菩萨蛮

吟风敲遍阑干曲，极目澄江千顷绿。长笛下扁舟，一声人倚楼。 床头醅正发[1]，帐底人如雪。月色夜来看，可堪霜信寒。

［注释］

①醅：没过滤的酒。

品 令

咏 棋

日长风静，浓香在、珠帘花影。棋具对著明窗近。未排角势[1]，鸦鹭先分阵。 双叠远山非有恨，正藏机休问。便如喝采争堂印[2]，局番无定，有幸君须尽。

［注释］

①角势：指围棋在角上的布局。 ②喝采：赌局上呼喝叫采。 采：骰子的颜色。 堂印：骰子，掷双重四，称为堂印。

玉楼春

笔端点染相思泪，尽写别来无限意。只知香阁有离愁，不信长途无好味。 行轩一动须千里[1]，王事催人难但已[2]。床头酒熟定归来，明月一庭花满地。

[注释]

①行轩：中国古代一种前顶较高而有帷幕的车子，供大夫以上乘坐。②王事：即公事。《诗经·小雅·采薇》："王事靡盬，不遑启处。忧心孔疚，我行不来。"

满路花

愁得鬓丝斑，没得心肠破。上梢恩共爱[①]，忒过火。一床锦被，将为都包裹。刚被旁人隔，不似鸳鸯，等闲常得双卧。　　非无意智，触事须偏左[②]。那堪名与利，相羁锁。一番记著，一夜还难过。伊还思念我。等得归来，恁时早早来呵。

（以上傅增湘校江标宋元十五家词本《和清真词》）

[注释]

①上梢：从前。　②触事须偏左：作事总是有偏差，不顺意。

陈 郁

陈郁(？—1275)，字仲文，号藏一，临川(今江西抚州)人。理宗时，充缉熙殿应制，又充东宫讲堂掌书。著有《藏一话腴》。

声声慢

应制赋芙蓉、木樨

澄空初霁，暑退银塘，冰壶雁程寥寞。天阙清芬，何事早飘岩壑。花神更裁丽质，涨红波、一奁梳掠。凉影里，算素娥仙队，似曾相约。 闲把两花商略[①]。开时候、羞趁观桃阶药[②]。绿幕黄帘，好顿胆瓶儿著[③]。年年粟金万斛[④]，拒严霜、绵丝围幄。秋富贵，又何妨、与民同乐。[⑤]

[注释]

①商略：商讨。 ②观桃：观里桃花，用刘禹锡《玄都观桃花》“玄都观里桃千树，尽是刘郎去后栽”句意。 阶药：阶前芍药。《文选·谢朓〈直中书省〉》：“红药当阶翻，苍苔依砌上。” ③胆瓶：颈长腹大，形如悬胆的花瓶。 ④粟金：木樨即桂花。其花蕊如金粟点缀，故谓粟金。 ⑤唐氏按：此首《词谱》卷二十七误作陈合词。

宝鼎现

虞弦清暑[①]，佳气葱郁，非烟非雾[②]。人正在、东闱堂上，分瑞祥辉腾翠渚。奉玉斝[③]，总欢呼称颂，争羡神光葆聚[④]。庆诞节、弥生二佛，接踵瑶池仙母。 最好英慧由天赋。有仁慈宽厚襟宇。每留念、修身忱意，博问谦勤亲保傅。染宝翰、镇规随宸画，心授家传有素。更吟咏、形容雅颂，隐隐赓歌风度[⑤]。　恩重汉殿传觞，宣付祝、恭承天语。对南薰初试，宫院笙箫竞举。但长愿，际升平世，万载皇基因睹。问寝日，俟鸡鸣舞拜，龙楼深处。[⑥]

[注释]

①虞弦：虞指虞舜。舜曾作《南风歌》："南风之薰兮，可以解吾民之愠兮。……"此谓皇帝圣明，可以歌南风而解民愠。　②非烟非雾：祥瑞的彩云。《史记·天官书》："若烟非烟，若云非云，郁郁纷纷，萧索轮囷，是谓卿云。卿云，喜气也。"　③玉斝：玉制的斝。　斝：古代青铜制酒器，圆口，三足，用以温酒。　④葆聚：珍藏会聚。　⑤赓歌："乃赓载歌曰：'元首明哉，股肱良哉，庶事康哉。'"见《尚书·益稷》。　赓：连续。此处称赞帝王圣明。　⑥唐氏按：此首《词谱》卷三十八误作陈合词。

绛都春

晴天媚晓。正禁苑乍暖，莺声娇小。柳拂玉阑，花映朱帘韶光早。熙朝多暇舒长昼[①]，庆圣主、新颁飞诏。贻谋恩重[②]，齐家有训，万邦仪表。　偏称宫闱欢笑。酿和气共结，天香缭绕。侍宴回车，韶部将迎金莲照[③]。鸡鸣警戒丁宁了。但管取、咸常同道。东皇先报宜男[④]，已生瑞草。　（以上三首见《随隐漫录》卷二）

[注释]

①熙朝：朝廷兴隆。　②贻谋：为子孙谋划。《诗经·大雅·文王有声》："诒厥孙谋，以燕翼子。"　③韶：传说舜所作乐曲。《尚书·益稷》："箫韶九成，凤凰来仪。"宋代有云韶部，演习燕乐。　韶部：即指乐府部门。　金莲：莲花形的宫灯。　④宜男：萱草的别名。古代传说孕妇佩带则生男。又名忘忧草。

念奴娇

没巴没鼻[①],霎时间、做出漫天漫地。不论高低并上下,平白都教一例。鼓动滕六,招邀巽二[②],一任张威势。识他不破,只今道是祥瑞。　　却恨鹅鸭池边,三更半夜,误了吴元济[③]。东郭先生都不管,关上门儿稳睡。一夜东风,三竿暖日,万事随流水。东皇笑道[④],山河原是我底。[⑤]

(《钱塘遗事》卷四)

[注释]

①没巴没鼻:没依据,无来由。宋代俗语。　②滕六:雪神名。　巽二:风神名。唐牛僧孺《幽怪录》:"萧至忠欲猎。有老麋求救,黄冠曰:'若滕六降雪,巽二起风,即萧使君不出矣。'翌日风雪大作。"　③吴元济:唐宪宗元和十二年(817)李愬雪夜偷袭蔡州,在进军的时候,利用鹅鸭池中的叫声掩盖军声,最终活捉了割据的藩镇势力吴元济。　④东皇:即东方青帝。司春之神。　⑤唐氏按:此首《草木子》卷四上误作文及翁词。

冯伟寿

冯伟寿，字艾子，号云月，冯取洽子。延平（今福建南平）人。

玉连环

忆李谪仙

谪仙往矣[①]，问当年、饮中俦侣[②]，于今谁在。叹沉香醉梦[③]，胡尘日月，流浪锦袍宫带。高吟三峡动，舞剑九州隘[④]。玉皇归觐[⑤]，半空遗下，诗囊酒佩。　　云月仰挹清芬[⑥]，揽虬须、尚友千载[⑦]。晋宋颓波，羲皇春梦，尊前一慨。待相将共蹑[⑧]，龙肩鲸背。海山何处，五云叆叆[⑨]。

［注释］

①谪仙：谪居世间的仙人。古人往往称誉才行高迈的人为谪仙，言非人间所有。李谪仙即李白。　②俦侣：同辈，伴侣。　③沉香：指香木亭。　④隘：狭窄。　⑤觐：古代诸侯秋朝天子称觐。　⑥挹：舀，酌取。　⑦尚友：上与古人为友，尚通"上"。　⑧蹑：踩，登。　⑨叆叆：浓郁貌。

春风袅娜

春恨　黄钟羽

被梁间双燕，话尽春愁。朝粉谢，午花柔。倚红阑故与，蝶围蜂绕，柳绵无数，飞上搔头[①]。凤管声圆[②]，蚕房香暖[③]，笑挽罗衫须少留。隔院兰馨趁风远，邻墙桃影伴烟收。　　些子风情未减[④]，眉头眼尾，万千事、欲说还休。蔷薇露，牡丹球。殷勤记省[⑤]，前度绸缪[⑥]。梦里飞红，觉来无觅，望中新绿，别后空稠。相思难偶[7]，叹无情明月，今年已是，三度如钩。

［注释］

①搔头：簪的别名。　②风管：即笙。　③蚕房：饲蚕之室。《礼记·祭仪》："古者天子诸侯必有公桑蚕室。"　④些子：一点儿。　⑤殷勤：情意恳切。　⑥绸缪：紧密缠绕，情意殷勤。　⑦偶：对，相对。

［集评］

杨慎云："《春风袅娜》，其自度曲也……殊有前宋秦、晁风艳。比之晚宋酸馅味、督教气不侔矣。余句如'笑呼银汉入金鲸'，临邛高耻庵列为丽句图云。"（《词品》卷四）

潘游龙云："长词如此风艳，亦自难得。"（《古今诗馀醉》卷四）

春云怨

上巳　黄钟商

春风恶劣。把数枝香锦，和莺吹折。雨重柳腰娇困，燕子欲扶扶不得。软日烘烟，乾风吹雾，芍药荼蘼弄颜色[1]。帘幕轻阴，图书清润，日永篆香绝。　　盈盈笑靥宫黄额。试红鸾小扇，丁香双结。团凤眉心倩郎贴[2]。教洗金罍[3]，共看西堂[4]，醉花新月。曲水成空，丽人何处，往事暮云万叶。

［注释］

①荼蘼：即酴醾，花名，一名木香，花大而紫心者为酴醾。　②倩：借助。见《方言》十二。请人替自己做事叫倩。　③金罍：酒器名，尊形，饰以金，刻为云雷之象。《诗经·周南·卷耳》："我姑酌彼金罍，维以不永怀。"　④西堂：犹言西厢。

云仙引

桂花　夹钟羽

紫凤台高，红鸾镜里，馡馡几度秋馨[1]。黄金重，绿云轻。丹砂鬓边滴粟，翠叶玲珑烟剪成。含笑出帘，月香满袖，天雾萦身。　　年时花下逢迎。有游女、翩翩如五云。乱掷芳英，为簪斜朵，事事关心。长向金风，一枝在手，嗅蕊悲歌双黛嚬[2]。绕临溪树，对初弦月，露下更深。

[注释]

①馡馡：香气散逸貌。宋陆游《剑南诗稿四·独坐》："茶鼎松风吹谡谡，香奁云缕散馡馡。"　②嚬：皱眉，通"颦"。《韩非子·内储上》："吾闻明主之爱，一嚬一笑，嚬有为嚬，笑有为笑。"

眼儿媚

春　情

自嚬双黛听啼鸦，帘外翠烟斜。社前风雨[1]，已归燕子，未入人家。　　鞋儿试著无人看，莫是忒宽些。想它楼上，闷拈箫管，憔悴莺花。

[注释]

①社前：此指春社稍前之日。

木兰花慢

和答玉林韵[1]

酒醒人世换，碧桃靓、海山春。任青鸟沉沉，紫鳞杳杳[2]，有玉林人。宫袍掉头未爱，爱荷衣、不染市朝尘[3]。

仙样蓬莱翰墨,云间鸾凤精神。　笑呼银汉入金鲸[④]。琼苑自由身。羡咳唾成章,香薰花雾,音和韶钧。六丁夜来捧去[⑤],便天人、也自叹尖新[⑥]。那得金笺飞洒,浩歌飞步苍旻[⑦]。　(以上六首见《中兴以来绝妙词选》卷十)

[注释]

①玉林:黄昇,字叔旸,号玉林。有题冯云玉联环之作。　②"任青鸟沉沉"二句:扩展了"鱼杳雁沉",即没有书信来往。　③荷衣:用荷叶编成之衣。《楚辞·屈原·九歌·少司命》:"荷衣兮蕙带,倏而来兮忽而逝。"亦指隐士所服。　④金鲸:鱼形的大酒器。　⑤六丁:道教神名。唐韩愈诗:"仙宫敕六丁,雷电下取将。"见《昌黎集·五·调张籍》。　⑥尖新:新颖。见晏殊《珠玉词·山亭柳·赠歌者》"家住西秦,赌薄艺随身。花柳上,鬥尖新"。　⑦苍旻:天。见孟郊诗《赠李观》"愿君语高风,为余问苍旻"。

存目词

按刘毓盘辑《云月词》有冯伟寿《踏莎行》"殢酒情怀"一首,乃无名氏作,见《阳春白雪》卷七。

陈无咎

陈无咎，号龙坛居士。生平不详。

失调名

一年一度春来，何时是了。花落花开浑是梦，只解把人引调①。可怜浮世，等闲过日②，却不识，绿水青山，四时都好。　　遇笔题诗，逢人饮酒，世间万事，看尽多多少少。怎得似、羽扇纶巾③，云屏烟障，几曾受些儿烦恼。便乘风归去小蓬莱，听门外、猿啼鹤啸。

（《爱日斋丛钞》卷四）

[注释]

①解：懂得。　引调：逗引调弄，开玩笑。　②等闲：随随便便。"莫等闲，白了少年头。"见岳飞《满江红》。　③羽扇纶（guān）巾：鸟羽的扇子，丝带头巾。表示闲散风雅，名士或隐士气派。"羽扇纶巾，谈笑间，樯橹灰飞烟灭。"见苏轼《念奴娇·赤壁怀古》。

陈草阁

陈草阁，生平不详。

沁园春

霜剥枯崖，何处邮亭，玉龙夜呼。唤经年幽梦，悠然独觉，参横璇汉①，漏彻铜壶②。漠漠风烟，昏昏水月，醉耸诗肩骑瘦驴③。孤吟处，更寻香吊影，搔首踟蹰。　古心落落如予④。悄独立高寒凌万夫。对荒烟野草，浅溪沙路，班荆三嗅⑤，此意谁如。高卧南阳⑥，归来彭泽⑦，借问风光还似无。难穷处，待凭将妙手，作岁寒图⑧。

（《全芳备祖》前集卷一“梅花门”）

［注释］

①参：参星，居西方，为白虎七宿之末。　璇：北斗第三星，代表北斗。汉：银河。　②铜壶：古代的计时器。以铜壶盛水，滴漏以计时刻。“铜壶漏断梦初觉。”见五代温庭筠《鸡鸣埭曲》。　③骑瘦驴：相传唐李贺常骑驴出，从小奚奴，背古锦囊，途中得佳句，即书投囊中，暮归，整理成篇。④落落：不苟合，豁达。　⑤班荆：朋友在路上相遇，把草木铺地，坐下叙旧。“楚伍举与声子相善。伍举将奔晋，声子遇之于郑郊，班荆相与食，而言复故。”见《左传·襄公二十六年》。　三嗅：三次以鼻辨滋味。“三嗅而作。”见《论语·乡党》。　⑥高卧南阳：诸葛亮隐居于南阳隆中。　⑦归来彭泽：陶潜辞去彭泽县令归家。　⑧岁寒图：把松、竹、梅岁寒三友画成图画。“岁寒，然后知松柏之后凋也。”见《论语·子罕》。

徐介轩

徐介轩，生平不详。

木兰香[①]

一帘疏雨。道是无情还有思。坐久魂销，风动珠唇点点娇。　生平浩气[②]。静乐机关随处是。熏透寒衾，蝴蝶休萦万里心。　（《全芳备祖》前集卷七“海棠门”）

［注释］

①此词咏海棠。原调名为《减字木兰花》。　②浩气：正大刚直之气。“我善养吾浩然之气。”见《孟子·公孙丑》。

章耐轩

章耐轩，生平不详。

步蟾宫[①]

未开大如木犀蕊。开后是、梅花小底。翛然只欲住山林[②]，肯容易、结根城市。　叶儿又与冬青比。算何止、香闻七里。不因山谷品题来，谁知道、是水仙兄弟。

（《全芳备祖》前集卷二十一“山矾花门”）

[注释]

①注者按：原作《鹊桥仙》，误，据律改。此词咏山矾花。　②翛（xiāo）然：无拘无束，自由自在。

昭顺老人

昭顺老人,生平不详。

浣溪沙[①]

的皪堪为席上珍[②],银铛百沸麝脐薰。萧娘欲饵意中人[③]。　拈处玉纤笼蚌颗[④],剥时琼齿嚼香津。仙郎入口即轻身。　　(《全芳备祖》后集卷二“芡门”)

[注释]

①此词咏芡实。　②的皪:鲜明洁白。“明月珠子,的皪江靡。”见司马相如《上林赋》。　席上珍:筵席上的珍品。　③萧娘:女子的泛称。“风流才子多春思,肠断萧娘一纸书。”见唐杨巨源《崔娘诗》。　饵:给……吃。　④玉纤:美人的手。

[集评]

阳九逐客云:“《花间》风格。”(《养酒斋词话》)

陈舜翁

陈舜翁，生平不详。

南柯子[①]

德祖家珍熟[②]，钱塘五月中。碧梧桐盖翠筠笼[③]。倾向水晶盘内、鬥尝空。　绛栗成团小，清甜笑蜜浓。微酸犹解惨人容。最是玉纤拈处、染轻红。

（《全芳备祖》后集卷六"杨梅门"）

［注释］

①此词咏杨梅。　②德祖家珍：杨修（字德祖）家中的珍品。孔融去拜访杨彪，杨彪不在。其子杨修出来以水果待客。中有杨梅，"孔借以示儿曰：'此是君家果。'儿应声曰：'未闻孔雀是夫子家禽。'"见南朝宋刘义庆《世说新语·言事》。　③筠笼：竹篮子。

洪子大

洪子大，生平不详。

浪淘沙[1]

上苑又春残[2]，樱颗如丹。明光宫里水晶盘[3]。想得退朝花底散，宣赐千官。　往事记金銮，荔子难攀。多情更有酪浆寒。蜀客筠笼相赠处[4]，愁忆长安。

（《全芳备祖》后集卷九"樱桃门"）

[注释]

①唐氏按：此首又见《词综》卷十六，误作李洪子大词。　此词咏樱桃。　②上苑：帝王的园囿。"帝遣宦者采怪竹江南，将莳上苑。"见《新唐书·苏良嗣传》。　③明光宫：宫殿名，汉武帝置。有二处，一在北宫，一在甘泉宫。见《三辅黄图》。　④"蜀客"句：语出杜甫《野人送朱樱》西蜀樱桃也自红，野人相赠满筠笼"。

郑子玉

郑子玉，生平不详。

八声甘州[①]

渐莺声近也，探年芳、河畔扼轻轮。旋东风染绿，绵绵平野，无际烟春。最苦夕阳天外，愁损倚阑人。无奈潇湘杳，留滞王孙[②]。　冷落池塘残梦，是送君归后，南浦消魂[③]。赖东君能客[④]，醉卧展香茵。尽教更、行人远，也相伴、连水复连云。关山道，算无今古，客恨长新。

（《全芳备祖》后集卷十“草门”）

［注释］

①此词咏草。　②王孙：贵族的后裔。“王孙游兮不归，春草生兮萋萋。”见《楚辞·招隐士》。后作为草的别名。见陆游《老学庵笔记》。③南浦：原为泛指南面的水边，后泛指送别之地。“送君南浦，伤如之何。”见江淹《别赋》。　④东君：春神。

文　珏

文珏，生平不详。

虞美人[1]

歌唇乍启尘飞处，翠叶轻轻举。似通舞态逞妖容，嫩条纤丽玉玲珑，怯秋风。　虞姬珠碎兵戈里[2]，莫认埋魂地。只应遗恨寄芳丛，露和清泪湿轻红，古今同。

（《全芳备祖》后集卷十一虞美人“草门”）

[注释]

①此词咏虞美人草，下片则咏虞姬。　②虞姬：西楚霸王项羽的姬妾。《史记》言“有美人名虞，常幸从”。则“虞”是名字，不是姓。

顾　卞

顾卞,生平不详。

虞美人[①]

帐前草草军情变,月下旗旌乱。褫衣推枕惜离情[②],远风吹下楚歌声[③],正三更。　　抚鞍欲上重相顾,艳态花无主。手中莲萼凛秋霜[④],九泉归路是仙乡,恨茫茫。

(《全芳备祖》后集卷十一“草门”)

[注释]

①此词咏霸王别姬事。　②褫(chǐ)衣:剥去衣服。　③楚歌:项羽被困于垓下,夜闻汉军四面皆楚歌,怀疑汉高祖尽得楚地。后即以之形容处于四面受敌,情况紧急的困境。见《史记》。　④莲萼:宝剑。

陈景沂

陈景沂，名咏，以字行，号肥遁，黄岩（今属浙江）人。著《全芳备祖》前集二十七卷，后集三十一卷。

壶中天[1]

江邮湘驿，问暮年何事，暮冬行役[2]。马首摇摇经历处，多少山南溪北。冷著烟扉，孤芳云掩，瞥见如相识。相逢相劳，如痴如诉如忆。　最是近晓霜浓，初弦月挂，傅粉金鸾侧。冷淡生涯忧乐忘，不管冰檐雪壁。魁榜虚夸[3]，调羹浪语[4]，那里求真的。暗香来历[5]，自家还要知得。

（《全芳备祖》前集卷一“梅花门”）

［注释］

①壶中天：《念奴娇》的别名。词意为咏梅。　②行役：原指在边关当兵，后指奔波于行旅之中。　③魁榜：梅花在百花榜上为第一名。　④调羹：调和菜羹。梅子味酸，可作菜肴的调味品。兼指宰相。见《尚书·说命》。　浪语：瞎说。　⑤暗香：幽香。“暗香浮动月黄昏。”见林逋《山园小梅诗》。

［集评］

况周颐云：“歇拍二句，发人深者，足当花外情钟。”（《历代词人考略》）

点绛唇[1]

今古凡花，词人尚作词称庆。紫薇名盛，似得花之圣。　为底时人[2]，一曲稀流咏[3]。花端正，花无郎病[4]，病亦归之命。　（《全芳备祖》前集卷十六“紫薇花门”）

[注释]

①此词咏紫薇花。 ②为底:为什么。 ③流咏:流行歌曲。 ④花无郎病:唐中书省多植紫薇。称中书舍人为紫薇郎。此言花毕竟无郎官之命。

水龙吟[①]

阶前砌下新凉,嫩姿弱质婆娑小[②]。仙家甚处,凤雏飞下,化成窈窕。尖叶参差,柔枝袅娜,体将玉造。自川葵放后,堂萱谢了,是园苑、无花草。 自恨西风太早,逞芳容、紫围绯绕[③]。管里低昂,篦头约略[④],空成懊恼。圆胎结就,小铃垂下,直开临□。□凡间谪堕,不如西帝[⑤],曾关宸抱[⑥]。 (《全芳备祖》前集卷二十六“金凤花门”)

[注释]

①此词咏金凤花。 ②婆娑:形容盘旋起舞的样子。 ③绯:红色。④篦:除掉头髮污垢的梳头用具。 ⑤西帝:西方之神。 ⑥宸:帝王居住的地方,皇帝的代称。

松　洲

松洲，生平不详。

念奴娇

题钟山楼

麦场桑陇，道都是、六代宫城遗迹[①]。梦里江山经几觉，还似堠旁征驿[②]。燕去燕来，花开花谢，那个成端的[③]。人烟牢落，晚风何处羌笛。　堪叹挥泪新亭[④]，算兴亡莫补、万分之一。到我凭阑，休更向、酒畔是今非昔。击楫誓清[⑤]，闻鸡起舞[⑥]，毕竟英雄得。伤心残照，塔尖遥露秋碧。

（《景定建康志》卷二十一）

[注释]

①六代宫城：即今江苏南京。南京古称为金陵、建康。从东汉末至唐先后为吴、东晋、南朝宋、齐、梁、陈六朝都城。　②堠（hòu）：古代记里程的土堆。五里支堠，十里双堠。“堆堆路旁堠，一双复一支。”见韩愈诗《路旁堠》。　③端的：真的，果然。　④新亭：亭名，故址在今江苏江宁南。晋室南渡后，士大夫每于休暇在此聚会，大家为忧国而伤感。见《晋书·王导传》。　⑤击楫：敲打船桨。晋祖逖渡江北伐中流击楫发誓：“祖逖不能清中原而复济者，有如大江。”后多用来形容有志恢复的节概。　⑥闻鸡起舞：指祖逖听到鸡叫即起床舞剑练武之事，用以形容志士奋发自励之情。“与司空琨俱为司州主簿，情好绸缪，共被同寝。中夜闻荒鸡鸣，蹴琨觉曰：‘此非恶声也。’因起舞。”见《晋书·祖逖传》。

韩　准

韩准，号鹤山，见《宋诗纪事》卷七十引《诗林万选》。馀不详。

浣溪沙

潇洒梧桐几度秋，凤凰飞去旧山幽[①]。风景不殊人物换[②]，恨悠悠[③]。　衰草远从烟际合，夕阳空趁水西流。恰好凭楼便回首，怕生愁。[④]　（《景定建康志》卷二十二）

［注释］

①凤凰：取自李白《登金陵凤凰台》“凤凰台上凤凰游，凤去台空江自流”。　②人物：泛指有德有才有名望之人。“大江东去，浪淘尽，千古风流人物。”见苏轼《念奴娇·赤壁怀古》。　③悠悠：长久，无穷尽。“袭长夜之悠悠。”见《楚辞·九辩》。　④唐氏按：《景定建康志》原题鹤山韩□撰。

王云焕

王云焕，生平不详。

沁园春

四十君王，三百载间[①]，兴亡一家。叹幕府峰高，生涯社燕，胭脂井暗[②]，富贵飞花。山骨呈羞，江声带恨[③]，磨尽英雄岁月赊。君知否，是枋头灞上[④]，著数全差[⑤]。　倚空长剑吁嗟。奈争战年来似乱麻。但苍陵古冢，白杨啼鸩，荒园废沼，青草鸣蛙。旗盖东南，风涛天堑，难比兴亡隙地些。休凝伫，望长安路杳，夕照愁鸦。

（《景定建康志》卷二十二）

[注释]

①四十君王，三百载间：指从唐后期至北宋末年间包括五代十国帝王概数。　②胭脂井：景阳井，故址在今江苏南京。南朝陈后主与妃张丽华、孔贵嫔分居临春、结绮、望仙三阁，隋兵南下克城，三人坐视无计俱投景阳井中，为隋人牵出，即谓胭脂井。　③江声："云气嘘赤壁，江声走白沙。"见杜甫《禹庙》。　④枋头：古地名。在今河南省濬县西南。晋太和四年（320）桓温伐后燕，为燕慕容垂大败于此。　灞上：地名，在今陕西西安东，灞水高原上。　⑤著数全差：决策完全错了。　著：下棋的每放下一颗棋子叫一著。

王　淮

王淮,天台(今浙江天台)人。馀不详。

满江红

用吴渊吴潜二公韵[①]

踏遍江南,予岂为、解衣推食。谩赢得、烟波短棹[②],月楼长笛。看剑功名心已死,积薪涕泪今谁滴。想中原、一望一伤情,英雄客。　　形势地,还如昔。谈笑里,封侯觅[③]。岂有于前代,无于今日。龙豹莫藏韬略手,犬羊快扫腥膻迹。看诸公、事业卜枭卢[④],何劳掷。

(《景定建康志》卷二十二)

[注释]

①吴渊、吴潜:兄弟二人,均为嘉定进士。渊宝祐中以援川蜀功拜参知政事,卒赠少师。潜淳祐中由绍兴府入为参知政事,累迁左丞相,封许国公。德祐初赠少师。　②棹:划船工具,又作船的代称。《全宋词》注:"谩"字原脱,据永乐大典卷二千六百零三"台"字韵补。　③封侯:封为列侯,泛指博取功名。"忽见陌头杨柳色,悔教夫婿觅封侯。"见王昌龄《闺怨》。　④枭卢:古时博戏樗蒲的采名。么为枭,最为胜;六为卢,次之。"六博在一掷,枭卢叱回旋。"见韩愈《送灵师》。

叶　润

叶润，生平不详。

莺啼序

离骚困吟梦醒，访台城旧路①。问流水、东入沧溟，还解流转西否。乌衣梦、浪传故国②，晴烟冉冉宫墙树。念吟魂凄断，待随燕子来去。　回首十年，阑锦花场，趁吟云赋雨。可曾对、宝瑟知音③，高轩为谁轻驻④。倚东风、愁长笑短，水云深、春江日暮。伴羁怀⑤，唯有征衫⑥，贮寒半缕。　高情谩赋。蕙带兰襟，蛾眉古来相妒⑦。英雄到、江南易老，后来谁更，风景伤心，泪沾樽俎。登山宴水，横江酹酒，倾将慷慨酬形势，付兴亡、一笑翻歌舞。独醒难继山公⑧，上马旌旗动，又还惊起鸥鹭。　危亭恨极，落尽寒香，怕道断肠句。有多少、行星翠点，春浅寒深，孕粉藏香，蝶清蜂瘦。因孤彩笔芳笺⑨，拟待倩取游丝，系却离绪。旋□□、写入鸣弦柱。曲高调古。更人何在，谁比和、此幽素。　（《景定建康志》卷二十二）

［注释］

①台城：城名，为战国吴后苑城，故址在今南京玄武湖侧。晋宋间谓朝廷禁省为台，故称台城。　②故国：古国、旧国。“览河华之湍漭兮，望秦晋之故国。”见《后汉书·冯衍传》。　浪传：空传。　③知音：知己。“昔伯牙绝弦于钟期，仲尼复醢于子路，悯知音之难遇，惜门人之莫逮也。”见《三国志·魏·王粲传》。　④高轩：对他人车驾的尊称。　⑤羁：寄居，寄居作客之人。　⑥征衫：指旅人远行的衣服。　⑦蛾眉：美女之代称。“众女嫉余之蛾眉兮。”见屈原《离骚》。　⑧山公：晋山简，字季伦，

山涛幼子。性嗜酒,每饮辄大醉,时人为之歌曰:“山公出何许,往至高阳池。日暮倒载归,茗酊无所知。复能乘骏马,倒著白接䍦。”见南朝宋刘义庆《世说新语》。　⑨彩笔芳笺:精美的笔纸。

张　杜

张杜，号樗岩。馀不详。

柳梢青

燕里花深，鹭汀云澹，客梦江皋。日日言归，淮山笑我[①]，尘锁征袍。　几回把酒凭高[②]。阑干外、魂飞暮涛。只有南园，一番风雨，过了樱桃。[③]

（《景定建康志》卷二十二）

［注释］

①淮山：在江北，南宋时属于前线。　②把酒凭高：在高处喝酒，表示满腔忧国忠愤，借此发泄。　③唐氏按：《绝妙好词笺》卷六引《景定建康志》此首作张林词，疑误。

王泳祖

王泳祖,字乐道,宝祐中沿江制置司机宜文字。馀不详。

风流子

东风长是客,帘栊静、燕子一双飞。看花坞日高,翠阴护晓,柳塘风细,绿涨浮漪。肠断处,渭城春树远[1],江国暮云低[2]。芳径听莺,暗惊心事,画檐闻鹊,试卜归期。

小楼凝伫地,疏窗下,几度对说相思。记得菱花交照[3],素手曾携。有新恨两眉,向谁说破,芳心一点,惟我偏知。休为多情瘦却,重有来时。 (《阳春白雪》卷五)

[注释]

①渭城:地名,秦咸阳。汉武帝元鼎三年改名渭城,故址在陕西长安县西。 ②江国:多河流地区,诗词中常指江南。 ③菱花:镜的代称。古铜镜六角形,镜背刻有菱花的叫菱花镜。

刘天游

刘天游，生平不详。王琮《雅林小稿》有《与刘天游伯仲夜话雪中戏赠》诗。

氐州第一

冰缩寒流，川凝冻霭，前回鹭渚冬晚。燕阁红炉，驼峰翠釜，曾忆花柔酒软。云海沧洲，甚又寄、南来客雁。洒雪朱门，回棹剡曲①，镜华霜满②。　万里银霄凝望眼③。恁吟袖、画阑空暖。树带潮墟，笳鸣古戍④，簇仲宣幽怨⑤。想愁思、春近也，随宫绣、时宽一线⑥。昨夜扁舟，梦湖山、眉横黛浅。（《阳春白雪》卷四）

[注释]

①回棹剡曲：王徽之居山阴，雪夜忽然想起了戴逵，当时戴逵住在剡溪，徽之连夜坐船赶去，坐了一夜船，到了戴逵家门前却不进去了，说："本乘兴而来，兴尽而返，何必见安道邪？"见南朝宋刘义庆《世说新语·任诞》。　②华：同"花"。　③银霄：指下雪天。　④笳：古乐器。汉时流行于西域一带少数民族间，初卷芦叶吹之，与乐器相和，后以竹为之。⑤仲宣：三国魏王粲，字仲宣。　幽怨：指他的《登楼赋》。　⑥宽一线：唐宫中以女功计日之长短。冬至后日增一线。

柴　望

柴望(1212—1280),字仲山,号秋堂,又号归田,衢之江山(今属浙江)人。嘉熙中,为太学上舍。淳祐丙午元旦日蚀,诏求直言,乃撰丙丁龟鉴十一卷上之,忤贾似道,诏下府狱。大尹赵与筹疏救放归。景炎二年(1277),以布衣特旨授迪功郎,史馆编校。宋亡,自名宋逋臣。与其从弟通判随亨、制参元亨、察推元彪,称柴氏四隐。至元十七年卒,年六十九。有《道州台衣集》一卷,《凉州鼓吹》一卷。

摸鱼儿

丙午归田,严滩褚孺奇席上赋

问长江、几分秋色,三分浑在烟雨。何人折尽丝丝柳[①],此日送君南浦[②]。帆且驻,试说著、羊裘钓雪今何许[③]。鱼虾自舞,但一舸芦花,数声霜笛,鸥鹭自来去。

年年事,流水朝朝暮暮。天涯长叹飘聚。衾寒不转钧天梦,楼外谁歌白纻[④]。君莫诉。君试按、秦筝未必如钟吕[⑤]。乡心最苦,算只有娟娟,马头皓月,今夜照归路。

[注释]

①折柳:送别之词。《三辅黄图·桥》:"霸桥在长安东,跨水作桥,汉人送客至此桥,折柳赠别。""柳"、"留"谐音,表惜别之情。　②南浦:泛指送别的地方。江淹《别赋》:"送君南浦,伤如之何。"　③钓雪:指孤独、孤傲。"千山鸟飞绝,万径人踪灭。孤舟蓑笠翁,独钓寒江雪。"见柳宗元《江雪》。　④白纻:词调名。古乐府有"白纻曲",宋人借旧曲名,别倚新声。见《词谱》卷三十六。白纻亦细而洁白的夏布。可为袍巾,进而为舞衣。"白纻曲"即誉其之美。　⑤秦筝:弦乐器,类似瑟。传为秦大将蒙恬造,见《风俗通·声音·筝》。古代乐曲,属正声雅乐。　钟吕:黄钟大吕。

黄钟，我国古代音乐十二律中六阳律的第一律。大吕是六阴律中的第四律。泛指正规高雅的音乐。

齐天乐

戊申百五王野处酌别[①]

青青杨柳丝丝雨，他乡又逢寒食。几度刘郎[②]，当年曼倩[③]，迢递水村烟驿。寻踪访迹，正马上相逢，杏花狼藉。惟有沙边，旧时鸥鹭似相识。　　天涯流浪最久，十年何所事，幽悰历历。换字鹅归[④]，看梅鹤去，回首征衫泪渍。新欢旧忆。笑客处如归，归处如客。独倚危阑，乱山无数碧。

［注释］

①戊申：宋理宗淳祐八年(1248)。　百五：冬至百六是清明，第一百零五天就是寒食节。　②几度刘郎：用刘禹锡《再游玄都观》"前度刘郎今又来"之典。　③曼倩：西汉东方朔字。　④换字鹅归：用王羲之笼鹅换字的典故。"(羲之)性爱鹅……山阴有一道士，养好鹅，羲之往观焉，意甚悦，固求市之。道士云：'为写《道德经》，当举群相赠耳。'羲之欣然写毕，笼鹅而归。"见《晋书·王羲之传》。

祝英台

丁巳晚春访杨西村，湖上怀旧[①]

小船儿，双去橹。红湿海棠雨。燕子归时，芳草暗南浦[②]。自从翠袖香消，明珰声断[③]，怕回首、旧寻芳处。　　向谁语，可怜金屋无人[④]，冷落凤箫谱[⑤]。翠入菱花[⑥]，蛾眉为谁妩[⑦]。断肠明月天涯，春风海角，恨不做、杨花飞去。

［注释］

①丁巳：宋理宗宝祐五年（1257）。　②南浦：泛指南方的水边，为古人常用的送别地点。“子交手兮东行，送美人兮南浦。”见屈原《九歌·河伯》。　③明珰：用珠玉串成的耳饰。“无微情以效爱兮，献江南之明珰。”见曹植《洛神赋》。　④金屋：泛指美人居住的华丽的房屋。用汉武帝“金屋藏娇”之典。　⑤凤箫：即凤凰箫，凤凰箫应该是排箫。　⑥菱花：镜子。　⑦蛾眉：美人的眉毛。　妩：姿态娇美。

阳关三叠

庚戌送何师可之维扬[1]

西风吹鬓，残髮早星星。叹故国斜阳，断桥流水，荣悴本无凭[2]。但朝朝、才雨又晴。人生飘聚等浮萍。谁知桃叶，千古是离情。　　正无奈、黯黯离情。渡头烟暝，愁杀渡江人。伤情处，送君且待江头月，人共月、千里难并。笳鼓发，戍云平。　　此夜思君，肠断不禁。尽思君送君。立尽江头月，奈此去、君出阳关，纵有明月，无酒酌故人。奈此去、君出阳关，明朝无故人。

［注释］

①庚戌：宋理宗淳祐十年（1250）。　之：到。　②荣悴：繁荣和憔悴，指荣华富贵和贫困潦倒。

摸鱼儿

宝祐甲寅[1]　春赋

这情怀、怎生消遣。思量只是凄怨[2]。一春长为花和柳，风雨又还零乱。君试看。便杜牧风流[3]，也则肠先断。更深漏短。更听得杜宇，一声声切，流水画桥畔。　　人间世，本只阴晴易换。斜阳衰草何限。悲欢毕竟年年事，千古漫嗟修短。无处问，是闲倚帘栊，尽日厌厌闷。浮名尽懒。但笑拍阑干，连呼大白[4]，心事付归燕。

[注释]

①宝祐甲寅：宋理宗宝祐二年（1254）。 唐氏按："寅"原作"戌"，而宝祐无甲戌。此据丁氏藏钞《秋堂集》本改。 ②注者按："量"下原有"也"字，据《彊村丛书》本《秋堂诗馀》删。 ③杜牧风流：唐代诗人杜牧，不拘小节，在扬州时，常纵酒狎妓，并写有不少这方面的诗作，故称其为"风流杜牧"。 ④大白：古代的大酒杯。借代为畅快地喝酒。

念奴娇

丙辰寄钱若洲[1]

匆匆别去，算别来、又是几番春暮。酒债不偿还似可，负了若干吟句。渭北春天，江南夜雨，总是伤情处。黯然消歇，绿杨一阵莺语。　空记十载嬉游，如今蓦地，两处成离阻。纵是相逢天涯路，难觅年时欢侣。寄语东君[2]，岁华不驻，谁为留春住。小楼昨夜，东风依旧飞絮。

[注释]

①丙辰：宋理宗宝祐四年（1256）。 钱若洲：即钱孙。 ②东君：司春之神。

摸鱼儿

景定庚申会使君陈碧栖[1]

便无他、杜鹃催去，匆匆春事能几。看来不见春归路,飞絮又随流水。留也是。怎禁得、东风红紫还飘坠。天涯万里。怅燕子人家,沉沉夜雨,添得断肠泪。　　嬉游事。早觉相如倦矣[②]。谢娘庭院犹记[③]。闲情已付孤鸿去,依旧被莺呼起。谁料理。正乍暖还寒[④],未是晴天气。无言自倚,想旧日桃花,而今人面[⑤],都是梦儿里。

[**注释**]

①景定庚申:宋理宗景定元年(1260)。　陈碧栖:陈仁玉,字德公,号碧栖。曾任浙东提刑,兼知衢州。　②相如:西汉司马相如。　③谢娘:唐宋时称妓女为谢娘。　④乍暖还寒:用李清照《声声慢》中的现成词语。⑤“想旧日”二句:用唐崔护《题都城南庄》“人面桃花”之典。

满江红

别沧洲赵茂仲

载酒何人,登临处、沧洲空阔。凭阑外、晴杨两岸,晚烟泼□[①]。水鸟不知梁燕去,溪山半属冬青阁。有小舟、隐约载歌姝,调新曲。　　留与去,如何得。风又雨,催行色。共白蘋红蓼,好生飘泊。别后三年重会面,人生几度三年别。正乡心、客梦两绸缪,城头角。

[**注释**]

①□:疑为“墨”字。

贺新郎

满酌西湖酒。觉湖山、依然未老,游人如旧。数过清明才六日,欲暖未晴时候。正画舫、春明波透。记得名园曾驻马,锦鞍鞯、浅映堤桥柳。寻胜赏[①],重回首。　　不妨旋摘枝头有，喜青青、垂丸带子，脆圆如豆[②]。想是和羹消息近，报与醉翁太守[③]。道玉铉、有人启奏[④]。红药当阶明似锦，觉娇莺、舞燕皆称寿。唱此曲，付红袖。

[注释]

①胜赏：值得游赏的风景名胜。　②脆圆如豆：形容梅子。　③醉翁太守：欧阳修。"太守与客来饮于此，饮之辄醉，而年又最高，故自号曰醉翁也。"见欧阳修《醉翁亭记》。　④玉铉：玉制的鼎。用于歌颂处于高位的大臣。"上九，鼎玉铉，大吉无不利。"见《周易·鼎》。

念奴娇

山　河

登高回首，叹山河国破，于今何有。台上金仙空已去[①]，零落逋梅苏柳[②]。双塔飞云，六桥流水，风景还依旧。凤笙龙管，何人肠断重奏[③]。　闻道凝碧池边[④]，宫槐叶落，舞马衔杯酒[⑤]。旧恨春风吹不断，新恨重重还又。燕子楼高[⑥]，乐昌镜远[⑦]，人比花枝瘦。伤情万感，暗沾啼血襟袖。

（以上《柴氏四隐集》卷一）

[注释]

①金仙：指汉武帝建章宫神明台的承露铜仙人。　②逋梅苏柳：林逋之梅，苏轼之柳，均植于西湖之侧。　③肠断：断肠也，形容思念之情深切或极度悲伤。《搜神记》、《世说新语》记猿子被人捉后，母猿遂追逐哀号不止，直至衰绝，人破其腹，肠皆寸寸断裂。　注者按："何人肠断"原作"肠断何人"，据《彊村丛书》本《秋堂诗馀》改。　④凝碧池：唐代皇宫禁苑里的池塘名。　⑤舞马：能舞蹈之马。南朝宋孝武帝大明间，河南献舞马，谢庄作《舞马赋》和《舞马歌》。见《宋书·谢庄传》。唐玄宗曾命教舞马，分左右部，各有名称，披以锦绣，络以金钱，马闻乐作，即奋首鼓尾，纵横应节。至千秋节，辄命马舞于勤政楼下，以《倾杯乐》为曲。见《明皇杂

录》补遗。 ⑥燕子楼:楼名,在江苏徐州市。唐贞元中,张尚书(建封)镇徐州,筑此楼以居家伎关盼盼。张死后,盼盼不嫁,居此楼十馀年。故以其指遭遇不幸贵族女子居处。 ⑦乐昌镜:用陈乐昌公主与夫徐德言破镜重圆的典故。

念奴娇

春来多困,正日移帘影,银屏深闭。唤梦幽禽烟柳外,惊断巫山十二[①]。宿酒初醒,新愁半解,恼得成憔悴。蓬松云鬓,不忺鸾镜梳洗[②]。 门外满地香风,残梅零乱,玉糁苍苔碎。乍暖乍寒浑莫拟,欲试罗衣犹未。鬥草雕阑,买花深院,做踏青天气。晴鸠鸣处,一池昨夜春水[③]。[④]

[注释]

①巫山十二:巫山之上,群峰连绵,以十二峰最为著名。十二峰为:独秀、笔峰、集仙、起云、登龙、望霞、聚鹤、楼凤、翠屏、盘龙、松峦、仙人。见《蜀江图》。 ②鸾镜:饰有鸾鸟图案的妆镜。 ③一池昨夜春水:出自冯延巳《谒金门》"风乍起,吹皱一池春水。" ④唐氏按:此首别误作尚希尹词,见《古今别肠词选》卷四。

桂枝香

今宵月色。叹暗水流花,年事非昨。潇洒江南似画,舞枫飘柞。谁家又唱江南曲[①],一番听、一番离索。孤鸿飞去,残霞落尽,怨深难托。 又肠断、丁香画雀。记牡丹时候,归燕帘幕。梦里襄王[②],想念王孙飘泊[③]。如今雪上萧萧鬓,更相思、连夜花发。柘枝犹在[④],春风那似,旧时宋玉。

(以上二首见《阳春白雪》卷五)

[注释]

①江南曲：乐府相和曲名。一作《江南可采莲》。 ②襄王：楚王，宋玉《高唐赋序》、《神女赋》中有楚王梦巫山神女事。故有梦里襄王之说。 ③王孙：王者之孙或后代。泛指贵族子弟。“王孙游兮不归，春草生兮萋萋。”见淮南小山《招隐士》。 ④柘枝：曲名，词调名。古羽调有柘枝曲，商调有屈柘枝。唐时奏此曲，二女童随之而舞，女童帽加金铃，舞时转动作声。宋时发展为多人队舞。因曲而得名《柘枝舞》。官乐有柘枝队。专舞柘枝的艺人称柘枝伎。

齐天乐

凄凄杨柳潇潇雨，悄窗怎禁滴沥[①]。思里传螿[②]，愁边落雁，多少东吴山色。知他恨极。料为我窗前，强鸣刀尺[③]。竟日西风，那堪无寐更邻笛[④]。 黄花开遍未也，花开应笑我，年少难觅。灞上长安，河边渭水，都把韶华暗掷[⑤]。何人碎璧。尚衰草连天，暮烟凝碧。怕说相思，撼枫喧夜寂。 （《阳春白雪》卷七）

[注释]

①滴沥：水下滴声。“动滴沥以成响，殷雷应其若惊。”见王文考《鲁灵光殿赋》。 ②螿：蝉的一种。似蝉而小，青赤。 ③刀尺：剪刀和尺，借指裁缝。“左手持刀尺，右手执绫罗。”见《玉台新咏·为焦仲卿妻作》。 ④无寐：失眠。 邻笛：喻追昔怀旧。“何言陵谷徙，翻惊邻笛悲。”见孔绍安《伤顾学士》。 ⑤韶华：一说为美好的时光，春光。“东皇去后韶华尽，老圃寒香别有秋。”见戴叔伦《暮春感怀》。一说为美好的年华，指人的青春。“莫道韶华镇长在，髮白而皱专相待。”见李贺《嘲少年》。

[集评]

柴自新云：“昔有骚客张云谷见公集评云：‘忧国声诗，足追大雅；匡时

谏草，可续三谟。’识者以为确论。至其诗余诸稿，可与美成、伯可比肩。顾自谓仿佛白石衣钵者，谦语耳。”（《凉吹鼓吹跋》）

雷凤鼎云：“秋堂词凄惋沉郁，与泗水潜夫相视而笑。昔人云：‘词至宋末而极其变，谅哉。’”（宜秋馆刻本《秋堂集诗馀补遗跋》）

王　玉

王玉,字宁翁。《词综补遗》卷十一云:柴望《秋堂遗稿》有《石头寺和王宁翁》诗。

朝中措

杨花绕昼暖风多,晴云点池波。戏数翠萍几罨,零星未碍圆荷。　软人天气①,半如溽暑②,半似清和③。说与香篝缊火④,酒痕梅却衣罗⑤。　（《阳春白雪》卷七）

[注释]

①软人:使人懒洋洋的。　②溽暑:潮湿而又闷热的夏天。"土润溽暑,大雨时行。"见《礼记·月令》。　③清和:四月份。"伊暮春之既替,即首夏之初期,天清和而温润,气恬淡以安治。"见曹丕《槐赋》。　④篝:火笼。　缊火:积聚的火。　⑤梅却衣罗:罗衣发霉。梅,通"霉"。

张 桂

张桂,字惟月,号竹山。张俊裔孙,曾官大理司直。

菩萨蛮

东风忽骤无人见,玉塘烟浪浮花片。步湿下香阶,苔黏金凤鞋[①]　　翠鬟愁不整[②],临水闲窥影。摘得野蔷薇,游蜂相趁归。

[注释]

①“步湿”二句:套用李煜《菩萨蛮》“划袜步香阶,手提金缕鞋”。②翠鬟:黑髪。

浣溪沙

雨压杨花路半乾,蜂遗花粉在阑干。牡丹开尽正春寒。　　懒品么弦金雁并[①],瘦惊双钏玉鱼宽[②]。新愁不放翠眉间。

(以上二首见《绝妙好词》卷六)

[注释]

①么弦:琵琶的第四弦,即最细的那根,又叫小弦,子弦。“如么弦孤韵,瞥入人耳。”见刘禹锡《澈上人文集》。　金雁:即雁柱,绕卷弦线的柱子。　②钏:手镯。

张　枢

张枢，字斗南，一字云窗，号寄闲，祖籍西秦（今陕西省），居临安。张俊五世孙，张炎之父。以善词名世。

瑞鹤仙

卷帘人睡起。放燕子归来，商量春事。风光又能几。减芳菲、都在卖花声里。吟边眼底。被嫩绿、移红换紫。甚等闲、半委东风①，半委小桥流水。　还是，苔痕湔雨②，竹影留云，待晴犹未。兰舟静舣。西湖上、多少歌吹。粉蝶儿、守定落花不去③，湿重寻香两翅。怎知人、一点新愁，寸心万里。

［注释］

①委：付托，扔给。　②湔（jiān）：溅洒。　③守定落花：据张炎《词源》，当作"守定花心"。

风入松

春寒懒下碧云楼，花事等闲休。红绵湿透秋千索，记伴仙、曾倚娇柔。重叠黄金约臂①，玲珑翠玉搔头②。薰炉谁熨暖衣篝③，消遣酒醒愁。旧巢未著新来燕，任珠帘、不上琼钩④。何处东风院宇，数声揭调甘州⑤。

［注释］

①约臂：手镯。　②搔头：古代的首饰之一。簪钗一类。　③薰炉：用来薰香或取暖的炉子。　篝：火炉上的竹笼子。　④琼钩：玉制的窗帘钩，表示器物华贵。　⑤揭调：高吭的调子。　甘州：唐教坊曲名，又名

《甘州子》。

[集评]

《珠花簃词话》:"'旧巢未着新来燕,任珠帘不上琼钩。'用'待燕归来始下帘'句意,翻新入妙。《恋绣衾》云:'自不怨东风老,怨东风轻信杜鹃。'是未经人道语。"

南歌子

柳户朝云湿,花窗午篆清①。东风未放十分晴。留恋海棠颜色、过清明。　　垒润栖新燕②,笼深锁旧莺。琵琶可是不堪听,无奈愁人把做、断肠声。

[注释]

①篆:盘香和它的烟缕。　②垒:燕巢。

谒金门

春梦怯,人静玉闺平帖。睡起眉心端正贴①,绰枝双杏叶。　　重整金泥蹀躞②,红皱石榴裙褶。款步花阴寻蛱蝶,玉纤和粉捻③。

[注释]

①贴:粘附。此处指女儿家往眉心贴花。"当窗理云鬓,对镜贴花黄。"见《木兰辞》。　②蹀躞:用于佩戴的饰物。"名王金冠玉蹀躞,面缚囊下声呱呱。"见陆游《军中杂歌》。　③玉纤:女人的手指。

庆宫春

斜日明霞,残虹分雨,软风浅掠蘋波。声冷瑶笙,情疏宝扇,酒醒无奈秋何。彩云轻散,漫敲缺、铜壶浩歌①。

眉痕留怨，依约远峰[②]，学敛双蛾[③]。　银床露洗凉柯。屏掩香销，忍扫茵罗。楚驿梅边[④]，吴江枫畔[⑤]，庾郎从此愁多[⑥]。草蛩喧砌，料催织、回文凤梭[⑦]。相思遥夜，帘卷翠楼，月冷星河。

[注释]

①铜壶：古时计时之刻漏。　②依约：隐约。“蓬山闲气味，依约是龙楼。”见白居易《答苏庶子》。　远峰：远山眉，眉毛画得淡淡的。　③蛾：蛾眉的省称。　④“楚驿”句：楚地驿道边所栽的梅花。“驿梅江柳，动游宦之芳怀。”见宋田锡《叠嶂楼赋》。　⑤吴江枫：吴地江边的枫树。“枫落吴江冷。”见《新唐书·文艺传·崔信明》。　⑥庾郎：南朝梁庾信，出使西魏，被留，在北周虽做大官，常有乡关之思。曾作《哀江南赋》寄托悲思。　⑦回文：诗为前秦苏蕙所作，诗词字句回旋往返，都能成义可诵。

壶中天

月夕登绘幅堂，与篔房各赋一解[①]

雁横迥碧，渐烟收极浦，渔唱催晚[②]。临水楼台乘醉倚，云引吟情闲远。露脚飞凉，山眉锁暝，玉宇冰奁满。平波不动，桂华底印清浅[③]。　应是琼斧修成[④]，铅霜捣就[⑤]，舞霓裳曲遍[⑥]。窈窕西窗谁弄影，红冷芙蓉深苑。赋雪词工[⑦]，留云歌断[⑧]，偏惹文箫怨[⑨]。人归鹤唳，翠帘十二空卷。

（以上六首见《绝妙好词》卷五）

[注释]

①绘幅堂：张枢在杭州园苑中的堂名。　篔房：李彭老，号篔房。　②渔唱：渔歌。　③桂华：月亮。　④琼斧：玉制的斧子。相传月中仙人吴刚用玉斧砍桂树。　⑤铅霜：妇女化妆用的铅粉。　⑥霓裳曲：霓裳羽衣曲。相传为唐玄宗游月宫时密记仙女之歌，回来制作的。　⑦赋雪词

工:指晋谢道韫所咏的"柳絮因风起",为其叔父谢安赞赏的诗句。　⑧留云:即停云。形容歌声高亢优美。典出《列子·汤问》薛谭向秦青学唱歌之事。　⑨文箫:唐传奇中人物,书生文箫遇仙女吴彩鸾成为夫妇,后双双骑虎仙去。见唐裴铏《文箫传》。

恋绣衾

屏绡裛润惹篆烟[①]。小窗闲、人泥昼眠[②]。正雪暖、荼蘼架,奈愁春、尘锁雁弦[③]。　杨花做了香云梦,化池萍、犹泛翠钿。自不怨、东风老,怨东风、轻信杜鹃。

[注释]

①篆烟:香燃烧出的圆形烟缕。　②泥:软缠。　③雁弦:琴瑟之类弦乐器。　雁:雁柱,控制弦线的柱子。

清平乐

风楼人独,飞尽罗心烛[①]。梦绕屏山三十六,依约水西云北。　晓奁懒试脂铅,一缬鸾髻微偏[②]。留得宿妆眉在,要教知道孤眠。

[注释]

①飞尽:燃尽。　罗心烛:蜡烛捻心用丝罗所制。　②缬:女子头髮,一束为缬。"云一缬,玉一梭,淡淡衫儿薄薄罗。"见李煜《长相思》。

木兰花慢

歌尘凝燕垒,又软语、在雕梁。记剪烛调弦,翻香校谱,学品伊凉[①]。屏山梦云正暖,放东风、卷雨入巫阳[②]。金冷红绦孔雀,翠间彩结鸳鸯。　银缸。焰冷小兰房。

夜悄怯更长。待采叶题诗③，含情赠远，烟水茫茫。春妍尚如旧否，料啼痕、暗里浥红妆。须觅流莺寄语，为谁老却刘郎。　（以上三首见《浩然斋雅谈》卷下）

[注释]

①伊凉：曲名。即伊州、凉州二曲。“自酌金樽劝孟光，更教长笛奏伊凉。”见苏轼《子玉家宴用前韵见寄复答之》。　②巫阳：巫山之阳，指巫山神女。见宋玉《高唐赋序》。　③采叶题诗：引唐卢渥与宫女红叶题诗巧结良缘之典。

[集评]

张炎云：“先人晓畅音律，有《寄闲集》，旁缀音谱，刊行于世。每作一词，必使歌者按之，稍有不协，随即改正。曾赋《瑞鹤仙》……惟‘扑’字稍不协，遂改为‘守’字始协。……又作《惜花春起早》。云：‘琐窗深’。‘深’字音不协，改为‘幽’字，又不协，再改为‘明’字。歌之始协。此三字皆平声，胡为如是。盖五音有唇、齿、喉、舌、鼻，所以有轻清重浊之分。故平声字可为上入者，此也。”（《词源》卷下）

惜花春起早

琐窗明。　（《词源》卷下）

失调名

金谷移春，玉壶贮暖。

失调名

拥石池台，约花阑槛。　（以上见《词旨属对》）

叶隆礼

叶隆礼，字士则，号渔村，嘉兴人，淳祐七年(1247)进士。为建康府西厅通判、国子监簿、临安少尹。有《契丹国志》二十七卷。

兰陵王

和清真

大堤直，袅袅游云蘸碧。兰舟上[①]，曾记那回，拂粉涂黄弄春色。施颦托倾国[②]，金缕尊前劝客[③]。阳台路[④]，烟树万重，空有相思寄鱼尺[⑤]。　飘零叹萍迹。自懒展罗衾，羞对瑶席。折钗分镜盟难食[⑥]，看桃叶迎笑[⑦]，柳枝垂结[⑧]。萋萋芳草暗水驿，肠断画阑北。　寒恻。泪痕积。想柱雁尘侵，笼羽声寂[⑨]。天涯流水情何极，悲沈约宽带[⑩]，马融怨笛[⑪]。那堪灯幌，听夜雨，镇暗滴。

(《阳春白雪》卷七)

[注释]

①兰舟:船的美称。“留恋处，兰舟催发。”见柳永《雨霖铃》。　②施颦:用西施因心痛而颦眉之典。　③金缕:曲调名。　④阳台路:用宋玉《高唐赋序》楚襄王阳台会神女之典。　⑤鱼尺:书信。　⑥折钗分镜:比喻夫妻、情人分离。　⑦桃叶:王献之之妾。　⑧柳枝:韩愈有两个侍妾，柳枝和绛桃。见《唐语林》。　⑨笼羽:笼里的鸟儿。　⑩沈约:南朝末武康人。曾因病而腰瘦。后即以沈腰作身体瘦损的通称。　⑪马融笛:指马融教学生，前堂上课，后堂列女乐事。著有《长笛赋》。

家铉翁

家铉翁(1213—1294?)，号则堂，眉州(今四川眉山)人。以荫补官，赐进士出身。历端明殿学士、签书枢密院事。宋亡，守志不仕，改馆河间。至元三十一年放还，时年八十二。有《则堂集》六卷，《春秋集传详说》三十卷。

水调歌头

题旅舍壁

瀛台居北界[1]，觌面是重城[2]。老龙蹲踞不动，潭影净无尘。此地高阳胜处，天付仙翁为主，那肯借闲人。暂挂西堂锡[3]，仍同旦过宾。　六年里，五迁舍，得比邻。儒馆豆笾于粲[4]，弦诵有遗音。甚喜黄冠为侣[5]，更得青衿来伴[6]，应不叹飘零。夜宿东华榻，朝餐泮水芹[7]。

[注释]

①瀛台：今河北河间旧称瀛州。　②觌(dí)：相见。　重城：内城和外城。　③挂锡：游方和尚把锡杖挂在僧堂钩上，即停下来住宿寺庙。④豆笾(biān)：古代的祭器，木制叫豆，竹制叫笾。　于粲：叹美。　⑤黄冠：道士之冠。　⑥青衿：学子穿的青领衣衫。　⑦泮水：泮宫之水。泮宫为古代学宫。此处引《诗经·鲁颂·泮水》“思乐泮水，薄采其芹”用之。

念奴娇

中秋纪梦

神仙何处，人尽道、我州三神之一。为问何年飞到此，拔地倚天无迹。缥缈琼宫[1]，溟茫朱户[2]，不与尘寰隔。

翩然鹤下，时传云外消息。　露冷风清夜阑，梦高人过我，欢如畴昔[③]。道骨仙风谁得似，谈笑云生几席。共踏银虬[④]，迫随绛节，恍遇群仙集。云韶九奏[⑤]，不类人间金石。

［注释］

①琼宫：形容瑰丽的建筑物，此指仙界的楼台或月宫。　②朱户：门上加朱漆，也指贵族第宅。　③畴昔：日前，往昔。　畴：助词。　④虬：古代传说中的一种龙。　⑤云韶：虞舜乐名。见《礼记·乐记》。

念奴娇

送陈正言[①]

南来数骑，问征尘、正是江头风恶。耿耿孤忠磨不尽，惟有老天知得。短棹浮淮，轻毡渡汉，回首觚棱泣[②]。缄书欲上，惊传天外清跸[③]。　路人指示荒台，昔汉家使者，曾留行迹。我节君袍雪样明，俯仰都无愧色。送子先归，慈颜未老，三径有馀乐[④]。逢人问我，为说肝肠如昨。

（以上《则堂集》卷六）

［注释］

①陈正言：当是被俘北上的同僚。正言，为门下省官名。陈君送母南归，因作词赠之。　②觚棱：宫阙上转角处的瓦脊。　③跸：帝王出行时开路清道，禁止通行。　④三径：蒋诩归乡里，荆棘塞门，舍中有三径，不出，唯求仲、羊仲从之游。见《三辅决录》卷一。旧指归隐后所住的田园。

石正伦

石正伦，号瑶林，官帅干。其他不详。《阳春白雪》存词四首。

清平乐

香摇穗碧，梅巧红酥滴。云涴宝钗蝉坠翼[1]，娇小争禁酒力。　绣窗芳思迟迟，无端又敛双眉。贪把兰亭学字[2]，一冬忘了弹棋。（《阳春白雪》卷四）

[注释]

①蝉坠翼：古代妇女梳的蝉鬓。　②兰亭：在浙江绍兴西南，地名兰渚，渚有亭，号曰兰亭。此指王羲之写的《兰亭集序》字帖。

绮寮怨

宫人斜吊古[1]

绿野春浓停骑，暖风飘醉襟。渐触目、景物凄悲，花无语、曲径沉沉。重檐缭垣静锁，丹青暗、断轴尘半侵。叹绛纱、玉臂封时，何期掩、夜泉流恨深。　已矣霜凋蕙心。兰昌旧事[2]，云容好信难寻。伫立孤吟，怕凤履、有遗音[3]。今宵珮环奏月，知倦客、苦登临，惊飞翠禽。松杉弄碎影、晴又阴。（《阳春白雪》卷六）

[注释]

①宫人斜：宫女的坟场。　吊古：凭吊古迹，感怀旧事。　②兰昌：唐宫殿名，兰昌宫故址在今河南宜阳西。“人似飞花去不归，兰昌宫殿几斜晖。”见范成大《续长恨歌》。　③凤履：凤头鞋，从前妇女所穿的绣花鞋。

渔家傲

春入桃腮生妩媚，妆成日日行云意。贪听新声翻歇指[①]。工尺字[②]，窗前自品琼箫试[③]。　玉碾莺钗珠结桂，金泥络缝乾红袂。从把画图夸绝世。金莲地[④]，六朝未识双鸳细[⑤]。（《阳春白雪》卷七）

［注释］

①歇指：即歇指调。　②工尺（chě）：乐谱符号。　工尺谱：中国传统记谱法之一。　③琼箫：指精美的管乐器。　④金莲：指女子纤足。　⑤双鸳细：一双小脚。

霓裳中序第一

凭高快醉目，翠拂遥峰相对簇。千丈涟漪泻谷，爱溶漾坠红，染波芬馥。何人笑掬，想温泉、初卸绡縠[①]。春风荡，六宫丽质[②]，那日赐汤沐。　双浴。绣凫飘逐，恍记展、江南数幅。而今鬓边渐鹄[③]。阮洞音稀[④]，懒访仙躅。系船桥畔宿。听静夜、泠泠奏曲[④]。长安远，渭流香腻，暗忆晓鬟绿。（《阳春白雪》卷八）

［注释］

①绡：丝织物名。　縠（hú）：绉纱一类的丝织品。指精美的丝织物。　②丽质：美丽的资质。指美女。　③鬓边渐鹄：指鬓边渐白。鹄：白发。　④阮洞：指刘晨、阮肇天台山入仙人洞窟事。

陈　著

陈著(1214—1297),字子微,号本堂,名祥孙,字谦之。鄞县(今浙江宁波)人。生于南宋宁宗嘉定七年。宝祐四年(1256)进士,官至监察御史。宋亡,隐居于四明山,自号嵩(松)溪遗耄。元成宗大德元年卒,年八十四。著有《本堂集》九十四卷,包括《本堂词》五卷。

宝鼎现

寿京尹曾留远侍郎渊子

玉宸凝眷[①]。要得培□,神皋根本[②]。天赋与、经纶好手[③],门外红尘谈笑遣。任草色、遍空庭交翠,月往风来自便。但纸帐、时供小憩,长理灯窗公案。　五行俱下流光电。笔如神、毫髮都见。是则是、霜严雪劲,到底春风生意满。唤得应、雨和晴恰好,旗舞秔艘百万[④]。更社鼠城狐扫影[⑤],雁鹜惊人避箭。　最是满腹精神,担负处、浑身皆胆。又谁知、条理元在,规模里面。天下事、又何难办。待副苍生愿[⑥]。渺宇宙、多少关心,留取功名久远。

[注释]

①玉宸:帝王的住处。代指帝王。　②神皋:指京都一带的山川。③经纶:比喻筹划治理国家的韬略。　④秔(jīng)艘:运稻米的船只。秔:一种黏性较小的稻。　⑤社鼠城狐:居住在宗庙内的老鼠和居住在城墙内的狐狸。要挖狐狸恐怕毁坏城池,要熏死老鼠恐怕烧灼社庙。比喻凭藉某种势力的庇护而作恶的人。　⑥副:满足,不辜负。

真珠帘

寿孙古岩

纶巾古貌尘寰表[①]。风流处、别是英雄才调。胸次著乾坤，触景皆诗料。金碧楼台新筑就，傍翠麓、旋添花草。仙棹。更逍遥来访，十洲三岛[②]。　遮眼富贵人多，算如公有子，人间应少。看膝下功名，共月林清皎[③]。象简绯袍亲侍策[④]，且胜赏、先春独笑[⑤]。都道，馆中书就养，云翘偕老[⑥]。

[注释]

①纶巾：用青丝带做的头巾。宋苏轼《念奴娇·赤壁怀古》："羽扇纶巾，谈笑间，樯橹灰飞烟灭。"　②十洲：传说在八方大海中神仙居住的十个地方。　三岛：古称仙人所居的三神山，名曰：蓬莱、方丈、瀛洲。　③此句谓孙古岩办公的厅事有堂名"月林"。　④象简绯袍：象牙笏和大红袍。代指身居要职，高官厚禄。　⑤先春独笑：《全宋词》注，"二亭名"。　⑥云翘：古祀神之舞。《后汉书·祭祀志》中："立春之日，迎春于东郊。祭青帝句芒。歌《青阳》，八佾舞《云翘》之舞。"

大　酺

寿江东运使陆云西集撰

把雪冰心，钧韶手[①]，飞上青云时早。红尘难染著，十年前曾坐，凤池鳌岛[②]。晕锦锵环，重金压带，相去能争多少。从容何心问，到如今都领，绣春花草。算耐处光阴，淡中滋味，世人那晓。　笺天新有稿。要归去、盘礴山阴道[③]。便整顿、随琴霜鹤，带石秋兰，约松乔、倚风清啸[④]。争奈俞音杳。明月棹、又还停了。但珍重、经纶料。时来须做，休管急流人笑，功名尽迟尽好。

[注释]

①钧韶手：能演奏钧天广乐与韶乐的妙手，喻有治理国家的才能者。 ②凤池鳌岛：宰相及翰林之职。 凤池：凤凰池，唐以后喻宰相之职。 鳌岛：旧以鳌山为神仙所居，借以喻翰苑。 ③“要归去”句：谓归隐林下，游山玩水。 盘礴：解衣盘礴，放浪形骸貌。 山阴道：“王子敬云：‘从山阴道上行，山川自相映发，使人应接不暇。若秋冬之际，尤难为怀。’”见《世说新语·言语》。 ④松乔：赤松子与王子乔，古代传说中的两位神仙。

大　酺

寿沿江大制使观文马裕斋同知

问大江东，长淮上，缘分如何修到。轻裘还熟局[①]，第三番又是，五年春了。菜饭工夫，露香心事[②]，惟靠天公分晓。林泉琴书梦，算飞笺觅去，不知多少。奈雅意难酬，又还留住，口衔新诏。　都无他嗜好。玉麟静、公事供谈笑[③]。满眼是、风花飘忽，惟有长松，雪霜里、插天苍老。休忆家山好。安乐处、便成蓬岛[④]。正春雨、秧畴饱。边城如画，处处绿杨芳草。青溪不妨寄傲。

[注释]

①熟局：犹熟路。 ②露香心事：指享受山林花露清香之闲逸。 ③玉麟：此指麒麟阁，为朝廷重地。 ④蓬岛：蓬莱岛，古代传说中仙人居住的地方。

大　酺

寿王修斋枢密

自有乾坤，扶人极[①]，宗主须还人物。今为何时节，满红尘富贵，絮花飘忽。抵障狂澜，提携正印，一柱天擎突兀。平生分明处，是从容处□，不差毫髮。把朝市山林[2]，一般看了，无边风月。　深衣清到骨[3]。紫枢府、谁信曾簪笏[4]。炊脱粟、黄鸡白酒[5]，补菊栽梅，碧溪绕、竹篱茅屋。无限轻描貌，都说道、诏书催发。想回首、招黄鹄。微微自笑，惟有赤松衣钵[6]。相陪对门石佛。

[注释]

①扶人极：为生民树立作人的标准。　②朝市山林：指在朝为官或退居山林。　③深衣：一种宽大的袍服，多用于晚上。　④紫枢府：紫禁枢要，中枢重地。　⑤脱粟：粗粮，糙米。《晏子春秋》："晏子相齐，衣十升之布，脱粟之食。"　⑥赤松：赤松子，传说中的仙人。

沁园春

单景山雪中以学佛自夸，因次韵戏抑之

潇洒书斋，香清缕直，灯冷晕圆。忽惊窗鸣瓦，霰如筛下，裁冰剪玉，片似花鲜。深怕妨梅，也愁折竹，才作还休亦偶然。更深也，漫题窗记瑞，诗思绵绵。　闻君礼佛日千[1]。浪说道繁华不值钱。想鸳衾底下，都将命乞，蒲龛里畔[2]，未必心安。兜率天宫[3]，清凉境界，总是由心不是缘。雪山上，自有人坐了，不到君边。

[注释]

①礼佛：拜佛。　②蒲龛(kān)：用草盖的圆顶房屋，此处指礼佛的草屋。　③兜率天宫：佛教谓欲界六天中的第四天。　兜率：是妙足、知足的意思。

沁园春

丁未春补游西湖

出禁城西[①]，湖光自别，唤醒两瞳。有画桥几处，通人南北，绿堤十里，分水西东。问柳旗亭[②]，簇山梵所[③]，空翠烟飞半淡浓。偏奇处，看笙歌千舫，泛绮罗宫。　从容。莫问城中。是则是繁华九市通。奈一番雨过，沾衣泥黑[④]，三竿日上，扑面尘红[⑤]。那壁喧嚣，这边清丽，咫尺中间夐不同。休归去，便舣舟荷外[⑥]，梦月眠风。

[注释]

①禁城：京城。南宋都城为临安（今浙江杭州）。　②旗亭：酒楼。悬旗为酒招，故名。　③梵所：指佛寺。佛经原用梵文写成，故凡与佛教有关的事物，皆称梵。　④沾衣泥黑：城市中的风尘染衣成黑。　⑤扑面尘红：闹市的飞尘扑面而来。刘禹锡《游玄都观》："紫陌红尘扑面来，无人不道看花回。"　⑥舣舟：船只停靠岸边。　舣：使船靠岸。

沁园春

寿吴竹溪

潇洒纶巾，风流野服，红尘外身。向南窗听雨，澜翻墨客，北亭恋月，笔走诗神。倚竹听琴，逢花倒榼[①]，更得放晴游冠春。清闲好，算东洲人物，难得如君。　华堂瑞气如云。西风到帘帷才一分。喜星桥鹊语，佳传依旧，缑山鹤舞[②]，仙样翻新。箫玉香中[③]，烛花影里，听取捧觞低祝人。千千岁，看功名事业，都在儿孙。

[注释]

①榼（kē）：古代盛酒或贮水的器具。　②缑（gōu）山：旧题汉刘向

《列仙传》载，王子乔得仙，七月七日乘白鹤驻缑氏山巅。后用作游仙的典故。 ③箫玉：旧题汉刘向《列仙传》，萧史者，秦穆公时人也。善吹箫。穆公有女，字弄玉，好之。公遂以女妻焉。日交弄玉作凤鸣。居数年，凤凰来止其屋。一旦皆随凤凰飞去。

沁园春

寿六二叔父德光

月旦评中[1]，有如公者，更谁与俦。看纷纷仁意，春风和气，堂堂义事，砥柱中流[2]。己重物轻，身穷道泰，却占人间第一筹。回头笑，彼纷纷名利，过影浮沤。 夷犹[3]。庭户清幽。算此境神仙别一洲。但烧香挂画，呼童扫地，对山揖水，共客登楼。付与儿孙，只将方寸，此外无求百不忧。宜多寿，自今开八秩，到八千秋。

[**注释**]

①月旦评："初，劭与（从兄）靖俱有高名，好共核论乡党人物，每月辄更其品题。故汝南俗有'月旦评'焉。"见《后汉书·许劭传》。后因谓品评人物为月旦评。 ②砥柱中流：像砥柱山（在三门峡）那样屹立在黄河激流中。比喻起支柱作用的中坚人物或力量。 ③夷犹：从容不迫。

沁园春

□竹窗纸枕屏

小枕屏儿，面儿素净，吾自爱之。向春晴欲晓，低斜半展，夜寒如水，屈曲深围。消得题诗，不须作画，潇洒风流未易涯。人间世，但此身安处，是十分奇。 笑他富贵家儿，这长物何为著意□。便绮罗六扇，何如玉洁，丹青万状，都是钱痴。假托伊来，遮阑便了，免得惊风侵梦时。何须泥[①]，要物常随我，不物之随[②]。

[注释]

①泥：拘泥。 ②不物之随：不随物。倒装句。

沁园春

寿应茸芷参政傜[①]

运在东南，温厚气钟，吾茸芷翁。羡檠窗学问，迂斋正印[②]，玉堂词翰[③]，攻媿流风[④]。制胜枢庭，参谋政府，一片平心扶大中。黄扉近，却翻然东顾，归宴方蓬。 潘舆日奉从容[⑤]。全胜□貂蝉趋汉宫[⑥]。如名山镇静，出云相望，大川渟蓄[⑦]，有水皆宗。吾道胚腪[⑧]，诸贤命脉，阴受春风和气浓。宜多寿，与瑶图同庆，绿竹歌公[⑨]。

[注释]

①应傜（yóu）：字之道，昌国（今宁波）人。淳祐间拜参知政事。 ②迂斋：南宋后期名儒楼昉，号迂斋，官至龙图阁学士。 正印：正大光明之操守。 ③玉堂：唐宋以后，称翰林院为玉堂。 ④攻媿：楼钥，字大防，号攻媿主人。南宋时期文学家。曾任学士，著有《攻媿集》。 ⑤潘舆：晋代潘岳除长安令，迁博士，以母疾去官，作《闲居赋》，有"太夫人乃御板舆，升轻轩，远览王畿，近周家园"之语。后以"潘舆"为养亲的典故。 ⑥貂蝉：古代王公、显官冠上的饰物。后以喻达官显贵。 ⑦渟蓄：水积聚不流。 ⑧胚腪：事物未成形时的混沌状态。 腪（yùn）：两个月的胚胎。 ⑨绿竹："瞻彼淇奥，绿竹猗猗。有匪君子，如切如磋，如琢如磨。瑟兮僩兮，赫兮咺兮，有匪君子，终不可谖兮！"见《诗经·卫风·淇奥》。 此诗为赞美武公之德，有文章能纳谏，入相周室，终成大功。

沁园春

寿竹窗兄

吾竹窗兄，吾能评者，只将竹看。是丹山佳气，胚腪茂直，嵩溪润脉，滋养清坚。雪虐霜凌，风饕雨恶[1]，撼顿侵欺今几年[2]。元无损，这虚心实节，却自依然。　人间。输此君贤。可曾向红尘里著鞭。称翩翩侣凤，舞依翡翠，昂昂雏鹤，立倚琅玕[3]。动处非情，静中自韵，全得生来潇洒天。须长在，在月窗窗北，石涧东边。

[注释]

①饕（tāo）："贪甚曰饕。"颜师古注。见《汉书·礼乐志》"贪饕险波"。　②撼顿：挫折。　③琅玕：传说中的仙树。此处为翠竹的美称。

沁园春

寿陈菊坡枢密卓

吾菊坡兄，细观花□，元来一般。是鄮山佳气[1]，胚腪长茂，鄞江润脉，滋养清妍。移傍云霄，浓沾雨露，曾亚百花头上班[2]。谁知道，待芬香透了，收敛东边。　笑他红紫纷然。算眼底何曾长久看。这秋芳自韵，不争春艳，霜根难老，偏耐风寒。占得清名，尊为寿客，晚节谁能如此全。千千岁，把黄金正色，照映人间。

[注释]

①鄮山：在今浙江鄞县。　②亚：通"压"，在上之意。

水龙吟

寿江阃姚橘洲学士希得[①]

玉麟堂上神仙，算来便合归廊庙[②]。天教且住，堂堂裘带，舒舒旗纛。一笑谈中，遍江淮上，太平花草。待金瓯揭了[③]，黄扉坐处，祗依此、规模好。　恰似虹流节后，庆生申、佳期还到[④]。乾坤开泰，君臣相遇，机缘恁巧。谁信苍生，举头凝望，锋车催召[⑤]。向芜湖，更有无言桃李，愿春风早。

[注释]

①江阃（kǔn）：宋代设有沿江制置司，其长官称江阃。　阃：借指领兵在外的将帅或外任的大臣。　②廊庙：指朝廷、国家。　③金瓯："我国家犹若金瓯，无一伤缺。"见《南史·朱异传》。　瓯：盆盂类器皿。　揭：安顿之意。　④生申："维岳降神，生甫及申。"见《诗经·大雅·崧高》。谓申伯、仲山甫皆宣王辅佐之贤。　⑤锋车：指朝廷征召大臣的专车。

水龙吟

寿婺州守赵岩起右撰孟传

玉鳌头上蓬莱，十分好处饶松壑。无边风月，阴阴乔木，重重华萼。秋水门庭，淡交簪履，随宜斟酌。向西风回首，双旌缥缈，从天下、招琴鹤。　是则阳春有脚[①]，被金华、洞天留著。相传好语，新来初见，分明鼓角。田里相安，袴襦歌了[②]，却来持橐。称年年，橘绿橙黄时节，与松乔约。

[注释]

①阳春有脚：喻地方官吏施行德政。五代后周王仁裕《开元天宝遗

事》:“宋璟爱民恤物,朝野归美,时人咸谓璟为有脚阳春。” ②袴(kù)襦:“衣不帛袴襦。”见《礼记·内则》。孙希旦《集解》:襦,里衣。袴,下衣。后汉廉范任蜀郡太守,有美政。民歌曰:“平生无襦,今五袴。”

瑞鹤仙

寿赵德修检讨必普

云无心出岫。游戏间、声名掀揭宇宙。红尘事看透,任高官惟有,鹤随诗瘦。溪山如绣,小轩亭、篘新话旧[1]。想时时,梦到家林,但未有归时候。 知否。分明世界,多少经纶,莫轻回首。平生抱负,金銮殿,有新奏。便相扶君相,从头做去,他又谁能出手。看明年、此日传宣,赐酴醾酒[2]。

[注释]

①篘(chōu):用竹编成的漉酒具。 ②赐酴醾酒:“新进士则于月灯阁置打球之宴,或赐宰臣以下酴醾酒,即重酿酒也。”见唐代《辇下岁时记》。

摸鱼儿

随湖南安抚赵德修自长沙回至潧港,值其生日

碧油幢、一开藩后,便思量早归去。工夫著紧新城好,风月万家笙鼓。游宴处。要管领春光,补种花无数。何须更驻。只画了潇湘,扁舟径发,挥手谢南楚。 江帆卸、撑入清溪绿树。家山三两程路。安排小马随猿鹤[1],勾引诗朋酒侣。潇洒处,是则是初心,只恐难留驻。忙须著句。把泉石烟霞,平章一遍[2],回首风纶舞[3]。

[注释]

①猿鹤:代指隐士生活。 ②平章:品评。辛弃疾《水调歌头》:“折尽武昌柳……在家贫亦好,此语试平章。” ③凤纶舞:指回朝廷论政。 凤:凤阁。 纶:纶诰,为天子拟诏书。

洞仙歌

次韵花蕊夫人[①]

冰肌玉骨,自清凉无汗。云影鬅鬙翠山远[②]。颤金莲缓步,手托珠帘,风微透,扇底荷花香满。 归檐双飞燕,流盼消凝,微带羞红上娇面。又还黄昏近,一片闲情,天涯去、云也遮阑不断。回首处、沉思梦时会,对十二屏山,怕拈秦阮[③]。

[注释]

①花蕊夫人:五代后蜀主孟昶妃。能文,曾赋宫词百首。 ②鬅鬙(péng sēng):髮鬙高耸貌。 ③秦阮:古琵琶的一种。四弦有柱,形似月琴。相传西晋阮咸善弹此乐器,因而得名。

洞仙歌

次韵苏子瞻

冰肌玉骨,自清凉无汗。午梦醒来盼娇满。扇轻拈又放,浅炷兰薰,微笑处、吹著烟丝散乱。 凉亭还独步,曾是凭阑,携手心盟指云汉[①]。碧云斜阳外,信有如今,音书杳、寸肠千转[②]。漫伫立、无言对荷花,看转眼秋风,翠移红换。

[注释]

①云汉:云间河汉。意谓指银河以为誓。　②《全宋词》注:“千转”一作“千百转”。

念奴娇

咏牡丹

洛阳地脉[1],是谁人、缩到海涯天角[2]。绿树成阴芳雾底,得见当年台阁。园杏贵客,海棠姬侍,拥入青油幕。人间那有,风流天上标格。　如困如懒如羞,夜来应梦入,西瑶仙宅。为你闲风轻过去,□□不教妨却。娇不能行,笑还无语,惟把香狼藉。花花听取,年年无负春约。

[注释]

①洛阳地脉:天下牡丹盛于洛阳。北宋欧阳修著有《洛阳牡丹记》。②缩到海涯天角:意谓牡丹传到远方。

念奴娇

献再一兄成室大任

轻衫短旆[1],几年来、游遍江南江北。扰扰浮生争富贵,金碧楼台满目。厦屋千间,夜床八尺,此理谁能烛。翩然归去,家山是事都足。　笑指旧隐逍遥,分猿鹤地[2],云顶栽花竹。乘兴生涯随处好,卜市心□新筑。山色窥帘,杏阴依户,门外从尘俗。朱颜雪鬓,清闲十二分福。

[注释]

①旆:旌旗。　②猿鹤:“蕙帐空兮夜鹤怨,山人去兮晓猿惊。”见孔稚珪《北山移文》。代指隐士生活。

念奴娇

夏夜流萤照窗

暑天向晚，最相宜、一簇凉生新竹。潇洒轩窗还此景，此景真非凡俗。猿鹤相随，烟霞自在，与我交情熟。人生如梦，个中堪把心卜。　休叹乌兔如飞[①]，功名富贵，有分终须足。不管他非非是是，不管他荣和辱。净几明窗，残编断简，且恁闲劳碌。流萤过去，文章如在吾目。

［注释］

①乌兔：古人传说日中有乌，月中有兔，故称日月为乌兔。

念奴娇

寿姚橘州

紧头上立，问如何、犹向清溪盘礴[①]。应为春防须熟局，且借轻裘弹压。野聚晴炊，烟波暖唱，尽出江南北。从容归衮[②]，三年功满棋析。　真个福比南山，谁无富贵，无此团圞乐。锦瑟瑶琴清对处，青紫诸郎参错[③]。楚楚孙枝[④]，温温婿玉，帘幕欢声拍。抠衣小子[⑤]，寿公也趁龟鹤。

［注释］

①盘礴：解衣盘礴，形容潇洒自恣，徘徊自适。　②归衮：回朝。　③青紫：指古代高官印绶、服饰的颜色。　④孙枝：树的嫩枝，由本生出的是子干，由子干而生的称孙枝。此处喻孙子。　⑤抠衣：撩起衣襟，向长辈鞠躬致敬。

满江红

丁未九月望赏月

落枕鸿声，龙山梦、蓦然惊觉[①]。还堪喜、木樨香底，鹊声翻晓。弄雨未成霜意懒，望寒先怯山容老。最难逢、无一点西风，惊乌帽。　竹叶酒，倾杯小。橙斋鲙，银盆好。称良辰欢宴，及今年少。须信从来黄菊寿，未应便放青霜恼。但看花、日日是重阳，金尊倒。

[注释]

①龙山：晋征西大将军桓温九日龙山登高，时孟嘉为参军。风吹孟嘉帽落，温令孙盛作文嘲之，嘉即时以答，四座嗟服。

满江红

寿庆元西倅孙元实

越水稽山[①]，清明气、钟为人极。彯缨早、□中学问[②]，从头施设。不受尘来霜壁立，常生意处春流活。与世间、别是一规模，师夔契[③]。　仙岛上，分风月。苍梧下，怀冰雪。更双亲犹是，朱颜时节。勋业要从青鬓上，乾坤如许丹山折[④]。看凤衔、芝诏下层霄，朝金阙。

[注释]

①稽山：会稽山。　②彯缨：佩戴显贵的冠饰。　彯：飘扬。“彯”同“飘”。　③夔契：上古贤人。　夔：相传为尧、舜时乐官。　契：殷代的祖先，传说是舜的臣子。因助禹治水有功，封于商。　④丹山：凤凰之山。

满江红

寿小叔母

修茂堂深，芳尘满、沉烟一朵。帘半卷，好风催晓，晴光才破。新润顿教萱草鬯[①]，轻寒未放酴醾过。称鱼轩、容与寿如山[②]，群仙贺。　琴帏底，声调和。庭阶下，儿孙大。喜新来咿喔[③]，又还添个。总是人生如意处，休将时事关眉锁。趁莺花、时节绮罗筵，年年作。

[注释]

①鬯：通“畅”。旺盛。《汉书·郊祀志》：“草木鬯茂。”　②鱼轩：以鱼兽皮为饰的车子，古时贵妇人所乘。　③咿喔：新生儿的啼声。

烛影摇红

寿元实通判母

风月堂中，画屏不动香猊吐[①]。珠翘环拥蕊宫仙[②]，双鬓青如许。相对童颜寿侣，看庭前、绯袍拜舞。十洲三岛，柳探春时，梅欺雪处。　甲子花周[③]，自从今日重新数。碧瑶杯重翠涛深，笑领飞琼语[④]。此去华筵喜聚。听传宣、云间紫府。万分如意，凤诏便蕃[⑤]，香轩容与。

[注释]

①香猊：雕成狮形的香炉。　②蕊宫：道家传说天上上清宫有蕊珠宫，神仙所居。陆游《秋波媚》：“曾散天花蕊珠宫，一念堕尘中。”　③甲子花周：六十花甲子已轮回一遍。即谓所寿之人年已六十。　④飞琼：即许飞琼，仙女名。后以许飞琼代指仙人。　⑤便蕃：频繁不断。

水调歌头

寿颐斋兄安世

风骨最魁岸[①]，宇宙更宽平。□人皆道，天上南极寿星精。随意后园花木，满眼家山松竹，尽可适平生。门外底须问，好占菊轩清。 听乡评，义方训[②]，莫如兄。元方既玉就□，更要季方成[③]。不使尘劳顿挫，他日功名入手，当不负椿庭[④]。不见窦谏议[⑤]，教子有馀荣。

［注释］

①魁岸：高大，壮伟。 ②义方训：作人的正道。汉蔡邕《司徒袁公夫人马氏碑铭》："义方之训，如川之流。" ③元方、季方：东汉陈寔的儿子陈纪，字元方；陈谌，字季方，都是当时有才德的人。陈寔称赞他俩："元方难为兄，季方难为弟。"意为难分高下。后称兄弟才德不相上下为"难兄难弟"。 ④椿庭："上古有大椿者，以八千岁为春，八千岁为秋。"见《庄子·逍遥游》。以椿有寿考之征，庭即趋庭的庭，所以世称父为椿庭。 ⑤窦谏议：五代后周窦禹钧，五子仪、俨、侃、偁、僖相继登科，人称窦氏五龙。冯道有诗云："灵椿一株老，丹桂五枝芳。"

水调歌头

寿陈菊坡枢密卓

身到紫枢府[①]，一蹴凤池间[②]。何妨到头富贵，却自恋家山。多少名缰利锁，尘满霜髯雪鬓，役役不知还。桃李竞春事，坡菊自清闲。 绿杨边，门径小，似僧关。吟情饮兴相将，二十载优闲。无限功名事业，分付儿孙纵靶[③]，青镜尽朱颜。一语劝公酒，天下达尊三[④]。

［注释］

①紫枢：谓枢密院。 ②凤池：凤凰池的省称。唐以后指宰相之地。 ③纵鞚：任马奔驰。 鞚：缰绳。 ④达尊三：儒家以爵位、高龄、品德三者为人所通尊，称三达尊。

千秋岁

寿从母夫冯

燕前莺底，一日春犹在。香雾晓，祥云霁。烟交槐影重，风约花尘卸。当此际，桃源不是人间世。 彩袖环庭砌。华裾纷珂佩。欢声洽，童颜醉。金丹功已到，绿鬓生须再[①]。箫鼓沸，飞琼来祝千千岁[②]。

［注释］

①"绿鬓"句：谓金丹炼就，返老还童，黑鬓重生。 ②飞琼：即许飞琼，仙女名。

踏莎行

寿季父吉甫

杏苑长春，椿姿耐老。画堂琴幌融融调。生涯分付宁馨儿[①]，西园手种闲花草。 露浴明河，风浮素颢[②]，桂花著蕊今年早。佳占端的在孙枝，明年寿席哕呕笑[③]。

［注释］

①宁馨儿：原意是"这样的孩子"，后来用来赞美孩子或子弟。《晋书·王衍传》："何物老妪，生宁馨儿。" ②素颢：明净的天空。颢，通"昊"，本指西天，后泛指天空。 ③哕呕（wā ōu）：作小儿语声以示慈爱。

鹊桥仙

次韵舅氏竺九成试黜[①]

云南钟秀，间生人望，底事未成美况。当知大器大成时，更莫叹、贤关难上[②]。　　前程分定，算来无妄，命达时终不放。且须寄语甲科人[③]，断不下、一筹中榜[④]。

[注释]

①试黜：科举考试落榜。　②贤关：此谓应进士之考试关。“一举过贤关”。见钱起《送李栖桐擢第还乡》诗。　③甲科：唐宋进士分甲乙科。此处谓已中进士者。　④筹：古代投壶用的签子，形如箭笴。全句意谓一投即中。

一剪梅

寿吴景年禩[①]

记得儿时识景年，翕忽光阴[②]，二十馀年。梅边聚首又三年，结得因缘，五百来年。　　把酒君前欲问年，笑指松椿，当是同年。愿从今后八千年，长似今年，长似今年。

[注释]

①禩：“祀”的异体字。　②翕（xī）忽：疾速的样子。唐柳宗元《至小丘西小石潭记》：“往来翕忽。”

惜分飞

吴氏馆寄内童氏[①]

筑垒愁城书一纸，雁雁儿将不起。好去西风里，到家分付眉颦底。　　落日阑干羞独倚，十里江山万里。容易成憔悴，惟归来是归来是。

［注释］

①寄内：寄妻。

西江月

寿季父吉甫六十

宝瑟屏金深处，斑衣箫玉香中①。人生二美古难逢，杏苑今朝喜共。　　一霎豆花新雨②，半帘梧叶清风。年年此景绿尊同，笑指南山称颂③。

［注释］

①斑衣：相传古代老莱子穿斑衣作儿戏以娱双亲，后以斑衣为孝养父母的典故。　箫玉：旧题汉刘向《列仙传》载，"萧史者，秦穆公时人也。善吹箫。……穆公有女，字弄玉，好之。公遂以女妻焉。日交弄玉作凤鸣。居数年，凤凰来止其屋。……一旦皆随凤凰飞去。"　②豆花新雨："八月雨谓之豆花雨。"见南朝梁宗懔《荆楚岁时记》。　③南山：祝人长寿语。《诗经·小雅·天保》："如南山之寿，不骞不崩。"

西江月

寿吴景年

箫玉和鸣云里，彩衣娱舞风前。好从龟鹤问长年。看取蟠桃结遍。　　事业都随分定，儿孙也靠心传。隐耕窗下腹便便。相去神仙不远。

西江月

答族侄圭惠扇[1]

当此朱炎火日，恨无玉骨冰肌。问来思欲动凉飔。宝箑荷君相遗[2]。　　如铁又添颜甲[3]，报琼难续声诗[4]。愿言长在奉扬时。似恁团圞到底。

[注释]

①惠扇：惠赐扇子。　②箑（shà）：“扇，自关而东谓之箑，自关而西谓之扇。”见扬雄《方言》。　③颜甲：指人脸皮厚如铁甲，此为愧谢之意。④报琼：报答别人的惠赠和友情。《诗经·卫风·木瓜》：“投我以木瓜，报之以琼琚。”

小重山

次韵定海赵簿咏梅

松是交朋竹是邻。横枝临水瘦，月黄昏。冲寒香入岭头云。清到底，人共一般清。　　好句更无痕。门前无俗客，不须扃[1]。暂将骚致答花神[2]，从此去，题动玉堂春[3]。

[注释]

①扃（jiong）：门闩（shuān）。此处为关门。　②骚致：骚指《离骚》。意即诗人风致。　③玉堂：唐宋以后，称翰林院为玉堂。

柳梢青

晚凉到季父处观荷，花心已敛，遂赋此

淡淡新妆，盈盈娇态，谁道荷花。料想香肌，不禁畏日，翠盖儿遮。　我来胜赏高歌，故敛著、芳心为何。莫是伊花，恨余来晚，欲媚晨霞。

柳梢青

寿吴竹溪内

缥缈瑶城，客情春小，本分寒轻。霞佩云裾，步联西母[1]，笑倚飞琼。　那堪四美都并[2]。喜气与、祥云共生。自在风流，融融箫玉，楚楚兰馨。

[注释]

①西母：西王母。传说中仙人。　②四美都并："天下良辰、美景、赏心、乐事四者难并。"见谢灵运《拟魏太子邺中集诗序》。

霜天晓角

丙寅十一月七日夜江行，记今春风雪中送云西先生陆景西处，伤感不已[1]

江寒雁咽，短棹还催发。曾是玉堂仙伯，相别处、满篷雪。　此别，那堪说，溯风空泪血。惟有梅花依旧，香不断、夜来月。[2]

[注释]

①丙寅：咸淳二年（1266）。　陆景西：陆叡，字景西。会稽人。官至淮西总领。　②唐氏按：此下原有《霜天晓角》"一声阿鹊"一首，乃无名氏作，另编。

卜算子

次韵舅氏竺九成试黜

一自梦卢头[①],应学乘裴蹇[②]。元是都门向上人,大用何嫌晚。　　三岁事非遥,三捷功非远。管取微生共此荣,联步云程稳。

[注释]

①卢头:杨炯于初唐四杰排第二位,曰"吾愧在卢前,耻居王后",识者谓然。　②裴蹇:未详。

卜算子

寿竹窗兄

雨逗一分寒[①],未放晴光透。绮席春风自十分,畅饮长春酒。　　花气渐薰帘,佳致归诗手。的是诗中陆地仙,左挹浮丘袖[②]。

[注释]

①逗:引发。　②浮丘:即浮丘公,传说黄帝时仙人。晋代郭璞《游仙诗》:"左挹浮丘袖,右拍洪崖肩。"

卜算子

嘲二十八兄

风急雁声高,露冷蛩吟切。枕剩衾寒不耐烦,长是伤离别。　　望得眼儿穿,巴得心头热[①]。且喜重阳节又来,黄菊花先发。

[注释]

①巴得:想得。

减字木兰花

嘉熙元年七月,如浦城。二十三日,□永康界赵店宿。为喜雨作[1]

浮萍踪迹,又作南东□□客。不奈秋阳,一似朱明赫赫光[2]。　惊雷叱雨,料是阿香怜逆旅[3]。好个凉天,称我前程步步便。

[注释]

①嘉熙:宋理宋年号。　嘉熙元年:公元 1237 年。　②朱明:夏季。《尔雅·释天》:“夏为朱明。”注:“气赤而光明。”　③阿香:传说中推雷车的神女。

减字木兰花

丁未泊丈亭[1]

夜帆初上,准拟今朝过越上。及到今朝,却被西风挫一潮。　丈亭一处,要得纵观赢得住。行止皆天,谁道人生客路难。

[注释]

①丁未:宋理宗淳祐七年(1247)。　丈亭:在浙江慈溪西。

如梦令

西湖道中

家在明山南住[①]，身在明山西路。回首碧云端，自笑不如飞鹜[②]。飞去，飞去。飞入明山深处。

［注释］

①明山：即四明山（今浙江宁波），作者家乡（鄞县）南面。　②鹜：野鸭。

如梦令

舟泊咸池

晚泊江湾平处，楚楚蘋花自舞。风剪雨丝轻，江上潮生船去。看取，看取，湿橹不惊鸥鹭。

捣练子

晓　起

花影乱，晓窗明，莺弄春笙柳外声。和梦卷帘飞絮入，牡丹无语正盈盈。

鹧鸪天

和黄虚谷石榴韵

看了山中薜荔衣[①]，手将安石种分移[②]。花鲜绚日猩红妒，叶密乘风翠羽飞[③]。　新结子，绿垂枝，老来眼底转多宜。牙齿不入甜时样，醋醋何妨荐酒卮[④]。

［注释］

①薜荔：木本植物。屈原《九歌·山鬼》："若有人兮山之阿，被薜荔兮带女萝。"后以薜萝指隐士的服装。　②安石：石榴的别名。晋代张华《博物志》："张骞使西域还，得安石榴、胡桃、蒲桃。"　③翠羽：绿色的羽毛，此处指鸟。　④醋醋：《博异记》载崔元徽遇数美人，李氏、陶氏，又绯衣少女曰石醋醋。请其于岁旦立幡庇护。是日，东风刮地，苑中花不动。崔方悟为众花之精。石醋醋乃石榴也。

念奴娇

代人寿外舅

翠云弄晓，芰荷香、微透凉飔帘箔。彩袂蹁跹欢舞处，勾引衔桃双鹤。骤马风前，奔鲸浪里[1]，独有壶天乐[2]。如何不醉，放教杯量宽著。　消得寿八千春，百分才一，更童颜如渥。听取飞琼含笑道[3]，堪学孩儿书额[4]。舄令骖凫[5]，瑶仙跨凤，喜聚家人醵。心香遥上，也随风过蓬弱[6]。

［注释］

①奔鲸：李白自谓海上骑鲸客。后以骑鲸背以游海上喻仙家、豪客。　②壶天：壶中世界。晋代葛洪《神仙传》："壶公者，不知其姓名也。……常悬一空壶于屋上，日入之后，公跳入壶中。"　③飞琼：即许飞琼，仙女名。后以许飞琼代指仙人。　④孩儿书额：宋代习俗，朱书"八十"字于小儿额上以求长生。　⑤舄令："王乔者，河东人也，显宗世为叶令。乔有神术，每月朔望，常自县诣台朝。帝怪其来数，而不见车骑，密令太史伺望之。言其临至，辄有双凫从东南飞来。于是候凫至，举罗张之，但得一只舄焉。"见《后汉书·方术传》。后用作县令的典故。　⑥蓬弱：蓬莱为仙境。据《山海经》，昆仑之丘，下有弱水渊环之，其外有炎火之山，有人，名曰西王母。又据旧题汉东方朔《十洲记》，凤麟洲在西海之中央，洲四面有弱水绕之，鸿毛不浮，不可越也。

摸鱼儿

寿虚谷[①]

竹洲西、有人如玉[②]，南柯一觉归早。青山绿水亭轩旧，犹有未荒花草。谁信道，又自爱湖光[③]，买屋三间小。都无长好，但凤跃雄文[④]，蝇书小楷[⑤]，转老转奇妙。
人间世，如许年高是少。浮生惟有闲好。回头翻讶磻溪叟[⑥]，轻把一丝抛了。凉新到，记当日天香，露浴如今老。瑶卮寿晓，称酒到眉间，醺醺醉也，儿女满前笑。

［**注释**］

①虚谷：方回，字万里，号虚谷，有名宋元间。　②“竹洲西”句：别本作“王丰标、饮冰胸次”。　③《全宋词》注：一作“还自要，向郭里寻梅”。④凤跃雄文：旧题汉刘歆《西京杂记》载，扬雄著《太玄经》，梦吐凤凰集《玄》之上。后以喻文词美赡。　⑤蝇书小楷：谓非常小的楷书宛如蝇头一样。南宋陆游《读书》诗：“灯前目力虽非旧，犹得蝇头二万言。”自注：“时方读小本《通鉴》。”　⑥磻溪：水名。一名璜河。在今陕西宝鸡市东南。相传吕尚（姜太公）垂钓于此而遇周文王。

庆春泽

丙申乡人醵赏风花[①]

翔凤阑干，啼鹃院宇，相逢似梦才醒。谁道无情，飞红舞翠欢迎。青春绿鬓花前饮[②]，醉自歌、记那时曾。到如今，心事凄凉，怕说芳盟。　　追思艮岳归来后[③]，稳依山护得，雨翮风翎[④]。燕燕莺莺，从他巧舌饶声。翩翩一种天然艳，笑向人、不与春争。羡花花，好岁寒交[⑤]，有卧云亭[⑥]。

[注释]

①醵赏:大家凑钱饮酒玩赏。　醵(jù):聚集。　②绿鬓:乌黑而光亮的头鬓。引申为青春年少。　③艮岳:山名。在今河南开封城内东北隅。宋徽宗政和年间在汴京东北隅堆土为山,广集天下奇花异石、珍禽怪兽、佳果文竹于此处。　④雨翮风翎:风雨之中的毛羽。因所咏为风花,故谓其枝叶宛若羽毛。　⑤岁寒:一年中的寒冷季节,深冬。　⑥卧云:谓隐居。

庆春泽

春困时光,风流昨梦,逢花便自醒醒。回首宣和[1],宫莺掖燕相迎[2]。归来只恋春山好,到上林、枉是亲曾[3]。又谁知,自有蟠松,相与论盟。　阑干可是妨飞去,怕惊尘涴却,翠羽红翎。舞态亭亭,浑疑暗折韶声[4]。忺人眼处还看破[5],道凤来、难与真争。醉扶归,但见啼鹃,怨夕阳亭。

[注释]

①宣和:宋徽宗年号(1119－1125)。南渡后,面对半壁山河,人们往往追忆宣和盛世。　②宫莺掖燕:宫掖中的莺燕。　掖:宫殿正门两旁小门称"掖门",代指皇宫。　③上林:秦旧有上林苑,汉武帝扩建,周围至三百里,有离宫七十所,苑中养禽兽,供皇帝春秋游猎。　④韶:虞舜时代的乐曲名。《论语·述而》:"子在齐闻韶,三月不知肉味,曰:'不图为乐之至于斯也。'"　⑤忺:高兴,快乐。

水龙吟

代寿贾秋壑[1]

蓬莱风月神仙,却来平地为霖雨[2]。乾坤清了,如今多是,退行一步。寸寸归心,轻轩娱侍,竹溪花圃。奈君王眷眷，苍生恋恋，那肯放、钱塘渡。　　天也知公此意，问升平、要抽身去。把些夏潦[3]，和些秋哨[4]，轻轻缀住。一转移来，元勋力量，他谁堪付。待汾阳、了却中书[5]，别又商量出处。

［注释］

①贾秋壑：南宋权臣贾似道，字师宪，号秋壑，台州天台（今属浙江）人。专制恣肆，弄权误国。后被革职，安置循州时被监送人郑虎臣所杀。②霖雨：即甘霖。《尚书·说命》："若岁大旱，用汝作霖雨。"比喻官员对百姓的恩泽。　③夏潦：夏天暴雨。　潦：雨水盛大的样子。　④秋哨：古时北方少数民族往往在秋高马肥的时候南侵中原。　⑤汾阳：唐代功臣郭子仪受封汾阳王。他曾前后掌管官员的考绩二十四次，史称二十四考。后借以称颂秉政大僚位高任久。

真珠帘

代寿秋壑母

鱼轩富贵人间少[1]，那堪更、有子雍容廊庙[2]。衮绣当斑衣[3]，转色难心小。手把乾坤重整顿，略□□、微生一笑。分晓。是慈闱心事[4]，如今著到。　　帘幕早是寒生，又橙黄近也，菊花香了。已劝九霞觞，春意浓于酒。玉带金鱼欢舞处[5]，更捷骑、红尘峡□。知否，这花添锦上，年年重九。

［注释］

①鱼轩：以鱼皮为饰的车子，古时贵妇人所乘。　②廊庙：指朝廷、国家。　③"衮绣"句：古代三公方可穿绣有龙纹的礼服。此处谓以朝廷重臣高位来当作孝敬母亲的"斑衣"。　④慈闱：父母居室。　⑤玉带金鱼：三品以上高官的服饰。

宝鼎现

寿范著林

著林仙叟，梦境炊得，才香还觉。回首渺，觚棱何处[①]，云与商量浮计小。矮矮屋、半弓来闲地，也著三花两草。沸眼底、鞭风笠雨，不满茶边一笑。　寿骨奇耸神清峭。散人装、游戏尘表[②]。帘昼永、长留雅伴，吟唾宽飞潇洒料。最好是、瑟和琴同调[③]，眉里相看耐老。更绿草、孙枝可意[④]，谱得家传较早。　争指画额儿儿[⑤]，欢祝处、荷薰吹晓。记兰汤初试，当日风光又到。拚醵饮、任金尊倒。醉把羲娥傲[⑥]。算万事、都是空花，雪柏霜松镇好[⑦]。

［注释］

①觚棱：瓦脊成方角棱瓣之形的殿堂屋角。借指宫阙、京城。　②散人：闲散无用或不为世用的人。多指隐士。　③瑟和琴同调：比喻夫妻感情和睦。《诗经·小雅·常棣》："妻子好合，如鼓琴瑟。"　④孙枝：树的嫩枝，由本生出的是子干，由子干而生的称孙枝。此处喻孙子。　⑤画额：宋代习俗，朱书"八十"字于小儿额上以求长生。　⑥羲娥：太阳御者羲和与月神嫦娥的并称。借指日月。　⑦雪柏霜松：松柏不惧严寒，此处借以喻人老当益壮。

宝鼎现

四时怀古春词

问今何日，旧也曾、尾东风鵷鹭[①]。回首念，家山桃李，归去来兮闻早赋[②]。梦境里、尽何妨疏散，时趁莺晴信步。是则是、清闲自好，一点心犹怀古。　记得平世痴儿女。自灯宵、游了三五。还次第、湖边去也，寒食清明炊未住。是处处、是丹青图画，随意狂歌醉舞。奈蓦被、烟花浪手，一掷残阳孤注。　须信乐极悲来，谁道是、曾歌琼树。夕阳亭遗涴[3]，翻得江涛似许。忍望著、□天津路。最是鹃啼苦。算世事、消把春看，还有落花飞絮。

[注释]

①“鹓鹭”句：鹓、鹭群飞行列整齐，用以比喻官员上朝的行列。　尾：指位于行列之尾。　②归去来兮：晋代诗人、隐士陶渊明作《归去来兮辞》，表达自己归隐的热切心情和无比快乐。　③遗涴：留下污秽。

真珠帘

寿元春兄八十策[1]

如梅在壑清标格。襟怀好、又是融融春拍[2]。鸳梦早惊飞，惯一窗岑寂。谱曲裁诗心自在，任雪月、风花需索。奇特。问生涯却道，浮云如得。　回首门外黄尘，算何如、稳占溪光山色。八百岁为期，却十分才一。弟自高歌儿自舞，簇小小、榴花筵席。真率[3]。镇无妨欢醉，年年今日。

[注释]

①策：《彊村》本“策”字旁置，有别题目。疑是限韵之意。　②春拍：春水拍堤。　③真率（shuài）：真诚、坦率。

真珠帘

四时怀古夏词

青云玉树南薰扇[1]，京华地、别是潇湘图展。茉莉芰荷香，拍满笙箫院。雪藕盈盈歌袅处，早已带、秋声凄怨。

堪叹。把时光轻靠,冰山一片[②]。　　从古幻境如轮,问铜驼、应是多番曾见[③]。谁把笛吹凉,总是腔新换。水枕风船空入梦,但极目、波流云远。消黯。更华林蝉咽,系人肠断。

[注释]

①南薰:指夏季柔和的南风。舜曾作《南风歌》:“南风之薰兮,可以解吾民之愠兮……”　②冰山:冰山遇热即消融。喻一时显赫,不可久恃的权势。　③铜驼:“靖有先识远量,知天下将乱,指洛阳宫门铜驼,叹曰:‘会见汝在荆棘中耳。’”见《晋书·索靖传》。后以形容大动乱或亡国的残破景象。此处喻古今兴废。

真珠帘

寿内六十

闲居是念随云散,琴帘底、却自平生心满。百二十年期,笑道今才半。一味齑盐清得瘦[①],婉娩似、梅花香晚[②]。相伴。老霜松宁耐,溪山寒惯。　　探借十日前春,小杯盘、也做寿筵模范。绕膝舞斑衣,有酒从他劝。但任真来浑是处,梦不到、笙歌瑶燕。双健。任旁人播尽,风流眉案[③]。

[注释]

①齑盐:指清苦的生活。　齑:细切的酱菜或腌菜。　②婉娩:仪容柔顺。张华《永怀赋》:“扬绰约之丽姿,怀婉娩之柔情。”　③眉案:后汉梁鸿之妻把食具抬举到眉眼那样的高度递给丈夫,极言夫妻相互敬爱之至。

金盏子

四时怀古秋词

眼底时光，奈老来、如何奈得秋何。黄叶最多情，天分付、凉意一声先做。是处著露莎蛩[1]，也酸吟相和。新雁想，飞到故都徘徊，未忍轻过。　往事是堪唾。红枣信、烽折尽任他。湖山桂香自好，笙歌舫、沉沉醉也谁拖。可怜瘦月凄凉，把兴亡看破。如今□，但留下满城□，西风悲些[2]。

［注释］

①莎：指莎鸡，即纺织娘。　蛩：指蟋蟀。　②些（suò）：楚辞中的句末助词。往往用以表示感慨的语气。

玉漏迟

四时怀古冬词

故都冬亦好。风光可是，人间曾有。问雪楼台，肉阵不教寒透[1]。妙手挽春弄巧，唤得应、千花如绣。灯市酒，笙歌镇似，元宵时候。　见说是事都新，但破冻潮声，去来依旧。老梦无情，不到六桥风柳[2]。回首孤山好景，倩人问、梅花安否。应自瘦。雪霜可能僝僽[3]。

［注释］

①肉阵：唐玄宗时，杨国忠以外戚继李林甫为相，豪奢淫逸。冬月选体肥婢妾列前为遮风，号肉阵。　②六桥：在杭州西湖，宋苏轼始建。③僝僽（chán zhòu）：折磨。黄庭坚《宴桃源》：“天气把人僝僽，落絮游丝时候。”

沁园春

次韵弟莒雪中见寄

天盖西倾，地轴东翻，两年以来。那关中形势，已归勃勃①。江南人马，都是回回。咄咄书空②，栖栖问路，岁晚山空风雪催。如何得，与浑家踏遍③，雪顶岩隈。　谁知有客敲推，把世变心烦都说开。道严霜不杀，不成葭苇，冱寒惯耐④，方是松梅。万事过前，一场梦里，分付茅柴三两杯⑤。犹痴望，有太平时节，游戏春台⑥。

[注释]

①勃勃：指赫连勃勃。匈奴左贤王刘去卑的后代。晋刘裕破后秦，入长安，以内患南归。留子义真守之。勃勃大破刘义真，入长安，称帝，建号夏，都统万城。　②咄咄书空："殷中军被废，在信安，终日恒书空作字，扬州吏民寻义逐之，窃视，唯作'咄咄怪事'四字而已。"见《世说新语·黜免》。借殷浩（晋穆帝时中军将军）被黜后终日书空，表达对异族统治，天翻地覆的感慨和不平。　③浑家：指妻子。　④冱寒：寒气凝结。《庄子》："大泽焚而不能热，河汉冱而不能寒。"　⑤茅柴：村酿薄酒名。　⑥春台：指登眺游玩的胜处。《老子》："众人熙熙，如享太牢，如登春台。"

沁园春

旗盖运迁，衣冠事乖①，岂非命来。自黄粱枕觉，分明看破，翠蓬舟近，及早抽回。谁料山深，也同鼎沸②，步步危机忙里催。愁无奈，过青山万叠，碧水千隈。　此愁何计能推。算何日天教眉锁开。记六桥花舫，晴边访柳，孤山草酌，雪后评梅。回首西湖，伤心前事，覆水如何收上杯③。东风好，问如今吹入，谁处楼台。

[注释]

①衣冠:士大夫的穿戴。 冠:礼帽。借指士大夫,官绅。 ②鼎沸:比喻吵闹、乱糟糟的样子,有如锅里的水开了一样。《后汉书·王允传》:“义兵鼎沸,在于董卓。” ③覆水:倒在地上的水难收回来。比喻事成定局,无法挽回。

沁园春

次韵刘改之[①]

人生功名,在醉梦中,早须掉头。自南宫一券[②],尘泥偶脱,前程双毂,日月如流。蕙帐真盟,莱羹馀味,江上归舟谁得留。谁知道,有邵平瓜圃[③],何日封侯。 天天又不人由。奈危世山林也有忧。况青冈不助,晋家风鹤[④],黑云直卷,吴分星牛[⑤]。分寸残生,万千魔障,他事如今都罢休。关心处,是离离禾黍,故国宗周[⑥]。

[注释]

①刘改之:刘过,字改之,词人。 ②南宫一券:古称尚书省为南宫。北宋谓礼部。 券:文书。此指及第。 ③邵平瓜圃:《史记·萧相国世家》载,“召平者,故秦东陵侯。秦破,为布衣,贫,种瓜于长安城东。”后人用作罢官归隐的典故。 ④“青冈”二句:《晋书·苻坚载记》载,“王师乘胜追击至于青冈。坚遁还。闻风声鹤唳,皆谓晋师之至。” ⑤吴分星牛:古人把星空的划分和地域联系起来,互相对应,称为分野。古吴地分野正当天上斗宿、牛宿之间。 ⑥“离离禾黍”二句:《诗经·王风·黍离》诗序云,“黍离,闵宗周也。周大夫行役至于宗周(旧都镐京),过故宗庙宫室,尽为禾黍。闵周室之颠覆,彷徨不忍去,而作是诗也。”离离禾黍,即故国沦亡之意。

沁园春

次韵侄演自遣

无价韶华，一笑相酬，青钱似苔。奈东风轻劣，催红雨去，西园次第，放绿阴回。老后时光，眉间心事，恰似怕酸人著梅。须知道，有谁能百岁，日日开怀。 从教世变轮推。也莫问人间春去来。看渊明归了，有形谁役①，少陵醉里，无闷堪排②。贫贱何妨，风流自别，不是沉沉浊世杯。层霄上，与大鹏盘礴，下视浮埃③。

［注释］

①“看渊明归了”二句：本陶渊明《归去来兮辞》“即自以心为形役，奚惆怅而独悲”。 ②“少陵醉里”二句：杜甫《江宁》诗有“故林归未得，排闷强裁诗”之句。 ③“大鹏”二句：“北冥有鱼，其名为鲲。……化而为鸟，其名为鹏。”“鹏之徙于南冥也，水击三千里，抟扶摇而上者九万里。”“野马也，尘埃也，生物之以息相吹也。天之苍苍，其正色邪？其远而无所至极邪？其视下也，亦若是则已矣。”见《庄子·逍遥游》。

沁园春

和元春兄自寿

人生几何，如何不自，珍重此生。向蠹残字上，甘心抛掷。蜗尖争处①，著意丁宁。箭过时光，剑炊世界②，谁带经锄谁笔耕③。分明似，满一锅汤沸，无处清□。 输兄。炼得闲成。□无辱无忧无惧惊。但菜羹粝饭，不求他味。芒鞋竹杖，足畅幽情。八十年来，万千看破，胸次春风秋月明。梅花帐，称困眠醒起，无打门声。

[注释]

①蜗尖：即蜗角。 ②剑炊：极言危险的情状。《世说新语·排调》下："桓南郡（玄）与殷荆州（仲堪）语次，因共作了语。……次作危语。桓曰：'矛头淅米剑头炊。'" ③笔耕：以笔代耕。即靠文字工作维持生活。《艺文类聚》卷五十八晋代华峤《后汉书》："班超投笔叹曰：'大丈夫安能久事笔耕乎？'"

沁园春

示诸儿

信书成痴，捱到如今，无生可谋。奈浑家梦饭[①]，谷难虚贷，长年断肉，菜亦悭搜。风雨潇潇，江山落落，死又还生春复秋。八十岁，是这般多活，堪吊堪羞。 休休。盍自回头。要铁汉须从穷处求。那袁安闭户[②]，恬然僵卧。少陵任妇，长是贫愁。一等清风，千年佳话，蚁蚋看他金谷楼[③]。是是是，笑出门天阔，一片云浮。

[注释]

①浑家：全家。 ②袁安：东汉汝南汝阳人。字邵公。为人严谨，州里敬重。《后汉书·袁安传》："时大雪积地丈馀，洛阳令身出按行。……至袁安门，无有行路。谓安已死，令人除雪入户，见安僵卧。问何以不出，安曰：'大雪人皆饿，不宜干人。'令以为贤，举为孝廉。" ③金谷：在今河南洛阳市西北。晋太康中石崇筑园于此，极为奢华。

水龙吟

牡丹有感

好花天也多悭，放迟留做残春主。丰肌弱骨，晴娇无奈，新妆相妒。翠幕高张[①]，玉阑低护，怕惊风雨。记年时，多少诗朋酒伴，逢花醉，簪花舞。 那料无情光景，到如今、水流云去。残枝剩叶，依依如梦，不堪相觑。心事谁知，杜鹃饶舌[②]，自能分诉。日西斜，烟草凄凄，望断洛阳何处[③]。

［注释］

①翠幕高张："共愁日照芳难驻，仍张帷幕垂阴凉。花开花落二十日，一城之人皆若狂。"见白居易《牡丹芳》。　②杜鹃：古人传说杜鹃鸟啼叫时，嘴里会流出血来，后以"杜鹃啼血"作悲切、哀伤的典故。　③望断洛阳：洛阳是牡丹之都。词人牡丹心事暗寓对当时洛阳沦落在异族统治之下的悲愤。

水龙吟

百花开遍园林，又春归也谁为主。深黄浅紫，娇红腻白，他谁能妒。似不胜情，醉归花月，梦同云雨。又丰肌、恰被东风摇动，盈盈底、霓裳舞[①]。　　世事纷纷无据。与杨花、飞来飞去。当年斗大[②]，知他多少，蜂窥蝶觑。金谷春移[③]，玉华人散[④]，此愁难诉。漫寻思，承诏沉香亭上，倚阑干处[⑤]。

［注释］

①霓裳舞：唐玄宗时，杨贵妃作《霓裳羽衣曲》之舞。　②当年斗大："枣花至小能成实，桑叶虽柔解吐丝。堪笑牡丹如斗大，不成一事又空枝。"见北宋王曙《牡丹》。　③金谷：在今河南洛阳市西北。晋太康中石崇筑园于此，极为奢华。　④玉华：唐贞观二十一年于坊州宜君县凤凰谷造玉华宫。后废为佛寺。　⑤"承诏"二句：唐玄宗命移植牡丹于沉香亭前，与杨贵妃共赏，时李龟年持金花笺召李白，命作新辞。李白宿酲未醒，援笔作《清平调》诗三首，有"解释春风无限恨，沉香亭北倚阑干"之句。

水龙吟

次韵黄蘧轩虚谷咏风花

杜鹃啼正忙时,半风半雨春悭霁。酴醿未过,樱甜初熟,梅酸微试。一种红芳,九苞真色,舞窗翻砌。自仙樊去后[①],无人题凤,阑干外、成孤媚。　　谁信阳春妙手,锦云机、新番裁制[②]。东君冷看,如何描摸,天然艳美。浑欲乘风,又如羞日,做双飞体。伫骖鸾[③],称得花前弄玉,与吟箫婿。

[注释]

①仙樊:唐裴铏《传奇》载裴航出游,遇樊夫人,赠诗。后于蓝桥驿遇仙女云英,结为夫妇。樊夫人即云英之姊。　②锦云机:相传天上织女织锦以作云。　机:织机。　③骖鸾:凤凰驾车。　鸾:凤凰的一种。

瑞鹤仙

寿王之朝

对南山翠峭,几百年、银青门第转好[①]。梅花弄春小。向重帘暖处,华筵开早。斑衣簇绕。舞香云、哄堂颂祷。稳生涯、都自心田,自有老天堪靠。　　应道。□□□□,乐事难逢,可轻过了。鲈肥蟹健,桑落酒、酿来妙[②]。称瑶卮争劝,襟怀宽放,一点尘嚣不到。但从今、家庆年年,醉乡里笑。

[注释]

①银青:指银印青绶。银制的官印,青色的系印钮的丝带。对"金紫"而言,均指高爵厚禄。　②桑落酒:"民有姓刘名堕者,宿擅工酿。采挹河流,酝成芳酎。悬食同枯枝之年,排于桑落之辰,故酒得其名矣。"见《水经

注·河水》。

洞仙歌

寿卢竹溪

清溪带竹，竹外山光抱。新筑浑如图画了，称闲心、管领昨夜天风，吹送□，端的琅音恰到[①]。　谁知青云上，鸾凤翱翔，曾把功名试多少。到如今梦觉，佩著飞霞，浑家问、玉芝瑶草。试冷看、重门外如何，恁得似，壶中羽衣尘表[②]。

［注释］

①琅音：清朗、响亮的声音。　②"壶中"句：谓神仙道术。晋代葛洪《神仙传》："壶公者，不知其姓名也。……常悬一空壶于屋上，日入后，公跳入壶中。"　羽衣：羽毛制成的衣服。

贺新郎

次韵戴时芳

北马飞江过[①]，画图中、花城柳郭，万摧千挫。羌管直惊猿鹤梦，愁得千山翠锁。有多少、风餐雨卧。回首西湖空溅泪，醉沉沉、轻掷金瓯破[②]。平地浪，如何亸[③]。
君家志气从来大。舞蓝袍、牵丝幕外，肯饶他个。谁料腥埃妨阔步，孤瘦依然故我。待天有情时须可。且占雪溪清绝处，看精神、全是梅花做。嫌暖饱，耐寒饿。

［注释］

①北马飞江：指金人南侵。　②金瓯："我国家犹若金瓯，无一伤缺。"见《南史·朱异传》。　瓯：盆盂类瓦器。　③亸（duǒ）：下垂。此处同"躲"。

念奴娇

留范景山处有感

晓村深处，记当年、轻被东风吹别。重得相看春雨屋，心事从头细说。深院灯寒，流苏帐暖[1]，曾梦梅花月。如今何在，消凝分付啼鴂。　亭馆飞入腥烟，残香惟有，数朵酴醾雪。旧燕寻巢来又去，也觉双飞声咽。泛梗生涯，空花世界[2]，且做杯中活。可人兰玉，风光还有时节。

[注释]

①流苏：装饰在马车、帐幕等上面下垂的穗状物，用五彩羽毛或丝线制成。　②空花：虚幻的花。比喻空妄。

念奴娇

次韵弟茝

百年光景，算山中、多占人间分数。一片清风梅是主，弹压粗花俗树[1]。小小鱼池，深深莺谷，曲曲香云路。堪诗堪画，是天分付闲处。　闻要跨鹤西游[2]，家林自好，且何妨留驻。趁取酴醾新煮酒，烧笋煎花为具。万事皆空，千金一刻，底用闲愁苦。无情杜宇，笑他催我归去。

[注释]

①弹压：胜过。　②跨鹤：飞升得道。

念奴娇

端午酒边

雨帘高卷，见榴花、应怪风流人老。是则年年佳节在，无奈闲心悄悄。巧扇风轻，香罗雪湿，梦里曾看了。如今溪上，欢盟分付年少。　遍是眉好相宜，呼儿扶著，把菖蒲迎笑[①]。说道浮生饶百岁，能有时光多少。幸自清贫，何妨乐趣，谱入瑶琴调。杯杯酒满，这般滋味谁晓。

[注释]

①菖蒲：古人在端午节，包粽子，佩香囊，饮雄黄酒，并在门上悬挂菖艾以辟邪。

绮罗香

咏柳外闻蝉三章

障暑稠阴，梳凉细缕，□□□□□□。露腋玲珑，多少闹中幽趣。断又续、可是无情，□相送、短长亭路。记春风、曾著莺啼，便娇那得袅如许[①]。　知音人自暗省，凝睇青云影里，黄昏犹伫。一部笙篆[②]，消得翠腰供舞。堪对景、翻入新妆，鬓影低、衬教眉妩。试回头、旧日章台[③]，怕听声咽处。

[注释]

①娇那：娇娜，柔美貌。　②篆：似筝，有七弦。　③章台：唐代韩翃与其姬柳氏在安史之乱中离散，后韩翃寄柳氏诗云："章台柳，章台柳，往日依依今在否。纵使长条似旧垂，亦应攀折他人手。"

绮罗香

袅入风腔，清含露脉，声在丝丝烟碧。破暑吹凉，天付弄娇双腋。似恋恋、舞翠纤腰，断还续、忍相离折。最欢时、微雨初晴，夕阳犹湿淡云隔。　新来多少怆感，心怕无情过马，攀条惊著[①]。梦里妆台，休说听来曾昨。凝伫漫、番节笙音，暗自将、玉阑轻拍。问谁能、唤起陶潜[②]，醉翁同赋却[③]。

[注释]

①攀条：古人有离别时折柳相赠的习俗。　②陶潜：晋代著名诗人、隐士陶渊明。　③醉翁：北宋诗人欧阳修，自号醉翁。

绮罗香

霁晓楼台，斜阳渡口，凉腋新声初到。占断清阴，随意自成宫调。看取次、颤引薰风，想无奈、露餐清饱[①]。有时如、柔袅篆丝，忽如笙咽转娇妙。　谁知忧怨极处，轻把宫妆蜕了[②]，飞吟枝杪。耳畔如今，凄感又添多少。愁绪正、萦绕妆台，怎更禁、被他相恼。送残音、立尽黄昏，月明深院悄。

[注释]

①露餐清饱："本以高难饱，徒劳恨费声。五更疏欲断，一树碧无情。"见李商隐《蝉》。　②宫妆：晋崔豹《古今注》载，"齐王后忿而死，尸变为蝉，登庭树嘒唳而鸣，王悔恨。故世名蝉曰齐女也"。因其为齐王后，故谓宫妆。

满江红

次吕居仁韵[1]

梦里京华，忽听得、庭花遗曲[2]。到醒来、愁满东风山屋。春事已非空结绮[3]，晓班无分随群玉[4]。想天涯、沦落杜秋娘，攒眉绿。　谁能顾，荒芜菊。谁能问，平安竹[5]。任时光流转，都成虚辱。无可奈何天地隘，只饶走得溪山足。但逢人、相问麦青青，何时熟。

[注释]

①吕居仁：即吕本中，号东莱。南宋初任起居舍人，工诗词。　②庭花遗曲：指《玉树后庭花》。杜牧《泊秦淮》："商女不知亡国恨，隔江犹唱《后庭花》。"　③结绮：阁名，陈后主为张贵嫔建。　④晓班：早晨官员上朝时所站的队列。　群玉：仙山名。此指朝班官员。　⑤平安竹：李德裕爱竹。令北都童子寺僧每日报其平安否。

烛影摇红

寿族叔父衡之八十铨

吾菊山翁，鹤骖来自蓬云界[1]。平铺心地有天知，楚楚生兰茝[2]。膝下青衫舞拜，更参差、斑衣戏队。清闲无事，门外从他，惊尘飞隘。　寿八千年，百分才一朱颜耐。何妨长主翠嵩春，酒约诗盟在。家庆堂前欢会。领霞卮、醺红浅带。是人说道，真吕先生[3]，风流潇洒[4]。

[注释]

①鹤骖：鹤驾。　②兰茝（zhǐ）：出《楚辞·九歌·湘夫人》"沅有茝兮澧有兰"。　茝：香草，即"白芷"。　③吕先生：仙人吕洞宾。　④句下原注：常裹吕公巾。

烛影摇红

寿内子[①]

潇洒琴帘，月灯归后新谐好。青云香里共清风，消得金花诰[②]。争奈天颠地倒[③]。好光阴、都惊散了。更听人说，七七年时，多多烦恼。　捱到如今，信知空挂闲怀抱。天于贫处最饶人，颦也翻成笑。牢闭柴门自好。对梅花、杯盘草草。满前儿女，耐后夫妻，齑盐偕老[④]。

[注释]

①内子：妻子。　②金花诰：帝王封赠夫人之诰命，书于金花纸上，故名。　③天颠地倒：指南宋王朝为元兵所灭亡。　④齑盐：指清苦的生活。　齑：细切的酱菜或腌菜。

烛影摇红

寿声仲

双杏堂深，山明水秀潆洄著。稳铺心事做平生，不买颦眉错。是则苍髯白髮，笑微微、朱颜自渥[①]。一团春意，半隐风流，他谁能学。　六十年华，又从今起新花甲。葵榴初艳芰荷香[②]，争赴开筵约。家庆真堪恣乐。碧瑶杯、须拚满酌。瑟琴声里，弟劝兄酬，儿歌孙拍。

[注释]

①渥：润泽。《诗经·秦风·终南》："颜如渥丹。"　②葵榴：葵指蜀葵，榴指石榴，均于夏季开花。

声声慢

次韵黄子羽咏凤花

珍丛凤舞，曾是宣和[1]，春风送归禁幄。翠浅红深，婉娩步空金落[2]。腥尘未飞动处[3]，是先知、早辞华萼。好在□，四并难多少[4]，怨怀无托。　猛拍阑干谁会[5]，浮世事、悠悠白云黄鹤。有酒当花，休得是今非昨。花犹百年宁耐，算人生、能几欢乐。又匆匆，醉梦里、春去不觉。

[注释]

①宣和：宋徽宗年号（1119－1125）。南渡后，面对半壁山河，人们往往追忆宣和盛世。　②婉娩：仪容柔顺。　③腥尘：古人对北方少数民族侵略者蔑称其腥膻。故此处谓金人铁骑为腥尘。　④四并：本南朝宋谢灵运《拟魏太子邺中集诗序》“天下良辰、美景、赏心、乐事四者难并”。此处则谓四者皆具。　⑤猛拍阑干：“刘孟节先生概……笃古好学，酷嗜山水，而天姿绝俗，与世相龃龉……往往凭栏静立，怀想世事，吁唏独语，或以手拍栏干。尝有诗曰：‘读书误我四十年，几回醉把栏干拍。’”见北宋王辟之《渑水燕谈录》。

祝英台近

次韵前人咏盘莲

小盆池，新压藕，翠盖已擎雨[1]。巧弄红妆，明艳便能许。自怜华鬓萧萧，风流无分，醉时眼、何妨偷觑。　黯然伫。回首今是何时，逢花笑还语。梦里西湖，双落泪如缕。斜阳十里烟芜，六桥风浪[2]，有谁棹、采莲舟去。

[注释]

①“翠盖”句：荷叶能承雨。北宋苏轼《赠刘景文》诗云“荷尽已无擎

雨盖，菊残犹有傲霜枝”。　②六桥：在杭州西湖，宋苏轼始建。

江城子

中秋早雨晚晴

中秋佳月最端圆，老痴顽[1]，见多番。杯酒相延，今夕不应悭。残雨如何妨乐事，声淅淅，点斑斑。　天应有意故遮阑[2]。怕人间，等闲看。好处时光，须用著些难。直待黄昏风卷霁，金滟滟[3]，玉团团。

[注释]

①痴顽：愚顽无知，常作自谦之词。　②遮阑：遮蔽，拦阻。　③金滟滟：金波滟滟，指月光投影水中之态。

江城子

重阳酒边

人生难满百年心。得分阴[1]，胜千金。吹帽风流[2]，时节又相寻。回首赐萸休说梦，真率具[3]，自山林。　逢迎一笑且开襟。酒频斟，量犹禁。相劝相期，长健似如今[4]。醉也从他儿女手，争把菊，满头簪[5]。

[注释]

①分阴：极短的时间。《初学记》引王隐《晋书》谓陶侃常语人曰：“大禹圣人，乃惜寸阴，至于众人，当惜分阴。”　②吹帽：用孟嘉龙山落帽典。唐代杜甫《九日蓝田崔氏庄》：“老去悲秋强自宽，兴来今日尽君欢。羞将短鬓还吹帽，笑倩旁人为正冠。”　③真率：直爽，坦率。北宋司马光罢政后居洛阳，常与故老游集，号为真率会。　④“长健”句：“明年此会知谁健？醉把茱萸仔细看。”见唐代杜甫《九日蓝田崔氏庄》。　⑤“争把菊”二句：“尘世难逢开口笑，菊花须插满头归。”见唐代杜牧《九日齐山登

高》诗。

江城子

七夕风雨

纷纷都说会双星。鹊桥成，凤骖迎[1]。风雨凄凉，何故锁苍冥。儿女空愁谁解意，须道我，试来听。　人间天上不同情。最无凭，是柔盟。应怪痴人，虚妄做浮生。正值楼台多簇燕，教没兴[2]，不开晴。

[注释]

①凤骖：凤鸟驾的车。　骖：驾车时在两边的马。　②没兴：没有兴致。

江城子

元宵书怀

笼街弹压上元灯。满瑶城，簇珠星。老矣如今，谁记旧来曾。眼底相逢惟有月，空对面，若为情。　残生消不尽齑茎[1]。瘦棱棱，困腾腾。扶起眉间，杯酒酹寒檠[2]。也为风光陪一笑，心下事，梦中惊。

[注释]

①齑(jī)茎：细切的酱菜或腌菜称齑。古人往往借指贫穷清苦的生活。　②寒檠(qíng)：灯台。苏轼《侄安节远来夜坐》："梦断酒醒山雨绝，笑看饥鼠上灯檠。"

江城子

重午书怀

年年端午又今朝。鬓萧萧，思摇摇。应是南风，湘浦正波涛①。千古独醒魂在否②，无处问，有谁招。　何人帘幕倚兰皋。看飞桡，夺高标。饶把笙歌，供笑醉陶陶。孤坐小窗香一篆，弦绿绮③，鼓离骚。

［注释］

①湘浦：湘水岸边。屈原被流放于沅湘之间。　②千古独醒：本屈原《渔父》“举世混浊而我独清，众人皆醉而我独醒。是以见放”。　③绿绮：古琴名。晋傅玄《琴赋序》：“楚庄王有鸣琴曰绕梁，司马相如有琴曰绿绮，蔡邕有琴曰焦尾，皆名器也。”绿绮后为琴的通名。

青玉案

次韵戴时芳

钱塘江上潮来去，花落花开六桥路。三竺三茅钟晓暮①。当年梦境，如今故国，不忍回头处。　他谁做得愁如许。平地波涛挟风雨。往事凄凄都有据。月堂笑里②，夕亭话后③，自是无人悟。

［注释］

①三竺：浙江杭州灵隐山飞来峰东南，有上天竺、中天竺、下天竺三座山，合称三竺。　三茅：即茅山，又名句曲山。在江苏西南部句容。相传汉代三茅君（茅盈、茅固、茅衷）得道，来掌此山。　②月堂：唐李林甫有堂形如偃月，号月堂。每于其中谋议倾覆他人，笑而出则全家不保。　③夕亭：夕阳亭，在今河南洛阳西。古代饯别送行的地方。

青玉案

青山流水迢迢去，总是东风往回路。送得春来春又暮。莺如何诉，燕如何语，只有春知处。　时光渐渐春如许，何用怜春怕红雨[①]。到处空飞无实据。花开也好，花飞也好，此意须双悟。

[注释]

①红雨：形容花落纷飞的样子。李贺《将进酒》："况是青春日将暮，桃花乱落如红雨。"

渔家傲

次前人

浪麦风微花雾扫，痕沙水浅溪桥小。属玉双双飞杳杳[①]，山宽绕，新晴绣得春分晓。　独立无言心事渺，曾将宇宙思量了。世变何涯人已老，休烦恼，林泉况味终须好[②]。

[注释]

①属玉：水鸟名。司马相如《上林赋》李善注引郭璞云："属玉似鸭而大，长颈赤目，紫绀色。"　②林泉：山林与泉石，指幽静宜于隐遁之所。此处指退隐生活。

渔家傲

山弄夕辉眉淡扫，溪分新水支流小。醉梦风光凝望杳，云树绕。杜鹃怨处谁能晓。　浮世悠悠波渺渺，蜗争何事何时了。天为无情方不老[①]，休苦恼，随缘诗酒清闲好。

[注释]

①“天为”句:脱胎自李贺《金铜仙人辞汉歌》“衰兰送客咸阳道,天若有情天亦老”。

踏莎行

中 秋

豆雨空晴[1],桂花风静。碧虚飞上圆明镜。谁能唤起秃翁吟,只应笑得嫦娥醒。 可奈良宵,不堪残境。强拚一醉偷光景。夜凉渐搅雪霜心,昏眵犹认山河影[2]。

[注释]

①豆雨:即豆花雨,指八月的雨。 ②昏眵(chī):目汁凝结,俗称眼屎。

卖花声

立春酒边

残梦腾腾,好鸟一声呼醒。小窗明、萧萧鬓影。当年头上,惯曾簪幡胜[1],到如今、有谁怀省。 东风著面,却自依然相认。哄痴儿、忺声弄景[2]。盘蔬杯酒,强教人欢领。也微酣、带些春兴。

[注释]

①幡胜:立春日戴的头饰。 ②忺(xiān):高兴,快乐。

鹊桥仙

次韵元春兄

兄年八十，弟今年几，亦是七旬有九。人生取数已为多，更休问、前程无有。　家贫是苦，算来又好，见得平生操守。杯茶盏水也风流，莫负了、桂时菊候。

蝶恋花

次韵黄子羽重午

世变无情风挟雨，长夜漫漫，何日开晴午。白髪萧疏惊岁序，儿嬉漫说重重午。　粒啄偷生如抟黍[①]，过计何须，负郭多南亩[②]。曾著宫衣沾雨露，如今掩袂悲湘浦。

[注释]

①抟黍：黄莺的异名。　②负郭：靠近城郭。　郭：外城。《史记·苏秦列传》："且使我有雒阳负郭田二顷，吾岂能佩六国相印乎？"

虞美人

次韵人咏菊

故园处处都荒雨，寂寞蜗书户[①]。人间春事杏桃花。独有诗人依旧、菊为家。　老来犹解高叉手[②]，遥上花前寿。华颠无分插花枝[③]，乞取霜根风月、送将归[④]。

[注释]

①蜗书户：蜗牛所行之处，留下的粘液痕迹有如篆文，称蜗篆。此处谓蜗牛行户上如书字。　②叉手：一种礼节。两手交叉齐胸，俯首到手，犹如后世之作揖。又称"抄手"。　③华颠：白髮。　华：花白。　颠：头

顶。　④霜根：菊称傲霜。故谓菊为霜根。

浪淘沙

与前人

有约泛溪篷，游画图中。沙鸥引入翠重重，认取抱琴人住处[1]，水浅山浓。　　一笑两衰翁，莫惜从容。瓮醅灰芋雪泥菘[2]，直到梅花飞过也，桃李春风。

［注释］

①抱琴："两人对酌山花开，一杯一杯复一杯。我醉欲眠君且去，明朝有意抱琴来。"见李白《山中与幽人对酌》。　②菘：即白菜。

浪淘沙

留　城

记得去年时，采菊东篱。眉间一笑捧花枝，说道愿如花不老，交劝双卮。　　又是菊花期，客况谁知，便无风雨也凄凄。白髮夫妻时节酒，堪几参差[1]。

［注释］

①参差：错落不齐。此处谓离别。

浪淘沙

立春日卖春困[1]

窗影弄晴红，欢笑成丛。一声春困到衰翁。回首太平儿戏事，雨过云空。　　人世暗尘中，如梦方浓。也须留取自惺憁[2]。试问若教都困了，谁管春风。

[注释]

①春困：吴俗立春儿童以“春困”相呼，曰“卖春困”。以掉头不应为是。 ②惺憁：了然，清醒。

浪淘沙

示吴应奎①

迟饭甑炊红②，青剪蔬丛。鸡声邻里狎田翁。兵后故人能有几，岁晚江空。　谁信淡交中，依旧情浓。白头青眼转惺憁③。相见莫教轻别去，负月孤风。

[注释]

①吴应奎：字可文，号棣窗。 ②甑（zèng）：古代炊具，底部有许多透蒸汽的小孔，放在鬲上蒸煮食物。 ③青眼：正眼相待，表示对人重视、尊重，与“白眼”相反。

浪淘沙

次韵示弟观

春事紫和红，蜂蝶争丛。消磨多少看花翁。不用借他炊黍枕，何梦非空。　茅屋菜畦中，村瓮醅浓①。醉时啼鸟唤惺憁。不道白头添一岁，舞月歌风。

[注释]

①醅：没过滤的酒。白居易《问刘十九》：“绿蚁新醅酒，红泥小火炉。”

浪淘沙

年事夕阳红，霜满髯丛。摩挲苍藓石婆翁①。能见几人曾百岁,一笑书空。　回首棣华中[②]。消得春浓。平生心事两惺憁。[③]。杖屦相从须放密,山月溪风。

[注释]

①石婆翁:作者自注,“在京口夹冈”。　京口:在镇江丹徒,有石公山。　②棣华:“常棣之华,鄂不韡韡。凡今之人,莫如兄弟。”见《诗经·小雅·常棣》。后因以棣华喻兄弟。韡韡(wěi):光明貌,盛貌。

糖多令

九月留城书怀

雁阵晓来霜,鸦村夕照黄[①]。满人间、风景凄凉。幸有菊窗堪一醉,争又滞、水云乡[②]。　沽酒也三行,邀风与较量。便明朝、吹送归航。趁得老盆新熟信[③],日日是、我重阳。

[注释]

①鸦村夕照黄:“山抹微云……斜阳外,寒鸦数点,流水绕孤村。”见秦观《满庭芳》。　②水云乡:此处指他乡水云弥漫的地方。　③老盆新熟:谓酿酒新熟。

糖多令

次前韵范纯甫留饮

蟹熟晕橙霜,蛆浮染菊黄[①]。淡交情、都没炎凉。说道白头难会面,留一日、醉中乡。　世事与轮行,时光逐寸量。任人间、涛海风航。拜了老庞归去也[②],高著枕、卧南阳[③]。

[注释]

①蛆(qū)：酒面上的浮滓、泡沫。代指酒。　②老庞：指庞德公。汉末襄阳人，为司马徽、诸葛亮、徐庶等所尊事。后携家人登鹿门山采药不返。　③南阳：郡名，今湖北襄阳一带。东汉末，诸葛亮隐居南阳，时称卧龙。诸葛亮《出师表》："臣本布衣，躬耕于南阳。"

糖多令

城归泊湖山

倦枕寄渔乡，篷低被怯霜。月窥人、多少思量。自是欲眠眠不稳，禁听得、雁声双。　　和梦早催行，归来梅竹窗。小柴门、分破闲忙。翻笑白云飞不定，谙得静、憩诗床[①]。

[注释]

①谙得静：领略静中滋味。

行香子

次韵元春兄

吾辈么麽[①]，休叹蹉跎。得闲时、且逐时过。人间名利，都是浮华。但退如进，失如得，少如多。　　谁信生来，从鬓尖磨。到如今、方见霜涯[②]。算天亦自，无奈吾何。是饥能忍，寒能耐，老能歌。

[注释]

①么麽(yāo mó)："幺麽皆微小之称也。"见《汉书·叙传》注。　②霜涯：白鬓。

恋绣衾

寿内子

梅窗归坐几岁寒。老生涯、寂寞自便。最喜得、双双健,与粗茶、淡饭结缘。　　眉前把酒深深劝[①],这时光、惟有靠天。看许大、痴儿女,且随宜、笑到百年。

[注释]

①眉前:后汉梁鸿之妻把食具举到与眉眼同高递给丈夫,后人用以形容夫妻相互敬爱。

西江月

书　怀

老去坐来睡重,病多吟得诗悭[①]。有时忽自拍阑干,一点心随天远。　　柳絮飞从何处,莺声啼破空山。春风依旧满人间,不奈双鬟闲管。

[注释]

①悭:阻滞,减少。

西江月

寿王之朝

华胄银青气脉[①],仙风斑白鬓眉。儿孙玉雪满庭帏[②]。家庆人间难比。　　浮世事等云过,平生心有天知。举杯相约小春时[③]。岁岁梅花里醉。

[注释]

①华胄:指贵族的后裔。　银青:指银印青绶。对“金紫”而言,均指高官厚禄。　②玉雪:此处喻肌肤洁白。唐代韩愈《殿中少监马君墓志》:“姆抱幼子立侧……肌肉玉雪可念,殿中君也。”　庭帏:父母所居,借指父母。杜甫《送韩十四江东觐省》:“我已无家寻弟妹,君今何处访庭帏?”　③小春:农历十月称小阳春。意谓十月不寒,有如初春。

卜算子

寿族弟藻夫妇八十

月下百年缘,天上双星样[①]。九秩齐开自是稀[②],清健那堪两。　红叶景翻新,黄菊香宜晚。笑拥眉开祝寿声[③],满劝鸳鸯盏。

[注释]

①双星:指牛郎、织女二星。　②九秩:十年为一秩。满八十,即曰开九秩。白居易《思旧》:“已开第七秩,饱食仍安眠。”　③眉开:“为此春酒,以介眉寿。”见《诗经·豳风·七月》。《疏》云:“人年老者,必有毫毛秀出。”故往往用“眉寿”称颂。

卜算子

用前韵弟藻次日又设酒

喜气满清门,庆集还新样。卜醉筵开意转浓[①],昨日今朝两。　愧我一年多,见汝双欢晚。自觉人生此会稀,有酒宁论盏。

[注释]

①卜醉:意谓谋求酒醉。　卜:买。

南乡子

中秋无月

流景去难縻[①]。浮世危如拍浪埼[②]。才遇中秋聊对月，佳期。最怕晴明未可涯。　人月本相依，果是今朝恰背违。孤负楼台多少醉，堪悲。何忍滂沱与毕离[③]。

［注释］

①縻（mí）：羁留。　②拍浪埼（qí）：喻世事宛如浪打堤岸般危机长存。　埼：曲折的堤岸。　③毕离：出《诗经·小雅·渐渐之石》“月离于毕，俾滂沱矣”。注：“月离阴星则雨。”　毕：指二十八宿中的毕宿。离：逢遇。

宝鼎现

代邑士送韩君美经历

望京门外，怕见催发，东风行马。清到底、冰壶满了[①]，欲借留来无计也。祖劝酒、看依依情恋[②]，都在眉尖眼下。任万户、诗旗曲帐，有笔应难描写。　是则龟组随瓜卸[③]。好规模、分付来者。才泛绿、依红小暇，移讲芹宫时促驾[④]。又指点、秀宁城来脉，疏瀹春流似画[⑤]。更巧为、溪山著句，留作千年佳话。　最念一邑酸寒，风雨暗、真几成假。向纛牙交处[⑥]，还得儒珍旧价。便父母、又如何做，但结心香社。愿阔步、直上云霄，犹□回头奉化。

［注释］

①冰壶：盛冰的玉壶。用以比喻操行高洁。　②祖：古人出行时祭祀路神，引申为饯行。　③龟组随瓜卸：古人印纽往往刻为龟形。　组：系玉的丝带。此处用龟组代指官印。瓜指瓜代。后人用以为任期届满的典

故。　④芹宫："思乐泮水，薄采其芹。……思乐泮水，薄采其藻。"见《诗经·鲁颂·泮水》。泮指泮宫，泮宫为教化处所。汉代人称"天子之学有辟雍，诸侯之学有泮宫"。后人遂以芹藻比喻有才学之士。故称学宫为芹宫。　⑤疏瀹（yuè）：洗涤。《庄子·知北游》："老聃曰：'汝齐（注者按：即斋）戒，疏瀹而心，澡雪而精神，掊击而知。"　⑥纛（dào）牙：纛，本指帝王乘舆上用犛牛尾或雉尾制成的饰物。后也指军中的大旗。牙即牙旗，将军之旗。

沁园春

代人送阎戎

莲叶山前，戎帐宏开，轰然最称。羡铺心如水，肯教尘涴，为民乞雨，唤得天譍[①]。紫逻□锋，绿林扫影，夜户都开无犬声。三乡里，笑嬉嬉度日，歌舞清平。　溪头载月舟□，□□帐花旗忍送行。算浮云自在，初无著相，薰风正好，却问归程。折柳依依，憩棠□□[②]，□□□春无尽情。趋朝去，看青冥玉钺，金辔红缨。

［注释］

①譍（yìng）：应答。苏轼《九月二十日微雪怀子由弟》："遥知读《易》东窗下，车马敲门定不譍。"　②憩棠：是为地方官有惠政于民，受百姓怀念的典故。《史记·燕召公世家》载，召公巡行乡邑，有棠树，决狱政事其下。召公卒，民人思召公之政，怀棠树不敢伐。

喜迁莺

代邑士送梁宰观赴昆山同知

南庐佳号，是自许孔明，经纶才调。对柳鸣琴，凭花制锦，小试一同谈笑。怎知画帘难驻，忽又星舆催召[①]。但谶得、耀碑潭水月[②]，交光相照。　驿道，春正好。簇帐擎杯，听取殷勤祷。略鲙松鲈，便膺芝凤，陵溯紫清津要③。当家得时行志，回首旧封文庙④。疏化雨，障狂澜不尽⑤，生生芹藻。

［注释］

①星舆：即星轺。古称帝王使者为星使，因称使者所乘之车为星轺。②谶得：得到一种预兆。　③紫清：本指神仙居所，后借指翰林院，因为翰林是清贵之职。　津要：指机要职位。　④文庙：唐开元二十七年封孔子为文宣王，故称孔庙为文宣王庙。　⑤障狂澜："障百川而东之，回狂澜于既倒。"见唐韩愈《进学解》。喻挽救局势于危难之中。

西江月

送公棠戎

钱影何曾过眼，笔头那肯亏心。系门瘦马影沉沉，夜柝不惊春枕。　一去轻如蕉梦①，三乡都是棠阴。等闲换取印黄金。催上云程新任。

［注释］

①蕉梦：《列子·周穆王》载，郑人得到一只鹿，以蕉覆之。后忘其藏处，遂以为梦焉……后以之形容世事如梦，得失无常。

水龙吟

代寿徐宰　（以后缺）　（以上《彊村丛书》本《本堂词》）

赵与御

赵与御，生卒不详。字庆御，号昆仑。燕王德昭九世孙。《绝妙好词》录词一首。

谒金门

归去去，风急兰舟不住。梦里海棠花下语，醒来无觅处。　薄幸心情似絮[1]，长是轻分轻聚。待得来时春几许，绿阴三月暮。（《绝妙好词》卷三）

［注释］

①薄幸：薄情。

［集评］

笃文云："词写梦醒情怀。'归去去，风急兰舟不住'，九字为梦中语，揭于篇首，见出章法之奇矫。"

存目词

《词谱》卷二十五有赵与御《瑶台第一层》"嶰管声催"一首，为赵仲御作，见《墨庄漫录》卷十。

王义山

王义山(1214—1287),字元高,丰城(今属江西)人。景定三年(1262)进士。主管尚书刑工部架阁文字、权主管官告院,通判瑞安。入元官提举江西学事。至元二十四年卒。有《稼村类稿》三十卷。

千年调[1]

游葛岭归有感[2]

胜地独湖山,满堂贮风月。歌舞太平气象,雪回云遏。红鞋朱帽,隔岸唤船,芙蓉万叠。人稀到,这清绝。

因思旧事,庄敞平泉宅[3]。莫与他人树石,对儿孙说。难全晚节,不如一丘壑。住茅屋三间,任穷达[4]。

[注释]

①千年调:《相思会》的别名。　②葛岭:在西湖北。权相贾似道建宅于此,穷极豪奢,卒以误国败亡。作者有感而发。　③庄敞平泉宅:指唐李德裕的别墅,德裕有《平泉山居草木记》。　平泉:在今河南洛阳市南,为李德裕别墅。　④穷达:穷困和显达。“穷则独善其身,达则兼善天下。”见《孟子·尽心》。

水调歌头

寿湖南胡太初

沆瀣金茎露[1],清洁玉壶冰[2]。分明昨夜,光见南极老人星。山甫秀钟崧岳[3],傅说上符箕尾[4],造物为时生[5]。一代词科伯,飞上到蓬瀛[6]。　紫薇天[7],丹禁地[8],掌丝纶[9]。盘洲益国,个样人物只三人。辞却翰林风月,故就湖湘霖雨，天下共为春，试看玉堂□，太半秉洪钧[10]。

[注释]

①沆瀣(hàng xiè)：夜间的水气，道家以为是仙人的饮料。“餐六气而饮沆瀣兮，漱正阳而含朝霞。”见《楚辞·远游》。　金茎露：汉武帝所立金人承露盘中的露水。“建章宫承露盘高三十丈，大七围，以铜为之，上有仙人掌承露，玉屑饮之。”见《三辅故事》。　②玉壶冰：比喻品性高洁。“直如朱丝绳，清如玉壶冰。”见南朝宋鲍照《代白头吟》。　③山甫：仲山甫，周宣王时为卿士。《诗经·大雅·烝民》全篇歌颂他的功德。　④傅说：殷商的宰相，此指星名。“傅说一星，在尾第二星东，二寸小者是其星。”见《星经·尾宿》。　⑤造物：创造万物。　⑥蓬瀛：蓬莱、瀛洲，海上的两座仙山名。　⑦紫薇天：指中书省，唐代的中央政府部门。　⑧丹禁地：皇帝居住的紫禁城。　⑨丝纶：皇帝的诏书。“王言如丝，其出如纶。”见《礼记·缁衣》。　⑩洪钧：天。“洪钧陶万类，大块禀群生。”见晋张华《答何劭》。

临江仙

寿章丞相[1]

明日中元生上相[2]，真上相上元生。满城灯火昼三更。台星呈瑞处[3]，一点寿星明。　和气薰蒸开泰运[4]，湖山万里光荣。愿推天地发生仁[5]。八荒开寿域[6]，一气转洪钧。

[注释]

①章丞相：章鉴，咸淳十年(1274)为右丞相。　②中元：道家以农历七月十五日为中元节。　③台星：三台，星座名，古代以比三公。　④开泰：亨通安泰。《易经》泰卦是最吉利的卦。　⑤仁：人与人之间相亲相爱。　⑥八荒：八方荒远之处。

满庭芳

寿余节使

线柳迎风，锦棠媚日，十分春色豪奢。青烟宫烛，飞入侍臣家[①]。瑞霭深笼画戟，寿星照、曲纛高牙[②]。因知是、崧高华旦[③]，玳宴醉琼花[④]。　翻鸦，新诏墨，闻枢庭召入[⑤]，已办宣麻[⑥]。比汾阳福寿[⑦]，公更穹华。伫看稠青叠紫[⑧]，书香蔼、桂子兰芽。鸣珂处[⑨]，西湖路上，接武筑堤沙[⑩]。

［注释］

①"青烟"二句：指寒食节后宫中以新火赐权要之家。"日暮汉宫传蜡烛，青烟散入五侯家。"见唐韩翃《寒食》。　②曲纛高牙：一作高牙大纛，古代大将的旗帜，也泛指高官的仪仗。　③崧高：嵩山大而高。"崧高维岳，峻极于天。"见《诗经·大雅·崧高》。　④玳宴醉琼花：盛大欢乐的宴会。"开琼宴以坐花，飞羽觞而醉月。"见李白《春夜宴桃李园序》。　⑤枢庭：政权的中枢，中央政府。　⑥宣麻：唐、宋时任免将相，用黄、白麻纸写诏书，在朝廷宣告，叫做宣麻。　⑦汾阳福寿：郭子仪的福寿。唐代的郭子仪封汾阳王，寿八十馀，子孙满堂而显贵。　⑧稠青叠紫：子孙做官的多。　稠：稠密。　叠：重叠。　青紫：高官。汉代官制：丞相、太尉皆金印紫绶，御史大夫银印青绶，三府官最崇贵。　⑨鸣珂：指代显贵者。显贵者的马匹用玉装饰，行走时就发出响声，叫做鸣珂。　⑩接武：小步子慢行。走路时足迹前后连接。　武：足迹。　堤沙：唐代宰相出行，载沙填路称为沙堤。

水调歌头

乙亥春永嘉归舟[①]

宇宙邮亭耳[②]，游子问舟归。滩上滩下，转柁欲速□□迟[③]。安得泛河一叶，寻见江南归处，多只是旬馀。此身无地著，惊浪湿征衣。　独张翰，见风起，早知机[④]。谁把乘舟，偏重良策济明时。夷岛人烟相接，恰在永嘉上浦，猛忆浩然诗。乡间万馀里，失路一相悲[⑤]。

[注释]

①乙亥：德祐元年(1275)。是年宋军大败，元兵下江南，诸州多降元。 ②邮亭：驿馆，递送文书投止之所，相当于现代的旅馆，招待所。 ③《全宋词》注："□□"《四库全书》本《稼村类稿》卷三十作"点篙"。 ④知机：看到了事物变化的迹象，识时务，认清形势。 ⑤"乡间"二句：为孟浩然《永嘉上浦馆逢张八子容》诗中的最后两句。

贺新郎

乙亥春题雁荡山

雅有登山癖，觉老来、尚可跻攀[①]，浪游蹑屐。险怪嶕峣称雁荡[②]，争秀群山第一。更耸出、穹崖千尺。景物深藏长谷里，最上龛，水凿时冲激。硉矹处[③]，钜□石。
地生天作谁能识，睹江山如故，恨无一时人物。灵运当年为太守，佳处都曾游历。独不见、此山脚迹。风月直须人管领，怎不移、石壁题岩壁。今且著，老夫笔。

[注释]

①跻攀：登攀。 ②嶕峣(jiāo yáo)：高耸的样子。 ③硉矹(lù wù)：高耸、突出的样子。

念奴娇

题临湖阁。阁在东阳，向巨源所创，洪容斋作记，旧赘漕幕居其下[①]

南昌奇观，最东湖、好景重重叠叠。谁瞰湖光新佳阁,横挹翠峰巀嶭[②]。十里芙蓉,海神捧出,一镜何明彻。鸢鱼飞跃[③],活机触处泼泼[④]。　　容斋巨笔如椽,迎来一记,赢得芳名独。猛忆泛莲前日事[⑤],诗社杯盘频设。倚看斜阳,檐头燕子,如把兴亡说。谁迎谁送,一川无限风月。

[注释]

①向巨源:不详待考。　洪容斋:洪迈,容斋为其号。　②巀嶭(jié niè):山峰高峻的样子。　③鸢鱼飞跃:鸢鸟在天上飞,鱼儿在水里游,形容各得其所。　④活机:生机。　泼泼:活跃的样子。　⑤泛莲:此指任幕府僚佐之职。见《南史·庾杲之传》。

瑞龙吟

寿京尹曾留远

晨光曙,遥见□灼文奎[①],照天心处[②]。峨眉棱上西飞,北魁南极,腾辉灿丽。　　神皋地。争看碧幢旗戟,蔼然佳气。深深有美堂中[③],绣帏□幕[④],笙歌不住。
知是元戎初度[⑤],玉觥频举,云堤烟市。时听笑声,都人相贺相语。人人说是,活佛生今世。襟怀内、严霜莹月,春风秋水。文肃貂蝉贵。南丰学问[⑥],文昭节义[⑦]。若问庄椿岁[⑧]。堪谁比,清源曾公寿齿。郎君宥府[⑨],衮衣荣侍[⑩]。

[注释]

①□:《四库》本作“昭”。　文奎:星宿名,掌管文章。　②天心:天之中央。“夜半沙上行,月莹天心明。”见唐卢仝《月下寄徐希仁》。　③有美堂:堂名,在钱塘。欧阳修有《有美堂记》,苏轼有《会客有美堂诗》。　④《全宋词》注:“□”库本作“锦”。　⑤元戎:主帅。　初度:生日。“皇览揆余初度

兮。"见屈原《离骚》。　⑥南丰：曾巩，字子固，为唐宋古文八大家之一，因江西南丰人，世称曾南丰。　⑦文昭：曾肇，字子开，曾巩之弟，谥文昭。崇宁（宋徽宗年号）初，一些属于元祐党人的士大夫再度被贬黜，曾肇主动要求一起受贬。故称其"节义"。　⑧庄椿岁：庄子所说的大椿树的年龄，喻长寿。见《庄子·逍遥游》。　⑨宥府：辅佐。　⑩衮衣：古代帝王及上公穿的绣龙的大礼服。

贺新郎

自贺生孙。丙戌四月[①]

自笑斟醽醁[②]。作皤然一老，逍遥东湖湖曲。好事爆然来子舍，报道生孙新浴。算天也、从人所欲。万事足虽缘有子，见孙时、万事方为足。诗礼脉，今有续。　吾家本是山阴族[③]。见生来、风神稍秀，足娱吾目。吾子吾孙同此月，日月才争五六。喜听得、欢声满目。愚鲁聪明天所赋，只无灾无难为多福。且愿汝，书勤读。

[注释]

①丙戌：元世祖至元二十三年（1286）。　②醽醁（líng lù）：酒名。③山阴族：王氏之族，即与山阴王氏是一族。

乐　语[①]

寿崇节致语　隆兴府[②]

万年介寿[③]，星辰拱文母之尊[④]；四海蒙恩，雨露宠周臣之宴。颂声交作，协气横流[⑤]。与天同心，为民立命。以圣子承承继继，九州悉臣[⑥]；奉太后怡怡愉愉，亿载永久。宝册加徽称于汉典[⑦]，彩衣绚瑞色于舜庭[⑧]。捧金炉香，胥庆寿崇之旦[⑨]；□玉卮酒，永延长乐之春。躬禀聪明，性纯爱敬。晋福介王母，三千年之桃晕新红[⑩]；华封祝圣人[⑪]，八九叶之蓂开并

绿⑫。耳凤韶之雅奏⑬,身鱼藻之深仁⑭。臣等幸囿明时⑮,忻逢盛事。遥瞻禁卫⑯,蔼播衢谣⑰:

东极承颜肃紫宸⑱。恩酡湛露宴群臣⑲。香传禁柳鸣球瑟⑳,影颤宫花蔼缙绅㉑。璀璨神光三殿晓,怡愉和气万年春。明朝又纪流虹瑞,更效封人祝圣人

[注释]

①乐语:宋代以来,宫廷或官府举行盛大宴会,演出歌舞剧,命词臣作乐语,使伶人歌舞。乐语先是一段骈体文,称为致语,继而是诗一章,称为口号,接着是唱词曲(配上舞蹈)。这种文学形式,《钦定词谱》称之为“大曲”。 ②致语:歌舞队所演唱的祝颂之词。似用朗诵形式。 隆兴府:治所在今江西南昌。 ③介寿:大寿。“报以介福,万寿无疆。”见《诗经·小雅·楚茨》。 ④文母:文德之母,后妃的美称。“既右烈考,亦右文母。”见《诗经·周颂·雍》。 ⑤协气:和气。 ⑥臣:臣服。 ⑦徽称:美好的称号,多指加于帝后尊号上的歌功颂德的套语。 ⑧彩衣:子女孝顺。用“老莱子斑衣娱亲”的典故。 舜庭:虞舜的家里,对皇家的美称。⑨胥庆:全都庆祝。 ⑩“三千年”句:神话中王母的仙桃,三千年一成熟。⑪华封祝:华封人祝帝尧长寿、富有、多男子。见《庄子·天地》。 ⑫蓂:蓂荚,传说中帝尧时的瑶草。 ⑬耳:聆听。 凤韶:像凤凰鸣叫一样美的韶乐。 ⑭身:处身于。 鱼藻:《诗经·小雅》的篇名,据《诗序》说是刺周幽王而作,其内容则是写“王”,在镐京饮酒作乐。 ⑮囿:遇到,会集于。 ⑯禁卫:对宫廷的警备保卫。借代为帝王。 ⑰衢谣:街市里巷小曲。 ⑱紫宸:帝王的代称。 ⑲湛露:《诗经·小雅》的篇名。《诗序》:“天子燕诸侯也。” ⑳鸣球瑟:使玉磬和瑟发出声音。 ㉑缙绅:插笏于束腰的大带。士大夫的代称。

对厅致语

怡愉奉太后,称觞盛长乐之仪①;普率皆王臣②,会□接镐京之饮③。欢浮鱼藻,光射斗牛。恭惟特进大观文大丞相国公四海儒宗④,两朝元老。巨川舟楫,旱岁霖雨。不有其功,清时钟鼓。胜事园林,自乐以道。暂游洛社⑤,更筑沙堤⑥。宫使

端明相公吟遍玉堂，来寻绿野。听星辰履，久联紫殿之清；依日月光，已觉黄扉之近。宫使阁学尚书为国喉舌，同姓腹心。寄兴西山，虽喜林泉萧散；召还北阙，要推社稷经纶。观使提刑户部曾策驹骃，肯盟鸥鹭[7]。入直天上，尚记青藜[8]；趣起山中，便持紫橐。提刑诏使提刑部洒人寒露，厉古清风。衡岳云开，会见郎官列宿；甘泉地近，即依天子九重。观使提刑判府监丞玉节犹香，幅巾自适。胸中宇宙，素存开济之心[9]；足下风云，直峻清华之武。观使判府刑部老成器局，光霁襟怀。赞白云之司，早培朝望；翔紫霄之表，简在帝心。众位判府郎卿金石春鸣，琳琅映照。吟万柳阴中之句[10]，香入诏芝；接五花影里之班，望高玉笋。及梓里满前之材俊，皆兰台向上之镃基[11]。我知府、运使、华文、国史、秘监、侍郎，渠观联辉，节麾叠组。不知昼锦为邦家之光、闾里之荣；但喜阳春在天庭之间、湖山之外。嘉兴十一郡黎献之众[12]，载歌万亿载慈祥之诗。寿崇方庆于坤闱，既醉共分于天禄。合星垣之宾佐，偕月乘之儒流。蓉府材能[13]，柳营韬略[14]。客坐联杏坛之秀[15]，男邦蔼花县之英[16]。笾豆肆陈[17]，笙簧迭奏。福介于王母，幸永瞻慈极之尊；河清生圣人[18]，更同效华封之祝。□等敷陈俚词[19]，扬厉休期。

八叶蓂香夏气清，坤闱有庆佛同生。枫宸称寿云霄迥[20]，苹野沾恩雨露深。祚永万年齐晋福，孝濡九有乐升平[21]。电枢又报祥光绕，虎拜扬休天子明。

［注释］

①称觞：举杯祝酒。　②普率皆王臣：“溥天之下，莫非王土；率土之滨，莫非王臣。”见《诗经·小雅·北山》。　③镐京：西周的都城，在今陕西西安西南。　□：《四库》本作“宴”。　④文大丞相：指文天祥。　⑤洛社：指洛阳耆英会，泛指高雅的集会。　⑥筑沙堤：唐时宰相出行，要载沙填路，叫做沙堤，后即借指担任宰相。　⑦盟鸥鹭：隐居。⑧青藜：拐杖，借喻博学之士。　⑨开济：创业济时。“两朝开济老臣心。”见杜甫《蜀相》。　⑩万柳阴中之句：“绿柳荫驰道”，见王融诗。驰道，宫门外的通道。　⑪兰台：御史台。　镃基：农具，即锄头。“虽有镃基，不如待时。”见《孟子·公孙丑》。　⑫黎献：百姓中的贤能者。“万邦称献，共惟

帝臣。”见《尚书·益稷》。 ⑬蓉府:也作蓉幕,莲幕,即幕府。 ⑭柳营:指汉代名将周亚夫的细柳营。见《史记·周勃世家》。 ⑮杏坛:孔子聚集学生讲学的场所。“孔子游乎缁帷之林,休坐乎杏坛之上,弟子读书,孔子弦歌鼓琴。”见《庄子·渔父》。 ⑯花县:潘岳为河阳令,满县种桃李,有“河阳一县花”之称。 ⑰笾豆:古代祭礼的礼器,后指代祭祀。 ⑱河清生圣人:黄河水浑浊,古人认为黄河清是祥瑞的征兆。“夫黄河清而圣人生,里社鸣而圣人出。”见三国魏李康《运命论》。 ⑲□:《四库》本作“某”。 ⑳枫宸:宫殿。汉代的宫中多种植枫树;宸是北斗所居,泛指皇帝的殿庭。 ㉑九有:九州。“奄有九州。”见《诗经·商颂·玄鸟》。

唱①

金阙深深,正夏日初长禁柳青。祥烟纷簇,红云一朵,飞度彤庭②,千妃随步处,觉薰风、微拂觚棱③,天颜喜,向东朝长乐,献九霞觥。 分明。西昆王母,来从光碧驾飞軿④。为言今日,金仙新浴,共庆长生。捧桃上寿,天一笑、赐宴蓬瀛。沸欢声。道明朝前殿,又祝椿龄。

[注释]

①唐氏按:此调乃《瑶台第一层》。 ②彤庭:汉代皇宫以朱色油漆中庭,故名彤庭。 ③觚棱:殿堂屋角的瓦脊成方形棱瓣,故名。 ④軿:有帷盖的车子。

勾问队心①

妾闻舜殿重华②,薰风初奏;唐宫兴庆③,寿日新逢。远方称赞效微诚,女队蹁跹呈妙舞。腰翻翠柳,步趁金莲。岂无皓齿之歌,可表丹心之祝。相携纤手,共蹑华茵。

[注释]

①勾问:舞队的组织者发问。 队心:站在队中的主要演员。 ②重华:虞舜的名字。见《尚书·舜典》。 ③兴庆:唐代的宫殿名,是唐玄宗

为太子时的住宅。故址在今陕西咸阳。

唱柘枝令

西山元是神仙境，瑞气郁森森。彩鸾飞下五云深。急管递繁音。碧鬓□斜花欲颤[1]，轻盈莲步移金。紫檀催拍莫沉吟，传入柘枝心。

[注释]

①□：《四库》本作"影"。

花心唱

慈元宫殿五云开[1]，寿献九霞杯。步随王母共徘徊，仙子下瑶台。　红袖引翻鸾镜媚，婆娑雪□风回。繁弦脆管莫相催，齐唱柘枝来。

[注释]

①五云：五色的彩云。古人以观察云色占卜灾祥，五色云乃祥瑞之气。

四角唱

风吹仙袂飘飘举，底事下蓬莱。东朝遥祝万年杯。玉液泻金罍。　天上蟠桃又熟，晕酡颜、红染芳腮[1]。年年摘取献天阶，齐舞柘枝来。

[注释]

①酡颜：像喝酒一样的微红脸色。

遣　队[1]

铜壶漏转，屡惊花影之移；桂棹风轻，已觉蓬莱之近。覆茵已蹙，雪鼓重催。歌舞既周，好去好去。

[注释]

①遣队:一曲歌舞结束,遣散舞队。

勾 队[①]

瞻寿星于南极,瑞启东朝;移仙驭于西山,望倾北阙。式歌且舞,共祝无疆。

[注释]

①勾队:前一曲歌舞结束,重新组织后一个节目。

吴仙诗

一曲清歌艳彩鸾,金炉香拥气如兰。西山高与南山接,剩有当时却老丹。

唱[①]

千年紫极锁烟萝,艳质含羞敛翠蛾。远睇慈元称寿处,不妨连臂,大家重与,楚舞更吴歌。

[注释]

①以下所唱五曲,其句式和《青玉案》下片全同。唯有平韵,第三句不押韵,平仄亦有小异。

谌仙诗

冉冉飞霜缀绮裳,遥知谌母下丹阳。黄金炼就三山药,来采蒲花献寿觞。

唱

秘传玉诀自灵修。家在仙山最上头。更有仙茅香馥郁,年年今日,薰风时候,掇取献龙楼。

鹤山诗

饮马池边号浴仙，仙姿化鹤古今传[1]。金经尤有延年诀，未数庄椿寿八千。

［注释］

①化鹤：古代辽东人丁令威学道成仙，千年后化鹤归来。见晋陶潜《搜神后记》。

唱

自在云间白鹤飞，晴川浴罢不胜衣。旋裁五色冰蚕锦，千花覆处，三呼声里，惹得御香归。

龙仙诗

楚尾吴头风乍薰[1]，沧波深拥小龙君。愿朝帝母龙楼晚，来曳霞裾驾五云。

［注释］

①楚尾吴头：也作“吴头楚尾”，指江西。江西在吴的上游，楚的下游，好像首尾相接，故云。

唱

闲云潭影日悠悠[1]，暮倚朱帘更少留。龙寿本齐箕与翼[2]，□从今日，一年一度，东极庆千秋。

［注释］

①“闲云”句：此句为王勃《滕王阁序诗》原句。　②箕与翼：二十八宿中两个星宿名。箕宿为东方苍龙七宿之末宿，翼宿为南方朱鸟七宿中第六宿。

柏仙诗

古柏林间小剑仙，云鬟低绾辫轻蝉。愿持天上长生箓，来祝东朝亿万年。

唱

新吴曾遇许旌阳①，宝气横空一剑长。愿祝慈闱长不老，天长地久，有如此柏，万古镇苍苍。

［注释］

①许旌阳：道家的仙人。晋代汝南人许逊，字敬之。学道于吴猛，曾为蜀旌阳令，故称许旌阳，道家称许真君。见《太平广记·许真君》。

遣队

花朝日转，睹妙舞之初停；莲步云生，学飞仙之难驻。遥瞻翠阆，已启金扃。待拟重来，不妨好去。

王母祝语

长乐宫中①，永壶天之日月②；蓬莱岛上，曳洞府之烟霞。不辞弱水之遥③，来祝南山之寿。恭惟体坤至静，与佛同生。德比周任④，知文王之所以圣；尊为太后，喜唐帝之孝于亲⑤。和蔼一堂，庆流万宇。昆圃五城宅⑥，幸居至治之朝；云璈九霞觞⑦，因献长生之箓。恭惟丕丞慈训，克绍洪休⑧。八九叶蓂开，接虹流于华渚；三千年桃熟，侑宴饮于瑶池。薰风迭奏于虞弦，湛露载沾于周泽。臣□喜游化国⑨，适际昌辰。密依天阙之光，好诵仙家之句。

壶峤天低乐圣时，南薰初试度兰池。影飞霞佩朝金殿，曲奏云和献玉卮⑩。稽首万年尧历永，承颜五色舜衣垂。仙家更有蟠桃在，明日重来谒帝墀。

[注释]

①长乐宫:汉宫殿名,由秦的兴乐宫增饰而成,故址在今陕西西安。②壶天:仙境。“张申为云台治官,常悬一壶如五升器大,变化为天地,中有日月,如世间,夜宿其内,自号壶天。”见《云笈七签·二十八治》。　③弱水:神话中的水名。凤麟洲的四面有弱水围绕,鸿毛不浮,不可跨越。见汉东方朔《十洲记》。　④周任:周文王的母亲太任。　⑤唐帝:疑指唐尧。　⑥昆圃:神仙所居之地。“昆仑县圃,其居安在?”见屈原《天问》。⑦云璈:古代的弦乐器名。“上元夫人自弹云林之璈。”见汉班固《汉武帝内传》。　⑧洪休:大吉。　⑨《全宋词》注:“□”库本作“等”。　⑩云和:山名,以出产琴瑟著名,即为琴瑟琵琶等弦乐器的通称。

唱[1]

龙楼日永,鹤禁风薰,拂晓寿星光现。无限霞裾,欣传帝母,与佛同生华旦。佳气慈闱,看龙颜欢动,玉卮亲劝。捧祝殷勤,对萱草青松,菖蒲翠软。奇香喷,阶前芍药,频繁红深紫浅。　　遥望千官鹭序,晓仗初齐,趋觐慈元宫殿。更喜明朝,虹流佳节,同听嵩山呼万。湛露重重,燕庆两宫,盛事如今亲见。齐祝愿、西昆凝碧,南山增绿,与天齐算。身长好,年年拜舞宫花颤。

[注释]

①唐氏按:此调乃《玉女摇仙佩》。

勾队

万岁山前,三呼祝寿;千花海里,一□□□。从来无日不春,况是薰风初夏。蔷薇□□,芍药翻阶。葵欲向阳,榴将喷火。正好共寻奇卉,来献芳筵。对仙李之盘根,今朝一转;庆蟠桃之结实,明日重来。上侑清欢,千花入队。

万年枝诗

百子池边景最奇。无人识是万年枝。细花密叶青青子,常得披香雨露滋[①]。东风向晚薰风早,禁路飞花沾寿草。年年圣主寿慈闱,先献此花名字好。

[注释]

①披香:汉时后宫的殿名,故址在今陕西西安西北长安故城。

唱[①]

先献此花名字好。密叶长青,翠羽摇仙葆。紫禁风薰惊夏到,花飞细□香堪扫。　　拂晓宫娃争报道,无限琼妃,缥缈来蓬岛。来向慈闱勤颂祷,万年枝□同难老。

[注释]

①唐氏按:以下唱词皆《蝶恋花》。

长春花诗

东风不与世情同,多付春光向此中。叶里尽藏云外绿,枝头剩带日边红。百花能占春多少,何似春颜长自好。清和时候卷红绡[①],端的长春春不老。

[注释]

①清和时候:农历四月。

唱

端的长春春不老,玉颊微红,酒晕精神好。多谢天工相懊恼,花间不问春迟早。　　风外新篁摇翠葆[①],长乐宫边,绿荫笼驰道。此际称觞非草草,绛仙亲下蓬莱岛。

[注释]

①新篁：刚成长的竹子。

菖蒲花诗

昔年有母见花轮，富贵长年不记春。今报紫茸依碧节，献来慈极寿庄椿。汉家天子嵩山路，又见蒲仙相与语。而今帝母两怡愉，莫忘九疑山上侣①。

[注释]

①九疑山：在今湖南宁远县南，虞舜葬于此。“（舜）葬于江南九疑。”见《史记·五帝本纪》。

唱

莫忘九疑山上侣，住在山中，白石清泉处。好与长年沾雨露，灵根下遣蟠虬护。　青青九节长如许①，早晚成花，教见薰风度。十二节添须记取，千年一节从头数。

[注释]

①九节：“端午节以菖蒲一寸九节者，泛酒以辟瘟气。”见南朝梁宗懔《荆楚岁时记》。

萱草花诗

当年子建可诗章①，绿叶丹花有晔光。为道宜男仍永世②，福齐太姒炽而昌③。犹记夏侯曾与赋，灼灼朱华入嘉句。紫微右极是慈闱，岁岁丹霞天近处。

[注释]

①子建：曹植的字。　②宜男：萱草的别名。古代的迷信说法，孕妇佩挂了可以生男孩子。　③太姒：周武王的母亲。

唱

岁岁丹霞天近处，借问殷勤，何以逢兰杜。碧砌玉阑春不去，清香长逐薰风度。　况是恩光新雨露，绿叶青青，葱翠长如许。端的萱花仙伴侣，年年今日阶前舞。

石榴花诗

待阙南风欲上场，阴阴稚绿绕丹墙。石榴已著乾红蕾，无尽春光尽更强。不因博望来西域①，安得名花出安石②。朝元阁上旧风光③，犹是太真亲手植④。

［注释］

①博望：汉代出使西域的张骞封博望侯。　②安石：石榴又叫安石榴。"张骞自西域还，得安石榴、胡桃、蒲桃。"见晋张华《博物志》。　③朝元阁：唐代崇奉道教，玄宗天宝七年传说玄元皇帝（老子）见于朝元阁，因改名降圣阁。　④太真：杨贵妃。

唱

犹是太真亲手植，猩染鲜葩，岁岁如曾拭。绛节青旌光耀日，分明是个神仙匹。　引领金扉红的的，下有仙妃，纤手轻轻摘。为道朱颜常似得，今朝摘取呈慈极。

栀子花诗

当年曾记晋华林，望气红黄栀子深①。有敕诸官勤守护，花开如玉子如金。此花端的名薝蔔②，千佛林中清更洁。从知帝母佛同生，移向慈元供寿佛。

［注释］

①望气：望云气占卜人事吉凶。　②詹匐：花名，梵语，又译作赡博

迦、旃簸迦，意译为郁金花。

唱

移向慈元供寿佛，压倒群花，端的成清绝。青萼玉包全未拆[①]，薰风微处留香雪。　　未拆香包香已冽，沉水龙涎[②]，不用金炉爇。花露轻轻和玉屑，金仙付与长生诀。

［注释］

①拆：花朵开放。　②沉水龙涎：香料名。沉香和龙涎香。

蔷薇花诗

碎剪红绡间绿丛，风流疑在列仙宫。朝真更欲薰香去，争掷霓衣上宝笼。忽惊锦浪洗春色，又似宫娃逞妆饰。会当一遣移花根，还比蒲桃天上植。

唱

还比蒲桃天上植，稚柳阴中，蜀锦开如织。万岁藤边娇五色，宜春馆里香寻觅。　　七十二行鲜的的，岁岁如今，早趁薰风摘。金掌露浓堪爱惜，龙涎华润凝光碧。

芍药花诗

倚竹佳人翠袖长，阿姨天上舞霓裳。娇红凝脸西施醉，青玉阑干说叠香。晚春早夏扬州路，浓妆初试鹅红妒。何如御伞掖垣中[①]，日日传宣金掌露。

［注释］

①掖垣：宫殿围墙。

唱

日日传宣金掌露，当殿芳菲，似约春长驻。微紫深红浑谩与，淡妆偏趁泥金缕。　　拂早薰风花里度，吹送香尘，东殿称觞处。歌罢花仙归洞府，彩鸾驾雾来南浦。

宫柳花诗

御墙侧畔绿垂垂，接夏连春花点衣。好似雪茵胡旋舞，楼台帘幕燕初飞。薰风日永龙墀晓，宫妃簇仗呈千巧。就中妙舞最工奇[1]，戏衮玉球添一笑。

［注释］

①就中：其中。

唱

戏衮玉球添一笑，笑道轻狂，似恁人间少。偏倚龙池依凤沼，随风得得低回绕。　　掠面点衣夸百巧。似雪飞花，点束梁园好[1]。惹住金虬香篆袅，上林不放春光老[2]。

［注释］

①梁园：即梁苑。汉梁孝王所筑，当时的著名文人如司马相如、枚乘、邹阳等都是座上客。　②上林：即上林苑。司马相如有《上林赋》。

蟠桃花诗

蕊珠仙子驾红云。来说瑶池□□春[1]。道是当年和露种，三千花实又从新。红云元透西昆路，青鸟衔枝花□□[2]。薰风初动子成初，消息一年传一度。

[注释]

①□□:《四库》本作“分外”。　②□□:《四库》本作“颤舞”。

唱

消息一年传一度,万岁枝香,总是留春处。曾倚东风娇不语,玉阶霞袂飘飘举。　蓬莱清浅红云路,结子新成,要荐金盘去。一实三千须记取,东朝宴罢回青羽。

众唱

十样仙葩天也爱,留住春光,一一娇相赛。万里莺花开世界。园林点检随时采。　□□□眉仙体态[①]。天与司花,舞彻歌还再。献与千官头上戴,年年万岁声中拜。

（以上《彊村丛书》本《稼村乐府》）

[注释]

①□□□:《四库》本作“照坐十”。

刘云甫

刘云甫，号爱山，赣州人。其他不详。

蝶恋花

寿陈山泉[①]

一点郎星光彻晓[②]。许大乾坤[③]，难著经纶手[④]。拂袖归来应自笑，山翁偏爱林泉好。　　庭下儿孙歌寿酒，不献蟠桃，不数安期枣[⑤]。且喜今朝云出岫[⑥]，定知霖雨苍生早。[⑦]

（《翰墨大全》丙集卷十四）

[注释]

①注者按："陈"字原作"东"，从一百二十七卷本《翰墨大全》。　②郎星：郎官的美称。　③许大：那么大。　④经纶手：筹划治理国家大事的人。　⑤安期枣：传说中的仙果名。仙人安期生吃的枣子大如瓜。见《史记·封禅书》。　⑥岫：山洞，峰峦。　⑦唐氏按：此首原题刘爱山作。

曹休斋

曹休斋，自宋入元，生平不详。

贺新郎[1]

海棠次刘草窗韵

旧事凭谁诉。记锦宫、初试秾妆，前身天女。玉辇行春娇侍夜，浴殿温泉轻注。一点点、猩红啼吐。绣帏篝香春睡足，细温存、怕遣惊风雨。春梦散，黯凝伫。　韶华寂寞今何许。想故宫、柳亦凝愁，倚阑停舞。欲乘啼鹃归月下，可奈川回山阻。倩万里、鹊来衔子。工部无诗虽结恨[2]，道无香、更恨痴人语。拌绝艳，付黄土。

（《新编事文类聚翰墨大全》后戊集卷五）

[注释]

①引自《全宋词·订补附记》。　②工部：唐杜甫曾任工部员外郎。工部无诗：指杜甫诗内无咏海棠之诗。

【补　辑】

王孝严

王孝严，字行先，吴兴人，为将门之后。据《齐东野语》卷二十“文臣带左右”条、《嘉泰吴兴志》卷十七、清乾隆刊本《浙江通志》卷一百二十五，知孝严中乾道八年（1172）进士，故知其生活在高宗、孝宗、光宗、宁宗之世。

念奴娇

昨宵灰动，有阶前蓂草，侵凌春雪。碧玉堂前为寿处，齐祝遐龄千百。夜冷笙箫，庭深灯火，应照梅妆额。容华依旧，向来姑射标格[①]。　独恨绾系日边[②]，东风回首，还有溪山隔。怅望云飞，凝伫久，空使怀英心折。遥折一枝，饱斟花露，再拜瞻南极。愿言来岁，凤池同看春色。[③]　（见《诗渊》第二十五册，引自孔凡礼《全宋词补辑》）

［注释］

①姑射：容貌绰约貌美如仙之人。　②绾系日边：围绕皇帝身边。③孔凡礼按：此词，《诗渊》谓“宋王行先”作。

【补　辑】

陈　晔

陈晔，又名昱，字日华，福建长乐人。宁宗庆元二年(1196)知汀州。为治精明强干。注重办学，破除迷信，移风易俗，深得民心。庆元四年(1198)为广东提刑。据宋陈振孙《直斋书录解题》卷八载，陈晔曾撰修《鄞江志》八卷。《永乐大典》卷七千八百九十四引《临汀志》、明弘治刊《八闽通志》卷三十八有传。

南歌子

腰下重金贵[①]，眉间一点黄[②]。定知从此庆非常，况有阴功宜寿、等天长。　乞得仙家酒，来称诞日觞。乃翁阿母醉何妨[③]，行见诸郎接武、上明光[④]。

［注释］

①“腰下”句：身居显要。　②“眉间”句：眉黄，长寿意。　③乃翁：您老人家。　④接武：前后相继。　明光：明光殿。泛指朝廷宫殿。

满庭芳

翠竹阴团，绿荷芗嫩[①]，朝来和气盈盈[②]。薰风楼阁，玉燕梦初成[③]。便有功名壮志，持符节，麟虎频[④]。更归来后，挂冠神武[⑤]，四海□高名。　今年，方八十，莱衣舞处，岨拜霞觥[⑥]。想笙歌递奏，鼎沸欢声。何用渠渠颂祝[⑦]，自应合、福禄安荣。丹台上，玉清山籍，金字注长生。

［注释］

①芗嫩：香嫩。　②和气：祥和之气。　③玉燕梦：用唐张说母梦玉燕投怀而生张说典。　④麟虎：指麟符与虎符。　⑤挂冠神武：用南朝梁陶弘景脱朝服挂神武门事典，谓辞官隐居。　⑥岨（jū）：险峻的山峰。⑦渠渠：关切貌。

醉蓬莱

算当年紫府，乘兴霓车，世间游戏。符节功名，谩略儿小试[①]。自挂衣冠，旋栽松菊，占水云佳致。九人年高，重重恩渥，丝纶光贲[②]。　十里西湖，九霞仙酿，举劝吾翁，诞辰一醉。窦氏阴功，筹彭篯久视[③]。啸傲壶中，燕超尘外，此乐谁能继。庭砌年年，斑斓□济[④]，朱颜见喜。

［注释］

①谩略儿：谓胡乱，不经意。　②丝纶：皇帝诏书。光贲（bēn）光临。　③彭篯久视：彭祖长寿。彭姓篯，封于彭，活八百岁。　④□：孔凡礼按，据律此处脱一字，补"□"。

耍鼓令

化日长[①]。政莺语[②]，啭新篁[③]。到处园林垂绿幄，槐风细，梅雨凉。见庭户，瑞霭回翔。拥真仙，鸾驭临华堂。阗阗珠履争相庆[④]，笙箫奏，绮筵张，捧玉觞。好深酌九霞浆，舞袖弓弯呈妙态，更（以下缺）

（以上四首俱见《诗渊》第二十五册，引自孔凡礼《全宋词补辑》）

［注释］

①化日：日光明亮。　②政：通"正"。　③篁：竹。　孔凡礼按："篁"疑应为"簧"。　④阗阗（tián）：众多貌。

【补　辑】

邵元实

邵元实，孔凡礼《全宋词补辑》云，据词中“入神州”云云，元实当为南渡后人。

水调歌头

双阙步云尾，六阁上鳌头[①]。侍臣冠底，英英人物是君侯[②]。闻道东皇深意，回想西清往事[③]，早晚启金瓯[④]。丹扆伫宏略[⑤]，黄阁待名流[⑥]。　九秋天，千岁日，一樽酬。策勋黄石，相期茅土更封侯[⑦]。稳扈钩陈天仗，净扫搀抢氛祲[⑧]，按辔入神州。收了卢龙塞[⑨]，却访赤松游。

（见《诗渊》第二十五册，引自孔凡礼《全宋词补辑》）

[注释]

①上鳌头：入翰林院。　②英英：杰出的。　③西清：帝宫内游宴之处。　④金瓯：此指精美的酒杯。　⑤丹扆（yǐ）：帝王宝座后的屏风。借指君主。　⑥黄阁：汉代丞相之公堂，代指丞相。　⑦茅土：指王、侯的封爵。　⑧搀抢：彗星名，即天搀、天抢。古人以为妖星。主兵祸。　氛祲：雾气，借指战乱。　⑨卢龙塞：卢龙关。在今河北唐山、承德一带，指边塞。

【补　辑】

卑叔文

卑叔文，根据词中“复恢舆地”等句，知其为南宋时人。

喜迁莺

寿邵太尉

春回天际，见柳眼翠窥，梅腮粉腻。日庆三阳，时逢千载，帷幄挺生元帅。亘古抚今忠义，天下安危注意。负英伟，信功高耿贾①，勋侔霍卫②。　　　和气。东风里，楼阁五云，玉帐环珠翠。庙食真扬③，人怀邵父④，当代虎臣难比。拟把倩桃为寿，莫惜金花沉醉。受阃寄⑤，佐君王神武，复恢舆地⑥。

（见《诗渊》第二十五册，引自孔凡礼《全宋词补辑》）

[注释]

①耿贾：指东汉初年名臣耿弇（yǎn）和贾复。　②霍卫：西汉的大将霍去病与卫青。　③庙食：死后立庙，受人祭祀。　④邵父：西汉南阳太守邵信臣，有惠政，为民称道。民呼之“邵父”。　⑤阃寄：委以军事重任。　⑥舆地：版图。

【补 辑】

臧鲁子

臧鲁子，根据词中“恢复神州”等词句，知其为南宋时人。

满庭芳

澹露零空，好风光袂，月华飞入觥筹。青莲碧藕，芡实与鸡头。笑傲纶巾羽扇，有如此，人物风流。西湖上，不妨游戏，民富自封侯。　骈蕃[①]。新宠渥，弃华延阁，领事园丘[②]。看木牛流马[③]，恢复神州。万里凉霄浩渺[④]，使星共、南极光浮。从今好，一秋长醉，直醉过千秋。

[注释]

①骈蕃：繁多。　②领事园丘：指归隐山林。　③木牛流马：诸葛亮创的运载工具，如四轮车等。　④孔凡礼按：“霄”当为“宵”之误。

鹧鸪天

虎踞龙蟠万古雄，横飞一节大江东。今归定作鸾坡客[①]，笔底山川写不穷。　吟柳絮，赋东风。年年春在建章宫[②]。天教随佛生人世，恰似河沙寿我公。

[注释]

①鸾坡客：翰林院学士。　②建章宫：指南宋宫名。

满庭芳

露洗银潢，风来玉宇，正当□□□□。□□□阁[①]，争看拥冰轮。共指银河影里，依稀见、执斧仙人[②]。还知么，天教此夕，嵩岳再生申[③]。　　夤缘[④]，当阊寄，高明洞物[⑤]，爽气侵云。记广寒宫殿，曾对高真[⑥]。玉兔捣馀灵药，霞觞化、万种花春。嫦娥嘱，愿公难老，长似月精神。

（以上三首俱见《诗渊》第二十五册，引自孔凡礼《全宋词补辑》）

[注释]

①孔凡礼按：此三“□”原缺，据律补。　②执斧仙人：仙人吴刚。③生申：过生日。　④夤（yín）缘：攀附。　⑤高明洞物：指月光照见万物。　⑥高真：得道成仙之人。

【补　辑】

陈秉文

陈秉文，根据词中"山涌银涛"等的描写，知词中所说之"皇州"为南宋都城临安，由此知陈秉文为南宋时人。孔凡礼《全宋词补辑》云："光绪《江西通志》卷二十一谓秉文上饶人，政和二年（1112）进士，与此词作者似为二人。"可信。

满庭芳

山涌银涛，屏间绣巘，太平今日皇州。共惟京牧①，昭裔本宗周②。好是王春正月，维岳降③，膺此神休④。尧阶下，蓂存八荚，长应八千秋。　　优游。兼国计，丰财重谷⑤，首善承流。更刑清讼简，政入歌讴。已副貂蝉眷宠，夸中外，耸动□讴。居恩重，苍生望切，好个富民候。

（见《诗渊》第二十五册，引自孔凡礼《全宋词补辑》）

[注释]

①京牧：京师长官。　②昭裔：显赫的后代。　本宗周：指姓姬。③维岳降：指生子。　④神休：神灵的福佑。　⑤丰财重谷：财富殷实，五谷丰登。

【补　辑】

谈羲仲

谈羲仲，孔凡礼《全宋词补辑》云：据词中“苕川”、“龙光近”云云，作者盖南宋人。查《嘉泰吴县志》，吴兴谈氏不乏人。今词中及“苕川”，不知羲仲是否为吴兴人。

满庭芳

星宿呈祥，溪山钟秀，凛然生此真贤。冰清玉润，还称岁寒天。正是梅梢酝雪，探江南，春信先傅[①]。庭轩爽，涓涓皎月，今夜十分圆。　开筵。称寿处，歌尘飞动，舞袖翩跹。愿公与椿松，对阅天年[②]。第恐宏才重望，不容暂吟醉苕川。龙光近[③]，行看凤诏，来自日华边[④]。

[注释]

①孔凡礼按：“傅”当为“传”之误。是。　②对阅天年：即同享天年。③龙光：指皇帝给予的恩宠荣光。　④日华边：喻京城。　日华：古代殿门名。

点绛唇

冰雪神人[①]，岁寒时节迎初诞。照溪梅绽，秀岭孤松远。　香雾氤氲，不放重帘卷。歌声缓，酒杯深劝，此会年年见。

（以上二首俱见《诗渊》第二十五册，引自孔凡礼《全宋词补辑》）

[注释]

①冰雪神人：喻品格高洁之人。

【补　辑】

王罙高

王罙高，孔凡礼《全宋词补辑》云：自"千枝蔓仙牒"句言，《水调歌头》其一所寿之人，当为赵姓者。自"散在苕溪霅水，讴歌颂儿童"句言，其所寿之人，当为知吴兴者。今考谈钥《嘉泰吴县志》，北宋知吴县者无赵氏，南宋氏赵者颇多。罙高盖南宋人。

水调歌头

千枝蔓仙牒[1]，眉宇肖苍龙。就中天赋英杰，玉磬照金钟。满袖春风和气，散在苕溪霅水，讴歌颂儿童[2]。好个庙堂样，貂弁马头公[3]。　烛如椽，香似雾，宴蓬瀛。我家寿酒须信，不与世间同。昨夜欢传清禁，今日黄堂歌舞，千载一相逢。来岁五云里，宣劝折黄封[4]。

［注释］

①"千枝"句：谓人的谱系从皇家分出。　仙牒：皇家宗谱美称。②"讴歌"句：另本为"讴颂闹儿童"。　③貂弁：饰有貂尾的冠冕，帝王近臣所戴。　④黄封：宫廷的黄封酒。

水调歌头

今夕是何夕，南极见祥光。自天飘下佳气，五色覆黄堂。为借盐梅妙手[1]，蜑对裤襦欢颂[2]，森戟护凝香。馀事剩吟咏，金薤灿琳琅[3]。　眷田园，松径旧，菊畦荒。欲乘风驭归去，策杖纵相羊。物外乾坤自在[4]，壶里无尘日月，千岁傲羲皇[5]。天意未应许，军国要平章[6]。

（以上二首俱见《诗渊》第二十五册，引自孔凡礼《全宋词补辑》）

[注释]

①盐梅妙手：喻治世高手。 ②蹔：同“暂”。 裤襦：即“五绔”，指有善政的官员。 ③金薤（xiè）：喻文字优美。韩愈《调张籍》：“平生千万两，金薤垂琳琅”。 金薤：书。 ④物外：超脱尘世之外。 ⑤羲皇：即上古之伏羲氏。 ⑥平章：即同中书门下平章事，位在宰相之上。

【补　辑】

江　衮

江衮，字仲长，号谷嵓，衢州开化人，见宋徐光溥《自号录》。《宋史·艺文志七》有《江衮集》二十卷，今不传。

蝶恋花

身世谁人知觉梦。阳焰空花，尽被三彭弄[①]。可但运机畦上瓮，由来不了轻根重[②]。　休要寻文披大洞[③]。丹鼎屯蒙，养取元珠动[④]。意马此时何用鞚，长生自与天齐共。（见《诗渊》第二十五册，引自孔凡礼《全宋词补辑》）

［注释］

①三彭：即三尸神，道家称在人体内作祟的三个神。　②轻根重：指轻与重。“根”同“跟”。　③寻文：探求文章。　④元珠：即玄珠。道家以为教义的真谛。

【补 辑】

华 岳

华岳，字子西，号翠微，贵池人。韩侂胄当政，曾上书论侂胄，因下之大理。侂胄诛，复入学登第，为殿前司官属。后谋去丞相史弥远，下临安狱，杖死东市。入《宋史·忠义传》，有《翠微南征录》传世。

瑞鹧鸪

挑尽银缸半夜花，拍帘风劲卷龙沙。香传梅福深深意[①]，春在钱塘小小家[②]。　鸳被半闲才子恨，莺簧初转史君夸[③]。归来醉体娇无力，压尽名园无限花。

［注释］

①梅福：汉代人，传说成仙，称梅仙。　②小小：指钱塘妓苏小小。③史君：使君，州郡长官。

瑞鹧鸪

华月楼前见玉容，凤钗斜褪鬓云松。梅花体态香凝雪，杨柳腰肢瘦怯风。　几向白云寻楚□，难凭红叶到吴宫[①]。别来风韵浑如旧，犹恐相逢是梦中。

［注释］

①红叶：用红叶题诗典。

满江红

自古称稀，须信道、人生七十[①]。当七月、庆生佳节，更逢七夕。丹鼎麻姑多两转，蟠桃王母无双实。更竹林、作者茂芝兰[2]，俱无敌。　　持觞劝，辰拱北[3]。阴功在，头俱黑[4]。况轲亲教子[5]，同声战国[6]。九万鹏程当不二，八千椿寿看逾一。愿从今、屈指再从头，山中日。

[注释]

①“自古称稀”二句：本杜甫《曲江》诗“人生七十古来稀”。　②芝兰：喻品貌俱佳的优秀子弟。　③辰拱北：环卫北辰，北辰即北极星。④头俱黑：即黑头公，指年少高位之人。　⑤轲亲教子：指孟母教育孟子事。　⑥同声战国：孟母为战国时人，喻寿主母亲可与孟母相媲。

菩萨蛮

玉纤倒把罗纨扇，屏山半倚羞人见。回首忽相逢，桃花生嫩红[1]。　　见了娇无语，还向屏山去。略略转秋波，客愁无奈何。

[注释]

①桃花：喻女子容颜。

念奴娇

倚藤临水，照丰姿自笑，天然丘壑。利鞅名缰成底事，空把此身缠缚。李杜文章，良平事业[1]，且束之高阁。浩然归去，暮霞残照零落。　　闻道西北埃尘[2]，东南形胜，次第清河岳[3]。此等功名尘世事，与我初无关约。十里松萝，一蓑烟雨，说甚扬州鹤[4]。倚栏长啸，玉轮飞上天角。

[注释]

①良平:指汉代政治家张良与陈平。 ②西北埃尘:指西北战事。 ③河岳:黄河、五岳,泛指大好河山。 ④扬州鹤:《殷芸小说》云,有客各言其志,一人曰:“腰缠十万贯,骑鹤上扬州。”欲兼位、财、成仙三者,乃是妄想。

满江红

懒取冠儿,只偏带、一枝翠柏。记刺指、封书罗带,尚馀残血。愁入柳眉云黛蹙,汗凝桃脸胭脂湿。把玉纤、掩定古词名,猜谁识。 瓶已坠[1],宁无阙。盟已负,难成匹。念当年亭院,画楼东北。烛影烧残蝴蝶梦[2],縠纹皱起鸳鸯翼。叹如今、憔悴忆前欢,重门隔。

[注释]

①瓶已坠:喻男女分离。 ②蝴蝶梦:用庄周梦典。

霜天晓角

裙儿六幅,谁染秋波绿。一搦柳腰两过[1],樽前粲粲玉[2]。 暑气消烦溽,日月飞车轴[3]。线幕黄帘风露,那堪人在天北。[4]

[注释]

①一搦:一握。形容腰细。 ②粲粲:鲜明。 孔凡礼按:此句脱一字。 ③“日月”句:形容时光飞速。 ④孔凡礼按:此词,原误作《木兰花减字》,今改。

蝶恋花

叶底无风池面静。掬水佳人，拍破青铜镜[1]。残月朦胧花弄影，新梳斜插乌云鬓。　拍索闷怀添酒兴[2]。旋撷园蔬[3]，随分成盘饤。说与翠微休急性，功名富贵皆前定。

[注释]

①青铜镜：喻水面平静。　②孔凡礼按："索"疑为"素"字。　③旋撷：摘取时间短暂。

南歌子

粉絮飘琼树[1]，摇花结玉池。蕊仙滕六逞瑰奇[2]，都把银河细剪、做花飞。　小院风声急，歌楼酒力微。闷中犹记去年时，呵手牵人相伴、塑狮儿。

[注释]

①粉絮：喻雪花。　②滕六：雪神。

望江南

罗雾薄、绀绿拥重重。八幅宝香薰锦绣，一床烟浪卷芙蓉[1]，屏翠叠东风。　云点缀，香汗透玲珑。螺髻松松沾玉润，樱唇浅浅印珠红，人在翠华中。

[注释]

①芙蓉：指美女。

霜天晓角

情刀无劚[①],割尽相思肉。说后说应难尽,除非是、写成轴。　帖儿烦付祝,休对傍人读。恐怕那懑知后[②],和它也泪瀑漱[③]。

[注释]

①无劚(zhú):无法掘出。　②那懑:那么。　③瀑漱:泪流不止。

霜天晓角

蒲帆十幅,飞破秋江绿。天际彩虹千丈,阑干外、泻寒玉[①]。　一雨收残溽,云山开画轴。试问故人何处,青楼在画桥北。

[注释]

①寒玉:指江水。

满江红[①]

(以上缺)正秋容万里,十分明洁。后羿久忘逃去处[②],东方尚忆来年月[③]。但无端、燕贺赋声诗[④],容凡客。

[注释]

①孔凡礼按:此词,原脱去调名,今补。　②后羿:传说后羿得长生不老药,被其妃嫦娥窃食,飞入月宫,后羿无法升天。　③东方:指东方朔,传说其为仙人,因偷食西王母蟠桃而逐下凡。　④燕贺:设宴祝贺。

满江红[1]

庙社如今[2]，谁复问、夏松殷柏[3]。最苦是、二江涂脑[4]，两淮流血。壮士气虹箕斗贯[5]，征夫汗马兜鍪湿。问孙吴、黄石几编书，何曾识。　　青玉锁[6]，黄金阙[7]。车万乘，骓□匹。看长驱万里，直冲燕北。禹地悉归龙虎掌，尧夫更展鹍鹏翼。指凌烟、去路复何忧，关山隔。

（以上十四首俱见《诗渊》第二十三册引《南征录》，引自孔凡礼《全宋词补辑》）

[注释]

①孔凡礼按：此词原脱去调名，今补。　②庙社：宗庙、社稷，代指国家。　③夏松殷柏：指夏商留下的松柏。　④二江：北宋的江南东路与江南西路。　涂脑：形容百姓灾难。　⑤箕斗：箕宿、斗宿。　⑥青玉锁：即青锁，宫门，代指朝廷。　⑦黄金阙：代指朝廷。

渔家傲

昨夜寿星朝北极[1]，牵牛织女排筵席。闻有谪仙先一夕。方知得，风流倬底人生日[2]。　　慷慨英雄当路识，鹗书已凝循京秩[3]，试问遐龄谁与敌，回圽绎[4]，撇头添个长长十[5]。

[注释]

①寿星：老人星。　北极：北极星。　②倬：高大、卓越。　③鹗书：推荐人才的荐书。　凝：当为“拟”字之讹。　④回圽（qín）绎：未详。　⑤“撇头”句：祝寿主千岁，撇头加“十”为“千”。

水调歌头

蓂荚才开六[①]，宝历已当千[②]。人间收尽繁溽，凉意入虞弦[③]。尽道荐衡交剡[④]，更值生申佳节[⑤]，喜色动闾阎[⑥]。终夜望银汉，文宿贯台躔[⑦]。　　定燕秦[⑧]，封晋魏[⑨]，信当然。处处红莲开幕[⑩]，曹掾岂能淹[⑪]。见说玉堂飞诏[⑫]，已许金闺通籍[⑬]，蓬岛伴神仙。来岁寿卮酒，应醉御炉烟[⑭]。

[注释]

①蓂荚：传说中的仙草，每月初一到十五，每日生一荚；从十六至月终，每日落一荚。"才开六"指初六生日。　②宝历：指国祚、皇位。　③虞弦：指琴。语出《礼记·乐论》"舜作五弦之琴"。　④荐衡：三国时孔融曾举荐祢衡。　交剡：剡水作纸甚佳，此代指推荐人才的公牍。　⑤生申：指人才降生。　⑥闾阎：里巷内外的门，代指百姓。　⑦台躔：指三台，代三公。　⑧定燕秦：平定边疆。　⑨封晋魏：指封爵。　⑩红莲开幕：指莲幕，即幕府。　⑪曹掾：分曹治事的属吏。　⑫玉堂：指朝廷。　⑬金闺：指朝廷。　⑭御炉烟：指在皇帝身边随侍。

水调歌头

万里楚天阔，一点寿星明。庭语以识歌舞，拍拍□秋声。会过牛郎六夕，圆欠嫦娥一夜，此际是佳辰[①]。□□□□□，□□□□□[②]。　　贲予说[③]，□神岳[④]，庆生申。□领仓符，□兼漕节握藩旌[⑤]。但□闽山建水，无地不阳春。今日范滂刘宴[⑥]，来岁周公伊尹[⑦]，元化斡洪钧[⑧]。北阙中书令[⑨]，南极老人星。

[注释]

①“会过”三句:指寿主是七月十四生日。牛郎织女日相会为七月七日。“会过六夕”则为七月十三日,“圆(十五月圆)欠一夜”为七月十四日。②孔凡礼按:此十“□”原缺,据律补。 ③赍(jī):赠予。 ④孔凡礼按:此处脱一字,补一“□”。 ⑤孔凡礼按:此处缺一字,补一“□”。 ⑥范滂:东汉士人,以气节胜。 刘宴:疑为刘晏,为唐代著名循吏。 ⑦周公:周武王之弟,西周初年政治家。 伊尹:商初大臣。伊为名,尹为官名。⑧元化:造化、天地。 洪钧:指天。 ⑨孔凡礼按:“今”当为“令”。

满江红

帘拍风颠,云共雨、商量欲雪。愁不寐、兽炉灰冷,寸肠千结。罗带只贪珠泪擤[①],金钗不整乌云侧[②]。对菱花、空自敛双娥,伤离别。 心下事,凭谁说。愁与恨,如山积。被傍人调闻[③],呢龟成鳖[④]。塞雁来时空怅望,梅花开后无消息。恨薄情、拚却与分飞,还重忆。

（以上四首俱见《诗渊》第二十五册,引自孔凡礼《全宋词补辑》）

[注释]

①擤(xǐng):擤鼻涕的擤。 ②乌云:乌髪。 ③调闻:未详,似可作作弄、嘲笑解。 ④呢龟成鳖:未详,似有以龟作鳖之意。

【补 辑】

赵希蓬

赵希蓬，据《宋史·宋室世系表》，似为宋太祖第四子秦王德芳房，与华岳多有唱和，有《华赵二先生南征录》，今不传。

瑞鹧鸪[①]

强将纸帐醉梅花[②]，千劫应知作热沙。梦逐梨云迷去路[③]，曲随杨柳到伊家。　　客怀暗遣心头恨，醉眼休将口上夸。清晓酒醒人不见，离愁片片逐飞花。

［注释］

①孔凡礼按：此乃和华岳"挑尽银缸半夜花"词。　②纸帐醉梅花：纸帐饰以梅花，为古代文人清雅卧具。　③梨云：梨花云指梦境，用唐王建梦见梨花云事典。

瑞鹧鸪

把定离觞不肯斟，闻君未醉尽衷情。丁香空结千般恨，柳线难萦一片心。　　只把文章酬素愿，莫贪歌舞阻归程。凭君试问湘江竹[①]，班是阿谁旧染成[②]。

［注释］

①湘江竹：舜南巡，死于苍梧之野。舜之二妃娥皇、女英追寻舜不及，恸哭，泪洒于竹，成斑竹。　②孔凡礼按："班"疑为"斑"之误。是。

瑞鹧鸪

长亭无路对孤斟，自古离家三日情。慷慨要酬平昔志，猖狂休起少年心。　兰闺寂寂空回首，松盖亭亭认去程。展转清宵成不寐，巫山有梦几时成[①]。

[注释]

①巫山有梦：用巫山女神会楚王之典指男女欢会事。

瑞鹧鸪[①]

温柔乡里睹春容，无语闲将脚带松。魂梦阳台迷暮雨[②]，丰姿洛浦挹仙风[③]。　追陪梅下黄昏路，仿佛槐安富贵宫[④]。旧恨上心空有感，扫除全付一杯中。

[注释]

①孔凡礼按：此乃和华岳"华月楼前见玉容"词。　②阳台：指男女欢会事。　③洛浦：指洛水女神事。　④槐安：即南柯一梦事。

念奴娇[①]

功名富贵，算到头，怎免委沟填壑。曳钓抱琴秋水畔，肯与微官空缚[②]。五亩苍阴，一丘寒碧，说甚凌烟阁。静观物理[③]，从他荣悴开落。　任待入谷鸣雏[④]，不须歆艳，免使朝南岳。修竹长松常与伴，更有寒梅堪约。夜且三更，西风万籁，入耳悲猿鹤。从头洗去，更无一点圭角[⑤]。

[注释]

①孔凡礼按:此乃和华岳“倚藤临水”词。 ②微官空缚:为微官所束缚。 ③物理:有关事物的至理。 ④入谷鸣雏:即鸣驺入谷。“驺”误作“雏”,孔稚圭《北山移文》:“鸣驺入谷,鹤书赴陇。”驺,掌车马的官。后以鸣驺入谷指朝庭征召。 ⑤圭角:圭的棱角。喻锋芒。

蝶恋花[①]

昼永无人深院静。一枕春醒,犹未忺临镜[②]。帘卷新蟾光射影[③],连忙掠起蓬松鬓。 对景沉吟嗟没兴。薄幸不来[④],空把杯盘饤[⑤]。休道妇人多水性,今宵独自言无定。

[注释]

①孔凡礼按:此乃和华岳“叶底无风池面静”词。 ②忺:高兴。 ③新蟾:新月。 ④薄幸:薄情郎。 ⑤盘饤:盘中堆积的果食。

南歌子[①]

玉立亭亭树,水澌小小池[②]。园林遍地幻珍奇,战罢奇鳞无数、满天飞。 云冻风威惨,天低月色微。红绡暖帐浅斟时,那更樽前清韵、听歌儿。

[注释]

①孔凡礼按:此乃和华岳“粉絮飘琼树”词。 ②澌:流水。

霜天晓角[①]

枕痕如劚[②],一线红生肉。睡起娇羞无语,远山坐对横轴[3]。　　烧香频祷祝，偷把简儿读。字在那人何在，泪珠飞下簌簌。

[注释]

①孔凡礼按：此乃和华岳“情刀无劚”词。　②劚（zhú）：砍削，引申为挖掘。　③远山：指眉。

满江红[1]

干结青铜[2]，根走石、参天古柏。最好是、苍阴不怕，火云如血。雪里直疑神物护，雨馀任待霜皮湿。但只愁、涧底老风烟，无人识。　　栋梁用，知难缺。轮囷辈[3]，俱非匹。望长松万丈，徂徕山北[4]，一种刚姿雕样劲，共扶大厦翚斯翼[5]。便作舟、归去也何愁，蓬莱隔。

[注释]

①孔凡礼按：此乃和华岳“懒取冠儿”词。　②干结青铜：形容古柏树干如青铜铸成。　③轮囷：屈曲貌。　④徂徕山：在今山东泰安市南。　⑤大厦：喻国家。　翚：鼓翼疾飞。

满江红[1]

休羡莺花[2]，春富贵、韶光九十[3]。最好是、清秋时候，人间何夕。天上紫云车趣贺，殿中青鸟音传实。正女牛、南极一齐明，光相敌。　　诗在手，堂趋北[4]。染毫处[5]，池翻黑。看回鸾飞诰，宠封新国[6]。福比箕畴兼备五[7]，寿除彭祖千中一。更好将、大衍数重推[8]，来复日。

[注释]

①孔凡礼按:此乃和华岳“自古称稀”词。 ②莺花:指莺啼花开之月。 ③韶光九十:指春天三个月。 ④堂趋北:即北堂,指母亲。 ⑤染毫:挥毫。 ⑥封新国:有新的封地。 ⑦箕畴:相传《尚书·洪范》之“九畴”为箕子所作,故名。 ⑧大衍:五十岁为大衍之数。

满江红

七叶蓂开,正祈巧、穿针时节[①]。织女不骖王母驾,谪生名阅[②]。鹤算七旬书宝箓[③],鹊桥千丈飞银阙[④]。更玳筵、银烛照红妆,神仙列。 歌宛转,莺调舌[⑤]。番舞袖,风回雪。对寿觞频劝,寿星明洁。今日汉宫千岁药[⑥],明年唐殿长生月[⑦]。问班衣、戏彩是何人[⑧],蓝袍客[⑨]。

[注释]

①祈巧:即农历七月初七为乞巧节。 ②名阅:疑为“名阀”,名门。 ③宝箓:道家符箓。 ④银阙:指银河。 ⑤莺调舌:指歌女唱歌。 ⑥千岁药:指道家炼的丹药。 ⑦唐殿长生:即唐朝的长生殿。 ⑧孔凡礼按:“班”当为“斑”。 ⑨蓝袍客:指八九品小官的官服。

满江红

缟兔黔乌[①],送不了、人间昏晓。问底事、红尘野马[②],浮生扰扰。万古末来千古往[③],人生得失知多少。叹荣华、过眼只须臾,如风扫。 篱下菊,门前柳[④]。身外事,杯中酒。肯教它萧瑟,负持螯手[⑤]。漠漠江南天万里,白云入望何时到。倚西风、吼彻剑花寒[⑥],频搔首。

[注释]

①缟兔黔乌：白兔黑乌，指月亮太阳。 ②红尘野马：代指尘世。《庄子·逍遥游》："野马也，尘埃也。" ③末来：孔凡礼按："末"似当为"未"。④篱下菊，门前柳：均指陶渊明的隐居生活。 ⑤负持螯手：《世说新语·任诞》载，晋代毕卓说：一手拿着蟹螯，一手捧着酒杯，便足了一生。 ⑥吼彻剑花寒：晋王嘉《拾遗记·颛顼》，"有曳影之剑，腾空而舒，若四方有兵，此剑则飞起指其方，则剋伐；未用之时，常于匣里，如龙虎之吟。"此句化典喻身处山林，名声在外。

菩萨蛮[①]

何人四座环歌扇[②]，平生有限何曾见。今日忽遭逢，流霞映脸红。 此恨凭谁语，梦逐巫山去[③]。对景苦奔波，其如愁思何。[④]

（以上十三首俱见《诗渊》第二十三册，引自孔凡礼《全宋词补辑》）

[注释]

①孔凡礼按：此乃和华岳"玉纤倒把罗纨扇"词。 ②歌扇：指歌女。③巫山：指男女欢爱事。 ④孔凡礼按：此下原有《菩萨蛮》（慧刀挥处人头落）一首，别见金元之际谭处端水云词，已收入《全金元词》。今删去不录。

渔家傲

怪见台星离紫极[①]，果然揆左还虚席[②]。明日人间逢七夕。真难得，生贤特也涓良日[③]。 饤坐侯鲭人罕识[④]，流璃都把宾筵秩。寿祝乔松谁与敌[⑤]。珠络绎，樽前一列金钗十。

[注释]

①台星:指三台。 紫极:道教称天上仙人所居之处,此代指寿主为谪仙人。 ②揆左席:左丞相职位。 ③涓良日:涓吉,选择吉日。 ④侯鲭:即五侯鲭,本指汉代王氏五侯家的珍膳。 ⑤乔松:即王子乔、赤松子,此泛指仙人。

水调歌头

熟见蟠桃几,岁阅大椿千。鞭鸾间出簇拥,仙杖蔼丝弦[①]。落尽纨罗习气[②],都把诗书酝籍[③],忧念到闾阎。人物降崧岳[④],文采焕奎躔[⑤]。 抟扶摇[⑥],游汗漫[⑦],气飘然。珠曹莲区区[⑧],州县步难淹。鹗荐交腾当路,凤诏飞来伊夕,称寿萃群仙。亊业登黄阁[⑨],图绘上凌烟。[⑩]

[注释]

①蔼丝弦:乐器奏着祥和之音。 ②纨罗习气:富贵习气。 ③诗书酝籍:从诗书中得到涵容。 籍:当作"藉"。 ④降崧岳:指生申。即生男。 ⑤奎躔:即奎宿,主文运之星宿。 ⑥抟扶摇:借巨风。 ⑦游汗漫:世外之游。 ⑧孔凡礼按:此句缺一字。 ⑨黄阁:指宰相署。 ⑩孔凡礼按:此乃和华岳"蓂荚才开六"词。

满江红

劲节刚姿,谁与比、岁寒松柏。几度欲、排云呈腹[①],叩头流血。杜老爱君□谩苦[②],贾生流涕衣空湿。为国家、仔细计安危,渊然识[③]。 英雄士,非全阙。东南富,尤难匹。却甘心修好[④],无心逐北[⑤]。螳怒空横林影臂[⑥],鹰扬不展秋空翼[⑦]。但只将、南北限藩篱[⑧],长江隔。[⑨]

[注释]

①排云呈腹：排除干扰，呈现赤心。 ②谩苦：徒自劳苦。 孔凡礼按：原无“□”，据律补。 ③渊然：深邃。 ④甘心修好：与入侵者订盟。 ⑤逐北：指与金人交战。 ⑥螳怒空横：喻投降派如螳臂挡车。 ⑦鹰扬：指抗敌志士。 ⑧“南北”句：指南宋与金划江为界。 ⑨孔凡礼按：此调原作“水调歌头”，今改下首同。又按：此乃和华岳“庙社如今”词。

满江红[1]

海阔何人，工剪水、飞花作雪。刚不北、秋高风劲，露凝霜结。遍地直疑琼玉砌，对人恍在珠玑侧[2]。比寻常、万翠与千红，浑然别[3]。 梁园内[4]，都休说。蓝关路[5]，堆如积。把行人冻得，头颅如鳖。翡翠帘中杯潋滟，销金帐里姑情息。偶兴来、访戴起山阴[6]，真相忆。

（以上四首俱见《诗渊》第二十五册，引自孔凡礼《全宋词补辑》）

[注释]

①孔凡礼按：此乃和华岳“帘拍风颠”词。 ②珠玑：指雪粒。 ③浑然别：全然区别。 ④梁园：此指皇家园林。 ⑤蓝关路：唐韩愈在蓝关遇雪。有诗曰“雪拥蓝关马不前”。 ⑥访戴：指王子猷居山阴，夜大雪，突访友戴安道，至门前不入而返，人问其故，答：“吾本乘兴而行，兴尽而返。”

【补 辑】

程伯春

程伯春，无考。据词中“请看襄汉”云云，伯春或为理宗时人。理宗时，蒙古南进，襄汉为边防重地。

水调歌头

寿边守

功名果何物，天欲付英豪。请看襄汉，今日谁驾六灵鳌[①]。阅礼崇诗元帅，大纛高牙临塞，砥柱一洪涛[②]。百辟拱辰极[③]，欢动赭黄袍[④]。　　策无遗，勋益著，德弥高。定知阳报[⑤]，谢庭兰玉付儿曹[⑥]。秀发如君独擅[⑦]，浑似当年幼度[⑧]，文武素兼韬。岁岁长为寿，霞液荐蟠桃。

（见《诗渊》第二十五册，引自孔凡礼《全宋词补辑》）

［注释］

①六灵鳌：神话中负五仙山的六只大鳌。喻杰出人物之气魄。　②砥柱：砥柱山。喻中坚力量。　③百辟：百官。　拱辰极：拱卫北极星。　④赭黄袍：指皇帝。　⑤阳报：孟郊诗“报得三春晖”。　⑥兰玉：指优秀子弟。　⑦秀发：出类拔萃。　⑧幼度：指汉人黄叔度，以器量著称。幼，指少年时代。

【补　辑】

赵良玉

赵良玉，宋太宗六子镇王元偓后代。

满庭芳

红杏香中，绿杨影里，画桥春水泠泠[①]。深沉院满，风送卖花声。又是清明近也，粉墙畔，时有迁莺。当此际，人传天上，特降玉麒麟[②]。　风云[③]。今会遇，名邦坐抚，入侍严宸[④]。更儿孙兰玉，都是宁馨[⑤]。脆管繁弦竞奏，蕙炉袅，沉水烟轻。华筵罢，江城回首，一点寿星明。

（见《诗渊》第二十五册，引自孔凡礼《全宋词补辑》）

[注释]

①孔凡礼按："泠泠"原作"冷冷"。此为韵脚，"冷"不合韵，今改。②玉麒麟：对寿主儿子的美称。　③风云：指风云际会，即指圣君贤臣相遇会。　④严宸：指皇帝。　⑤宁馨：即宁馨儿，后指孩子。

【补　辑】

赵孟谦

赵孟谦,宋太祖四子燕王德昭十代孙。

减字木兰花

荣魁鹗荐[①],一举南宫膺妙选[②]。人物规模[③],楚楚吾家千里驹[④]。　　彩衣持酒,更祝二亲无限寿。父子荣迁,俱侍玉皇香案前。

(见《诗渊》第二十五册,引自孔凡礼《全宋词补辑》)

[注释]

①鹗荐:指荐书。　②南宫:指尚书省。　③规模:指气象。　④楚楚:形容人才鲜明整饰。

【补 辑】

张明中

张明中，有《言志集》，不传。

贺新郎

卓荦欧阳子[①]。是江山、毓秀钟灵，异才间世。恰则韶光三月暮，蓂叶尧阶有四。正天启、悬弧盛事。金鸭亭亭书云篆，散非烟、南极真仙至。来为尔，荐嘉瑞。神清洞府丹书字。拥笙歌、绮席高张，更罗珠翠。千里长春人不老，仙籍玉环暗记[②]。但判取、酶酶沉醉。拟作新诗八千首，待一年、一献称俾尔。耆而艾[③]，昌而炽。[④]

（见《诗渊》第二十五册引《言志集》，引自孔凡礼《全宋词补辑》）

［注释］

①卓荦：超凡不群。　孔凡礼按："荦"疑应为"荦"。　欧阳子：姓欧阳的寿主。　②仙籍：神仙簿录。　③耆而艾：即耆艾，寿考。　④孔凡礼按：此词，《全宋词》别见，作者为张敬斋。

【补　辑】

赵处澹

赵处澹，号南村，温州人。官知录。清乾隆刊《东瓯诗存》卷七有传。《东瓯诗存》收处澹诗多首。

渔歌子

丁山烟雨晚濛濛，柳岸苍波着短蓬。飞鸟白，断云红，一曲清歌淡月中。

渔歌子①

雨晴山色静堆蓝，桥外人家分两三。缘溪北，远溪南，片片闲云趁落帆。

（以上二首俱见《东瓯诗存》卷七，引自孔凡礼《全宋词补辑》）

［注释］

①孔凡礼按：原题作“追拟玄真子渔歌”。

龚日昇

龚日昇，生卒不详，号竹芗，或作竹卿。嘉熙二年（1238）进士。曾为知县，后官侍郎。存词一首。

柳梢青

范县尉美任

二十年前。君家桃李，种满螺川①。凛凛英风，真如小范②，不数梅仙③。　熏风吹送朝天④。指何物、装添去船。千首新诗，一轮明月，两字清廉。⑤

（《翰墨大全》庚集卷十五）

[注释]

①"君家"二句："潘岳为河阳令，多植桃李，号曰花县。"见《白孔六帖》卷七十七。　螺川：又名螺山。在今江西吉安县北十里，南临赣江，委宛如螺，故名。　②小范："范仲淹领延安。……夏人闻之相戒曰：无以延州为意。今小范老子腹中有数万甲兵，不比大范老子可欺也。"见朱熹《名臣言行录》。此以范仲淹作喻。小范，指范仲淹。大范，指范雍。夏人，指西夏。　③梅仙：指梅福。汉代隐士，曾补南昌尉，后成仙。事见《汉书·梅福传》。　④熏风：和风，喻指盛世美政。语源《史记·乐书》裴骃《集解》引王肃曰："《南风》育养民之诗也，其辞曰：南风之熏兮，可以解吾民之愠兮。"　⑤唐氏按：此首原题竹乡作。

陈若水

陈若水，生卒不详，四明（今浙江宁波）人。淳祐十年（1250）进士。见《宝庆四明志》卷十。

沁园春

寿游侍郎[①]

某恭审某官受天异禀，间世笃生。光辅三朝，伟甚忠清之节；退安一壑，粹然恬淡之风。帝眷耆英[②]，神绥福祉。某不量寸朽，切庇万间。心之所祈，姑寄沁园春之赋；仁者必寿，愿同庄椿岁之多[③]。俯伏露忱，仰祈电盼

拂袖归来[④]，懒踏前回，京华软尘。算宦游虽好，何如生处，急流勇退，赢得闲人。身羡仙翁，萧然野服，笑咏东溪溪上亭[⑤]。头犹黑、甚丰姿鹤瘦，标致梅清。　今年转觉精神。便次第平头八十人[⑥]。肯又抛渭钓，似周尚父[⑦]，且来洛社[⑧]，作宋耆英[⑨]。报答明恩，一时分付，贤子贤孙事业新。丹心在，尚瓣香岁岁，遥祝尧龄[⑩]。

（《截江网》卷四）

［注释］

①游侍郎：即游九功，曾知庆元府事。讲明理学，号受斋先生。卒年八十馀。　②耆英：年高优异的人。　③庄椿："上古有大椿者，以八千岁为春，八千岁为秋。此大年也。"见《庄子·逍遥游》。形容长寿。　④拂袖：谓离官归隐。五代李中《送图上人归庐山》诗："莲宫归隐尘埃外，策杖临风拂袖还。"　⑤"笑咏"句：喻雅会游玩之情。　⑥平头八十：即整八十岁。平头，不带零头的整数。白居易《登龙屋道南望忆庐山旧隐》诗："青山举眼三千里，白髪平头五十人。"　⑦"肯又抛渭钓"二句：用姜太公吕尚垂钓渭水之滨以干求文王之典。语出《史记·齐太公世家》。此处反其意而用，谓游侍郎不再做官。　周尚父：即周初吕尚，俗称姜太公。

⑧洛社:借用唐白居易典。白居易等九老,致仕后为怡养性情,在洛阳结社。事见《唐诗纪事》。　⑨作宋耆英:宋文彦博留守西都洛阳集年老士大夫十一人,聚会作乐,时谓“洛阳耆英会”。见司马光《洛阳耆英会序》。⑩尧龄:《史记·五帝本纪》张守节《正义》引皇甫谧云,“尧即位九十八年,通舜摄二十八年也,凡年百一十七岁。”原谓唐尧年岁高,后因以常作祝颂长寿之语。

胡翼龙

胡翼龙,生卒不详,字伯雨,号蒙泉,庐陵(今江西吉安)人。淳祐十年(1250)进士。

宴清都

梦雨随春远。征衫薄、短篷犹逗寒浅。裁芳付叶,书愁沁壁,水窗竹院。别来被篝梅润[①],暗尘积、旧题纨扇[②]。许多时,闲了阑干,放得藓痕青满。　　谁念。杜若还生[③],蘋花又绿,不堪重□。山程水记,茶经砚谱[④],共谁闲展。湖山旧曾游遍。不怪得、近番心懒。恰今朝、水落洲平,江上楚帆风转。

[注释]

①篝:指熏笼。　梅润:梅雨季节潮湿气候。　②旧题纨扇:借用王融题扇故事。《南史·柳元景传》:"恽(柳恽)立性贞素,以贵公子早有令名,少工篇什,为诗云:'亭皋木叶下,垅首秋云飞。'琅邪王融见而嗟赏,因书斋壁及所执白团扇。"　③杜若:香草名。亦名杜蘅,叶广披作针形,其味辛香。　④茶经:唐陆羽撰,凡三卷,为世界茶史上的第一部茶学著作。砚谱:宋多有人为之,此泛指此类古玩。

徵　招

蘋花又绿江南岸[①],宾鸿带将寒去。几许落梅愁,渺暗香何处[②]。一春长是雨。剩费却、翠篝沉炷。冷隔帘旌,润销窗纸,有人吟苦。　　燕垒渍芹香[③],画堂永、关心去年情绪。愁压曲屏深,更小山无数[④]。溅裙前事误。□□□、□□□□。□朱阑,不了销凝,移损秦筝柱[⑤]。

[注释]

①“蘋花”句：语本王安石《泊船瓜洲》诗句“春风又绿江南岸”。②暗香：脱胎于林逋《山园小梅》诗句“暗香浮动月黄昏”。③燕垒：即燕巢。芹：芹泥，燕子用以筑巢的泥。④小山：指屏上的画景。⑤秦筝：相传为秦代名将蒙恬所造，故名。

八声甘州

甚年年、心事占秋多[①]，芳洲乱芜生。正小山已桂[②]，东篱又菊[③]，秋为人清。肠断洞庭叶下[④]，倚西风、谁可寄芳蘅[⑤]。袅袅愁予处，欲醉还醒。　为问素娥饮否[⑥]，自谪仙去后[⑦]，知与谁明。耿盈盈如此，分影落瑶觥[⑧]。步高台、夜深人静，有飞仙、同跨海山鲸[⑨]。归来也，远游歌罢，失却秋声[⑩]。　（以上三首见《阳春白雪》卷六）

[注释]

①甚：虚词，起领句作用，略同“是”义。②小山已桂：本淮南小山《招隐士》“桂树丛生兮山之幽，偃蹇连蜷兮枝相缭”。后因以小山代称桂树。③东篱又菊：本陶渊明《饮酒》诗之五“采菊东篱下，悠然见南山”。菊，动词用法，即菊花开放。④洞庭叶下：本《楚辞·九歌·湘夫人》“袅袅兮秋风，洞庭波兮木叶下”。暗指秋季。⑤芳蘅：即杜若，香草名。⑥素娥：即嫦娥，泛指月宫仙女。⑦谪仙：指唐代诗人李白。李白《花下独酌》：“举杯邀明月，对影成三人。”李白游采石江中，因醉入水中捉月而死。见《唐摭言》。⑧瑶觥：酒杯的美称。⑨“有飞仙”句：用李白故事。唐李白自署“海上骑鲸客”。杜甫《送孔巢父谢病归游江东，兼呈李白》诗：“若逢李白骑鲸鱼，道甫问信今何如？”⑩失却秋声：谓秋节已过。

洞仙歌

半栏花雨，是夜来凭处。梦过溪桥逢柳住。乱莺声残酒醒,正是关情,山枕上、吟就回文锦句[①]。　　归鸿应别浦[②]。绿涨淼茫,早近湖阴唤船路。览芳菲,歌窈窕,独立莎根,剩一掬、闲情凄楚。欲待折、微馨寄相思,又生怕相思,带将春去。

[注释]

①"回文锦"句:苏蕙思念丈夫,织锦为回文旋图诗以赠,辞意凄惋,凡八百四十字。见《晋书·列女列传》。后因以代称相思。　回文:诗词字句回旋往返,都能成义可诵者称回文。　文:《全宋词》作"纹"。　②别浦:大水有小口别通曰浦,或称别浦。

满庭芳

秋彻檐花[①],吟苦砚海,日长多费茶烟。怀芳心苦[②],持此过年年。雨外飞红何许[③],应流到、采绿洲边。销凝处,别离情绪[④],正是海棠天[⑤]。　　吹花题叶事[⑥],如今梦里,记得依然。料归来、莺居春后,燕占人先。谁念文园倦客[⑦],琴空在、懒向人弹[⑧]。愁何极,楚天老月[⑨],偏是到窗前[⑩]。

[注释]

①彻:通、透。　檐花:檐下之花。　②怀芳:心存美质。　③飞红:落花。　④"销凝"二句:暗用江淹《别赋》"黯然销魂者,惟别而已矣"。⑤海棠天:指春天。　⑥吹花题叶事:化用杜牧《题桐》诗"去年桐落故溪上,把叶因题归燕诗。江楼今日送归燕,正是去年题叶时"。唐虞世南《奉和咏风应魏王教》:"动枝生乱影,吹花送远香。"　⑦文园倦客:指司马相如。《史记·司马相如列传》载,相如拜为孝文园令。此处是作者自比。⑧"琴空"句:反用司马相如典。司马相如饮于卓氏(文君),以琴心挑之,文君夜奔相如。事见《史记·司马相如列传》。　⑨老月:历时久远的月亮。　⑩是:又。

鹧鸪天

六曲银屏梦隔云，半分鸾影匣生尘[①]。别来可是春愁觉，试著轻衫不贴身。　　风月夜，短长亭[②]。也须闻得子规声。归时莫看花梢上，但看芳洲绿浅深。

[注释]

①“半分”句：喻分离。暗用唐孟棨《本事诗·情感》所载，陈徐德言与其妻分离时，破一镜，人执其半，相约日后以之作证。　鸾影：指女子身影，这里喻镜。　②短长亭：本庾信《哀江南赋》“十里五里，长亭短亭”。

少年游

晓莺声脆雨花干，倦枕梦初残。衣渍香留，窗深纸暗，把镜近檐看。　　断云压损溪桥柳[①]，花径雪阑斑[②]。深倚屏根，闲敲诗字，酒醒倍春寒[③]。

（以上四首见《阳春白雪》卷七）

[注释]

①断云：谓片断的云彩。　②阑斑：即斑阑，斑斓。　③“酒醒”句：语本苏轼《定风波》词“料峭春风吹酒醒”。

霓裳中序第一

江郊雨正歇[①]，燕子飞来人忆别。未了残梅怨结。渺野色波光，春与天接[②]。相思辽阔，怕柳风、吹老吟髮。关情处，满汀芳草，遮莫是鹍鸠[③]。　　时节，一饷愁绝。谩料理、新翻几阕。山尊堪共谁设[④]。梦到断桥[⑤]，飞絮仍雪。岁华休省阅，早霍地、小园花髮[⑥]。已办著、海棠开后，独立半廊月。

［注释］

①歇：停。 ②“渺野”二句：暗用王勃《滕王阁序》“秋水共长天一色”。 ③遮莫：尽管，即使。 鶗鴂（tí jué）：即杜鹃鸟。 ④山尊：又作山樽。古代刻有山云图纹的盛酒器具。此指酒宴。 ⑤断桥：在杭州孤山边。孤山之路至此而断。 ⑥霍地：宋时口语，忽然意。

夜飞鹊

星桥度情处[①]，地久天长。尘世无此匆忙。纤云淡荡凉蟾小[②]，家家瓜果钱唐[③]。愁人独无那[④]，叹紫箫易断[⑤]，青翼难将[⑥]。返魂何在，漫空留、荀令馀香[⑦]。 忍记穿针儿女[⑧]，篝尘想都暗，叠损衣裳。谁念才情未减，老来何逊[⑨]，少日卢郎[⑩]。柳风荷露，黯销凝、罗扇练囊[⑪]。更银河曲曲，玉签点点，都是凄凉。

［注释］

①星桥：本北周庾信《七夕》“星桥通汉使，机石逐仙槎”。谓天河中的桥，此指鹊桥。传说农历七月七日牛郎织女在此桥相会。 ②凉蟾：指清凉的月亮。《淮南子·精神训》：“月中有蟾蜍。” ③钱唐：即钱塘。南宋京城所在地，时名临安。 ④无那：无奈。 ⑤“叹紫箫”句：暗用萧史吹箫，与弄玉一同仙去之典。见《太平广记》卷四引《神仙传拾遗》。 ⑥青翼：即青鸟之翼，借指信使。见《艺文类聚》卷九十一引《汉武故事》。⑦荀令馀香：东汉荀彧为尚书令，传说其坐处留香，以喻风流。此指故人。见《太平御览》卷七百三十引《襄阳记》。 ⑧穿针：谓妇女于七夕月下穿针线，以乞求智巧之风俗。见《荆楚岁时记》。 ⑨何逊：南朝梁诗人，据传八岁能诗，后喻有才情的人。见《南史·何逊传》。 ⑩卢郎：指北魏卢元明，少年时风神绝佳。事见《北史·卢元聿传》。 ⑪练囊：粗丝布织成的袋囊，用以盛萤。

西江月

水霁芹香燕觜[①]，林深风暖莺吭[②]。一春心事锦机傍[③]，忘却寻芳模样。　柳絮池塘昼午，梨花院落昏黄[④]。阑干曲曲是回肠，倚到西厢月上[⑤]。

［注释］

①水霁：水气消散。　觜：同“嘴”，特指鸟喙。　②莺吭：黄莺鸣叫。③“一春”句：用前秦秦州刺史窦滔被徙流沙，其妻苏蕙织锦成回文旋图以赠滔典。其词凄婉。　④“柳絮”二句：语本晏殊《无题》诗句“梨花院落溶溶月，柳絮池塘淡淡风”。　⑤“倚到”句：语本唐元稹《莺莺传》中莺莺所作诗句“待月西厢下，迎风户半开”。　西厢月上：月上西厢。

踏莎行

合数冰莲，注情金叶[①]，臂痕犹记嗔时迹。小楼几个月黄昏，荷香柳影都知得。　问字灯深[②]，学书窗黑，衣襟诗卷留残墨。想思不抵藕丝长[③]，梦云断处吴山碧[④]。

［注释］

①金叶：酒杯名。朱敦儒《樵歌·好事近》：“只愿主人留客，更重斟金叶。”　②问字：谓向人请教学问。　③想思：疑为“相思”之讹。　④吴山：泛指江南一带山水。

南歌子

山枕莺声晓[①]，羽觞花片飞[②]。昨朝犹道未成归[③]，不记春衫襟上、旧题诗。　愁眼垂杨见，苦心红烛知。翻成怕见别离时[④]，只寄一声将息、当相思[⑤]。

［注释］

①山枕：古代枕头，两端突起，中间下凹，其形如山。此代指睡觉。②羽觞：古代饮酒用的耳杯，左右形如两翼。 ③昨朝：昨天。 未成归：未定归期。 ④翻：反而。 ⑤将息：保重。

长相思

题甘楼

南山钟，北山钟，一听钟声百念空，古今昏晓中。
望秋风，数秋风，等得秋来等过鸿，灯前书一封。

（以上六首见《阳春白雪》卷八）

存目词

《词综补遗》卷九有胡翼龙《踏莎行》“照眼菱花”一首，乃《阳春白雪》卷八无名氏作品。或作赵闻礼词，见《浩然斋雅谈》卷下。

刘之才

刘之才，字宾王，号药房。生卒爵里未详，与胡翼龙同时。

兰陵王

赋胡伯雨别业①

此何夕，天水空明一碧。商量赋、如此江山，几个斜阳了今昔。荒台步晚色，沙鸟依稀曾识②。啼鸧外③，人远未归，江阔晴虹卧千尺。　残碑藓痕积。记当日清游，夫君题墨。碧瑶仙去苍云隔④。飞一镜秋冷，列屏天远⑤，鸡声人语半郊邑。寄情又江国。　愁寂，怕闻笛。正怨苦溪猿，飞倦汀翼。阴阴翡翠迷津驿⑥。慨世事尘化⑦，吾心形役⑧。清吟孤往，渺醉影，夜翠湿。

[注释]

①胡伯雨：指词人胡翼龙。　别业：即别墅。　②沙鸟：沙鸥。　③鸧（cāng）：指仓庚，即黄莺。　④碧瑶：即碧玉。代称美妆。语出《乐府诗集·清商曲辞·碧玉歌》。　⑤"飞一"二句：似本杜甫《行官张望补稻畦水归》诗句"鸥鸟镜里来，关山云边看"。　⑥津驿：渡口与驿站。　⑦尘化：化为尘土，指消失。　⑧吾心形役：为形骸所拘束、役使，多指为功名利禄所束缚。语出陶渊明《归去来辞》"既自以心为形役，奚惆怅而独悲"。

玲珑四犯

几叠云山①，隔不断阑干，天外凝眺。秋与愁并②，梧径雨痕先表③。娇梦半握芙蓉④，奈曲曲、翠屏深窈⑤。问愁根，当年谁种，漠漠淡烟衰草。　鸳鸯懒拂蘋花影，记眉妩、萦情多少⑥。辘轳玉虎牵丝转⑦，听尽秋釭晓⑧。算谁念、卧云衣冷⑨，香压金蟾小⑩。写新词、先寄江鸿归去，且教知道。

[注释]

①几叠：多少层。②秋与愁并：秋与愁一起来到。③表：标志。④半握芙蓉：半掩着脸。握：同“捂”，掩。芙蓉：指美丽的脸。⑤深窈：幽深的样子。⑥眉妩：双眉妩媚可爱。⑦玉虎：谓井上辘轳。李商隐《无题》诗之二：“玉虎牵丝汲井回。”⑧釭（gāng）：灯盏。⑨卧云：隐居。⑩金蟾：有蟾蜍形鼻纽的香炉。

声声慢

五　日

湘云织玉，楚葛篝香，湲兰帘幕风静。怨抑难招，沉魄当年独醒。莫唱江南古调，念天涯、深情谁省。时暗换，最秦楼惆望①，归期无定。　曾是榴裙误写②，怕照眼枝头，绛绡花并。巧篆盘丝③，午镜绿窗闹影。香蒲也应细剪，但年年、断云愁冷。迎醉面，看银蟾、飞浴露井④。

[注释]

①秦楼：女子所居之楼。语本乐府《陌上桑》。②榴裙：即指石榴裙。粉红绣花女裙。③巧篆：指盘香。④银蟾：指月亮。露井：谓无覆盖之井。

贺新郎

忆　鹤

苍藓黏溪路。怅山君、翛然羽化①，梦魂何许。曾约秋云萦客袖，舞傍吟皋砚坞。矫清唳、裂穿云宇。江碧空濛无处问，问孤山、梅底人知否[②]。烟夜永，耿心语。　瑶华一去成幽阻[③]。倚修篁、抱琴愁绝[④]，天寒日暮。城郭悲歌华表恨[⑤]，此事销凝千古。有招隐、小山能赋[⑥]。蕙帐空兮谁夜怨[⑦]，算课骚、读易俱凄楚[⑧]。步深窈[⑨]，堕松露[⑩]。[⑪]

[注释]

①山君：山神，此代指鹤。　翛(xiāo)然：自然超脱貌。　羽化：谓飞升成仙。　②孤山：北宋隐士林逋隐于孤山，在此种梅养鹤。　③瑶华：传说中的仙花。《楚辞·九歌·大司命》："折疏麻兮瑶华。"　④修篁：长竹。　⑤"城郭"句：用丁令威化鹤归辽东典。城门有华表柱，忽有一白鹤来集。言曰："有鸟有鸟丁令威，去家千岁今来归，城郭如故人民非，何不学仙冢垒垒。"　⑥招隐、小山：指《楚辞·招隐士》、淮南小山。淮南小山，即淮南王刘安的宾客之一。　⑦"蕙帐"句：语本孔稚圭《北山移文》"蕙帐空兮夜鹤怨，山人去兮晓猿惊"。　⑧骚、易：指《楚辞》、《易经》。课：读。　⑨步：漫步。　⑩堕松露：松树上露珠下落。　⑪唐氏按：此首《词学丛书》本《阳春白雪》无撰人姓名，此从宛委别藏本及清吟阁本。刘毓盘辑《退斋词》，误以为赵汝芜作。

菩萨蛮

题花曾蘸花心露[①]，当初误结丁香树[②]。往事小蛮窗[③]，新愁桃叶江[④]。　缓歌留薄醉，急蹬人千里[⑤]。梅瘦月阑干[⑥]，断云春梦寒[⑦]。（以上五首见《阳春白雪》卷七）

[注释]

①题花：绘花。　②"当初"句：本李璟《摊破浣溪沙》"丁香空结雨中愁"。　丁香结：丁香花蕾，唐宋诗人多用来比喻愁思难解。　③小蛮：原指唐白居易之家伎，善舞。后泛指侍妾或歌伎。　④桃叶：本为晋王子敬（即王献之）爱妾，后作为情人的代称。详见《乐府诗集》卷四十五《桃叶

歌》。 ⑤鞓:同"镫",指马鞍两边脚踏。 急鞓:急驰。 ⑥月阑干:月影纵横散乱。 ⑦断云:谓男女情爱梦断。

解连环

晚云黏湿。正吴峰惨淡,雨迷烟接。早陡顿、秋事分携[①],甚连苑暮墙,菊荒苔匝[②]。空阔愁乡,更天外、怨鸿声黠。怕吟肩易瘦,料理篝衣,细认香摺。 银缸半明半灭。念花营柳阵[③],何日消歇。可是□、凝黯兰成[④],为情润才松,丽赋多惬。洛浦溟濛[⑤],漫伫想、明珰钩袜。告梧桐、夜深略住,梦时一霎。 (《阳春白雪》卷八)

[**注释**]

①陡顿:犹言猝然变化。 ②菊荒:本陶渊明《归去来辞》"三径就荒,松菊犹存"。 ③花营柳阵:犹花门柳户、花街柳巷,指妓院。 ④兰成:指庾信。《小名录》:"庾信幼而俊迈,聪敏绝伦,有天竺僧呼信为兰成,因以为小字。" ⑤洛浦:洛水之浦,指代洛神。汉张衡《思玄赋》:"载太化之玉女兮,召洛浦之宓妃。"又见曹植《洛神赋》。 溟濛:模糊不清。

存目词

《词综补遗》卷九载刘之才《声声慢》"羞朱妒粉"一首,乃史可堂作,见《全芳备祖》前集卷十五"荼蘼门"。

萧汉杰

萧汉杰，生卒不详。号吟所，吉水（今属江西）人。淳祐十年（1250）进士。有《青原樵唱》，不传。现存词四首。

卖花声

春　雨

湿逗晚香残[①]，春浅春寒[②]。洒窗填户著幽兰[③]。惨惨凄凄仍滴滴[④]，做出多般[⑤]。　和霰撒珠盘[⑥]，枕上更阑[⑦]。芭蕉怨曲带愁弹[⑧]。绿遍阶前苔一片，晓起谁看。

[注释]

①逗：透出。　②春浅：早春。　③著幽兰：雨洒在兰花上。　著（zhuó）：附着。　④"惨惨"句：李清照《声声慢》词"凄凄惨惨戚戚"，"到黄昏、点点滴滴"。　⑤多般：多种、多样。　⑥霰（xiàn）：小雪粒。　⑦更阑：夜阑、夜深。　⑧"芭蕉"句：谓春雨打在芭蕉叶上，如同弹奏幽怨的曲子。唐张说《戏草树》诗："戏问芭蕉叶，何愁心不开。"

菩萨蛮

春　雨

春愁一段来无影，著人似醉昏难醒[①]。烟雨湿阑干，杏花惊蛰寒[②]。　唾壶敲欲破[③]，绝叫凭谁和[④]。今夜欠添衣，那人知不知[⑤]。

[注释]

①著（zhuó）人：依附人，感染人。　②惊蛰：农历二十四节气之一。其时土地解冻，春雷始鸣，过冬动物惊起活动，故名。　③"唾壶"句：谓心

中有慷慨不平之情。典出《世说新语·豪爽》:“王处仲每酒后,辄咏:‘老骥伏枥,志在千里。烈士暮年,壮心不已’。以铁如意打唾壶,壶口尽缺。” ④和(hè):应和。 ⑤那人:专指深切怀念的异性。

[集评]

况周颐云:“萧汉杰《菩萨蛮·春雨》云:‘今夜欠添衣。那人知不知。’……何尝不婉丽可喜。”又云:“‘惊蛰’入词,仅见,而句乃特韵。”(《蕙风词话》卷三)

蝶恋花

春燕和韵

一缕春情风里絮。海阔天高,那更云无数。娇颤画梁非为雨[①],怜伊只合和伊去。　欲话因缘愁日暮。细认帘旌,几度来还去。万一这回航可渡,共渠活处寻条路[②]。

[注释]

①“娇颤”句:反用王勃《滕王阁序诗》“画栋朝飞南浦云,珠帘暮卷西山雨”。 ②渠:犹言“他”。

浪淘沙

中秋雨

愁似晚天云[①],醉亦无凭[②]。秋光此夕属何人。贫得今年无月看,留滞江城[③]。　夜起候檐声[④],似雨还晴。旧家谁信此时情[⑤]。惟有桂香时入梦,勾引诗成[⑥]。

(以上元《草堂诗馀》卷下)

[注释]

①“愁似”句:似化杜甫《锦村行》诗句“岁云暮矣增离忧”。　②无凭:意谓无月可以为伴。　凭:此为伴随。　③江城:指今湖北武昌一带。　④候檐声:听雨打檐声。　候:倾听。　⑤旧家:旧时,过去。　⑥勾引:引起。

[集评]

况周颐云:“‘贫’字入词,夥矣,未有更新于此者。无月非贫者所独,即亦何加于贫。所谓愈无理愈佳。词中固有此一境。唯此等句以肆口而成为佳。若有意为之,则纤矣。”(《蕙风词话》卷三)

罗 椅

罗椅(1214—?),字子远,小名天骥,号涧谷。庐陵(今江西吉安)人。富家子,壮年留意功名,为饶鲁之高足。后客贾似道门下,为贾所薄。宝祐四年(1256)第进士。以秉义郎为江陵教官,改潭州,复知赣之信丰,迁提辖榷货。上书诋贾似道,弃官去,遂终身不仕。

清平乐

明虹收雨[①],两桨能吴语[②]。人在江南荷叶浦,采得蘋花无数。 梦中舞燕栖鸾[③],起来烟渚风湾。一点愁眉天末[④],凭谁刬却春山[⑤]。 (《阳春白雪》卷四)

[注释]

①明:色彩鲜明。 ②"两桨"句:形容两桨咿哑的声音。南朝乐府《莫愁乐》其一:"艇子打两桨,催送莫愁来。" ③舞燕栖鸾:形容春光明媚,暗寓男女欢爱之情。 ④天末:犹言天边。汉张衡《东京赋》:"渺天末以远期。" ⑤刬却春山:谓抚平愁眉。唐李白《陪侍郎叔游洞庭湖醉后》之三:"刬却君山好,平铺湘水流。" 刬:通"铲"。 春山:此形容眉如春天的山。

[集评]

况周颐云:"'两桨能吴语',五字甚新。杨柳渡头,荷花渡口……声愈柔而景愈深。……妙于领会。"(《蕙风词话》卷二)

八声甘州

孤山寒食

甚匆匆岁月,又人家、插柳记清明[①]。正南北高峰,山传笑响，水泛箫声。吹散楼台烟雨，莺语碎春晴。何地无芳草[②]，惟此青青。　谁管孤山山下[③]，任种梅竹冷，荐菊泉清。看人情如此，沉醉不须醒。问何时、樊川归去[④]，叹故乡、七十五长亭[⑤]。君知否，洞云溪竹，笑我飘零。

（《阳春白雪》卷六）

［注释］

①清明：农历二十四节气之一，在寒食节后一二日。　②"何地"句：苏轼《蝶恋花》词"天涯何处无芳草"。　③孤山：指杭州西湖之孤山。北宋林逋隐居此地，种梅养鹤。　④樊川：指唐代诗人杜牧。因其有别墅在樊川（今陕西长安县西南），杜牧有《樊川文集》传世。　⑤七十五长亭：语出杜牧《题齐安城楼》诗"不用凭栏苦回首，故乡七十五长亭"。意谓故乡遥远。

柳梢青

萼绿华身[①]，小桃花扇，安石榴裙[②]。子野闻歌[③]，周郎顾曲[④]，曾恼夫君[⑤]。　悠悠羁旅愁人，似飘零、青天断云。何处销魂，初三夜月[⑥]，第四桥春[⑦]。[⑧]

［注释］

①萼绿华：神话中的得道女仙。事见《真诰运象篇·萼绿华传》。②石榴裙：指粉红绣花女裙。梁元帝《乌栖曲》云："交龙成锦鬥凤纹，芙蓉为带石榴裙。"　安石榴：石榴别称。张骞通西域，从安国带回石榴。　③子野：北宋词人张先字子野，精于音律，喜于酒筵间作小词歌之。　④周郎顾曲：典出《三国志·吴书·周瑜传》，"瑜少精音乐，虽三爵之后，其有阙误，瑜必知之，知之必顾。故时人谣曰：'曲有误，周郎顾。'"　⑤恼：挑逗。⑥初三夜月：化用白居易《暮江吟》"可怜九月初三夜，露似珍珠月似弓"。⑦第四桥：指吴江城外之甘泉桥。见《吴郡志》卷二十九。　⑧唐氏按：此首别作史卫卿词，见《江湖后集》卷十一。别又误作史隽之词，见《四明近

体乐府》卷四。

[集评]

许昂霄云:“首句‘身’字,毕竟微似趁韵。”(《词综偶评》)

李佳云:“词家有作,往往未能竟体无疵。每首中,要亦不乏警句,摘而出之,遂觉片羽可珍。如罗涧谷云:‘何处消魂,初三夜月,第四桥春。’”(《左庵词话》卷下)

张德瀛云:“词格婉丽,不落凡近。”(《词徵》卷五)

更漏子

晚潮生,凉月细[①],一抹远山无蒂[②]。收越棹[③],起吴樯[④],人间何限忙。　石头城[⑤],西北角,杳杳天低鹘落[⑥]。浑不似[⑦],此波光,清歌催夕阳。

(以上二首见《阳春白雪》卷七)

[注释]

①细:形容月牙小。　②无蒂:无边、无际。　蒂:根本,引申为“边际”。　③越棹(zhào):越地船桨。　④吴樯:本杜甫《秋风二首》之一“吴樯楚柁牵百丈”。　樯:桅杆。　⑤石头城:又称石城、石首城。战国楚威王灭越,置金陵邑始建。故址在今江苏南京石头山后。　⑥杳杳:深远幽暗貌。　鹘(hú):鸷鸟。　⑦浑:全。

徐　霖

徐霖（1215—1262），字景说，号经畈，西安（今浙江衢州）人。淳祐四年（1244），试礼部第一。授沅州教授，擢秘书省正字，迁著作郎。后乞补外，知抚州。景定二年（1261）知汀州。存词一首。

长相思

听莺声，惜莺声，客里莺声最有情。家山何处青[①]。
问归程，数归程，行尽长亭又短亭[②]。征衫脱未成。

（《阳春白雪》卷八）

［注释］

①家山：谓家乡。　②“问归程”三句：本李白《菩萨蛮》“何处是归程？长亭连短亭”。

朱 埴

朱埴(1215—?),字圣陶,号尧章,自号古平,庐陵(今江西吉安)人。宝祐四年(1256)第一甲第十六人。曾官太常博士。词存三首。

点绛唇

绣被鸳鸯,宝香熏透蔷薇水①。枕边一纸,明月人千里②。 宿酒初醒③,全不忺梳洗④。抬纤指,微签玉齿,百色思量起⑤。

(《阳春白雪》卷六)

[注释]

①蔷薇水:俗称花露水。 ②"明月"句:本南朝宋谢庄《月赋》"美人迈兮音尘阙,隔千里兮共明月"。 ③宿酒:谓隔夜的醉酒。 ④忺(xiān):高兴、适意的意思。 ⑤百色:犹言各种各样。

画堂春

绿窗睡起小妆残,玉钗低堕云鬟。回纹枉寄见伊难①,心绪阑珊②。 翠袖两行珠泪,画楼十二阑干③。销磨今古霎时间,恨杀青山④。

[注释]

①回纹:即回文。前秦时苏蕙思念其夫,遂织锦为回文旋图诗寄赠,诗图凡八百四十字,文辞凄婉。 ②阑珊:衰落渐尽意。 ③画楼十二阑干:原指仙境中的阁楼,此借以泛指华美的楼观。 ④恨杀青山:本欧阳修《踏莎行》"平芜尽处是春山,行人更在青山外"。

南乡子

花柳隔重扃[①]，送过秋千笑语声。檐鹊也嗔人起晚，天晴。孤负东风趁踏青[②]。　细细研红绫[③]，小字相思写不成。心上可人云样远[④]，寒盟[⑤]。只恐恩情薄似云。

（以上二首见《阳春白雪》卷七）

[注释]

①扃：门户。 ②孤负：即辜负。 ③研(yà)：以石碾磨布帛等物，使之密实光泽谓之研。 ④可人：令人满意的人。 ⑤寒盟：指违背盟约。《左传·哀公十二年》："寡君以为苟有盟焉，弗可改也已。若犹可改，曰盟何益。今吾子曰：'必寻盟。若可寻也，亦又寒也。'"注："寻，重也。寒，歇也。"

张绍文

张绍文,生卒不详。字庶成,南徐(今江苏镇江)人。张榘之子。存词四首,见《江湖后集》。

酹江月

淮城感兴

举杯呼月[①],问神京何在[②],淮山隐隐[③]。抚剑频看勋业事[④],惟有孤忠挺挺[⑤]。宫阙腥膻[⑥],衣冠沦没[⑦],天地凭谁整。一枰棋坏[⑧],救时著数宜紧。 虽是幕府文书[⑨],玉关烽火[⑩],暂送平安信。满地干戈犹未戢[⑪],毕竟中原谁定。便欲凌空,飘然直上,拂拭山河影[⑫]。倚风长啸,夜深霜露凄冷[⑬]。

[注释]

①"举杯"句:借用唐李白《月下独酌》诗"举杯邀明月,对影成三人"。呼:问。 ②神京:指北宋故都汴京(今河南开封)。 ③隐隐:朦胧凄迷的样子。 ④"抚剑"句:暗用杜甫《江上》诗"勋业频看镜,行藏独倚楼"。⑤孤忠:忠心耿耿得不到支持。 挺挺:正直的样子。 ⑥宫阙腥膻:指汴京沦为敌手,一片羊膻污气。 ⑦衣冠沦没:指故国文物荡然无存。⑧一枰(píng)棋坏:喻指战争失利,中原沦陷。 ⑨幕府文书:谓前方军事长官的公文。 ⑩玉关:本指玉门关。此代称边界地带。 ⑪戢(jí):止息。 ⑫"拂拭"句:指到月中拂拭山河影,表达整顿中原山河意。 ⑬"夜深"句:暗喻时代氛围凄凉。

水龙吟

春　晚

日迟风软花香[①]，困人天气情怀懒。牡丹谢了，酴醾开后[②]，红稀绿暗。慵下妆楼，倦吟鸾镜[③]，粉轻脂淡。叹韶华迤逦，将春归去，沉思处、空肠断。　　长是愁蛾不展。话春心、只凭双燕。良辰美景[④]，可堪虚负，登临心眼。雁杳鱼沉[⑤]，信音难托，水遥山远。但无言，倚遍阑干十二[⑥]，对芳天晚。

［注释］

①日迟：语脱胎于《诗经·豳风·七月》"春日迟迟"。　②酴醾：花名。花大而棘长条且有紫心。晚春时节开花。文人多以酴醾花表惜春之意。　③鸾镜：典源南朝宋范泰《鸾鸟诗序》，"昔罽宾王获一鸾鸟……三年不鸣，其夫人言：尝闻鸟见其类而后鸣，何不悬镜以映之。王从其言，鸾睹形感契，慨然悲鸣，哀响中宵，一奋而绝。"　④良辰美景：本南朝宋谢灵运《拟魏太子邺中集诗序》"天下良辰、美景、赏心、乐事，四者难并"。⑤雁杳鱼沉：指音、信难得。雁、鱼，在古代均为书信的代名词。　⑥阑干十二：本唐李商隐《碧城》其二"碧城十二曲阑干"。

壶中天

为兄风云水月主人寿

丹台仙伯[①]，记踪迹当年、琼楼金阙。底事来游人世界，为爱风云水月。结屋南园，境随人胜，不是溪山别。今朝初度，碧莲千顷齐发。　　况是鸳侣新偕，凤雏才长，占人间欢悦。且尽壶天终夕醉[②]，听取妙歌千阕。待得西风，鹗书飞上[③]，更复青毡物[④]。功成名遂，赤松还伴高洁[⑤]。

［注释］

①丹台:神仙居住之处。见《列仙传》所载。 ②壶天:道家所称的仙境。见《云笈七签·二十八治》:"后遇张申为云台治官,常悬一壶如五升器大,变化为天地,中有日月如世间,夜宿其内。自号壶天,人谓曰'壶公'。" ③鹗书:即荐书。语源汉孔融《荐祢衡表》"鸷鸟累百,不如一鹗"。 ④青毡物:本指家传旧物。典见《晋书·王羲之传附王献之》。后借以喻高贵世家。 ⑤赤松:即赤松子,古代传说中的仙人。此借以谓功成名遂而后退隐。

沁园春

为叔父云溪主人寿

数遍时贤,谁似云溪,未老得闲。自抽身州县[①],归休旧隐,灰心名利,跳出尘寰。卸却朝衣,笑拈拄杖,日在花阴竹径间。身轻健,任高眠晏起,渴饮饥餐。 垂弧猛省当年[②]。且约住春风开寿筵。况园亭池馆,新奇佳丽,弟兄子侄,歌笑团栾[③]。绿鬓朱颜[④],纶巾羽扇[⑤],做个人间长寿仙。霞觞举[⑥],愿年年今日,长对南山[⑦]。

（以上四首见《江湖后集》卷十四）

［注释］

①抽身:引退、脱身。 ②垂弧:即悬弧。古礼,生男孩,家人于门左悬挂桑弓。见《礼记·内则》。后因以指男子的生日,祝寿用语。 ③团栾:团聚意。 ④绿鬓朱颜:指青春年少。 ⑤纶巾羽扇:配有青丝带的头巾和羽毛制的扇子,诗词多用以形容风度标致。 ⑥霞觞:谓寿酒。汉王充《论衡·道虚》有载。 ⑦南山:陶渊明《归园田居》诗之三"种豆南山下,草盛豆苗稀"。此借指悠闲清雅的生活。

杨缵

杨缵（1210—1269），字继翁，号守斋，又称紫霞翁，严陵人，居钱塘（今浙江杭州）。博雅好古，精通音律，能自制曲，著有《紫霞洞箫谱》和《圈法美成词》，已佚。另有《作词五要》存录于张炎《词源》卷下。词存三首。

八六子

牡丹次白云韵

怨残红。夜来无赖[①]，雨催春去匆匆。但暗水新流芳恨[②]，蝶凄蜂惨，千林嫩绿迷空[③]。　那知国色还逢。柔弱华清扶倦[④]，轻盈洛浦临风[⑤]。细认得凝妆，点脂匀粉，露蝉耸翠[⑥]，蕊金团玉成丛。几许愁随笑解，一声歌转春融。眼朦胧。凭阑干，半醒醉中。

[注释]

①无赖：无奈。　②暗水：潜流之水。　恨：遗憾。　③嫩绿迷空：指花落尽，满目尽是绿色。　④华清扶倦：用杨贵妃华清池沐浴之典。　华清：华清池，唐白居易《长恨歌》："春寒赐浴华清池，温泉水滑洗凝脂。侍儿扶起娇无力，始是新承恩泽时。"此以杨妃出浴之态比牡丹之美。　⑤洛浦：洛水之滨，代指洛水女神。此借喻牡丹。　⑥露蝉耸翠：形容女子鬓式美。

一枝春

除　夕

竹爆惊春[①]，竞喧填、夜起千门箫鼓[②]。流苏帐暖[③]，翠鼎缓腾香雾。停杯未举。奈刚要、送年新句。应自有、歌字清圆，未夸上林莺语[4]。 从他岁穷日暮。纵闲愁、怎减刘郎风度[5]。屠苏办了[6]，迤逦柳欺梅妒。宫壶未晓[7]，早骄马、绣车盈路。还又把、月夜花朝，自今细数。

［注释］

①竹爆：爆竹。 ②箫鼓：指民间祭神活动中的音乐吹打声。 ③流苏：五彩羽毛或丝绒织成的穗子。 ④上林：《玉海》引《三辅黄图》，“汉上林苑，即秦之旧苑也。建元三年开，周袤三百里。” ⑤刘郎：指唐代刘禹锡。 ⑥屠苏：酒名。古代风俗正月初一饮此酒。 ⑦宫壶：即宫漏，古代宫中的计时器。

［集评］

杨慎云：“守岁之词虽多，极难其选，独杨守斋《一枝春》最为近世所称。”（《词品》卷六）

孙兆溎云：“此词当日已脍炙人口，《词律》不载，何也。”（《片玉山房词话》）

被花恼

自度腔

疏疏宿雨酿寒轻[1]，帘幕静垂清晓。宝鸭微温瑞烟少[2]。檐声不动[3]，春禽对语，梦怯频惊觉。敧珀枕[4]，倚银床，半窗花影明东照。 惆怅夜来风，生怕娇香混瑶草[5]。披衣便起，小径回廊，处处多行到。正千红万紫竞芳妍，又还似、年时被花恼[6]。蓦忽地，省得而今双鬓老[7]。

（以上三首见《绝妙好词》卷三）

［注释］

①酿寒轻：谓夜雨造成微寒。 ②宝鸭：指鸭形香炉。 瑞烟：焚烧瑞脑香的烟。 ③檐声：檐马之声。檐马，屋檐下挂的风铃。 ④敧

(qī):倚、靠。　珀枕:精美的枕头。　⑤瑶草:仙草,泛指珍异之草。⑥年时:犹言昔时。　⑦省(xǐng)得:明白过来。

[集评]

沈雄云:“又见其《被花恼》自度一腔,亦皆情真而语悉者也。”(《古今词话·词评》卷上)

万红友云:“此守斋自度腔也。以词中语名题,亦因山谷水仙诗‘坐对真成被花恼’,故取其三字耳。”(《词苑萃编》卷一)

史　铸

史铸,生卒不详,字颜甫,号愚斋,山阴(今浙江绍兴)人。有《百菊集谱》六卷,《菊史补遗》一卷。

瑞鹧鸪

咏桃花菊

底事秋英色厌黄,喜行春令借红妆。谢天分付千年品,特地搀先九日香①。　陶令骇观须把酒②,崔生瞥见误成章③。蜂情蝶思兼迷了,采蕊还如媚景忙。

(《百菊集谱补遗》)

［注释］

①千年品、九日香:均为菊花之品名。　②陶令:指陶渊明。梁萧统《陶渊明传》:"尝九月九日出宅边菊丛中坐。久之,满手把菊,忽值弘送酒,即使就酌,醉而归。"　③崔生:指崔护。暗咏桃花菊,用崔护桃花人面之典。见孟棨《本事诗·情感》。

林　洪

林洪，生卒不详，字龙发，号可山，泉州人。淳祐间，以诗名。词存一首。

恋绣衾

冰肌生怕雪未禁[①]，翠屏前、短瓶满簪。真个是、疏枝瘦，认花儿、不要浪吟[②]。　等闲蜂蝶都休惹，暗香来、时借水沉[③]。既得个、厮偎伴，任风霜、尽自放心。

（《山家清供》）

[注释]

①冰肌：语出《庄子·逍遥游》"肌肤若冰雪"。又苏轼《洞仙歌》"冰肌玉骨"。　②浪吟：犹言浪语、乱说。　③暗香：本林逋《山园小梅》"暗香浮动月黄昏"。　水沉：指沉香。

吴大有

吴大有,生卒不详,字有大,号松壑,浙江嵊县人。宝祐年间游太学。后退处林泉,诗酒相娱。存词一首。

点绛唇

送李琴泉

江上旗亭[①],送君还是逢君处。酒阑呼渡[②],云压沙鸥暮[③]。　　漠漠萧萧,香冻梨花雨[④]。添愁绪。断肠柔橹[⑤],相逐寒潮去。　　（《绝妙好词》卷六）

[注释]

①旗亭:指酒楼。　②酒阑:酒宴结束。　呼渡:呼渡船。　③"云压"句:沙鸥在暮云下低飞。杜甫《旅夜抒怀》诗:"飘飘何所似?天地一沙鸥。"　④梨花雨:语出白居易《长恨歌》"玉容寂寞泪阑干,梨花一枝春带雨"。暗切泪水。　⑤柔橹:船桨。也指船桨轻划声。

金淑柔

金淑柔，生卒不详，宝祐年间人。一作余淑柔。

浪淘沙

丰城道中①

雨溜和风铃，滴滴丁丁。酿成一枕别离情。可惜当年陶学士，孤负邮亭②。　边雁带秋声。音信难凭。花鬓偷数卜归程。料得到家秋正晚，菊满寒城③。

（《古杭杂记诗集》卷二）

[注释]

①丰城：县名，今属江西。位于南昌附近。　②"可惜"二句：用陶渊明事。《晋书·隐逸传·陶潜》："（渊明）素简贵，不私事上官。郡遣督邮至县，吏曰：'应束带见之。'潜叹曰：'吾不能为五斗米折腰，拳拳事乡里小人邪！'义熙二年，解印去县。"　孤负：犹辜负。　③寒城：秋城。

陈人杰

陈人杰(1218—1243),又名经国,号龟峰,长乐(今福建长乐)人。少时寓居临安,后参加漕试,未能中举。曾以幕客身份漫游两淮、荆、湘等地,卒于临安。今存《龟峰词》一卷,凡三十一首《沁园春》。其词作虽失之粗豪,但真力弥满,多慷慨忧国,为宋末辛派词风之代表人物。

沁园春

予以为古今词人抱负所有,妍媸长短[①],虽已自信,亦必当世名巨为之印可[②],然后人信以传。昔刘叉未有显称[③],及以《雪车》、《冰柱》二篇为韩文公所赏[④],一日之名,遂埒张孟[⑤]。予尝得叉遗集,观其馀作,多不称是。而流传至今,未就泯灭者,以韩公所赏题品尔。今才士满世,所负当不止叉如。然而奖借后进,竟未有如韩公者。才难,不其然,有亦未易识。诵山谷之诗[⑥],不觉喟然。因作思古人一曲。他时倘遇知己,无妨反骚[⑦]

不恨穷途,所恨吾生,不见古人。似道傍郭泰,品题季伟[⑧]。舟中谢尚,赏识袁宏[⑨]。又似元之[⑩],与苏和仲[⑪],汲引孙丁晁李秦[⑫]。今安在,但高风凛凛,坟草青青。江东无我无卿。政自要胸中分渭泾。叹今人荣贵,只修边幅,斯文寂寞,终欠宗盟。面蹉长江[⑬],目迷东野[⑭],却笑韩公接后生[⑮]。知音者,恨黄金难铸[⑯],清泪如倾。

[注释]

①妍媸(yán chī):谓美和丑,此指诗文好坏。　②名巨:名流,大学问家。　印可:佛家语,印证、许可。此为推许。　③刘叉:唐人,《唐才子传》谓其河朔间人。伟躯有力,任侠杀人,遇赦,折节读书。元和,拜韩愈。

受韩推崇,名重一时。《全唐诗》有诗一卷。　④韩文公:指韩愈。　⑤埒(liè):等同。　张孟:指张籍、孟郊。　⑥山谷:指黄庭坚。　⑦反骚:反离骚。屈原作《离骚》,扬雄作《反离骚》以吊屈原。此义持不同观点。⑧“似道傍”二句:谓郭泰于众人之中品评贤士。事见《后汉书·郭泰传》,“(郭泰)性明知人,好奖训士类。”“茅容字季伟,陈留人也。年四十馀,耕于野,时与等辈避雨树下,众皆夷踞相对,容独危坐愈恭。林宗(郭泰字)行见之而奇其异,遂与共言,因请寓宿。”见季伟孝母,而推崇之。品题:品评。　⑨“舟中”二句:谢尚赏识袁宏的才艺。见《世说新语·文学》。谢尚时任镇西将军,乘船,闻邻船有咏诗声,有情致,访之,乃袁自作诗,大加赏识。　⑩元之:指宋王禹偁,喜汲引后进。事见《宋史·王禹偁传》。　⑪苏和仲:即苏轼。明袁中道《次苏子瞻先后事》:“苏子瞻,亦字和仲。”　⑫孙丁晁李秦:指孙何、丁谓、晁补之、李之仪、秦观。均为被前辈汲引之人物。　⑬面蹉长江:面对贾岛而叹蹉跎。贾岛曾为长江县主簿。　⑭目迷东野:目接孟郊(字东野)而感到迷茫。贾岛、孟郊曾被韩愈所知,但韩对他们帮助不大。　⑮“却笑”句:言刘叉才不如贾孟,但却得韩之助。　⑯黄金难铸:谓尊宠贤能之士,以铸像纪念。典出《国语·越语下》所载“(越)王命工以良金写范蠡之状而朝礼之”。

沁园春

天　问

我梦登天,尽把不平,问之化工①。似桂花开日,秋高露冷,梅花开日,岁老霜浓。如此清标②,依然香性,长在凄凉索寞中。何为者,只纷纷桃李,占断春风。　一时列鼎分封③。岂猿臂将军无寸功④。想世间成败,不关工拙,男儿济否,只系遭逢。天曰果然,事皆偶尔,凿井得铜奴得翁⑤。君归去,但力行好事,休问穷通⑥。

[注释]

①化工:谓自然的创造力。　②清标:俊逸的风采。　③列鼎:本谓

陈列盛馔,此形容封侯晋爵。 ④猿臂将军:指李广。《汉书·李广传》:“广为人长,猿臂,其善射亦天性,虽子孙他人学者莫能及。” ⑤“凿井”句:喻意外巧合、事出偶然。《艺文类聚》卷三十五引《风俗通》:“南阳庞俭少失其父,后居庐里,凿井得钱千馀万。行求老苍头,使主牛马耕种,直钱二万。有宾婚大会,奴在灶下,言堂上母,我妇也。婢即具白母,母使俭问。曰:是我翁也。因下堂抱其颈啼泣,遂为夫妇。” ⑥穷通:贫困与显达。《庄子·让王》:“古之得道者,穷亦乐,通亦乐,所乐非穷通也。”

沁园春

留　春

春为谁来,谁遣之归,挽之不还。纵小桃秾李,大都寂寞,紫薇红药[①],未到阑珊。毕竟须归,何妨小驻,容我一尊烟雨间。春无语,只游丝舞蝶,懒上杯盘。　故园,风物班班[②]。奈声利羁留身未闲。望归鸿影尽[③],白云万里,啼鹃声切,落日千山。春却笑人,年来何事,要得一归如许难。君知否,百八盘世路[④],尽在长安。

[注释]

①红药:即芍药。 ②班班:繁密众多状。 ③“望归”句:本三国魏嵇康《兄秀才公穆入军赠诗十九首》之一“目送归鸿,手挥五弦”。 ④百八盘世路:指世事、人生的经历。 百八盘:似本佛家所谓百八烦恼。佛家谓六根与六尘相接而生六不同,六六相乘得三十六,去、来、今三世皆有此烦恼,故曰百八烦恼。

沁园春

守　岁

太岁茫茫[①],犹有归时,我胡不归[②]。为桂枝关约,十年阙下,梅花梦想,半夜天涯。婪尾三杯[③],胶牙一柝[④],节物依然心事非。长安市，只喧喧箫鼓[⑤]，催老男儿。
篝灯自理征衣[⑥]，正历乱愁肠千万丝。想椒盘寂寞[⑦]，空传旧颂，桃符冷落[⑧]，谁撰新诗。世事干忙，人生寡遂，何限春风抛路歧。身安处，且开眉一笑，何以家为。

[注释]

①太岁：古代天文学以假设之星名与岁星相应，称之为太岁。　②我胡不归：本陶渊明《归去来辞》"田园将芜胡不归"。　③婪（lán）尾：谓宴饮时酒至末座。　④胶牙：即胶牙饧，麦芽糖。　一标：犹言一盒。　⑤箫鼓：指民间祭神活动中的音乐吹打声。　⑥篝：熏笼、灯笼。　⑦椒盘：古时习俗，正月初一日用盘进椒，饮酒则取椒置于酒中浸泡。　⑧桃符：古时风俗，农历元旦，用桃木板画门神于其上，以驱鬼辟邪。五代始于桃木板上书写联语。见《岁时广记》四十一。

沁园春

问杜鹃

为问杜鹃[①]，抵死催归[②]，汝胡不归。似辽东白鹤，尚寻华表[③]，海中玄鸟，犹记乌衣[④]。吴蜀非遥，羽毛自好，合趁东风飞向西[⑤]。何为者，却身羁荒树，血洒芳枝。
兴亡常事休悲，算人世荣华都几时。看锦江好在[⑥]，卧龙已矣[⑦]，玉山无恙[⑧]，跃马何之[⑨]。不解自宽，徒然相劝，我辈行藏君岂知[⑩]。闽山路[⑪]，待封侯事了，归去非迟。

[注释]

①为：助词，加强语意，补足音节。　②抵死：拼死，竭力。　③"似辽东"二句：用丁令威化鹤归来之典。见《搜神后记》。　④"海中"二句：北宋刘斧《青琐高议别集》卷四有王榭"风涛飘入乌衣国"载：乌衣国人皆燕子化身。　玄鸟：燕子别称。　乌衣：乌衣巷，在今江苏南京市。　⑤合：应该。　⑥锦江：水名，流经四川成都平原，相传古人织锦濯洗其中。此

代称蜀地。 ⑦卧龙:指三国时诸葛亮。见《三国志·蜀书·诸葛亮传》。此借喻隐居的能人。 ⑧玉山:即玉垒山,在今四川灌县。 ⑨跃马何之:用公孙述跃马称帝典。见《后汉书》卷一十三。 ⑩行藏:语本《论语·述而》"用之则行,舍之则藏"。指出仕与归隐的处世态度。 ⑪闽山:作者是福建人,代指家乡。

沁园春

卢仝有诗云[①]:"大岁只游桃李径,春风肯管岁寒枝。"予每三复斯言,以为叹息。偶因庭竹有感,因作此词

春事方浓,寂寞此君,谁相品题。到僝桃僽李[②],鸠边雨急。埋薇瘗药,燕外泥肥。乌影舒炎,黄埃涨暑,又过绿阴青子时。夫然后,向猷家载酒[③],诩室题诗[④]。 风标如此清奇。叹世俗炎凉真可悲。看眼空凡木,云霄直上。心交古干[⑤],霜雪相依。弹压溪山,留连风月,红紫纷纷谁似之。人间世,这淡中风味,儿辈争知。

[注释]

①卢仝:唐代诗人。诗句见卢仝《悲新年》诗。 ②僝僽(chán zhòu):憔悴、烦恼意。 ③"向猷"句:用王子猷爱竹之典。事见《世说新语·任诞》。 ④诩室:指汉蒋诩隐居之室。蒋"尝于舍前竹下开三径"。事见《初学记》卷十八引《三辅决录》。 ⑤古干:即老干,指久经霜雪的竹子。

沁园春

诗不穷人[①],人道得诗,胜如得官[②]。有山川草木,纵横纸上,虫鱼鸟兽,飞动毫端[③]。水到渠成[④],风来帆速,廿四中书考不难[⑤]。惟诗也,是乾坤清气,造物须悭。

金张许史浑闲[⑥]，未必有功名久后看。算南朝将相[⑦]，到今几姓。西湖名胜，只说孤山[⑧]。象笏堆床[⑨]，蝉冠满座[⑩]，无此新诗传世间。杜陵老[⑪]，向年时也自，井冻衣寒[⑫]。

［注释］

①诗不穷人：语本欧阳修《梅圣俞诗集序》"盖世所传诗者，多出于古穷人之辞也。……盖愈穷则愈工。然则非诗之能穷人，殆穷者而后工也"。 ②"人道"二句：化用唐郑谷《静吟》诗"得句胜于得好官"。 ③"有山川"四句：语本欧阳修《梅圣俞诗集序》"（诗人）外见虫鱼草木风云鸟兽之状类。往往探其奇怪……" ④水到渠成：语出释道原《景德传灯录·光涌禅师》。⑤廿四中书考：唐德宗时，郭子仪"校中书令考二十有四"。见《旧唐书》本传。 ⑥金张许史：指西汉时四个富贵显赫的家族。即金日磾（mì dī）、张汤、许广汉、史高。见《汉书》中的《金日磾传》、《张汤传》及《外戚传》。 ⑦南朝：指宋、齐、梁陈四朝。 ⑧孤山：位于西湖附近。北宋寒士林逋隐居此地。 ⑨象笏堆床：谓家族内做官人多。《旧唐书·崔义玄传》载，唐玄宗开元年间，崔神庆之子崔琳等做大官，逢年过节家族宴会时，"以一榻置笏，重叠于其上"。 ⑩蝉冠：汉代侍中、中常侍等官的冠帽上有蝉形装饰，后人遂以泛指达官贵人。 ⑪杜陵老：指唐代诗人杜甫。⑫井冻衣寒：语本杜甫《空囊》诗"不爨井晨冻，无衣床夜寒"。

沁园春

予弱冠之年，随牒江东漕闱，尝与友人暇日命酒层楼。不惟钟阜、石城之胜，班班在目；而平淮如席，亦横陈樽俎间。既而北历淮山，自齐安溯江泛湖，薄游巴陵，又得登岳阳楼，以尽荆州之伟观。孙刘虎视遗迹依然。山川草木，差强人意。洎回京师，日诣丰乐楼以观西湖。因诵友人"东南妩媚，雌了男儿"之句，叹息者久之。酒酣，大书东壁，以写胸中之勃郁。时嘉熙庚子秋季下浣也[①]

记上层楼，与岳阳楼，酾酒赋诗[②]。望长山远水，荆州形胜。夕阳枯木，六代兴衰[③]。扶起仲谋[④]，唤回玄德[⑤]，笑杀景升豚犬儿[⑥]。归来也,对西湖叹息,是梦耶非。　诸君傅粉涂脂[⑦],问南北战争都不知。恨孤山霜重,梅凋老叶。平堤雨急,柳泣残丝。玉垒腾烟[⑧],珠淮飞浪[⑨],万里腥风吹鼓鼙。原夫辈[⑩],算事今如此,安用毛锥[⑪]。

[注释]

①由词序得知,该词作于嘉熙四年(1240)秋九月下旬。　弱冠:古时二十岁时成人。初加冠,体未壮,故称弱冠。　钟阜:钟山。　班班:明显。　樽俎:本指食具,此指宴席。　洎(jì):到。　②酾(shī)酒:犹言斟酒。　③六代:指三国、晋、宋、齐、梁、陈。　④仲谋:指孙权。　⑤玄德:指刘备。　⑥景升豚犬儿:指刘表其子刘琮无能,曹操比之猪狗。见《三国志·吴书·孙权传》裴松之注引《吴历》。　⑦傅粉涂脂:形容文恬武嬉,醉生梦死。　⑧玉垒:在四川灌县西。　⑨珠淮:淮水,因产贡珠而名珠淮。　⑩原夫辈:泛指文墨之士,含轻侮意。　原夫(fú):指程试律赋中所用的起转语助词。见五代王说《唐摭言》卷十一。　⑪毛锥:指称毛笔。

沁园春

丁酉岁感事[①]

谁使神州,百年陆沉[②],青毡未还[③]。怅晨星残月[④],北州豪杰。西风斜日,东帝江山[⑤]。刘表坐谈[⑥],深源轻进[⑦],机会失之弹指间。伤心事,是年年冰合,在在风寒。

说和说战都难,算未必江沱堪宴安[⑧]。叹封侯心在,鳣鲸失水[⑨]。平戎策就[⑩],虎豹当关。渠自无谋[⑪],事犹可做,更剔残灯抽剑看。麒麟阁,岂中兴人物,不画儒冠[⑫]。

[注释]

①丁酉岁:指嘉熙元年(1237)。　②陆沉:本谓无水而沉,此喻土地

被敌占领。语见《晋书·桓温传》。 ③青毡：原指家中旧物，此喻中原故土。见《晋书·王羲之传附王献之》。 ④晨星残月：喻北方豪杰，寥若晨星。 ⑤东帝江山：喻势危的南宋。借用齐湣王称东帝，自恃国力，不审时势，后被灭之事。见《史记·魏世家》。 ⑥刘表坐谈：三国时刘备曾劝刘表袭许昌，刘表不听。后悔之莫及。曹操谋士郭嘉评曰："表坐谈客耳！"见《三国志·魏书·郭嘉传》。 ⑦深源轻进：用东晋殷浩草率用兵之典。 深源：殷浩之字。事见《晋书·殷浩传》。 ⑧江沱：原指长江支流，此代称江南。 ⑨鳣（zhān）鲸失水：暗用贾谊《吊屈原赋》"彼寻常之鳣鲸兮，岂能容吞舟之鱼？横江湖之鳣鲸兮，固将制于蝼蚁"意。 ⑩平戎策：谓打败敌人之建议主张。语出《新唐书·王忠嗣传》"因上平戎十八策"。 ⑪渠自无谋：语本战国曹刿所言"肉食者鄙，未能远谋"。见《左传·庄公十年》。 渠：代指朝廷庸碌之辈。 ⑫"麒麟阁"三句：汉宣帝号称中兴之主，曾命画霍光等十一位功臣肖像于未央宫内麒麟阁，以颂其功绩。见《汉书·苏武传》。此借以抒立功报国无门之慨。

[集评]

许昂霄云："按《宋纪》，丁酉为理宗嘉熙元年。是时金虽已亡，而蒙古兵方压境，诸镇皆弃官遁。词中所感，殆谓是欤。"（《词综偶评》）

陈廷焯云："此类皆慷慨激烈，髮欲上指。词境虽不高，然足以使懦夫有立志。"（《白雨斋词话》卷六）

沁园春

吴兴怀古[①]

落日都门，买得扁舟，乘兴而东。正苕川半夜[②]，月寒似水。蘋洲一路，秋老多风。携妓溪山，寻春岁月，往事黄粱昨梦中[③]。高楼上，问何人怀古，湖海元龙[④]。 诸君解后相逢[⑤]。更休问奚奴金错空[⑥]。向琐窗看镜，鬓无霜白。玉舠挥酒[⑦]，脸有潮红。莼美鲈肥[⑧]，橙香蟹壮，风味不如归兴浓。明朝去，有西门一水，直与天通[⑨]。

[注释]

①吴兴：古郡名，在今浙江湖州。 ②苕川：水名，即苕溪。在浙江省，源出天目山，流经吴兴入太湖。 ③黄粱：指黄粱梦。据唐人沈既济《枕中记》所载，卢生在邯郸旅舍遇一道士吕翁，卢生俯首就翁所给之枕，梦见娶妻、登第、授官等事，梦醒时店主人所蒸之黍尚未熟。此喻短暂的幻梦。 ④"高楼"三句：用陈登事。陈登字元龙。《三国志·魏书·陈登传》："（许）汜曰："陈元龙湖海士，豪气不除。"……许汜曰："昔见元龙，元龙自上大床卧，使客卧下床。"刘备曰："君求田问舍，言无可采，如小人欲卧百尺楼上，卧君于地，岂但上下床之间耶！" ⑤解后：同"邂逅"，不期而遇。 ⑥奚奴：奴仆的通称。 金错空：本唐杜甫《对雪》诗句"金错囊徒罄"。 金错：金错刀，钱名。 ⑦玉舠（dāo）：谓玉质酒器。 舠：唐本作"舠"。 ⑧莼美鲈肥：喻游宦者思念家乡风味而起故园之情。典见《世说新语·识鉴》："张季鹰辟齐王东曹椽。在洛，见秋风起，因思吴中菰菜，莼羹、鲈鱼脍，曰：'人生贵得适意尔，何能羁宦数千里以要名爵！'遂命驾便归。" ⑨"西门"二句：明写回都城，暗写希望受到天子赏识。

沁园春

同前韵再会君鼎饮，因以为别

此去长安，说似交游，我来自东。向蒹葭极浦[①]，吟篷泊雨。梧桐孤店，醉帻攲风。青市生涯，白洲活计，都在水乡鱼稻中。邮亭上，俯清流长啸，惊起虬龙[②]。　霅山面面迎逢[③]。便回首旧游云水空。有连天秋草，寒烟借碧，满城霜叶，落照争红。六代蜂窠[④]，七贤蝶梦[⑤]，勾引客愁如酒浓。人间世，只醉乡堪向，休问穷通。

[注释]

①蒹葭：语出《诗经·秦风·蒹葭》"蒹葭苍苍，白露为霜"。 蒹：荻草；葭：芦苇。 极浦：指遥远的水边。 ②虬龙：神话传说中的无角龙。 ③霅（zhà）山：山名，在霅川附近，今浙江吴兴境内。 ④六代：指三国、东晋、

宋、齐、梁、陈。　⑤七贤：指嵇康、阮籍、山涛等竹林七贤。见《晋书·嵇康传》。

沁园春

吴门怀古[1]

草满姑苏[2]，问讯夫差[3]，今安在哉。望虎丘苍莽[4]，愁随月上，蠡湖浩渺[5]，兴逐潮来。自古男儿，可人心事，惆怅要离招不回[6]。离之后，似舞阳几个[7]，成甚人才。　西风斜照徘徊，比旧日江南尤可哀[8]。叹茫茫马腹，黄尘如许[9]。纷纷牛背，青眼难开[10]。应物香销[11]，乐天句杳[12]，无限风情成死灰。都休问，向客边解后，只好拈杯。

［注释］

①吴门：古吴县城（今苏州）的别称。　②姑苏：即今苏州之古称。　③夫差：春秋吴王阖闾之子。　④虎丘：山名。位于苏州西北阊门外。相传吴王阖闾葬于此，三日有虎踞其上，故名。　⑤蠡湖：即太湖。春秋范蠡曾泛舟于此。　⑥要离：春秋时刺客。曾助阖闾刺庆忌，庆忌释要离，离渡江至江陵，自刎。　⑦舞阳：指秦舞阳，燕国的勇士。事见《战国策·燕策》。此喻人才。　⑧"比旧日"句：南朝梁庾信作《哀江南赋》。表思念故国之情。　⑨"叹茫茫"二句：意为虎豹横行，战尘四起。　⑩青眼：表示重视、尊重。《晋书·阮籍传》："籍又能为青白眼，见礼俗之士，以白眼对之。……（嵇）康闻之，乃赍酒挟琴造焉。籍大悦，乃见青眼。"　⑪应物：指唐代诗人韦应物。　⑫乐天：指唐代诗人白居易。

沁园春

浙江观澜

日薄风狞[1]，万里空江，隐隐有声。旋千旗万棹[2]，一时东指[3]，青山断处，白浪成层。渐近渐高，可惊可喜，欻作雪峰楼外横④。教人讶，是鲸掀鳌抃⑤，蛟鬥龙争。属镂忠恨腾腾⑥，要句践城台都荡平⑦。奈岸身不动，潮头自落，又如飞剑，斫倒鼍城⑧。若到夜深，更和月看，组练分明十万兵⑨。尤奇特，有稼轩一曲⑩，真野狐精⑪。

[注释]

①日薄风狞：日色昏暗，狂风怒号。 ②旋：顷刻。 棹：船桨。 ③一时：同时。 ④欻(xū)：忽然。 ⑤鲸掀鳌抃(biàn)：喻海潮气势。 ⑥属镂：剑名。又写作属鹿，是夫差赐伍子胥自杀之剑。 ⑦句(gōu)践：越王。曾在浙江境内建立越国。 ⑧斫倒鼍城：形容潮水态势可以摧毁城墙。斫：砍。 ⑨组练：组甲、披练皆指将士衣甲服装。此指精锐部队。 ⑩稼轩：指南宋词人辛弃疾。 ⑪野狐精：语见《草堂诗馀后集》上引《古今词话》，“金陵怀古，诸公寄调《桂枝香》者，三十馀家，独王介甫最为绝唱。东坡见之，叹曰：‘此老乃野狐精也。’”因以喻久修道行，术法圆成，令人莫测高深。

沁园春

赠陈用明

把酒西湖，花月三年①，不见家山②。想荆州座上③，消磨岁月，唐风集里④，收卷波澜。鹤邑朝帆，鲈乡夕棹，来往菰蒲何处间⑤。应思我，似骑驴杜甫⑥，长在长安。　相逢依旧开颜，听玉屑霏霏当暑寒⑦。笑髯生如许，尚夸年少，心忙未了，浪说身闲。尘梦无凭⑧，菟裘堪老⑨，付子声名吾欲还⑩。斜阳外，把平生心事，同倚阑干。

[注释]

①花月：花间月下，指优游风流生活。 ②家山：故乡。 ③荆州座上：用王粲在刘表处作客之事。事见《三国志·魏书·王粲传》。借以谓大志未展，寄人幕下。 ④唐风集：晚唐诗人杜荀鹤之诗集名。 ⑤“鲈乡”二句：化用晋张翰思食鲈鱼而辞官归乡之典。 ⑥骑驴杜甫：杜甫《奉赠韦左丞丈二

十二韵》诗有句“骑驴三十载，旅食京华春”。　⑦玉屑：本指玉的碎末，此代指说话声音。　⑧尘梦：谓人世的梦幻。　⑨菟裘：谓告老隐退。语出《左传·隐公十一年》：“羽父请杀桓公，以求大宰。公曰：‘为其少故也，吾将授之矣。’使营菟裘，吾将老焉。”　⑩付子声名：把声名都交还给你。

沁园春

送陈起莘归长乐[①]

过了梅花，纵有春风，不如早还。正燕泥日暖，草绵别路，莺朝烟淡，柳拂征鞍。黎岭天高[②]，建溪雷吼[③]，归好不知行路难。龟山下[④]，渐青梅初熟，卢橘犹酸。　名场老我闲关[⑤]，分岁晚诛茅湖上山[⑥]。叹龙舒君去，尚留破砚。鱼轩人老[⑦]，长把连环。镜影霜侵，衣痕尘暗，赢得狂名传世间。君归日，见家林旧竹，为报平安[⑧]。

［注释］

①长乐：县名，今属福建。　②黎岭：又名黎山。在云南大关县北。③建溪：水名。闽江上游。　④龟山：山名。位于福建将长县东北，封山之支峰。　⑤闲关：坎坷的道路，这里形容仕途不顺。　⑥诛茅：谓剪茅为屋。　⑦鱼轩：以鱼兽皮为饰的车子，古时贵妇人所乘用。见《左传·闵公二年》。此指代贵妇人。　⑧“见家”句：谓平安无事。语源唐段成式《酉阳杂俎续集·支植下》：“北都惟童子寺有竹窠，才长数尺，相传其寺纲维，每日报竹平安。”

沁园春

送高君绍游霅川[①]

斗酒津亭，方送月芗[②]，夫君又行。正夕阳枯木，低回征路。寒烟衰草，迤逦离情[③]。京洛风尘[④]，吴兴山水[⑤]，等是东西南北人。思君处，只梅花解后[⑥]，心目开明。 江湖夜雨青灯，曾说尽百年间废兴。叹屠龙事业[⑦]，依然汗漫[⑧]，歌鱼岁月[⑨]，政尔峥嵘。但使豫州，堪容玄德，何必区区依景升[⑩]。需时耳，算不应长是，竖子成名[⑪]。

[注释]

①霅(zhà)川:水名,亦称霅溪。在浙江吴兴县境。 ②月芗:作者之友。 ③迤逦:即"迤逦"。曲折连绵意。 ④京洛:即洛阳,因东汉、东周曾建都于此,故云。 ⑤吴兴:县名。在今浙江湖州。 ⑥梅花解后:不期而遇梅花。 ⑦"叹属龙"句:喻指高超的技艺。语出《庄子·列御寇》"朱泙漫学屠龙于支离益,单千金之家。三年技成,而无所用其巧"。比喻灭金复宋土的事业。 ⑧汗漫:意谓不着边际,没有希望。 ⑨歌鱼:喻指寄人篱下而有所希求。用冯谖寄食孟尝君门下之典。事见《战国策·齐策》。 ⑩"但使"三句:用刘备早年曾依附刘表之事。见《三国志·蜀志·先主传》。 ⑪竖子成名:语出《晋书·阮籍传》,"尝登广武,观楚汉战处,叹曰:'时无英雄,使竖子成名!'" 竖子:鄙称,犹今所言"小子"。

沁园春

送郑通父之吴门谒宋使君

塞外江山[①]，如此萧条，可堪别离。纵虹桥烟浪[②]，要君怀古。凤城风雨[③]，奈我相思。玉茧挥诗[④]，金鲸泻酒[⑤]，件件清狂分付谁。长安市，有几多心事，岁老相期。

春风渐到梅枝，算我辈荣枯应似之。莫提携剑铗[⑥]，悲歌一曲，摩挲髀肉[⑦]，清泪双垂。话到辛酸，居然慷慨，跃马岁年心自知。君行矣，有广平东阁[⑧]，堪著男儿。

[注释]

①《全宋词》注:"塞"原作"寒",从劳巽卿校本《龟峰词》改。 ②虹

桥：指拱桥。 ③凤城：相传秦穆公之女弄玉，吹箫引凤，凤皇降于京城，故曰凤城，后遂以称指京都。 ④玉茧：指精制的丝笺。 ⑤金鲸：指酒器。 ⑥提携剑铗：用冯谖弹铗而歌典。见《战国策·齐策》。 ⑦摩挲髀肉：犹言抚髀。借以慨叹功业不就。源于《三国志·蜀书·先主传》裴松之注引《九州春秋》所载刘备悲叹髀里肉生之典。 ⑧广平：指唐宰相宋璟（广平），有贞劲刚毅的风度。 东阁：指宰相延揽贤人之馆。

沁园春

庚子岁自寿①

未省吾生，石室云林②，金门玉堂③。但吕公来说④，风神清怪，甘公来说⑤，寿禄高强。果若人言，自应年少，曳紫鸣珂游帝乡⑥。何为者，更风尘牢落，歧路回皇⑦。 替人缝嫁衣裳，奈未遇良媒空自伤。岂平生犹欠，阴功活蚁⑧，从前未卜，吉地眠羊⑨。岁晏何如，时来便做，但恐鬓毛容易霜。今休问，且揆予初度⑩，满引金觞。

[注释]

①庚子岁：指嘉熙四年（1240）。 ②石室：山中隐居之室。 ③金门：即金马门之省称。汉武帝时，东方朔等皆侍诏于此。 玉堂：汉代殿名，后用作翰林院的代称。 ④吕公：汉单父人，吕后之父，善相人。见《史记·高祖本纪》。 ⑤甘公：即甘德，战国齐人，擅天文星占。见《史记·天官书》。此喻占卜的人。 ⑥曳紫鸣珂：喻指达官显贵。朱衣紫绶为古代高官的服饰；贵者之马以玉为饰，行则作响，谓之鸣珂。 ⑦回皇：即回徨。徘徊，不安。 ⑧阴功活蚁：谓救活蚂蚁以积阴德。 ⑨吉地眠羊：羊指“祥”字，此谓坟地吉祥。 ⑩揆予初度：本《楚辞·离骚》“皇览揆余初度兮”。此指出生。

沁园春

辛丑岁自寿[①]

五彩云中，群玉峰头，是吾故乡。为瑶池侍宴[②]，偶违酒令。玉皇降敕，谪作诗狂。桧柏风姿，山林气象，未到中年先老苍。西湖路，尽留连光景，傲睨冰霜。　东窗剪烛焚香，剩满引梅花进寿觞。梦群仙相庆，烹炮麟凤[③]，十洲同往[④]，骖翳鸾凰[⑤]。约向人间，尽偿吟债，依旧乘风来帝旁。如今未，且百年管领[⑥]，橘绿橙黄。

［注释］

①辛丑岁：指淳祐元年（1241）。　②瑶池：传说中西王母所居之处。③烹炮麟凤：比喻烹调珍贵菜肴。　④十洲：传说中的海上仙境。见《海内十洲记》。　⑤骖翳鸾凰：谓驾鸾上天，羽化登仙。江淹《别赋》："驾鹤上汉，骖鸾腾天。"　⑥管领：消受、欣赏义。

沁园春

赠　人

如此男儿，可是疏狂，才大兴浓。看曹瞒事业[①]，雀台夜月[②]。建封气概[③]，燕子春风[④]。叱咤生雷，肝肠似石，才到尊前都不同。人间世，只婵娟一剑[⑤]，磨尽英雄。　半生书剑无功，漫赢得闲情如二公。向紫云歌畔[⑥]，玉舠最满[⑦]。红桃笑里，金错长空[⑧]。驼陌三年[⑨]，牛腰几束[⑩]，半在兰香巾笥中[⑪]。君知否，是扬州景物，消得司封[⑫]。

［注释］

①《全宋词》注："看"字原缺，从吴讷本补。　曹瞒：即曹操。操小字阿瞒。　②雀台：指曹操所筑之铜雀台。见《三国志·魏书·武帝纪》。

③建封：即张建封。传说唐贞元中，张建封镇徐州时，曾在徐州筑燕子楼，为家伎关盼盼所居。 ④燕子：指燕子楼。 ⑤婵娟：形态美好。 ⑥紫云：唐代歌伎名。杜牧赠诗云："忽发狂言惊四座，两行红袖一时回。"见《唐才子传》。 ⑦舠（dāo）小船。唐本作"舠"。 ⑧金错：指金错刀。钱名，即金错刀币。汉张衡《四愁诗》之一："美人赠我金错刀，何以报之英琼瑶。" ⑨驼陌：谓铜驼街陌。晋陆机《洛阳记》："洛阳有铜驼街……俗语曰：金马门外聚众贤，铜驼陌上集少年。" ⑩牛腰：喻指书卷量大。⑪巾笥（sì）：用巾复盖的箱箧。 ⑫司封：官名。其主管袭荫、封爵、褒赠等事。

沁园春

送宗人景召游姑苏

世路如秋，万里萧条，君何所之①。想鲈乡烟水②，尚堪垂钓，虎丘泉石③，尽可题诗。橙弄霜黄，芦飘雪白，何处西风无酒旗。经行地，有会心之事，好吐胸奇。 一丘封了要离④，问世上男儿今有谁。但一尊相属，居然感慨，扁舟独往，可是嵚嵜⑤。齐邸歌鱼⑥，扬州跨鹤⑦，风味浅深君自知。匆匆去，算梅边春动，又是归期⑧。

[注释]

①何所之：之何所，到何处去。 ②鲈乡烟水：用张翰思乡典。见《世说新语·识鉴》。 ③虎丘：苏州名胜，传说吴王阖闾葬于此。 ④要离：春秋时刺客，曾为吴公子光刺杀庆忌。后自杀，葬于姑苏。 ⑤嵚（qīn）嵜：波折不顺意，比喻杰出不群。嵜，同"崎"。 ⑥齐邸歌鱼：用冯谖弹铗长歌典。 ⑦扬州跨鹤：谓集富贵成仙于一身。《说郛》中《商芸小说》："有客相从，各言所志：或愿为扬州刺史，或愿多资财，或愿骑鹤上升，其一人曰：'腰缠十万贯，骑鹤上扬州。'欲兼三者。" ⑧"算梅"二句：化用唐杜甫《立春》"春日春盘细生菜，忽忆两京梅发时。……杜陵远客不胜悲。……此身未知归定处，呼儿觅纸一题诗"诗意。

沁园春

次韵林南金赋愁

抚剑悲歌[①],纵有杜康,可能解忧[②]。为修名不立,此身易老[③],古心自许,与世多尤。平子诗中[④],庾生赋里[⑤],满目江山无限愁。关情处,是闻鸡半夜[⑥],击楫中流[⑦]。 淡烟衰草连秋,听鸣鴂声声相应酬[⑧]。叹霸才重耳,泥涂在楚[⑨],雄心玄德,岁月依刘[⑩]。梦落莼边[⑪],神游菊外[⑫],已分他年专一丘[⑬]。长安道,且身如王粲,时复登楼[⑭]。

[注释]

①抚剑悲歌:用冯谖弹剑作歌以鸣不平之典。 ②"纵有"二句:反用曹操《短歌行》"何以解忧,惟有杜康"。 ③"为修"二句:本屈原《离骚》"老冉冉其将至兮,恐修名之不立"。 ④平子诗:指张衡《四愁诗》。⑤庾生赋:指庾信《哀江南赋》,抒亡国丧家之悲。 ⑥闻鸡半夜:用祖逖、刘琨闻鸡起舞典,喻志士奋发意。见《晋书·祖逖传》。 ⑦击楫中流:用祖逖击楫于江中发誓之典。见《晋书·祖逖传》。 ⑧鴂(jué):伯劳鸟。⑨"叹霸才"二句:用晋公子重耳在楚流亡之典。见《左传·僖公二十三年》。 ⑩岁月依刘:用刘备未成帝业时曾依靠刘表的事典。见《三国志·蜀书·先主传》。 ⑪"梦落"句:用张翰思家乡典。 ⑫"神游"句:暗用陶渊明《归去来兮辞》"三径就荒,松菊犹存"之意。 ⑬专一丘:谓田园归隐生活。 ⑭"且身"二句:用王粲写《登楼赋》事典,以表达思念家乡,渴望建功立业的心情。

沁园春

南金又赋无愁。予曰:丈夫涉世,非心木石,安得无愁时,顾所愁何如尔。杜子美平生困踬不偶[①],而叹老羞卑之言少,爱君忧国之意多,可谓知所愁矣。若于著衣吃饭,一一未能忘情,此为不知命者。故用韵以反骚我自无忧，何用攒眉，今忧古忧。叹风寒楚蜀[2]，百年受病。江分南北，千载归尤。洛下铜驼[3]，昭陵石马[4]，物不自愁人替愁。兴亡事，向西风把剑，清泪双流。　边头依旧防秋，问诸将君恩酬未酬。怅书生浪说，皇王帝霸，功名已属，韩岳张刘[5]。不许请缨[6]，犹堪草檄，谁肯种瓜归故丘[7]。江中蜃，识平生许事，吐气成楼[8]。

［注释］

①杜子美：杜甫。　困踬：窘迫。　不偶：无有类比。　②楚蜀：指荆襄、两淮、四川一带。　风寒：指南下金兵破坏。　③洛下铜驼：《晋书·索靖传》载，索靖知天下将大乱，曾指洛阳宫门前铜驼说："会见汝在荆棘中耳！"　④昭陵石马：唐太宗陵前两庑有六块浮雕石刻，是太宗创业时所乘的六骏。传说安史之乱时，石马曾助唐军。　⑤韩岳张刘：指武将韩世忠、岳飞、张俊、刘锜。　⑥请缨：谓从军击敌。语见《汉书·终军传》载，终军使南越，欲说其王，令入朝。军自请"愿受长缨，必羁南越王而致之阙下"。　⑦种瓜：喻国破后遁隐。典见《史记·萧相国世家》，"召平者，故秦东陵侯，邦破为布衣。贫，种瓜于长安城东。瓜美，故世俗谓之东陵瓜，从召平以为名也。"　⑧"江中"三句：蜃指大蛤蜊，海面上由于光线的折射形成的楼台城郭的幻影，古人以为蜃吐气而形成的。此借指拟人手法。　许事：许多事。

沁园春

送马正君归东嘉[1]

尽典春衣，换酒津亭，送君此行。叹清朝有道，何曾逐客，有司议法[2]，忍及书生。归去来兮，噫其甚矣，见说江涛也不平。君之友，岂都无义士，剖胆相明。　挑诗行李如冰，正趁得越山桃李春[3]。把从前豪举，著些老气，不应造物，到底无情。雁荡烟霞[4]，凤城风雨[5]，两地相思魂梦清。重来否，算海波未窄[6]，犹可骑鲸[7]。

[注释]

①东嘉:地名。在浙江温州一带。 ②有司:谓官吏。 ③越山:泛指浙江地区的山脉。 ④雁荡:山名。在浙江乐清。 ⑤凤城:用萧史吹箫引凤典。此代称京都。 ⑥《全宋词》注:"波"字原空格,据吴本补。 ⑦骑鲸:谓隐遁游仙。语见汉扬雄《羽猎赋》"乘巨鳞,骑京鱼"。唐李白自署"海上骑鲸客"。

沁园春

咏西湖酒楼

南北战争[①],惟有西湖,长如太平。看高楼倚郭,云边矗栋,小亭连苑,波上飞甍[②]。太守风流,游人欢畅,气象迩来都斩新[③]。秋千外,剩钗骈玉燕[④],酒列金鲸[⑤]。

人生乐事良辰,况莺燕声中长是晴。正风嘶宝马,软红不动[⑥],烟分彩鹢[⑦],澄碧无声。倚柳分题[⑧],借花传令,满眼繁华无限情。谁知道,有种梅处士[⑨],贫里看春。

[注释]

①南北战争:指宋元战争。 ②甍:(méng):屋栋、屋脊。 ③斩新:同"崭新"。 ④剩钗、玉燕:以首饰代女人。 ⑤金鲸:谓酒器。 ⑥软红:形容都市繁华。 ⑦彩鹢(yì):指彩绘雕饰的画船。 ⑧分题:诗人聚会分题而赋诗。 ⑨种梅处士:指北宋隐士林逋。

[集评]

况周颐云:"龟峰词《沁园春》咏西湖酒楼云:'南北战争……'此三句含有无限感慨。"(《蕙风词话》卷二)

沁园春

同林义倩游惠觉寺，衲子差可与语，因作葛藤语示之[①]

万法皆空，空即是空，佛安在哉。有云名妙净，可遮热恼，海名圆觉，堪洗尘埃。翠竹真如[②]，黄花般若[③]，心上种来心上开。教参熟，是菩提无树[④]，明镜非台。　偷闲来此徘徊，把人世黄粱都唤回[⑤]。算五陵豪客[⑥]，百年荣贵，何如衲子[⑦]，一钵生涯。俯仰溪山，婆娑松桧，两腋清风茶一杯。拏舟去，更扫尘东壁，聊记曾来。

［注释］

①葛藤语：说话啰唆。　②真如：佛教指永恒常在的实体、实性。　③般若：梵语。犹言智慧。　④菩提：梵语。即明辨善恶、觉悟真理之意。菩提树：佛教徒相传释迦牟尼曾在此树下得证菩提果而成佛。　⑤黄粱：同“黄粱梦”，见唐沈既济《枕中记》。比喻功名富贵不过等同于一场短暂的梦幻。　⑥五陵：原指西汉几个皇帝的陵墓。后因周围为富豪聚居之处，遂以泛指有权势有钱财之家。　⑦衲子：僧徒的别称。

沁园春

壬寅春寓东林山中有感而作[①]

懒学冯君，弹铗歌鱼[②]，如今五年。为西湖西子[③]，费人料理，东林东老，特地留连。坐注虫鱼[④]，行吟雌霓[⑤]，竟负逍遥第一篇[⑥]。过从少，但赤髭白足，时复谈禅。　倚门白水平田，看数点青山无尽天。叹春风心事，已成待兔[⑦]，夕阳时节，又听啼鹃。如此凄凉，若为排遣[⑧]，不是诗边即酒边。中宵梦，有逋梅吹雪，坡柳摇烟[⑨]。

[注释]

①壬寅:指淳祐二年(1242)。　东林:山名。位于浙江吴兴县西南五十里,宋人沈东老曾隐居于此。　②“懒学”二句:典出《战国策·齐策四》所载,孟尝君门客冯谖弹铗作歌,表示不满待遇之事。后多喻自伤穷困不遇。　③西湖西子:指西施。　④坐注虫鱼:语本唐韩愈《读皇甫湜公安园池诗书其后》诗“尔雅注虫鱼,定非磊落人”。因以谓与治世大道无关之事。　⑤雌霓:谓副虹。　⑥逍遥第一篇:指《庄子·逍遥游》。因其列于《庄子》首篇,故云。　⑦待兔:典见《韩非子·五蠹》“宋人有耕者,田中有株,兔走触株,折颈而死,因释其耒而守株,冀复得兔。兔不可复得,而身为宋国笑”。　⑧若为:犹言如何。　⑨“有逋”二句:逋,指林逋;坡,指苏东坡。林逋隐居孤山种梅,苏东坡任杭州守于西湖筑堤植柳。

沁园春

赋月潭主人荷花障

云锦亭西,记与诗人,拍浮酒船。看洛川妃子[①],锦衾照水,汉皋游女,玉佩摇烟[②]。秋老芳心,波空艳质,惟见寒霜凋碧圆。争知道,有西湖五月,长在尊前。　素纨红障相鲜,更淡静一枝真叶仙。向风轩摇动,但无香耳,蓼丛掩映,自是天然。猊背生烟[③],蜡心吐月,赢得吴娃歌采莲[④]。陈公子[⑤],似日休钟爱,兴满吟边。

[注释]

①洛川妃子:即洛水女神。典见曹植《洛神赋》。后因以咏美女。②“汉皋”二句:用郑交甫遇仙女,仙女解佩相赠之典。事见《列仙传》卷上《江妃二女》。　③猊:指猊狮状的香炉。　④吴娃:泛指吴地美女。⑤陈公子:指月潭主人。

沁园春

饶镜游吴中①

易得仲宣②，难得世间，有刘景升③。叹男儿未到，鸣珂谒帝④，此身那免，弹铗依人⑤。橘自盈洲，莸难共器⑥，一榻相看如越秦⑦。元龙者，独门前有客，胸次无尘⑧。　君今重莅诗盟，载弄玉飞琼车后行⑨。过鸱夷西子⑩，曾游处所，水云应喜，重见娉婷。张禹堂深⑪，马融帐暖⑫，吟罢不妨丝竹声。松江上⑬，约扁舟棹雪，同看梅春。

[注释]

①吴中：指今江苏吴县，春秋时为吴国都。　②仲宣：指王粲。　③刘景升：即刘表。　④鸣珂：谓高官贵人车马出入。　⑤弹铗：用冯谖弹剑铗而歌之典。　⑥莸(yóu)：水草名。似蕙而气臭。　⑦越秦：喻相去甚远。　⑧"元龙"三句：元龙指陈登。《三国志·魏书·陈登传》："(许)汜曰：'陈元龙湖海之士，豪气不除。'……汜曰：'昔遭乱，过下邳见元龙。元龙无客主之意，久不相与语，自上大床卧，使客卧下床。'"　⑨弄玉：春秋时秦穆公之女，嫁与萧史，相传二人后随凤凰仙去。见《列仙传》卷上。飞琼：即许飞琼，神话中西王母之侍女。此喻飞雪。　⑩鸱夷：范蠡隐居江湖后的自号。见《史记·货殖列传·范蠡》。西子：指西施。　⑪张禹堂深："禹性习知音声，身居大第，后堂理丝竹管弦。……置酒设乐，与弟子相娱。"见《汉书·张禹传》。　⑫马融帐暖："融居宇器服，多存侈饰。常坐高堂，施绛纱帐。前授生徒，后列女乐。"见《后汉书·马融传》。　⑬松江：即吴淞江。

沁园春

淳祐壬寅黄钟之月，连日风雨。陈月潭以上浣三日举神霄将吏之祀，登坛焚篆，忽云开晴，作沁园春歌之①

道骨仙风，自天上来，月潭主人。把玉清宝印②，按行川岳,神霄铁尺,鞭叱雷霆。雨部收晴,日君腾照,一寸灵章飞杳冥。幡旗外,觉阴风肃肃,奔走神兵。　登坛沥酒刑牲,有法馔如山饱万灵③。想乖龙惊起④,碧潭无底,妖蟆戮尽,珪月长明⑤。行比旌阳⑥,功高李靖⑦,玉府丹台登姓名⑧。平生志,合为霖为雨⑨,大慰苍生。

[注释]

①由序可知词作于淳祐二年(1242)仲冬之月上旬。　神霄:道家谓天的最高层。　②玉清:道家三清,即玉清、太清、上清,为神仙居处。③法馔:祭祀时陈设的食品。　④乖龙:传说中一种恶龙。　⑤珪月:美好如玉的月亮。　⑥旌阳:指许逊。许举孝廉,拜旌阳令,后周行江湖诸郡,殄灭毒害。事见《太平广记·神仙十四》。　⑦李靖:唐太宗时功臣。曾从太宗征王世充,平萧铣;破突厥,俘颉利可汗;后又破吐谷浑。功封卫国公。见《唐书》本传。　⑧玉府:泛指官府。　丹台:道家传说中的仙境。　⑨为霖为雨:喻济世泽民。语本《尚书·说命上》,"(高宗)命之(傅说)曰:'朝夕纳诲,以辅台德。……若岁大旱,用汝作霖雨。'"

沁园春

姑苏新邑有善为计然之术者,家用以肥。既而作堂佚老,扁曰闲贵,盖取唐人"白衣闲亦贵,何必谒天阶"之句。友人池袭父邀予同赋,因作长短句遗之

禁鼓蓬蓬,忙杀公侯,穴城影中。正花前豪士,宿酲未解①,松间逋客②,清梦才浓。龙尾危机,犀围长物③,何必飞书交子公④。人间世,只闲之一字,受用无穷。
主人窗户玲珑,悟富贵荣华回首空。向竹梧侧畔,聚先秦录,兰荪里许⑤,吟晚唐风。琴外鸿归,棋边鹭静,天把一丘荣此翁⑥。孙刘辈⑦,枉百年争战,一昧雌雄。

(以上紫芝漫抄本《龟峰词》)

[注释]

①宿酲:隔夜的醉酒。　②逋客:谓隐士或无官之人。语出孔稚圭《北山移文》:"为君谢逋客。"用晋人周颙典。周曾隐于北山,后应诏弃此出为海盐县令,故称之为逋客。　③犀围:饰有犀角的玉带,喻指做官。长物:多馀之物。语本《世说新语·德行》所载王恭之事。　④"何必"句:"咸(陈万年子)滞于郡守。时车骑将军王音辅政,信用陈汤(字子公)。咸数赂遗汤,予书曰:'即蒙子公力,得入帝城,死不恨。'后竟入为少府。"见《汉书·陈万年传》。此用典喻指送礼托人援引。　⑤兰荪:香草,喻贤俊才德。　⑥丘:指隐士栖居之地。《汉书·叙传上》:"渔钓于一壑,则万物不奸其志;栖迟于一丘,则天下不易其乐。"　⑦孙刘:指三国时孙权与刘备。

毛　玥

毛玥(xǔ),生卒不详,字元白,号吾竹,三衢(今浙江衢州)人。有诗名于端平间。有《吾竹小稿》一卷。

浣溪纱

桂

绿玉枝头一粟黄[①],碧纱帐里梦魂香[②]。晓风和月步新凉。　吟倚画栏怀李贺[③],笑持玉斧恨吴刚[④]。素娥不嫁为谁妆[⑤]。

(《绝妙好词》卷五)

[注释]

①一粟黄:形容丹桂的花小,色黄。　②碧纱帐:形容桂叶。　③李贺:唐代诗人。其《李凭箜篌引》诗有“吴质不眠倚桂树,露脚斜飞湿寒兔”之句。　④“笑持”句:用吴刚伐桂典。唐段成式《酉阳杂俎·天咫》:“故异书言,月桂高五百丈,下有一人常斫之,树创随合。人姓吴名刚,西河人。学仙有过,谪令伐树。”　⑤素娥:嫦娥之别称。亦泛指月中仙女。

踏莎行

题草窗词卷[①]

顾曲多情[②],寻芳未老,一庭风月知音少。梦随蝶去恨墙高[③],醉听莺语嫌笼小。　红烛呼卢[④],黄金买笑,弹丝跕躧长安道[⑤]。彩笺拈起锦囊花[⑥],绿窗留得罗裙草[⑦]。

(《草窗词》)

[注释]

①草窗词:南宋词人周密(号草窗)所撰。　②顾曲:谓精于音乐。语

源《三国志 · 吴书 · 周瑜传》，“瑜少精意于音乐……时人谣曰：曲有误，周郎顾。” ③梦随蝶去：语脱胎于庄周梦蝶之典。 ④呼卢：指赌博。古时有一种赌博：削木为子，一子两面，凡五个。每子一面涂黑，画牛犊，一面涂白，画雉。五子皆黑，称“卢”，得头彩。故掷子时，高声大叫，希望得到全黑，是之谓呼卢。宋人程大昌《演繁露》六有载。 ⑤跕躧（tiē xǐ）：谓足尖轻轻着地而行。躧，同“屣”，谓无跟的小鞋。 ⑥锦囊：谓用以藏稿的诗囊。语用李贺典。李贺“恒从小奚奴，骑驴，背一古破锦囊，遇有所得，即书投囊中”。见李商隐《李贺小传》。 ⑦罗裙草：本五代牛希济《生查子》词“记得绿罗裙，处处怜芳草”。

张　矩

张矩，生卒不详，字成子，号梅深。《绝妙好词》作张龙荣，或别名也。《阳春白雪》作张榘，今从《花草粹编》。近人赵万里辑有《梅渊词》一卷。

摸鱼儿

重过西湖

又吴尘、暗斑吟袖，西湖深处能浣[①]。晴云片片平波影，飞趁棹歌声远[②]。回首唤。仿佛记、春风共载斜阳岸。轻携分短[③]。怅柳密藏桥，烟浓断径，隔水语音换。
思量遍，前度高阳酒伴[④]。离踪悲事何限。双峰塔露书空颖[⑤]，情共暮鸦盘转。归兴懒。悄不似、留眠水国莲香畔。灯帘晕满。正蠹帙逢迎[⑥]，沉煤半冷，风雨闭宵馆。

（《阳春白雪》卷五）

［注释］

①浣（huàn）：洗涤。　②飞趁：飞快地追赶。　棹：船桨。　③轻携分短：即轻易分手，携手时短。　④高阳酒伴：语本狂生郦食其谒刘邦时，自称“高阳酒徒”之事。见《史记·郦生陆贾列传》。此借以作酒友之美称。　⑤双峰：指西湖之北高峰、南高峰。　颖：本指毛笔头，此作书写意。　⑥蠹帙：谓书籍、书卷。　蠹：蛀书小虫。　逢迎：迎接。

应天长

苏堤春晓[①]

曙林带暝，晴霭弄霏[②]，莺花未认游客。草色旧迎雕辇[③]，蒙茸暗香陌。秋千架，闲晓索。正露洗、绣鸳痕窄[④]。

费人省，隔夜浓欢，酲处先觉[⑤]。　重过涌金楼[⑥]，画舫红旌，催向段桥泊[⑦]。又怕晚天无准，东风妒芳约。垂杨岸，今胜昨。水院近、占先春酌。恁时候，不道归来，香断灯落。

[注释]

①苏堤：宋苏轼所筑的堤，亦称苏公堤。元祐年间，苏轼知杭州时筑于西湖，中为六桥九亭，夹道植柳。　②晴霭：淡淡的雾气。　弄霏：四处飘散。　③雕辇：装饰精美的车。　④绣鸳痕窄：绣鞋留下细小痕迹。⑤酲：醉酒。　⑥涌金楼：临安城西有涌金楼。　⑦段桥：即断桥，在西湖孤山边。

[集评]

《乐府纪闻》云："梅深张成子赋《应天长》，草窗周公谨赋《木兰花慢》，皆晚宋名家，惜工夫有馀，而气韵不足，故每篇末必寓以伤感焉。"（《古今词话》引）

戈载云："此十首咏西湖景之最劣，在此何以入选？"（手校鲍渌饮抄本《阳春白雪》）

陈廷焯云："张成子《应天长》十章，才气不逮草窗，而时有与西麓暗合之处。""此类皆有亡国之感，不及西麓之深厚，固胜似草窗作。"（《白雨斋词话》卷七）

卜娱云："宋张榘《应天长·咏苏堤春晓》云：'秋千架，闲晓索。正露洗、绣鸳痕窄。'此等句却不嫌纤艳，以境韵胜也。"（《织馀琐述》）

应天长

平湖秋月[①]

候蛩探暝[②]，书雁寄寒，西风暗剪绡织[③]。报道凤城催钥[④]，笙歌散无迹。冰轮驾[⑤]，天纬逼[⑥]。渐款引、素娥游历[⑦]。夜妆靓，独展菱花，淡绚秋色。　人在涌金楼，漏迴绳低[⑧],光重袖香滴。笑语又惊栖鹊,南飞傍林阒[⑨]。孤山影[⑩],波共碧。向此际、隐逋如识[⑪]。梦仙游,倚遍霓裳,何处闻笛。

[注释]

①平湖秋月:杭州西湖著名景色之一。　②蛩:蟋蟀。　③绡织:生丝织品,此形容平湖秋月之光。　④凤城:传说秦穆公之女弄玉,吹箫引来凤凰,降于秦京咸阳。后因以为帝都、京城之代称。　⑤冰轮:明月。　⑥天纬:天上的行星。　⑦素娥:嫦娥之别称,代指月中仙女。　⑧绳低:谓夜深。　绳:玉绳星,此泛指星。　⑨阒(qù):寂静。　⑩孤山:位于西湖里外二湖之间。一山耸立,旁无联附,故名。　⑪隐逋:宋人林逋曾隐居于孤山,植梅养鹤。

应天长

断桥残雪[①]

甃澌冱晓[②],篙水涨漪,孤山渐卷云簇。又见岸容舒腊,菱花照新沐。横斜树,香未北。倩点缀、数梢疏玉。断肠处,日影轻消,休怨霜竹。　帘上涌金楼,酒滟酥融,金缕试春曲[③]。最好半残鸡鹊[④],登临快心目。瑶台梦[⑤],春未足。更看取、洒窗填屋。灞桥外[⑥],柳下吟鞭,归趁游烛。

[注释]

①断桥:位于孤山边,亦名段家桥。因孤山之路,至此而断,故自唐以来皆称"断桥"。　②甃(zhòu):井壁。　澌(sī):解冻的水。　冱(hù):冻结。　③金缕:即《金缕衣》,曲调名。　④鳷(zhī)鹊:指鳷鹊楼,汉宫观名。后泛指高楼。　⑤瑶台:美玉砌成的台,古人想象中之神仙居处。此用以状雪景。　⑥灞桥:桥名。古长安迎来送往之地,亦指诗人行吟之处。《三辅黄图》卷六:"霸桥在长安东,跨水筑桥,汉人送客至此桥,折柳

赠别。"

应天长

雷峰夕照[1]

磬圆树杪[2]，舟乱柳津，斜阳又满东角。可是暮情堪剪，平分付烟郭。西风影，吹易薄。认满眼、脆红先落。算惟有，塔起金轮[3]，千载如昨。　谁信涌金楼，此际凭阑，人共楚天约。准拟换樽陪月，缯空卷尘幕[4]。飞鸿倦，低未泊。斗倒指、数来还错[5]。笑声里，立尽黄昏，刚道秋恶。

[注释]

①雷峰：山名。在西湖旁，传说昔有道人雷氏居此，故称雷峰。　②杪：树梢，枝末。　③金轮：喻太阳。　④缯（zēng）：丝帛。　⑤斗：犹陡、顿也。见《诗词曲语辞汇释》卷二。

[集评]

卜娱云："咏《雷峰夕照》'磬圆树杪'句，'圆'字亦极形容之妙。"（《织馀琐述》）

应天长

麹院荷风

换桥度舫，添柳护堤，坡仙题欠今续[1]。四面水窗如染，香波酿春麹[2]。田田处[3]，成暗绿。正万羽、背风斜矗。乱鸥去，不信双鸳，午睡犹熟。　还记涌金楼，共抚雕阑，低度浣沙曲。自与故人轻别，荣枯换凉燠[4]。亭亭影，惊艳目。忍到手、又成轻触。悄无语，独捻花须[5]，心事曾卜。

[注释]

①坡仙:指苏东坡。 ②麴:酒母,酿酒所用之发酵物。 ③田田:叶浮水上貌。古辞《江南可采莲》:“莲叶何田田”。 ④燠(yù):热,暖。 ⑤花鬚:花蕊。

应天长

花港观鱼

岸容浣锦,波影堕红,纤鳞巧避凫唼[1]。禹浪未成头角[2],吞舟胆犹怯。湖山外,江海匝。怕自有、暗泉流接。楚天远,尺素无期[3],枉误停楫。 四望涌金楼,带草帘烟[4],缥缈际城堞[5]。渐见暮榔敲月[6],轻舫乱如叶。濠梁兴[7],归未惬。记旧伴、袖携留摺。指鱼水,总是心期,休怨三叠[8]。

[注释]

①凫唼(shà):水鸟吃食。 ②禹浪:河津一名龙门,又名禹门,此处水险浪急,古代传说鱼鳖之类皆不能上,上则成龙。 ③尺素:代称书信。蔡邕《饮马长城窟行》:“客从远方来,遗我双鲤鱼。呼儿烹鲤鱼,中有尺素书。” ④帟(yì):小帐幕、平幕。 ⑤城堞(dié):城上的女墙,齿状之矮墙。 ⑥榔:渔人用以驱鱼之工具。 ⑦濠梁兴:典出《庄子·秋水》,“庄子与惠子游于濠梁之上。庄子曰:‘鯈鱼出游从容,是鱼之乐也。’惠子曰:‘子非鱼,安知鱼之乐?’庄子曰:‘子非我,安知我不知鱼之乐?’”此谓游兴。 ⑧三叠:即《阳关三叠》,泛指离别之曲。

应天长

南屏晚钟

翠屏对晚,乌榜占堤[1],钟声又敛春色。几度半空敲月,山南应山北。欢娱地,空浪迹。谩记省、五更闻得。

洞天晓[2]，夹柳桥疏，稳纵香勒[3]。　　前度涌金楼，笑傲东风，鸥鹭半相识。暗数院僧归尽，长虹卧深碧。花间恨，犹记忆。正素手、暗携轻折。夜深后，不道人来，灯细窗隙。

[注释]

①“鸟”：疑为“乌”之误。　乌榜：黑油涂漆的船。　榜：船桨。　②洞天：神仙所居之处。　③香勒：谓香车之马笼头。

应天长

柳浪闻莺

翠迷倦舞，红驻老妆，流莺怕与春别。过了禁烟寒食，东风颤镳铁[1]。游人恨，柔带结。更唤醒、羽喉宫舌[2]。画桥远，不认绵蛮，晚棹空歇。　　争似涌金楼，燕燕归来，钩转暮帘揭。对语画梁消息，香泥砌花屑。昆明事[3]，休更说。费梦绕、建章宫阙[4]。晓啼处，稳系金狨[5]，双灯笼月。

[注释]

①镳铁：铁镳，马缰上镳饰。　②羽喉宫舌：羽、宫属古代五音。　③昆明事：谓战事。传说汉武帝凿昆明池曾挖出天地大劫的馀灰。典见《搜神记》卷十三。　④建章：汉代宫殿名。　⑤金狨：俗称金丝猴。

应天长

三潭印月

桂轮逼采[1]，菱沼漾金，潜虬暗动鲛室[2]。水路乍疑霜雪，明眸洗春色。年时事，还记忆。对万顷、葑痕龟坼[3]。

旧游处,不认三潭,此际曾识。　　今度涌金楼,素练萦窗,频照庾侯席④。自与影娥人约⑤,移舟弄空碧。宵风悄,签漏滴⑥。早未许、睡魂相觅。有时恨,月被云妨,天也拼得。

[注释]

①桂轮:谓月。　②虬:传说中的无角龙。　鲛室:鲛人所居之处。鲛人,传说中居于水底之怪人。见《博物志》。　③葑(fèng):即菰根。坼:开裂。　④"频照"句:化用晋人庾亮南楼赏月之事。事见《世说新语·容止》。又李白《陪宋中丞武昌夜饮怀古》诗句"庾公爱秋月,乘兴坐胡床"。　⑤影娥:池名。《三辅黄图》四《池沼》载,汉武帝于望鹄台西建俯月台,台下穿池,月影入池中。使宫人乘舟弄月影,因名影娥池。此借用之以咏月。　⑥签漏:古代的一种计时器。

应天长

两峰插云

暮屏翠冷,秋树赭疏,双峰对起南北①。好与霁天相接,浮图现西极②。岧峣处③,云共碧。漫费尽、少年游屐。故乡近,一望空遥,水断烟隔。　　闲凭涌金楼,潋滟波心④,如洗梦淹笔。唤醒睡龙苍角⑤,盘空壮商翼⑥。西湖路,成倦客。待倩写、素缣千尺⑦。便归去,酒底花边,犹自看得。

[注释]

①双峰:指西湖附近的北高峰、南高峰。　②浮图:梵语音译,佛,亦指佛寺、佛塔。　③岧峣(tiáo yáo):高耸貌。　④潋滟(liàn yàn):水波荡漾貌。　⑤苍角:指东方苍龙七宿之第一宿角宿。　⑥商翼:指翼宿。《礼记·月令》:"孟秋之月,日在翼。"　⑦素缣(jiān):供书写用的白绢。

梅子黄时雨

云宿江楼，爱留人夜语，频断灯炷[①]。奈倦情如醉，黑甜清午[②]。谩道迎薰何曾是，簟纹成浪衣成雨[③]。茶瓯注[④]。新期竹院，残梦莲渚。　应误，重帘凄伫。记并刀剪翠[⑤]，秋扇留句。信那回轻道，而今归否。十二曲阑随意凭，楚天不放斜阳暮[⑥]。沉吟处，池草暗喧蛙鼓[⑦]。

（以上十二首见《阳春白雪》卷八）

[注释]

①灯炷：灯芯。　②黑甜：谓酣睡，亦指昼寝。　③簟纹：竹席的纹理。　④注：倾泻。　⑤并（bīng）刀：并州所产剪刀。以锋利著称。　⑥楚天：指江南地区的天空。　⑦蛙鼓：蛙鸣声如鼓。

吴 申

吴申，生卒不详，《宋史·理宗纪》载有潼川运判吴申，疑即其人。

七娘子

贺人子晬[1]

君家诸子燕山盛[2]，去年两见门弧庆[3]。银蜡烧花，宝香熏烬，晬盘珠玉还相映[4]。　耳边好语凭君听，此儿不与群儿并。右执金戈，左持金印，功名当似王文正[5]。

（《翰墨大全》丙集卷三）

［注释］

①晬（zuì）：谓婴儿满百日或周岁之称。　②燕山：本谓府名，即今北京市一带，此借代燕山窦氏之盛。据《宋史·窦仪传》载，窦禹钧，蓟州渔阳人，以词学名，高义笃行，家法为一时表式。有子五人，相继登科。号为“窦氏五龙”。　③门弧：谓生子。《礼记·内则》：“子生，男子设弧于门左。”　④晬盘：旧俗于婴儿周岁日，以盘盛纸笔刀箭诸物，听其抓取，以占婴儿之将来。盛物之盘名晬盘。　⑤王文正：指王旦，历任知枢密院事、参知政事等职，景德三年（1006）拜相，卒谥文正。

姚 勉

姚勉(1216—1262),字述之,一字成一,高安(今属江西)人。宝祐元年(1253)廷对第一。除校书郎、兼太子舍人。有《雪坡词》。

沁园春

太学补试归途作①

锦水双龙②,鞭风驾霆,来游璧池③。有一龙跃出,精神电烨④。一龙战退,鳞甲天飞。一样轩拏⑤,殊途升蛰,造化真同戏小儿⑥。时人眼,总羡他腾踏,笑我卑栖。 促装且恁西归⑦,信自古功名各有时。但而今莫问,谁强谁弱。只争些时节,来速来迟。无地楼台,有官鼎鼐⑧,命到亨通事事宜。三年里,看龙头独露,雁塔同题⑨。

[注释]

①太学:宋最高学府。太学设学官和学职。 途:《全宋词》作“涂”。②锦水:水名。赣江支流。源出江西宜春,流经高安县入赣江。 ③璧池:亦称“泮池”,指太学。 ④烨:光盛貌。 ⑤轩拏:飞举牵引。 ⑥造化:犹言幸运、运气。 ⑦促装:急忙整理行装。 ⑧“无地”二句:宋人王君玉《国老谈苑》载,“寇准出入宰相三十年,不营私第。处士魏野赠诗曰:‘有官居鼎鼐,无地起楼台。’” 鼎鼐,喻宰辅之位。 ⑨雁塔同题:喻指科举及第。唐时,新进士于曲江宴后,例至雁塔(慈恩寺塔)题名。事见五代王定保《唐摭言》卷三。

贺新郎

京学类申时作[①]

剑吼蛟龙怒。问苍天、功名两字,几时分付。生个英雄为世用,须早青云得路[②]。却底事、知音未遇。两度入天飞折翼,谩教人、欲叹儒冠误[③]。竟不晓,是何故。 休休天也无凭据[④]。有如椽健笔,蟾宫须还高步[⑤]。若使长材终困踬[⑥],社稷谁教扶助[⑦]。信浅水、留龙不住。万顷洪流通大海,向波涛、阔处兴云雾[⑧]。须信道,这回做。

[**注释**]

①京学:太学。 类申:未详。似指类同省试之事。 ②青云得路:比喻高官显爵。 ③儒冠误:本唐杜甫《奉赠韦左丞丈二十二韵》"纨绔不饿死,儒冠多误身"。 ④休休:谓告老退休。《旧唐书·司空图传》载,司空图晚年退隐作"休休亭",意谓自己不论是量才,揣分或耄聩,三者皆应退休。 ⑤"蟾宫"句:言登科夺魁。蟾宫,本指月宫,因月中有桂,而旧时科举考试中式称作折桂,故蟾宫亦喻指科举。 ⑥困踬(zhì):窘迫受挫。⑦社稷:原指土、谷之神。历代封建王朝必先立社稷坛,遂以社稷代称国家政权。 ⑧兴云雾:《易经·乾》"云从龙,风从虎"。谓龙起生云,虎啸生风。后以指君臣之遇合。

贺新郎

京学类申后作

长啸山中卧。叹从前、二十年来,因循空过。自是惺惺并了了[①],奈这五行尚左[②]。遇好事、许多磨挫。浩荡醉乡狂莫检,算傍人、笑得唇焦破。谁信道,只恁么。 从今牢把江湖舵。要做些勋业,归来则个。不见彭余朱李辈[③],总是白身人作[④]。震耀得、声名许大。万一老天青眼顾[5]，又何难、印佩黄金颗。时来到，也还我。

[注释]

①惺惺：聪明机警。　了了：聪明伶俐，明白事理。　②五行尚左：谓五行不顺，人处悖运时。　五行：据《尚书·洪范》载，指水火金木土。③彭余朱李：未详。似指非科第出身而建功立业者。　④白身：指没有官职出身的人。　⑤青眼：魏晋时阮籍见俗人则白眼视之，嵇康来访则对以青眼。后以青眼表重视、尊重。

霜天晓角

湖上泛月归[1]

秋怀轩豁[2]，痛饮天机发[3]。世界只如掌大，算只有、醉乡阔[4]。　烟抹，山态活，雨晴波面滑。艇子慢摇归去，莫搅碎、一湖月。

[注释]

①泛月：泛舟赏月。　②轩豁：开朗义。　③天机：天生的悟性、聪明。　④醉乡：喻指醉中的境界。

[集评]

况周颐云："姚成一《霜天晓角》换头云：'烟抹，山态活，雨晴波面滑。'五字对句，上句作上二下三，抹字叶。不唯不勉强，尤饶有韵致，词笔灵活可喜。"（《蕙风词话》卷二）

沁园春

送友人补太学

一部周官[1]，学问渊源，山斋得来[2]。最雄姿直气，不涂脂粉，仙风道骨，不涴尘埃[3]。万里青云，相期阔步，底事向、天门折翼回[4]。君知否，这白衣御史，卿相胚胎[5]。

时人休用惊猜，机会到功名节节催。看蒲质易凋，何如松茂。菊花已老，须是梅开。万事何难，时来得做，且信天工次第排。从今去，愿径游璧水[6]，直上兰台[7]。

[注释]

①周官：指《周礼》一书。汉世初出，称周官。自刘歆后改称。 ②山斋：山中居室，转指书房。 ③涴（wò）：污染。 ④天门：天宫之门，此指仕途。 ⑤“这白衣”二句：谓身为白衣之士，而有卿相之资。 ⑥璧水：即璧池，指太学。 ⑦兰台：指御史台。《通典·职官·秘书监》：“（唐）龙朔二年，改秘书省为兰台。”《通典·职官·御史台》：“后汉以来谓之御史台，亦谓之兰台寺。”

贺新郎

及第作

尝不喜旧词所谓“宴罢琼林，醉游花市，此时方显男儿志。”以为男儿之志，岂止在醉游花市而已哉。此说殊未然也。必志于致君泽民而后可，尝欲作数语易之而未暇。癸丑叨忝误恩，方圆前话，以为他日魁天下者之劝。非敢自炫也。夫以天子之所亲擢，苍生之所属望，当如之何而后可以无负之哉。友人潘月崖首求某书之。是其志亦不在彼而在于此矣，故书不敢辞。是年一阳来复之日，姚某书[1]

月转宫墙曲。六更残、钥鱼声亮[2]，纷纷袍鹄[3]。黼坐临轩清跸奏[4]，天仗缀行森肃[5]。望五色、云浮黄屋[6]。三策忠嘉亲赐擢，动龙颜、人立班头玉，胪首唱[7]，众心服。

殿头赐宴宫花簇。写新诗、金笺竞进[8]，绣床争蹙。御渥新沾催进谢，一点恩袍先绿。归袖惹、天香芬馥。玉勒金鞯迎夹路[9]，九街人、尽道苍生福[10]。争拥入，状元局。

[注释]

①由序知其词作于宝祐元年(1253)冬至日。　一阳来复:《周易》以十一月冬至为复卦,则阳气初动,一阳生于下,故曰一阳生。　②钥鱼:钥指开宫门,鱼即鱼符(朝廷颁给官吏的信物),指上朝。　③袍鹄:宋应试士子着白袍,称鹤袍。　④黼(fǔ)坐:指帝王座后有绣斧形花纹的屏风。　清跸:帝王行时,清道戒严,禁止行人来往。　⑤天仗:专指皇帝的仪仗。　⑥五色云:指天上五色祥云,喻指朝廷宫阙之处。　⑦胪首唱:谓科举第一名。科举时代,进士殿试后,按甲第唱名传呼召见,称胪唱,其制始于宋代。　⑧金笺:谓臣子献诗时所用的纸笺。　⑨玉勒金鞯:指玉制的马络头、金制的马鞍。　⑩九衢:指四通八达的道路。　苍生:犹言百姓。

沁园春

寿同年陈探花[1]

忆昔东坡,秀夺眉山,生丙子年[2]。盖丙离子坎[3],四方中气。宜当此岁,间出英贤。河岳重灵,星辰再孕[4],来自赤城中洞天[5]。新秋霁,萃一襟爽气,风露澄鲜。

玉阶同听胪传[6],伴宝马如龙丝袅鞭。正椿庭未老[7],同跻荣路。萼楼争耀[8],相照魁躔[9]。即似坡公,金莲夜对,身作玉堂云雾仙[10]。怜同岁,但乞如梦得,分买山钱[11]。

[注释]

①同年:同一次科考及第者互称同年。　②"忆昔"三句:苏东坡,眉州眉山(今属四川)人,生于丙子年(1036)。　③丙离子坎:丙,五行属火;离,卦名,象火,比明德;子,五行属水;坎,卦名,象水,比美德。　④"河岳"二句:化用岳生申甫典。喻有贤德才智的杰出人才之降生。语本《诗经·大雅·崧高》"崧高维岳,骏极于天。维岳降神,生甫及申。维申及甫,维周之翰。四国于蕃,四方于宣"。　⑤赤城:道教传说中山名。《初学记》八《登真隐诀》:"赤城山下有丹洞,在三十六洞天数,其山足丹。"　洞天:

神仙所居之处。　⑥胪传：即传胪，指科举殿试后宣读皇帝诏命唱名。其制始于宋代。　⑦椿庭：《庄子·逍遥游》载上古有大椿长寿。又《论语·季氏》有孔鲤趋庭接受父训，故以椿庭为父的代称。　⑧萼楼：指兄弟。　⑨魁躔（chán）：魁星的行迹，旧谓魁星主文运。　⑩玉堂：代称翰林院。　⑪“怜同岁”三句：化用唐刘禹锡《酬乐天闲卧见忆》诗句“同年未同隐，缘欠买山钱”。刘禹锡字梦得，与白居易同年。　买山：谓退隐。典见《世说新语·排调》，“支道林因人就深公买印山。深公答曰：未闻巢由买山而隐。”

［集评］

况周颐云：“词句用‘盖’字领起，绝奇。子平家言入词，亦仅见。”（《蕙风词话》卷二）

贺新郎

送杨帅参之任①

唱彻阳关调。伴行人、梅拂征鞍，晓霜寒峭。金甲雕戈开玉帐②，尊俎风流谈笑。看策马、从容江表③。自是药阶苔砌客④，卷经纶、且泛芙蓉沼。襟量阔，江面小。

允文事业从容了⑤。要岷峨人物⑥，后先相照。见说君王曾有问，似此人才多少。便咫尺、云霄清要⑦。四世三公毡复旧⑧，况蜀珍、先已登廊庙⑨。但侧耳，听新诏。⑩

［注释］

①杨帅：杨参，字直夫，眉山人，曾知州府军政事，故曰杨帅。　②玉帐：战时主将所在的军帐。　③江表：江南地区。　④药阶苔砌：南朝齐谢朓《直中书省》诗：“红药当阶翻，苍苔依砌上。”　⑤允文事业：谓虞允文抗金有功。虞允文字彬甫，绍兴进士。金人入侵，诏允文参谋军事，尝率诸将破金兵于采石。《宋史》有传。　⑥岷峨：指岷山、峨嵋山。此代称蜀地。　⑦清要：谓职位清贵，掌握枢要。　⑧“四世”句：咏高门世家。

借用杨震之事：东汉时杨震和其子杨秉、其孙杨赐与曾孙杨彪、杨奇四代人位至三公。见《后汉书·杨震传》附《杨彪传》。　毡复旧：晋王献之曾以青毡喻世家旧物。　⑨廊庙：本谓古代帝王和大臣议政之处，后因以称朝廷。　⑩唐氏按：此首误作苏雪坡词，见《词品》卷五。别又误作苏轼词，见《蜀中广记》卷一百零四。

［集评］

玉弈清云："苏雪坡赠杨直夫词云：'允文事业……似此人才多少。''况蜀珍……听新诏。'按高宗尝问马骐曰：'蜀中人才如虞允文者有几？'骐对曰：'未试焉知，允文亦试而后知也。'苏与杨、马皆蜀人。杨在眉山为甲族，直夫之妹通经学，比于曹大家，嫁虞氏，生虞集为钜儒。其学无师，传于母氏也。此事蜀人亦罕知，故著之。"（《历代词话》卷八）

吴衡照云："升庵《丹铅录》载东坡词：'允文事业……似此人才多少。'引小说高宗问蜀中人才如虞允文者有几云云。按允文采石之功，在南渡以后。东坡之殁久矣，安得先有此词。曹石仓蜀中十志因之，略不驳正。说见王阮亭《古夫于亭杂录》。"（《莲子居词话》卷一）

念奴娇

和尹司门与蔡侯咏雪①

雕裘夜冷，怪地炉煨酒②，经时难热。晓起盘风天舞絮③，拍手儿童欢悦。客里新吟，天葩剪巧④，思与梅争发。使君属和⑤，雪花同是三绝⑥。　未说赋就梁园⑦，阳春拍调⑧，压倒唐元白⑨。早晚联镳花底去⑩，共看朝霞银阙。朝退归来，清虚堂里⑪，醉洒淋漓墨。而今且对，聚星堂上宾客⑫。

［注释］

①司门：守卫京城十二门，稽查走私之官。　②地炉：火坑，火塘。③天舞絮：指雪花纷飞。用谢道韫诗。　④天葩（pā）：本谓天然美丽的

花,此喻优美的诗文。唐韩愈《醉赠张籍书》诗:“东野动惊俗,天葩吐奇芬。” ⑤使君:似指题中“蔡侯”。 ⑥三绝:指文章、雪花、梅花。 ⑦赋就梁园:借用西汉梁孝王在梁园宴请宾客赏雪吟诗之事,以切咏雪。事见南朝宋谢惠连《雪赋》。 ⑧阳春:楚调名,是艺术性高、难度大的雅乐。此兼切雪。语出宋玉《对楚王问》,“客有歌于郢中者……其为阳春白雪,国中属而和者不过数十人。” ⑨元白:指唐诗人元稹、白居易。《旧唐书·元稹传》:“稹聪警绝人,年少有才名,与太原白居易友善。工为诗,善状咏风态物色,当时言诗者称元白焉。” ⑩联镳(biāo):谓马衔相连,指并骑而行。 花底:指科举及第。 ⑪清虚:清静无为意。 ⑫聚星:高朋满座。

沁园春

寿婺州陈可斋九月九日[①]

四海中间,第一清流,惟有可斋。看平生践履[②],真如冰玉[③],雄文光焰,不涴尘埃。元祐诸贤,纷纷台省[④],惟有景仁招不来[⑤]。狂澜倒,独中流砥柱,屹立崔嵬[⑥]。 挂冠有请高哉[⑦],但清庙正需梁栋材。便撑舟野水,出航巨海,有官鼎鼐,无地楼台。制菊龄高,看萸人健[⑧],万顷秋江入寿杯。经纶了[⑨],却驭风骑气,阆苑蓬莱[⑩]。

[注释]

①婺州:州名,府治在今浙江金华。 陈可斋:陈垲,字子爽,官至户部尚书。 ②践履:谓身体力行。 ③真如冰玉:语似本鲍照《白头吟》“清如玉壶冰”,喻指品行高洁。 ④“元祐”二句:元祐是宋哲宗年号。诸贤:指苏轼、黄庭坚等名士均出仕。 台省:汉时尚书治事之地为中台,在禁省中,故称台省。后因以指称朝廷宰辅重位。此二句似本杜甫《醉时歌赠广文馆学士郑虔》诗“诸公衮衮登台省”。 ⑤景仁:指宋范镇,字景仁,成都华阳人。哲宗即位,拜端明殿学士,起提举中太一宫兼侍读,恳辞不就。 ⑥崔嵬:高耸貌。 ⑦挂冠:谓辞官。《后汉书·逸民传·

逢萌》:“时王莽杀其子宇……(萌)即解冠挂东都城门。” ⑧“制菊”二句:旧时九月九日重阳节,有赏菊、制菊花酒、佩茱萸之习俗。 ⑨经纶:本指整理丝缕,后引申为治理国家。 ⑩阆(làng)苑蓬莱:传说中的仙境。后三句有功成身退意。

满江红

寿邓法,六月八日生

仙苑蟠桃[1],恰则是、而今初熟。王母遣、飞琼捧献[2],绛金红玉。笑把九霞鸾凤斝[3],满斟七宝蒲萄醁[4]。为长庚、此日自天来[5],殷勤祝。　　仙子唱,长生曲。仙客献,长生箓[6]。活千人邓禹[7],阴功俱足。五鹗即齐公府剡[8],万羊自有中书禄[9]。更从头、安享八千年,人间福。

[注释]

①蟠桃:传说中的仙桃,三千年一开花,三千年一结果。见《海内十洲记》,又见《汉武帝内传》。 ②王母:即西王母。 飞琼:即许飞琼,神话传说中西王母之侍女。 ③九霞:酒杯名。语出唐许碏《醉吟》诗“阆苑花前是醉乡,误翻王母九霞觞”。 斝(jiǎ):爵也,古代一种酒器。④七宝:乃仙家庄严之色,道经以金、银、琉璃、玛瑙、琥珀、珊瑚、珍珠为七宝。蒲萄醁:葡萄美酒。 ⑤“为长庚”句:暗用李白之母梦见长庚星而生李白之典。以喻非凡之人降生。事见唐李阳冰《唐翰林李太白诗序》。⑥箓:簿册。 ⑦邓禹:东汉人,佐刘秀。秀称帝,拜为大司徒,食邑万户。论功禹为第一。 ⑧五鹗:喻出类拔萃的人才。汉孔融《荐弥衡表》:“鸷鸟累百,不如一鹗。” 剡(yǎn):荐剡,举荐。 ⑨“万羊”句:谓官将至宰辅。用李德裕事。《太平广记》卷一百五十六《李德裕》引《补录纪传》,“德裕为太子少傅,分司东都时,尝闻一僧善知人祸福,因召之。僧曰:‘公灾未已,当南行万里。’……德裕重之,且问:‘南行还否?’曰:‘公食羊万口,有五百未满,必当还矣。’” 唐氏按:“羊”原作“年”,从江标宋元十五家词本《雪坡词》。

沁园春

寿张府判夫人

梅笑东风,只两日间,又新岁华。有玉龟阿母[①],献三蟠实[②],蕊宫仙子[③],飞七香车[④]。春满虾帘[⑤],雪晴鸳瓦[⑥],窗户非烟笼翠纱。萱堂上[⑦],看衣翻戏彩[⑧],觞捧流霞[⑨]。

君家,元是仙家。几度看菖蒲九节花[⑩]。来剑池丹井[⑪],平分风月,一溪流水,犹泛胡麻[⑫]。寿庆千秋,荣封两国,绿鬓犹深杨柳鸦[⑬]。长生药,在蓬莱顶上[⑭],不必丹砂。

[注释]

①阿母:即西王母。 ②蟠实:谓蟠桃,传说中之仙桃。 ③蕊宫:亦称蕊珠宫,道家以为仙家宫阙。 ④七香车:用多种香料涂饰的车。 ⑤虾帘:珠帘。其流苏如虾鬚。 ⑥鸳瓦:屋顶瓦一俯一仰者称鸳瓦。 ⑦萱堂:专指母亲居室。语源《诗经·卫风·伯兮》“焉得谖草,言树之背”。谖草即萱草;背,北堂,主妇之处。 ⑧“看衣”句:暗用老莱子穿彩衣娱亲以尽孝道之事。见《艺文类聚》卷二十所引《列女传》。 ⑨流霞:仙酒。汉王充《论衡·道虚》:“口饥欲食,仙人辄饮我以流霞一杯。” ⑩菖蒲:草名。生于水边,有香气,根可入药。 九节花:即蕙兰。 ⑪剑池:在江西丰城县西南。因传说晋雷焕得宝剑龙泉、太阿于此而得名。 丹井:即丹砂井。葛洪《抱朴子·内篇》卷十一云,临沅县有古井,溶有丹砂,饮服其水长寿。 ⑫胡麻:植物名。又称芝麻。果实为长乾果,种子有黑白二种。 ⑬绿鬓:乌亮的鬓髪。 ⑭蓬莱:传说中海上三仙山之一。

水调歌头

寿赵宰

桃李河阳县[①],春又到花枝。先庚三日[②],鳌山晴雪放灯时[③]。金宿争华玉婺[④],来入仙闺清梦,光动绣湖西。人物东都令[⑤],句法晚唐诗。 两年春,三种异,十般奇。

朝天近也，紫泥催起舄凫飞[⑥]。总羡童颜绿鬓，荣绾金鱼玉带[⑦]，日侍赭黄衣。来岁传柑宴[⑧]，人在赏花池。

［注释］

①“桃李”句:喻赵宰有德政如潘岳。《晋书》载，“潘岳为河阳令，满县皆栽桃李”。 ②先庚三日:语出《易经·巽》“先庚三日，后庚三日”。王弼注谓申命令谓之庚。此谓丁日(丁在庚前三天)，吉日也。 ③鳌山:宋时元宵节夜，放花灯庆祝，堆叠彩灯为形，称为鳌山。 ④金宿:金星。玉婺(wù):即婺女星。此借颂出世不凡。 ⑤东都:指今河南洛阳。⑥紫泥:代指皇帝的诏书。因秦汉时朝廷封玺书用紫泥。 舄凫飞:专指县令等地方官的来去。典出《后汉书·方术传·王乔》，“乔有神术，每月朔望，常自县诣台朝。帝怪其来数，而不见车骑……言其临至，辄有双凫从东南飞来。于是候凫至，举罗张之，但得一舄焉。”后以为县令之典。舄(xì):双底鞋。 ⑦金鱼玉带:佩饰。借指高官。 ⑧传柑:唐宋时上元夜于宫中宴近臣，贵戚宫人得以黄柑相遗，谓之传柑。见《岁时广记·上元》。

水调歌头

寿赵倅[①]

微雪弄新霁，寒月上初弦[②]。长庚入梦[③]，间生采石锦袍仙[④]。分得天孙云织[⑤]，掣断麒麟金锁，来自玉皇前[⑥]。丹井凭泥轼，风月兴无边。　诏书来，催入觐，占春先。柳边花底，细骑辇路骤鸣鞭[⑦]。荣侍金銮殿上，更向沉香亭北，半醉拂华笺[⑧]。来岁今朝里，人在八花砖[⑨]。

［注释］

①倅(cuì):州县副职。 ②初弦:农历初八九月。上缺其半称上弦、初弦。 ③长庚入梦:暗用李白之母梦见长庚星而生李白之典。以喻非凡之人降生。事见唐李阳冰《唐翰林李太白诗序》。 ④采石锦袍仙:指李

白。《新唐书·文艺传·李白》:“白浮游四方,尝乘月与崔宗之自采石至金陵,著宫锦袍,坐舟中,旁若无人。” ⑤天孙:即织女星。 ⑥“掣断”二句:颂人聪颖不凡,暗用麒麟儿语典。南朝陈徐陵早熟早慧。宝志上人手摩其顶,谓“天上石麒麟”。见《陈书》本传。 ⑦驺(zōu):主驾车马之吏。古代贵官出行时,其为之传呼开道。 ⑧“更向”二句:唐玄宗移植牡丹于沉香亭前,与杨贵妃共赏,使李龟年持金花笺召李白,命作新词。白时方醉,稍醒后援笔成《清平乐》三章,中有“沉香亭北倚阑干”之句。事见《唐诗纪事》十八。 ⑨八花砖:借谓入朝做官。唐李肇《翰林志》载,唐李程为翰林学士,性懒,每待日影至阶前八砖方入朝,时人称“八砖学士”。此指翰林院。

满江红

送郡守美任

万里西风,吹送到、五云鸾纸[①]。□催促、文章太守[②],入朝花底。清节高横秋一片,仁风散作春千里。漾恩波、溶泳锦江中,深如水。 难卧辙[③],留行李。但侧听,星辰履。看麒麟案侧[④],即催荣侍。红药香中翻诏草,紫薇影畔裁诗绮[⑤]。更宸旒、已自覆公名[⑥],金瓯里[⑦]。

[注释]

①五云:喻朝廷宫阙之处。 鸾纸:鸾笺,指诏书。 ②文章太守:语出欧阳修《朝中措》词“文章太守,挥毫万字,一饮千钟”。泛指能写作的太守。 ③卧辙:《后汉书》卷二十六记淮阳太守侯霸上调进京,百姓号哭卧于辙中拦车,乞留任一年。 ④麒麟案:指皇帝。 ⑤紫薇:指中书省。⑥宸旒(liú):本指帝王的皇冠,此代称皇帝。 ⑦金瓯里:唐明皇命相,以其名覆金瓯中,令太子猜度。见李德裕《明皇十七事》。

沁园春

送权倅许张幹[1]

万里清风，吹送锦帆，入南浦云[2]。看拂天旌旆，攀留不住。迷津舸舰，歌舞相迎。二许家声[3]，三洪地望[4]，今代风流第一人。蜚英早[5]，合词林视草[6]，书阁翻芸[7]。　飞刍远饷三军。特借作红莲入幕宾。把西山暮雨，暂时收卷[8]。荷山明月，小试平分。苏醒枯鱼[9]，剔除深蠹[10]，个是人间有脚春[11]。难淹久，看诏催入侍，香案麒麟[12]。

［注释］

①权倅：代理副职。　②南浦：词出《楚辞·九歌·河伯》"子交手兮东行，送美人兮南浦"。又见江淹《别赋》"送君南浦，伤如之何"。　③二许：指汉许劭、许靖兄弟二人。《后汉书·许劭传》："初，劭与靖俱有高名，好共核论乡党人物，每月辄更其品题，故汝南俗有月旦评焉。"　④三洪地望：指宋洪适、洪遵、洪迈三兄弟，当时名著天下。见《宋史·洪适传》。　⑤蜚英：谓声名飞扬。《史记·司马相如列传》："蜚英声，腾茂实。"　⑥视草：古时词臣奉旨修正诏谕称视草。　⑦翻芸：犹言翻阅书籍。　芸：芸帙，书卷。　⑧"把西山"二句：本唐王勃《滕王阁诗》"珠帘暮卷西山雨"。　⑨枯鱼：指处境窘迫之人。《庄子·外物》。　⑩深蠹：隐藏很深的社会蛀虫。　⑪有脚春：喻指爱护百姓的官吏。五代王仁裕《开元天宝遗事·有脚阳春》："宋璟爱民恤物，朝野归美，时人咸谓璟为有脚阳春。言所至之处，如阳春煦物也。"　⑫香案麒麟：指皇帝。

水龙吟

癸丑五月致政生日在京作[1]

芰荷香雨初收，竹风槐日凉清晓。年年祝寿，今年不比，常年时候。教子收功，五云金殿[2]，初承亲诏。早胪传三日[③],寿称千岁,多应是、如公少。　遥想寿椿堂上,饮霞觞、捧孙微笑[④]。已见儿荣,更看孙贵,茅分蒲召[⑤]。上第归来,彩衣挂绿[⑥],兰阶生耀[⑦]。九霄中、一点光明,寿星高照。

[注释]

①由序知该词作于宝祐元年(1253)五月。　②五云:五色瑞云,喻指皇帝之所在。　③胪传:即传胪,指科举殿试后宣读皇帝诏命唱名。其制始于宋代。　④霞觞:谓寿酒。　⑤茅分:谓受封。古代帝王社祭之坛以五色土建成。分封时,按封地所在方向取坛上一色土,以茅包之,给受封者。　蒲召:谓受聘。古时征聘贤士时,用蒲草裹轮,使车不震动,以示礼敬。　⑥挂绿:指穿绿色官服。　⑦兰阶:晋谢玄以"芝兰玉树生于阶庭"喻世家有优秀子弟。此指门楣生辉。

沁园春

七月朔寿卢守

一叶新凉,又是西风,吹转素商[①]。揽玉壶英气,钟为人物,银河精采,融作文章。司巧天公,搀先七夕[②],分付天孙云锦裳[③]。骑龙凤,自九霄飞至,万丈光芒。　早年奏赋长杨[④],饱挹尽瀛洲风露香[⑤]。问石渠天禄[⑥],借将班马[⑦],荷山锦水,暂作龚黄[⑧]。药省春风[⑨],薇垣夜月[⑩],合佩仙花侍玉皇。明年里,饮寿椒何处[⑪],宣劝持觞。

[注释]

①素商:秋季。古代五行说,以金配秋,其色白,又古以商音配秋,故称。　②搀先:抢先。卢守生日为七月朔(初一),故言。　③天孙:织女星。　④"早年"句:言早年以文章求仕。借用扬雄献《长杨赋》之典。见《汉书·扬雄传》。　⑤瀛洲:神仙居处,因上有泉水如酒,饮之令人长生。后遂指美酒。见《后汉书·张衡传》李贤注引《十洲记》。　⑥石渠:汉宫

阁名，汉代曾校书于此。　天禄：汉殿阁名，藏典籍之所。　⑦班马：班固和司马迁。　⑧龚黄：指汉代龚遂与黄霸。二人为官清廉正直，治绩显著。见《汉书·循吏传》。此借以代称循吏。　⑨药省：代指中书省之类官署。语似脱胎于谢朓《直中书省》诗“红药当阶翻”意。　⑩薇垣：即薇省，紫薇省，代称中枢机要官署。　⑪寿椒：谓寿酒。椒，指椒酒，古人正月过节所饮之酒。

沁园春

寿陶守

鹤髮鸦髻①，欢捧霞觞，酌丹井泉②。庆湘山峰顶，飞来古佛。剑池洞里③，活底神仙。春雨悭时，千金斗粟，民仰使君为食天④。公知否，只活人阴德，合寿千年。
宝猊香喷沉烟⑤，环艳翠明红拥寿筵。最一般奇特，凤雏新贵⑥，斑衣绿绶，光彩相鲜。帝命师臣，钦哉有子，飞诏看看又月边。黄封酒，到明年今日，中使传宣⑦。

[注释]

①鸦髻（tiáo）：儿童乌黑下垂之髮。指少儿。　②丹井泉：据《抱朴子·内篇》卷十一《仙药》载，临沅县有古井，“乃试掘井左右，得古人埋丹砂数十斛，去井数尺，此丹砂汁因泉渐入井，是以饮其水而得寿”。　③剑池：在今江西丰城县西南。传说是晋雷焕得宝剑龙泉、太阿的地方。　④使君：指州郡长官。　⑤宝猊（ní）：狻猊形的香炉。　沉烟：沉香的烟。⑥凤雏：幼凤，喻俊杰。　⑦中使：帝王宫廷中派出使者。

沁园春

寿王高安，七月二十八日

超逸天才，文如三松，诗如卢溪①。自白莲赋就，已高声价，梅花句出，远见襟期②。玉麈精神③，瑶林风韵④，雪里神仙小氅衣[⑤]。缑山夕[⑥],已再经旬浃,戏鹤重归。
花间凫舄轻飞,便一似元规报十奇。最风流膝上,双亲未老,三槐手种,分付佳儿[⑦]。人想夷吾[⑧],帝思王某,钧轴舍人知未迟[⑨]。长生药,在玉盘麟脯[⑩],琼苑蟾芝。

[注释]

①卢溪:县名,宋属辰州,隶荆湖北路。宋王庭珪有《卢溪集》,诗风高古,见称于时。 ②襟期:犹言抱负。 ③玉麈(zhǔ):拂尘。晋人执以清谈,此指风度高雅。 ④瑶林:《世说新语·赏誉》记王戎以"瑶林琼树"喻人品格高洁。 ⑤"雪里"句:《世说新语·企羡》记王恭于微雪中"被鹤氅裘",孟昶叹曰:"此真神仙中人!" ⑥缑(gōu)山夕:传说仙人王子乔曾约桓良于七月七日相见于缑山(今河南偃师)。 ⑦"三槐"二句:《宋史》记王祐于庭院种槐树三棵,说:"吾之后世,必有为三公者。" ⑧夷吾:管仲名夷吾,曾佐齐桓公成霸业,九合诸侯,一匡天下。 ⑨钧轴:喻指宰相之职。 ⑩麟脯:葛洪《神仙传》卷七《麻姑》载,仙人王方平曾用"麒麟脯"作为仙肴款待麻姑。

沁园春

寿杨帅参十月生,次日子之官

摘玉蕊梅,泛金叶蕉[①],祝公寿龄。算今年比似,常年更别,翠烟红雾,香霭门屏。凤诏云霄[②],龙光牛斗[③],辉射南州孺子亭[④]。看看是[⑤],伴元戎小队,花柳郊坰[⑥]。
传家有子明经[⑦],浑不要黄金遗满籯[⑧]。向月中传与,一枝仙桂[⑨],斓斑衣上,更著袍青[⑩]。明日瓜期[⑪],今朝椿寿[⑫],好醉芝兰玉树庭[⑬]。公知否,老人星一点[⑭],映泰阶星[⑮]。

[注释]

①金叶蕉:酒杯。 ②凤诏:代指天子诏书。后赵主石虎(季龙)曾以木凤衔诏下颁,后遂作为颁布诏书之典。见《初学记》卷三十引《邺中

记》。 ③龙光牛斗：本唐王勃《滕王阁序》“物华天宝，龙光射牛斗之墟”。④南州：州名。宋改南川县，今属四川。 孺子：后汉南昌人徐稚，字孺子，多次不应朝廷征召，自耕乡间。 ⑤看看：犹言转眼间。 ⑥郊坰（jiōng）：郊野。 ⑦明经：言通晓经术、经籍。 ⑧籯（yíng）：筐笼一类的竹器。《汉书·韦贤传》：“遗子黄金满籯，不如一经。” ⑨“向月中”二句：谓科举及第。世以登科为折桂。 ⑩袍青：青袍，初入仕者之官服。 ⑪瓜期：语本《左传·庄公八年》“齐侯使连称、管至父戍葵丘，瓜时而往，曰：及瓜而代”。喻任满更代之期。 ⑫椿寿：犹言父寿。古人多以椿喻父。另《庄子·逍遥游》载上古有大椿长寿之说。 ⑬芝兰玉树：喻优秀子弟。《世说新语·言语》：“谢太傅问诸子侄：‘子弟亦何预人事，而正欲使其佳？’诸人莫有言者。车骑（谢玄）答曰：‘譬如芝兰玉树，欲使其生于阶庭耳。’” ⑭老人星：又名南极星，寿星。 ⑮泰阶星：即三台。古人有“在天为三台，在人为三公”之说。又泰阶平则为天下太平之征象。

贺新郎

送易子炎运干之任①

冷眼三边处②。喜舍人、水滨跃马，上京西路③。三国英雄千载矣，形胜依然如故。这勋业、向谁分付。袖里翰林风月手，也何妨、戮力风寒护④。谈笑暇，诗吟虏。
岘山几载无人顾⑤。幸如今、剪除荆棘，扫清氛雾。换得东南新局面，政欠十分著数。算人物、须还羊杜⑥。玉帐筹边机会好⑦，把规模、赶出中原去。天下事，书生做。

[注释]

①运干：转运使下之干办公事官员。 ②三边：泛指边境。 ③京西路：辖境相当今陕西东南、湖北西北。 ④戮力：合力、并力。 ⑤岘山：即岘首山，在湖北襄阳南。晋羊祜曾登此山，置酒言咏，后襄阳百姓于此建碑纪念。事见《晋书》本传及《北堂书钞》引《荆州图记》。 ⑥羊杜：指晋羊祜和杜预，相继镇襄阳，皆有政绩，为民所称。 ⑦玉帐：战时主将所

居之军帐。

沁园春

寿程丞相①

崧岳降神②，昴宿宣精③，挺生伟人。整淳祐乾坤④，浸如嘉祐⑤，太平事业，了却端平。扶日中天，拱辰北极⑥，一洒甘霖埃雾清。春寰海，听农歌载路，边柝沉声⑦。旂常万世勋铭⑧，便与国无穷垂令名。似青山流水，涑川贤相⑨，黄花晚节，魏国元臣⑩。五纬芒寒⑪，六符色正⑫，辉映老人南极星。苍生福，开八荒寿域，一气洪钧⑬。

［注释］

①程丞相：指程元凤，徽州人。宝祐三年（1255）签书枢密院事兼权参知政事；次年为右丞相兼枢密使。　②崧岳降神：语本《诗经·大雅·崧岳》"维岳降神，生甫及申"。　③昴（mǎo）宿宣精：传说萧何是昴星之精降生。见《史记》司马贞《索隐》引《春秋纬》。此喻指辅弼朝廷大臣。　④淳祐：宋理宗年号（1241—1252）。　⑤嘉祐：宋仁宗年号（1056—1063）。　⑥拱辰北极：本指环卫北极星，此借喻四方归附。《论语·为政》："为政以德，譬如北辰，居其所，而众星共之。"　⑦边柝（tuò）：指边境战事。　柝：古代军中打更巡夜工具。　⑧旂常：旗名。古代王用太常，诸侯用旂，以作纪功授勋的仪制。　⑨涑（sù）川贤相：司马光为涑水人，历仕三朝，哲宗即位，任宰相。　⑩魏国元臣：指韩琦。英宗即位，封魏国公。政绩显著。见《宋史》本传。　⑪五纬：金、木、水、火、土的总名。⑫六符：谓泰阶六符之符验，即天象对世事所作的反应。　六符色正：喻指天下太平。　⑬"开八荒"二句：本唐杜甫《上韦丞相二十韵》"八荒开寿域，一气转洪钧"。　洪钧：谓天。

沁园春

寿贾丞相①

章武中兴②，淮蔡欲平，晋公已生③。信天生英杰，正为国计，擎天著柱，要自支撑。万里长江，古称天险，去岁里、风涛忽震惊。公谈笑，把云腥霓翳④，一日都清。
归来奠枕于京⑤。有辉焕明堂前一星。称衮衣廊庙⑥，枫宸眷宠⑦，彩衣公府，萱砌春荣。著片公心，辨双明眼，长与群贤扶太平。无它愿，植万年宗社⑧，万古功名。

［注释］

①贾丞相：指贾似道。开庆元年（1259）以右丞相入朝。 ②章武：三国蜀汉先主（刘备）的年号，221年至223年。 ③"淮蔡"二句：用裴度事。裴度，字中立，唐闻喜人。贞元成进士，累官中书侍郎，同平章事。讨平淮蔡，擒吴元济，封晋国公。《唐书》有传。 ④云腥霓翳：谓佞人当道。腥、翳：喻谗邪。 ⑤奠枕：安枕，安定。 ⑥衮衣：古代帝王及上公绣龙的礼服。 廊庙：原指帝王议政之处，后代称朝廷。 ⑦枫宸：谓宫殿。汉时宫殿中多植枫，故云。 ⑧宗社：宗庙、社稷，代指国家。

沁园春

寿陈中书

湖海元龙，逸气飘然，可百尺楼①。爱文光万丈，星辰绚彩。爽襟一掬，风露澄秋。衔字冰清，班心玉立②，海内而今第一流。翻书子③，紫薇花浸月④，夜揽词头⑤。
著身已是瀛洲⑥，问更有长生别药不。是生来已带，神仙道骨。毫端自有，富贵封侯。拜赐黄封⑦，承恩青琐⑧，见说香名又覆瓯。从今去，了福公事业⑨，从赤松游⑩。

[注释]

①“湖海”三句:用陈登百尺楼典。事见《三国志·魏书·陈登传》。②“衔字”二句:称人官职清贵。　③翻(fān)书:指管理书籍,起草文书等事。　④紫薇花:暗指中书郎。白居易《紫薇花》诗:“独坐黄昏谁是伴,紫薇花对紫微郎。”唐时改中书省为紫微省。　⑤词头:朝廷任命官员的谕旨。　⑥瀛洲:传说中的神仙居处。　⑦黄封:即黄封酒。宋代名贵之酒。　⑧青琐:汉代宫门镂刻连环文,涂以青色,称青琐。后因以代指宫门、朝廷。　⑨福公:指汉人梅福。曾任南昌县尉,正直敢言,后弃家隐遁,传以为仙。见《汉书·梅福传》。　⑩赤松:赤松子,传说中仙人。此用张良“愿弃人间事,欲从赤松子游”之典。见《史记·留侯世家》。

沁园春

寿赵倅

道骨仙风,海上骑鲸①,端是后身。把银河天巧,钟为文采,剑津宝气,融作精神。壶玉储冰②,掌金擎露,胸次全无一点尘。年年里,早花朝六日③,长庆生申④。　箅篁濯锦江滨⑤,人尽道如公清最真。合沉香亭北,金笺奏曲⑥,恩披兽锦⑦,醉拭龙巾。泥紫颁来⑧,渠黄飞去⑨,自是八花砖上人⑩。从后看,大钧播物⑪,万象皆春。

[注释]

①海上骑鲸:语出汉扬雄《羽猎赋》“乘巨鳞,骑京鱼”。又唐李白自署曰“海上骑鲸客”。后以指仙家。　②壶玉:言其心似玉之洁。　③花朝:旧俗以农历二月十五日为百花生日,称花朝节。　④生申:即“崧岳生申”。化用岳生申甫典。喻有贤德才智的杰出人才之降生。语本《诗经·大雅·崧高》“崧高维岳,骏极于天。维岳降神,生甫及申。维申及甫,维周之翰。四国于蕃,四方于宣”。　⑤箅篁:古代车上用以挡灰尘之竹席。⑥“合沉”二句:用李白醉写《清平乐》事。唐玄宗移植牡丹于沉香亭前,与杨贵妃共赏,使李龟年持金花笺召李白,命作新词。白时方醉,稍醒后

援笔成《清平乐》三章，中有“沉香亭北倚阑干”之句。事见《唐诗纪事》十八。 ⑦兽锦：织有兽形图案的锦绣，皇帝所赐。 ⑧泥紫：指诏书。 ⑨渠黄：为周穆王八骏之一。 ⑩“自是”句：借谓入朝做官。唐李肇《翰林志》载，唐李程为翰林学士，性懒，每待日影至阶前八砖方入朝，时人称“八砖学士”。此指翰林院。 ⑪大钧：谓天。 注者按：此句不合词律，疑脱一字。

沁园春

饯张倅

明月扁舟，轻逐江鸥，翩然赋归。任颠风掀舞，涛山浪屋，少顷平定，一碧琉璃。柳絮浮云，有无根蒂，到底不磨真是非。呵呵笑，笑人情似纸，世事如棋。 宜堂事事皆宜[1]，把杯酒论文更有谁。记风云满席，吟情浩荡，龙蛇满壁，醉墨淋漓。别后相思，有书寄否，春在梅花第一枝[2]，重相见，约柳堤撑舫，竹阁寻诗。

[注释]

①宜堂：当是张倅之堂名。 ②“别后”三句：用南朝宋陆凯《赠范晔》“折梅逢驿使，寄与陇头人。江南无所有，聊赠一枝春”诗意。

沁园春

送友人归蜀

拂剑整装，光射紫霄[1]，斗牛色寒[2]。大丈夫不作，儿曹离别[3]，何须更唱，三叠阳关[4]。昼锦还乡[5]，油幢佐幕[6]，谁道青天行路难[7]。从今去，听声名焰焰，飞动岷山[8]。 征途少饮加餐，要做取功名久远看。卷长风吹醒，剑关云气[9]，更须砥柱[10]，三峡惊湍[11]。闻道槐庭，已登安石[⑫],此去须弹贡禹冠[⑬]。明年里,踏梅花有分[⑭],相见长安。

[注释]

①紫霄:犹言天空。 ②斗牛:二十八宿中的斗宿和牛宿。此泛指星。 ③儿曹:孩子们。 ④三叠阳关:泛指离别之曲。《阳关曲》以王维《渭城曲》为辞,专以抒发离情,全曲分三段,反复唱三次,故称“三叠”。 ⑤昼锦还乡:喻富贵归乡。反用项羽语典。《史记·项羽本纪》:“(项)曰:富贵不归故乡,如衣绣夜行,谁知之者!” ⑥油幢佐幕:言油幕,古代用以迎宾或供歇息的青油布帐篷,义同幕府。 ⑦“谁道”句:李白《蜀道难》有“蜀道难,难于上青天”之句。 ⑧岷山:位于四川松潘县北。 ⑨剑关:指剑阁,在今四川剑阁县东北,为川陕间要道。 ⑩砥柱:语出《水经注·河水》,本指屹立河中之山名。此借喻担负重任之不世之才。 ⑪三峡:位于四川奉节至湖北宜昌之间的长江段。三峡所指,历代说法不一。《太平寰宇记》一百四十八《峡州》载,其三峡指巫峡、西峡、归峡。 ⑫“闻道”二句:谓贤人在位。 槐庭:《周礼·秋官·朝士》“面三槐,三公位焉”。周代朝廷前植槐,定三公之位。后遂称三公之位为槐庭。 安石:指晋人谢安,借以泛指贤士。 ⑬弹贡禹冠:意谓做官入仕。《汉书·王吉传》:“吉与贡禹为友,世称‘王阳在位,贡公弹冠’,言其取舍同也。” ⑭踏梅:踏雪、寻梅。

声声慢

和徐同年梅

江涵石瘦,雪压桥低,森森万木寒僵。不是争魁,百花谁敢先芳。冰姿皎然玉立,笑儿曹、粉面何郎[①]。调羹鼎[②],只此花馀事,说甚宫妆[③]。 松竹岁寒三友,恨竹污晋士[④],松涴秦皇[⑤]。雪魄冰魂[⑥],回首世上无香。西湖有人觅句,但知渠、清浅昏黄[⑦]。奇绝处,五更初、横月带霜。

[注释]

①儿曹:犹言孩子们。 粉面何郎:用何晏面白典。《世说新语·容止》:“何平叔美姿仪,面至白,魏明帝疑其傅粉。正夏月,与热汤饼,既啖,大汗出,以朱衣自拭,色转皎然。” ②调羹鼎:本《尚书·说命下》“若作和羹,尔惟盐梅”。后世将调羹鼎喻称宰相。 ③宫妆:即梅花妆。暗用梅花落寿阳公主额上,成梅花妆之事。见《太平御览·时序部》所引《杂五行书》。 ④竹污晋士:谓竹为晋人所污染。用山涛、嵇康、阮籍等竹林七贤事。见《世说新语·任诞》。 ⑤松浼秦皇:谓松因秦始皇封为五大夫而有所污染。《史记·秦始皇本纪》:“(始皇)乃遂上泰山,立石、封祠祀。下,风雨暴至,休于树下,因封其树为五大夫。” ⑥雪魄冰魂:喻品质高洁。陆游《北坡梅……忽放一枝戏作》诗:“医得冰魂雪魄回。” ⑦“西湖”二句:指林逋《山园小梅》诗有“疏影横斜水清浅,暗香浮动月黄昏”之句。 渠:指梅。

柳梢青

忆西湖

长记西湖,水光山色,浓淡相宜[①]。丰乐楼前[②],涌金门外[③],买个船儿。 而今又是春时。清梦只、孤山赋诗[④]。绿盖芙蓉[⑤],青丝杨柳[⑥],好在苏堤[⑦]。

[注释]

①“水光”二句:语本苏轼《饮湖上初晴后雨》诗“水光潋滟晴方好,山色空濛雨亦奇。欲把西湖比西子,淡妆浓抹总相宜”。 ②丰乐楼:杭州著名楼馆。宋耐得翁《都城记胜·酒肆》有记载。 ③涌金门:杭州城西门。 ④孤山:位于西湖边,一山独耸,故名。 ⑤绿盖:荷叶。 ⑥青丝:柳条。 ⑦苏堤:苏轼于西湖所筑的堤。植柳夹道。

贺新郎

忆 别

薄晚收残暑。叹西风、暗换流年[①],又还如许。鸦背斜阳初敛影,云淡新凉天宇。人袖手、阑干凝伫[②]。邻笛唤将乡思动,听秋声、又入梧桐雨。秋到也,尚羁旅[③]。

故人只在江南渚。想应嫌、久恋东华[④],软红尘土[⑤]。寄远裁衣知念否,新月家家砧杵[⑥]。魂梦想、鹅黄金缕[⑦]。雁影不来天更远,写书成、欲寄凭谁与[⑧]。知客恨,两蛩语[⑨]。

[**注释**]

①流年:因光阴年华易逝如水,故云。 ②阑干:即栏杆。 凝伫:凝望意。 ③羁旅:谓寄居作客。 ④东华:仙人所治之州,泛指仙境。《云笈七签》:"东华者,仙真之州也。"此代指都市。 ⑤软红:形容都市繁华。 ⑥"新月"句:古时制衣,布帛须先置砧上,用杵捣平捣软。李白《子夜吴歌》:"长安一片月,万户捣衣声。" ⑦鹅黄金缕:形容柳色柳条。 ⑧"雁影"二句:借用雁足传书典,以咏书信。事见《汉书·苏建传附苏武》。与:语气词,表疑问。 ⑨蛩语:蟋蟀声,此指秋声。与前三句相连,语意似用唐刘威《早秋归》诗"家书欲寄雁飞远,客恨正深秋叠来"。

贺新凉

窗月梅花白。夜堂深、烛摇红影,绣帘垂额[①]。半醉金钗娇应坐,寒处也留春色。深意在、四弦轻摘[②]。香坞花行听啄木,翠微边、细落仙人屐[③]。星盼转[④],趁娇拍。

人间此手真难得。向尊前、相逢有分,底须相识[⑤]。愁浅恩深千万意,惆怅故人云隔。怕立损、弓鞋红窄[⑥]。换取明珠知肯否,绿窗深、长共春怜惜。休恼乱,坐中客。[⑦]

（以上影宋本《姚舍人集》卷四十四）

[注释]

①红影、垂额:均指歌伎。 ②四弦:指琵琶。 ③“香坞”二句:写琵琶之声。 香坞:犹花房。 翠微:指山。 屐:鞋子,此指脚步。 ④星盼:写歌伎眼神。 ⑤底须:何须。 ⑥弓鞋:弓形鞋,旧时妇女所穿。 ⑦原注:妓唤惜,善琵琶,程秋斡席上作。

陈允平

陈允平(1205?—1285?),字君衡,一字衡仲,号西麓。四明(今浙江宁波)人。淳祐间为余姚令。德祐初,授沿海制置司参议官。宋亡后,以仇家告变,被捕。后得释。以人才征至大都,不受官放还。善诗词,与同里吴文英、翁元龙齐名于当时。景定四年,与周密等唱酬,各填西湖十景词十首,传诵一时。有《西麓继周集》一卷、《日湖渔唱》一卷。其词格律严整而和雅,字句精丽而清婉有致,风格与周邦彦近似,集名"继周",取法清真也和美成词者十之二三,想见服膺之深。

慢

摸鱼儿

西湖送春

倚东风、画阑十二,芳阴帘幕低护①。玉屏翠冷梨花瘦②,寂寞小楼烟雨。肠断处。怅折柳柔情,旧别长亭路。年华似羽③。任锦瑟声寒④,琼箫梦远⑤,羞对彩鸾舞。

文园赋⑥,重忆河桥眉妩⑦,啼痕犹溅纨素。丁香共结相思恨,空托绣罗金缕。春已暮,纵燕约莺盟⑧,无计留春住。伤春倦旅。趁暗绿稀红⑨,扁舟短棹,载酒送春去。

[注释]

①芳阴:花阴、花影。 ②梨花瘦:梨花凋零。 ③年华似羽:光阴如箭。 羽:箭翎,此指箭。 ④锦瑟声寒:谓青春年华在凄凉孤寂中度过。⑤琼箫梦远:谓如萧史、弄玉的美好生活一去不复返了。 ⑥文园:汉文帝陵墓。司马相如曾为文帝陵园令,后因以文园指相如。 ⑦河桥:银河之鹊桥。 眉妩:形容妩媚可爱。 ⑧燕约莺盟:谓燕莺挽留春天。 ⑨暗绿稀红:晚春之景。

[集评]

伍崇曜云："考西麓词如《摸鱼儿》云：'春已暮，纵燕约莺盟，无计留春住。'……等句，清转华妙，宜玉田生秀冠江东，亦相推挹矣。"（《日湖渔唱跋》）

张炎云："近代陈西麓所作，本制平正，亦有佳者。"（《词源》卷下）

沈雄云："张叔夜云：'词欲雅而正，志之所至，一为物所役，则失其雅正之音。近代陈西麓所作亦有佳者。'"（《古今词话·词评》卷上）

木兰花慢

赋牡丹

杜鹃声渐老，过花信、几番风[①]。爱翠幄笼晴[②]，文梭飐暖[③]，阑槛青红。新妆步摇未稳[④]，捧心娇、乍入馆娃宫[⑤]。消得金壶万朵[⑥]，护风帘幄重重。　匆匆，少小忆相逢。诗鬓已成翁。且持杯秉烛，天香院落，同赏芳秾。花应怕春去早，尽迟迟、待取绿阴浓。拚却花前醉也，梦随蝴蝶西东。

[注释]

①花信：开花的消息，犹花期。　②翠幄：指大地一片翠绿，如帷幔笼盖。　③文梭：有彩绘的织梭。　④步摇：妇女首饰的一种，行走时在头上摇动。　⑤馆娃宫：春秋吴宫名。吴王夫差作宫于砚石山以馆西施，吴人谓美女为娃，故曰馆娃。遗址在今江苏苏州西南灵岩山。　⑥金壶：酒器。

绛都春

旧上声韵，今改平声

秋千倦倚，正海棠半坼[①]，不耐春寒。殢雨弄晴[②]，飞梭庭院绣帘间。梅妆欲试芳情懒，翠颦愁入眉弯。雾蝉香冷,霞绡泪揾[3],恨袭湘兰。　　悄悄池台步晚。任红薰杏靥,碧沁苔痕。燕子未来,东风无语又黄昏。琴心不度春云远[4],断肠难托啼鹃。夜深犹倚,垂杨二十四阑。

[注释]

①坼(chè):绽开。　②殢雨:久雨,或令人困倦的雨。　③霞绡:红丝巾。　泪揾:揩眼泪。　④琴心:寄心思于琴声。卓文君新寡,司马相如以琴心挑之。见《史记·司马相如列传》。

[集评]

陆辅之云:"'燕子未来,东风无语又黄昏。琴心不度春云远,断肠难托啼鹃。夜深犹倚,垂杨二十四阑。'警句也。"(《词旨》卷下)

许昂霄云:"'飞梭庭院绣帘闲'。此'飞梭'只作弄梭解,非用投梭折齿事也。'痕'字、'昏'字,不宜与'寒'、'鹃'等字同叶。"(《词综偶评》)

梁启超云:"陈通甫最赏之,谓其怨而不怒。"(《饮冰室评词》)

酹江月

赋水仙

汉江露冷[1],是谁将瑶瑟,弹向云中。一曲清泠声渐杳,月高人在珠宫[2]。晕额黄轻[3],涂腮粉艳,罗带织青葱[4]。天香吹散,佩环犹自丁东。　　回首杜若汀洲[5],金钿玉镜[6],何日得相逢。独立飘飘烟浪远,袜尘羞溅春红。渺渺予怀,迢迢良夜,三十六陂风。九疑何处[7],断云飞度千峰。

[注释]

①汉江:指银河。　②珠宫:珠玉装饰之宫殿。亦可借指月宫。　③晕额黄轻:在额头上轻抹一层淡黄色。喻水仙黄色花心。　④青葱:淡青色,亦形容葱茏青的水仙叶。　⑤杜若汀洲:本《楚辞·九歌·湘夫人》

“搴汀洲兮杜若，将以遗兮远者”。 杜若：又名杜蘅，一种香草。 汀洲：水中小洲。 ⑥金钿：金花钗。妇女首饰，也用以装饰器物。 玉镜：指养水仙的花盆。 ⑦九疑：山名，又作“九嶷”，亦名“苍梧山”，在湖南宁远县南。传说虞舜葬此。

倦寻芳

杏檐转午[①]。清漏沉沉[②]，春梦无据。风锦龟纱[③]，空闭酒尘香雾。流水行云天四远，玉箫声断人何处。倦寻芳，镇情尖翠压[④]，强拈飞絮。 记旧约、荼蘼开后，屈指心期，数了还数。误我凭阑，几度片帆南浦。燕懒莺慵春去也，落花犹是东风主。正销凝[⑤]，被愁鹃、又啼烟树。

[注释]

①杏檐：杏木所制的屋檐，亦泛指华美的屋宇。 ②清漏：古计时器。水由上壶滴漏至下受水壶。按壶上所刻符号指示时辰，水满箭尽则泻于池中。 ③龟纱：纱眼织成八角，其形如龟背纹的纱帘。宋赵长卿《浣溪沙·初夏》词：“雾透龟纱月映阑，麦秋天气怯衣单。” ④镇：同“正”。尖翠：“翠尖”的倒文，本为描写山峰，此指女子眉梢。 ⑤销凝：即销魂凝魄，感怀伤神状。

[集评]

陈廷焯云：“西麓词在中仙、梦窗之间。沉郁不及碧山，而时有清超处。超逸不及梦窗，而婉雅犹过之。”（《白雨斋词话》卷二）

大酺

元夕寓京[①]

渐入融和，金莲放、人在东风楼阁[②]。天香吹辇路，净无云一点，桂流霜魄[③]。雪霁梅飘[④]，春柔柳嫩，半卷真珠帘箔[⑤]。迢迢鸣鞘过[⑥],隘车钿辔玉,暗尘轻掠。拥琼管吹龙,朱弦弹凤[⑦],柳衢花陌。　　鳌山侵碧落[⑧]。绛绡远[⑨],春霭浮鳷鹊[⑩]。民共乐、金吾禁静[⑪],翠跸声闲[⑫],遍青门、尽停鱼钥[⑬]。衩袜寒初觉,方怪失、绣鸳弓窄[⑭]。误良夜、瑶台约。渐彩霞散,双阙星微烟薄,洞天共谁跨鹤。

［注释］

①元夕:上元之夜,即元宵节。　②金莲:此指莲形灯景。　③桂流霜魄:指月光洒落。　④霁:雪停雨止,风云消散皆谓之霁。　⑤真珠:珍珠。　箔:金属薄片。　⑥鸣鞘:即鸣鞭。唐末五代时,皇帝仪仗有鸣鞭,振之发声,使人趋避肃静。　⑦吹龙、弹凤:谓吹奏的皆皇家宫廷之乐。⑧鳌山:宋时于元宵节夜,放花灯庆祝,堆叠彩灯为山形,称为鳌山。　碧落:天空。　⑨绛绡:深红色的薄纱,此处指灯火照映天空如霞。　⑩鳷鹊:汉代宫观名,在长安甘泉宫外。此喻临安城内的宫殿。　⑪金吾:本为一种两头涂金的铜质仪杖棒。汉时掌管京师治安的长官名为"执金吾"。金吾禁静:指听不到官员执金吾棒喝之声。　⑫跸(bì):古代帝王出行时,禁止行人以清道。后因以指帝王的车驾。　⑬青门:汉长安城东南门,本名霸城门,因门色青,俗称为青门。后用以泛指京都城门。　鱼钥:鱼形的门锁。唐丁用晦《芝田录》:"门钥必以鱼者,取其不瞑目守夜之义。"　⑭绣鸳弓窄:妇女穿的绣有鸳鸯图案的弓鞋。

永遇乐

旧上声韵,今移入平声

玉腕笼寒,翠阑凭晓,莺调新簧[①]。暗水穿苔,游丝度柳,人静芳昼长。云南归雁,楼西飞燕,去来惯认炎凉。王孙远,青青草色,几回望断柔肠。　　蔷薇旧约,尊前一笑,等闲孤负年光。鬥草庭空[②],抛梭架冷[③],帘外风絮香。伤春情绪,惜花时候,日斜尚未成妆。闻嬉笑,谁家女伴,又还采桑。

[注释]

①新簧：新声，新乐。 ②鬥草：古代民俗，五月初五端午节，民出门踏百草，唐人称为鬥百草。 ③抛梭架：织布机。

[集评]

谢章铤云："陈日湖每改上为平，盖上入平皆可通，去不可通耳。"（《赌棋山庄词话》卷二）

月上海棠

游丝弄晚[①]，卷帘看处，燕重来时候。正秋千亭榭，锦窠春透[②]。梦回褪浴华清，凝温泉、绛绡微皱。芳阴底，人立东风，露华如昼。 宜酒。啼香泪薄，醉玉痕深，与春同瘦。想当年金谷[③]，步帷初绣[④]。彩云影里徘徊，娇无语、夜寒归后。莺窗晓，花间重携素手。

[注释]

①游丝：飘动着的蛛丝。 ②锦窠：指在锦绣花草之中。 ③金谷：晋太康年间，石崇于河南洛阳西北金谷涧筑园，世称金谷园。石崇于园中招待宾客，来者多豪门显要达官贵人。 ④步帷：晋时豪门以绣帷遮蔽行走之尘。

疏　影

疏影、暗香，白石自度曲也。予过宛陵，登双溪叠嶂，拊先伯父菊坡先生遗墨有感，借韵以赋[①]

千峰翠玉。送孤云伴我，罗窗清宿。拂晓凭虚[②]，春碧生寒，衣单瘦倚筇竹[③]。东风不解吹愁醒，但芳草、溪城南北。认雾鬟[④]，遥锁修颦[⑤]，眉妩为谁愁独。 江上轻鸥似识，背昭亭两两，飞破晴渌[⑥]。一片苍烟，隔断家山，梦绕石窗萝屋[⑦]。相看不厌朝还暮,算几度、赤阑干曲。待倩诗、收拾归来[⑧],写作卧游屏幅[⑨]。

[注释]

①白石:宋词人姜夔。 宛陵:今安徽宣城。 菊坡先生:陈居仁,字安行。绍兴进士,仕至华文阁直学士。卒谥文懿,学者称菊坡先生。按:先伯父似为“先祖父”。 ②凭虚:凌空。 虚:天空。 ③筇竹:竹名,出邛都邛山(在四川)。此竹节高实中,可作杖,俗称扶老竹。 ④鬟(huán):环形的髮髻。 ⑤颦(pín):皱眉。 锁修颦:长眉紧皱,忧愁貌。⑥渌(lù):清澈。 ⑦萝屋:藤萝缠绕的小屋。 ⑧倩诗:借助诗作。⑨卧游:欣赏山水画以代游览。

暗 香

霁天秋色。正倚楼待月,谁伴横笛。涨绿浮空,闲数河星手堪摘。弥望澄光练净,分付与、玄晖才笔[①]。烟溆阔[②],云远波平,归鸟趁风席[③]。 南国,信音寂。怅雁渚渡闲,鹭汀沙积。藓碑露泣[④]。时拊遗踪暗嗟忆[⑤]。人事空随逝水,今古但、双流一碧[⑥]。待办取、蓑共笠,小舟泛得[⑦]。

[注释]

①玄晖:南齐诗人谢朓,字玄晖。与谢灵运同族,称小谢。以山水风景诗最为出色,风格秀丽清新。 ②烟溆:雾霭苍茫的水面。 ③风席:风帆。《文选·木华〈海赋〉》:“维长绡,挂帆席。”李善注:“随风张幔为帆。或以席为之,故曰帆席也。” ④藓碑:爬满苔藓的碑石。 露泣:晨露在苔藓石碑上凝结成水珠似人哭泣时之眼泪。 ⑤拊(fǔ):击、拍之意。 ⑥双流一碧:指江河湖海皆一片碧绿。 ⑦“待办取”二句:本唐柳宗元《江雪》诗“孤舟蓑笠翁,独钓寒江雪”。有避世隐遁之义。

水龙吟

奉川寔化凤花[①]

杜鹃啼老春愁[②]，泪痕吹作胭脂雨。飞花乱点，东风枝上，红翔翠翥[③]。丹穴鸣初[④]，碧梧栖未，凄凉山坞。怅琼姬梦远[②]，玉箫声断[⑤]，孤鸾影、对谁舞。　林下风光自许[⑥]。算何必、玉京瑶圃[⑦]。阑干醉倚，游尘香散，芳菲无主。经院僧眠[⑧]，月楼钟静，欲飞还驻。待青松、化尽苍龙头角[⑨]，共乘云去。

[注释]

①奉川寔：未详。疑为奉酬之作。川寔，或系人名。　化凤花：未详。或即凤仙花，又名小桃红。桠间作花，头翅尾足皆具，如凤之形。　②杜鹃：鸟名，又名子规，春天鸣叫。传说系蜀帝杜宇所化。其声悲，有“杜鹃啼血”之称。而春天开花的映山红，亦称为杜鹃花。　③翥（zhù）：飞举。④初：指时辰。初为始。　⑤琼姬、玉箫：暗引弄玉故事。据刘向《列仙传》，秦穆公时，有萧史者善吹箫，穆公女弄玉好之。公遂以妻之，教弄玉作凤鸣。居数十年，吹似凤声，凤凰止其屋，为作凤台，夫妻居其上。一日皆随凤凰飞去。　⑥林下风：晋王凝之的妻子谢道韫神情散朗，闲雅，《世说新语·贤媛》谓“林下风”。　⑦玉京瑶圃：指神仙所居之地。　⑧经院：佛寺藏经楼。　⑨苍龙：指苍劲的松柏。　青松化尽苍龙头角：谓历时久远。

[集评]

李佳云：“陈允平《水龙吟》：‘草’、‘骤’同押，皆以土音叶韵，不可为法。”（《左庵词话》卷上）

齐天乐

泽国楼偶赋[1]

湖光只在阑干外[2],凭虚远迷三楚[3]。旧柳犹青,平芜自碧[4],几度朝昏烟雨[5]。天涯倦旅。爱小却游鞭[6],共挥谈麈[7]。顿觉尘清,宦情高下等风絮。　芝山苍翠缥缈,黯然仙梦杳[8],吟思飞去。故国楼台,斜阳巷陌[9],回首白云何处[10]。无心访古。对双塔栖鸦,半汀归鹭。立尽荷香,月明人笑语。

[注释]

①泽国楼:在江苏溧水,县西南有石臼湖,东南有芝山,县内有双塔。泽国楼当距石臼湖不远,登楼可眺泽国景象。故首句谓“湖光只在阑干外”。　②阑干:同“栏杆”。　③凭虚:凌空(眺望)。　迷三楚:三楚之地迷茫难辨。　三楚:说法不一。一说江陵为南楚,吴(溧水属之)为东楚,彭城为西楚,适于本词。　④自碧:有自生自灭意。　⑤朝昏烟雨:喻社会变动。“旧柳”三句谓物色依旧,人事已非。　⑥小却游鞭:稍停挥鞭纵马出游(暂时驻足于泽国楼)。　⑦共挥谈麈:有友朋相聚,挥麈纵谈。麈:鹿一类的动物,用它的尾巴做成的拂帚叫麈尾或拂尘。　⑧杳:落空的意思。　⑨“故国”二句:谓亡国后景象萧索,化用刘禹锡“乌衣巷口夕阳斜”和辛弃疾“斜阳草树,寻常巷陌”,叹山川易主,风景亦殊。　⑩白云:代指仙乡,或昔日梦中的境况。寓故国不堪回首之意。

[集评]

王以宪云:“登楼眺远,本拟销忧怀,弃尘念(顿觉尘清,宦情高下等风絮),但‘故国’与‘仙梦’同‘杳’,遂用‘无心访古’一语挽住,转而写眼前景物,结以‘月明人笑语’。以乐景写哀,其效果与李清照‘不如向帘儿底下,听人笑语’句同。”

酹江月[1]

霁空虹雨，傍啼螀莎草[2]，宿鹭汀洲。隔岸人家砧杵急[3]，微寒先到帘钩。步幄尘高，征衫酒润，谁暖玉香篝[4]。风灯微暗，夜长频换更筹[5]。　应是雁柱调筝[6]，鸳梭织锦，付与两眉愁。不似尊前今夜月，几度同上南楼。红叶无情，黄花有恨，孤负十分秋。归心如醉，梦魂飞趁东流。

[注释]

①酹江月：本为《念奴娇》之别名，因东坡有“一尊还酹江月”之语而得名。此词与之大异，不可相混。　②螀（jiāng）：即“寒螀”，蝉的一种，似蝉而小，青赤色，秋天感阴气而鸣。　莎草：植物名。地下有纺缍形块根，称香附子，可入药。　③砧杵：捣衣石与棒槌，喻浣洗衣物。　④玉香篝：一种供烘火用的竹笼。罩在熏炉上作熏香和烘干衣物之用。　⑤更筹：古代夜间报更的牌。　更：古代夜间计时单位，一更约两小时，一夜分五更。　⑥雁柱：筝柱斜列，如雁行，故名。古有鱼雁传书之说，用此则含有相思寄情之意。

[集评]

陈廷焯云：（“隔岸人家砧杵急，微寒先到帘钩”句）“耐人玩味。”（《白雨斋词话》卷二）

桂枝香

杨山甫席上赋[1]

残蝉乍歇，又乱叶打窗，蛩韵凄切[2]。寂寞天香院宇[3]，露凉时节[4]。乘鸾扇底婆娑影[5]，幻清虚、广寒宫阙[6]。小山秋重，千岩夜悄，举尊邀月。　甚赋得、仙标道骨[7]。倩谁捣玄霜[8]，犹未成屑。回首蓝桥路迥[9]，梦魂飞越。雕阑翠甃金英满[10],洒西风、非雨非雪。惜花心性,输他少年,等闲攀折。

[注释]

①杨山甫:杨良孙,字山甫,巴州化城(今四川巴中)人,长于赋。年三十九登宝祐四年(1256)进士。 ②蛩(qióng):蟋蟀。 ③天香:花香。天香院宇:指花园及园内的亭台楼阁。 ④露凉时节:深秋。 ⑤乘鸾:鸾为传说中的一种五彩神鸟,仙人乘骑往来灵异之境。 婆娑:盘旋,委婉曲折。 ⑥广寒宫:本虚构之神仙居地,后亦指月中仙宫。 ⑦仙标道骨:即"仙风道骨",神仙所具有的风采气质。 标:风度,格调。 ⑧玄霜:仙药名。《初学记·汉武内传》:"仙家上药有玄霜、绛雪。" ⑨蓝桥:桥名,在陕西蓝田县东南蓝溪之上。传说其地有仙窟,即唐代裴航遇仙女云英处,见《太平广记》。 ⑩甃(zhòu):井壁。

汉宫春

芍药[1]

开尽荼蘼[2],正桑云麦浪[3],天气如秋。南园露梢半坼[4],金粟丝头[5]。温香傍酒[6],尽多娇、不识春愁。莺院悄,轻阴弄晚,何人堪伴清游。 偏爱紫蕤黄袅[7],想金壶胜赏[8],依旧扬州。花前夜阑醉后,斜月当楼。翻阶句好,记玄晖、此日风流[9]。双鬓改,一枝帽底,如今应为花羞。

[注释]

①芍药:植物名,初夏开花,与牡丹相似,有白、红等色,可供观赏。②荼蘼:植物名,初夏开花,花大型白色,不结实,供观赏。 ③桑云麦浪:桑树枝叶繁茂,夏麦将熟。 ④坼:裂开。 ⑤金粟丝头:形容花蕊如金粟点缀。 ⑥傍(bàng):接近。 ⑦蕤(ruí):花下垂貌。 袅:花上扬貌。 ⑧金壶:铜质酒器。 ⑨"翻阶句好"二句:"紫殿肃阴阴,彤庭赫

弘敞。风动万年枝，日华承露掌。玲珑结绮钱，深沉映朱网。红药当阶翻，苍苔依砌上。”见南朝齐诗人谢朓（字玄晖）《直中书省》诗。

木兰花慢

和李篔房题张寄闲家圃韵[①]

爱吟休问瘦，为诗句、几凭阑。有可画亭台，宜春帐箔[②]，如寄身闲。胸中四时胜景，小蓬莱、幻出五云间。一掬蘋香暗沼，半梢松影虚坛[③]。　相看，倦羽久知还[④]，回首鹭盟寒[⑤]。记步屟寻云[⑥]，呼灯听雨，越岭吴峦。幽情未应共懒，把周郎旧曲谱新翻[⑦]。帘外垂杨自舞，为君时按弓弯[⑧]。

［注释］

①李篔房：李彭老，字商隐，号篔房，有《篔房词》。　张寄闲：张枢，陈留人，字梦辰。后家华亭。张俊五世孙；张炎之父。　②帐箔：帷幔和挂帘。　③“一掬”二句：谓沼池中生长着片片蘋草，庭院中栽种了一些松树。　一掬：一捧。　坛：庭院。　④倦羽知还：本陶渊明《归去来兮辞》“云无心以出岫，鸟倦飞而知还”。　⑤鹭盟：谓与鹭鸟为友，比喻隐者生活。　⑥步屟（xiè）：穿着木屐行走。　⑦周郎旧曲：周郎指三国吴周瑜，他精通音律，当时有“曲有误，周郎顾”之语。　⑧弓弯：舞时向后弯腰如弓形。此以人舞来形容杨柳飘拂舒展之状。

宝鼎见

云岩师书灯夕命赋[①]

六鳌初驾，缥缈蓬阆，移来洲岛[②]。还又是、梅飘冰泮，一夜青阳回海表[③]。渐媚景、傍元宵时候，花底馀寒料峭。更喜报、三边晏静[④]，人乐清平宇宙。　画鼓簇队行春早，拥烟花、粉黛缭绕。开洞府、桃源路窈[5]，戟外东风吹岸柳[6]。正翠霭、映星桥月榭，十里红莲绽了。庆万家、珠帘半卷，绰约歌裙舞袖。　　重锦绣幄围香，阖凤管鸾丝环奏[7]。望非烟非雾，春在壶天易晓[8]。早隐隐、半空星斗，看取收灯后。趁风书、吹入黄扉[9]，立马金门玉漏[10]。

［注释］

①云岩师：陈均，字平甫，号云岩，兴化人。安贫力学。尝依《通鉴纲目》义例为《宋编年举要》、《备要》二书。端平初擢为郎，不受。　灯夕：即元宵节，因是夕放灯，故名灯夕。　②“六鳌初驾”三句：谓元宵夜堆叠成山形的彩灯有如鳌龟将海外仙山移来。“蓬”指蓬莱三山，在东海。“阆”指阆风山，相传在西方昆仑之巅，为仙人所居之地。　③青阳：指春天。《尔雅·释天》“春为青阳”，注云：“气清而温阳。”　④三边：汉代时将北方幽、并、凉三州称为三边，后泛指边疆。　⑤桃源：陶渊明《桃花源记》虚构的与世隔绝的乐土，是人们所向往的理想境界。　窈：深远、幽静。　⑥戟外：戟门之外。唐时，官阶三品以上者得立戟于门，因称显贵之家为戟门。　⑦阖：通“合”，总合。　环奏：一遍又一遍地演奏。　⑧壶天：道家所称仙境。　⑨风书：帝王诏书。　黄扉：宰相官署，亦指门下省。　⑩金门：金马门，汉时为宦者署门，后用为官署代称。　玉漏：玉制的计时器。

八宝妆

秋宵有感

望远秋平，初过雨、微茫水满烟汀。乱荭疏柳[1]，犹带数点残萤。待月重帘谁共倚，信鸿断续两三声[2]。夜如何，顿凉骤觉，纨扇无情[3]。　　还思骖鸾素约[4]，念凤箫雁瑟，取次尘生[5]。旧日潘郎[6]，双鬓半已星星[7]。琴心锦意暗懒[8]，又争奈、西风吹恨醒。屏山冷[9]，怕梦魂、飞度蓝桥不成。

[注释]

①潢：同“荭”，水草名，与蓼同类，供田园观赏。 ②信鸿：因鸿雁是候鸟，来去有定时，可传达节候的消息，故名。 ③纨(wán)扇：细绢制成的团扇，为女子用物。 纨扇无情：喻被弃。 ④骖鸾素约：男女间曾经相约并驾远游。 ⑤取次：任意，随适。 尘生：人间世。 ⑥潘郎：指西晋潘岳。岳风姿秀美，为女子所倾慕。尝驱车洛阳道，妇女急相掷果，致盈车满载。后常借以喻称女子所爱慕的男子。 ⑦星星：鬓发花白。晋左思《白发赋》：“星星白发，生于鬓垂。” ⑧琴心锦意：男女间相倾心相依恋的感情。“琴心”取自汉司马相如以琴挑卓文君之心终成美眷的故事。 ⑨屏山：如山状之屏风。宋陈岩肖《庚溪诗话》卷下：“千里故乡，十年华屋，乱魂飞过屏山簇。”

[集评]

周济云：“西麓和平婉丽，最合世好，但无健举之笔，沉挚之思，学之必使生气汩丧，故为后人拈出。”（《宋四家词选目录序论》）

陈廷焯云：“西麓《八宝妆》起句云：‘远望秋平。’起四句便耐人思，却似《日湖渔唱》词境，用作西麓全集赞语，亦无不可。”又云：“‘琴心锦意暗懒，又争奈西风吹恨醒。’其有感于为制置司参议官时乎？然不肯仕元之意，已决于此矣，正不必作激烈语。”（《白雨斋词语》卷二）

昼锦堂

北城韩园即事

上苑寒收[①]，西塍雨歇[②]，东风是处花柳。步锦笼纱[③]，依旧五陵台沼[④]。绣帘珠箔金翠袅，琐窗雕槛青红闩[⑤]。频回首，茶灶酒垆[⑥]，春时几番携手。 知否，人渐老。嗟眼为花狂[⑦]，肩为诗瘦[⑧]。唤醒乡心，无奈数声啼鸟。秉烛清游嫌夜短[⑨]，采香新意输年少。归来好，皈趁故园池阁[10],绿阴芳草。

［注释］

①上苑:供帝王赏玩、狩猎的园林。　寒收:寒冬已过。　②西塍(chéng):西郊的田野。　塍:田畦。　③步锦:锦制步障。《世说新语·汰侈》言王恺与石崇斗富,作紫丝步障四十里,石崇则作锦步障五十里以敌之。　步锦笼纱:即指达官显贵的豪奢生活。　④五陵:有汉五陵与唐五陵。汉五陵在陕西咸阳附近,为西汉五位皇帝墓地。唐五陵是高祖等五代皇帝陵园,在长安附近。后遂以五陵称京都富豪居所。　⑤琐窗:雕有连环图案的窗。　青红鬥:指宫廷侈糜的生活。《宋史·蔡攸传》:"或侍曲宴,则短衫窄裤,涂抹青红,杂倡优侏儒,多道市井淫媟浪话,以蛊帝心。"　⑥茶灶:"不喜与流俗交,虽造门不肯见。不乘马,升舟高篷席,茶灶、笔床、钓具往来。"见《新唐书·陆龟蒙传》。后以"笔床茶灶"形容士人恬淡生活。　酒垆:用"黄公酒垆"典形容忆念故交旧游。《世说新语·伤逝》:"王濬冲为尚书令,著公服,乘轺车,经黄公酒垆下过,顾谓后车客:'吾昔与嵇叔夜、阮嗣宗共酣饮于此垆,竹林之游,亦预其末。自嵇生夭,阮公亡以来,便为时所羁绁。今日视此虽近,邈若山河。'"　⑦眼为花狂:本唐白居易《钱塘湖春行》"乱花渐欲迷人眼"。　⑧诗瘦:本李白《戏赠杜甫》诗"借问别来太瘦生,总谓从前作诗苦"。　⑨"秉烛"句:本《古诗十九首·生年不满百》"昼短苦夜长,何不秉烛游"。　⑩皈(guī):同"归",回返。

绮罗香

秋　雨

雁宇苍寒[1],蛩疏翠冷[2],又是凄凉时候。小揭珠帘,夜润唾花罗皱[3]。饶晓鹭、独立衰荷[4],溯归燕、尚栖残柳。想黄花[5],羞涩东篱[6],断无新句到重九。　孤檠清梦易觉[7],肠断唐宫旧曲,声迷宫漏[8]。滴入愁心,秋似玉楼人瘦[9]。烟槛外、催落梧桐,带西风、乱捎鸳甃[10]。记画檐,灯影沉沉，共裁春夜韭[11]。

[注释]

①雁宇：雁行之天空。 ②蛩疏：蟋蟀叫声稀疏。 ③“夜润”句：谓夜晚的露水润湿了丝织的衣服使之起皱纹。 唾花：谓美人唾液染袖上，其美如花。见《飞燕外传》。 ④饶：任凭。 ⑤黄花：菊花。 ⑥东篱：本陶渊明《饮酒》诗“采菊东篱下，悠然见南山”。后因借指种菊之处或菊花。 ⑦檠（qíng）：灯架，借指灯。 ⑧声迷宫漏：谓乐曲声夹杂着宫漏的滴水声，使人倍觉凄凉。 宫：《全宋词》作“官”，疑形似讹。 ⑨玉楼人瘦：“东篱把酒黄昏后，有暗香盈袖。莫道不消魂，帘卷西风，人比黄花瘦。”见李清照词《醉花阴》。 ⑩鸳甃（zhòu）：成双成对的砖瓦砌物。此指飞檐。 ⑪共裁春夜韭：本杜甫诗《赠卫八处士》“夜雨剪春韭，新炊间黄粱”。形容情谊深厚。 裁：剪。

[集评]

陈廷焯云：“‘滴人愁心，秋似玉楼人瘦。烟槛外、催落梧桐，带西风、乱捎鸳甃。’字字锤炼，却极和雅。……耐人玩味。”《白雨斋词话》卷二）

许昂霄云：“以此接《武梅溪》，亦如骖之有靳。”（《词综偶评》）

西湖十咏[①]

探 春

苏堤春晓[②]

上苑乌啼[③]，中洲鹭起，疏钟才度云窈[④]。篆冷香篝[⑤]，灯微尘幌[⑥]，残梦犹吟芳草。搔首卷帘看，认何处、六桥烟柳[⑦]。翠桡才舣西泠[⑧]，趁取过湖人少。 掠水风花缭绕。还暗忆年时，旗亭歌酒[⑨]。隐约春声，钿车宝勒，次第凤城开了。惟有踏青心，纵早起、不嫌寒峭。画阑闲立东风，旧红谁扫。

［注释］

①宋祝穆《方舆胜览》云："西湖在州西，周回三十里，山川秀发，四时画舫遨游，歌舞之声不绝，好事者尝命十题，有曰：平湖秋月、苏堤春晓、断桥残雪、雷峰落照、南屏晚钟、曲院风荷、花港观鱼、柳浪闻莺、三潭印月、两峰插云。"此十景，历来游览者歌咏颇多。陈允平此十咏，系与周密唱酬之作。词末题记"时景定癸亥岁"，即1263年。 ②苏堤：又称苏公堤，元祐年间，苏轼知杭州筑于西湖。南起南屏山，北接今岳庙，横截湖面，中为六桥九亭，夹道杂植花柳。《西湖志》云，苏公堤，春时晨光初起，宿雾未散，杂花生树，飞英蘸波，纷披掩映，如列锦铺绣。揽胜者咸谓四时皆宜而春晓为最。 ③上苑：上林苑，秦旧苑，汉武帝扩建，周遭三百里，有离宫七十所。苑中多禽兽，供皇帝春秋狩猎。 ④云窈：云气深邃。曹植《飞龙篇》："晨游泰山，云雾窈窕。" 窈窕：深幽貌。 ⑤篆：盘香。 篝：竹笼。 ⑥幌：帷幔。 ⑦六桥：苏堤六桥，名为映波、锁澜、望山、压堤、东浦、跨虹。 ⑧舣：船靠岸。 西泠：桥名，为杭州孤山下名胜。 ⑨旗亭：酒楼。古时旗亭酒楼往往有梨园伶工歌诗奏曲，唐薛用弱《集异记》所载王昌龄、高适、王之涣共诣旗亭小饮，听伶人歌唱各人诗歌以争胜的故事，成为"旗亭画壁"的美谈。

秋　霁

平湖秋月①

千顷玻璃，远送目斜阳，渐下林阒。题叶人归②，采菱舟散，望中水天一色。碾空桂魄③，玉绳低转云无迹④。有素鸥，闲伴夜深，呼棹过环碧⑤。　相思万里，顿隔婵媛⑥，几回琼台，同驻鸾翼。对西风、凭谁问取，人间那得有今夕。应笑广寒宫殿窄。露冷烟淡，还看数点残星，两行新雁，倚楼横笛。

［注释］

①平湖秋月：《西湖志·方舆胜览序》云，"西湖十景，首平湖秋月。

盖湖际秋而益澄，月至秋而愈洁。合水月以观，而全湖之精神始出也。”按：陈氏所咏西湖十景，其次序与《方舆胜览》略有差异。 ②题叶：唐宋笔记小说所载红叶题诗以成佳配的故事颇多，事同而人物名异。如唐范摅《云溪友议》记唐宣宗时，卢渥赴京应举，偶临御沟，拾得红叶，上有绝句一首。后宣宗发放宫女，许从百官司吏，卢渥所择配之人正是当年题诗红叶者。宋刘斧《青琐高议》录张实《流红记》，言唐僖宗时，于祐于御沟得一题有诗句之红叶，后在河中郡娶得遣放宫女韩氏，即题诗者。 ③桂魄：月的别称。 ④玉绳：星名，在北斗第五星玉衡之北，亦泛指星光。⑤环碧：全湖。 环：围绕，遍及。 ⑥婵媛：牵心不舍之状。

百字令

断桥残雪①

凝云冱晓②，正蘼花才积，荻絮初残。华表翩跹何处鹤③，爱吟人在孤山④。冻解苔铺，冰融沙甃⑤，谁凭玉勾阑⑥。茸衫毡帽⑦，冷香吹上吟鞍⑧。 将次柳际琼销⑨，梅边粉瘦⑩，添做十分寒。闲踏轻澌来荐菊⑪，半潭新涨微澜。水北峰峦，城阴楼观，留向月中看。巘云深处⑫，好风飞下晴湍。

[注释]

①断桥残雪：断桥，在孤山边，又名段家桥。以孤山之路，至此而断，故自唐以来皆呼为断桥。《西湖志》云：出钱塘门，循湖而行，入自沙堤，第一桥曰断桥，界于前后湖之中。水光滟潋，桥影倒浸，如玉腰金背。凡探梅孤山，蜡屐过此，辄值看雪未消，葛岭一带，楼台高下，如铺琼砌玉，晶莹朗彻，不啻玉山上行。昔人称：“诗思在灞桥风雪中”，比较更胜。爰于桥上构亭，每当六出飞花，条风将至，寒岩深谷，尚积馀光，塔顶峰头，犹片玉也。 ②冱（hù）：寒冷凝结。 ③华表：古代立之于宫殿、城垣或陵墓前雕有花纹之石柱，有时也将城外桥两岸所立石柱称为华表。 翩跹：飘逸腾飞貌。 ④爱吟人：指林逋，字君复，宋钱塘人。隐居西湖孤山，喜为

诗。不娶,种梅养鹤以自娱,因有"梅妻鹤子"之称。 ⑤甃(zhòu):井壁。 ⑥玉勾栏:指洁白栏杆。 ⑦茸衫:毛衣。 ⑧吟鞍:骑在马鞍上的吟诗人。 ⑨将次:快要。 ⑩粉:指雪。 ⑪澌(sī):解冻时流动之水。 ⑫巘(yǎn):山峰。

扫花游

雷峰落照①

数峰蘸碧,记载酒甘园,柳塘花坞。最堪避暑。爱莲香送晚,翠娇红妩。欸乃菱歌乍起②,兰桡竞举。日斜处。望孤鹜断霞③,初下芳杜④。 遥想山寺古。看倒影金轮,溯光朱户⑤。暝烟带树。有投林鹭宿,凭楼僧语。可惜流年,付与朝钟暮鼓。漫凝伫⑥,步长桥、月明归去。

[注释]

①雷峰落照:雷峰,一名中峰,为南屏山之支脉。传说昔有道人雷氏居此,故又称雷峰。五代时吴越王妃于此建塔,塔五级,俗称王妃塔,亦称雷峰塔,民国时塌,现已重修。《西湖志》:净慈寺北,有山自九曜峰来,逶迤起伏,为南屏之支脉,吴越王妃建塔于峰顶。每当夕阳西坠,塔影横空,此景最佳。林逋《雷峰诗》云:"夕照前村见",故十景有"雷峰夕照"之目,塔上向有重檐飞栋,窗户洞达,后毁于火。孤塔岿然独存。砖皆赤色,藤萝牵引,苍翠可爱。日光西照,亭台金碧,与山光倒影,如金镜初开,火珠将坠,虽赤城栖霞,不是过也。 ②欸乃:本行船摇橹声。唐元结作《欸乃曲》,后即以之为渔舟人之歌。柳宗元《渔翁》诗:"烟销日出不见人,欸乃一声山水绿。" ③孤鹜断霞:本王勃《滕王阁序》"落霞与孤鹜齐飞,秋水共长天一色"。 ④芳杜:芳香的杜若。 ⑤溯光:迎光。 ⑥凝伫:感怀伤神状。

八声甘州

麴院风荷[①]

放船杨柳下，听鸣蝉、薰风小新堤。正烟蕻露蓼[②]，飞尘酿玉，第五桥西[③]。遥认青罗盖底[④]，宫女夜游池。谁在鸳鸯浦，独棹玻璃[⑤]。　　一片天机云锦[⑥]，见凌波碧翠，照日胭脂。是西湖西子，晴抹雨妆时[⑦]。便相将无情秋思，向菰蒲深处落红衣。醺醺里，半篙香梦，月转星移。

［注释］

①麴院风荷："九里松旁，旧有麴院，宋时取金沙涧之水造麴以酿官酒。其地多荷花，世称麴院风荷是也。"见明田汝成《西湖游览志》。　②蕻(hóng)：水草名，同"荭"。　③第五桥：西湖六桥。第五桥通曲院港，名东浦，（为）北新路第二桥。见宋周密《武林旧事》。　④青罗盖：喻指荷叶。　⑤玻璃：如镜的水面。　⑥天机云锦：指水面荷花美如织女机上的云锦。　⑦晴抹雨妆："水光潋滟晴方好，山色空濛雨亦奇。欲把西湖比西子，淡妆浓抹总相宜。"见苏轼《饮湖上初晴后雨》诗。

蓦山溪

花港观鱼[①]

春波浮渌[②]，小隐桃溪路。烟雨正林塘，翠不碍、锦鳞来去。芹香藻腻，偏爱鲤花肥，檐影下，柳阴中，逐浪吹萍絮。　　宫沟泉滑，怕有题红句。钩饵已忘机，都付与、人间儿女。濠梁兴在[③]，鸥鹭笑人痴。三湘梦，五湖心[④]，云水苍茫处。

［注释］

①花港观鱼：《西湖志》载，苏堤第三桥曰望山，与西岸第四桥斜对。

水名花港,通花家山。山下为宋内侍卢允升别墅,景物奇秀。凿池甃石,引湖水其中,养异鱼数十种,称花港观鱼。今卢园久废,建亭于花港之南。当三台山出入之径,去定香寺故址数十步。飞甍倒水,重檐逼霄,珠网绮疏,辉映云日。旁浚方池,清可鉴底,虽濠濮间无以逾此。 ②渌:清澈。③濠梁:《庄子·秋水》记庄子与惠施游于濠梁之上,辩论鱼之乐与否。后以濠梁指逍遥闲游之意。 ④五湖心:据《吴越春秋》,范蠡辅佐越王勾践灭吴后,与西施一起泛游五湖而去。后因指退隐逍遥之心。

齐天乐

南屏晚钟[①]

赤阑桥畔斜阳外,临江暮山凝紫。戏鼓才停,渔榔乍歇[②],一片芙蓉秋水。馀霞散绮[③]。正银钥停关[④],画船催舣[⑤]。鱼板敲残,数声初入万松里。 坡翁诗梦未老,翠微楼上月[⑥],曾共谁倚。御苑烟花,宫斜露草,几度西风弹指[⑦]。黄昏尽也,有眠月闲僧,醉香游子。鹫岭啼猿[⑧],唤人吟思起。

[注释]

①南屏晚钟:《西湖游览志》载,南屏山峰峦耸秀,怪石玲珑,峻壁横坡,宛若屏障。凌空而中峙者为慧日峰。《西湖志》载,南屏山在净慈寺右,兴教寺之后,正对苏堤。寺钟初动,山谷皆应,逾时乃息,盖兹山隆起,内多空穴,故传声独远,响入云霄,致足发人深省也。 ②渔榔:渔人驱鱼用的木条。 ③馀霞散绮:本南齐谢朓《晚登三山还望京邑》诗"馀霞散成绮,澄江静如练"。 ④银钥停关:谓天色至晚,城门即将关闭。 ⑤舣:靠岸。 ⑥翠微楼:疑即"丰乐楼"。《武林旧事》载,丰乐楼,旧为众乐亭,又改耸翠楼,政和中改今名。 ⑦弹指:佛家用语,言极短的时间。⑧鹫岭:即"灵鹫山",在中印度,为佛说法之地,因南屏山有兴教寺等佛院,故以此为喻。

黄莺儿

柳浪闻莺[①]

六波烟黛浮空远。南陌嘤嘤，乔木初迁[②]，纱窗无眠，画阑凭晓。看并宿暗黄深，织雾金梭小[③]。那人携酒听时，料把春来，诗梦惊觉。　飞绕。翠接断桥云，绿漾新堤草。数声娇啭，婉娩如愁[④]，调簧弄歌尖巧。随燕啅软尘低[⑤]，蝶妥游丝袅[⑥]。最怜舞絮飞花，唤却东风老。

[注释]

①柳浪闻莺:《西湖志》载，柳浪桥，宋时在清波门外聚景园中，今已无。考其地为灵芝寺显应观故址。绿堤植柳，北接亭子湾，即古所称柳洲是也。背负雉堞，面临方塘，架石梁于上。　②“南陌”二句:化自《诗经·小雅·伐木》“伐木丁丁，鸟鸣嘤嘤。出自幽谷，迁于乔木”。　③织雾金梭:指月亮。月晚起晨落，在空中运行，往来如梭之织。　④婉娩(wǎn):柔美、宛转。　⑤啅(zhào):鸟鸣。又通“啄”(zhuó)，指鸟啄食。　软尘:游人繁多而带起的尘土。　⑥妥:落下。　游丝:飘动着的蛛丝。

渡江云

三潭印月[①]

三神山路杳[②]，六鳌驾浪，幻境□西湖[③]。水连天四远，翠台如鼎，簇簇小浮图[④]。烟沉雾迴，怪蜃楼、飞入清虚[⑤]。秋夜长，一轮蟾素[⑥]，渐渐出云衢。　遥看寒光金镜，皓彩明珰[⑦]，正人间三五[⑧]。总输与、鸥眠葑蓼[⑨]，鹭立菰蒲。笙歌唤醒鱼龙睡，向贝阙、争取明珠[⑩]。清梦断，西风醉宿冰壶[⑪]。

[注释]

①三潭印月:据《西湖志》,苏东坡疏浚西湖时,于湖中立三塔以为标表,著令塔以内,不许侵为菱荡。塔形如瓶,后毁坏。明万历年间浚取葑泥,绕潭作埂,为放生池。池外湖心,仍置三塔,以遵三潭旧名。月光映潭,分塔为三,故有三潭印月之目。池上构亭,复建小亭于池北,内置高轩杰阁,渡平桥三折而入。空明掩映,俨然湖中之湖。夜凉人寂,孤艇沿洄,诚可濯魄醒心,顿遣尘虑。 ②三神山:秦汉方士称海上仙人所居之地。即蓬莱、方丈、瀛洲三岛。杳:渺茫。 ③幻境□西湖:清张思岩《词林旧事》作"幻境出西湖"。 ④浮图:本梵语"佛"的音译,后亦用以指"塔"。 ⑤蜃楼:海洋湖泊中,由于大气中的光线折射,将远处景物显示到空中或地面水泊的奇异幻景。古人以为蜃吐气而成。后常用以比喻虚幻不足恃的事情。亦作"海市蜃楼"。 清虚:指清虚府,即月宫。 ⑥蟾素:传说月中有蟾蜍,因借指月亮。 ⑦明珰:大而有光彩的玉珠。 ⑧三五:农历十五日,为月圆之时。 ⑨葑葽:两种水生植物。 ⑩贝阙:以贝装饰宫门前两侧的楼观,此指传说中的水晶宫。 ⑪冰壶:盛冰的玉壶,此指月。

婆罗门引

两峰插云①

髻鬟对耸②,万松扶玉上青冥③。西风共倚,烟南水北,石荒苔老,三十六梯平。爱翠尖如削,天外亭亭④。 高寒梦惊,是何夕堕双星。无限苍崖紫岫⑤,谁拊棱层⑥。薜萝深处,算少年、游屐几番登。河汉近、疑在蓬瀛。

上十景,先辈寄之歌咏者多矣。霅川周公谨以所作《木兰花》示予⑦,约同赋,因成,时景定癸亥岁也⑧。

[注释]

①两峰插云:《西湖志》载,南高峰一千六百丈,上有塔,晋天福中建,今下级尚存,塔下有小龙井。北高峰石磴数百级,曲折三十六湾。唐天宝中,建浮图七层于顶。两峰相去十馀里,中间层峦叠嶂,蜿蜒盘结,列峙争

雄。而两峰独以高名，为全城之巨镇。山势既峻，能兴云雨，故其上多奇云。山峰高出云表，时露双尖，望之如插。②髻鬟：发髻，古人常用以形容山形。③青冥：亦作"青溟"，指青天。④亭亭：耸立。⑤崖（yá）：山边。⑥拊：通"抚"，抚摸。棱层：山势高峻貌。⑦周公谨：即周密，济南人，流寓吴兴，号草窗，又号萧斋，宋亡，隐居不仕。著有《草窗词》、《武林旧事》等。⑧景定癸亥岁：公元1263年。景定：南宋理宗赵昀的年号。

[集评]

李调元云："西湖八景词，古今咏者甚多，唯陈西麓允平词皆可传。如《苏堤春晓》云：'惟有踏青心，纵早起、不嫌寒峭。'《平湖秋月》云：'采菱舟散，望中水天一色。'《断桥残雪》云：'茸衫毡帽，冷香吹上吟鞭。'《雷峰落照》云：'暝烟带树，有投林鹭宿，凭楼僧语。'《花港观鱼》云：'宫沟泉滑，怕有题红句。'《南屏晚钟》云：'鱼板敲残，数声初入万松里。'皆清丽芊绵之作也。"（《雨村词话》卷二）

陈廷焯云："西麓西湖十咏，多感时之语，时时寄托，忠厚和平，其可亚于中仙。下视草窗十阕，真不足比数矣。如《探春》（苏堤春晓）云：'搔首卷帘看，认何处六桥烟柳。'《秋霁》（平湖秋月）云：'对西风凭谁问取，人间那得有今夕。应笑广寒宫殿窄。露冷烟淡，还看数点残星，两行新雁，倚楼横笛。'《扫花游》（雷峰夕照）云：'可惜流年，付与朝钟暮鼓。'《蓦山溪》（花港观鱼）云：'宫沟泉滑，怕有题红句。钩饵已忘机，都付与人间儿女。濠梁兴在，鸥鹭笑人痴。三湘梦，五湖心，云水苍茫处。'《齐天乐》（南屏晚钟）云：'御苑烟花，宫斜露草，几度西风弹指。'似此之类，皆令人思。读之既久，其味弥长。诸词作于景定癸亥岁，阅十馀年，宋亡矣。三湘梦三句，推开说，先生其有遗世之心乎？"（《白雨斋词话》卷二）

又云：题咏西湖十景，惟陈西麓感时伤事，得风人之正。草窗《木兰花慢》十阕，泛写景物，了无深义。张成子《应天长》十章，才气不逮草窗，而时有与西麓暗合处。如苏堤春晓云：'草色旧迎雕辇，蒙茸暗香陌。'曲院荷风云：'田田处，成暗绿。正万羽，背风斜矗。乱鸥去，不信双鸳，午睡犹熟。'花港观鱼云：'禹浪未成头角，吞舟胆犹怯。湖山外，江海匝。怕自有、暗泉流接。楚天远，尺素无期，枉误停楫。'下云：'濠梁兴，归未惬。记旧伴、袖携留摺。指鱼水、总是心期，休怨三叠。'南屏晚钟云：'欢娱地，空浪迹。漫记省、五更闻得。'柳浪闻莺云:'昆明事,休更说。费梦绕,建章宫阙。'两峰插云云:'唤醒睡龙苍角,盘空壮商翼。西湖路,成倦客。待倩写、素缣千尺。'此类皆有亡国之感。不及西麓之深厚,固胜似草窗之作。"(《白雨斋词话》卷七)

引　令

明月引

和白云赵宗簿自度曲[1]

雨馀芳草碧萧萧。暗春潮,荡双桡,紫凤青鸾,旧梦带文箫。绰约佩环风不定[2],云欲堕,六铢香[3],天外飘。

相思为谁兰恨销。渺湘魂[4],无处招,素纨犹在,真真意、还倩谁描[5]。舞镜空圆,羞对月明宵。镜里心心心里月[6],君去矣,旧东风,新画桥。

[注释]

①赵宗簿:赵崇皤,字汉宗,号白云山人。嘉定十六年(1223)进士,为石城令。官至大宗丞,宝祐四年卒。有《白云稿》。　②绰约佩环:形容佩环飘舞的状态。　绰约:柔美貌。　③六铢香:轻飘细微的熏烟。　铢:古衡制单位,二十四铢为一两。　④湘魂:指屈原,楚大夫,自沉汨罗江。其作有《离骚》、《招魂》等。　⑤"素纨"二句:唐时进士赵颜于画工处得一软障,上绘妇人甚丽,画工称此为神画,此女名真真,呼其名百日可应。应后以百家彩灰酒灌之,女则活。颜按其言,女果下障。一年后生一子。后颜疑其妖,真真携子入障。见杜荀鹤《松窗杂记》。　⑥镜里心心心里月:此句谓当年月明夜共舞时的情景依然映照在眼前,更深藏于心底。

糖多令

吴江道上赠郑可大[1]

何处是秋风,月明霜露中。算凄凉、未到梧桐。曾向垂虹桥上看[②]，有几树、水边枫。　客路怕相逢，酒浓愁更浓。数归期、犹是初冬。欲寄相思无好句，聊折赠、雁来红[③]。

［注释］

①吴江：县名，今属江苏。　②垂虹桥：在吴江县东，本名利往桥，因桥上有垂虹亭，故名。桥有七十二洞，俗称长桥。　③雁来红：草名，又名后庭花。茎叶类鸡冠，有黄红紫绿诸色，至秋而颜色愈妍，故亦名“老少年”。人常种于庭院以供观赏。

江城子

东风吹恨上眉弯。燕初还，杏花残。帘里春深，帘外雨声寒。拾翠芳期孤负却，空脉脉，倚阑干。　流苏香重玉连环[①]。绕屏山，宝筝闲。泪薄鲛绡[②]，零露湿红兰。瘦却舞腰浑可事[③]，银蹀躞，半阑珊[④]。

［注释］

①流苏：以五彩羽毛或丝线制成的穗子，常用作车马、帷帐等的垂饰。玉连环：玉制的玩饰。　②鲛绡：鲛人是神话传说中居于海底的怪人，水居如鱼，不废织绩，其眼能泣珠。绡是生丝织成的薄纱、薄绢。人们亦将手帕称为“鲛绡”。　③浑可：差不多，马马虎虎。　④蹀躞（dié xiè）：佩带上的饰物名，常用金、银、玉石等制成。　阑珊：衰落，将完结。

思佳客

用晏小山韵[①]

一曲清歌酒一钟[②]，舞裙摇曳石榴红。宝筝弦矗冰蚕缕[③]，珠箔香飘水麝风[④]。　娇娅姹[⑤]，笑迎逢。合欢罗带两心同[6]。彩云不觉归来晚，月转觚棱夜气中[7]。

[注释]

①晏小山：北宋临川人晏几道，字叔原，号小山。以词名世，与其父晏殊齐名，称二晏。陈氏此词即用小山《鹧鸪天》彩袖殷勤捧玉钟，原韵。②"一曲清歌"句：此句模仿晏殊《浣溪沙》"一曲新词酒一杯"语意。 ③冰蚕缕：形容丝质琴弦洁白晶莹。 ④珠箔：珠帘。 水麝风：形容珠帘飘散着麝香的清香气味。 ⑤娇娅姹(chà)：娇柔美丽的少女。 ⑥合欢罗带：旧时婚礼，新婚初至门，新郎前往迎接，傧相授以红绿相连之锦带，各持一头，然后进入，俗谓之"通心锦"，示两心相通。又称为"合欢带"。 ⑦"彩云"二句：本晏几道《临江仙》词"当时明月在，曾照彩云归"。彩云比喻美人。 觚棱：指殿堂屋角。因其瓦脊成方角棱瓣之形故名。

思佳客

压鬓钗横翠凤头[1]，玉柔春腻粉香流[2]。红酣醉靥花含笑，碧剪颦眉柳弄愁[3]。 偏婀娜，太温柔[4]。水情云意两绸缪[5]。佯羞不顾双飞蝶，独背秋千傍画楼[6]。

[注释]

①"压鬓"句：借写女子头饰的华丽来写其面貌的娇美。 ②"玉柔"句：形容女子身体的洁白柔嫩。 ③"红酣"二句：形容女子的笑态愁貌。 靥(yè)：面颊上的微涡。 颦(pín)：皱眉。 ④偏：特别，出乎寻常。 婀娜：柔美貌。 ⑤绸缪(chóu móu)：情意缠绵殷勤。 ⑥"佯羞"二句：写女子羞涩之态。 佯：假装。 双飞蝶：比喻男女爱情。

思佳客

锦幄沉沉宝篆残[1]，惜春无语凭阑干。庭前芳草空惆怅，帘外飞花自往还。 金屋静[2]，玉箫闲。一尊芳酒驻红颜[③]。东风落尽荼蘼雪[④]，满院清香夜不寒。

［注释］

①宝篆：形容香炉之烟袅袅上升，状如篆体字之曲折。 ②金屋：极写屋之华丽。同时以汉武帝金屋藏阿娇的典故暗喻女子之闺房。 ③“一尊”句：借饮酒使面颊微红，暗含叹息青春易逝之意。 ④荼蘼雪：荼蘼是一种花名，晚春才开放。荼蘼雪谓此花亦以尽落，暗喻春已逝去。

思佳客

玉辔青骢去不归[①]，锦中频织断肠诗。窗凭绣日莺声婉，帘卷香云雁影回[②]。 金缕扇，碧罗衣。蝶魂飞度画阑西[③]。花开花落春多少，独有层楼双燕知。

［注释］

①青骢（cōng）：毛色青白相杂之马。 ②“窗凭绣日”二句：谓时光在悄悄地逝去。日暖莺啼写春景，云飘雁回写秋景。 ③蝶魂：因《庄子·齐物论》所记庄生梦蝶故事，后人称梦为“蝶梦”。有幻而非真之意。而蝶魂则更含有意念、心灵之意。

思佳客

曾约双琼品凤箫[①]，玉台光映玉娇娆[②]。银花烛冷飞罗暗[③]，宝屑香融曲篆销[④]。 帘影乱，漏声迢。佩云清入楚天遥[⑤]。题红未托相思约，明月空归第五桥。

［注释］

①双琼：喻才色俱佳之美人。 ②玉台：指女子镜台。 玉娇娆：喻女子的娇媚妍丽。 ③银花烛：光焰明亮的蜡烛。 飞罗：质地很轻飘的丝织品，如帐、帷幔等。 ④宝屑香：一种优质香。 ⑤佩云：形如佩饰的

块状云。

惜分飞

钏阁桃腮香玉溜[①],困倚银床倦绣。双燕归来后,相思叶底寻红豆[②]。　　碧唾春衫还在否,重理弓弯舞袖[③]。锦藉芙蓉皱[④],翠腰羞对垂杨瘦[⑤]。

[注释]

①钏阁:女子卧室。钏为女子用的腕环。　桃腮:面颊红润。　香玉溜:形容女子体香肤滑。　②相思:树名,大株而白枝,叶似槐。其枝干斜斫之则有纹,可作器。其实如豌豆,微扁,色红,即红豆。古常以之比喻爱情或相思。王维《相思》诗:“红豆生南国,春来发几枝。愿君多采撷,此物最相思。”　③弓弯:指女子的鞋。　④锦藉:织锦制成的坐垫。　⑤“翠腰”句:此句谓身体因离别相思而消瘦。古代别离时常折杨柳以相赠。古曲有《折杨柳》,多写征人辛苦与伤别感怀。

长相思

风萧萧,雨骚骚[①]。风雨萧骚梧叶飘,潇湘江畔楼[②]。云迢迢,水遥遥。云水迢遥天尽头,相思心上秋[③]。

[注释]

①萧萧、骚骚:以叠字状风声雨声。　②潇湘:即湖南湘江。传说帝尧之二女居洞庭之山,常游于江渊,出入必以飘风暴雨。见《山海经·中山经》。故古诗文常以潇湘夜雨喻相思之愁苦。　③心上秋:即“愁”字。

[集评]

张德瀛云:“陈君衡《长相思》词,以萧、骚、飘、楼、迢、遥、头、秋互叶。……用韵不免错乱……此乃方音之误耳。”(《词徵》卷三)

又云："神不全，轧之以思，竹山是已。韵不足规之以格，西麓是已。读石帚诸人所制乃知姑射仙姿，去人不远，破觚为环，要分别观之。"（《词徵》卷五）

祝英台近

待春来，春又到，花底自徘徊。春浅花迟[①]，携酒为春催。可堪碧小红微，黄轻紫艳[②]，东风外、妆点池台。且衔杯[③]。无奈年少心情，看花能几回[④]。春自年年，花自为春开[⑤]。是他春为花愁，花因春瘦，花残后、人未归来。

[注释]

①春浅：谓节候虽是春天，但乍暖还寒。　浅：短暂迟缓。　②可堪：哪堪。　碧：指叶。　红：指花。　黄：指嫩芽。　紫：未张开的叶卷是紫色的。　③衔杯：指饮酒。　④"无奈"二句：年少心情，以功业学问为务，无暇旁顾，故曰"看花能几回"。　⑤"春自年年"二句：谓春期年年自来，春来花开，春去花落，故云花为春开。

恋绣衾

缃桃红浅柳褪黄[①]，燕初来、宫漏渐长[②]。任日转、花梢也，倚兰屏、犹未试妆。　秦鸾旧曲无心理[③]，忆年时、相傍采桑[④]。听绿树、娇莺啭[⑤]，一声声、都是断肠。

[注释]

①缃桃：结浅红色果实的桃树。　②宫漏：宫中计时器。此句指日长。　③秦鸾旧曲：指秦穆公时萧史吹箫引凤之曲，亦指萧史、弄玉乘鸾而去的典故。　④年时：往年。　相傍：相依相伴。　⑤娇莺啭：娇美的黄莺鸣叫婉啭。　啭：声音曲折委婉。

南歌子

茉　莉

素质盈盈瘦[①]，娇姿淡淡妆。曲勾阑畔倚秋娘[②]，一撮风流都在、晚西凉[③]。　彩线串层玉，金篝络细香[④]。半钩新月浸牙床[⑤]，犹记东华年少、那门相[⑥]。

［注释］

①盈盈:风姿仪态美好。　②曲勾阑:曲折的栏干。又指宋时说唱演艺的场所，亦用以指妓院。　秋娘:美人年老色衰者。　③一撮:极言其微少。　西凉:衰败。　④金篝:精美的火笼子。　细香:质地优良的香。　⑤牙床:精美之床。　⑥东华年少:青春貌美的青少年。　东华:宫门名。　那门相:倚在门旁模样。

恋绣衾

银鸳金凤画暗消[①]，晓帘栊、新翠渐交[②]。算多少、相思恨，被东风、吹上柳梢[③]。　罗窗夜夜梨花瘦[④]，奈月明、香梦易消。便拟倩、题红叶，趁落花、流过谢桥[⑤]。

［注释］

①画暗消:谓渐成陈迹，喻旧情消逝。　②帘栊:窗帘。　新翠渐交:新生的枝叶渐渐地交接在一起。　③“算多少”二句:谓相思恨随着春风而日日加深增多。　④梨花瘦:喻女子因离别相思而消瘦。　⑤谢桥:谢家之桥。东晋南朝时，谢家为名门望族。族中出了很多有才华之名士。红叶题诗流过谢桥，乃希望遇见有才之士以托终身。

谒金门

春欲去，无计得留春住[①]。纵著天涯浑柳絮[②]，春归还有路[③]。　恨煞多情杜宇[④]，愁煞无情风雨。春自悠悠人自苦，莺花谁是主。

[注释]

①“春欲”二句：本欧阳修《蝶恋花》词“雨横风狂三月暮，门掩黄昏，无计留春住”。　②著：遇上。　浑：差不多。此句谓纵然是天涯处处芳草绿、柳絮飞，春景依然，但难以挽留住春天。　③“春归”句：反用黄庭坚《清平乐》词“春归何处？寂寞无行路”。　④杜宇：古蜀帝名，号曰望帝。后禅位于开明，遂自亡去，化为杜鹃鸟。

[集评]

王以宪云：“西麓咏春词不少，但多写春愁春恨之情，抒怀春悼春之意，以人为主，视春为客。本词却别开生面，反客为主。一句‘春自悠悠人自苦，互相对照，超脱中见出几分无奈，带有几分苦涩。”

菩萨蛮

杏花枝上莺声嫩[①]，凤屏倦倚人初困[②]。金兽莫添香[③]，香浓情转伤。　云沉归雁杳[④]，绿涨江南草[⑤]。独倚夕阳楼，双帆何处舟[⑥]。

[注释]

①嫩：娇软、婉啭。　②“凤异”句：谓人因困倦而倚靠在凤屏之上。凤屏：画有凤鸟的屏风。　③金兽：铜质兽形香炉。　④云沉：云层深厚。⑤绿涨：春水浩荡。　⑥“独倚”二句：化用温庭筠《梦江南》词“梳洗罢，独倚望江楼。过尽千帆皆不是，斜晖脉脉水悠悠。肠断白蘋洲”。　双帆何处舟：即谓所过舟船皆非自己所期盼者。

青玉案

采莲女

凉亭背倚斜阳树,过几阵、菰蒲雨[①]。自棹轻舟穿柳去,绿裙红袂[②],与花相似,撑入花深处。　妾家住在鸳鸯浦[③],妾貌如花被花妒。折得花归娇厮觑[④],花心多怨,妾心多恨,胜似莲心苦。

[注释]

①菰(gū)蒲雨:菰和蒲是两种浅水植物,菰蒲雨指细雨。　②袂(mèi):衣袖。此指上衣。　③鸳鸯浦:鸳鸯游息的水边,非实指地名。乃暗示自己已有爱恋对象。　④厮觑:相看。

[集评]

王以宪云:"此为美人自伤之辞。上阕避雨凉亭。棹舟入花深处,只是交代和铺垫。下阕方是主人公出场,自报家门,自诉心态。数用'花'字,以花自比,花我浑一;又被花妒,花我对立。浅语深怨,耐人咀嚼。"

恋绣衾

多情无语敛黛眉[①],寄相思、偏仗柳枝[②]。待折向、尊前唱,奈东风、吹做絮飞[③]。　归来醉抱琵琶睡,正酒醒、香尽漏移。无赖是、梨花梦[④],被月明、偏照帐儿。

[注释]

①黛眉:青绿色之眉。黛是青绿色颜料,古时女子用以画眉,故常以"黛眉"特指女子之眉。　②仗:倚仗。古时临别时,常折杨柳之枝相赠以寄思念之情。　③"待折向"二句:折柳枝本为饯别时相赠,却被东风当成柳絮吹飞,意谓连托物寄情之事都难做到。　④无赖:无奈。　梨花梦:春梦。

南歌子

懒傍青鸾镜，慵簪翠凤翘[①]。玉屏春重宝香销，因甚不忺梳洗、怕登楼[②]。　载酒垂杨浦，停桡杜若洲[③]。伤春情绪寄箜篌[④]，流水残阳芳草、伴人愁。

[注释]

①翘：女子首饰。　②忺(xiān)：适宜，高兴。　③杜若：香草名，一名杜蘅。味辛香。《楚辞·九歌·湘君》："采芳洲兮杜若，将以遗兮下女。"④箜篌：一种乐器，似瑟而小，七弦，用拨弹之。汉乐府曲有《箜篌引》。

醉桃源

东风开到坼桐花[①]，游蜂初报衙[②]。兽环微掩是谁家[③]，琐窗金绣纱。　环佩小，领巾斜，绿云双髻鸦[④]。佯羞无限托琵琶，笑拈萱草芽[⑤]。

[注释]

①坼(chè)：裂开。　桐花：桐花树，又名"蜡烛果"。　②报衙：指旧时官吏击鼓开堂，开始理事。此指蜂儿出入不断。　③兽环：金属制成的兽头衔着的门环。古时富豪家多用此。　④双髻鸦：又作"双髻丫"，古时少女髮式，将头髮束结盘于头顶两边。陆游《浣溪女》诗："江头女儿双髻丫，常随阿母供桑麻。"　绿云：指黑髮。　⑤萱草：又名忘忧、宜男，可以令人忘忧。

清平乐

凤城春浅，寒压花梢颤[①]。有约不来梁上燕[②]，十二绣帘空卷[③]。　去年共倚秋千，今年独倚阑干。误了海棠时候④,不成直待花残。

[注释]

①凤城:帝都,此指南宋京都临安。 春浅:指早春,馀寒犹冽,压得花枝打颤。 ②梁上燕:“宋末,娼家女姚玉京嫁襄州小校敬瑜。敬瑜溺水而死。玉京守志养姑舅。常有双燕巢梁间,一日为鸷鸟所获,其一孤飞悲鸣,徘徊至秋,翔集玉京之臂,如告别然。玉京以红线系足,曰:‘新春定来为吾侣也。’明年果至,因赠诗曰:‘昔俦新偶去,今日春又归。故人恩义重,不忍更双飞。’”见宋曾慥《类说》三十九引《丽情集·燕女坟》。此处反其意而用之,谓企盼之人负约不来。 ③十二绣帘:言门窗绣帘甚多。 ④海棠时候:比喻青春年华。

[集评]

伍崇曜评本词下片云:“清转华妙。”(《日湖渔唱》跋)

谒金门

春又晚,枝上绿深红浅。燕语呢喃明似剪①,采香人渐远。 草色池塘碧软,丝竹谁家坊院②。拂拂和风初著扇,蜂情愁不展③。

[注释]

①燕语呢喃:燕子鸣声。 呢喃:小声而多言。 明似剪:燕尾呈叉状,形似剪刀。 ②丝竹:管弦之声。 ③蜂情:寻花之情。

浣溪沙

杨柳烟深五凤楼①,绣帘风飏玉梭球②。夜寒谁伴锦香篝。 残月有情圆晓梦,落花无语诉春愁。宝笙偷按小梁州③。

[注释]

①五凤楼：楼名，在洛阳。此非实指，喻华美之楼。 ②玉梭球：白色的柳絮团。 ③偷按：不按原谱而略为减省一些节拍的演奏。

鹧鸪天

谁向瑶台品凤箫[①]，碧虚浮动桂花秋[②]。风从帘幕吹香远，人在阑干待月高。 金粟地[③]，蕊珠楼[④]。佩云襟雾玉逍遥[⑤]。仙娥已有玄霜约[⑥]，便好骑鲸上九霄[⑦]。

[注释]

①瑶台：神话中神仙所居之地。 ②碧虚：天空。 ③金粟地：陕西蒲城县东北有金粟山，山有碎石如金粟而得名。唐玄宗泰陵在此。此泛指仙家居所。 ④蕊珠楼：道家传说天上上清宫有蕊珠楼，神仙所居。后亦常以指道士宫观。 ⑤佩云襟雾：以云雾为裳衣佩饰。 玉逍遥：一种帽饰，以皂纱笼髻如巾状，散缀玉钿于其上。 ⑥玄霜：仙药名。 ⑦骑鲸：指仙化或隐遁。

谒金门

风不定，吹漾一帘波影[①]。归燕无期春正永，海棠眠未醒[②]。 筝雁别来谁整[③]，好梦不堪重省。闲看鸳鸯交素颈，凭阑襟袖冷。

[注释]

①"吹漾"句：谓风卷门帘，有如水波荡漾。 ②海棠眠未醒：喻美人酣睡。宋乐史《杨太真外传》："上皇登沉香亭，诏太真妃子。妃子时卯醉未醒，命力士与侍儿扶掖而至。妃子醉颜残妆，鬓乱钗横，不能再拜。上皇笑曰：'岂是妃子醉，直海棠睡未足耳。'" ③筝雁：指筝的弦柱排列作雁形。 别：分开。 整：理正。

朝中措

欲晴又雨雨还晴，时节又清明。红杏墙头燕语[①]，碧桃枝上莺声[②]。　轻衫短帽，扁舟小棹，几度旗亭[③]。鬥草踏青天气[④]，买花载酒心情[⑤]。

［注释］

①红杏墙头：宋祁《玉楼春》词有“红杏枝头春意闹”句，故常以“红杏枝（墙）头”喻春意正浓。　②碧桃：千叶桃，花重瓣，不结实，白色粉红至深红，或洒金。　③旗亭：酒楼。　④鬥草：古代民俗，五月初有踏百草之戏。唐人则称为鬥百草。　⑤买花载酒：本宋俞国宝《风入松》词“一春长费买花钱，日日醉花边”。旧亦借指狎妓。

小重山

岸柳黄深绿渐饶，林塘初雨过，涨蒲萄[①]。秋千亭榭彩旗交，莺声里，春在杏花梢。　慵整翠云翘[②]，眉尖愁两点[③]，倩谁描[④]。斜阳芳草暗魂销[⑤]，东风远，犹凭赤阑桥。

［注释］

①蒲萄：即葡萄。　涨葡萄：谓雨水入塘，色如葡萄之绿。　②翠云翘：翠羽编的头饰。　③眉尖愁两点：谓双眉紧皱，眼露愁容。　④倩：请。⑤暗魂销：即黯然消魂，谓人为悲情所感，好似魂魄离散。

霜天晓角

玄霜绛雪[①]，散作秋林缬[②]。昨夜西风吹过，最好是、睡时节[③]。　香绝，高处折，中秋还有月。此际人间天上，是两个、广寒阙[④]。

[注释]

①玄霜绛雪：两种仙丹名。《汉武内传》："仙家上药有玄霜、绛雪。" ②缬（xié）：染花的丝织品，亦指织物上的印染花纹。 ③最好是睡时节：最适宜睡觉的时候。 ④"此际"三句：谓中秋时节，人间天上，俱是仙境。广寒阙：月宫，又名广寒宫。

糖多令

桂边偶成

明月可中庭[①]，萧萧络纬声[②]。画阑秋、千树吹香，玉宇无尘凉似水，销不尽、许多清[③]。　欲醉醉还醒，欲吟吟未成。捻金英、三嗅微馨[④]。应有乘鸾天上女[⑤]，随风露、下青冥[⑥]。

[注释]

①明月可中庭：本唐刘禹锡《金陵五题生公讲堂》诗"高坐寂寥尘漠漠，一方明月可中庭"。 可：正当，正在。 ②络纬：虫名，即莎鸡，俗名纺织娘，因其鸣叫声如纺纬而得名。 ③清：清爽、闲适。 ④捻金英：将桂花或菊花等搓碎。 金英：指桂花或菊花，因其秋天开花，颜色黄而称金花。 馨：香。 ⑤乘鸾女：仙女。 ⑥青冥：青天。

柳梢青

和逃禅四首[①]

藓迹苔痕，香浮砚席[②]，影蘸吟尊[③]。雪正商量[④]，同云淡淡[⑤]，微月昏昏[⑥]。　孤山往事谁论，但招得、逋仙断魂[⑦]。客里相逢，数枝驿路，千树江村。

[注释]

①逃禅：杨无咎，号逃禅，有《柳梢青》咏梅词。 ②砚席：砚台与坐

席,后引申为学习。 ③蘸:浸入。 ④商量:准备造作。宋舒亶《菩萨蛮》词:“江梅含日暖,照水花枝短。密叶似商量,向人春意长。” ⑤同云:出《诗经·小雅·信南山》“上天同云,雨雪纷纷”,朱熹《诗集传》:“同云,云一色也,将雪之候如此。”周邦彦《女冠子·雪景》词:“同云密布,撒梨花,柳絮飞舞。” ⑥微月:弯月,眉月。 ⑦逋仙:指林逋,字君复,宋钱塘人,隐居西湖孤山。不娶,种梅养鹤为娱,因有“梅妻鹤子”之称,卒谥和靖先生。

柳梢青

沁月凝霜[①],精神好处,曾悟花光[②]。带雪煎茶,和冰酿酒,聊润枯肠[③]。 看花小立疏廊,道是雪、如何恁香。几度巡檐[④],一枝清瘦,疑在蓬窗[⑤]。

[注释]

①沁月凝霜:形容精神清爽。 沁:渗透。 凝:聚集。 ②花光:蜀僧超然,居衡阳花光山,所作墨梅极佳。 ③润:滋润,沾惠。 枯肠:空肠,肠中无物。 ④巡(yán):通“沿”,连接。 ⑤蓬窗:蓬草之窗,谓贫寒人家。

柳梢青

菊谢东篱[①],问梅开未,先问南枝[②]。两蕊三花,松边傍石,竹外临溪。 尊前暗忆年时,算笛里、关情是伊[③]。何逊风流[④],林逋标致[⑤],一二联诗。

[注释]

①东篱:自陶渊明《饮酒》诗“采菊东篱下,悠然见南山”出后,诗人咏菊往往与东篱相连,东篱具有一种象征性意义。 ②南枝:南向的树枝。《古诗十九首》:“胡马依北风,越鸟巢南枝。”后南枝多用作思念家乡的代

名词。 ③笛里关情：汉乐府《横吹曲辞》中有《梅花落》曲，以笛吹奏。魏晋南北朝时期，文人拟作乐府，多有此篇。 关情：通情，传情。是伊：此，这个，指梅花。 ④何逊：南朝梁东海郯人，字仲言，官至尚书水部郎。诗与阴铿齐名，世号“阴何”。有扬州咏梅诗，传诵一时。 ⑤标致：与风流同义，皆指文才华美。

柳梢青

片片花飞，风前疏树，雪后残枝[①]。刬地多情[②]，带将明月，来伴书帏[③]。 岁寒心事谁知，向篱落、微斜半攲[④]。添得闲愁，酒将阑处[⑤]，吟未成时。

［注释］

①“风前”二句：谓花经风吹雪压之后，留在树上的只是稀疏的几朵。 ②刬（chǎn）地：宋元时用语，依旧，照样。 ③书帏：书房。 ④攲（qī）：倾斜。 ⑤阑：残尽。

思佳客

和俞菊坡海棠韵[①]

簇簇红云冷欲凝[②]，东风特地唤花醒。数枝夜色当银烛[③]，一段春娇入画屏。 如有恨，似多情。柳边莺语十分明。柳边莺语如何说，莫笑梅花太瘦生[④]。

［注释］

①俞菊坡：未知其详。 ②“簇簇红云”句：海棠春季开花，花呈红色，故以“红云冷欲凝”形容之。 ③当银烛：夜色中，海棠花之红色似烛光之焰。 ④“莫笑”句：谓比起海棠花开得那么红艳，不要笑梅花开得过于清淡。

糖多令

秋暮有感

休去采芙蓉[①],秋江烟水空[②]。带斜阳、一片征鸿。欲顿闲愁无顿处,都著在两眉峰。　　心事寄题红,画桥流水东。断肠人、无奈秋浓。回首层楼归去懒,早新月、挂梧桐。

[注释]

①芙蓉:荷花。　②"秋江"句:意秋深荷枯,一派烟水空阔迷茫景象。

寿词

瑞龙吟

寿吴丞相[①]

双溪墅[②],重见种玉锄云,采花研露[③]。遥知绿野芳浓[④],锦堂燕子,迎门共舞[⑤]。　　近前语,还问去年山馆,旧经行处。西风鸿水边上[⑥],惊千里苑[⑦],梅英乍吐。
几度月昏霜晓,望驰天北[⑧],驿传湘渚[⑨]。冷艳暗香春寒,划地清苦[⑩]。看看翠幄,青子江头路[⑪]。才收尽、蛮烟瘴雨[⑫],初回轻暑。便忆南园趣。唤人况有,多情杜宇。此计非迟暮。都付与、和羹功成归去[⑬]。海榴院落[⑭],长逢重午[⑮]。

[注释]

①吴丞相:吴潜,字毅夫,宣州宁国人。淳祐十一年(1251)入相,景定元年罢相。善诗词,有《履斋遗集》。　②双溪:水名,在今浙江金华。由永康、东阳两港之水流到金华城东南后并入婺江,在两水汇处的一段名叫双溪。　③"重见"二句:指道家仙境景色。唐卢纶《酬畅当嵩山尊道士见寄》诗:"开云种玉嫌山浅,渡海传书怪鹤迟。"　采花研露:采摘花草碾

磨渗和露水调制成药，可益寿延年。 ④绿野：唐宰相裴度的别墅，旧址在河南洛阳。常与诗人作诗酒之会。 ⑤锦堂：华美似锦之堂，指绿野堂。此皆借喻双溪墅。 ⑥鸿水：即洪水。 ⑦千里苑：广阔的苑囿。 ⑧望驰：目光远驰。 ⑨驿传：驿马传递公文书信等。 湘渚：湘江之畔。 ⑩冷艳暗香：此指梅花。 冷艳：耐寒之花。 暗香：清幽的香气。 ⑪青子：青梅。 ⑫蛮烟瘴雨：指西南少数民族边远地区如云南、四川、广西一带。 ⑬和羹：用不同调味品配制成的羹汤。后用以比喻大臣辅佐君上，心和力合，治理国家。 ⑭海榴：即石榴，以自海外移植，故名。 ⑮重午：农历五月初五，即端午节。

[集评]

周济云："西麓疲软凡庸，无有是处。书中有馆阁书，西麓殆馆阁词也。西麓不善学少游，少游中行，西麓乡愿。竹屋得名其盛，而其词一无可观，当由社中标榜而成耳。然较之西麓，尚少厌气。"（《介存斋论词杂著》）

渡江云

寿蔡泉使[①]

桐花寒食近，青门紫陌，不禁绿杨烟。正长眉仙客，来向人间，听鹤语溪泉。清和天气，为栽培、种玉心田。莺昼长，一尊芳酒，容与看芝山[②]。 庭闲。东风榆荚，夜雨苔痕，满地欲流钱[③]。爱墙阴、成蹊桃李[④]，春自无言。殷勤晓鹊凭檐喜，丹凤下、红药阶前[⑤]。兰砌晓[⑥]，香飘舞袖斓斒[⑦]。

[注释]

①蔡泉使：不详。 ②芝山：在山东莱阳西北，相传汉武帝东游得芝草于此。亦泛指仙山。 ③流钱：榆树未生叶前先生荚，形似钱而小，联缀成串，也称榆钱。 ④成蹊桃李：《史记·李将军列传》引谚曰"桃李不言，下自成蹊"，比喻实至名归。 ⑤丹凤下：丹凤台下。不少地方都有凤凰台，如江苏南京、甘肃成县、湖北鄂城等。此以喻华美之楼台。 红药阶

前:本南齐谢朓《直中书省》诗“红药当阶翻,苍苔依砌上”。红药即芍药,花大而美供观赏,根可入药。 ⑥兰砌:生满兰花的台阶。 ⑦斓斒(lán bān):同“斓斑”,色彩错杂鲜明。

八声甘州

寿蔡泉宪

两台帘对卷,燕芹香、风花近清明①。望春潴柳际,流红水布,暖谷天晴②。谁信闲襟似水,时忆语溪耕③。襟抱番江阔④,云远波平。 静昼轻挥玉麈⑤,见春扉草绿,暮冶烟青⑥。问清华姓字,几度录虬屏⑦。看西湖、一汀鸳鹭,正晓风、残月两三星。早归来,赴花鱼宴⑧,宫树闻莺。

[注释]

①燕芹:燕子用芹泥筑巢。 ②暖谷:即谷雨,二十四节之一。 ③忆语:回忆往日与人交谈之情景。 溪耕:临溪流而耕种。 ④番江:鄱阳湖。 ⑤玉麈:白玉柄的麈尾。麈尾即以麈的尾毛制成的拂尘,魏晋时人清谈时常手持麈尾,以示清闲容与。 ⑥暮冶:通“暮野”。 ⑦虬屏:绘有虬龙的屏风。 ⑧花鱼宴:宋宫中宴会名。

三犯渡江云

旧平声,今改入声,为竹友谢少保寿①

风流三径远②,此君淡薄,谁与伴清足。岁寒人自得,傍石锄云,闲里种苍玉。琅玕翠立③,爱细雨、疏烟初沐。春昼长、秋声不断,洗红尘凡俗④。 高独。虚心共许⑤,淡节相期⑥,几人闲棋局⑦。堪爱处,月明琴院,雪晴书屋。心盟更许青松结,笑四时、梅矾兰菊⑧。庭砌晓,东风旋添新绿。

[注释]

①谢少保：似指谢方叔，字德方，号湊山，威州人，嘉定进士，历官监御史。淳祐中知枢密院事，拜左丞相，封惠国公，咸淳七年致仕。特赠少师。②风流三径远：谓与风雅名流远离。 ③琅玕（láng gān）：指竹。 ④红尘：飞扬的尘土，形容繁华热闹，亦指人世间。 ⑤虚心：谓心怀高远。⑥淡节：谓淡泊名利。 ⑦棋局：喻人间世事纷争。 ⑧矾（fán）：又名七里香，生于江南，常绿灌木，开小朵花，极香。

过秦楼

寿建安使君谢右司①

谷雨收寒，茶烟飏晓，又是牡丹时候。浮龟碧水，听鹤丹山，彩屋幔亭依旧。和气缥缈人间，满谷红云，德星呈秀②。向东风种就，一亭兰茁，玉香初茂。 遥想曲度娇莺，舞低轻燕，二十四帘芳昼③。清溪九曲，上巳风光④，觞咏似山阴否⑤。翠阁凝清，正宜瀹茗银罂⑥，熨香金斗⑦。看双鸾飞下，长生殿里⑧，赐蔷薇酒⑨。

[注释]

①使君：太守。 ②德星：岁星（木星）。亦用来比喻贤人。 ③二十四帘芳昼：古代认为有花信风，应花期而来。由小寒至谷雨共八个节气，一百二十日，每五日为一候，计二十四候，每候应一种花信，称二十四番花信。 ④上巳：上巳节。汉以前为农历三月上旬的巳日，曹魏以后则习惯于三月初三日。 ⑤觞咏：古代风俗，在上巳节聚集宴饮于水滨以祓除不祥。后世仿行，于环曲之水渠边集宴，在水上放置酒杯，杯流停其前，当即取饮，时或歌咏，称为“流觞曲水”。 山阴：会稽山北。晋王羲之《兰亭序》：“永和九年，岁在癸丑，莫春之初，会于会稽山阴之兰亭，修禊事也。”这是历史上一次有名的觞咏之会。 ⑥瀹（yuè）茗：烹茶。 银罂（yīng）：银质盛水的器具，小口而大腹。 ⑦熨（yùn）香金斗：铜质熨斗，一种熨烫衣服使之平帖的用具。 ⑧长生殿：唐时帝后寝宫往往称为“长

生殿”,而玄宗长生殿在华清宫,天宝元年造,名集灵台,以祀神。 ⑨蔷薇酒:美酒名,为禁中所供御酒。

醉蓬莱

寿越帅谢恕斋[①]

正槐龙欲老[②],影动朱门,薰风帘卷。竹外人清,听秋声将转。梦草池塘,种兰庭砌,爽气生葵扇[③]。香染黄扉,律调翠筒,赏音清宴。 因念南阳[④],碧幢烟静,纶玉宣频[⑤],绺丝催遣。带锡犀虹[⑥],宠下甘泉殿。笑指蓬莱,画舸东去,向五云葱茜[⑦]。骑竹欢迎,贺家湖上[⑧],绿香红茜[⑨]。

[注释]

①谢恕斋:谢堂,号恕斋。景定二年代郑雄飞知绍兴,累官至枢密使。善画兰、竹、松石,清雅可爱。 ②槐龙欲老:夏季将尽。槐树夏季开花,人以“槐序”(槐之时序)指夏日。 ③葵扇:蒲葵叶制成的扇子。 ④南阳:郡名,包有河南南阳府、湖北襄阳府等地,治所为宛城(今河南南阳)。⑤纶玉:皇帝的诏书。 ⑥带锡犀虹:赏赐饰有犀牛角的彩色腰带。锡:赐与。 ⑦五云:五彩祥云。 葱茜:青翠繁盛貌。 ⑧贺家湖:指浙江镜湖。唐天宝间,诏赐秘书监贺知章镜湖剡溪一曲,贺终老于此。 ⑨红茜:又名茹芦、茅蒐。可作染料,并入药。

法曲献仙音

寿云谷谢秘撰[①]

风箨晴暄[②],昼桐阴早,燕阁新香时度。沁月楼台,带山城郭,西湖翠娇红妩。甚爱此闲中趣,寻盟旧鸥鹭[③]。 共容与。倚阑干、静看飞絮。吟啸里,帘卷暖烟霁雨。向一碧玻璃[④]，几东风、呼棹来去。秀玉芳兰[⑤]，伴丝篁、庭院笑语。渐梅霖清润[⑥]，喜近槐扉初暑。

[注释]

①谢秘撰：谢奕修。宝祐四年中奉大夫太府卿除秘阁修撰知绍兴府，兼浙东安抚。开庆元年除集英殿修撰奉祠。 ②箨（tuò）：竹笋皮。 ③鸥鹭之盟：谓与鸥鹭为友，喻隐者生活。 ④一碧玻璃：形容湖面平静如镜。 ⑤秀玉芳兰：指优秀子弟。 ⑥梅霖：梅雨。初夏季节，江南气候湿润多雨，适当黄梅成熟，俗称此为梅雨天。

八声甘州

代蔡泉使寿丁丞相[①]

帘垂鸱尾阁[②]，桂花风、天香满黄扉[③]。向郁罗霄汉[④]，朝回金阙[⑤]，心运璇玑[⑥]。一点元台初度[⑦]，八表共清辉[⑧]。紫塞烟尘静[⑨]，捷羽东飞[⑩]。 此际钱塘江上，爱月仍夜色，潮正秋期。想波仙冰妹[⑪]，同日宴瑶池[⑫]。报龙楼、玉音宣劝[⑬]，赐紫金、杯泛日中葵[⑭]。庆千秋[⑮]，醉长生酒，歌太平诗。

[注释]

①丁丞相：丁大全，字子万，镇江人。嘉熙进士，宝祐六年（1258）为参知政事，旋任右丞相，次年被罢。 ②鸱尾阁：辅弼大臣视事之殿阁，以屋脊正脊两端饰有鸱尾而称之。又名鸱尾，古人认为鸱尾乃水精，能避火灾，故以为饰。 ③天香：桂花香。 ④郁罗：天上宫殿名。 ⑤金阙：道家谓天上有黄金阙、白玉京，为仙人或天帝居处。亦指皇宫。 ⑥心运璇玑：心如北斗星样运转。璇玑，本指北斗魁第四星，此代指北斗。 ⑦元：大。 台：三台星，位于紫微垣前。此喻朝廷宰辅大臣。 初度：初生之时，后称生日为“初度”。 ⑧八表：八方极远之地。 ⑨紫塞：边塞。 ⑩捷羽东飞：捷报向东传来。宋理宗开庆元年（1259），蒙古兵攻合州（今

属四川),七月因主帅蒙哥汗死,蒙兵撤退,合州解围。词中所指似是此事。 ⑪冰妹:指河神冰夷。 ⑫瑶池:古代神话中西王母所居之处。 ⑬龙楼:帝王宫阙。 玉音:皇帝的圣旨。 ⑭紫金:紫磨,一种精美的金子。 日中葵:向日葵,指臣下之心。 ⑮千秋:祝寿的敬词。

兰陵王

辛酉代寿壑翁丞相母夫人①

楚天碧,秋晚尘清禁陌。朝鸡静,班退晓墀,回马金门漏犹滴。千官佩如织,来作黄扉寿客②。黑头相,玉虹紫貂,亲奉春慈拜南极③。 从萱燕堂北④。正霭护犀帷,香泛鲛额⑤。瑶池女伴驻鸾翼。拥歌袖笼翠,舞鞯铺锦⑥,屏开家庆怎画得。想人在仙宅。 今夕,是何夕。正月满槐厅,凉透櫄席⑦。黄花满地弄寒色。喜蛩雨初霁⑧,雁风又息。龙楼宣劝,万岁里、宴太液⑨。

[注释]

①辛酉:宋理宗景定二年(1261)。 壑翁:贾似道、号秋壑。其母胡氏封秦齐两国夫人。 ②黄扉:宰相官署。 ③春慈:慈母。孟郊《游子吟》:"谁言寸草心,报得三春晖。" 南极:星名,又称"南极老人"。杜甫《赠韩谏议》诗:"周南留滞古所惜,南极老人寿应昌。"拜南极即拜寿。④从萱燕堂北:指母亲居所。《诗经·卫风·伯兮》:"焉得谖(萱)草,言树之背(北堂)。"意谓于北堂种萱草。萱草又名忘忧草。北堂古为母氏所居。后常以萱堂代称母亲。 ⑤鲛额:鲛人织成的精美的头巾。 ⑥鞯(jiān):马鞍之垫子。 ⑦櫄(chūn):木名,同"椿"。古以大椿长寿,故椿席含有祝福之意。 ⑧蛩雨:秋雨。蛩,指蟋蟀。 ⑨万岁:祝寿时欢呼声。太液:皇宫池名。

木兰花慢

丙辰寿叶制相①

江南春信早，问谁是、百花魁。过揽桂褰蓉②，纫兰采菊③，独许寒梅。阳和渐回涧底④，向水西、先放一枝开。潇洒纤琼瘦玉，化工月剪云裁⑤。　诗催，付与雪襟怀。消得暗香来⑥。算知心惟有，青松瘦竹，白石苍苔⑦。年年上林胜赏，捻清芳、蘸入紫金杯。须信和羹未晚⑧，岁寒聊自徘徊。

［注释］

①丙辰：宋理宗宝祐四年（1256）。　叶制相：似为叶梦鼎，字镇之，号西涧，宁海人。曾知庆元军府事，咸淳中拜参知政事，受贾似道排斥。端宗即位于闽，召为少师，因故未至。　②揽：采摘。　褰：手提起。　蓉：芙蓉。　③纫：将两缕捻成单绳。　④阳和：春天的暖气。　⑤化工：造化天工。　⑥暗香：清幽的香气。又宋姜夔取林逋诗《山园小梅》句“疏影横斜水清浅，暗香浮动月黄昏”，创制《暗香》、《疏影》二词，后遂以之代称梅花。　⑦“算知心”三句：古人以松、梅、竹为“岁寒三友”。　⑧和羹：用不同调味品配制的羹汤，用以比喻大臣辅佐君王治理国家。

摸鱼儿

寿叶制相

过重阳、晚香犹耐①，江城风露初峭。梅花已索巡檐笑②，春入数枝红小。寒恁早。正帘卷苍云，和气生芝草③。金虬篆袅④。喜人乐丰年，波澄瀚海，星斗焕牙纛⑤。　家山近⑥，游宴十洲三岛⑦。石桥诗思频绕。朱颜白髮神仙样，谁信玉关人老。春渐好。望阊阖天低⑧，咫尺瞻黄道⑨。祥云缥缈。看柳色沙堤，莺声禁辇，鸣佩凤池晓⑩。

[注释]

①晚香:后开之花。 耐:能忍受,禁得住。 ②已索:已然,已经。 ③和气:祥和之气。 芝草:灵芝草,古人以为瑞草。 ④金虬篆:作“曲折”解。 ⑤牙纛(dào):用象牙装饰杆子的大旗。 ⑥家山:家乡。 ⑦十洲三岛:海上神仙所居之地。 ⑧阊阖:天门,后泛指皇宫之门。 ⑨黄道:古人认为太阳绕地而行,黄道即想像中的太阳绕地球运行的轨道。又天子所行道路亦称“黄道”。 ⑩凤池:指宰相官署。

汉宫春

寿乡帅范尚书[①]。郡有苍云堂,因古柏得名

帘卷苍云,爱初翔凤尾,忽驾虬枝。青青岁寒自保,越样清奇。参天溜雨[②],带疏苔、密藓芳蕤[③]。天赋与,凌霜傲雪,臞然山泽风姿[④]。 他年栋梁共许,记雪山巫峡,曾赋新诗。庭前可人翠幄,葱茜烟霏[⑤]。高标劲节,有青松、绿竹心知。来试倚,摩挲黛色[⑥],一尊相祝齐眉[⑦]。

[注释]

①范尚书:不详。 ②参天溜雨:本杜甫诗“桑皮溜雨四十围,黛色参天二千尺”。极言柏树之伟岸奇古。 ③蕤(ruí):花下垂貌。 ④臞然:消瘦貌。臞又作“癯”。 ⑤葱茜:青翠茂盛貌。 ⑥摩挲(suō):抚摸。 ⑦齐眉:表相敬。

汉宫春

庚午岁寿谷翁保相[①]

春满芝田,正鹤飞空霭,龟引清涟[②]。祥云满谷缥缈,非雾非烟。莺花燕柳,占年年、三月长安。天气好,新声暖响,东风十二雕阑[③]。 葱茜兽炉香袅,映金貂玉

佩[4]，绿鬓朱颜[5]。何妨买花载酒，日日湖边。烟光万顷，恁清闲、才是神仙。芳昼永，珠帘静卷，悠然相对南山。

[注释]

①庚午岁：宋度宗咸淳六年(1270)。 ②"春满"三句：古时认为芝、鹤、龟皆祥瑞之物，往往以之喻长寿。 空霭：天空中的云气。 清涟：清波。 ③东风十二雕阑：谓春风时时吹暖府邸。 ④金貂：汉时冠饰。 ⑤绿鬓朱颜：形容人年岁不老，健康。

风入松

寿恕斋谢待制

西清人住水云乡[1]，心静日偏长。闲中自乐壶天趣[2]，笑红尘、谁是羲皇[3]。叠嶂双溪争似，西湖雨色晴光。

碧龟巢处藕花香[4]。波影浸书床。庭前一种红兰树[5]，薰风又、吹长瑶芳[6]。竹外椿前舞彩，柳边槐底鸣珰[7]。

[注释]

①西清：皇宫中休闲之地。 水云乡：与云水相伴，悠闲自得之处。 ②壶天：道家所称仙境。 ③羲皇：此指太古之人。 ④碧龟：绿毛龟，古代以为瑞物。 ⑤红兰树：指木兰，落叶小乔木。早春先叶开花，花大，外紫内白，微香，果实似玉兰。 ⑥瑶芳：仙花。 ⑦鸣珰：玉佩叮当作响。

西湖明月引

寿云谷谢右司

朝回花底晓星明。瑞烟凝，暖风轻。修禊湔裙，时节又闻莺[1]。绰约岸桃堤柳近，波万顷，碧琉璃，镜样平。

仙翁佩襟秋水清[2]。泛莲舟，浮翠瀛。御楼香近，东风里、吹下青冥。鲛缬围红[③],春在牡丹屏。日正迟迟人正酒,画帘外,一声声,卖放生[④]。

[注释]

①修禊(xì):古代民俗,于三月上巳日(魏以后定于三月初三),在水滨洗濯、嬉游,以祓除不祥,称为"修禊"。 湔(jiān)裙:即"湔裳"。古俗元日至月底士女酹酒洗衣于水边,以祓除不祥。 ②佩襟秋水清:指胸怀如秋水般清静。 佩襟:衣饰,喻胸怀。 ③鲛缬(xié):精美的染花丝织品。 围红:形容花团锦簇。 ④卖放生:叫卖用于放生的鱼鸟等小生物。买物放生,表示恩惠。

临江仙

寿千八兄[①]

门外湖光清似玉,雨桐烟柳扶疏。爱闲吾亦爱吾庐[②]。炉香心在在[③],杯酒乐如如[④]。 有子专城才四十[⑤],诸孙颗颗明珠。传家衣钵只诗书[⑥]。一坡存菊意,千岁学松臞[⑦]。

[注释]

①千八兄:不详。疑为方千里,信安人,官舒州签判,有《和清真词》。 ②吾亦爱吾庐:本陶渊明《读山海经》之一"众鸟欣有托,吾亦爱吾庐"。 ③在在:处处,到处。 ④如如:本佛教语,指真如常住,圆融而不凝滞的境界。引申为常在。 ⑤专城:指主宰一城事务的州牧、太守等地方长官。汉乐府诗《艳歌罗敷行》:"三十侍中郎,四十专城居。" ⑥衣钵:佛教僧尼的袈裟和食器。中国禅宗初祖至六祖师徒间相传道法,常付衣钵为信证,称为"衣钵相传"。后亦泛指师传家传的学问、技能等。 ⑦臞(qū):癯然,清瘦。

少年游

寿云谷谢右司

光风怀抱玉精神[①]，不染世间尘。香暖衣篝，歌题彩扇，清似晋时人[②]。　柳边小驻朝天马，一笑领佳宾。帘卷湖山，花围尊俎[③]，同醉碧桃春。

［注释］

①光风怀抱：比喻人物胸襟开朗、心地坦荡。　玉精神：君子品德。古时常以玉来比喻君子清廉、洁净、圆融的美德。　②清似晋时人：清雅的品格像晋时名士。　③尊俎（zǔ）：古代盛酒肉的器皿。尊为酒器，俎为盛肉之具。常用为宴席的代称。

鹧鸪天

寿表兄陈可大

四壁图书静不哗，里湖深处隐人家[①]。斑衣自鬥百家彩[②]，乌帽亲裁一幅纱[③]。　新酿酒，旋烹茶。半溪霜月正梅花。前庭手种红兰树，看到春风第二芽[④]。

［注释］

①里湖：杭州西湖的里湖。元祐年间苏轼知杭州，筑堤于西湖，用以开湖蓄水，横截湖面，分为里外二湖。　②斑衣：五色衣，泛指各种衣裳。自鬥：自己赏玩。　③乌帽：即乌纱帽，隋唐时多为尊贵者所戴，后上下贵贱皆通用。　④看到春风第二芽：木兰早春先叶开花，第二芽即谓新叶已萌芽。表示时间较长。

霜天晓角

寿疏清陈别驾①

月树风枝，孤山两字诗②。来到十洲三岛③，香得更、十分奇。　阳和迟自迟，冰霜欺怎欺。且伴岁寒人醉，有移种、玉堂时④。　（以上《彊村丛书》本《日湖渔唱》）

[注释]

①陈别驾：周密友人，工诗，居孤山下。其他不详。　②两字诗：似指"梅花"诗。　③十洲三岛：海上仙山。　④玉堂：富贵之堂，或仙人所居。

瑞鹤仙

燕归帘半卷。正漏约琼签①，笙调玉琯②。蛾眉画来浅。甚春衫懒试，夜灯慵剪。香温梦暖。诉芳心、芭蕉未展③。渺双波、望极江空，二十四桥凭遍④。　葱茜。银屏彩凤，雾帐金蝉，旧家坊院。烟花弄晚⑤。芳草恨，断魂远。对东风无语，绿阴深处，时见飞红数片。算多情、尚有黄鹂，向人睍睆⑥。

[注释]

①琼签(qiān)：滴水计时器玉漏中标示时刻的漏箭。　②玉琯：即玉管，古乐器，六孔。　③芭蕉未展：本唐张说《戏草树》"戏问芭蕉叶，何愁心不开"。　④二十四桥：古代名胜，在江苏江都县西门外。杜牧《寄扬州韩绰判官》："二十四桥明月夜，玉人何处教吹箫。"　⑤烟花：春日景象。⑥睍睆(xiàn huǎn)：美好貌。

垂　杨

银屏梦觉。渐浅黄嫩绿，一声莺小。细雨轻尘，建章初闭东风悄[①]。依然千树长安道。翠云锁、玉窗深窈。断桥人、空倚斜阳，带旧愁多少。　还是清明过了。任烟缕露条[②]，碧纤青袅[③]。恨隔天涯，几回惆怅苏堤晓。飞花满地谁为扫。甚薄幸、随波缥缈[④]。纵啼鹃、不唤春归[⑤]，人自老。[⑥]

（以上二首见《绝妙好词》卷五）

[注释]

①建章：汉宫殿名，故址在今陕西西安。后泛指宫阙。　东风悄：东风寂静无声，指春天已逝。　②烟缕露条：烟霞笼罩、雨露滋润的缕缕枝条。　③碧纤青袅：谓垂柳绿条已婀娜飘扬。　④薄幸：犹言薄情，负心。杜牧《遣怀》诗："十年一觉扬州梦，赢得青楼薄幸名。"　随波缥缈：谓随水流飘向远方。　⑤"纵啼鹃"句：杜文澜《憩园词话》卷三、谢章铤《赌棋山庄词话》卷二、蒋敦复《芬陀利室词话》卷一，此句皆作"纵鹃啼不唤春归"。　⑥唐氏按：此首别又误作蒋捷词，见《填词图谱》续集。

瑞龙吟

长安路。还是燕乳莺娇，度帘迁树。层楼十二阑干，绣帘半卷，相思处处。　漫凭伫[①]。因念彩云初到，琐窗琼户。梨花犹怯春寒，翠羞粉怨，尊前解语。　空有章台烟柳[②]，瘦纤仍似，宫腰飞舞[③]。憔悴暗觉文园[④]，双鬓非故。闲拈断叶，重托殷勤句。频回首、河桥素约[⑤]，津亭归步[⑥]。恨逐芳尘去。眩醉眼尽，游丝乱绪。肠结愁千缕。深院静，东风落红如雨。画屏梦绕，一篝香絮[⑦]。

[注释]

①漫：任意，无所拘束。　凭伫：依栏干而立。　②章台烟柳：据孟棨《本事诗·情感》记载，唐时韩翃有姬柳氏，安史之乱时两人失散，柳出家为尼。韩为平卢节度使侯希逸书记，使人寄诗与柳氏曰："章台柳，章台

柳,昔日青青今在否?纵使长条似旧垂,亦应攀折他人手。”后柳氏为蕃将沙吒利所劫,韩翃以计夺还,重得团圆。此处暗用其典。 章台:战国时建,故址在陕西西安西南隅,即蔺相如奉和氏璧奏见秦王之地。 ③宫腰:宫中舞女。 ④文园:汉文帝的墓园。司马相如曾为文园令,后世诗文中每以“文园”指相如。相如因患消渴病,中年而亡。故提及“文园”,有早衰或物是人非之感。 ⑤河桥素约:典出《庄子·盗跖》,“尾生与女子期于梁下,女子不来,水至不去,抱梁柱而死。”后人即以尾生之约喻坚守信约,至死不渝。 ⑥津亭:渡口和长亭,古时为接人送客之处。 ⑦篝:熏香炉。

风流子

阑干休去倚,长亭外、烟草带愁归[①]。正晓阴帘幕,绮罗清润[②],西风环佩,金玉参差[③]。深院悄,乱蝉嘶夏木,双燕别春泥[④]。满地残花,蝶圆凉梦[⑤],半亭落叶,蛩感秋悲。

兰屏馀香在,消魂处、憔悴瘦不胜衣。谁念凤楼当日,星约云期[⑥]。怅倦理鸾筝,朱弦空暗,强临鸳镜,锦带闲垂。别后两峰眉恨,千里心知。

[注释]

①长亭:秦汉十里置亭,谓之长亭,为行人休憩及饯别之处。 ②绮罗:素地织纹起花的织物。 清润:清洁湿润。 ③金玉参差:谓金环玉佩在风吹下叮咚作响,其声错落、参差不齐。 ④双燕别春泥:谓夏将去而秋将至,双燕告别春天所筑巢而南飞。 ⑤蝶园凉梦:谓秋风吹落残花,恋花之蝶其梦虽圆亦感悲凉。 ⑥星约云期:谓相约乘鸾离去,同游天外。

风流子

残梦绕林塘[①],诗添瘦、瘦不似东阳[②]。正流水荡红[③]，暗通幽径，嫩篁翻翠[④]，斜映回墙。对握宝筝低度曲[⑤]，消蜡靓新簧[⑥]。莺懒昼长，燕闲人倦，乍亲花簟[⑦]，慵引壶觞。　　帘栊深深地，歌尘静、芳草自碧空厢[⑧]。十二画桥，一堤烟树成行。向杜鹃声里，绿杨庭院，共寻红豆[⑨]，同结丁香[⑩]。春已无多，只愁风雨相妨。

[注释]

①林塘：树林池塘。南朝梁刘孝绰《侍宴饯庾于陵应诏》诗："是日青春献，林塘多秀色。"　②东阳：指沈约，因其曾为东阳太守，故称。此用"东阳瘦损"之典。《南史·沈约传》："初约久处端揆，有志台司，论者咸谓为宜，而帝终不用。乃求外出，又不见许。与许勉素善，遂以书陈于勉，言已老病，'百日数旬，革带常应移孔；以手握臂，率计月小半分。'欲谢事，求归老之秩。"　③流水荡红：流水冲走落红。此暗用红叶题诗之典。④嫩篁：初生之竹。　⑤低度曲：按曲谱低吟或制曲。　⑥消蜡：蜡烛消尽，指夜已深。　靓：通"静"。　⑦乍亲花簟：刚刚使用竹席，指初夏时节。　⑧歌尘：形容歌声美妙动听。《艺文类聚》卷四十三引刘向《别录》，"汉兴以来，喜雅歌者鲁人虞公，发声清哀，盖动梁尘。"唐郑谷《蜡烛》诗："多情更有分明处，照得歌尘下燕梁。"　⑨寻红豆：谓寻找所思念者。红豆为相思木所结之实。常用以喻爱情或相思。最著名者要算王维《相思》诗。⑩结丁香：喻愁思固结难解。南唐李璟《浣溪沙》："青鸟不传云外信，丁香空结雨中愁。"

华胥引

涵空斜照[①]，掠水轻岚，满天红叶[②]。雁泊平芜，凫依乱荻声唼唼[③]。寂寞金井梧桐[④]，渐辘轳伊轧[⑤]。明月纱窗，夜寒孤枕应怯。　　吟老西风，笑衰鬓、顿疏如镊[⑥]。锦笺勤重，频剔兰灯自阅[⑦]。多谢征衫初寄，尚宝香熏箧。愁忆家山，梦魂飞度千叠[⑧]。

［注释］

①涵空：水映天空。唐温庭筠《春江花月夜》诗："千里涵空照水魂，万枝破鼻团香雪。" ②轻岚：轻扬的雾气。 ③唼唼（shà）：水鸟或鱼类吞食声。《楚辞·九辩》："凫雁皆唼夫粱藻。" ④金井：井栏上有雕饰的井，古诗词常用以指宫廷园林中的井。唐王昌龄《长信秋词》："金井梧桐秋叶黄，珠帘不卷夜来霜。" ⑤伊轧（yà）：象声词，摇动辘轳之声。 ⑥衰髯：因衰老而变白的鬓髯。 顿疏：稀疏散乱。 镊：用镊子拔除白发。李白《秋日炼药院镊白发赠元六兄林宗》诗："长吁望青云，镊白坐相看。" ⑦兰灯：用兰膏点的灯。 ⑧家山：家乡。

意难忘

额粉宫黄①。衬桃花扇底，歌送瑶觞②。裙拖金缕细③，衫唾碧花香。琼佩冷，玉肌凉。罗袜步沧浪。漫共伊，心盟意约，眼觑眉相。 连环未结双双。似桃源误入④，初嫁刘郎⑤。珑璁仙子髻⑥，绰约道家妆。千种恨、九回肠。云雨梦犹妨。误少年，红消翠减，虚度风光。

［注释］

①额粉宫黄：在额上涂点黄色，这是古代妇女的面饰。或以金黄纸剪成星月花鸟等形贴于额上，称"贴花黄"。 ②"衬桃花"二句：意出于晏几道《鹧鸪天》词"彩袖殷勤捧玉钟，当年拚却醉颜红。舞低杨柳楼心月，歌尽桃花扇底风"。 ③拕：同"拖"，下垂。 ④桃源：陶渊明作《桃花源记》虚构的与世隔绝的乐土仙境。 ⑤刘郎：刘晨。相传东汉永平年间，浙江剡县人刘晨与阮肇到天台山采药迷路，遇二位仙女，被邀至家中。半年后回来，子孙已过七代。后重入天台山访女，踪迹渺然。 ⑥珑璁（cōng）：明洁貌。 仙子：仙女。

宴清都

听彻南楼鼓①。寒宵迥、玉壶冰漏迟度②。重温锦幄，低护青毡，曲通朱户。巡檐细嚼寒梅，叹寂寞、孤山伴侣。更信有、铁石心肠[③]，广平几度曾赋[④]。　寒深试拥羊裘，松醪自酌[⑤]，谁伴吟苦。摩挲醉眼，阑干笑拍，白鸥惊去。梁园胜赏重约[⑥]，渐玉树、琼花处处。怕柳条、未觉春风，青青在否。

［注释］

①南楼：古楼名，在湖北鄂城，也叫玩月楼。　②玉壶：古代计量器。　③铁石心肠：喻人的心性刚毅，不为感情所动，亦作“铁肠石心”。　④“广平”句：唐皮日休《桃花赋序》曰，“余尝慕宋广平之为相，贞姿劲质，刚态毅状，疑其铁肠石心，不解吐婉媚辞。然见其文而有《梅花赋》，清便富艳，得南朝徐庾体，殊不类其为人也”。　广平：宋璟，唐邢州人。调露元年进士。武后时为御史中丞。睿宗、玄宗两朝皆曾任宰相，封广平郡公。　⑤松醪(láo)：用松膏酿的酒。　⑥梁园：园囿名，汉梁孝王刘武所筑，为游赏与延宾聚宴之所，当时名士如司马相如等皆为座上客，在今河南开封市内。

兰陵王

古堤直，隔水轻阴飏碧。东风路，还是舞烟眠露，年年自春色。红尘遍京国[①]，留滞高阳醉客[②]。斜阳外，千缕翠条，仿佛流莺度金尺[③]。　长亭半陈迹。记曾系征鞍，频护歌席[④]。匆匆江上又寒食。回首处应念，旧曾攀折，依然离恨遍四驿。倦游尚南北。　恻恻，怨怀积。渐楚榭寒收[⑤]，隋苑春寂[⑥]。眉颦不尽相思极。想人在何处，倚楼横笛[⑦]。闲情似絮，更那听[⑧]，夜雨滴。

［注释］

①红尘：形容繁华热闹。汉班固《西都赋》：“阗城溢廓，旁流百廛。红尘四合，烟云相连。”　京国：京都。　②高阳醉客：据《史记·郦生陆贾

列传》,刘邦引兵过陈留,有高阳人郦食其求见。刘邦因其为儒生而不肯见。郦生自称“高阳酒徒”而非儒生,遂得入见,终受重用。后常用以为好酒者之典,此处为作者自指。 ③流莺度金尺:黄莺鸟啼声婉啭,好像是按曲谱节奏歌唱一样。“流”谓其声婉啭。李白《对酒》诗:“流莺啼碧树,明月窥金罍。” 金尺(chě):本为工尺谱上的一个音节,此指乐曲。 ④歌席:送别饯行的筵席。 ⑤楚榭:楚灵王所建章华台,后指歌舞场所。⑥隋苑:隋炀帝所建的上林苑,又称西苑。故址在今江苏扬州市西北。⑦横笛:与古之直吹笛相对而言,即今之七孔横吹竹笛。唐张巡《闻笛》诗:“旦夕危楼上,遥闻横笛音。” ⑧更那听:更不堪听。

琐窗寒

禁烛飞烟①,东风插柳,万家千户。梨花院落,数点弄晴纤雨。傍秋千、红云半湿,画帘燕子商春语。数十年南北,西湖倦客,曲江行旅②。 日暮,花深处。对修竹弹棋③,戏评格五④。携尊共约,诗酒云朋月侣。念旧游、九陌香尘⑤,倡条冶叶还在否⑥。踏青归,醉宿兰舟,枕藉黄金俎⑦。

[注释]

①禁烛:帝王宫苑中的灯烛。 ②曲江:钱塘江,因潮水经浙山下曲折而东入海,故又名曲江。 ③弹(tán)棋:汉魏时之博戏。《后汉书·梁统传附梁冀》注引《艺经》,“弹棋,两人对局,白黑棋各六枚,先列棋相当,更先弹也。其局以石为之。”魏时改用十六棋,唐时增为二十四棋,至宋时其术已失传。 ④格五:博戏名。两人同玩,黑白棋子各五,共十枚,共行中道一移一步,遇敌则跳越,以先抵敌境为胜。 ⑤九陌:汉长安城有八街九陌。后泛指都城之大路。 ⑥倡条冶叶:指柔嫩美丽的枝叶,亦用以指妓女。 倡:古指歌舞艺人。 冶:艳美。 ⑦枕藉:纵横相枕而卧。俎:本祭祀器,代指酒杯。

隔浦莲近拍

铅霜初褪凤葆[①]。碧旆侵云窈[②]。万绿伤春远，林幽乐、多禽鸟。斜阳堤畔草。游鱼闹，暗水流萍沼，翠钿小。

凉亭醉倚，接罗巾、任攲倒。月明庭树，夜半鹊飞惊晓。隔岸蘋乡梦渐到[③]。吹觉，一襟风露尘表[④]。[⑤]

[注释]

①铅霜：白色的秋霜。　凤葆：以鸾凤之羽为饰的伞盖，这是古代仪仗的一种。此指绿树。　②碧旆：亦指绿树。　③蘋乡：《诗经·召南·采蘋》“于以采蘋，南涧之滨；于以采藻，于彼行潦”。旧说以为古时妇女先嫁三月，要先教以妇德、妇言、妇容、妇功。教成后祭祀时要用蘋藻，以表示顺从。故后世蘋藻指婚姻。蘋乡即指爱恋之乡或家乡。　④尘表：世外。　⑤《全宋词》注：此首下原有《苏幕遮》调名而缺其词。

早梅芳

柳初妍，花渐好，可恨行期到。落梅香尽，澹月朦胧影微照。风帘银烛暗，露幕金花小[①]。纵离歌缓唱，残角又霜晓[②]。　　琐窗前，秦吉了[③]，促上长安道。扬鞭西去，几点稀星尚云表。去程疑是梦，宿酒昏情抱[④]。凤楼空[⑤]，琼箫声渐杳。

[注释]

①金花：灯花。　②残角：将尽的角声，指天将明。　角：古代军中的一种乐器。　③秦吉了：鸟名，即鹩哥，又名了哥。生岭南，善效鸣，能仿人言，每饲养为观赏鸟。李白《自代内赠》诗：“安得秦吉了，为人道寸心。”　④宿酒：酒醉酣睡过宿。白居易《早春即事》：“眼重朝眠足，头轻宿酒醒。”　抱：存有，持有。　⑤凤楼：妇女的住所。

早梅芳

凤钗横，鸾带绕，独步鸳鸯沼。阑干斜倚，自打精神对花笑。贴衣琼佩冷，衬袜金莲小。卷香茵缥缈[①]，舞袖称纤妙。　　梦初成，欢未了，明日青门道[②]。离云别雨，脉脉无情画堂晓。柳边骄马去[③]，翠阁空凝眺。渐春风、绿愁江上草。

[注释]

①卷：翻卷、涌动。　香茵：此指香气。　②明日青门道：谓明日将离京远去。　青门：泛指京都城门。　③骄马：据《说文解字》，马高六尺为"骄"。骄马言马很健壮。

四园竹

昏昏暝色，乱叶拥云扉。渚兰风润，庭桂露凉，香动秋帏。独向闲亭步月，阑干瘦倚，此情惟有天知。　　纵如其[①]。黄花时节归来，因循已误心期[②]。欲写相思寄与，愁拂鸾笺，粉泪盈盈先满纸，正寂寞，楼南雁过稀。[③]

[注释]

①纵如其：纵然如此，即便如此。　②因循：按惯例守旧法而不知变更。　③《全宋词》注：此首下原有《蓦山溪》调名而缺其词。

侧　犯

晚凉倦浴，素妆薄试铅华靓[①]。凝定。似一朵芙蓉泛清镜。轻纨笑自捻，扑蝶鸳鸯径[②]。娇懒。金凤亸、斜鼓翠蝉影[③]。　　冰肌玉骨，衬体红绡莹。还暗省。记青青、双鬓旧潘令[④]。梦想鸾筝，后堂深静。何日西风，碧梧金井。

[注释]

①铅华：搽脸的粉。 ②“轻纨”两句：谓手执轻轻的纨扇，在花径中笑着追扑蝶。 轻纨：细绢制成的团扇。 ③“金凤亸”句：言薄纱衣裙上绣有下垂的金凤花。 亸(duǒ)：花下垂貌。 翠蝉：指蝉翼，古代妇女的一种髮式。 ④双鬓旧潘令：潘令，指晋潘岳，字安仁，曾任河阳县令，在县中种满桃李，一时传为美谈。其《秋兴赋》言三十馀岁便见斑鬓，后因以潘鬓为中年鬓髮初白的代名词。

齐天乐

客愁都在斜阳外，凭阑桂香吹晚。乱叶蝉哀，寒汀鹭泊，离绪并刀难剪[①]。牙屏半掩[②]。渐尘扑冰纨[③]，浪收云簟[④]。露入征衣，满襟秋思付诗卷。 还思前度问酒，凤楼人共倚[⑤]，归兴无限。雁影亭皋[⑥]，蛩声院落，双阙明河光转[⑦]。田园梦远。叹篱菊初黄，涧莼堪荐[⑧]。拄笏西风[⑨]，四山烟翠敛。

[注释]

①并刀：古代并州所产剪刀，以锋利著称。宋陆游《秋思》诗：“诗情也似并刀快，剪得秋光入卷来。” ②牙屏：镶有象牙的屏风。 ③冰纨：洁白的细绢，此指纨扇。苏轼《元祐三年端午节帖子词·皇帝阁》：“一扇清风洒面寒，应缘飞白在冰纨。” ④云簟：织有云状花纹的竹席。 ⑤凤楼：妇女居处。南朝陈江总《萧史曲》：“来时兔月照，去后凤楼空。” ⑥皋：水边高地。 ⑦双阙：古代宫殿陵墓前的建筑物，通常左右各一，建成高台，台上起楼观，称为“阙”或“双阙”。亦用以指城楼。曹植《五游咏》：“阊阖起丹扉，双阙曜朱光。” 明河：银河。 ⑧涧莼(chún)：莼，又名水葵，多生湖泊河流中，可作羹。 荐：以食物献祭。《晋书·张翰传》：“翰因见

秋风起,乃思吴中菰菜、莼羹、鲈鱼脍,曰:‘人生贵得适志,何能羁宦数千里以要名爵乎!’遂命驾而归。”后常以“莼羹鲈脍”表示思归故里。 ⑨拄笏(hù)西风:在西风中拄笏看山,喻虽在官场而有闲情雅致。典出《世说新语·简傲》,言王徽之为桓冲参军,桓要他帮助料理公事,王初不答,直高视,以手板拄颊云:“西山朝来,致有爽气。”后以“拄笏看山”喻虽在官而有闲情雅致。 笏:古时士大夫朝见皇帝时所执手板,有事则书于上,以备遗忘。

荔枝香近

杜宇声声频唤,春渐去。暗碧柳色依依,湖上迷青雾。残香净洗红兰,昨夜朱铅雨。金泥帐底①,双虬自沉乳②。 天际,渐迤逦片帆南浦。一笑蔷薇③,别后酒杯慵举。江上琵琶④,莫遣东风误鹦鹉。泪拥通宵蜡炬。

[注释]

①金泥帐:以金粉装饰的帷帐。 ②双虬:虬形双烛。 自沉乳:滴下的蜡泪成乳头状。 ③蔷薇:指蔷薇露,美酒名。 ④江上琵琶:本白居易《琵琶行》“忽闻水上琵琶声,主人忘归客不发”。

荔枝香近

脸霞香销粉薄,泪偷泫①。叆叆金兽②,沉水微薰,入帘绿树春阴,糁径红英风卷③。芳草怨碧,王孙渐远④。 锦屏梦回,恍觉云雨散⑤。玉瑟无心理,懒醉琼花宴。宝钗翠滑,一缕青丝为君剪⑥。别情谁更排遣。

[注释]

①泪偷(xuàn):流泪。 泫:水滴下垂。 ②叆叆(ài):浓郁貌。 ③糁(sǎn):本指饭粒,泛指散粒状的东西。 ④“芳草”二句:本《楚辞·

招隐士》"王孙游兮不归，春草生兮萋萋"。 ⑤云雨散：此为双关语。一言自然之云消雨散，一指男女欢情消失。楚宋玉《高唐赋序》言楚襄王在巫山梦接神女，神女别时说："妾在巫山之阳，高丘之阻，旦为朝云，暮为行雨，朝朝暮暮，阳台之下。"后因以"云雨"喻男女欢会幽合。 ⑥青丝为君剪：剪髮相赠，表示以身相许之意。

水龙吟

晓莺啼醒春愁，粉香独步千红地①。庭闲散缟②，林空剪雪③，鸥惊鹤避。妒月魂凄，行云梦冷，温柔乡闭④。渐黄昏院落，清明时候，东风里、无情泪。 织翠玲珑叶底⑤。倚阑人、玉龙休吹⑥。残妆微洗，芳心微露，昭阳睡起⑦。恨结连环，舞停双佩，水晶如意⑧。倩蜂媒、聘取琼花⑨，细与向、尊前比。

[注释]

①粉香：喻美女。 千红地：万紫千红，百花盛开之地。 ②散缟：指散落的白花。 缟：本细白的生绢，亦指白色。 ③雪：指白花。 ④温柔乡：喻美色迷人之境。旧题汉伶玄《飞燕外传》："是夜进合德，帝大悦，以辅属体，无所不靡，谓为温柔乡。"又见唐冯贽《云仙杂记》十《赵后外传》。 ⑤玲珑：空明貌。 ⑥玉龙：喻雪。 ⑦昭阳：汉宫殿名，成帝时赵飞燕居之。后世因多指后宫。唐王昌龄《长信宫》："玉颜不及寒鸦色，犹带昭阳日影来。" ⑧如意：器物名。原为搔痒用具，长三尺许，柄端作手指形，又有作心字形者。魏晋六朝时，名士往往持以指划。后僧人讲经，也持如意，记经文于其上以备遗忘。 ⑨蜂媒：蜜蜂采花酿蜜，使花粉相授，故称为蜂媒，谓替花作媒。 倩：请。 琼花：花木名。叶柔而莹泽，花色微黄而有香。古唯扬州有之。

六 丑

自清明过了，渐柳底、莺梭慵掷①。万红御风②，飘飘如附翼[3],锦绣陈迹。障地香尘暗[4],乱蜂似雨[5],漫冶游南国[6]。兰襟缥缈辞湘泽[7]。马迹郊原,燕泥巷陌[8]。伤春为花深惜。叹芳菲薄幸[9],容易疏隔[10]。　庭闲人寂,空馀芳草碧。梦里惊春去,如瞬息。长安市上狂客。为桃源解佩[11],醉浓欢极。无心整、雾襟烟帻[12]。惊回处,断雨残云倦倚,画阑干侧。相思恨、暗度流汐[13]。更杜鹃、院落黄昏近,谁禁受得。

［注释］

①莺梭慵掷:意谓莺鸟已倦于在林中穿梭飞行。　莺梭:莺飞林中往来如穿梭一般。　掷:此指飞翔。　②万红御风:落花纷飞,随风飘舞。　③附翼:附着翅膀。　④障地香尘暗:落地之花都失去颜色香味,化为尘泥。　⑤乱蜂:形容落花杂乱纷纷地飘飞。　⑥漫:随意,无拘束。　冶游:出南朝乐府《子夜四时歌》“冶游步春露,艳觅同心郎”。指男女出外游乐。此指花。　⑦兰襟:喻知心者。《易经·系辞上》:“二人同心,其利断金。同心之言,其臭如兰。”　襟:襟怀。　⑧“马迹”二句:谓落花或随马迹被带到郊野,或成燕筑巢之泥留在街巷。　⑨薄幸:犹言薄命、福分浅。　⑩容易:非常轻易。　疏隔:分离,离别。　⑪解佩:解下佩玉相赠,有倾心相托之意。典出《列仙传·江妃二女》,言郑交甫于江皋遇二仙女,心悦之,下请其佩,二女遂解佩相赠。宋欧阳修《玉楼春》词:“闻琴解佩神仙侣,挽断罗衣留不住。”　⑫雾襟烟帻(zé):被烟雾熏染的衣服头巾。此指仪容。　⑬流汐:不断变化的潮水。　汐:晚潮。

塞垣春

草碧铺横野,带暝色、归鞍卸。烟葭露苇[1],满汀鸥鹭,人在图画。渐一声雁过南楼也[2]。更细雨、时飘洒。念徽容、都销瘦[3],漫将纨素描写[4]。　临镜理残妆,依然是、京兆柔雅[5]。落叶感秋声,啼蛩叹凉夜。对黄花共说憔悴,相思梦、顿醒西窗下[6]。两腕玉挑脱[7],素纤悭半把[⑧]。

［注释］

①葭、苇：芦苇。 ②"渐一声"句：谓听见一声雁鸣，以为会有亲人书信传来。古人有鸿雁传书之说。 渐：流入，传来。 ③徽容：美容。南朝宋鲍照《数诗》："九族共瞻迟，宾友仰徽容。" 销瘦：消瘦。 ④漫：徒然。 ⑤京兆：京兆眉，汉京兆尹张敞替妻子画眉。《汉书·张敞传》："为妇画眉，长安中传张京兆眉怃（美好）。" ⑥"相思"句：暗用唐李商隐《夜雨寄北》诗："何当共剪西窗烛，却话巴山夜雨时。" ⑦玉挑脱：玉质钏环。 ⑧素纤：洁白纤细的手，此指手腕。 悭（qiān）：减少。 悭半把：不够半把。形容消瘦得不够一握（把）。

扫花游

蕙风飏暖[①]，渐草色分吴，柳阴迷楚[②]。寸心似缕。看窥帘燕妥[③]，妒花蝶舞。剪剪愁红，万点轻飘泪雨。怕春去。问杜宇唤春，归去何处。 后期重细许。倩落絮飞烟，障春归路。长亭别俎[④]。对歌尘舞地，暗伤蛮素[⑤]。算得相思，比著伤春又苦。正凭伫[⑥]。听斜阳、断桥箫鼓。

［注释］

①蕙风：夹带花草芳香之风。宋欧阳修《送目》诗："楚径蕙风消病渴，洛城花雪荡春愁。" ②草色分吴，柳阴迷楚：两句为互文，谓春天的翠绿浓荫已弥漫吴楚大地。 ③妥：落下。杜甫《重过何氏》诗："花妥莺捎蝶，溪喧獭趁鱼。"亦可解为"安坐"。 ④别俎：饯别的宴席。 ⑤蛮素：小蛮、樊素之合称。二人为白居易家伎，一善歌一善舞。 ⑥凭伫：凭栏久立。

夜飞鹊

秋江际天阔[①]，风雨凄其[②]。云阴未放晴晖。归鸦乱叶更萧索，砧声几处寒衣[③]。沙头酒初熟[④]，尽篱边朱槿[⑤]，竹外青旗。潮期尚晚，怕轻离、故故迟迟[⑥]。　何似醉中先别，容易为分襟，独抱琴归。回首征帆缥缈，津亭寂寞，衰草烟迷。虹收霁色，渐落霞孤鹜飞齐[⑦]。更何时，重与论文渭北，剪烛窗西[⑧]。

［注释］

①秋江际天阔：谓秋江宽阔连接天际。　②风雨凄其：即风雨凄凄。《诗经·邶风·绿衣》："凄其以风。"凄其：寒凉。　③砧（zhēn）：捣衣石。　④沙头：沙洲，水边沙滩。　⑤朱槿：即木槿，又名扶桑。落叶灌木，夏季开花，花冠成紫红（或白色），古时常植以为篱，称槿篱。　⑥故故：屡屡，常常。杜甫《月》诗："时时开暗室，故故满青天。"　⑦"虹收"二句：本唐王勃《秋日登洪府滕王阁饯别序》"落霞与孤鹜齐飞，秋水共长天一色"。　⑧"重与"句："渭北春天树，江东日暮云；何时一樽酒，重与细论文。"见杜甫《春日忆李白》。

满庭芳

槐影连阴，竹光抟露[①]，小荷新绿浮圆。簟纹如浪，绡帐碧笼烟[②]。回合溪桥一曲[③]，初雨过、流水溅溅。阑干外，沙鸥野鸟，飞过钓鱼船。　浮生[④]，同幻境，眼空四海，迹寄三椽[⑤]。但随天、休问我后谁前。要识渊明琴趣，真真意、都在无弦[⑥]。薰风里[⑦]，纶巾羽扇[⑧]，一枕北窗眠[⑨]。

［注释］

①抟（tuán）露：雾气凝合成露珠水滴。　②绡帐碧笼烟：倒装句，实为烟笼碧绡帐。　③回合：环绕。唐李端《鼓吹曲辞·巫山高》："回合云藏日，霏微雨带风。"桥一曲：一曲桥，即一拱桥。　④浮生：本《庄子·刻意》"其生若浮，其死若休"。以人生在世，虚浮无定。后相沿称人生为

浮生。 ⑤三椽：三条椽下。佛寺禅堂中每人坐禅之地广三尺许，与三条屋椽的宽度大体相等，因以三条椽下指禅床。 寄迹三椽：含有遁隐空门之意。 ⑥“渊明琴趣”二句：“渊明不解音律，而蓄无弦琴一张，每酒适，辄抚弄以寄其意。”见梁萧统《陶靖节传》。陶渊明《归去来兮辞》：“悦亲戚之情话，乐琴书以消忧。” ⑦薰风：和风，指初夏时的东南风。 ⑧纶（guān）巾羽扇：形容人物儒雅闲适。 纶巾：丝带做的头巾。汉末名士多用之。 羽扇：鸟羽所制之扇。汉末盛行于江东。蜀诸葛亮、晋顾荣皆有执羽扇指挥众军之事，而晋陆机、傅咸则有《羽扇赋》。苏轼《念奴娇·赤壁怀古》：“遥想公瑾当年，羽扇纶巾，谈笑间，樯橹灰飞烟灭。” ⑨北窗眠：“常言五六月中，北窗下卧，遇凉风暂至，自谓是羲皇上人。”见陶渊明《与子俨等疏》。

花 犯

报南枝、东风试暖[①]，萧萧甚情味。乱琼雕缀[②]。幻姑射精神[③]，玉蕊佳丽[④]。寿阳宴罢妆台倚[⑤]。眉颦羞鹊喜[⑥]。念误却、何郎归去[⑦]，清香空翠被。 溪松径竹素知心，青青岁寒友[⑧]，甘同憔悴。渐画角，严城上、雁霜惊坠[⑨]。烟江暮、佩环未解[⑩]，愁不到、独醒人梦里[⑪]。但恨绕、六桥明月[⑫]，孤山云畔水。

［注释］

①报：告，有询问之义。 ②乱琼雕缀：形容梅花洁白晶莹，仿佛是用玉雕刻连缀而成。 ③幻：幻化。 姑射（yè）精神：神女的神采风貌，或指冰清玉洁之格。 ④玉蕊：花名。唐人极重玉蕊，歌咏者甚多，长安唐昌观玉蕊花尤为著名。此以玉蕊比梅花。 ⑤寿阳妆：《太平御览》九十七引《宋书》，言南朝宋武帝女寿阳公主曾睡在含章殿檐下，梅花落额上，成五出之花，拂之不去。后世即将此妆称为梅花妆或寿阳妆。 ⑥眉颦（pín）：皱眉，此为含羞之态。 鹊喜：鹊鸣叫报喜。 ⑦念：怜。 何郎：南朝梁何逊，字仲言，官至水部尚书。善诗文。何逊《扬州法曹梅花盛开》诗：“兔园标物序，惊时最是梅……”注云：“逊为建安王水曹，王刺扬州，

逊廨舍有梅花一株,日吟咏其下,赋诗云云。后居洛思之,再请其任,抵扬州,花方盛开,逊对花彷徨,终日不能去。” ⑧岁寒友:指松、竹、梅。宋林景熙《五云梅舍记》:“即其居累土为山,种梅百本,与乔松、修篁为岁寒友。” ⑨严城:有警戒之城。 雁霜惊坠:秋雁受惊吓而掉落。典出《战国策·楚策四》,言古时更羸见一孤雁徐飞而悲鸣,拉弓佯射,弓弦响,雁惊飞,旧伤崩裂,坠落地下。 雁霜:霜雁,深秋之雁。桓谭《新论》:“故霜雁托于秋风,以成轻举之事。”此处则概言伤孤之雁。 ⑩佩环未解:反用江滨二妃赠郑交甫环佩之典,以写梅花无寄托处。 ⑪独醒人:本《楚辞·渔父》,“屈原曰:‘举世皆浊我独清,众人皆醉我独醒,是以见放。’”后以“独醒人”指傲世独立、不同流俗之人。杜甫《赠渔父》诗:“自说孤舟寒水畔,不曾逢着独醒人。” ⑫恨:遗憾。

大 酺

雾幕西山,珠帘卷[①],浓霭凄迷华屋。蒲萄新绿涨[②],正桃花烟浪,乱红翻触[③]。绣阁留寒,罗衣怯润,慵理凤楼丝竹。东风垂杨恨,锁朱门深静,粉香初熟[④]。念缓酌灯前,醉吟孤枕,顿成清独。 伤心春去速,叹美景虚掷如飞毂[⑤]。漫孤负、秋千台榭,拾翠心期[⑥],误芳菲、怨眉愁目。冷透金篝湿[⑦],空展转、画屏山曲。梦不到、华胥国[⑧]。闲倚雕槛,试采青青梅菽[⑨],海棠尚堪对烛。

[注释]

①“雾幕西山”二句:本唐王勃《秋日登洪府滕王阁饯别诗》“画栋朝飞南浦云,珠帘暮卷西山雨”。 ②蒲萄:即古葡萄酒,以其色喻春水。③乱红翻触:谓桃花在波浪中翻动。 触:触动。 ④粉香:似指粉团花,夏初开花,雌雄蕊丛集成球。 初熟:刚成熟,含苞欲放。 ⑤飞毂(gǔ):飞奔的车。 毂:车轮中间车轴贯入处的圆木,安装在车轮两侧轴上,使轮保持直立不至内外倾斜。亦指车。 ⑥拾翠:指妇女春日嬉游。⑦金篝:金属的衣服熏炉。 ⑧华胥国:寓言中的理想国。《列子·黄

帝》："昼寝而梦，游于华胥氏之国……其国无帅长，自然而已；不知乐生，不知恶死，故无夭殇；不知亲己，不知疏物，故无爱憎；不知背逆，不知向顺，故无利害。" ⑨采青梅：古人以青梅煮酒。 采薇：《诗经·小雅》篇名，为周天子接见来朝诸侯的乐歌。《后汉书·东平宪王苍传》："永平十一年苍与诸王朝京师，月馀还国，帝临送归宫。怅然怀思，乃遣使手诏国中傅曰：辞别之后，独坐不乐……瞻望永怀，实劳我心，诵及《采薇》，以增叹息。"故"采薇"含有思念亲故之意。

霜叶飞

碧天如水，新蟾挂、修眉初画云表①。半江枫叶自黄昏，深院砧声悄。渐凉蝶、残花梦晓，西风篱落寒蛩小。背画阑依依②，有数点、流萤乱扑，扇底微照③。 凝望渺漠平芜④，蒹葭烟远，过雁还带愁到。拚教日日醉斜阳，但素琴横抱⑤。记旧谱、归耕未了，金徽谁度凄凉调⑥。算多少悲秋恨，恨比秋多，比秋犹少。

[注释]

①"新蟾挂"句：谓新月高悬在云层之上。 蟾：古代神话，月中有蟾蜍、桂树，故称月为蟾桂。 修眉：长眉，亦以形容月弯曲如眉。 ②背画栏依依：背依画栏。 依：靠。 ③微照：微光，微明。 ④渺漠：渺远寂静。 平芜：杂草繁茂的原野。欧阳修《踏莎行》词："平芜尽处是春山，行人更在春山外。" ⑤素琴：不加装饰的琴。 ⑥金徽：金徽琴。唐元稹《长庆集》二十六《小胡笳引》："雷氏金徽琴，王君宝重轻千金。"此指精美而贵重的琴。

法曲献仙音

油幕收尘①，素纨招月，一枕蘋香微度。枕玉牙床②，浣冰金斛③，薰风夜凉窗户。渐睡醒、明河暗，芭蕉几声雨[④]。　对谁语。念徽容已成憔悴[⑤]，心期误。归计欲成又阻。寂寞燕楼空，想弓弯、眉黛慵妩[⑥]。泪墨愁笺[⑦]，纵回文、难写情素。使山遥水邈，几度梦魂飞去。

[注释]

①油幕：涂有油漆的帐幕。唐刘禹锡《览董评事思归之什因以诗赠》："几年油幕佐征东，即泛沧浪狎钓童。" ②牙床：精美的床。 ③浣冰：用冰化水洗涤。斛（hú）：古代量器。也为容量单位，十斗为一斛，至南宋改为五斗一斛，两斛为一石。 ④芭蕉：又名甘蕉，果实可食。唐张说《戏草树》诗："戏问芭蕉叶，何愁心不开。"唐韩愈《山石》诗："升堂坐阶新雨足，芭蕉叶大支子肥。" ⑤徽容：美容。 ⑥弓弯：如弓的弯眉。 ⑦泪墨愁笺：愁泪滴湿了书信，使字迹变得模糊。

渡江云

青青江上草，片帆浪暖，初泊渡头沙[①]。翠筇便瘦倚[②]，问酒垂杨，影里那人家。东风未许，漫媚妩、轻试铅华[③]。飘佩环、玉波秋莹[④]，双髻绿堆鸦。　空嗟。赤阑桥畔，暗约琴心，傍秋千影下。夜渐分、西窗愁对，烟月笼纱[⑤]。离情暗逐春潮去，南浦恨、风苇烟葭[⑥]。肠断处，门前一树桃花。

[注释]

①渡头沙：渡口的沙岸。 ②翠筇（qióng）：翠竹。 ③铅华：搽脸之粉。 ④玉波秋莹：眼神如秋水般明澈。 ⑤烟月笼纱：本唐杜牧《泊秦淮》诗"烟笼寒水月笼纱，夜泊秦淮近酒家"。 ⑥南浦：泛指离别之地。南朝江淹《别恨》："送君南浦，伤如之何。"

应天长

流莺唤梦，芳草带愁，东风料峭寒色[①]。又见杏浆饧粥[2]，家家禁烟食。江湖几年倦客。曾惯识、凄凉岑寂。苦吟瘦，萧索诗肠，空愧郊籍[3]。　　春事正溪山[4]，柳雾花尘[5]，深映翠萝壁。更谢多情双燕，归来旧庭宅[6]。情丝乱游巷陌。怅容易、万红陈迹[7]。酒旗直，绿水桥边，犹记曾识。

[注释]

①料峭：风寒侵肌肤战栗貌。　②杏浆饧粥：用杏仁加糖煮的大麦粥，是古代寒食节常用食品。　③郊籍：指孟郊、张籍。孟郊，字东野，唐湖州武康人。诗与韩愈齐名，称为“韩孟”。以苦吟著称，求险求奇，风格峭冷，有“郊寒（贾）岛瘦”之称。张籍，字文昌，唐吴郡人，寓和州乌江。工诗，擅长乐府，与王建并称“张王乐府”。元和中，张、孟与白居易所作歌词为当时所尊崇，称为元和体。　④春事：春意，春色。　⑤柳雾花尘：指柳色浓重而花已凋谢。　⑥“更谢”二句：用晏殊《浣溪沙》词“去年天气旧亭台”、“似曾相识燕归来”之意境。　⑦怅容易：慨叹时节变易、事物更替的进程过快。陆游《宴西楼》诗：“万里因循成久客，一年容易又秋风。”　万红陈迹：万紫千红皆成陈迹。

玉楼春

东风跃马长安道，一树樱桃花谢了。别来千里梦频归，醉里五更愁不到[1]。　　江南两岸无名草，雨遍莓苔生嫩葆[2]。玉楼人远绿腰闲[3]，帘幕深沉双燕老。

[注释]

①五更：指整夜。古时分一夜为五段，谓之五更，亦叫五鼓。　②莓苔：青苔。晋孙绰《游天台山赋》：“践莓苔之滑石，抟壁立之翠屏。”　葆：草丛生。③绿腰：唐琵琶曲名，又作“六幺”。　绿腰闲：谓琵琶闲置，无人弹奏。

玉楼春

粉消香减红兰泪[1]，总是文君初别意[2]。春风织就闷情怀，夜月砌成愁况未。　迢迢归梦频东里[3]，堪恨洛阳花渐已[4]。斜阳日日自相思，三十六陂芳草地[5]。

［注释］

①红兰：兰草的一种。南朝梁江淹《别赋》："见红兰之受露，望青楸之离霜。"　②文君：卓文君，汉临邛富商卓王孙之女，好音律，新寡家居。司马相如以琴挑之，遂与之私奔。又据《西京杂记》，言相如别文君宦游，将娶茂陵女子为妾，文君作《白头吟》以自绝，相如乃止。　③东里：此指恋人所居之地。　④洛阳花：指牡丹花，因唐宋时洛阳牡丹最盛，因称洛阳花。　⑤三十六陂：地名，在今江苏扬州。王安石《题西太一宫壁》诗："三十六陂春水，白头想见江南。"

玉楼春

万花丛底曾抬目[1]，澹雅梳妆娇已足。夜来鹦鹉梦中人[2]，春去琵琶江上曲[3]。　双鸾碧重钗头玉[4]，裙曳湘罗浮浅绿。东风一醉买蛾眉，为拚明珠三万斛[5]。

［注释］

①抬目：抬眼望。　②鹦鹉：汉祢衡《鹦鹉赋》赞曰"采采丽容，咬咬好音，虽同族于羽毛，固殊智而异心"。此以鹦鹉喻美人。　③琵琶江上曲：暗用白居易《琵琶行》之典。　④"双鸾"句：谓头饰是配以碧玉的凤形金钗。　⑤"东风一醉"二句：意同"千金买一笑"。南朝梁王僧孺《咏宠姬》诗："再顾连城易，一笑千金买。"

玉楼春

西园鬥结秋千了[1]，日漾游丝烟外袅[2]。小桥杨柳色初浓，别院海棠花正好[③]。　　粉墙低度莺声巧[④]，薄薄轻衫宜短帽。便拚日日醉芳菲[⑤]，未必春风留玉貌。

[注释]

①西园：皇家园林的概称。汉上林苑别称西园，汉末曹操在邺都建有西园。　鬥结：系结，对结。　②漾游丝：荡秋千。　漾：荡。　游丝：本指蛛丝，此形容秋千索。　袅：飘飞。曲折上扬。　③别院：主建筑之外的院落，亦含别处、别家之意。　④低度：轻声传过，飘飞过来。　⑤便拚：纵然拼尽全力。　醉芳菲：沉醉在花草芳香中。

玉楼春

柳丝挽得秋光住，肠断驿亭离别处。斜阳一片水边楼，红叶满天江上路[①]。　　来鸿去雁知何数，欲问归期朝复暮[②]。晚风亭院倚阑干，两岸芦花飞雪絮。

[注释]

①"斜阳"二句：似化用唐许浑《谢亭送别》"劳歌一曲解行舟，红叶青山水急流。日暮酒醒人已远，满天风雨下西楼"诗意。　红叶满天：指深秋时节，红叶指枫叶。　②朝复暮：言行踪无定。

伤情怨

南枝春意正小[①]，篱菊都荒了[②]。帐底孤灯，夜来还独照。　　沙洲烟翠渺渺，谢塞鸿、频带书到[③]。笑捻梅花，今年开较早。

[注释]

①南枝：南向的树枝，多用作思念家乡的代词。《古诗十九首》："胡马依北风，越鸟巢南枝。"南朝梁何逊《送韦司马别》诗："予起南枝怨，子

结北风愁。” ②“篱菊”句：本陶渊明《饮酒》诗“采菊东篱下，悠然见南山”。故篱菊亦可指代家乡。又《归去来兮辞》：“归去来兮，田园将芜胡不归？”此借陶诗文以寄托思归之情。 ③塞鸿：边塞之鸿雁。

品　令

玉壶尘静[①]，蟾光透、一帘疏影[②]。偏爱水月楼台近。画阑独倚，风度寒香阵。　　犹记曲江烟水恨，叹凄凉谁问。夜深沙觜霜痕印[③]。嚼花拚醉[④]，枝上春无尽。

［注释］

①玉壶：此指天地。 ②蟾光：月光。 ③沙觜：突出水面的沙洲。觜，同“嘴”。 ④嚼：咀嚼，品味。

木兰花

长江浩渺山明秀，宛转西风惊客袖[①]。相逢才系柳边舟，相别又倾花下酒。　　怪得新来诗骨瘦[②]，都在秋娘相识后[③]。一天明月照相思，芦荻汀洲霜满首[④]。

［注释］

①宛转：展转曲折。 惊客袖：吹拂客袖使之吃惊。 ②怪得：怪不得，难怪。 诗骨瘦：意谓诗人瘦。 ③秋娘：歌伎女伶的通称。白居易《琵琶行》：“曲罢曾教善才伏，妆成每被秋娘妒。”亦称年老色衰之女子。④霜满首：形容因相思而愁白了头。

秋蕊香

晚酌宜城酒暖[①]，玉软嫩红潮面[②]。醉中窈窕度娇眼[③]，不识愁深恨浅。　　绣窗一缕香绒线，系双燕[④]。海棠满地夕阳远，明月笙歌别院。

[注释]

①宜城酒：宜城今属湖北，自汉时即产美酒。曹植《酒赋》："其味有宜城醪醴，苍梧缥清。"据《方舆胜览》载，宜城县东一里有金沙泉，造酒极美，名竹叶酒，又称"宜城酒"。 ②"玉软"句：形容女子饮酒后体态娇软面颊泛起红潮。 ③度娇眼：犹言飞媚眼。 度：传送。 娇眼：娇媚的眼神。 ④香绒线，系双燕：比喻结为夫妻。此处连用二典，一为"赤绳系足"，一为"燕燕于飞"。唐李复言《续幽怪录》四《定婚店》，言韦固夜经宋城，遇一老人倚囊而坐，向月检书。韦固问所检何书？答曰天下之婚牍。又问囊中赤绳何用？答曰以系夫妻之足，虽仇家异域，此绳一系，终不可避。故后世称牵合男女婚配者为"月下老人"。《诗经·邶风·燕燕》："燕燕于飞，差池其羽。之子于归，远送于野。"诗中以"燕燕于飞"比喻情侣，以"之子于归"言出嫁。故后世多以"双燕"喻情侣或夫妇。

菩萨蛮

银城远枕清江曲①，汀洲老尽蒹葭绿②。君上木兰舟③，妾愁双凤楼④。 角声何处发，月浸溪桥雪。独自倚阑看。风飘襟袖寒。⑤

[注释]

①银城：在今江西德兴县东。 清江：旧称流经清江县境（今樟树市）的一段赣江为清江，为袁水汇入赣江之地。 ②蒹葭：芦苇。《诗经·秦风·蒹葭》："蒹葭苍苍，白露为霜。" 老尽蒹葭绿：即绿蒹葭尽老，谓其由绿变黄。 ③木兰舟：用木兰树造的舟。南朝梁任昉《述异记》卷下："木兰洲在浔阳江中，多木兰树。昔吴王阖闾植木兰于此，用构宫殿也。七里洲中，有鲁班刻木兰为舟，舟至今在洲中。诗家云木兰舟，出于此。"后多用作舟之美称。南唐冯延巳《喜迁莺》词："忽忆去年离别，石城花雨倚江楼，波上木兰舟。" ④双凤楼：借萧史弄玉故事以指女子居所。 ⑤《全宋词》注：此首下原有《玉团儿》调名而缺其词。

丑奴儿

岁寒时节千林表[1]，独耐风霜，妒粉欺黄[2]，澹澹衣裳薄薄妆。　西湖十二阑干曲，倚遍寒香，白鹭横塘[3]，一片孤山几夕阳。

[注释]

①岁寒时节：寒冬季节。　②妒粉欺黄：粉，指粉红色的映山红。黄，指黄色的迎春花。陆游《卜算子·咏梅》词："无意苦争春，一任群芳妒。"梅花自寒冬直开至春，比早春开花的映山红和迎春花更早地迎接春的到来，所以压群芳而一任其嫉妒。　③白鹭：鹭鸟全身羽毛雪白，春夏多活动于湖岸边或水田中。好群居，主要见于长江以南地区。汉中地区亦有。王维《积雨辋川庄作》诗："漠漠水田飞白鹭，阴阴夏木啭黄鹂。"　横塘：地名，在江苏吴县西南。陆游《横塘》诗："横塘南北埭西东，拄杖飘然乐未穷。"

感皇恩

体态玉精神，惺憁言语[1]。一点灵犀动人处[2]，绣香罗帕，为待别时亲付。要人长记得，相思苦。　彩鸾独跨，蓝桥归路[3]。憔悴东风自蛮素。桃叶杨花，又向空江欲度[4]。任洛阳城里[5]，春无数[6]。

[注释]

①惺憁（cōng）：犹惺忪，清醒、聪明。　②一点灵犀：旧说以犀为神兽，犀角有白纹，感应灵敏。因以喻心意相通。唐李商隐《无题》诗："身无彩凤双飞翼，心有灵犀一点通。"　③蓝桥归路：陕西蓝田东南蓝溪上有桥，名蓝桥，即唐裴航遇仙女云英处。唐白居易《蓝桥驿见元九》诗："蓝桥春雪君归日，秦岭秋风我去时。"此用白氏诗意写春归之思。　④空江欲度：此以花喻人，谓离家飘向远方。　⑤洛阳：喻繁华都市。　⑥春无

数：既写春花无数，又喻美女如云。

宴桃源

闲倚琐窗工绣①，春困两眉频皱。独自下香街，攀折画桥烟柳②。晴昼，晴昼，偏称玉楼歌酒③。

[注释]

①琐窗：镂刻有连锁图案的窗棂。 工绣：精工巧绣。 ②画桥：装饰华美的桥。 烟柳：雾气笼罩之柳。 ③"偏称"句：意谓偏偏让那些在华屋之中欢歌妙舞饮酒作乐之人感到称心快意。 称：符合。

宴桃源

何处春风归路，金屋空藏樊素①。零乱海棠花，愁梦欲随春去。情绪，情绪，粉溅两行冰箸②。

[注释]

①"金屋"句：暗用汉武帝"金屋藏娇"之典故。 樊素：与小蛮同为白居易家家伎。樊素善歌，小蛮善舞。故有诗曰："樱桃樊素口，杨柳小蛮腰。" ②粉：粉面。 冰箸：喻泪水。 箸：筷子。

月中行

鬓云斜插映山红，春重澹香融①。自携纨扇出帘栊，意欲扑飞虫②。 蔷薇架下偏宜酒，纤纤手、自引金钟③。倦歌佯醉倚东风，愁在落花中。

[注释]

①春重：春意深浓。 淡香融：融合进淡淡花香之中。 ②"携纨扇"

二句:古代女子因愁怨而无所排遣,聊借以扇扑虫为乐,暂释愁情。唐杜牧《秋夕》诗:“银烛秋光冷画屏,轻罗小扇扑流萤。”此用其意境而时间换至春季。 ③金钟:精致的酒器。

渔家傲

日转花梢春已昼,双蛾曲理遥山秀①。百草偏输羞不鬥②,随人后,无情自折金丝柳。 秋水盈盈娇欲溜③,六幺倦舞弓弯袖④。偷摘青梅推病酒⑤,徘徊久,一双燕子归时候。

[注释]

①双蛾:双眉弯曲似虫蛾,古诗文用来形容女子之眉。《诗经·卫风·硕人》:“螓首蛾眉,巧笑倩兮,美目盼兮。” 曲理:修整画妆。 遥山秀:形容女子画眉恰似远处清秀的山峦。 ②“百草”句:鬥百草。梁宗懔《荆楚岁时记》:“五月五日,四民并蹋百草,并有鬥百草之戏。” ③秋水:秋日之水因其澄澈,常被用以比喻女子清明眼波。白居易《筝》诗:“双眸剪秋水,十指剥春葱。” 盈盈:满,犹言水汪汪。 ④六幺:唐教坊曲名,又名“绿腰”。后用为词牌、曲牌。此曲为琵琶曲,白居易《琵琶行》:“轻拢慢捻抹复挑,初为《霓裳》后《六幺》。” ⑤青梅:青色的梅子。

渔家傲

自别春风情意恻,秦筝不理香尘积①。去跃青骢游上国②,归未得,何如莫向尊前识③。 薄幸高阳花酒客④,迷云恋雨青楼侧⑤。金屋空闲双凤席,离怀适⑥,银台烛泪成行滴。

[注释]

①秦筝:筝为弹奏乐器,相传为战国时蒙恬所造,故称“秦筝”。 ②青

骢:青白毛色相杂之马。《孔雀东南飞》:“踯躅青骢马,流苏金镂鞍。” 上国:京都。唐刘长卿《客舍赠别韦九建赴任河南……》诗:“顷者游上国,独能光选曹。” ③何如莫:何莫如,还不如。 尊前识:通过饮酒来让人认识,了解。 ④高阳花酒客:汉初郦食其自称为“高阳酒徒”,后遂以为好酒者之称。 花酒:携妓饮酒。 ⑤“迷云恋雨”句:意谓迷恋与青楼女相交欢。 ⑥离怀:离别的情思。 适:至。

定风波

慵拂妆台懒画眉[①],此情惟有落花知。流水悠悠春脉脉[②],闲倚绣屏[③],犹自立多时。 有约莫教莺解语[④],多愁却妒燕于飞[⑤]。一笑蔷薇孤旧约[⑥],载酒寻欢,因甚懒支持[⑦]。

[注释]

①拂:除尘。 ②春脉脉:春情脉脉。 脉脉:本为斜视貌,后多指用眼神表达温情。 ③闲:闲散。此有孤独无依而百无聊赖之意。 ④解语:明悉人语,深谙人心,善解人意。 ⑤于飞:比翼而飞。后常用以比喻夫妻和美。 ⑥孤:孤负,后多作辜负。 ⑦支持:支撑。

蝶恋花

谢了梨花寒食后。剪剪轻寒[①],晓色侵书牖。寂寞幽斋惟酌酒,柔条恨结东风手[②]。 浅黛娇黄春色透,薄雾轻烟,远映苏堤秀。目断章台愁举首,故人应似青青旧[③]。

[注释]

①剪剪:形容风削面。 ②东风手:春日攀花折柳之手。 ③“目断”二句:许尧佐《柳氏传》载,唐韩翃有妾柳氏,安史乱,两人奔散,柳出家为

尼。后来韩使人寄柳诗曰:“章台柳,章台柳,昔日青青今在否?纵使长条似旧垂,亦应攀折他人手。”见《太平广记》卷四百八十五。此即化用其诗意。　故人应似青青旧:故人应似旧青青,谓其心不变,其情如旧。

[集评]

陈廷焯云:“《蝶恋花》云:‘寂寞情怀如中酒,柔条恨结东风手。’……耐人寻味。”(《白雨斋词话》卷二)

蝶恋花

墙外秋千花影后。环兽金悬[①],暗绿笼朱牖[②]。为怯轻寒犹殢酒[③],同心共结怀纤手。　粉袖盈盈香泪透。蹙损双眉,懒画遥山秀。柔弱风条低拂首,渭城歌舞春如旧[④]。

[注释]

①环兽金悬:金属兽形门环高悬。　②朱牖:红色窗户。　③殢(tì)酒:病酒。　④渭城歌舞:唐王维《送元二使安西》诗,又称《渭城曲》,是送别时常用之曲词。

蝶恋花

寂寞长亭人别后。一把垂丝,乱拂闲轩牖。三月春光浓似酒,传杯莫放纤纤手。　金缕依依红日透。舞彻东风,不减蛮腰秀[①]。扑鬓杨花如白首,少年张绪心如旧[②]。

[注释]

①蛮腰:白居易有家伎名小蛮,善舞。　②张绪:南朝齐人,美风仪,齐武帝植柳于灵和殿前,曾赞曰:“此杨柳风流可爱,似张绪当年时。”

蝶恋花

落尽樱桃春去后。舞絮飞绵，扑簌穿帘牖。惜别情怀愁对酒，翠条折赠劳亲手。　绣幕深沉寒尚透。雨雨晴晴，妆点西湖秀[①]。怅望章台愁转首[②]，画阑十二东风旧。

[注释]

①"雨雨"二句：本苏轼《饮湖上初晴后雨》"水光潋滟晴方好，山色空濛雨亦奇"。　②章台：指京城繁华之地，亦指游冶之处。

蝶恋花

楼上钟残人渐定。庭户沉沉，月落梧桐井。闷倚琐窗灯炯炯[①]，兽香闲伴银屏冷[②]。　淅沥西风吹雁影。一曲胡笳，别后谁堪听。誓海盟山虚话柄，凭书问著无言应。

[注释]

①琐窗：镂刻有连琐图案的窗户。　②兽香：指兽形香炉。　银屏：嵌银的屏风。

红罗袄

别来书渐少，家远梦徒归。念去燕来鸿，愁随秋到，旧盟新约，心与天知[①]。　楚江上、木落林稀。西风尚隔心期，水阔草离离[②]，更皓月照影自伤悲。

[注释]

①心与天知:借用“四知”典故,谓此心只有你我知道。《后汉书·杨震传赞》:“震畏四知。”四知指天知,神知,你知,我知。 ②离离:草木繁盛貌。白居易《赋得古原草送别》诗:“离离原上草,一岁一枯荣。……又送王孙去,萋萋满别情。”此借白诗以抒伤别之情。

[集评]

陈廷焯云:“草窗、西麓、碧山、玉田、同时并出,人品亦不甚相远。四家之词,沉郁至碧山止矣。而玉田之超逸,西麓之淡雅,亦各出其长以争胜。要皆以忠厚为主,故足感发人之性情。草窗虽工词,而感寓不及三家之正。本原一薄,结构虽工,终非正声也。”(《白雨斋词话》卷二)

少年游

兰屏香暖,松醪味滑①,湖蟹荐香橙②。雁宇秋高,凤台人远,明月自吹笙③。 轻寒剪剪生襟袖④,银漏渐催更。暗忆年时,桂风庭院,笑并玉肩行。

[注释]

①松醪:用松膏酿的酒。李商隐《复至裴明府所居》:“赊取松醪一斗酒,与君相伴洒烦襟。” ②湖蟹荐香橙:荐香橙湖蟹。 荐:祭献,进献。宋时有一种用橙子和螃蟹调制的食品,称“蟹酿橙”。 ③“明月”句:化用杜牧《寄扬州韩绰判官》诗“二十四桥明月夜,玉人何处教吹箫”。 ④轻寒剪剪:形容寒风削面。

少年游

斜阳冉冉水边楼,珠箔水晶钩①。拍点红牙②,箫吹紫玉③,低按小梁州④。 双鸾已误青楼约⑤,谁伴月中游。倦蝶残花,寒蛩落叶,长是替人愁。

[注释]

①珠箔：即珠帘。　水晶钩：以水晶作的帘钩。②拍点红牙：点红牙拍。　点：按节奏敲击。　红牙拍：又称红牙板，多用檀木做成，色红，故名。据俞文豹《吹剑续录》载，“东坡在玉堂，有幕士善讴，因问：‘我词比柳词何如？’对曰：‘柳中郎词，只合十七八女孩儿，执红牙拍板，唱杨柳岸晓风残月；学士词，须关西大汉，执铁板，唱大江东去。’公为之绝倒。”③箫吹紫玉：吹紫玉箫。　④小梁州：唐大曲调名。　⑤双鸾：喻夫妻。

少年游

画楼深映小屏山，帘幕护轻寒。比翼香囊[①]，合欢罗帕[②]，都做薄情看。　　如今已误梨花约[③]，何处滞归鞍。待约青鸾[④]，彩云同去[⑤]，飞梦到长安。

[注释]

①比翼香囊：绣有比翼鸟的香囊。　②合欢罗帕：绣有合欢花的手帕。　合欢：植物名，叶似槐叶，至晚则合，故也叫“合昏”。夏季开花，花淡红色。古时常以合欢赠人，含消怨合好之意。　③梨花约：谓与女子约于春天相见的约会。唐刘方平《春怨》诗：“纱窗日落渐黄昏，金屋无人见泪痕。寂寞空庭春欲晚，梨花满地不开门。”　④青鸾：神鸟。⑤彩云：比喻美人。

少年游

翠罗裙解缕金丝[①]，罗扇掩芳姿。柳色凝寒，花情殢雨[②]，生怕踏青迟。　　碧纱窗外莺声嫩，春在海棠枝。别后相思，许多憔悴，惟有落红知。

[注释]

①缕金丝：以金缕编成的腰带。　②殢（tì）雨：比喻恋恋不舍，不忍

分离。宋柳永《浪淘沙慢》词:“殢雨尤云,有万般千种相怜惜。”

还京乐

彩鸾去[①],适怨清和[②],锦瑟谁共理。奈春光渐老,万金难买,榆钱空费。岸草烟无际,落花满地芳尘委。翠袖里,红粉溅溅,东风吹泪。　　任鸳帏底[③]。宝香寒、金兽慵熏绣被,依依离别意味。琼钗暗画心期,倩啼鴂、为催行李[④]。黯销魂,但梦逐巫山[⑤],情牵渭水[⑥]。待得归来后,灯前深诉憔悴。

[注释]

①彩鸾:传说中的仙女名,与书生文箫相恋,归钟陵结为夫妻,事见《庄斋杂记》。此为女子泛称。　②适怨清和:言锦瑟之声哀怨清和。唐李商隐《锦瑟》诗:“锦瑟无端五十弦,一弦一柱思华年。”黄庭坚读之,不晓其义,问苏东坡,东坡云:“此出《古今乐志》。云锦瑟之为器也,其弦五十,其柱如之,其声适怨清和。”事见《缃素杂记》。　③鸳帏:绣有鸳鸯的帐帷,为夫妻共居之处。　④行李:在外的旅人。　⑤梦逐巫山:宋玉《高唐赋序》记楚襄王游云梦台馆,望高唐宫观,言襄王梦与巫山神女相会。后人遂以巫山、云雨等喻男女欢会。五代冯延巳《鹊踏枝》词:“心若垂杨千万缕,水阔花飞,梦断巫山路。”　⑥情牵渭水:渭水为黄河主要支流之一。源出甘肃鸟鼠山,横贯陕西中部至潼关入黄河,自汉至唐皆为关中漕运要道。长安附近渭水上有桥,送客多至此相别。

解连环

寸心谁托。望潇湘暮碧[①],水遥云邈。自绣带、同剪合欢,奈鸳枕梦单,凤帏寒薄。淡月梨花,别后伴、情怀萧索[②]。念伤春渐懒,病酒未忺[③],两愁无药[④]。　　魂销翠兰紫若[⑤]。任钗沉鬓影,香沁眉角。怅画阁、尘满妆台,但玉佩依然，宝筝闲却。旧约无凭，误共赏、西园桃萼[⑥]。正天涯、数声杜宇[⑦]，断肠院落。

[注释]

①潇湘：湖南湘水。传说尧帝之女娥皇、女英化为湘水之神，居洞庭之山，游于江渊，常伴以飘风云雨。故古诗文写离情别意，伤怀愁绪，往往以潇湘之景为衬托。　②萧索：抑郁，寂寞。　③忺（xiān）：适宜，高兴。④两愁无药：谓无药可治两种烦愁。两愁明指伤春病酒，实际指离情别恨。⑤翠兰：兰草，又名"春兰"，常绿草本，春季开花，花淡黄绿色，清香。　紫若：杜若，又名杜蘅，杜莲。叶广披作针形，味辛香。《玉台新咏》题名枚乘的《杂诗》："兰若生春阳，涉冬犹盛滋。愿言追昔爱，情款感回时。美人在云端，天路隔无期。夜光照玄阴，长叹恋所思，谁谓我无忧？积念发狂痴。"此句正用其诗意。　⑥桃萼（è）：指桃花。　萼：环列花朵外部的叶状薄片。　⑦杜宇：杜鹃。

绮寮怨

满院荼蘼开尽[①]，杜鹃啼梦醒。记晓月、绿水桥边，东风又、折柳旗亭。蒙茸轻烟草色[②]，疏帘净、乱织罗带青。对一尊、别酒初斟，征衫上、点滴香泪盈。　几度恨沉断云[③]，飞鸾何处[④]，连环尚结双琼[⑤]。一曲琵琶[⑥]，湓江上、惯曾听[⑦]。依依翠屏香冷，听夜雨、动离情。春深小楼，无心对锦瑟、空涕零。

[注释]

①荼蘼：春末开花。俗云"开到荼蘼花事了"。　②蒙茸：犹蓬松。③断云：层云，片云。　④飞鸾：美女名。唐苏鹗《杜阳杂编》中："唐宝历二年，浙东国贡舞女飞鸾、轻凤。冬不穿棉衣，夏不出汗。所食多荔枝、榧实、金屑、龙脑之类。善歌，歌声一发，如闻鸾凤之音。"　⑤双琼：两块佩玉，多为男女定情之信物。故用以喻情爱。　⑥一曲琵琶：指白居易《琵琶

行》。 ⑦湓江:源出江西瑞昌西清湓山,北流入长江。白居易《琵琶行》:“住近湓江地低湿。”

玲珑四犯

金屋春深,似灼灼娉婷[①],真真娇艳。洗净铅华[②],依旧曲眉丰脸[③]。犹记舞歇凉州[④],渐缥缈、碧云缭乱。自玉环、宝镜偷换[⑤],别后甚时重见。 鸾帏凤席鸳鸯荐[⑥],但空馀、蕙芳兰茜[⑦]。天涯柳色青青恨,不入东风眼。惆怅二十四桥,任落絮、飞花乱点[⑧]。奈翠屏、一枕云雨梦,谁惊散。

[注释]

①灼灼:鲜明光艳貌。 娉婷:姿态娇美。《乐府诗集》卷四十四《春歌》:“娉婷扬袖舞,阿那曲身轻。” ②铅华:搽脸之粉。曹植《洛神赋》:“芳泽无加,铅华弗御。” ③丰脸:脸面圆润丰满。 ④歇:停止。 凉州:歌舞曲名。由西凉而传入中原。唐杜牧《河湟》诗:“唯有《凉州》歌舞曲,流传天下乐闲人。” ⑤玉环宝镜偷换:意谓移情别恋,别有专宠。 ⑥荐:草垫。竹编名“席”,草编曰“荐”。 ⑦茜:草盛貌。 ⑧点:一触即离。乱点即乱落。又,“点”亦含有玷污之意。此句用“乱点”,似含双关语意。

丹凤吟

暗柳烟深何处,翡翠帘栊,鸳鸯楼阁。芹泥融润[①],飞燕竞穿珠幕。秋千倦倚,还思年少,袜步尘轻[②],衫裁罗薄。陡顿芳心暗老[③],强理新妆,离思都占眉角。 过了几番花信[④],晓来刬地寒意恶[⑤]。可煞东风[⑥],甚把夭桃艳杏,故故凌铄[⑦]。伤春憔悴,泪矗粉腮香落。挑脱金宽双玉腕，怕人猜偷握。渐芳草，恨画阑、休傍著。

［注释］

①芹泥：燕子衔来筑巢的泥。 融润：带着潮气。 ②袜步尘轻：语出曹植《洛神赋》：穿袜水面行走，扬起的水珠如细尘。形容步履轻盈。③陡顿：猝然变化，同“斗顿”。宋柳永《雨中花慢》词：“把芳容陡顿，恁地轻孤，争忍心安。” ④花信：谓开花的消息。犹花期。 ⑤刬（chǎn）地：依然。 ⑥可煞：犹言“可是”，疑问词。宋李清照《鹧鸪天·桂花》词：“骚人可煞无情思，何事当年不见收？” ⑦凌铄：侵犯而使之消损。

忆旧游

又眉峰碧聚，记得邮亭[①]，人别中宵[②]。剪烛西窗下，听林梢叶堕，雾漠烟潇。彩鸾梦逐云去，环佩入扶摇[③]。但镜裂鸳奁[④]，钗分燕股，粉腻香消。 迢迢。旧游处，向柳下维舟[⑤]，花底扬镳[⑥]。更忆西风里，采芙蓉江上[⑦]，双桨频招。怨红一叶应到[⑧]，明月赤阑桥。渐泪浥琼腮[⑨]，胭脂淡薄羞嫩桃[⑩]。

［注释］

①邮亭：驿馆，递送文书投止之所。杜甫《春陵行》诗：“邮亭传急符，来往急相追。” ②中宵：半夜。陶渊明《辛丑岁七月赴假还江陵夜行途中》诗：“怀役不惶寐，中宵尚孤征。” ③扶摇：盘旋而上的风。此指乘风上云霄。 ④镜裂鸳奁（lián）：鸳鸯镜被分裂开。喻分离。 奁：古代的镜匣，盛香器和梳妆品的器具。喻分离。 ⑤维舟：系舟。 ⑥扬镳：策马奔驰。 镳：马嚼子。与衔合用，衔在口内，镳在口旁。此指马。 ⑦“采芙蓉”句：“涉江采芙蓉，兰泽多芳草。采之欲遗谁，所思在远道。还顾望旧乡，长路漫浩浩。同心而离居，忧伤以终老。”见《古诗十九首》。 双桨频招：意谓同心者招呼作者与之共采芙蓉，即团圆之意。 ⑧怨红一叶：写有愁怨之诗的那片红叶。 ⑨浥：濡湿。 ⑩羞嫩桃：脸面羞红，色

似嫩桃。

拜星月慢

漏阁闲签[1]，琴窗倦谱，露湿宵萤欲暗。雁咽凉声，寂寞芙蓉院[2]。画檐外，树色惊霜渐改，淡碧云疏星烂。旧约桐阴，问何时重见。　　倚银屏、更忆秋娘面。想凌波、共立河桥畔。重念酒污罗襦，渐金篝香散[3]。剪孤灯、伴宿西风馆。黄花梦、对发凄凉叹[4]。但怅望、一水家山，被红尘隔断。

[注释]

①漏阁：安装有滴漏的楼阁。　闲签：谓时间在悠闲地走着。　签：此指滴水计时仪器中标示时刻的漏箭。　②芙蓉院：长有荷花的院落。③金篝：熏衣服的香炉。　④黄花梦：指回家之梦。　黄花：菊花。

倒　犯

百尺凤皇楼，碧天暮云初扫。冰华散缟[1]，双鸾驾镜悬空窈[2]。婆娑桂影[3]，香满西风阑干悄。渐玉魄金辉[4]，飞度千山表。饵玄霜、醉琼醥[5]。　　身在九霄，独步丹梯[6]，飘飘轻雾窎[7]。缥缈广寒殿，觉世山河小。爱十二、琼楼好。算谁知、消息盈虚道[8]。任地久天长，今古无私照[9]。但仙娥不老[10]。

[注释]

①冰华散缟：凝霜之花飘落似纷散的白绢。　②双鸾驾镜：指双鸾鸟载着月亮。　窈：深远、幽静。　③婆娑：枝叶纷披貌。　④玉魄金辉：谓月光。　⑤饵：吃。　玄霜：仙药。　琼醥（piǎo）：美酒。　⑥丹梯：登天

的台阶。 ⑦窎（diào）：深远。 ⑧消息盈虚：谓一消一长，互相交替。《庄子·秋水》："消息盈虚，终则有始。" ⑨无私照：不偏照，普天下同照。 ⑩仙娥：嫦娥，月中仙女。

解语花

鳌峰溯碧[1]，贝阙缘云[2]，桂魄寒光射[3]。凤檐鸳瓦。星河际、缥缈绣帘高下。笙箫奏雅，爱雪柳、蛾儿笑把[4]。琼佩摇、珠翠盈盈，迤逦飘兰麝[5]。 陆地金莲照夜。富绮罗妆艳，春态容冶。笼纱鞍帕[6]。香尘过、禁陌宝车骄马。游人静也。东风里、万红初谢。沉醉归、残角霜天[7]，渐落梅声罢[8]。

［注释］

①鳌峰：元宵之夜以灯构架而成的鳌山。 溯碧，直插碧空。 ②贝阙：以贝装饰宫门前两侧的楼观。 缘云：形容宫阙之高。 ③桂魄：月亮。 ④雪柳、蛾儿：元宵日妇女头上的饰物。 ⑤兰麝：兰与麝香。⑥笼纱：在马前引路的灯笼。 鞍帕：帕鞍，指用丝巾编成的软马鞍。⑦残角：指天将明。 霜天：天气寒凉。 ⑧落梅：乐曲名，即《落梅花》。

过秦楼

倦听蛩砧[1]，初抛纨扇，隔浦乱钟催晚。湘蒲簟冷，楚竹帘稀，窗下乍闻裁剪[2]。倦柳梳烟[3]，枯莲蘸水[4]，芙蓉翠深红浅[5]。对半床灯火[6]，虚堂凄寂[7]，近书思遍。 夜漏永、玉宇尘收，银河光烂。梦断楚天空远。婆娑月树，缥缈仙香，身在广寒宫殿。无奈离愁乱织，藉酒销磨，倩花排遣。渐江空霜晓，黄芦漠漠[8]，一声来雁。

[注释]

①蛩:蟋蟀。 砧:捣衣石。蛩鸣声,捣衣声,谓时临深秋初冬。 ②裁剪:赶制寒衣。 ③倦柳梳烟:柳树枝条下垂似梳理云烟雾霭。 ④蘸水:浸入水中。 ⑤翠深红浅:翠,指荷叶。红,指莲花。 ⑥半床:无妻或无夫者之床,孤身者之床。 ⑦虚堂:空堂。 ⑧漠漠:密布貌。

过秦楼

翠约蘋香,绿抟槐荫①,隔水晚蝉声断。壶冰避暖②,钏玉攲凉③,倦暑懒拈歌扇。云浪缥缈鱼鳞,新月开弦④,落星沉箭⑤。恨经年间阔⑥,柔笺空寄⑦,梦随天远。

憔悴损、臂薄烟绡⑧,腰宽霞缕⑨,锦瑟暗尘侵染⑩。韩香犹在⑪,秦镜空圆⑫,薄幸旧盟俱变。虚蠹春华⑬,为谁容改芳徽⑭,魂飞娇倩⑮。凭危楼望断,江外青山乱点。

[注释]

①抟:作"聚集"解。 ②壶冰:以玉壶盛的冰。 ③钏玉:玉制的手镯。 攲:倾侧,倾斜。 ④新月开弦:新月像张开的弓。 新月:上弦月。 ⑤落星:流星。 ⑥间阔:阻隔、离别。 ⑦柔笺:温情的书信。 ⑧臂薄烟绡:绡衣感觉单薄,是秋凉时节了。⑨霞缕,彩丝腰带。 ⑩暗尘侵染:谓积满灰尘。 ⑪韩香:韩寿之香。据《晋书·贾充传》载,晋南阳人韩寿,字德真,美姿容。贾充辟为司空掾。充小女贾午见而悦之,使侍婢潜通音讯,厚相赠结,呼寿夕入,盗西域奇香赠之。充僚属闻韩体芳香,告于贾充。充乃问女之左右,具以状对。贾充遂以女妻于韩寿。 ⑫秦镜:相传可洞察人心之宝镜。 ⑬蠹(dù):耗损,损害。 ⑭芳徽:美好的容颜。 ⑮娇倩:娇美。倩,含笑貌。

解蹀躞

岸柳飘残黄叶,尚学纤腰舞。谢他终日,亭前伴羁旅[①]。无奈历历寒蝉[②]，为谁唤老西风，伴人吟苦。 闷无绪。记得芙蓉江上，萧娘旧相遇[③]。如今憔悴，黄花惯风雨。把酒东望家山，醉来一枕闲窗，梦随秋去。

[注释]

①羁旅：指寄居在外之人。 ②历历：分明可数。 ③萧娘：唐宋人以“萧娘”为年轻女子的泛称。唐杨巨源《崔娘》诗：“风流才子多春思，肠断萧娘一纸书。”

蕙兰芳引

虹雨乍收，楚天霁、乱飞秋鹜[①]。渐草色衰残，墙外土花暗绿[②]。故山鹤怨[③]，流水自、菊篱茅屋。日暮诗吟就，潑墨闲题修竹。 更忆飘蓬，霜绨风葛[④]，几度凉燠[⑤]。叹归去来兮，何日甬东一曲[⑥]。黄芦满望，白云在目。但月明长夜，伴人清独。

[注释]

①“虹雨”二句：化用王勃《滕王阁序》“云销雨霁，彩彻区明。落霞与孤鹜齐飞，秋水共长天一色”句意。 霁：本指雨止，引申为风雨停，云雾散，天放晴。 ②土花：苔藓。唐李贺《金铜仙人辞汉歌》：“画栏桂树悬秋香，三十六宫土花碧。” ③鹤怨：《世说新语·尤悔》载，“陆平原（机）河桥败，为卢志所谗，被诛。临刑叹曰：欲闻华亭鹤唳，可复得乎！”陆机于吴亡入洛前，与弟陆云常游于华亭墅中。后常以“华亭鹤唳”为遇害者临死前感慨生平之词，鹤唳（鸣）也带有愁怨意味。 ④霜绨（tí）风葛：意谓以劣质衣袍来抵御风寒。 绨：质粗厚的丝织物。 ⑤凉燠（yù）：冷暖。 ⑥甬东：古地名，即今浙江舟山岛。陈允平为浙江四明人，故“甬东一曲归去来兮”，表示有退隐归家之念。

六么令

授衣时节①，犹未定寒燠。长空雨收云霁，湛碧秋容沐②。还是鲈肥蟹美，橡栗村村熟③。不堪追逐，龙山梦远④，惆怅田园自黄菊。　　醉中还念倦旅，触景伤心目。羞破帽、把茱萸⑤，更忆尊前玉⑥。愁立梧桐影下，月转回廊曲。归期将卜，西风吹雁，懒寄斜封但相嘱⑦。

［注释］

①授衣时节：谓深秋九月。《诗经·豳风·七月》："七月流火，九月授衣。"　②湛碧秋容沐：谓秋天的面貌像经过水洗般的湛蓝澄清。　③橡栗：栎树的果实，似栗而小。通名橡实，俗称橡子，可食。唐皮日休《橡媪叹》："秋深橡子熟，散落榛芜岗。……几曝复几蒸，用作三冬粮。"　④龙山：山名，在今湖北江陵西北。据《世说新语·识鉴》"武昌孟嘉"条《注》引《孟嘉别传》，孟嘉为征西大将军桓温参军。九月九日温游龙山，宾僚咸集，皆戎服。有风吹嘉帽落，初不觉。温令孙盛作文以嘲之，嘉即时以答，四坐嗟服。""龙山梦"即指此重阳高会之梦。宋辛弃疾《念奴娇·重九席上》："龙山何处？记当年高会，重阳佳节。谁与老兵共一笑，落帽参军华发。"　⑤羞破帽：以"破帽"为羞，表明不愿老搬弄旧典，了无新意。　茱萸（yú）：植物名，生于川谷，味香烈。古代风俗，重阳节相约登高，佩戴茱萸，以祛邪辟灾，称"茱萸会"。节日亦称"茱萸节"。晋周处《风土记》："以重阳相会，登山饮菊花酒，谓之登高会，又云茱萸会。"　⑥尊前玉：菊花酒。　⑦斜封：此指家信。古代传说大雁能捎带书信，大雁在天空中斜行飞行，故称"斜封"。

［集评］

陈廷焯云："陈西麓词，和平婉雅，词中正轨。张叔夏云：'词欲雅而正，志之所之，一为物所役，则失其雅正之音。近代陈西麓，所作平正，亦有佳者。'夫平正则难见其佳，平正而有佳者，乃真佳也。求之于诗，十九首后，其惟陶渊明乎！词唯西麓近之。有志于古者，三复西麓词，一切流荡忘反之失，不化而化矣。"（《白雨斋词话》卷二）

红林檎近

飞絮迷芳意，落梅消暗香。皓鹤唳空碧[①]，白鸥避寒塘。妨它踏青鬥草，便放晓日东窗[②]。先自懒弄晨妆。谁奈靓笙簧[③]。　望帘寻酒市[④]，看钓认渔乡。控持紫燕，芹泥未上雕梁[⑤]。想梁园谢馆[⑥]，群花较晚，但陪玉树频举觞[⑦]。

[注释]

①皓鹤唳空碧：本《诗经·小雅·鹤鸣》"鹤鸣于九皋，声闻丁天"。皓：白。　唳：鹤鸣。　②"妨它"二句：意谓因怕防碍人们踏青鬥草的欢乐情趣，于是太阳便早早升起。　③奈：通"耐"，受得住。　靓：妆饰美丽。　④帘：酒旗。　⑤控持：控制，约束。　紫燕：燕的一种，亦称越燕，体小而多声，颔下紫，巢于门楣上。又：相传汉文帝有九匹骏马，其一为紫燕骝，故紫燕亦代称骏马。细绎二句词意，似为双关。以控住紫燕不让其衔泥上梁，喻控制己心，不要趋往豪贵之门去敬献芹意。　⑥梁国：汉梁孝王刘武所筑园圃。　谢馆：指晋时谢安、谢玄等人之家，两处多聚才人名士。　⑦玉树：喻才貌均美的优异之士。

红林檎近

三万六千顷[①]，玉壶天地寒[②]。庾岭封的皪[③]，淇园折琅玕[④]。漠漠梨花烂漫，纷纷柳絮飞残[⑤]。直疑潢潦惊翻[⑥]，斜风溯狂澜。　对此频胜赏[⑦]，一醉饱清欢[⑧]。呼童剪韭[⑨]，和冰先荐春盘[⑩]。怕东风吹散，留尊待月，倚阑莫惜今夜看。

[注释]

①三万六千顷：言天地之广阔。　②玉壶：指冰封冻。　③庾岭：即

大庾岭,一名东峤,在江西广东交界处。相传汉武帝时有庾姓将军筑城岭下,故名庾岭。唐代为通粤要道,张九龄督所属开凿新路,多植梅树,故又名梅岭。宋元祐重修驿路,蔡挺复命夹道植松,于岭上立关名曰梅关。的皪(lì):光亮鲜明貌。 皪:明珠。 ④淇园:地名,在今河南淇县附近,古代以产竹著名。《诗经·卫风·淇奥》:"瞻彼淇奥,绿竹猗猗。" 琅玕:指竹。宋苏过《从范信中觅竹》诗:"十亩琅玕寒照坐,一溪罗带恰通船。" ⑤梨花、柳絮:皆比喻雪。 ⑥潢:水深广貌。 潦:雨水大,亦指雨后积水。 ⑦胜赏:快意的赏玩。 ⑧清欢:美妙的欢乐。 ⑨剪韭:古时韭常作为献祭供品。《诗经·豳风·七月》:"四之日其蚤,献羔祭韭。" ⑩春盘:古俗于立春之日,取鲜菜、果品、饼、糖等置于盘中为食,取迎新之意,称为春盘。杜甫《立春》诗:"春日春盘细生菜,忽忆两京梅发时。"

满路花

离歌泣断云[①],别舞愁飞雪。凤皇台上望[②],琼箫绝。钗分玉燕[③],寸寸回肠折。碧空归雁阔[④]。犹有疏梅,岁寒独伴高节[⑤]。 鲛绡罗帕,泪洒胭脂血[⑥]。悠悠江上水,天连接。朱楼遍倚,万里空情切[⑦]。此恨凭谁说。天若有情[⑧],料天须有区别。

[注释]

①断云:层云,片云。 ②凤凰台:秦穆公时有萧史,喜吹箫。穆公女弄玉好之,穆公为他俩筑凤台,后两人吹箫引来凤凰,乘骑仙去。 ③钗分玉燕:钗为古代女子首饰,钗脚二分似燕尾。故古诗词常以"钗分"喻夫妻分离。 ④归雁阔:回归之雁越飞越远。 阔:远离。 ⑤高节:高尚的节操。 ⑥鲛绡罗帕:以鲛人所织绡制成的手帕。鲛人为神话中居于水中的怪人,善织,其眼能泣珠。 ⑦"悠悠江上水"四句:用唐温庭筠《梦江南》"梳洗罢,独倚望江楼。过尽千帆皆不是,斜晖脉脉水悠悠。肠断白蘋洲"词意。 朱楼遍倚:指遍倚望江楼。望断万里。 ⑧天若有情:取李贺《金铜仙人辞汉歌》诗句"天若有情天亦老",谓此恨此愁此情此景连苍天也要为之感伤而衰老。

满路花

寒轻菊未残，春小梅初破[①]。兽炉闲拨尽，松明火[②]。青毡锦幄[③]，四壁新妆裹。重暖香篝，绣被拥银屏，彩鸾空伴云卧[④]。　相思何处，梦入蓝桥左[⑤]。归期还细数，愁眉锁。薄情孤雁，不向楼西过。故人应怪我，怪我无书，有书还倩谁呵[⑥]。

［注释］

①春小：指农历十月。十月已入冬，由于天气和暖，便有"十月小阳春"之说。　初破：初开。　②松明：燃以照明的松木。宋苏轼《花落复次松风亭下梅花盛开韵》："松明照坐愁不睡，并花入腹清而暾。"　③青毡：此指青毡帐篷。　④彩鸾：指绣被上的图案。　云：画在屏风上的云形图案。　⑤蓝桥：在陕西蓝田县东南蓝溪上。传说有仙窟，是唐裴航遇仙女云英处。　⑥呵：责问。

氐州第一

闲倚江楼，凉生半臂，天高过雁来小。紫芡波寒[①]，青芜烟淡[②]，南浦云帆缥缈。潮带离愁，去冉冉、夕阳空照[③]。寂寞东篱，白衣人远，渐黄花老[④]。　见说西湖鸥鹭少。孤山路、醉魂飞绕。荻蟹初肥，莼鲈更美，尽酒怀诗抱。待南枝、春信早[⑤]。巡檐对梅花索笑。月落乌啼，渐霜天、钟残梦晓[⑥]。

［注释］

①紫芡：多年生水生草本植物，叶圆盾形，浮于水面。夏季开花，带紫色。种子称"芡实"或"鸡头米"，供食用。　②青芜：丛生的青草。　③冉冉：慢慢地，渐进貌。　④白衣人：布衣，无官职之人。此指归隐者。　⑤"待

南枝”句:本宋黄庭坚《虞美人·宜州见梅作》“天涯也有江南信,梅破知春近。夜阑风细得香迟,不道晓来开遍向南枝”。 ⑥“月落乌啼”二句:化用唐张继《枫桥夜泊》诗“月落乌啼霜满天,江枫渔火对愁眠。姑苏城外寒山寺,夜半钟声到客船”。

尉迟杯

长亭路。望渭北、漠漠春天树①。殷勤别酒重斟,明日相思何处。晴丝飏暖②,芳草外、斜阳自南浦。望孤帆、影接天涯,一江潮带愁去。 回首杜若汀洲,叹泛梗飘萍③,乍散还聚。满径残红春归后,犹自有、杨花乱舞。怅金徽、梁尘暗锁④,算谁是、知音堪共语。尽天涯、梦断东风,彩云鸾凤无侣。

[注释]

①渭北:渭水之北,此指渭城。 漠漠:弥漫。 春天树:指杨柳。用杜甫《春日忆李白》“渭北春天树,江东日暮云”诗意,表怀念之情。②晴丝:即游丝。虫类所吐丝,天晴时常飞扬空中,故称“晴丝”。宋范成大《初夏》诗:“晴丝千尺挽韶光,百舌无声燕子忙。” ③泛梗:《战国策·齐策》寓言,刻桃梗为人,雨至漂浮淄水,不知所止。后因以“泛梗”指飘荡无定止。 飘萍:水萍飘浮,亦喻漂泊不定。 ④金徽:金饰的琴徽,指琴。 梁尘:比喻嘹亮动听的歌声。刘向《别录》载,汉兴以来,善歌者鲁人虞公,发声清哀,盖动梁尘。

塞翁吟

睡起鸾钗亸,金约鬓影胧鬆①。檐佩冷②,玉丁东③。镜里对芙蓉④。秦筝倦理梁尘暗⑤,惆怅燕子楼空。山万叠,水千重,一叶漫题红。 匆匆。从别后,残云断雨,馀香在、鲛绡帐中⑥。更懊恨、灯花无准⑦,写幽愫、锦织回文[8]，小字斜封[9]。无人为托，欲倩宾鸿，立尽西风。

[注释]

①金约：约金，古代女子的一种妆饰样式，即在鬓角涂饰金色。胧璁（cōng）：明亮。②檐佩：挂在檐下的玉制风铃。③丁东：风铃响声，象声词。④芙蓉：形容女子艳丽的面庞。⑤秦筝：类似瑟的弦乐器。⑥鲛绡：相传为鲛人所织之绡，喻其轻薄透明。⑦灯花：灯芯的馀烬，爆成花形。古人认为爆灯花为吉兆，有喜事降临。杜甫《独酌成诗》："灯花何太喜，酒绿正相亲。"无准：没有定准。⑧幽愫：郁结隐秘的情愫。⑨斜封：指书信。

绕佛阁

暮烟半敛。云护澹月，斜照楼馆。春夜偏短。一床耿耿[1]，孤灯晃帏幔。玉壶漏满[2]。天外渐觉，归雁声远。离思凄婉。重怀执手，东风翠蘋岸。　料想凤楼人，倦绣回文停彩线。憔悴泪积，香销娇粉面。叹暗老年光，隙驹流箭[3]，梦中空见。漫惹起相思，芳意迷乱。锦笺重向纱窗展。

[注释]

①耿耿：烦燥不安貌。②玉壶：古代计时器。③隙驹：即白驹过隙，比喻光阴迅速流逝。

庆春宫

孤鹜披霞，归鞍卸日[1]，晚香菊自寒城[2]。虚馆灯闲，征衫尘浣，夜深何处砧声。乱蛩催怨，月明里、依稀数星。云山迢递[3]，犹误归期，方寸遍萦[4]。　秋风燕送鸿迎。

最怜堤柳，白露先零[⑤]。倦倚楼高，恨随天远，桂风和梦俱清[⑥]。故人千里，记剪烛、西窗赋成。相如憔悴[⑦]，宋玉凄凉[⑧]，酒恨花情。

［注释］

①归鞍卸日：卸下归鞍时，指隐退归家。　②菊自寒城：本杜甫《遣怀》诗"愁眼看霜露，寒城菊自花"。　③迢递：高远。　④方寸：指心。白居易《赠元稹》诗："所合在方寸，心源无异端。"　⑤白露：二十四节气之一。在阴历每年八月。　零：衰落，衰败。　⑥桂风：带有桂花浓香的风。　⑦相如：汉司马相如，其作有《长门赋》，写美人被弃之悲，以秋之萧瑟为背景，"望中庭之蔼蔼兮，若季秋之降霜。夜曼曼其若岁兮，怀郁郁其不可再更。"　⑧宋玉：战国楚人，作有《九辩》以抒发"贫士失职而志不平"的悲叹，亦以悲秋为起兴，"悲哉！秋之为气也。萧瑟兮，草木摇落而变衰。"故杜甫《咏怀古迹》云："摇落深知宋玉悲，风流儒雅亦吾师。怅望千秋一洒泪，萧条异代不同时。"

满江红

目断江横，相思字、难凭雁足[①]。从别后、倦歌慵绣，悄无拘束[②]。烟柳翠迷星眼恨[③]，露桃红沁霞腮肉。傍琐窗、终日对文枰[④]，翻新局[⑤]。　　频暗把，归期卜。芳草恨，阑干曲。谢多情海燕[⑥]，伴愁华屋。明月自圆双蝶梦，彩云空伴孤鸾宿。任画帘、不卷玉钩闲，杨花扑。

［注释］

①相思字：指书信。　②无拘束：此指生活随意放任，不受礼节的约束限制。　③星眼：明亮的眼睛，锐利或清莹的目光。　④文枰：即纹枰，围棋棋盘。　⑤翻新局：在旧谱基础上变换新招。　⑥海燕：燕子的别称。古人认为燕子产于南方，渡海而至，故称海燕。

丁香结

尘拥妆台①，翠闲歌扇，金井碧梧风陨②。听豆虫声小③，伴寂寞、冷逼莓墙苍润④。料凄凉宋玉，悲秋恨、此际怎忍。莲塘风露，渐入粉艳⑤，红衣落尽⑥。　勾引⑦。记舞欹弓弯⑧，几度柳围花阵⑨。酒薄愁浓，霞腮泪渍，月眉香晕⑩。空对秦镜尚缺⑪，暗结回肠寸。念纤腰柔弱，都为相如瘦损。⑫

[注释]

①拥：此指堆积。　②碧梧风陨：风将梧桐的绿叶吹落。　③豆虫：小虫。　④莓墙：长满青苔的墙。　⑤粉艳：指莲花。　⑥红衣：莲花瓣。　⑦勾引：引诱，使人牵挂，留恋。　⑧弓弯：指舞姿弯腰似弓。　⑨花阵：女子群舞的队形。　⑩月眉：眉弯似月。　⑪秦镜尚缺：喻难以团圆。　⑫《全宋词》注：此首下原有《三部乐》调名而缺其词。

西　河

形胜地①，西陵往事重记②。溶溶王气满东南③，英雄间起④。风游何处古台空，长江缥缈无际⑤。　石头城上试倚，吴襟楚带如系⑥。乌衣巷陌几斜阳，燕闲旧垒⑦。后庭玉树委歌尘，凄凉遗恨流水⑧。　买花问酒锦绣市。醉新亭、芳草千里⑨。梦醒觉非今世。对三山、半落青天⑩，数点白鹭，飞来西风里。

[注释]

①形胜地：形势重要的名胜之地。　②西陵往事：西陵，浙江西兴渡口名，相传春秋时越国范蠡在此筑城。五代吴越改名西兴。往事即指范蠡助勾践复国称霸之事。　③王气：象征帝王运数的祥瑞之气。　④间

起:不断兴起。 ⑤“凤游”二句:化用李白《登金陵凤凰台》诗句“凤凰台上凤凰游,凤去台空江自流”。 古台:指凤凰台,在江苏南京。 ⑥“吴襟”句:如襟带一样绾结吴楚两地。 ⑦“乌衣巷”二句:“朱雀桥边野草花,乌衣巷口夕阳斜。旧时王谢堂前燕,飞入寻常百姓家。”见唐刘禹锡《乌衣巷》诗。 ⑧“后庭玉树”二句:南朝陈叔宝作《玉树后庭花》中有“玉树后庭花,花开不复久”。后陈国亡,被称为亡国之音。唐杜牧《泊秦淮》:“商女不知亡国恨,隔江犹唱后庭花。” ⑨新亭:亭名,又名劳劳亭,在今江苏南京南。东晋初,南渡士人每至春秋佳日,多聚此宴饮。时或有感国土沦丧而泣。后用“新亭泣泪”比喻忧国忧时。事见《晋书·王导传》。 ⑩三山:又名护国山,在江苏南京西南,长江东岸,为江防要地。李白《登金陵凤凰台》:“三山半落青天外,二水中分白鹭洲。”

一寸金

吾爱吾庐,甬水东南半村郭[①]。试倚楼极目,千山拱翠[②],舟横沙觜,江迷城脚。水满蘋风作[③]。阑干外、夕阳半落。荒烟暝、几点昏鸦,野色青芜自空廓。 浩叹飘蓬[④],春光几度,依依柳边泊。念水行云宿,栖迟羁旅,鸥盟鹭伴,归来重约。满室凝尘淡[⑤],无心处、宦情最薄。何时遂、钓笠耕蓑[⑥],静观天地乐。

[注释]

①甬水:即甬江,在浙江鄞县东北,其上源出四明山。 ②拱:环抱。 ③蘋风:本宋玉《风赋》“夫风生于地,起于青蘋之末”。风起则蘋叶动,因常以“蘋末”代指风。 ④飘蓬:飘飞之蓬草,喻行踪无定。 ⑤凝尘淡:谓淡泊名利。凝尘指积尘。 ⑥钓笠耕蓑:喻隐士。斗笠蓑衣皆农家雨具,古隐士或钓或耕,自食其力。

瑞鹤仙

故庐元负郭[①]。爱树色参差,湖光渺漠。楼危万山落[2]。俯阑干十二，亸檐飞角[3]。花娇柳弱。映轻黄、浅黛依约。与沙鸥、共结新盟[4]，伴我醉眠醒酌。　萧散云根石上[5]，瀹茗松泉[6]，注书芸阁[7]。莺窥燕幕[8]。檐外竹、圃中药。念耕烟钓雪，已成活计[9]，一任风波自恶。但无心、万事由天，梦中更乐。

［注释］

①负郭：意谓居住在城外。　负：背靠。　郭：外城。　②危：高。万山落：万山俱在其下。　③亸（duǒ）檐：屋檐下垂。　飞角：屋脊飞起似角。　④"与沙鸥"句：即鸥盟，指隐居。　⑤萧散：潇洒、闲散。　云根：深山中云起之处。晋张协《杂诗》："云根监八极，雨足洒四溟。"　⑥瀹（yuè）茗：烹茶。　⑦芸阁：古代藏书之处，此指作者书房。　⑧莺窥燕幕：莺燕窥幕。　幕：帷幕。　⑨活计：生计，谋生手段。

浪淘沙慢

暮烟愁，鸦归古树，雁过空堞[1]。南浦牙樯渐发[2]，阳关歌尽半阕[3]。便恨入回肠千万结。长亭柳、寸寸攀折[4]。望日下长安近，莫遣鳞鸿成闲绝[5]。　凄切，去帆浪远江阔。怅顿解连环，西窗下、对烛频哽咽[6]。叹百岁光阴，几度离别。翠消粉竭，信乍圆易散，彩云明月[7]。浙水吴山重重叠。流苏帐，阳台梦歇[8]。暗尘锁[9]，孤鸾秦镜缺。羞人问、怕说相思，正满院杨花，落尽东风雪。

［注释］

①空堞（dié）：空城。堞，城上如齿状的矮墙。　②牙樯：饰以象牙的帆樯。杜甫《秋兴》之六："珠帘绣柱围黄鹄，锦缆牙樯起白鸥。"　③阳关歌：即《渭城曲》，又称《阳关三叠》。　④攀折：攀引折断。无名氏《望江南》词："我是曲江临池柳，者人折了那人攀，恩爱一时间。"　⑤鳞鸿：即

鱼雁，相传鱼雁能传书信。 ⑥西窗对烛：本唐李商隐《夜雨寄北》诗“何当共剪西窗烛，却话巴山夜雨时”。 ⑦彩云明月：暗用晏几道《临江仙》“当时明月在，曾照彩云归”词意。 ⑧阳台梦：暗用楚宋玉《高唐赋序》所言楚襄王于巫山梦神女之典。阳台喻男女合欢。 歇：止。 ⑨暗尘锁：被积尘所封蔽。

西平乐慢

泛梗飘萍，入山登陆，迢递雾迥烟赊[①]。漠漠蒹葭[②]，依依杨柳[③]，天涯总是愁遮。叹寂寞尘埃满眼，梦逐孤云缥缈，春潮带雨[④]，鸥迎远溆[⑤]，雁别平沙。寒食梨花素约，肠断处，对景暗伤嗟。 晚钟烟寺[⑥]，晨鸡月店[⑦]，征裼萧疏，破帽攲斜。忆几度、微吟马上，长啸舟中[⑧]，惯踏新丰巷陌[⑨]，旧酒犹香，憔悴东风自岁华。重忆少年，樱桃渐熟，松粉初黄，短楫欢呼，日日江南，烟村八九人家。[⑩]

[注释]

①雾迥烟赊：烟雾苍茫。迥、赊，皆形容长久，遥远。 ②漠漠蒹葭：本《诗经·秦风·蒹葭》“蒹葭苍苍，白露为霜”。此写怀人之愁。 ③依依杨柳：本《诗经·小雅·采薇》“昔我往矣，杨柳依依。今我来思，雨雪霏霏”。此写归思之愁。 ④春潮带雨：本韦应物《滁州西涧》诗“春潮带雨晚来急，野渡无人舟自横”。 ⑤远溆：遥远的水边。 溆（xù）：水边。 ⑥晚钟烟寺：化用张继《枫桥夜泊》诗“姑苏城外寒山寺，夜半钟声到客船”。 ⑦晨鸡月店：化用温庭筠《商山早行》诗“鸡声茅店月，人迹板桥霜”。 ⑧长啸：撮口长声歌鸣。晋成公绥《啸赋》：“乃慷慨而长啸。” ⑨新丰：古县名，故址在陕西临潼东北。汉高帝七年，因太上皇思乡，遂按丰县街里格式将秦骊邑改建，并迁来丰县旧民，故称新丰。 ⑩《全宋词》注：此首下原有《玉烛新》调名而缺其词。

南乡子

归雁转西楼，薄幸音书日日收[1]。旧恨却凭红叶去[2]，飕飕[3]。春水多情日夜流。　杨柳曲江头[4]，烟里青青恨不休。九十韶光风雨半[5]，回眸。一片花飞一片愁[6]。

[注释]

①薄幸：原指轻浮，此指情郎。　②却：正。　③飕飕(liú)：本为风雨声，此指水流声。形容水流迅捷。　④曲江：即曲江池，在今西安市东南。秦为宜春苑，汉为乐游原，有河水曲折流过，故称曲江。唐时为京都士人游赏胜地。唐末水涸池废。　⑤九十韶光：指美好春光。春季三月共九十日，故言。　⑥"一片"句：化用杜甫《曲江二首》"一片花飞减却春，风飘万点正愁人"诗意。

望江南

娇滴滴，聪隽在秋波[1]。六幅香裙拕细縠[2]，一钩尘袜剪轻罗[3]。春意动人多。　临宝鉴[4]，石黛拂修蛾[5]。燕子楼头蝴蝶梦[6]，桃花扇底竹枝歌[7]，杨柳月婆娑。

[注释]

①聪隽在秋波：意谓聪明隽美往往表现在眼神上。　聪隽：指才智出众。　秋波：眼神。　②幅：布帛宽度。《汉书·食货志》："布帛广二尺二寸为幅。"　拕：即"拖"字。　縠：皱纱。　③一钩：谓袜形弯曲如钩。④宝鉴：精美的铜镜。　⑤石黛：古代女子画眉用的青黑色颜料。　⑥燕子楼：楼名，在江苏徐州。唐贞元中，张尚书镇徐州，筑楼以居家伎关盼盼。张死后，盼盼不嫁，居此楼十馀年。见白居易《长庆集》十五《燕子楼诗三首序》。　⑦竹枝歌：《竹枝词》调名。

望江南

烟漠漠[①]，湖外绿杨堤。满地落花春雨后，一帘飞絮夕阳西，梁燕落香泥[②]。　　流水恨，和泪入桃蹊[③]。鹦鹉洲边鹦鹉恨[④]，杜鹃枝上杜鹃啼[⑤]，归思越凄凄。

［注释］

①漠漠：弥漫，广布。　②“梁燕”句：化用隋薛道衡《昔昔盐》诗“暗牖悬蛛网，空梁落燕泥”。　③桃蹊：桃林中的小径。　④鹦鹉洲：在湖北汉阳西南江中。东汉末，黄祖为江夏太守，其子黄射大会宾客，有人献鹦鹉。祢衡作赋，由是洲得名。赋中称鹦鹉命运险恶以自喻。故下称“鹦鹉恨”。　⑤杜鹃：啼声哀苦，相传古蜀帝杜宇死后所化。

浣溪沙

自别萧郎锦帐寒[①]，凤楼日日望平安。杏花枝上露才干[②]。　　眉皱但嫌钿翠堕[③]，臂销惟觉钏金宽。薄情杨柳殢征鞍[④]。

［注释］

①萧郎：《梁书·武帝记》载，武帝萧衍年轻时，深得王俭器重赏识，俭曾对何宪曰：“此萧郎三十内当侍中，出此则贵不可言。”后因以“萧郎”泛指所亲爱或为女子所恋的男子。崔郊《赠去婢》诗：“侯门一入深如海，从此萧郎是路人。”或云萧郎即萧史。　②露才干：喻女子相思之泪方才擦尽。　③眉皱：此形容人因愁思而面庞瘦削。　堕：落，此指沉重。　④殢：滞留。

浣溪沙

一枕华胥梦不成[①]，碧筒香润玉醪倾[②]。日长花影过池亭。　雪藕臂寒鹦较怯[③]，采菱歌发鹭频惊[④]。白蘋洲上雨初晴。

[注释]

①华胥梦：泛指入梦。相传黄帝昼寝而梦，入华胥氏之国。　②碧筒(tǒng)：莲蓬制成的酒杯。　玉醪：指美酒。　③雪藕臂：形容女子手臂如湖藕般雪白。　④采菱歌：采湖菱时唱的歌。

浣溪沙

约臂金圆隐绛缯[①]，枕痕斜印曲花藤[②]。玉肌娇软莹如冰。　护日帘栊迷晓梦[③]，舞风琼佩弄秋声[④]。倦妆鸾鉴不忺凭[⑤]。

[注释]

①约臂：束臂。　金圆：金钏。　绛缯：红色丝帛制成的衣裳。　②枕痕：枕上印压痕迹。　③护日：意谓保护人们不被日晒。　④舞风：随风而舞动。　⑤鉴：镜。此指梳妆台。　忺(xiān)：高兴、适意。

浣溪沙

宝镜奁开素月空，晚妆慵结绣芙蓉。殢人娇语更憁憁[①]。　倦浴金莲轻衬步[②]，捧笙玉笋半当胸[③]。枕痕又露一丝红。

[注释]

①憁憁(zǒng)：率直。　②轻衬步：形容步履轻盈。　衬步：贴地而行。　③玉笋：喻美女手指。

浣溪沙

双倚妆楼宝髻垂，佩环依约下瑶池[①]。鬓边斜插碧蝉儿[②]。　　不嫁东风苏小恨[③]，未圆明月柳娘悲[④]。舞休愁叠缕金衣[⑤]。

[注释]

①依约：隐约。　瑶池：神话中仙女所居之地。　②碧蝉儿：古代妇女的一种首饰。　③苏小：即苏小小，南齐钱塘名妓。　④柳娘：唐白居易有家伎名樊素，善唱《杨柳枝》，人以曲名名之，称《杨枝》或《柳枝》。此与苏小皆泛指歌伎。　⑤缕金衣：饰以金缕的舞衣，亦双关指曲调《金缕衣》。

浣溪沙

鬥鸭阑干燕子飞[①]，一堤春水漾晴晖。女郎何处踏青归。　　生色鞋儿销凤稳[②]，碧罗衫子唾花微[③]。后期应待牡丹时[④]。

[注释]

①"鬥鸭"句：用南唐冯延巳《谒金门》"鬥鸭阑干遍倚"意。　鬥鸭：使鸭相鬥为戏。《三国志·吴书·陆逊传》："时建昌侯（孙）虑于堂前作鬥鸭栏，颇施小巧。逊正色曰：'君侯宜勤览经典以自新益，用此何为？'虑即时毁之。"　②生色：物象色彩鲜明生动。　销凤：指鞋面以金丝线绣成凤鸟图案。　③唾花：女子咬断绣花线头之唾痕。　④后期：后会之期。牡丹时：牡丹花开时节，指暮春或初夏。

浣溪沙

六幅蒲帆晓渡平[①]，一江星斗渐西倾。离家才是两三程[②]。　浦外野花如唤客，树头春鸟自呼名[③]。五云深处锦官城[④]。

[注释]

①蒲帆：蒲草织成的船帆。唐李贺《江南弄》："水风浦云生老竹，渚暝蒲帆如一幅。" 幅：布帛宽二尺二寸为一幅。 ②程：旅程。 两三程：言路途很近。 ③"春鸟自呼"：指布谷鸟，其鸣声似"布谷"。 ④五云：五色瑞云。 锦官城：锦官谓主治锦之官，因以为城名，在今成都市南。后泛称成都为锦官城。杜甫《春夜喜雨》诗："晓看红湿处，花重锦官城。"

浣溪沙

柳底征鞍花底车，两行香泪湿红襦[①]。别来莺燕已春馀。　梳洗楼台愁独倚，笙歌庭院醉谁扶。卷帘闲看玉储胥[②]。

[注释]

①襦：短衣，短袄。服于单衫之外。 ②玉储胥：即玉宫，指月宫。储胥：汉宫观名，后用作宫阙泛称。

浣溪沙

十二珠帘绣带垂，柳烟迷暗楚江涯。自携玉笛凭丹梯[①]。　写恨鸾笺凝粉泪，踏青鸳袜溅金泥。落红深处乱莺啼[②]。

[注释]

①丹梯：宫殿的阶梯，因漆成红色，故称丹梯。亦喻指登天之路。 ②乱莺啼：喻伤春之情。

浣溪沙

睡起朦腾小篆香[①],素纨轻度玉肌凉[②]。竹深荷净少炎光[③]。　雨过乱蝉嘶古柳,日斜双鹭立闲塘。更将心事自商量[④]。

[注释]

①朦腾:朦胧,模糊不清。形容香烟弥漫。　②素纨轻度:纨扇轻摇。③炎光:炽热的日光。　④自商量:自己思量,忖度,左思右想。

点绛唇

眉叶颦愁,泪痕红透兰襟润[①]。雁声将近,须带平安信。　独倚江楼,落叶风成阵[②]。情怀闷,蝶随蜂趁[③],满地黄花恨。

[注释]

①兰襟:芳香的衣衫。　润:浸湿。　②落叶风成阵:一阵阵风吹来,树叶纷纷落下。　③趁:追逐。杜甫《题郑县亭子》诗:"巢边野雀欺群燕,花底山蜂远趁人。"

点绛唇

别后长亭,翠芜寂寞分襟地[①]。雁书空寄,归梦频东里[②]。　一曲秋风,写尽渊明意。凝情际,雨襟烟袂[③],都是黄花泪。

[注释]

①分襟:喻别离。唐骆宾王《秋日别侯四》:"歧路分襟易,风云促膝

难。”　②东里:此指家乡。　③袂(mèi):衣袖。此指衣裳。

点绛唇

分袂情怀[1],快风一箭轻帆举[2]。暮烟云浦,芳草斜阳路。　输与闲鸥,朝暮潮来去[2]。空凝伫[3],小桥樊素[4],金屋春深处。

[注释]

①分袂:离别。南朝宋谢惠连《西陵遇风献康乐》诗:“饮饯野亭馆,分袂澄湖阴。”　一箭:似箭。　举:扬起。　②“输与”二句:此言人们的聚散往往不由自主而受众多情事之拘牵,还不如海鸥随潮而来,潮退而去那样自由闲适。　③空:徒然。　凝伫:伫立凝望,表示殷切的期盼。　④樊素:白居易的家伎,善歌。

点绛唇

莺语愁春,海棠风里胭脂雨[1]。酒杯慵举,闲扑亭前絮。　漠漠斜阳,截断愁来路。凭阑伫,满怀离苦,分付楼南鼓[2]。

[注释]

①海棠风里胭脂雨:谓风吹海棠纷纷飘落。　胭脂雨:喻海棠花落如雨。　②分付:托付给。　楼南:南楼。　鼓:报时之钟鼓。

夜游宫

愁压眉峰成敛[1],几回皱、落花钿点[2]。镜里芳容自羞见,又黄昏,听南楼[3],度更箭[4]。　月引桐阴转[5],珠帘动、影摇花乱。雁过西风楚天远，待归来，把愁眉，印郎面⑥。

[注释]

①敛：收聚。 ②落花钿点：指流泪。 ③南楼：古楼名，在湖北鄂城县南，也称玩月楼。 ④度更箭：指时间（更漏）流逝。 箭：漏箭，滴漏中指示时间刻度的标箭。 ⑤月引桐阴转：月亮转动致使梧桐树阴影也在旋转。 ⑥印：痕迹着于他物，此谓将愁容愁貌展现于所亲的男子面前。

夜游宫

窄索楼儿傍水①，渐秋到、渔村橘里②。薄幸江南倦游子，恣轻狂③，恋高阳，歌酒市④。 独自帘儿底，香罗带、翠闲金坠。为恼情怀怕拈起，对西风，揾啼红⑤，印窗纸。

[注释]

①窄索：狭窄。 ②橘里：橘乡。橘在深秋黄熟。 ③恣：放纵，听任。 轻狂：轻薄狂放。 ④高阳歌酒市：用汉郦食其自称"高阳酒徒"之典。 ⑤揾：揩拭。 啼红：哭红的眼睛。

诉衷情

绿云凤髻不忺盘①，情味胜思酸②。晓色露桃烟杏，空照脸霞丹。 花渐老，径苔闲，锦斓斑。怨红一叶，流水东风，好去人间③。

[注释]

①盘：盘头。古代妇女的一种髪式，将头髪回环盘结成髻。 忺（xiān）：高兴。 ②思酸：指妇女怀孕。 ③"怨红"三句：此是宫怨词，意

谓宫女希望像“红叶题诗”一样，嫁与世间的如意郎君。

诉衷情

嫩寒侵帐弄微霜[①]，客泪不成行。料得黄花憔悴[②]，何日赋归装[③]。　楼独倚，漏声长，暗情伤。凄凉况味[④]，一半悲秋，一半思乡。

［注释］

①嫩寒：微寒，轻寒。　②料得：料想。　黄花憔悴：菊花渐凋零。③赋：操持，准备。　④况味：境况和情味。宋张方平《岁除》诗：“容华益凋歇，况味殊萧然。”

一落索

淡淡双蛾疏秀[①]，为谁频皱。落花何处不春愁，料不是、因花瘦[②]。　锦字香笺封久，鳞鸿稀有[③]。舞腰消减不禁愁，怕一似、章台柳。

［注释］

①疏秀：清秀。　②料不是因花瘦：猜想女子之消瘦大概不是因花落春去之故。　③鳞鸿：鱼与雁，传递书信者。

一落索

欲寄相思情苦，倩流红去[①]。满怀写不尽离愁，都化作、无情雨[②]。　渺渺暮云春树，淡烟横素[③]。夕阳西下杜鹃啼，怨截断、春归处[④]。

[注释]

①倩流红去:请让流水中的红叶带去相思情。 ②无情雨:实指眼泪。 ③横:充溢。 素:白色。 ④截断:割断,阻挡。

迎春乐

垂杨影下黄金屋,东风渐、粉香熟[①]。恨当年、有约骖鸾速,误一枕、红云宿[②]。 带眼宽移腰似束[③],怪何事、褪红消绿[④]。背面立秋千,羞人问、连环玉[⑤]。

[注释]

①粉香熟:指春花渐放。 粉香:粉团花,夏季开花,雌雄蕊丛集成球,大者直径达二寸。 ②红云:彩云,指女子。 ③带眼宽移:形容人体消瘦。宋柳永《蝶恋花》词:"衣带渐宽终不悔,为伊消得人憔悴。" 带眼:腰带的扣眼。 ④怪:惊奇。 ⑤连环玉:玉连环,连结成串而不可解脱之玉环。常以喻紧密相连之事物或难以解脱之情事。

迎春乐

江湖十载疏狂迹[①],红尘里、倦游客[②]。驻雕鞍、问柳东风陌[③],花底帽、任敧侧[④]。 斗酒百篇呼太白[⑤],傲人世、醉中一息。何日归赋来[⑥],水之南、云之北[⑦]。

[注释]

①江湖十载:意谓十年来浪迹四方,飘泊不定。 疏狂:狂放不羁。 迹:行迹,行为。 ②红尘:佛道称人间世为红尘,后即用为尘俗之义。陆游《鹧鸪天》词:"插脚红尘已是颠,更求平地上青天。" ③问柳:寻花问柳,指玩赏春天景色。亦喻指于花街柳巷狎妓。 ④敧(qī)侧:歪斜不正貌。帽敧侧,指行为狂放,不拘小节。 ⑤斗酒百篇:本杜甫《饮中八仙歌》"李白斗酒诗百篇,长安市上酒家眠"。 ⑥归赋来:赋《归去来辞》,

指退隐。晋陶渊明因风波未静，心惮远役，故自免去职，退归故里，并赋《归去来辞》以表心迹，后用作归隐之典。 水之南：唐温造隐居洛水之南，砥砺名节，自称水南山人。因作隐居之典。 ⑦云之北："谢遗尘者，有道之士也。尝隐于四明之南雷。……山中有云不绝者二十里，民皆家云之南北。每相从，谓之过云。"见唐陆龟蒙《四明山诗·序》。陈允平系四明人，言此盖有归隐之意。

迎春乐

依依一树多情柳，都未识、行人手①。对青青、共结同心就②，更共饮、旗亭酒。 褥上芙蓉铺软绣，香不散、彩云春透③。今岁又相逢，是燕子、归来后。

[注释]

①行人手：行人手折柳枝。 行人：行旅之人。 ②青青：指柳树生得枝繁叶茂。 同心：指同心结，用锦带制成的菱形连环回文结，表示恩爱之意。 ③彩云：暗用晏几道《临江仙》词"记得小蘋初见，两重心字罗衣"，"当时明月在，曾照彩云归"。彩云春，似指心字罗衣，即用心字香熏过的薄罗衫。 透：遍体充满着香味。

虞美人

春衫薄薄寒犹恋，芳草连天远。嫩红和露入桃腮①，柳外东边楼阁、燕飞来。 霓裳一曲凭谁按②，错□□重看。金虬闲暖麝檀煤③，银烛替人垂泪、共心灰④。

[注释]

①"嫩红"句：谓美人艳若桃花的脸上带着泪水。 ②霓裳一曲：《霓裳羽衣曲》，唐乐曲名。杨贵妃善为《霓裳羽衣舞》。 凭：依靠，倚托。 按：弹奏。 ③金虬：虬形镀金香炉。 麝檀：麝香和檀香。 煤：指香燃

后的烟灰。 ④银烛垂泪:蜡烛燃时油脂流溢,称烛泪。 心灰:以烛芯燃后成灰喻人心情消极沮丧。唐李商隐《无题》诗:“春蚕到死丝方尽,蜡炬成灰泪始干。”

虞美人

夕阳楼上都凭遍,柳下风吹面。强搴罗袖倚重门[1],懒傍玉台鸾镜、暗尘昏[2]。 离情脉脉如飞絮,此恨凭谁语。一天明月一江云[3],云外月明应照、凤楼人。

[注释]

①搴:撩起,揭起。 ②暗尘昏:谓镜上积有灰尘照人不清。 ③一天:满天。 一江:满江。

虞美人

疏林远带寒山小[1],月落霜天晓。棹歌初发浦烟中[2],自叹疏狂踪迹、似萍蓬[3]。 江边衰柳迷津堠[4],归兴浓于酒。断烟流水自寒塘,十里蒹葭鸥鹭、两三双[5]。

[注释]

①寒山:冷落寂静之山。 ②“月落霜天”二句:反用唐张继《枫桥夜泊》诗“月落乌啼霜满天,江枫渔火对愁眠。姑苏城外寒山寺,夜半钟声到客船”。情感相似。 ③萍蓬:浮萍和飞蓬,喻人迹漂泊不定。 ④堠(hòu):记里程的土堆。五里只堠,十里双堠。韩愈《路旁堠》诗:“堆堆路旁堠,一双复一只。” ⑤鸥鹭:皆水鸟名。此暗用鸥鹭忘机之典,以表归隐自乐。

虞美人

彩云别后房栊悄[1],愁立西风晓。倚阑无语对黄花,惆怅玉郎应在、楚江涯[2]。　　钿筝空贮芳尘满，寂寞朱弦断[3]。夜来一点帐前灯，频吐银花双烬、照罗屏[4]。

[注释]

①彩云：原为晏几道钟情的歌伎之名，此泛指旧欢。　房栊：房舍。栊：窗上棂木，指窗户，也借指屋舍。　②玉郎：玉面郎君，容颜美好的青年男子。　③朱弦断：以琴弦断绝形容有情人被阻隔。　④频吐银花：谓烛灯时时有灯花爆出，古人以为喜事之征兆。

虞美人

玉奁香细流苏暖[1]，寒日花梢短。翠罗尘暗缕金消，□□东□华屋、自藏娇。　　当时携手鸳鸯径，一笑蔷薇影。如今眉黛镇愁封[2]，欲问归期消息、望宾鸿[3]。

[注释]

①奁：匣。　②镇：正。　③宾鸿：远来的鸿雁。

醉桃源

金闺平帖被青青[1]，宝街球路绫[2]。晓风吹枕泪成冰，梅梢霜露零。　　金鸭暖，宝熏腾[3]，晴窗黏冻蝇。梦魂空趁断云行[4]，江山千里程。

[注释]

①金闺：妇女闺阁的美称。　平帖：平躺着。　帖：贴近。　②宝街：出售珍贵物品的街市。　球路绫：即球露锦，蜀锦名。　③金鸭：金属之鸭形香炉。　宝熏：谓珍贵香料如麝香等。　④趁：追逐。

醉桃源

青青杨柳拂堤沙，溪头沽酒家。吟成醉笔走龙蛇[①]，春风双鬓华[②]。　歌楚女，舞吴娃[③]，轻烟笼翠霞[④]。倦春娇困宝钗斜，绿垂云髻鸦[⑤]。

［注释］

①醉笔：醉后书写。　走龙蛇：形容草书笔势。　②双鬓华：双鬓斑白。华，同"花"。　③楚女吴娃：泛指美女。　④翠霞：此指歌舞女子身上穿的红绿彩衣。　⑤云髻鸦：指女子的髮型。鸦，亦作"丫"。绿，指黑髮。

凤来朝

百媚春风面[①]，凤箫催、绿么舞遍[②]。玉鸾钗、半溜乌云乱，悄疑是、梦中见。　曲叹弓弯袖敛，绣芙蓉、香尘未断。买一笑、千金拚[③]，共醉倚、画屏暖。

［注释］

①百媚：种种妩媚。　②绿么：唐琵琶曲名。又作"绿腰"、"六么"。③一笑千金：指美人笑之难得。

垂丝钓

鬓蝉似羽[①]，轻纨低映娇妩。凭阑看花，仰蜂黏絮。春未许，宝筝闲玉柱[②]。东风暮。　武陵溪上路[③]。娉婷婀娜，刘郎依约曾遇[④]。鸳俦凤侣[⑤]，重记相逢处。云隔阳台雨，花解语[⑥]。旧梦还记否。

［注释］

①鬓蝉：即蝉鬓。古代妇女髮式的一种。白居易《妇人苦》诗："蝉鬓加意梳，蛾眉用心扫。" 羽：蝉翼。 ②玉柱：乐器上张弦之柱。 ③武陵溪：晋陶渊明撰《桃花源记》，称晋太元中武陵郡渔人沿溪而行进入桃花源。 武陵溪上路：指寻找桃花源之路。 ④刘郎：指刘晨。相传东汉永平年间，浙江剡县人刘晨与阮肇到天台山采药，遇仙女，被邀至家。半年后返回，子孙已过七代。后重入天台山访女，踪迹渺然。见南朝宋刘义庆《幽明录》。 ⑤鸳俦凤侣：美好的伴侣。 俦：伴侣。 ⑥花解语：谓花能通晓人意。 解：晓悟，理解。

芳草渡

芳草渡。渐迤逦分飞[①]，鸳俦凤侣。洒一枝香泪，梨花寂寞春雨[②]。惜别情思苦，匆匆深盟诉[③]。翠浪远，六幅蒲帆，缥缈东去。 还顾。夕阳冉冉，恨逐潮回南浦路。漫空念、归来燕子，双栖旧庭户。市桥细柳，尚不减、少年张绪[④]。渐瘦损，懒照秦鸾对舞[⑤]。

［注释］

①迤逦：曲折连绵。 分飞：《玉台新咏》九《古词·东飞伯劳歌》有"东飞伯劳西飞燕"句，后因称离别为"分飞"。 ②"梨花"句：形容泪态。白居易《长恨歌》："梨花一枝春带雨。" ③诉：诉说，倾吐，告诉。 ④少年张绪：谓依然风流可爱。张绪，南朝齐吴郡人，字思曼，美风姿。齐武帝植蜀柳于灵和殿前，尝赞叹说："此杨柳风流可爱，似张绪当年时。" ⑤秦鸾：即鸾镜。

琴调相思引

金谷园林锦绣香[①]，踏青挑菜又相将[②]。凤台人远，离思入三湘[③]。 花著雨添红粉重[④]，柳随风曳碧丝长[⑤]。薄情鸾燕，春去怎商量。

（以上《彊村丛书》本《西麓继周集》）

［注释］

①金谷园：晋石崇所筑之园，故址在河南洛阳市西北。 ②挑菜：挑菜节。唐代风俗，农历二月初二日曲江拾菜，士民游观其间，谓之挑菜节。唐郑谷《蜀中春雨》诗："和暖又逢挑菜日，寂寞未是探花人。" 相将：紧随，相跟着。 ③三湘：湖南境内的三水：潇湘、资湘、沅湘。古诗文中的三湘，多泛指洞庭湖南湘江一带。 ④花著雨：形容女子流泪。 ⑤丝：双关语，义同"思"。

［集评］

陈廷焯云："西麓亦是取法清真，集中和美成者十有二三，想见服膺之意。特面目全别，此所谓脱胎法。"（《白雨斋词话》卷二）

王国维云："苏辛，词中之狂。白石犹不失为狷。若梦窗、梅溪、玉田、草窗、西麓辈，面目不同，同归于乡愿而已。"（《人间词话》）

又："梅溪、梦窗、玉田、草窗、西麓诸家，词虽不同，然同失之肤浅。虽时代使然，亦其才分有限也。近人弃周鼎而宝康瓠，实难索解。"（《人间词话删稿》）

汪森《词综序》云："草窗、西麓两家，则皆以清真为宗。而草窗得其姿态，西麓得其意趣。"（转引自陈廷焯《白雨斋词话》卷八）

胡仲弓

胡仲弓，生卒不详，字希圣，清源县（今福建仙游）人。约宋度宗咸淳二年（1266）在世。曾登进士第，授职两浙路绍兴府会稽县令。因公务失误被黜免，遂不复仕进，浪迹江湖以终。工诗词，著有《苇塘漫游稿》四卷，收入《四库全书》。

谒金门

蛾黛浅[①]，只为晚寒妆懒。润逼镜鸾红雾满，额花留半面。　　渐次梅花开遍，花外行人已远。欲寄一枝嫌梦短[②]，湿云和恨剪[③]。

（《绝妙好词》卷六）

［注释］

①蛾：蚕蛾的触鬚弯曲而细长，如人眉毛。　黛：黑青色颜料，古时女子用以画眉。　蛾黛：指女子画饰过的眉毛。　②欲寄一枝：刘宋时陆凯与范晔友善，陆自江南寄梅花一枝与在长安的范晔，附诗有“聊赠一枝春”之句。　③湿云：喻女子的头髮。杜甫《月夜》：“香雾云鬟湿。”

施　岳

施岳，生卒不详，字仲山，号梅川，吴县（今江苏苏州）人。约宋理宗淳祐前后（1247）在世。工于音律，精研唐诗。因之，词律精确，造语雅淡。在当时，颇为文人推重。去世后，葬于西湖虎头岩下。杨缵为树梅为亭，薛梦桂、李彭老、周密等为之撰书题写墓志。遗作有周密编入《草堂诗馀》六首。

水龙吟

翠鳌涌出沧溟①，影横栈壁迷烟墅。楼台对起，阑干重凭，山川自古。梁苑平芜②，汴堤疏柳③，几番晴雨。看天低四远，江空万里，登临处、分吴楚。　　两岸花飞絮舞，度春风、满城箫鼓。英雄暗老，昏潮晓汐④，归帆过舻⑤。淮水东流，塞云北渡，夕阳西去。正凄凉望极，中原路杳，月来南浦。

［注释］

①翠鳌：古神话，渤海之东有五山，互不相连。随波上下往还。天帝命巨鳌十五，更迭举首戴之，五山始峙。见《楚辞·天问》。　②梁苑：古园囿名，又名“兔园”，在今河南开封市东南，汉梁孝王刘武所筑。　③汴堤：隋炀帝杨广将古汴水故道浚为运河，沿两岸筑堤成街，植柳覆荫。④“昏潮”句：早潮为“潮”，晚潮为“汐”。　⑤舻：指船。

清平乐

水遥花暝，隔岸炊烟冷。十里垂杨摇嫩影，宿酒和愁都醒。（下缺）

解语花[1]

云容冱雪[2]，暮色添寒[3]，楼台共临眺。翠丛深窅[4]，无人处、数蕊弄春犹小。幽姿谩好[5]，遥相望、含情一笑。花解语，因甚无言，心事应难表。　莫待墙阴暗老，称琴边月夜，笛里霜晓。护香须早，东风度、咫尺画阑琼沼。归来梦绕，歌云坠、依然惊觉。想恁时，小几银屏冷未了[6]。

[注释]

①五代王仁裕《开元天宝遗事》记载，唐明皇与杨贵妃及近侍赏白莲花，对近侍指着贵妃比白莲："争如我解语花耶?"后因以解语花喻美人。②冱(hù)：冻结。　③"暮色"句：本唐祖咏《望终南积雪》诗"林表明霁色，城中增暮寒"。　④窅(yǎo)：深远。　⑤谩：广泛。　⑥恁(nèn)时：那时。　几(jī)：小桌子。古代设于座侧，以便凭倚。

曲游春

清明湖上

画舸西泠路[1]，占柳阴花影，芳意如织。小楫冲波，度麹尘扇底[2]，粉香帘隙。岸转斜阳隔。又过尽、别船箫笛。傍断桥、翠绕红围，相对半篙晴色。　顷刻，千山暮碧。向沽酒楼前，犹系金勒[3]。乘月归来，正梨花夜缟[4]，海棠烟幂[5]。院宇明寒食，醉乍醒、一庭春寂。任满身、露湿东风，欲眠未得。

[注释]

①舸(gē)：大船。　西泠：西湖桥名，位于孤山附近。　②麹尘：酿酒或做酱用的发酵物，俗称"酒母"、"酒麹"，表面布有菌，色淡黄如尘，因

而以“麯尘”喻称淡黄颜色。　③金勒：勒，是带金嚼口的马络头。嚼口以金属制成叫“金勒”，因以“金勒”名马。　④夜缟：梨花色白，暗夜中亦可望见，故云“夜缟”。　⑤幂（mì）：深浓貌。

［集评］

先著云：“施岳‘画舸西泠路’，此调前片既似吴君特，后片又似周公谨，兼撮二家之长。”（《词洁》卷五）

兰陵王

柳花白，飞入青烟巷陌。凭高处，愁锁断桥，十里东风正无力。西湖路咫尺，犹阻仙源信息[1]。伤心事，还似去年，中酒恹恹度寒食[2]。　闲窗掩春寂，但粉指留红，茸唾凝碧[3]。歌尘不散蒙香泽。念鸾孤金镜，雁空瑶瑟。芳时凉夜尽怨忆，梦魂省难觅。　鳞鸿[4]，渺踪迹。纵罗帕亲题，锦字谁织。缄情欲寄重城隔[5]。又流水斜照，倦箫残笛。楼台相望，对暮色，恨无极。

［注释］

①仙源：用刘晨、阮肇入天台山遇仙事典。事见《神仙记》。　②中（zhòng）酒：醉酒。　恹恹（yàn）：精神不振貌。　③茸：刺绣所用的细丝线。　④鳞：鲤鱼，古时有以鲤鱼传书的传说。　鸿：大雁，汉时苏武有大雁传书的故事。鳞鸿并举，喻指书信。　⑤缄（jiān）情：寄书与人，言相思之情。

步　月

茉　莉

玉宇薰风，宝阶明月，翠丛万点晴雪[1]。炼霜不就，散广寒霏屑[2]。采珠蓓、绿萼露滋，嗔银艳、小莲冰洁。花痕在，纤指嫩痕，素英重结。　　枝头香未绝。还是过中秋，丹桂时节。醉乡冷境，怕翻成消歇。玩芳味、春焙旋熏，贮秾韵，水沉频爇[3]。堪怜处，输与夜凉睡蝶。

（以上六首见《绝妙好词》卷四）

［注释］

①晴雪：喻茉莉。　②广寒霏屑：形容茉莉花朵皎白，犹如月宫中散落的霜珠。　③水沉：即沉香。入水即沉，故有此称。

薛梦桂

薛梦桂，生卒不详，字叔载，号梯飚，永嘉（今浙江温州）人。约宋理宗景定前后（1262）在世。于理宗宝祐元年（1253）登进士第，授职福建路福州福清县令，后升任两浙路平江府（今苏州一带）长史。工词。《绝妙好词》录存四首。

醉落魄

单衣乍著[①]，滞寒更傍东风作[②]。珠帘压定银钩索，雨弄新晴，轻旋玉尘落[③]。　　花唇巧借妆红约，娇羞才放三分萼。樽前不用多评泊[④]，春浅春深，都向杏梢觉。

［注释］

①乍著：刚穿。　②滞寒：停留不肯离去的寒冷。　③玉尘：喻白花。张籍《同严给事闻唐昌观玉蕊近有仙过作》之一："千枝花里玉尘飞，阿母宫中见亦稀。"　④评泊：评点。

［集评］

周密云："薛梯飙长短句，予尝收数阕于绝妙词。今复得其《醉落魄》云：（略）。"（《浩然斋词话》）

况周颐云："词笔丽与艳不同。'艳'如芍药、牡丹，慵春媚景，丽若海棠、文杏，映烛窥帘。薛梯飙词工于刷色。当得一'丽'字。"（《蕙风词话》）

眼儿媚

绿笺

碧筒新展绿蕉芽[①]，黄露洒榴花。蘸烟染就[②]，和云卷起，秋水人家。　　只因一朵芙蓉月，生怕黛帘遮。燕衔不去,雁飞不到,愁满天涯。

[注释]

①碧筒:芭蕉新长出的绿叶,亦即词人所咏的"绿笺"。 ②蘸:以笔着水曰蘸。

三姝媚

蔷薇花谢去,更无情、连夜送春风雨。燕子呢喃,似念人憔悴,往来朱户。涨绿烟深,早零落、点池萍絮[1]。暗忆年华,罗帐分钗[2],又惊春暮。 芳草凄迷征路,待去也,还将画轮留住。纵使重来,怕粉容销腻,却羞郎觑[3]。细数盟言犹在,怅青楼何处。绾尽垂杨,争似相思寸缕。

[注释]

①"早零落"句:化用苏轼《水龙吟·次韵章质夫杨花词》"晓来雨过,遗踪何在?一池萍碎"。 ②分钗:喻别离。 ③却羞郎:本唐崔莺莺《寄诗》"一从消瘦减容光……为郎憔悴却羞郎"。

浣溪纱

柳映疏帘花映林,春光一半几消魂。新诗未了枕先温。 燕子说将千万恨,海棠开到二三分。小窗银烛又黄昏[1]。

(以上四首见《绝妙好词》卷三)

[注释]

①银烛:明亮如银色的烛光。

潘希白

潘希白,生卒不详,字怀古,号渔庄,瑞安府永嘉(今浙江温州)人。宋理宗宝祐元年(1253)登进士第,历任临安府(今浙江杭州)节制司公事。恭帝德祐(1275)年间,被起复任用为史馆检校,未赴卒。有词作编选入《草堂诗馀》。

大　有

九　日

戏马台前①,采花篱下,问岁华、还是重九。恰归来、南山翠色依旧②。帘栊昨夜听风雨,都不似,登临时候。一片宋玉情怀③,十分卫郎清瘦④。　　红萸佩、空对酒⑤。砧杵动微寒⑥,暗欺罗袖。秋已无多,早是败荷衰柳。强整帽檐攲侧,曾经向、天涯搔首。几回忆、故国莼鲈⑦,霜前雁后。　　(《绝妙好词》卷五)

[注释]

①戏马台:古台名,在今江苏徐州市区南部。东晋末年,刘裕曾于重阳日大会宾客于此, ②南山:即陕西中部的终南山。 ③宋玉:战国时楚国人,作赋伤秋:"悲哉,秋之为气也……" ④卫郎:东晋卫玠,姿仪秀美,时人称为"璧人"、"卫郎"。 ⑤红萸:茱萸的种子,可入药。世传仙人费长房告知桓景,重阳日登高和佩戴茱萸,躲过了一场家中发生的瘟疫。 ⑥砧:砧石。 杵:捣衣的棒槌。 砧杵:捣洗衣服时发出声音,预示寒冬即将到来。 ⑦故国莼鲈:晋人张翰在京城洛阳仕宦,秋风吹起,想念故乡莼莱和鲈鱼的美味,即辞官回乡,躲过了后来京都的战乱。后人以之作为退隐故事。

[集评]

查礼云:"用事用意,搭凑得瑰玮有姿。其高澹处,可以与稼轩比肩。"(《铜鼓书堂词话》)

文及翁

文及翁，生卒不详，字时学，号本心。祖籍成都府路绵州，移籍两浙路湖州（今浙江吴兴一带）。约宋理宗开庆前后（1259）在世。曾登宝祐元年（1253）进士第，历官至参知政事（副宰相）。以敢任敢言闻著于当世。宋皇朝覆亡后，元世祖忽必烈多次征召，均谢绝不赴，闭门著书以终。据《词林纪事》云，及翁著有文集二十卷行世。

贺新郎

西　湖

一勺西湖水。渡江来、百年歌舞，百年酣醉。回首洛阳花世界，烟渺黍离之地[①]。更不复、新亭堕泪[②]。簇乐红妆摇画艇，问中流、击楫谁人是[③]。千古恨，几时洗。

余生自负澄清志[④]。更有谁、磻溪未遇[⑤]，傅岩未起[⑥]。国事如今谁倚仗，衣带一江而已[⑦]。便都道、江神堪恃。借问孤山林处士[⑧]，但掉头、笑指梅花蕊。天下事，可知矣。

（《钱塘遗事》卷一）

[注释]

①黍离：西周东迁后，原宫殿故址沦为农田。周大夫行役经过，但见一片黍苗，于是作《黍离》诗以志伤痛之情。　②新亭：一名劳劳亭，在今南京市区一带，三国时孙吴所筑。西晋覆亡，东晋在江左偏安，士大夫每于暇日在此饮宴作乐。某日，丞相王导在此宴客，志士周𫖮座中叹息北土沦丧，座客相对感动流泪。王导说："当共戮力王室，克复神州，何至作楚囚对泣耶！"后世以"新亭泪"形容忧时忧国的悲愤心情。　③中流击楫：东晋初，祖逖率部渡江北伐，中流击楫为誓："祖逖不能清中原而复济者，有如大江！"后人以此语形容决心匡复的壮烈气概。　④澄清志：东汉范

滂,奉诏安抚冀州变乱,登车揽辔,慨然有澄清天下之志。后世即以“揽辔澄清”一语形容官吏一上任即能整肃吏治,平息战祸。 ⑤磻溪:水名,源出终南山,流经宝鸡市区附近入渭,传说为姜太公未遇文王时垂钓之处。⑥傅岩,古地名,在今山西平陆县一带,传说是商代贤相傅说未遇时版筑之处。 ⑦衣带:喻指长江狭如衣带。 ⑧林处士:北宋林逋,隐居杭州西湖孤山,住处遍植梅树。词中以林喻指南渡后只顾逸乐,不关心匡复大计的上层人物。

［集评］

许昂霄云:“前段所谓‘直把杭州作汴州’也。”(《词综偶评》)

谢章铤云:“及翁即席赋《贺新郎》云云。嗟乎,是真小雅诗人之义也。比之陈参政之《木兰花慢》,德祐太学生之《百字令》,更为沉痛。谁敢轻填词为小道哉!”(《赌棋山庄词话》卷十)

王闿运云:《贺新凉》“一勺西湖水须得此洗尽绮语柔情,复还清明世界。惜后半不清(称)”。(《湘绮楼评词》)

存目词

《草木子》卷四上载有《念奴娇》“没巴没鼻”一首,乃陈郁作,见《钱塘遗事》卷四。

李珏

李珏(1219—1307)，字元晖，吉州吉水(今江西吉安)人。得年八十九岁。自幼颖慧，年十二，即通晓《尚书》，召试馆职，授秘书省正字。宋亡后，隐居不仕，自号“庐陵民”。时人尊称为“鹤田先生”。工于诗词，著有《钱塘百咏》及《杂著》四集行于世。

击梧桐

别西湖社友[①]

枫叶浓于染，秋正老、江上征衫寒浅。又是秦鸿过，霁烟外，写出离愁几点。年来岁去，朝生暮落，人似吴潮展转[②]。怕听阳关曲，奈短笛唤起，天涯情远。　双屐行春[③]，扁舟啸晚。忆昔鸥湖莺苑。鹤帐梅花屋，霜月后、记把山扉牢掩。惆怅明朝何处，故人相望，但碧云半敛。定苏堤、重来时候，芳草如剪。

[注释]

①西湖社友：张炎、周密、杨缵等结成西湖吟社。　②吴潮：即浙江大潮。浙江为春秋时吴国南界，故有此称。　③屐(jī)：木底鞋。或泛指鞋。　行春：汉时郡太守常以春日出行，巡视所属县，劝人农桑，称为“行春”。后人亦以常人春日出游为“行春”。

木兰花慢

寄豫章故人

故人知健否，又过了、一番秋。记十载心期，苍苔茅屋，杜若芳洲[①]。天遥梦飞不到，但滔滔、岁月水东流。南浦春波旧别[②],西山暮雨新愁[③]。　吴钩,光透黑貂裘,客思晚悠悠。更何处相逢,残更听雁,落日呼鸥。沧江白云无数,约他年、携手上扁舟。鸦阵不知人意,黄昏飞向城头。

（以上二首见《绝妙好词》卷五）

[注释]

①杜若芳洲:本《楚辞·九歌·湘君》“采芳洲兮杜若”。　②“南浦”句:本梁江淹《别赋》“春草碧色,春水渌波。送君南浦,伤如之何”。③“西山”句:本唐王勃《滕王阁》诗“珠帘暮卷西山雨”。

钟　过

钟过，生卒不详，字改之，号梅心，吉州庐陵（今江西吉安）人。宋理宗宝祐三年（1255），应解试（乡试）得中。

步蟾宫

东风又送酴醾信①。早吹得、愁成潘鬓②。花开犹似十年前，人不似，十年前俊。　水边珠翠香成阵，也消得、燕窥莺认。归来沉醉月朦胧，觉花气、满襟犹润。

（《绝妙好词》卷三）

[注释]

①酴醾：花名。灌生，春末开花紫心，有刺，以色似酴醾酒而得名。②潘鬓：西晋潘安作《秋兴赋》，序文中有句云"余春秋三十有二，始见二毛"。赋中也有"斑鬓"字样。后人即以"潘鬓"作为人到中年鬓发初白的代称。

[集评]

李佳云："作词须用词眼，如潘元质之'燕娇莺姹'，李易安之'绿肥红瘦'，'宠柳娇花'，梦窗之'醉云醒月'，碧山之'桃云研雪'，梅溪之'柳昏花暝'，竹屋之'玉娇香怨'，西林之'柳腴花瘦'，玉田之'雨今云古'，东泽之'恨烟愁雨'，梅心之'燕窥莺认'皆是"。（《左庵词话》卷下）

麦孟华云："钟过《步蟾宫》'东风又送酴醾信'。本色语。"（见梁令娴《艺蘅馆词选》引）

谭方平

谭方平，(1221—?)字圣则，号秋堂，吉州永新(今属江西)人。登理宗宝祐四年(1256)进士第。

水调歌头

富贵在何许，五十已平头[1]。人生得失且笑，休遣两眉愁。管甚轮云世变[2]，管甚风波世态，沙渚且盟鸥。止即尽教止，流即尽教流。　田可秫[3]，山可簌，又何求。问天只觅穷健，游戏八千秋。好对梅花如粉，细剪烛花如豆，不改旧时游。翠袖更能舞，骑鹤上扬州[4]。

(《翰墨大全》丙集卷十四)

[注释]

①平头：十、百、千、万等不带零头的整数。　②轮云：犹浮云。　③秫：黏稻，可酿酒。　④骑鹤上扬州：南朝殷芸《小说》载，有四人言志，一欲富，一欲贵，一欲仙，另一人欲兼三者，云：“愿腰缠十万贯，骑鹤上扬州。”

马廷鸾

马廷鸾(1222—1289)，字翔仲，饶州乐平(今江西乐平)人。自幼家境穷困，甘贫力学，宋理宗淳祐七年(1247)，举进士第，任池州教授、历史馆校勘。权相丁大全慕其才名，欲收罗门下，廷鸾不为所动，时将轮对之际，欲弹劾丁大全不法行为，反为丁嗾御史朱熠劾奏免职，名重一时。理宗开庆元年(1259)，起为校书郎。度宗咸淳五年(1269)，自参知政事进为右丞相。罢任归田后，十七年故世。著有《碧梧玩芳集》、《六经传集》、《语孟会编》、《楚词补记》等，并传于世。《宋史》有传。

水调歌头

隐括楚词答朱实甫①

把酒对湘浦，独吊大夫醒。当年皇览初度，饮露更餐英。服以高冠长佩，扈以江蓠薜芷，御气独乘清。谁意椒兰辈②，从臾武关盟③。 哭东门，哀郢路，悄无宁。人世纷纷起灭，遗臭与留馨④。一笑远游轻举，三叹道长世短，晦朔自秋春。洗眼看物变，朝菌共灵椿⑤。

[注释]

①朱实甫：即朱焕文，字实甫。历任教职，有《北山稿》。 ②椒兰：楚国佞臣，指门生后辈，及楚王弟子兰。 ③从臾：同“怂恿”。 ④留馨，意同流芳。 ⑤“朝菌”句：本《庄子·逍遥游》“朝菌不知晦朔，惠蛄不知春秋”。朝菌只生存一日，灵椿以八千岁为春，对照形容物性不齐。

齐天乐

和张龙山寿词

老夫耄矣[1],怪新年顿尔,□衰俱现[2]。排闷篇诗,浇愁盏酒,自读离骚自劝。长安日远。怅旧国禾宫,故侯瓜畹[3]。风景不殊[4],江涛如此世缘浅。　莫莫休休□□,□□乾坤毁[5],幽怀无限。弱羽填波[6],轻装浮海,其奈沧溟潋滟。年华婉娩。况六十平头,底须顽健。戏唱高词,作还丹九转。

[注释]

①耄,"八十九十曰耄。"见《礼记·曲礼》。　②□衰:按,原无空格,赵万里据律补。　③侯瓜:秦相召平,曾封东陵侯,国灭后在汉都青门外种瓜为生。　④风景不殊:晋人周颢语,意即江山如昨。见《晋书·王导传》。　⑤□□:按,原无空格,赵万里据律补。　⑥弱羽填波:传说炎帝之女渡东海溺死,精魂化为精卫鸟,日啣西山土石,欲填平东海。

沁园春

为洁堂寿

杨柳依依[1],我生之辰,与公共之。叹袅娜章台,歌翻轻吹。飘零灞岸,影弄斜晖。花萼楼深[2],灵和殿古[3],人自凄凉柳自垂。相逢处,记吾侬堕地,嘉定明时[4]。
何须梦得君知,便稳道人生七十稀[5]。笑桓大将军,枝条如此。陶潜处士,门巷归兮[6]。几阵花飞,一池萍碎,又向先生把寿卮。年年好,祝东风万缕,老翠云齐。

[注释]

①杨柳依依:本《诗经·小雅·采薇》"昔我往矣,杨柳依依"。此言

春景之可人。　②花萼：唐宫楼名，唐玄宗与兄弟居此，匾题“花萼相辉之楼”。　③灵和：南齐宫中殿名。刘悛之为益州刺史献蜀柳数株，枝条细长如线，武帝萧赜命植之于灵和殿前，旦夕赏玩，并引发对亡臣张绪的叹忆。见《南史·张绪传》。　④嘉定：宋理宗年号。作者生于嘉定十六年，故有此实纪之语。　⑤七十稀：本唐杜甫《曲江对酒》诗句“人生七十古来稀”。　⑥“陶潜”句：陶潜归里，有《归去来辞》纪实。

水调歌头

和洁堂韵

老子早知退，鸥鹭未盟寒。痴顽逾六望七[①]，宁以寿为欢。风有黍离伤咽[②]，雅有蓼莪憔悴[③]，使我不能餐[④]。更把南陔读[⑤]，泪落广陵澜[⑥]。　踏峨峰[⑦]，腾华顶[⑧]，卧王官[⑨]。青山与汝卒岁，紫茹可登盘[⑩]。乞得白翁归处，莫学缁郎更误，危梦倚栏干。多谢长生曲，颜面怕人看。

（以上《碧梧玩芳集》卷二十四）

［注释］

①痴顽：五代时后晋宰相冯道曾对契丹主自嘲是“无才无德痴顽老子”。见《新五代史·冯道传》。　②“风有”句：《诗经·王风》有《黍离》篇，周大夫抒写故国伤悲心情。　③“雅有”句：《诗经·小雅》有《蓼莪》篇，表达儿子对亡父和亡母的忆念。　④“使我”句：本《诗经·郑风·狡童》“维子之故，使我不能餐兮”。　⑤南陔：《诗经》篇名，文字已佚。汉儒讲此篇主题是“孝子相戒以养也”。　⑥广陵：即今江苏扬州。旧时濒海，亦为观潮胜地。　澜：通“潮”。　⑦峨：峻峭。　⑧华顶：即华山。⑨王官：山谷名，在今山西虞乡县。唐末诗人司空图晚岁隐居于此。⑩茹：蔬菜总称。

失调名

东晋纤儿撞坏，弃令人间受祸。

（《芳洲集》卷一马丞相挽章注引）

李仁本

李仁本，生卒不详，字裕斋。据清厉鹗辑《宋诗纪事》及唐圭璋辑《全宋词》叙介。其馀无考。

桂殿秋

题洞霄

飞翠盖，走篮舆①，乱山千叠为先驱。洞天迎目深且窈，满耳天风吹步虚②。

［注释］

①篮舆：也作“蓝舆”，竹制的轿子。　②步虚：即步虚词，为乐府杂曲歌辞。据宋郭茂倩引《乐府解题》云“步虚词，道家曲也，备言众仙缥缈轻举之美”。

桂殿秋

巑兽石①，错虬松②，黛岚终日下天风。杖藜携我恣遥望，缥缈霓裳飞碧空③。

［注释］

①兽石：状如猛兽的怪石。　②虬松：形如无角龙的老松。　③霓裳：即霓裳羽衣之曲，自西凉传入，经唐玄宗加工而成，旧时附会为月宫中的仙乐。

桂殿秋

金带重，紫袍宽，到头不似羽衣闲。君王若许供香

火，神武门前早挂冠[①]。　（以上三首见《洞霄诗集》卷三）

[注释]

①"神武门"句：陶弘景，南朝宋、齐间人，宋末，为萧道成汲引，侍诸王子读书，除奉朝请。道成称帝后，求为县令不遂。即于永明年间脱朝服挂神武门，上表辞官。得允后，隐居习道于句容县境的句曲山中。

谢枋得

谢枋得(1226—1289),字君直,号叠山,信州弋阳(今江西上饶)人。读书五行俱下一览不忘。豪爽敢言,以为国效忠义自任。举进士,对策中直斥权贵,被抑。后复为贾似道诬奏,谪居兴国军。恭帝德祐初年,授职江东提刑,知信州。元兵东下,信州失陷,避入山中。宋亡,累荐不起,元福建参政魏天佑胁迫入大都,绝食殉国。著述甚丰,如《叠山集》,《文章轨范》、《碧湘杂记》、《诗传注疏》等并行于时。《宋史》有传。

沁园春

寒食郓州道中①

十五年来,逢寒食节,皆在天涯。叹雨濡露润,还思宰柏,风柔日媚,羞看飞花。麦饭纸钱,只鸡斗酒,几误林间噪喜鸦。天笑道,此不由乎我,也不由他。　　鼎中炼熟丹砂,把紫府清都作一家。想前人鹤驭,常游绛阙,浮生蝉蜕,岂恋黄沙。帝命守坟,王令修墓,男子正当如是耶。又何必,待过家上冢,昼锦荣华②。（《叠山集》卷三）

[注释]

①郓州道中:按此词乃被迫北行道中之作。其别妻友诗云:“义高便觉生堪舍,礼重方知死甚轻。南八男儿张不屈,皇天上帝眼分明。”忠烈之气,上贯霄汉。　②“又何必”三句:秦末,项羽入关后,常思归江东故里,自云“富贵不归故乡,如衣绣夜行,谁知之者”。后人推衍之,以富贵后还乡叫“昼锦”。

存目词

《古今别肠词选》卷四有谢枋得《风流子》“三郎年少客”一首,乃金仆散汝弼所作，见《金石萃编》卷一百五十八。别又误作元无名氏词，见《词品》卷二。此词附录于后。

风流子

骊山词

三郎年少客[①]，风流梦，绣岭记瑶环。想娇汗生春，海棠睡暖，笑波凝媚，荔子浆寒。奈春好，曲江人不见，偃月事无端。羯鼓三声，打开蜀道，霓裳一曲，舞破潼关。　马嵬西去路，恁牵愁不断，泪满青山。空有香囊遗恨[②]，钿盒偷传。叹玉笛声沉，楼头月下，金钗信杳，天上人间。几度秋风渭水，落叶长安[③]。

［注释］

①三郎：唐玄宗排行第三，宫中以“三郎”呼之。　②“空有”句：马嵬兵变，杨贵妃被缢死后，尸体埋于坡下路侧，两年后唐玄宗返京路过，掘视之，肌肤均已消化，惟胸前香囊尚存。　③“秋风”二句：本唐贾岛《忆江上吴处士》“秋风吹渭水，落叶满长安”。

莫起炎

莫起炎（1226—1294），字月鼎，浙西霅川（今浙江嘉兴）人。生平事迹无考。

满江红

法在先天①，玄妙处、无言可说。其要在、守乎中正，灵台莹彻②。太极神居黄谷内，先天炁在玄关穴③。寂然不动感而通，凭刚烈。　　运风雷，祈雨雪。役鬼神，驱妖孽。只此是、非咒非符非罡诀④。寂定神归元谷府⑤，功成行满仙班列。玩太虚、稳稳驾祥云，朝金阙⑥。

（《鸣鹤馀音》卷二）

［注释］

①法：佛教泛指宇宙的本原、道理、法术。　②灵台：心。　③炁（qì）：同“气”。　④罡诀：驱鬼治病的法术秘诀。　⑤府：同“腑”，肺腑。　⑥金阙：道家谓天上有黄金阙，为仙人居处。

牟　巘

牟巘(1227—1311)，字献之，(今浙江湖州)人。宋理宗时登进士第，任职大理寺少卿，以不肯阿附权相贾似道被罢官。入元后，闭户不仕，历时三十六年。牟巘专门研究六经，尤擅为文，著有《陵阳集》，收诗六卷，文十八卷，行于世，并编入《四库全书》。学者称为“陵阳先生”。

木兰花慢

钱公孙倅①

山城如斗大，君肯为，两年留。问读易堂前，翛然松竹②，留得君不。天边乍传消息，趁春风、归侍翠云裘。留取去思无限③，江蓠香满汀洲。　不妨无蟹有监州④，臭味喜相投。怪底事朝来，骊歌催唱⑤，唤起离愁。羡君戏衫脱却⑥，一身轻、无事也无忧。昨夜梦随杖屦，道林岳麓同游。

[注释]

①倅(cuì)：古时地方之佐或副官叫丞、倅。　②翛(xiāo)然：自然超脱貌。　③去思：旧时，地方吏民对已去职长官的怀念。　④“不妨”句：宋朝杭州钱昆，嗜蟹，任官时求补外郡，人问所欲，云“但得有螃蟹无通判处则可”。见欧阳修《归田录》。　⑤骊歌：告别之歌。　⑥戏衫：用老莱子着戏衫娱亲事。

千秋岁

寿黄倅

平分敏手①，更觉山城小。聊岸帻②，时舒啸。当年溢浦月，偏照香山老[③]。头未白，而今半百才逾九。　共说东园好[④]，问春馀多少。红药晚，金沙早[⑤]。花须风日耐，人看功名久。催洗盏，对花一笑为君寿。

［注释］

①敏手：快手，指才干过人。　②岸帻，推起头巾，露出前额。形容衣著简率不拘礼数。　③香山老：指白居易。晚年居洛阳香山，号香山居山。　④东园：园名。在江苏仪征县东、宋施昌言建，欧阳修作记，蔡襄书。后人称“三绝”。　⑤金沙：即金沙罗，月桂之一种。　红药，指芍药。

鹧鸪天

寿何簿乃尊

鸠杖庞眉鹤髮仙，诗中有史笔如椽[①]。爱莲自是平生趣，吟到梅花晚更坚。　珍九鼎，食万钱[②]。谁如有子彩衣鲜[③]。蜀陈旧事君须记，贵盛还当具庆年[④]。

［注释］

①笔如椽：喻大手笔。晋王珣梦人送给一枝笔，大如屋椽，醒后语人：“此当有大手笔事”。　②食万钱：晋人何曾，性极汰侈，日食万钱之供犹不满足。　③“谁如”句：周人老莱子，年七十馀，身着彩衣，手持玩具，假装跌倒后啼哭，娱乐双亲。　④具庆：旧时，称父母都老年健在为“具庆”。

渔家傲

送张教

病枕逢逢惊晓鼓[①]，那堪送客江头路。莫唱骊驹催客去，风又雨，花飞一片愁千缕[②]。　折柳凄然无剩语，加餐更把篝衣护。泥滑篮舆须稳度，云飞处[③]，亲闱安问应旁午[4]。

[注释]

①逢逢(péng):鼓声。 ②"花飞"句:本唐杜甫《曲江对酒》"一片花飞减却春,风飘万点正愁人"。 ③云飞处:唐狄仁杰出任并州法曹,双亲居河阳别墅。狄赴任时路登太行山,南望白云孤飞,语左右云"吾亲所居,近此云下"。悲泣伫立久之乃行。见刘肃《大唐新语》。 ④旁午:事务繁忙。

水调歌头

寿洪云岩[1]

表海归来后,眠食喜清安。身轻于鹄,上下山北与山南。何必交梨火枣[2],自是霜筠雪柏[3],岁晚越坚完。摩诘本无病,微笑指蒲团。 天有意,留一老[4],殿诸贤。平生出处何似,试把二苏看[5]。惟有黄门最贵,况是庞眉寿□,九秩阅人间。持此为公寿,即是寿元元[6]。

[注释]

①洪云岩:洪适之裔孙。即洪文安,乾道二年(1166)官至宰相。 ②交梨火枣:炼丹家之食品,所谓腾飞仙药。 ③筠:竹之别称。 ④留一老:春秋时鲁哀公吊孔子文有云,"昊天不吊,不慭遗一老",此反其意而用之。⑤二苏:苏轼、苏辙兄弟。 ⑥元元:广大平民百姓。

念奴娇

寿洪云岩

山之天目[1],蔚岧峣、第一最佳泉石。见说老龙高卧处,正拥深深寒碧。独闷云扉[2],人思霖雨,未许无心出[3]。

苍崖赤子，而今谁为苏息[4]。　昨夜凉透西风，玉绳晚淡[5]，喜见归鸿入。十二虚皇凝伫久[6]，飞下陆离宸画[7]。绣卣使名[8]，洪枢衔位[9]，催缀新班立。旂常婀娜[10]，要陪沙路清跸[11]。

[注释]

①天目：山名，在浙江西北部，分为东西天目。两峰对立，顶部各有一池，因而立名。　②闷（bì）：闭门。　③无心出：喻人无心出仕。　④苏息：休养生息。　⑤玉绳：星名。亦泛指星光。　⑥虚皇：道教太虚之神。⑦宸画：帝王书札。　陆离：指文彩辉煌。　⑧绣卣（yǒu）：绘彩的酒具。⑨洪枢：中央首脑部门。　⑩旂常：大旗。　⑪沙路：宰相出行，载沙填路。　清跸：皇帝出巡，戒严清道。

贺新郎

寿洪云岩

云拥油幢碧[1]。眷蓬莱、宿缘一纪[2]，竟须公出。上界清高仙地位，耿耿为民还切[3]。此自是、平生愿力[4]。雨后新飙凉如濯[5]，喜湖山、千里皆生色。便乘此，问阊阖[6]。　殷勤好与摩铜狄[7]。炯精神、依然未老，鹤标龟息[8]。造物生贤非无意，偏近中元时节[9]。试记取、平园莱国[10]。况有盘洲当家样[11]，酉年秋、拾级升枢极。继盛事，看今日。

[注释]

①油幢（zhuàng）：以油涂饰帷幕的舟车。　②一纪：岁星（木星）绕地球一周约需十二年。古人以十二年为一纪。　③切：急迫。　④力：力求。　⑤飙：风。　濯：洗。　⑥阊阖，泛称皇宫正门。指天门。　⑦铜狄，即秦始皇收天下兵器于咸阳所铸的铜人。曹魏曾拟运抵洛阳，重不可

致，留于霸城之南，摩挲铜人，寓托恢复之意。 ⑧鹤标龟息：鹤的风度、格调。 龟息：道家谓呼吸调息如龟息。 ⑨中元：指农历七月十五日。 ⑩平园：指周必大，周氏号平园老人，官至右丞相。 莱国：指寇准官至相，封莱国公。 ⑪盘洲：此指洪适，家于盘州。曾任宰相。此谓洪继先祖之志亦为宰相。

满江红

寿赵枢密

七荚新春，问底事，以人为日[①]。记贞观、郑公恰至[②]，名因人得。况是今朝生上相[③]，老天著意尤端的[④]。便唤为、人日岂徒哉，公人杰。 宇宙要，公扶植。善类要[⑤]，公收拾。愿我公千岁，长陪丹极[⑥]。山立扬休人正健[⑦]，耐寒彩胜簪华髮[⑧]。看年年、天际不曾阴，真奇特。

[注释]

①“七荚新春”三句：农历正月初七。古时以正月初七为“人日”，人们以丝织物剪作人形，互相馈赠。 ②郑公：唐代魏徵封郑国公。 ③生上相：旧说自夏历正月一日至八日，每日各主一物。倘是日天气晴明，则所主之物年内一定繁昌。七日为人日，也是值赵的生日，故有此语。 ④端的：正好。 ⑤善类：善人之类。 ⑥丹极：指君王。宫门，赤色。极，君位。 ⑦山立：正立如山。 扬休：发扬美德。 ⑧彩胜：立春用绢、纸作饰物，以迎春。 簪（zàn）：同簪。

水调歌头

寿福王

某官庆辑皇家，祥开赤社[①]。秋乃万物所悦，揆度正中[②]。福者百顺之名，若时并锡[③]。天地其寿，宗祏之休[④]。敬陈乐府之词，仰致閟宫之祝[⑤]

叔父茅封贵，先帝棣华亲[6]。平生为善最乐，夙德宛天人。玉叶金枝方茂，瑶沼丹壶如画，光景镇长新。五福一曰寿[7]，万象总皆春。　正秋分，记初度，绂缠麟[8]。传宣来自绛阙，瑞采蔚轮囷[9]。乐有钧天九奏，尊有仙家九酝，翠釜紫驼珍。笑把南山指[10]，还以祝严宸[11]。

（以上《彊村丛书》本《陵阳词》）

［注释］

①赤社：王者以五色土为太社，以其各色封诸侯，南方属赤，赤社为南方疆土之吏，此指福王。　②揆度：揣度。　③锡：赐。　④宗祏（shí）：宗庙中藏神主的石室。　⑤閟（bì）宫：祠堂。　⑥棣华，喻指兄弟。《诗经·小雅·常棣》篇咏兄弟情谊，首句“常棣之华”。　⑦一寿：周初，箕子在《洪范》中论列五种福，其中之一为“寿”。　⑧绂缠麟：以绣绂系于麟角，为天生圣童之吉兆。此指福王出生不凡。　⑨轮囷：高大之貌。　⑩南山，即终南山。《诗经·天保》中以南山寓祝：“如南山之寿，不骞不崩。”⑪严宸：威严的帝王。

徐　理

徐理(1228—?)，号南溪，绍兴府会稽县(今浙江绍兴)人。登理宗宝祐四年(1256)进士第，精于音律。生平事迹无考。

瑞鹤仙

暮霞红映沼[①]，恨柳枝疏瘦，不禁风搅。投林数归鸟，更枯茎敲荻[②]，糁红堆蓼[③]，江寒浪小，雁来多、音书苦少。试看尽，水边红叶，不见有诗流到。　烦恼。凭阑人去，枕水亭空，路遥天杳。情深恨渺，无计诉与伊道[④]。漏声催，门外霜清风细，月色今宵最好。怎割舍，美景良时，等闲睡了[⑤]。

(《阳春白雪》卷五)

[注释]

①沼：池塘。　②荻：芦苇名，生于浅水。　③糁(sǎn)红：纷散的红蓼花。　④伊：人称代词。　⑤等闲：白白地。

吴季子

吴季子，生卒不详，字节卿，号裕轩，邵武（今属福建）人。登宋理宗宝祐四年（1256）进士第，历任沿江制置使干办及国子监丞。

醉蓬莱

寿友人母

正淡烟疏雨，梅子黄时①，清和天气。阿母当年，暂辍瑶池会。霞帔星冠②，霓旌羽纛③，下碧霄云际。恰与瞿昙④，同时共日，降人间世。　　裼寝开祥⑤，斑衣祝寿，一种灵椿⑥，两枝仙桂。满引玻璃⑦，且向今宵醉。待看阶庭，蓝袍交映⑧，奉板舆游戏⑨。到得蟠桃，熟时归去，已三千岁。

［注释］

①"梅子"句：宋贺铸《青玉案》"梅子黄时雨"，指江南农历四月多阴雨。　②霞帔：命妇之礼服。　③霓旌羽纛：装饰华丽的旌旗、仪仗。　④瞿昙：梵语音译。指佛教创始人释迦牟尼。生为四月初八。　⑤裼寝：本《诗经·小雅·斯干》"乃生女子，载衣之裼"。因而，以高年女子所居之室为"裼寝"。　⑥灵椿：用《庄子·逍遥游》意，指长寿。　⑦玻璃：指酒杯。　⑧蓝袍：《宋史·舆服志》："七品以上服绿，九品以上服青。"⑨板舆：车名，古时老人代步工具。

念奴娇

寿朋友

雪罗初试，过赐衣时节，才三四日。记得延陵公子宅[①]，麟角当年新绂[②]。半刺名家[③]，一经奥学[④]，是青云人物。如何华髪，蒲轮未聘遗逸[⑤]。　问讯怨鹤惊猿，不妨俱隐，且逍遥丈室[⑥]。有子传家经可教[⑦]，况有东皋种秫[⑧]。醉里乾坤，闲中日月，便是长生术。瑶池宴后，剩看几度桃实[⑨]。

（《翰墨大全》丙集卷十四、丁集卷二）

［注释］

①延陵公子：春秋时吴国公子季札，封于延陵，号延陵季子。后因以"延陵"称吴姓。　②麟角：王嘉《拾遗记》载，孔子生时，有麟吐玉书于阙里人家。孔母颜征知为神异乃以绣绂系于麟角。再宿而去。因而世以此为诞降颂语。　③半刺：指州郡长官下属的官吏，如长史。　④奥学：高深的学问。　⑤蒲轮：用蒲草包裹车轮，让老年应辟召者乘坐，确保舒适安全。　⑥丈室：比喻狭小房屋。　⑦传（zhuàn）：解说经义的文字。家：家法。汉儒传经学，各有一家之学。　经：典范之书。　⑧东皋种秫（shú）：指隐居。　⑨桃实：传说王母处蟠桃三千年一结实，此处作为长寿颂语。

何梦桂

何梦桂，(1228—?)，字岩叟，初名应祈，字申甫，号潜斋，建德府淳安县(今属浙江)人。约宋度宗咸淳前后在世。咸淳元年(1265)，以廷对第三人登进士第。授职太常博士，历官监察御史与大理寺丞。引病去职，筑室山中隐居。宋亡后，元世祖屡次征召，均不起，病故于家。平时精易术，工诗词，著有《易衍》、《中庸致用》及《潜斋集》，并行于世。

声声慢

寿何思院母夫人①

人间六月。好是王母瑶池，吹下冰雪。一片清凉，仙界蕊宫珠阙②。金猊水沉未冷③，看瑶阶、九开蓂荚④。尚记得，那年时手种，蟠桃千叶。　庭下阿儿痴绝，争戏舞、绿袍环玦。笑捧金卮，满砌兰芽初茁⑤。七十古来稀有，且高歌、万事休说。天未老，尚看他、儿辈事业。

［注释］

①何思院：号毅斋，作者友人。　②蕊宫：传说天上有蕊珠宫。　③金猊：猊形的香炉。　水沉：沉香。　④九开蓂荚：古代传说的瑞草。传尧时蓂荚傍阶而生。一日生一荚。生十五荚。十六日后日落一荚。“九开”，即六月初九。　⑤兰芽：喻子弟优秀。

八声甘州

寿徐信甫母夫人七秩①

对芙蓉峰晓，雪初消、云□霭烟霏。是阿谁寿母②，紫鸾笙里，玉液琼枝。元是云翘仙子③，珥节度瑶池④。手种碧莲子，长记年时。　此地神仙宫阙，几花封玉诰[5]，金帔霞衣。但寿星堂上，七十古来稀。捧寿觞、莫辞满饮，愿年年、对鹤髮蛾眉。年年有，麻姑麟脯[6]，王母玄梨。

[注释]

①七秩：七十岁。　②阿谁：谁。　③云翘仙子：指春神。　④珥节：犹弭节，徐步。　⑤玉诰：朝廷封赠封疆大臣祖父妻室，不宜于廷者，皆用诰。　⑥麻姑，传说中的女仙。见传为晋葛洪所撰的《神仙传》。

八声甘州

送王野塘北归

东鲁王君野塘，以均房招讨经历按莅严陵[1]，至且再期矣。夹谷按察签事行部[2]，识拔于稠众人中，使下六邑，按问赃状[3]，阅实以闻[4]，自此声誉猎猎如日起。壬午秋，省台檄交至，君奉命以往，阅岁而后归，归则诸公已列剡交荐矣。旍麾载道[5]，凡六七年间，蒙被休泽[6]，而歌颂勋德于祖帐之下[7]。骈肩累迹，不特如老书生一人而已[8]。酌钓濑之泉[9]，磨锦峰之石，固不足以形容伟绩。濡毫染茧，为赋《八声甘州》，姑记其际遇之私，依恋之情云尔。试使善歌者为我歌之，当使送君短长亭下者，皆为君堕泪也

对千峰未晓，听西风、吹角下谯楼。拥貔貅千骑[10]，旌旟十里[11]，送客芳洲。曾是灯棋月柝，赞画坐清油[12]。折尽长亭柳，莫系行舟。　忆昔相逢何处，看飞鸿雪迹，休更回头。百年心事，长逐水东流。愿君如游龙万里，我如云，终泊此林丘。相思梦，明年雁到，尚讯南州。

[注释]

①均房：两县名，在今湖北省西北部。　招讨：招讨使。　经历：官名，掌出纳文书。　严陵：即严州。　②夹谷：古地名。旧说在今江苏境

内。 按察:按察使。 ③赃:贪污。 ④阅实:查对核实。 ⑤旍麾:同“旌麾”。 ⑥休泽:盛美的恩泽。 ⑦祖帐:为出行者饯行所设之帐。 ⑧老书生:指作者。 ⑨钓濑:即隐者严光隐居于富春山,后人以其垂钓处为“严陵滩”。 ⑩貔貅,猛兽名,即貔。古多并称,比喻勇猛兵士。 ⑪旌旞:用作仪仗的旗帜。 ⑫赞画:谋画。 青油:将帅的帐幕。

满庭芳

初 夏

燕子芹干,龙孙箨老[①],绿阴深锁林塘。午风庭院,人试薄罗裳。数尽落红飞絮,摘青梅、煮酒初尝。重门静,一帘疏雨,消尽水沉香。 把当年团扇,恩情犹在,未是相忘。笑衰翁鬓髮,早已苍苍。说与乘鸾彩女[②],看世间、多少炎凉。都休怨,百年一梦,且共醉霞觞。

[注释]

①龙孙,竹之别名。 箨:笋。 ②乘鸾彩女:用《太平广记》萧史、弄玉吹箫升仙典。

踏莎行

夜月楼台,夕阳庭院,都将前事思量遍。当初识面待寻常,争知识后情如线。 只怕梅梢,参横斗转,催人归去天涯远。断肠当在别离时,未曾说著肠先断。

[注释]

①参横斗转:参星与北斗星转向,言夜已深。

摸鱼儿

记年时、人人何处,长亭曾共尊酒。酒阑归去行人远，折不尽长亭柳。渐白首，待把酒送君，恰又清明后。青条似旧。问江北江南，离愁如我，还更有人否。　留不住，强把蔬盘瀹韭[①]，行舟又报潮候。风急岸花飞尽也，一曲啼红满袖。春波皱。青草外，人间此恨年年有。留连握手。叹人世相逢，百年欢笑，能得几回又。

[注释]

①瀹韭：用盐水浸泡过的韭菜花。

[集评]

俞陛云云："离亭送友，前后一气挥写，笔健而词婉，意凄而言达，情文相生，结处更有馀慨。"（《唐五代两宋词选释》）

摸鱼儿

把人间、古今勋业，一时都付杯酒。青山行遍人华鬓，老尽门前青柳[①]。试回首。记晓雨征衫、又过年时后。相逢故旧。浪说南楼北，亭花纵好、能似少年否。　还自笑，应是山林厌韭[②]，忘却儿童迎候。兴来谩学长沙舞[③]，要舞更无长袖[④]。眉休皱。欢笑外，风涛世上时时有。共君握手。且尽日尊前，相拌一醉，醉后明朝又。

[注释]

①门前青柳：用陶潜《五柳先生传》，此指隐居。　②厌：厌倦。③"兴来"句：西汉长沙国王刘发，在父皇景帝朝会上，不肯献舞称寿，只举手略作表示。景帝怪问之，回答："臣国小地狭，不足回旋。"景帝为其扩大了封地。　④长袖：古谚"长袖善舞，多财善贾"。

意难忘

避暑林塘，数元戎小队，一簇红妆。旌旛云影动，帘幕水沉香。金缕彻，玉肌凉。慢拍舞轻飏。更一般，轻弦细管，孤竹空桑。　　风姨昨夜痴狂[①]。向华峰吹落，云锦天裳。波神藏不得，散作满池芳。移彩鹢[②]，柳阴傍。拚一醉淋浪。向晚来、歌阑饮散，月在纱窗。

［注释］

①风姨：同"封姨"，唐郑还古《博异志》记崔玄徽春夜遇诸女共饮，席上有封十八姨，实为风神。后亦以风姨喻称大风。　②彩鹢：鹢为一种水鸟。古时，船头绘有鹢鸟 ，后因以"彩鹢"称大船。

喜迁莺

留春不住，又早是清明，杨花飞絮。杜宇声声[①]，黄昏庭院，那更半帘风雨。劝春且休归去，芳草天涯无路。悄无语。倚阑干立尽，落红无数。　　谁愬[②]。长门事[③]，记得当年，曾趁梨园舞[④]。霓羽香消[⑤]，梁州声歇[⑥]，昨梦转头今古。金屋玉楼何在[⑦]，尚有花钿尘土。君不顾。怕伤心，休上危楼高处[⑧]。

［注释］

①杜宇，即子规鸟。传说杜宇为古蜀帝名。帝位为大臣篡夺，化为此鸟，夜间悲鸣。　②愬：同"诉"。　③长门：汉代长安离宫。武帝陈皇后失宠废居长门宫。　④梨园：唐玄宗建梨园，选乐工三百人，教其习曲。⑤霓羽香消：指杨贵妃已死。　⑥梁州声歇：梁州本唐教坊曲名，此指曲已休歇。　⑦金屋：指陈皇后被汉武帝废弃事。　⑧怕伤心：本唐杜甫《登楼》"花近高楼伤客心"。

临江仙

和毅斋见寿

十月江南风信早[①]，梅枝早閟先春[②]。田园剩得老来身。浪言陶处士，犹是晋朝臣。　人道革爻居四九[③]，谁知数在邅迍[④]。明年五十志当伸[⑤]。低头羞老妇，且结会稽盟[⑥]。

[注释]

①风信：即应花期而吹来的风，称为"花信风"。由小寒至谷雨，五日一候，每候有一种花信。十二月初为梅花风信，十月梅开，故曰风信早。②閟（bì）：闭。　③"人道"句：《周易》中《革》卦的九四爻辞"有孚。改命吉"。此云"四九"，为四十九岁，倒言之。　④邅迍：难行之状，引为处境艰困。　⑤"明年"句：汉朱买臣打柴为生，挑着柴上市，犹不废读，妻羞之，求绝婚。朱谓妻，自己年五十当富贵，今已四十九岁，劝妻忍耐，妻不听改嫁了他人。　⑥会稽盟：连上语，朱买臣后为会稽郡太守。

满江红

春色三分，怎禁得、几番风力。又早见、亭台绿水，柳摇金色。满眼春愁无著处，知心惟有幽禽识。望青山、目断夕阳边，孤云隔。　琴酒我，成三一。湖外舫，山头屐[①]。且莫教春去，乱红堆积。记得年时陪宴赏，重门深处桃花碧。待修书、欲寄楚天遥，无行客。

[注释]

①山头屐：南朝宋谢灵运游山时所穿之木屐。

忆秦娥

伤离别，江南雁断音书绝。音书绝，两行珠泪，寸肠千结。　　伤心长记中秋节，今年还似前年月。前年月，那知今夜，月圆人缺。

西江月

犹记春风庭院，柳阴深锁帘帷。东君去后雨丝丝[①]，空认紫骝嘶处。　　梦断箫台无据[②]，十年往事休追。忽然拈起旧来书，依旧长亭双泪。

［注释］

①东君：司春之神，指春天。　②箫台：即萧史、弄玉吹箫引凤之凤凰台。

小重山

吹断笙箫春梦寒，倚楼思往事，泪偷弹。别时容易见时难[①]，相看处，惟有玉连环。　　人在万重山，近来应不似，旧时颜。重门深院柳阴间，曾携手，休去倚危阑。

［注释］

①“别时”句：本南唐李煜《浪淘沙》“别时容易见时难”。

沁园春

寿夹谷书隐

光岳储精[①]，宇宙呈祥，钟英俊材。想春秋夹谷[②]，前生夫子，婆娑南赡[3]，见在如来。龙角标辰[4]，蟾胎焴丙[5]，好是生朝华宴开。笙歌里，看儿童拜舞，春满行台。
重重好事相催，便对把黄封酌寿罍[6]。更愿公殿上，早纡衮绣[7]，愿公堂下，长戏衣莱。昨夜瑶池，亲逢阿母，欲寄蟠桃桃始栽。三千岁，待开花结子，岁岁衔杯。

［注释］

①光：三光，日、月、星。指天地。　岳：指五岳。　②夹谷：地名。春秋时鲁定公十年，孔子曾相定公会齐景公于此。书隐为何人之别号，则未详。　③南赡：佛经云世界分四大洲，其一为南赡部洲，也名南阎浮提洲。"中国地当其处"。　④"龙角"句：东方苍龙亦称龙角。　辰：指东方。⑤蟾胎：月亮。　焴丙：光照南方。　丙：南方。　⑥黄封，宫廷中酿制的美酒。以黄罗帕封裹，故有此称。　⑦衮绣：古代帝王与公侯的礼服。

满江红

和王伟翁上巳[1]

睡起纱窗，问春信、几番风候。待去做、踏青鞋履，懒拈纤手。尘满翠微低匐叶[2]，离愁推去来还又。把菱花[3]、独对泪阑干，羞蓬首[4]。　回鸾字，空怀袖。金缕曲，无心奏。记碧桃花下，夜参横斗[5]。六幅罗裙香凝处，痕痕都是尊前酒。到如今、肠断怕回头，长门柳。

［注释］

①上巳：古时农历三月初三为上巳节，人们到河边禊饮。　②匐（è）叶：古时妇女鬓髻上佩的饰物。　③菱花：古时照容用铜镜。作六角形或背面刻作菱花的，称为"菱花镜"。　④蓬首：髮乱如草。　⑤参横斗：指夜将尽。

沁园春

江淮等处行尚书省参知政事高公①，以至元二十七年庚寅春提兵繇歙之淳②，入长乐境③，平诸盗④，越两旬肃清，八月朔师还。山人何某谨拜手歌《沁园春》持献，以尾凯歌之后尘。词曰：

衮衣绣裳⑤，彤弓卢矢，山西将门。自雪岭蓬婆，夷成坦道⑥，炎州蜑獠⑦，划去连营。吴越儿童，江淮草木，七见元戎识姓名。争知道，这一隅斗大，尚借麾旌。　西风吹下天声。看万骑貔貅入井陉⑧。彼山棚魍魉⑨，雷霆震击，海濒赤子，天日开明。事业方来，乾坤无尽，千古英雄不偶生。从兹去，看云台翼轸⑩，麟阁丹青⑪。

[注释]

①高公：即高兴（1245—1313），字功起。累建军功，拜尚书省参知政事。见《元史·高兴传》。　②繇歙之淳：由歙（shè）县（今属安徽）到淳安县（今属浙江）。　繇：通“由”。　③长乐：今属福建。　④诸盗：指处巩詹老鹞、温州林雄、徽州汪千十等。　⑤“衮衣”句：王侯之服曰衮衣。⑥蓬婆：即松潘之大雪山。　夷成坦道：平整成大道。　⑦蜑（dǎn）獠（lǎo）：古籍中对西南少数民族称呼，即蜑族与仡老族等。　⑧貔貅（pí xiū）：传说中的猛兽，此代指勇士。　⑨魍魉（wáng liǎng）：传说山川中的精怪。　⑩翼轸：二十八星宿中的二星。此代指二十八将。　⑪麟阁丹青：汉宣帝时将十一名功臣相画于麒麟阁。

水龙吟

和何逢原见寿

倚窗闲嗅梅花，霜风入袖寒初透。吾年如此，年年十月，见梅如旧。白髮青衫①，苍头玄鹤，花前尊酒。问梅花与我，是谁瘦绝，正风雨、年时候。　　不怕参横月落[2]，怕人生、芳盟难又。高楼何处，寒英吹落，玉龙休奏[3]。前日花魁[4]，后来羹鼎[5]，总归岩岫。但逋仙流落，诗香留与，孤山同寿。

［注释］

①青衫：唐制文官八九品的官服，亦指官职卑微。　②参横月落：指黎明时分。隋赵师雄，开皇中过罗浮山，见林间酒舍旁有一美人出迎，共扣酒家门饮，赵不觉醉卧，醒来乃在一大梅树下。月落参横，不胜惆怅。③玉龙：本唐李白《与史郎中饮听黄鹤楼中吹笛》“黄鹤楼中吹玉笛，江城五月落梅花”。　④花魁：梅花于一岁中，开时最早，号称“百花之魁”。⑤羹鼎：本《尚书·说命》“若作和羹，尔惟盐梅”。　羹：和味的汤。鼎：古代烹饪器，两者喻朝廷重臣。

酹江月

和江南惜春

三分春色，更消得风雨，几番零落。年少不来春老去，空负省薇阶药[1]。燕子飞忙，杜鹃啼杀，总为谁悲乐。临春结绮[2]，旧家何处楼阁。　　一任年去年来，怅歌阑舞断，尘生帘幕。千古雷塘浑一梦[3]，人世到头俱错。百岁心期，一春光景，付与闲杯酌。青蛇犹在[4]，莫教雷雨飞却。

［注释］

①省薇：中书省的紫薇花，此代指重要官职。　②临春结绮：俱为南朝陈宫殿台阁名，后主自居临春阁，结绮阁由贵妃张丽华居住。　③雷塘：在扬州。隋炀帝杨广纵情声色逸乐，丧躯亡国。后移葬于此。　④青蛇：宝剑的别称。

酹江月

感旧再和前韵

问春何去，乱随风飞堕，杨花篱落。罗袜香囊无觅处[①]，谁有返魂灵药[②]。细柳重门，碧桃深巷，回首曾行乐。玉龙吟断，夜深人在江阁。　　因念壁月琼枝，对玉人何处，绣帘珠幕。一半青铜尘满匣[③]，空抚鸾刀金错[④]。薇露烟销，莲膏花凝，不寐还孤酌。一春心事，总将愁里消却。

［注释］

①罗袜香囊：俱是唐时杨贵妃死后所留遗物。　②返魂灵药：使死者复生的仙药。　③青铜：青铜所制的镜。　④金错：金错刀。

沁园春

和何逢原见寿

老去无心，看尽青山，山前暮云。问重来海燕，乌衣安在[①]。乍归辽鹤，华表空存[②]。世路悠悠，风尘渺渺，白髮相催乌兔频[③]。浮生事，算天涯海角，谁是闲人。　　几番甲子庚申。看青草年年秋又春。笑武陵源上，桃花未实。昆仑山下，瑶树长新。霓羽飘零，蛾眉萧飒，欲觅神仙隔两尘。草堂在，但休教山鬼，夜半移文。

［注释］

①乌衣：南朝都城建康有乌衣巷，大族王谢居此。唐刘禹锡《乌衣巷》诗："旧时王谢堂前燕，飞入寻常百姓家。"　②"辽鹤"二句：《续搜神记》云，辽东城门有华表柱，忽有一鹤徘徊其上空作歌："有鸟有鸟丁令威，去家千岁今来归。城郭如故人民非，何不学仙冢累累。"　③乌兔：旧传日中有金色三足乌，月中有捣药玉兔，故以乌、兔分别喻称日月。

摸鱼儿

邵清溪赋，效颦谩作

把心期、半生孤负，玉堂元在何处[1]。朱弦弹绝无人听，空操离鸾烈女。遇不遇，休更问、悠悠世事都如许。人生草露。看百岁勋名，青铜鬓影，抚剑泪如雨。　知谁语，落落江空岁暮。人间一梦今古。雷塘十里斜阳外，野草寒鸦无数。身世寓。聊尔耳[2]，江山有恨谁堪付。冰心更苦。都说与梅花，参横月落，一醉且归去。

［注释］

①玉堂：唐宋以后称翰林院为玉堂。　②聊尔耳：姑且如此。

洞仙歌

答何君元寿词

天涯何处，望苍江渺渺。纵算解飞人不到。笑双丸乌兔，两鬓霜蓬，聊尔耳，那是人间三岛[1]。　黄粱初梦觉，起看孤云，还自长歌自长啸。不记桃源何地，橘渚何年[2]，生涯事、惟有炉烟茶灶。问先生谁友，有白石青松，共成三老。

［注释］

①三岛，也叫“三神山”，传说是海中神仙所居之处。三岛名称分别为蓬莱、方丈、瀛洲。见《史记·秦始皇本纪》。　②橘渚：汉李衡于武陵江洲上种橘千株。临终语儿曰：吾洲里有千头木奴，不责汝衣食。

喜迁莺

感春

东君别后，见说道花枝，也成消瘦。夜雨帘栊，柳边庭院，烦恼有谁揎就[①]。犹记旧看承处，梅子枝头如豆。最苦是，向重门人静，月明时候。　知否。人不见，纵有音书，争似重携手。旧日沈腰[②]，如今潘鬓，怎奈许多僝僽[③]。极目万山深处，肠断不堪回首。情寸寸，到如今，只在长亭烟柳。

［注释］

①揎(xuǎn)就：造成。　②沈腰：梁时沈约给友人徐勉写信，诉说自己消瘦情状，有“百日数旬，革带常应移孔”等句子，后人以“沈腰”形容男子躯体瘦弱。　③僝僽(chán zhòu)：多义词。此处作烦恼，愁苦解。

沁园春

寿毅斋思院五十二岁

尚书当年，蓬矢桑弧[①]，初度佳期[②]。是词林老虎，文场威凤，人中祥瑞，天下英奇。太守买臣[③]，中书坡老[④]，五十二年回首非。人间事，且开眉一笑，醉倒金卮。　阿婆还忆年时[⑤]，也曾趁鸿胪拜玉墀。念青衫荷叶，嫁衣尚在，青铜菱影，破镜犹遗。半席寒毡，一官俛首，造物还应戏小儿。问天道，看是他谁戏我，我戏他谁。

［注释］

①“蓬矢”句：以蓬蒿茎为干制成的箭。　桑弧：以桑木制成的弓。古时生儿，用桑弧蓬矢射天地四方，表达孩子长大后的志向。　②初度：刚出生的日子。　③买成：汉朱买臣年五十岁贵达，成了会稽郡太守。　④坡

老：宋苏东坡任中书舍人时，年五十一岁。　⑤“阿婆”句：五代王定保《唐摭言》记有一则故事。唐代薛逢晚岁失意，骑瘦马上朝，路上遇到新科进士们列队出行。前导呵斥薛逢让路。薛逢让随从转告：“报道莫贫相，阿婆三五年少时，也曾东涂西抹来。”

八声甘州

伤　春

倚阑干立尽，看东风、吹度柳绵飞[1]。怕杜鹃啼杀，江南雁杳，游子何之[2]。梦断扬州芍药，落尽簇红丝。歌吹今何在，一曲沾衣。　往事不堪重省，记柳边深巷，花外幽墀。把菱花独照，脂粉总慵施。怅春归、留春未住，奈春归、不管玉颜衰。伤心事，都将分付，榆砌苔矶[3]。

［注释］

①吹度：吹过。　②何之：何往。　③榆砌：榆树遮阴的台阶。苔矶：生满青苔的水边大石。

八声甘州

再用韵述怀

自辽东鹤去，算何人、插得翅能飞。笑平生错铸[1]，儒冠误识，者也焉之。谩道寒蚕冰底，瓮茧解成丝[2]。何许丝千丈，补得龙衣。　镜里不堪勋业，纵梦中八翼，不到天墀[3]。看墦间富贵，妻妾笑施施[4]。对青山、千年不老，但梅花、头白伴人衰。严陵路，年年潮水，不上渔矶[5]。

［注释］

①错铸：唐末魏博节度使罗绍威，借助朱全忠武力除去本府不易统驭

的牙军,结果削弱了本身实力。罗深悔之,告亲信语:“聚六州四十三县铁,打一个错,不能成也。”事见五代孙光宪《北梦琐言》。 ②解成丝:《拾遗记》中有云,员峤山有冰蚕,长七寸,以冰雪覆盖,作茧长尺馀。③“梦中”二句:东晋大臣陶侃,梦生八翼,飞腾上天,九重天门已进八重,让最深一重守门者杖击坠地,折断左边翼翅,痛醒。后常以此警惕自己,杜止对帝位的觊觎。事见《晋书》本传。 ④妻妾笑:《孟子·离娄》云,有位齐人常向妻妾夸示自己和富贵人往来饮宴。经其妾窥侦乃是去郭外坟墓间向扫墓者行乞。妾回家告知妻,二人在院中哭泣。齐人不知,还很自得地回家向妻妾夸耀又去某显者家了。 施施(yì yì):自得貌。 ⑤严陵路:东汉严光,字子陵 ,光武帝故人,不愿做官,去富春江边钓鱼为生。今仍有严子陵钓鱼台古迹。

贺新郎

和邵清溪自寿

世事浑无定。问人间、翻来覆去,阿谁能忍。海怒惊涛山相拍,选甚鱼龙不任。看今古,英雄销尽。坐对青山闲白日,付长江、流送千年恨。天有意,唯何甚。 待将洗耳泉边枕①。正梅花、霜寒月白,斗回西柄。自寿一觞花前醉,醉鞞彩幡金胜。笑儿辈、汾阳中令②。倚遍层楼阑干曲,慨乾坤、渺渺青云影。无限事,尊前兴。

[注释]

①泉边枕:西晋人孙楚,少时欲隐居,向时人王济表白自己要“枕石漱流”,误云“枕流漱石”。王济说:“流非可枕,石非可漱”,孙楚机变回答:“所以枕流,欲洗其耳;所以漱石,欲厉其齿。”事见《晋书》本传。 ②汾阳中令:唐郭子仪,官拜中书令(宰相)多年,爵封汾阳王。

贺新郎

再用韵伤春

花落风初定。倚危阑、衷情欲愬[1]，踌躇不忍。把酒问春春无语，吹落游尘怎任。待泪雨、红妆蔫尽。不道燕衔春将去，误啼鹃、唤起年年恨。芳草路，人愁甚。
浮生一梦黄粱枕。且不妨、狂歌醉舞，麈谈挥柄[2]。金谷平泉俱尘土[3]，谁是当年豪胜。但五柳、依然陶令[4]。千古兴亡东流水，望孤鸿、没处残阳影。无限意，伤春兴。

[注释]

①愬(sù)：向人倾诉。　②麈(zhǔ)谈：麈，鹿类兽，尾毛细长可以拂尘驱蝇。晋人尚清谈，时持有柄麈尾以助兴。　③金谷平泉：西晋石崇在洛阳城西北金谷水侧筑金谷园，时与宾友于此宴饮。唐相李德裕有别墅平泉庄，在洛阳。　④五柳陶令：指陶渊明，曾任彭泽令，著《五柳先生传》。

贺新郎

三用韵寄旧宫怨

更静钟初定。卷珠帘、人人独立，怨怀难忍。欲拨金猊添沉水，病力厌厌不任。任蝶粉、蜂黄消尽[1]。亭北海棠还开否[2]，纵金钗、犹在成长恨。花似我、瘦应甚。
凄凉无寐闲衾枕。看夜深、紫垣华盖，低摇杠柄。重拂罗裳蹙金线，尘满双鸳花胜。孤负我、花期春令。不怕镜中羞华鬓，怕镜中、舞断孤鸾影。天尽处，悠悠兴。

[注释]

①蝶粉蜂黄：唐时宫中妆束。　②亭北海棠：沉香亭北海棠盛开。此用明皇、贵妃之典，以言情难长久。

八声甘州

感 兴

叹人生聊尔，便晨风、翼倦也回飞[1]。况自骑款段[2]，欲追骐骥，千里安之。种得玄芝瑶草，不染满头丝。一醉梅花下，笑舞青衣。　说甚封侯万里，待朱门画戟[3]，大第崇墀[4]。人世何时□足，造物任隆施。怪周公、如今不梦，意周公、政自怪吾衰[5]。归来去，夕阳牛陇，夜月鸥矶。

[注释]

①晨风：鸟名，即鹯，健飞。　②款段：马行迟缓之状。借以称驽马。③画戟：戟，古兵器。显贵人家列于门前用作仪仗。　④崇墀：高大的台阶。　⑤“怪周公”二句：孔子自叹，“甚矣吾哀也：久矣吾不复梦见周公。”见《论语·述而》。

洞仙歌

和何逢原见寿

青衫白髮，独倚江楼小。待欲题诗压崔颢[1]。慨凤台今在否[2]，白鹭沙洲，芳草外、剩得闲身江表。　醉来疑梦里，梦入梅花，歌彻青衣听清窈。起看飞鸿没尽，白鸟玄驹[3]，谁能数、曹瞒袁绍[4]。待明年、七十问何如，笑只是今朝，浣花堂老[5]。

[注释]

①崔颢：曾题《黄鹤楼》诗，李白见诗曰“眼前有景道不得，崔颢题诗在上头”。乃作《凤凰台上忆吹箫》。　②凤台：即凤凰台，临近白鹭洲，在南京附近。　③“白鸟”句：即蚊虫。见《大戴礼·夏小正》“丹鸟羞白鸟”。玄驹，即黑蚁。见《大戴礼·夏小正》“玄驹贲”传释。　④“曹瞒”

句：曹瞒：曹操。　袁绍：东汉末人，曾与曹操战于官渡之战，兵败，病死。⑤浣花：指杜甫。他在成都居时筑草堂于浣花溪上。

玉漏迟

和何君元寿梅

问春先开未，江南野水，得春初小。独殿群芳，却道花前开早。长苦冰霜压尽，更说甚、风标清窈。些子好，孤香冷艳，有谁知道。　　年年吹落还开，听画角楼头，送他昏晓。何处玉堂，满地苍苔不扫。谁是肝肠铁石①，与共说、岁寒怀抱②。花未老，无奈酒阑情好。

［注释］

①肝肠铁石：唐相宋璟执法不挠，人誉为“铁石心肠”。所作《梅花赋》甚为清艳。宋人晁以道以为所赋风格不类其为人。　②岁寒：旧时人以梅与松、竹并称为“岁寒三友”。

蓦山溪

和雪

飞仙欲下，水殿严妆早。娇涩怕春知，跨白虬①、天门未晓。霓裳零乱，肌骨自清妍，梅檐月，柳桥风，世上红尘杳。　　重门深闭，忘却山阴道②。呼酒嚼琼花，任醉来、玉山倾倒③。无言相对，这岁暮心期，茅舍外，玉堂前，处处风流好。

［注释］

①虬：传说之无角龙。　②“重门深闭”二句：东晋王徽之居山阴（今浙江绍兴），夜间大雪，忆念住在剡溪的友人戴逵，冒雪驾舟往访，即世传

“山阴访戴”故事。 ③玉山倾倒:《世说新语 · 容止》载,山涛谓嵇康“其醉也,傀俄若玉山之将崩”。

蓦山溪

再用韵

春工未觉[1],何处琼英早[2]。夜半剪银河,到人间、楼台初晓。霏霏脉脉,不是不多情。金帐暖,玉堂深,却怪音尘杳[3]。 天公谪下,暂落红尘道。颜色自还怜,怕轻狂、随风颠倒。冰心 谁诉,但吹入梅花,明月地,白云阶,相照天寒好。

[注释]

①春工:春天的造化之工。 ②琼英:指雪花。 ③音尘杳:指雪落无声。

蓦山溪

三用韵

蓬蓬窣窣[1],睡梦惊回早。谁为散天花,遍人间、夜深分晓。虚空幻出,富贵照乾坤,琼万顷,玉千株,莫道壶天杳[2]。 平明三尺,不拣江南道。只怕不坚牢,被天工、小儿翻倒。凝冰泮水,世态总无凭。明日事,昨朝人,谁丑还谁好。

[注释]

①蓬蓬窣窣:雪落声。 ②壶天:神仙天地。

沁园春

寿何逢原北堂①

孔盖霓旌，月佩云裳，人间女仙。问韶光九十②，何如今待，明朝最处，好是明年。戏舞称觞，一堂家庆，眼见儿孙曾又玄③。奇绝处，看菱花白髮，不改朱颜。　当年手种红莲，笑几度桑田沧海干。想蟾胎炼就④，紫皇灵药，龙髯飞堕，玉女云軿⑤。青鸟重来⑥，红霞俨在，一曲云和犹未闲。羞尘世，把蛾眉蝉鬓，空为谁妍。

[注释]

①北堂：指母亲。《诗经·卫风·伯兮》："焉得谖草，言树之背。"传释以"背"为"北堂"，后因以"北堂"称母。　②九十：三个月的春光。③曾又玄：曾孙、玄孙。　④蟾胎：此指月宫。月中有蟾蜍，故名。　⑤云軿：仙人所乘之车。　⑥青鸟：王母娘娘的信使。

浣溪沙

寄刘总管

细柳连营绿荫重①，暖风旗影飐蛇龙②。昼闲吟思入千峰。　紫绶金牌人绿髮，绣鞯丝辔马青骢。会将三箭取侯封③。

[注释]

①细柳：汉文帝时兵备入侵之匈奴，河内守周亚夫率所部驻军细柳，军纪严明。　②"暖风"句：本唐杜甫《奉和贾至舍人早朝大明宫》"旌旗日暖龙蛇动"。　③侯封：唐朝大将薛仁贵率部攻伐西部少数民族，三箭射死对方首领三人，对方惊怖降伏，即传说"三箭定天山"的故事。

浣溪沙

再用韵并简二千户

金紫山前山万重，山高云密下苍龙。春来好雨遍三峰。　芳草郊原眠茧犊[①]，垂杨营垒系花骢。趣归行有紫泥封[②]。

[注释]

①茧犊：小牛。初生之角如茧。　②紫泥封：古时皇帝诏书以紫泥缄封。此处意言皇帝将亲下诏书封赏。

蝶恋花

即　景

风信花残吹柳絮。柳外池塘，乳燕时飞度。漠漠轻云山约住，半村烟树鸠呼雨[①]。　竹院深深深几许。深处人闲，谁识闲中趣。弹彻瑶琴移玉柱，苍苔满地花阴午。

[注释]

①呼雨：天将雨斑鸠则啼唤，声似呼叫，故古人以为斑鸠呼雨。

大江东去

自　寿

半生习气，被风霜、销尽头颅如许。七十年来都铸错，回首邯郸何处。杜曲桑麻，柴桑松菊[①]，归计成迟暮。一樽自寿，不妨沉醉狂舞。　休问沧海桑田，看朱颜白髪，转次全故。乌兔相催天也老，千古英雄抔土。汾水悲歌[2]，雍江苦调[3]，堕泪真儿女。兴亡一梦，大江依旧东注。

[注释]

①柴桑：陶渊明故里在柴桑。《归去来辞》中有“松菊犹存”的记叙。②汾水悲歌：“不见只今汾水上，惟有年年秋雁飞。”唐李峤诗句。天宝末年，李隆基，闻而悲泣。 ③“雍江”句：未详。或谓即雍门周，战国齐人，善鼓瑟，闻者堕泪。

玉漏迟

自 寿

青衫华髮，对风霜、倚遍危楼孤啸。恶浪平波，看尽世间多少。忘却金闺故步[1]，都付与、野花啼鸟。只自笑。悠悠心事，无人知道。　　扰扰世路红尘，看销尽英雄，青山亦老。宇宙无穷，事业到头谁了。高楼一声画角，把千古、梦中吹觉。天欲晓，起看蕊梅春小。

[注释]

①金闺故步：朝中往事。金闺，金马门。文士待命之处。

玉漏迟

和

自怜翠袖，向天寒、独倚孤篁吟啸[1]。半世虚名，孤负白云多少。欲问梅翁旧约，怕误我、沙头鸥鸟。时一笑。行行且止，人间蜀道。　　休怪岁月无情，叹尘世浮生，闲忙闲老。待趁黑头，万里封侯都了。今古勋名一梦，听未彻、钧天还觉[2]。羌管晓，楼角曙星稀小。

[注释]

①“自怜”二句:本唐杜甫《佳人》“天寒翠袖薄,日暮倚修竹”。 ②“钧天”句:天上的音乐。汉张衡《西京赋》中说,天帝喜欢秦穆公,在天宫中接见,并演奏钧天广乐给他听。

水龙吟

和邵清溪咏梅见寿

分知白首天寒[①],千林摇落寻真隐。天工付与,冰肌雪骨,暗香寒凝。自许贞心,肯教色界[②],软红尘近。怅绿衣舞断,参横梦觉[③],依稀旧家犹认。 不为角声吹落,向花前、为伊悲恨。玉堂茅舍,风流随处,年年孤另[④]。不是人间,肝肠铁石,相逢休问。算知心、只许东风,漏泄一分春信。

[注释]

①分知:料想。 ②色界:佛教的三界之一。有精美物质,而无男女贪欲。 ③参横:参星横斜,谓天将曙。 ④孤令:孤零。零、令通。

八声甘州

送吕总管

恨公来较晚,早归朝、骢马去难留。是朱轮华毂[①],联珪叠组,家世公侯。今在玉堂深处,借重护偏州[②]。好把青毡拂,奕世勋猷[③]。 明日东津归路,正梅花霜暖,春上枝头。看连旗列鼓,送客下江楼。对云山、千年不老,向楼前、阅尽几行舟。留名在,严陵滩下,日夜东流。

[注释]

①华毂:华美车驾。 ②护偏州:指出任边远州郡长官。 ③奕世勋猷:世代立有军功。

传言玉女

寿何逢原母夫人九十一

阿母今朝[①],飞下琼楼金阙。先教玉女,为传言细说。蟠桃手种,尚记此春时节。三千春后,开花初结。 宴罢瑶池,洗娥眉、已半雪。九旬偷度,笑韶光一吷[②]。仙翁日月,算与人间全别。从今一岁,年年三月。

[注释]

①"阿母"二句:以王母喻称何母。 ②一吷(xué):以口吹物作响曰吷。此形容时间短暂。

最高楼

寿南山弟七旬

南山老,还记少陵诗。七十古来稀。清池拥出红蕖坠,西风吹上碧梧枝。趁今朝,斟寿酒,记生时。 也不羡、鲲鹏飞击水,也不羡、蛟龙行得雨。人世事,总危机。扶床正好看孙戏[①],舞衫不要笑儿痴。更埙篪,三老子[③],鬓如丝。 (以上明成化刊本《潜斋先生文集》卷四)

[注释]

①扶床,小孩儿刚能扶床沿学步。 ③埙(xūn)篪(chí):古时两种乐器,《诗经·小雅·何人斯》:"伯氏吹埙,仲氏吹篪。" ③三老子:指兄弟三人。